Casimir Katz

Die Holzbarone

Chronik einer Industriellenfamilie

Casimir Katz

Die Holzbarone

Chronik einer Industriellenfamilie

Roman

Casimir Katz Verlag

Die Deutsche Bibliothek – CIP-Einheitsaufnahme

Katz, Casimir: Die Holzbarone: Chronik einer Industriellenfamilie.
Roman / Casimir Katz
Gernsbach: Katz 2012
ISBN 978-3-938047-65-1

Gekürzte Taschenbuchausgabe

Redaktion: Wolfgang Froese
Umschlaggestaltung: Jörg Schumacher, Casimir Katz Verlag
Satz: Casimir Katz Verlag
Druck: Aalexx Buchproduktion GmbH, Großburgwedel
ISBN 978-3-938047-65-1

Inhaltsverzeichnis

Vorwort

„Holzbarone“, so nannte man im Murgtal im Schwarzwald die Floßherren und Fernhandelskaufleute, die sich schon im Mittelalter zur Murgschifferschaft zusammengeschlossen hatten, die im 19. Jahrhundert die Wasserkräfte der Murg und ihre Waldungen nutzten, die europa-, ja zum Teil weltweite Handelsbeziehungen hatten und einen großbürgerlichen Lebensstil pflegten. Sie waren wohlhabend und kapitalkräftig, als die Industrialisierung zu Anfang des 19. Jahrhunderts in Deutschland begann. Sie profitierten von den Gründerjahren, gerieten dann aber in den Strudel der Umwälzungen des 20. Jahrhunderts durch den Ersten Weltkrieg, die Weltwirtschaftskrise, den Zweiten Weltkrieg und die Krise der Familiengesellschaften.

Das vorliegende Buch habe ich „Chronik einer Industriellenfamilie“ genannt. Das Geschehen in den Familien sowie der geschichtliche und wirtschaftsgeschichtliche Hintergrund sowie die Zeitströmungen entsprechen der Realität. Aber dieses Buch ist keine Biographie, sondern ein Roman. Die handelnden Personen sind fiktive Gestalten meiner Fantasie.

Gernsbach, im Februar 2005
Dr. Casimir Katz

Einleitung

Dr. Archibald Weiler, Senior der im internationalen Geschäft tätigen Unternehmensberatung Weiler & Partners International Consulting, saß in dem großen Esszimmer seines Hauses in der Bleichstraße in Gernsbach. Es war Sylvesterabend des Jahres 2003. Der Wetterbericht im Radio hatte Schnee angesagt. Der Himmel war verhangen, und jetzt um drei Uhr am Nachmittag fing es schon an dunkel zu werden, und man musste das Licht einschalten.

Dr. Weiler sah hinaus auf die Straße und über den Fluss auf die Altstadt von Gernsbach und auf die Berge im Hintergrund, die kaum noch zu erkennen waren. Er war melancholischer Stimmung. Der große Raum von über 80 Quadratmetern mit dunkler Vertäfelung war mit Möbeln aus dem 17. und 18. Jahrhundert eingerichtet, an der Wand hingen die Bilder seiner Ahnen und der Stammbaum der Familie, der bis ins 16. Jahrhundert zurückreichte. Das prächtige Haus war ein Bürgerpalais, das der Hofarchitekt Friedrich Weinbrenner 1797 errichtet hatte. Die Familie hatte damals gewaltige Einkünfte aus dem Floßholzhandel mit den Niederlanden erzielt. Als nach der Französischen Revolution die Zölle auf dem Rhein aufgehoben worden waren und man den Schwarzwald wegen des enormen Bedarfs der Niederlande an Holz praktisch kahl schlug, hatte die Familie Millionen von Gulden verdient. Auch der Vorgängerbau an gleicher Stelle war schon ein ansehnliches Haus der Familie gewesen.

Am Sylvesternachmittag hätte er früher nicht hier sitzen können, denn da wäre der Tisch für das große Sylvestermenü gerichtet worden, das in der Regel aus sechs bis sieben Gängen bestand und für dessen Zubereitung alle Hände eifrig tätig waren. Die ganze Familie hatte sich versammelt, es feierten Großeltern, Eltern, Kinder und Enkel und auch gute Freunde zusammen, immer auf die gleiche Art. Es wurde stundenlang gegessen, dann wurde der Weihnachtsbaum angezündet, Musik gespielt und kurz vor zwölf Uhr der 90. Psalm vom Familienoberhaupt vorgelesen. Luftschlangen und Knallbonbons waren verpönt. Den älteren Kindern wurde gestattet, um zwölf Uhr vom Balkon aus Feuerwerk abzubrennen.

Zum Essen gab es verschiedene Weine und danach einen Punsch, bei dem man sich über das vergangene Jahr und über das, was das neue Jahr bringen würde, unterhielt. Archibald Weiler hatte bisher immer darauf gesehen, dass die alte Tradition eingehalten wurde.

Aber in diesem Jahr war alles anders. Die Gäste, die eingeladen waren, hatten im letzten Moment abgesagt, obgleich sie gerne das vorzügliche Essen genossen und sich mit Archibald unterhalten hätten. Sie waren durch Krankheit verhindert zu kommen, oder sie erhielten selber Besuch von ihren eigenen Familien. Auch die Kinder hatten abgesagt, sie wollten Sylvester etwas fröhlicher mit gleichaltrigen Freunden feiern, und das galt erst recht für die erwachsenen Enkel.

Archibald war deprimiert. Das lag nicht nur daran, dass die jungen Leute nicht kamen, sondern was ihn nachdenklich stimmte, waren die Verse des 90. Psalms, der da lautet: „Unser Leben währet siebzig Jahre, und wenn es hoch kommt, so sind es achtzig Jahre", und bis zu seinem 80. Geburtstag dauerte es nur noch eineinhalb Jahre.

Resignation überfiel ihn. Hatte er in seinem Leben alles richtig gemacht? Vor ihm auf dem kleinen Couchtisch lagen die Tageszeitungen mit den Rückblicken auf das vergangene und den Prognosen für das kommende Jahr. Archibald hatte sie nur flüchtig durchgesehen. Der Rückblick auf das vergangene Jahr brachte wenig Erfreuliches: Naturkatastrophen, Attentate, Aufstände, kriegerische Auseinandersetzungen, Geiselnahmen, das waren die Schlagzeilen der vergangenen Monate.

Auch die Nachrichten aus der Wirtschaft waren nicht besser. Konkurse, Zusammenbrüche, bei denen es um Milliardensummen ging, steigende Zahlen von Arbeitslosen, Betrügereien und Finanzskandale, die Großbanken wiesen in ihren Bilanzen Verluste in Höhe von mehreren Milliarden auf, es wurde kaum mehr investiert. Archibald teilte die Meinung, die vor einiger Zeit Altbundeskanzler Helmut Schmidt geäußert hatte. „Ich fühle mich schlecht regiert, und die Manager sind alle größenwahnsinnig geworden!"

1989 war das kommunistische System an seinen Widersprüchen zusammengebrochen, und jetzt, 2004, war das liberale Wirtschaftssystem oder, wie es die Sozialisten nannten, der Kapitalismus von einer großen Krise ergriffen. Möglicherweise konnte das ganze System zusammenbrechen. Man hatte über seine Verhältnisse gelebt und mehr versprochen, als gehalten werden konnte, man hatte für das Alter nicht ausreichend vorgesorgt.

Dabei ging es der Wirtschaft in den Industrieländern noch relativ gut. Im Vergleich mit früheren Jahren waren das Bruttosozialprodukt und der Lebensstandard gewaltig gestiegen, aber das sah man nicht. Nicht zu sparen und für bessere Zeiten vorzusorgen war die Tugend, an die man appellierte. Plötzlich sollte die Bevölkerung mehr konsumieren, um die Wirtschaft anzukurbeln. Dabei hatten doch viele schon alles. Man sprach von Gerechtigkeit und Teilen, aber beim Teilen dachte man nur an das eigene Volk. Die Probleme in der Dritten Welt, wo noch bittere Armut herrschte, wo es gärte und man auf einem Pulverfass saß, sah man nicht.

Archibald Weiler und seine Teilhaber konnten mit den letzten Jahren recht zufrieden sein. Die Zahl der Mandanten hatte von Jahr zu Jahr zugenommen. Ursprünglich hatte er keine Partner gehabt, aber dann hatte mit der Konzentration und der Globalisierung das Geschäft einen ungeheuren Umfang angenommen. Archibald hatte sich auf die Beratung der Holz- und Papierindustrie konzentriert, und zwar international. Im Gegensatz zu den meisten anderen Beratern hatte er praktische Erfahrung als Unternehmer gewonnen, und er hatte Erfahrung in der Beratung von Familiengesellschaften.

Dazu kam, dass er mehrere Fremdsprachen beherrschte, dass er über enge Beziehungen zu Skandinavien und Nordamerika verfügte. Die Schwerpunkte des Geschäfts lagen auf dem Gebiet der Marktforschung, der Firmengründung, dem Aufbau des Vertriebs, der strategischen Planung. Er war bei vielen Zusammenschlüssen und Fusionen beteiligt. Er beriet vor allem Familiengesellschaften, die in Schwierigkeiten geraten waren, und hatte für diese mit den Banken verhandelt, er hatte internationalen Ruf erlangt. Seine Einkünfte waren erheblich höher als in der Zeit, als er noch Vorstandsmitglied der väterlichen Firma Weiler & Busch gewesen war. Er hatte keine finanziellen Sorgen mehr.

Er hatte manche Streitigkeiten in Familiengesellschaften schlichten können, er hatte manchen Unternehmerfamilien geraten, eine Trennung von Kapital und Arbeit vorzunehmen und fremde Manager mit der Leitung des Unternehmens zu betrauen, und er hatte vielen Unternehmen zu neuem Kapital verholfen.

Aber ganz glücklich war er damit nicht geworden. Gerade heute waren ihm wieder Zweifel gekommen, ob alles so richtig war, was er empfohlen hatte. Das Kapital der Familie, durch Erbteilung und Steuern vermindert, reichte nicht mehr aus, um die neuen Anlagen, die in der Papier- und Holzindustrie meist Hunderte von Millionen gekostet hatten, auf dem modernsten Stand der Technik zu halten. Aus Konkurrenzgründen war es notwendig, sich europa-, ja weltweit zu engagieren, und das konnten die privaten Unternehmer nicht mehr.

So hatte Archibald vielen der Familiengesellschaften geraten, aus dem Unternehmen auszusteigen, Kasse zu machen, der Familie dadurch wenigstens das Vermögen zu erhalten und dem notwendigen Fortschritt des Unternehmens nicht im Wege zu stehen.

In den Fusions- oder Übernahmeverträgen zwischen den großen Konzernen und den Familienbetrieben war fast überall vereinbart worden, dass die alten Herrschaften einen Sitz im Aufsichtsrat bekamen und lukrative Beraterverträge und die Söhne auch noch eine Anstellung in den Unternehmen erhielten. Archibald hatte darauf besonders großen Wert gelegt. Aber in den neuen Konzernen war der Rat der alten Inhaber nicht mehr gefragt. In den Aufsichtsratssitzungen sprach man englisch, und das verstanden die Alten nicht richtig. Sie konnten oft dem Fortgang der Verhandlungen in den Sitzun gen nicht folgen, und wenn sie noch einigermaßen verstanden, was gesprochen wurde, konnten sie ihre eigene Meinung nicht klar genug zum Ausdruck bringen, und wenn es ihnen doch gelang, hörte ihnen keiner zu. In den Konzernen war die Wärme, die die alten Familienbetriebe vielfach ausstrahlten, verschwunden. Es herrschte in ihnen ein eisiges Klima.

Den Jungen wurde sehr bald gekündigt, oder man nervte sie dadurch, dass sie ständig zu berichten hatten und alle Augenblicke in Helsinki oder Atlanta anzutanzen hatten und Befehle erhielten, die sie ausführen mussten. In der Konzernspitze duzte man sich, aber das war nur die Umgangssprache und keine Freundschaft.

Die wenigsten der Unternehmersöhne fanden eine vernünftige Anstellung in der Industrie, manche wurden Playboys, manche wurden Beamte. Es fiel ihnen schwer, sich im Arbeitsleben unterzuordnen. Es ging ihnen nicht schlecht, aber in ihrer Gemeinde, in der sie als Unternehmer einmal die Herren waren, nach denen sich alles gerichtet hatte, waren sie zu anonymen Bürgern geworden, die auf der Straße kaum noch gegrüßt wurden, denn man kannte sie nicht.

Archibald überlegte, was aus den großen Familien des Murgtals geworden war, aus den alten Murgschiffern, die die Wirtschaft und das Leben während mehrerer Jahrhunderte geprägt hatten. Die Wirtschaft des Murgtals wurde nicht mehr in Gernsbach gelenkt, die Entscheidungen kamen aus Helsinki, Amsterdam, Wien, London und aus Industriestädten der Vereinigten Staaten.

Auch die alte Firma Weiler & Busch, das Unternehmen von Archibalds Vorfahren, die seit beinahe 500 Jahren im Murgtal ansässig gewesen waren und seit dieser Zeit immer das Flößerei- und Holzgewerbe betrieben hatten, gab es nicht mehr, und Archibald tat das weh. Auch er wäre eigentlich lieber noch Unternehmer gewesen als Berater. Die Beratung hatte ihm zwar auch Freude gemacht, aber beraten, ohne die Verantwortung zu haben, ohne selbst entscheiden zu können, genügte ihm nicht.

Er überlegte, warum die Familien oft sechs oder sieben, sogar bis zu elf Generationen lang die Firmen hatten leiten können. Warum war das jetzt nicht mehr möglich?

Im Gegensatz zu den modernen Managern hatten die Vorfahren für ihr Unternehmen echte Verantwortung übernommen. Wenn das Unternehmen in Schwierigkeiten kam, wenn die Konjunktur zurückging, dann waren sie auch selber davon betroffen und mussten Sorge tragen, dass etwas Neues geschaffen wurde, von dem das Unternehmen leben konnte.

Die von den Sozialisten so sehr geschmähte patriarchalische Führung der Unternehmen im 19. Jahrhundert, im 20. Jahrhundert auch mit einem Schimpfwort als Sozialklimbim abqualifiziert, war doch geprägt gewesen durch Verantwortung gegenüber den Arbeitnehmern und der Gemeinde und natürlich auch gegenüber der eigenen Familie. Man wusste, dass man für schlechte Zeiten, die immer wieder kamen, etwas zurücklegen musste. Man lebte nicht – oder nur selten – über seine Verhältnisse. Man spekulierte und verspielte nicht sein Geld. Großvater und Urgroßvater Weiler hatten sich auch in die Privatangelegenheiten ihrer Arbeiter und Angestellten eingemischt, aber wenn einer krank war, wurde er nicht entlassen. Wenn die Frau eines Arbeiters ein Kind bekam, kochte Großmutter Weiler für die Familie, wenn ein Sohn begabt war, bezahlte man das Schulgeld oder schickte ihn auf die Universität. Die Firma Weiler hatte eine eigene Betriebskrankenkasse, und Weilers hatten das Krankenhaus für die Gemeinde gestiftet.

Der Unternehmer kannte damals seinen Betrieb von vorne bis hinten und konnte jede Maschine auch selber bedienen. Er zeigte seinen Arbeitern, wie es gemacht wurde. Viele der Unternehmer waren aus dem Handwerkerstand hervorgegangen, viele waren Erfinder und Tüftler, sie wagten etwas Neues, was andere noch nie geschaffen hatten. Freilich konnte man damals auch alles gebrauchen. Die wachsende Bevölkerung und die wachsenden Bedürfnisse sorgten dafür, dass man alles absetzen konnte.

Die Steuern waren gering und spielten keine sehr große Rolle, aber man fühlte sich trotzdem für die Gemeinde verantwortlich und gab freiwillig den Zehnten, so wie es in der Bibel stand, für wohltätige Zwecke her. Im Gemeinderat von Gernsbach saßen fast alle Unternehmerfamilien, ein Weiler saß auch im Landtag und im Reichstag. Es gab noch keine Erbschaftssteuer, die beim Tod des Familienoberhaupts dem Unternehmen das notwendige Kapital entzog. Beim Tod des Chefs wurde das Unternehmen von den Söhnen übernommen, die meist schon vorher vom Vater zum Teilhaber gemacht worden waren, während die Töchter bei ihrer Heirat eine ansehnliche Mitgift erhielten. Die Söhne – so war man der Meinung – hatten dafür zu sorgen, dass sie durch eine vorteilhafte Heirat genügend Kapital besaßen. Wenn allerdings die Zahl der Töchter wesentlich größer war als die der Söhne, konnte es einen erheblichen Kapitalabfluss geben, und dann hatte sich der Sohn, der das Geschäft übernommen hatte, kräftig anzustrengen. Das traf vor allem auf die Familie Weiler zu.

Aber im 20. Jahrhundert war es damit vorbei, dass ein tüchtiger Unternehmer, ein Erfinder oder ein genialer Kaufmann innerhalb einer Generation ein riesiges Vermögen erwerben und es auch seinen Kindern und Kindeskindern weitergeben konnte. Kriege und Inflation ließen das Familieneinkommen schrumpfen. Die Unternehmersöhne waren vielfach nicht mehr in der Lage, ein Unternehmen zu leiten. Die zunehmende Steuerlast machte es unmöglich, ausreichend Kapital im Unternehmen zu belassen. Dort, wo nicht mehr genug verdient wurde, gab es Streit zwischen den im Unternehmen Tätigen und den nur am Unternehmen Beteiligten, die von der Geschäftsführung ausgeschlossen waren. Es gab Neid und Hader in den Familien. Die Unternehmersöhne waren vielfach nicht für die Fortführung des Unternehmens geeignet, sie waren oft verwöhnt, sie hatten ja nicht wie ihre Vorfahren die Position erkämpfen müssen. Es gab auch begabte und kluge Menschen, aber vielfach fehlte ihnen die Härte, die in den schwierigen Zeiten für die Führung eines Unternehmens notwendig war.

In den alten Unternehmen war es Gewohnheit gewesen, dass man auch die Söhne von tüchtigen Angestellten ins Unternehmen aufnahm, nicht nur der Chef, sondern auch die Arbeiter und Angestellten vererbten ihre Stellung. Man wusste, mit wem man es zu tun hatte, und konnte sich auf die Mitarbeiter verlassen. Aber nicht alle genügten den Anforderungen der modernen Zeit, und da war es für die Unternehmersöhne oft schwierig, die Spiel- und Schulkameraden, mit denen sie aufgewachsen waren, einfach auszuwechseln. Sie hatten gelernt, dass sie Rücksicht zu nehmen hatten.

Bis weit ins 20. Jahrhundert hinein standen die Unternehmer noch für ihr Unternehmen gerade. Vielfach blieb ihnen nichts anderes übrig, denn die Banken forderten von ihnen die volle Haftung, auch wenn das Unternehmen in Form einer GmbH geführt wurde. Ohne persönliche Bürgschaft gab es praktisch keinen Kredit mehr, und die Schulden stiegen durch den wachsenden Kapitalbedarf immer weiter an, so dass die Unternehmer mit der Zeit das Handtuch werfen mussten und liquidierten. Nur wenige konnten das noch geordnet vollziehen. Bei vielen entschied letzten Endes der Insolvenzverwalter.

Bei den meisten mittelständischen Unternehmen hatte man sich bei den Gehältern für die Familienmitglieder zurückgehalten. Viel mehr als das doppelte Gehalt eines Angestellten wurde nicht bezahlt, während die Manager, ganz gleich, wie es der Gesellschaft ging, oft Beträge von mehreren Millionen im Jahr ausgezahlt bekamen.

Auch die neuen großen Aktiengesellschaften hatten ihre Probleme, und wie Archibald feststellte, wurden sie auch dort alles andere als optimal gelöst. In den Direktionsetagen der großen Konzerne wurde gegeneinander intrigiert. Auch hier setzte sich der mit den stärksten Ellbogen durch. Aber für ihre Fehler standen die wenigsten gerade. Die Manager, die gescheitert waren, verließen das Unternehmen mit hohen Abfindungen. Bei vielen von Managern geführten Unternehmen wurde etliches versäumt, weil man sich gegenseitig blockierte.

Archibald blickte auf die Bilder seiner Vorfahren und fragte sich, wie sie wohl die Probleme gelöst hätten. Während er versonnen aus dem Fenster auf die Stadt schaute, brach plötzlich die Sonne durch die Wolken und Archibalds Stimmung besserte sich augenblicklich. Er sagte sich: „Sei nicht unzufrieden, eigentlich kannst du doch noch recht zufrieden sein!“

Die Geschichte der Familie Weiler war ja kein gerader Aufstieg, auch wenn der Großvater für die Firma den Wahlspruch „Aufwärts – Vorwärts“ gewählt hatte. Im Grunde genommen war die Entwicklung recht schwankend gewesen, sie war eher wie die Echternacher Springprozession verlaufen: drei Schritte vor, zwei zurück. Die alte Firma Weiler & Busch, die einmal ein weltweit tätiges Unternehmen gewesen war, existierte nicht mehr. Sie war aufgegangen in dem Unternehmen eines Konkurrenten. Die Werke, darunter auch viele im Ausland, waren nach und nach verkauft oder stillgelegt worden. Nur wenige wussten noch von ihrer alten Bedeutung, aber letzten Endes war die Familie Weiler immer noch eine Unternehmerfamilie geblieben.

In zwei Wochen würde sein Sohn fünfzig Jahre alt, der selbstverständlich wie seine Vorfahren auch auf den Namen Archibald getauft worden war. Damals, am 12. Januar 1954, als der Sohn zur Welt gekommen war, hatten die Arbeiter und Angestellten der Firma das Ereignis mit Böllerschüssen begrüßt, um kundzutun, dass bei Weiler & Busch der Stammhalter geboren war, den man bald den „Kronprinz" nannte.

Für den Vater Archibald war es selbstverständlich, dass sein Sohn in seine Fußstapfen treten, dass er einmal seine Position einnehmen würde. Aber der Junge konnte sich nicht in ein gemachtes Bett legen. 1962 geriet die alte Familienfirma in Turbulenzen, und Archibald musste aus der Firma ausscheiden. Er hatte hohe Schulden, und mit der Kronprinzenrolle des „kleinen Archibald", wie er genannt wurde, war es vorbei. Nun zählten nur noch Fleiß, Wissen und Beharrlichkeit, um wieder nach oben zu kommen. Niemand, vor allem nicht die Familie, hatte damit gerechnet, dass Archibald wieder auf die Füße kommen würde. Heute war er wieder wer. Was war aus seinen Kindern geworden? Auch wieder Unternehmer! Aber nicht mit einem großen vererbten Vermögen, sondern nur durch Fleiß, Wissen und Ausdauer. Archibald hatte aus der Katastrophe gelernt. Er wollte seinen Kindern nicht mehr den Lebensweg vorschreiben. Sie konnten den Beruf wählen, den sie wollten, und sein Sohn, der kleine Archibald, und auch seine Schwester wurden beide Unternehmer. Mit viel Fleiß, Ausdauer und großem Wissen hatten sie sich emporgearbeitet. Der Junge war Bauingenieur geworden. Nach einer glänzenden Promotion waren ihm gute Stellungen in den großen Konzernen der Bauindustrie angeboten worden, aber er entschloss sich, sich selbstständig zu machen und gründete ein Ingenieurbüro, das heute Weltgeltung hatte wie die Firma seines Vaters.

Ihm kam der Gedanke, ob er die Geschichte seiner Vorfahren und die von anderen Unternehmen, die er verfolgt hatte, nicht aufzeichnen sollte. Vielleicht konnten ja andere daraus etwas lernen. Aber er verwarf diesen Gedanken. Er hatte manche seiner Erfahrungen schon in wirtschaftswissenschaftlichen Werken und Aufsätzen verwertet, und er hatte damit einiges Geld verdient. Aber hatten die anderen daraus gelernt? War es überhaupt möglich, dass man aus den Erfahrungen von anderen etwas lernen konnte? Musste man nicht erst selber Fehler machen, um zu begreifen, wie man sich im Leben zu verhalten hatte? Konnte man aus den Fehlern anderer etwas lernen? Archibald hatte festgestellt, dass das eigentlich nicht möglich war.

Aber sollte er nicht trotzdem für die nächste Generation etwas über das Leben seiner Vorfahren schreiben, damit es nicht verloren ging? Sollte er nicht seine Memoiren veröffentlichen? Wenn er alles das schrieb, was er erlebt hatte, und das aufzeichnete, was er von seinen Eltern und Großeltern erfahren hatte, dann gab das eine Geschichte, die wohl niemand glauben würde. Was würden seine Mandanten sagen, wenn er aus dem Nähkästchen plauderte?

Aber dann kam ihm die Idee: Sollte er nicht das alles in einem Roman festhalten? In einem Roman mit anderen Namen, aber doch mit einer unerhört interessanten Geschichte, die von der Gründerzeit in der zweiten Hälfte des 19. Jahrhunderts bis in die sechziger Jahre des 20. Jahrhunderts hinein reichte? In einem Roman, in dem man von der wirtschaftlichen Entwicklung dieser Zeit erfuhr, von den Höhen und Tiefen, die eine Industriellenfamilie durchlebte, von den Wünschen und Träumen und auch von den bitteren Realitäten, die das Leben bestimmten?

Er beschloss, diesen Roman zu schreiben. Er war zwar noch als Senior der Unternehmensberatung gefragt, aber vielleicht ließ sich doch so viel Zeit erübrigen, um diese Arbeit zu vollenden, und das gab, so schien es, seinem Leben doch noch einen Sinn. Er dachte wieder an den 90. Psalm, den er am Abend vorlesen wollte, dem er auch viel Tröstliches entnahm, so die Bitte an den Herrn, das Werk unserer Hände zu fördern. Und er dachte an die Verse des Psalms: „Wenn das Leben köstlich gewesen, so ist es Mühe und Arbeit gewesen.“

Johanna

Es war ein schöner Abend im Mai 1880. Die Glocke der Liebfrauenkirche in Gernsbach schlug sechs Uhr und gleich darauf begann das Vesperläuten. Die Leute strömten zur Maiandacht den Hügel zur Kirche hinauf, kleine Mädchen in ihren weißen Kommunionkleidern trippelten stolz neben den Eltern einher. Johanna legte den Pinsel auf die Staffelei, strich mit ihrem Spitzentaschentuch den Schweiß von der Stirn, denn für Mai war es ein ungewöhnlich heißer Tag gewesen. Als sie mittags von zu Hause aufgebrochen war, hatte es schon 21° Reaumur gehabt, und jetzt mochten es noch einige Grad mehr sein. Sie stand unten im Hahnbachtal, von wo aus sie die Kirche gemalt hatte, und prüfte ihr Werk kritisch. Ganz zu ihrer Zufriedenheit war das Bild nicht ausgefallen. Der Kirchturm war etwas zu lang, das Nest auf dem Storchenturm etwas zu groß, irgendetwas stimmte in der Perspektive nicht. Dagegen waren ihr die Bäume und Büsche auf dem Weg nach Staufenberg recht gut gelungen. Eigentlich hätte sie gerne noch etwas länger gearbeitet, aber dazu war keine Zeit mehr. Morgen war Vaters 64. Geburtstag, und für ihn musste sie ein neues Bild malen, denn der Vater war von ihrer Malkunst immer wieder begeistert.

Die Mutter war nicht ganz so davon überzeugt, und Johanna selber kannte auch ihre Grenzen. Sie träumte von ihrem Ziel, Malerin zu werden, aber dafür würde es wohl nicht ganz langen, trotz des reichen Lobes, das sie von Meister Böcklin in Basel erntete, bei dem sie einige Stunden genommen hatte. Sie wusste, dass das Lob wahrscheinlich auch ihrem Vater galt, der ein guter Kunde war und den Meister tief verehrte. Sie konnte kopieren oder restaurieren, das lag ihr, auch Landschaften waren ihr bisher sehr gut gelungen, aber wenn sie als Malerin Erfolg haben wollte, musste sie auch Menschen porträtieren, vor allem Kinder – dafür gab es Bedarf –, aber das konnte sie nicht. Alle Versuche brachten zwar eine gewisse Ähnlichkeit zustande, aber die Dargestellten wirkten hölzern und steif. Zum Malen als Beruf würde es wohl nicht reichen.

In der Zwischenzeit war der Diener ihres Vaters, der alte Friedrich, bei ihr angelangt. Er sollte ihre Staffelei, das Bild, den Malkasten mit den vielen Farbtuben und die Palette nach Hause tragen. Sie selber nahm nur den Picknickkorb und den Sonnenschirm. Eigentlich hatte Johanna auch das Bild und den hölzernen Koffer mit den Malutensilien selber tragen können, aber das schickte sich nicht. Die Mutter war eigentlich unwillig gewesen, dass Friedrich ihr am Morgen beim Tragen hinauf zum Hahnbachweg half und sie auch wieder abholte, denn sie brauchte ihn dringend zu Hause, weil so viel vorzubereiten war für den morgigen Geburtstag des Vaters. Außerdem wurde für den Nachmittag noch die Ankunft eines Floßes erwartet, und für die Bewirtung der Flößer, die zur Flößerzeche kamen, hätte sie Friedrich gebraucht. Aber sie wollte ja auch, dass das Bild rechtzeitig zum Geburtstag fertig wurde, denn sonst wäre ihr Mann allzu sehr enttäuscht gewesen.

So machte sich Johanna auf den Heimweg, den Sandweg hinunter zur Staufenberger Straße, entlang der Liebfrauenkirche und dem Storchenturm, am Wolkensteiner Hof, wo Oberförster Müller, der Leiter des Gernsbacher Forstamtes, residierte, und am Amtsgericht vorbei, den Stadtbuckel hinunter. In der Stadt herrschte noch lebhaftes Treiben, obgleich es Samstagabend und schon Viertel nach sechs Uhr war. Aber die Läden hatten noch nicht geschlossen, die meisten blieben bis sieben Uhr, einige auch bis acht Uhr offen.

Das Flößerstädtchen Gernsbach beherbergte ein Amtsgericht, hatte etwa 2500 Einwohner und war der Mittelpunkt des mittleren Murgtales. An Markttagen strömten die Bauern und Waldarbeiter aus der ganzen Umgebung in die Stadt. Es gab Handwerksbetriebe wie Schuhmacher, Wagner, Schmiede, Schlosser, Büchsenmacher, Seiler, Schreiner, Gerber, Schneider und Friseure, ja sogar einen Juwelier und Uhrmacher, Apotheker, Ärzte und Zahnärzte, alles, was es auf dem Land nicht gab. Neben dem Rathaus war sogar ein Café, das für seine guten Pralinés bekannt war und das von den wenigen Kurgästen, die zur Sommerfrische nach Gernsbach kamen, gerne aufgesucht wurde und das seine Erzeugnisse auch in die Residenz nach Karlsruhe versandte.

Aus den Höfen der Häuser hörte man das laute Brüllen der Kühe und das Meckern der Geißen, denn die meisten Handwerker waren noch Ackerbürger. Mehrere hundert Stück Vieh wurden in der Stadt gehalten.

Auf dem Weg nach Hause, den Stadtbuckel hinunter, wurde Johanna von vielen Passanten gegrüßt, andere fragten ihre Nachbarn, wer denn das schöne junge Fräulein sei, und erfuhren zu ihrem Erstaunen, dass es die Tochter des angesehenen Schiffers Archibald Adolf Schickardt sei. Sie hatten die junge Dame noch als Kind in Erinnerung und sahen jetzt eine perfekte Dame. Verstohlene Blicke warfen die jungen Burschen ihr zu, die die ungewöhnlich hochgewachsene schlanke Gestalt mit ihrem wiegenden Schritt, ihrer schmalen Taille, den dunklen Locken und den schwarzbraunen Augen bewunderten.

Unten am Brunnen standen einige Mägde und holten Wasser, denn fließend Wasser gab es in den Häusern noch nicht. Auf dem Marktplatz wurden die Stände des Wochenmarktes abgebaut. Das Rathaus war ein prächtiger Renaissancebau, angeblich vom Architekten des Heidelberger Schlosses gebaut, als Wohnhaus für den Vorfahren Johann Jakob Schickardt den Jüngeren, der aber nie dort gewohnt hatte, weil er zu Beginn des Dreißigjährigen Krieges sich mit seiner aus Straßburg stammenden Frau hinter die starken Mauern der alten Reichsstadt geflüchtet hatte und nie wieder nach Gernsbach zurückgekehrt war.

Als sie am Rathaus vorbeikamen, schloss der Amtsdiener gerade das Tor. Friedrich bemerkte trocken, so gut wie ein Stadtbeamter wolle er es auch einmal haben. Die fingen mit ihrer Arbeit erst morgens um acht Uhr an, wenn andere Leute schon längst auf den Feldern seien, und würden auch am Abend als Erste den Griffel hinwerfen!

Als sie an die Hofstätte kamen, bog aus der Schlossstraße gerade ein Langholzfuhrwerk um die Ecke und fuhr zur Murgbrücke hin. Es hatte drei mächtige Stämme von 30 Metern Länge geladen. Die Fuhrleute kamen nur mit Schwierigkeiten um die Ecke. Sie schimpften und peitschten auf die Ochsen ein, die sich aber kaum aus ihrem Trott reißen ließen. Der Wagen fuhr unter dem Geschrei der Kutscher weiter und bog in die Bleichstraße ein, wahrscheinlich ging es zum Bahnhof oder vielleicht auch zum Sägewerk von Weiler & Busch, das am unteren Ende der Bleichstraße lag.

Johannas Weg ging in die andere Richtung in die Igelbachstraße. Dort hatte in der Murg, direkt vor dem Haus ihrer Eltern, ein großes Floß mit zwölf Gestören angelegt. Die Flößer machten sich gerade fertig zum Aufbruch. Die Bewirtung der Flößer für ihre Fahrt den Rhein hinunter hatte wohl länger gedauert als vorgesehen, aber Archibald Adolf Schickardt war ein sehr freigiebiger Mann. Bei ihm erhielten die Flößer nicht nur Wurstweck und Most, sondern auch Braten und Wein. Es kam ja auch nicht mehr allzu oft vor, dass ein Floß anlegte. Weiter flussabwärts, bei Weiler & Busch, mochten es noch drei oder vier Flöße im Monat sein, die den Rhein hinuntergingen, aber bei Schickardts legte nur noch alle drei Monate einmal ein Floß an. Das Ende der Flößerei war abzusehen, seit die Eisenbahn gebaut worden war.

Dass die Flößer sich noch so lange im Hause Schickardt aufgehalten hatten, lag auch daran, dass sie heute Abend nur noch zwei Kilometer flussabwärts bis nach Hörden fahren mussten, wo die meisten Flößer zu Hause waren, und dort festmachten. Denn am Sonntag wurde nicht geflößt, sondern es ging erst am Montag weiter, über den Rhein bis nach Mainz, wo mehrere große Flöße zu einem Kapitalfloß mit über 300 Metern Länge zusammengebunden wurden. Das Holz war für die Niederlande bestimmt, für die Firma Abraham van Stolk, mit der die Firma Schickardt schon mehr als 200 Jahre zusammenarbeitete.

Das Haus von Johannas Eltern war ein schöner Barockbau mit einer prächtigen Fassade zur Murg hin, nach hinten hinaus lagen die Stallungen und Remisen und das Firmenkontor. Das Haus war zweigeteilt. In der einen Hälfte wohnte Johanna mit ihren Eltern und Geschwistern, in der anderen Hälfte die Schwester des Vaters, Karoline Kugler mit ihrem Mann, dem ehemaligen Maire von Straßburg.

Johanna und Friedrich wurden schon ungeduldig erwartet. Die Mutter brauchte Friedrich zur Hilfe in der Küche und zu Vorbereitungen für den morgigen Festtag. Johanna hatte kaum Zeit, sich frisch zu machen und umzuziehen, da ertönte auch schon der Gong, der zum Abendessen rief. Es wurde im kleinen Gartensaal, der im hinteren Teil des Hauses zum Garten hin lag, eingenommen. Der Vater sprach vor dem Essen ein kurzes Tischgebet, weil das so üblich war.

Friedrich servierte mit weißen Handschuhen. Es gab nur ein einfaches Essen, erst Graupensuppe, dann gekochtes Ochsenfleisch, das für die Festtagssuppe des morgigen großen Essens benötigt wurde, dazu gab es als Beilagen Rettich-, Gurken- und grünen Salat, eingemachte Kürbisse und Bouillonkartoffeln. Dann gab es Sauerbraten mit Klößen nach einem Rezept der Mutter, die es aus dem Rheinland ins Murgtal mitgebracht hatte, und zum Schluss einen Pudding.

Während des Essens hatten die Kinder zu schweigen, Johanna galt mit ihren 17 Jahren aber schon als Erwachsene und durfte sich an der Unterhaltung von Vater und Mutter beteiligen, während ihre 16-jährige Schwester Ella nur antworten durfte, wenn sie gefragt wurde. Ella, ein lustiges junges Mädchen, fiel das sichtlich schwer. Nicht an die Regel hielt sich der zehnjährige Adolf, der Nachkömmling und Liebling der Eltern, der nach Meinung seiner Schwestern maßlos verwöhnt war.

Adolf war als Kind immer kränklich gewesen, und nachdem der erste Sohn, der wie Vater und Großvater Archibald hieß, schon mit sechs Jahren gestorben war, wurde Adolf verhätschelt und verzogen. Als er noch ein kleiner Bub von drei Jahren war, wetteiferten seine beiden großen Schwestern darum, sein kleines Spazierstöckchen, das er verloren hatte, wieder aufzuheben. Jetzt sahen sie aber den kleinen Lausbub, der immer dazwischenredete, mit anderen Augen an. Sie waren der Meinung, dass es sich die Eltern mit der Erziehung zu leicht gemacht hatten und dem kleinen Lümmel zu viel durchgehen ließen.

Während des Essens erzählte der Vater vom letzten Pferderennen in Baden-Baden, was seine Frau und auch seine Töchter kaum interessierte. Adolf verfolgte aber alles mit großem Interesse und fragte zum Schluss, wie viel er denn dabei gewonnen habe. Der Vater schien die Frage zu überhören, weswegen Adolf noch einmal nachfragte, von der Mutter aber die Antwort erhielt: „Rede du nur, wenn du gefragt bist!"

Nach dem Essen zog sich der Vater in das Herrenzimmer zurück, um, wie er sagte, die Zeitung zu studieren und noch einige Briefe zu schreiben. Die Mutter und Johanna mussten den Dienstboten noch einige Anweisungen für den nächsten Tag geben und setzten sich dann in den Salon. Die Mutter nahm ihr Strickzeug zur Hand, während Johanna begann, Servietten, die für ihre Aussteuer gedacht waren, kunstvoll mit ihrem Monogramm J.S. zu besticken. Die Mutter, die wie ihre älteste Tochter Johanna hieß, schenkte sich einen Likör ein und seufzte. Sie sah auf ihr Porträt, das sie als junge Braut zeigte. Damals war sie eine Schönheit gewesen: Schlank, mit schmaler Taille, dunklen Haaren, die in Korkenzieherlocken ihr feines Gesicht einrahmten. Auch wenn das Bild vielleicht geschmeichelt war, so war sie eine ungewöhnlich schöne Frau gewesen. Jetzt war sie aufgedunsen, von der schlanken Taille war nichts mehr zu sehen, sie hatte breite Hüften, und der blasse Teint war einer rotblauen Gesichtsfarbe gewichen. Ihre Hände waren mit dunklen Adern durchzogen, ihre Haare, die in einem mächtigen Knoten aufgetürmt waren, durchzogen die ersten grauen Strähnen.

„Trink nicht so viel", meinte Johanna, als die Mutter sich das Glas zum zweiten Mal füllte. „Kritisier mich nicht, Kind", war die Antwort. „Ich mache mir Sorgen. Vater wirft das Geld mit vollen Händen hinaus. Ich weiß nicht, wie lange das noch so weitergeht. Gott sei Dank ist die Spielbank in Baden-Baden geschlossen. Aber jetzt wettet er Unsummen auf Pferde. Wie viel er verspielt hat, weiß ich nicht." Die Mutter zögerte. Sollte sie Johanna sagen, dass sie auch eifersüchtig war, der Lebenswandel ihres Mannes ihr Kummer bereitete? Schon seit Jahren hatte sie das Gefühl, dass er sie betrog. Er verreiste viel und kam meist recht guter Laune zurück. Sie hatte beobachtet, wie er schöne Kleiderstoffe gekauft hatte, die bei ihm im Schrank lagen und von denen sie erwartet hatte, dass sie sie zum Geburtstag oder Weihnachten geschenkt bekäme. Aber dann waren die Stoffe plötzlich verschwunden. Sie begann die Taschen der Anzüge ihres Mannes zu durchsuchen und fand manchmal Briefe, die von Frauenhand zu stammen schienen, aber einen echten Beweis, dass er untreu war, hatte sie nie erhalten.

Sie merkte aber, dass es mit dem Geschäft bergab ging. Im Vergleich zu den anderen Schiffern war ihr Mann ein Versager. Sie stellte sich die Frage, ob es seine Schuld oder die Schuld seines Vaters, Archibald Heinrich, war. Sein Vater war 88 Jahre alt geworden und hatte seinem Sohn nicht viele Möglichkeiten in der Firma gelassen. Als er starb, war Archibald Adolf bereits 61 Jahre alt gewesen. Archibald Heinrich hatte dreimal geheiratet, zwei Frauen überlebt und zehn Kinder gezeugt, neun Mädchen und nur einen Jungen. Das große Vermögen, das die Firma zu Ende des vorigen Jahrhunderts mit dem Holzexport nach Holland verdient hatte, war dahingeschmolzen. Es war nichts Neues dazugekommen. Jede der Töchter hatte eine reiche Mitgift von 50.000 Gulden bekommen, und so war das große Vermögen immer kleiner geworden. Der Wald war abgeholzt. Zwar war auch wieder aufgeforstet worden, aber bis aus den um 1830 gepflanzten Bäumen wieder größere Erträge flossen, mochte es noch gut dreißig Jahre dauern. Der Wald brachte jetzt nur noch wenige starke Stämme, das meiste war Brennholz oder Grubenholz, und das brachte nur geringes Geld.

Der Vater ließ seinen Sohn nicht im Geschäft mitarbeiten, und so wartete Archibald Adolf Jahr für Jahr, dass er endlich das Heft in die Hand nehmen könnte, und diese Gelegenheit kam nicht.

Archibald Heinrich hatte die meiste Zeit in Mannheim gelebt, sich dort vergnügt und nur ab und zu nach dem Rechten gesehen. Während die anderen Schiffer wie Wieland oder Weiler ihre Sägewerke modernisierten und moderne Dampfsägewerke bauten und den Sägewerken Holzschleifereien angliederten, schnitt man bei Schickardt das Holz immer noch mit alten Venezianer-Gattern, die nur ein Sägeblatt besaßen.

Johanna war es nicht entgangen, dass die anderen Unternehmen viel stärker wuchsen. Aber den Vater kümmerte das nicht. Er war stolz darauf, ein Abkomme des alten Jakob Schickardt zu sein, des großen Floßherren und Bankiers, bei dem einmal die Fürsten aus ganz Deutschland in der Kreide gestanden hatten. Nur hatten die Fürsten und Städte diese Schulden nie zurückbezahlt. Aber die Einkünfte aus dem Wald und dem Holzhandel hatten bisher immer noch gereicht, um ein Leben wie die Fürsten zu führen. Doch auch das größte Vermögen konnte den Aderlass einer großzügigen Aussteuer für neun Töchter nicht verkraften.

Die Mutter ahnte, dass sie schwierigen Zeiten entgegengingen, aber sie wusste nicht, was sie dagegen unternehmen konnte. Sie hätte Johanna gerne um Rat gefragt, denn sie hatte keine Freundin, mit der sie darüber sprechen konnte, aber konnte sie Johanna damit belasten? Würde sie damit nicht das Bild des Vaters herabsetzen? War er wirklich so ein unbedeutender Luftikus oder tat sie ihm unrecht, war ihr Verdacht falsch? Warum zog er sich nur jeden Abend zurück? Sie sah, wie er hübschen jungen Frauen nachschaute, wie angeregt er in Gesellschaften mit jungen Damen plauderte, meist über Nichtigkeiten. Liebte er sie nicht mehr? Nachts drehte er sich meist auf die andere Seite und beachtete sie überhaupt nicht.

Sie war viel allein, während Archibald Adolf unzählige Freunde hatte. Sie, die aus einer westfälischen Kaufmannsfamilie stammte und deren Mutter eine lebenslustige Rheinländerin war, hatte sich für viele Dinge interessiert, auch für das Geschäft. Aber Archibald Adolf ließ sie nicht teilhaben. Der Schwiegervater hatte sie links liegen gelassen, weil seine dritte Frau sie kaum beachtete. Konnte Johanna das alles verstehen? Sie konnte ihre Sorgen über das schlechter laufende Geschäft äußern, aber wie es in ihrem Innern aussah, das konnte sie Johanna doch nicht gestehen, obgleich es Johanna sicher verstanden hätte, denn sie war sehr einfühlsam und beobachtete die Menschen scharf. Musste sie, ja konnte sie sie noch erziehen, oder erzog Johanna sie? Die Bemerkung, sie solle nicht so viel trinken, hatte sie tief getroffen. Aber was blieb ihr auch an den einsamen Abenden, wenn ihr Mann sich zurückzog, anderes als Trost?

Gegen zehn Uhr ging die junge Johanna hinauf in ihr Schlafzimmer, das sie mit ihrer Schwester teilte, die schon schlief. Jede der Schwestern hatte ein Mahagonibett und einen Waschtisch aus Mahagoni, auf denen die Waschschüssel und eine Kanne mit Waschwasser stand. Johanna wusch sich und putzte sich die Zähne. Davon wachte Ella auf und brummte etwas Unverständliches. Johanna wollte von ihrem Gespräch mit der Mutter erzählen, aber Ella drehte sich um und sagte mit einem Gähnen: „Erzähl ruhig weiter, verlange nur nicht, dass ich dir zuhöre!"

Johanna konnte noch nicht schlafen, sie setzte sich ans Fenster und sah auf die vom Mond beschienene Murg hinab, wo auf dem Wehr zwei Fischotter saßen. Sie dachte über ihre Zukunft nach. Sie war jetzt schon zwei Monate wieder zu Hause und wusste nicht, wie es weitergehen sollte. Wäre sie ein Junge gewesen, hätte sie studieren können. Es gab so viel Interessantes auf der Welt, ein Junge hätte so viel werden können, aber als Mädchen waren ihr alle interessanten Aufgaben verschlossen. Die Universitäten nahmen keine Frauen auf, und selbst wenn sie angenommen worden wäre, hätten sie ihre Eltern sicher nicht gehen lassen. Eine Frau hatte zu heiraten und Kinder zu bekommen. Es war zwar gut, wenn sie auf dem Lyzeum so viel gelernt hatte, um eine anregende Konversation als Gastgeberin führen zu können – mehr war aber nicht notwendig. Ihr Onkel, Graf Sponeck, und seine Frau, Tante Mariechen, eine Schwester ihres Vaters, waren der Meinung, es wäre am besten, wenn sie einen jungen Offizier heiraten würde. Graf Sponeck war als kommandierender General Exzellenz und der höchste Soldat in Baden nach dem Großherzog. Aber Johanna sah darin nicht das erstrebenswerte Ziel. Von Tante Mariechen hatte sie immer wieder gehört, wie sie als Offiziersfrau von Garnison zu Garnison hatte umziehen müssen, und dieses Schicksal schien ihr nicht besonders reizvoll.

Einen Kaufmann heiraten? Sie stammte aus einer Kaufmannsfamilie, aber nur im Haus zu wirken, zu repräsentieren, nicht am Leben des Mannes teilzunehmen, kaum von zu Hause wegzukommen, acht oder zehn Kinder aufzuziehen, war das so erstrebenswert?

Künstlerin werden? Für eine Malerin oder Schriftstellerin, reichte dazu ihr Talent? Würden ihre Eltern das erlauben? Johanna stieg in ihr Bett, fand aber noch lange keine Ruhe.

Am nächsten Morgen traf sich die Familie gegen acht Uhr im Gartenzimmer zum Frühstück. Der Vater, der schon früh aufgestanden und ausgeritten war, fand sich als erster an der gedeckten Tafel ein. Sein Platz war mit Maiglöckchen geschmückt. Kurz danach kamen Johanna und Adolf, dann erschien die Mutter und zum Schluss auch Ella, die noch recht verschlafen wirkte. Die Kinder und die Mutter gratulierten dem Vater mit einem Kuss auf die Backe, alle wünschten gute Gesundheit und noch ein langes Leben. Archibald Adolf, der es liebte, im Mittelpunkt zu stehen, war ausgesprochen guter Laune. Das Frühstück wurde vom Mädchen im schwarzen Kleid, weißer Schürze und weißer Haube serviert. Es gab Schokolade und Kaffee, frische Brötchen, die der Bäcker auch am Sonntagmorgen brachte, mit Butter, Honig und Marmelade, die in großer Auswahl noch aus der Ernte des vorigen Jahres im Keller stand.

Um halb neun Uhr gab es im Salon Bescherung. Der Vater musste vor der Türe warten, bis ein Glöckchen erklang und er zu seinem Geburtstagstisch schreiten durfte. Auf ihm lag als Hauptgeschenk der Mutter ein neuer seidener Schlafrock, eine neue Reitpeitsche mit silbernem Knauf, eine Kiste mit 25 Zigarren seiner Lieblingsmarke, einer schweren Brasil, ein Trinkglas aus rubinrotem böhmischem Glas, in das die Konturen des Schlosses Eberstein eingeschliffen waren und das in die Sammlung des Vaters passte. Er sammelte Trinkgläser aus allen möglichen Kurorten und war stolz darauf, eine so große Sammlung mit Motiven aus Baden-Baden zu haben.

Ella hatte ein Sofakissen bestickt und Adolf mit der Laubsäge ein Schlüsselbrett ausgesägt und bunt lackiert. Und dann stand das neue Gemälde von Johanna auf dem Tisch, die Liebfrauenkirche von Gernsbach.

Es blieb nicht mehr viel Zeit, denn um halb zehn Uhr begann der Gottesdienst, und da musste die Familie pünktlich sein. Die evangelische St. Jakobskirche lag auf der anderen Seite der Murg auf einer kleinen Anhöhe. In der Kirche begab sich die Familie auf die rechte Empore, denn dort standen die Bänke der Murgschiffer. Kurz nachdem sie Platz genommen hatten, rauschte auch Minna Weiler herein, begleitet von ihrem Stiefsohn Archibald und ihrem Sohn Friedrich, der Vikar war, und drei unverheirateten Töchtern, die Mutter und die Töchter tief verschleiert, weil sie noch in Trauer um ihren Mann und Vater Archibald Rudolf Weiler waren, der erst vor Kurzem verstorben war. Johanna beobachtete sie aufmerksam, vor allem auch den jungen Archibald, der sie aber keines Blickes würdigte.

Der Gottesdienst begann. Die Familie Schickardt sang kräftig mit, aber sie wurde übertönt von dem lauten und inbrünstigen Gesang von Minna Weiler und ihren Töchtern, die das Gefühl vermittelten, der Gottesdienst würde eigentlich nur für sie abgehalten.

Nach dem Gottesdienst forderte die Mutter Johanna auf, jetzt endlich einen Kondolenzbesuch bei Minna Weiler zu machen. Bisher hatte sich Johanna immer wieder davor gedrückt, mit der Begründung, zu diesen Geißböcken wolle sie nicht gehen. Die Familie Weiler galt für die lebenslustige Familie Schickardt als steife, bigotte, alles besser wissende Familie, die immer alles so ernst nahm, die Shakespeare mit verteilten Rollen auf Englisch las, aber nicht viel Sinn für Fröhlichkeit und Geselligkeit hatte. Sie waren Pietisten, deren gesamtes Leben von Gebeten und Andachten begleitet war. Pflichtbewusstsein war hier immer oberstes Gebot gewesen.

Die Mutter ließ nicht locker: „Jetzt geh schon hin, Frau Weiler empfängt zwischen elf und zwölf Uhr. Sie hat gesehen, dass du da bist und würde es übel nehmen, wenn du keinen Besuch machst. Um zwölf Uhr bist du ja wieder zu Hause, und dann hast du es überstanden!“

Missmutig machte sich Johanna auf in die Bleichstraße und zog an dem schmiedeeisernen Klingelzug. Das Weilersche Haus war noch größer und prächtiger als das der Schickardts. Es war von dem berühmten Architekten Weinbrenner zu Beginn des 19. Jahrhunderts gebaut worden, mit großen Hoftoren, Remisen, Kutscherhaus und Ställen. Die Gesellschaftsräume befanden sich im ersten Stock, während sie bei Schickardts im Parterre lagen.

Ein Mädchen öffnete die Türe und bat Johanna in den Vorraum hinein. Auf ein silbernes Tablett, das das Mädchen ihr reichte, legte Johanna ihre Visitenkarte. Sie stand nun am Fuße der großen Freitreppe und wartete, ob ihr Besuch angenommen wurde. Nach einem kurzen Augenblick kam das Mädchen wieder, gab Bescheid, dass Frau Weiler bitten lasse, und führte Johanna die Treppe hinauf in den Salon.

Der Salon war mit Biedermeiermöbeln eingerichtet, an der Wand hingen Bilder aus der Romantik. In einem schweren Lehnstuhl, der nicht so recht zu den anderen Möbeln passte, saß Minna Weiler, und hinter ihrem Stuhl stand ihr Stiefsohn Archibald Otto und schaute, wie Johanna meinte, recht spöttisch und herablassend auf die Eintretende.

Johanna hatte sich auf dem Weg hierher den genauen Text für die Kondolenz überlegt, aber jetzt, als sie eintrat, war er wie weggeflogen, und das, was sie sagte, waren nur hohle Phrasen. Im Pensionat hatte sie zwar gelernt, wie man formvollendet Konversation machte, aber nicht, wie man kondolierte. Sie geriet ins Stottern, sagte, dass es ihr leid täte und dass sie mitfühlen könne, aber Minna fragte sie gleich, seit wann sie wieder aus der Schweiz zurück sei und welche Pläne sie für die Zukunft habe. Johanna fiel nichts anderes ein, als dass sie jetzt erst einmal nach Rastatt in die Nähstunde gehe und dass sie möglicherweise wieder für einige Zeit zurück in die Schweiz wolle, um ihre Malstudien zu vollenden. Minna antwortete, dass die Nähschule in Rastatt wohl ausgezeichnet sei, wie sie gehört habe, und dass ihre jüngste Tochter Minna auch dorthin gehen sollte. Es sei jetzt ja kein Problem, mit der Eisenbahn nach Rastatt zu fahren, um zwei Uhr gehe der Zug ab und um drei Uhr sei er schon in Rastatt. Die Mädchen könnten auch pünktlich zum Abendessen wieder zurück sein.

Minna ließ einen Sherry anbieten, aber Johanna lehnte dankend ab, worauf sie ein Glas Himbeerwasser serviert bekam. Archibald Otto beteiligte sich kaum an dem Gespräch, und Johanna hatte das Gefühl, dass er sich über sie lustig machte. Sobald es ihr schicklich erschien, erklärte sie, dass sie jetzt wieder nach Hause müsse, der Vater feiere Geburtstag und da sei noch einiges zu Hause zu helfen. Minna entließ sie und bat Archibald Otto, die junge Dame bis zur Türe zu bringen. Johanna war froh, als sich die Türe hinter ihr schloss. Der junge Mann hatte sie verwirrt. Eigentlich war er recht fesch, groß und schlank, mit energischem Kinn, das Willensstärke verriet, dunklen Haaren und braunen Augen, die sie mit einem spöttischen Lächeln genau zu beobachten schienen.

Das Mittagessen war trotz des Geburtstages recht einfach. Es gab nur drei Gänge, aber zum Abend sollte es ja das große Diner geben, zu dem zahlreiche Gäste eingeladen waren. Im Hause herrschte jetzt fieberhafte Geschäftigkeit. Friedrich hatte Eis aus dem Eiskeller geholt. Es war im Winter aus der zugefrorenen Murg herausgeschnitten und im Keller mit Sägespänen bedeckt worden, und dort konnte es lange Zeit aufbewahrt werden. Er zerkleinerte das Eis für die Eismaschine, denn am Abend sollte es das berühmte Praliné-Eis der Familie Schickardt geben. Außerdem mussten der Weißwein und der Champagner gekühlt werden.

Nach dem Mittagessen legten sich die Eltern zum Mittagsschlaf hin, Adolf spielte mit der Uhrwerkeisenbahn in seinem Kinderzimmer, und Johanna ging daran, ihre Gedanken in ihrem Tagebuch niederzuschreiben.

Abends um halb sieben Uhr war die ganze Familie wieder im Salon versammelt, um die Gäste zu empfangen. Eingeladen waren zwei Schwestern des Vaters, Karoline und Marie mit ihren Ehemännern, die er sonst nicht gerne zusammen einlud, denn Alfred Kugler, der Mann von Karoline, war bis 1868 noch Maire von Straßburg gewesen, dann aus Krankheitsgründen zurückgetreten und mit seiner Frau nach Gernsbach gezogen. Zwischen Kugler und Graf Sponeck, dem Mann von Tante Marie, gab es immer wieder Reibereien. Kugler fühlte sich immer noch als Elsässer und Franzose. Am Sedanstag schmückte er sein Haus nicht mit Girlanden und schwarz-weiß-roten und gelb-rot-gelben Fähnchen, was Archibald Adolf unsäglich ärgerte, denn das Haus von Kuglers war ein Flügel des Schickardtschen Palais. Archibald Adolf hatte es deswegen schon von sich aus schmücken lassen, aber Kugler hatte dafür gesorgt, dass der Schmuck wieder entfernt wurde.

Weitere Gäste waren der beste Freund des Vaters, Oberförster Müller, der Leiter des Gernsbacher Forstamtes, mit seiner Frau, der alte Murgschiffer Otto Wieland, der jetzt der neue Vorsitzende des Verwaltungsrats der Murgschifferschaft war, seine Frau Amalie, und schließlich der Murgschiffer Archibald Griesbach, ein Vetter von Wieland wie auch von dem verstorbenen Archibald Weiler, ein alter 48er, der nach der Revolution von 1849 zu mehreren Jahren Zuchthaus verurteilt worden war und immer noch den Idealen von damals huldigte.

Die beiden Dienstmädchen trugen schwarze Kleider, weiße Schürzen und weiße Häubchen. Auf silbernen Tabletts wurde Gebäck und alter Sherry gereicht, der in Kristallkaraffen abgefüllt war. Archibald Adolf wurde von allen lebhaft begrüßt und beglückwünscht, es wurden Geschenke überreicht, verschiedene geschliffene Trinkgläser, weil alle wussten, dass er sie sammelte. Adolf war in sein Zimmer im oberen Stockwerk verbannt worden, aber Johanna sah, wie er neugierig durch das Geländer nach unten spähte.

Nach einigem belanglosem Geplauder über das heiße Frühjahrswetter ging es zu Tisch. Die beiden Mädchen servierten, und Friedrich in Lakaienuniform mit weißen Handschuhen kredenzte den Wein. Der Tisch war festlich mit silbernen Leuchtern geschmückt, in der Mitte stand ein großer Tafelaufsatz aus Meißner Porzellan, gefüllt mit Früchten und Blumen, daneben waren röhrende Hirsche und angriffslustige Wildschweine, die der Konditor Fischer aus Zucker angefertigt hatte, über den Tisch verteilt. Der Kronleuchter war mit 48 Kerzen besteckt. Archibald Adolf konnte sich nicht verkneifen, ganz beiläufig zu erwähnen, dass er wie immer 48 Kerzen aufstecke, während bei der Familie Weiler höchstens 24 Kerzen brannten, Frau Minna sei ja für ihren Geiz bekannt. Darauf warf Forstrat Müller ein: „Ja, von den Reichen kann man das Sparen lernen."

Nachdem die Mutter sich zu Tisch gesetzt hatte, nahmen auch die Gäste Platz, und es begann gleich eine lebhafte Unterhaltung, so dass einer den anderen kaum verstehen konnte. Die Tischordnung war sehr geschickt so arrangiert worden, dass Sponeck und Kugler möglichst weit voneinander entfernt saßen. Archibald Adolf saß zwischen seinen beiden Schwestern Karoline und Mariechen, Johanna zwischen dem immer lustigen und viel erzählenden Oberförster Müller und dem ebenfalls recht lebhaften Archibald Griesbach, die Mutter hatte Graf Sponeck zum Tischherren und auf der anderen Seite Otto Wieland.

Als weitere Gäste waren der Apotheker Sonntag mit seiner Frau und der Kassier der Murgschifferschaft, Archibald Schickardt, gekommen. Dass so viele Herren Archibald hießen, war in Gernsbach ganz normal. Es war der Name, auf den die ältesten Söhne der Murgschiffer getauft wurden, angeblich, weil der letzte Ebersteiner, Graf Archibald von Eberstein, bei den ältesten Söhnen der Murgschiffer Pate gestanden hatte.

Der erste Gang war eine klare Ochsenschwanzsuppe mit altem Sherry. Dann gab es Pastetchen mit feinem Ragout, zu denen Rheinwein gereicht wurde, gefolgt von Straßburger Gänseleberpastete mit Trüffeln und einem Elsässer Gewürztraminer. Die Forellen, die jetzt serviert wurden und die Friedrich am Tag zuvor gefangen hatte, waren noch kurz vor Beginn des Essens im Brunnen hinter dem Haus geschwommen. Dazu gab es Moselwein. Als nächster Gang kam ein Kalbsbraten mit Pilzen und Nudeln, zu dem ein Roséwein sehr gut schmeckte, und als dann ein Gemüsegang mit Schwarzwurzeln, die Archibald Adolf besonders gerne aß, folgte, meinte Tante Mariechen: „Gemüsegang ist aller Laster Anfang!", was große Heiterkeit auslöste, die auch noch beim nächsten Gang, Truthahn mit Erbsen und Kartoffelbrei, anhielt. Zu dem nun folgenden Rehrücken mit Preiselbeeren und Schupfnudeln wurde ein schwerer Burgunder serviert. Zum Nachtisch gab es die beiden Spezialitäten der Familie, das waren Windbeutel mit heißer Schokoladensoße und dann das berühmte Praliné-Eis, dazu wurde Champagner, Marke Heidsieck, gereicht. Eine üppige Käseplatte mit einem besonders alten Burgunder machte den Abschluss.

Bei festlichen Gelegenheiten musste ein Essen bei einem Murgschiffer mindestens aus acht Gängen bestehen, Archibald Adolf suchte dabei aber alle zu übertrumpfen. Weniger als zehn Gänge waren für ihn nicht denkbar, und dieses Essen hatte er mit großem Vergnügen selber zusammengestellt. Allerdings waren die einzelnen Gänge nur Happen gewesen, die Damen hatten meist nur einen Wein getrunken und auch die Herren nippten oft nur an ihren Gläsern. Oberförster Müller hatte schon mehrfach erklärt, dass er bei Schickardts zwar ein riesiges Menü vorgesetzt bekomme, letztlich aber hungrig vom Tisch aufstehe. Ihm hätte ein gut bürgerliches, dafür reichliches Essen genügt.

Das Mahl zog sich mehrere Stunden hin, zumal es von einigen Tischreden unterbrochen wurde. Danach teilte sich die Gesellschaft. Die Damen gingen in den Salon, wo das Mädchen Liköre und Mokka servierte, die Herren versammelten sich im Herrenzimmer, wo Friedrich ebenfalls Mokka, Kirschwasser, Cognac und besonders gute Zigarren anbot.

Die Unterhaltung war diesmal besonders lebhaft. Hauptthema sowohl bei den Herren als auch bei den Damen war der erst kürzlich verstorbene Archibald Rudolf Weiler. Er war der mächtigste und reichste Bürger des Städtchens gewesen, ein außerordentlich erfolgreicher Mann, der erste Industrielle im Murgtal, der bei der Bevölkerung hohes Ansehen genoss, der aber bei seinen Kollegen alles andere als beliebt war. Sie neideten ihm seinen Erfolg und mokierten sich über seinen Ernst und über seinen Geiz, aber noch mehr über den seiner Frau.

Die meisten Murgschiffer lebten jetzt schon mehr als 50 Jahre von ihrem Vermögen. Die Genossenschaft hatte in ihrer 400-jährigen Geschichte Höhen und Tiefen durchlaufen. Noch Ende des 18. Jahrhundert wurden riesige Mengen an Holz nach den Niederlanden geflößt, doch der Wald vertrug diesen Aderlass nicht. Zwar brachten die Murgschiffer die Energie auf, den Wald wieder aufzuforsten, aber bis das Holz schlagreif war, sollte ein Jahrhundert vergehen. Die Murgschiffer lebten von ihren Ersparnissen, aber sie hatten sich an einen fürstlichen Lebensstandard gewöhnt, und so schmolz das Kapital dahin.

Die Familie Weiler hatte mehrfach sehr vorteilhaft geheiratet. Auch hatte der Vater von Archibald Rudolf, Archibald Friedrich, nur zwei Kinder, nicht wie Archibald Heinrich Schickardt zehn. Die Schwester von Archibald Rudolf heiratete auch wieder reich, und so wurde das Vermögen nicht allzu sehr strapaziert. Archibald Rudolf konnte in Karlsruhe das Gymnasium besuchen und durfte, was unter Kaufleuten eigentlich als großer Luxus galt, studieren, und zwar in Berlin, das, was er sich wünschte, Geschichte, Geographie und Chemie. Die kaufmännische Ausbildung erfolgte in Basel und Rotterdam, und er durfte Studienreisen nach Skandinavien und vor allem nach England unternehmen.

1848 kam er mit neuen Ideen zurück und modernisierte das Sägewerk. Bis dahin wurden die Sägen mit Wasserrädern angetrieben, aber nicht immer führte die Murg genügend Wasser für ihren Betrieb. Sie hatten auch nur ein einziges Sägeblatt, und es dauerte Stunden, bis ein Stamm aufgesägt war. Archibald Rudolf sah in England die ersten Vollgatter mit mehreren Sägeblättern, die durch Dampfmaschinen angetrieben wurden, und so baute er seine Sägewerke in Gernsbach und oberhalb der Stadt, in Hilpertsau und Weisenbach, aus. Ebenfalls aus England brachte er die Idee mit, das Holz gegen Fäulnis zu imprägnieren, und das war besonders wichtig für Telegrafenstangen, die jetzt überall in ganz Europa benötigt wurden. Die imprägnierten Masten verfaulten nicht nach fünf oder sechs Jahren, sondern hatten eine Lebensdauer von bis zu 40 Jahren.

Um das Schnittholz oder die Masten abzutransportieren, war es vorteilhaft, die Eisenbahn ins Murgtal zu holen, und auch dafür war Archibald Rudolf der Initiator. Um sein Geschäft weiter ausdehnen zu können, nahm er sich den reichen württembergischen Sägewerker und Schiffer Gottlieb Busch als Kompagnon mit in das Geschäft, und innerhalb von 20 Jahren gab es 18 Filialen in Süddeutschland und Frankreich. Er war Mitglied des Gemeinderats, des Kirchengemeinderats und wurde sogar in den Reichstag als konservativer Abgeordneter gewählt, obwohl die Bevölkerung in dem Wahlkreis zum großen Teil dem Zentrum, den Nationalliberalen oder Freisinnigen anhing. Es war damals aber eine Persönlichkeitswahl, und das ließ auf seinen Einfluss und seine Beliebtheit schließen. Seine Kollegen in der Schifferschaft waren zwar auch politisch engagiert, meist für die Freisinnigen oder Nationalliberalen, aber Erfolg war ihnen nicht beschieden.

Bei den Damen im Salon drehte sich das Gespräch zunächst einmal um die Beisetzung des verstorbenen Weiler, die sie als außerordentlich pompös und feierlich, eigentlich als etwas übertrieben ansahen. Der Sarg war in einem eigenen Eisenbahnwaggon, der an die fahrplanmäßigen Züge angehängt worden war, nach Gernsbach gekommen. Allein die Menge der Kränze, die dalagen, war überwältigend. Der halbe Waggon war damit gefüllt gewesen. Darunter war ein riesiger Kranz vom Grafen Moltke, dem Ehrenvorsitzenden der Fraktion der Konservativen, und ein fast genauso großer Kranz von dem neuen Generalpostmeister von Stephan, mit dem der Verstorbene im Ausschuss für Post- und Telegraphie-Angelegenheiten im Reichstag eng zusammengearbeitet hatte.

Die Damen fanden alles etwas zu großspurig, bemerkten aber mit einer gewissen Häme, dass Fürst Bismarck weder ein Telegramm noch einen Kondolenzbrief an die Witwe gerichtet hatte, sonst wäre das sicher erwähnt worden. Sie sprachen von der nicht enden wollenden Kirchenmusik, den endlosen Reden am Grab und wie die Witwe, ohne die Miene zu verziehen, am Grabe gestanden und sich beherrscht hatte, gestützt von ihrem ältesten Sohn, dem jungen Fritz, der dem Wunsch seiner Mutter entsprechend Theologie studiert hatte und jetzt als Vikar auf seine erste Stellung wartete, und wie der älteste Sohn aus der ersten Ehe von Archibald Rudolf, Archibald Otto, etwas abseits gestanden hatte.

Das Thema wechselte zum Gottesdienst vom Vormittag. Die Predigt sei alles andere als gut gewesen, na ja, der neue Pfarrer habe die Stelle ja auch nur durch Protektion der Frau Weiler bekommen.

In der Herrenrunde war die Beerdigung von Archibald Rudolf Weiler kein Gesprächsthema. Die Herren interessierten sich viel mehr dafür, was aus seinen Posten und Ämtern würde und wie die Nachwahlen zum Reichstag ausgingen.

Alle wunderten sich darüber, dass Weiler als Kaufmann Anhänger der Konservativen geworden und dass er auch noch für die Konservativen gewählt worden war. Diese waren im Badischen, wo die Niederlage von 1849 noch nicht verwunden war, in der Bevölkerung nicht allzu beliebt. Zwar waren die Konservativen aus Baden – das musste man zugeben – etwas anderes als die preußischen Junker. Die Partei war von evangelisch-kirchlichen Kreisen als Gegenpart zum Zentrum gegründet worden, aber eine Bedeutung hatte sie nie gewonnen. Weiler dürfte als Reichstagsabgeordneter kaum eine Rolle gespielt haben unter den vielen Grafen und Freiherren, die fast alle ihre Heimat östlich der Elbe hatten. Außer ihm hatte es nur drei bürgerliche konservative Abgeordnete gegeben.

Archibald Adolf lenkte das Gespräch auf die Eisenbahn, die jetzt verstaatlicht werden sollte. Bismarck habe schon seit einiger Zeit begonnen, durch den Bankier Bleichröder Aktien der Privatbahnen aufzukaufen, und die Aktienkurse würden ganz schön steigen. Ob es nicht klug sei, noch schnell einen Gewinn mitzunehmen und jetzt Aktien zu kaufen?

Wieland entgegnete: „Das mag ja vielleicht ein gutes Geschäft sein, aber garantieren kann das niemand." Sponeck wiederum meinte, die Bahn gehöre in die Hand des Staates, nicht weil sie für den Staat eine gute Einnahmequelle bedeute, sondern weil sie strategisch von Nutzen sei. „Moltke hat seine Feldzüge nur dadurch gewonnen, dass das Eisenbahnnetz in Preußen besser ausgebaut war als das in Österreich. Mit der Eisenbahn kann man ganze Armeekorps in wenigen Tagen von Ostpreußen bis an die französische Grenze bringen, und die Franzosen sind ja bekanntermaßen Revanchisten. Irgendwann kommt es doch noch zu einer großen Auseinandersetzung, wenn nicht jetzt, dann in zehn, 20 oder vielleicht auch erst in 30 Jahren, und dann ist es wichtig, ein gut ausgebautes Eisenbahnnetz zu haben." Griesbach als alter Liberaler meinte, er bleibe dabei, der Staat habe sich aus wirtschaftlichen Dingen herauszuhalten. Wieland, der fest damit rechnete, dass er demnächst den Vorsitz in der Murgschifferschaft übernehmen würde, war der Meinung, man solle sich doch gegen eine Verstaatlichung der Bahn nicht wehren, sondern sie verkaufen. „Die Bahn hat ja nicht die fantastischen Gewinne gebracht, die man erwartet hatte. Über kurz oder lang muss man die Bahn bis ins obere Murgtal, zumindest bis Forbach, wenn nicht bis ins Württembergische, weiterbauen. Bis nach Gernsbach konnte man noch günstig bauen, es waren keine Tunnel nötig, aber ein Weiterbau wird Hunderttausende, wenn nicht gar eine Million verschlingen, denken Sie nur an die vielen Brücken und Tunnel, die jetzt notwendig sind."

Nun kamen die Herren auf die Murgschifferschaft zu sprechen und damit auf das Lieblingsthema von Oberförster Müller: „Es ist jetzt günstig, die Murgschifferrechte an den Staat zu verkaufen. Ich bin vom Domänenärar beauftragt worden, Rechte zu kaufen, wir wollen den Wald unter unsere Regie bringen, um eine planmäßige Forstwirtschaft zu betreiben. Die Ertragsaussichten für die Murgschifferschaft sind außerordentlich schlecht, der Wald ist jetzt 50 Jahre alt, und wenn er 100 Jahre alt ist, dann ist längst das neue Jahrhundert angebrochen. Dann gibt es nur noch vereinzelt starke Stämme, die als Naturalholz an die wenigen Murgschiffer gehen, welche noch eigene Sägewerke haben."

Griesbach gab zu bedenken, dass die murgschiffereigenen Sägen unterhalb Gernsbachs restlos veraltet seien, sie würden demnächst versteigert. Das habe auch schon Weiler gesagt, man hätte seinen Argumenten folgen müssen. „Aber ich will meine Anteile auf jeden Fall halten und das Holz selber aufsägen."

Müller wies darauf hin, dass nur die Schiffer, die eigene Sägewerke hätten, Erträge aus der Murgschifferschaft ziehen könnten. „Sie müssen aber damit rechnen, dass die Genossenschafter Zubußen zahlen müssen, wenn die Erträge zurückgehen. Jetzt bietet der Staat um des höheren Ziels der geordneten Forstwirtschaft willen mehr, als die Murgschifferschaft eigentlich wert ist!" Archibald Adolf verfolgte dieses Gespräch sehr aufmerksam, es war zu spüren, dass über dieses Thema schon öfter gesprochen worden war und er mit dem Gedanken liebäugelte, seine Rechte auch zu verkaufen.

Müller stieß noch einmal nach und sagte: „Wenn ich über Murgschifferrechte verfügte, würde ich sie verkaufen und in Bergwerksaktien investieren, denn die Stahlindustrie wird von Jahr zu Jahr wachsen und immer mehr Kohle brauchen, da werden sicher hohe Dividenden fällig, während bei der Murgschifferschaft die Rendite, wenn es überhaupt eine gibt, doch nur sehr schmal ist."

Griesbach wiederum entgegnete, die Schifferschaft hätte gute und schlechte Jahre gehabt und ihr würde er sein Vermögen verdanken. Er gedenke, seine Anteile zu halten.

Das Gespräch hatte sich länger hingezogen. Archibald Adolf sah erschrocken auf die Wanduhr, die gerade elf Uhr schlug, und bat die Herren, ihre Zigarren zu Ende zu rauchen und hinüber zu den Damen zu eilen, auch in Anbetracht der Tatsache, dass am nächsten Tag Montag sei und der Abend nicht allzu lange ausgedehnt werden sollte.

Von den Damen gähnten einige schon verstohlen, sie hatten sich aber wohl recht lebhaft über Küche und Kinder und weniger über das Thema Kirche unterhalten. Friedrich und die Mädchen, die immer noch auf waren, brachten eine Bowlenschale mit „Kalter Ente" – der Hausherr hatte sie persönlich mit Wein und Zitrone angesetzt und kurz vor dem Servieren noch eine Flasche Champagner zugegeben –, die von allen mit Freude begrüßt und sehr gelobt wurde.

Das Gespräch nahm jetzt einen anderen Verlauf. Archibald Adolf meinte, dass man dank der Eisenbahn das Hoftheater in Karlsruhe ohne Schwierigkeiten besuchen könnte. Es wurde heftig über den „Ring des Nibelungen“ von Richard Wagner diskutiert, der vor wenigen Jahren vollendet und in Karlsruhe bereits zur Aufführung gebracht worden war. Die meisten der Anwesenden waren im Theater gewesen, aber nicht alle waren von Richard Wagner begeistert. Johannas Mutter und ihrem Vater waren die großen Opern von Meyerbeer oder der „Freischütz“ von Weber wesentlich lieber gewesen. Man könne bei Wagner keine Melodie erkennen, aber sie wurden von Sponeck darüber belehrt, dass es kaum einen Komponisten gebe, bei dem die Personen so stark durch bestimmte Motive zu erkennen seien – er jedenfalls sei begeistert. Tante Mariechen hatte die Aufführung aber überhaupt nicht gefallen.

Kugler, der sich an den Gesprächen nicht mehr beteiligt hatte, aus Angst anzuecken, stand auf und erklärte, dass man jetzt nach Hause gehen sollte. Ihm folgten die anderen sehr schnell nach. Jeder der Herren legte einige Silbermünzen für das Personal auf ein kleines Tablett, das in der Garderobe stand, und sie verabschiedeten sich mit Handkuss von der Hausherrin. Archibald Adolf ging, kaum dass sich die Türe hinter dem letzten Gast geschlossen hatte, hinauf in sein Zimmer.

Johanna und ihre Mutter beaufsichtigten noch die Dienstboten beim Aufräumen und folgten dann dem Vater nach oben.

Der Testamentseröffnung sah Archibald Otto Weiler, der Sohn von Archibald Rudolf aus erster Ehe, mit großer Spannung entgegen. Er erwartete, dass er als einziger Sohn mit kaufmännischer Ausbildung und nachdem er im Winter, bevor er nach Spanien gereist war, lang und ausführlich mit dem Vater über die weiteren Pläne für die Firma gesprochen hatte, im Testament besonders berücksichtigt werden würde. Er hoffte, dass er durch das Testament eine Stellung bekommen würde, in der er die Leitung des Unternehmens zusammen mit Gottlieb Busch übernehmen und vor allem die großen Pläne für eine Papierfabrik verwirklichen könnte, mit denen sich der Vater noch in den letzten Monaten seines Lebens beschäftigt hatte. Er plante, die Wasserkraft der Murg auszunutzen und bei Kirschbaumwasen, oberhalb von Forbach, die Murg zu stauen. Einige Kilometer unterhalb wollte er dann eine Papierfabrik zur Herstellung von Zeitungsdruckpapier auf der Basis von Holzstoff errichten. Archibald Rudolf hatte dem Papier eine große Zukunft vorausgesagt und sein Sohn war ebenso wie er von seinen Plänen ganz begeistert gewesen.

Voller Unruhe erwartete er nun die Testamentseröffnung, die am Tag nach der Beerdigung stattfand. Zwar hätte die Witwe lieber noch einige Tage abgewartet, aber das Testament sollte verlesen werden, solange die älteren Töchter des Verstorbenen, Jenny und Luise, noch in Gernsbach weilten. Jenny war mit dem Pfarrer Konrad König verheiratet, dem Sohn des Gernsbacher Diakons, der in der Zwischenzeit zum Pfarrer in der Matthäus-Kirche in Frankfurt am Main ernannt worden war und der jetzt bald wieder abfahren musste. Luise war mit einem Ingenieur Wolf in Basel verheiratet und drängte auch auf die baldige Testamentseröffnung.

Normalerweise mussten sich die Erben auf dem Notariat einfinden, aber bei einer so gewichtigen Persönlichkeit wie Archibald Rudolf kam der Notar selbstverständlich in die Wohnung der Witwe in der Bleichstraße. Die Familie versammelte sich im Herrenzimmer, einem sehr schlicht eingerichteten Raum, der eher den Charakter eines Büros als eines behaglichen Herrenzimmers hatte.

Anwesend waren außer der Witwe Minna Weiler und Archibald Otto die beiden älteren Töchter aus der ersten Ehe von Archibald Rudolf mit ihren Ehemännern, dann die älteren Kinder aus der zweiten Ehe, Vikar Friedrich Weiler und seine Schwester Anna. Die jüngeren Töchter Cecilie und Minna, genannt Dule, fehlten.

Der Notar erbrach das Siegel eines dicken Briefes und begann mit eintöniger Stimme, das Testament vorzulesen. Schon der erste Satz versetzte Archibald Otto einen Schock: Seine Stiefmutter erbte 50 Prozent des gesamten Vermögens, und die sieben Kinder waren auf das Pflichtteil gesetzt worden. Von den Anteilen der Firma Weiler & Busch erbte Minna sogar 50 Prozent plus ein Sechzehntel, weil der Verstorbene wohl dafür sorgen wollte, dass klare Mehrheitsverhältnisse bestünden. Archibald Otto erbte nicht mehr als seine Geschwister, und es wurden ihm auch keinerlei Vorrechte in der Firma eingeräumt.

Es folgte eine endlose Verlesung von Legaten, die der Verstorbene ausgesetzt hatte. Die kirchlichen Einrichtungen wurden dabei besonders reichlich bedacht. Gestiftet wurden die evangelischen Kindergärten in Gernsbach und in den evangelischen Gemeinden Scheuern und Staufenberg, zur Verfügung gestellt wurde eine größere Summe für die Stiftung eines Heimes für gefallene Mädchen in Gernsbach – und zwar handelte es sich jeweils um mehrere tausend Mark. Dazu kam eine größere Zuwendung an das Diakonissenhaus in Karlsruhe-Rüppurr, in dem Archibald Ottos Bruder Friedrich als Vikar tätig war. Es gab eine Stiftung für einen Verein zur Krankenpflege und eine für die Freiwillige Feuerwehr. Für die evangelische Kirche in Gernsbach wurden ein Taufgeschirr gestiftet und Gelder für die Renovierung der Orgel. Dann wurden zahlreiche Mitarbeiter in der Firma bedacht. Er hatte niemanden vergessen, vom Prokuristen bis zum Gärtner erhielten alle eine kleinere oder auch größere Summe. Für Archibald Otto wurde nur bestimmt, dass er den goldenen Siegelring mit dem Weilerschen Wappen, die Ahnenbilder und eine goldene Uhr erhielt. Die Witwe erbte das Haus mit allen Einrichtungsgegenständen und noch einen größeren Waldbesitz in Brannenburg bei Rosenheim.

Zum Testamentsvollstrecker wurde sein Kompagnon Gottlieb Busch bestellt. Archibald Otto konnte seine Enttäuschung kaum verhehlen, während seine Stiefmutter Minna recht zufrieden dreinblickte. Der Notar, der zum Abschied noch einen Sherry und etwas Gebäck gereicht bekam, verabschiedete sich schnell und wurde von Archibald Otto aus dem Haus geleitet, ohne dass dabei noch ein Wort fiel.

Dem Testament war eine Aufstellung über das Vermögen des Verstorbenen beigefügt, und hier war Archibald Otto doch sehr erstaunt über das riesige Vermögen des Vaters. Er hatte wohl gewusst, dass dieser ein reicher Mann war, aber dass er so reich war, das hatte er nicht geahnt. Das Gesamterbe betrug über fünf Millionen Mark, damit war er wohl einer der reichsten Bürger Badens gewesen.

Diesen Reichtum verdankte er nicht nur seinem Instinkt, der es ihm immer wieder ermöglichte, im Geschäft richtig zu urteilen, sondern auch seiner übergroßen Sparsamkeit. Die anderen Schiffer wie Wieland, Griesbach oder Schickardt hatten alle eigene Pferde und Wagen, ja auch noch Reitpferde wie Archibald Adolf Schickardt, sie besuchten Pferderennen in Baden-Baden und die Spielbank. Bei Weiler stand dagegen der Pferdestall, der vom Großvater gebaut worden war, leer. In der Kutscherkammer neben dem Stall hauste der Gärtner, der auch die Öfen im Haus bedienen musste. Es gab eine Köchin und ein Zimmermädchen. Die Wäsche machte eine Waschfrau, die jede Woche einen Tag kam, die Uhren wurden von einem Uhrmacher aufgezogen. Für die Jagd hatte Weiler keine Zeit, das Gleiche galt für Badereisen. Kunstgegenstände wurden nicht gesammelt. Auch beim Verbrauch von Wein war Weiler sparsam. Große Einladungen gab es nicht. Sein Interesse galt dem Geschäft, der Politik und allenfalls der Kirche.

Archibald erkannte, dass er nun restlos von seiner Stiefmutter abhängig war. Sie konnte bestimmen, was in der Firma geschah, und sein Verhältnis zu seiner Stiefmutter war bekanntlich nicht das beste.

Seine Mutter, die schöne Jenny Elise Michaud, eine temperamentvolle Schönheit aus dem Waadtland, war früh, im Alter von noch nicht 30 Jahren, an der Schwindsucht gestorben. Archibald Otto hatte keine Erinnerung mehr an sie, denn er war damals erst drei Jahre alt gewesen. Nach dem Tod der Mutter kam ihre ältere Schwester Françoise nach Gernsbach, um sich der Kinder anzunehmen. Tante Françoise, die für ihn wie eine Mutter war, führte den Haushalt und kümmerte sich liebevoll um die Kinder. Sie war als Gouvernante am britischen Hof bei Königin Victoria gewesen, damit deren Kinder einwandfreies Französisch lernen sollten.

Im Hause wurde nur französisch gesprochen, und Archibald Otto konnte so gut wie kein Deutsch. Tante Françoise verfügte über einen unerschöpflichen Vorrat an Anekdoten und Geschichten, denen die Kinder mit großem Vergnügen lauschten. Sie hatte gehofft, dass Archibald Rudolf sie heiraten würde, aber für ihn war sie zu altjüngferlich, denn sie war zehn Jahre älter als ihre Schwester und sechs Jahre älter als ihr Schwager.

Zunächst trauerte Archibald Rudolf sehr seiner jungen, schönen Frau nach, dann aber suchte er sich eine neue, und die fand er in der hübschen Minna Eisenlohr, der Tochter des Direktors der badischen Eisenbahn, mit dem er geschäftliche Verbindungen unterhielt. Tante Françoise musste wohl oder übel der jüngeren Nebenbuhlerin weichen, aber sie pflanzte ihren drei Schutzbefohlenen Misstrauen gegenüber der neuen Mutter ein.

Die älteste Tochter Jenny, bei der zweiten Hochzeit des Vaters schon zwölf Jahre alt, vertrug sich schnell mit der neuen Mutter, die sie eigentlich wie eine jüngere Schwester behandelte. Die junge Minna wollte die Kinder ihres Mannes wie ihre eigenen behandeln und bemühte sich sehr um sie, aber Luise und Archibald zeigten sich widerborstig.

Archibald kam mit zehn Jahren aus dem Haus. Großherzog Friedrich wollte, dass sein Sohn möglichst bürgerlich erzogen würde, er sollte nicht mehr durch Hauslehrer unterrichtet werden, sondern in ein gewöhnliches Gymnasium eintreten. Aber so ganz gewöhnlich sollte es nun auch nicht sein. Für den Erbprinzen wurde deshalb eine eigene Schule im Schloss eingerichtet mit einer Klasse, die nicht mehr als zehn Schüler, aus führenden bürgerlichen Kreisen ausgewählt, haben sollte. Bei der Stellung von Archibald Rudolf war es kein Wunder, dass sein Sohn, der genau so alt war wie der Erbprinz, für diese Schule ausgesucht wurde. So kam Archibald Otto nach Karlsruhe in Pension und fand sich jeden Morgen zum Unterricht im Schloss ein. Er war ein recht ungebärdiger, wilder und jähzorniger Junge. In der Familie wurde das der „Michaud'sche Spritzer" genannt.

Auch in der Schule war er kein braves Kind. Eines Tages, als er sich über den Erbprinzen geärgert hatte, packte er ihn am Kragen und tunkte seinen Kopf in den Brunnen. Der tropfnasse Erbprinz, der von schwächlicher Gesundheit war, wurde gleich von Lakaien in das Schloss gebracht, damit er seine Kleider wechseln konnte. Er kam deshalb zu spät zum Unterricht und wurde streng getadelt. Archibald Otto meldete sich und sagte dem Lehrer, dass den Erbprinzen keine Schuld treffe, denn er habe ihn in den Brunnen getunkt. Dem Erbprinzen wurde die Strafe erlassen, Archibald Otto musste dafür in den Karzer.

Der Großherzogin Luise, der Mutter des Erbprinzen, war Archibald als Rüpel aufgefallen, und er musste zwar nicht sofort, aber mit der Mittleren Reife aus der Schule ausscheiden. Archibald Otto machte sein Abitur im württembergischen Heilbronn. Der Erbprinz erkor Archibald nach dem Brunnenvorfall aber zu seinem Freund, und diese Freundschaft sollte ein ganzes Leben lang halten.

Nach dem Abitur bekam Archibald Otto von seinem Vater eine Reise nach Schweden und Norwegen geschenkt, um die dortige Holzindustrie kennenzulernen. Nach einem kurzen Studium an der Technischen Hochschule in

Darmstadt absolvierte er eine kaufmännische Lehre in Basel, dann ging er nach Rotterdam. Seine Eltern sah er kaum. Wie sein Vater war er zwar an Geschichte und Geographie interessiert, aber noch mehr liebte er die Musik, wofür sein Vater und seine Stiefmutter kaum Verständnis hatten. Auf seinen eigenen Wunsch hin hatte er Geigenunterricht genommen, gegen den niemand etwas einzuwenden hatte. Als er aber in Rotterdam in das dortige Orchester eintrat, witterten die Eltern Gefahr. Auf Vermittlung seines Vaters trat er in die Firma Friedrich Krupp in Essen ein, die ihn nach Spanien schickte, wo er – noch als junger Mann – eine leitende Stellung bekam.

Einen Tag nach der Testamentseröffnung machte Archibald Otto einen Besuch bei seinem Taufpaten, Kompagnon und Freund seines Vaters Gottlieb Busch, um sich mit ihm zu beraten. Busch wohnte in einer Villa in einem kleinen Park gegenüber dem Unternehmen. Seine Frau, Tante Sophie, führte Archibald Otto in das Arbeitszimmer von Onkel Gottlieb, einem wohlbeleibten Herrn, der, wie auch Archibalds Vater, einen stattlichen Vollbart trug. Eine goldene Uhrkette spannte sich über seinen runden Bauch. Er war ausgesprochen jovial und aufgeräumt.

Zunächst bot er Archibald eine Zigarre an und bat ihn dann, Platz zu nehmen. Archibald hielt sich nicht lange mit Höflichkeiten auf: „Wie soll es jetzt mit der Firma weitergehen?"

Gottlieb Busch zog an seiner Zigarre und blies Rauchringe in die Luft. „Ja, mein Sohn, das wird gar nicht weitergehen, wir werden die Firma liquidieren müssen. Ich habe gestern von deiner Mutter die Nachricht erhalten, dass sie die Firma nicht fortsetzen will. Sie hat sich mit ihrem Schwager Baumeister besprochen, und der meinte, sie könne unmöglich einem so jungen Mann, wie du es bist, das Vermögen der unmündigen Kinder anvertrauen. Sie ist außerordentlich skeptisch gegenüber deinen Fähigkeiten. Sie hat die Firma gekündigt und will 1,8 Millionen Mark aus der Firma herausnehmen, und das kann die Firma nicht überleben."

Archibald schluckte. „Und du, Onkel Gottlieb, was sagst du dazu?"

„Ich kann sie in gewisser Weise verstehen. Ich hätte die Firma gerne weiter fortgesetzt, aber die Krise von 1873 hat mir doch zu denken gegeben. Es geht nicht immer nur aufwärts. Wir müssen liquidieren und die einzelnen Werke verkaufen."

„Aber du, Onkel Gottlieb, du wirst doch mit mir weitermachen?"

„Nein, Archibald. Ich habe mir das eine Nacht lang überlegt. Du bist 24, ich bin 62, also beinahe 40 Jahre älter als du. Auch ich werde meine 800.000 Mark aus dem Unternehmen herausnehmen. Ich möchte nicht mit einem verkleinerten Unternehmen weitermachen. Für dich ist es wohl am besten, du machst eine reiche Heirat oder siehst dich nach einer neuen Stellung um."

Archibald war entsetzt. „Mein Vater hat doch so große Pläne gemacht. Es wäre doch jammerschade, wenn das alles jetzt aufgegeben würde!"

„Schade wäre das schon, aber du musst dich nach den Tatsachen richten."

„Willst du dich denn wirklich zur Ruhe setzen?"

„Ja, Archibald, ich habe lange genug gearbeitet. Jetzt werde ich mich um den Reichstagssitz deines Vaters bemühen. Du kannst ja nicht kandidieren, denn du hast mit deinen 24 Jahren noch kein passives Wahlrecht, und außerdem bist du zu unbekannt. Du kannst es ja später einmal versuchen."

„Und was soll ich jetzt mit der Firma machen?"

„Wenn du sie weiter betreiben willst, dann werde ich dir mit der Auszahlung eine Frist von drei Jahren geben. Wenn du ein vernünftiges Konzept hast, wie du das Geschäft weiterführen willst, dann kannst du es auch unter meinem Namen tun. Es wäre schade, wenn der so gut eingeführte Name Weiler & Busch verschwinden würde. Aber du musst wohl 80 % des Unternehmens verkaufen, wenn du keine reiche Heirat machst. Ich werde dir dabei behilflich sein. Mein Neffe Otto Steinbeis, der Prokurist unserer Gesellschaft, wird sicher von seinem Onkel Ferdi etwas Geld bekommen und kann einige Werke übernehmen. Er hat sich schon bereit erklärt, die Werke Gemmrigheim und Bruckmühl zu kaufen. Der Prokurist Rupert kann die Imprägnierwerke in Heidelberg, Mannheim und Mengen fortführen, die Imprägnierwerke in Ingolstadt und München können die Isarwerke erwerben. Für das Werk Rosenheim lässt sich auch noch ein Käufer finden. Das Werk in Niederbronn im Elsass könnten wir an die Firma de Diedrich veräußern, und auch die anderen Werke lassen sich verkaufen.

Für dich hast du dann noch das Stammwerk Gernsbach und Hilpertsau, vielleicht auch Weisenbach, aber um diese Werke zu betreiben, brauchst du Kredit, und den bekommst du nicht ohne eine Bürgschaft deiner Stiefmutter. Und ob sie für dich bürgt, kann ich dir nicht sagen. Es wäre für dich sicher gut, wenn du reich heiraten würdest. Ich weiß, dass der Zellstofffabrikant Trick in Kehl für seine Tochter einen passenden Ehemann sucht, sie ist schon 24 Jahre alt und hat noch keinen Mann bekommen, aber sie soll sehr hübsch sein. Wenn du willst, kann ich Trick mit Frau und Tochter zu mir einladen und dich dazu. Oder such dir in Mannheim eine reiche Partie, im Herbst geht ja die Ballsaison los."

Archibald Otto war entsetzt, er konnte sich doch nicht an irgendwelche Weiber, die unbedingt unter die Haube wollten, verkaufen! Er hatte da ganz andere Gedanken und fragte so ganz beiläufig, was Onkel Gottlieb denn von Johanna Schickardt halte.

„Ach, das ist ein nettes und gescheites Mädchen, aber der Vater hat das Geld verprasst und verspielt. Vielleicht gibt es 30.000 oder auch 50.000 Mark Mitgift, wenn Archibald Adolf überhaupt noch so viel Geld aufbringen kann, aber das reicht doch nicht."

Archibald Otto war die Zigarre ausgegangen. Gottlieb Busch war ein nüchterner Kaufmann, deswegen hatte ihn ja sein Vater als Kompagnon gewählt

– möglicherweise hatte er auch Recht. Aber Archibald Otto war zutiefst erschüttert und musste sich sehr beherrschen, um nicht aufzubrausen. Die große Firma zerschlagen, die Pläne für die Kanalisierung und die Papierfabrik aufgeben, alles das wollte er nicht akzeptieren.

Tante Sophie kam herein und fragte, ob sie den Herren nicht ein Vesper richten sollte, und Gottlieb stimmte zu, das käme jetzt gerade recht. Archibald wäre am liebsten aufgesprungen und hinausgestürmt, aber das hätte Onkel Gottlieb vielleicht gekränkt. Er brauchte ihn, denn auf eine Einigung mit seiner Stiefmutter konnte er nicht hoffen, und so blieb er. Von dem guten Schwarzwälder Speck brachte er kaum einen Bissen hinunter, nur das Glas Kirschwasser leerte er auf einen Zug.

***

Archibald Otto wohnte noch bei seiner Stiefmutter im Hause, aber das konnte nicht so weitergehen. Er wollte die Firma übernehmen, auch wenn es nur wenige Werke waren. Und er wollte nicht unter einem Dach mit seiner Stiefmutter wohnen, die in alles hineinredete. Er musste pünktlich zu den Mahlzeiten erscheinen, sich abmelden, wenn er verreiste, und Rechenschaft über seine Reisen ablegen. An den abendlichen Andachten, die ihm auf die Nerven gingen, die ihn geradezu abstießen und die er als heuchlerisch empfand, hatte er teilzunehmen. Schon wenige Tage nach der Beerdigung seines Vaters war die Situation so angespannt, dass er lieber heute als morgen ausgezogen wäre. Er musste einen eigenen Hausstand gründen, und dazu gehörte auch eine Hausfrau. Er musste also heiraten. Aber wo so schnell eine Frau finden?

Zu Anfang des 19. Jahrhunderts waren die Ehen noch mehr oder weniger von den Eltern ausgehandelt worden, und die Kinder fügten sich auch meist darein. Aber am Ende des Jahrhunderts war damit ein für alle Mal Schluss. Die Eltern mischten sich zwar immer noch in die Eheangelegenheiten ihrer Kinder ein, rieten von einer Verbindung ab oder stimmten ihr zu, aber den Partner mussten sie sich selber suchen. Das geschah in der Regel auf Bällen. Jede Gesellschaftsschicht hatte ihre eigenen Tanzveranstaltungen, wobei die Ballsaison allerdings nur während des Winters stattfand.

Bei den Offizieren gab es Regimentsbälle, wo die Leutnants unter den Töchtern der älteren Offiziere ihre Partnerinnen fanden. In den Studentenverbindungen waren die Töchter der Alten Herren eingeladen, der Adel hatte seine Jäger- oder Chrysanthemenbälle, und die badischen Industriellen brachten ihre Töchter auf den großen Bällen in Mannheim an den Mann. Bei den Handwerkern gab es Innungsbälle, dazu gab es Schützenbälle, Bälle der Gesangs- und Musikvereine, der Freiwilligen Feuerwehr, der Turnvereine.

Die meisten Paare, die auf einem Ball zueinander fanden, kannten sich im Grunde genommen überhaupt nicht. Sie wussten voneinander nur, dass sie vom gleichen Stande waren. Die Mädchen standen unter Zeitdruck, denn nur solange sie jung und hübsch waren, hatten sie Aussicht, einen Mann zu angeln. Da die Mädchen der bürgerlichen Kreise keinen Beruf ausübten, hatten sie auch keine Chance, in der Arbeitswelt einen Mann kennenzulernen. Aber sie strebten den Status der verheirateten Frau an, zum einen, weil sie dadurch versorgt waren, zum andern galt nur eine verheiratete Frau etwas in der Gesellschaft. Den unverheirateten Töchtern blieb nicht viel anderes übrig, als in der Familie des Bruders oder der Schwester als eine Art Dienstbote unterzuschlüpfen. Sie durften zwar mit am Tisch essen und auch einmal Kinder hüten, aber sonst hatten sie nicht viele Rechte.

Archibald Otto hatte sich in Johanna verguckt, als sie bei seiner Stiefmutter Besuch machte, ohne dass er sie kannte. Sie hatte ja nicht gerade geglänzt, aber er war von ihrer Erscheinung fasziniert. Die braunen Augen, die schlanke große Gestalt, die dunklen Haare, die in Korkenzieherlocken ihr Gesicht einrahmten, und die Grübchen hatten es ihm angetan. Er versuchte auf ganz einfache Weise sie wiederzusehen. Er wusste ja, dass sie jeden Mittwoch in die Nähschule nach Rastatt fuhr. Um nicht aufzufallen, ging er von Gernsbach zu Fuß zur nächsten Station in Hörden und wartete dort auf die Murgtalbahn, die nach Rastatt fuhr. Wie zufällig stieg er in das Abteil, in dem seine jüngste Schwester Minna und Johanna saßen. Er erklärte, dass er in Hörden noch mit den Floßknechten habe sprechen müssen, aber jetzt nach Rastatt und von dort nach Baden-Oos fahren müsse, weil er sich an einer Maschinenfabrik beteiligen wolle.

Um ein Gespräch zu beginnen, fragte er sie nach ihrem Aufenthalt in der Schweiz. Johanna war zwar erstaunt, dass Archibald Otto in den Zug einstieg, aber auch sie hatte an dem stattlichen jungen Mann Gefallen gefunden und sprach nun recht angeregt über die Schweiz, über ihre Malerei, von der Archibald Otto eigentlich überhaupt nichts verstand, und er versuchte, über Musik zu sprechen. Auf der Rückfahrt von der Nähschule stieg Archibald in Rastatt wieder ganz zufällig in das gleiche Abteil ein.

Dule, wie die junge Minna genannt wurde, petzte das Treffen ihrer Mutter, aber Johanna war ja nicht ihre Tochter. Im Übrigen konnte sie ja auch nichts gegen Johanna einwenden, und so zog sie keine Konsequenzen daraus.

Nun hatte Archibald jeden Mittwoch in Rastatt oder Baden-Oos zu tun. Während einer der nächsten Fahrten erzählte ihm Johanna, dass sie bei Meister Böcklin in Basel einige Malstunden nehmen wolle, denn die Nähschule sei bald beendet, und ihr Vater lege sehr großen Wert darauf, dass sie eine berühmte Malerin werde. Archibald sagte, dass er demnächst nach Basel müsse, ob sie nicht bei seiner Tante Françoise in Basel wohnen wolle? Die Tante würde sich sicher sehr freuen. Die Eltern von Johanna fanden das eine gute Idee, wobei Johanna allerdings nicht gestand, dass dieser Vorschlag von Archibald Otto kam, sondern sagte, dass ihre Freundin Dule eine Tante in Basel habe.

Bei seinem Besuch in Basel regelte Archibald Otto alles für den Aufenthalt von Johanna. Tante Françoise freute sich darauf, hinter dem Rücken der verhassten Schwägerin zu kuppeln. Sie ermöglichte es den jungen Leuten, sich bei ihr zu treffen. Hier konnten die beiden ungestört zusammen spazieren gehen, und bei einem dieser Spaziergänge in der Dämmerung im Park fasste Archibald Johanna um die Hüften, drückte ihr einen Kuss auf die Lippen und fragte sie, ob sie seine Frau werden wollte. Johanna sagte ohne zu zögern Ja.

Nun war es seine Aufgabe, nach der Rückkehr in Gernsbach bei ihrem Vater um ihre Hand anzuhalten. An einem Sonntagvormittag nach der Kirche machte Archibald Otto bei Archibald Adolf Schickardt seine Aufwartung. Johanna hatte ihrer Mutter schon gestanden, dass sie sich verlobt hatte, und diese hatte es gleich ihrem Mann weitererzählt, so dass es für Archibald Adolf keine Überraschung war, als der junge Mann zu ihm kam.

Archibald Adolf hatte die Familie Weiler zwar als Rivalen angesehen und vor allem den Vater von Archibald Otto nicht gemocht, ja manchmal richtig gehasst, aber der Schwiegersohn war ihm willkommen, denn er vermutete immer noch, dass er einen steinreichen jungen Mann vor sich sah, der die Firma seines Vaters erben werde.

Nachdem er sich in den vergangenen Wochen dazu entschlossen hatte, seine Murgschifferrechte samt und sonders an den badischen Domänenärar zu verkaufen, war er auch wieder flüssig, und so gewährte er auch eine großzügige Mitgift von 50.000 Mark – Archibald Otto hatte eigentlich so viel gar nicht erwartet –, dafür gab es kein Nadelgeld. Die Hochzeit sollte im Mai 1881, wenn das Trauerjahr vorüber war, stattfinden.

Archibald Otto ging noch am gleichen Abend zu seiner Stiefmutter, um ihr mitzuteilen, dass er Johanna Schickardt heirate, dass er jetzt ausziehen und eine kleine Villa, die Gottlieb Busch für seinen Neffen gebaut hatte, beziehen wolle. Minna akzeptierte seine Wahl, obgleich für sie die Familie Schickardt zu oberflächlich und nicht fromm genug war. Sie fand es gut, dass ihr Stiefsohn jetzt unter die Haube kam, und wünschte ihm Glück.

Allerdings machte sie bei dieser Gelegenheit eine für Archibald Otto sehr ärgerliche Mitteilung. Bei der Murgschifferschaft war nach dem Tod des Vaters ein Verwaltungsratsposten frei geworden, der der Familie Weiler zustand. Sie hatte sich entschlossen, diesen Posten ihrem ältesten Sohn, dem Vikar Friedrich Weiler, zu übertragen.

Archibald Otto war wütend über ihre Entscheidung und rief: „Das kannst du doch nicht machen! Friedrich hat sich noch nie für den Wald und das Holz interessiert!"

Minna entgegnete kalt: „Du willst doch die Firma übernehmen, dann soll Friedrich das forstliche Vermögen verwalten. Er ist genauso ein Sohn deines Vaters wie du."

Aber Friedrich sollte den Posten nicht lange innehaben. Durch den Verkauf der Schifferrechte von Schickardt an den Domänenärar war dieser nun der größte Genossenschafter, und Oberförster Müller zog als Mitglied in den Verwaltungsrat ein. Die Familie Weiler rückte an die vierte Stelle, und der Posten musste neu ausgeschrieben werden. Bei der Wahl bewarb sich Archibald Otto und gewann.

Am 17. Mai 1881 fand die Hochzeit in der St. Jakobskirche in Gernsbach statt. Der Schwager des Bräutigams, Konrad König, nahm die Trauung vor. Es gab viel Musik, auf der Orgel wurde „So nimm denn meine Hände" gespielt. Johanna strahlte, sie trug ein prächtiges weißes Brautkleid mit einer langen Schleppe, den Schleier mit dem Myrtenkränzchen hatte ihre Mutter schon getragen, und alle anwesenden Tanten sagten, dass sie noch nie eine so schöne und glückliche Braut gesehen hätten. An die Predigt konnten sich beide hinterher nicht mehr erinnern.

Dann ging es mit Kutschen, das Brautpaar voran, nach Baden-Baden in das Badhotel Zum Hirschen. Der Brautvater ließ sich nicht lumpen und hatte schon wochenlang vorher mit dem Wirt über ein besonders üppiges Hochzeitsmenü verhandelt. Es gab 18 Gänge, wobei böse Mäuler allerdings behaupteten, sie seien auch diesmal nicht satt geworden. Kaum hatte man einen Bissen genommen, sei der Teller schon wieder weggenommen worden, denn das Essen sollte um 17 Uhr beendet sein, damit das Brautpaar noch auf Hochzeitsreise gehen konnte.

Es waren 36 Gäste geladen, die Herren alle im Frack mit Orden – die meisten trugen den Zähringer Löwen –, die Damen in großer Gala, reich mit Schmuck behängt. Onkel Graf Sponeck erschien in Galauniform. Der Bräutigam hatte noch keinen Orden, er war nur mit einem Myrtensträußchen geschmückt.

Nach den obligaten Tänzen verabschiedete sich das junge Paar auf französisch. Nur die Mutter der Braut, die ältere Johanna, kam noch mit zur Kutsche und weinte einige Tränen. Das Brautpaar hatte sich in einem Zimmer im Hotel umgezogen, noch einige Geschenke betrachtet, dann ging es zum Bahnhof. Die Koffer waren von Friedrich schon dorthin gebracht worden. Es waren zwei riesige Kabinenkoffer, denn die Hochzeitsreise sollte vier Wochen dauern.

Sie stiegen in ein Abteil der 1. Klasse, in der der Vater der Braut normalerweise auch fuhr, während Archibald Otto meist ein Billet für die 2. Klasse nahm. Aber jetzt auf der Hochzeitsreise fand er es passend, in der 1. Klasse zu reisen.

Die erste Station der Reise war Straßburg, wo das Paar in einer Suite im Hotel Maison Rouge, dem ersten Haus am Platze, die Hochzeitsnacht verbringen wollte. Die Koffer wurden auf das Zimmer gebracht und gleich ausgepackt. Das Zimmermädchen war Johanna behilflich, aber Archibald wurde schon ungeduldig, dass das Auspacken überhaupt kein Ende nahm. „Pack doch nicht so viel aus, morgen musst du ja alles wieder einpacken.“ Er bestellte Champagner und Gänseleber aufs Zimmer, und als das Zimmermädchen endlich gegangen war, bat er Johanna, ihr neues Spitzennachthemd anzuziehen. Johanna zögerte etwas, ging dann aber ins Badezimmer, um sich umzuziehen. Ihre Mutter hatte sie erst vor einigen Tagen aufgeklärt, und ihr war sehr bange vor dem, was jetzt kommen würde. Aber die Mutter hatte ihr prophezeit, dass es etwas Wunderbares sei, das sie tief befriedigen werde.

Als auch der Zimmerkellner wieder gegangen war, kam sie etwas verlegen aus dem Badezimmer. Archibald betrachtete sie mit Wohlgefallen. Auch er hatte sich sein Nachtgewand angezogen und zog Johanna auf seinen Schoß. Er gab ihr einen langen Kuss und streichelte ihren Busen. Er zog sie aufs Bett, und dann ging alles sehr schnell. Archibald hatte keine Erfahrung mit Frauen, und Johanna war recht enttäuscht. Das sollte es gewesen sein? Von dem Glücksgefühl, von dem ihre Mutter gesprochen hatte, spürte sie nichts. Aber vielleicht kam das erst später. Wenn man Kinder haben wollte, musste man das wohl so hinnehmen, und Kinder gehörten ja zu einer Ehe.

Am nächsten Morgen ging es weiter nach Basel zu Tante Françoise und zu den anderen Verwandten. Sie blieben zwei Tage in der Stadt, dann bestiegen sie wieder mit sämtlichen Koffern den Zug nach Mailand. In Italien reiste das junge Paar nach dem Baedeker. Archibald wollte alles sehen, jedes Museum, jeden Platz, jede Kirche, alles, was als sehenswert erwähnt war. Johanna hatte zwar auch großes Interesse an Kunst, vor allem hätte sie gerne die Museen mit Muße angesehen, aber dazu hatten sie kaum Zeit, und so war die ganze Reise eine große Hetztour.

Von Mailand aus ging es über Verona, Vicenza und Padua nach Venedig, das erst vor 15 Jahren aus österreichischer Herrschaft an das Königreich Italien gefallen war. Sie fuhren mit einer Gondel auf dem Canale Grande bis zum Hotel Daniele, wo sie übernachteten. Ihr Gepäck kam mit dem Vaporetto, dem Dampfboot, direkt zum Hotel. Johanna wäre gerne eine Woche in der Stadt geblieben und hätte einige Kohleskizzen gemacht, aber dazu war keine Zeit, denn es ging weiter über Ferrara und Bologna nach Florenz, auf das sich Johanna am meisten gefreut hatte. Sie wäre am liebsten ein paar Tage länger geblieben, um sich die Uffizien in aller Ruhe anzusehen, aber das Programm ließ das nicht zu. Archibald war schon böse, wenn an einem Morgen alle Museen geschlossen waren und sein ganzer Reiseplan über den Haufen geworfen zu sein schien.

Über Pisa und Siena ging es im Eiltempo nach Rom. In der Stadt war es unerträglich heiß. Ende Mai war es eigentlich schon zu spät für eine Reise in die Ewige Stadt. Während Johanna auf dem Forum Romanum unter einem Sonnenschirm in der glühenden Hitze saß und versuchte, einige Skizzen zu Papier zu bringen, versuchte Archibald, sämtliche Inschriften zu entziffern, denn er hatte das humanistische Gymnasium besucht und interessierte sich brennend für römische Geschichte. Sie gingen in die Katakomben, besuchten alle vier Hauptkirchen Roms. Von einer Audienz beim Papst nahmen sie Abstand, das hätte zu viel Zeit in Anspruch genommen, und sie wussten auch nicht, wie sie sich verhalten sollten. Dafür besichtigten sie die Kapuzinergruft, und Johanna schauderte, als sie die zu Altären aufgehäuften Totenschädel und Gebeine der Mönche und die aus Finger- und Armknochen zusammengefügten Lampen und Leuchter sah.

Die nächste Station war Neapel, wo sie auf den Vesuv kletterten und Johanna einige Skizzen machte. Sie besuchten das Museum in der Stadt und vor allem die Ausgrabungen in Pompeji und Herkulaneum. Zum Glück fand sich ein Cicerone, der sie durch die Ruinen führte und alles ausführlich erklärte, auch die wunderschönen und gut erhaltenen Wandmalereien. Bei einem Wandbild, das hinter einem Kasten versteckt war, blieb er stehen und fragte, ob sie verheiratet seien, und als sie das bejahten, schloss er die Türe auf, und es kam eine Figur mit einem riesigen Penis zum Vorschein. Johanna war das furchtbar peinlich, und sie errötete bis unter die Haarwurzeln.

Ursprünglich wollten sie nach Sizilien fahren, den Ätna besteigen, Syrakus und Palermo besichtigen, aber die Zeit reichte nicht mehr, und so ging es mit der Eisenbahn über Mailand und den Brenner nach München und dann wieder zurück nach Gernsbach.

Zu Hause hatte Johannas Mutter in der Zwischenzeit das neue Heim des jungen Paares eingerichtet. In dem kleinen Haus gegenüber der großen Villa von Gottlieb Busch, von Spöttern in der Familie „Villa Mausefalle" genannt, befanden sich im Parterre eine Küche und ein Esszimmer mit Veranda und einer Tür zu dem Garten, der direkt an das Sägewerk grenzte. Zur Straße hin waren der Salon und das Herrenzimmer, die mit einer Schiebetür voneinander getrennt waren. Im oberen Stock war ein großes Schlafzimmer, daneben eine Kammer für das Hausmädchen und ein Fremdenzimmer. Es gab noch kein Badezimmer. Ein Anbau, das sogenannte Waschhaus, war dafür eingerichtet, dass am Samstag dort die Familie baden konnte.

Johannas Mutter hatte die Möbel für ein großes Schlafzimmer gekauft und den Salon mit Louis Seize-Möbeln, die noch schöne alte Bezüge hatten, eingerichtet. Esszimmerstühle hatte Archibald noch vor der Reise beim Schreiner bestellt, in der Lehne sollte das Weilersche Wappen eingeschnitzt sein. Dazu kam noch ein großes altes Buffet aus dem Bestand der Familie Schickardt. Im Herrenzimmer standen neben einem mächtigen Schreibtisch moderne Möbel, an den Wänden hingen die Ahnenbilder, die Minna ihrem Stiefsohn überlassen hatte, allerdings behielt sie vorerst das Porträt ihres verstorbenen Mannes.

Als Johanna und Archibald mit dem Zug zurückkamen, standen Johannas Eltern zur Begrüßung schon am Bahnhof. Auch der Diener Friedrich war dabei, der die großen Koffer auf einen Schubkarren lud und sie mit Stricken festband, um sie die 150 Meter bis nach Hause zu schieben. Dort stand das von Johannas Mutter neu eingestellte Hausmädchen Amalie schon bereit. Überall auf den Tischen standen frische Blumen und im Esszimmer ein Körbchen mit frischem Obst.

Johanna war froh, ins eigene Haus zu kommen. Die Hochzeitsreise war alles andere als eine Erholung gewesen, und auch noch etliche Wochen hinterher fühlte sie sich erschöpft und müde, dazu war ihr übel. Der Arzt, den sie aufsuchte, beruhigte sie, er könne ihr die erfreuliche Mitteilung machen, dass sie schwanger sei.

Das Leben, das Johanna und Archibald nun führen sollten, war nicht so einfach und harmonisch, wie sie das gedacht hatte. Dass Archibald jeden Tag seine ehelichen Pflichten einforderte, daran hatte sie sich gewöhnt, auch wenn er immer noch sehr ungestüm und fordernd war, so stieß es sie nicht mehr so ab wie am Anfang, aber große Freude hatte sie nicht daran.

Es stellte sich jetzt heraus, dass sie in vielen Dingen unterschiedlicher Meinung waren. Archibald war sehr impulsiv, neigte wegen Kleinigkeiten zu großen Zornesausbrüchen, die allerdings auch sehr schnell wieder verraucht waren. Als er um sie warb, hatte sie davon nichts gemerkt. Sie war auch nicht gewillt, alles hinzunehmen, und so gab es ab und zu laute Worte, aber letztlich versöhnten sie sich immer wieder schnell. Johanna spielte gerne, seien es Patiencen, Mühle oder Dame, vor allem auch Schach, Archibald hatte dafür nie die Geduld und fand das Spielen lästig. Wenn Johanna las, und sie las sehr gerne, wurde er unruhig.

Archibald spielte sehr gut Violine und wollte so bald wie möglich ein Streichquartett zusammenbringen. Johanna konnte etwas auf dem Klavier klimpern. Ein Flügel stand auch schon im Salon, aber sie hatte keine Neigung, mit anderen Leuten zu musizieren. Zum Streichquartett wurde Gabi Bürger eingeladen, die nicht besonders gut spielte und die sie nicht mochte. Es wurde geübt und wieder geübt und sie langweilte sich sehr.

Schon in den ersten Tagen nach ihrer Rückkehr ging es darum, ihrer Schwiegermutter einen Besuch abzustatten. Minna war freundlich, hatte aber doch einiges zu monieren. Sie verlangte, dass Johanna Archibald etwas bessere Manieren beibringen und nicht immer nachgeben sollte. Johanna hatte ihre Schwiegermutter schon früher skeptisch beobachtet, jetzt begann sie sie zu hassen, und dieser Hass sollte ein ganzes Leben lang dauern, während Archibald trotz des großen Ärgers mit der Firma versuchte, sich mit ihr zu arrangieren.

Eines hatte das junge Paar aber gemeinsam: Das große Interesse für das Geschäft. Johanna hatte eine gute Menschenkenntnis und einen Sinn für die Realität, war aber auch bereit, etwas aufs Spiel zu setzen.

Am 1. Juli 1881 wurde Archibald Otto Inhaber der Firma Weiler & Busch. Noch im Winter hatte es lange Verhandlungen zwischen ihm, seiner Stiefmutter und Gottlieb Busch gegeben. Dank des besonnenen und ruhigen Wesens von Onkel Gottlieb kamen sie zu einer Einigung. Gottlieb Busch liquidierte die Firma seines Kompagnons, er wollte sich aus dem Geschäftsleben vollkommen zurückziehen und sich nur noch schönen Dingen und der Politik widmen. Er schaffte es, als Abgeordneter der Nationalliberalen in den Reichstag gewählt zu werden. Die alte Firma wurde so verkauft, wie Busch es sich gedacht hatte. Archibald Otto konnte die Werke Gernsbach, Hilpertsau und Weisenbach zu einem fairen Preis kaufen. Gottlieb Busch war zudem bereit, Archibald seinen Anteil am Kaufpreis für drei Jahre zu stunden.

Sowohl Busch als auch Minna Weiler legten ihre Gelder in Wertpapieren an, Busch in Aktien, Minna ausschließlich in festverzinslichen Papieren. Die Kinder erhielten als Pflichtteil die Murgschifferschaftsrechte zugeteilt und noch einen Teil der Wertpapiere. Archibalds Anteil reichte aber bei Weitem nicht aus, um die drei Werke zu bezahlen. Er musste Kredit bei dem Bankier Dreyfuß in Gernsbach und dem Bankier Haber in Karlsruhe aufnehmen, die allerdings sehr knauserig waren und sich skeptisch äußerten. Nur auf Intervention von Busch gewährten sie ihm das benötigte Darlehen, das Archibald Otto für die nächsten Jahre mit hohen Zins- und Amortisationszahlungen belastete. Seine Schwester Jenny verkaufte ihm ihre Murgschifferrechte, damit er eine etwas stärkere Stellung in der Genossenschaft hatte, wobei Ratenzahlung ausgemacht wurde.

Nun war Archibald Otto Alleininhaber eines großen Sägewerksbetriebes mit einem Imprägnierwerk in Gernsbach und einer Holzschleiferei. Das war für damalige Verhältnisse noch ein großer Betrieb mit mehr als 300 Beschäftigten, aber er war nicht mehr das große Unternehmen, das sein Vater bei seinem Tod besessen hatte. Dazu kam, dass die wirtschaftlichen Verhältnisse sich verändert hatten. Als sein Vater und Gottlieb Busch 1852 das Unternehmen gründeten, hatten sie in Deutschland bei der Lieferung von imprägnierten Masten eine Art Monopolstellung gehabt. Ende der siebziger Jahre war der Bedarf an Telegrafenstangen aber weitgehend gedeckt. Die Masten hielten dank ihrer guten Imprägnierung sehr lange, und Ende der sechziger, Anfang der siebziger Jahre entstanden auch viele Konkurrenten, die die Holzimprägnierung aufgriffen. Insbesondere war da eine Freiburger Familie Engelberg sehr aktiv, die jetzt auch zahlreiche Filialen in ganz Süddeutschland gründete, und noch zu Lebzeiten des Vaters wurde Weiler & Busch stark unterboten. Die Gewinne schrumpften auf wenige Prozent, oft mussten auch Aufträge hereingenommen werden, bei denen es noch nicht einmal einen Gewinn gab.

Archibald begann mit einem Büro mit zwei Kommis, einem Prokuristen und einem Waldmeister, der das Rundholz in den Schwarzwaldbergen einkaufte. Es waren alles noch Angestellte seines Vaters, die mit einiger Skepsis beobachteten, wie der junge Mann jetzt das Geschäft weiter betreiben würde.

Er konnte sich regelrecht in die Arbeit stürzen, weil er wesentlich weniger Aufgaben als sein Vater übernehmen musste. Allerdings hatte Archibald schon kurz nach dem Tod seines Vaters den Vorsitz der Sparkasse angetreten und führte dieses Amt sehr gewissenhaft aus.

Aber zum Betreiben des Unternehmens reichte das Kapital nicht. In Weisenbach konnte Archibald mit der Mitgift von Johanna die Wasserrechte zum Betrieb eines Kraftwerkes erwerben, doch das Geld für den weiteren Ausbau der Holzschleiferei fehlte. Von der Sparkasse konnte er sich als deren Vorsitzender das Geld nicht leihen, ganz davon abgesehen, dass die auch nicht die notwendige Kapitalkraft besaß. Ein nochmaliger Besuch bei den Bankiers Dreyfuß und Haber schlug fehl, sie zeigten ihm die kalte Schulter und verlangten eine Bürgschaft seiner Stiefmutter. Aber daran war nicht zu denken. Auch Gottlieb Busch war nicht bereit, über die Summe hinaus, die er schon als Kredit gegeben hatte, zu bürgen. Auch gab es keine Möglichkeit, bei seinem Schwiegervater etwas zu leihen, denn Archibald Adolf hatte auf Anraten seines Freundes Oberförster Müller sein Geld wirklich im Bergbau angelegt, und zwar in einer genossenschaftlich betriebenen Gewerkschaft in Westfalen. Doch in der Grube gab es schon bald einen Wassereinbruch, sie soff – wie man sagte – ab und machte große Verluste. Die Gewerke, zu denen jetzt auch Archibald Adolf gehörte, mussten, um den Verlust auszugleichen, Zubußen bezahlen, und der Preis der Kux fiel ins Bodenlose. Archibald Adolf war kein reicher Mann mehr und musste – was ihm sehr weh tat – sich an einen wesentlich bescheideneren Lebensstandard gewöhnen.

Für Archibald Otto blieb jetzt nichts anderes übrig, als den Gürtel enger zu schnallen und zu sparen, wo es ging. Aber allein vom Sparen, so war seine Überlegung – und Johanna pflichtete ihm bei –, konnte er die Firma nicht wieder hochbringen. Er hatte sich in den Kopf gesetzt, ein so bedeutender Unternehmer wie sein Vater zu werden. Mit dem Holz konnte es jetzt noch jahrelang dauern, bis es wieder ordentliche Erträge abwarf, und so sah er sich nach etwas anderem um.

Schon zu Lebzeiten seines Vaters hatte er sich mit geringen Mitteln an einer Maschinenfabrik in Baden-Oos beteiligt. Die stellte Maschinen für den Bergbau her, und der Bergbau florierte. Mit dem Rest aus der Mitgift von Johanna kaufte er sich ein und hoffte, stark zu expandieren, aber auch im Maschinenbau waren die Gründerjahre vorbei. 1881 hatte es noch einen hohen Gewinn gegeben, aber 1882 gab es nichts. Die Gesellschaft, eine Aktiengesellschaft, zahlte nicht nur keine Dividende mehr, sie war auch nicht mehr in der Lage, ihre Löhne zu zahlen. Auch das kleine Vermögen, das er in die Fabrik gesteckt hatte, ging verloren.

Minna Weiler meinte zu Johanna: „Der Archibald ist dem Geldteufel verfallen, da geschieht es im ganz recht! Warum musste er auch so leichtsinnig sein!“ Ihm selber hatte sie das aber nicht gesagt. Johanna war wütend, und der Hass auf ihre Schwiegermutter wurde dadurch noch geschürt.

Jetzt lenkte aber ein anderes Ereignis von den Sorgen um die Firma ab: Die Geburt des ersten Kindes von Johanna stand bevor. In den Wochen vor der Niederkunft kam die Mutter von Johanna fast jeden Tag vorbei, um sich nach ihr zu erkundigen, und auch Minna Weiler ließ ihre Magd vorsprechen, um zu hören, wie sich Johanna fühle. Es war Juni und schon sehr warm, und Johanna wäre froh gewesen, wenn sie die Geburt schon hinter sich gebracht hätte. Sie hatte stark zugenommen, das Kind schien sehr groß zu sein, und die evangelische Hebamme, die vorbeischaute, wiegte auch bedenklich den Kopf.

Endlich war es dann so weit. Die Wehen setzten am frühen Vormittag ein. Archibald wusste nicht, was er machen sollte. Er raste immer wieder in das Schlafzimmer, wo seine Frau lag, wieder auf die Straße oder in den Garten. Johannas Mutter war gekommen, und endlich kam auch der Arzt, der noch einen Kranken in Obertsrot hatte versorgen müssen und mit seiner Droschke nur langsam vorangekommen war. Johannas Mutter schickte Archibald in die Küche, um heißes Wasser zu bereiten und Kaffee für seine Frau und für die Hebamme zu kochen. Er kam immer wieder in das Schlafzimmer und wurde von den Frauen und dem Arzt hinauskomplimentiert.

Als er in der Küche gerade das Feuer im Herd schürte, hörte er das Schreien eines Kindes. Die Geburt war nicht leicht gewesen, Johanna musste genäht werden. Die Hebamme schickte Archibald in den Garten, um die Nachgeburt zu vergraben, und dann durfte er endlich zu seiner Frau. Johanna strahlte. Es war ein kräftiger Junge, der achteinhalb Pfund wog. Man schickte Botschaft an Minna Weiler, die, obwohl es schon fast Mitternacht war, noch persönlich erschien, um den Enkel, den Stammhalter, zu betrachten. Sie war zuckersüß und wünschte Johanna alles Gute. Archibald meinte, dass das wohl ehrlich gewesen sei, aber Johanna hatte so ihre Zweifel.

Am nächsten Tag spendierte Archibald in der Firma zwei Fass Bier, Laugenbrezeln und Wurst, und die Arbeiter ließen einige Böller krachen, um die Geburt des zukünftigen Chefs zu feiern Das Kind hieß wie sein Vater, seine beiden Großväter und die beiden Urgroßväter Archibald und mit dem zweiten Namen Hermann.

Etwa drei Wochen nach der Geburt wurde zur Taufe geladen. Johanna und Archibald hatten vorgesehen, dass die Taufe in der evangelischen Kirche stattfand, aber Minna hatte anders beschlossen: Das Kind sollte zu Hause von ihrem Sohn Friedrich, der in der Zwischenzeit Pfarrer am Diakonissenkrankenhaus in Karlsruhe-Rüppurr geworden war, in ihrem großen Esszimmer getauft werden. Sie hatte dafür auch schon eine Tischdekoration aus Miniatur-

Holzflößen bestellt. Johanna blieb nichts anderes übrig als zuzustimmen. Und auch bei der Wahl der Taufpaten bestimmte Minna: Es waren fast alles Mitglieder der Familie Weiler oder der Familie Eisenlohr. Insgesamt wurden zwölf Paten ausgesucht, sechs männliche und sechs weibliche. Über die Taufe hielt natürlich Minna das Kind, Johanna konnte das nicht verhindern. Archibald versuchte, sie zu beruhigen: „Hauptsache ist doch, dass Minna jetzt versöhnt ist. Wir müssen sehen, wie wir mit ihr auskommen können."

In der Stadt war Archibald Otto ins Gerede gekommen, und dazu hatte Minna einiges beigetragen. Er galt als nicht solide, als eine Spielernatur, die auf immer neuen Wegen versuchte, das notwendige Kapital zu bekommen. Immer wieder hatte er neue Produktionen aufgenommen, die zum Teil fehlschlugen. Der gescheiterte Versuch, von den Banken zusätzliche Kredite zu erhalten, war kein Geheimnis geblieben. Dazu kam die Pleite der Maschinenfabrik in Baden-Oos, an der Archibald beteiligt war. Alle warteten darauf, dass Archibald den Betrieb liquidieren oder vielleicht sogar Konkurs anmelden müsse.

Aber Archibald Otto wollte nicht aufgeben. In einer schlaflosen Nacht, als das junge Paar die Probleme hin und her diskutierte, sagte Johanna plötzlich: „Mach doch das, was du besser kannst als andere! Verkauf die Masten nicht nur in Deutschland, wo es so viel Konkurrenz gibt, sondern verkauf sie in Frankreich. Du sprichst auf jeden Fall besser französisch als die Elsässer mit ihrem Dialekt. Du kannst mit den Franzosen umgehen. Verkauf deine Masten dort, wo du höhere Preise bekommst als in Deutschland."

Das leuchtete Archibald ein, und sie beratschlagten fast die ganze Nacht das weitere Vorgehen. Nur wenn Weiler & Busch sich auf Nischenprodukte stützte, könnte das Unternehmen auch höhere Erträge erzielen. Archibald besann sich auf seine guten Beziehungen nach Holland und stellte fest, dass dort vor allem Hölzer für den Wasserbau gesucht wurden, und er sah die Chance, sich auf die Produktion von Spundbohlen zu spezialisieren. Eine eigene Spundbohlenmaschine wurde angeschafft, und damit konnten Bohlen von 18 Metern Länge in Breiten bis zu 45 Zentimetern produziert werden. Hier konnten die anderen nicht mithalten.

Und dann kam das Geschäft mit Grubenholz. Auf diese Idee brachte ihn sein Waldmeister Bernhard Krieg, der bei seinen Wanderungen im oberen Murgtal feststellte, welche Mengen an Grubenholz in den noch relativ jungen Wäldern der Murgschifferschaft und in anderen Forstämtern anfielen und welche Geschäfte die Grubenholzhändler aus dem Rheinland machten. Archibald und Johanna sahen, dass es eine Menge Möglichkeiten gab, einen Ersatz für das unter Preisdruck stehende Geschäft mit Telegrafenmasten zu finden, sie mussten nur fleißig sein. Beziehungen waren Gold wert. Er hatte Beziehungen zu Krupp, die musste er nutzen, er hatte Beziehungen zu den Holländern, aber das hieß, dass er ständig unterwegs sein musste – er reiste und er hatte Erfolg.

Allerdings war nun Johanna sehr viel allein. Um die Zinsen aufzubringen, musste nicht nur Geld verdient, sondern es musste auch gespart werden. Es gab keine großen Gesellschaften mehr, nur mit Johannas Eltern verkehrten sie noch regelmäßig, andere Einladungen fanden nur noch zwei oder drei Mal im Jahr statt. Nach der Geburt des Sohnes wollten sie ein zweites Hausmädchen einstellen, aber das wurde eingespart und Johanna musste im Haushalt selber mit anpacken. Gab es eine Einladung, wurde ein Lohndiener geholt. Auch am Essen wurde gespart, zum Frühstück gab es nur Marmelade, kein Ei mit Speck mehr, mittags gab es oft nur geröstete Kartoffeln und Kaffee. Aber nun ging es wieder aufwärts, und Johanna war glücklich, dass ihre Bemühungen Erfolg hatten.

Schon ein knappes Jahr nach der Geburt von Archibald Hermann wurde der zweite Sohn geboren, den man nach dem Gründer der Firma Johann Georg nannte. Georg, wie er genannt wurde, war sechs Wochen zu früh auf die Welt gekommen, er wog nur vier Pfund.

Im Frühjahr 1884 wurde Johanna wieder schwanger. In der Woche vor Weihnachten wurde alles für ein großes Fest vorbereitet. Archibald hatte mit viel Mühe eine große Oberammergauer Krippe mit mehr als 70 Figuren, die sein kleiner Sohn Archibald Hermann von einem Patenonkel zur Taufe geschenkt bekommen hatte, aufgebaut und hatte um sie herum fünf große Tannen, die bis an die Decke reichten, aufstellen lassen. Er wollte diesmal mit seiner Weihnachtsfeier seine Stiefmutter übertrumpfen, aber aus dem Fest wurde nichts. Schon auf dem Rückweg von der Kirche an Heiligabend setzten die ersten Wehen ein. Von dem Festessen, das Johanna schon vorbereitet hatte – Karpfen und Weihnachtsgans – wurde fast nichts gegessen, zudem war die Gans halb verbrannt. Kurz nach Mitternacht kam ein gesundes Mädchen zur Welt. Das Kind sollte auf den Namen Luise getauft werden, auf den Namen der Landesmutter Großherzogin Luise und deren Großmutter, Königin Luise von Preußen, die Johanna besonders verehrte, und auch in Erinnerung an ihre Großmutter, die der Königin einst auf dem Spinett hatte vorspielen dürfen.

Am Mittag sollte die Familie zu Minna Weiler zum Essen gehen, was schon zur Tradition geworden war. Minna hatte eine große, vier Meter hohe Weißtanne in eine Ecke des Esszimmers gestellt. Eine Schar von Hirten, gefolgt von den Drei Königen, zogen, von einer Spieluhr angetrieben, pausenlos um den Weihnachtsbaum und spielten dabei: „Oh, du fröhliche, oh, du selige". Für die Enkelkinder hatte sie kleine Tischchen gerichtet mit dem schönsten Spielzeug darauf. Archibald Hermann hatte sich sehr darauf gefreut. Er konnte sich noch an das letzte Weihnachtsfest erinnern und wunderte sich, warum das Christkind bei der Oma immer so viel mehr schenkte als bei den Eltern.

Nach dem turbulenten Heiligabend drohte jetzt auch noch der Besuch bei der Oma ins Wasser zu fallen. Aber Archibald Otto überließ seine Frau der Obhut ihrer Mutter und ging mit den beiden Buben doch zu seiner Stiefmutter, die sogleich Champagner holen ließ, um auf die Geburt der Enkelin anzustoßen. Sie hatte jetzt schon 20 Enkel und Stiefenkel, denn in den Pastorenfamilien galt die Devise: Seid fruchtbar und mehret Euch!

Er vertrug sich jetzt mit seiner Stiefmutter wesentlich besser. Er war ruhiger und gesetzter geworden, hatte sich, wie es Mode war, einen Vollbart wachsen lassen, sein Bauch rundete sich, er war nicht mehr so aufbrausend und schroff wie vor Jahren. Als 30-Jähriger war er eine gestandene Persönlichkeit. Seine Schulden hatte er schneller abzahlen können, als er erwartet hatte. Er hätte auch nicht mehr so sparen müssen wie bisher, aber er blieb sparsam. Weder schaffte er sich Pferde und Wagen an, noch stieg er aufs Ross, um zu reiten. Obwohl die Familie jetzt aus fünf Personen bestand, wurden keine zusätzlichen Dienstboten eingestellt. Allerdings aßen sie nicht mehr so kärglich, ab und zu fuhren sie mit der Eisenbahn nach Karlsruhe zur Oper, es wurden wieder Gäste eingeladen, hauptsächlich zum Musizieren, und bei den Einladungen war der Speisezettel auch nicht mehr so einfach. Er wollte zeigen, dass er mit den anderen mithalten konnte. Für die Einladungen wurden Lohndiener besorgt oder es half die gute Köchin seiner Schwiegermutter aus.

Für Johanna gab es so gut wie keine Erholung. Sie stand schon wenige Tage nach der Geburt wieder in der Küche. Im Frühjahr wurden Eier eingelegt, im Sommer war die Zeit des Einmachens, Dutzende von Gläsern mussten mit Marmelade und Kompott gefüllt werden. Im Herbst wurde Kraut gehobelt und in einem großen Fass für Sauerkraut eingelegt. Zur großen Wäsche kam zwar eine Waschfrau, aber Johanna musste ihr helfen.

Archibald Otto setzte seine Reisen fort. Er war ein vorzüglicher Verkäufer. Vier- oder fünfmal im Jahr reiste er nach Frankreich, mindestens sechsmal nach Holland, auch ein- oder zweimal nach England, nach Belgien, nach Essen und nach Berlin. Das Geschäft mit Grubenholz begann sich stark auszuweiten, denn der Bergbau brauchte immer größere Mengen. In Gernsbach stieg sein Ansehen, er wurde in den Gemeinderat und auch in den Kirchengemeinderat gewählt, worüber sich seine Stiefmutter recht wunderte, denn er neigte mehr einer freieren, liberalen Auffassung zu als sie, die weiterhin eine orthodoxe Frömmigkeit an den Tag legte.

Johanna störte es immer noch, dass ihre Schwiegermutter in der Stadt als die große Wohltäterin galt, sie dagegen kaum beachtet wurde. So kam sie mit Archibald überein, jetzt, da es ihnen besser ging, den Zehnten für wohltätige Zwecke zur Verfügung zu stellen, so wie es in der Bibel stand. Wenn ihre Schwiegermutter für einen Kindergarten 100 Mark stiftete, dann übertrumpften sie Archibald und Johanna mit einer Spende von 200 Mark. Bei der nächsten Gelegenheit gab Minna dann 500 Mark, aber sie dann auch noch zu übertrumpfen, schafften die beiden noch nicht.

***

Während des Frühjahrs starb ganz plötzlich, mit 70 Jahren für einen Schickardt sehr früh, Johannas Vater. Er war bei einem Sprung über eine Hecke mit seinem Pferd gestürzt und hatte sich dabei an einem Stacheldraht leicht verletzt. Den Sturz hatte er unbeschadet überstanden, es wurde auch kein Arzt zugezogen. Einige Tage danach bekam er aber Fieber, es zeigten sich rote Streifen an seinem Bein, das Fieber stieg und der Arzt diagnostizierte Blutvergiftung. Eine Amputation des Beines kam für Archibald Adolf nicht in Frage, und zwei Tage später war er tot.

Johanna war der Liebling des Vaters gewesen, sie saß während der letzten Stunden noch an seinem Bett. Er machte sich Sorgen um seinen Sohn Adolf und bat Johanna und Archibald, sich seiner anzunehmen. Johannas Mutter weinte still vor sich hin und griff immer wieder zur Likörflasche, um sich zu trösten.

Der Nachlass des Verstorbenen zeigte, dass vom Vermögen fast nichts mehr vorhanden war. Für Johanna und ihre Schwester Ella blieben außer der schon vorweg erhaltenen Mitgift von jeweils 50.000 Mark nur kleinere Erinnerungsstücke. Das Geld aus der Murgschifferschaft war weg, es blieben nur noch zwei kleine Sägewerke in Obertsrot oberhalb von Gernsbach und in Hörden unterhalb der Stadt. Weiler & Busch schnitt das Zwanzigfache, Wieland & Textor das Fünfzehnfache von dem ein, was die Klitschen, die Adolf erbte, produzierten, und ob er überhaupt davon leben konnte, das war sehr fraglich.

Auch Johannas Mutter musste sich stark einschränken. Diener, Gärtner, Kutscher und ein Stubenmädchen mussten entlassen werden und an teure Badekuren war nicht mehr zu denken.

Zur Trauerfeier für Archibald Adolf kam auch ein Vetter von Johanna, Cäsar Hahnewinkel. Er versprach, Johanna zu besuchen, und zwei Tage nach der Beerdigung fand er sich bei ihr ein. Er war ein außergewöhnlich eleganter junger Mann. Trug er bei der Beerdigung wie die anderen schwarze Trauerkleidung mit Zylinder, so kam er jetzt in einem grauen Anzug mit gelber Weste und einem breitkrempigen Hut. In seiner ausgefallenen bunten Krawatte steckte eine Brillantnadel, die Manschettenknöpfe waren ebenfalls mit Brillanten besetzt, und in der Westentasche steckte eine schwere goldene amerikanische Uhr.

Mit übergeschlagenem Bein begann er von seinen Abenteuern zu erzählen, und Johanna und Archibald Otto lauschten gebannt. Er war ein Charmeur, lobte die Bücher, die Johanna gerade las, wies sich als Literaturkenner aus und konnte Archibald über die neuesten Wagner-Aufführungen in Bayreuth berichten. Er hatte in Mannheim bei der Weinheimer Bank gelernt, war dann in Hamburg in einer Exportfirma gewesen und hatte eine Zeit lang in Paris gelebt. Besonders fesselnd erzählte er von seinen Aufenthalten in Amerika, vom Eisenbahnbau, wo jetzt das große Geschäft zu machen sei, von den Telegrafenlinien, die jetzt überall gebaut würden und von dem Erfinder Edison, der alles, was er anfassen würde, zu Geld machen könnte.

Im Laufe des Gespräches erzählte Cäsar, dass er jetzt bei der Metzer Brauerei AG angestellt sei. Die Brau AG würde nicht so richtig reüssieren, wenn nicht große Umbauten gemacht würden. Bier sei jetzt das Getränk, das begehrt sei. Seit in Metz eine große deutsche Garnison liege, sei der Bierverbrauch außerordentlich gestiegen. Außerdem ließe sich Bier nach Frankreich exportieren, wo Bier auch Mode sei. Allerdings brauche man noch einen Geldgeber, der 400.000 Mark mitbringe. Das war eine ganz schöne Summe, aber Archibald, der Erfolg gehabt hatte und der von Cäsar geradezu fasziniert war, erklärte ohne lange zu überlegen, dass er in dieses Geschäft einsteigen könne. Eigentlich waren es Ersparnisse, die für den weiteren Ausbau der Holzschleiferei in Weisenbach vorgesehen waren. Johanna war ebenfalls einverstanden, sie hatte ihren Vetter schon als jungen Mann bewundert. Warum er eigentlich aus den USA wieder zurück nach Europa gekommen war, fragten sie nicht.

Archibald fuhr wenige Tage später nach Metz. Er erkannte, dass aus diesem Betrieb noch einiges zu machen sei und übernahm nach kurzer Verhandlung mit dem bisherigen Besitzer sämtliche Aktien. Cäsar wurde als Direktor der Brauerei eingesetzt.

Von Cäsar kamen fast täglich Briefe, in denen er über den Fortschritt der Bauten berichtete. Ganz Lothringen und vor allem Metz würden aufblühen durch die wirtschaftliche Entwicklung. Der Eisen- und Kohlebergbau werde erweitert, fast täglich kämen ganze Eisenbahnzüge mit neuen Arbeitskräften aus den preußischen Provinzen Posen und Westpreußen, und das seien Biertrinker. Er habe schon mit 60 Gaststätten Belieferungsverträge abgeschlossen. Allerdings müsse er bei den Gaststätten mit den Lieferverträgen in Vorleistung treten und ihnen das Mobiliar und die Theke finanzieren, er brauche dafür weitere 20.000 Mark.

Wenige Wochen später benötigte die Brauerei Gelder für den Einkauf der Braugerste und des Hopfens, dann wurde das neue Kesselhaus teurer als erwartet. Langsam sah Archibald, dass die Brauerei doch mehr Geld verschlang, als angenommen worden war, dass er mit 400.000 Mark nicht zurechtkam, sondern dass er 500.000 oder gar 550.000 Mark benötigte. Und so viel war nicht ohne Weiteres aus dem bisherigen Geschäft herauszuziehen. Er musste neue Schulden machen. Die Banken waren Gott sei Dank nicht mehr so zugeknöpft wie zu der Zeit, als er und Johanna geheiratet hatten, aber er war doch unruhig geworden und beschloss, nach Metz zu fahren.

Am Bahnhof erwartete ihn Cäsar schon mit einer Kutsche, und da es kurz vor zwölf Uhr war, forderte er Archibald auf, erst einmal mit ihm zu frühstücken. Zum Frühstück gab es Austern und Champagner, dann ein gebratenes Hähnchen mit Rotwein. Als sie endlich aufbrachen, war es schon später Nachmittag geworden. In der Brauerei wurde überall gebaut, Archibald sah, dass die Handwerker fleißig am Arbeiten waren, das Sudhaus war schon fast fertig, das Gebäude für den Dampfkessel war angefangen, und es sah so aus, als ob alles pünktlich fertig werde.

Sie konnten vor Einbruch der Dunkelheit das Werk nur flüchtig ansehen, dann ging es wieder zurück zum Bahnhof, wo sie in der Bahnhofswirtschaft ein feudales Abendessen einnahmen. Cäsar hatte Unterlagen eingepackt, nach denen alles vorzüglich lief. Archibald fuhr beruhigt wieder ab, mit der Bank hatte er aber nicht gesprochen.

Von Cäsar kamen die Briefe jetzt etwas seltener, aber zunächst machte sich Archibald keine Sorgen. Dann erhielt Archibald eines Tages einen Brief von einer Gastwirtschaft, die den Zuschuss für den Ausbau, der mit der Brauerei ausgemacht war, endlich einforderte. Bereits vor sechs Wochen habe sie die Zusage bekommen, aber bis jetzt sei noch kein Geld ausbezahlt worden. Archibald fiel aus allen Wolken. Er telegrafierte an Cäsar und erhielt die Antwort, dass der Gastwirt schon längst seine Zahlung erhalten habe und er nicht wisse, warum dieser sich so aufrege. Archibald war wieder etwas beruhigt, aber wenige Tage später kam ein Schreiben einer Maschinenfabrik, die die Abschlagszahlung für den Braukessel erwartete. Die erste Rate sei vereinbarungsgemäß bei Vertragsabschluss bezahlt worden, aber die zweite Rate, die bei Fertigstellung des Kessels gezahlt werden sollte, sei jetzt schon sechs Wochen überfällig. Archibald telegrafierte wieder an Cäsar, erhielt aber keine Antwort. Zwei Tage später telegrafierte er an den Braumeister Gleisle, warum denn Herr Hahnewinkel nicht antworte. Gleisle telegrafierte zurück, dass Herr Hahnewinkel vor einer Woche abgereist sei, er wisse aber nicht, wohin.

Als am nächsten Tag in Gernsbach gleich drei Mahnungen von Hopfenhändlern eintrafen, die die Begleichung ihrer Rechnungen forderten, fuhr Archibald nach Metz. In der Brauerei waren nur wenige Angestellte und der Braumeister anwesend. Hahnewinkel war jetzt schon bald 14 Tage fort, wahrscheinlich nach Paris, auf jeden Fall hatte er große Koffer mitgenommen. Außerdem lag ein Schreiben der Bank vor, der Herr Direktor möchte doch einmal vorbeikommen, es müsse über den Stand des Kontos gesprochen werden. Archibald ging voller Sorge zur Bank und hörte dort, dass etliche Wechsel mit der Unterschrift von Cäsar Hahnewinkel von der Bank angekauft worden waren, die in den nächsten Wochen fällig würden.

Hahnewinkel hatte das Geld für den Einkauf der Braugerste und des Hopfens, die zweite Rate für den Sudkessel und für die Dampfmaschine, das Geld für die Handwerkerrechnungen und für die vorgesehenen Abschlagszahlungen, das Archibald überwiesen hatte, unterschlagen. Wo Cäsar war, wusste niemand. Archibald fuhr zu seiner Wirtin, die sagte nur, Hahnewinkel sei nach Paris abgereist, sie glaube aber, dass er nach Le Havre und von dort weiter in die Vereinigten Staaten gereist sei.

Archibald stand vor einer Katastrophe. Bei der Bank vermutete man, dass Hahnewinkel wohl in größerem Umfang spekuliert hatte. Auch sein privates Konto war überzogen, er hatte große Aufträge zum Kauf von Wertpapieren gegeben und zwar von solchen, die in letzter Zeit an der Börse gefallen waren, vor allem von Eisenbahnaktien und Aktien von Hüttenwerken. Da Archibald gebürgt hatte, müsse man ihn noch in Anspruch nehmen. Archibald wusste nichts von einer Bürgschaft, aber man zeigte ihm Wechsel, auf denen sein Name als Akzeptant stand. Er wusste genau, dass er diese Wechsel nie unterschrieben hatte, aber wie sollte er das beweisen?

Vom Geschäft konnte er jetzt nicht mehr zurücktreten, die Investitionen waren zu weit fortgeschritten. Um nicht alles zu verlieren, musste die Brauerei zu Ende gebaut und das Geschäft weiter betrieben werden. Nur musste Archibald das Doppelte von dem bezahlen, was er gerechnet hatte, nämlich 800.000 Mark. Archibald konnte ein Drittel der Brauerei-Anteile zu einem einigermaßen guten Preis verkaufen, aber die Schulden drückten weiter.

Das Verhältnis zwischen Johanna und Archibald wurde sehr gespannt. Er machte es ihr zum Vorwurf, dass sie ihren Vetter empfohlen hatte, sie warf ihm vor, dass er sich nicht genug um die neue Brauerei gekümmert hatte, er machte sich selbst auch den Vorwurf, konnte es aber nicht zugeben. Es gab fürchterliche Familienkräche, das Haushaltgeld wurde ihr erheblich herabgesetzt. Für die beiden Söhne gab es keine neuen Anzüge mehr, sie mussten die abgetragenen von Johannas Bruder Adolf tragen, zum Frühstück gab es nur noch Marmelade, und zum Mittagessen bekam nur noch der Hausherr Fleisch, die anderen mussten wieder mit gerösteten Kartoffeln und Gemüse vorliebnehmen.

Aber am schlimmsten war das Verhältnis zwischen den beiden Eheleuten, die sich gegenseitig Vorwürfe machten und sich oft so laut anschrien, dass es auf der Straße zu hören war. Beim Essen saß die Familie schweigend am Tisch, auch die Kinder wagten kein Wort zu sagen. Wenn Archibald nach Hause kam, sagte die Mutter nur, welche Kinder ungezogen waren, dann holte der Vater den Stock und bestrafte den Sünder. Die Söhne nahmen es dem Vater übel, dass er sie so kalt bestrafte, Luise der Mutter, dass sie dem Vater alles petzte.

Johanna war zudem wieder schwanger. Im Oktober wurde der dritte Sohn, Rudolf, geboren, gerade an einem Tag, an dem Archibald wieder einmal auf Reisen war, um neue Aufträge hereinzuholen. Die brauchte er jetzt dringend, um die Schulden abzahlen zu können. Die Banken hatten ihm zum Glück diesmal Kredit gegeben, aber zu einem sehr hohen Zinssatz, und die großen Investitionen, die er im Holzgeschäft vorgesehen hatte, mussten weiter warten.

Rudolf oder Rudi, wie Johanna ihn nannte, war ihre ganze Wonne. Es war ein Kind, das nie weinte, außerordentlich lieb und freundlich war, immer lachte, ein richtiges Engelchen, das allerdings oftmals kränkelte. Archibald kümmerte sich kaum um den Kleinen. Wenn er zu Hause war, ging er am Abend ins Herrenzimmer, las die Zeitung, rauchte eine Zigarre und spielte oft stundenlang in seinem Arbeitszimmer Violine und ließ sich nicht bei Johanna blicken.

Rudi war nicht nur die Freude der Mutter, sondern auch der Liebling der Arbeiter, besonders der Floßknechte, die Rudi schon am oberen Wehr begrüßte. Sie vesperten mit ihm zusammen auf dem Floß, und nach einer kurzen Fahrt auf der Murg setzten sie ihn am unteren Ende des Werkes wieder ab.

Eines Tages kam Rudi mit glühend heißen Backen nach Hause, er hatte sich wohl erkältet und hatte Fieber. Der Vater maß dem keine große Bedeutung bei und sagte, das werde schon wieder vorbeigehen, den Arzt könne man sich bei so einer kleinen Erkältung wohl sparen, und fuhr weg. Das Fieber stieg aber immer stärker an, der kleine Rudi konnte kaum noch atmen und verlangte, den Oberflößer Thomas zu sehen, der noch am Abend zu ihm kam. Es waren die letzten glücklichen Augenblicke des Kindes. Thomas meinte, dass Johanna unbedingt den Arzt rufen müsse. Als dieser endlich kam, stellte er fest, dass das Kind Diphtherie hatte. Es wurde diskutiert, ob man noch einen Luftröhrenschnitt machen sollte, aber es war zu spät. Noch in der gleichen Nacht starb das Kind.

Johanna war verzweifelt und gab ihrem Mann die Schuld am Tod von Rudi. Archibald war untröstlich und versuchte, Johanna zu besänftigen, aber sie wollte nichts hören und sehen und schloss sich in ihrem Zimmer ein. Zur Beerdigung kam die ganze Familie zusammen. Es wurde nur geschluchzt. Auch die sonst so eiserne Minna war kaum zu trösten. Der kleine Sarg verschwand in einem Meer von Blumen.

Archibald hörte von allen Seiten offene oder versteckte Vorwürfe, auf die er keine Antwort hatte. Auch Johanna sprach kein Wort mit ihm. Abends im Bett drehte sie sich nach der anderen Seite und weinte nur still vor sich hin.

Auf Anraten des Arztes sollte Johanna ausspannen und eine Kur machen. Man wählte Bad Gastein, das für Frauenleiden empfohlen war. Archibald fuhr in die Schweiz, um bei Tante Françoise Rat und Trost zu suchen. Johanna reiste zusammen mit ihrer Schwester Ella, die ebenfalls einmal Ferien von der Ehe machen wollte. Johanna hatte vor, in der Bahn 3. Klasse zu fahren, aber Ella wollte das nicht zulassen. Ihr Mann Alfred Görlich war Generalarzt, und dem stand eine Bahnfahrt 1. Klasse zu, wenn sie jetzt 3. Klasse fahre, sei das gar nicht standesgemäß für eine Exzellenz. Schließlich bezahlte Ella für beide ein Billet 1. Klasse, und so saßen die beiden Frauen allein im Abteil und konnten sich ungestört aussprechen.

Johanna sagte, dass sie sich am liebsten scheiden lassen würde, sie hätten sich auseinandergelebt, der Riss sei einfach zu tief, um ihn noch zu flicken. Ella widersprach. Ihre eigene Ehe sei eine Hölle, Johanna lebe dagegen noch im

Himmelreich. Ein- oder zweimal in der Woche beziehe sie von ihrem Mann Prügel, sie habe überall blaue Flecken. Alfred nehme es ihr übel, dass sie kein großes Vermögen mehr besaß, er nehme sich daher als selbstverständlich das Recht heraus, sie zu betrügen, wo es nur gehe. Er habe mehrere Freundinnen gleichzeitig, ja, er betrüge sie sogar mit ihrer Zofe, und die habe er dazu noch reich beschenkt.

„Aber was soll ich machen? Als geschiedene Frau bin ich doch Freiwild für die Männer, ich verliere meinen guten Ruf. Alle geben doch mir die Schuld, wenn unsere Ehe gescheitert ist! Selbst unsere Mutter würde uns nicht glauben, und man nimmt uns die Kinder weg. Wir haben nichts mehr an Vermögen zu erwarten und müssen mit viel weniger auskommen, als wir jetzt haben. Sag mal, hast du denn Beweise dafür, dass dein Mann dir untreu ist?"

Die hatte Johanna aber nicht. Ihr Mann verreiste zwar viel, er sei impulsiv und wolle immer wieder mit ihr ins Bett. Möglicherweise gefielen ihm auch fremde Weiber, das hielt sie schon für möglich, aber sie wollte ihm auch nicht nachspionieren.

Ella wollte wissen, wie sie sich dann überhaupt scheiden lassen wolle. „Du hast drei Kinder. Dein Mann kann nicht aus Gernsbach wegziehen, er hat sein Geschäft hier. Du müsstest deshalb in eine fremde Stadt ziehen, ohne große Einkünfte – meinst du, das hältst du aus? Ihr könnt nicht auseinandergehen, das wäre unverantwortlich!"

Johanna war aber noch so erzürnt auf Archibald, dass sie Ella nicht Recht geben wollte. Sie gab ihm die Schuld, dass Rudi gestorben war. Etwas anderes konnte sie im Augenblick nicht denken. Sie war jetzt zehn Jahre verheiratet, hatte während dieser Zeit vier Kinder bekommen und vier Fehlgeburten gehabt. Sie war fast ständig in anderen Umständen gewesen, hatte im Haushalt hart arbeiten müssen, der Ehemann führte sich als Pascha auf und wollte bedient sein, die Kinder durften nicht zu kurz kommen, sie hatte keinen Urlaub machen können – jetzt war sie einfach am Ende.

Die Urlaubszeit war schlecht gewählt, denn es war noch Winter. Die Bade- und Trinkkur war zwar recht gut, aber sie konnte keine größeren Spaziergänge machen, nur mit Pelzkappe und Muff konnte sie ein paar Schritte vom Hotel hinunter in den Ort gehen. Zweimal leisteten sich Ella und Johanna den Luxus einer Schlittenfahrt hinunter in das Dorf Gastein.

Im Hotel waren nur wenige Gäste, mit denen sie sich unterhalten konnten. Es gab einige jüngere Leute, die dem neuen, aus Norwegen kommenden Wintersport des Skifahrens frönten, aber die meist älteren Gäste schüttelten nur den Kopf über diesen gefährlichen Unsinn.

In dem großen Speisesaal gab es Achtertische. An der Mittagstafel saßen Johanna und Ella mit einem Wiener Arztehepaar, einem Fabrikantenehepaar aus Berlin und einem Wiener Professor für Geschichte am Tisch. Der Professor namens Bergmann hatte einen schwarzen Vollbart, buschige Brauen, war elegant gekleidet und wirkte keinesfalls so, wie man sich einen Professor vorstellte. Er war am Tisch zunächst der Schweigsamste, er hörte aufmerksam zu, was die anderen sprachen, enthielt sich aber aller Kommentare.

Der Achte in der Runde war ein ungarischer Rittmeister Farkas mit einem riesigen Schnurrbart, der Sohn eines reichen Zuckerfabrikanten, der bald seinen Abschied nehmen und in das Geschäft des Vaters eintreten wollte. Der Rittmeister machte den Damen den Hof, küsste ihnen vor und nach den Mahlzeiten die Hand und war ein großer Charmeur, der nicht nur ein Auge auf Johanna geworfen hatte. Der Fabrikant aus Berlin, Schmidtbauer, der den Titel Kommerzienrat hatte, eine gut gehende Seifenfabrik besaß und dessen Reichtum erst in jüngster Zeit erworben worden war, schwadronierte über seine Erfolge und versuchte, den anwesenden Damen mit seinem Wissen und seinem Reichtum zu imponieren. Seine Frau war eine stille, etwa 50 Jahre alte Dame, die aus einer Pastorenfamilie stammte. Sie legte nur ab und zu die Hand auf den Arm ihres Mannes und sagte: „Bitte, übertreibe doch nicht so!"

Bei dem Wiener Ärzteehepaar Rosenzweig war sie diejenige, die viel sprach, während er sich zurückhielt. Man sah seinem Lächeln an, dass er von dem, was der Kommerzienrat erzählte, einiges in Zweifel zog, zudem konnte er wohl die Preußen nicht leiden, während seine Frau geradezu fasziniert den Erzählungen des Kommerzienrates lauschte.

Hauptthema bei Tisch war immer noch der Selbstmord des österreichischen Kronprinzen Rudolf in Mayerling, der gerade vor einem Jahr stattgefunden hatte. Frau Rosenzweig meinte, dahinter stecke sicher eine Verschwörung der Ungarn, die den Ungarnfeind Rudolf beseitigen wollten und die arme Comtesse Vetsera gleich mit ermordeten, damit es nach einem Selbstmord aussehen sollte. Es sei alles vertuscht worden, die zweite Leiche heimlich beseitigt und das Ganze als Unfall hingestellt, wogegen Baron Farkas heftig protestierte: „Ungarische Edelleute geben sich für so etwas nie her, unmöglich. Es ist doch offensichtlich, dass das eine Liebelei gewesen ist. Kronprinz Rudolf hatte mit der langweiligen belgischen Stephanie doch keine passende Frau, die war viel zu kalt und temperamentlos und hat ihren Mann nicht verstanden."

Kommerzienrat Schmidtbauer meinte, wenn jemand dahinter stehe, dann seien es sicher die Juden, wogegen sich Dr. Rosenzweig, der sonst still am Tisch gesessen hatte, verwahrte: „Das sind doch alles Hirngespinste der Christlich-Sozialen, deren Antisemitismus nimmt geradezu groteske Formen an. An allem Unangenehmen, das geschieht, sollen die Juden schuld sein, das ist doch absurd!"

Frau Schmidtbauer beklagte die arme Kaiserin Elisabeth, aber Dr. Rosenzweig erwiderte darauf: „Die braucht man nicht zu bedauern, die ist gefühllos und kalt", wogegen wiederum Baron Farkas protestierte, der wie fast alle Ungarn ein großer Verehrer der Kaiserin war.

Dr. Rosenzweig beharrte aber: „Nein, ich bleibe dabei, sie ist gefühlskalt, sie lebt ihr eigenes Leben, kümmert sich weder um den Kaiser noch um Österreich. Sie gibt Geld aus, wo sie nur kann, jeden Tag ein neues Kleid, reist monatelang ruhelos in der Welt herum. Der Kaiser hat eigentlich keine Frau. Er hat niemand, mit dem er sich aussprechen kann, er lebt wie ein einsamer Witwer."

Johanna fühlte sich plötzlich tief getroffen. Professor Bergmann äußerte seine Sorgen, wie es mit der Monarchie weitergehe: „Im Zeichen des aufkommenden Nationalismus ist der Vielvölkerstaat immer wieder neuen Bedrängungen ausgesetzt. Die Völker streben auseinander. Erzherzog Franz Ferdinand will das Reich umbauen, als drittes staatstragendes Volk neben den Ungarn und den Deutschen will er noch die Slawen haben, aber wie soll das funktionieren? Das sind doch alles so unterschiedliche Völker, wie will er denn die Serben und Kroaten mit den Polen und Tschechen unter einen Hut bringen?"

Jetzt mischte sich auch Johanna ins Gespräch und erstaunte die Tischrunde durch ihre geschichtlichen Kenntnisse:„Wie man es auch organisiert, die Völkerschaften auf dem Balkan siedeln doch so verstreut, da ist es unmöglich, für jede Nation ein Land zu schaffen. Wenn Österreich-Ungarn aufgeteilt wird, dann entsteht dort ein gewaltiges Chaos und es gibt ständige Bürgerkriege. Der Nationalismus ist eine ganz große Gefahr, nicht nur für dieses Reich, sondern für ganz Europa."

Dr. Rosenzweig gab ihr Recht. Professor Bergmann, der Johanna bisher kaum zur Kenntnis genommen hatte, war erstaunt und musterte sie sehr interessiert, und plötzlich war Johanna aufs Lebhafteste am Gespräch beteiligt.

Baron Farkas lud Johanna zu einer Schlittenfahrt ein, und sie sagte zu. Es war ihr nicht unangenehm, dass der Rittmeister ihr unter der gemeinsamen Pelzdecke näher rückte. Er machte ihr pausenlos Komplimente, und auch das störte sie nicht. Was sie aber störte, war eine gewisse Oberflächlichkeit. Professor Bergmann, mit dem sie nach Tisch meist zusammen Kaffee trank, imponierte ihr wesentlich mehr, und sie merkte auch, dass der Professor Feuer gefangen hatte. Sie begann zu flirten, was sie in ihrem Leben noch nie gemacht hatte. Sie wurde lockerer, ihr Trübsinn verflog. Die Gedanken an zu Hause, an ihre Kinder und an ihren Mann, wie es weitergehen sollte, bedrückten sie nicht mehr. Sie freute sich und lebte ganz vergnügt nur dem Augenblick.

Baron Farkas begleitete sie abends bis zur Türe ihres Zimmers und versuchte, ihr einen Kuss auf die Lippen zu drücken, aber sie sagte Nein, holte ihren Schlüssel aus der Tasche und schloss die Türe auf. Der Baron fragte, ob sie den Professor liebe, sie sagte wiederum Nein, schlüpfte in ihr Zimmer und schloss die Türe vor seiner Nase zu.

Als sie wieder einmal angeregt mit Professor Bergmann mittags beim Kaffee saß, ging die Türe zum Salon auf und herein trat ihr Mann Archibald Weiler.

Archibald hatte noch einiges im Geschäft zu erledigen gehabt und war dann mit der Eisenbahn nach Basel gefahren. In dem Coupé 2. Klasse saß außer ihm noch eine junge Dame, die er irgendwie zu kennen glaubte. Plötzlich war es ihm klar. Sie war Sängerin am Hoftheater in Karlsruhe, die er zuletzt in der Rolle der Constanze in Mozarts „Entführung" gesehen hatte. Eine elegante, schlanke Dame, was man bei den Sängerinnen nicht allzu oft sah. Er wollte ein Gespräch beginnen und fragte sie, ob sie nicht Mademoiselle Schumacher, die Sängerin am Hoftheater in Karlsruhe, sei. Sie bejahte die Frage und erzählte, dass sie nach Basel fahre, weil sie ans dortige Stadttheater engagiert sei. Nun war Archibald in seinem Element. Sie hörte ihm aufmerksam zu, wie er über sein geliebtes Basel und die Basler Gesellschaft plauderte. Die Zeit verging wie im Flug, und er versicherte ihr, dass er zu ihrer Premiere kommen werde. Ob er ihr die Stadt zeigen dürfe? Sie wich ihm zunächst aus, verabredete sich dann aber doch, ihn am übernächsten Tag in einem Café zu treffen.

Es war schon Abend, deshalb übernachtete Archibald in einem Basler Hotel gegenüber dem Bahnhof und ging am nächsten Morgen zu Tante Françoise, die ihn schon in manchen schwierigen Situationen beraten hatte, um sich mit ihr auszusprechen.

Das Gespräch führten sie wie immer auf Französisch, in Archibalds Muttersprache, in der er sich – gerade was seine Gefühle anging – besser ausdrücken konnte als im Deutschen. Tante Françoise ließ ihn erst einmal aussprechen. Er klagte über die Gefühlskälte seiner Frau, die nichts mehr von ihm wissen wolle, dass sie ihm die Schuld am Tod des Jungen gebe. Er wisse nicht, was er machen solle, wenn sie ihn verließe, wie er die Kinder erziehen sollte, ob er sich eine andere Frau suchen müsse, er sei ja ein Mann und käme nicht ohne Frau aus.

Tante Françoise überlegte nicht lange: „Archibald, es gibt nur eins. Du musst dich um deine Frau bemühen, du musst sie wieder an dich binden. Ich bin zu alt, um deine Kinder erziehen zu können. Ich habe es schon bei dir und deinen Schwestern nicht richtig geschafft. Du und Johanna, ihr habt die Firma zusammen aufgebaut, ihr habt doch so viel Gemeinsames. Wenn eure Ehe jetzt auseinanderbricht, was geschieht dann mit den Kindern, was geschieht mit deiner Frau? Du musst dich einfach mehr um Johanna kümmern, sie ist doch eine tüchtige und gescheite Frau, du brauchst sie. Zeige ihr, dass sie für dich wichtig ist. Sei zärtlich und liebevoll zu ihr, verwöhne sie! Widme ihr mehr Zeit, auch wenn du meinst, dass darunter die Firma etwas zu kurz kommt. In Wirklichkeit ist es für das Geschäft wichtig, dass du die Harmonie in der Familie wieder herstellst!"

Archibald fühlte zwar, dass Françoise recht hatte, aber er brummte nur, dass das nicht so einfach sei, dazu gehörten ja wohl zwei.

Am nächsten Tag ging er mit Fräulein Schumacher durch die Stadt und zeigte ihr das Museum, für das sie allerdings nicht allzu viel Interesse zeigte. Sie sagte, dass sie nicht viel Zeit habe, sondern zur Probe ins Theater müsse.

Er sprach von seiner Firma und von seinen Sorgen. Als er sagte, dass seine Frau ihn verlassen habe, schien die Sängerin plötzlich wieder interessiert und erkundigte sich, was er denn jetzt für ein Leben führe, wie er allein zurechtkomme?

Am nächsten Abend schon war Premiere, Fräulein Schumacher sang die Königin der Nacht in der „Zauberflöte". Archibald stand nach der Vorstellung am Bühneneingang mit einem Strauß weißen Flieders, der jetzt im Januar sündhaft teuer gewesen war, und wartete. Fräulein Schumacher kam heraus, eingehakt bei einem jungen Mann, und schien ihn nicht zu sehen.

Archibald warf den Blumenstrauß in den nächsten Papierkorb und fuhr noch am Abend nach Vevey am Genfer See, um Verwandte zu besuchen. Aber er fand keine Ruhe, das Gespräch mit Françoise ging ihm nicht aus dem Kopf. Wie sehr ihm Johanna doch fehlte, wie gerne hätte er jetzt mit ihr gesprochen! Er hielt es 14 Tage aus, dann beschloss er, sie in Bad Gastein abzuholen, und so stand er plötzlich vor dem Tisch der überraschten Johanna, die nur ein paar Worte zu Professor Bergmann stammeln konnte: „Darf ich Ihnen meinen Mann vorstellen?"

Archibald hatte beim Portier ein Doppelzimmer gebucht, und noch am Abend trug das Zimmermädchen Johannas Gepäck in Archibalds Zimmer.

Archibald sagte nur: „Johanna, verzeih mir, hab mich doch wieder lieb!" Aus seinem Koffer holte er ein Päckchen hervor, das sie auspacken sollte. Johanna entfernte das Seidenpapier und hielt eine Kassette von einem Münchner Hofjuwelier in Händen. Als sie das Kästchen öffnete, lag darin eine wunderschöne, lange doppelte Perlenkette, wie sie noch keine gesehen hatte, weder ihre Mutter noch ihre Schwiegermutter hatten so ein Prachtexemplar je besessen, das ein Vermögen gekostet haben musste. Sie zögerte einen Augenblick und dachte: Schenkt er mir die aus schlechtem Gewissen oder liebt er mich wirklich so sehr? Sie entschied sich dafür, zu glauben, dass er sie wirklich liebte.

Wieder zurück in Gernsbach wurde sie von den Kindern stürmisch begrüßt. Sie hatten ein Schild mit „Herzlich willkomen" gemalt und über die Türe gehängt, wofür Amalie gesorgt hatte. Der kleine Schreibfehler rührte Johanna besonders. Die Kinder durften länger aufbleiben, die großen Buben Archibald und Georg durften auch schon ein Gläschen Wein probieren.

Johanna und Archibald waren in langen Gesprächen übereingekommen, die Kinder als ein Geschenk Gottes anzusehen, der sie geben und auch wieder nehmen konnte. Sie beschlossen, die Kinder nicht mehr so hart zu bestrafen wie bisher, und von diesem Tag an gab es keine Schläge mehr. Sie wollten auch nicht mehr so viele Erziehungsversuche an den Kindern ausprobieren, denn sie hatten festgestellt, dass viele Kinder aus der Verwandtschaft oder Bekanntschaft bei strenger Erziehung missraten waren und viele andere, die wie das Gras auf der Wiese aufwuchsen, tüchtige Leute geworden waren. Nur, ganz frei sollten sie auch nicht erzogen werden, sie sollten angeleitet werden, Gutes zu tun. Die Söhne wollten sie so erziehen, dass sie später die Firma übernehmen konnten, und die Töchter sollten einmal gute Ehefrauen, Mütter und Hausfrauen werden.

Sie waren sich darüber einig, dass alle Kinder eine vorzügliche Ausbildung erhalten und später einmal standesgemäß heiraten sollten. Allerdings sollten die Töchter keine Offiziere oder Pastoren heiraten, wie das viele Kaufleute anstrebten. Der Leutnant und der Pastor waren zwar überall gern gesehene Ehepartner, aber Johanna und Archibald wollten von beiden nichts wissen. Pfarrer und Offiziere waren in ihren Augen Schmarotzer, die das Vermögen der Familie verschleuderten und für unnütze Dinge ausgaben, die nicht dafür sorgten, dass das Vermögen weiter anwuchs. Was Archibald wollte, waren familiäre Verbindungen zu anderen Industriellen, wie sie noch sein Vater und Großvater gehabt hatten. Er wünschte sich eine reiche Mitgift für seine Söhne und die materielle Absicherung seiner Töchter.

Auch geschäftlich ging es jetzt langsam wieder besser. Die meisten Schulden von dem Engagement bei der Metzer Brau AG waren bezahlt, und das Geschäft blühte. Die Reichspost investierte erhebliche Summen in das neue Telefonnetz. Der Reichspostmeister von Stephan hatte sich dieser Erfindung angenommen, die es zwar schon seit ungefähr 20 Jahren gab, die aber noch keine allgemeine Verbreitung gefunden hatte. Archibald hatte sich schon entschlossen, ein Telefon anzuschaffen, weil er für allen Fortschritt war, aber er hatte es bisher kaum benutzen können, weil es nur wenige Partner gab, mit denen er telefonieren konnte. In Gernsbach hatten Adolf und Textors, die Enkel von Otto Wieland, bald einen Telefonanschluss, aber der Großherzog auf dem nahen Schloss Eberstein hatte noch keinen.

Als die Post eine Menge von mehreren hunderttausend Telefonmasten ausschrieb, schlug Johanna Archibald vor, sich mit den Gebrüdern Engelberg aus Freiburg zusammenzusetzen und das Angebot miteinander abzusprechen, denn diesen großen Brocken könne er ja gar nicht allein bewältigen. So traf er sich mit den beiden Brüdern Wilhelm und Hermann Engelberg in Karlsruhe, und die drei fuhren dann zusammen nach Berlin. Verhandelt wurde im vierten Stock des Reichspost-Zentralamtes, wo in einem winzigen Zimmer der Amtmann Richter mit wenigen Gehilfen den ganzen Einkauf der Post abwickelte. Jetzt ging es um einen Auftrag in Millionenhöhe. Richter hatte die Vorgabe erhalten, das Telefonnetz möglichst schnell auszubauen. Dahinter stand zwar das Militär, aber in Zukunft sollte auch für private Zwecke das kleinste Dorf und der kleinste Weiler telefonisch erreichbar sein.

Und Archibald erhielt zusammen mit den Engelberg-Brüdern einen Auftrag in einer Größe, mit der sie nie gerechnet hatten. Sie waren außer sich vor Freude und begaben sich zum Feiern ins Hotel Adlon, in dem sie nicht abgestiegen waren, weil es als viel zu teuer galt, verzehrten ein Festmahl und tranken einige Flaschen vorzüglichsten französischen Champagner. Am späten Abend schlug Wilhelm Engelberg vor, noch ein Bordell zu besuchen. Archibald wollte kein Spielverderber sein, aber es kam ihm wie ein Verrat vor. Die Adresse von einem besseren Berliner Bordell kannten die Engelbergs, und so fuhren sie mit einer Droschke dorthin, wo die Brüder Engelberg gleich freundlich begrüßt wurden. Die Herren wurden in einen Salon mit rotem und schwarzem Plüsch geleitet, in dem einige halbbekleidete Mädchen gelangweilt saßen und häkelten. Die Damen kamen an den Tisch, begrüßten die Herren mit einem auffordernden „Na, ihr Süßen?" und setzten sich den Herren auf den Schoß. Archibald dankte und rückte mit seinem Stuhl etwas zur Seite. Die beiden Engelbergs lachten und machten ein paar anzügliche Bemerkungen, die Mädchen kicherten. Die Mädchen waren jung und hübsch, sie gefielen auch Archibald, aber sie waren ihm zu ordinär und er hatte sich vorgenommen, Johanna treu zu bleiben. Die beiden Brüder verschwanden sehr bald mit ihren Damen in die oberen Räume. Archibald, der nicht recht wusste, worüber er sich mit dem Mädchen unterhalten sollte, fragte, wo es solche schönen schwarzen Spitzenkleider gebe, die sie trugen, er wolle so etwas gerne seiner Frau mitbringen. „Was, du bist wohl frisch verheiratet? Darum bist du so zurückhaltend!" Das Mädchen wollte nun wissen, was er denn für eine Frau habe, aber Archibald winkte ab. Ihm war gar nicht wohl in seiner Haut, er wollte so schnell wie möglich fort, aber da kamen auch schon die beiden anderen die Treppe herunter.

Am nächsten Morgen kauften alle drei für ihre Frauen schwarze Spitzenkleider, so wie sie die „Damen" getragen hatten. Als Johanna das Päckchen auspackte, wusste sie nicht, ob sie lachen oder weinen sollte. Sie war überglücklich über den großen Abschluss, aber was sie da in Händen hielt, hatte sich Archibald wohl von einem alten Trödler aufschwätzen lassen, sie konnte so etwas Altmodisches selbst in Gernsbach unmöglich tragen.

Eigentlich wollte Johanna keine Kinder mehr. Ihre ersten Schwangerschaften waren immer voller Beschwerden gewesen, und nach jeder Geburt wurde sie dicker. Aber jetzt freute sie sich doch, dass sie seit dem Frühjahr wieder schwanger war. Die Schwangerschaft machte ihr jedoch sehr zu schaffen, sie hatte geschwollene Beine, musste beim Treppensteigen und bei den geringsten Anstrengungen schwer atmen und war oft entsetzlich müde, und sie sehnte die Geburt herbei.

Der 29. Oktober war ein besonders schöner Herbsttag im Murgtal, mit Temperaturen von über 20 Grad, ein Wetter, wie es sich die Winzer für ihre Weinernte nur wünschen konnten, und das bunte Laub leuchtete in der Sonne. Johanna freute sich, dass sie für ihren Waschtag so schönes Wetter hatte. Das Waschhaus stand am oberen Wehr vor der Einmündung des Oberwasserkanals. Es war ein zweistöckiges Gebäude, in dessen unteren Teil das Wasch-

und Badhaus war, während sich im Obergeschoss ein gläserner Gartenpavillon befand, von Weinlaub bewachsen, mit schönem Blick auf den Garten und auf die Murg. Dort trank Minna Weiler mit den Damen vom evangelischen Krankenverein ihren Nachmittagstee. Sie unterhielten sich über die Gottlosigkeit des gemeinen Volkes und über die Skandale und Skandälchen der Gernsbacher Familien.

Johanna, die im siebten Monat schwanger war, sollte eigentlich nicht mehr so schwer arbeiten. Nur das Hausmädchen Amalie half mit. Archibald Otto hatte zwar gemeint, dass sie sich jetzt doch eine Waschfrau leisten könnten, aber Johanna hatte ihren Dickkopf. Die Schulden, die ihr Vetter Cäsar durch Betrug verursacht hatte, waren noch nicht restlos getilgt, sie fühlte sich mitverantwortlich und wollte für solch eine Hilfe kein Geld ausgeben.

Die beiden Kinder Georg und Luise spielten am Ufer der Murg. Luise hatte auf Anweisung ihres Bruders sein neues handgeschnitztes Boot etwa 50 Meter oberhalb des Waschhauses ins Wasser gesetzt, und Georg wollte es vor dem Wehr wieder auffangen. Das Boot geriet in einen Strudel und trieb ab. Georg wollte das Boot aufhalten und lehnte sich weit über den Uferrand, um es zu greifen. Ehe er sich versah, verlor er das Gleichgewicht und fiel ins Wasser, das an dieser Stelle fast zwei Meter tief war, und Georg konnte nicht schwimmen. Luise schrie vor Schreck gellend auf und rief um Hilfe. Johanna stürzte aus dem Waschhaus und sprang in voller Kleidung ins Wasser, denn die Gefahr, dass Georg ertrank, war groß; sie fürchtete, dass er in den Sog der Turbine geraten könnte.

Die Damen im Pavillon wurden aufgeschreckt und sahen mit Entsetzen, was direkt unter ihnen am Flussufer geschah. Amalie half Johanna das Ufer hinaufzuklettern und nahm ihr den noch ganz verstörten Jungen ab, sie sollte ihn – zusammen mit der immer noch schreienden Luise – gleich nach Hause bringen, ihn abtrocknen und ins Bett stecken, damit er sich nicht erkältete. Johanna ging nach oben in den Pavillon, um zu sehen, ob sie dort eine Decke finden konnte, um sich darin einzuwickeln. Minna empfing sie mit versteinertem Gesicht, betrachtete sie durch ihr Lorgnon von oben bis unten und erklärte: „Dass du dich nicht schämst, so vor uns zu erscheinen!" In ihrem nassen Leinenkleid, das sie zur Arbeit angezogen hatte, zeichneten sich die Formen ihres Körpers, der Busen und der dicke Bauch der Schwangeren deutlich ab. Minna war empört, in diesem unanständigen Aufzug könne sie unmöglich hier bei ihren Gästen bleiben, sie solle gefälligst nach Hause gehen!

Dort kam sie nicht dazu, ihre nassen Kleider zu wechseln, denn zuerst musste Georg ins Bett, gut zugedeckt werden und heißen Fliedertee trinken. Luise, die immer noch schluchzte, musste beruhigt werden, und mittlerweile war es sechs Uhr geworden. Sie musste in die Küche, um das Abendessen für Archibald, der von dem Geschehen noch nichts erfahren hatte, vorzubereiten, denn er wollte punktlich essen.

Jetzt fühlte sie sich plötzlich sehr müde, alles tat ihr weh, sie fror, bekam Schüttelfrost und wollte gleich ins Bett gehen, aber die Schmerzen wurden immer stärker, sie kamen jetzt in Wellen, dazu setzten Blutungen ein. Es war doch noch sechs Wochen vor der Zeit! Wenn sie das Kind, dieses Gottesgeschenk, auf das sie gewartet hatte, jetzt verlieren würde! Ihr war schwindlig und sie fühlte, dass sie Fieber hatte, sie klapperte mit den Zähnen vor Kälte und schwitzte trotzdem.

In der Villa Mausefalle lief alles aufgeregt durcheinander. Amalie hatte eine Nachbarin gebeten, Feuer im Herd anzumachen, Wasser aufzusetzen und sich um Georg und die kleine Luise zu kümmern, während sie zur Wohnung der evangelischen Hebamme lief, aber die war, wie ihr Sohn mitteilte, bei einer Entbindung in Scheuern, und das war fast zwei Kilometer entfernt. Auch der Arzt Dr. Krauskopf war nicht zu Hause, er machte Krankenbesuche, seine Frau wollte ihn holen, sie wusste zwar, wen er besuchte, aber wo sie ihn jetzt gerade finden konnte, das war nicht sicher.

Archibald Otto stürzte die Treppen hoch in das gemeinsame Schlafzimmer. Seine Frau hatte hohes Fieber, sie glühte und zitterte am ganzen Körper, trotz der dicken Federbetten, die Amalie ihr gebracht hatte. Im Zimmer war es eiskalt, denn hier gab es keinen Ofen. Johanna sprach mit leiser Stimme, stöhnte dann aber laut auf, weil die Wehen in immer kürzeren Abständen kamen.

Archibald Otto wusste nicht, was er für seine Frau tun konnte. Ihre Mutter konnte er nicht mehr holen, denn sie war im vergangenen Winter an einem Schlaganfall gestorben. Auch wenn sie noch gelebt hätte, wäre sie wohl keine große Hilfe mehr gewesen. Nach dem Tod ihres Gatten hatte sie sich immer mehr ins Haus zurückgezogen und Trost im Alkohol gefunden. Erst ging sie nicht mehr aus dem Haus, dann ging sie nicht mehr ins untere Stockwerk und zum Schluss war sie immer nur in ihrem Zimmer geblieben und wollte niemand mehr sehen außer Johanna, die sie bis zuletzt gepflegt hatte.

Archibald schickte Amalie noch mal fort, um die katholische Hebamme, Frau Klostermeier, zu holen, die allerdings Johanna noch nicht kannte.

Er saß am Bett von Johanna, hielt ihre Hand und sagte nur immer wieder: „Hannele, Hannele, verlass mich nicht, Hannele, verlass mich nicht!"

Endlich trafen fast gleichzeitig Dr. Krauskopf, den seine Frau schließlich in Obertsrot, drei Kilometer flussaufwärts, gefunden hatte, und die katholische Hebamme ein. Kurze Zeit später kam auch noch die evangelische Hebamme.

Der Doktor untersuchte Johanna, fühlte ihr den Puls und stellte fest, dass sie wohl 40 Grad Fieber habe. Er sprach einige aufmunternde Worte, man solle ihr kalte Wadenwickel machen. Sie werde das schon schaffen.

Draußen auf dem Flur machte er aber ein ernstes Gesicht und sagte zu Archibald, dass es um Leben und Tod gehe, er könne für nichts garantieren. Das Kind, eine Frühgeburt, werde wohl nicht überleben, für Johanna stehe es auch nicht sehr gut. Es bestehe Gefahr, dass sie eine Lungenentzündung bekomme, dann müsste er sich auf das Schlimmste gefasst machen. An seiner Stelle würde er einen Geistlichen holen lassen.

Archibald sank in einen Stuhl, vergrub das Gesicht in seinen Händen und fing hemmungslos an zu weinen. Die Wehen kamen jetzt immer öfter, das Fruchtwasser ging ab, die beiden Hebammen versuchten, Johanna Mut zuzusprechen und sie zu beruhigen, und plötzlich war das Kind da. Es war ein winziger Junge, den die evangelische Hebamme in Händen hielt und seiner Mutter zeigte.

Die Hebamme vollzog noch am Abend die Nottaufe, allerdings auf keinen Namen, denn über den Namen waren sich die Eltern noch nicht einig gewesen. Johanna hatte ihn Neidhard nennen wollen nach dem preußischen Generalfeldmarschall Neidhardt von Gneisenau, den sie wegen seiner Tapferkeit, Klugheit und vor allem wegen seiner Besonnenheit sehr schätzte. Archibald meinte aber, dass das doch ein sehr seltsamer Name sei, er klinge zu sehr nach Neidhammel. Schließlich einigten sie sich auf den Namen eines anderen preußischen Feldmarschalls, Leberecht von Blücher, den Marschall Vorwärts, der das Gegenbild seines Generalstabschefs war. Später zeigte Leberecht viele Charakterzüge beider Marschälle. Er war ein vorsichtiges, ja oft geradezu ängstliches Kind, aber auch ein Mensch, der in seinem Leben immer wieder vorwärts stürmte. Mit zweitem Namen hieß er nach seinem Taufpaten Gottlieb Busch.

Johanna wurde noch zweimal schwanger. Im November 1894 kam die Tochter Silvia und im Mai 1897 die Tochter Hiltrud zur Welt. Beide Geburten verliefen ohne Komplikationen.

***

Es waren zwölf Jahre seit der Geburt von Leberecht vergangen, und man schrieb das Jahr 1903. Die Verhältnisse der Familie Weiler hatten sich gründlich konsolidiert. Archibald Otto war jetzt ein reicher Mann, auch wenn sein Vermögen noch nicht an das seines Vaters heranreichte. In der Gesellschaft war er jetzt kein Außenseiter mehr, er war nicht mehr der jähzornige junge Mann, der überall aneckte und mehr Feinde als Freunde hatte, sondern er war ein wohl angesehener, arrivierter Bürger mit einem stattlichen Vollbart, über dessen ansehnlichen Spitzbauch sich eine schwere goldene Uhrkette spannte. Er wurde mit Ehrenämtern überhäuft. In der Murgschifferschaft hatte er nach dem Tod von Graf Sponeck und von Philipp Textor den Vorsitz übernommen. Er war Mitglied des Gemeinderates und des Kirchengemeinderates geworden. Die Sparkasse, die von seinem Vater gegründet worden war, hatte ihn zum Vorsitzenden des Verwaltungsrats gewählt, und er war auch Vorsitzender des Kreditausschusses und in dieser Eigenschaft für die anderen Murgtäler Industriellen ein außerordentlich mächtiger Mann geworden. Er saß im Vorsitz des Vorschussvereins, er war als Arbeitgebervertreter im Reichsversicherungsrat, er war Vorstandsmitglied im Verband der Holzstofferzeuger und er war Vorsitzender des 1901 in Straßburg gegründeten Vereins Süddeutscher Holzinteressenten. Geradezu selbstverständlich war seine Mitgliedschaft und Ehrenmitgliedschaft in zahlreichen Vereinen wie dem Gesangs- und Musikverein, zu deren Veranstaltungen, mit Ausnahme der jährlichen Festkonzerte, er nie ging. Seine großzügigen Geschenke wurden aber gerne angenommen, und der Vereinsvorstand bedankte sich entsprechend, indem er sich tief verbeugte und den Hut zog, was dem Wohlbefinden von Archibald sehr gut tat.

Selbstverständlich war er auch Mitglied des Militärvereins, mit dessen Vorstand er am Sedanstag die Parade der Veteranen abnahm, und zu Ehren dieses Festtags legte er seine Ordensspange an, die jetzt schon eine stattliche Länge angenommen hatte. An erster Stelle prangte der Zähringer Löwe erster Klasse, mit dem man ihn aufgrund zahlreicher Stiftungen bedacht hatte. Daneben konnte Archibald Otto einige Orden zweiter und dritter Klasse von anderen Bundesfürsten aufweisen oder Medaillen, die an militärische Vereinsfeste erinnerten. Allerdings lag ihm das ganze militärische Gepränge nicht. Er hatte nach dem Abitur als Einjährig-Freiwilliger gedient. Darüber hinaus hatte er an zwei oder drei Übungen teilgenommen und war nur bis zum Wachtmeister aufgestiegen, während sein Schwager Adolf und die Brüder Textor es schon bis zum Hauptmann der Reserve geschafft hatten.

Archibald Otto war außerordentlich großzügig, was Spenden und Stiftungen für Hilfswerke, besonders die der Kirche, anging. Er war von seinem Vater so erzogen worden, dass man als reicher Mann, als erfolgreicher Fabrikant etwas für die Armen zu tun habe. Sein Vater hatte immer zehn Prozent, das heißt den Zehnten seiner Einnahmen, so wie es in der Bibel stand, den Armen zur Verfügung gestellt und zahlreiche Stiftungen gemacht. Seine Stiefmutter Minna hatte diese Tradition fortgesetzt. In der Zeit, als bei ihnen Schmalhans Küchenmeister war, hatten sich Weilers manche Spende vom Munde abgespart und dann hinterher erfahren, dass ihr Beitrag wesentlich geringer als der von Otto Wieland oder von Archibald Griesbach gewesen war. Sie gerieten in den Geruch der Knauserigkeit. Jetzt wollten sie es Minna Weiler aber zeigen. Als sich die Notwendigkeit ergab, für Gernsbach ein Krankenhaus zu bauen, stiftete er nicht nur das Gelände, sondern übernahm auch von den Kosten des Hauses, die sich auf fast 100.000 Mark beliefen, 90.000 Mark selber. Textors spendeten 3.000 Mark, der Großherzog 2.000 und andere Gernsbacher Bürger zusammen rund 3.500 Mark. Gleichzeitig ließ er das Rathaus renovieren. Die Stadt hatte bei Adolf Schickardt um einen Beitrag gebeten, weil es sich ja letztlich um das alte Schickardtsche Haus handelte. Aber Adolf Schickardt konnte sich nur mit einer kleinen Summe beteiligen. Auch hier stieg Archibald Otto ein, und die Stadt dankte dem großzügigen Spender damit, dass sie Archibald Otto zum Ehrenbürger der Stadt ernannte. Er war der erste, dem diese Ehre widerfuhr. Die Straße, die am Krankenhaus vorbeiführte, wurde Archibald-Weiler-Straße genannt.

Die Familie Weiler führte jetzt ein großes Haus. Lange hatten sie es in den engen Verhältnissen der Villa Mausefalle ausgehalten. Archibald hatte darauf gewartet, dass seine Stiefmutter sterben würde und er in das alte väterliche und großväterliche Haus in der Bleichstraße einziehen könnte. Johanna meinte nur: „Archibald, versündige dich nicht!“ So war man im Jahr 1902 daran gegangen, ein neues Haus neben der Villa Mausefalle im alten Garten der Villa zu errichten. Es sollte genau so prächtig werden wie das Palais, in dem Minna wohnte. Zur Straße hin hatte man jetzt zwar keinen Garten mehr, es war sogar nicht einmal Platz für einen Bürgersteig vorhanden, um alle Wünsche des Bauherrn zu erfüllen. Die 24 Meter lange Front des Hauses wurde von einer Flucht von fünf Zimmern eingenommen. Es waren zwei Salons, ein Herrenzimmer, ein großes Musikzimmer und das sogenannte Wohnzimmer, die durch Schiebetüren abgeteilt waren und zu einem einzigen großen Konzertsaal vereinigt werden konnten, der Raum für 150 Sitzplätze bot. Da konnte der Musikliebhaber Archibald nicht nur Hauskonzerte und Liederabende veranstalten, sondern es war auch Platz für ein ganzes Kammerorchester.

In dem neuen Haus gab es jetzt große Einladungen zu Diners, Empfängen und Konzerten. Die Familien der Gernsbacher Gesellschaft wetteiferten untereinander, wer das prächtigste und üppigste Diner bieten, welche Hausfrau die meisten Gänge auf den Tisch zaubern konnte. Noch lange nach dem großen Schmaus zerrissen sich die Damen beim Kaffeekränzchen ihre Mäuler darüber und lästerten über diejenigen, die nicht dabei waren. Wenn das Menü besonders schwer gewesen war, wurde über das ungesunde und unverdauliche Essen gemäkelt, war es dagegen etwas leichter, sprach man über den Geiz des Gastgebers.

Es waren eigentlich nur sieben bis acht Familien, die jetzt den Kern der Gernsbacher Gesellschaft bildeten. Außer dem Leiter des großherzoglichen Forstamtes, Oberforstrat Enns, und dem manchmal eingeladenen evangelischen Pfarrer sowie dem Arztehepaar waren es alles steinreiche Millionärsfamilien, die in den letzten 20 Jahren zu großen Vermögen gekommen waren. Dazu gehörten nur noch wenige der Murgschifferfamilien, von denen viele ihre Rechte verkauft hatten und aus Gernsbach weggezogen waren. Als Schifferfamilie mit großem Sägewerksbesitz waren nur noch die Enkel von Otto Wieland da, Otto und Richard Textor, denn Otto Wieland, der alte Vetter und Konkurrent von Archibald Rudolf Weiler, war verstorben, und auch sein Schwiegersohn, der aus der Pfalz zugereiste Philipp Textor, hatte das Zeitliche gesegnet. Dazu gehörten jetzt aber auch die Papierfabrikanten, die erst in den 80er und 90er Jahren ins Tal gezogen waren. Da war Arvid Holzberg, der oberhalb von Weisenbach die Zeitungsdruckpapierfabrik hatte, und dann auch die Familie Schultz. Schultz hatte allerdings bei seiner Zellstoffabrik, die er unterhalb von Gernsbach gebaut hatte, jahrelang mit der Pleite zu kämpfen und galt als Außenseiter, der nicht so richtig mithalten konnte. Schultz hatte unmittelbar hinter der Bahn, neben Richard Textor, eine große Villa errichtet, aber als das Haus kaum fertig war, starb er. Da seine Söhne noch minderjährig waren, stellten seine in Düren sitzenden Kompagnons einen neuen Direktor ein. Karl Tschech stieß zunächst bei der Gernsbacher Gesellschaft auf große Zurückhaltung, Archibald freundete sich aber bald mit ihm an, weil sie ziemlich gleichliegende Interessen hatten und Archibald merkte, dass er von dem neuen Direktor von Schultz eine Menge über die Papierfabrikation lernen konnte.

Wer zu jeder Gesellschaft eingeladen wurde, obgleich er selber so gut wie keine Gesellschaften gab, war Johannas Bruder Adolf Schickardt. Er war immer noch Junggeselle, ein charmanter Plauderer, immer bereit, die neuesten Witze und Histörchen zu erzählen, ein Mann, der viel in der Welt herumkam, und der besonders von der Damenwelt geschätzt wurde. Bei Johanna und Archibald war er jeden Sonntag zu Tisch geladen. In der Gernsbacher Gesellschaft wurde er Adolf der Prächtige genannt. Trotz seines kleinen Sägewerkes, das von dem einstmals großen Familienbesitz übrig geblieben war und das nur geringe Einnahmen abwarf, lebte er auf großem Fuß und machte zum Entsetzen seiner Schwester und seines Schwagers immer wieder Schulden.

Ein Gast, der seit Neuestem zur Gesellschaft gehörte, obgleich er nicht aus der Holz- und Papierindustrie stammte, und der vor kurzem den Gutshof Vromberg gekauft und dort eine riesige Villa errichtet hatte, war der baltische Hofjuwelier des russischen Zaren, von Bolin. Es imponierten die schwarzen Kutschpferde, und seine vier Bernhardiner erregten Aufsehen, was dazu führte, dass die Gernsbacher Familien sich alle große Bernhardiner anschafften. Zu den Einladungen kam er grundsätzlich eine Stunde zu spät, weshalb man ihn immer eine Stunde früher einlud als die anderen, was dann allerdings zu einer großen Peinlichkeit führte, als er einmal wirklich pünktlich kam und Archibald und Johanna noch nicht fertig angezogen waren.

Es gab nichts Unterschiedlicheres in ihrer äußeren Erscheinung, in ihrem Wesen und in ihren Talenten als die Kinder von Archibald Otto und Johanna. Die drei Ältesten waren kurz hintereinander innerhalb von drei Jahren geboren worden und 1903 schon alle aus dem Haus. Sie hatten noch die harten Anfangsjahre von Johanna und Archibald miterlebt, die Jahre, in denen das fehlende Geld eine große Rolle spielte, wo man sich nach der Decke strecken musste, wo es nicht alles, was die Kinder haben wollten, gab, und wo auch die Eltern noch sehr streng waren. Im Hause herrschte unbedingte Disziplin. Jedes der Kinder hatte seine Pflichten, und Vater und Mutter sahen sorgsam darauf, dass diese eingehalten wurden. Müßiggang war verpönt, beim Essen hatten die Kinder zu schweigen und durften nur reden, wenn sie angesprochen wurden. Archibald hätte es ganz gerne gesehen, wenn die Kinder „Sie" zu ihm gesagt hätten, aber das war jetzt schon lange aus der Mode. Die Kinder mussten ihre Eltern mit Vater und Mutter anreden, Mama und Papa waren bei Weilers nicht üblich.

Archibald Hermann, den seine Geschwister Archi nannten, was der Vater überhaupt nicht mochte, war ein sehr braver Sohn und versuchte, alle Wünsche seiner Eltern zu erfüllen. Ihm hatte man früh die Verantwortung für seine jüngeren Geschwister übertragen, und die Eltern behandelten ihn schon früh wie einen Erwachsenen. Er hatte eine weiche Seele, aber das wollte er nicht nach außen zeigen. In der Schule hatte er vom ersten Tag an bei seinen Klassenkameraden Autorität, einfach weil er gewohnt war, jüngeren Geschwistern zu befehlen. Er erledigte seine Schularbeiten pünktlich und war ein guter Schüler, was vor allem auf seinen Fleiß zurückzuführen war, denn er tat sich mit dem Lernen zum Teil recht schwer.

Georg dagegen war ein frecher Lausbub. Wenn den Kindern Arbeiten aufgetragen wurden, verstand er es immer, sich als Erster davor zu drücken. In der Schule erledigte er seine Schularbeiten nur recht flüchtig, war faul und bekam des Öfteren Strafarbeiten auf. Die kleinen Mädchen in der Volksschule konnte er sehr schnell um den Finger wickeln, das eine oder andere Mal kam er zum Entsetzen seiner Mutter erst spät von der Schule heim, weil er eine Klassenkameradin noch nach Hause begleitet hatte. Die Mutter erkannte in vielen seiner Züge ihren Bruder Adolf und ihren Vater wieder.

Luise wiederum war ein sehr intelligentes Kind, das sehr leicht lernte und die Beste in der Klasse war. Aber sie war auch launisch, wie ihre Großmutter Weiler gewesen war, und konnte wie ihr Vater schnell jähzornig und aufbrausend werden. Luise hatte schon wenige Wochen, nachdem sie in die Volksschule gekommen war, lesen gelernt und verschlang alles, was sie nur bekam. Sie hatte sich schon als achtjähriges Mädchen bei einer Leihbibliothek eingeschrieben und las auch die von den Eltern verpönten Bücher von Karl May heimlich abends unter der Bettdecke, denn die Mutter konnte es nicht leiden, wenn ihre Tochter – wie sie meinte – nichts Nützliches arbeitete. Wenn die Schularbeiten gemacht waren und sie ihre Aufgaben im Haus erledigt hatte, dann sollte sie gefälligst eine Handarbeit machen. Mit Müh und Not wurde zu Weihnachten eine gestickte Tischdecke oder ein Sofakissen für den Vater fertig, aber in ihrem Zimmer lagen unzählige angefangene Socken oder Topflappen, die nie fertig wurden.

Mit ihrem Vater verstand sie sich wesentlich besser als mit ihrer Mutter, zumal sie seine Musikalität geerbt hatte. Der Vater hatte dafür gesorgt, dass sie Klavierunterricht erhielt. Im Laufe der Jahre spielte sie wesentlich besser als ihre Gernsbacher Klavierlehrerin und konnte den Vater begleiten.

Archibald Hermann besuchte das humanistische Gymnasium in Rastatt. Nach dem Abitur diente er als Einjährig-Freiwilliger und studierte dann an der Technischen Hochschule in Darmstadt Maschinenbau, wobei er sich auf

Wunsch seines Vaters mit den Fragen Wasser- und Turbinenbau und Papiermaschinen befasste. Während der Semesterferien absolvierte er seine Wehrübungen, so dass er 1903 schon Leutnant der Reserve war. Nach Beendigung des Studiums durfte er eine längere Reise nach Norwegen und Schweden unternehmen, auch hier legte der Vater Wert darauf, dass er möglichst viele Papierfabriken besichtigte und Verbindung zu der dortigen Industrie bekam.

Georg dagegen sollte der Kaufmann in dem Unternehmen werden. Archibald Otto sah in ihm das große Genie, vor allem meinte er, seine fabelhafte Begabung, mit anderen Menschen Kontakt zu knüpfen, ließe manches erhoffen, wenn er auch sehr oft mit seinem Sohn Krach bekam, dessen vorlautes Benehmen er immer wieder rügte. Georg ging auf die Realschule und lernte moderne Sprachen. Archibald Otto hatte es selber immer bedauert, dass er außer Französisch, das er perfekt beherrschte, und etwas Italienisch keine Fremdsprache konnte. Im Gegensatz zu Johanna sprach er kein Englisch, und Georg sollte neben Französisch gut Englisch und Italienisch lernen. Mit 16 Jahren ging er mit dem Einjährigen ab, aber nicht zum Militär, er verstand es, sich zu drücken. Nach einer Volontärszeit in den Niederlanden in einer Holzhandlung, wo er sehr schnell Holländisch sprechen lernte, trat er als Lehrling in die Bankfirma von Weinheimer in Mannheim ein, war dann noch beim Bankhaus Sarazin in Basel und ein weiteres Jahr bei einer italienischen Bank in Genua.

Die drei jüngeren Kinder verlebten eine wesentlich freiere Kindheit und Jugend als die drei älteren Geschwister. Das lag einmal daran, dass die Strenge der Eltern mit den Jahren nachließ. Die Zeiten, in denen diese um den täglichen Lebensunterhalt bangen mussten, als sie fürchten mussten, dass die Firma zusammenbrechen könnte, waren vorbei, und auch Archibald und Johanna lebten gerne gut. Sie konnten sich im Laufe der Jahre alle Wünsche, die es nur gab, erfüllen. Sie reisten ins Ausland, sie fuhren regelmäßig in die Sommerfrische und nahmen die jüngeren Kinder mit, die Kleinen bekamen Spielzeug, von dem die älteren Geschwister nur hatten träumen können.

Als Leberecht schon etwas älter war und abends noch unter der Bettdecke las, übersah Johanna das geflissentlich. Bei Luise hatte das noch ein riesiges Donnerwetter gegeben. Bei der Zusammenstellung des täglichen Speisezettels wurde möglichst nicht das gekocht, was die Kinder nicht mochten, und wenn Leberecht maulte und im Essen herumstocherte, dann ließ man ohne Weiteres den Teller wieder voll hinausgehen, während es bei den älteren Geschwistern geheißen hatte: „Was auf den Tisch kommt, wird aufgegessen!"

Beim Essen plapperte die Jüngste, Hiltrud, in die Gespräche der Erwachsenen hinein, ohne dafür getadelt zu werden, es hieß nicht mehr: „Kinder haben beim Essen den Mund zu halten, sie haben nur zu reden, wenn sie gefragt werden!"

Hiltrud war ein ungewöhnlich dickes und phlegmatisches Kind. Sie wurde am meisten verwöhnt. In der Schule war sie unaufmerksam und döste im Unterricht vor sich hin. Aber recht früh interessierte sie das andere Geschlecht, und die Jungen aus ihrer Klasse stritten darum, wer ihr den Schulranzen nach Hause tragen durfte.

***

Archibald Otto saß in seinem Sessel am Schreibtisch in seinem Büro. Es war halb drei Uhr nachmittags, seine geheiligte Mußestunde, für die er sich jede Störung verbat. In dieser halben Stunde sah er in das Hauptbuch, das ihm sein Prokurist und Oberbuchhalter Gustav Adam vorlegen musste. Wenn Archibald Otto pünktlich um halb drei Uhr durch eine Seitentüre das Büro betrat, wartete schon eine Tasse dampfender Mokka auf ihn. Daneben lag eine Zigarre seiner Lieblingsmarke und die neueste Ausgabe der Frankfurter Zeitung. Er blickte kurz in das Hauptbuch, um dann voller Genuss die Zigarre anzuzünden und sich im Sessel zurückzulehnen. Er blies Ringe in die Luft und vertiefte sich in die Zeitung.

Archibald hatte gerade begonnen, seine Havanna zu rauchen, als das Telefon klingelte. Er verfluchte das Teufelsding, an dem er jedoch viel Geld verdiente, und ergriff seufzend den Hörer. Der Bürodiener meldete: „Tut mir leid, Sie stören zu müssen, aber hier draußen ist ein Förster, der Sie unbedingt sprechen möchte. Er lässt sich nicht abweisen."

Archibald brummte nur: „Frag' ihn, was er will, er soll das nächste Mal gefälligst am Vormittag kommen!"

„Der Mann lässt sich einfach nichts sagen. Ich kenne ihn auch irgendwoher, er kommt mir bekannt vor."

Archibald überlegte. Förster, das könnte irgendein Revierförster sein, aber es könnte auch der Oberforstrat vom Gernsbacher Forstamt oder gar ein Herr vom Ministerium aus Karlsruhe sein, und so meinte er: „Dann schick ihn halt in Gottes Namen rein!"

Er war unwillig über die Störung, als der Herr im grünen Jagdanzug hereinkam und nur sagte: „Na, Archibald, du kennst mich wohl nicht mehr?"

Archibald verschlug es fast die Sprache: „Ach, du bist's, Fritz? Wo kommst du denn her? Oh, entschuldigen Sie, Königliche Hoheit!"

Es war der Erbprinz von Baden, sein alter Klassenkamerad aus der Prinzenschule in Karlsruhe, den er bei der dämmrigen Beleuchtung im Büro nicht gleich erkannt hatte. Aber der lachte nur und antwortete: „Ach was, wenn wir unter uns sind, bleiben wir doch beim Du!"

Archibald war zuerst etwas verlegen. Er hatte den Erbprinzen lange nicht mehr gesehen, denn der hatte als preußischer Offizier in den letzten 20 Jahren in verschiedenen preußischen Garnisonsstädten Dienst getan und sich kaum in Karlsruhe aufgehalten. Jetzt war der Erbprinz nach Karlsruhe zurückgekehrt. Sein Vater war über 80 Jahre alt, es konnte jederzeit ein Thronwechsel eintreten und es war Zeit, dass er sich auf das Regieren vorbereitete. Ganz davon abgesehen, dass Fritz das Garnisonsleben satthatte, wollte er nach Hause. Jetzt in den Sommerferien wohnten seine Eltern im Schloss in Baden-Baden und hatten dem „jungen“ Paar – immerhin war Fritz auch schon 48 Jahre alt – das Schloss Eberstein als Sommerresidenz überlassen.

Bei der Frage, wen er auf das Schloss einladen konnte, mit dem er mal richtig sprechen konnte, war ihm spontan Archibald eingefallen. Er erinnerte sich auch an Johanna, die als junges Mädchen als Spielgefährtin für seine Schwester Viktoria mehrmals auf Schloss Eberstein befohlen worden war. Er hatte damals die Mädchen gerne geneckt und gehänselt und Johanna hatte ihm daraufhin einmal die Zunge herausgestreckt, und das hatte ihm kolossal imponiert.

Archibald wusste zuerst nicht recht, was er tun sollte. Sein ganzer Tagesplan war durcheinandergeraten. Aber wenn der zukünftige Landesvater kam, da hatte alles andere zurückzustehen.

Er bat den Erbprinzen, sich doch zu setzen, und suchte in seinem Schreibtisch vergeblich nach der Zigarrenkiste. Johanna hatte ihm immer nur eine hingelegt, damit er ja nicht in Versuchung kam, eine zweite zu rauchen. Und wo er noch eine Tasse Mokka bekommen konnte, wusste er auch nicht. Er rief den Büroboten, aber Fritz meinte nur: „Lass dich nicht stören, ich bin dir ja einfach so ins Haus gefallen. Komm doch übermorgen mit Johanna zu uns zum Tee aufs Schloss hinauf. Meine Frau wird sich sicher freuen, euch kennenzulernen.“

Archibald hatte zwar an diesem Tag schon etwas anderes vor, aber der Erbprinz hatte natürlich Vorrang, und so sagte er zu. Johanna war furchtbar aufgeregt, als sie von der Einladung aufs Schloss erfuhr und behauptete zunächst, dass sie nichts Passendes anzuziehen habe. Dann stellte sich die Frage, ob sie zu Fuß aufs Schloss gehen sollten, was sie normalerweise getan hätten, oder ob sie sich zu diesem Zweck ein Auto mieten sollten. Dann die Frage: Was bringt man dem Erbprinzenpaar als Gastgeschenk mit? Archibald war sich auch nicht ganz klar, was er anziehen sollte. In seiner zu eng gewordenen Uniform als Wachtmeister bei der Artillerie wollte er oben nicht erscheinen. Nachmittags konnte er ja auch nicht seinen Frack anziehen. Konnte er im ganz gewöhnlichen Anzug bleiben? Was wäre, wenn sie nachher noch spazieren gingen, wie der Erbprinz angedeutet hatte? Zum Schluss entschied er sich für einen Lodenanzug, den er immer anhatte, wenn er im Wald Holz besichtigte.

Johanna aber musste schon etwas Gediegeneres anziehen, und so wurde die Schneiderin bestellt, die in Windeseile bis zum übernächsten Tag ein neues Kleid, das zu diesem Anzug passen sollte, nähen musste.

Sie entschlossen sich auch, ein Auto mit Chauffeur in Livree zu mieten. Und als Geschenk für die Erbprinzessin kamen natürlich nur Blumen in Frage. Aber welche und wie viele waren passend? Sie erkundigten sich telefonisch bei einem Freund von Archibald, einem adligen Waldbesitzer, der öfter bei Hofe eingeladen war. Und Johanna kam auf die Idee, dem Erbprinzen einen kupfernen Stern mitzubringen. Dieser Stern hatte einmal die Spitze des Turmes von Schloss Eberstein gebildet und war übrig geblieben, als der Turm wegen Baufälligkeit gesprengt worden war. Johanna hatte ihn im Graben gefunden und wieder herrichten lassen.

Als sie endlich aufs Schloss fuhren, war Johanna sehr aufgeregt, weil sie nicht wusste, wie sie sich benehmen sollte, vor allem gegenüber der Erbprinzessin. Ein livrierter Lakai brachte sie von der Pforte hinauf auf die Terrasse vor dem Wohnzimmer des Erbprinzenpaares, von der man einen herrlichen Blick sowohl nach Gernsbach als auch weit hinauf ins Murgtal bis nach Weisenbach hatte.

Der Erbprinz begrüßte Archibald mit Schulterklopfen, so dass es nicht zu der eingeübten tiefen Verbeugung kam, während Johanna in einem Hofknicks versank. Seine Königliche Hoheit meinte nur schmunzelnd: „Als wir uns das letzte Mal sahen, haben Sie mir die Zunge herausgestreckt!"

Sie setzten sich an den gedeckten Teetisch. Der Erbprinz begann, über die Schulzeit zu sprechen, und erkundigte sich, was aus den alten Klassenkameraden geworden war, von denen er nie wieder etwas gehört hatte. Johanna nippte dagegen nur an ihrer Teetasse, sie wusste nicht, was sie mit der Erbprinzessin sprechen sollte, die außerordentlich schüchtern war. Beide hatten gelernt, sich in der Gesellschaft auch über Belanglosigkeiten zu unterhalten, und so schleppte sich das Gespräch über eine Stunde dahin, während die Herren, die einige Kirschwasser getrunken hatten, immer fröhlicher wurden und in alten Erinnerungen schwelgten.

Auf dem anschließenden großen Spaziergang, der über zwei Stunden dauerte, schüttete der Erbprinz Archibald sein Herz aus. Er hatte schon lange jemanden gesucht, bei dem er seinen Unmut abladen konnte. Sein Großvater, Kaiser Wilhelm I., hatte bestimmt, dass er preußischer Offizier werden sollte, so wie er es einmal gewesen war, das sei die richtige Beschäftigung für einen Erbprinzen. Seine Mutter, Großherzogin Luise, fand das auch richtig. Sein Vater, Großherzog Friedrich, hatte wohl gemeint, dass der Erbprinz eigentlich studieren und in die Verwaltung eingeführt werden sollte, aber das hätte ja auch nur einige Jahre Beschäftigung gebracht. Im Übrigen tat der Großherzog immer das, was seine Frau wollte. Der Spruch „Wie du willst, Luise" war im Volk geradezu zu einem geflügelten Wort geworden. So kam Fritz, nachdem er erst in ein badisches Regiment eingetreten war, sehr schnell als junger Offizier nach Potsdam. Dort wurde ihm das Leben von seinem Vetter Wilhelm vergällt. Schon als Kinder hatte er sich gegenüber seinem jüngeren Vetter aufgespielt, immer alles besser gewusst und herumkommandiert.

Fritz stieg in der preußischen Armee auf bis zum kommandierenden General des in Koblenz stehenden Armeekorps. Er hatte immer darauf gehofft, dass man ihm das Karlsruher Armeekorps unterstellen würde, so wie Prinz Ruprecht von Bayern und Herzog Albrecht von Württemberg die Oberbefehlshaber der bayerischen und württembergischen Armee waren. Aber Baden hatte ja keine eigene Armee, und Wilhelm verweigerte seinem Vetter die Erfüllung seines Herzenswunsches, was ihm Fritz und der alte Großherzog, der seinen Sohn in Karlsruhe haben wollte, sehr übel nahmen.

Der Erbprinz klagte gegenüber Archibald, dass er wie sein Vater ein Popanz sei, wenn er einmal Großherzog werde, der verdiente Leute in den Adelsstand erheben, sie zu Kommerzienräten oder Hofräten ernennen und Orden verleihen dürfte, der Gesetze zu unterschreiben hätte, die vom Landtag gemacht wurden und die ihm das Ministerium vorlegen würde. Er könne Feuerwehrfeste besuchen und Brücken einweihen. Im Übrigen bestehe das Leben nur aus Festen, an denen er keine Freude, aus Jagden, an denen er kein Interesse und aus Militärparaden, die er absolut satt habe. Das einzige Recht, das er noch habe, sei das Begnadigungsrecht. Und Wilhelm sei als Kaiser eine Katastrophe. Er sei taktlos und überheblich und dünke sich als der klügste Mensch der Welt. Hier pflichtete Archibald ihm bei. Das Säbelgerassel von Wilhelm störte ihn, es war ihm peinlich, wie im Ausland darüber gesprochen wurde.

Zwar waren Archibald und auch der Erbprinz für eine starke Flottenpolitik und dass man den eingebildeten Engländern zeige, dass auch noch andere Nationen ihren Platz in der Welt hätten, aber manches könnte man doch diplomatischer ausdrücken. Archibald sagte, ihn störe das ewige Schwadronieren, die Großmannssucht. Vor allem müsse der Kaiser seine Haltung gegenüber Frankreich ändern und das Land nicht immer als Erbfeind ansehen.

Der Erbprinz nahm seine Meinung mit Interesse zur Kenntnis, und bei der Verabschiedung lud Archibald den Erbprinzen und seine Gattin zu sich zum Abendessen ein, und der Erbprinz sagte zu.

Johanna war zunächst bestürzt, aber dann freute sie sich über diese Ehre. Während des Sommeraufenthalts auf dem Schloss traf man sich jetzt wesentlich öfter, meistens alle 14 Tage. Der Erbprinz hatte jemanden gefunden, bei dem er seine Worte nicht auf die Goldwaage legen musste wie bei dem eingebildeten Offizierspack, bei dem er über andere Bundesfürsten und vor allem über den Kaiser lästern konnte, ohne dass es diesem hinterbracht wurde. Er konnte sich vor allem über Wirtschaftsdinge, von denen er bisher so gut wie nichts verstanden hatte, unterrichten.

Die Freundschaft zwischen den beiden hielt bis zu ihrem Lebensende an. Auch Johanna und Hilda verloren die Scheu voreinander und unterhielten sich wie normale Ehefrauen, deren Männer sich gut verstanden.

Nach Beendigung ihrer Ausbildung waren die beiden älteren Söhne, Archibald Hermann und Georg, zunächst als einfache Angestellte in die Firma eingetreten. Archibald wollte sie in absehbarer Zeit zu Teilhabern machen, denn mit seiner Gesundheit stand es nicht zum Besten. Nachts bekam er sehr starken Durst und musste große Mengen Wasser trinken. Die Sehfähigkeit ließ nach, und bei einer Untersuchung im Diakonissenkrankenhaus in Karlsruhe wurde starke Zuckerkrankheit festgestellt. Nun musste er strenge Diät halten, was ihm sehr schwer fiel, und er wusste, dass er nicht mehr allzu lange leben würde. Johanna verschwieg er zunächst den Befund des Arztes, aber wegen der Diät konnte er die Krankheit nicht mehr verheimlichen. Wie lange er noch zu leben hatte, wusste er nicht, aber mehr als zehn bis 15 Jahre, so meinten die Ärzte, würden es wohl kaum werden.

Zunächst standen die jungen Männer aber noch unter seiner strengen Fuchtel. Der Vater legte großen Wert darauf, dass sie keinerlei Sondervergünstigungen erhielten. Wenn sie zu einer Veranstaltung oder einem Ball nach Mannheim gehen wollten, dann durften sie abends, so wie die anderen Mitarbeiter, das Büro keine Minute vor sechs Uhr verlassen. Archibald und Georg brachten deshalb ihre Koffer mit der Abendgarderobe mit ins Büro. Um Punkt sechs Uhr rannten sie aus dem Büro zum Bahnhof, um den Zug, der fünf Minuten später abfuhr, noch erreichen zu können. Sie zogen sich in der Toilette des Zuges um und erschienen dann – zur allgemeinen Verwunderung des Schaffners und der Mitreisenden in der 3. Klasse – im Frack.

Der gesellschaftliche Mittelpunkt des Adels und des Militärs war die Beamtenstadt Karlsruhe, aber der gesellschaftliche Mittelpunkt des Bürgertums, vor allem der Fabrikanten, war Mannheim. In der einstigen kurfürstlichen Residenz gaben schon seit dem ausgehenden 18. Jahrhundert nicht mehr der Adel, sondern die Bürger den Ton an. Es war aber ein anderes Bürgertum als in den großen Kaufmannstädten wie Frankfurt oder in den Hansestädten, wo die alteingesessenen ratsfähigen Geschlechter, Senatoren und Konsuln vorherrschten, die seit Jahrhunderten das Geschick der Städte lenkten. In Mannheim dominierten die neuen Reichen, die erst seit wenigen Jahrzehnten wohlhabend gewordenen Bürger.

Mannheim, wo die Rheinschifffahrt endete, war der Mittelpunkt einer vor allem in der zweiten Hälfte des 19. Jahrhunderts aufblühenden Industrie. In der Stadt trafen sich die Fabrikanten, für die nur der etwas galt, der Waren produzierte, und nicht derjenige, der Waren verteilte. Die Stadt war der große Heiratsmarkt. Man traf sich auf großen Gesellschaften in den Sälen um den Rosengarten herum, aber auch in den großen Bürgerhäusern.

Auf einem der Bälle der Mannheimer Familie Klemm, die in der Papierindustrie eine sehr große Rolle spielte und oberhalb von Gernsbach eine Kartonfabrik errichtet hatte, sah Archibald Hermann ein hübsches, hochgewachsenes schlankes Mädchen mit roten Haaren, die etwa so alt war wie er, die ihn außerordentlich faszinierte. Sie war von sehr vielen Herren umlagert. So gelang es ihm erst beim vierten Mal, sie zum Tanz aufzufordern. Sie antwortete spröde, ja ausgesprochen kühl, aber beim Tanzen merkte er, dass sie außerordentlich intelligent und schlagfertig war. Er konnte sich wirklich ernsthaft mit ihr unterhalten, denn Archibald war kein Freund des leichten Wortgeplänkels, wie es sein Bruder Georg so perfekt beherrschte. Else Starck, so hieß die junge Dame, war, wie er bald erfuhr, eine der reichsten Erbinnen des Landes. Ihre Familie besaß zahlreiche Textilfabriken in Südbaden sowie das säkularisierte Kloster St. Blasien mit vielen Weingütern und Wäldern. Die Familie Starck galt als die am höchsten besteuerte in Baden. Es war kein Wunder, dass sich eine ganze Reihe von jungen Herren für das Fräulein Starck interessierte.

Ihr war bewusst, dass ihre Eltern sie an den Mann bringen wollten, sie hatte zwar nicht Nein gesagt und war mit zum Ball gegangen, aber sie hatte bei jedem jungen Mann, der auf sie zukam, das Gefühl, er wolle nicht sie, sondern ihr Geld. Archibald hatte sich in sie verliebt. Sie trafen sich noch auf anderen Bällen, und nach dem dritten Ball machte Archibald ihr einen Heiratsantrag. Else antwortete ihm, sie gedenke noch nicht zu heiraten, sie habe damit noch Zeit, sie wisse nicht, ob die jungen Herren sie oder ihr Geld lieben würden. Es sei kein anderer Mann im Spiel, sie finde Archibald sehr nett, aber eine engere Bindung wolle sie nicht eingehen.

Archibald war tief enttäuscht, so eine intelligente, faszinierende Frau, die so gut zu ihm passte, würde er nicht wiederfinden.

Archibald Otto fasste den Plan, am Rhein einen großen Holz- und Papierkomplex zu errichten, so wie es sie in Skandinavien gab. Mit der Zeit hatte er das Gelände, das sein Vater am Rheinufer zwischen Wintersdorf und Iffezheim aufgekauft hatte, durch weitere Zukäufe auf über 200.000 Quadratmeter erweitert. Er wollte dort zunächst ein Sägewerk errichten, das mit zwölf Gattern das größte in Deutschland sein sollte, und er wollte eine große Zellstoff- und Papierfabrik bauen. Das Holz sollte aus dem Schwarzwald kommen, vor allem aus dem Murgtal, auch aus den eigenen Wäldern der Murgschifferschaft, die Kohle konnte über den Rhein herangebracht werden. Er plante die Gründung einer Aktiengesellschaft, an der sich auch die anderen Murgschiffer beteiligen sollten.

Als Erstem redete er seinem Schwager Adolf zu, und der war gleich Feuer und Flamme. Bei den anderen Schiffern stieß er aber auf erheblichen Widerstand, denn sie waren der Meinung, dass sie in dieser neuen Gesellschaft, bei der Archibald die Mehrheit des Aktienkapitals besaß, nichts zu sagen hätten, und sie konnten auch Adolf wieder umstimmen.

Nun suchte Archibald nach einem fremden Geldgeber, und dabei kam er in Kontakt mit einem reichen amerikanischen Papierfabrikanten, der aus Württemberg stammte, namens Meurer, der auf seine alten Tage wieder nach Deutschland ziehen wollte.

Archibald Otto fühlte, dass es an der Zeit war, seine Söhne zu Teilhabern zu machen. Aber so einfach sollten sie sich nicht ins gemachte Nest setzen können. Er hatte zu viele junge Leute gesehen, die das verschleuderten, was der Vater und der Großvater aufgebaut hatten. Die Buben sollten sich erst einmal bewähren, sie sollten selber Geld verdienen, ehe sie in der väterlichen Firma als Teilhaber eintraten. Sie sollten einmal ganz auf sich allein gestellt sein, und dazu war ein Aufenthalt im Ausland das Richtige. Er beriet sich mit Johanna, und so gerne sie ihre Söhne um sich hatte, stimmte sie ihm zu und schlug vor, dass die Jungen nach England gehen sollten. Aber Archibald war anderer Meinung. Wenn sie wirklich ihren Mann stehen sollten, dann müssten sie in die Vereinigten Staaten, dort würde die Wirtschaft blühen, dort liege die Zukunft, es sei die Weltmacht von morgen.

Sie sollten das Land nicht als Touristen bereisen, sondern dort ihr Geld selber verdienen, ohne dass reiche Verwandte oder Freunde ihnen helfen würden. Archibald wurde ganz eifrig: „Das kann gleich damit anfangen, dass sie nicht erster oder zweiter Klasse fahren, sondern im Zwischendeck oder, wie es jetzt heißt, in der dritten Klasse oder Touristenklasse. Ich will gleich an Herrn Meurer in Chicago schreiben."

Gedacht, getan. Die beiden Söhne waren begeistert und gingen mit Feueifer an die Vorbereitungen. Sie überlegten, ob sie über Le Havre fahren sollten, das war etwas näher, sie könnten auf der Hinreise Paris kennenlernen, aber der Vater winkte ab, sie sollten sich in Bremerhaven einschiffen. Zwei Tage vor der Abreise steckte Johanna jedem heimlich einen Beutel mit Goldstücken im Wert von 500 Mark zu. Auch als sie sich bei der Großmutter Minna Weiler verabschiedeten, schenkte sie, die von der Sparsamkeit Archibalds gehört hatte, jedem der beiden 1.000 Mark in Goldstücken, so wie sie jedem ihrer Enkel, der auf eine größere Reise ging, Geld mit auf den Weg gab. Der Vater durfte aber von diesem Geld nichts wissen.

Auch Georg sorgte vor, indem er sich von seinem früheren Lehrherrn, dem Bankier Weinheimer, ein Empfehlungsschreiben an dessen Vetter in New York aushändigen ließ.

Mit nicht allzu viel Gepäck traten sie die große Reise an. Die Eltern begleiteten sie zum Bahnhof in Gernsbach, wo Johanna sehr mit den Tränen kämpfen musste. Sie sahen nicht, dass ein junges Mädchen mit roten Haaren mit dem Fahrrad neben dem Zug herfuhr und rief: „Archibald, ich bleib dir treu!" Archibald bekam einen Schreck, so weit hatte er noch gar nicht gedacht. Er hatte mit ihr etwas geschäkert, sie waren auch einmal zusammen ausgeritten, und dabei musste er bei ihr – sie hieß Dagmar und war die Tochter des Hofjuweliers des russischen Zaren – einen großen Eindruck hinterlassen haben.

In Bremerhaven stiegen sie in das neueste Schiff der Hapag, die „Fürst Bismarck". Aus vier riesigen Schornsteinen stieg der Rauch empor, denn die Kessel standen bereits unter Dampf. Archibald und Georg schifften sich schon am Vorabend ein. Es gab getrennte Eingänge für die erste und zweite und für die dritte Klasse. Über das Fallreep der ersten und zweiten Klasse wurden riesige Kabinenkoffer getragen, elegante Herrschaften wurden von Familien und Freunden verabschiedet. Die dritte Klasse war bis zum letzten Platz gefüllt. Es waren Viererkabinen, Georg und Archibald teilten sich die ihre mit zwei jüdischen Auswanderern aus Russland. In den Gängen herrschte großer Lärm und Gedränge, Kleinkinder schrien, jüdische Handwerker und Händler, die nach den Pogromen des letzten Jahres aus dem Zarenreich flüchteten, palaverten im Gang.

Am nächsten Morgen legte das Schiff unter tiefem Tuten vom Kai ab. Die Familien der deutschen Auswanderer hatten sich bis eine halbe Stunde vor Abgang des Schiffes von ihren Angehörigen verabschiedet, nun standen diese noch lange am Pier und winkten. Auf dem Oberdeck spielte die Kapelle „Muss i denn, muss i denn zum Städtele hinaus". Vom obersten Deck tönte durch den Lärm eine tiefe Bassstimme, es war ein berühmter Sänger, der, wie die Menge tuschelte, an die Metropolitan Opera in New York für ein neues Engagement verpflichtet worden war und – wie es hieß – unheimlich viel Geld dort machen würde. Es wurde gewinkt und „Auf Wiedersehen" gerufen.

Während Archibald in seiner Kabine sich mit seinen Mitreisenden unterhielt, konnte Georg auf das obere Deck gelangen. Er stahl sich an den Kontrollen, die jetzt nicht mehr so streng waren, vorbei, und da er gut gekleidet war, fiel er auch nicht auf. Er setzte sich in den Salon und bestellte Whisky und Soda. Er war erstaunt – was er sich aber nicht anmerken ließ –, wie viele Sorten Whisky es auf der Karte gab. Er suchte sich die teuerste Sorte aus – er hatte ja die Goldstücke – und gab reichlich Trinkgeld, was ihm dann auch erlaubte, während der Fahrt ein gern gesehener Gast unter den Erste-Klasse-Passagieren zu sein.

In den Salons hatten sich gleich nach der Einschiffung zahlreiche Herren zum Kartenspiel eingefunden. Sie tranken Whisky oder französischen Cognac und rauchten teure Zigarren. Es waren meist alleinreisende Herren, Geschäftsreisende, sowohl Amerikaner als auch Hamburger und Bremer Kaufleute, die Beziehungen zu den USA hatten. Georg kam sofort ins Gespräch mit einem Bankier von der Deutschen Bank, mit dem er fachsimpeln konnte.

Für ihren Aufenthalt in den USA waren die beiden Brüder recht ungleich vorbereitet. Archibald hatte Latein und Griechisch gelernt und sprach recht gut Französisch, aber Englisch hatte nicht auf seinem Lehrplan gestanden. Er hatte kurz vor der Reise in einem Kurs mühselig einige Grundkenntnisse erworben. Georg dagegen konnte fließend Französisch und sprach auch sehr gut Englisch, auch sein Italienisch war nicht schlecht. Zu Hause im Geschäft hatte er die ausländische Korrespondenz besorgt, und da er gegenüber Unbekannten keine Hemmungen hatte, war er ungleich besser für die Reise gerüstet als Archibald.

Archibald blieb in der dritten Klasse und freundete sich mit dem jungen schwedischen Ingenieur Lennart Bergqvist an, der auch nach Chicago und von dort weiter nach Missouri wollte. Sie beschlossen, die Reise von New York nach Chicago gemeinsam fortzusetzen. Lennart folgte dem Wunsch eines Großonkels, der als armer Bauer nach Amerika ausgewandert war und dort eine Maschinenfabrik für Pflüge aufgebaut hatte. Er war kinderlos geblieben und suchte einen Nachfolger für seinen Betrieb. Archibald büffelte mit ihm zusammen Englisch, denn auf dem Schiff hatte er sonst keine Gelegenheit, Englisch zu sprechen. Es waren fast nur Auswanderer an Bord, und von denen beherrschte kaum einer die englische Sprache.

Die Fahrt über den Atlantik verlief ohne größere Zwischenfälle. Georg telegrafierte dem Vertreter des Bankhauses Weinheimer ihre voraussichtliche Ankunft, denn der wollte die beiden Brüder abholen und ihnen die Strapazen des Aufenthaltes in Staten Island ersparen, die die Einwanderer durchmachen mussten, während die Touristen und Geschäftsreisenden ohne größeren Aufenthalt alle Einreiseformalitäten an der Landungsbrücke erledigen konnten.

Das Schiff legte an der Westseite von Manhattan am Hudson River an. Von Deck aus sahen die beiden Brüder auf das Gewimmel hinunter, das sie sich so nicht hatten vorstellen können. Hunderte von Pferdefuhrwerken, aber auch schon einige Automobile fuhren am Ufer entlang. In der Menge von Besuchern, die an Bord kamen, war auch der Vertreter von Weinheimer, ein junger Mann Ende zwanzig, der die Weiler-Brüder recht bald fand. Er hatte für sie ein Zimmer im Hotel Waldorf Astoria gebucht. Archibald erschrak, denn er wusste, dass das Waldorf Astoria, das vornehmste Hotel in New York, keinesfalls im Sinne seines Vaters war. Aber Georg meinte, sie sollten das Hotel ruhig nehmen, es würde einen schlechten Eindruck machen, wenn sie sich gleich eine billige Absteige suchen würden, das könnte auch ein schlechtes Licht auf die Firma werfen. Archibald musste ihm Recht geben, aber ihm war unbehaglich zumute.

In der Lobby des Hotels, das ganz im Jugendstil eingerichtet war, wimmelte es von Dutzenden von Pagen und Gepäckträgern. Sie schrieben sich in ein Gästebuch ein, und dann ging es mit einem großen Aufzug bis zur achten Etage hinauf. Archibald erschrak, und selbst Georg wurde unsicher, als sie ihre prächtigen Zimmer sahen: ein dicker Perserteppich, neben dem Bett eine bequeme Sitzgruppe mit einem Tisch und zwei schweren Polstersesseln, ein Schreibtisch und eine Stehlampe, daneben ein eigenes Badezimmer mit einer riesigen Wanne und blanken Messinghähnen, schneeweißen Handtüchern, einem Badetuch und sogar einem Bademantel. Hinter der Zimmertüre war an der Wand ein Blatt Papier angeschlagen, darauf stand der Preis: fünf Dollar pro Nacht – das waren ja 20 Mark! Sie konnten sich ausrechnen, dass die Goldstücke der Großmutter Minna sehr schnell verschwinden würden. Sie durften höchstens zwei oder drei Tage in diesem Hotel bleiben. Nur schnell

New York ansehen und dann weiter nach Chicago! Aber Archibald hatte sich mit Lennart eine Woche später verabredet, und eine Woche in diesem Hotel, das konnten sie sich nicht leisten. Auch der sonst so ausgabefreudige Georg musste dem zustimmen. Nach einigem Überlegen wollten sie versuchen, ein Zimmer zusammen zu beziehen. Sie fuhren mit dem Aufzug wieder nach unten, wo der Repräsentant von Weinheimer auf sie wartete. Mit seiner Hilfe gelang es ihnen, ein Zimmer nach hinten hinaus zum Hof zu bekommen, das für sie beide zusammen nur drei Dollar kostete.

An den nächsten Tagen besuchten sie die großen Museen der Stadt, machten einen Ausflug mit dem Dampfer auf dem East River, gingen im Central Park spazieren und beobachteten voller Interesse das Leben in der Stadt. Georg sprach bei der Weinheimer-Repräsentanz vor und bekam sofort eine Stellung beim Bankhaus J. P. Morgan mit einem Gehalt von 30 Dollar in der Woche. Das war wesentlich mehr, als er erwartet hatte. Er beschloss, in New York zu bleiben und das amerikanische Bankwesen kennenzulernen. Archibald musste ihm Recht geben, das wäre sicher auch im Sinne des Vaters. Er würde viele neue Beziehungen anknüpfen, die er später im Geschäft brauchen könnte. Das Gehalt war geradezu fürstlich, so dass er wirklich nicht Nein sagen konnte.

Georg begleitete Archibald am Abend zum Bahnhof, wo sie auch Lennart wieder trafen, und nach einem herzlichen Abschied bestieg Archibald den Schlafwagen, der ihn nach Chicago bringen sollte.

Die Bahnfahrt dauerte fast zwei Tage. Am Morgen des übernächsten Tages kamen sie in Chicago an, auf einem riesigen Bahnhof, wie sie noch keinen gesehen hatten. Von hier gingen Dutzende von Eisenbahnlinien in das ganze Land. Chicago hatte zu dieser Zeit schon mehr als drei Millionen Einwohner, es war das Zentrum des amerikanischen Mittelwestens, der großen landwirtschaftlichen Provinzen. Im Zentrum der Stadt befanden sich die großen Schlachthäuser, am Michigansee standen die großen Getreidemühlen. Es gab auch Stahlwerke, Maschinen- und Waggonfabriken. Die Stadt war noch schmutziger als New York und ohne Eleganz. Die Häuser waren beinahe so hoch wie in New York und die Straßen noch enger, vollgestopft mit Pferdekutschen und Lastfuhrwerken.

Lennart wollte zwei Tage in Chicago bleiben, bevor er nach Westen weiterfuhr, und so suchten Archibald und er ein Hotel in der Nähe des Bahnhofs, von dem sie annehmen konnten, dass es einigermaßen erschwinglich sei. Erst in einer Seitenstraße fanden sie ein Haus, das ihren Vorstellungen entsprach. Es war laut, nicht ganz sauber, und der Portier am Empfang war äußerst mürrisch. Aufgrund eines wahrscheinlich zu hohen Trinkgelds, das Archibald ihm gab, wurde er jedoch recht freundlich und besorgte ihm auch eine Droschke, mit der er hinaus zur Meurer'schen Fabrik fahren wollte.

Die Fabrik war wesentlich kleiner, als Archibald sich das vorgestellt hatte. Ein schmutziger Hof, ein sehr kleines Bürogebäude am Eingang und weiter hinten einige mit Dachpappe gedeckte, gemauerte Hallen, vor denen große Ballen mit Zellstoff lagen. Auf seine Frage nach Herrn Meurer wurde ihm geantwortet, dass er nicht da sei, er solle sich an Herrn Adams wenden. Herr Adams war ein etwa 40-jähriger Clerk mit einer etwas schäbigen Jacke und Ärmelschonern, der im Büro auf einem Drehstuhl saß. Nach der Frage nach Herrn Meurer wurde ihm mitgeteilt, dass dieser sich in Europa befinde. Als Archibald sich erkundigte, ob er denn nicht angemeldet sei, kramte der Clerk unter einem Haufen von Papieren und bat Archibald dann in das Chefzimmer, einen kleinen Raum mit schweren Ledergarnituren und einem großen Schreibtisch. Adams wühlte wieder in den Papieren, die auf dem Schreibtisch lagen, und fand schließlich einen Brief von Archibalds Vater an Herrn Meurer, den dieser noch nicht beantwortet hatte. Der Clerk war sichtlich verlegen und meinte, dass er nichts sagen könne, er müsse erst Herrn Meurer abwarten, denn der habe nichts hinterlassen, was mit Archibald geschehen solle.

Archibald meinte, er könne doch sicher hier in der Fabrik arbeiten, aber auch da wollte sich Adams nicht festlegen. Er empfahl ihm, sich an ein Büro in der Stadt zu wenden, das Arbeitskräfte vermitteln würde. In vier Wochen, wenn Herr Meurer wieder zurück sei, könne sicher eine Lösung gefunden werden.

Archibald war sehr enttäuscht, aber es blieb ihm nichts anderes übrig, als mit der Eisenbahn – eine Droschke war ihm zu teuer – wieder in die Stadt zurückzufahren, um sich mit Lennart zu treffen, der mit seinen besseren Englischkenntnissen vielleicht helfen konnte. Sie gingen zu einer Arbeitsvermittlung, die ihm nach längerem Suchen in ihrer Kartei anbot, abends in einem Varieté als Beleuchter zu arbeiten. Nach einigem Zögern nahm Archibald die Stelle an.

Nun musste er möglichst schnell eine Wohnung finden. Ein Beleuchterkollege war ihm dabei behilflich, ein jüngerer Mann, ein Pole, der schon mehrere Jahre in Chicago lebte und tagsüber bei der Straßenbahn arbeitete. Er meinte, Archibald könne bei ihm im Hinterzimmer günstig unterkommen, für einen Dollar in der Woche. In dem Zimmer hatte sein jüngerer Bruder gewohnt, der aber nach Norden, nach Winnipeg gezogen war, wo bereits ein anderer Bruder in einer großen Weizenhandelsfirma arbeitete.

Die Wohnung war nicht allzu weit weg von dem Theater, nur etwa fünf Straßenbahnstationen. Es war ein Ziegelhaus mit acht Stockwerken, der Pole wohnte im siebten Stock. Es gab einen wackeligen Lift, aber der war außer Betrieb. Auf der Rückseite des Hauses befand sich eine eiserne Feuerleiter, auf die man allergrößten Wert legte, denn bei dem offenen Herdfeuer gab es immer wieder Brände. In der Zeitung konnte man fast täglich von tödlichen Unfällen lesen.

Der Hauseingang war schmutzig, Kinder lärmten, es roch nach Zwiebeln und Kohl. Die meisten Bewohner waren Fleischpacker in einem der großen Schlachthöfe oder Straßenbahnfahrer, Leute mit einigermaßen gesichertem Einkommen, aber ohne größere Ansprüche. Aus den Wohnungen tönte Gekeife und Geschrei, es waren Ehepaare, die sich unter Alkoholeinfluss zankten und vielleicht auch prügelten.

Oben in der Wohnung des Polen wurde Archibald von dessen Frau empfangen. In der Wohnung lebten noch fünf Kinder und eine jüngere Schwester der Frau, die den Gast aus Deutschland neugierig beäugten. Die Wohnung war mit einfach gezimmerten Möbeln eingerichtet, es gab keine Teppiche, an der Wand hingen gedruckte Bilder von Jesus mit einem großen flammenden Herzen und einige andere Heiligendarstellungen. Die Kammer, die Archibald angewiesen bekam, war nicht viel größer als fünf Quadratmeter, eingerichtet mit einem Bett, einem einfachen Schrank, einem wackeligen Tisch, auf dem eine angeschlagene Emailwaschschüssel stand, und einem Stuhl, unter dem Bett ein Nachtopf aus Email. Die Matratze war ziemlich durchgelegen und das Bettzeug geflickt, aber recht sauber. Archibald war froh, überhaupt unterzukommen, wenn auch das Geschrei aus der Küche, wo die Kinder sich wegen einer Kleinigkeit zankten, nicht sehr gemütlich klang.

Archibald überlegte, dass er mit dem, was er als Beleuchter verdiente, gerade das Zimmer bezahlen konnte, viel blieb da nicht übrig. Der Pole, Jan Starcinski, war ihm behilflich und wollte versuchen, ob er nicht tagsüber als Straßenbahnfahrer etwas verdienen könnte. Am nächsten Morgen begleitete Archibald Jan zum Straßenbahndepot, und er hatte Glück, er konnte dort anfangen. Er wurde in eine Straßenbahneruniform gesteckt und sollte erst einmal als Hilfsschaffner im Anhänger mitfahren. Ihm wurde erklärt, wie die Stationen hießen, die er ausrufen musste, und er hätte zu klingeln, wenn jemand aussteigen wollte. Er bekam eine große Zange in die Hand gedrückt, um die Fahrscheine zu knipsen. Es war für ihn eine ungewohnte Arbeit, aber er konnte doch wenigstens seinen Lebensunterhalt verdienen und brauchte die Reisekasse nicht weiter zu strapazieren.

Lange wollte Archibald nicht in Chicago bleiben. Er fühlte sich in der riesigen Stadt nicht wohl. Es gab zwar auch einen badischen Einwandererverein, aber er wollte ja etwas lernen und sah das Straßenbahnfahren nicht als unbedingt sinnvolle Tätigkeit an. Er sah, dass alles nach Geld rannte. Jeder war bemüht, mehr zu verdienen, ein Job wurde schneller gewechselt als das Hemd, wenn es eine neue, etwas besser bezahlte Arbeit gab. Am Freitag, wenn Lohnzahlung war, betranken sich sehr viele Arbeiter. Das galt auch für die Straßenbahnfahrer, die sich in der Nähe des Depots in Kneipen mit billigem Brandy betranken. Er sah die Frauen, die ihre Männer abholten, um ihnen das Haushaltgeld abzunehmen, bevor es zum größten Teil versoffen oder in Wettbüros verspielt war. Er verstand jetzt auch, warum die amerikanischen

Frauenligen, die einen großen Einfluss im Land hatten, obwohl die Frauen noch kein Wahlrecht besaßen, auf ein Alkoholverbot drängten.

Nachdem er sich vier lange Wochen in Chicago abgerackert hatte, meldete er sich wieder bei der Papierfabrik. Meurer war kühl, aber höflich. Leider könne er im Augenblick niemanden einstellen. Wenn er als Volontär kostenlos arbeiten wolle – sein Vater habe ja genug Geld, um das zu bezahlen –, könne er bei ihm arbeiten, aber etwas anderes sei nicht möglich.

Da Archibald auf Wunsch des Vaters das Papiermachen lernen sollte, willigte er ein, 14 Tage bei Meurer zu arbeiten. Er war allerdings nicht bereit, schwer zu arbeiten – was Meurer wohl auch nicht erwartete. Archibald schaute sich den Betrieb an, machte abends noch seinen Job als Beleuchter und setzte sich mit seinem Freund Lennart in Verbindung. Lennart, der in der Zwischenzeit in St. Paul in die Maschinenfabrik seines Großonkels eingetreten war, telegrafierte sofort zurück, bei ihm in der Schlosserei sei eine Stelle frei, möglicherweise könne er sogar als Ingenieur arbeiten. Das war doch eine gute Aussicht, und Archibald verließ Chicago ohne großes Bedauern.

Lennart begrüßte ihn gleich am Bahnhof, und die beiden fuhren mit einer Autodroschke etwa drei Meilen zur Fabrik. Der Großonkel Lars Bergqvist und seine Frau begrüßten Archibald sehr herzlich. Sie hatten für ihn ein geräumiges, helles, sauberes und vor allem ruhiges Zimmer in der Wohnung des Buchhalters gemietet und übernahmen auch die Kosten dafür. Archibald wollte jetzt erst einmal richtig ausschlafen, denn dazu war er in Chicago nicht gekommen.

Am nächsten Tag zeigte Lennart ihm die Fabrik. Es wurden nicht nur Pflüge, sondern auch Mähmaschinen hergestellt. Die größte Sensation, von der sie sich sehr viel erhofften, war ein Mähdrescher, der von 20 Pferden gezogen wurde. Das sollte aber nur eine Zwischenstation sein, denn bald sollte ein Traktor die Maschine ziehen können.

Das Unternehmen hatte über 5.000 Beschäftigte. Archibald war zuerst in der Schlosserei und dann in der Gießerei beschäftigt und konnte schließlich in der Konstruktion als Zeichner arbeiten. Er war wie das Kind im Hause und wäre am liebsten während seines ganzen Amerika-Aufenthalts bei Bergqvists geblieben. Aber dann hatte er doch ein schlechtes Gewissen gegenüber seinem Vater und beriet mit Lennart, was er noch von der Holzindustrie lernen könnte, und die war im Westen. Lars Bergqvist hatte mit Kalifornien kaum Geschäftsbeziehungen, aber schließlich fand er eine Adresse in Eureka in Nordkalifornien, wo er arbeiten konnte.

Eureka war ein kleines Städtchen, das ganz vom Holzgeschäft lebte. In der oberen Hälfte der Stadt waren die Villen der großen Holzbarone, Holzhäuser so groß wie ganze Schlösser. Es waren Gebäude mit 40 bis 50 Zimmern und Sälen, im Zuckerbäckerstil gebaut und in zwei grellen Farben angestrichen.

Bei Sierra Pacific arbeitete er zunächst auf dem Rundholzplatz. Dampfkräne brachten die mächtigen, mehrere Tonnen schweren Redwoodblöcke auf Wagen, die zur Blockbandsäge gerollt wurden. Mächtige Bandsägen zerteilten die riesigen Stämme, die gut 500 bis 600 Jahre alt waren, zu schmalen Leisten oder Studs für den Hausbau. Es gab riesige Wälder in den Sierras, aber Präsident Roosevelt unterstützte die Bestrebungen, die Wälder unter Naturschutz zu stellen, Nationalparks zu gründen und dort den Einschlag zu verbieten. Deswegen waren die Unternehmen bestrebt, so schnell wie möglich den Wald zu nutzen, bevor die Gesetzgebung ihnen einen Strich durch die Rechnung machte.

Archibald wurde sehr bald zur waldeigenen Eisenbahn versetzt, wo er als Ingenieur gut zu gebrauchen war. Archibald war allerdings Maschinenbauer und kein Bauingenieur, aber er lernte dabei etwas vollkommen Neues, die Projektierung von Waldbahnen ins Gebirge, die die grünen Schätze zu den Sägewerken an der Küste bringen sollten. Sierra Pacific hatte schon mehrere hundert Meilen Eisenbahntrassen in die Wälder gebaut. Um einen einzigen Redwoodblock zu transportieren, brauchte man zehn Waggons. Die Lokomotiven wurden mit Abfallholz und den Ästen der Bäume geheizt, alle 10 oder 15 Meilen gab es neue Brennholzlagerplätze.

Es war Schwerstarbeit, einen über 180 Fuß hohen Redwoodblock zu fällen. Erst einmal wurde ein Gerüst aufgebaut, um den Stamm in etwa zwei Meter Höhe abzusägen, denn direkt an der Wurzel war er zu dick. Erst wurde mit Äxten die Fallkerbe eingehauen, damit der Stamm in eine bestimmte Richtung fallen würde, dann wurde eine Kerbe für den Ansatz der Säge geschlagen, und dann begann das eigentliche Fällen, das oft sieben bis acht Stunden dauerte, mit einer über zwölf Fuß langen Säge, die von zwei Waldarbeitern auf jeder Seite hin- und hergezogen wurde. Dann musste der Stamm in vorgegebene Längen abgeteilt werden, die auf Waggons verladen wurden. Auf dem Verladeplatz standen wieder Dampfkräne, die die Stammabschnitte auf die Waggons luden. Bis zu 30 oder 40 Waggons fuhren täglich zur Fabrik nach Eureka.

Im Hafen von Eureka herrschte lebhafte Tätigkeit. Das meiste Schnittholz hatte noch einen Weg von über 10.000 Seemeilen zurückzulegen. Der Panama-Kanal war noch nicht fertiggestellt, das Holz musste also den weiten Weg um Kap Hoorn nehmen, um dann an der Ostküste in Baltimore, Savannah, New York oder Boston gelöscht zu werden. Einzelne Schiffe gingen auch nach Europa, vor allem nach England, ab und zu auch nach Bremen. Archibald, der jetzt doch Heimweh nach Deutschland hatte, fand ein Frachtschiff, das auf dem Weg nach Bremen war und machte bei dem Kapitän einen Besuch. Dort lernte er einen jungen Deutschen namens Alfred Schmidbauer kennen, dessen Vater in Eureka ein Sägewerk gebaut hatte. Schmidbauer lud Archibald in seine Wohnung ein, die oberhalb von Eureka mit einem wunderschönen Blick auf den Pazifik lag. Der alte Schmidbauer wollte wissen, wie es in Deutschland gehe. Er war ein großer Wagner-Fan und spielte auf seinem neuen Grammophon Wagner-Platten, die in Archibalds Ohren allerdings dünn und blechern klangen, aber Schmidbauer, der keine Möglichkeit hatte, eine Oper zu besuchen, war davon mehr als entzückt.

Mittlerweile war das Frühjahr 1907 angebrochen, und es galt, wieder nach Europa zurückzufahren. Der Abschied von Schmidbauers fiel Archibald schwerer, als er gedacht hatte, die Herzlichkeit, mit der er aufgenommen worden war, würde ihm fehlen. Dann ging es zurück nach New York, wo er Georg treffen wollte, mit dem er einige Postkarten gewechselt hatte.

Georg fühlte sich in der Morgan-Bank recht wohl. Durch sein freundliches, verbindliches Wesen hatte er schnell Kontakt mit seinen Kollegen bekommen. Sein Englisch war jetzt nahezu perfekt, er passte sich den Gewohnheiten der Amerikaner außerordentlich schnell an, so als sei er schon seit langer Zeit in New York. Er stand an einem Stehpult in einem großen Saal, in dem ein kaum vorstellbarer Lärm herrschte. Büroboten flitzten von Stehpult zu Stehpult, an allen Pulten gab es ein oder mehrere Telefonapparate, in die jeder seine wichtigen Mitteilungen hineinbrüllte. Georg brauchte nicht lange, um sich einzuarbeiten. Er war sehr bald in die Wertpapierabteilung versetzt worden, und da war es nicht viel anders als in Europa. In den USA wurden Verbindungen zu Europa gesucht, um Kapital für die rasch expandierende Wirtschaft aufzunehmen. Georg sprach Deutsch, was nur wenige Angestellte bei der Bank beherrschten, und Deutsch war die Sprache der überwiegend jüdischen Bankiers. Georg konnte seine Beziehungen zum Bankhaus Weinheimer und zu anderen mittleren und kleinen jüdischen Privatbanken in Köln und Wien einsetzen, und so gab man ihm sehr schnell Verantwortung.

Die Wirtschaft Amerikas befand sich im starken Aufwind des Eisenbahnbaus, und der Bedarf der Eisenbahngesellschaften an neuem Kapital hatte seinen Höhepunkt erreicht. Georg und viele seiner Kollegen sahen die zukünftige Entwicklung im Automobil und in der Elektrotechnik, und so empfahlen sie Aktien vor allem in diesen Branchen, aber auch im Erdöl. Laufend wurden immer weitere Erdölquellen gefunden.

Georg spekulierte darauf, dass der Ausbau der Elektrizität und des Telefons auch den Kupferwert in die Höhe bringen müsse, weil die Kabelindustrie ganz besonders schnell wuchs. Er überlegte sich, dass die Eisenbahn zwar nicht mehr so schnell ausgebaut würde wie bisher, aber dass die Eisenbahngesellschaften über riesige Grundstücke verfügten, die ganz erheblich im Wert gestiegen waren, und gab diese Überlegungen auch an seine Kunden weiter.

Georg war kaum 14 Tage in der Bank, als er den Rest seiner Goldstücke, die ihm seine Mutter und Minna zugesteckt hatten, in Aktien von Kupfergruben und Eisenbahngesellschaften anlegte. Bei der Eisenbahn hatte er nicht den gewünschten Erfolg, aber die Kupferwerte stiegen von Woche zu Woche.

Er lieh sich Geld von der Bank und spekulierte weiter. Zwar gab es hin und wieder Einbrüche, aber im Laufe der Zeit konnte er seinen Einsatz vervierfachen. Ihn faszinierte die Spekulation, nie hatte er in seinem Leben über eine so große Geldsumme verfügen können. Das Leben war außerordentlich aufregend geworden. Dieser Nervenkitzel, dieses Fiebern nach neuesten Nachrichten, versetzte ihn in Hochstimmung.

In der Bank hatte Georg viele Freunde gewonnen, die ihn nach Hause und in ihre Clubs mitnahmen. Er wurde zu Bällen und Picknicks eingeladen, die in New York allerdings nicht so häufig waren wie auf dem Land. Charles Johnson, mit dem Georg sich gerne unterhielt, ein waschechter Amerikaner, bot ihm an, mit ihm zusammen die Wohnung zu teilen, was Georg gerne annahm. Sie hatten ein gemeinsames Appartement in einer vornehmen Gegend, in der Nähe des Central Parks, in der 62. Straße, nicht weit weg von der 5th Avenue. Es war eine sehr teure Wohnung, aber sie verdienten ja gut.

Die Zeit verging wie im Flug, und die Rückreise nach Europa stand vor der Tür. Georg wäre gerne noch länger in den USA geblieben, am liebsten wäre er überhaupt nicht zurückgefahren, aber sein Vater telegrafierte ihm, dass sie bald nach Hause kommen sollten, sein Gesundheitszustand habe sich verschlechtert. In einem Brief schrieb er ihm auch, dass er fürchte, nicht mehr lange zu leben. Seine Söhne sollten ihn in seiner Arbeit entlasten. Zudem habe Herr Meurer seinen Besuch angekündigt, die Frage der Papierfabrik sei jetzt sehr aktuell, seinen großen Traum wolle er noch erleben. Herr Meurer bringe auch seine Tochter mit, und für sie brauche er Gesellschaft.

Ein paar Tage später kam Archibald nach New York und staunte nicht schlecht, als er die aufs Eleganteste eingerichtete Wohnung von Georg sah und auch seine große Bar voller Getränke. Sie beschlossen, in 14 Tagen mit der Hapag wieder zurückzufahren. Georg plädierte dafür, in der ersten Klasse zu fahren. Archibald zögerte, er habe das Geld nicht, das sei doch reine Verschwendung. Georg wollte ihn einladen, aber das wollte der Stolz von Archibald nicht zulassen, und so entschlossen sie sich, in der zweiten Klasse zu fahren.

Zu Hause angekommen, mussten Archibald und Georg von ihrer Reise und ihren Abenteuern in den USA erzählen. Johanna hatte den Eindruck, dass die beiden in ganz verschiedenen Ländern waren, so unterschiedlich fielen ihre Erzählungen und das Resümee aus, das sie aus ihrer Reise zogen.

Zunächst führte Georg vor, wie die Amerikaner Eier essen: Sie köpften das Ei mit einem Messer und würden es nicht oben aufklopfen. Beim Vorführen fiel das Tüpfelchen mit großem Schwung Johanna auf das Kleid, und sie meinte nur trocken: „Ich glaube, wir bleiben doch bei der bisherigen Art des Eieressens!"

Archibald hatte von seiner Reise mehr als 400 Postkarten und Fotografien mitgebracht. Er hatte alles fotografiert: Städte, Fabriken, die er besucht hatte, Arbeitskollegen und – was seinem Vater sehr imponierte – Wälder, den Holztransport und Sägewerke. Er schlug vor, in Gernsbach eine große amerikanische Blockbandsäge aufzustellen, sie würde sehr viel mehr leisten als die Vollgatter und vor allem könne man die großen starken Schwarzwaldstämme individuell aufsägen, die man für die Spundbohlen brauche. Sein Vater war sehr beeindruckt von dem, was sein Sohn erzählte. Wenn er auch bemängelte, dass Archibald sich nur oberflächlich über das Papiermachen unterrichtet hatte, so imponierte es ihm doch, wie sein Sohn sich durchgeschlagen hatte.

Archibald war von der Neuen Welt alles andere als begeistert. Er nannte die Vereinigten Staaten die „verunreinigten" Staaten, berichtete über Korruption, über Schiebungen bei den Wahlen, über Geschworenengerichte, bei denen es nur auf das Geschick des Anwalts ankam, wie das Urteil ausfiel. Nur das Geld würde zählen, die Welt sei materialistisch und das ganze religiöse Getue pure Heuchelei.

Georg war dagegen von den USA begeistert. Die Vereinigten Staaten seien die Weltmacht von morgen. Das Land hieße zu Recht „das Land der unbegrenzten Möglichkeiten". Hier könne man wirklich große Geschäfte machen. Es gebe riesige Bodenschätze, die leicht im Tagebau zu fördern seien. Die Erdölindustrie sei die Industrie der Zukunft. Er erzählte von Leuten, die als Zeitungsjungen begonnen hatten und jetzt Zeitungsverleger waren, von Tellerwäschern, die zu Eisenbahnkönigen aufgestiegen waren und dass er am liebsten in Amerika geblieben wäre, wenn er jetzt nicht seinen Vater unterstützen müsste. Jetzt sollten aber auch einmal die Eltern erzählen, was in den letzten Monaten geschehen war, seit sie Europa verlassen hätten.

***

Die größte Sensation war die Hochzeit von Onkel Adolf, dem Bruder der Mutter. Er war ein flotter Lebemann gewesen, und keiner hielt es für möglich, dass er noch heiraten könnte. In Italien hatte er Alma Vorbeck kennengelernt, eine reiche Fabrikantenwitwe aus Elberfeld, sich noch in Neapel mit ihr verlobt und war jetzt ein gemachter Mann.

Doch der Vater drängte darauf, von seinen Plänen für die Papierfabrik in Iffezheim zu sprechen. Er hatte noch weiteres Gelände dazugekauft, so dass er jetzt 400.000 Quadratmeter besaß. Mit den Baumeistern habe er schon gesprochen, man könne einen großen Hafen anlegen, die Kohle aus dem Ruhrgebiet billig über den Rhein beziehen und das Papier dann ebenfalls mit dem Schiff wieder zurück ins Rheinland oder nach den Niederlanden transportieren. Es sei auch möglich, Zellstoff aus Schweden über den Rhein zu beschaffen. Auch mit der Maschinenfabrik Volz in Heidenheim habe er gesprochen. Er wolle zwei Papiermaschinen mit einer Breite von 3,60 Meter aufstellen, dann könne er 36.000 Tonnen Zeitungsdruckpapier produzieren, das sei weit mehr als Holzberg jetzt in der Weisenbachfabrik herstelle. Er habe zwei Millionen Mark gespart und auf der hohen Kante liegen, zwei Millionen wolle Herr Meurer bringen, und dann könne er noch Anleihen aufnehmen. Insgesamt werde das Werk wohl acht Millionen Mark kosten.

Archibald meinte, so wie er Herrn Meurer kennengelernt habe, sei es noch gar nicht sicher, dass er das Geld wirklich in die neue Fabrik stecken würde. Die alte Firma in Amerika sei noch nicht verkauft, und so wie er den Laden dort einschätze, glaube er kaum, dass er 500.000 Dollar oder zwei Millionen Mark dafür erzielen könne.

Der Vater wollte sich aber seinen Lieblingstraum nicht zerstören lassen. „Meurer will auch seine Tochter mitbringen! Ich habe gehört, dass es sein einziges Kind ist. Sie könnte doch recht gut zu Georg oder noch besser zu Archibald passen, hast du sie nicht in Amerika kennengelernt?“ Aber Archibald hatte sie nicht gesehen, und beide Söhne wollten nicht verkuppelt werden. Als er die Enttäuschung seines Vater sah, meinte Georg nur: „Na, wir können sie uns ja mal ansehen.“

Die Ankunft von Meurer verschob sich von Monat zu Monat. Schließlich kam er nach Baden-Baden und stieg dort im Hotel Stephanie ab. Schon am nächsten Tag fuhr der Vater mit seinen beiden Söhnen nach Baden-Baden, um Meurer seine Aufwartung zu machen. Meurer hatte es bei Weitem nicht so eilig. Seine Tochter kam kurz nach unten, es gab eine förmliche, kühle Begrüßung, denn den beiden Brüdern gefiel die junge Dame überhaupt nicht. Sie war außerordentlich hager, etwas schüchtern – und wahrscheinlich hatte sie auch von den Heiratsplänen gehört. Sie zeigte sich einsilbig und alles andere als charmant.

Vater Weiler hatte es außerordentlich eilig, Meurer seine Pläne vorzulegen. Meurer sah sie sich an, hatte einiges daran auszusetzen und war einverstanden, in der nächsten Woche den Maschinenfabrikanten aus Heidenheim zu empfangen.

Der Maschinenfabrikant kam mit seinem Sohn und einer ganzen Mappe voller Detailpläne, denen sich der Vater und Archibald interessiert zuwandten. Meurers Tochter war auch wiedergekommen, zeigte sich aber äußerst gelangweilt. Nur als der Sohn des Maschinenfabrikanten sie nach den Lebensumständen in den Vereinigten Staaten fragte – er sollte zur Ausbildung nach Amerika geschickt werden –, taute sie auf. Sie sprach recht gut deutsch und schlug vor, um die Herren hier nicht zu stören, eine Kutschfahrt nach Lichtental zu machen, dort könnten sie spazieren gehen und sich ungestört unterhalten.

Georg war in der Zwischenzeit sehr oft nach Mannheim gefahren mit der Begründung, er wolle sich bei seinem früheren Chef, dem Bankier Weinheimer, über die Möglichkeiten der Finanzierung der Papierfabrik erkundigen, und damit war sein Vater einverstanden, denn Weinheimer war als Industriefinanzier bekannt. Dass Georg aber ganz andere Gründe hatte, nach Mannheim zu fahren, das war dem Vater entgangen.

Georg hatte wenige Tage nach seiner Rückkehr aus Amerika einen Besuch bei seinem früheren Prinzipal Weinheimer gemacht, und der lud ihn zu sich nach Hause ein, weil sicher auch seine Frau und die noch unverheiratete jüngste Tochter mehr von diesem interessanten Land hören wollten.

Weinheimer hatte in der Zwischenzeit – was Georg jetzt erst erfuhr – seine Bank an die Süddeutsche Diskontogesellschaft verkauft, an der er ein größeres Aktienpaket besaß und die ihn in den Aufsichtsrat gewählt und ihm zunächst den Vorsitz übertragen hatte.

Die Weinheimers wohnten in einer großen herrschaftlichen Etagenwohnung in P4 in Mannheim, eine der besten Lagen der Stadt. Als Georg in den Salon geführt wurde, warteten dort Mutter und Tochter bereits auf den weit gereisten Gast. Georg kannte Gertrud von früher, als freches, zwölfjähriges Gör, jetzt war sie ein wunderhübsches, junges, charmantes Mädchen, und Georg war hingerissen von ihrer Natürlichkeit. Es tat ihm gut, dass sie so aufmerksam seinen Erzählungen aus Amerika lauschte.

Auch Gertrud hatte Feuer gefangen. Georg traf Gertrud auf mehreren Bällen, sie gingen zusammen ins Nationaltheater und machten lange Spaziergänge, und nach drei Monaten hielt er beim Bankier Weinheimer um ihre Hand an. Weinheimer willigte sofort ein. Es wurde auch gleich über die Mitgift gesprochen. Georg hatte nicht danach gefragt, aber Weinheimer erklärte ihm, dass Gertrud wie seine anderen Töchter auch eine Mitgift von 500.000 Mark erhalte und außerdem ein jährliches Nadelgeld von 50.000 Mark.

Georg fuhr mit dieser Nachricht nach Gernsbach und eröffnete seinen Eltern, dass er sich verlobt hatte. Der Vater machte alles andere als eine glückliche Miene. „Weinheimer, das sind doch Juden?" Georg meinte, dass der Vater von Weinheimer zwar Jude gewesen war und die Mutter wohl auch. „Aber der Kommerzienrat ist schon liegend getauft, wie sie es nennen, und Gertrud weiß überhaupt nicht, was Juden sind", versuchte Georg zu erklären. Dem Vater war zwar bekannt, dass Weinheimers konvertiert waren, aber Juden blieben für ihn doch Juden, und die waren ihm fremd.

Georg versuchte, die angesehene Stellung Weinheimers in Mannheim ins Feld zu führen – aber das war dem Vater ja bekannt – und dass Gertrud jeden Sonntag zusammen mit ihren Eltern in die Kirche ging. Der Vater diskutierte dann auch nicht weiter. Die reiche Mitgift mochte wohl ein Trost für ihn gewesen sein. Und da die Hochzeit in Mannheim stattfinden sollte, gab es wohl auch nicht allzu viel Gerede in Gernsbach.

Johanna war viel toleranter und freute sich mit Georg. Die Eltern Weiler besuchten Weinheimers in Mannheim, Weinheimers kamen zu Besuch nach Gernsbach, und das Thema tauchte nicht wieder auf.

Meurer meldete sich nicht. Briefe an das Hotel, das er als Adresse hinterlassen hatte, kamen als unzustellbar zurück. Schließlich kam eine gedruckte Karte: Susanne Meurer und Hans Volz, Sohn des Maschinenfabrikanten aus Heidenheim, hatten sich verlobt. Kurze Zeit später folgte ein Brief von Meurer, in dem er mitteilte, dass er nach reiflicher Überlegung sich von dem Projekt des Baues einer Papierfabrik am Oberrhein zurückziehen müsse.

Archibald Otto war außerordentlich deprimiert. Sein schöner Traum von der Papierfabrik schien endgültig gescheitert. Er explodierte wegen Kleinigkeiten, er zog sich in sein Zimmer zurück, griff zu seiner Violine und spielte – was er schon lange nicht mehr getan hatte – bis zu zwei Stunden, vor allem wehmütige Weisen.

Johanna, die ihn mit Sorge beobachtete und kaum in seinem Zimmer zu stören wagte, besprach sich mit Georg, wie man die Schwermut Archibalds bekämpfen und ihn wieder auf andere Gedanken bringen könne. Georg machte dem Vater Mut: „Ach, weißt du, vergiss doch die Papierfabrik einstweilen und kümmere dich um unser angestammtes Geschäft! Hier kommen jetzt die Aufträge massenweise herein, sie sind gar nicht alle zu bewältigen. Nirgendwo können wir so viel verdienen wie bei den Masten. Die Elektrifizierung und das Telefonnetz werden weiter ausgebaut. Wir kommen ins Hintertreffen gegenüber der Konkurrenz, wenn wir das Geschäft jetzt nicht ausweiten! Ist es nicht das Vernünftigste, wenn wir auch Filialen gründen? Im Holzgeschäft, vor allem bei den Masten, ist im Augenblick sicher mehr zu verdienen als im Bergbau und im Stahl."

Plötzlich war Archibald Otto Feuer und Flamme. Noch am gleichen Nachmittag begann er mit der Planung. Bisher waren alle großen Konkurrenten auf Süddeutschland konzentriert, weil es hier das schlanke Fichtenholz gab. Aber großen Bedarf gab es sicher auch in Norddeutschland. Er überlegte sich, an welchem Standort er Gelände kaufen könnte. Vielleicht im sächsischen Erzgebirge? Von dort könnten Fichten aus Böhmen oder aus Schlesien bezogen und die imprägnierten Masten nach Sachsen, Berlin und den ganzen Osten Deutschlands geliefert werden. Dann besann er sich auf seine Reisen nach Schweden und Norwegen. Auch dort gab es schlankes Holz in unvorstellbar großen Mengen. Die Schutzzollpolitik Bismarcks müsse man nutzen, man könne das Rundholz von dort importieren und es an einem deutschen Küstenplatz imprägnieren. Vielleicht könnte man sogar Eisenbahnschwellen unimprägniert bei den großen skandinavischen Sägewerken einkaufen.

Archibald wusste einen Platz, der dafür in Frage kam: Es war die Gegend um Lübeck. Dort war er einmal gewesen, als er Konsul Niederwald, der in Kiel eine Werft besaß, besucht hatte. Seine Frau stammte aus Karlsruhe, und er war mit ihrem Bruder in die Schule gegangen.

Auch ein Werk in Österreich sei vorteilhaft. Vor zwei Jahren war er zur Kur in Warmbad Villach gewesen und hatte bei seinen Spaziergängen in den

Wäldern das schlanke Holz in Kärnten entdeckt. Er hatte damals begonnen, Wälder in Kärnten und in der Krain aufzukaufen. Dieser Wald könnte die Grundlage für ein eigenes Werk in Kärnten sein.

Jetzt ging er an die Verwirklichung seiner Idee. Er nahm sofort mit Konsul Niederwald in Kiel Verbindung auf, aber Konsul Niederwald war nicht mehr Besitzer der Schiffswerft. Die Banken hatten ihn gezwungen, den Betrieb an die Reichsmarine zu verkaufen. Adolf Niederwald hatte daraufhin in Lübeck ein Ingenieurbüro gegründet und verkaufte Zulieferteile für die großen Werften. Der Konsul war bereit, für Archibald Otto tätig zu werden. Er erfuhr, dass die Freie und Hansestadt Lübeck Industrielle suchte, um die Stellung der Stadt, die durch den Bau des Kaiser-Wilhelm-Kanals von Brunsbüttel nach Kiel an Bedeutung verloren hatte, wieder zu stärken. Noch in der gleichen Woche fuhr Archibald Otto nach Lübeck, denn es wurde ihm ein großes Gelände an der Trave im Vorort Schlutup gegenüber dem erst kürzlich gegründeten Hochofenwerk zu einem Preis von zehn Pfennig je Quadratmeter angeboten.

Aus Kärnten berichtete der Villacher Anwalt, dass südlich von Warmbad-Villach, unmittelbar an der Südbahn, Gelände günstig zu erwerben war. Auch hier griff Archibald Otto zu.

Die Tochter Luise war von allen Kindern am wenigsten zu Hause. Sie verstand sich mit ihrer Mutter nicht gut, die an Luise immer etwas auszusetzen hatte. Schon früh kam sie mit den Wandervögeln zusammen und war mit ihnen auf den Hohen Meißner gepilgert. Sie trug Reformkleider – ohne Korsett, Rüschen und Spitzen –, und ihrer Meinung nach waren ihre Eltern, besonders die Mutter, typische Spießer. Der Vater wollte aus ihr eine Künstlerin machen, am liebsten hätte er sie nach Frankfurt an das Hoch'sche Konservatorium geschickt, damit sie bei Clara Schumann Klavierunterricht bekäme. Aber Clara Schumann war, ehe Luise so weit war, gestorben, und so wurde als Klavierlehrer Wilhelm von Pauer in Stuttgart ausgewählt, ein berühmter Pianist, der für die Klavierstunde 30 Mark verlangte. Johanna fand das Geld rausgeworfen, denn sie bezweifelte, dass es Luise jemals zur Konzertreife bringen würde, während ihr Vater ihre künstlerische Tätigkeit förderte und sie schon als große gefeierte, in der ganzen Welt herumreisende Pianistin sah.

Luise war jetzt 25 Jahre alt, die Wandervogelidee hatte sie vor einigen Jahren wieder aufgegeben, sie war eine Bohemienne geworden. Johanna ärgerte sich jedes Mal über die Unordnung in Luises Zimmer. Dort lagen aufgeschlagene Bücher, Strümpfe und Unterwäsche wild durcheinander, halb gefüllte Gläser mit Limonade standen auf dem Fußboden. Das Bett war nicht gemacht. Wenn sie zu Hause war, schlief Luise bis um elf Uhr und nahm nicht am gemeinsamen Frühstück teil. Oft kam sie noch nicht einmal pünktlich zum Mittagessen. Johanna hielt ihr ihre Fehler vor, was oft damit endete, dass Luise ihre Mutter anschrie und auch Johannas Stimme laut wurde. Die Brüder sahen zur Seite und warteten, bis das Gewitter vorüber war und der Vater schließlich zu Luise sagte, sie solle freundlicher gegenüber ihrer Mutter sein und sich besser benehmen. Das war zu viel. Luise stürmte aus dem Zimmer, schlug die Tür hinter sich zu, rannte in ihr Zimmer. Wenig später hörte man sie laut vor sich hinschimpfend, mit Taschen bepackt, aus dem Haus stürmen. Sie ging zum Bahnhof und fuhr nach Stuttgart zurück.

Archibald Otto fand es an der Zeit, dass er und seine Frau Gemahlin gemalt würden. In der Ahnengalerie hingen seine Eltern, Schwiegereltern, Großeltern und Urgroßeltern und weitere Vorfahren, alle waren gemalt worden, und er hatte auch Porträts seiner beiden jüngeren Töchter von Georg von Stuck in München anfertigen lassen. Jedes dieser Bilder hatte 30.000 Mark gekostet, und das war Archibald zu viel gewesen.

Luise machte den Vorschlag, den Vater von einem bekannten Stuttgarter Porträtmaler namens Arthur Seifer malen zu lassen, der sei nicht so teuer, aber 3.000 Mark müsste man schon dafür anlegen. Sie fand seine Bilder ganz ausgezeichnet, sie würden die Menschen so wiedergeben, wie sie wirklich waren. Ob man ihn nicht mal kommen lassen sollte?

Johanna witterte Unrat. Sie hatte das Gefühl, dass sich hinter dieser Empfehlung mehr verbarg, war dann aber doch beruhigt, als sie erfuhr, dass er schon Mitte 40, also mehr als 20 Jahre älter als Luise war. Und so wurde Arthur Seifer nach Gernsbach eingeladen.

Luise holte ihn vom Bahnhof ab. Er sah genauso aus, wie man sich einen Maler vorstellte: Er trug eine blaue Samtjacke, eine Fliege, sein Glatzkopf war mit einer Baskenmütze bedeckt. Er sprach reinstes Schwäbisch. Johannas Sorge verflog endgültig, als sie ihn sah und bemerkte, dass Luise und er sich siezten. Der Gedanke, dass Luise eine engere Beziehung mit ihm hatte, war absurd.

Wie vereinbart porträtierte Seifer Archibald Otto und Archibald Hermann und malte auch noch Hiltrud, die es ihm besonders angetan hatte. Zum Dank für den großen Auftrag malte er für die Familie noch ein Blumenstillleben. Luise war nicht die ganze Zeit dabei geblieben, Georg meinte, sie würde den Maler anhimmeln, zwischen ihr und Seifer spiele sich mehr ab, aber die anderen meinten, das seien nur Hirngespinste.

Wenige Wochen danach überraschte Luise die Familie mit einem Brief an ihre Eltern, in dem sie mitteilte, sie hätte sich mit Hans Frankenberg, dem Sohn eines Lederfabrikanten in Weinheim an der Bergstraße, verlobt. Hans werde die Eltern bald besuchen und um ihre Hand anhalten.

Archibald Otto war überglücklich. Frankenberg und Weinheim, das war so viel wie ein Begriff. In der nordbadischen Stadt hatten die Frankenbergs schon seit einigen Generationen das Leben bestimmt. Sie waren der größte Arbeitgeber der Stadt, waren evangelisch und galten als eine der reichsten Familien Badens. Das war eine gute Nachricht. Ausgerechnet von Luise, von der man so etwas nicht erwartet hatte!

Ein paar Tage später reiste Luise mit ihrem Verlobten an. Die Eltern hatten sie noch nie so glücklich und ausgeglichen gesehen, und auch mit Johanna gab es diesmal keinen Streit. Luise hatte ihr Zimmer tadellos aufgeräumt. Frankenberg sollte in Baden-Baden wohnen, aber er wollte das nicht, sondern er nahm in dem gegenüberliegenden Gasthaus „Zum wilden Mann" Quartier. Er erwies sich als sehr liberal denkender junger Mann, der schon durch Kanada und Südamerika gereist war und demnächst anstelle seines Vaters die Leitung der Firma übernehmen sollte. Er hatte viel gelesen, war politisch interessiert, und Archibald konnte auch über geschichtliche Themen mit ihm diskutieren. Endlich mal jemand nach seinem Herzen!

Hans Frankenberg hatte Luise schon vor längerer Zeit beim Wandervogel kennengelernt, aber damals waren sie nur nette Kameraden gewesen. Per Zufall hatten sie sich bei einer Freundin von Luise in Heilbronn wieder getroffen und sofort ineinander verliebt. Jetzt wollten sie möglichst schnell heiraten.

Am nächsten Sonntag wollten die Eltern Frankenberg bei Archibald und Johanna Besuch machen, drei Wochen später sollte die öffentliche Verlobung stattfinden mit einem Empfang im Haus von Archibald und Johanna. Die Hochzeit sollte drei Monate später sein.

Der Besuch der Eltern in Gernsbach verlief sehr erfreulich. Beide Elternpaare verstanden sich großartig, und sie boten sich bereits nach dem ersten Gespräch das Du an und stießen mit bestem Champagner auf das Wohl der Kinder an.

In den nächsten Wochen wurde alles für die Verlobungsfeier vorbereitet. Das Haus wurde von oben bis unten geputzt. Für die Fremdenzimmer wurden neue Bettbezüge genäht, denn selbstverständlich sollten die Eltern Frankenberg bei Weilers wohnen, während der Bräutigam wieder im „Wilden Mann" Quartier nehmen sollte.

Endlich war der große Tag gekommen. Schon morgens früh war Lärm im Haus von den vielen Bediensteten, die man engagiert hatte, Lohndiener und Köchin bekamen letzte Instruktionen von Johanna. Der Salon war für den Empfang geschmückt. Kurz nach zehn Uhr kam das Brautpaar mit der Bahn von Karlsruhe, Luise nicht mehr so strahlend, sondern mit ihrem üblichen mürrischen Gesicht, und Hans Frankenberg recht verlegen. Sie hatten sich am Abend zuvor gewaltig gestritten, denn erst da hatten sie darüber gesprochen, wie die gemeinsame Zukunft aussehen sollte. Hans Frankenberg war der Ansicht, sie solle als Hausfrau repräsentieren und ihren Beruf als Pianistin aufgeben. Er wollte keine Frau haben, die ständig auf Reisen war, er wollte eine Frau haben, die dem Hause vorstand und repräsentierte wie seine Mutter, und auch Johanna sei ein gutes Vorbild. Im Übrigen fand er, dass sie unbedingt mehr Wert auf ihr Äußeres legen sollte. Sie müsse sich konventioneller kleiden, ihre Figur würde jetzt schon auseinandergehen, sie solle Korsett und Büstenhalter tragen wie andere Frauen auch.

Luise, die über diese Fragen noch nicht viel nachgedacht hatte, sich zwar ein Eheleben in Weinheim gut vorstellen konnte, aber davon ausgegangen war, dass sie weiter Klavier spielen könne, wurde ausfallend. Ein Wort gab das andere und je ruhiger und sachlicher Hans antwortete, umso hysterischer schrie sie. Zum Schluss waren sie ganz erschrocken, dass es so weit gekommen war. Sie versöhnten sich wieder, diskutierten dann in aller Ruhe die ganze Nacht und kamen gegen Morgen zu der Ansicht, dass sie nicht zusammenpassen würden.

Archibald Otto war erschüttert. Er fing hemmungslos an zu schluchzen, verschwand dann wortlos in seinem Herrenzimmer und kam nicht wieder heraus. Die Eltern Frankenberg waren von den Kindern noch rechtzeitig verständigt worden und kamen nicht, aber die Gäste und Gratulanten konnten nicht mehr ausgeladen werden. Luise und Hans gingen auf dem Kugelberg spazieren und kamen erst gegen Abend zurück. Johanna wollte noch nicht aufgeben und hoffte, dass die Kinder doch noch zur Vernunft kämen, und so machte sie gute Miene zum bösen Spiel, bot den Gästen Sherry und Gebäck an, sprach von der zukünftigen Hochzeit und von der Familie, die erst am Nachmittag kommen würde, weil bei Frankenbergs ein anderes wichtiges Ereignis eingetreten sei. Sie musste nur gewaltig aufpassen, dass alle Ausreden und Flunkereien, die sie vorbrachte, übereinstimmten und dass sie nicht bei jedem Gast etwas anderes sagte. Zwischendrin ging sie wieder zu Archibald, um ihn zu veranlassen, in den Salon zu kommen, aber er weigerte sich, und jedes Mal, wenn sie zu ihm kam, fing er wieder an zu schluchzen. Es war wirklich ein zu schöner Traum gewesen.

Im Jahr 1910, als Luise sich verlobt und wieder entlobt hatte, lebten die drei jüngsten Kinder Leberecht, Silvia und Hiltrud in Karlsruhe. Leberecht war 19, Silvia 16 und Hiltrud 13 Jahre alt. Die beiden Mädchen waren Schülerinnen im vornehmen, unter dem Patronat der Großherzogin Luise stehenden Viktoria-Pensionat, um den notwendigen Schliff, den man in der guten Gesellschaft brauchte, zu bekommen, und dann aufgrund dieser Ausbildung einmal den passenden Ehemann aus den richtigen Kreisen zu finden. An einen Beruf war nicht gedacht. Archibald Otto hatte nie nach den Neigungen oder Interessen der Kinder gefragt, sondern er hatte vorausbestimmt, was sie werden sollten, und in dieser Meinung wurde er auch von Johanna bestärkt, die von der Intelligenz ihrer beiden jüngsten Töchter nicht allzu viel hielt.

Leberecht, das war klar, sollte auf ein Reformgymnasium gehen, eine moderne Schule, in der Naturwissenschaften und moderne Sprachen im Vordergrund standen, denn der Plan des Vaters war, dass Leberecht einmal Chemie studieren sollte. In die Firma sollte er nicht eintreten, denn nach Meinung des Vaters wären zwei Söhne dafür genug, mit einem dritten im Unternehmen gebe es nur Streit.

Leberecht sollte dafür die Brauerei in Metz bekommen, aber nicht etwa Brauereiwesen studieren, sondern eine etwas breitere Ausbildung erhalten. Wenn sein Jüngster Chemiker würde, konnte dieser sein Wissen möglicherweise bei der Papierherstellung anwenden, denn die Pläne, doch noch irgendwann in seinem Leben eine Papierfabrik zu betreiben, hatte Archibald Otto nicht aufgegeben.

Aber die Wünsche des Vaters deckten sich nicht mit den Neigungen des Sohnes. Leberecht war ein ausgesprochen gut aussehender junger Mann, 1,75 Meter groß, sehr schlank, mit dunklen Haaren und einem dunklen, der damaligen Mode entsprechenden kleinen Oberlippenbart. Das Faszinierende an ihm waren seine dunklen, ausdrucksvollen Augen, mit denen er die Damenwelt – nicht nur die jungen Mädchen – bezauberte. Er war alles andere als auf den Mund gefallen, ein glänzender Unterhalter, der fantasievoll fabulieren konnte, und der es sowohl in der Schulklasse als auch in Gesellschaften verstand, durch seine Geschichten seine Zuhörer zu fesseln. Leberecht hatte viel von seiner Mutter geerbt und erinnerte in vielen Dingen an seinen Onkel Adolf und an den Großvater Schickardt.

Da er stark kurzsichtig war, trug er einen Kneifer, denn eine Brille mochte er nicht tragen. Der Kneifer gab ihm das Aussehen eines Gelehrten, ja eines Dichters, für den er sich auch hielt. Schon zu Beginn der Gymnasialzeit hatte er sich vor allem für Deutsch, Geschichte, Geographie und Naturkunde interessiert und ungeheuer viel gelesen. Um Dinge, die ihn nicht besonders interessierten, kümmerte er sich kaum. Er fand immer Freunde, bei denen er abschreiben konnte. Als er feststellte, dass es in der Schule für die Turnstunde und den Zeichenunterricht ein eigenes Klassenbuch gab, brachte er es fertig, nicht mehr darin aufgelistet zu werden, und besuchte fortan diese Fächer auch nicht mehr.

Mit 14 begann er, Dramen zu schreiben. Zu Anfang waren es recht primitive Werke mit heroischem Pathos, die Titelhelden waren Caesars gallischer Gegner Vercingetorix, der Cheruskerfürst Hermann und das Schicksal seiner Gattin Thusnelda oder die Geschichte der Karthagerprinzessin Sophonisbe, die sich für ihr Land opferte. Diese Dramen zeigte er seinem Klassenlehrer, Gymnasialprofessor Kaiser, bei dem er in Pension lebte. Professor Kaiser war begeistert und bestärkte ihn weiterzumachen. Er sah in Leberecht ein großes Genie. Ihm imponierte, dass Leberecht die ganzen Dramen in Jamben und Hexametern geschrieben hatte. Später schrieb Leberecht Theaterstücke im Stil von Ibsen und Strindberg, die Kaiser nicht mehr so gut gefielen.

Chemie, das war ihm klar, wollte er nicht studieren, sondern Germanistik und Theaterwissenschaften. Dann wollte er Dramaturg an einer großen Bühne werden und in der nächsten Stufe Theaterintendant. Eigentlich schwebte ihm vor, freier Schriftsteller zu sein, von seinen literarischen Arbeiten zu leben und ein berühmter Dichterfürst zu werden. Aber er wagte nicht, mit seinem Vater über seine Pläne zu sprechen, und auch bei dem Versuch, seine Mutter für seine Pläne zu interessieren, hatte er kein Glück.

Johanna teilte mit ihrem Sohn die musischen Neigungen. Sie hatte dem Jungen bisher nichts abschlagen können, aber eine künstlerische Betätigung und im Hauptberuf Künstler zu werden, das kam nicht in Frage, davon konnte man nicht leben.

Bevor Leberecht nach Karlsruhe in Pension gegeben wurde, hatte Johanna rund ein Dutzend Familien besucht, die Schüler aufnahmen. Ihr Liebling, den sie nun außer Haus geben musste, sollte es wirklich gut haben, ihm sollte es an nichts fehlen, auch wenn dafür etwas mehr bezahlt werden musste als üblich. Sie erkundigte sich auch in der Schule, und schließlich sagte ihr Professor Kaiser zu, vor allem seine Gattin. Kaiser war Professor für Deutsch und Geschichte und gab auch Geographie. Er war ein etwa 40 Jahre alter Herr mit einem dichten schwarzen Schnurrbart und einer Glatze, mit dem sie sich angeregt unterhielt. Sie sprachen über Humboldt, nach dem das Gymnasium hieß, und über Schiller, über Theodor Körner und Heinrich von Kleist, dem Lieblingsschriftsteller von Johanna, und sie merkte, dass er ähnlich wie sie dachte. Besonders gefiel ihr aber seine junge Gattin, eine hübsche, sehr warmherzige Frau von 28 Jahren. Sie hatten zwei Töchter, sechs und acht Jahre alt, sauber gekleidet, die sehr artig waren und nicht ins Gespräch hineinredeten wie in anderen Familien, die Schüler in Pension nahmen.

Im Herbst 1899 war es dann so weit, Johanna lieferte Leberecht bei dem Ehepaar Kaiser ab. Leberecht war es recht schwer ums Herz, aber Frau Professor nahm sich seiner an und verstand es, schnell sein Vertrauen zu gewinnen. Abends betete sie mit ihm zur guten Nacht, was Leberecht allerdings nicht behagte. Kaisers waren katholisch, sie falteten die Hände nicht so, wie er das gewohnt war, und auch der Text der Gebete war für ihn nicht richtig.

Als er allein in seinem Zimmerchen lag, weinte er still in sein Kissen, er hatte Heimweh nach Zuhause, nach seinen Schwestern und nach Amalie, aber vor allem nach seiner Mutter. Mit der Zeit lebte er sich aber gut bei Familie Kaiser ein und wurde auch mit den beiden kleinen Mädchen fertig, die anfingen, den großen Jungen zu bewundern.

Leberechts Gesundheit war immer noch wenig stabil. Er erkältete sich leicht, vor allem litt er im Frühjahr unter Heuschnupfen und Asthma und auch oft unter einem unangenehmen Hautausschlag. Wenn er krank war, kümmerte sich Frau Professor liebevoll um ihn.

Zunächst sehnte er die Wochenenden herbei und freute sich unbändig, wenn er von der Murgtalbahn aus die Berge sehen konnte. Er freute sich auf seine Schwestern und auf sein Zimmer mit seinen Spielsachen. Aber mit der Zeit gewöhnte er sich immer mehr an Karlsruhe, die Stadt wurde sein Zuhause und die Familie Kaiser zu seiner Familie.

Mit 16 Jahren zog Leberecht in ein Mansardenzimmer im vierten Stock. Er hatte jetzt sozusagen eine sturmfreie Bude, in der er seine Freunde empfangen konnte, wo sie diskutierten, über die Lehrer und über Mädchen sprachen und auch einige deftige Witze erzählten und wo sie anfingen zu politisieren.

Mit der Zeit fand er die konservativen Ansichten seiner Eltern verstaubt und nicht mehr zeitgemäß. Auch für die Sozialdemokraten hatte er keine Sympathien, dafür aber für die Anarchisten. Die Schülerzeitung „Ferrers Feldgeschrei", bei der er schon bald Chefredakteur wurde, hatte ihren Namen nach einem spanischen Anarchisten, den man zum Tode verurteilt hatte.

Bei den Zusammenkünften der großen Jungen war natürlich Mädchenbesuch nicht gestattet. Die Haustüre unten war verschlossen, und abends gegen zehn Uhr, spätestens um elf Uhr verließen auch die Freunde das Haus, wobei sie noch unten im ersten Stock bei Professor Kaiser klingeln mussten, damit er die jungen Leute hinauslassen konnte. Wenn es nach elf Uhr war, wurde der Professor ungehalten.

Aber neben Leberechts Mansardenzimmer lag die Kammer der jungen Magd Anna. Sie war neu ins Haus gekommen, kurze Zeit nachdem Leberecht in die Mansarde gezogen war. Frau Professor hatte zwar zunächst Bedenken, das junge Mädchen direkt neben Leberecht wohnen zu lassen, aber dann sah sie darüber hinweg, das Mädchen sei ja schon 18 Jahre alt, zwei Jahre älter als Leberecht, und Leberecht sei ein anständiger Junge, da werde bestimmt nichts passieren.

Aber das junge Mädchen verliebte sich sehr schnell in Leberecht und himmelte ihn, den zukünftigen Dichter, an. Sie war bei den Zusammenkünften der jungen Leute sehr oft dabei, und eines Tages nahm sie Leberecht mit in ihr Zimmer und weihte ihn in die Kunst der Liebe ein.

Von seinen Eltern hatte er ein Abonnement für das Großherzogliche Hoftheater geschenkt bekommen, und das reichliche Taschengeld, das er erhielt, ermöglichte ihm, in manche Aufführung auch zwei- oder dreimal zu gehen. Er war nicht nur vom Theater begeistert, sondern vor allem von den Schauspielerinnen und Sängerinnen. Nach den Aufführungen erschien er mit einem Blumenstrauß vor dem Bühnenausgang und sprach seine bewunderten Idole einfach an, machte ihnen Komplimente, ohne aufdringlich zu sein, und die meisten Künstlerinnen waren darüber hoch erfreut, weil jemand ihre Leistung bewunderte. Sie waren von seiner freundlichen Direktheit und auch von seinem guten und sicheren Urteil beeindruckt. Sie hatten nie das Gefühl, sich auf ein ungewisses Abenteuer einzulassen, so dass er keinerlei Schwierigkeiten hatte, sich mit den jungen Damen für ein Treffen zu verabreden. Sehr schnell wurden sie gute Freunde, duzten sich bald, und auch mancher Kuss wurde dabei gewechselt. Zu einer längeren Bindung kam es aber nie, denn schon bald traten wieder neue Künstlerinnen in Karlsruhe auf, die er bewunderte. Seine Freunde staunten, dass er bald mit dem ganzen Theater auf Du war.

Als Leberecht mit 18 Jahren wieder einen schrecklichen Asthmaanfall hatte, beschloss Johanna, den Jungen an die See zu schicken, und so passte es sehr gut, dass sein Freund Jim Miller in den großen Ferien seinen Vater in Le Havre besuchte und ihn als Reisegefährten mitbrachte. Miller war ein amerikanischer Kaffeegroßhändler und -röster, der in Frankreich lebte. Seine Ehe war geschieden und die Mutter von Jim lebte in Karlruhe, deshalb gingen Jim und Leberecht in die gleiche Klasse, so wie auch Paul Lichtenstein, der Sohn eines Klavierfabrikanten. Die drei waren ein unzertrennliches Kleeblatt, und auch Paul durfte mit nach Le Havre.

Dort wohnte Miller in einem Villenviertel nördlich der Stadt in einem riesigen Haus, allein mit einer Freundin und zwei Dienstboten. Er kümmerte sich um seinen Sohn und seine Freunde kaum, nur am Abend erzählte er ab und zu Geschichten aus Nordamerika, und er sorgte dafür, dass sein Sohn und seine Gäste gut zu essen und zu trinken bekamen, neben Wein auch den Apfelsekt Cidre.

In Le Havre war nicht sehr viel los. Zum Meer mussten sie einige Kilometer zurücklegen, außerdem konnte keiner der drei schwimmen. Aber am Strand sah Leberecht ein junges Mädchen mit einer Staffelei, das Felsformationen und die Steilküste mit der Brandung malte. Leberecht sprach sie an und bewunderte ihr Werk, und das gefiel der jungen Dame. Sein Französisch war alles andere als gut, aber auch ihre Antworten kamen etwas stockend mit typisch englischem Akzent. Nun versuchte Leberecht, ihr auf Englisch zu antworten, aber das ging noch schlechter als Französisch. Da lachte die junge Dame und erzählte in recht gutem Deutsch, allerdings mit starkem englischem Akzent, dass ihre Mutter Deutsche sei und sie hier bei einer Freundin ihrer Mutter für ein paar Tage zu Besuch weile. Die beiden unterhielten sich gut und verabredeten sich gleich für den Nachmittag in einem Café.

Susan Malcolm, so hieß die junge Engländerin, musste wieder nach Bristol zurückkehren, und da Leberecht von zu Hause mit genügend Geld ausgestattet worden war, beschloss er, mit ihr nach England zu fahren. Die Eltern Malcolm – der Vater war Mühlenbesitzer – waren außerordentlich überrascht, aber sie nahmen Leberecht, der noch schnell einen großen Blumenstrauß gekauft hatte, freundlich auf und ließen gleich ein Gastzimmer für ihn herrichten. Sie erkundigten sich nach seiner Familie und fanden ihn charmant und gut erzogen. Sie merkten bald, dass die beiden jungen Leute sich mochten und auch ineinander verliebt waren, dass aber noch nichts Ernsthaftes vorgefallen war. Mrs. Malcolm telegraphierte nach Gernsbach, um die Eltern von Leberecht nicht zu beunruhigen, und schrieb einen freundlichen Brief, sie freuten sich über den Besuch von Leberecht in England, er sei ja so nett und wohlerzogen.

Nach einer Woche waren aber auch diese vergnügten Ferien zu Ende, und Leberecht musste die Heimreise antreten.

Leberechts jüngere Schwestern Silvia und Hiltrud gingen ins Internat vom VP, dem Viktoria-Pensionat in Karlsruhe, das unter dem Protektorat von Großherzogin Luise stand, in dem die höheren Töchter des Landes aus Kreisen des Adels und des Großbürgertums erzogen wurden, um perfekte Hausfrauen zu werden. Moderne Sprachen wie Englisch und Französisch, dazu Literatur und Kunstgeschichte standen im Vordergrund der Ausbildung. Auf Geschichte, Mathematik und Naturwissenschaften wurde dagegen kaum Wert gelegt. Sie lernten kochen – das Kochbuch der Schule galt für das ganze Land Baden als das beste, das je geschrieben worden war.

In Karlsruhe hatte Leberecht seine Schwestern im VP nur selten besucht, solange sie Backfische waren. Aber als sie heranwuchsen, wurde das VP für ihn plötzlich interessant. Die Mädchen waren wohl behütet, der Verkehr mit ihnen wurde streng überwacht, aber Leberecht durfte seine Schwestern besuchen, und er verstand es, den Pedell und vor allem die Frau des Pedells um den Finger zu wickeln. Er schenkte ihr Blumen und Konfekt, und wenn er zu Hause war, klaute er Zigarren aus dem Vorrat des Vaters und steckte sie dem Pedell zu.

Eine Freundin von Silvia hatte es ihm besonders angetan, sie hieß Hilde Klein, und ihre Eltern wohnten seit einigen Jahren in Gernsbach. Die Familien Fuchs und Klein hatten in Mannheim-Waldhof eine Zellstoff- und Papierfabrik gegründet. Seit einigen Jahren gab es auch ein Zweigwerk in Obertsrot oberhalb von Gernsbach, wo Holzstoff und Pappe produziert wurde. Am Rand von Gernsbach gegenüber dem Südbahnhof hatten sie auf halber Höhe am Berg eine riesige Jugendstilvilla gebaut, und so fiel es Leberecht auch nicht schwer, die Verbindung in Gernsbach weiter zu pflegen, zunächst beim Tennisspielen auf den Plätzen der Villa Klein, dann aber auch im Garten der Familie Weiler, wo in der Zwischenzeit auch Tennisplätze für die Töchter angelegt worden waren.

Hilde Klein war eine sehr gute Tennisspielerin, der recht unsportliche Leberecht dagegen ein schlechter, ungeübter Anfänger. Sein Interesse galt nicht dem Spiel, sondern der Partnerin, die laufend und ziemlich scharf seine Spielweise kritisierte. Hilde Klein war ein heißblütiges Mädchen, das von der Familie und im Internat behütet und bewacht worden war, sich jetzt aber geradezu Männern aufdrängte, auf die sie zudem eine starke erotische Anziehung ausübte. Auf den Bällen mit den Kadetten der Karlsruher Kadettenanstalt spannte sie ihren Kolleginnen die feschesten und nettesten jungen Verehrer aus. Sie konnte aber auch gegenüber ihren Partnern sehr launisch sein, und dahinter steckte eine tiefe Depression, die aber allgemein als eine gespielte Laune und unbewusste Taktik galt.

Auch Leberecht war diesen Wechselbädern ihrer Laune immer wieder ausgesetzt. Wenn sie zusammen auf einer Bank saßen, konnte sie plötzlich scheinbar teilnahmslos in Schweigen versinken, aus dem Leberecht sie auch mit all seinem Charme nicht aufheitern konnte, dann wieder verlangte sie stürmisch, geküsst zu werden. Es gab Tage, an denen sie nichts von Leberecht wissen wollte, an denen sie über Migräne klagte oder unbedingt zu Hause eine wichtige Arbeit verrichten müsse und nicht bereit war, Leberecht zu empfangen.

Leberecht war eifersüchtig, denn er hatte das Gefühl, dass sie sich an den Tagen, an denen er abgewiesen wurde, mit anderen Männern traf. Als sie eines Tages auf einer Wanderung durch den Wald zu einer Lichtung kamen und Leberecht sie küssen wollte, zog ihn Hilde auf die Wiese, streckte sich auf dem Gras aus, knöpfte ihre Bluse auf und begann auch Leberechts Hemd abzustreifen. Kaum konnte er ihre Brüste küssen, da zog sie sich vollends aus, zog seinen Kopf zu sich herab und verlangte, dass er sie überall streicheln und küssen sollte. Leberecht war zwar nicht ganz unerfahren, aber doch überrascht über ihre Heftigkeit, dann tat er das, was sie von ihm wollte.

Am nächsten Tag, als er bei Kleins vorsprach, erfuhr er, dass sie zu einer Freundin in die Pfalz abgereist sei. Er erbat sich die Adresse und schrieb ihr glühende Liebesbriefe, morgens und abends, erhielt aber keine Antwort von ihr. Schließlich hielt er es nicht mehr aus und fuhr nach Landau, wo er sie vermutete. Aber in Landau hieß es, sie sei gar nicht da gewesen, die Briefe seien zwar gekommen, aber sie seien zu ihr nach Hause weitergeschickt worden. Keiner wusste, wo sie war.

Einige Tage später erhielten die Eltern die Nachricht, dass ihre Tochter in einem Hotelzimmer in Potsdam tot aufgefunden worden war – sie hatte sich vergiftet. Der Obduktionsbefund erbrachte, dass sie schwanger war. Nun wurde Leberecht verdächtigt, dieses Unglück ausgelöst zu haben, denn bei den Briefen, die in ihrem Zimmer gefunden wurden, waren Dutzende glühender Liebesbriefe von Leberecht.

Der traurige Ausgang der Affäre ging wie ein Lauffeuer durch Gernsbach. Hildes Vater schrieb Archibald Otto einen Brief, in dem er kurz mitteilte, er wünsche nicht, dass Leberecht an der Beerdigung seiner Tochter teilnehme. Leberecht war wie vor den Kopf geschlagen. Archibald Otto war wütend auf ihn sowie auf die Familie Klein. Er bekam einen Tobsuchtsanfall und drohte mit Konsequenzen. Johanna versuchte zu beruhigen. Sie behauptete, dass Hilde eine Femme fatale sei, die Dutzende von Verhältnissen gehabt habe und die Männer ins Verderben stürze. Leberecht beichtete ihr sein Abenteuer mit Hilde, wobei diese Beichte immer wieder von Schluchzen unterbrochen war. Johanna glaubte ihm. Sie rechnete aus, dass Leberecht überhaupt nicht der Kindsvater sein konnte.

Neben Leberecht wurde auch ein junger Kadett verdächtigt, der Hilde den Hof gemacht hatte. Dann fand man aus Hildes Briefen heraus, dass sie ein Verhältnis mit einem verheirateten Mann gehabt hatte, einem Major, der 25 Jahre älter war als sie. Auf einen Brief, in dem sie von ihm verlangte, sich scheiden zu lassen, hatte er sehr verletzend geantwortet, er könne sich unmöglich scheiden lassen, das würde seine ganze Karriere zerstören. Hilde wollte ihn noch einmal treffen, er ließ sich aber verleugnen, worauf sie sich mit Zyankali vergiftete. Leberecht kränkten die Verdächtigungen sehr, und er mied jeden weiteren Kontakt zur Familie Klein.

***

Archibald Otto hätte jetzt eigentlich sehr zufrieden sein können. Er hatte es weit gebracht seit den schwierigen Anfängen, als er die Firma übernommen hatte. Sein Vermögen war größer als das seines schwerreichen Vaters vor 30 Jahren. Trotzdem machte er sich Sorgen, denn er sah die Nachfolge nicht gesichert. Er hätte allzu gerne Enkel gehabt, aber von seinen Kindern war bisher nur Georg verheiratet. Seine Frau Gertrud war zwar von der Hochzeitsreise, die sie nach Italien und Griechenland geführt hatte, guter Hoffnung nach Hause zurückgekehrt, und neun Monate später war auch das erste Kind zur Welt gekommen, aber es war eine Tochter gewesen. Archibald Otto war zunächst enttäuscht, dass es kein Sohn war, aber er dachte, dass sich dann eben als zweites oder drittes Kind männlicher Nachwuchs einstellen würde. Gertrud wurde wieder schwanger, doch es war eine Bauchhöhlenschwangerschaft. Georg fürchtete um ihr Leben. Sie erholte sich zwar wieder, konnte jedoch keine weiteren Kinder mehr bekommen.

Archibald Hermann, der jetzt schon Ende 30 war, fand dagegen einfach keine Frau. Er suchte immer wieder und verliebte sich fast immer in rothaarige Mädchen, aber entweder wurde er abgewiesen oder sie gefielen seinen Eltern nicht. Aufgrund der Erfahrungen, die sie mit Gertrud gemacht hatten, sahen sie nicht nur, dass das Mädchen Geld mit in die Ehe brachte, sondern es sollte auch gesund und kräftig genug sein, um gesunde Kinder zur Welt zu bringen. An jedem Mädchen, das er kennenlernte, hatten sie etwas auszusetzen, und bisher hatte Archibald Hermann auf seine Eltern gehört.

Sorge machte Archibald Otto auch seine Gesundheit. Die Zuckerkrankheit, gegen die es kein Heilmittel gab, wirkte sich vor allem darin aus, dass er nicht mehr richtig sehen konnte, es bestand die Gefahr, dass im Auge ein Äderchen platzte oder dass er in ein Koma fiel, aus dem er nicht mehr aufwachte. Die Diät, die ihm verordnet wurde, vergällte ihm das Leben, denn er war ein großer Gourmet gewesen, gutes Essen und gutes Trinken hatten ihm große Freude bereitet.

Bei Georg hatte er das Gefühl, dass der mit seinen Ideen und dem Mut, etwas zu wagen, die Firma noch weiter nach oben bringen konnte, aber er spurte auch einen gewissen Leichtsinn bei ihm. Manche Geschäfte, die Georg abschloss, vor allem mit Übersee, waren äußerst riskant, aber bisher war alles gut gegangen.

Archibald Hermann wiederum war einfach in manchen Dingen nicht beweglich genug. Er war ein braver Sohn und auch ein guter Ingenieur, aber ein Kaufmann war er nicht.

Seit Friedrich II. Großherzog von Baden war, suchte er noch stärker als zuvor die Verbindung zu Archibald Otto. Zu den Hofgesellschaften wurden Archibald und Johanna selten eingeladen, aber der Großherzog suchte ihn auf, wenn er in Gernsbach war und auf Schloss Eberstein wohnte.

Sowohl Archibald Otto als auch dem Großherzog behagte die wachsende politische Rolle nicht, die die Sozialdemokraten spielten. Die Sozialdemokraten waren gegen die Monarchie, und sie waren auch weitgehend gegen das Privateigentum. Archibald Otto meinte: „Man sollte ihnen den Wind aus den Segeln nehmen, es ist falsch, sie zu unterdrücken. Wilhelm soll in Preußen endlich Schluss machen mit dem Drei-Klassen-Wahlrecht. Es ist auch nicht vertretbar, dass nur wenige in der Bevölkerung riesige Vermögen aufbauen können, während es bei anderen am Allernotwendigsten fehlt!“

Archibald Otto hatte ein recht gutes Verhältnis zu seinen Arbeitern. Er besuchte sie an ihrem Arbeitsplatz, fragte, was man besser machen könnte, erkundigte sich nach der Kuh, den Kindern und der Frau und sagte dann dem Meister, er solle die Zeit, die er sich mit dem Arbeiter unterhalten habe, als Arbeitszeit aufschreiben. Johanna unterstützte ihn kräftig dabei. Wenn die Frau eines Arbeiters niederkam, dann ließ Johanna Essen hinschicken, sie gingen zur Silbernen Hochzeit jedes Arbeiters. Zum 25-jährigen Arbeitsjubiläum gab es eine silberne, zum 50-jährigen eine goldene Uhr. Die Vertreter der Gewerkschaft bezeichneten das als „Sand in die Augen streuen“, aber in den Weiler‘schen Werken gab es nicht einen Streik.

Auf einem langen Spaziergang im Schlosswald gab der Großherzog seinen Sorgen über das Auftreten Kaiser Wilhelms Ausdruck, der sicher keine guten Berater, sondern nur Schmeichler um sich habe. „Ich bin immer wieder erstaunt, ja geradezu entsetzt, welche Ansichten Wilhelm im engeren Kreis der Familie über seine Verwandten in England und Russland äußert, über seine Vorstellung von deutscher Größe, die schon an Größenwahn grenzt! Er redet erst und denkt dann nach, er macht sich mit seinen Sprüchen lächerlich, er verprellt viele und schafft sich zusätzliche Feinde, so dass sich möglicherweise Russland, Frankreich und England gegen Deutschland wenden.“

Archibald Otto musste ihm Recht geben, aber er wusste auch keinen Rat. Nur fand er, dass Wilhelm seine Politik gegen Frankreich ändern müsse. „Das Gerede vom Erbfeind kann ich schon gar nicht mehr hören. Mich beunruhigt die Einstellung des Militärs und auch vieler Bürgerkreise, die so tun, als ob eine Verständigung zwischen Frankreich und Deutschland nicht möglich sei.“

Während Archibald Otto aufgrund seiner Herkunft die Franzosen und ihre Lebensart liebte und viele Freunde in Frankreich hatte, spürte er die Engländer nur als Konkurrenten auf den Weltmärkten und vor allem bei seinen Geschäften im Vorderen Orient, wo er sie als harte und keineswegs faire Konkurrenten kennengelernt hatte, die alle politischen Mittel anwandten, um deutsche Kaufleute aus dem Geschäft zu drängen. „Wenn der Kaiser meint,

dass nur aufgrund seiner verwandtschaftlichen Beziehungen die Engländer nichts gegen Deutschland unternehmen werden, dann hat er sich getäuscht. Wenn Wilhelm nur nicht so laut auftreten würde, er tut ja alles, um die Engländer zu provozieren!"

Archibald kam auf die Flotten- und die Kolonialpolitik zu sprechen. „Durch den Flottenbau wird einfach zu viel Geld hinausgeworfen, und die Engländer werden dadurch nur gereizt. Anfänglich war ich auch stolz auf die deutsche Flotte, denn sie gehört ja zu einer Großmacht dazu, aber was hat sie eigentlich für einen Zweck? Groß genug, um die deutschen Kolonien zu schützen, ist sie nicht. Ursprünglich war ich von der Idee, Kolonien zu haben, sehr begeistert, aber sie kosten doch nur Geld! Ich habe meine Masten in die ganze Welt verkauft, aber in die deutschen Kolonien hab' ich noch nicht mal einen Stecken verkauft! Durch die Flotte kann man keinen Krieg entscheiden. Sie ist nicht groß genug, um England in die Knie zu zwingen. Zwar kann auch die englische Flotte Deutschland nicht erobern, sie ist aber groß genug, um Deutschland vom Welthandel abzuschneiden."

In den letzten Jahren war Johanna meist unzufrieden und übel gelaunt und ließ ihre schlechte Laune oft an ihrem Mann aus, denn sie hatte keine richtige Aufgabe mehr. Die ersten 20 Jahre ihrer Ehe waren wie im Fluge vergangen. Sie waren Mühe und Arbeit gewesen. Trotz aller Krisen und Zusammenstöße hatten Johanna und Archibald Otto das gemeinsame Ziel, die Firma wieder nach oben zu bringen. Dazu kamen die Arbeit im Haus und die Erziehung der Kinder, sie kam kaum zum Atmen. Jetzt plötzlich war eine Leere da. Sie hatten ein neues Haus gebaut, aber das große Haus, eingerichtet für eine Familie mit sechs Kindern, war die meiste Zeit leer. Nur in den Sommerferien, wenn die Kinder von der Schule ins Elternhaus zurückkehrten, füllte es sich. Mit zehn Jahren hatte Lebrecht das Haus verlassen, drei Jahre später Silvia und noch mal drei Jahre später auch die jüngste Tochter Hiltrud. Luise war schon lange ausgezogen und kam immer seltener nach Hause. Georg war verheiratet und wohnte jetzt in der großen früheren Wohnung von Tante Karoline Kugler. Nur der älteste und gehorsamste Sohn Archibald Hermann war noch im Hause, eigentlich zum Kummer seiner Eltern, die gewünscht hätten, dass er schon lange verheiratet sei und Kinder hätte, aber er hing immer noch am Rockzipfel der Mutter. Aber auch er war viel auf Reisen und mit der Errichtung der neuen Werke beschäftigt. Wenn auch Archibald Otto verreist war, gab es Wochen, in denen Johanna mutterseelenallein in dem Haus mit über 30 Räumen wohnte.

Archibald Otto hatte ihr immer wieder angeboten, mitzureisen, aber sie hatte dazu keine Lust verspürt, weil sie immer nur ein Anhängsel gewesen wäre. Johanna interessierte sich nach wie vor brennend für das, was in der Firma geschah. Sie hätte gerne gewusst, wie es in den neuen Werken aussah, sie interessierte sich dafür, was die Angestellten machten und wie Archibald mit ihnen zufrieden war, ob sie die in sie gesetzten Hoffnungen erfüllten. Aber Archibald sprach über diese Fragen kaum noch mit ihr, denn jetzt waren seine Gesprächspartner seine beiden Söhne, und wenn er müde aus dem Büro nach Hause kam, hatte er meist keine Lust und auch keine Kraft mehr, noch weiter über die Firma zu reden. Er griff zu seiner Violine und spielte, eine halbe oder auch eine ganze Stunde lang.

Johanna machte sich nicht viel aus Musik. Sie begann wieder zu malen, aber auch das befriedigte sie nicht. Eine Abwechslung brachten die großen Gesellschaften, die das Ehepaar Weiler gab, und Johanna legte großen Wert darauf, dass bei diesen Gesellschaften alles perfekt war. Sie stand vom Vormittag bis zum Abend, bis kurz vor Ankunft der Gäste, in der Küche und ordnete alles an. Sie hatte jetzt zwar auch eine Köchin, aber meist konnte die es Johanna nicht gut genug machen, und deshalb wechselte das Personal oft.

Johanna hätte gerne Aufgaben im sozialen Bereich übernommen, das hatte sie in der Firma schon seit Langem getan, aber in allen Vereinigungen und Gremien, die es gab, war ihre so wenig geschätzte Schwiegermutter Minna die Vorsitzende, und da aus einer Familie nicht zwei in den Vorstand gewählt werden konnten, war ihr der Weg verbaut.

Sie blühte nur auf, wenn die Kinder während der Ferien nach Hause kamen. Da war wieder Leben im Haus. Die Kinder durften Freunde oder Freundinnen mitbringen. Johanna organisierte Turniere und Wettschießen, im Winter gab es Bälle und im Sommer Feste im Garten mit Lampionbeleuchtung. Mit den Kindern wurden Theaterstücke einstudiert, sie führten kleine Sketche, aber auch ganze Lustspiele auf, und Johanna war bei allem die Regisseurin. Sie hätte sich gefreut, wenn die Kinder ihr auch ihre Liebesgeschichten und Kümmernisse erzählt hätten, aber da waren sie zurückhaltend. Der Respekt vor der Mutter war viel zu groß, als dass sie ihr Herz ausgeschüttet hätten.

Ein Steckenpferd von Johanna war das Einrichten von Wohnungen. Bisher hatte sie nur einmal Gelegenheit gehabt, sich wirklich nach Herzenslust zu betätigen, damals, als Georg heiratete. Aber ganz so, wie sie es wollte, ging es nicht, denn die Mutter von Gertrud, die alte Frau Weinheimer, war auch noch da, und Gertrud hörte sehr auf ihre Mutter. Da die anderen Kinder noch unverheiratet waren, konnte sie sich nur bei der Einrichtung der Häuser oder Wohnungen ihrer Nichten und Neffen betätigen, die gerne ihre Hilfe in Anspruch nahmen, weil sie bei dieser Gelegenheit oft ein Bild, eine Schnitzerei oder auch ein Möbelstück verschenkte.

Johanna hatte einen sehr guten Geschmack. Sie hatte Antiquitäten praktisch in ganz Europa zusammengekauft, bei den Trödlern in Baden-Baden, Karlsruhe, in Freiburg und Heidelberg, ja auch in Frankreich war sie eine gute Kundin. Sie besuchte Antiquitätenhändler in Berlin und Wien und sie erschien bei Versteigerungen des Dorotheums in Wien, kaufte überall, auch auf dem Land, Möbelstücke auf. Wenn ein Pfarrer seine Kirche restaurieren wollte, war sie da und kaufte ihm das alte Gerümpel – wie der Pfarrer meinte – zu einem sehr guten Preis ab. So hatte sie unglaublich viele Schätze gesammelt, die sie in der großen Wohnung, die im Jugendstil eingerichtet war, gar nicht unterbringen konnte.

1913 starb im hohen Alter von 88 Jahren Minna Weiler. Es gab eine riesig große Beerdigung, zu der alle Kinder und Stiefkinder und über 40 Enkel kamen. Allein 16 Pfarrer aus der Familie waren bei der Beerdigung vertreten. Die Kirche konnte die Gemeinde nicht mehr fassen, die Leute standen vor der Kirche, und bei der Beisetzung war der Friedhof schwarz von Menschen.

Mit diesem Tag kamen neue Aufgaben auf Johanna zu. Denn nun wurde sie anstelle ihrer Schwiegermutter in die verschiedenen Gremien gewählt, und sie ergriff hier unerwartet energisch das Zepter.

Archibald Otto hatte schon beim Tod seines Vaters gehofft, dass er das alte Weinbrennerhaus in der Bleichstraße erben würde. Nun hinterließ Minna das Gebäude Kindern und Stiefkindern zu gleichen Teilen. Obgleich Archibald schon 60 Jahre alt und schwer krank war, kaufte er seinen Geschwistern die Anteile ab. Johanna bekam die unvorstellbar große Summe von 50.000 Mark und konnte dafür das Haus renovieren und umbauen. Nun hatte sie eine Aufgabe, die sie ausfüllte. Johanna ging mit Feuereifer ans Werk. Im Innern des Hauses wurde kaum ein Raum unverändert gelassen. Aus dem großen Esszimmer und dem Salon wurde ein neues Esszimmer mit einer Länge von 13 Metern und einer Breite von sechs Metern, ringsum mit Holz vertäfelt und mit einer Balkendecke versehen. In den Aufgang wurde eine Freitreppe eingebaut, in die Wände zum Vorplatz wurde farbiges Glas eingesetzt mit den Wappen der Familien Weiler und Schickardt. Als Eingang wurde ein riesiges Tor von vier Meter Höhe aus einem Patrizierhaus in Lindau eingesetzt, das entsprechende Umbauten am ganzen Haus notwendig machte.

Als der Großherzog zur Einweihung das Haus betrat, meinte er, ein so gut ausgestattetes Schloss wie dieses Haus hätte er noch nie gesehen. Es war auch wirklich wunderschön geworden, und obwohl alle Räume voll mit Möbeln waren, war es doch sehr stilvoll und mit gutem Geschmack eingerichtet.

Auch vom Garten, der auf der anderen Seite der Straße lag, verstand sie etwas. Er wurde als Barockgarten gestaltet. Johanna kaufte aus dem Abtgarten in Fulda einen Ziehbrunnen und zahlreiche Sandsteinskulpturen. Das alte Badhaus wurde zu einem Pavillon umgebaut, den sie zum Geburtstag von Archibald mit Hilfe einer Laterna Magica mit Scherenschnitten aus der „Gartenlaube“ ausmalte.

Im Sommersemester 1912 schrieb sich Leberecht an der Ludwig-Maximilian-Universität in München ein. Nach München zogen ihn nicht die Naturwissenschaften, sondern ihn lockte die Theaterstadt. Johanna gab ihm die Mahnung mit auf den Weg, er solle sich vor den Kellnerinnen in Acht nehmen.

Archibald musste darüber nur schmunzeln, denn nach Kellnerinnen stand ihm wirklich nicht der Sinn. Er strebte die Bekanntschaft oder Freundschaft mit Künstlern und Künstlerinnen an. Der Wechsel von 300 Mark im Monat, den er von zu Hause bekam, war recht großzügig bemessen, und so ging er fast jeden Abend, meist vier- oder fünfmal in der Woche, in die Hofoper, ins Schauspiel oder in Konzerte.

Leberecht gewann bald viele Freunde unter den Künstlern und Künstlerinnen, trotzdem vernachlässigte er das Studium der Chemie nicht, denn er hatte doch recht großen Respekt vor seinem Vater, der ihn am Semesterende gehörig ausfragte, was er gelernt hatte.

Silvia beendete die Schule 1910 mit 16 Jahren. Nun war die Frage, was die junge Dame bis zu ihrer Heirat für einen Beruf ergreifen sollte. Johanna hätte es gerne gesehen, wenn Silvia im Büro gearbeitet hätte, aber das wollte Archibald Otto nicht, und so blieb für ein junges Mädchen nicht viel anderes übrig, als Krankenschwester zu werden. Natürlich nicht, wie die Verwandtschaft von Archibald Otto gerne gesehen hätte, als Diakonissin, sondern beim Roten Kreuz. Zuerst sollte Silvia auf der Entbindungsstation anfangen, aber die Oberschwester meinte, das sei nicht passend, denn Fräulein Weiler würde noch an den Klapperstorch glauben. Hiltrud dagegen drückte noch bis 1914 die Schulbank, verehrt von mehreren Freunden von Leberecht und von zahlreichen Kadetten der Karlsruher Kadettenanstalt.

Im Sommer 1914 war Archibald Hermann mehrere Monate in Lübeck, um das Werk in Gang zu setzen. Am Wochenende war er mit befreundeten Marineoffizieren zum Segeln auf der Kieler Förde. Unter seinen Brüdern war er der einzige, der für Sport etwas übrig hatte. Georg und Leberecht fanden Sport schweißtreibend und langweilig.

Während sie auf der Förde kreuzten, gingen plötzlich auf sämtlichen Kriegsschiffen, die am Ufer der Förde und draußen auf der Reede ankerten, wie auf einen Schlag die Fahnen auf halbmast. Archibald und seine Freunde rätselten, was geschehen war. Ob ein Mitglied der kaiserlichen Familie gestorben war oder einer der Bundesfürsten, unter denen sich einige ältere Herrschaften befanden? Aber sie ließen sich dadurch nicht weiter stören, sondern segelten ihren Törn weiter. Als sie am späteren Nachmittag im Yachthafen anlegten, standen auf der Straße Zeitungsjungen mit Extrablättern, die mit lauter Stimme schrien: „Der österreichische Thronfolger und seine Gattin ermordet!" Sie kauften das Extrablatt, aber über die Tragweite des Ereignisses machten sie sich keine großen Sorgen.

Zu den beiden Geburtstagen von Vater Archibald Otto und seinem Sohn Archibald Hermann, die zusammen gefeiert werden sollten, wurden nicht nur Familienmitglieder, sondern auch Freunde der Kinder eingeladen. Am meisten Freunde hatte Leberecht. Seine Mutter war damit einverstanden, dass er Susan Malcolm aus Bristol einlud, an der sie großen Gefallen gefunden hatte. Dazu kamen Studenten und Schulfreunde von Leberecht, neben Jim Miller und Paul Lichtenstein auch ein junger Schwede, Sven Segerdal, und ein Norweger, Erik Oslund, die zwar mit Leberecht befreundet waren, sich untereinander aber immer wieder stritten. Wenn man sie hörte, hatte man den Eindruck, dass eine Kriegsgefahr nicht zwischen Deutschland und Frankreich bestehe, sondern zwischen Norwegen und Schweden.

Eingeladen waren auch Archibald Hermanns Freunde. Gekommen war zudem ein Verwandter aus Frankreich, ein junger Ingenieur namens Eugène Massamber aus Grenoble, mit dem Archibald Hermann eng befreundet war.

Es waren schöne Tage mit Picknicks im Schwarzwald, mit Tanz unter Lampions am Abend im Garten. Johanna war in ihrem Element, und auch Archibald Otto vergaß seine Sorgen. Am Mittag des 28. Juli spielten sie im Garten zusammen Kricket, als der Telegraphenbote kam und ein Telegramm für Eugène Massamber brachte. Der zuckte die Achseln, öffnete das Telegramm und wurde plötzlich bleich. Auf die Frage, was geschehen sei, teilte er mit, dass er zu seinem Alpenjägerregiment einberufen worden sei, bei dem er Hauptmann der Reserve war.

Wenige Stunden später kam ein weiteres Telegramm, diesmal an Susan Malcolm von ihren Eltern, die sie dringend aufforderten, sofort abzureisen, denn sie befürchteten, dass ein Krieg ausbrechen könnte. Am nächsten Morgen wurde Archibald Hermann zum Feldartillerie-Regiment Nr. 52 in Karlsruhe einberufen, und auch Silvia bekam ihren Gestellungsbefehl als Rote-Kreuz-Schwester.

Leberecht und Georg waren bislang noch nicht zum Militär einberufen worden. Es gab vor dem Krieg mehr gesunde Wehrpflichtige, als man brauchte, und so wurde Georg nicht herangezogen, weil sein Vater ihn reklamiert hatte, der wegen seiner Krankheit dringend die Hilfe von Georg benötigte, und Leberecht war wegen seines Asthmas und seines Heuschnupfens ausgemustert worden. Er studierte jetzt an der Universität in Basel, im Oktober sollte das Wintersemester dort wieder beginnen.

Am Tag, nachdem die ausländischen Gäste abgereist waren, gab es Mobilmachung, und zwei Tage später brach der Krieg aus. Das ganze Volk jubelte. Die Familie Weiler war dagegen im August 1914 alles andere als euphorisch. Sie konnte die Begeisterung, mit der die ausrückenden Truppen bejubelt wurden, nicht verstehen, aber ganz konnte und wollte man doch nicht abseits stehen. Archibald Otto kaufte spontan ein Haus in Gernsbach-Scheuern, ließ es zum Lazarett ausbauen, stellte auf eigene Kosten den Arzt ein und bezahlte auch die Schwestern und das Hauspersonal aus eigener Tasche.

Die Arbeiter und Angestellten, die einrücken mussten, wurden feierlich von ihm verabschiedet und bekamen ein großes Paket Zigarren oder Zigaretten mit auf den Weg. Johanna besuchte die Frauen, deren Männer eingezogen worden waren, und sprach ihnen Mut zu. Sie beteiligte sich – wenigstens offiziell – an dem Aufruf, Gold in Eisen umzutauschen. Aber die Eheringe und die Uhr, die schon sein Vater und sein Großvater getragen hatte, waren Archibald zu schade, er ließ beim Juwelier eine recht billige Uhr und Ringe kaufen, die dann offiziell gestiftet wurden. Im Übrigen versteckten sie möglichst viele Goldstücke in den Geheimfächern ihrer Schreibtische, denn Archibald war äußerst pessimistisch. Den Gedanken, dass die Soldaten an Weihnachten wieder zu Hause seien, konnte er nicht teilen. Schon der Krieg 1870/71 hatte viel länger gedauert, als man erwartet hatte. Der Krieg würde wie der amerikanische Bürgerkrieg vier oder fünf Jahre, möglicherweise noch länger dauern, davon war er überzeugt. Die Waffentechnik hatte sich seit 1870 gewaltig verändert. Massenheere standen sich gegenüber mit einer Mordkapazität in einem Umfang, wie es sie noch nie gegeben hatte. Ganze Landstriche würden so verwüstet, dass kein Stein auf dem anderen bliebe. Das Geld würde entwertet und die Menschen müssten Hunger leiden. Aber in der allgemeinen Euphorie hielt er sich zunächst mit Äußerungen zurück, um nicht als Vaterlandsverräter gebrandmarkt zu werden.

Auch Archibald Hermann, der mit Leib und Seele Soldat gewesen war, war sehr nachdenklich geworden. Er war ein ausgesprochen weicher und gütiger Mensch, der wie sein Vater und seine Brüder sehr ans Wasser gebaut hatte, und diese vermeintliche Schwäche suchte er durch eine gewisse Härte und Schneidigkeit zu überspielen. Er liebte die Uniform, die Paraden und das gemeinsame Beisammensein im Kasino. Bei den Manövern bewährte er sich als hervorragender Truppenführer, aber auf andere Menschen zu schießen, diese Idee war ihm bisher nicht gekommen. Als er sich von seinem Freund Massamber verabschiedete, war ihm plötzlich gekommen, wie schrecklich es wäre, wenn sie aufeinander schießen müssten.

Georg war es völlig klar: Wenn der Krieg nicht bald vorbei wäre, würde er das Geschäft erheblich beeinträchtigen. Nach Italien konnte er zunächst noch exportieren, aber der Export nach Übersee, wie Nordafrika und Südamerika, war nicht mehr möglich, nach dorthin gingen keine Schiffe mehr. Und vor allem Frankreich war als Absatzland verloren. Aber dann überlegte er sich, dass möglicherweise die Stahlindustrie auf Hochtouren laufen würde und damit auch die Kohlenförderung, und das würde einen größeren Bedarf an Grubenholz mit sich bringen. Den Ausbau der Eisenbahn sowie der Telefon- und Telegrafenleitungen würde man sicher nicht zurückstellen. Vielleicht würde Grubenholz ja auch für den Bau von Unterständen an der Front benötigt. Er trat schon wenige Tage nach Kriegsausbruch mit dem preußischen Kriegsministerium in Verbindung.

Luise war emotional hochgestimmt, was man von ihr nicht erwartet hatte. Sie schrieb patriotische Gedichte, zu denen der Kunstmaler Arthur Seifer Grafiken lieferte. Sie begleitete in Stuttgart die Soldaten zum Bahnhof, um sie mit Blumen zu schmücken.

Leberecht lag das ganze Militär nicht, er wollte sich nicht von anderen Leuten herumkommandieren lassen. Als Dichter wurde er aufgefordert, patriotische Gesänge zu schreiben, dem konnte er nichts abgewinnen. Er fuhr schon Ende August nach Basel, obwohl das Wintersemester noch gar nicht begonnen hatte, weil ihn die Blicke der jungen Mädchen störten, die alle Zivilisten, die jetzt noch nicht an der Front waren, mit Verachtung straften.

Johanna wiederum war in ihrem Element. Sie hatte jetzt eine Aufgabe, sie konnte organisieren. Sie war mit der Leitung des Lazaretts in Scheuern betraut, wo jetzt auch Hiltrud, die gerade mit der Schule fertig geworden war, als Hilfskrankenschwester beschäftigt wurde. Johanna lud die Damen der Gesellschaft nachmittags zum Tee ein, wo sie Charpie für Verbandsmaterial zupften, und als es kälter wurde, häkelten sie Pulswärmer für die armen Soldaten.

Silvia wurde einem Lazarettzug zugeteilt, der Verwundete von den Verbandsplätzen abholen und in die Heimat bringen sollte. Der Lazarettzug war von der Großherzogin Luise gestiftet worden, die auch mitfuhr. Silvia wurde so etwas wie ihre Adjutantin, die ihr beim Gottesdienst in der Kirche das Gesangbuch halten durfte. Im Dienst war sie eine sehr gute und besonders liebevolle Krankenpflegerin.

In den ersten Monaten des Krieges war Archibald Otto davon beeindruckt, wie schnell die deutschen Truppen vorankamen. Damit hatte er nicht gerechnet, aber die Begeisterung des Großherzogs, der nach jedem Sieg eine Flasche Champagner öffnen ließ, teilte er nicht, und bei den Unterredungen, die die beiden in den nächsten Monaten hatten, warnte Archibald immer wieder vor allzu großer Euphorie. Als die Front im Westen nach der Schlacht an der Marne erstarrte, sah er den Krieg als verloren an, auch wenn die deutschen Truppen Ostpreußen von den Russen befreit hatten.

Archibald Otto hatte Angst vor plündernden Soldaten, die sich auf seine Weinvorräte stürzen und sich besaufen könnten und ihm das Tafelsilber rauben würden. Erfahrung damit hatte er allerdings keine, aber seine französischen Freunde hatten davon gesprochen, wie 1870/71 die preußischen Truppen sich im besetzten Frankreich verhalten hatten, und er fürchtete, dass sich die Franzosen revanchieren könnten. Er steckte mit seiner Angst auch Johanna an. Sie beschlossen, große Teile des Tafelsilbers, silberne Becher, Ehrenpokale und Tafelaufsätze an einem sicheren Ort zu deponieren. Als bestes Versteck erschien Archibald die Vorfeuerung des Lokomobils, und er beauftragte seine Söhne Georg und Leberecht mit der Ausführung. Sie brauchten dazu die Hilfe des Meisters und sahen auch in dem Heizer, Robert Held, einen vertrauenswürdigen Mann.

Sie beschlossen, den Schatz, den Gertrud in große Pakete gepackt hatte, an einem Sonntagnachmittag zu verstecken. Der Heizer stieg durch die enge Öffnung in die Vorfeuerung herunter, und Gertrud und Leberecht reichten ihm die Pakete, während Georg gefragte und ungefragte Ratschläge gab. Es dauerte beinahe zwei Stunden, bis alles verstaut war.

Die Vorfeuerung des Kessels war allerdings noch warm und durch die Arbeit kam der Heizer ins Schwitzen, ihm lief der Schweiß in Strömen herunter. Um seinen Durst zu löschen, wurde Wasser und auch ein Krug Bier gebracht. Als er das Versteck wieder verlassen wollte, war er durch die Hitze so aufgedunsen, dass er nicht mehr herauskam. Den Kopf konnte er zwar noch herausstrecken, aber dann blieb er mit den Schultern stecken. Jeder hatte einen anderen Rat: Er solle erst die Arme durch die Öffnung strecken, Georg und Leberecht würden ihn dann rausziehen, aber sie erwiesen sich als nicht kräftig genug und der Heizer schrie, sie sollten ihm nicht die Arme ausreißen. Dann sollte er erst mit der rechten und dann mit der linken Schulter herauskommen, aber alles half nichts. Georg und Leberecht gerieten in Panik. Der Heizer Held erwies sich als alles andere als ein Held und fing zu schreien an, dass man schon befürchtete, die Nachbarn kämen gelaufen. Leberecht wollte einen Schlosser holen, der den Kessel aufschweißen sollte, aber Georg wollte das nicht, dann wüssten ja alle, wo sie ihr Silber versteckt hätten. In welchem Licht würden sie dann dastehen! Held wimmerte nur noch: „Macht, was ihr wollt, aber lasst mich doch endlich raus! Ich will doch nicht in dem elenden Kessel verrecken!“ Leberecht wollte den Kessel von außen mit Wasser kühlen oder Held mit kaltem Wasser absprühen, damit er wieder schrumpfe, aber auch davon wollte Held nichts wissen.

Die einzige, die Ruhe bewahrte, war Gertrud. Sie schickte Georg und Leberecht fort und schaffte es, Robert Held zu beruhigen und aus der Feuerung wieder herauszulotsen. Als er draußen war, erklärte er, dass er da niemals wieder reingehen würde, das müsse er jetzt sagen. Wie sie ihr Silber wieder herausholen wollten, das wäre ihre Sache.

Auch mit dem Vergraben des Weins war es nicht so einfach, denn die Vorräte waren riesig und Georg und Leberecht hatten tüchtig zu schaufeln, und das sollte auch nur nachts geschehen, damit keine Nachbarn zusehen konnten. Schließlich war die Arbeit beendet, und es waren etwa 500 Flaschen Champagner vergraben. Die Franzosen kamen nicht, denn die deutschen Truppen standen in Frankreich. Was aber kam, war deutsche Einquartierung, die freundlich von Archibald und Johanna begrüßt wurde. An die vergrabenen Flaschen dachte niemand. Belegt war das Haus mit zehn Soldaten und der Pferdestall mit vier Pferden. Dafür musste ein Misthaufen angelegt werden, und die Soldaten suchten sich ausgerechnet den Platz aus, wo der Champagner vergraben war. Johanna und Archibald dachten sich nichts Böses dabei. Nur kam die Bescherung nach ein paar Tagen, als erst einzelne Flaschen und dann der ganze Misthaufen in die Luft flog, weil der Champagner durch die Wärme explodierte. Viel war nicht mehr zu retten, die letzten heilen Flaschen wurden mit den Soldaten geteilt.

Wie Archibald Otto vorausgesagt hatte, war der Krieg nicht an Weihnachten zu Ende. Die Front war von der Schweizer Grenze bis nach Flandern erstarrt. Über eine Million Soldaten standen sich in Frankreich und Belgien gegenüber. Sie hatten sich eingegraben, hatten Schützengräben ausgehoben und Unterstände gebaut, und dafür waren Hunderttausende von Kubikmeter Grubenholz verarbeitet worden. Die Firma Weiler & Busch hatte davon einen beachtlichen Teil geliefert. Die Firma machte zwar Gewinn, aber er wurde versteuert oder es wurden dafür Kriegsanleihen gezeichnet. Archibald Otto hatte Gewissensbisse, während es Georg recht wenig kümmerte.

Archibald Hermann stand an der Front, und seine Eltern zitterten um sein Leben. In dem Feldartillerieregiment Nr. 52 war er Kommandeur der Munitionskolonne, die mit bespannten Pferdewagen die Munition zu den vorgeschobenen Geschützstellungen bringen musste und dort oft ins Trommelfeuer geriet. Bisher war er wie durch ein Wunder trotz der vielen Einsätze nie verwundet worden. Dafür wurde er hoch dekoriert. Er hatte neben dem Eisernen Kreuz I. und II. Klasse die Goldene Badische Tapferkeitsmedaille und den Hausorden von Hohenzollern mit Schwertern, außerordentliche Orden, die noch wesentlich höher eingestuft wurden als das Eiserne Kreuz, und die Familie war mächtig stolz auf ihn.

Auch Silvia war mit ihrem Lazarettzug oft ins feindliche Feuer geraten. Die Familie war froh, als sie im Jahr 1916 nach dem Balkan verlegt wurde.

Im Jahr 1916 war von der Kriegsbegeisterung der Bevölkerung nichts mehr zu spüren. Viele Hunderttausende waren bereits gefallen, und es gab Familien, die schon mehrere Söhne verloren hatten. Der Alltag verlief grau in grau, die Lebensmittel wurden immer knapper. Zwar musste man auf dem Land wie in Gernsbach nicht hungern, für die Lebensmittel wurden noch keine Fantasiepreise bezahlt, und eine Reihe von Fabrikantenfamilien, wie auch Weilers, nagten nicht am Hungertuch. Aber die Bevölkerung murrte. Archibald Otto sah die Katastrophe auf Deutschland zukommen.

Der Großherzog ging, wenn er in Gernsbach eingetroffen war, gleich – oftmals unangemeldet – zu Archibald ins Büro und wollte ihn sprechen. Er hatte den Rest von Optimismus, den er zu Kriegsbeginn noch hatte, verloren. Er erzählte Archibald, dass versucht werden sollte, den Krieg zu beenden. Der Generalstabschef Falkenhayn hatte sich vor Verdun viel von seiner Ausblutungstaktik versprochen, er wollte damit die Franzosen in die Knie zwingen.

Archibald Otto Weiler sagte nur: „Ihr wisst ja gar nicht, was ihr damit anrichtet. Kann das eine Lösung sein? Hunderttausende von Menschen zu opfern! Wenn dort nur nicht unsere Jungens sterben müssen!“ Er dachte dabei an seine Söhne.

Jetzt stand nämlich nicht nur Archibald Hermann, sondern auch Leberecht an der Front in den schweren Kämpfen, die um Verdun tobten. Georg war vom Militär verschont, er konnte reklamiert werden, weil er seinem kranken

Vater helfen musste, denn Weiler & Busch galt als kriegswichtiger Lieferant der großen Mengen an Grubenholz, die zum Ausbau des Schützengrabensystems an der Westfront benötigt wurden.

Leberecht hatte im Wintersemester 1914/15 noch in Basel Chemie studieren können. Im Sommersemester 1915 hatte er sein Studium mit dem Diplomexamen an der Karlsruher Technischen Hochschule beendet. Er stand unter starkem Druck, sich jetzt an die Front zu melden. In der Gernsbacher Bevölkerung murrte man, dass der reiche Kommerzienrat Weiler seine Söhne freigekauft hätte. Die Heldentaten seines Sohnes Archibald, die in der örtlichen Zeitung hervorgehoben wurden, halfen da nicht. Eine neue Musterung stand bevor, und da entschloss er sich auf Anraten seines Bruders Archibald Hermann, sich freiwillig zu melden, denn dann könne er sich das Regiment aussuchen. Er wählte das preußische Feldartillerieregiment Nr. 52, dessen Heimatstandort Karlsruhe war und wo er unter die Fittiche seines Bruders Archibald kam, der seinem Vater versprochen hatte, sich um Leberecht zu kümmern.

Schon wenige Tage, nachdem er als Rekrut eingerückt war, sollte es an die Front gehen, aber da Leberecht noch nicht ausgebildet war, blieb er zunächst in der Kaserne. Da wusste keiner, was man mit ihm anfangen sollte, und so gab es zunächst einmal Reitunterricht.

Leberecht hatte schon als Kind Angst vor Pferden gehabt, vor diesen großen Ungetümen, die ausschlagen und treten und womöglich auch noch beißen konnten. Als sein Bruder ihn einmal auf sein Pferd setzen wollte, hatte er fürchterlich geschrien. In einem Feldartillerieregiment, wo die Geschütze noch von Pferden gezogen wurden, musste er aber reiten können, und da er sich als Fahnenjunker, der später einmal Offizier werden sollte, gemeldet hatte, war es einfach ein Muss, gut reiten zu können.

Zunächst bekam er Einzelunterricht von einem alten Unteroffizier, der ihn hart rannahm und ihn ohne Steigbügel reiten ließ, was er gar nicht schätzte. Schon in der ersten Reitstunde warf ihn der Gaul dreimal ab, Leberecht biss die Zähne zusammen und überwand seine Abneigung so gut es ging.

Leberecht erhielt sehr bald Ausgang, und den benutzte er vor allem, um ins Theater zu gehen. Er war zwar nur einfacher Soldat, aber seine Mutter hatte dafür gesorgt, dass er eine ordentliche, maßgeschneiderte Ausgehuniform bekam. Wenn er jetzt im Hoftheater wie üblich in der ersten Reihe saß, alterierten sich die Generäle und hohen Stabsoffiziere darüber, dass ein einfacher Soldat, der noch nicht einmal verwundet war, dort unter ihnen saß.

Im Frühjahr 1916 ging es an die Front. Von Karlsruhe aus benötigte Leberecht mit seiner Truppe eineinhalb Tage, bis sie in einem Dorf am rechten Ufer der Maas gegenüber von Verdun ankamen. Als die Neuankömmlinge auf dem Bahnhof ausgeladen wurden, herrschte gerade Ruhe an der Front. Auf den Nachbargleisen waren noch mehrere andere Züge eingetroffen, aus denen ebenfalls Soldaten mit ihren Geschützen ausgeladen wurden. Der ganze Bahnhof wimmelte nur so von feldgrauen Uniformen. Leberecht sah im Hintergrund schwere Artillerie, Geschütze der Firma Krupp mit einem Kaliber von über 42 Zentimetern, wie es sie sonst nur auf Schiffen gab und die auf Eisenbahnwaggons montiert waren, und schwere Skoda-Geschütze mit österreichischen Truppen. Es standen aber auch Lazarettzüge bereit zum Abtransport von Verwundeten. Auf dem Feldbahnhof hörte man österreichische und tschechische Laute, Dialekte aus Pommern und Ostpreußen, Kommandos, die die Soldaten antreten ließen. Alles wirkte aufgeregt und angespannt, Leberecht hatte den Eindruck, dass Vorbereitungen zu einer großen Offensive getroffen wurden. Wollte man denn hier einen Durchbruch durch die erstarrte Front versuchen? Es wollte nicht in seinen Kopf, dass man das ausgerechnet bei der stärksten Festung, die die Franzosen nach dem Verlust von Metz nach dem 70er Krieg gebaut hatten und um die schon bald zwei Jahre gerungen wurde, versuchen wollte!

Auf dem Gleis neben ihm erkannte er seinen Vetter Konrad König, der in der Zwischenzeit zum Leutnant avanciert war. Auch Archibald war auf dem Bahnhof, denn er musste den Nachschub aus Karlsruhe in Empfang nehmen. Er hatte kaum Zeit, Leberecht zu begrüßen, denn er musste die angetretenen Soldaten dem Regimentskommandeur, einem Oberstleutnant, melden. Dann wurden die Kanoniere in ihre Quartiere eingewiesen, in die Häuser eines Dorfes, das von den meisten Bewohnern schon lange verlassen worden war.

Die Abteilung von Leberecht hatte die Aufgabe, Munition von den Depots, die in der Nähe des Feldbahnhofes lagen, in die vorgeschobenen Stellungen der Feldartillerie, die nur wenige hundert Meter von der französischen Front entfernt lagen, zu transportieren. Das war eine höchst gefährliche Aufgabe. Man konnte zwar einen Hohlweg nutzen, wo man verhältnismäßig sicher vor dem Beschuss durch den Feind war, aber es gab einige Stellen, bei denen man auf Artilleriebeschuss und auch auf Maschinengewehrfeuer gefasst sein musste. Deswegen erfolgten die Transporte meist bei Nacht. Wenn ein Munitionswagen getroffen wurde, konnte das ganze Fahrzeug explodieren. Die Fahrt musste daher im Dunkeln im gestreckten Galopp vor sich gehen, und dabei wusste man nie genau, was für Hindernisse im Weg lagen. Es gab immer wieder neue Granattrichter, die das Gelände unwegsam machten.

Am Abend konnte Leberecht Archibald und Konrad in ihrem Quartier besuchen und von der Heimat berichten. Archibald und Konrad regten sich über ein Schreiben an die Batterie auf, das vom Hauptquartier der Armee gekommen war und das als „dringend" deklariert war. Darin wurden Kellner, Köche, Musikanten und Gaukler für das Hauptquartier gesucht. Archibald war empört darüber, dass der Kronprinz ausgerechnet jetzt kurz vor dem Angriff scheinbar keine anderen Sorgen hatte, als sich um die Unterhaltung und das leibliche Wohl seines Stabes zu kümmern.

Leberecht hatte gesehen, wie Pioniere draußen große Gräben aushoben. Auf seine Frage, was das denn zu bedeuten hätte, kam die kurze Antwort: „Das sind die Massengräber für alle diejenigen von uns, die in den nächsten Tagen fallen werden."

Es war ihm sehr mulmig zumute. Auf seiner Stube herrschte eine gedrückte Stimmung. Viele Soldaten waren schweigsam und schrieben Briefe nach Hause. Die Angst vor dem, was ihnen bevorstand, war groß. Leberecht wurde von dieser Stimmung angesteckt. Während der Eisenbahnfahrt war er noch recht sorglos gewesen, aber den nahen Tod vor Augen wurde auch er von Angst erfüllt.

Ihm fiel seine Freundin Susan Malcolm ein, wie es der wohl ging? Seit Ausbruch des Krieges, als sie Gernsbach so überstürzt verlassen musste, hatte er nichts mehr von ihr gehört. War sie jetzt vielleicht Krankenschwester in irgendeinem Lazarett in England oder bei englischen Truppen an der Somme? Hatte sie ihn vergessen, war sie die Braut eines englischen Offiziers? Und plötzlich kam er auf die Idee, einen Brief an seinen Freund Erik in Oslo zu schreiben, der sollte mit ihr Verbindung aufnehmen. Er schrieb einen langen Brief an Erik, über die Zeit vor dem Krieg, wie schön es doch gewesen war mit ihm und mit Susan, die er immer noch liebe und nach der er sich sehne.

In den nächsten Tagen trafen immer mehr Truppen ein, die ihre Stellungen in den Schützengräben bezogen. Im Dorf musste man zusammenrücken. Dann gab es Alarm und die Kanonade setzte ein. 14 Tage lang trommelten die Geschütze jeden Kalibers, von der berittenen Feldartillerie bis zum schweren Eisenbahngeschütz, auf die Festung Verdun und ihre Forts ein. Jetzt war die Munitionskolonne Nacht für Nacht im Einsatz. Leberecht musste dem von sechs Pferden gezogenen Munitionswagen voranreiten, um den Weg zu erkunden. Immer wieder mussten neue Wege gesucht werden, schon damit der Feind sich nicht auf die Kolonne einschießen konnte und auch weil die Wegstrecke von Granattrichtern durchpflügt war. Immer wieder schlugen Granaten vor oder hinter den Fahrzeugen ein, manchmal auch zwischen Leberecht und dem Gespann.

Der Himmel war in den Nächten beinahe taghell erleuchtet von dem Mündungsfeuer der Geschütze. Das Gelände war durch die Granaten drei- oder viermal umgepflügt, es gab kaum noch einen Baum, der nicht zerschossen war, nirgendwo war noch Laub zu sehen. Dazu kam, dass der Boden durch den Regen aufgeweicht war. Wie durch ein Wunder hatten die Wagen von Leberechts Kolonne zunächst keinerlei Ausfälle. Aber als Leberecht am dritten Tag zu der Geschützstellung kam, war diese durch mehrere Treffer außer Gefecht gesetzt, die Granaten waren explodiert, und rund um die Stellung lagen die Leichen der gefallenen Kanoniere. Auch ein Freund von Leberecht, ein junger Reserveoffizier, mit dem er sich vor ein paar Tagen angefreundet hatte, war darunter.

Am Tage konnten die Soldaten der Munitionskolonne ausschlafen, aber die wenigsten waren dazu in der Lage, auch Leberecht nicht. Die gewaltige Anspannung ließ ihn nicht einschlafen, bis er endlich für eine kurze Zeit in einen bleiernen Schlaf fiel. Nur die Soldaten, die schon seit über einem Jahr im Feld standen, waren abgebrüht genug, um sofort fest einzuschlafen.

Nach Beendigung des Trommelfeuers sollte der Sturm auf die Festung einsetzen. Die meisten, auch Archibald, glaubten, dass dort kein Mensch diesen Beschuss überlebt hatte. Aber dann, als die Infanterie im Sturmangriff voranstürmte, regte sich unerwartet heftiger Widerstand aus den feindlichen Stellungen. Der Angriff blieb nach wenigen hundert Metern stecken. Die Massengräber, die vor der Offensive ausgehoben worden waren, füllten sich mit den gefallenen Soldaten.

Leberecht stand jetzt schon acht Wochen an der Front. Eines Tages erreichte ihn ein Feldpostbrief aus Norwegen, und darin lag ein Brief von Susan, die schrieb, dass sie jeden Tag an ihn denke und dass sie ihm treu bleiben wolle. Sie hoffe, ihn nach dem Krieg gesund wiederzusehen. Leberecht schrieb zurück, und in den nächsten Monaten erhielt er auf diesem Weg noch mehrere Briefe von Susan. Aber als sie ihren Eltern diesen Briefwechsel beichtete, waren diese entsetzt. Sie mochten zwar Leberecht sehr gern, aber mitten im Krieg mit dem Feind zu korrespondieren, das ging nicht an. Susan schrieb an Erik, dass dies ihr letzter Brief sei, und auch Leberecht solle nicht mehr schreiben.

Es war Sommer geworden. Die starken Regenfälle des Frühjahres hatten aufgehört, im Quartier von Leberecht herrschten angenehme Temperaturen, aber sonst war vom Sommer vor Verdun nichts zu spüren. Kein Vogel sang, weit und breit stand kein Baum mehr, die ganze Landschaft war durchpflügt von Granateinschlägen. Es gab kaum einen Flecken Erde, der nicht getroffen worden war, nirgendwo gab es etwas Grünes zu sehen, der Kreideboden des Maastales war nur ein graues Trichterfeld.

Archibald und Leberecht waren unversehrt. Archibald hatte vorübergehend die Führung des Regiments übernommen, denn der Oberst und zwei Majore waren gefallen. Archibald war davon überzeugt, dass sie einen Schutzengel hatten, die Gebete seiner Mutter würden sie beide beschützen.

Auch Leberecht hatte sich an den Krieg gewöhnt. Er war noch nicht einmal vom Pferd gefallen, der Reitunterricht in Karlsruhe schien seine Früchte zu tragen. In einer Sommernacht Ende Juli schien die Lage recht ruhig zu sein. Leberecht ritt wie immer vor den bespannten Munitionswagen her und dachte schon, dass er heute die Geschützstellungen ohne Schwierigkeiten erreichen würde, als plötzlich mehrere Granaten ganz in seiner Nähe einschlugen. Das Pferd schien getroffen zu sein und stolperte, und ehe Leberecht sich versehen hatte, brach es zusammen und er lag unter ihm, während die Munitionswagen an ihm vorbei nach vorne preschten. Das Granatfeuer hörte nicht auf. Das Pferd bewegte sich nicht mehr. Leberecht erschrak. Wie sollte er nur unter dem Pferd hervorkommen? Er hatte keine Schmerzen, aber er fühlte Blut über sein Bein rinnen. War es seines oder das des Pferdes? Weit und breit war kein Mensch zu hören, den er zu Hilfe rufen konnte. Er mochte etwa eine Stunde so gelegen haben – in seiner Vorstellung waren es drei oder vier gewesen –, als die Munitionskolonne mit den leeren Fahrzeugen zurückkam.

Zwei Kameraden stiegen ab, um ihm zu helfen, aber das Granatfeuer zwang sie, in einem Bombentrichter Schutz zu suchen. Sie riefen dem Mann auf dem stehen gebliebenen Fahrzeug zu, er solle Sanitäter holen, versuchten selber, Leberecht unter dem toten Pferd hervorzuziehen, der aber schrie, denn anscheinend waren die Knochen an seinem linken Bein gebrochen. Zum Glück hatte das Artilleriefeuer aufgehört, und endlich kamen auch Sanitäter, die gemeinsam Leberecht befreien konnten, dessen linkes Bein aus mehreren Wunden blutete und völlig schlaff herunterhing. Sie legten ihn auf eine Bahre und trugen ihn zum Hauptverbandsplatz, der in der Kirche des Ortes, wo Leberechts Quartier lag, eingerichtet war.

Der Kirchturm, in dem sich zunächst ein Artilleriebeobachtungsposten befunden hatte, war schon seit Wochen zerschossen und das Dach nur notdürftig geflickt. Im Innenraum, in dem es bestialisch nach Blut, Urin und Kot stank, lagen auf Holzrosten etwa 60 bis 70 Schwerverwundete, die nicht transportfähig waren, darunter viele Sterbende, die leise vor sich hin wimmerten oder vor Schmerzen laut schrien. Ärzte und Sanitäter liefen mit blutverschmierten Kitteln hin und her, trugen ein gerade amputiertes Bein in einer Schale hinaus, Krankenschwestern hielten den Sterbenden, die nach ihrer Mutter riefen, die Hand.

Ein Sanitäter schnitt Leberecht die Hose auf, damit der Stabsarzt sich das Bein anschauen konnte. Er warf nur einen kurzen Blick darauf und erklärte: „Das hat Zeit, das ist ja nur gequetscht, daran werden Sie nicht sterben! Ich komme später wieder, jetzt sind erst einmal die Schwerverletzten zu versorgen.“ Ein Sanitäter gab ihm eine Morphiumspritze. Leberecht sah, wie rechts und links neben ihm Bahren nach draußen gebracht wurden, weil Soldaten gestorben waren, während andere, die frisch eingeliefert wurden, ihren Platz einnahmen.

Sehr viel später schaute sich der Stabsarzt das Bein genauer an. Es war nur von wenigen kleinen Granatsplittern getroffen worden, die konnten leicht entfernt werden, jedoch waren Schien- und Wadenbein gebrochen. Der Sanitäter musste das Bein behelfsmäßig schienen, denn die offenen Wunden konnten nicht eingegipst werden. Gegen Morgen kam Archibald, um nach ihm zu sehen. Er setzte durch, dass Leberecht wenige Stunden später mit einem Lazarettzug Richtung Heimat verfrachtet wurde.

Es dauerte mehrere Monate, bis die Wunden endlich verheilt und die Brüche richtig zusammengewachsen waren. Der Krieg war für ihn zu Ende. Endlich bekam er Genesungsurlaub und gleichzeitig die Erlaubnis, sein Chemiestudium in Karlsruhe abzuschließen. Er hatte das Glück, dass er über ein Gebiet promovierte, das damals als äußerst kriegswichtig angesehen wurde, nämlich über die Gewinnung von Erdöl aus Schiefer. Leberecht promovierte bereits 1917 und arbeitete als Vorlesungsassistent. Dann wurde er vom Chemiekonzern Degussa reklamiert und kriegsdienstverpflichtet, um auf diesem Gebiet weiterzuarbeiten.

Archibald Otto hatte im Laufe der Zeit immer mehr Beschwerden durch seine Krankheit. Ihn regte jede Kleinigkeit auf, der Jähzorn brach immer wieder durch. Wenn irgendetwas nicht klappte, schrie er, mit seiner Launenhaftigkeit tyrannisierte er seine ganze Umgebung. Nicht nur seine Angestellten, sondern auch seine Frau und selbst der Großherzog mussten ab und zu seine schlechte Laune ertragen. Er ermüdete sehr leicht und kam ständig mit Georg in Konflikt, der jetzt das Geschäft fast ganz allein leiten musste.

Eines Tages kam ein Brief von Luise, in dem sie kurz und bündig mitteilte, dass sie beschlossen habe, Arthur Seifer, den Kunstmaler, zu heiraten. Archibald Otto schrie, dass man es auf der Straße hören konnte, und tobte derart, dass Johanna schon überlegte, ob man ihn nicht in eine Anstalt bringen müsste. Schließlich fiel er ermattet in einen Sessel und brach in lautes Schluchzen aus. Einen Kunstmaler wollte er nicht als Schwiegersohn haben! Ein Kunstmaler in der Firma, das sei noch viel schlimmer als ein Pfarrer, der würde das Letzte aus dem Geschäft herausziehen – dann lieber gleich einen Strich unter alles machen und Luises Erbschaft auszahlen.

Als Luise einige Tage später nach Hause kam, begegnete ihr der Vater mit eisernem Schweigen, die Mutter machte ihr dagegen Vorwürfe, warum sie dem Vater so etwas antun könne! Ein Mann, 20 Jahre älter als sie, ob sie überhaupt Kinder von ihm bekommen könnte, wie sie überhaupt dazu käme, so rücksichtslos gegenüber ihren Eltern zu sein!

Auch Luise fing jetzt an, ihre Mutter anzuschreien, sie habe ihr gar nichts mehr zu sagen, sie liebe Arthur, sie wolle nie mehr etwas mit der Familie zu tun haben.

Nach einer Weile waren alle des Tobens müde. Die einzige Lösung war, Luises Erbe auszubezahlen. Das waren immerhin 500.000 Mark, die der Vater ihr gab, und das war nicht nur der Pflichtteil, sondern nach dem jetzigen Vermögensstand das gesamte Erbe, das aus Bargeld und Wertpapieren bestand, der größte Teil waren aber Kriegsanleihen.

Die Erklärung des uneingeschränkten U-Boot-Krieges, über die sehr lange im Reichstag diskutiert wurde, erregte Archibald Otto wieder sehr. Der Blutzucker, der auf die Nachricht von Luises Heiratswunsch auf beinahe 600 Einheiten gestiegen war, erreichte erneut diesen Wert. Dieser U-Boot-Krieg, das war ihm klar, bedeutete den Kriegseintritt der Vereinigten Staaten, und dann war Deutschland restlos verloren. Er schimpfte über die Idioten in der

Regierung, den Idioten von Reichskanzler, über die Idioten in der Obersten Heeresleitung, die keine Ahnung hatten, was sie anrichteten.

1917 erklärten die USA Deutschland den Krieg, und bereits im Frühjahr 1918 standen zwei Millionen amerikanische Soldaten an der Front in Frankreich. Die ermüdeten und abgekämpften deutschen Truppen wurden von den ausgeruhten amerikanischen Truppen zurückgedrängt, und Weilers sahen das Ende kommen.

Johanna konnte sich kaum noch um das Lazarett und schon gar nicht um das Charpie-Zupfen kümmern. Die Pflege ihres Mannes nahm jetzt ihre ganze Kraft in Anspruch. Er war alles andere als dankbar. Zudem kamen immer wieder Bewusstseinstrübungen, in denen Archibald nicht mehr wusste, wo er war und in den Wahn verfiel, dass Johanna ein böser Geist sei, der ihn ermorden wolle. Eines Nachts würgte er sie so sehr, dass sie um ihr Leben fürchtete. Sie schlief nur noch mit einem elektrischen Klingelknopf an ihren Arm gebunden, mit dem sie Notsignale geben konnte, wenn wieder ein Anfall kam. Johanna fürchtete, dass es bald mit ihm zu Ende ging. Er spuckte Blut, und seine Ernährung wurde immer schwieriger, denn auch mit viel Geld war frisches Gemüse kaum zu bekommen.

Den Menschen fehlte es damals an allem. Die Preise auf dem Schwarzmarkt stiegen von Woche zu Woche. Mit der Eisenbahn zu fahren wurde immer schwieriger, Abteile der ersten Klasse gab es kaum noch. Die Züge waren überfüllt, und Johanna musste pünktlich wieder zu Hause sein. Sie konnte ihren schwerkranken Mann nur noch selten alleine lassen. Wie es mit dem Geschäft weiterging, musste sie mit Georg besprechen, denn Archibald Otto war kaum mehr in der Lage, Entscheidungen zu treffen.

Der Zusammenbruch Deutschlands und die Abdankung des Kaisers im November 1918 berührten Archibald Otto kaum noch. Archibald Hermann kam aus dem Krieg zurück. Er war entsetzt über die Demütigungen durch die Soldatenräte, die das Offizierskorps sich hatte bieten lassen müssen. Sie standen an den Bahnhöfen mit roten Binden am Arm und rissen den Offizieren die Achselklappen herunter. Aber als einer auch auf ihn losging, herrschte er den Soldaten im Befehlston an, das zu unterlassen, und blickte ihn so durchdringend an, dass der Soldat die Hacken zusammenschlug und nur sagte: „Entschuldigen Sie, Herr Hauptmann!"

Georg trauerte dem untergehenden Reich nicht nach, das Leben würde schon weitergehen. Vor den Kommunisten hatte er nicht viel Angst, die Revolution würde sich schon wieder totlaufen. Der Ausbau der Elektrizität und des Telefons würde weitergehen. An den Reparationslieferungen nach Frankreich könne man sich beteiligen und sehen, dass man sich ein großes Stück von diesem Kuchen sicherte. Das Geld würde noch weiter entwertet werden, aber er hatte dafür gesorgt, dass auf den Werken große Holzvorräte lagen, die sich schon irgendwie verwerten ließen.

Silvia hatte sich mit dem Chefarzt ihres Lazarettes, Dr. Diener, verlobt, der bei ihrem Vater förmlich um ihre Hand anhielt. Ein Arzt war eigentlich nicht das, was sich Archibald Otto als Schwiegersohn gedacht hatte. Aber ein Arzt war doch immerhin etwas Besseres als ein Kunstmaler. Aber als Archibald den Schwiegersohn nach seinen Plänen fragte, bat dieser gleich um ein Darlehen von etwa einer Million, das er benötigte, um ein Sanatorium zu kaufen.

Archibald Otto war verblüfft, ja geradezu entsetzt. Sein Blutzucker stieg gleich wieder an. Er war einfach sprachlos, nahm sich aber dann doch zusammen und meinte nur: „Eine Million ist nicht so ohne Weiteres locker zu machen. Das Geld muss im Geschäft bleiben. Suchen Sie sich doch erst einmal eine vernünftige Anstellung und zeigen Sie, wie Sie im zivilen Leben zurechtkommen. Dann können wir weitersehen!"

Als Dr. Diener gegangen war, fing Archibald zu toben an und brüllte nur immer wieder: „Dieser Erbschleicher, dieser Erbschleicher!" Johanna beruhigte ihn, aber auch sie meinte, dass der Doktor nicht Silvia, sondern das vermeintliche Erbe lieben würde. Archibald schrieb ihm einen kurzen Brief, er habe sich die Angelegenheit noch mal überlegt. Wenn der Doktor eine feste Stellung habe, dann habe er gegen die Heirat nichts einzuwenden. Die Tochter sei zwar volljährig und könnte tun und lassen, was sie wolle, wenn sie aber gegen seinen Wunsch heirate, dann werde er sie, wie er es mit einer anderen Tochter schon gemacht habe, im Interesse der Firma auf das Pflichtteil setzen. Johanna sprach mit ihrer Tochter und meinte, wenn Dr. Diener sie wirklich liebe, dann werde er sie auch ohne Geld nehmen. Aber sie glaube, er sei auf das Geld versessen und seine Höflichkeit sei nicht echt. Silvia begann nachzudenken und sah ihn plötzlich in einem neuen Licht. Vielleicht hatte die Mutter doch Recht? Silvia löste die Verlobung ohne allzu großes Bedauern, denn es stand schon ein neuer Freier vor der Tür.

Sie hatte einen jungen Offizier kennengelernt, einen Regimentskameraden von Archibald Hermann, mit Monokel und schneidigem Auftreten, einen Oberleutnant Hermann Brunner, den Sohn eines Textilfabrikanten aus Ettlingen, dessen Eltern einmal zu den reichsten Familien Badens gezählt hatten. Allerdings war dieser Reichtum schon geschrumpft. Kurz vor dem Krieg hatte Vater Brunner die Firma in eine AG umgewandelt, die Aktien an der Börse verkauft und das Geld in Wertpapieren und Renten angelegt. Während des Krieges hatte er auch Kriegsanleihen gezeichnet, die jetzt nichts mehr wert waren. Trotzdem war Hermann Brunner für Archibald Otto ein akzeptabler Schwiegersohn, obwohl er eigentlich noch nichts gelernt hatte. Archibald Otto, dem sein weltmännisches Auftreten gefiel, zeigte sich bereit, ihn als Prokurist bei Weiler & Busch einzustellen. Georg und auch Archibald Hermann wollten ihren zukünftigen Schwager nicht allzu groß werden lassen. Sie mochten diesen schneidigen Offizierstypen nicht und fürchteten um ihren Einfluss auf den Vater. Silvia gefiel aber der flotte Hermann, und so wurde noch im Sommer Hochzeit gefeiert, die in Anbetracht der schwierigen Umstände und der Krankheit des Vaters recht bescheiden ausfiel.

Leberecht gefiel es bei der Degussa nicht mehr. Die Forschung, aus Ölschiefer Petroleum zu gewinnen, war bei Kriegsende eingestellt worden. Da Leberecht mit einer baldigen Kündigung rechnete, suchte er nach einer vernünftigen Alternative. Die Übernahme der Brauerei in Metz, auf die er gehofft hatte, war durch den Kriegsausgang unmöglich geworden, die Brauerei war durch die französische Regierung enteignet worden. Mit seinem Freund Jim Miller kaufte Leberecht eine Chemiefabrik, ein kleines Unternehmen in Göppingen. Die Fabrik war eigentlich eine Bruchbude und bestand aus wenigen reparaturbedürftigen steinernen Gebäuden und einer Bürobaracke. Der Fabrikplatz war voller Pfützen, mit Unkraut übersät, überall lagen Schrotthaufen von verrosteten Behältern herum. In der Fabrik waren etwa 30 Arbeiter, meist Frauen, beschäftigt. Trotz dieser miesen Ausgangslage war der Absatz gut und Leberecht hoffte, daraus etwas machen zu können. Sein Vater jedoch war mit diesen Plänen nicht einverstanden. Es imponierte ihm zwar, dass sein jüngster Sohn sich selbständig machen wollte, aber Schuhwichse und Seife waren keine Produkte, in denen er eine große Zukunft sah. Wenn er etwas auf die Beine stellen wollte, brauchte er Kapital, und das würde dann aus der Firma herausgezogen. Stattdessen bot er ihm an, in die väterliche Firma einzutreten, und zwar zunächst als Prokurist mit der Möglichkeit, nach fünf Jahren auch Teilhaber zu werden, er solle das Werk Lübeck leiten. Das gefiel Leberecht gut, und so trat er im Oktober 1919 in das Werk Aalen ein, um erst einmal Grundkenntnisse in einem Holzbetrieb zu erwerben und sich in das Mastengeschäft mit all seinen Tricks einzuarbeiten.

Luise hatte Arthur Seifer geheiratet. Jetzt musste dieser die Launen seiner Frau aushalten, und er reagierte auf ihr Schreien und Toben meist mit Nichtbeachtung, was die Wut von Luise noch steigerte. Mancher Teller und manche Blumenvase gingen dabei zu Bruch. Bei Luise und Arthur ging es ziemlich knapp zu. Das große Vermögen, das der Vater Luise ausbezahlt hatte, schrumpfte durch die Geldentwertung, und sie war jetzt von Arthurs Erfolg als Maler abhängig. Doch Arthur ließ sich nicht zur Arbeit antreiben, sondern saß oft stundenlang in einem Café, spielte mit Freunden Schach, las Zeitungen und kam nicht nach Hause.

Luise fuhr wieder öfter nach Gernsbach, um sich mit ihrem Vater zu versöhnen. Wenn es ihm besser ging und er sie erkannte, freute er sich über ihre Besuche. Er hatte eigentlich ein schlechtes Gewissen, dass er sie mit Geld abgefunden hatte, das immer weniger wurde. Aber an seiner Entscheidung wollte er nichts ändern. Ab und zu kam auch Arthur mit, und der Vater nahm das hin. Um der Mutter aus dem Weg zu gehen, übernachteten Arthur und Luise einmal auf einer Jagdhütte, der Bonora-Hütte, im Wald bei Bermersbach. Nachts um halb drei Uhr kam Luise heulend und völlig aufgelöst bei Archibald Hermann an. Vor lauter Schluchzen brachte sie nur mühsam heraus, dass sie sich mit Arthur fürchterlich gezankt hatte. Der hatte ein Gewehr genommen und war in den Wald gegangen, kurz darauf hörte sie einen Schuss. Sie sei jetzt schuld an seinem Tod.

Archibald weckte Georg, und beide begannen beim ersten Morgenlicht mit dem Aufstieg zur Hütte, der über zwei Stunden dauerte. Als sie erschöpft gegen sechs Uhr oben ankamen und in die Hütte traten, fanden sie Arthur vergnügt beim Kaffeetrinken. Er hatte, um Luise zu erschrecken, einen Schuss abgefeuert, sah auch, wie sie voller Schrecken davonlief, legte sich dann zufrieden zum Schlafen und dachte sich nichts dabei.

Hiltrud hatte ihre Arbeit im Lazarett beendet. Es gab zwar immer noch Verwundete, aber die Arbeit als Hilfsschwester hatte ihr keinen Spaß gemacht. Jetzt wollte sie ihr Leben erst einmal genießen, und das konnte man nirgendwo besser als in München. Möglicherweise würde sie dort einen Ehemann erobern können. Sie hatte mehr Verehrer und Liebhaber als Finger an den Händen und genoss ihre Freiheit. Der Bürgerkrieg in München war in der Zwischenzeit vorbei, und es begannen die goldenen Zwanziger Jahre mit Tanz und Vergnügen, trotz der Inflationszeit, aber die Eltern hatten ja genügend Geld. Sie als Jüngste hatte keine Schwierigkeiten, ihnen das, was sie brauchte, abzuschmeicheln.

Archibald Otto wurde immer schwächer. Johanna wollte ihn in ein Sanatorium auf die Bühler Höhe bringen, aber das Sanatorium wollte keinen Sterbenden aufnehmen, und so wohnten sie in dem Hotel gegenüber auf dem Plättig, nur die Ärzte kamen und sahen nach ihm. Aber Archibald wollte nach Hause, Weihnachten wollte er im Kreise seiner Familie verbringen. Am 17. Dezember, eine Woche vor Weihnachten, am Geburtstag von Johanna, kehrten sie nach Gernsbach zurück. Er konnte den Geburtstag nicht mitfeiern, sondern lag fast den ganzen Tag im Bett. Zwei Tage später wollte er noch mal ins Büro gehen, das jetzt im gleichen Haus war. Während er die Treppe hinabstieg, erlitt er einen Blutsturz. Büroangestellte brachten ihn in sein Bett, und wenige Stunden später starb er. Seine Frau Johanna, seine drei Söhne und die Töchter Silvia und Hiltrud sowie der Schwiegersohn Hermann waren dabei, denn die Familie war zur Weihnachtsfeier nach Gernsbach gekommen.

Am 23. Dezember, dem Tag der Beerdigung, regnete es in Strömen. Johanna weinte nicht. Was sollte nun werden? Auf der einen Seite war der Tod ihres Mannes für sie eine Erlösung. Die letzten Jahre waren geradezu unerträglich gewesen. Sie hatte für ihn in all den Jahren alles geopfert, und doch hatte sie auch schöne Stunden mit ihm erlebt. Sie stand am Sarg wie abwesend. Die

Predigt nahm kein Ende, alle Geschwister von Archibald Otto waren gekommen und jeder versuchte, sie zu trösten. Aber es glitt alles wie im Traum an ihr vorbei. Die Kirche war bis auf den letzten Platz gefüllt, eine Menge Leute mussten noch in den Gängen stehen. Archibald Otto wurde in dem Grab seiner Mutter beigesetzt. Die meisten Anwesenden verschwanden möglichst schnell, um in einer nahen Wirtschaft ins Trockene zu kommen. Johanna stand noch lange am Grab. Sie fühlte die Verpflichtung, dass sie jetzt die Familie leiten müsse.

Wenige Tage nach Weihnachten fand sich die Familie in den Amtsräumen des Notariats zur Testamentseröffnung ein. Alle waren gekommen, sogar Luise, die zwar aufgrund des Erbvertrages nichts erwarten konnte, aber auf ein Legat hoffte. Johanna saß tief verschleiert in der ersten Reihe der kärglich eingerichteten Amtsstube zwischen ihren Söhnen Georg und Archibald Hermann. Hiltrud, Silvia mit ihrem Mann Hermann Brunner und Leberecht saßen in der zweiten Reihe. Hinten in einer Ecke, abseits von den anderen, hatte Luise Platz genommen. Johanna weinte leise, als der Notar mit der Verlesung des ziemlich langen Testaments begann. Dem Vater war in erster Linie daran gelegen, das Fortbestehen der Firma zu sichern. Seine Söhne sollten nicht das Gleiche erleben wie er nach dem Tod seines Vaters. Frauen sollten in Zukunft keinen Einfluss mehr auf das Unternehmen haben, und so hatte Archibald verfügt, dass das Unternehmen allein von den Söhnen fortgeführt werden sollte. Archibald Hermann und Georg, die er schon als haftende Gesellschafter in das Unternehmen aufgenommen hatte, erbten den größten Teil seiner Einlage. Johanna sollte nicht, wie sie vermutet hatte, als Kommanditistin Gesellschafterin werden, sondern sie war mit einer Einlage von 1,5 Millionen Mark als stille Gesellschafterin beteiligt. Sie erhielt eine feste Verzinsung und darüber hinaus eine Gewinnbeteiligung, aber von der Geschäftsführung blieb sie, genauso wie ihre beiden Töchter Silvia und Hiltrud, ausgeschlossen. Leberecht erbte einen stillen Anteil von 500.000 Mark, den er aber nach fünf Jahren Tätigkeit im Unternehmen in einen OHG-Anteil umwandeln konnte. Luise erbte nichts.

Die Anteile der Murgschifferschaft erbte Johanna zur Hälfte, die andere Hälfte wurde auf die Kinder aufgeteilt, wobei verfügt wurde, dass die Rechte in der Genossenschaft vom ältesten Sohn Archibald vertreten werden sollten und dass die gesamte Nutznießung Johanna zufiel. Es folgte eine Reihe von Legaten, mit denen zahlreiche soziale Einrichtungen in Gernsbach sehr reichlich bedacht wurden.

Johanna ließ sich nicht anmerken, wie sehr sie enttäuscht war. Dass sie überhaupt nicht mitbestimmen durfte in einem Unternehmen, das sie mit aufgebaut hatte, das kränkte sie. Aber sie hoffte, dass ihre Söhne sie nicht ganz ausschließen würden.

***

Der Eintritt von Leberecht in die Firma Weiler & Busch behagte seinen älteren Brüdern Archibald Hermann und Georg ganz und gar nicht. Sie waren gewohnt, die Firma allein zu leiten. Im letzten Jahr hatte der Vater sie weitgehend gewähren lassen. Jetzt sollte noch ein Dritter dazustoßen, einer, von dem sie in erster Linie Unruhe erwarteten. Sie hatten den Jüngsten nicht so ganz ernst genommen, obwohl er seine Wünsche mit Hilfe seiner Mutter immer wieder durchsetzen konnte. Die Eltern nannten ihn den Bohrwurm, der nicht nachließ, bis er das, was er wollte, erreicht hatte. Seine Brüder hatten gehofft, dass er, nachdem die Brauerei enteignet worden war, sich als Chemiker irgendwo eine Anstellung suchen und mit den Zinsen aus seinem Vermögen ein schönes Leben machen würde. Aber hier im Geschäft, da konnten sie ihn nicht brauchen. Welches Ressort sollten sie ihm geben? Sollte er im Einkauf arbeiten? Dagegen war Archibald, denn er fürchtete, dass Leberecht nicht sparsam und in den Verhandlungen nicht hart genug sei. Sollten sie ihn im Verkauf einsetzen? Da war Georg dagegen, weil er alle Fäden selber in der Hand behalten wollte. Dann kamen sie auf eine gute Idee: Wir setzen ihn nach Lübeck. Das ist das größte Werk, das wir haben, damit kann er zufrieden sein, und er ist weit vom Schuss.

Leberecht war mit diesem Vorschlag durchaus einverstanden. In Gernsbach war er doch immer nur der kleine Bruder, und außerdem wollte er endlich von zu Hause weg. Im Augenblick wohnte er noch bei seiner Mutter, die, obwohl er schon 29 Jahre alt war, jeden Tag genau wissen wollte, was er am Abend machte, ihm hineinredete, was er anzuziehen habe, und die ihn vieles fragte, worauf er keine Antwort geben wollte.

Im Frühjahr reiste er in Begleitung seines Bruders Archibald nach Lübeck. Morgens um sechs Uhr fuhr der Zug. Johanna, die die Söhne bis zur Haustüre begleitete, hatte ihnen einen großen Picknickkorb für die lange Reise mitgegeben. Darin war ein ganzes gebratenes Hähnchen, in einzelne Teile zerlegt und in Butterbrotpapier eingewickelt, für jeden zwei harte Eier, auch ein Päckchen mit Salz war nicht vergessen, und mehrere Brote mit Wurst, Käse und Schinken, dazu eine Flasche Rotwein und zwei Gläser. Das war ein Proviant, der für eine Drei-Tages-Reise ausgereicht hätte. Leberecht wäre lieber in den Speisewagen gegangen, aber Archibald, der Sparsame, hatte das abgelehnt, und so durfte Leberecht den Korb schleppen. Den großen Koffer hatte der Gärtner Emil schon zum Bahnhof gebracht, und Emil wartete auch dort, um beim Verstauen im Waggon zu helfen.

Die Brüder fuhren 3. Klasse. Leberecht hatte den Versuch gemacht, Archibald zu überzeugen, dass die 2. Klasse viel gemütlicher und nicht so voll sei, aber Archibald meinte, er solle sich gleich merken, dass er mit dem Vermögen, das ihm anvertraut sei, sparsam umgehen müsse. Abends gegen sieben Uhr kamen sie am Lübecker Hauptbahnhof an. Archibald hatte Zimmer reserviert im Hotel International, einem Hotel, das gegenüber dem Bahnhof neben dem

Verwaltungsgebäude der Lübeck-Büchener Eisenbahngesellschaft lag. Auf dem Bahnsteig standen die Pagen der großen Hotels. Die Fahrgäste, die aus der 1. und 2. Klasse ausstiegen, wurden von den Pagen des Hotels Stadt Hamburg abgeholt, das als das erste Haus am Platze galt und in dem alle, die Wert darauf legten, zur Gesellschaft zu gehören, abstiegen. Vom Hotel International sah er keinen Pagen.

Leberecht rümpfte die Nase. Typisch Archibald! Der Portier machte einen etwas verschlafenen Eindruck, die Eingangshalle war dunkel. Im Zimmer – es war natürlich ein Doppelzimmer – gab es kein fließend Wasser, geschweige denn ein Badezimmer. Die Einrichtung war schon etwas älter, die Gardinen verstaubt.

Leberecht imponierte der Anblick der Stadt mit den sieben Türmen, von der er schon so viel gehört hatte. Sie schlenderten über die Puppenbrücke am Holstentor und den Salzspeichern vorbei bis zum Rathaus. Es war am Abend kaum noch Verkehr in der Stadt, sie schien zu schlafen. Aber der Ratskeller, in den sie gingen, war voller Menschen. Archibald wurde vom Wirt mit lautem Hallo begrüßt. Joseph Meyer war ein Badener, der früher einmal Oberkellner im Hotel Adlon in Berlin gewesen und nun Pächter der renommierten Gaststätte war und den Archibald von früher kannte. Meyer fing gleich an, die neuesten Witze über Württemberger und ihre Sparsamkeit zu erzählen. Archibald lachte herzhaft mit, obgleich viele dieser Witze eigentlich auch auf ihn zutreffen konnten.

Leberecht wollte etwas typisch Lübeckisches essen, worauf der Wirt ihm erklärte, das Leibgericht der Lübecker sei Schweinebauch mit Steckrüben. Leberecht fragte: „Was, wirklich Steckrüben?“ Meyer bejahte, aber die wollte jetzt, zwei Jahre nach Kriegsende, wirklich kein Mensch essen. Leberecht entschied sich für gebratenen Aal, den auch Archibald bestellte. Die erste Überraschung war der Gurkensalat. Er war süß, gezuckert! Als zum Nachtisch auch noch Rote Grütze gereicht wurde, dachte Leberecht für sich: Wie soll man hier bei diesem Fraß nur leben!

Am nächsten Morgen erwartete Leberecht, dass Archibald eine Droschke nehmen würde, um nach dem sieben Kilometer entfernten, im Norden von Lübeck an der Trave gelegenen Werk in Schlutup zu kommen. Aber Archibald erklärte, dass die Linie 12 der Straßenbahn direkt nach Schlutup fahre und viel günstiger sei als eine Droschke.

Sie mussten auch nur zehn Minuten warten, bis die Straßenbahn aus Schlutup ankam. Aus dem Wagen kletterten heftig schwitzend und lärmend eine ganze Reihe dicker, stämmiger Frauen, die jeweils vier Körbe mit Fischen trugen, in jeder Hand einen und über der Schulter in einem Tragegestell auf jeder Seite noch mal zwei Körbe, in denen lebende Fische lagen, Heringe, Schollen, Aale, Dorsche, der Fang der letzten Nacht, den sie jetzt bei ihrer Stammkundschaft in der Vorstadt von St. Lorenz verkaufen wollten.

Archibald und Leberecht nahmen im ersten Wagen Platz und steckten sich Zigarren an, um den Fischgeruch etwas zu mildern, worauf der Schaffner eindringlich bat, dies zu unterlassen. Wenn sie rauchen wollten, müssten sie in den Anhänger steigen. Durch Plakate, die an den Wänden hingen, erfuhren die Fahrgäste, dass es verboten war, während der Fahrt mit dem Fahrzeugführer zu sprechen, und sie wurden auch gebeten, nicht in den Wagen zu spucken. Während Leberecht sich noch fragte, was das zu bedeuten habe, spuckte sein Nachbar den Rest Kautabak in weitem Bogen in den Wagen, aber niemand, auch der Fahrer nicht, rügten ihn.

Ein Teil der Fahrgäste las den Lübecker Generalanzeiger, die meisten unterhielten sich in einer Sprache, von der Leberecht kein Wort verstand, er meinte, es sei Englisch, Holländisch oder eine vollkommen fremde Sprache. Archibald erklärte ihm, dass es Plattdeutsch sei.

Endlich setzte sich die Straßenbahn mit lautem Gerassel und Gequietsche in Bewegung, vorbei an einem Denkmal des Fürsten Bismarck. „Da drüben auf der anderen Seite", erklärte Archibald, „stand vor dem Krieg ein Denkmal von Kaiser Wilhelm I., das hat man jetzt abmontiert." In den Straßen wimmelte es von Fahrradfahrern, die zur Arbeit fuhren. Es waren fast nur Männer, alle mit Schirmmützen, auf dem Gepäckträger oder an der Fahrradstange eine etwas schäbige Aktentasche, in der das Pausenbrot war. Automobile gab es nur sehr wenige, aber es gab alle Arten von Pferdewagen: Brauereiwagen, Wagen der Kühlhausgesellschaft mit Eisstangen, aus denen Männer mit Lederschürzen und ledernen Schultertüchern lange Eisstangen auf der Schulter in die Häuser trugen, gummibereifte Wagen von verschiedenen Kohlenhandlungen, voll mit Kohlensäcken, Bahnspediteure, die vom Bahnhof in die Innenstadt fuhren, und daneben eine Sensation: Elektrisch betriebene, gelb angestrichene Autos der Post, die vor jedem zweiten Haus hielten. Dann fuhren Pferdewagen, die mit großen Eimern beladen waren. Archibald erklärte, das sei die „Schitropa", die hole die Aborteimer von den Häusern ab, die noch kein fließend Wasser hatten – und davon gebe es in Lübeck noch viele.

Die Straßenbahn hielt an. Sie musste rechts in Richtung Untertrave abbiegen. Der Schaffner stieg aus dem Wagen aus, nahm eine eiserne Stange, stellte die Weiche, stieg wieder ein, die Bahn fuhr ein paar Meter weiter, bis sie die Weiche passiert hatte, der Schaffner stieg wieder aus, stellte die Weiche zurück, stieg ein und zog an der Leine, es klingelte beim Fahrer, das war das Zeichen, dass er weiterfahren konnte. Leberecht erzählte, dass die Straßenbahn in München es einfacher habe. Der Schaffner musste nicht mehr aussteigen, sondern der Tramfahrer konnte mit einer eisernen Stange direkt von seinem Platz aus die Weiche stellen. Von dieser Erfindung hatte man anscheinend in Lübeck noch nichts gehört. Im Übrigen war diese Erfindung nicht von einem Straßenbahner oder einem Ingenieur gemacht worden, sondern von Leberechts Freund, dem Königlich-Bayerischen Kammersänger Paul Fabricius, der auf die Idee kam, die Hunderten von Straßenbahnern nicht eingefallen war.

An der Obertrave, gleich hinter der Holstenbrücke, begann der Hafen. Die Fahrt ging ziemlich stockend, denn es herrschte im Hafen lebhafter Verkehr. Es lagen auch etwa zwei Dutzend Segelschiffe am Kai, Zwei- und Dreimaster und auch ein Viermaster, die entladen wurden. Am Ufer fuhren mit Dampf betriebene Hafenkräne. Hunderte von Arbeitern waren dabei, mit Schubkarren und Pferdefuhrwerken die Güter in die Lagerschuppen zu bringen. Leberecht sah die mächtige Front der Marienkirche mit ihren kupfergedeckten, grün schimmernden Türmen, die alles überragten, und bewunderte die schönen alten Kaufmannshäuser mit ihren hohen Giebeln und reich verzierten Portalen. Er dachte, was seine Mutter für eine Freude hätte, das zu sehen.

Jetzt ging es die Beckergrube hinauf in die Stadt, und der Schaffner rief aus: „Stadttheater". Leberecht sah hinaus, sah aber kein Theater. Auf seine Frage deutete Archibald auf ein großes graues Gebäude auf der linken Straßenseite. Leberecht wunderte sich. Bisher hatte er ein Theater immer nur als freistehendes, großartiges Gebäude kennengelernt, aber keines, das mitten in der Häuserfront stand. Wie groß das Theater war, konnte er nicht ausmachen, aber er hatte von ihm schon einiges gehört. Es musste gute Kräfte haben. Für ihn als Theaterliebhaber und heimlichen Dichter war es außerordentlich wichtig, dass überhaupt eines da war. Ohne Theater würde er es in der Stadt nicht aushalten.

Lübeck war im Übrigen weit größer, als er erwartet hatte. Der Stadtstaat Lübeck hatte 130.000 Einwohner, und mehr als 100.000 wohnten in der Innenstadt und in den drei Vorstädten St. Lorenz, St. Jürgen und St. Gertrud. Jetzt ging es in sehr mäßigem Tempo weiter. Ecke Breitestraße, an der Sparkasse, musste wieder eine Weiche gestellt werden, und dann kam auf der rechten Seite eine riesige Kirche, die Jakobikirche, und auf der linken Seite die Haltestelle Geibelplatz mit dem Geibel-Denkmal, das auf einem Sockel von poliertem rotbraunem Marmor in einem kleinen Gehölz aus Koniferen stand. Der Dichter Geibel galt als der bedeutendste Sohn der Stadt, der Ruhm war aber nach seinem Tode schnell verblasst. Zwar gab es in allen Städten, die Leberecht kannte, irgendeine Geibelstraße, und zu jeder Klassikerausgabe gehörten auch die Werke von Geibel, aber außerhalb von Lübeck wusste eigentlich niemand mehr, wer Geibel war.

Wenn von einem Lübecker Dichter gesprochen wurde, war es Thomas Mann mit seinem Roman „Die Buddenbrooks", der in Lübeck spielte, die Lübecker mochten ihn deswegen als Nestbeschmutzer nicht. Leberecht hatte den Dichter persönlich in München bei seinem Freund Paul Fabricius kennengelernt. Er hatte ihm eigentlich nicht gefallen, er war ihm zu ichbezogen und zu eingebildet gewesen. Paul musste ihm Recht geben. Pauls Kinder, die mit den Mann-Kindern zusammen spielten, mochten diese auch nicht. Sie empfanden die ganze Atmosphäre in dem Haus verlogen.

Auch in der Burgstraße kamen sie nur langsam voran. Der Straßenbahnführer musste dauernd mit dem Fuß auf den Klingelknopf treten, um den Weg frei zu machen, denn die zahlreichen Geschäfte und Gaststätten in der Straße bekamen Ware angeliefert, und die Fahrzeuge standen zum Teil auf den Schienen. Die Fuhrleute hatten die Ruhe weg und ließen sich auch durch das aufgeregte Geklingel der Straßenbahn nicht stören.

Dann ging es weiter durch das Burgtor. Der Fahrer klingelte nervös, damit die Fahrradfahrer aus dem Tor verschwinden sollten. Von der Burgtorbrücke sah man tief unten die Lagerplätze mit Kohlen und auf dem Kanal Kähne mit Kohlen beladen, die darauf warteten, dass die linker Hand liegende Hubbrücke geöffnet wurde.

Als die Burgtorbrücke überquert war, konnte die Straßenbahn endlich ein schnelleres Tempo einlegen. Das ganze Burgfeld, vor dem Krieg Exerzierplatz, war voller Baracken, die während des Krieges mit Verwundeten belegt waren. Jetzt wohnten dort ärmere Familien. Vor den Baracken hing überall Wäsche auf der Leine, dazwischen spielten Kinder, ärmlich gekleidet, meist in braunen Kordhosen, vor den Eingängen standen Frauen, die viel Zeit zum Schwatzen zu haben schienen.

Dann kamen einige schöne Villen, an denen die Straßenbahn vorbeibrauste, denn sie fuhr jetzt auf einem eigenen Gleis und wurde nicht mehr vom übrigen Straßenverkehr aufgehalten. Linker Hand sah man den großen Burgtorfriedhof, dann, rechter Hand, eine Wiese, auf der ein Zirkus gastierte, und dann ging es durch Wald, unterbrochen von Feldern. Der Ansage des Straßenbahnfahrers „Zeppelinfeld“ entnahm Leberecht, dass dort früher der Zeppelinflugplatz gelegen hatte. Sie waren jetzt schon eine Dreiviertelstunde unterwegs, und auf einem Wegweiser konnte man lesen, dass es bis nach Schlutup noch drei Kilometer waren.

Die nächste Station war Israelsdorf, ohne dass Leberecht ein Dorf sah. Er wunderte sich über diesen Namen. Die Straße war jetzt auf beiden Seiten von Wald gesäumt, daneben gab es einen sandigen Sommerweg für Pferdefuhrwerke. Auf einem Nebengleis standen Güterwagen, die an die Straßenbahn angehängt werden konnten, was Leberecht noch nie gesehen hatte.

An der Station „Kreuzweg“ mussten die Weichen wieder gestellt werden. Rechts ging es nach Schlutup und geradeaus fuhr die Bahn zu den Industrievororten Siems, Herrenwyk und Kücknitz, und dann ging es wieder durch Wald. Links gab es einen Ausblick auf die Trave, die hier mehrere hundert Meter breit war. Man konnte am gegenüberliegenden Ufer die Kräne einer Werft und die Türme des Hochofenwerkes erkennen.

Dann folgte die Station „Gaswerk“, ein winziger Gasometer stand da, und sie mussten aussteigen, denn sie waren bei der Firma Weiler & Busch angelangt.

Als Leberecht ausgestiegen war, hätte er sich am liebsten die Nase zugehalten, denn es stank bestialisch. Schlutup war ein kleines Fischerdörfchen, in dem sich zahlreiche Fischkonserven- und Räuchereibetriebe angesiedelt hatten. Sie beherrschten jetzt das Bild des einstmals romantischen Fischerdorfes, mit Stroh gedeckte niedrige Bauern- und Fischerhäuser aus Backsteinen standen noch rund um die alte Dorfkirche. Zur Trave hin stand Fabrikchen neben Fabrikchen, und mitten drin auf einer riesigen Fläche das größte Industrieunternehmen des Ortes, die Firma Weiler & Busch.

Die beiden Brüder gingen zu Fuß einige hundert Meter auf ein Gebäude zu. Archibald informierte Leberecht, dass die Fischmehlfabrik des Dr. Stern so stinke, von der hatten sie das Büro gemietet. Sie kamen zu einem großen roten Backsteingebäude, vier Stockwerke hoch, in dessen kleinem Anbau die Büros von Dr. Stern und von Weiler & Busch lagen.

Die Türe öffnete sich, und heraus trat ein junger Mann mit schütterem Haar, der sicher zweieinhalb Zentner wog. Es war der Werkmeister Franz Feichtenbeiner, den Leberecht schon von der Schule in Gernsbach her kannte und dessen Vater, der alte Franz, Betriebsleiter des Werkes Weisenbach war. Der wurde wegen seiner Körperfülle allgemein nur „der Dicke“ genannt. Wenn er mit seiner ebenso rundlichen Frau zusammen in Gernsbach durch die Waldbachstraße ging, wo sein Schwiegervater eine Gaststätte besaß, sperrte er angeblich vollkommen die Straße, so dass niemand an dem Ehepaar vorbeigehen konnte.

Das Büro bestand aus zwei Räumen mit Stehpulten und Drehschemeln, an dem einen stand Franz, an dem anderen eine junge Dame, die als Frau Rühleke, Buchhalterin und Kassiererin, vorgestellt wurde, eine Schreibkraft, Frau Meyer, sowie eine zwergenhafte Gestalt, die Mühe hatte, vom Drehschemel herunterzukommen, denn die Beine baumelten in der Luft. Sie entpuppte sich als junger Mann mit einem riesigen Kopf, der, als er auf seinen Füßen stand, Leberecht bis zum Bauchnabel reichte und sich als Herr Dettmann vorstellte.

Das Werk mit zwei Gleisanschlüssen von der Lübeck-Büchener Eisenbahn reichte vom Gaswerk bis an das Wasser. Es war belegt mit unzähligen Stapeln von Masten. In der Mitte stand eine große Halle mit acht Kyan-Imprägniertrögen. Daneben wurde eine neue Kesseldruckanlage gebaut. Archibald begrüßte seinen Freund Wettengel, den einzigen Vertrauten, den er in der Firma besaß, auf den er sich verließ und der mit der Montage der neuen Anlage betraut war. Leberecht wunderte sich, dass am Hafen imprägnierte Masten verladen und nicht Rundholz aus Skandinavien entladen wurde. Aber es stellte sich bald heraus, dass sich bei der fortschreitenden Geldentwertung der Einkauf von Rundholz in Schweden und Finnland, so wie er vom Vater Archibald Otto geplant war, nicht rentierte. Es war viel lukrativer, zu exportieren und die Einnahmen in Schwedenkronen zu erhalten.

In einer Ecke des Platzes stand ein kleines Sägewerk, auf dem die Stämme, die für Masten nicht geeignet waren, zu Brettern aufgesägt wurden. Aber sonst drehte sich kaum ein Rad. Erst mit der neuen Imprägnieranlage sollte auch eine Dampfmaschine aufgestellt werden. Bis jetzt wurden die Masten noch von mehr als hundert Arbeitern von Hand geschält, und Leberecht überlegte sich spontan, wie er die Arbeit modernisieren wollte: Mit Kabelkränen und Hochbahnen und möglicherweise einer Maschine, die die Stämme schälte, so etwas müsse es doch geben, und wenn es sie noch nicht gebe, müsste sie erfunden werden.

Am Nachmittag wurden die Auftragsbestände besprochen. Ein großer Teil der Aufträge bestand aus Masten, die als Reparationslieferungen nach Frankreich und Belgien gingen. Die Preise dafür waren Anfang des Jahres ausgehandelt worden und aufgrund der fortschreitenden Geldentwertung alles andere als interessant, denn es waren Markpreise, und in der Zwischenzeit kamen wieder Aufträge aus dem Ausland herein, die in Dollar berechnet wurden. Georg hatte große Aufträge für Argentinien, Griechenland und Palästina an Land gezogen, mit denen sie kaum fertig wurden.

Um vier Uhr läutete die Glocke, und die Arbeiter machten sich auf den Heimweg, einige zu Fuß, die meisten per Fahrrad. Nur wenige kamen aus Lübeck, die Mehrzahl fuhr weiter nach Lauen oder Palingen, das bereits zu Mecklenburg gehörte.

Franz Feichtenbeiner meinte, ob er ein Taxi für die Herren bestellen solle, und Leberecht befürwortete das auch, weil die Fahrt nach Lübeck hinein doch gut eine Stunde dauerte. Aber Archibald meinte: „Jetzt versäumen wir sowieso nichts, wir können ruhig wieder mit der Straßenbahn fahren."

Am Abend gingen sie in die Schiffergesellschaft, ein Lokal, von dem Archibald gehört hatte, dass da das Essen billiger sei als im Ratskeller und die Küche sehr gut. In der dunklen Diele der Schiffergesellschaft saßen sie zwar auf harten Gartenbänken, aber die Atmosphäre gefiel beiden. Sie probierten Nordseekrabben mit Rührei und aßen einen Lübecker Topf, bestehend aus einigen Steaks mit Kartoffeln, und tranken dazu auf Empfehlung des Kellners Lübecker Rotspon – was immer das sein mochte. Sie saßen noch ziemlich lange zusammen und machten weitere Pläne für die Zukunft. Beide waren davon überzeugt, dass das Geschäft mit Masten noch jahrzehntelang weitergehen könne. Auch jetzt nach gut 30 Jahren, seit das elektrische Licht eingeführt worden war, hatten in Deutschland noch nicht alle Häuser Stromanschluss, und in Zukunft werde jedes Haus einen elektrischen Anschluss brauchen.

Auch das Telefon werde sich durchsetzen, jeder Arzt, jeder Anwalt und jedes Industrieunternehmen habe heute schon eines, jeder Handwerksbetrieb müsse sich eines anschaffen, und in wenigen Jahren hätten alle Haushalte eines. Das Geschäft werde sich weltweit noch ausbauen lassen, und auch das Geschäft mit Eisenbahnschwellen lasse sich noch steigern. Die Reichsbahn hatte in Lübeck allerdings keinen Standort, denn mit Ausnahme einer Strecke, die nach Bad Kleinen ging, gab es rund um Lübeck nur Privatbahnen, aber auch diese Bahnen mit den vielen neuen Anschlussgleisen brauchten Schwellen.

Am nächsten Morgen machten sie einen Besuch beim Anwalt der Firma, einem ehemaligen Senator Vermeeren. Die Kanzlei war mit antiken Möbeln eingerichtet und mit dicken Portieren vor den Fenstern verhängt, es war so dunkel, dass man kaum ein Schriftstück lesen konnte. Der Anwalt, der großen Wert darauf legte, mit „Herr Senator" angesprochen zu werden, begrüßte die beiden Besucher nur mit „Herr Weiler", obwohl Archibald Leberecht als „mein Bruder, Dr. Weiler" vorgestellt hatte. Der Senator war nicht richtig informiert und auf das Gespräch nicht vorbereitet, kam vom Hundertsten ins Tausendste, sprach vom Wetter und seinen Erlebnissen in Baden-Baden. Leberecht, der den Senator ein Breimaul nannte, beschloss, so bald wie möglich einen anderen Anwalt zu suchen, einen, der mehr im Leben stand, und sagte zu Archibald: „Das Beste ist, wir nehmen einen jüdischen Anwalt."

Dann gingen sie in das Büro von Adolf Niederwald, dem alten Bekannten ihres Vaters, der ihm bei der Gründung des Werkes in Lübeck-Schlutup behilflich gewesen war. In dem kleinen feudalen Büro an der Obertrave, in dem nur drei Angestellte, zwei Herren und eine Dame, saßen, wurden die beiden Brüder in das Comptoir des Chefs geführt. Sie sollten sich unbedingt um Finnland kümmern, erklärte Niederwald, dort seien jetzt sehr billig ganze Wälder zu kaufen, die sie ausbeuten könnten, möglicherweise könnten sie einen Teil des Holzes gegen englische Pfund nach Großbritannien oder in die Niederlande verkaufen. Archibald meinte, dass sie dafür nicht das notwendige Kapital hätten, aber Niederwald antwortete, dass sie das in Finnland besorgen könnten.

Leberecht war für diese Idee Feuer und Flamme, er wollte möglichst bald hinfahren und sich die Wälder anschauen. Archibald erwiderte, wenn er kein Geld dafür brauche, könnte er ja einen Versuch starten. Zum Abschluss des Gesprächs stellte Adolf Niederwald seine beiden Mitarbeiter vor. Der eine war sein Stiefbruder Georg, der nur „Kaleu" genannt wurde, er war im Krieg Kapitänleutnant und ein berühmter U-Boot-Kommandant gewesen und mit dem Pour-le-Merite ausgezeichnet worden. Der andere war ein junger Mann namens Dembowski aus Oberschlesien, etwas jünger als Leberecht, der sich gegenüber Adolf Niederwald und Kaleu sehr dienstbeflissen zeigte. Im Krieg war er Maschinist auf dem U-Boot von Kaleu gewesen. Als er von seinem Stuhl aufstand, merkte man, dass er recht klein war – als er saß, war das nicht aufgefallen.

Dann lud Niederwald die beiden Brüder zum – wie er sagte – Frühstück in den Ratskeller ein, wo es zunächst Austern mit Chablis und dann Seezunge Müllerin gab, und dieses Essen schmeckte Leberecht nun wirklich ausgezeichnet, und er dachte, er müsse doch mehr Verbindung zu den Einheimischen, die sich auskennen, pflegen, um die Vorzüge der Stadt kennenzulernen. Auch Archibald schmeckte das Essen sehr gut, ihm schmeckte es fast immer, wenn er eingeladen war.

Niederwald schlug vor, dass Leberecht in den nächsten Tagen unbedingt Besuch bei den wichtigen Familien der Stadt machen sollte. Am nächsten Sonntag solle Leberecht eine Droschke mit einem Lohndiener mieten und bei den führenden Familien der Stadt vorfahren.

Am nächsten Morgen begleitete Leberecht seinen Bruder, der ihm noch zahlreiche Verhaltensmaßregeln gab, auf den Bahnsteig, ging dann schnurstracks zum „International" und kündigte sein Zimmer. Mit einem Taxi fuhr er zum Hotel Stadt Hamburg, das mitten in der Stadt an einem kleinen Hügel lag und dessen Portal zwei Bronzelöwen in Lebensgröße bewachten, der eine schlafend, der andere fauchend.

Nach dem Mittagessen fuhr er mit einem Taxi, das nur eine Viertelstunde brauchte, nach Schlutup und dachte: „Das Erste, was ich mir anschaffe, ist ein Automobil, und ich werde so bald wie möglich nach Helsingfors fahren."

Am Abend ging er ins Stadttheater, es wurde die „Zauberflöte" gegeben. Das Theater war nur halb voll, und Leberecht bekam in der ersten Reihe einen Platz. Die Aufführung war gar nicht so schlecht, wie er gedacht hatte. Nach der Pause sah er, dass in der rechten Proszeniumsloge, der Intendantenloge, ein Mann saß, von dem er das Gefühl hatte: Den kenne ich – wo habe ich den schon gesehen? Plötzlich kam er darauf: Das musste Georg Hartenstein sein, ein netter, lustiger Kommilitone aus der Zeit, als er bei Professor Kutscher in München Theaterwissenschaft studiert hatte.

Sofort nach der Vorstellung rannte er zur Tür, die zur Intendantenloge führte, sie war zugeschlossen. Er klopfte heftig, die Garderobenfrau sagte, das sei kein Ausgang, er sollte zur anderen Türe gehen, holte dann aber doch den Schlüssel, und Leberecht stand vor Georg Hartenstein. Der stutzte einen Augenblick und rief dann: „Ja Leberecht, wo kommst du denn her?" Leberecht erzählte, dass er jetzt nach Lübeck ziehe. Georg meinte, sie müssten sich unbedingt sehen: „Ich hab zwar keine Zeit, aber kann ich dich zu Fuß nach Hause begleiten? Ich wohne in der Curtiusstraße."

Die Curtiusstraße lag vor dem Burgtor in der Vorstadt St. Gertrud, der Weg dorthin dauerte mehr als eine halbe Stunde. Sie waren gleich in ein Gespräch über das Theater vertieft. Georg sprach über seine Pläne, wen er alles engagieren und wie er den Spielplan gestalten wolle, Raum sei vorhanden, nur fehle es an Geld. Ehe sie es sich versahen, waren sie in der Curtiusstraße.

Georg hatte jetzt anscheinend doch etwas mehr Zeit und erbot sich, Leberecht den Weg ein Stück zurückzubegleiten und ging bis zum Eingang des Hotels Stadt Hamburg mit. Vor der Türe unterhielten sie sich nochmals zehn Minuten, und dann gingen sie beide wieder in Richtung Curtiusstraße zurück. Dort kehrten sie wieder um, und Georg begleitete Leberecht zum zweiten Mal durch die nächtlichen Straßen bis zum Hotel, und von dort gingen sie wieder zurück zur Wohnung von Georg. Als sie sich schließlich trennten, hatten sie beschlossen, die Kammerspiele zu bauen.

Leberecht wollte für das Geld sorgen, und sie wollten das Haus mit „Figaros Hochzeit" mit der gesamten Besetzung der Bayerischen Staatsoper eröffnen. In der Zwischenzeit war es drei Uhr morgens geworden, und Leberecht schlief erschöpft, aber voller neuer Pläne ein. Lübeck und seine neuen Aufgaben schienen ihm zu gefallen.

Dr. Georg Hartenstein hatte noch vor dem Krieg promoviert und war erst Regisseur und dann nach dem Krieg Theaterintendant in einer kleinen bayerischen Residenzstadt gewesen, wo er seine Frau Lotte, eine junge Sängerin, kennenlernte. Er beschaffte Leberecht gleich eine Wohnung, nur 50 Meter vom Theater entfernt, bei einer Familie von Normann, die Zimmer vorwiegend an Kräfte des Lübecker Stadttheaters vermietete.

Am nächsten Sonntag machte Leberecht Besuche. Auf Anraten von Frau von Normann zog er sich einen Cut und weiße Handschuhe an, setzte seinen Zylinder auf, stieg in die gemietete Droschke mit Lohndiener und machte sich auf in die Vorstädte St. Gertrud und St. Jürgen, wo die vornehmen Lübecker wohnten. Die vornehmen Lübecker, das waren die Chefs von Handelshäusern, die ihre Bedeutung weitgehend verloren hatten. Wer in Lübeck etwas galt, hatte früher dem Senat angehört und trug den Titel Senator oder Konsul. In Lübeck gab es zu dieser Zeit etwa 40 verschiedene Konsuln, die wichtigsten von ihnen waren die der nordischen Länder Schweden, Finnland, Norwegen und Dänemark. Es waren zwar alles Honorarkonsuln, aber es gab auch Konsulate, die oft mit Schifffahrt und Seeleuten zu tun hatten, zumindest dann, wenn betrunkene Matrosen aus diesen Ländern im Hafen randalierten und von der Polizei aufgegriffen wurden.

Adolf Niederwald hatte Leberecht aufgeschrieben, wen er alles zu besuchen hatte, nicht nur Konsuln und Senatoren, sondern auch einige große Holzimporteure, von denen die meisten allerdings auch den Konsul-Titel hatten oder Söhne von ehemaligen regierenden Bürgermeistern waren. Man hatte vorzufahren, der Lohndiener gab die Visitenkarte ab, das Dienstmädchen gab Bescheid, ob die Herrschaften empfingen oder nicht. Normalerweise wurden die Besuche nicht angenommen, der Besuchte hatte jetzt aber die Pflicht, bei der nächsten Gelegenheit den Besucher einzuladen.

Der Besuch von Leberecht wurde aber wider Erwarten von vielen Familien angenommen, denn es hatte sich herumgesprochen, dass er ein attraktiver junger Mann war, ein Doktor, was in Lübeck sehr selten war, der Sohn eines Fabrikanten, eines Kommerzienrates, dessen Bruder auch Konsul war. Das alles hatte man schon von Adolf Niederwald gehört. Dazu war er noch evangelisch und nicht wie viele Süddeutsche katholisch. Also, das war doch ein passender Ehekandidat für Lübecker Senatorentöchter!

Bei Konsul Castorf, der Konsul von Preußen war und den seine Freunde nur „Preußen" nannten, wurde Leberecht zwar empfangen, den Besuch nahmen aber nicht der Konsul und seine Frau entgegen, sondern eine junge charmante Dame im Alter von etwa 20 Jahren, stark geschminkt, die Zigarette aus einer Bernsteinspitze rauchend. Eva war dunkelhaarig, groß, hatte eine gute Figur und lachende Augen, und Leberecht kam mit ihr schnell ins Gespräch. Das drehte sich kaum um Familie oder Geschäfte, wie es in Lübeck üblich war, sondern sie unterhielten sich über Theater und Musik, und Leberecht, der sich auf den ersten Blick in die junge Dame verliebt hatte, plauderte mit ihr beinahe eine Stunde, weit mehr als schicklich, denn ein Besuch dauerte üblicherweise nur zehn Minuten. Zum Schluss ließ sie Leberecht von ihren Eltern ausrichten, sie würden sich freuen, ihn am nächsten Samstag zum Butterbrot bei sich zu sehen.

Als Leberecht am bewussten Samstag beiläufig seiner Zimmerwirtin mitteilte, dass er am Abend noch ausgehen werde, weil er bei Konsul Castorf zum Butterbrot eingeladen war, fragte ihn Frau von Normann, ob sie ihm nicht vorher noch seinen Frack ausbürsten solle. Leberecht lachte: „Einen Frack? Ich bin doch nur zum Butterbrot eingeladen!" Aber Frau von Normann belehrte ihn, dass man zu Konsul Castorf nicht ohne Frack kommen könne, denn das „Butterbrot" sei ein großes Abendessen.

Zum „Butterbrot" kamen nur wenige Gäste, und alle waren im Frack. Leberecht erhielt nicht Eva als Tischdame, sondern als zum ersten Mal im Haus eingeladener Gast durfte er die Hausherrin zu Tisch führen. Gesprochen wurde fast ausschließlich über die Weine des Hausherrn, der die besten Flaschen aus dem Keller holen ließ und hoffte, dass die Gäste diese Weine zu würdigen wussten und sie dann auch bei ihm kaufen würden, denn er war Inhaber der seit 400 Jahren bestehenden Weinhandlung und Spezialist für französischen Rotwein.

Leberecht gelang es, sich mit Eva schon für den übernächsten Tag zu verabreden. Er lud sie ins Theater ein, machte mit ihr große Spaziergänge am Ufer der Wakenitz, fuhr mit ihr nach Travemünde, und schon nach einer Woche machte er ihr einen Heiratsantrag.

Es war bereits der vierte oder fünfte, den er einer Frau gemacht hatte, und es sollten in den nächsten fünf Jahren noch ein gutes Dutzend folgen, denn auch Eva gab ihm einen Korb. Es ging ihm wie seinem Bruder Archibald, der jetzt schon über 40 Jahre alt war und immer noch keine Frau gefunden hatte. Beide Brüder waren schnell entflammt und verliebten sich unsterblich. Jedes Mal, wenn sie eine neue Flamme kennengelernt hatten, waren sie davon überzeugt, dass dies die Frau fürs Leben war. Eine Verbindung außerhalb der Ehe konnten sie sich nicht vorstellen, und außerdem fand dies nicht nur die Familie, sondern sie selber glaubten auch, dass es Zeit war, sich dauerhaft zu binden.

Wenn er einen Korb bekommen hatte, war er tief getroffen und deprimiert, aber keine der verehrten Frauen brach die Beziehungen zu ihm ab. Sie blieben – so unwahrscheinlich das war – gute Freunde fürs ganze Leben, und wenn sie Ehekrach hatten oder ein Engagement nicht klappte, fanden sie bei Leberecht immer wieder Rat und Hilfe.

Noch im Herbst 1920 fuhr Leberecht nach Finnland. Adolf Niederwald, dessen Geschäft in Lübeck so gut wie tot war, begleitete ihn. Die finnische Reederei FAO fuhr mehrfach in der Woche von Lübeck nach Helsinki und legte auch in Rostock und Stettin an. Sie fuhren mit der Eisenbahn zuerst nach Stettin, wo neben ihnen auch zahlreiche Geschäftsreisende aus Berlin zustiegen. Das Schiff war ein Dampfer mit nicht einmal 2.000 Tonnen, der nach einer finnischen Nixe auf den schönen Namen „Welamo" benannt war. Außer Stückgut beförderte er 80 Passagiere, davon etwa 20 in der ersten Klasse, in der es Ein- und Zweibettkabinen gab.

Die Reise dauerte zwei Tage und zwei Nächte. Dem Abendessen, dem berühmten nordischen Buffet, bei dem es Lachs, Stör, Krabben und vor allem Heringe in verschiedenster Weise zubereitet gab, sprachen die Gäste kräftig zu. Leberecht schmeckte es auch ausgezeichnet. Er saß am Kapitänstisch, was er wohl vor allem Adolf Niederwald zu verdanken hatte, denn der Kapitän fühlte sich geschmeichelt, einen so berühmten Schiffsbauer an seine Tafel bitten zu können.

Für Leberecht war es die erste Auslandsreise nach dem Krieg. Von den wenigen Freunden und Familienmitgliedern, die ins Ausland gereist waren, hatte er gehört, dass die Deutschen überall mit großer Zurückhaltung behandelt wurden. Wer wegen Reparationslieferungen nach Frankreich fuhr, konnte dort erleben, dass ihm das Schimpfwort „Boche" nachgerufen wurde, und selbst in der Schweiz taten viele so, als ob jeder Deutsche persönlich für den Weltkrieg verantwortlich sei, und zeigten eine gewisse Herablassung, selbst unter Freunden. Hier mit den Finnen auf dem Schiff war es ganz anders. Nach dem Krieg waren die Finnen wohl die einzigen, die die Deutschen wirklich mochten und dies lautstark und – als der Alkoholpegel weiter anstieg – auch in zahlreichen Trinksprüchen bekräftigten.

Finnland war erst vor drei Jahren selbständig geworden. Das erste Mal in seiner Geschichte war es ein unabhängiger Staat, und seine Unabhängigkeit von Russland hatte es mit Hilfe der in Deutschland ausgebildeten finnischen Jägerbataillone errungen, die in der preußischen Armee gedient und freiwillig am Weltkrieg teilgenommen hatten. Reguläre deutsche Truppen, die unter

General von der Goltz 1918 in Finnland gelandet waren, hatten entscheidend dazu beigetragen, die Unabhängigkeit im Bürgerkrieg gegen die Roten zu verteidigen.

Die Finnen hassten die Russen, obgleich die russische Herrschaft eigentlich recht milde gewesen war, nur in den Jahren unmittelbar vor dem Krieg hatte die panslawistische Bewegung die Finnen russifizieren wollen. Auch gegen die Schweden, die Finnland jahrhundertelang beherrscht hatten, waren die Finnen argwöhnisch. Aber zu den Deutschen hatten sie Vertrauen. Viele Finnen der Oberschicht hatten in Deutschland studiert, Deutsch war die erste Fremdsprache gewesen, die sie in der Schule lernten und die sie ziemlich gut sprachen, und sie kannten sich in Deutschland aus. Leberecht seinerseits musste sich eingestehen, dass er von Finnland – wie die meisten Süddeutschen – überhaupt nichts wusste. Im Atlas waren die Finnen als finnisch-ugrischer Stamm in gelber Farbe eingezeichnet, genau wie die Chinesen, die Mongolen und die Türken. Dabei stand die Bemerkung, dass es ein mongolischer Volksstamm sei. Leberecht hatte sie sich als kleine, schwarzhaarige Männer mit mongolisch-breiten Gesichtern und Schlitzaugen vorgestellt, aber nun waren die meisten Männer über 1,80 Meter groß und sahen nicht viel anders aus als die Schweden. Sie waren gleich bereit, Leberecht über die Geschichte ihres Volkes, über ihre Kultur und ihre berühmten Musiker und Architekten aufzuklären. Sie lobten immer wieder die Leistung der Deutschen über den grünen Klee, so dass es Leberecht schon richtig peinlich war, zumal er nicht mit Gegenkomplimenten aufwarten konnte, weil er nichts über das Land wusste, außer dass es dort viel Holz und Tausende von Seen gab, auf denen das Holz geflößt wurde.

Am Morgen des zweiten Tages, früh gegen 7 Uhr, näherte sich das Schiff dem Hafen von Helsingfors. Leberecht war früh aufgestanden, um die Ankunft des Schiffes zu erleben, und er sollte nicht enttäuscht werden. Als die Mauern der Festung Sveaborg, auf finnisch Savonlinna, die Finnenburg, in der Morgensonne leuchteten, blickte er auf das Panorama der ganzen Stadt, die von der weißen Kuppel des Domes, der lutherischen Kathedrale, überragt wurde, ein Anblick, der ihm unvergesslich blieb.

Helsingfors oder, wie es bald allgemein hieß, Helsinki war die größte Stadt des Landes, aber nicht das Zentrum der Industrie, das in Tammerfors oder Tampere lag. Es war auch nicht die alte Hauptstadt, sondern der letzte Sitz des russischen Generalgouverneurs, in dessen Residenz, einem relativ kleinen klassizistischen Gebäude unmittelbar am Hafen, jetzt der finnische Staatspräsident residierte.

Leberecht und Niederwald nahmen sich eine Pferdedroschke und fuhren zum Bahnhofsplatz, wo das Hotel Societetshuset lag, ein Jugendstilbau aus Granitquadern, innen mit viel rotem Plüsch, ein Hotel, in dem die finnische Gesellschaft im Winter ihre Bälle abhielt und in dem jetzt lebhafter Betrieb herrschte. Gegenüber dem Hotel lag der riesige neue Bahnhof, umgeben von kilometerlang sich hinziehenden Lagerplätzen mit Birkenbrennholz, mit dem die Lokomotiven geheizt wurden.

Im Hotel wurde Leberecht von einem Vertreter der Nordischen Vereinsbank, Direktor Edelstam, empfangen, den Niederwald schon von früheren Geschäften her kannte und der außerordentlich beflissen war, Leberecht als neuen Kunden zu gewinnen. Er lud die beiden Deutschen zum Abendessen im Hotel ein. Leberecht und Niederwald trafen Direktor Edelstam an der Bar, wo sie zunächst Platz nahmen. Hinter der Theke standen nur wenige Flaschen Obstsaft und Mineralwasser. Edelstam fragte, was die Herren für einen Aperitif nehmen wollten, ob Dry Martini oder Gin Fizz oder einen Gin Tonic. Leberecht machte ein außerordentlich erstauntes Gesicht, er hatte auf der Schiffspassage erfahren, dass in Finnland Alkoholverbot herrsche, aber Edelstam meinte nur: „Na und?" Jeder der Gäste bekam eine Teetasse, und zu Leberechts Erstaunen war das Getränk, das aus einer Teekanne eingeschenkt wurde, bester Dry Martini. Da der Geräuschpegel in der Bar sehr schnell anstieg, schienen auch die anderen Gäste ähnliche Getränke aus ihren Teetassen zu schlürfen.

Am nächsten Morgen trafen sich die Herren in den Räumen der Bank. Sie hatten schon vorgesorgt und für den Nachmittag einen Termin bei einem Notar vorgesehen, um eine Aktiengesellschaft zu gründen, für die die Bank schon einen Mantel hatte und die den Namen Suomen Puutavara Oy oder in schwedischer Übersetzung Finska Trähandel AB tragen sollte. Auch ein Büro hatte Edelstam schon besorgt, zwei Zimmer in einer Villa in der Villenvorstadt Brunsparken, wo früher Offiziere der russischen Garnison gewohnt hatten. Eine Sekretärin war ebenfalls ausgesucht, ein junges Mädchen, dessen Familie aus Petersburg geflohen war, dort die deutsche Schule besucht hatte und neben Englisch und Französisch auch fließend Deutsch sprach und die zur Zeit noch einen Kurs auf der Handelsschule absolvierte.

Auch die Finanzierung schien problemlos zu sein. Die Bank würde auf Auslandskontrakte eine Anzahlung von 80 Prozent bis zu neun Monaten gewähren, 20 Prozent müssten selber angezahlt werden, aber das war für Leberecht der wunde Punkt, denn diese 20 Prozent hatte er nicht. Seine Brüder hatten ihm zwar erlaubt, mit Finnland Geschäfte zu machen, aber Bargeld könnten sie ihm auf keinen Fall zur Verfügung stellen.

Edelstam meinte daraufhin, die Firma habe einen guten Ruf und Leberecht sei doch sicher Teilhaber, er könne ja eine Wechselbürgschaft über diese 20 Prozent hinterlegen, dann sei die Bank auch zufrieden. Allerdings könnten sie keine Wechsel in Mark annehmen, sie müssten schon auf englische Pfund oder auch auf US-Dollar lauten. Mit dem Geld könne Leberecht gleich Wald in Mittelfinnland kaufen, dort gebe es mehrere Güter, die den Russen gehört hatten, oder auch Waldbesitz von kleineren Parzellen, die Bauern verkaufen würden. Er brauche nur einen Kahlschlag zu machen und Grund und Boden dann an Neusiedler zu verkaufen, die gebe es genug, darunter seien auch ehemalige deutsche Soldaten, die finnische Frauen geheiratet hätten und in Finnland bleiben wollten.

Leberecht schien dies eine windige Sache zu sein. Aber dann kam ihm die Idee, bei Kahlschlägen in den finnischen Wäldern einen Teil des Holzes gleich an umliegende Sägewerke zu verkaufen und Grubenholz nach England oder Frankreich zu exportieren, ein Geschäft, das mit Deutschland noch nicht richtig in Gang gekommen war, wenn man von Reparationslieferungen absah. Sein Bruder Georg hatte hier Beziehungen und vor allem konnte das beste Holz für Masten aussortiert und nach Lübeck verschifft werden. Allerdings hatte er bisher außer der Sekretärin ja noch gar kein Personal, und das Holz war auch noch nicht verkauft. Aber Georg war ja geschickt. Vielleicht ließen sich auch große Geschäfte mit Südamerika machen. Edelstam und auch Niederwald pflichteten ihm bei, dass es wesentlich leichter sei, jetzt als finnische Firma aufzutreten denn als deutsche, er müsse nur noch finnische Direktoren einstellen, und auch dafür hatte Edelstam schon eine Vorstellung. Leberecht, der so begeisterungsfähig war, baute im Geiste schon ein neues großes nordisches Holzexportimperium auf.

Leberecht wusste, dass er eigentlich seine Kompetenzen überschritt. Aber die Abenteuerlust hatte ihn gepackt. Am Nachmittag wurde die Gesellschaft beim Notar auf die Firma Weiler & Busch übertragen. Die Vorlage seines Reisepasses genügte, der Handelsregisterauszug der Firma Weiler & Busch sollte später nachgereicht werden, und schon am nächsten Morgen ging es mit der Eisenbahn nach Mikkeli in Savolax.

Die Spitze des Zuges bildete eine Lokomotive mit einem riesigen bauchigen Schornstein, wie sie Leberecht noch nie gesehen hatte, er konnte sich vorstellen, dass die Züge vor 70 oder 80 Jahren so ausgesehen haben mussten. Edelstam erklärte ihm, dass der Kessel der Lokomotive mit Birkenholz beheizt werde, und diese breiten Schornsteine seien wegen des Funkenflugs notwendig. Hinter der Lokomotive war ein riesiger Tender voller Birkenholzscheite angekoppelt, von denen der Heizer ein Scheit nach dem andern in die Feuerung schob.

Mit etwa fünf Minuten Verspätung setzte sich der Zug in Bewegung. Sie fuhren auf der alten Strecke Richtung St. Petersburg. Die Vororte von Helsinki ließen sie bald hinter sich. Granitfelsen wechselten sich mit Kiefern- und Birkenwäldern ab, dann kamen Seen mit Sümpfen und mit Fichtenbeständen, dazwischen lagen wieder Felder, auf denen jetzt im Oktober das Getreide noch stand. Der Zug zottelte gemütlich dahin, er durfte nicht viel schneller als 30 Kilometer in der Stunde fahren. Etwa nach 30 Kilometern hielt der Zug an, nach 70 Kilometern oder über zwei Stunden Fahrzeit musste die Lokomotive gewechselt werden, weil die Feuerung voller Ruß und Schlacke war.

Im Speisewagen bedienten weiß befrackte Kellner ausgesprochen höflich ihre Gäste. Es gab ein reichhaltiges Menü von vier Gängen, zu trinken gab es allerdings nur Mineralwasser und Milch. Hier auf der Bahn gab es keinen Wein in Kaffeetassen. Edelstam mokierte sich etwas darüber, aber vor dem Alkoholverbot hätten sich die Bauern in den kalten Winternächten dem Suff ergeben, und zwar nicht, um die langen dunklen Nächte zu überstehen, sondern weil sie nicht genug zum Essen hatten.

Die Fahrt nahm kein Ende. Ab Koppola, wo der Zug einen längeren Aufenthalt hatte, ging es in Richtung Norden. Es wurde jetzt schon früh dunkel, die Petroleumlampen im Zug wurden angezündet und der Aufenthalt auf den Bahnsteigen war ungemütlich geworden. In Mikkeli übernachteten sie im Bahnhofshotel, einem kleinen Holzbau, in dem nur wenige Gäste abgestiegen waren, und Leberecht musste zu seinem Entsetzen feststellen, dass es in seinem Zimmer von Wanzen wimmelte. Edelstam beruhigte ihn und meinte, er brauche nur das Licht anzumachen, dann würden die Wanzen sich verziehen. Leberecht folgte seinem Rat, aber als er die Bettdecke zurückschlug, sah er, dass sich die Wanzen alle in sein Bett verkrochen hatten.

Am nächsten Morgen ging es weiter nach Pieksämäki. Vor dem Bahnhof standen eine Menge Leute, die alle finnisch sprachen. Als Edelstam sie auf Schwedisch ansprach, um zu erfahren, wo sie eine Droschke finden könnten, bekam er keine Antwort, die Leute zuckten nur die Achseln. Als Leberecht es aber auf Deutsch versuchte, redeten sie eifrig los und zeigten ihm den Weg – in fließendem Schwedisch. Sie brauchten aber gar nicht weiter suchen, denn der Gutsbesitzer, der seinen Wald verkaufen wollte, war schon zum Bahnhof gekommen und begrüßte Edelstam und Leberecht aufs Herzlichste. Sie fuhren mit seiner Kutsche noch etwa zwölf Kilometer bis zum Gutshof, eigentlich einem bescheidenen Bauernhof. Vor dem Haus standen die Frau und die fünf Kinder des Gutsherren, um die Gäste zu begrüßen. Das Haus war sauber und ohne Wanzen. Der Gutsherr hatte Leberecht das Elternschlafzimmer überlassen, Edelstam schlief im Zimmer des ältesten Sohnes.

Vor dem Abendessen wurde er aufgefordert, mit dem Gastgeber in die Sauna zu kommen. Leberecht war alles andere als begeistert von diesem Vorschlag. Er hatte von der Sauna schon viele Schauergeschichten gehört, und sich mit anderen Leuten nackt auf eine Holzbank zu setzen, war nicht das, was er sich erträumt hatte, aber auch diese Prozedur musste er über sich ergehen lassen. Die Hitze in dem kleinen Raum war kaum zu ertragen, immer wieder wurde Wasser auf die heißen Steine gegossen, dass es dampfte, und der Hausherr klopfte ihn mit Birkenreisern ab und übergoss ihn hinterher mit kaltem Wasser. Leberecht sah ein, dass es wohl das Beste sei, zu erklären, dass er noch nie etwas Schöneres als eine Sauna erlebt habe. Danach legte man sich eine halbe Stunde lang auf eine Holzpritsche und ruhte sich aus, wobei die Töchter des Hauses frische Milch zum Trinken anboten. Hinterher hatten alle einen riesigen Hunger.

Das Abendessen begann mit Sauermilch und Zucker, für Leberecht auch etwas Ungewohntes, das ihm aber nach den ganzen Strapazen recht gut schmeckte.

Am nächsten Morgen musste Leberecht dringend auf den Lokus. Man zeigte ihm das kleine Häuschen, das neben der Sauna stand. Es war ein Plumpsklo, und zwar mit fünf Öffnungen nebeneinander. Leberecht ließ sich auf der ersten nieder, aber kaum saß er, als die Tochter des Hauses, ein 14-jähriges Mädchen, hereinkam und sich neben Leberecht auf eine der anderen Öffnungen setzte. Leberecht war entsetzt, er ergriff eine am Boden liegende Zeitung und vergrub sein Gesicht dahinter, während das junge Mädchen fröhlich furzte und sein Geschäft verrichtete. Endlich verschwand seine Nachbarin von ihrem Thron, und Leberecht konnte recht verlegen das Häuschen verlassen.

Beim Frühstück meinte die Hausherrin nur: „Ach, Sie können finnisch lesen?" Leberecht wurde puterrot und brachte kein Wort heraus, aber Gott sei Dank kam der Hausherr auf den Wald zu sprechen, den sie jetzt gleich besichtigen wollten.

Der Hausherr behauptete, dass mehr als 230 Festmeter Holz auf dem Hektar stünden. Edelstam meinte, das sei etwas hoch gegriffen, er schätze, dass es höchstens 190 Festmeter seien. Aber so wichtig sei das nicht, es ginge zunächst nur um eine vorläufige Schätzung für die Anzahlung, die beim Kauf fällig werde. Leberecht hatte im Gegensatz zu seinem Bruder Archibald keinen Begriff davon, was im Wald an Holz stand. Archibald war von seinem Vater immer wieder in den Wald mitgenommen worden, aber Leberecht, der ja Brauer werden sollte, war nie dabei gewesen. Er wusste nur, dass in der Murgschifferschaft etwa 700 bis 800 Festmeter je Hektar standen. Nun gut, so starke Bäume wie im Schwarzwald standen hier ja nicht, aber die Hälfte sei es doch sicher auch, und so stimmte er einer Anzahlung zu auf Basis von 200 Festmetern je Hektar.

In den nächsten Tagen kamen noch Dutzende von Bauern und Gutsbesitzer, die gehört hatten, dass ein reicher deutscher Holzhändler, ja der reichste Holzhändler Europas, nach Pieksämäki gekommen war, um alle Wälder in der Umgebung zu kaufen. Sie alle brauchten Geld und machten – wie es schien – die vorteilhaftesten Angebote. Leberecht war recht mulmig zumute. Auf der einen Seite schmeichelte es ihm, als großer und wichtiger Mann angesehen zu werden, aber auf der anderen Seite war ihm bewusst, dass er nur für das Werk Lübeck der Firma Weiler & Busch Vollmachten besaß, er war lediglich Prokurist und sollte erst in vier Jahren Gesellschafter werden. Den Partnern reinen Wein einzuschenken und zu sagen, dass er gar keine Vollmachten für einen Abschluss hatte, mochte er auch nicht. Er wollte nicht nur immer der jüngere Bruder sein.

Was ihm jetzt zum Kauf angeboten wurde, waren mehr als 12.000 Hektar Wald und aus weiteren 50.000 Hektar das Holz auf dem Stamm, eine riesige, in die Millionen gehende Summe, über die er nicht verfügen konnte. Aber er sah schon die riesigen Gewinne, die er hier machen konnte, und Edelstam bestärkte ihn darin. Nur fühlte er sich bei der Beurteilung der Wälder unsicher. So viel wusste er aber, dass zu der Aufarbeitung mehrere hundert, wenn nicht gar über tausend Waldarbeiter benötigt wurden, dass er Holzfäller und Flößer anheuern musste, die alle ihren Lohn haben wollten, und dass er aufpassen musste, dass er nicht übers Ohr gehauen würde. Wenn er mit seinen Plänen nach Gernsbach käme, würde Archibald die Hände über dem Kopf zusammenschlagen und das Geschäft sofort abwürgen. Bei Georg konnte er zwar damit rechnen, dass er bei einem guten Geschäft nicht Nein sagen würde, aber er musste sich Verbündete besorgen, und die einzige, auf die er sich verlassen konnte, war seine Mutter Johanna. Sie war zwar vom Vater in den letzten Jahren kaum noch gefragt worden, hatte aber immer einen Ratschlag parat, wie man auch aus verfahrenen Situationen noch zum Ziel kommen konnte. Er musste schleunigst zurück nach Lübeck und dann nach Gernsbach, um die Finanzierung zu klären.

Edelstam – Leberecht vermutete, dass er von irgendjemand Provision bekam – drängte auf einen Abschluss. So günstig wie jetzt könne er kein Holz mehr kaufen, er sehe ja, wie die Engländer und Franzosen, Belgier und Niederländer in Helsinki schon in den Hotels säßen, um noch möglichst schnell einen Kauf abzuschließen. Die Finanzierung sei kein Problem, er werde schon dafür geradestehen. Allerdings werde er nicht für das Geschäft bürgen.

Eines Morgens kam der Gutsbesitzer mit einem Herrn Oskar Schulz, einem Unteroffizier aus der Armee von der Goltz, der in Finnland hängen geblieben war, eine Finnin geheiratet hatte und sich in der Nähe als Bauer versuchte. Irgendwie gefiel Oskar Schulz Leberecht nicht, aber er konnte ihm ja mal einen Auftrag als Einschlagsunternehmer geben, und Edelstam war auch bereit, den Vertrag aufzusetzen.

Zwei Tage später kam ein weiterer Deutscher, der eine Finnin geheiratet hatte, zu Leberecht. Otto Rischer war ein wortkarger Hüne, war Berufsunteroffizier in der preußischen Armee gewesen und hatte es dort bis zum Rang eines Feldwebelleutnants oder Offizierstellvertreters gebracht. Der Gutsbesitzer riet ab, mit ihm Geschäfte zu machen, denn er sei ein ausgesprochen harter Mann und habe mit der ganzen Umgebung Krach, allerdings sei er wohl in Gelddingen sehr zuverlässig. Leberecht gefiel Rischer, der ihn nicht nur vor Schulz, sondern auch vor einer Reihe von finnischen Bauern warnte. Die Bauern hätten jedes Maß verloren, sie wollten nach der Unabhängigkeit schnell reich werden, es seien alles Phantasten, zum Teil auch Betrüger, auch der Gutsherr würde es nicht gut meinen. Wenn der sagte, dass 220 Festmeter auf dem Hektar stehen würden, so wären es höchstens 130 bis 140 Festmeter, und er müsse auch mit Anzahlungen vorsichtig sein. Die Bauern würden die Anzahlung in die Tasche stecken und dann versaufen, und wenn das Holz geschlagen werden solle, müsse man, um nicht alles zu verlieren, nachschießen.

Leberecht hatte Zutrauen zu ihm, und so wurde mit den Bauern und dem Gutsherrn zunächst ein Vorvertrag über den Kauf von 20.000 Festmeter Kiefern- und Fichtenholz auf dem Stamm und mit Otto Rischer ein Vertrag über den Einschlag von 10.000 Festmeter abgeschlossen. Der Gutsbesitzer und die Bauern waren enttäuscht, sie hatten mit Abschlüssen von 100.000 Festmeter gerechnet, aber Leberecht tröstete sie, er werde in zwei Monaten zurückkommen. Zum Schluss kaufte er zwar einiges mehr, als er geplant hatte, aber 10.000 Festmeter konnte er auch noch in Schlutup verarbeiten.

Mit seinem Bruder Georg hatte er ein paar Mal telegraphiert und eine Vorablieferung von 2.000 Festmeter Masten für die belgische Sofina verabredet, so dass die Finanzierung des ersten Auftrags gesichert war. Über die Exporthäfen Hammina, wo sich Leberecht die Holzverladung anschaute, und Viborg ging es zurück nach Helsinki und von dort mit der „Welamo“ zurück nach Lübeck.

***

Johanna konnte mit ihrem eigenen Schicksal und dem ihrer Familie eigentlich recht zufrieden sein. Keiner ihrer Söhne war im Krieg gefallen, auch alle ihre mehr als 20 Neffen, die im Feld standen, kamen gesund zurück, keiner war draußen geblieben, keiner schwer verwundet worden, was Johanna auch auf ihre innigen Gebete zurückführte, mit denen sie alle, die ins Feld gezogen waren, begleitet hatte. Der Krieg hatte keines ihrer Häuser zerstört. Zwar war Vermögen im Ausland beschlagnahmt und enteignet worden, darunter die Brauerei in Lothringen, aber dafür wurde die Firma entschädigt, und wenn die Entschädigung bei der Geldentwertung auch nicht dem wirklichen Wert entsprach, konnte man das verschmerzen. Von der allgemeinen Not in Deutschland spürte sie selber nichts. Johanna sah sie zwar und half auch überall, wo es Not zu lindern galt, aber das Unternehmen, die Firma Weiler & Busch, blühte wie nie zuvor und hatte in den ersten drei Jahren nach dem Krieg den dreifachen Umfang angenommen, den es beim Tode von Archibald Otto gehabt hatte, und Johanna konnte sich jetzt an diesem Aufschwung wirklich freuen, denn sie hatte Teil am Erfolg.

In den Jahren 1920 bis 1922 blühte die Firma nicht nur trotz der Inflation, sondern wegen der Inflation auf. Die Geldentwertung führte dazu, dass es für ein Unternehmen wichtig wurde, ihr Vermögen in Sachwerten anzulegen, und das bedeutete zu investieren. Die Bankschulden, die man aufnahm, brauchten nur mit einem Bruchteil des realen Wertes wieder zurückbezahlt werden. Es wurde investiert und gebaut in Deutschland, und davon profitierten die Sägewerke des Unternehmens und vor allem auch die Imprägnierwerke. Die Elektrifizierung, die während des Krieges zurückgestellt worden war, wurde jetzt in Angriff genommen. Neben dem Strom kam auch das

Telefon bis in das letzte Dorf, zwar noch lange nicht in jedes Haus, aber die Leitungen mussten verlegt werden. Viele Industriefirmen trachteten danach, ihr Werk an die Reichsbahn anzuschließen. Dementsprechend wurden große Mengen von Anschlussgleisen benötigt.

Vor allem das Auslandsgeschäft expandierte in ungeahntem Maße. Zunächst zeigten sich die ehemaligen Feinde Deutschlands zwar noch sehr zurückhaltend, mit dem Gegner von einst Geschäfte abzuschließen. Georg gründete aber sofort nach Kriegsende eine Tochtergesellschaft in Basel, und über diese Tochtergesellschaft gab es auch wieder Beziehungen zu England und Frankreich. Das Geschäft mit Holland war noch unterbrochen, aber über Basel und Brüssel begann auch wieder das Geschäft mit Übersee.

Georg erneuerte seine Beziehungen in Nordamerika. Anstelle seines Schwiegervaters war er in den Aufsichtsrat der Diskontogesellschaft gewählt worden. Er begann erfolgreich mit Aktien zu spekulieren, er kaufte deutsche Aktien zu niedrigsten Preisen, aber er legte auch Geld in den USA, in Frankreich und Belgien an, und das nicht nur für die Firma, sondern er spekulierte auch sehr erfolgreich in die eigene Tasche, wovon weder seine Mutter noch seine Geschwister etwas wussten.

Leberecht betrieb das Geschäft in Skandinavien sehr eifrig. Am Anfang klappte es nicht so, wie er es sich gewünscht hatte, eine Reihe von finnischen Lieferanten erwies sich als äußerst unzuverlässig. Leberecht musste bei seiner zweiten Reise nach Finnland im Winter 1921 feststellen, dass einige Lieferanten, an die er Anzahlung geleistet hatte, spurlos verschwunden waren. Bei anderen, auch bei seinem Freund, dem Gutsbesitzer, zeigte sich, dass auf den Grundstücken, bei denen er die Einschlagsrechte gekauft hatte, bei Weitem nicht die Holzmengen standen, die ihm genannt worden waren. Aber Leberecht lernte aus den Erfahrungen sehr schnell. Zunächst hatte er deutsche Mitarbeiter als Geschäftsführer in der finnischen Tochtergesellschaft eingestellt, aber dann sah er, dass er wesentlich besser zurechtkam, wenn er mit Finnen arbeitete. Der Firmensitz wurde näher zum Haupteinschlagsgebiet nach Viborg verlegt, eine weitere finnische Tochtergesellschaft, die schon im Export von Grubenholz und Schwellen tätig war, gekauft, und im Jahr 1922 wurden schon mehr als zwei Millionen Kubikmeter exportiert, und zwar mit guten Gewinnen. Als im Seebad Heringsdorf an der Ostsee die Gemeinde ihren Wald verkaufen wollte, kaufte Leberecht für den Erlös der Ladung eines einzigen Schiffes nicht nur den Wald der Gemeinde, sondern gleich auch das Elektrizitäts- und Gaswerk, das Kurhaus und mehrere Hotels mit auf.

Der Vater hatte schon immer parallel zum Masten- das Grubenholzgeschäft betrieben, weil beim Holzeinkauf beide Sortimente zusammen anfielen. Während des Krieges war das Grubenholzgeschäft durch Georg stark ausgeweitet worden, die Firma war Lieferant bei verschiedenen Gruben geworden und verdiente sehr gut an der Differenz zwischen Einkaufs- und Verkaufsmaß. Das hing wesentlich davon ab, wie sich der Verkäufer mit dem Abnahmebeamten der Grubenverwaltung stellte, und sich mit diesem gut zu stellen, war in der schweren Kriegs- und Nachkriegszeit keine Kunst, wenn er entsprechend mit Fresspaketen versorgt wurde.

1921 kam es zur Gründung der Rheinisch-Westfälischen Grubenholzgesellschaft RWG, zunächst in Essen, später zog sie nach Berlin um, wo sie in der Seidelstraße in Charlottenburg ein Haus erwarb. An dieser RWG, die die größte Grubenholzgesellschaft wurde, hatte die Firma Weiler & Busch die Hälfte der Anteile, Archibald übernahm den Aufsichtsratsvorsitz. An der anderen Hälfte waren die größten Gruben des Ruhrgebiets und des Aachener Reviers beteiligt. Zum Geschäftsführer wurde Hermann Brunner, der Mann von Silvia, bestellt, der nun auch gleichzeitig die Leitung des Büros von Weiler & Busch in Berlin übernahm. Allerdings wurden ihm sehr gute Prokuristen für den Einkauf und den Verkauf zur Seite gestellt, so dass sein Arbeitsgebiet nicht viel mehr war als das eines Frühstücksdirektors.

Das Geschäft explodierte auch hier in den folgenden Jahren. Es wurden ganze Schläge in den Wäldern Brandenburgs, Pommerns, West- und Ostpreußens aufgekauft. Das Holz, das für Masten geeignet war, ging an die Werke von Weiler & Busch nach Lübeck oder Olbersdorf in Sachsen. Schwellenhauer schlugen aus den stärkeren Stämmen mit der Axt Eisenbahnschwellen, die Stammenden wurden in Sägewerken, die Weiler & Busch in der Provinz Brandenburg pachtete, zu Schnittware aufgesägt. Der größte Teil des Holzes ging aber als Grubenholz in die Zechen des Ruhrgebiets.

Johanna hatte jetzt Zeit, sich um das Geschäft zu kümmern. Sie war zwar nur stille Gesellschafterin und von der Geschäftsführung ausgeschlossen, aber sie war ungeheuer interessiert an allem, was im Unternehmen geschah. Ihr Sohn Archibald war immer noch unverheiratet und lebte zusammen mit ihr im großen alten Haus in der Bleichstraße. Jeden Nachmittag, wenn er aus dem Geschäft nach Hause kam, hatte sie ihm bereits ein Vesper gerichtet mit Speck, Kirschwasser, Fastenbrezeln und Wein, und Archibald musste über alles berichten, was im Geschäft geschah. Er tat es gerne, denn er war oft unsicher und suchte Rat. Die Geschäfte seines Bruders Georg waren ihm oft zu gewagt, zu unseriös. Vor allem über Fragen des Personals, über die Qualitäten der einzelnen Mitarbeiter, wurde eingehend diskutiert, und sehr oft war das, was Johanna ihm riet, für Archibald entscheidend. Auf der anderen Seite sprach sie ihm oft Mut zu, wenn er bei großen Geschäften zögerte.

Die beiden jüngeren Söhne Georg und Leberecht merkten sehr bald, welchen Einfluss die Mutter auf ihren Ältesten hatte, und versuchten jetzt ihrerseits, die Mutter einzuspannen, um ihre Ziele durchzusetzen. Das galt vor allem für Leberecht, der hierin besonders geschickt war. Johanna war begierig, Neues zu erfahren, sie war an neuen Ländern und neuen Geschäften außerordentlich interessiert, und wer ihr viel berichtete, konnte mit ihrem Wohlwollen rechnen. Sie schätzte Wagemut, und sie war auch bereit, Leberechts Engagement in Finnland zu unterstützen.

Es gelang ihm auch, seine Mutter für den Plan zu gewinnen, dass die Firma unbedingt ein neues Haus für ihn in Lübeck bauen sollte. Leberecht hatte das Grundstück schon gekauft, es lag unmittelbar am neuen Stadtpark, von Feldern und Schrebergärten umgeben, nicht weit von der Stadt entfernt. Johanna hoffte, dass er sich auch eine Frau suchen werde, wenn er erst einmal ein Haus besaß.

Leberecht fühlte sich von seinen Brüdern oft nicht ausreichend unterrichtet und zu Rate gezogen. Er war für sie nur der kleine, nicht allzu ernst zu nehmende Bruder, dessen Phantasie sie zügeln mussten. Die Brüder waren deswegen sehr sparsam mit Auskünften an ihn und ließen ihn spüren, dass er nicht Gesellschafter, sondern nur Prokurist war. Aber Leberecht bekam alles heraus, was er wissen wollte. Wenn er in Gernsbach war, stellte er Fangfragen, er erkundigte sich bei den Prokuristen, Sekretärinnen und Chauffeuren mit dem Spruch: „Von euch hört man ja schöne Dinge!" Und aus Bruchstücken von dem, was die Befragten antworteten, konnte er kombinieren, wie die Dinge lagen, sagte es erst anderen und dann seinen Brüdern auf den Kopf zu, was geschehen war. Vor allem Georg war daran interessiert, dass sein Bruder möglichst schnell wieder abfuhr, denn er bekam mit, dass Georg Sondergeschäfte machte, außerhalb der Firma, von denen auch sein Bruder Archibald nichts wusste.

Auch Georg musste seiner Mutter laufend berichten. Er tat es bei Weitem nicht so gerne wie seine beiden Brüder. Er überredete Archibald dazu, das geräumige alte Elternhaus in der Bleichstraße als Sitz der Firma zu wählen und zog selber nach Baden-Baden, wo er die Villa des Zigarettenkönigs Batschari, das Haus Trianon, übernahm. Das Trianon war geradezu ein Schloss, mitten in einem großen Park gelegen. Außer der Villa gehörten dazu Pferdeställe, Remisen, ein Kutscherhaus und ein großer Park. Für Archibald war diese Entscheidung unverständlich, aber er hatte nichts Ernsthaftes dagegen einzuwenden. Denn das Büro musste vergrößert werden, um dem wachsenden Umfang des Geschäfts Rechnung zu tragen.

Johannas ganzer Kummer war, dass ihre Söhne Archibald und Leberecht noch nicht verheiratet waren. Archibald war immerhin schon über 40 und Leberecht auch über 30 Jahre alt. Sie wünschte sich männlichen Nachwuchs, endlich einen Stammhalter, damit das Unternehmen auch weitergeführt werden konnte. Sie überlegte hin und her, wie sie es einfädeln könnte, für beide Söhne die passenden Frauen zu finden.

Georg lud Archibald immer mal wieder zu seinen Festen ein, aber Archibald gefielen die Kreise nicht, in denen Georg jetzt verkehrte, und diese Meinung teilte auch seine Mutter. Georg war Mitglied des Internationalen Clubs in Baden-Baden geworden, der die Pferderennen in Iffezheim ausrichtete. Zu seinem Umgang gehörten Hochadlige, aber auch viele reiche Parvenüs, Angeber und Inflationsblüten, Leute, die in der Inflation schnell zu Reichtum gekommen waren, die das Geld mit vollen Händen ausgaben und zeigten, wie reich sie waren. Es waren nicht mehr distinguierte Fabrikanten, sondern Händler, Börsenmakler, Abenteurer, dazu aber auch das konsularische Korps aus Baden-Baden sowie Auslandsgriechen, die in Baden-Baden und Karlsruhe wohnten, zahlreiche Künstler und griechische Studenten, für die er allerdings auch sehr viel tat. Die Feste in seinem Haus gingen bis in den frühen Morgen, fast immer wurde getanzt, die besten Weine ausgeschenkt. Archibald war von der Oberflächlichkeit abgestoßen und wünschte sich auch keine Frau aus diesen Kreisen. Zum Leidwesen seiner Mutter schien er sich damit abgefunden zu haben, Junggeselle zu bleiben.

Von Johannas Töchtern waren Luise und Silvia verheiratet. Dass Hiltrud als alte Jungfer sterben würde, darum brauchte sie sich keine Sorgen zu machen. Im Gegenteil, bei Hiltrud hatte sie das Gefühl, dass sie meist zu weit ging und den Männern viel zu sehr entgegenkam. Hiltrud war zunächst nach München gezogen, angeblich um Kunst zu studieren, von der sie im Grunde genommen keine Ahnung hatte. Sie nahm in Schwabing eine Wohnung und führte dort ein recht freizügiges Leben. Johanna wäre entsetzt gewesen, wenn sie alles, was dort geschah, erfahren hätte, aber sie erfuhr nicht allzu viel. Sie hegte nur Vermutungen.

Hiltrud war heißblütig. Im Gegensatz zu ihren älteren, eher zurückhaltenden Schwestern war sie schnell entflammt, und wenn sie einen Mann kennenlernte, der ihr gefiel, dann gab sie auch keine Ruhe, bis sie ihn im Bett hatte. Wenn einer zögerte und nach drei Tagen noch nicht erobert war, ließ ihr Interesse schnell nach. Von einem jungen Jurastudenten wurde sie schwanger. Als sie dies feststellte, war es für eine Abtreibung schon zu spät. Das Malheur musste vor der Mutter verheimlicht werden. Das hieß, dass sie mehrere Monate nicht nach Hause kommen durfte, vor allem auch nicht zu Weihnachten, und das würde ihre Mutter außerordentlich übel nehmen. Aber sie hatte Glück, es gab eine Frühgeburt, das Kind wurde Anfang Dezember geboren. Sie gab es sofort zur Adoption weg und konnte unbefangen zu Weihnachten bei ihrer Mutter erscheinen. Niemand aus der Familie hatte ihre Eskapaden mitbekommen.

Schon im Januar darauf lernte sie auf einem Faschingsball einen jungen Fabrikantensohn kennen. Walter Sutter war der Sohn eines Papierfabrikanten in Schopfheim, dessen Papiermühle so recht und schlecht über die Runden kam. Nur wenige Tage, nachdem sie sich kennengelernt hatten, verlobten sie sich.

Johanna war sehr erfreut, als sie hörte, dass Hiltrud einen Fabrikantensohn heiraten wollte. Der alte Freund von Johannas Vater, Karl Böhm, meinte zwar, als er von der Verbindung hörte, dass dieser Walter ein großer Faulpelz sei, der noch nicht einmal einen Kalander von einem Holländer unterscheiden könne. Aber Johanna war froh, dass Hiltrud nicht im Sumpf der Großstadt versunken war und dass sie nicht etwa einen Schauspieler oder Sänger heiraten wollte. Und so wurde Hiltruds Hochzeit mit großem Prunk gefeiert.

Die Hochzeitsfeier war das erste große Fest im Haus Bleichstraße 20, seit Johanna es hatte umbauen lassen. Zum Polterabend waren über 70 Gäste und zur Hochzeitsfeier 50 Personen geladen. Johanna saß in schwarzer Trauerkleidung bei dem Fest. Seit dem Tod ihres Mannes trug sie nur noch Witwenkleider, und sie, die in ihrer Jugend eine leidenschaftliche Tänzerin gewesen war, ließ sich zu keinem Tanz mehr auffordern. Aber sie strahlte Zufriedenheit aus und war glücklich, vielleicht sogar glücklicher als die Braut.

Bereits am Nachmittag verabschiedete sich das Paar und ging auf Hochzeitsreise. Die Hochzeitsnacht verbrachten sie in Heidelberg und fuhren am nächsten Morgen mit der Eisenbahn weiter nach Travemünde, wo Leberecht ein Appartement für die beiden im Kurhaus gemietet hatte. Aber schon während der Bahnfahrt verlief nicht alles so, wie Hiltrud es sich gewünscht hatte und wie es von einem jung vermählten Paar erwartet wurde. Walter, den Georg als „Sexualgigant" bezeichnet hatte, schaute sich schon auf der Hochzeitsreise nach hübschen Mädchen um, und Hiltrud bemerkte es. So gab es in der Eisenbahn die ersten Eifersuchtsszenen. Auch als das junge Paar am Travemünder Strand lag, schenkte Walter den jungen Mädchen zu viel Aufmerksamkeit und kümmerte sich nicht genug um Hiltrud, wie sie meinte. Wieder gab es zornige Auseinandersetzungen und Tränen.

Wenige Tage nach ihrer Ankunft in Travemünde wurden Hiltrud und ihr Mann von den Niederwalds, die ebenfalls zur Kur weilten und deren 18-jährige Tochter Irma gerade zu Besuch war, zusammen mit Leberecht eingeladen. Niederwalds nahmen ihre Tochter immer dann mit, wenn junge Leute zugegen waren, und Adolf dachte im Stillen, dass Dr. Leberecht Weiler ein passender Schwiegersohn sein könnte.

Walter fing sofort mit dem jungen Mädchen einen heftigen Flirt an, und sie verabredeten für den nächsten Tag einen Ausflug nach Hamburg. Hiltrud kam am Abend weinend zu Leberecht und klagte über die unverschämte Flirterei von Walter, er müsse unbedingt etwas dagegen tun, denn anscheinend habe Irma bereits Feuer gefangen. Leberecht rief gleich Adolf Niederwald an, der sagte aber, er wolle seiner Tochter den versprochenen Ausflug nicht verderben. Er könne vielleicht seinen jungen Mitarbeiter Dembowski mitschicken, um Irma von Walter etwas abzulenken.

Dembowski erfüllte seinen Auftrag außerordentlich pflichtbewusst und wohl auch mit recht großem Vergnügen. Er belegte Irma so mit Beschlag, dass Walter kaum Gelegenheit fand, Irma weiter den Hof zu machen. Der Erfolg war, dass Irma und Dembowski sich wenige Tage später verlobten, was wohl nicht im Sinne von Adolf Niederwald gewesen war. Er hätte als Schwiegersohn wohl eher den evangelischen Fabrikantensohn Dr. Leberecht Weiler als den katholischen Lehrersohn Dembowski aus Oberschlesien gesehen, aber Dembowski war immerhin Marineoffizier gewesen. Dagegen konnte Niederwald nichts einwenden.

Hiltrud und Walter reisten weiter nach Berlin zu Silvia, wo sich Walter Sutter und Hermann Brunner prächtig verstanden. Sie zogen am Abend durch die Bars und ließen ihre Frauen zu Hause, die sich gegenseitig ihr Leid klagten. Hiltrud beschloss, sich an Walter zu rächen und es mit der Treue ebenfalls nicht so ernst zu nehmen, während Silvia immer noch glaubte, ihre Ehe flicken zu können.

Das Ehepaar Brunner war mit ihrer Tochter Hermine nach Berlin gezogen, als Hermann Geschäftsführer der Grubenholzgesellschaft geworden war, und wenige Wochen nach dem Umzug wurde ihre zweite Tochter Elisabeth, genannt Elli, geboren. Hermann war enttäuscht, denn er hatte sich einen männlichen Erben gewünscht, nachdem das erste Kind schon ein Mädchen gewesen war. Elli, die bei der Geburt eine behaarte Stirn hatte, so dass sie wie ein Affe aussah, schockte Hermann so sehr, dass er seine zweite Tochter nicht sehen wollte.

Hermann genoss das Leben der zwanziger Jahre und führte das Geschäft von den verschiedenen Bars aus. Im Büro erschien er morgens gegen elf Uhr, unterschrieb einige Schriftstücke, um dann mit Geschäftsfreunden und alten Kriegskameraden zum sogenannten Frühstück zu gehen, meist in einem teuren Berliner Restaurant, im Kempinski oder Horcher oder auch im Hotel Adlon, wo er dann oft zwei oder drei Dutzend Austern schlürfte. Wichtige Briefe oder Kaufverträge der RWG oder von Weiler & Busch ließ er sich durch Büroboten dorthin bringen, um sie zu unterschreiben. Nach diesem „Frühstück" musste er erst einmal schlafen. Um vier Uhr erschien er wieder im Büro, machte alle Angestellten durch außergewöhnliche Verfügungen verrückt, um dann gegen Abend sich wieder in einem seiner Stammlokale einzufinden und bis über Mitternacht hinaus den großen Zampano zu spielen.

Silvia war nicht besonders gebildet. Ihre Freunde und ihr Mann machten sich darüber lustig, wenn sie Fremdworte verkorkste oder verwechselte und die einfachsten Dinge aus der Naturwissenschaft nicht verstand. Es gab oft Streit, vor allem weil Silvia forderte, dass Hermann sie in die Geschäfte einweihen sollte, sie wollte wie ihre Mutter bei ihrem Vater mitreden, nur das Format und die Kenntnisse ihrer Mutter fehlten ihr, und so machte sie sich mit solchen Forderungen oft lächerlich.

Eines Tages stellten sich bei ihr Beschwerden im Unterleib ein, sie bekam einen Ausschlag, dessen Ursachen ihr vollkommen unbegreiflich erschienen. Der Hausarzt, den sie aufsuchte, eröffnete ihr, dass sie Tripper hatte, eine Geschlechtskrankheit, von der Silvia noch nie etwas gehört hatte. Ihr Mann hatte ihn sich bei einem seiner leichten Mädchen eingefangen und sie angesteckt.

Silvia wollte das erst gar nicht glauben, sie war völlig verstört und todunglücklich. Sie hätte ihrem Mann Gift geben können, aber doch blieb sie bei ihm. Sie erzählte ihrer Mutter nichts von ihrem Unglück, aber Johanna spürte, dass etwas Schlimmes passiert sein musste.

Inzwischen schrieb man das Jahr 1923, und die Inflation schlug immer größere Kapriolen. Millionen von Menschen verloren ihr Vermögen, vor allem der bürgerliche Mittelstand, Beamte und Freiberufler, alle diejenigen, die Kriegsanleihen gezeichnet oder ihr Vermögen in Hypotheken und festverzinslichen Wertpapieren angelegt hatten. Geschäftlich ging es dem Unternehmen weiterhin hervorragend. Die Flucht in die Sachwerte und damit in Investitionen war stark, und der Export lief hervorragend. Das Konto von Georg in der Schweiz wurde immer größer.

Ein Problem waren die Reparationslieferungen von Telegrafenstangen nach Frankreich und Belgien, zu deren Lieferungen das Deutsche Reich durch den Versailler Vertrag verpflichtet war. Bis die Behörden die ausgemachten Preise bezahlten, war der Gegenwert für die gelieferten Masten oft nur noch ein Zehntel oder noch weniger von dem wert, was geliefert worden war. Andere Aufträge, bei denen sofort bezahlt wurde und bei denen der Erlös gleich wieder in Waren eingetauscht werden konnte, waren wesentlich attraktiver, und so wurde die Lieferung von Telegrafenmasten hinausgeschoben.

Als Archibald und Georg eines Morgens die eingehende Post lasen, sprang Archibald plötzlich von seinem Sessel auf und schlug mit der Hand auf den Tisch: „Georg, da haben wir den Salat! Hier ist ein Telegramm aus Berlin, vom Finanzminister persönlich, und der fordert uns auf, innerhalb von 14 Tagen die fehlenden 15.000 Telegrafenstangen nach Frankreich zu liefern! Warum hast du auch den Vertrag unterschrieben, mit dem wir uns an den Reparationslieferungen beteiligt haben! Sieh zu, wie du da rauskommst! Am besten, du stoppst sofort alle Lieferungen nach Südamerika!"

Jetzt sprang auch Georg auf und brüllte: „Ich bin doch nicht verrückt! Das Schiff für die 10.000 Masten nach Argentinien liegt schon in Antwerpen, ich kann doch die Eisenbahnzüge dorthin nicht mehr stoppen. Das Schiff ist fest gechartert. Das Geschäft mit den Reparationslieferungen nach Frankreich ist wirklich das bescheuertste, das wir je abgeschlossen haben! Wir verdienen gutes Geld bei der Lieferung nach Argentinien. Wenn wir das nicht vertragsgemäß ausführen, dann müssen wir Tausende von Dollar Schadenersatz bezahlen!"

Archibald beschwichtigte: „Na ja, vielleicht wird ja auch nicht alles so heiß gegessen, wie es gekocht wird, und wir bekommen noch mal Verlängerung."

Archibald rief beim Finanzministerium in Berlin an und teilte einem Ministerialrat mit, es täte ihm leid, aber die Firma Weiler & Busch sehe sich nicht im Stande, in der kurzen Frist die Telegrafenstangen zu liefern und versprach, so schnell wie möglich den Auftrag zu erledigen. Das Ministerium möge doch einsehen, dass man die Masten unmöglich verschenken könne. Eine Preisregelung müsse gefunden werden.

Aber da die Angelegenheit vom Ministerium nicht geregelt wurde, verhängten die Franzosen wegen der nicht gelieferten Telegrafenstangen Sanktionen, und die fielen sehr viel drastischer aus, als man angenommen hatte. Um ein Faustpfand für die Lieferung der Telegrafenstangen zu haben, ließ der französische Ministerpräsident Poincaré gleich das ganze Ruhrgebiet besetzen.

Ganz Deutschland war über den Einfall der Franzosen im Rheinland empört. Es gab passiven Widerstand gegen die französische und belgische Besatzung, und der Nationalismus hatte großen Zulauf. Die Inflation überschlug sich, der Dollar näherte sich einem Wert von 4 Billionen Mark. Die Wirtschaft stand vor dem Zusammenbruch.

Kaum jemand nahm Notiz davon, dass in München General Ludendorff zusammen mit einem Gefreiten des Ersten Weltkriegs, einem obskuren Kunstmaler, putschte und versuchte, die bayerische und dann die Reichsregierung zu stürzen. Aber musste man diesen komischen Herrn Hitler wirklich ernst nehmen? Man hatte jetzt andere Sorgen, denn über Nacht wurde man überraschend schnell der Inflation Herr und die Mark wurde erst durch die Renten- und dann durch die Reichsmark ersetzt.

Die Firma hatte zwar keinen Gewinn dadurch, dass die Schulden abgewertet wurden, denn sie hatte kaum Schulden, dafür aber reichliche Vorräte und auch Deviseneinnahmen, die ihr halfen, den nächsten Monat liquide zu bleiben. Die E-Werke und die Deutsche Reichsbahn verfügten allerdings zunächst über keine flüssigen Mittel mehr, daher wurden große Aufträge von heute auf morgen storniert.

Überall fehlte es an Geld, und Archibald ging gleich daran, bei der Festsetzung der neuen Löhne auf Reichsmarkbasis sehr vorsichtig vorzugehen. Er war der Meinung, dass die Gesellschafter mit gutem Beispiel voranzugehen hätten und verfügte, dass die Privatentnahmen von ihm und seinen Brüdern Georg und Leberecht auf jeweils 500 Mark im Monat begrenzt würden. Auch das Gehalt von Hermann Brunner wurde auf diesen Satz herabgesetzt. Während die übrigen sich damit abfanden, rebellierte Brunner, der Archibald mitteilte, die Lebenshaltungskosten in Berlin seien wesentlich höher als in der Provinz. Ohne Repräsentation gingen seine Verhandlungen mit Behörden und großen Industriekonzernen nicht. Er brauche mindestens 2.000 Mark. Archibald war indigniert und telegrafierte an Brunner, dass er demnächst nach Berlin komme, um die Sache mit ihm zu besprechen, und in diesem Zusammenhang gebe es auch noch einige andere Fragen. Die Geschäftsführung bei der RWG und im Berliner Büro müsse neu geregelt werden. Zu diesem Gespräch kam es aber zunächst nicht, denn Archibald beschäftigte etwas Privates viel mehr.

Wenige Wochen nach Ende der Inflation bat ihn nämlich der Textilfabrikant Meyer-Kym, ein Kriegskamerad, dringend darum, Holz aus seinem Wald zu kaufen. Seine Weberei hatte kurz nach der Einführung der Rentenmark erhebliche finanzielle Schwierigkeiten, und er meinte, sie am besten durch einen größeren Einschlag in seinem Wiesentäler Wald bewältigen zu können.

Archibald fuhr nach Lörrach, um sich das Holz anzusehen, er glaubte, dass er helfen könne. Bei Meyer-Kym traf er eine alte Bekannte, die schöne Else Starck. Sie hatte in der Zwischenzeit zwar auch das Alter von 40 Jahren erreicht, aber sie war immer noch eine schöne Frau. Sie war die Cousine von Meyer-Kym und bereit, Archibald den Wald zu zeigen. Vor dem Krieg hatte sie nicht nur Archibald einen Korb gegeben, sondern auch zahlreichen anderen Freiern, die um ihre Hand angehalten hatten, weil sie von allen annahm, dass sie nur ihr Geld wollten. Während des Krieges war sie als Kraftfahrerin beim Roten Kreuz tätig gewesen und im Krankenwagen bis direkt hinter die Front gefahren.

Archibald und Else tauschten Erinnerungen an die Zeit vor dem Krieg aus und erzählten sich ihre Erlebnisse im Krieg. Spontan sagte Archibald: „Als ich Sie das letzte Mal gesehen habe, machte ich Ihnen einen Heiratsantrag. Sie haben mir damals einen Korb gegeben. Was würden Sie jetzt sagen, wenn ich diesen Antrag wiederholte?“ Darauf Else: „Ich würde ihn annehmen.“ Und so kam Archibald verlobt von seiner Reise nach Lörrach zurück.

Johanna nahm die Nachricht von seiner Verlobung mit recht gemischten Gefühlen auf. Sie hatte Else nie verziehen, dass sie ihren Sohn zurückgewiesen hatte, und jetzt hatte sie Bedenken: Eine 40-jährige Frau, was war da noch an Nachwuchs zu erwarten? Sie musste sich beeilen, um noch Kinder zu bekommen, zwei bis drei Jahre standen ihr vielleicht noch zur Verfügung. Und wenn es eine Fehlgeburt gab, was dann?

Aber Archibald war entschlossen, die Frau seines Lebens zu heiraten. Johanna fügte sich und war froh, dass er überhaupt heiratete. Sie respektierte Else und ihren scharfen Verstand, aber eigentlich hätte sie lieber eine Schwiegertochter gehabt, die sie hätte anleiten können, und das würde bei Else wohl kaum möglich sein, denn Else hatte ihre festen Grundsätze, das merkte Johanna gleich. Sie war nur 20 Jahre jünger als ihre Schwiegermutter, und sie würde sich von ihr nicht dreinreden lassen.

Johanna war aber auch klug. Sie wollte nicht erleben, dass man auf ihren Tod wartete, wie ihr Mann Archibald Otto auf den Tod seiner Stiefmutter gewartet hatte. Sie entschloss sich, das Haus in der Bleichstraße 20 zu räumen und ins Nebenhaus zu ziehen, was dadurch möglich wurde, dass das darin untergebrachte Büro in das frühere Haus in der unteren Bleichstraße verlegt wurde, das Georg mit seiner Übersiedlung nach Baden-Baden frei gemacht hatte und das seither leer stand.

Die Hochzeit wurde mit großem Pomp in Schopfheim mit über 100 Gästen gefeiert. Und Johanna war außerordentlich froh, als ihr Archibald wenige Wochen nach der Hochzeit vermeldete, dass Else schwanger sei.

Die Nachrichten, die Archibald aus Berlin bekam, waren alles andere als erfreulich. Das große Grubenholzgeschäft in Ostdeutschland ging zu Ende. Die Zechen hatten große Lagervorräte und hielten sich in Anbetracht der allgemeinen Kapitalknappheit mit dem Einkauf von Grubenholz zurück. Der Prokurist der RWG, der für den Einkauf im Berliner Büro zuständig war, Franz Kowalski, machte Archibald darauf aufmerksam, dass bei den Abrechnungen mit den Zechen etwas nicht in Ordnung sein könne, denn es war bisher immer üblich, dass es einen Maßgewinn zwischen Wald- und Zechenmaß von zehn bis 15 Prozent gegeben hatte, jetzt war dieser auf zwei bis drei Prozent zurückgegangen, und es gab große Holzlieferungen, bei denen das Zechenmaß unter dem Waldmaß lag. So etwas hatte es noch nie gegeben. Oberbuchhalter Adam berichtete Archibald, dass Hermann Brunner weiterhin enorme Spesen mache. Die Firma hatte ihm das Gehalt, wie von Archibald angeordnet, auf 500 Mark festgesetzt, aber dafür seien die Spesen um das Vier- bis Fünffache gegenüber früher angestiegen.

Georg stellte lapidar fest: „Hermann Brunner bescheißt uns! Ich weiß von Prokurist Widmann, dass er nie im Büro ist, dass er seine Nächte in Bars und Spielclubs verbringt und ein Vermögen bei Pferderennen verwettet. Außerdem schlägt er unsere Schwester Silvia, sie hat mir neulich in dieser Richtung einige Andeutungen gemacht. Da stimmt was nicht!"

Archibald beschloss, nach Berlin zu reisen und nach dem Rechten zu sehen. Das Gespräch mit Hermann Brunner verlief alles andere als erfreulich. Nach einer frostigen Begrüßung im Büro in der Siebelstraße ging Brunner zum Angriff über. Er bezeichnete Archibald als Hinterwäldler, der nicht wisse, wie teuer die Großstadt sei. Er sei einfach ein alter Geizkragen. Berlin sei eben ein teures Pflaster und die Vorstellung, dass 500 Mark für ihn, Hermann Brunner, und seine Familie ausreichten, sei ja absurd. Von nichts komme nichts. Die Direktoren der Elektrizitätswerke und die Angestellten von Post und Bahn müssten mit winzigen Gehältern auskommen, und da müsse er denen etwas Gutes tun und sie vor allem gut bewirten und auch einmal ein teures Geschenk springen lassen. Jetzt, nach Beendigung der Inflation, sei das wichtiger denn je. Archibald habe gut reden, er könne wohl mit 500 Mark auskommen, er habe ja auch eine reiche Frau geheiratet.

Archibald entgegnete ihm, dass seine Frau damit nichts zu tun habe, auch deren Brüder hätten Liquiditätsschwierigkeiten nach Beendigung der Inflation zu bewältigen, sie könnten kein Geld aus dem Unternehmen ziehen. Und was den Lebensstandard angehe, habe Hermann ja auch eine reiche Frau, nämlich seine Schwester geheiratet. Außerdem seien seine Spesen einfach übertrieben.

Der Prokurist Widmann würde mit den leitenden Beamten der Post einen ganzen Abend bei Bier und Schnaps sitzen und mit ihnen Doppelkopf spielen, die Spesenrechnung sei höchstens 20 Mark. In einer Zeit, in der gespart werden müsste, sollten die Chefs mit gutem Beispiel vorangehen. Er würde zum Frühstück, wenn er auf Reisen sei, auf das Ei verzichten, denn er würde auch seinen Angestellten das Frühstücksei von der Spesenrechnung streichen, und Hermann Brunner habe auf seiner Spesenrechnung sogar immer zwei Eier.

Brunner nannte ihn daraufhin ein kleinkariertes Arschloch.

Archibald überhörte die Beleidigung, wollte aber wissen, warum plötzlich die Maßgewinne so geschrumpft seien.

"Verlangst du von mir, dass ich betrüge?" fragte Brunner, „wie verträgt sich das mit deiner Offiziersehre?"

Archibald erklärte nur, er müsse Rücksicht auf seine Mitgesellschafter nehmen, die immerhin 49 Prozent der Anteile hielten. Er müsse die Verträge des letzten halben Jahres durch einen Buchprüfer durchsehen lassen.

In Anbetracht der gereizten Stimmung verzichtete Archibald darauf, bei seiner Schwester – wie es eigentlich vorgesehen war – zu Mittag zu essen, sondern verabredete sich nur kurz mit ihr im Café Kranzler Unter den Linden, wo er den Streit vom Vormittag, der ihm sehr peinlich war, nicht weiter erwähnte.

Brunner kam kurz nach Mitternacht nach Hause. Er war angetrunken, warf seinen Mantel auf einen Stuhl und stürmte ins Schlafzimmer, wo Silvia schon schlief. „Dein Bruder ist wohl das größte Quadratarschloch, das mir je begegnet ist, ein Korinthenkacker, der uns die Villa am Wannsee nicht gönnt! Er ist ein verdammter Schwarzwälder Bauer, ein beschränkter Kleinstädter, der immer nur am Rockzipfel seiner Mutter hängt und sich weiß was auf seine ollen Kriegsorden einbildet!"

Silvia war entsetzt über die Worte von Hermann, die in ihrem elterlichen Hause nie gefallen waren und die sie noch nie von ihm gehört hatte. Sie begann ihren Bruder zu verteidigen, ohne zu wissen, worum es eigentlich ging, und sagte: „Archibald wird schon wissen, warum er solche Anordnungen trifft!"

„Dein Bruder hat mir überhaupt nichts anzuordnen, er ist nur Aufsichtsratsvorsitzender, und außerdem ist er ein Idiot!"

Silvia fiel ihm ins Wort: „Ich verbitte mir weitere Beschimpfungen meines Bruders!"

Hermann donnerte: „Deine Familie! Was hat die schon geleistet? Sie ist noch stolz darauf, dass sie eine so alte und degenerierte Familie ist! Und du gehörst zu diesem bornierten Pack! Was kannst du denn? Strohdumm bist du, eine blöde Kuh, die noch nicht mal einen Sohn gebären kann!"

Silvia war aufs Tiefste verletzt, sagte aber mit fester Stimme: „Wir hätten noch einen Sohn bekommen können, wenn du mir nicht den Tripper angehängt hättest! Jetzt kann ich keine Kinder mehr kriegen."

Hermann stürzte sich auf sie und prügelte auf sie ein, dann raste er aus dem Zimmer, suchte in der Hausbar nach etwas zu trinken und kippte ein Glas Whisky in einem Zug herunter. Silvia schloss die Schlafzimmertüre zu, verkroch sich in ihr Bett und zog die Decke über den Kopf. Hermann brüllte wütend, sie solle die Türe sofort öffnen. Als das nichts nützte, ergriff er einen auf dem Tisch stehenden Bronzeleuchter und schlug damit auf die Türe ein, mit dem einzigen Erfolg, dass im Furnier eine tiefe Delle entstand. Silvia wagte nicht, die Türe wieder zu öffnen, sie wartete, bis sie hörte, dass er sich noch ein paar Mal sein Glas mit Whisky füllte und dann ächzend und brummend einen Sessel zurechtrückte. Kurz darauf hörte sie sein lautes Schnarchen, er war eingeschlafen.

Am nächsten Morgen fand sie ihn noch in seinen Kleidern vom Abend in einem Sessel liegend, mit verglasten Augen glotzte er Silvia an, murmelte etwas wie „Entschuldigung“, dann brummte er wieder vom Bruder Archibald, dem Arschloch, raffte sich mühsam auf und verließ maulend und schimpfend das Haus.

Silvia telefonierte mit ihrer Mutter, die zu kommen versprach. Hermann Brunner blieb mehrere Tage von zu Hause weg. Wo er sich aufhielt, wusste niemand. Als Johanna eintraf, heulte Silvia: „Ich will mich scheiden lassen, ich halte das nicht mehr aus!“ Aber ihre Mutter versuchte sie zu trösten: „Gib deine Ehe doch nicht gleich auf! Ich habe in früheren Jahren auch viel Streit mit deinem Vater gehabt, oft bis zum Zerreißen, aber dann haben wir uns immer wieder zusammengerauft. Die Ehe ist eben ein Bund fürs Leben, und daran musst du dich halten. Irgendwann im Alter werden die Männer doch ruhiger.“

Für Silvia war das kein Trost, aber sie ließ sich überreden, es noch einmal mit Hermann zu versuchen. Im Grunde genommen konnte sie ihre Mutter nicht verstehen, aber sie hatte niemand anderen, bei dem sie Rat finden konnte.

Zwei Tage später kam Hermann Brunner nachts um drei Uhr nach Hause, kam zu Silvia ins Schlafzimmer, riss ihr das Nachthemd herunter und versuchte sie zu vergewaltigen, aber er war so betrunken, dass er umkippte und auf der Stelle einschlief.

Silvia stahl sich aus dem Bett und ging in das Nebenzimmer, wo ihre beiden kleinen Töchter schliefen, setzte sich zu ihnen und weinte bitterlich.

Am nächsten Morgen war Hermann Brunner aus dem Haus verschwunden. Dafür klingelte es um zehn Uhr, und vor der Haustüre stand der Gerichtsvollzieher, der zunächst einmal den Flügel pfändete. Dann fragte er nach dem Silberbesteck, und als Silvia den Schrank öffnete, war er leer. Wie die Köchin berichtete, war der Butler am Morgen gegangen und hatte das Silberbesteck mitgenommen als Ausgleich für den schon seit mehreren Monaten nicht bezahlten Lohn.

Silvia packte ihre Kinder, verließ das Haus und fuhr nach Heringsdorf, wo sie Leberecht vermutete. Sie hoffte auf Verständnis bei ihm. Aber Leberecht war nicht in der Villa, sondern irgendwo im Wald, um Holz auszuzeichnen. Voller Verzweiflung schrieb sie einen Brief, dass sie unmöglich weiterleben könne, sie wolle aus dem Leben scheiden und ihre Kinder mitnehmen, damit diese nicht allein in dieser bösen Welt leben müssten.

Den Brief ließ sie auf dem Schreibtisch liegen. Sie packte ihre Kinder, lief mit ihnen auf die Seebrücke, band die beiden zwei und drei Jahre alten Mädchen mit einem Gürtel an sich und stellte sich an die Spitze der Brücke. Sie starrte ins Wasser, ohne einen klaren Gedanken fassen zu können.

Zwei Männer sahen sie und wollten sie zurückhalten, sprachen sie an, aber sie hörte nichts. Wenige Minuten später kam auch Leberecht dazu, er hatte ihren Abschiedsbrief gefunden. Von ihm ließ sie sich überreden, ins Haus zurückzugehen.

Leberecht nahm sie mit nach Lübeck, wo sie zunächst Unterkunft beim Prokuristen Kowalski und seiner Frau fand. Ein paar Tage später kam ein Telegramm von Hermann Brunner, der seine Frau und die ganze Familie freundlich grüßen ließ. Er sei auf der Reise nach Afrika, wo er das Leben eines Farmers beginnen wolle, begleitet von einer Freundin, die sich den freundlichen Grüßen anschloss.

Sehr bald wurde offenbar, was Brunner alles angerichtet hatte. Er hatte während der Inflation recht flott gelebt. Abend für Abend hatte er in den Berliner Bars Austern geschlürft, Unmengen von Kaviar gegessen und dazu literweise Champagner getrunken, dabei eine ganze Reihe von Geschäftsfreunden, aber auch Halbweltdamen und ihre zwielichtigen Begleiter freigehalten und Unsummen an Spieltischen und bei Pferderennen verloren. Durch die Deviseneinnahmen hatte das der Firma kaum geschadet, in der Zeit der schlimmsten Inflationszeit war die Buchhaltung vollkommen durcheinandergeraten. Aber nach Beendigung der Inflation kam er nicht mehr zurecht und hatte angefangen, sich von den Waldbesitzern, die dringend Bargeld brauchten, auf die Holzverkäufe Provision geben zu lassen, und als das auch nicht mehr genügte, Wechsel zunächst auf sich und dann auf die Firma auszustellen. Die Privatwechsel gingen als erste zu Protest, und das war der Grund, warum der Gerichtsvollzieher bei Silvia in der Wohnung erschienen war. Wenige Tage später kam auch die Wechselfälschung zu Tage.

Für die Firma Weiler & Busch war das eine sehr blamable Angelegenheit. Archibald büßte sehr viel an Prestige bei den Bergwerksdirektoren ein, bei denen er doch als honoriger, solider Kaufmann gegolten hatte. Er blieb zwar weiterhin Vorsitzender des Aufsichtsrates der RWG, aber die Bergbaugesellschaften setzten durch, dass nun ein zweiter Gesellschafter als Geschäftsführer von den Bergwerksunternehmen ausgesucht und bestellt wurde, und es gab auch keine Einzelunterschrift mehr, sondern nur noch Kollektivunterschriften.

Silvia fuhr mit ihren Kindern nach Gernsbach, wo sie von ihrer Mutter Trost und Hilfe erwartete. Viele junge Gernsbacher Herren wollten auch Tröster der jungen, attraktiven Frau sein, aber sie war gegen Männer außerordentlich zurückhaltend, und das machte sie nur noch anziehender. Je mehr sie sich zurückhielt, umso mehr wurde sie begehrt. Vor allem hatte sie einen großen Verehrer, der jeden Abend wie ein Schulbub vor ihrem Hause stand und nach ihrem Fenster hinaufschaute, und das war ein über 60 Jahre alter Fabrikdirektor, Kommerzienrat Karl Tschech, Ehrenbürger der Stadt Gernsbach, der sich unsterblich in Silvia verliebt hatte. Er hielt förmlich um ihre Hand bei Johanna an mit der Erklärung: „Wenn Sie mir Silvia verschaffen, dann verspreche ich Ihnen, Sutters aus der Pleite zu retten."

Johanna war konsterniert. Karl Tschech war verheiratet, und dass Sutters pleite sein sollten, glaubte sie nicht. Allmählich dämmerte es ihr, dass Tschech nicht nur Silvia, sondern die Fabrik wollte. Denn Tschech, der als Statthalter für die noch jungen Schultzens eingesetzt worden war, sollte nun Platz machen für die Söhne, die ein Alter von 30 Jahren erreicht hatten und nun selber das Sagen haben wollten. Die Gesellschafter waren sich einig, dass sie Karl Tschech in Pension schicken wollten, was er als große Undankbarkeit, ja als Gemeinheit empfand. Er suchte eine Papierfabrik, mit der er das Programm von Schultz wenigstens zum Teil übernehmen konnte, und da war die Papierfabrik Sutter wohl das richtige Sprungbrett.

Johanna erklärte ihm nur kurz, dass sie dazu nicht bereit sei, sie würde seine Frau viel zu sehr schätzen, und außerdem solle er ihr treu bleiben.

Kurze Zeit später trat das ein, war Karl Tschech vorausgesagt hatte: Die Papierfabrik Sutter musste Konkurs anmelden. Hiltrud hatte nicht die reiche Partie gemacht, die sie erwartet hatte. Walter fand lange Zeit keine Stellung, zog dann aber als Generalvertreter einer Mineralölgesellschaft nach Hamburg. Hiltrud blieb allein zurück, suchte sich Liebhaber und fand sie auch.

Silvia zog wieder nach Lübeck zu Leberecht. Nach wenigen Wochen lernte sie bei Leberecht den Versicherungsmakler Adolf Festerling von der Firma Maul & Festerling kennen, der alle Versicherungen der Firma Weiler & Busch übernommen hatte. Festerling, ein gutmütiger Riese, beinahe zwei Meter groß, von seiner Frau, einer Russin, geschieden, lebte mit seiner Tochter allein in Hamburg und suchte eine neue Frau. Silvia gefiel ihm, und vor allem versprach er ein guter Vater für ihre Kinder zu sein. Nach langem Überlegen und nachdem sie mit Leberecht gesprochen hatte, sagte Silvia auf sein Werben Ja.

Else und Archibald waren nach ihrer Heirat in das große Haus in der Bleichstraße eingezogen. Das Zusammenleben von Else und Archibald mit Johanna war allerdings alles andere als einfach, obgleich Johanna bereitwillig in das

Nebenhaus, das frühere Büro, gezogen war. Aber sie lebten doch zusammen unter einem Dach. Die Wohnungen waren nicht völlig getrennt. Johanna hatte noch einige Zimmer im großen Haus behalten, so ihren Salon, und sie benützte auch das große Esszimmer für Familienfeiern.

Johanna konnte plötzlich in der Wohnung erscheinen, um mit Archibald schnell etwas Geschäftliches zu besprechen, Else um einen Rat zu fragen oder sich nach ihrer Gesundheit zu erkundigen. Denn seit Else schwanger war, nervte Johanna sie mit ihrer Fürsorge. Johanna, die selber neben sieben Kindern auch sechs Fehlgeburten erlebt hatte, machte sich große Sorgen um Mutter und Kind. Dabei spürte Else, dass die Fürsorge nicht in erster Linie ihr, sondern dem erhofften Stammhalter galt. Else war ja schon über 40, und Johanna wusste, dass in diesem Alter die Geburt des ersten Kindes außerordentlich risikovoll war.

Else schonte sich nicht. Sie arbeitete in der Wohnung und vor allem im Garten, chauffierte ihr Auto selber und fuhr auch oft über holperige Straßen. Johanna stand immer wieder Ängste aus. Über andere Frauen hatte Johanna sich immer wieder mokiert, wenn sie sich zu sehr schonten, und das ewige Liegen auf dem Kanapee als blödes Getue, als Faulenzerei bezeichnet, und auch sie selber hatte nie Rücksicht darauf genommen, dass sie in anderen Umständen war. Aber als sie ihr erstes Kind erwartete, war sie 18 Jahre alt gewesen, und selbst bei der Geburt des letzten Kindes war sie erst 35 gewesen. Doch Else schlug diese Warnungen in den Wind.

Die Frage war nun, ob das Kind im Krankenhaus in Baden-Baden oder Rastatt oder im Hause geboren werden sollte. Bisher war es üblich gewesen, dass die Kinder der Familie im Haus geboren wurden und dass Hebamme und Arzt dazu erschienen. Freunde rieten Archibald und Else, unbedingt ins Krankenhaus zu gehen, aber sie konnten sich dazu nicht entschließen.

Erst als die Wehen einsetzten und das Fruchtwasser schon abging, entschlossen sie sich, ins Krankenhaus zu fahren, denn es war höchste Gefahr in Verzug. Aber bis sie endlich dort ankamen und das Kind geboren wurde, war es tot – erstickt. Es war ein Junge.

Johanna, die nachgekommen war, hielt das Kind auf dem Schoß und weinte, wie sie noch nie in ihrem Leben geweint hatte. Ihre ganze Hoffnung, der Stammhalter, war tot. Auch Else war tieftraurig, aber um sie kümmerte sich niemand, alle versuchten, Johanna zu beruhigen.

Else wurde bald nach diesem Unglück wieder schwanger. Ein Jahr nach der Katastrophe wurde ein gesundes Mädchen geboren, das auf den Namen Johanna Marianne getauft wurde. Aber die Großmutter grämte sich, dass sie keinen Stammhalter hatte. Nach kurzer Zeit war Else zum dritten Mal schwanger. Diesmal gab es eine Fehlgeburt – es war wieder ein Junge.

Auch bei Luise gab es zur allgemeinen Überraschung Nachwuchs, mit dem keiner gerechnet hatte, denn auch Luise war bis zu ihrem 38. Lebensjahr kinderlos geblieben. Ihre Ehe mit Arthur war eigentlich eine Katastrophe. Die Eheleute zankten sich dauernd, die Übellaunigkeit von Luise hatte im Laufe ihrer Ehe noch zugenommen. Sie schrien sich gegenseitig an, weil der andere etwas falsch gemacht hatte. Luise hatte ihr Berufsziel, Pianistin zu werden, schon seit vielen Jahren aufgegeben. Sie spielte zwar sehr einfühlsam und hatte einen wunderbaren Anschlag, aber in der Technik fehlte einiges. Vor allem hatte sie nicht den Willen sich durchzusetzen. Arthur war zwar ein begabter, aber doch sehr eitler Künstler und nicht sehr fleißig. Er hatte keine Beziehungen und er konnte seine Bilder nur in wenigen Ausstellungen zeigen. Vor allem aber wurde er oft mit seinen Bildern nicht fertig, so dass sich die zu Porträtierenden dann einen anderen Künstler suchten.

Am Anfang ihrer Ehe hatte er vom Geld von Luise leben können, aber seit der Inflation war auch der letzte Rest ihres Vermögens verschwunden, und die Enttäuschung darüber ließ Arthur an Luise aus. Oft wurden die beiden handgreiflich, und es schien, als würde die Ehe bald auseinanderbrechen. Nach einem besonders heftigen Streit, in dem sie sich gegenseitig schlugen, fingen sie beide an zu heulen, versöhnten sich aber wieder bei einer Flasche Wein, und neun Monate später wurde ein Sohn geboren, der den Namen Hubertus erhielt. Allerdings wurde er nicht getauft, weil seine Eltern sich über die Konfession stritten. Arthur wollte, dass er katholisch, Luise, dass er evangelisch getauft würde, und so wurde er zum Entsetzen von Johanna überhaupt nicht getauft.

Zur großen Überraschung von Johanna hatte sich Leberecht im Alter von 33 Jahren urplötzlich verlobt. Einer von Leberechts besten Freunden aus der Theaterwelt war der berühmte Münchner Bassist und Kammersänger Paul Fabricius, den er sehr verehrte und in dessen Haus er schon seit seiner Münchner Studentenzeit verkehrte. Leberecht hatte noch seine erste bezaubernde Frau kennengelernt, die aber im Krieg verstarb. Nach einem Konzert waren sie oft stundenlang zusammengesessen und hatten über das Theater diskutiert. Sie verstanden sich gut, Leberecht hatte Paul auch die eine oder andere Anregung gegeben und ihm Konzerttermine vermittelt.

Immer wenn er nach München kam, besuchte er Paul und hatte für seine kleinen Kinder, die jubelten, wenn er zu Besuch kam, immer ein Geschenk dabei. Besonders die heranwachsende älteste Tochter Klara, Klärle genannt, die etwas altklug und wissbegierig war, blieb immer im Zimmer, wenn Leberecht zu Besuch kam. Aber als im Hause Fabricius davon gesprochen wurde, dass sich Dr. Weiler besonders schick zurechtgemacht hatte, weil er sicher eine neue Flamme hatte, die er wohl heiraten werde, meinte die jüngere Paula nur ganz ruhig: „Quatsch, den Dr. Weiler heirate ich!"

Nun kam Paul Fabricius mit seiner jungen zweiten Frau Felicitas nach Hamburg, denn sie wollten sich von dort nach den Vereinigten Staaten einschiffen, da er wieder für eine Saison an die Metropolitan Opera in New York verpflichtet worden war. Bis nach Hamburg begleiteten sie die beiden Töchter aus erster Ehe, Klärle, 19 Jahre alt, nur ein Jahr jünger als ihre Stiefmutter, und die 18-jährige Paula.

Leberecht kannte die beiden Mädchen nur als Kinder und hatte sie auch nicht weiter beachtet, als sie heranwachsende Backfische waren, der Altersunterschied war zu groß. Aber beide hatten sich in den feschen jungen Mann verliebt. Als er sie jetzt in Hamburg sah, gefiel ihm vor allem die jüngere, ein bildhübsches, freundliches, aber auch reichlich naives Mädchen, die sich zunächst – wie es schien – nicht für Leberecht interessierte.

Bis das Schiff abging, wohnte Familie Fabricius im Hotel Vier Jahreszeiten. Leberecht fuhr mit den Töchtern auf einem Ausflugsdampfer auf der Alster, sie machten eine Hafenrundfahrt und besuchten Hagenbecks Tierpark. Paul war froh, dass er die Töchter beschäftigt wusste und hatte auch nichts einzuwenden, als Leberecht sich erbot, den beiden Mädchen Lübeck zu zeigen. Paul und seine Frau bestiegen das Schiff, sie winkten, und Leberecht war mit den beiden jungen Damen allein.

Nach Lübeck fuhren sie mit Leberechts Auto und dem Chauffeur. Klärle nahm als erste im Fond Platz, dann schlüpfte Paula hinein und Leberecht daneben. Fröhlich plaudernd, ja geradezu albernd ging die Fahrt bis nach Bad Oldesloe, wo sie anhielten, um zu Mittag zu essen. Als sie wieder zum Auto gingen, meinte Klärle, Paula solle jetzt als Erste im Auto Platz nehmen, dann stieg sie ein. Leberecht, der höflich die Türe aufhielt, schlug sie zu, ging ums Auto herum und setzte sich neben Paula, die merkte, dass er wohl ein Auge auf sie geworfen hatte, und ihren schon vor Jahren getroffenen Entschluss erneuerte: Den Mann will ich haben. Klärle brummte zwar etwas, nahm die Sache aber nicht allzu tragisch.

In Lübeck wurden die Mädchen im Hotel Stadt Hamburg untergebracht. Am Abend ging Leberecht mit Paula an der Wakenitz spazieren, und Klärle war so fair, nicht auch noch mitgehen zu wollen. An einer Biegung des Weges küsste Leberecht Paula, und sie fragte: „Bin ich jetzt eigentlich verlobt oder nicht?“

Leberecht war wie vom Donner gerührt. Er hatte schon vielen Damen einen Heiratsantrag gemacht, aber bisher hatte er immer einen Korb bekommen. Dass jetzt ein unerfahrenes junges Mädchen ihn fragte, ob er sie heiraten wolle, damit hatte er nicht gerechnet. Er kannte Paula ja erst seit drei Tagen! Aber Nein zu sagen, das konnte er auch nicht übers Herz bringen, und so sagte er einfach nur Ja.

Was hatte er sich da eingebrockt! Ein junges Mädchen ohne jede Erfahrung. Sie war eigentlich ganz und gar nicht sein Typ. Sie war groß, größer als er, kräftig und überhaupt nicht zurechtgemacht, Tochter aus gutem Hause.

Sein Typ war eine kleine, zierliche Dame von Welt, Künstlerin, mit Erfahrung, über und über mit Schmuck behängt, dick geschminkt, frivol und frech. Unter diesen Damen hatte er seine Bekanntschaften und Abenteuer gesucht, und bei denen kam er auch immer gut an. Aber Paula, die er kaum kannte! Was würde seine Mutter zu dieser Verbindung sagen? Ihr war sie sicher nicht recht!

Für Johanna zählten nur Fabrikantentöchter. Sie hatte vielleicht erwartet, dass er ihr eine Senatorentochter vorstellen würde, aber so ahnte er eine Katastrophe mit Tränenausbrüchen und Vorwürfen. Wie sollte er nur aus diesem Dilemma herauskommen? Paula hatte ihm keine Wahl gelassen. Als anständiger Mensch musste er Ja sagen. Paul, sein Freund, würde es ihm sehr übel nehmen, wenn er die Tochter, die er ihm anvertraut hatte, jetzt hätte sitzen lassen. Das wäre ein Vertrauensbruch gewesen, und an der Freundschaft mit Paul lag ihm viel. Sie gefiel ihm ja eigentlich sehr gut, aber trotzdem – war sie die Richtige?

Er beschloss, am nächsten Morgen Paula gleich einen Brief zu schreiben, in dem er darauf hinwies, wie ungeeignet er für die Ehe sei. Die ganze Nacht überlegte er den Text, verwarf ihn aber immer wieder.

Paula war unterdessen selig. Sie schwebte im siebten Himmel und schwärmte auf der Rückreise nach München ihrer Schwester Klärle vor, was für ein toller Mann Leberecht sei. Auch ihr Vater mochte ihn, Leberecht war schon so oft bei ihnen zu Hause gewesen, und sie hatte gemerkt, dass ihr Vater nach jedem Besuch von Leberecht guter Stimmung, ja richtig aufgekratzt war.

In München angekommen, telegraphierte sie ihrem Vater und ihrer Stiefmutter gleich die Nachricht ihrer Verlobung. Paul Fabricius war außerordentlich erfreut. Die Verlobung war für ihn ein willkommener Anlass, den Vertrag mit der Met zu kündigen. Er verdiente zwar mit jedem Auftritt die damals stolze Summe von 1.000 Dollar, also 4.200 Mark, das war mehr als das Achtfache eines Monatsgehalts von Leberecht, gut das Doppelte, was ein Generaldirektor einer Aktiengesellschaft im Monat verdiente. Aber die Auftritte waren selten. Er war in München im deutschen, italienischen, französischen und russischen Fach zu Hause, aber in New York hatte er nur Auftritte im deutschen Fach, vor allem in den großen Wagnerpartien, und Wagner war in dieser Zeit nicht so sehr gefragt. Oft dauerte es 14 Tage, bis er wieder einen Auftritt hatte, manchmal waren es sogar sechs Wochen, und das Leben in der Stadt war teuer. Er fuhr mit seiner Frau mit dem nächsten Schiff, auf dem es noch freie Plätze gab, zurück nach Europa.

Leberecht hatte Paula eingeladen, nach Gernsbach zu kommen und seine Mutter zu besuchen. Im ersten Brief, den Leberecht ihr schrieb, hatte er einen halben Rückzieher von der Verlobung gemacht, indem er ihr mitteilte, dass er für die Ehe ungeeignet sei, er sei ein unruhiger Geist, der sich noch nicht binden wolle, aber natürlich stehe er zu seinem Wort, und Paula erinnerte ihn auch daran. Sie schrieb ihm, dass sie etwas erstaunt über seinen Brief sei, ging aber auf seine Bedenken überhaupt nicht ein, sondern kündigte den Besuch in Gernsbach an.

Leberecht war jetzt in großen Schwierigkeiten. Er hatte seiner Mutter noch nichts gesagt. Er ahnte schon, dass ihn das in eine unangenehme Situation bringen würde, zumal er von seiner Mutter brieflich unterrichtet war, dass sie ihn in einer Woche zu einem großen Fest erwarte, zu dem auch die Töchter des Papierfabrikanten Hochberg eingeladen waren. Das Fest fand statt, aber Leberecht erschien nicht, und Fräulein Hochberg hatte keinen Tischherrn.

Paula traf zwei Tage später in Gernsbach ein, aber Leberecht war nicht da, um sie seiner Mutter vorzustellen. Am Bahnhof in Gernsbach wurde Paula von Leberechts Bruder Georg abgeholt, der sie reizend fand, und auch der älteste Bruder Archibald empfing sie mit Handkuss und war onkelhaft nett zu ihr. Else, die über 20 Jahre älter war als Paula, nahm sie unter ihre Fittiche. Johanna wusste noch nicht, wer das junge Mädchen war, das bei Else und Archibald abgestiegen war. Als Leberecht endlich ankam und seiner Mutter beichtete, dass er sich verlobt hatte, weinte Johanna und fuhr zu ihrer Tochter Hiltrud nach Schopfheim.

Sie hatte sich zwar sehnlichst für Leberecht eine Frau gewünscht, aber es sollte doch unbedingt eine Fabrikantentochter sein, obgleich sie mit den Familienbindungen der Fabrikantentöchter und Schwiegersöhne bisher keine allzu guten Erfahrungen gesammelt hatte. Ja, wenn es ein 26 oder 27 Jahre altes Mädchen gewesen wäre mit Erfahrung im Leben, die wirtschaften konnte, aber von Paula wusste sie nur, dass sie nichts gelernt hatte, sie hatte nur das Lyzeum besucht – wie im Übrigen ihre eigenen Töchter auch –, sie war unerfahren und einfach zu jung. Johanna war zwar bei ihrer Eheschließung noch ein Jahr jünger gewesen, aber das ließ sie im Augenblick nicht gelten.

Leberecht und Paula reisten ihr nach Schopfheim nach. Hiltrud war zunächst recht freundlich, sie bewirtete die beiden auf das Beste, berichtete aber, dass Johanna unaufhörlich weine. Johanna hatte sich jedoch in der Zwischenzeit gefasst. War es überhaupt möglich, eine Frau ihrer Wahl zu finden, die Leberecht gefallen würde? Wenn sie sich jetzt einmischte und versuchte, die Heirat zu verhindern, würde sie nicht das Schicksal herausfordern? Möglicherweise würde Leberecht dann allein bleiben oder irgendeine Schauspielerin mit bewegter Vergangenheit und vielleicht sogar mit Kindern aus einer früheren Ehe heiraten! Das Idealbild der Frau, das sie sich vorgestellt hatte, gab es überhaupt nicht. War es nicht ein Fehler von ihr gewesen, dass sie sich in jede Verlobung ihres Ältesten eingemischt hatte?

Sie musste zugeben, dass Paula außergewöhnlich hübsch war und wesentlich schöner als die Fabrikantentöchter, die sie für Leberecht ausgesucht hatte. Paula war sympathisch und natürlich, und letztlich konnte sie von dieser jungen Frau noch viele Enkel bekommen. Nach dem Unglück, das sie mit ihren

Schwiegertöchtern bisher gehabt hatte, wog das einiges auf. So ergab sie sich in ihr Schicksal und war zu Paula außerordentlich liebenswürdig, machte ihr schöne Geschenke und war bereit, sobald Vater Fabricius aus Amerika zurück war, sich mit ihm zu treffen.

Sobald Paul zurückgekehrt war, reiste Johanna nach München. Felicitas war entsetzt über die energische Dame, die jetzt ins Haus kam und sich so benahm, als ob ihr das Haus gehören würde und sie über die ganze Familie verfügen könnte. Johanna sah – und Felicitas merkte das – voller Geringschätzung auf die Einrichtung: Jugendstilmöbel, die sich Paul mit seiner ersten Frau vom selbstverdienten Geld gekauft hatte. Sie war auch entsetzt, eine Gegenschwiegermutter zu sehen, die 20 Jahre jünger als sie war, kaum älter als die Braut. Felicitas meinte zu Paula, sie würde drei Kreuze machen, wenn diese Frau endlich wieder aus dem Haus sei, bei der man aufpassen müsse, dass sie nicht alles vom Untersten ins Oberste kehre.

Johanna kam im Gespräch mit Paul gleich zur Sache und fragte nach der Mitgift. Paul antwortete darauf, dass er der Ansicht sei, der Mann habe für die Frau zu sorgen, das sei bei seinem Schwiegervater und auch bei seinen Schwestern so gewesen. So viel verdiene er nicht, dass er den Kindern etwas Bares mitgeben könne. Paula werde eine gute Aussteuer erhalten, Tafelsilber und Porzellan für 24 Personen, für Feste und für täglich, Bettwäsche, einen Flügel. Für ein Schlafzimmer werde er aufkommen, aber damit basta. Er sei nicht aus Fabrikantenkreisen, wenn das dort üblich sei, könne er das nicht ändern. Bei ihm zu Hause bekämen die Söhne eine Ausbildung und die Töchter eine Aussteuer, das sei allgemein üblich und daran würde er sich halten.

Johanna akzeptierte das, aber sie nahm Paul, mit dem sie sich nicht duzte, ihr ganzes Leben lang übel, dass er kein Bargeld gegeben hatte.

Die Hochzeit wurde schon auf einen Termin sechs Wochen später festgelegt. Die ganze Familie Weiler kam nach München. Alle Brüder und Schwestern, Schul- und Studienfreunde von Leberecht, Johanna und ihr Bruder Adolf mit seiner Frau, niemand fehlte, und auch die ganze Familie Fabricius war da, die Geschwister der Braut und die Geschwister von Paul, und auch die Schwestern von Paulas verstorbener Mutter.

Der Polterabend fand im Haus Fabricius statt. Die ältere Schwester Klara, die Schauspielerin geworden war, hatte ein Theaterstück gedichtet und inszeniert, in dem selbst der kleine, erst zwei Jahre alte Halbbruder von Paula mitspielen durfte. Paul sang.

Geweint wurde auf dieser Hochzeit nicht, wie sonst üblich, es war keine Mutter oder Großmutter der Braut dabei, die Tränen hätte vergießen müssen. Johanna sah aber recht sorgenvoll aus. Ob das wohl gut ging, ob das nicht eine große Enttäuschung geben würde? Die beiden waren doch so grundverschieden.

Paula, so meinte sie, sei viel zu jung für Leberecht. Sicher war sie nicht aufgeklärt. Sie dachte an ihre eigene Hochzeitsnacht und die Enttäuschung, die sie in den ersten Jahren ihrer Ehe erlebt hatte. Außerdem kannten sich die beiden ja so gut wie gar nicht, und hatten sie überhaupt gemeinsame Interessen?

Aber sie sollte sich täuschen. Die beiden, die jetzt die Hochzeitsreise antraten, kannten sich wirklich kaum. Sie waren nur zehn, höchstens zwanzig Stunden allein zusammen gewesen, und sie hatten beide grundverschiedene Charaktere mit sehr unterschiedlichen Anschauungen. Aber doch sollten sie ganz besonders gut harmonieren.

Zunächst erschien Leberecht ganz deutlich als die führende Persönlichkeit in der Ehe, er war älter und hatte mehr Lebenserfahrung. Aber Paula war nicht – wie Johanna meinte – dumm und naiv. Nach außen hin war sie die freundliche, nachgebende, in allem folgsame Tochter und nun auch Ehefrau. Aber sie hatte einen eisernen Willen und hatte gelernt, sich zu behaupten. Wenn es ihr wichtig war, setzte sie sich durch, da konnte sie niemand von ihrem Ziel abbringen.

Leberecht, der nach außen hin als der überlegene, gebildete, erfahrene Mann auftrat, war in Wirklichkeit eher schwankend, oft auch unsicher. Sein Gemütszustand war sehr oft himmelhoch jauchzend – zu Tode betrübt. Er konnte sich euphorisch für alles Mögliche begeistern, für ein großes Geschäft oder eine musikalische Aufführung, für die Freundschaft oder für den Hass. Er war vorschnell mit seinem Urteil, er war oft – wie auch seine Geschwister – launisch, und er konnte aus dem geringsten Anlass urplötzlich explodieren, was Paula zunächst mit großer Verwunderung zur Kenntnis nahm. „Habt ihr mir mal wieder ..." war eine ständige Vokabel, die er im Munde führte, wenn etwas nicht so klappte, wie er sich vorgestellt hatte. Auf seine Umgebung ging dann oft ein wahres Donnerwetter nieder, und es gab Beschimpfungen, meist auch an Abwesende gerichtet, die er für irgendetwas verantwortlich machte, aber er war auch schnell wieder beruhigt und bester Laune, wenn zum Beispiel der verlorene Kragenknopf wieder gefunden wurde. Er lachte, und alles war vergessen – bei Paula allerdings nicht, aber sie machte ihm deshalb nie eine Szene.

Paula störte auch Leberechts subjektives Rechtsempfinden, das er mit seiner ganzen Familie teilte. Gesetze waren für andere da und nicht für ihn selber. Paula wäre nie über die Straße gegangen, wenn die Ampel auf Rot zeigte, oder mit dem Auto auf einem Fußweg gefahren. Sie hatte auch nie beim Spielen gemogelt und erst recht nicht bei der Steuer. Sie dachte absolut rechtlich wie ihr Vater auch, und nahm das als gegeben hin, was Recht und Gesetz war. Übertriebene Freundschaftsbezeugungen, übertriebene Höflichkeit mochte sie nicht. Sie durchschaute die Menschen. Als Kind ohne Mutter hatte sie gelernt, die Erwachsenen zu beobachten. Wenn sie gegen jemand eine Abneigung spürte, sollte sich immer herausstellen, dass sie dabei Recht gehabt hatte.

Leberecht und Paula hatten aber trotz des Altersunterschieds und der unterschiedlichen Bildung einige gemeinsame Interessen, das war das Theater und vor allem die Oper. Für Paula war sie das Ein und Alles. Beide Eltern waren Opernsänger gewesen, und über die Oper wurde jeden Tag zu Hause gesprochen. Außerdem kannte sich Paula in der Literatur gut aus und war recht belesen. Sonst hatte sie in der Schule nicht viel mitbekommen, Naturwissenschaften interessierten sie nicht und schon gar nicht die Politik, auch für das Geschäft hatte sie kein Interesse, Themen, die für Leberecht wichtig waren. Aber darüber gab es keinen Streit. Paula war klug genug, bei Gesprächen über solche Fragen nie mit dummen Kommentaren aufzufallen. Paula urteilte über eine Sache nur dann, wenn sie auch etwas davon verstand.

Die Hochzeitsreise ging zunächst nach Venedig, nach Verona und Mailand, und dann direkt zurück in die zukünftige Heimat, nach Lübeck. Ursprünglich hätte Leberecht gerne die nordischen Länder mit Paula besucht, aber sie hatte den Wunsch, nach Italien zu fahren, und da Leberecht Italien auch nicht gut kannte, war er damit einverstanden gewesen.

Zunächst einmal gab es in der Hochzeitsnacht keine Enttäuschung. Obwohl Paula nicht aufgeklärt war und Leberecht bisher nur einige Abenteuer mit erfahrenen Frauen gehabt hatte, harmonierte das Paar in jeder Beziehung.

Nach Beendigung der ersten zwei Wochen ihrer Hochzeitsreise nach Italien sollte dann – worauf Leberecht gedrängt hatte – der zweite Teil der Reise nach Norden gehen, nach Norwegen, Schweden und Finnland. Paula freute sich darauf, auch diese Länder kennenzulernen, von denen sie noch nicht viel gehört hatte.

Zwischenstation machten sie auf der Rückreise von Venedig in München bei den Eltern, und dann ging es mit dem Nachtzug nach Lübeck. Die ganze Familie Fabricius begleitete Paula und Leberecht zum Münchner Hauptbahnhof, um sich dort zu verabschieden. Es gab ein – wie Leberecht meinte – nicht enden wollendes belangloses Gespräch am offenen Abteilfenster mit der auf dem Bahnhof stehenden Familie. Die vielen guten Ratschläge, die man der jungen Frau auf die Reise, für das Verhalten in Norddeutschland und in den skandinavischen Ländern mitgab, waren alle schon mehrfach gesagt worden.

Immer wieder wurde Paula daran erinnert, ja viel zu schreiben und Ansichtskarten zu schicken. Sie bekam gute Ratschläge gegen die Seekrankheit, Johannes erklärte seiner großen Schwester, dass der Zug 18 Waggons hatte, die Lokomotive sei eine Krauss-Maffei der modernsten Baureihe, während Klara versuchte, von ihrem ersten Engagement als Schauspielerin in Heilbronn zu erzählen, aber nie richtig zu Wort kam, weil Felicitas immer neue Ratschläge für Paula einfielen.

Leberecht stand im Hintergrund und dachte nur, dass die Familie doch endlich verschwinden sollte. Da der Zug noch zehn Minuten später als geplant abfuhr, hatten sie fast eine ganze Stunde am Bahnsteig vertrödelt.

In dem engen Schlafwagenabteil versuchten die beiden, es sich gemütlich zu machen, was gar nicht so leicht war. Sitzen konnten sie nur auf dem unteren Bett, wobei sie den Kopf einziehen mussten. Leberecht hatte eine Flasche Champagner bestellt, aber es war nur deutscher Sekt aufzutreiben, eine Marke, die ihm nicht besonders schmeckte. Auch Paula wollte nicht viel trinken, sie hatte Angst, einen Schwips zu bekommen, so dass Leberecht fast die ganze Flasche hinunterkippte und daraufhin furchtbar müde wurde. Paula als die sportlichere kletterte ins obere Bett, während Leberecht unten blieb. Kaum war das Licht aus, schlief Leberecht schon tief und schnarchte so laut, dass sogar das Rattern des Zuges übertönt wurde. Er ließ sich auch nicht stören, wenn auf den Stationen die Leute ein- und ausstiegen und mit ihren Koffern auf dem Gang gegen die Abteiltüre stießen, aber Paula konnte nicht einschlafen. Ihr war der Abschied von ihrer Familie doch sehr schwer gefallen, und sie machte sich Gedanken, was ihr die Zukunft bringen würde.

Sie kannte ihren Mann ja noch gar nicht. Er hatte ihr in Italien mit seinem weltmännischen Wissen, mit seinem Witz und Charme sehr imponiert, wie er sich überall zurechtfand, wie er in den Hotels das beste Essen bestellte, wie er ihr von der alten Kultur der Römer erzählte, von der Lebensart der Italiener, das hatte ihr sehr gut gefallen. Aber jetzt fing bald der Ernst des Lebens an. Sie hatte Angst vor ihrer Schwiegermutter. Gott sei Dank lagen zwischen Lübeck und Gernsbach mehr als 700 Kilometer, aber Johanna hatte sich schon für die Zeit ihrer Abwesenheit angemeldet, sie wollte das neue Haus in Lübeck einrichten und dann das junge Paar bei ihrer Rückkehr begrüßen. Leberecht hatte mit Begeisterung zugestimmt, wohl auch in der Hoffnung, dass er noch einige schöne Möbelstücke bekommen würde.

Dann hatte Johanna auch angekündigt, sie wolle sich davon überzeugen, ob Paula kochen könne. Würde die Schwiegermutter ständig in Lübeck auftauchen und in ihren Haushalt dreinreden? Hoffentlich nicht, das wäre für sie ein Alptraum! Sie wollte doch ein richtiges bürgerliches Zuhause schaffen, so wie sie es gekannt hatte, als ihre Mutter noch lebte, zusammen mit ihrem Ehemann, mit dem man morgens gemütlich im Schlafrock frühstückte, der mittags zu Hause war und mit dem man am Abend ins Theater ging oder Gäste einlud.

Es war schon mitten in der Nacht, als ihr endlich die Augen zufielen. Gegen sechs Uhr, kurz vor Hannover, wurden sie vom Schaffner aus dem Schlaf gerissen, obwohl er Leberecht versprochen hatte, sie erst später zu wecken. Leberecht brummte nur und Paula drehte sich im Bett um und schlief wieder ein. Zum Glück wurde Leberecht dann aber doch rechtzeitig wach. Sie konnten in dem engen Abteil in aller Eile nur eine kurze Katzenwäsche machen, ihre Siebensachen zusammenpacken und im letzten Moment in Hamburg aus dem Schlafwagen aussteigen. Sie erreichten in großer Hetze und mit Herzklopfen den Zug der Lübeck-Büchener Eisenbahn, der sie in ihre neue Heimat bringen sollte.

Auf dem Lübecker Hauptbahnhof stand direkt vor ihrem Abteil Herr Fischer, der Chauffeur von Leberecht, in einer neuen Uniform mit weißen Handschuhen, mit zwei Gepäckträgern, die ihr Gepäck in Empfang nahmen. Vor dem Bahnhof stand das große Achtzylinder-Kabriolett, das sich Leberecht auf Kosten der Firma gekauft hatte. Die Brüder hatten zwar gemeint, dass dies ein wirklich übertriebener Luxus sei, sie würden mit bescheideneren Wagen auskommen, vor allem Archibald hatte den Kauf gerügt. Aber Johanna hatte Leberecht verteidigt, in Lübeck müsse er jetzt groß auftreten, um etwas zu gelten, und hatte ihm zudem einen Zuschuss zu dem Fahrzeug gegeben, was wiederum die Brüder als unnötig empfanden. Der Wagen glänzte wirklich vornehm in der Sonne, denn Herr Fischer hatte ihn am Abend vorher auf Hochglanz poliert.

Die Fahrt ging im offenen Wagen über die Puppenbrücke, am Holstentor vorbei, die Mengstraße hinauf nach Fünfhausen. Paula bestaunte die riesige Fassade und die hohen Türme der Marienkirche und meinte, die sei ja beinahe so hoch wie die Frauenkirche in München. Leberecht erwiderte aber: „Die ist 25 Meter höher als die Frauenkirche.“ Paula überlegte, dass die Frauenkirche ja runde Türme hatte, und wenn die Türme auch spitz wären, dann wäre sie sicher höher. Aber als sie direkt vor der Kirche nach Fünfhausen abbogen, sagte Paula: „Du, ich glaube, die ist wirklich höher!“

Aber zu weiteren Diskussionen kamen sie nicht, denn sie waren vor der Wohnung, in der sie zur Miete wohnen sollten, angelangt. Die Wohnungstür war zum Empfang des jungen Paares mit Girlanden geschmückt, Herr und Frau von Normann warteten davor, Leberechts Freund Dr. Hartenstein und seine Frau standen da mit einem riesigen Blumenstrauß, und dahinter stand der ganze Opernchor und stimmte den Brautchor aus Lohengrin „Treulich geführt ...“ an.

Die ganze feierliche Begrüßung wurde unterbrochen durch Leberechts Cockerspaniel Vasco, der sich wie verrückt gebärdete, um Leberecht herumrannte und an ihm hochsprang, während er Paula nur mit einem recht skeptischen Blick bedachte.

Ursprünglich hatte Leberecht geplant, dass sie in die neue Villa in der Krügerstraße am Lübecker Stadtpark einziehen sollten, aber das Haus war noch nicht fertig geworden und dementsprechend auch noch nicht eingerichtet. Die Handwerker hatten nicht so gespurt, wie das geplant war, und da Leberecht lange Zeit nicht da war, hatten sich viele Entscheidungen hinausgezögert. Der Architekt hatte Angst gehabt, etwas ohne die Zustimmung Leberechts und vor allem ohne die von Johanna, vor der er großen Respekt hatte, zu entscheiden.

Die erste Überraschung erlebte Paula, als morgens um sieben Uhr plötzlich die Schlafzimmertüre aufging, Vasco hereinstürmte und zu Leberecht ins Bett sprang. Als Paula ihn wieder rausscheuchen wollte, knurrte er sie nur böse an. Leberecht lachte, aber Paula wurde zum ersten Mal in ihrer Ehe energisch. Ein

Hund im Bett, das gehörte sich nicht. Vasco wollte das nicht einsehen, und so wurde die Türe zum Schlafzimmer abgeschlossen.

Leberecht fand ziemlich beunruhigende Nachrichten aus Finnland vor, wo einiges schief gelaufen war und Gefahr bestand, dass eine Katastrophe auf die Firma zukam. Das musste schnellstens geregelt werden. Leberecht disponierte um. Die Reise nach Norwegen, nach Oslo, Bergen und den Sognefjord, auf die er sich so gefreut hatte, und die Weiterreise nach Stockholm mussten storniert und dafür eine Schiffspassage von Lübeck nach Helsingfors geordert werden. Für Paula war das eine Enttäuschung, aber Leberecht hatte ihr so begeistert von Finnland erzählt, dass sie gespannt auf das Land war. Die Hauptsache war ja, dass sie mit Leberecht zusammen sein konnte.

Die Reise nach Finnland wurde wieder auf dem Dampfschiff „Welamo" angetreten, mit dem Leberecht schon mehrfach gereist war. Es war jetzt Anfang Juli, die Sonne verschwand erst nachts um elf Uhr am Horizont, und so konnten Paula und Leberecht das schöne Wetter an Deck genießen. Paula war glücklich, zumal alle an Bord die junge Frau mit ausgesuchter Höflichkeit behandelten. Am Abend im Speisesaal bat sie der Kapitän an seinen Tisch, obgleich einige ältere Damen der Gesellschaft mit auf dem Schiff waren, die er eigentlich nicht hätte übersehen dürfen, aber ihm gefiel die junge hübsche Frau augenscheinlich. Zudem war Leberecht, den er von früheren Reisen kannte, ein angenehmer Gesellschafter, der auch einmal etwas anderes erzählte als das übliche Gerede der reichen Kaufleute, die den Kapitän recht gönnerhaft behandelten und immer durchblicken ließen, dass er, der hier an Bord der erste Mann war, gesellschaftlich nicht viel zählte.

Allerdings war Paula entsetzt, als viele der Mitreisenden durch den reichlichen Alkoholkonsum ihre Höflichkeit und guten Manieren vergaßen und die Komplimente, die man ihr machte, zum Teil recht anzüglich wurden.

Am Kai in Helsingfors war das ganze Büro von Finska Trä aufmarschiert, an der Spitze die Sekretärin Julchen Erland, die Paula einen großen Blumenstrauß überreichte. Im Hotel Societätshuset war das schönste Zimmer mit Blick auf den Bahnhofsplatz für das junge Paar reserviert, und auch hier standen mehrere Blumensträuße mit Karten der finnischen Geschäftsfreunde auf dem Zimmer.

An eine gemeinsame Stadtbesichtigung war nicht mehr zu denken. Der Direktor von Finska Trä – auf finnisch Suomen Puu – Franz Kowalski, der zuletzt als Prokurist die Berliner Niederlassung geleitet hatte, nahm Leberecht gleich in Beschlag, denn die Ereignisse hatten sich dramatisch zugespitzt. Erst spät am Nachmittag kam Leberecht wieder ins Hotel, und auch an den nächsten Tagen sollte es nicht anders sein.

Paula schlenderte also allein durch die Altstadt, das Zentrum und durch die Vorstadt Brunsparken oder beobachtete vom Hotelzimmer aus den beinahe ausgestorbenen Bahnhofsvorplatz. Es gab nur wenige deutsche Zeitungen zu lesen, nur ab und zu das Hamburger Fremdenblatt, und das auch nur mit einigen Tagen Verspätung. Englische Zeitungen, die es gab, interessierten sie nicht und auch ihre Englischkenntnisse reichten nicht aus. Überhaupt fand sie Politik langweilig, und vom Theater stand kaum etwas darin. Das Buch, das sie auf die Reise mitgenommen hatte, war schnell ausgelesen.

So wartete sie sehnsüchtig auf den Abend, bis Leberecht wieder Zeit für sie hatte. Aber auch am Abend war Leberecht mit seinen Problemen beschäftigt, die ihn nicht losließen. Er vertröstete sie darauf, dass es bald aufs Land ging, und er sprach von den Schönheiten der Natur, von den Wäldern und Seen.

Im Büro der Finska Trä berichteten Franz Kowalski und Julchen Erland, dass draußen in den Wäldern der Teufel los sei. Die meisten ehemaligen deutschen Soldaten, die mit Finninnen verheiratet waren und die Leberecht als Waldmeister eingestellt hatte, waren an das Saufen geraten und hatten sich mit den finnischen Lieferanten verkracht. Die Lieferanten hatten die ausgemachten Anzahlungen kassiert, aber dann nicht die volle Menge Holz geliefert, zu der sie sich verpflichtet hatten. Bei der Lieferung nach Großbritannien gab es erhebliche Reklamationen wegen fehlender Mengen, die Konten waren überzogen und die Banken misstrauisch geworden.

Leberecht sah, dass es so nicht weiterging. Das finnische Geschäft, sein Lieblingskind, war in eine Sackgasse geraten, er brauchte neues Kapital, und dazu brauchte er die Hilfe seiner Brüder und vor allem die Unterstützung seiner Mutter, denn von seinen Brüdern, das war ihm klar, würde er ohne ein neues, vernünftiges Konzept kein neues Geld bekommen.

Das Büro – das erkannte er bald – musste von Helsingfors näher zum Brennpunkt des Geschehens, nach Viborg, der Hauptstadt Kareliens, verlegt werden, denn von dort kam das meiste Holz, und er musste für die Firma einen neuen Direktor einsetzen, sich von einigen Mitarbeitern – vor allem den deutschen – trennen und sie durch einheimische Angestellte ersetzen. Das wollte er aber nicht alles auf der Hochzeitsreise erledigen, und zudem drängte es ihn jetzt auch wieder nach Lübeck zurück.

Dort erwartete sie bereits Johanna, die in der Zwischenzeit das Haus in der Krügerstraße fix und fertig eingerichtet hatte. Als erstes wollte Leberecht unter vier Augen, ohne die Gegenwart seiner Brüder, mit seiner Mutter die finnischen Geschäfte durchsprechen, ehe Archibald und Georg Nein sagen konnten.

Johanna hatte das Haus ganz nach ihrem Geschmack eingerichtet. Die Villa war ein elegantes, symmetrisch angelegtes kleines Schlösschen in einem Garten, in dem allerdings noch kaum Bäume standen. Entworfen hatte es ein Lübecker Modearchitekt, der für die Spitzen der Gesellschaft baute, mit dessen Entwurf Johanna aber nicht recht zufrieden war. Zugestanden, das Gebäude wirkte äußerlich harmonisch, es war ein roter Backsteinbau, entsprechend der norddeutschen Tradition. Das Dach war im Kontrast dazu mit schwarzen glasierten Ziegeln gedeckt, die recht teuer gewesen und bis zum ersten Stock heruntergezogen waren. Johanna bemängelte, dass es sicher sehr schwer sei, dieses Gebäude zu isolieren, dass man für seine Beheizung viel zu viel Kohle brauchen werde, mindestens 300 Zentner im Jahr und auch damit das Haus im Winter nicht richtig warm bekommen werde. Dann fand sie es geradezu irrwitzig, dass die Freitreppe auf die Westseite nach der Straße hin und die Fenster alle ausnahmslos nach Westen und Osten gerichtet waren, zum Norden und Süden hin gab es keine Fenster.

Das Haus war ganz auf Wirkung gebaut, aber innen war es unpraktisch. Der Chauffeur, Herr Fischer, stimmte ihr bei, er meinte, der Architekt müsse zur Strafe mindestens dreimal jeden Tag Möbel aus dem Keller auf den Speicher schaffen und dabei sehen, wie er durch die engen Türen kommen würde.

Die Vorderfront nahm die Küche, das Entrée und das Herrenzimmer von Leberecht ein, während auf der Rückseite zum Garten hin ein relativ kleines Esszimmer, ein sehr großes Musikzimmer und ein Salon lagen. Zwischen Herrenzimmer, Salon, Musikzimmer und Esszimmer waren Schiebetüren. Leberecht hatte das gewünscht, um auch große Konzertabende geben zu können, wie er das von seinem Vater gewohnt war. Er und Paula träumten davon, dass Kammersänger Fabricius hier Liederabende geben würde, zu denen die ganze Lübecker Gesellschaft eingeladen werden sollte. Die großen ineinander übergehenden Räume machten es aber unmöglich, so viele Schränke und Kommoden zu stellen und Bilder aufzuhängen, wie Johanna es geplant hatte. Sie hatte schon lange, bevor Leberecht überhaupt verlobt war, damit begonnen, Möbel, Bilder und Lampen für die neue Wohnung zu kaufen, und das, was sie in der Zwischenzeit gesammelt hatte, hätte dreimal für die Einrichtung der Villa gereicht.

Das Herrenzimmer war mit Empire-Bücherschränken für die umfangreiche Bibliothek von Leberecht eingerichtet, der seit Jahren wertvolle alte Drucke und Klassikerausgaben, alle in Leder gebunden, gesammelt hatte, aber Platz für weitere Sammelleidenschaften war nicht vorhanden. Einen Schreibtisch, der zu den Bücherschränken passte, hatte Johanna von einem Kunstschreiner machen lassen, dazu die Stühle in gleichem Stil.

Der Salon von Paula wurde mit Biedermeiermöbeln aus Mahagoni eingerichtet, es gab dort einige Vitrinen mit der Uhrensammlung von Leberecht, die im Herrenzimmer keinen Platz gefunden hatte, einen Mahagonisekretär für Paula und Bilder nur aus der Biedermeierzeit. Um Paula eine Freude zu bereiten, hing dort auch ein großes Kinderbild, das Paul Fabricius gemalt hatte.

Das Musikzimmer war nur spärlich eingerichtet, hier stand das einzige Möbelstück, das Paula mit in die Ehe brachte, ein großer Blüthner-Konzertflügel, sowie das Grammophon. Entlang der Wände standen nur Tische, ebenfalls aus der Empirezeit, mit zahlreichen Uhren aus Leberechts Sammlung. Beleuchtet war das Zimmer durch mehrere Kristalllüster.

Im Esszimmer stand ein dunkles Buffet aus der Barockzeit, ein großer moderner Tisch zum Ausziehen und zwölf dazu passende, dunkel gebeizte, mit Leder bezogene Stühle. Wenn der Tisch ausgezogen wurde, war es schwierig zu servieren, so eng war das Zimmer, aber jetzt, nachdem das Haus fertig war, konnte man daran nichts mehr ändern.

Im Obergeschoss befanden sich rund um einen großen Vorplatz das Schlafzimmer, ein Wohnzimmer mit Balkon mit Blick auf den Garten, ein Gästezimmer und ein Zimmer für den Nachwuchs. Auch das war nach Meinung von Johanna zu klein. Wo wollten sie denn die vielen Kinder unterbringen, denn Johanna hoffte, dass einmal sechs oder mehr Enkel in diesem Haus aufwachsen würden.

Paula war es gar nicht recht gewesen, dass die Schwiegermutter über alles bestimmte. Nicht ein Möbelstück, das sie an zu Hause erinnerte, hatte sie mitnehmen dürfen, mit Ausnahme des Flügels, der noch von ihrer Mutter stammte. Aber als Johanna dann strahlend ihr Werk zeigte, war Paula doch sehr zufrieden, vor allem mit ihrem Salon, der sie auch an den Salon in ihrem Elternhaus in München erinnerte, den ihre Mutter eingerichtet hatte, der aber nach ihrem Tode nie mehr benutzt wurde.

Johanna fragte, wie die Reise nach Finnland verlaufen war, und als sie hörte, dass Paula auf der Rückreise auf dem Schiff sich mehrfach erbrochen hatte, weil sie seekrank war, freute sie sich, weil sie annahm, dass schon ein Kind unterwegs war. Sie fragte Leberecht, aber der meinte, dass er davon noch nichts gehört habe.

Bevor Johanna wieder abreiste, wollte sie sehen, wie Paula kochen konnte, was Paula in arge Verlegenheit brachte. Sie hatte zwar eine Kochschule in München besucht, die nach dem badischen Kochbuch des Viktoria-Pensionats unterrichtete, aber sie hatte keinerlei Übung. Zu Hause hatte die Köchin nicht zugelassen, dass ihr jemand in ihren Bereich hineinpfuschte. Paula war erst wenige Tage in Lübeck, und sie wusste nicht, zu welchem Metzger und zu welchem Kolonialwarenhändler sie gehen konnte, sie wusste nicht, wo sie frisches Gemüse auf dem Markt besorgen konnte, und in ihrer Not besprach sie sich mit der einzigen Frau, von der sie Hilfe erwarten konnte, der Frau des Intendanten, Lotte Hartenstein. Von ihrer Mutter hatte diese vorzüglich kochen gelernt und war gerne bereit zu helfen.

Damit Johanna sie nicht sah, wurde Lotte heimlich durch die Kellertüre in die Küche gebracht, während Johanna mit Leberecht über die Entwicklung in Finnland und seine Pläne sprach. Währenddessen kauften Lotte und Paula ein, und es gelang ihnen, ein köstliches badisches Essen auf den Tisch zu bringen, angefangen mit Nudelsuppe, dann Ochsenfleisch mit Beilagen und als Nachtisch einen Vanillepudding mit Himbeersoße, so dass Johanna zufrieden war und Paula lobte. Sie war jetzt außerordentlich liebevoll zu Paula, denn sie hoffte auf Nachwuchs.

Am nächsten Morgen fuhr Johanna zur großen Erleichterung von Paula wieder nach Gernsbach, und machte auf der Rückreise Station in Hamburg bei Silvia, um die beiden Enkelinnen zu sehen.

Leberecht hatte die gute Laune, die Johanna in Lübeck hatte, genutzt, um sie für seine Pläne in Finnland zu gewinnen, was ihm auch auf ganzer Linie gelang.

***

Einer der wenigen, mit dem Leberecht und Paula in Lübeck Verbindung hielten, war der Kaufmann Franz Boetius. Leberecht hatte diesen Weltmann und Kavalier, der 15 Jahre älter war, gleich in den ersten Tagen nach seiner Ankunft in Lübeck kennengelernt, weil sie beide die gleiche Leidenschaft für Theater und Musik hatten. Boetius stammte mütterlicherseits aus einer Lübecker Kaufmannsfamilie, und seine Frau Margarethe war die Enkelin des letzten großen regierenden Bürgermeisters der Stadt gewesen. Als junger Mann war er Ende des 19. Jahrhunderts nach Japan gereist, um dort in das Geschäft seines Onkels, eines Wechselmaklers, einzutreten. Boetius, der vorher in London als Commis in einem Ostasienhandelshaus tätig gewesen war, nahm an dem starken wirtschaftlichen Aufschwung Japans vor dem Ersten Weltkrieg teil und war 1914 ein sehr reicher Mann.

Jedes Jahr war er nach Lübeck gekommen und wurde dort Mitbegründer der Gesellschaft der Lübecker Musikfreunde, der das Orchester des Stadttheaters gehörte.

Bei Kriegsbeginn 1914 hatten ihm seine englischen Partner die Firma gekündigt, er wurde als Deutscher interniert und musste 1919 wieder von vorne beginnen. Allerdings bekam er seine Villa in Yokohama wieder zurück und auch das Bankkonto, das er gehabt hatte.

Der weit gereiste Weltmann, der nicht nur Ostasien, Japan und China, sondern auch Amerika und die meisten europäischen Länder kannte, begann, ein Import-Export-Geschäft zwischen Deutschland und Japan aufzuziehen und wurde in der Inflation sehr reich. Er lebte jetzt die meiste Zeit in seiner Heimatstadt Lübeck in einer großen Villa in der Wakenitzstraße und genoss den Reichtum, den er durch den Umtausch seiner Yen in Mark erzielte. Für ein Ei und ein Butterbrot konnte er ganze Ladengeschäfte leer kaufen und die Erzeugnisse nach Japan verkaufen.

Auf der Suche nach einer sicheren Geldanlage schaffte er sich eine Gemäldesammlung an und hängte die Bilder in seiner Villa in Yokohama auf, die er nur selten besuchte. Aber das Glück verließ ihn im Jahr 1923. Zunächst hatte man ihn beim Kauf eines Rembrandt, der sich als Fälschung erwies, betrogen, und dann wurde ein großer Teil seiner Bilder Opfer eines Feuers in Yokohama. Da das Feuer Folge eines Erdbebens war, bezahlte seine Versicherung nichts, weil er dagegen nicht versichert war.

Mit Ende der Inflation war auch sein Geschäft bankrott, seine Freunde hatten ihn verlassen, und bald verließ ihn auch seine Frau, die in den guten Tagen den Reichtum von Franz genossen und über seine Eskapaden mit anderen Frauen großzügig hinweggesehen hatte, jetzt aber auf eine Scheidung drängte. Die Lübecker Gesellschaft, die sein – wie sie fand – protziges Auftreten nicht leiden konnte, brach die Beziehungen zu ihm ab. Es blieben nur wenige Freunde, darunter Leberecht.

Franz Boetius war zu einem wirklich guten Freund geworden, mit dem Leberecht auch über seine Geschäfte in Finnland sprechen konnte. Paula konnte ihn gut leiden. Auch wenn sie sich sonst gegen allzu große Höflichkeit und Komplimente eher abweisend verhielt und einen Handkuss gar nicht mochte, bei Franz hatte sie den Eindruck, dass das von Herzen kam.

Paula suchte noch Anschluss, denn der Alltag war für sie recht langweilig. Morgens um acht Uhr, nachdem sie gemeinsam gefrühstückt hatten, wurde Leberecht von Herrn Fischer abgeholt, wobei Leberecht auch immer seine leitenden Angestellten, die in Lübeck wohnten, im Auto mit nach Schlutup nahm.

Dann war Paula allein. Sie hatte eine Köchin, die auch die unteren Zimmer putzte, eingestellt und dazu ein Stubenmädchen, das beim Essen servierte, die oberen Zimmer sauber machte und Strümpfe stopfte. Zur großen Wäsche kam die Waschfrau, es war die Mutter der Köchin. Den Garten besorgte ein Gärtner, der dreimal in der Woche nach dem Rechten sah. Wenn etwas im Haus gerichtet werden musste, kam Herr Fischer, der gegenüber dem übrigen Hauspersonal eine ähnliche Stellung wie ein Butler hatte.

Als erstes besprache sie am Morgen mit der Köchin den Küchenzettel. Dabei gab es ab und zu Schwierigkeiten, wenn sie von Krautwickeln sprach, die Köchin erst nach längerem Erklären verstand, dass es sich um Kohlrouladen handelte, oder dass die Wurzeln, die die Köchin als Gemüse vorschlug, ganz einfach Gelberüben waren. Aber mit der Zeit konnten sich die beiden auf die Bezeichnungen einigen.

Dann verbrachte sie den Vormittag mit ihrer Korrespondenz. Sie schrieb jeden Tag ihrem Vater einen Brief, in dem sie haarklein berichtete, was am Tag vorher geschehen war, was es zum Mittagessen gegeben hatte und vor allem, in welchem Theaterstück sie gewesen war. Zweimal in der Woche schrieb sie an ihre Schwester Klara, die immer wieder recht amüsante Briefe schickte, in denen sie von ihren Abenteuern im Theater von Heilbronn berichtete, welche Rollen sie spielte und welchen Spaß sie mit ihren Kollegen gehabt hatte. Sie schrieb an ihren Bruder Johannes, der aufs Gymnasium in München ging, und an ihre Cousine Helga Krebs, die in Genf beim Korrespondenten der Frankfurter Zeitung als Sekretärin tätig war, mindestens einmal in der Woche. Daneben gab es noch eine lebhafte Korrespondenz mit ihren Freundinnen aus der Schule, und so war sie den ganzen Vormittag mit Briefeschreiben beschäftigt, bis Leberecht um ein Uhr zum Mittagessen nach Hause kam.

Wenn sie noch Zeit hatte, führte sie das Haushaltsbuch, wozu sie Johanna verdonnert hatte, was man von jeder jungen Frau als selbstverständlich annahm und das sie ihrem Mann vorzulegen hatte. Leberecht sah jedoch in dieses Buch nie hinein. Oft stand da nur: Petersilie: 5 Pfennig, Verschiedenes: 12 Mark.

Beim Mittagessen servierte das Stubenmädchen, immer in schwarzem Kleid und weißer Schürze und Häubchen. Anschließend legte sich Leberecht zum Mittagsschlaf nieder, während Paula in einem Roman las. Nachmittags ging sie meist in die Stadt, um einige Besorgungen zu machen und beim Feinkostladen etwas zum Abendessen zu kaufen, das meiste, was an Lebensmitteln benötigt wurde, hatte die Köchin schon am Vormittag beim Kolonialwarenhändler, beim Metzger oder beim Bäcker bestellt.

Leberecht blieb meist bis fünf Uhr im Büro und wurde dann von Herrn Fischer in die Stadt gefahren, wo er sich beim Friseur rasieren ließ und dann Freunde am Stammtisch im „Kulmbacher“ traf, wo man die neuesten Witze erzählte, über Politik und vor allem über das Theater sprach, denn zu diesem Stammtisch kamen auch einige Sänger und Schauspieler.

Wenn am Abend keine Gäste kamen, gab es nur kaltes Abendessen. Drei- oder viermal in der Woche gingen sie aus, entweder ins Stadttheater, in ein Lichtspielhaus oder in ein Konzert.

Weil Paula tagsüber viel allein war, schlug sie vor, in einen Sportverein einzutreten. Das war aber nun überhaupt nichts für Leberecht, an Sport hatte er noch nie Interesse gezeigt. Familie Niederwald hatte ihn als Junggesellen mit zum Segeln genommen, das war neben Reiten und Tennis der Sport, den die vornehme Lübecker Gesellschaft betrieb und über den man sich stundenlang in den Clublokalen unterhalten konnte.

Niederwald und sein Bruder Kaleu waren große Segler. Aber Leberecht machte das Segeln keinen Spaß, sondern Angst. Er hatte zu oft gesehen, wie Jollen sowohl auf der Wakenitz als auch draußen auf dem Meer gekentert waren, und er konnte doch nicht schwimmen! Schon die Kleidung, die die Lübecker zum Segeln anzogen, irritierte ihn. Er mochte keine Schirmmützen und erst recht keine Pudelmütze.

Paula wäre gerne zum Reiten gegangen, es war schon immer ihr Herzenswunsch gewesen. Als Kinder waren sie einmal auf einem Gut gewesen, dort hatte sie mit dem Gutsbesitzer in den Wald reiten dürfen. Seither hatte der Reitsport für sie nie an Anziehungskraft verloren. Aber Leberecht war seit seiner Verwundung im Krieg nie mehr auf ein Pferd gestiegen.

Paula, die nicht nur gut schwimmen konnte, sondern auch eine gute Turnerin war, wäre gerne in einen Turnverein eingetreten, aber Irma Dembowski erklärte, das sei nichts für sie. Hockey und Tennis seien die geeigneten Sportarten für die jungen Damen der Lübecker Gesellschaft. Und so trat Paula in den Tennisclub Phoenix und auch in die Damen-Hockey-Mannschaft ein.

Einmal in der Woche durfte Paula als linke Verteidigerin im Hockeyclub spielen. Nach dem Spiel trafen sich die Damen im Clubhaus und waren meist noch ein oder auch zwei Stunden beisammen. Einmal in der Woche war Kaffeeklatsch bei den einzelnen Clubmitgliedern, aber auch hier fühlte sich Paula nicht wohl. Die meisten jungen Frauen waren in die Ernestinenschule gegangen, und die Schulzeit lag meist erst vier oder fünf Jahre zurück. Dementsprechend unterhielten sie sich vor allem über die Lehrer und Lehrerinnen, welche Streiche sie denen gespielt hatten, sie unterhielten sich über Freunde und Verhältnisse von anderen jungen Damen, die nicht anwesend waren, wer mit wem ein Techtelmechtel hatte, und dann wurde über Kinder gesprochen. Das waren Themen, bei denen Paula nicht mitreden konnte. Wenn sie über das Theater sprach, war das Gespräch bald zu Ende. Keine kannte ihren Vater, was das für ein großer Künstler war, und das störte sie doch sehr.

Die Mitgliedschaft beim Tennisclub Phoenix hörte schon im Winter auf, als Paula schwanger wurde, und sie trat auch nie wieder in den Club ein.

Im Herbst 1924 fuhr Leberecht wieder nach Finnland. Diesmal war er gut vorbereitet. Zunächst galt es, Geld für die weiteren Vorhaben zu beschaffen, und das war ein schwieriges Stück Arbeit. Er saß stundenlang mit Dembowski zusammen, um in einem Brief an seine Brüder die Lage der Firma in düsteren Farben zu schildern und damit die Dringlichkeit zu verdeutlichen, mit der er neues Kapital brauchte. Es war vielleicht der fünfzehnte Entwurf, der endlich vor beider Augen Gnade fand und den sie losschicken wollten. Sie zerrissen sehr sorgfältig alle Entwürfe in kleine Schnipsel und spülten sie im Lokus runter, damit sie niemand aus dem Papierkorb zusammensuchen und daraus ersehen konnte, in welch schwierige Lage sie gekommen waren. Damit der Brief auch wirklich vertraulich blieb, wollte Dembowski ihn selber verpacken und steckte ihn gedankenverloren in einen Umschlag an die Dresdner Bank.

Es vergingen zwei Tage, Leberecht wartete auf den Telefonanruf aus Gernsbach, aber niemand meldete sich. Stattdessen kam ein Anruf von der Dresdner Bank, Leberecht möchte doch einmal zu einem Gespräch kommen. Dort übergab ihm der Direktor den Brief mit der Beteuerung, dass niemand ihn gelesen habe. Allerdings wusste der Bankdirektor 30 Jahre später noch, was darin gestanden hatte. Ganz zufällig war auch der Generalsekretär des Bankvorstands aus Berlin, Dr. Zinser, in Lübeck und wollte sich einmal mit Leberecht unterhalten.

Leberecht schwitzte Blut und Wasser, aber er und Dembowski logen das Blaue vom Himmel herunter, und da Leberecht seinen Charme spielen ließ, das deutsche Geschäft recht gut darzustellen wusste und sagte, er hätte Nachricht von seiner Mutter, dass sie bürgen werde, war die Angelegenheit dann auch bald vergessen.

Der Brief wurde nicht abgeschickt, sondern Leberecht fuhr selbst nach Gernsbach. Unter der Devise „Angriff ist die beste Verteidigung" erkundigte er sich nach einigen Geschäften, die in Gernsbach nicht so gut gelaufen waren. Georg hatte nach den Inflationsjahren neue Geschäftszweige gesucht und damit begonnen, imprägnierte Gewächshäuser herzustellen und eine Holzbauabteilung, die Holzhäuser produzieren sollte, gegründet. In dieser Abteilung gab es einen Misserfolg nach dem andern.. Es waren zwei Architekten eingestellt, ein ganzer Bürotrakt in der früheren Wohnung für die Holzbauabteilung eingerichtet und mit viel Aufwand ein 100 Seiten starker Katalog auf Hochglanzpapier herausgebracht worden.

Die Architekten fuhren durch ganz Deutschland, um Anfragen, die sich dann doch als Luft erwiesen, zu bearbeiten. Das Angebot an kyanisierten Gewächshäusern wurde zwar gut aufgenommen, einige große Gärtnereien im Raum Leipzig–Erfurt fanden die Idee phantastisch, dass imprägniertes Holz statt des immer wieder rostenden Stahls verwendet wurde und dass es dazu noch recht preiswert war, aber auf die Bezahlung musste Weiler & Busch lange warten, und einige der Gärtnereien machten auch Konkurs. So waren Verluste entstanden, die einen großen Teil des Gewinns aus dem Mastengeschäft geschluckt hatten.

Aber das war nicht alles. Es musste noch irgendwo anders Geld rausgehen, vermutete Leberecht, und er befragte den Prokuristen Adam eingehend. Dazu hatte er jetzt auch das Recht, nachdem er endlich Teilhaber geworden war. Die Nachforschungen blieben vorerst ergebnislos.

Da Georg ihn möglichst schnell wieder loswerden wollte, wurden ihm die notwendigen Gelder für Finnland zur Verfügung gestellt, nachdem Leberecht seine Mutter, die in das Finnlandgeschäft geradezu vernarrt war, für eine Bürgschaft gewinnen konnte.

Jetzt galt es auch, eine personelle Lösung für Finnland zu finden. Leberecht wollte den Prokuristen Franz Kowalski, mit dem er gut zusammengearbeitet hatte, weiterhin mit der alleinigen Leitung betrauen, aber Johanna fand, dass dieser vom Arbeiter aufgestiegene impulsive Mann kein richtiges Benehmen hatte – Johanna meinte, es sei kein Herr, sondern ein Herr-Mann und nicht für diesen Posten geeignet. Sei es nicht besser, einen gebildeten Herrn, möglichst mit Fremdsprachenkenntnissen, mehr auf die Finanzen achtenden zweiten Direktor zu suchen? Auch Archibald und Georg wollten jemand suchen, der Leberecht etwas auf die Finger schauen sollte.

Nun war Kirchenrat Friedrich Weiler gerade bei seinen Neffen vorstellig geworden, ob sie nicht eine gute Stellung für seinen Sohn Paul Archibald, in der Familie nur P.A. genannt, hätten. P.A. war gerade mit seinem Studium der Nationalökonomie fertig geworden. Eigentlich wollten Archibald und Georg nicht noch einen weiteren Weiler in der Geschäftsleitung in Gernsbach haben, aber für Finnland sei der Vetter ja vielleicht ganz gut geeignet. Johanna war von Anfang an dagegen, konnte sich aber diesmal nicht durchsetzen.

Paul Archibald war von der Aufgabe begeistert und begann sofort, Schwedisch zu lernen und beschaffte sich auch ein Lehrbuch für die finnische Sprache, einen Lehrer für Finnisch konnte er in Süddeutschland nicht auftreiben. Anfang des Jahres 1925 fuhr Leberecht mit P.A. nach Helsingfors, wo Franz Kowalski schon vorher eingetroffen war.

Den Angestellten in Finnland war die neue Direktion alles andere als recht. Jeden Morgen empfing Leberecht Mitarbeiter in seinem Hotel, die ihre Kollegen in düsteren Farben anschwärzten. Je nachdem, mit wem er gesprochen hatte, begann Leberecht zu schwanken, aber letztlich drang die Sekretärin Julchen darauf, dass jetzt endlich einmal klare Verhältnisse geschaffen werden mussten. Eine Reihe von Waldmeistern wurden entlassen, den tüchtigsten von ihnen, Otto Rischer, versetzte Leberecht nach Schlutup und stellte dafür einen jungen Finnen ein, der, gerade 22 Jahre alt, von der Handelshochschule kam und sehr fleißig war.

Leberecht fuhr befriedigt zurück nach Lübeck. Er erhielt jetzt vernünftige Berichte aus Finnland, aber ihm machte großen Kummer, dass die neuen Direktoren nicht miteinander zurechtkamen. Kowalski hatte gehofft, dass er die Leitung des Unternehmens allein bekomme und bezeichnete P.A. als feinen Pinkel, der überhaupt keine Erfahrung habe. P.A. konnte wiederum das phantasievolle Geschwätz von Kowalski nicht ertragen, und so gingen sie sich aus dem Weg. Kowalski erschien jeden Morgen um sieben Uhr im Büro und verlangte auch von Julchen, zu dieser Zeit im Büro zu erscheinen. P.A. kam um elf Uhr ins Büro und fing dann erst an, Julchen zu diktieren, die somit nicht wie üblich um vier Uhr aus dem Büro nach Hause gehen konnte, sondern bis sechs Uhr bleiben musste.

Das nächste große Projekt, das Leberecht anfasste, war der Erwerb eines Imprägnierwerkes in Schweden. Er hatte schon 1921 eine Tochtergesellschaft in Schweden gegründet, um imprägnierte Masten nach Schweden zu verkaufen, weil Schweden noch kein größeres Imprägnierwerk hatte. In den Jahren der Inflation war es ein großes Geschäft gewesen, die Masten selbst von Süddeutschland bis nach Nordschweden zu liefern. Aber jetzt war es auf Dauer vollkommen unrentabel, Rundholz aus Schweden zu importieren, in Schlutup zu imprägnieren und dann wieder in den Norden zu verschicken. Er überlegte sich, in Schweden ein eigenes Imprägnierwerk zu bauen. Aber seine Brüder hielten nicht allzu viel davon, sie benötigten das Geld in Süddeutschland.

Dann war die Frage, ob sie nicht eines der bestehenden kleineren Werke kaufen könnten, und siehe da, die Stockholmer Privatbank der Familie Strömberg wollte ein kleines Imprägnierwerk, das vornehmlich Schwellen imprägnierte, verkaufen, weil dessen Direktor sich zur Ruhe setzte.

Leberecht war mit dem Direktor bald einig und schloss bereits einen Vertrag ab, aber als es ans Bezahlen ging, musste er seine Brüder fragen, und die Gelegenheit war dazu nicht günstig. Einen Termin, den er mit der Bank in Stockholm hatte, ließ er ohne Entschuldigung verstreichen. Der Direktor der Imprägnierfirma drängte, und Leberecht wollte versuchen, ob er den Kredit in Schweden nicht selber bekommen konnte, aber die Herren der Bank zeigten sich äußerst zugeknöpft. Seine Firma sei zwar bekannt, aber doch nicht eine so gute Adresse, dass man ihr einen Kredit ohne Sicherheit geben könnte. Leberecht meinte, dass seine Mutter bürgen werde, aber das sagte der Bank auch nicht allzu viel. Johanna solle einen schwedischen Staatsbürger nennen, der für sie gutsagen würde. Leberecht zog betrübt ab, denn wer könnte in Schweden Auskunft geben über seine Mutter und über die Familie? Seine Studienfreunde waren wohl nicht die richtige Adresse. Er war verzweifelt und fürchtete um seinen guten Ruf. Auch seine Mutter hatte ja keine schwedischen Bekannten.

Doch Johanna meinte lakonisch: „Ich kenne zwei schwedische Staatsbürger recht gut, den König und die Königin!“ Mit der Königin hatte sie in ihrer Jugend auf Schloss Eberstein gespielt, und auch später, nach der Revolution von 1918, traf sie das schwedische Königspaar noch mehrmals, wenn es in Baden-Baden zu Besuch war.

Sie teilte der Bank das mit. Der Bankdirektor wagte nicht, bei Hofe anzufragen, und Leberecht erhielt ohne weiteren Bürgen den notwendigen Kredit.

Weihnachten 1924 reisten Leberecht und Paula nach Gernsbach, denn Johanna wollte alle ihre Kinder an Weihnachten bei sich sehen, und auch Leberecht, der bisher jedes Weihnachten mit Ausnahme der Jahre, in denen er im Feld stand, in Gernsbach verbracht hatte, konnte sich nichts anderes vorstellen, als Weihnachten zusammen mit seiner Mutter und seinen Geschwistern zu feiern.

Paula war im ersten Monat schwanger. Eigentlich wollten sie beide noch kein Wort über die Schwangerschaft verlauten lassen, aber sie waren sich darüber im Klaren, dass sie während der ganzen Zeit in Gernsbach mit bohrenden Fragen von Johanna und auch von den Schwestern überschüttet werden würden, wenn sie nichts sagten. So entschlossen sie sich, Johanna gleich am ersten Abend in das Geheimnis einzuweihen.

Johanna strahlte, sie war gegenüber Paula wie ausgewechselt, nichts mehr war von den Vorbehalten zu spüren. Sie unternahm alles, um Paula den Aufenthalt in Gernsbach so angenehm und schön wie möglich zu gestalten. Leberecht und Paula erhielten das schönste Fremdenzimmer mit Blick auf den Garten, das eigentlich Hiltrud für sich und Walter haben wollte, und auch Silvia war nicht damit einverstanden, dass die Schwiegertochter ein schöneres Zimmer bekam als sie und ihr Mann. Aber Johanna ließ nicht mit sich reden.

Das Weihnachtsfest war für Johanna schon immer der Höhepunkt des Jahres gewesen. Von ihrem Geburtstag am 17. Dezember bis zum 6. Januar feierte die Familie ununterbrochen. In diesen drei Wochen kam die ganze Familie zusammen. Es gab Einladungen bei Johanna, bei Archibald Hermann, bei Georg und bei Johannas Bruder Adolf, man war eingeladen bei Jugendfreunden und bei den anderen großen Schifferfamilien, mit denen man ja verwandt war.

Schon gleich nach ihrem Geburtstag wurde der Salon abgeschlossen und durfte von niemand mehr betreten werden außer vom Hausmeister Emil, der die Weihnachtsbäume aufstellte. Bei Johanna gab es nämlich nicht nur eine große, mit Silberlametta geschmückte Tanne, auf jedem der Tische ihrer Kinder und Enkel stand ein eigener, bunt geschmückter Weihnachtsbaum, in dessen Zweigen kleine Geschenke hingen, die allerdings recht wertvoll sein konnten, wie Schmuckstücke oder Uhren, und auch das, was die Kinder sich gewünscht hatten.

Die große Weihnachtskrippe wurde im Esszimmer in der Wohnung von Archibald Hermann aufgebaut. Es war eine Oberammergauer Krippe mit mehr als 60 Figuren, um die sieben Weißtannen standen, die mit mehr als 100 Kerzen besteckt und nur mit silbernem Lametta und silbernen Kugeln geschmückt waren. Die Gestaltung der Landschaft mit grünen Tüchern und mit Moos war eine Spezialität von Else, die damit mehrere Tage beschäftigt war.

Am Nachmittag des 24. Dezember ging die ganze Familie in die Kirche, wo sie in der Empore mehrere Bänke belegt hatte, der alte Schifferstuhl reichte für die Familie mit ihren Angehörigen nicht mehr aus. Dann ging es in die Wohnung von Archibald. In der großen Diele spielte Archibald auf der Geige, und die ganze Familie sang Weihnachtslieder, während Else damit beschäftigt war, die vielen Kerzen anzuzünden. Alle warteten gespannt auf das Läuten des Christkinds – dann wurde die Türe geöffnet, und die Kinder stürmten voran ins Weihnachtszimmer.

Die Menüfolge war an Weihnachten immer die gleiche: Es gab keine Suppe, sondern als Vorspeise nur das berühmte Schüsselfleisch, eine Pastete mit Gänseleber und Portwein, die nach einem Geheimrezept der Familie gemacht war, gefolgt von einer Forelle, dann Entenbraten und zum Schluss die berühmte Crême de Gernsbach. Dazu wurden die besten Weine aus dem Keller geholt.

Für die kleinen Kinder nahm das Weihnachtsessen kein Ende, sie warteten ungeduldig darauf, dass die Bescherung endlich losging, denn es war in der Zwischenzeit schon 22 Uhr geworden, eine Zeit, zu der sie normalerweise längst schliefen, aber vor Aufregung waren sie nicht nur hellwach, sondern geradezu überdreht und führten bei Tisch das große Wort, was man ihnen diesmal nicht verwehrte. Johanna war die liebevolle Oma, die die Aufregung der Kinder sogar noch steigerte, indem sie erzählte, sie habe das Christkind herumfliegen sehen.

Endlich ging die Türe zu Johannas Salon auf. Hier erstrahlten die kleinen, bunt geschmückten Weihnachtsbäume auf jedem der Tische, und es begann eine große Auspackerei, begleitet von dem Jauchzen und Lachen der Kinder. Erst gegen 23 Uhr wurden die Kinder ins Bett gebracht, und sie durften einiges von den neuen Spielsachen gleich mitnehmen.

Die Erwachsenen setzten sich dann zum Mokka zusammen, es wurden Springerle und Schwedenpunsch angeboten, alle saßen friedlich beieinander, erzählten aus alten Zeiten, und es gab keinen Streit und keinen Ärger wegen des Geschäfts.

Paula wurde in ihrer Schwangerschaft außerordentlich dick. Alle Welt, vor allem ihre Stiefmutter und ihre Schwiegermutter redeten ihr zu, sie müsse kräftig essen, denn sie habe jetzt zwei zu ernähren. Ihr war oft übel, aber sie freute sich auf das Kind. Endlich hatte sie eine Aufgabe. Johanna war unendlich besorgt, nicht nur um Paula, sondern noch mehr um das Kind. Fast täglich rief Johanna in Lübeck an und gab Paula gute Ratschläge. Sie telefonierte sogar mehrfach mit der Hebamme, Schwester Gertrud Boetius, der Schwester von Franz, die, wie sie sagte, schon halb Lübeck zur Welt gebracht hatte. Aber Schwester Gertrud arbeitete nur mit einem bestimmten Arzt zusammen, den Paula überhaupt nicht mochte, und so entschied sie sich für einen jüngeren Arzt und eine junge Hebamme, Schwester Klara. Und dann ging alles hopplahopp. Das Kind kam 14 Tage zu früh. Als die Wehen nachts einsetzten, war Leberecht voller Aufregung. Die Hebamme beschäftigte ihn zunächst mit Kaffeekochen. Immer wieder raste er aus der Küche in das Schlafzimmer und vom Schlafzimmer in den Garten. Am liebsten hätte Schwester Klara ihn aus dem Haus geschickt, denn sie hatte Angst, dass er Paula durch seine Hektik nervös machen würde. Aber Paula blieb ruhig. Der Arzt kam und verschwand im Schlafzimmer. Leberecht saß mit Köchin und Stubenmädchen in der Küche und lauschte auf das Stöhnen und Keuchen seiner Frau.

Endlich, gegen zwei Uhr, war das Geschrei des Babys zu hören. Leberecht rannte nach oben, und die Hebamme hob ihm ein kleines Menschenkindchen entgegen und sagte: „Ich gratuliere zu einem Jungen!“

Leberecht stürmte gleich ins Schlafzimmer, wurde aber vom Arzt zunächst wieder hinausgeschickt. Er war überglücklich und lief ans Telefon, um seine Mutter anzurufen, die vor Freude weinte.

Johanna rief sofort ihre Söhne Archibald Hermann und Georg an. Die Antwort von beiden war: „Jetzt hast du ja endlich deinen Enkel!“ Die Freude der beiden war nicht allzu groß.

Johanna setzte sich gleich in den Nachtzug und fuhr nach Lübeck, um das Kind in Augenschein zu nehmen. Paula bekam eine riesige Perlenkette und einen Brillantring von ihr geschenkt. Der Kinderschwester, die verspätet eingetroffen war, weil sie nicht so schnell mit der Geburt gerechnet hatte, und dem Hauspersonal gab sie Anweisungen, wie das Kind und die Mutter zu behandeln waren. Sie veranlasste eine große Zeitungsanzeige sowohl im Lübecker Generalanzeiger als auch im Murgtal-Anzeiger und legte fest, dass das Kind unbedingt in Gernsbach im alten Familienhaus von ihrem Schwager, Geheimrat Konrad König, getauft werden solle.

Ursprünglich hatte Paula gedacht, dass das Kind den Namen ihres Vaters Paul und als zweiten Namen Leberecht erhalten solle, aber Johanna entschied, es müsse den alten Familiennamen Archibald tragen, wie der älteste Sohn schon immer genannt worden war. Ihr Mann, ihr Vater, ihr Schwiegervater und ihr ältester Sohn, der auch unbedingt Taufpate werden sollte, hießen alle Archibald.

Nach einer Woche fuhr Johanna wieder ab, und Paula war froh, dass sie jetzt ihr Kind allein für sich haben konnte.

An Weihnachten reiste die Familie wieder nach Gernsbach, wohin Paula gerne fuhr, aber diesmal war sie nicht ganz glücklich. Sobald sie in Gernsbach war, konnte sie sich kaum noch um das Kind kümmern. Es wurde ihr nur zum Stillen gebracht, denn Johanna konnte sich von ihm nicht trennen. In dem Kinderzimmer war schon ein Berg von Spielsachen für den Kleinen aufgebaut, von Steiff-Hunden, Puppen, Bilderbüchern bis zu Brummkreiseln, mit denen er überhaupt noch nichts anfangen konnte. Aber es gab auch unzählige Rasseln und Beißringe, und jeder, der am Körbchen vorbeiging, hielt dem Kind etwas vor die Nase und machte Eideidei!

Anfang Januar nach einer sehr schönen Sylvesterfeier kam die Taufe. Johanna hatte eigens ein silbernes Taufgeschirr anfertigen lassen und eine Altardecke aus Seidenbrokat erworben, worauf der Name des Kindes, Geburtstag und Taufdatum eingestickt waren. Der Kleine erhielt zwölf Paten, sechs männliche und sechs weibliche. Dazu gehörte der Vater von Paula, der Kammersänger, dann Johannas Bruder Adolf und Leberechts Bruder Archibald Hermann, und Jugend- und Studentenfreunde von Leberecht. An der Spitze der weiblichen Paten stand Johanna, die auch das Kind über die Taufe halten durfte. Paula fühlte sich an die Seite gedrängt. Nur als Mutter und Kind gesegnet wurden, durfte sie das Kind halten. Johanna, die als Witwe immer nur schwarz gekleidet war, trug eine weiße Bluse, das einzige Mal seit dem Tod ihres Mannes, dass sie hell gekleidet war.

Bei den Taufreden wurde sehr viel von Tradition gesprochen. Der Junge, das stand fest, musste wie seine Vorfahren Flößer und Fabrikant werden. Die Tafel war noch festlicher gedeckt als bei einem Besuch des Großherzogs, sie war geschmückt mit lauter kleinen Holzflößen und Flößern aus Zuckerguss, die der Konditor Fischer angefertigt hatte. Für die Tischkarten hatte der Sohn von Geheimrat König, der junge Konrad, einen Kupferstich angefertigt, natürlich ebenfalls mit einem Flößer. Johanna stiftete zur Erinnerung eine große bunte Glasscheibe.

Wieder zu Hause angekommen, begann Paula zu kränkeln. Sie hatte immer wieder Fieber und schmerzhafte Koliken. Leberecht war sehr besorgt. Der Hausarzt, der auch eine chirurgische Ausbildung hatte, diagnostizierte Blinddarmentzündung, ließ sie ins Krankenhaus einliefern und operierte sie gleich selber. Leberecht meinte später aber, das habe er nur gemacht, weil er von der reichen Privatpatientin einiges an Honorar kassieren wollte. Bei der Operation stellte sich heraus, dass es nicht der Blinddarm gewesen war, der Operateur schnitt den Bauch weiter auf, um die Gallenblase zu entfernen. Paula hatte zwar Gallensteine, aber die Gallenblase war auch nicht die Ursache der Schmerzen. Der Bauch wurde wieder zugenäht, aber die Narbe eiterte, Paula musste mehr als sechs Wochen im Krankenhaus liegen, und es ging ihr nicht besser, nur dass sie eine Narbe von der Leiste bis zum Nabel hatte.

Der hinzugezogene Facharzt stellte eine Gelbsucht fest, die möglicherweise ansteckend war, und so wurde sie auch von ihrem Sohn getrennt. Es dauerte Monate, bis sie wieder auf die Beine kam. Leberecht und auch seine Mutter waren sehr um ihre Gesundheit besorgt. Als es ihr wieder besser ging, wurde sie erneut schwanger, aber nach sieben Monaten gab es eine Fehlgeburt, es waren Zwillinge, zwei Jungen. Als Johanna davon erfuhr, weinte sie bitterlich und meinte, sie sei vom Schicksal verflucht. Sie fürchtete, dass in Zukunft die ganze Firma und die Familie nur auf den Schultern eines einzigen männlichen Nachkommen ruhen werde, man wisse ja nicht, ob der nicht auch als Kind sterben müsse. Es dauerte lange, bis sie sich von diesem Schock erholt hatte.

***

Georg war mit seinen persönlichen wirtschaftlichen Erfolgen nicht mehr zufrieden, er wollte mehr. In der Inflation hatte er Unsummen mit Devisengeschäften, die er meisterhaft beherrschte, verdient. Durch seine Verbindung zur Weinheimer-Bank, der Süddeutschen Diskonto-Gesellschaft und in Verbindung mit New York und der Schweizer Tochtergesellschaft der Firma konnte er enorme Gewinne erzielen und davon auch einiges für sich auf sein Privatkonto überweisen. Aber mit Ende der Inflation waren diese guten Geschäfte vorbei und Georg musste zu seinem eigenen Entsetzen feststellen, dass er nicht so reich war, wie er gedacht hatte.

Eines Tages sprach ihn im Internationalen Club in Baden-Baden der Bankier Meyer an, der in der Stadt ein kleines Bankgeschäft betrieb und sich hauptsächlich mit dem Wertpapiergeschäft und mit Vermögensanlagen befasste. Ob er nicht ins Wertpapiergeschäft in den USA einsteigen wolle?

Dort würden die Aktien von Tag zu Tag höher bewertet, die amerikanische Wirtschaft boome, in der Autoindustrie, im Kupferbergbau, in der Stahlindustrie würden riesige Gewinne gemacht, weitaus größere als in Europa. Er bekomme für diese Geschäfte von den US-Banken günstigste Kredite zur Verfügung gestellt, aber seine Bank sei für diese Geschäfte einfach zu klein. Georg verfüge doch über ein riesiges Vermögen und er habe in der Bankenwelt einen guten Namen. Ob er die Chance ergreifen und als Teilhaber in seine Bank eintreten wolle?

Georg wusste zunächst nicht, was er darauf antworten sollte. Eigentlich mochte er Meyer nicht, einen kleinen dicken Mann, nicht einmal 1,60 Meter groß, wahrscheinlich aus Osteuropa stammend. Er war recht eitel und trug immer eine auffallende farbige Krawatte mit einer riesigen Busennadel. An beiden Händen, mit denen er beim Sprechen pausenlos herumfuchtelte, steckten mehrere Ringe, einer mit einem großen Smaragd und mehreren Rubinen und dazu einen Amethystring, den Georg als kleinen Grabstein bezeichnete. Er rauchte pausenlos Zigaretten der Marke Simon Arzt.

Eigentlich wollte Georg das Angebot brüsk ablehnen, denn er hatte das Gefühl, Leute wie Meyer seien keine Partner, auf die er sich verlassen könne, Meyer sei kein verantwortungsvoller Bankier, sondern ein Spekulant. Dann faszinierte ihn aber doch der Bericht Meyers über den amerikanischen Markt, und er ärgerte sich, dass er nicht selber auf die Idee gekommen war, er, der vor dem Krieg in einer amerikanischen Bank gearbeitet hatte und damals schon im Wertpapiergeschäft tätig war. Dazu hatte er neben seiner Tätigkeit in der Firma keine Zeit mehr gehabt. Nach einigem Überlegen beschloss er, nur privat einzusteigen, ohne seinen Brüdern etwas davon zu sagen. Die beiden hätten ein solches Engagement glatt abgelehnt, auch der sonst sehr zu gewagten Geschäften neigende Leberecht. Wenn Leberecht einmal spekulierte, dann nur in dem Bereich, von dem er etwas zu verstehen meinte, nämlich in Holz, alles andere lehnte er ab. Und Archibald Hermann waren alle spekulativen Geschäfte zuwider, er wollte auf Nummer Sicher gehen und lieber gar nichts verdienen.

Georg hätte für ein solches Geschäft eigentlich die Zustimmung seiner Frau Gertrud haben müssen, aber auch ihr verheimlichte er seinen Entschluss. Die Bank von Meyer hatte bei einer Bilanzsumme von zwei Millionen Mark bisher nur ein Kapital von 50.000 Mark gehabt, war also nicht solide finanziert. Bei Rückschlägen könnte er in Schwierigkeiten kommen, die notwendige Verzinsung der Einleger zu garantieren. Aber mit 100.000 Mark zusätzlichem Eigenkapital sah die Sache schon ganz anders aus. Georg reizte das Geschäft – und er stieg ein.

Zunächst einmal ging es außerordentlich positiv. Er kaufte Automobil und Kupferaktien in den USA und nahm auch kurzfristige Kredite in den USA auf, die man in Deutschland zu wesentlich höheren Zinsen wieder auslieh, denn in Deutschland gab es in dieser Zeit einen außerordentlich großen Kapitalbedarf, um die veraltete Industrie nach dem Krieg zu modernisieren. Das Bankhaus war so erfolgreich, dass Georg dazu überging, weiteres Geld auch aus der Firma abzuziehen, um frisches Kapital für neue Geschäfte zu beschaffen. Die Bank und auch er selber kauften Aktien, vor allem in Amerika, und beliehen diese Aktien wieder, um weitere Aktien zu kaufen. Auch Gelder von Weiler & Busch legte er so in Aktien an, und er freute sich an den hohen Kursgewinnen.

Auch Forderungen von Weiler & Busch, die bei einer Bank in der Schweiz eingingen, lieh er kurzfristig weiter aus und überwies sie erst nach drei oder vier Wochen, nach einem Monat oder auch erst nach sechs Wochen an das eigene Unternehmen.

Archibald Hermann fiel das nicht auf. Leberecht war misstrauisch, weil das Geld, über das er verfügen wollte, in Gernsbach nicht vorhanden war. Prokurist Adam wunderte sich, dass die Kunden im Ausland plötzlich längere Zahlungsziele in Anspruch nahmen und meldete dies besorgt Archibald Hermann, aber der meinte, dass Georg schon alles richtig mache. Man müsse den Kunden einen gewissen Kredit einräumen, um die Aufträge zu bekommen, das habe schon seine Richtigkeit.

Nun stieg Georg noch stärker ins Aktiengeschäft ein und kaufte alle möglichen Aktien auf, von denen er annahm, dass sie im Kurs weiter steigen würden. Georgs gute Beziehungen in der Baden-Badener Gesellschaft wurden genutzt, und es gab eine Menge reiche Baden-Badener Pensionisten und einige reiche adlige Grundbesitzer, die Georg vom Pferderennen her kannte, die ihm ihr Geld anvertrauten und höchst zufrieden waren über den Wertzuwachs, den sie durch die amerikanischen Aktien hatten.

Die Diskonto-Bank hatte auf Georgs Rat eine Filiale in Gernsbach errichtet. Jeden Morgen erschien Georg dort, wenn er von Baden-Baden kam und ehe er in sein Büro ging, und sprach mit dem Filialleiter, welche Wertpapiere er in den USA anzulegen habe, bis eines Tages bei einer Revision die Dispositionen des Filialleiters entdeckt wurden, die ganz und gar nicht das Gefallen des Vorstands der Bank fanden, der sie als höchst riskant ansah. Der Filialleiter wurde entlassen, und wenig später wurde auch Georg nicht mehr in den Aufsichtsrat der Gesellschaft gewählt.

Archibald Hermann und Leberecht wunderten sich darüber, aber Georg meinte, dass die Bank durch mehr Geldgeber weiter wachse und er seinen Platz für einflussreiche Herren habe räumen müssen. Sein Kapitalanteil sei im Vergleich zu der Größe der Bank uninteressant.

Einem war das Ganze allerdings nicht geheuer, und das war Georgs Chauffeur Rudolf, der gegenüber Johanna eine Bemerkung machte. Jedes Mal, wenn er aus Gernsbach herausfahre, komme plötzlich jemand mit einer Unterschriftsmappe hinter einer Ecke hervor. Er wisse ja nicht, was der wolle, aber das sei doch nicht normal! Er wisse, dass man in einem Büro Unterschriftsmappen brauche, aber doch nicht auf der Straße!

Das Geschäft lief recht gut, aber dann kam der 24. Oktober 1929 – der Schwarze Freitag. Archibald Hermann und Leberecht machten sich zunächst überhaupt keine Gedanken über den Börsenkrach an der Wall Street. Ihr Unternehmen florierte ja. Ein Einbruch im Auftragseingang war nicht zu verspüren, von den Banken kamen keine besorgten Anfragen. Lübeck und das unter der Leitung des Prokuristen Bartels stehende Olbersdorf machten höhere Gewinne als im letzten Jahr, und 1928 war schon ein Rekordjahr gewesen. Das Werk Aalen war eine Goldgrube, die Stammwerke in Gernsbach und Weisenbach machten allerdings Verluste. Für ein Imprägnierwerk war Gernsbach einfach zu klein, es hatte nicht genügend Lagerfläche, und es war unmodern. Die Sägewerke liefen mit Verlust, vor allem die Holzbauabteilung schien ein Fass ohne Boden zu sein.

Auch Georg war noch nicht beunruhigt, obgleich ihn ab und zu die Angst überfiel, was geschehe, wenn sich die Lage rapide verschlechtere und die Banken die Kredite kürzten. Er hätte gerne einmal mit jemand gesprochen, zum Beispiel mit seinem Bruder Archibald, aber er traute sich nicht, denn er hätte gestehen müssen, dass er hin und wieder einmal, um kurzfristige finanzielle Engpässe bei der Meyer-Bank zu überbrücken, Finanzierungswechsel der Meyer-Bank als Aussteller unterschrieben hatte. Damit war er das Risiko eingegangen, dass er als persönlich haftender Gesellschafter von Weiler & Busch auch dieses Unternehmen mit hineinzog, wenn ein Wechsel platzen sollte. Meyer hatte immer wieder dafür gesorgt, dass diese Wechsel untergebracht und rechtzeitig eingelöst oder prolongiert wurden. Georg wusste, dass es ein Vertrauensbruch gegenüber seinen Brüdern und gegenüber seiner Mutter war, aber er hielt es für klüger, nicht darüber zu sprechen, auch nicht mit seiner Frau, die nur erstaunt war, dass er sich nachts oft schlaflos im Bett hin und her wälzte.

Wer sich allerdings Gedanken darüber machte, war Johanna. Ihr fiel auf, dass ihr Sohn immer öfter Mundgeruch hatte, und zwar immer dann besonders stark, wenn schlechte Nachrichten in der Presse über die wirtschaftliche Entwicklung in den USA kamen. Dann wusste sie, dass sein Blutzucker wieder angestiegen war. Sie kannte dieses Symptom noch von ihrem verstorbenen Mann. Außerdem ahnte sie, dass Georg, den sie als Spielernatur kannte, sich geschäftlich in den USA engagiert hatte. Sie dachte an die bösen Erfahrungen, die sie selber mit ihrem Vetter Cäsar gemacht hatte. Sie hatte die Spekulationen und Börsengeschäfte ihres Vaters Archibald Adolf Schickardt miterlebt und gesehen, wie er das ganze große Vermögen der Schickardts verspielt und verspekuliert hatte. Für sie waren alle Spekulanten Halbverrückte. Aber auch Johanna erhielt auf ihre Fragen keine Antwort von Georg.

Anfang des Jahres 1930 mehrten sich die Zusammenbrüche, zunächst bei Banken, die kurzfristige Kredite der Amerikaner langfristig weiter verliehen hatten und jetzt illiquide wurden. Als erste brachen kleine Banken, die im Wertpapiergeschäft tätig waren, zusammen, dann aber erfasste die Katastrophe auch große Banken wie die Darmstädter Nationalbank, eine der sechs deutschen Großbanken, und trotz ihrer Übernahme durch die Dresdner Bank verloren viele Kunden ihre Einlagen. Die Banken wiederum kündigten jetzt dort, wo sie noch die Möglichkeit dazu hatten, Kredite der Industrie, die Industrie musste auf Investitionen verzichten und ihre Lagervorräte möglichst klein halten, was die Lieferanten zu spüren bekamen.

Georg wurde immer unruhiger und konnte sich kaum noch um die Firma kümmern. Sonst war er bei einem Rückgang der Aufträge sofort zur Stelle gewesen und hatte durch seine Beziehungen sowohl im Inland als auch im Ausland neue Aufträge beschaffen können. Das war auch Archibald, vor allem aber Leberecht aufgefallen, dem die Gelder, die er für die Finanzierung des Holzeinkaufs in Skandinavien brauchte, immer mehr beschnitten wurden. Zugesagte Überweisungen kamen nicht, und in Gesprächen mit dem Prokuristen Adam merkte er, dass auch der unruhig wurde.

Georg hoffte immer noch auf eine Wende in den USA, als ihn im April Bankier Meyer anrief, er müsse ganz dringend nach Baden-Baden kommen. Im Büro der Bank informierte Meyer die Sekretärin, dass er keine Gespräche annehmen wolle, schloss sorgsam die dichten Polstertüren zu seinem Chefzimmer und verriegelte sie. Dann eröffnete er Georg, dass eine größere Finanzlücke von etwa 20 Millionen Mark entstanden sei, die nicht gedeckt werden könne. Er sei gezwungen gewesen, nicht nur die eigenen Wertpapiere restlos zu veräußern, sondern er habe auch die Depots der Kunden verkauft. Man könne die Papiere ja später wieder zurückkaufen, jetzt müsse man aber kurzfristig Bargeld beschaffen, und zwar mindestens 15 Millionen Mark. Georg bekam einen Wutanfall. Er schlug mit der Faust auf den Tisch, brüllte, dass es auch durch die geschlossene Polstertüre zu hören war, und verlangte Wasser zu trinken. Meyer schloss nur ungern die Türe auf, um die Sekretärin um Wasser zu bitten, denn er befürchtete, dass sie in der Stadt darüber reden könnte, auch wenn sie als Muster der Verschwiegenheit galt. Meyer sagte, wenn er kein Geld beschaffen könne, bliebe ihm nichts anderes übrig, als Konkurs zu eröffnen, dann komme er wegen Betrugs und Unterschlagung ins Gefängnis, aber Georg auch. Um das zu vermeiden, müsse Herr Weiler seine Brüder und seine Mutter benachrichtigen.

Aber das wollte Georg nicht. Er fing wieder an zu toben und brach in einen Weinkrampf aus. Meyer hatte schon Angst, dass er einen Schlaganfall bekomme, und machte schließlich den Vorschlag, Georg solle Wechsel in Höhe von 15 Millionen Mark akzeptieren, die er bei der Reichsbank zum Diskont einreichen würde, dazu sei er als allein zeichnungsberechtigter Gesellschafter von

Weiler & Busch berechtigt. Georg wandte ein: „Die Reichsbank akzeptiert doch nur erstklassige Handelswechsel mit zwei Unterschriften und nimmt die Meyer-Bank als Aussteller gar nicht an!“ Meyer erwiderte, er habe dieses Problem auch schon gesehen. Als Aussteller für die Wechsel könne ja die finnische Tochtergesellschaft Finska Trä fungieren. Georg brauste auf: „Dazu kann ich Leberecht doch nie bringen und erst recht nicht die dortigen Direktoren P.A. Weiler und Franz Kowalski. Handelsgeschäfte in dieser Größenordnung hat es in der Firma noch nie gegeben, das fällt doch sofort auf!“

Aber Meyer sagte nur ruhig: „Das lassen Sie mal meine Sorge sein! Wenn Sie die Unterschrift von einem der Herren als Vorlage haben, dann stelle ich den Wechsel aus.“

Georg war seiner Sinne kaum mehr mächtig, er raste im Zimmer auf und ab, schlug mit der Faust gegen seine Stirne, blieb dann aber vor Meyer stehen und keuchte: „Das ist ja Urkundenfälschung! Das bringt uns alle ins Zuchthaus!“

Aber Meyer entgegnete nur: „Wenn die Wechsel fällig werden, lassen wir sie verlängern oder reichen andere Handelswechsel ein. Irgendwann wird diese Krise ja vorbei sein und dann merkt keiner, dass wir in dieser Notsituation waren.“

Georg war nicht in der Lage, sich weiter zu wehren und akzeptierte die von Meyer vorbereiteten 15 Wechsel über jeweils eine Million Mark. Er verließ die Bank und rannte stundenlang die Lichtentaler Allee hinauf und wieder zurück. Er traute sich nicht nach Hause. Er war sich darüber klar, dass er sein Todesurteil unterschrieben hatte. Dann aber sah er doch wieder einen Hoffnungsschimmer in den Worten von Meyer, dass die Krise sicher bald vorbeigehe. Aber mit Meyer wollte er in Zukunft nichts mehr zu tun haben, er würde sich nicht noch einmal erpressen lassen.

Georg saß nun auf einer Zeitbombe. In drei Monaten würden die Wechsel fällig, und dass bis dahin noch eine Wende komme, glaubte er immer weniger, denn die wirtschaftliche Entwicklung wurde immer schlechter und die Banken wurden immer vorsichtiger. Die Pleitewelle erreichte jetzt auch das Murgtal und die Verwandtschaft von Familie Weiler. Die alte Konkurrenz von Weiler & Busch, Wieland & Textor, musste Vergleich anmelden, konnte aber einen neuen Gesellschafter hereinnehmen und auf kleinerer Basis weiter existieren. Kurze Zeit später brach auch das Unternehmen von Elses Bruder zusammen. Otto Starck hatte in Baumwolle spekuliert, und der Absatz der Spinnerei und Weberei war um 40 Prozent gesunken. Als patriarchalisches Unternehmen hatte man zunächst auf die Entlassung von Arbeitskräften verzichtet, jetzt zwang sie der Vergleichsverwalter dazu. Auch Sondereinschläge in den Wäldern der Familie nützten nichts, aber durch den Verkauf von Wald konnten die Schulden weitgehend getilgt werden, so dass Otto wenigstens noch sein Weingut behielt, und an die Aktien, die Else von anderen Textilunternehmen im Hotzenwald hatte, kamen die Gläubiger nicht heran.

Georg schwankte während der 90 Tage, die die Wechsel liefen, zwischen depressiver Niedergeschlagenheit und Hoffnung, dass Meyer in seiner geschickten Art das Ding noch drehen könnte. Aber wenn er einmal klar nachdachte, was immer seltener vorkam, dann sah er, dass es keine Hoffnung mehr gab.

Georg war während der ganzen Zeit fast nie zu Hause. Er reiste bei der Kundschaft herum, ohne irgendetwas zu erreichen. Er nahm ständig Beruhigungsmittel, trank viel und ließ sich auch bei seiner Mutter nicht blicken. Archibald wurde immer unruhiger, aber letzten Endes steckte er den Kopf in den Sand in der Hoffnung, dass der gewiefte Bruder schon mit allen Schwierigkeiten fertig werde.

Anfang Juli teilte Meyer mit, dass die Prolongation der Wechsel gescheitert sei. Ende der Woche, das hieß in vier Tagen, würden die Wechsel der Reichsbank vorgelegt werden. Georg solle neue Wechsel mit anderen Ausstellern besorgen. Georg brach zusammen. Er wusste: Jetzt war alles aus. Die alte Firma Weiler & Busch würde in den Konkurs getrieben. Seine alte Mutter käme an den Bettelstab. Er selber würde verhaftet werden und müsste für lange Zeit ins Zuchthaus. Sein Ansehen als Konsul von Griechenland war dahin. Er hatte keine Zukunft mehr, alle Menschen würden auf ihn als Zuchthäusler herabschauen. Bei seiner Frau konnte er keinen Trost finden, denn er hatte ja auch ihr ganzes Vermögen vertan. Selbst vor seiner Mutter konnte er kaum Gnade finden, und erst recht nicht vor seinen Brüdern und Schwestern. Ihm blieb nur das eine übrig, freiwillig aus dem Leben zu scheiden.

Er wollte nur seine Mutter noch einmal sehen. Auf ihre besorgten Fragen gab er ausweichende Antworten und versuchte, Haltung zu bewahren, aber er brach in Tränen aus, warf sich aufs Sofa und schluchzte in ein Kissen. Da kam der von ihm bestellte Chauffeur Rudi. Georg umarmte seine Mutter und verabschiedete sich von ihr mit den Worten: „Behalt mich lieb!"

Johanna ahnte, dass etwas Schreckliches vorgefallen sein musste und suchte Archibald auf, der durch die Schilderung seiner Mutter die schlimmsten Befürchtungen hatte. Aber sie wussten nicht, was sie tun konnten.

Georg fuhr mit dem Chauffeur nach Wintersdorf an den Rhein, an den Platz, wo sein Vater eine Papierfabrik hatte errichten wollen und der immer noch im Besitz der Firma Weiler & Busch war. Am Ufer angekommen sagte Georg zum Chauffeur, er möge nach Wintersdorf fahren, er werde hier einen Herrn treffen, mit dem er sich über das Gelände unterhalten wolle. Er möge in etwa einer Stunde wiederkommen. Wenn er nicht da sei, solle Rudi ein Paket, das er an einem Busch abgelegt habe, an sich nehmen.

Rudi wunderte sich, warum die Herren sich ausgerechnet am Flussufer treffen wollten und warum der Herr Konsul später nicht mehr da sein werde, aber er befolgte den Befehl und ging in Wintersdorf in eine Gastwirtschaft.

Als Rudi weggefahren war, ging Georg zum Fluss. Er zögerte. So aus dem Leben zu scheiden, aus dem schönen Leben, das er so genossen hatte, sollte er das wirklich tun? Er dachte an seine Tochter Leni und an seine Mutter, er dachte an die vielen, die er enttäuscht hatte. Nein, es half nichts. Er musste es tun. Er ging zwei Schritte in den Fluss, da riss ihn die Strömung schon mit. Er konnte nicht schwimmen und hatte sich die Taschen mit dicken Steinen gefüllt. Er wollte noch kurz beten, aber es war schon zu spät. Die Fluten zogen ihn in die Mitte des Flusses und er versank.

Als Rudi nach einer Stunde zurückkam, lagen bei dem bezeichneten Busch in einem Umschlag Georgs goldene Uhr, sein Siegelring und ein Brief an seine Mutter. Er ahnte nun, was das zu bedeuten hatte. Er rannte zum Ufer und brüllte: „Herr Konsul!", lief auch noch eine Strecke flussabwärts, aber es war nichts von Georg zu sehen. Er kehrte um und lief noch einige hundert Meter stromaufwärts und rief nach ihm, aber auch da war keine Spur zu entdecken. Er fuhr nach Gernsbach zurück, um die Gegenstände, die er am Ufer vorgefunden hatte, Johanna zu übergeben. Als er in die Wohnung von Johanna kam, saß sie vor einer Tasse Tee. Sie hatte Else und Archibald gerufen, um mit ihnen über das Verhalten von Georg zu sprechen. Rudi stotterte etwas von Brief und Rhein und vergeblich gesucht. Johanna riss ihm den Brief aus der Hand und las. Georg entschuldigte sich dafür, dass er Schande über die Familie gebracht habe. Er habe nur das Beste gewollt, damit die Firma noch weiter wachsen könne, aber das sei schiefgegangen. Der Brief war mit Tränen benetzt und endete wieder mit den Worten „Behalt' mich lieb!"

Archibald rief beim Bankhaus Meyer an, aber die Sekretärin meinte nur, dass Herr Meyer heute das Büro früher verlassen habe, sie wisse nicht, was los sei, es seien schon den ganzen Tag aufgeregte Anrufe von Kunden gekommen, mehr könne sie nicht sagen. Dann rief Archibald Leberecht in Lübeck an, er möchte doch gleich kommen, Georg sei abgereist. Leberecht fragte: „Was heißt abgereist? Wohin denn? Deswegen brauche ich doch nicht zu kommen." Archibald sagte aber sehr eindringlich nur: „Bitte komme sofort, noch mit dem Nachtzug!"

In Gernsbach angekommen, ging Leberecht ins Büro, wo Archibald und der Prokurist Gustav Adam mit besorgten Gesichtern am Tisch saßen. Die Reichsbankfiliale in Rastatt hatte angerufen, dass ein Wechsel über eine Million Mark fällig sei und dass noch keine Deckung dafür da sei. Wenn bis morgen die Million nicht beigebracht sei, müsse der Wechsel zu Protest gehen.

Die Brüder waren aus allen Wolken gefallen. Ein Wechsel über eine Million? Der Reichsbankbeamte hatte nur gesagt, der Wechsel sei von der Finska Trä und lautete über eine Million Mark. Akzeptiert sei er von Weiler & Busch mit der Unterschrift von Konsul Weiler. Leberecht sagte: „Das muss eine Fälschung sein. Geschäfte über eine Million hat es nie gegeben, das ist ja utopisch. Ich habe zwar für 2,5 Millionen Mark Holz in Finnland gekauft über die Finska Trä, aber die Bezahlung verteilt sich über das ganze Jahr. Außerdem hätte ich doch quergeschrieben, wenn es ein Wechsel von mir wäre, und es wäre höchstens eine Summe von 20.000 bis 30.000 Mark auf einmal, je nach Schiffsladung.“

Der Bankbeamte erklärte, dass die Wechsel einwandfrei von Finska Trä ausgestellt seien, die in Anspruch genommen werden müsse, wenn das Geld nicht von Weiler & Busch komme. Außerdem liege ein Konnossement dabei, unterschrieben von einem Kapitän für das Segelschiff „Archibald“.

Leberecht hätte am liebsten gelacht, denn jetzt konnte er die Fälschung beweisen. Der Segler „Archibald“ hatte eine Ladung von höchstens 500 Festmetern im Wert von nicht mehr als 30.000 Mark fassen können, und dieses Schiff war schon längst verkauft und bei einem Sturm im Mittelmeer vor zwei Jahren untergegangen.

Sie riefen noch mal das Bankhaus Meyer an. Archibald verlangte dringend den Bankier Meyer zu sprechen, aber die Sekretärin antwortete, sie könne ihn auch nicht herbeizaubern. Herr Meyer sei schon seit Tagen nicht mehr im Büro erschienen und auch nicht in seiner Wohnung. Die Leute meinten, dass er sich nach Amerika abgesetzt habe.

Zwei Stunden später rief sie zurück und sagte, dass die Kriminalpolizei bei ihnen Haussuchung gemacht habe, Gläubiger hätten beim Amtsgericht Baden-Baden Konkursantrag gestellt. Sie könne beim besten Willen nicht sagen, wo Meyer sich aufhalte.

Tag für Tag, 15 Tage hintereinander, ging jetzt, pünktlich mittags um 12 Uhr, ein Wechsel zu Protest. Der erste geplatzte Wechsel hatte zur Folge, dass der Gerichtsvollzieher schon am nächsten Tag alle Konten bei Weiler & Busch pfändete. Archibald und Leberecht blieb nichts weiter übrig, als beim Amtsgericht Gernsbach Vergleich anzumelden. Sie wollten die Verpflichtungen zu 100 Prozent erfüllen, sie brauchten nur ein Moratorium von drei Jahren. Aber ein Vergleichsvorschlag müsse erst ausgearbeitet werden.

Nun setzte die Katastrophe ein. Das Haus wurde von Gläubigern bestürmt, die ihre noch nicht bezahlten Lieferungen zurückholen wollten. Einleger der Meyer-Bank erschienen im Büro von Weiler & Busch und verlangten Entschädigung, sie glaubten nicht an den Selbstmord von Georg, sie vermuteten ihn in Amerika. Johanna bekam Drohbriefe. In Archibalds Wohnung wurden sogar Scheiben eingeschlagen.

Wenige Tage später ging die Katastrophe in Finnland weiter. Die Wechsel, die zu Protest gegangen waren, wurden jetzt der Finska Trä als Aussteller vorgelegt. Die finnischen Aufsichtsratsmitglieder verließen die Firma überstürzt und legten ihre Ämter nieder. Der Ruf des Unternehmens, das als Weltfirma gegolten hatte, war innerhalb weniger Tage ruiniert.

Die Anwälte Uli Brandel, ein Freund Leberechts, und Jakob Meier fuhren nach Finnland, um die Situation dort zu klären. In Gernsbach kam der Rechtsanwalt Raffael Strauß aus Karlsruhe, ein äußerst gewiefter Anwalt, auch ein Schulfreund Leberechts, um einen Vergleichsvorschlag auszuarbeiten. Zunächst konnte er die Frage der Wechselfälschungen eindeutig klären. Graphologen stellten fest, dass die Unterschrift des Ausstellers Direktor Franz Kowalski eindeutig gefälscht war. Kowalski versah bei seiner Unterschrift den letzten Buchstaben, das „i“, mit einem deutlichen Aufwärtsstrich, der auf diesen Wechselunterschriften nicht vorhanden war. Dann war klar, dass die beigefügten Konnossemente ebenfalls gefälscht worden waren, und zwar äußerst dilettantisch. Nach diesen Papieren wurden Mengen von mehreren hunderttausend Festmeter verschifft, eine Menge, die ganz Deutschland nicht aus Finnland eingeführt hatte. Man wollte Meyer als Zeugen benennen, aber der war anscheinend wirklich nach Amerika verschwunden.

Die Gläubiger vermuteten, dass auch Georg nach Amerika geflohen war und meinten, dass der Abschiedsbrief gefälscht sei; einer, der Wechsel fälsche, würde auch Briefe fälschen. Archibald setzte eine Belohnung aus für denjenigen, der die Leiche finde. Johanna befragte sogar den Hellseher Hannussen aus Berlin, aber auch der konnte keine befriedigende Antwort geben. Erst drei Monate später fand man die Leiche, sie war im Elsass angeschwemmt worden.

Raffael Strauß ging nun daran, ein Sanierungskonzept aufzustellen. Eine Sanierung war nur möglich mit Hilfe von Johanna. Sie musste auf ihre stille Einlage von drei Millionen Mark verzichten. Es sollte eine Aktiengesellschaft gegründet werden, bei der Johanna und Else je 400.000 Mark Aktien zeichneten, die aus dem Verkauf ihrer privaten Grundstücke finanziert werden sollten. Weiter sollten Leberecht und Archibald je 100.000 Mark Aktien übernehmen, und da beide das Geld nicht hatten, mussten sie diese Aktien auf Kredit übernehmen, und Johanna musste dafür die Bürgschaft leisten. Die Kredite sollten aus den Vorstandsgehältern von Archibald und Leberecht zurückbezahlt werden, wobei man davon ausging, dass beide ein Gehalt von 2.000 Mark im Monat, damals ein fürstliches Gehalt, bekommen würden.

Paulas Vater, der Kammersänger Paul Fabricius, und Adolf Schickardt, Johannas Bruder, zeichneten je 100.000 Mark, Otto Starck, Elses Bruder, der selbst noch in Schwierigkeiten war, zeigte sich bereit, 50.000 Mark Aktien zu zeichnen, und auch die alte Großherzogin von Baden war bereit, der Freundin ihres Mannes mit 100.000 Mark zu helfen, so dass insgesamt eine Summe von mehr als 50 Prozent der zwei Millionen Aktien, die das neue Grundkapital betragen sollten, gezeichnet wurden.

Strauß schlug vor, dass man die kleinen Gläubiger unter 10.000 Mark mit einer Quote von 50 Prozent abgelten sollte, mit einem Besserungsschein von weiteren 50 Prozent, wenn sie ihre Forderungen in Aktien umwandeln würden. Davon machten sehr viele Gläubiger Gebrauch, aber die meisten versuchten, die Aktien gleich wieder zu verkaufen und erzielten dabei ganz selten 50 Prozent, denn die Kurse an der Börse fielen weiter.

Die Gläubigerversammlungen verliefen äußerst stürmisch. Archibald und Leberecht wurden als Betrüger hingestellt, es wurden die unangenehmsten Fragen gestellt. Johanna wurde es übel genommen, dass sie nicht ihre Schifferrechte und weitere Waldgrundstücke verkauft hatte. Aber Johanna weigerte sich, letztlich müsse auch für ihre Töchter etwas übrig bleiben.

In Finnland musste die Firma Finska Trä liquidiert werden, sie war zwar nicht konkursreif, aber mit dem geschädigten Ruf konnten keine neuen Geschäfte mehr getätigt werden. Deren Tochter, die Finska Sleepers, konnte jedoch weiter bestehen, wenn auch in wesentlich geringerem Umfang, man fing jetzt wieder ganz klein an.

Paul Archibald Weiler wurde nach Fürnitz in Kärnten beordert, denn auch dort traten große Probleme auf. Direktor Singer hatte am Tag, als er von der Vergleichseröffnung hörte, die Firma sofort verlassen und war zur Konkurrenz, den Gebrüdern Feltrinelli, abgewandert. Als die Arbeiter vor dem Büro standen und Garantie für ihre Löhne verlangten, verließ er das Büro durch die Hintertüre. Paul Archibald gelang es, die Gemüter wieder zu beruhigen, aber die Wirtschaftslage des Werkes war beeinträchtigt. Das Werk Fürnitz war zwar nicht vom Vergleich betroffen, aber mit Krediten waren die Banken jetzt sehr vorsichtig.

In Finnland wurde das Geschäft der Sleepers von Julchen und ihrem Bruder Ernst weiter betrieben. Der Geschäftsführer der Tochtergesellschaft Korhonen nahm eine Stellung bei der finnischen Schwefelsäure- und Superphosphat Oy an, er zog in das 80 Kilometer von Viborg entfernte Lappenrantta und kam nur noch am Wochenende. Aber er war geschickt und Leberecht treu ergeben, so dass das Unternehmen gerettet wurde.

Auch in der schwedischen Sleepers gab es keine Probleme. Leberechts Kredit war bei den Strömbergs unverändert hoch. Das Geschäft ging zwar im Rahmen der Weltwirtschaftskrise zurück, aber es war nicht defizitär, und Leberecht verwandte die Gewinne dazu, in Deutschland Weiler & Busch-Aktien zu kaufen. Franz Kowalski verließ Finnland und übernahm in Berlin das Büro von Weiler & Busch.

Leberecht

Archibald Hermann und sein Bruder Leberecht konnten sich mit der Form der Aktiengesellschaft überhaupt nicht abfinden. Archibald war der unumschränkte Herrscher in dem Unternehmen gewesen. Im Grunde war er zwar ein Zauderer, der sich oft nicht entscheiden konnte, aber er verlangte absoluten Gehorsam, so wie das schon bei seinem Vater und bei seinem Großvater gewesen war. Wenn er um etwas bat, dann erwartete er von allen seinen Beamten – so nannte er seine Angestellten –, dass sein Wunsch auch sofort erfüllt werde. Er bezeichnete sich wie sein Vater, sein Großvater und auch sein Urgroßvater als Fabrikant. Die Anrede „Direktor" fand er unpassend und verbat sie sich. Direktor, das war der Leiter von einem Zirkus oder einem Hotel. Er wollte nur schlicht mit seinem Namen oder allenfalls „Herr Hauptmann" angesprochen werden, während seine Brüder Georg „Herr Konsul" und Leberecht „Herr Doktor" waren.

Nun mussten die Brüder plötzlich Rechenschaft ablegen gegenüber anderen. Die Aktiengesellschaft hatte einen Aufsichtsrat bestellt, dessen Mitglieder zwar weitgehend von Archibald und Leberecht bestimmt worden waren, aber es waren auch zwei Direktoren von Banken aus Karlsruhe und Lübeck dabei, dann zwei Anwälte aus den gleichen Städten und als Vertreter der Familie Schwager Festerling, der allerdings in den Aufsichtsratssitzungen kaum den Mund aufmachte. Unter den Anwälten gab es Geschaftlhuber und Pfauen, die den übrigen Mitgliedern und den Vorständen zeigen mussten, was für tüchtige Anwälte sie waren, die Angelegenheiten, die Archibald und erst recht Leberecht früher mit einer kurzen Anordnung erledigt hatten, jetzt zu einer Frage von Leben und Tod aufblähten, alle möglichen Überlegungen darüber anstellten und eine Entscheidung hinauszögerten. Archibald meinte, die Anwälte würden ein Unternehmen nur vom Konkursstandpunkt aus sehen.

Auch die Banken waren verunsichert aufgrund der allgemein schlechten Wirtschaftslage, obwohl das Geschäft im Vergleich zur Gesamtwirtschaft immer noch recht gut lief. Sie begnügten sich nicht mit der Vorlage der Bilanz und des Wirtschaftsprüferberichts, sondern verlangten immer wieder neue Unterlagen, die von der Buchhaltung erstellt werden mussten, und weder Archibald noch Leberecht waren Freunde solcher Untersuchungen.

Leberecht entschied sowieso immer aus dem Bauch heraus. Er hatte ein Gefühl, ob etwas gut war oder nicht, und er hatte mit seinen Entscheidungen meist auch Recht gehabt. Aber anderen klar zu machen, warum man so und nicht anders entscheiden müsse, das war ihm lästig, und er empfand die Prozedur als vollkommen überflüssig.

In den ersten Generalversammlungen ging es hoch her. Sie dauerten stundenlang. Archibald und Leberecht fanden die Fragen der Aktionäre unverschämt und waren empört, was man ihnen alles unterstellte. Das große Auto, das Leberecht fuhr, wurde genauso kritisiert wie die Dienstleistungen, die Johanna immer noch von Angestellten der Firma erhielt, wenn zum Beispiel Arbeiter mit Reparaturen an ihrem Haus oder mit der Pflege ihres Gartens beschäftigt waren. Die Schwestern forderten, auch mitbestimmen zu dürfen, wozu sie kein Recht hatten, aber nachdem die Brüder, wie sie meinten, das Geschäft in den Abgrund gefahren hatten, wollten sie ihren Anteil gesichert sehen.

Dazu kamen noch lange Auseinandersetzungen mit dem Vergleichsverwalter, einem überaus misstrauischen Rechtsanwalt, der vor allem den Einfluss von Johanna auf die Firma dämpfen wollte und damit auch immer wieder bei Archibald vorstellig wurde, der seiner Mutter nichts abschlagen konnte.

Auch die Prokuristen Dembowski und Bartels hatten jetzt eine andere Stellung. Die Banken wandten sich oft direkt an sie, wenn sie von dem Vorstand nicht die Auskünfte bekamen, die sie haben wollten, und baten sie, doch auf die eine oder andere Angelegenheit zu achten, was Dembowski sehr schmeichelte. Bisher war er einer der besten Freunde von Leberecht gewesen, aber das Verhältnis Prinzipal – Untergebener lag klar fest. Wenn Dembowski früher Leberecht ab und zu bremste und ihn auf mögliche Folgen seines Tuns hinwies, so störte Leberecht das keineswegs, er tat das, was er für richtig hielt, und Dembowski gab sich damit zufrieden. Jetzt aber, von der Bank in die Pflicht genommen, widersprach er oft entschieden Leberechts Wünschen, es gab Ärger und Konflikte. Die persönliche Freundschaft hatte einen Riss bekommen.

Als die Generalversammlungen immer stürmischer verliefen, suchten die Brüder eine Persönlichkeit, die anstelle des – wie sie meinten – verkalkten Karlsruher Anwalts den Vorsitz im Aufsichtsrat übernehmen könnte. Leberecht schlug den Freund von Paulas Vater, den Münchner Anwalt Dr. Seidel vor, den Sohn eines früheren Münchner Oberbürgermeisters, der als Bayer auch saugrob sein und die allzu lauten Schreier in der Hauptversammlung in Schach halten konnte. Dr. Seidel, der auch ein Tanzstundenherr von Paula gewesen war und sie sehr verehrte, erklärte sich dazu bereit. Er hatte Erfahrung als Aufsichtsratsvorsitzender einer Reihe von anderen Gesellschaften, bei denen es während der Wirtschaftskrise auch alles andere als ruhig zuging, und er kannte sich im Aktienrecht gut aus. Seine Wahl erwies sich dann auch als glücklich. Die erste Hauptversammlung, die er abhielt, war nach sieben Minuten beendet.

Die nächsten Jahre waren für die Firma nicht leicht. Es gab noch zwei Jahre mit Verlusten, aber die Sanierung war geglückt.

Johanna beobachtete weiter von ihrem Eckfenster aus den Firmensitz in der Bleichstraße. Sie sah, wenn Angestellte zu spät zur Arbeit kamen, oder, was sie sehr rügte, wie die Maurer bei Dienstschluss das Büro überpünktlich verließen. Sie kannte deren Familien und die privaten Vorlieben der einzelnen. Sie wurde auch immer noch eifrig von Zuträgern aus dem Unternehmen besucht, sie erfuhr alles, ihr entging nichts. Aber sie hatte beschlossen, sich bei der Firma zurückzuhalten. Jetzt wollte sie sich einmal um die Familie kümmern.

Als erstes sah sie nach ihrer Schwiegertochter Gertrud und deren Tochter Leni. Gertrud hatte ihr ganzes Vermögen durch die Machenschaften von Georg verloren, aber sie klagte nicht und sprach nie ein schlechtes Wort über ihren verstorbenen Mann, und das rechnete ihr Johanna hoch an. Sie beriet Gertrud, wie sie aus der Misere herauskommen könnte. Georg hatte eine hohe Lebensversicherung abgeschlossen, die aber eine Selbstmordklausel enthielt. Johanna verhandelte mit Hilfe ihres Schwiegersohnes Festerling mit den Versicherungen und erreichte, dass mit Hilfe verschiedener Ärzte die schwere Diabetes-Krankheit von Georg bescheinigt wurde, wodurch die Selbstmordklausel nicht in Kraft trat. Georg sei zur Zeit seines Todes aufgrund des hohen Blutzuckergehaltes nicht mehr zurechnungsfähig gewesen.

Mit der Versicherungssumme wurde das Haus Trianon aus der Konkursmasse zurückgekauft und vermietet. Gertrud selber zog mit Leni in das Haus des Gärtners.

Leni war von dem Tod ihres Vaters besonders tief getroffen. Die 18-Jährige hatte eine sorglose Kindheit und Jugend erlebt, zunächst in Gernsbach, dann in Baden-Baden. Als Kleinkind war sie recht scheu und ängstlich gewesen. Angst hatte sie vor allem vor ihrem Großvater, Archibald Otto, gehabt, den sie nur als kranken, griesgrämigen alten Mann erlebt hatte, der zwar freundlich war, aber doch ärgerlich werden konnte, wenn sie Nägel kaute, und der für das Kind keine Zeit hatte. Auch die Großmutter, die sie nicht mit Oma, sondern mit Großmama anzureden hatte, war ihr fremd. Sie spürte, wie beide ihr übel nahmen, dass sie nur ein Mädchen war. Ihr gegenüber wurde das zwar nie ausgesprochen, aber aus den Gesprächen der Erwachsenen hörte sie immer wieder den Vorwurf heraus, dass es doch schade sei, dass für das Unternehmen kein männlicher Nachkomme zur Verfügung stand.

Das stachelte jedoch ihren Ehrgeiz an zu zeigen, dass sie besser sein konnte als ein Junge. In der Schule war sie von Anfang an Klassenbeste und wurde deshalb von ihren Mitschülerinnen als Streberin nicht sehr geschätzt. Erst in Baden-Baden wich die Angst von ihr. Die Eltern waren außerordentlich liebevoll zu ihrem einzigen Kind. In dem großen Haus in Baden-Baden bewohnte sie eine ganze Suite. Das Kinderfräulein hatte ihre langen schwarzen Haare zu bürsten und ihre Zöpfe zu flechten, die mit großen bunten Schleifen gebunden waren. Schon als Kind bekam sie viel Schmuck geschenkt. Sie hatte früh Interesse an Musik und Literatur. In der Schule durfte sie zweimal eine Klasse überspringen und machte bereits mit 16 Jahren das Abitur. Auf den ersten Bällen, die sie besuchte, war sie zwar noch scheu und galt bei vielen der jungen Herren als prüde Ziege, aber sie tanzte leidenschaftlich gern. Ihr Vater konnte sich seinen Liebling nur als Ehefrau eines Prinzen oder Grafen oder auch als Ehefrau eines Konzernherrn vorstellen. Nach der Schule, so war geplant, sollte sie erst einmal reisen und bei bekannten Familien im Ausland leben, vielleicht auch wie die Großmutter in Genf in ein Pensionat gehen. Niemand machte sich Sorgen, dass sie nicht bald unter die Haube käme, sie war ja ein ausgesprochen hübsches, intelligentes Mädchen. An eine Karriere in der Firma dachte niemand. Nach dem Abitur war sie ein Jahr lang in England und dann mehrere Wochen in Genf gewesen, um auch ihre Französischkenntnisse zu vervollkommnen.

Der Zusammenbruch der Firma und der Tod von Georg kamen für Gertrud und Leni vollkommen überraschend. Für Leni blieb er der beste Vater, den es gab. Für sie war er nicht der Mann, der seine Brüder betrogen hatte, der auf Kosten der Firma in die eigene Tasche spekuliert hatte, sondern der kluge Kaufmann, der alles getan hatte, um die Firma größer und bedeutender zu machen, der geniale Unternehmer, der einfach aufgrund der allgemeinen wirtschaftlichen Umstände Unglück gehabt hatte.

Bald tauchte auch ein Heiratskandidat auf, der aber von der Familie alles andere als gern gesehen wurde. Es war der junge Freiherr Eduard von Schlaffenstein, in den sich Leni auf einem Ball verliebt hatte. Eduard war ein flotter Tänzer, ein interessanter Unterhalter, der den Wunsch hatte, Dirigent zu werden und deshalb ein Musikstudium begonnen hatte, aber damit nicht recht vorankam. Außerdem hatte seine Familie finanzielle Sorgen. Der Vater war früh gestorben und seine Mutter vermietete in Baden-Baden Zimmer, was für eine adlige Familie etwas vollkommen Unpassendes war. Sie nannte ihre Pension allerdings nur „Haus Schlaffenstein", das in unmittelbarer Nähe des früheren „Maison Messmer" und des Kurhauses am Beginn der Lichtentaler Allee lag. Sie hoffte, nur ausgesuchte Gäste beherbergen zu können, was in der Wirtschaftskrise recht mühsam war. Familie Weiler war der Ansicht, dass Eduard von Schlaffenstein – nomen est omen – ein viel zu weicher Charakter sei, der es im Leben nie zu etwas bringen werde. Dazu war die Familie noch streng katholisch. Baronin von Schlaffenstein hätte sich gegen eine evangelische Hochzeit bis zum Äußersten gewehrt, und eine katholische Trauung wäre für Familie Weiler unmöglich gewesen. So kam eine Hochzeit zunächst überhaupt nicht in Frage.

Leni und Eduard gingen Hand in Hand in den Wäldern um Baden-Baden und durch die Rebhügel in der Umgebung spazieren, wobei Eddi, wie er genannt wurde, Motive für seine Fotoleidenschaft suchte. Leni musste also Geld verdienen und wollte in die Firma eintreten. Im Hinterkopf hatte sich der Gedanke festgesetzt: „Ich muss die Schande, die mein Vater über die Firma gebracht hat, wieder gutmachen. Ich muss die Firma wieder hochbringen!" Sie hatte in der Zwischenzeit Steno und Schreibmaschine gelernt, und Archibald, der etwas tun wollte, damit seine Nichte Geld verdienen konnte, stellte sie als seine Sekretärin ein.

Johanna wollte sich jetzt auch um ihre anderen Enkel kümmern, die zwischen sechs und zehn Jahre alt waren, also so alt geworden waren, dass Johanna etwas mit ihnen anfangen konnte. Für Babys hatte sie überhaupt keinen Sinn. Sie wollte sich mit jungen Menschen befassen, von denen sie eine Reaktion erlebte, die sie formen konnte, und sie nahm sich vor, die junge Generation zu tüchtigen Menschen zu erziehen, die einmal in die Fußstapfen ihres Mannes treten sollten. Ihr ganzes Augenmerk lenkte sie dabei auf den Stammhalter, den kleinen Archibald Paul.

Sie, die eine recht strenge Mutter gewesen war, verwöhnte ihre Enkel und war jetzt die liebevollste Oma, die es überhaupt geben konnte. Sie durften die Oster-, Sommer- und Weihnachtsferien bei ihr in Gernsbach verbringen. Auch wenn Johanna zur Kur in den Harz oder an die Nordsee fuhr, waren sämtliche Enkel dazu eingeladen. In Gernsbach spielte sie mit ihnen Märchen wie Dornröschen oder der Wolf und die sieben Geißlein, wobei Johanna abwechselnd die alte Geiß, der Wolf und der Jäger war. Am Nachmittag ging sie mit den Kindern spazieren, erklärte ihnen die Gegend. Auf dem Weg zur Erzgrube tat sie sehr geheimnisvoll, denn da wohnten die Zwerge. Nachdem die Kinder den Zwergen allerlei schöne Steine hingelegt hatten, gingen sie einige hundert Meter weiter und machten dann an einem schönen Platz Rast. Während die Enkel unter der Aufsicht eines Dienstmädchens vesperten, ging Johanna heimlich zur Zwergenhöhle zurück, um dort kleine Laternchen aufzustellen, deren Kerzen sie anzündete, um dann freudestrahlend den Kindern zu berichten, die Zwerge hätten zum Dank den Kindern etwas hinterlassen. Unter großem Jubel fanden die Kinder die Laternchen, und dann ging es mit Gesang „Laterne, Laterne" den Zickzackweg hinunter nach Gernsbach.

Als die Kinder etwas älter waren, wurden Ausflüge zum Bodensee unternommen und auch nach Bayern, wo sie die Schlösser von König Ludwig II. sowie Residenzen und Wallfahrtskirchen besichtigten. Johanna war die beste Fremdenführerin, die den Kindern die Schönheit der Bauten oder der Landschaft erklären konnte, die von den Besitzern der Schlösser erzählte, von der Arbeit der Mönche. Mit den größeren Enkeln ging sie auch in die Oper. Die Jüngsten – das waren die kleinen Mädchen von Leberecht – mussten hier allerdings zu Hause bleiben. Nur wenn Paul Fabricius sang, durften auch die Kleinen mit, um ihren Großvater singen zu hören.

Auch Archibald Hermann wurde eingespannt und fuhr die Kinder in den Schifferwald, denn Johanna legte großen Wert darauf, dass die Kinder den Wald kennen und schätzen lernten. Sie erzählte voller Stolz, dass jeder zehnte

Baum ihr gehöre. Um den ältesten und dicksten Baum in der Schifferschaft, die Hindenburgtanne, mussten die Kinder eine Kette bilden, um zu sehen, wie dick der Stamm war. Es waren sieben Kinder nötig, um den Baum zu umfassen.

Bei schlechtem Wetter holte Johanna Würfelspiele hervor und spielte mit den Ältesten auch Schach. Den Kindern wurde nie langweilig, nie musste Johanna mit ihnen schimpfen. Die Murginsel, die durch eine Brücke mit dem Garten verbunden war, stellte für die Kinder einen richtigen Abenteuerspielplatz dar. Hier durften sie Baumhütten bauen, Lehmhöhlen graben, es gab Sportgeräte wie Speere oder Kugeln, und als die Enkel älter waren, gab es auch einen Schießstand, auf dem sie mit Kleinkaliber schießen durften. Auf der Murg konnten sie mit einem Paddelboot und auf dem Kanal mit einem Floß fahren, denn Johanna legte Wert darauf, dass die Kinder die Tradition der Flößerei kennenlernten.

Johannas ganze Liebe und Aufmerksamkeit, ja geradezu übertriebene Fürsorge galt ihrem Liebling, dem kleinen Archibald Paul, dem Stammhalter, auf den sie ganz besondere Hoffnungen setzte. Sie war zuversichtlich, dass er einmal die Firma wirklich groß machen werde, auch wenn sie sich immer wieder sagte, man solle sich nicht versündigen und von Gott nicht zu viel fordern. Das Kind kränkelte oft. Schon mit wenigen Monaten hatte es eine Krankheit, von der ein Arzt meinte, es könnte eine Gehirnhautentzündung gewesen sein. Mit drei Jahren erkrankte der Kleine aus unerklärlichen Gründen an der Ruhr, und als er mit vier Jahren in den Kindergarten kam, bekam er eine Krankheit nach der anderen, Masern, Windpocken, Mumps, Keuchhusten, alles machte er durch. Aber diese Krankheiten hatten ja alle Kinder. Auch Johannas Kinder hatten sie gehabt und waren durchgekommen, aber wenn sie es sich eingestand, machte sie sich um das Leben dieses kleinen Jungen viel mehr Sorgen als um alle ihre Kinder, wenn man von Leberecht einmal absah, der als Baby ihr großes Sorgenkind gewesen war.

Das kleine Kerlchen war äußerst helle, das konnte sie immer wieder beobachten. Paula schrieb alle Fortschritte, die der Junge machte, in ein Büchlein, das Johanna ihr dazu geschenkt hatte, und sie musste Johanna alle 14 Tage schreiben, wie der Junge sich entwickelte. Paula tat das auch, zusammen mit einem ganzen Bündel von Fotos, die sie oder Leberecht von dem Kleinen machten. Archibald Paul konnte sich mit zwei Jahren an Dinge erinnern, die mehr als ein halbes Jahr zurücklagen. Er verblüffte sie mit klugen Fragen, so warum auf der Murg keine Schiffe fuhren wie auf der Trave. Auf der anderen Seite war das Kind sehr schreckhaft. Als er seinen Vater einmal vom Bahnhof abholen durfte und die riesige Lokomotive in den Bahnhof einfuhr, brüllte er, als ob er am Spieß stecke.

In seinem Leben änderte sich allerdings sehr viel, als er eine kleine Schwester bekam. Johanna war hocherfreut, als sie hörte, dass Paula wieder schwanger war und rechnete fest mit einem Jungen. Es war für Paula diesmal keine leichte Schwangerschaft, sie hatte vielerlei Beschwerden. Drei Wochen ehe sie mit der Geburt des Kindes rechnete, setzten die Wehen ein. Die Hebamme kam und stellte mit Entsetzen fest, dass das Kind eine Steißlage hatte. Für einen Transport ins Krankenhaus war es viel zu spät. Leberecht war außer sich vor Sorge. Endlich kam der Arzt, und mit Hilfe der Hebamme ging die Geburt dann doch mit einigen Mühen gut voran, und das Kind kam heil zur Welt. Es war ein Mädchen. Leberecht, überglücklich, dass alles gut überstanden war, rief gleich seine Mutter an, um ihr die Geburt der kleinen Brigitta mitzuteilen. An ihrer Reaktion merkte er aber, dass sie enttäuscht war, sie sagte nur kurz „so!“, erkundigte sich dann aber doch nach Paula.

Brigitta oder Britta, wie sie bald genannt wurde, war der Liebling ihres Vaters und auch der des Kindermädchens. Sie hatte ungeheuren Charme und bezauberte alle männlichen Wesen, von ihrem in der Zwischenzeit sechs Jahre alten Bruder bis zu alten Männern. Sie war frech und unbekümmert und überhaupt nicht ängstlich. Das Kindermädchen, das Weilers hatten, machte sich einen Spaß daraus, auf dem Spaziergang im Stadtpark Britta auf den Arm zu nehmen und dem kleinen Archibald davonzulaufen. Sie freute sich, wenn er dann in Angst und Wut geriet. Als ein mit Leberecht befreundeter Schauspieler einmal bei einer Kindergesellschaft als Nikolaus auftrat, verkrochen sich alle Kinder unter Stühlen und Tischen, Archibald versteckte sich hinter dem Vorhang, aber Britta blieb mitten im Zimmer stehen, und als der Nikolaus jedem Kind seine Sünden vorhielt, dass Archibald aufhören sollte, am Daumen zu lutschen und Britta nicht immer so viel schreien sollte, antwortete sie dem Nikolaus: „Aber ich schrei doch nicht immer dauernd!“, worauf der vor Verblüffung keine Antwort wusste.

1931, im Jahr nach dem Tod von Georg Weiler und dem Zusammenbruch von Weiler & Busch, dem Jahr, in dem die Wirtschaftskrise ihrem Höhepunkt zustrebte, erfuhr Johanna, dass in Lübeck wieder ein Kind kommen sollte und sah das als einen Lichtblick in dieser trüben Zeit an. Sie bat Leberecht, das Kind – wenn es ein Junge sei – Kreuzwendedich zu nennen. Leberecht war über diese Namenswahl sehr erschrocken, und Paula war empört. Würde man das Kind dann Kreuzi rufen? Archibald witzelte, man könne das Kind ja auch Kartoffel-schäle-dich oder Knopf-knöpfe-dich taufen, was Leberecht wieder in Entzücken versetzte. Als Johanna hörte, dass das Kind Anfang Oktober zur Welt kommen sollte, rief sie entsetzt: „Nein, nein! Das Kind darf nicht am 4. Oktober geboren werden!“ Paula verstand ihre Aufregung nicht, aber Leberecht erklärte ihr, dass an diesem Tag sein als Kind verstorbener Bruder Rudi zur Welt gekommen war, und auch sein Bruder Georg war am 4. Oktober geboren.

Diesmal verliefen Schwangerschaft und Geburt relativ leicht. Als am Sonntag, dem 4. Oktober, morgens um 11 Uhr die Glocken zum Gottesdienst läuteten, kam wieder eine Tochter, die Leberecht Ragnhild nannte, zur Welt.

Die Kinder waren am Morgen zu Dembowskis gebracht worden, und als sie am Nachmittag zurückkamen, durften sie gleich zur Mutter ans Bett kommen und das Baby sehen. Ragnhild hatte braune Augen, wie Johanna, und schwarze Haare. Es war ein außerordentlich zartes Kind. Alle freuten sich, nur Leberecht wusste nicht, wie er das Ereignis seiner Mutter mitteilen sollte. Als er später am Nachmittag in Gernsbach anrief und versuchte, Johanna über die Geburt schonend zu unterrichten, brach sie in Tränen aus und konnte sich kaum beruhigen.

Die Taufe fand im Haus von Leberecht Weiler in Lübeck statt. Es war das größte Fest, das je in diesem Haus gefeiert wurde. Es waren über 40 Personen geladen, die nicht alle im Esszimmer Platz finden konnten, so dass man die Tafel im Musikzimmer aufschlagen musste. Es waren der Großvater, Leberechts Bruder Archibald Hermann und seine Frau Else und seine Schwestern, die jetzt in Hamburg wohnten, mit ihren Ehepartnern gekommen. Wer aber nicht kam, war Johanna. Sie hatte für jeden ihrer Enkel eine Taufscheibe gestiftet, und auf der Scheibe von Ragnhild stand: „Gottes Will‘ hat kein Warum“. Paula ärgerte sich darüber, und Leberecht fand die Glasmalerei, die eine betende alte Frau darstellte, für eine Taufe nicht sehr passend.

In den Jahren 1930, 1931 und 1932 verschlechterte sich die Lage in der Weltwirtschaft von Monat zu Monat. Die Umsätze und Gewinne der Unternehmen gingen zurück. Es gab Pleiten von Industrieunternehmen und Banken, und die Zahl der Arbeitslosen stieg steil an, in Deutschland allein auf über sechs Millionen. Auch die Firma Weiler & Busch war von der Depression betroffen. Zwar gingen die Elektrifizierung und der Ausbau der Telefonnetze noch weiter, aber das Schwellengeschäft brach drastisch ein. Die Deutsche Reichsbahn hatte kein Geld, um weitere Strecken auszubauen. Sie hatte Einnahmeverluste und musste sparen, und auch die darniederliegende Schwerindustrie konnte keine Aufträge für Anschlussgleise mehr erteilen. Die Sägewerke arbeiteten wegen des Rückgangs der Bautätigkeit nur noch mit 30 bis 40 Prozent ihrer Kapazität. In der Murgschifferschaft gingen die Rundholzpreise von etwa 38 bis 40 Mark auf 15 Mark für Sägerundholz zurück, und auch bei Papier- und Grubenholz war man froh, wenn man noch drei bis vier Mark pro Festmeter erzielte. Das waren Preise, die unter den Einschlags- und Aufbereitungskosten lagen.

Johanna bekam kein Geld mehr aus der Schifferschaft, ja sie musste als Genossin viele tausend Mark Zubuße bezahlen, damit der Betrieb aufrechterhalten werden konnte. Man musste sich von Arbeitskräften und Angestellten trennen, was es bei Weiler & Busch bisher noch nie gegeben hatte. Unter der Arbeiterschaft herrschte große Unzufriedenheit. In Lübeck und Schlutup kamen während der Sommermonate nur noch drei bis vier Schiffe im Monat an, während es im Jahr 1929 noch vier bis fünf Schiffe in der Woche gewesen waren. Wenn ein Schiff am Kai festmachte, wurden zum Löschen Arbeitskräfte für wenige Stunden eingestellt. Ehe man es sich versah, stand dann eine Schlange bis zu 200 Arbeitern vor dem Tor, um als Tagelöhner beschäftigt zu werden.

Der Obermeister Otto Rischer begutachtete die Arbeitskräfte wie ein Sklavenaufseher auf einem Sklavenmarkt. Er prüfte die Muskeln der Arbeiter, und alle, die ihm zu schwächlich aussahen oder von denen er annahm, dass sie Trinker sein könnten, wurden von vornherein weggeschickt. Am Ende der Musterung wurden nur etwa 20 kräftige Leute ausgewählt, und alles Bitten und Betteln und alle Hinweise auf die große Familie, die zu unterhalten war, oder auf die kranke Frau nützten nichts.

Archibald war politisch immer engagiert gewesen, er war wie sein Vater und sein Großvater Anhänger der konservativen Partei und ließ sich darin auch nicht beirren. Er fürchtete wie viele seiner Parteifreunde, dass die zunehmende Arbeitslosigkeit zu einer Radikalisierung unter der Arbeiterschaft führen werde. Nicht nur, dass das linke Lager möglicherweise die Oberhand gewinnen könnte, er fürchtete, dass der Einfluss der Kommunisten innerhalb der Linken wachsen, dass sie einmal statt auf zehn Prozent der Stimmen auf 30 oder gar 40 Prozent kommen, ja die Mehrheit erhalten könnten, und dann würde es Zustände geben wie in Russland. Er fürchtete um Leib und Leben seiner Familie. Die Hoffnung, dass die Nationalsozialisten dagegen vorgehen könnten, die hatte er nicht. Ihm waren die Nazis beinahe so verhasst wie die Kommunisten. Mit den Sozialdemokraten könnte man vielleicht noch zurechtkommen. Er kannte durch seine Arbeit im Gemeinderat und auch durch Verhandlungen mit Mitgliedern der Regierung und Behörden viele vernünftige Sozialdemokraten, Leute, mit denen er reden konnte. Unter einer sozialdemokratischen Herrschaft würde sich die Wirtschaft zwar nicht frei entfalten können, aber um Leib und Leben brauchte man nicht zu fürchten.

Die Nazis waren auch Sozialisten, ja, es gab bei ihnen geradezu kommunistische Kreise. Er hatte einmal eine Rede des Berliner Gauleiters Dr. Joseph Goebbels gehört und war über dessen linke Radikalität bestürzt gewesen. Aber woher sollte denn eine Verbesserung kommen? Johanna, mit der er oft darüber sprach, war der Meinung, dass die ganze Republik nichts tauge, man solle doch die Monarchie wieder einführen. Sie hatte zwar von Kaiser Wilhelm II. nicht viel gehalten, und den badischen Thronfolger Prinz Max hielt sie für den Verräter der Monarchie, aber sie erhoffte sich von der alten Ordnung eine wesentliche Verbesserung, sah allerdings nicht, wie man die Fürsten wieder einsetzen könne.

Leberecht war im Gegensatz zu seinem ältesten Bruder an der Politik nicht sehr interessiert. Er verfolgte zwar die politische Entwicklung in ganz Europa, schimpfte über jede Regierung, die in Deutschland an die Macht kam, warf ihr vor, dass sie keine Nägel mit Köpfen mache, dass es immer nur faule

Kompromisse gebe, und wählte bei jeder Wahl eine andere Partei, je nachdem, welcher Politiker ihm zuletzt am meisten imponiert hatte.

Im Lübecker „Kulmbacher", wo er sich fast jeden Abend zwischen fünf und sechs Uhr zum Dämmerschoppen mit Freunden traf, ein Glas Bier trank und dazu Soleier aß, wurde vor allem über Ereignisse in der Stadt, über den Hafen und die Wirtschaft und auch mal über das Theater, besonders über neue Schauspielerinnen und Sängerinnen, gesprochen. Es gab Klatsch über alle möglichen Skandale in den Familien angesehener Bürger, und es wurden auch zweideutige Witze erzählt. Politische Diskussionen hatten bis 1930 nie viel Raum eingenommen. Auch in Lübeck sah man den Zusammenbruch des Staates voraus, wenn nicht etwas geschah, wenn nicht ein Diktator mal auf den Tisch haue. Dr. Linder, ein Rechtsanwalt und Notar, der Vorsitzende der Deutschnationalen Volkspartei, meinte, so leid es ihm tue, vielleicht werde er doch bei der nächsten Wahl die NSDAP wählen. Hitler müsse an die Macht, um die Kommunisten niederzuhalten. Der Anwalt Dr. Brandel war da anderer Ansicht. Er fragte: „Haben Sie den zweiten Band von ‚Mein Kampf' von Adolf Hitler gelesen?" Dr. Linder verneinte.

„Wenn Sie das gelesen hätten, würden sie nicht so sprechen. Der Mann bedeutet Krieg. Wenn der seine Vorstellungen verwirklicht, dann ist der Zweite Weltkrieg da, und den werden wir ebenso verlieren wie den Ersten."

„Ja, gerade darum brauchen wir einen, der uns von den Fesseln von Versailles befreit. Ich weiß, dass Hitler ein Schaumschläger ist. Eine Regierung der Nazis wäre ja nur vorübergehend, sie setzen sich über allzu strenge Gesetzesvorschriften hinweg, aber sie können uns von den Kommunisten befreien. Regierungsfähig ist das Pack ja nicht, sie halten uns den Steigbügel hin, aber reiten werden wir."

Dr. Brandel ließ das nicht gelten. „Wenn man dem Teufel den kleinen Finger gibt, packt er die ganze Hand!"

Amtsrichter Dr. Bröker, der Mitglied der NSDAP war, stand auf und verabschiedete sich, ohne auf die Diskussion einzugehen, mit den kurzen Worten: „Interessant, was Sie über uns denken!"

Leberecht schwieg, weil er selbst nicht im Reinen war, wie er sich verhalten sollte. Er mochte die Nazis nicht, aber die eingebildeten Deutschnationalen konnte er auch nicht leiden. Er mochte keinen Stahlhelm, und von der Deutschen Volkspartei erhoffte er sich auch keine Wende des Schicksals. Er gab dem Gespräch eine völlig andere Wendung, indem er Brandel fragte, ob er die neue Operettensoubrette schon gesehen habe und was er von ihrer Gesangskunst halte.

Während der Osterferien traf sich die ganze Familie in Gernsbach. Leberecht war mit Paula, Archibald und Britta gekommen, selbst die kleine Ragnhild reiste im Wäschekorb mit. Auch das Kindermädchen Hertha war mitgenommen worden, damit Paula nicht so viel Arbeit hatte. In Anbetracht der schlechten Umstände in der Firma und der nötigen Schuldentilgung für den Kauf der Aktien reiste die Familie 3. Klasse.

Aus Hamburg waren Silvia und ihr Mann Adolf Festerling mit den beiden Töchtern Hermine und Elli und auch Hiltrud mit ihren beiden Kindern Bernhard und Isolde angereist, während Hiltruds Mann Walter Sutter den Familienrummel nicht schätzte und geschäftliche Verpflichtungen vorschob, um nicht mitfahren zu müssen. Luise war aus Stuttgart gekommen, ohne ihren Ehemann, mit dem sie im Streit lag und da eine Scheidung bald zu erwarten war.

Mittags traf sich die Familie an der großen Tafel im Esszimmer, an deren oberen Ende Johanna thronte. Zum Kaffee erschien Archibald mit seiner Familie und – ab und zu – auch Adolf Schickardt. Während früher an der Tafel kaum über Politik gesprochen wurde, so ging es jetzt hoch her. Adolf Schickardt war entsetzt über seinen Schwiegersohn Karl Lackner. Der junge Mann, gegen dessen Heirat mit seiner ältesten Tochter, seinem Liebling Emilie, er sich mit allen Mitteln gewehrt hatte, sollte jetzt in die Firma eintreten, um sein Nachfolger zu werden, denn Adolf war schon über 65, und seine Frau Alma und Emilie drängten darauf, damit er sich etwas mehr Ruhe gönnen könne. Er hielt wenig von Lackners kaufmännischen Fähigkeiten, aber einer, der nicht aus der Familie stammte, kam als Nachfolger überhaupt nicht in Frage. Lackners Vater, der vor wenigen Jahren gestorben war, hatte eine kleine Färberei in der Nähe von Krefeld besessen. Zu Beginn der Wirtschaftskrise hatte dieser Betrieb Konkurs anmelden müssen. Lackner, gerade erst 23 Jahre alt, war voller Hass auf die Banken, die ihm unnötigerweise das Vertrauen entzogen hatten. Er war als Heranwachsender begeisterter Nationalist geworden, als die Belgier und Franzosen das Rheinland mit Kolonialtruppen besetzt hatten. Jetzt war er ein glühender Anhänger Hitlers, er sprach immer nur von dem „Führer“, für den er schwärmte und von dem er erwartete, dass er Deutschland wieder ganz nach vorne bringen könne.

Johanna hatte in vielen Gesprächen erreicht, dass Adolf sich wieder mit seiner Tochter versöhnte, obgleich sie ihren Bruder verstand, dass er keinen gescheiterten Kaufmann in der Firma haben wollte, und sie die Schwärmerei für den „Führer“ einfach nicht mehr hören konnte.

Adolf hätte viel lieber seinen zweiten Schwiegersohn als Nachfolger gesehen, Bernd Röttger. Er war Erbe von großen Anteilen an der größten Krefelder Seidenweberei. Bernd war Korpsstudent gewesen und in Amerika ausgebildet worden. Er hatte außerordentlich gute Manieren, die auch Adolf sehr imponierten. Den Damen gab er einen Handkuss und schlug die Hacken zusammen. Er war ein richtiger Preuße und ein Anhänger der Monarchie, aber ihn brauchte man in der eigenen Firma.

Adolf wollte auf jeden Fall nicht den grässlichen Hitler wählen. Auch wenn Hindenburg schon alt war, fand er, dass der Sieger von Tannenberg trotz seiner 84 Jahre wiedergewählt werden sollte.

Archibald Hermann meinte, dass Hindenburg trotz aller Verdienste, die er hatte, als Reichspräsident zu alt sei, seine Kräfte ließen doch sichtlich nach. Das habe er aus der Umgebung des Reichspräsidenten in Berlin gehört. Dass er die nächsten sieben Jahre als Präsident durchstehe, sei äußerst unwahrscheinlich, und einen senilen Greis an der Spitze des Reiches zu haben, in dieser schweren Zeit, das sei nicht gut. Archibald wollte Duesterberg wählen.

Hiltrud fiel ihm ins Wort: „Ihr mit euren Scheißparteiführern! Die haben doch alle nur Scheiße gebaut!"

Johanna zuckte zusammen. Dieses Wort hatte sonst noch keines ihrer Kinder in ihrer Gegenwart gebraucht, sie sagte scharf: „Hiltrud!"

Aber Hiltrud war in Fahrt. Sie war seit kurzer Zeit Mitglied der NSDAP und schwärmte für den Führer. „Ihr müsst diesen Mann nur gesehen haben, seine stahlblauen Augen! Er wird mit dem Mist, den die sogenannten Demokraten angerichtet haben, endlich Schluss machen. Er will die Ketten von Versailles sprengen, dann gibt es eine Wende zum Besseren! Wer ist denn überhaupt dieser Duesterberg, kein Mensch kennt den doch. Er ist ja nicht mal Führer der Deutschnationalen, er ist doch, glaub ich, nur stellvertretender Vorsitzender vom Stahlhelm!"

Archibald entgegnete, dass die Mitglieder des Stahlhelms wenigstens ordentliche Frontoffiziere gewesen seien, die ihre Pflicht getan hätten, und nicht solche Rabauken wie die von der SA.

Silvia sagte: „Die SA-Leute sind ja vielleicht Rabauken, aber die SS ist etwas viel Feineres." Sie war seit ein paar Wochen „SS-Mutter". Im Keller ihres Hauses hatte sie einen Raum hergerichtet, in dem junge SS-Männer, die arbeitslos waren, in ihrer Freizeit zusammenkommen konnten. Von den Hamburger SS-Leuten, die bei ihr verkehrten, Schlieker, Schellenberg, Streckenbach, alle mit „S" anfangend, sollte man im Dritten Reich noch einiges hören.

Adolf Festerling, der überzeugter Demokrat und ganz international ausgerichtet war, schwieg wie immer bei solchen Diskussionen. Ihm missfiel das ganze SS-Getue, vor allem dass die SS-Leute, wenn sie müde waren, sich mit Stiefeln in sein und Silvias Bett legten, aber gegen Silvia anzugehen hatte keinen Zweck. Was sie an den jungen SS-Leuten fand, das war ihm unverständlich. Wahrscheinlich war es die schicke schwarze Uniform, die Silvia so gut gefiel.

Auch Leberecht hielt sich mit Äußerungen zurück. Er hatte keine Lust zu diskutieren, während Paula meinte: „Nein, diesen Hitler wähle ich auf keinen Fall, ich wähle Hindenburg."

Auch Leni, die aus Baden-Baden herübergekommen war, erklärte: „Ja, Hindenburg ist schon der richtige Kandidat. Aber bei der nächsten Reichstagswahl muss man sehen, dass es zu einer großen Koalition kommt, mit den

Sozialdemokraten über das Zentrum und der Deutschen Volkspartei bis zu den Deutschnationalen. Auf keinen Fall dürfen die Nationalsozialisten an die Macht kommen!"

Alle waren erstaunt, dass das junge Mädchen sich so äußerte. Archibald war skeptisch: „Das hat man in der Vergangenheit schon so oft versucht, irgendeiner von denen springt dann doch wieder ab, durch irgendeine Kleinigkeit, über die sie sich nicht einigen können. Die Politiker von Weimar müssen alle abtreten."

Zum Schluss hörte man das Stimmchen des sechsjährigen kleinen Archibald, der auf seinem Stuhl scheinbar unbeteiligt in einem Bilderbuch geblättert hatte. „Und wer von euch wird den Thälmann wählen?", was mit einem allgemeinen Gelächter beantwortet wurde.

***

Nach Beendigung der Osterferien 1932, als die Familie aus Gernsbach zurückkam, wurde Archibald eingeschult. Ihm war schon vorher mulmig gewesen, als er vor den Ferien mit seiner Mutter vor dem düsteren Gebäudekomplex aus dunkelroten und schwarzen Backsteinen, von hohen Lindenbäumen umgeben, am Rande des sogenannten Dorfes stand. Der Schulhof war von einer hohen Mauer umgeben, aber beim Tor konnte er doch in den Hof hineinschauen. Das, was der kleine Archibald dort sah, erschreckte ihn außerordentlich.

Der ganze Hof war voll mit prügelnden Jungen, ein Junge kniete auf einem kleinen Buben, der am Boden lag, und schlug ihm ins Gesicht. Der Rektor, ein glatzköpfiger Mann mit Brille, stellte Paula einige Fragen, die Archibald kaum verstand, so ängstlich war er. Dann stellte der Rektor auch an ihn einige Fragen, die er anscheinend richtig beantwortete, und dann ging es erst einmal wieder nach Hause. Die Mutter sagte, dass er nach Ostern dorthin zurückgehen dürfe.

Zunächst verdrängte er die drohende Gefahr, aber nachts, nach dem Gute-Nacht-Gebet, wenn er schlafen sollte, kamen ihm immer wieder Ängste. Die Schule, das wusste er aus allen Bilderbüchern, die er angeschaut hatte und die ihm vorgelesen wurden, war eine Anstalt, in der man die Kinder prügelte. Der Lehrer zeichnete sich durch erhobenen Zeigefinger und einen Rohrstock aus, ob es der Lehrer Lämpel in Max und Moritz war oder der Lehrer aus der Hasenschule, in der Schule im Walde oder bei Plisch und Plum von Wilhelm Busch, immer wurde geprügelt.

Mit beklommenem Herzen ging er an der Hand seiner Mutter nun zum ersten Mal in die Schule. Die Kinder wurden in die dunkle Turnhalle geführt, wo auf den Bänken im Hintergrund die Mütter und auch einige Väter Platz genommen hatten. Die Kinder wurden der Reihe nach aufgerufen und mussten sich in die vorderen Bänke setzen. Archibald wurde aufgerufen, die Mutter gab ihm einen Stups und mit großer Beklommenheit setzte er sich auf die vordere Bank. Einige Kinder weinten. Ihm war auch zum Weinen zumute, aber er unterdrückte es.

Dann kam ein Mann mit einer Igelfrisur, wie Archibald meinte, ein uralter Mann, der Klassenlehrer Herr Kiekbusch. Wie im Traum ließ Archibald alles über sich ergehen. Sie gingen durch dunkle Gänge in den Klassenraum, der schmucklos war bis auf ein großes Thermometer an der Wand, ein Bild vom Reichspräsidenten Hindenburg und ein Bild mit einer Landschaft aus der Umgebung von Lübeck.

Dann sagte Herr Kiekbusch, dass sie jetzt erst einmal lernen müssten, still zu sitzen. Alle Kinder mussten den Schulranzen, den sie mitgebracht hatten, in das Fach unter dem Pult schieben, die Hände auf dem Tisch ausstrecken und dann still sitzen, sie durften die Hände nicht bewegen, während der Lehrer Geschichten erzählte.

Archibald hatte Pech. In seiner Klasse kannte er nur Dieter, Sohn eines Arztes aus der Zwinglistraße, und Hansel Bröker, Sohn eines Amtsrichters aus der Roeckstraße, aber sie hatten einen ganz anderen Schulweg, so dass er nicht mit ihnen nach Hause gehen konnte.

Sein Freund Leonard van Stolk, der zwei Häuser weiter wohnte und ein Jahr jünger war als Archibald, wollte genau wissen, wie es in der Schule gewesen war. Archibald berichtete, und Leo war froh, dass keiner verhauen worden war. Der ältere Bruder von Leo, Gerhard, der schon in der dritten Klasse war, fragte, wen sie als Lehrer hätten, und als er hörte, dass es Kiekbusch war, sagte er: „Pass auf, der verdrischt euch noch, der ist scheinheilig!"

Die Kinder, die rund um den Stadtpark aufwuchsen, wussten nicht, was Arbeitslosigkeit und was Armut war. Für sie war die Welt noch heil. Zwar fiel Archibald auf, dass immer mehr Bettler durch die reichen Villenviertel zogen, an den Haustüren klingelten und um Geld baten. Die Köchin Frieda öffnete die Haustüre nur einen Spalt und sagte: „Warten Sie bitte einen Augenblick!" und schloss die Türe wieder sorgfältig, denn sie hatte Angst, die Bettler könnten ins Haus eindringen und etwas stehlen, ehe sie aus einer Zigarrenschachtel im Küchenbüffet ein oder zwei Pfennige oder ein Stück Brot aus dem Brotkasten herausholte. Wenn Paula die Türe öffnete, war sie wesentlich großzügiger, vor allem wenn jemand um Arbeit bat. Und wenn einer halb verhungert und elend aussah, ließ sie den Teppich, der schon zweimal in der Woche geklopft worden war, noch ein drittes Mal klopfen und gab dann großzügig auch mal zehn oder 20 Pfennig. Als einmal ein Bettler ganz zerlumpt war und keine Schuhe hatte, schenkte sie ihm ein paar abgetragene Schuhe von Leberecht und war dann gerührt, als der Mann vor ihr auf die Knie sank und sagte: „Sie sind ein Engel!"

In die Häuser der einfachen Leute oder Arbeitslosen war Archibald nie gekommen. Nur in Gernsbach, wo er mit den Kindern des Chauffeurs Rudi spielte, sah er, wie einfach andere Leute eingerichtet waren, und das waren keine sogenannten armen Leute. Die Eltern seiner Freunde rund um den Stadtpark waren meist so eingerichtet wie bei ihm zu Hause. Es wohnten hier Rechtsanwälte, Ärzte oder Zahnärzte, Senatoren, Konsuln, der Theaterintendant und ein General, reiche Wein- und Kaffeehändler, Direktoren von Karstadt oder Fabrikdirektoren. Nun trafen diese Kinder in der Schule auf Kinder aus ganz anderen Häusern, die Mangel und Not litten, von denen viele Väter arbeitslos waren.

Zwischen Burgfeld und Parkstraße lag das sogenannte Dorf. Das Dorf umfasste die von der Roeckstraße abbiegende Paul- und Schulstraße, die Lange Reihe und die von der Israelsdorfer Allee kommende Adolfstraße. Die kleinen Häuser, die meist noch in der Mitte des 19. Jahrhunderts gebaut worden waren. hatten niedrige Türen, hinter den Fenstern mit den Gardinen sah man Blumentöpfe und Porzellannippes stehen. Hier im Dorf wohnten die Handwerker, Baumeister und Malermeister, Schuhmacher und Elektriker oder auch kleine Beamte. Es gab eine Drogerie, Bäcker, Schlachter, ein Milchgeschäft, ein Kolonialwaren- und Schreibwarengeschäft und eine Post.

Auch Archibald war mit seiner Mutter oft im Dorf zum Einkaufen gewesen, es lag ja nur fünf Minuten vom Haus in der Krügerstraße entfernt, aber mit den Kindern aus dem Dorf hatten die Kinder rund um den Stadtpark nie gespielt. Die älteren Geschwister der Kinder rund um den Stadtpark gingen meist in die höhere Schule, ins Kathrineum oder ins Johanneum, die Oberrealschule war nicht fein genug für sie. Die älteren Kinder aus dem Dorf gingen in die Mittelschule. Die vornehmen Pinkel aus den Straßen mit den herrschaftlichen Villen wurden von den Jungen aus dem Dorf gerne gehänselt und getriezt, und wenn einer etwas schüchtern war wie Archibald, machten sie sich besonders gerne über ihn lustig.

Auf der anderen Seite sahen die Kinder aus dem Dorf aber auch voller Hochmut auf die Barackenkinder vom Burgfeld herab, wo die meisten Arbeitslosen wohnten. In der Schule waren die Väter von zehn der 30 Klassenkameraden arbeitslos. In die St. Gertrud-Schule kamen jetzt auch die Kinder, die in den Baracken auf dem Burgfeld wohnten und in „Baracken-Anzügen", das waren Kordhosen, herumliefen. Die Ellenbogen und die Hosenböden waren sehr oft geflickt, und das Pausenbrot bestand nur aus Schwarzbrot, das mit Schmalz bestrichen war, während Archibald in seiner Brottasche immer Weißbrot mit Butter und Wurst von zu Hause mitbekam, ordentlich in Butterbrotpapier eingepackt.

Die Kinder aus dem Barackenviertel wurden von Herrn Kickbusch besonders oft geprügelt, und Prügel gab es jetzt ständig für den, der schwätzte oder nicht aufmerksam dem Unterricht folgte. Wenn ein Kind mit dem Rohrstock geschlagen wurde, dann nicht nur einmal, sondern sechs oder sieben Mal. Ehe sie nicht laut schrien, hörte Kiekbusch nicht auf. Davon erzählte Archibald aber zu Hause nichts. Es war ihm einfach peinlich.

Jetzt, nachdem er lesen konnte, interessierte er sich auch für die Politik, obgleich er den Unterschied zwischen den Parteien nicht recht begriff. Im Jahr 1932 wurde alle paar Wochen gewählt. Die Schule war das Wahllokal für die Vorstadt St. Gertrud, dementsprechend klebten an den Mauern die Wahlplakate der Parteien. Man sah die Plakate der Kommunisten mit roten Fahnen, Hammer und Sichel, der Sozialdemokraten mit den drei Pfeilen, der Deutschnationalen und der Deutschen Volkspartei, die schwarz-weiß-rot waren, und der Nationalsozialisten mit dem Hakenkreuz.

Paula erklärte: „Schwarz-Weiß-Rot ist gut, Schwarz-Rot-Gold ist nicht so gut und das Hakenkreuz und die drei Pfeile sind gar nicht gut. Vor dem Krieg, als es noch den Kaiser und den König gegeben hat, war alles viel besser gewesen. Der bayerische König, Ludwig III., und sein Vater, der Prinzregent, das waren einfache und rechtschaffene Leute gewesen!"

Wenn Archibald bei Freunden oder anderen Kindern war und deren Eltern kennenlernte, wurde nicht über Politik gesprochen, auch nicht bei Hansels Vater in der Roeckstraße. Archibald wusste nicht, dass er der wichtigste Mann der Nazipartei in Lübeck war.

Im Laufe des Jahres gab es immer mehr Umzüge und Aufmärsche der Kampfverbände der Parteien, die dann mit klingendem Spiel durch die Roeckstraße zogen. Die Kinder wollten, wenn die Musik spielte, hinlaufen und zuschauen. Aber Paula verbot das: „Das sind die Kommunisten, und wenn ihr hinkommt, verhauen sie euch!"

Während die Eltern den Kindern verboten hatten, zu den Umzügen zu gehen, war Hertha ganz anderer Ansicht. Sie nahm die Kinder am Sonntagvormittag auf das Burgfeld mit, wo die Reichswehr und die alten Kriegerverbände aufmarschierten. Die alten Herren, die voller Stolz ihre Orden auf den blauen Anzügen trugen, interessierten die Kinder nicht so wie die Wehrmacht oder die jungen Stahlhelmer, die sich den Paraden anschlossen.

Leberecht und Paula hatten fast jedes Jahr im Herbst eine Reise nach Schweden oder nach München oder auch nur in den Harz unternommen. Während dieser Zeit war zum Einhüten eine Kinderschwester engagiert worden, zum Ärger der Hausmädchen, die enttäuscht waren, dass man nicht ihnen die Verantwortung für die Kinder übergab. Diesmal kam aber die Großmutter Johanna zum Einhüten.

Archibald freute sich schon auf den Tag, an dem er mit seinem Vater und seiner Schwester Britta die Oma am Lübecker Hauptbahnhof abholen durfte. Nachdem Leberecht und Paula mit Johanna alles, was notwendig war, besprochen hatten und auch die Adresse notiert war, wo sie notfalls telefonisch zu erreichen waren, verabschiedeten sie sich mit den Worten, dass alles gut geregelt sei und dass sie sich in 14 Tagen wiedersehen würden.

Die Großmutter nahm sich sehr viel Zeit für ihre Enkel. Sie wusste unzählige Anekdoten und versetzte die Kinder in Entzücken, wenn sie auf einem Spaziergang plötzlich einmal Urwald in Indien oder Afrika spielte. Für Archibald war sie immer da, er durfte etwas länger aufbleiben, weil sie ihm noch von früher erzählte. Abends, wenn beide Kinder im Bett lagen, saß sie bei ihnen und las Märchen aus spannenden Büchern vor, die sie noch nicht kannten, wie die Geschichte von Sigismund Rüstig, der schiffbrüchig geworden war, von Robinson Crusoe oder von Till Eulenspiegel. Sie kannte auch andere Abendgebete, es gab einen Gute-Nacht-Kuss. Dann war aber Schluss. Britta, die sonst immer geschrien hatte, war mucksmäuschenstill und schlief gleich ein.

Sie kümmerte sich auch um die kleine Ragnhild, wenn sie auch mit dem kleinen Kind von einem Jahr noch nicht viel anfangen konnte. Sie durfte in ihrem Ställchen bei den größeren Geschwistern sein.

Ein Heft wurde gekauft, in dem jeden Tag das Betragen der Kinder mit Noten eingetragen wurde. Es gab fast jeden Tag eine Eins, und wenn man eine Eins hatte, wurden drei Oblaten in das Heft geklebt, das waren kitschige Bildchen mit Engeln und Christbäumen oder auch mit Affen und Hunden. Nur einmal erhielt Britta eine Vier, als sie in die Hose gemacht hatte, und hinter der Vier stand in Klammern das Wort „Hose".

Der Vetter Bernhard Sutter kam von Hamburg, und auch das brachte willkommene Abwechslung. Die Kinder spielten im Kinderzimmer, und mittendrin stand das Ställchen, in dem Ragnhild aufrecht stand und lachte und versuchte, erste verständliche Worte nachzusprechen.

Archibald und Bernhard schliefen im sogenannten oberen Wohnzimmer, das zu einem Kinderzimmer umfunktioniert worden war, während Britta und Ragnhild im eigentlichen Kinderzimmer schliefen.

Eines Morgens wachte Archibald auf, als die Türe zum Zimmer von Ragnhild und Britta heftig aufgerissen wurde, Hertha ganz aufgeregt aus dem Zimmer rannte und die Großmutter holte. Britta wurde aus dem Bett gezerrt und kam schlaftrunken zu den Jungen ins Wohnzimmer. Die Großmutter war ganz aufgeregt und weinte. Hertha half den Kindern, sich rasch anzuziehen und schickte sie nach unten zu Frieda in die Küche. Noch während sie sich die Schuhe zubanden, kam der Kinderarzt, Professor Klotz, und verschwand mit der Großmutter im Kinderzimmer. Dann brachte Frieda die Kinder, die immer noch nicht wussten, was los war, zu den Nachbarn, der Familie van Stolk. Was war geschehen?

Hertha hatte die kleine Ragnhild, als sie ihr morgens das Fläschchen brachte, regungslos in ihrem Bettchen liegend gefunden. Sie rührte sich auch nicht auf das Rufen und Streicheln von Hertha, die in völliger Panik zu Johanna lief. Johanna warf sich nur einen Schlafrock über und musste erkennen, dass das Kind tot war. Auch der Kinderarzt konnte nur noch den Tod feststellen, ohne dass er die Ursache erkennen konnte. War sie erstickt oder hatte sie einen Herzschlag bekommen? Professor Klotz sprach etwas von Vernachlässigung und von Fehlern, die man gemacht habe, was Johanna noch mehr aufregte, die alles wie ein Keulenschlag traf. Sie musste jetzt Leberecht und Paula benachrichtigen.

Das Telefongespräch war der schwerste Augenblick in ihrem Leben, er war noch schwerer als der Moment, in dem sie die Nachricht vom Tod ihres Sohnes Georg erhalten hatte. Sie musste Leberecht den Tod seines Kindes mitteilen, für das sie die Verantwortung übernommen hatte. Sie machte sich selber die größten Vorwürfe. Hatte sie sich nicht versündigt? Warum hatte sie nicht das Geschenk des jungen Lebens dankbar angenommen? Warum hatte sie für die Taufscheibe den Spruch gewählt: „Gottes Will' hat kein Warum"? Kinder sind ein Geschenk Gottes, das ohne Wenn und Aber angenommen werden muss, und sie war enttäuscht gewesen über dieses Geschenk. Was sollte sie nun Leberecht sagen? Sie saß noch einige Minuten vor sich hin brütend da und suchte eine schonende Formulierung für das Unfassbare, ehe sie das Fernamt anrief und Leberechts Nummer in Stockholm verlangte.

Die Verbindung durch das Fernamt klappte nicht gleich. Sie musste eine quälende Stunde warten, bis das Gespräch endlich kam und Leberecht sich am Apparat meldete: „Na, Mutter, wie geht's bei euch? Uns geht es hier prächtig! Stell Dir vor, wir ..." und zu einem kleinen Witz ansetzte. Johanna fing an zu schluchzen und brachte nur heraus: „Ragnhild ist tot!"

Am andern Ende der Leitung war atemlose Stille, dann ein Aufschrei: „Ragnhild? Nein, das kann doch nicht sein! Ist das wirklich wahr? Was ist denn geschehen?"

Paula riss Leberecht den Hörer aus der Hand, aber ehe sie noch ein Wort sagen konnte, brach sie in lautes Schluchzen aus. Johanna hatte sich wieder einigermaßen gefangen und schilderte in dürren Worten, was geschehen war. Leberecht und Paula kamen mit dem nächsten Zug, aber es dauerte doch eineinhalb Tage, bis sie endlich zu Hause waren. Britta zog zu Archibald ins Wohnzimmer, und im Kinderzimmer wurde der kleine weiße Sarg aufgebahrt, umgeben von einem Meer von Rosen. Die kleine Ragnhild lag in einem Spitzenkleidchen und sah aus, als ob sie schliefe, ein Kind, so hübsch wie ein Engelchen. Johanna musste an den Tod ihrer Söhne Georg und Rudi denken, beide waren wie Ragnhild an einem 4. Oktober geboren. Auch der kleine Rudi hatte so friedlich und wunderschön ausgesehen.

Leberecht und Paula standen lange vor dem kleinen Sarg und weinten, sie konnten sich von dem Anblick des kleinen Engels nicht trennen. Johanna hörte keinen Vorwurf von den beiden Eltern, aber sie spürte, dass Leberecht seiner Mutter im Stillen doch vorwarf, dass sie das kleine Mädchen nicht gewollt und nicht genug geliebt hatte.

In der Zwischenzeit zog die Politik in der Familie immer mehr Aufmerksamkeit auf sich. Leberecht hatte einen Lesezirkel, die Grüne Mappe, abonniert, die etwa 15 Hefte und Illustrierte enthielt, darunter auch Witzblätter, die jede Woche ausgetauscht wurden. Archibald sah mit besonderem Interesse die Witzblätter an und erkundigte sich bei den Eltern, was die einzelnen Witze zu bedeuten hatten. Britta bettelte dann: „Archibald, erklär' mir doch die Juxe!" Eine Karikatur zum Jahreswechsel 1932 auf 1933 machte besonderen Eindruck auf die Kinder. In einem Auto, das in den Graben gefahren war, saßen ein Kind mit der Jahreszahl 1933 auf seinem Kleidchen und ein Mann mit einer Zipfelmütze mit einem ziemlich betroffenen Gesicht. Ein energischer Herr in Uniform sagte zu dem Kind: „Nun, junger Mann, sehen Sie zu, wie sie den Karren aus dem Dreck ziehen können!", während ein gramgebeugter alter Mann mit der Jahreszahl 1932 auf dem Rücken und ein Herr mit Monokel aus dem Auto kletterten und sich davon trollten.

Es wurde ihm erklärt, dass das Kind das neue Jahr bedeutete, der alte Mann sei das alte Jahr und der Mann mit der Zipfelmütze sei der deutsche Michel, der Herr, der ausstieg, sei Herr von Papen, der alte Reichskanzler, und der Mann, der das Auto wieder flott machen sollte, das war der General von Schleicher, der neue Reichskanzler.

Dann kam im Radio die Nachricht, dass Reichspräsident von Hindenburg Adolf Hitler zum Reichskanzler ernannt habe. Am nächsten Tag waren im Lübecker Generalanzeiger große Bilder von dem Vorbeimarsch Tausender von SA-Leuten vor dem Reichspräsidentenpalais und der Reichskanzlei, aus deren Fenster Hitler grüßte. Die Braunen hatten alle ihren Arm nach oben gestreckt und hielten Fackeln in den Händen. Archibald merkte, dass etwas ganz Besonderes geschehen war.

Jetzt wurde pausenlos marschiert. Hertha ging mit den Kindern zu allen Aufmärschen und streckte dabei die Hand aus. Sie hielt auch die Kinder an, den Arm zu heben, wenn eine Hakenkreuzfahne vorbeigetragen wurde. Hertha hatte ein Liederbuch der SA besorgt und las den Kindern daraus vor, während Frieda nur den Kopf darüber schüttelte.

Einige Tage später gab es wieder eine große Aufregung: Der Reichstag brannte. Große Fotos im Lübecker Generalanzeiger zeigten das Gebäude in Flammen stehend. In der Schule spielten die Kinder van der Lubbe und SA. Ein Kind, das man nicht besonders mochte, musste den Reichstags-Brandstifter van der Lubbe spielen.

SA und SS waren jetzt überall in der Stadt zu sehen, sie waren zu Hilfspolizisten ernannt worden. Plötzlich grüßten ganz wildfremde Herren sich gegenseitig auf der Straße mit ausgestrecktem Arm und riefen „Heil Hitler". Es zeigte sich jetzt deutlich, wer die neuen Herren waren. Sie schleppten ihre Gegner, vor allem Kommunisten und Sozialdemokraten, wahllos in ihre

Kneipen, die sogenannten Sturmlokale, und verprügelten sie. Ein Teil von ihnen kam in die ersten provisorischen KZs.

Bei Tisch erzählte Leberecht, wen man jetzt abgeholt hatte. Er meinte, dass die Kinder das nicht verstünden, aber Archibald merkte sich das doch. Den Terror der SA und der SS bekamen die bürgerlichen Kreise zunächst nicht zu spüren. Man hörte nur ab und zu, dass gute Freunde und Bekannte, die hohe Beamte gewesen waren, von heute auf morgen aus ihrem Amt entlassen wurden, Beamte, die sich nichts zuschulden hatten kommen lassen und nur deswegen abgesetzt wurden, weil sie Juden waren.

Leberecht spürte, wenn er ins Kulmbacher ging, dass ein Wandel unter den Stammtischbrüdern eingetreten war. Über Hitler schimpfte keiner mehr. Alle sprachen von der neuen Zeit, dass endlich Ordnung geschaffen werde und dass es jetzt bald aufwärts gehe. Leberecht selber überlegte, ob er diesmal nicht die Nationalsozialisten wählen sollte. Auch er war von der allgemeinen Begeisterung angesteckt, aber wenn er mit Gernsbach telefoniert hatte, wechselte er seine Meinung wieder. Das ging so bis zum Wahltag. Zum Schluss warf er einen leeren Zettel in die Urne, während Paula weiter für die Deutsche Volkspartei stimmte, auch wenn sie kaum Hoffnung hatte, dass ihre Partei viele Stimmen bekommen werde. In Gernsbach wählten Archibald und Johanna wie immer die Deutschnationalen, Else wählte die Deutsche Volkspartei und Leni das Zentrum, die einzige Partei, von der sie hoffte, dass sie neben den Nazis eine Chance haben könnte.

Dann kam der große Tag der Wiedereröffnung des Reichstags in der Garnisonskirche in Potsdam, die durch das Radio übertragen wurde. Familie Weiler hatte schon seit zwei Jahren einen Rundfunkapparat, dessen Übertragungen aber noch mit vielen Störgeräuschen verbunden waren. Leberecht und Paula hörten nur ab und zu Nachrichten. Die Musiksendungen waren kein Genuss, sie hörten lieber Grammophonplatten. Aber die Kinder hingen oft am Rundfunk, vor allem wenn es am Sonntagnachmittag die Kinderstunde gab.

Zu der Übertragung der Eröffnungsfeier kam auch der Nachbar, der Generaldirektor des Hochofenwerkes, der sich bisher noch keinen Radioapparat geleistet hatte. Die Kinder setzten sich unter den Flügel. Britta wurde es bald langweilig, aber Archibald hörte aufmerksam zu. Der Sprecher erzählte mit gedämpfter und feierlicher Stimme, wie der Reichspräsident von Hindenburg die Garnisonskirche betrat, wie er zunächst in die Gruft Friedrichs des Großen hinunterstieg und dann die leere Loge grüßte, in der sonst der Kaiser bei Gottesdiensten Platz genommen hatte. Mit feierlicher Stimme wurde dann berichtet, dass der neue Reichskanzler, der Gefreite des Ersten Weltkriegs, dem greisen Feldmarschall seine Reverenz erwies und einen tiefen Diener machte.

Am nächsten Tag, als die erste Reichstagssitzung in der Kroll-Oper stattfand, war von Feierlichkeit nicht mehr viel zu spüren. Die Sitzung wurde nicht im Rundfunk übertragen, Weilers lasen darüber in der Zeitung. Leni war enttäuscht, dass die bürgerlichen Parteien und auch das Zentrum für das Ermächtigungsgesetz stimmten.

An Ostern traf sich die ganze Familie wieder in Gernsbach. In dem ganzen Städtchen herrschte ungeheure Begeisterung über die Wende in der Politik. Die Stadt schien nur noch aus Nazis zu bestehen. Die Skepsis, die viele Bürger gegenüber den Nationalsozialisten und ihre zum Teil doch recht obskuren Würdenträger gehabt hatten, war wie weggeblasen. Am Bahnhof wurde die Familie vom Chauffeur Rudi abgeholt, der die Hacken zusammenschlug und mit „Heil Hitler“ grüßte. Die ganze Stadt hatte geflaggt, vereinzelt immer noch mit der gelb-rot-gelben badischen Fahne, aber meist war es die Hakenkreuzfahne der neuen Bewegung. Nur das Haus von Johanna war schwarz-weiß-rot geflaggt, und Archibald Hermann hatte als Reserveoffizier die Reichskriegsflagge gehisst.

Wo man hinkam, rissen die Leute die Arme hoch, in allen Läden wurde man mit „Heil Hitler“ begrüßt, und zwar wesentlich mehr als in Lübeck, wo man oft beim Betreten eines Geschäfts ein freundliches „Morjen, morjen“ hörte.

Archibald und Johanna erregten sich über den Gruß „Heil Hitler“. Sie konnten nicht verstehen, wie das deutsche Volk so bereitwillig mit diesen Worten grüßte. Man konnte „Grüß Gott“ sagen, aber den Gruß nicht mit dem Namen eines Menschen verbinden. Das hattte kein Kaiser und kein König jemals verlangt, das war Hochmut. Aber die Leute sahen darauf, dass man seine Briefe mit dem neuen Gruß unterschrieb und auch so grüßte. Leute, die nicht mit Hitler einverstanden waren, unterschrieben ihre Briefe nur „mit deutschem Gruß“ ohne den Zusatz „Heil Hitler“. Briefe, die ins Ausland gingen, wurden weiterhin mit „Hochachtungsvoll“ beendet. Johanna sagte, wenn sie in ein Geschäft kam, nur „Heil“ und verschluckte das zweite Wort oder murmelte etwas vor sich hin.

Bei Tisch hörte Archibald, wie die Großmutter zu Leberecht sagte, sie könnte Rudi nicht verstehen, wie er seinen fanatischen Nationalsozialismus mit seiner katholischen Kirche in Einklang bringen könne. Aber auch die Kirchen schienen sich für den neuen Staat zu begeistern. Auf den Kirchtürmen flaggte man entweder die gelb-weiße katholische Kirchenfahne oder das violette Kreuz auf weißem Grund der evangelischen Kirche, jeweils umrahmt von einer Hakenkreuz- und einer schwarz-weiß-roten Fahne.

Hiltrud war begeistert. Silvia war es auch, aber die Kritik, die ihr Mann Adolf Festerling anbrachte, gab ihr doch zu denken. Archibald Hermann war noch distanzierter zur neuen Regierung als im Vorjahr. Wenn es jetzt aufwärts gehe, dann nicht, weil Adolf Hitler Reichskanzler geworden war, sondern weil die ganze Weltwirtschaft aus ihrem Tief herausgefunden hatte. Archibald hatte die Entwicklung in den USA, zu denen er seit seinem Aufenthalt dort im Jahr

1904 eine Art Hassliebe entwickelt hatte, laufend verfolgt, und er meinte, dass der neue demokratische Präsident Franklin D. Roosevelt allerlei Maßnahmen ergriffen habe, von denen er sich einen Aufschwung der Wirtschaft erwarte, was sich auch auf Deutschland auswirken könnte. Archibald Hermann erklärte: „Hitler ist ein Wolf im Schafspelz. Solange Reichspräsident von Hindenburg noch lebt, kann man ihn vielleicht etwas eindämmen. Aber Hindenburg ist ein alter Mann. Hitler hat durch das Ermächtigungsgesetz freie Hand bekommen. Ich war sicher gegen die Kommunisten, aber wenn man jetzt alle ins KZ sperrt, so kann man das nicht mehr hinnehmen. Ich wenigstens will nicht das Maul halten!" Seit 14 Tagen hatte er die Neue Zürcher Zeitung abonniert, und er hörte regelmäßig die Nachrichten von Radio Straßburg, die auf Deutsch gesendet wurden.

Wirtschaftlich war noch keine große Wende eingetreten, aber es bestand Hoffnung, dass es nun bald aufwärts gehen werde. Weil sich die Stimmung aufhellte, wurde wieder investiert, und das spürte auch Weiler & Busch. Es gab bereits wieder große Anfragen von Seiten der Industriefirmen für neue Anschlussgleise. Die Elektrizitätswerke waren nicht mehr so vorsichtig mit ihren Bestellungen, weil sie damit rechneten, dass die Preise nicht weiter nach unten gingen, auch die Sägewerke waren wieder besser beschäftigt, und es konnten die ersten Mitarbeiter neu eingestellt werden. Es gab noch keine Rüstungsaufträge, aber für den Reichsarbeitsdienst, in dem alle jungen Männer und Mädchen ein Jahr Dienst leisten mussten, brauchte man Baracken, um die Arbeitsmaiden und Arbeitsmänner unterzubringen. Archibald Hermann hatte mit Berlin verhandelt, und nun bekam endlich die Holzbauabteilung Aufträge in einer Höhe, von der man nie geträumt hatte. Innerhalb eines Monats mussten über 500 neue Arbeitskräfte eingestellt werden. Der Reichsarbeitsdienst war der einzige große Auftraggeber, private Holzhäuser wurden kaum noch gefertigt.

Archibald Hermann nahm sich jetzt des kleinen Archibald an. Nachdem er selber keinen Sohn hatte, nahm er sich vor, den Jungen so zu erziehen, dass er einmal sein Nachfolger werde. Johanna bestärkte ihn darin. Wenn der kleine Archibald in Gernsbach war, nahm er ihn auf seinem Inspektionsgang über das Gernsbacher Werk, den er jeden Morgen um 11 Uhr machte, mit, und auch jeden Nachmittag, wenn er um 15 Uhr nach Weisenbach fuhr, um dort das Werk anzusehen, durfte ihn der kleine Archibald begleiten. Mit einer Engelsgeduld zeigte ihm Onkel Archibald, wie die Maschinen funktionierten, er ging mit ihm in den Keller und erklärte ihm die Turbine und die Dampfmaschine. Der Junge durfte er auf den Rundholzplatz, um den Zopfdurchmesser der Stämme mit dem Gabelmaß zu messen und dem Onkel zuzurufen. Er lernte zu sortieren, was Telefon- und Telegrafenmasten und was Lichtleitungsmasten waren. Der Kleine wusste bald, was Preußenschwellen, die scharfkantig geschnitten wurden, und was Sachsenschwellen waren, deren Enden unbesäumt waren, oder was Schwellen erster Klasse und was Schwellen zweiter Klasse waren. Der Junge zeigte dem Onkel voller Eifer, wenn etwas auf dem falschen Stapel lag. Der Vorarbeiter bekam dann ein Donnerwetter zu hören.

Die Ferien wurden auch dazu genutzt, Fahrrad fahren zu lernen. Der kleine Rudi bekam von Johanna fünf Mark versprochen, wenn er es Archibald richtig beibringen würde. Archibald war gar nicht begeistert, dass Rudi ihn nun triezte, denn Rudi wollte sich gerne das Geld verdienen, bevor die Familie Weiler wieder nach Lübeck zurückfuhr.

Etwas hatte er aber Rudi voraus, er konnte schwimmen. Dass er im vergangenen Jahr so schnell schwimmen gelernt hatte, hing auch damit zusammen, dass das Kindermädchen Hertha sich in den Bademeister verliebt hatte und heftig mit ihm flirtete. So wurde Archibald fast jeden Tag, ob die Sonne schien oder es in Strömen regnete, von Hertha zur Badeanstalt gebracht und bewegte sich schon bald wie ein Fisch im Wasser.

Rudi hatte auch eine sehr schöne Sammlung von Murmeln und Glasern und forderte Archibald auf, mit ihm zu spielen. Da Archibald seine Picker, wie sie in Lübeck hießen, nicht mitgebracht hatte, wollte er sich beim Kaufmann an der Ecke, bei Onkel Nachmann, wie er genannt wurde, welche besorgen. Rudi fuhr ihn an: „Da kannst du doch nicht kaufen, das ist doch ein Jude!"

Archibald stutzte:„Warum denn nicht?"

„Das sind doch böse Menschen, die bescheißen andere Leute." Archibald wusste nicht, was dieses Wort bedeutete. Onkel Nachmann und böse, das konnte er nicht verstehen. Der war doch so freundlich, wenn er mit der Großmutter in den Laden kam.

Als er nach Hause kam, fragte er seine Großmutter: „Was ist ein Jude? Warum sind das böse Menschen?" Er hatte das Wort Jude in der letzten Zeit oft von den SA-Leuten gehört, wenn sie durch die Straßen zogen und „Deutschland erwache, Juda verrecke" brüllten. „Deutschland erwache", darunter konnte er sich etwas vorstellen, aber „Jude" war für ihn ein unverständliches Wort. Bisher hatte er auch noch niemand danach fragen können.

Johanna führte ihn auf einem Spaziergang zu der neuen Synagoge, die erst vor wenigen Jahren gebaut worden war, blieb bei der vor der Synagoge stehenden Gesetzestafel stehen und erklärte ihm: „Die Juden sind eine Religionsgemeinschaft, sie glauben zwar nicht an Christus, aber sie beten zu dem gleichen lieben Gott wie die Christen. Es gibt unter ihnen genau so viele gute und liebe Menschen wie bei den anderen Religionen. Glaub mir, die Juden sind keine bösen Menschen!"

Ende April fuhr die Familie wieder nach Lübeck zurück, wo in der Zwischenzeit auch die Nazis die Herrschaft übernommen hatten, so wie überall in Deutschland. Der alte Senat, der vor allem aus Sozialdemokraten und Mitgliedern der bürgerlichen Parteien bestanden hatte, war unter dem starken Druck der SA zum Rücktritt gezwungen und durch einen Senat aus vier nationalsozialistischen Senatoren abgelöst worden. Einer der neuen Senatoren war der Vater von Archibalds Klassenkamerad Hansel Bröker.

Auch in der Schule hatte sich einiges verändert. Der alte Rektor Bier, der der sozialdemokratischen Partei angehört hatte, war verschwunden, an seine Stelle war ein junger Nationalsozialist, Herr Weber, getreten, der aber sehr freundlich und nett zu den Schülern war. In den Klassenzimmern hing neben dem Bild von Hindenburg jetzt ein Bild von Adolf Hitler. Die Schüler hatten allerlei Spielzeug mit Hakenkreuzen geschenkt bekommen: An ihren Fahrrädern flatterten Hakenkreuzwimpel, es gab Taschentücher und Gürtelschnallen mit Hakenkreuzen, Bleistifte und Schulhefte mit Hakenkreuzen, ein Schulkamerad war sogar in einer kleinen SA-Uniform erschienen. Zum Jungvolk, zur HJ, gehörten die Kleinen aber noch nicht.

Archibald war jetzt nicht mehr Achtklässler, sondern ein Siebtklässler, und er war stolz darauf. In der Klasse fand er die meisten der früheren Kameraden wieder. Es fehlte nur der kleine Brennmann, ein lustiger, rothaariger Junge, der oft unvermutet zum Spielen zu Weilers gekommen war, geschickt von seinen Eltern. Leberecht meinte nur: „Die halten uns für Glaubensbrüder!" Brennmanns seien ausgewandert, sie seien nach Palästina gezogen, erzählten Nachbarn.

Vor dem Unterricht wurde nicht mehr wie im vergangenen Jahr gebetet. Ein Schüler hatte „Achtung" zu rufen, wenn der Lehrer hereinkam, dann mussten die Kinder aufstehen, den rechten Arm heben und „Heil Hitler" brüllen. Der Lehrer antwortete mit dem gleichen Gruß und sagte: „Setzen!"

Sie hatten jetzt einen neuen Lehrer, Herrn Stamer, einen kleinen, etwas dicklichen Mann mit einer spiegelblanken Glatze, der immer graue Anzüge trug und an dessen Revers das Parteiabzeichen prangte. Stamer war ein Freund des Rohrstocks. Sein Vorgänger, Kiekbusch, hatte die Kinder geschlagen, wenn sie ihre Hausaufgaben nicht gemacht hatten oder wenn sie unaufmerksam waren und schwätzten. Aber Stamer schlug die Kinder auch, wenn ihm ihre Leistungen nicht gefielen oder wenn sie nicht schön geschrieben hatten. Wer mehr als sieben Fehler im Diktat hatte, bekam für jeden Fehler eins mit dem Rohrstock auf den Hintern, und Stamer schlug kräftig zu, dass es richtig weh tat.

Archibald war wie viele andere Schüler von Kiekbusch nie geschlagen worden. Lesen und Rechnen machten ihm keine Schwierigkeiten, im Lesen war er sogar mit Abstand der Beste. Aber Rechtschreibung und Schönschreiben war nicht seine Sache. Er war verträumt, und beim Diktat kam er oft nicht mit, ließ Worte aus und vergaß die letzten Buchstaben eines Wortes. Auch Archibald musste vortreten, sich über die Bank legen, und Stamer ließ seinen Rohrstock auf den Hintern und auf die nackten Oberschenkel niedersausen.

Eine brennende Frage tauchte auf: Mit welcher Fahne sollte das Haus in der Krügerstraße am ersten Mai, der als Tag der Arbeit feierlich begangen werden sollte, geschmückt werden? Bisher war dieser Tag kein offizieller Feiertag gewesen, sondern ein Festtag der Arbeiter, die an diesem Tag für ihr Recht demonstrierten. Allerdings waren in den letzten Jahren kaum Arbeitnehmer durch die Stadt gezogen, denn die Gefahr, fristlos entlassen zu werden, scheuten die meisten, die noch Arbeit hatten. Jetzt sollten aber alle an den Umzügen teilnehmen. Vorweg wurde gefordert, dass man die Häuser mit Fahnen zu schmücken hatte, und das Schmücken wurde, wenn auch nicht offiziell, durch die Blockwarte überprüft.

Der Chauffeur, Herr Fischer, sollte die Fahnen besorgen. Als er fragte, welche Fahne er kaufen sollte, denn es gab ja zwei Nationalflaggen, die alte schwarz-weiß-rote Fahne des Kaiserreichs und die Hakenkreuzfahne, antwortete Paula prompt: „Natürlich die gute alte schwarz-weiß-rote Fahne!" Leberecht dachte aber an die Spitzel und sagte: „Kaufen Sie die Hakenkreuzfahne." Herr Fischer kaufte daher beide Fahnen, und so wurden am 1. Mai die Hakenkreuzfahne aus dem Fenster gehängt und die schwarz-weiß-rote Fahne am Fahnenmast, der im Garten stand, gehisst.

Bei den Umzügen sollten alle Werktätigen, die Arbeiter der Faust und die Arbeiter der Stirn, wie es nun hieß, mitmarschieren. Alle sollten in die Arbeitsfront eintreten. Das war praktisch eine Zwangsgewerkschaft, in der jeder, vom Generaldirektor bis zum Lehrling, organisiert war. Leberecht bekam von der Arbeitsfront schon vorher eine Mütze zusammen mit einer Rechnung ins Haus geschickt, genau so wie auch alle seine Mitarbeiter. Er war zwar immer leutselig zu seinen Arbeitern gewesen, aber mit ihnen zu marschieren, das wollte er nicht, und so fuhr er nach Gernsbach. Aber der Prokurist Dembowski setzte die komische Arbeitsfrontmütze auf und marschierte mit.

In Gernsbach dachte Archibald Hermann nicht daran, an dem Umzug teilzunehmen, er ging einfach nicht hin, obwohl er von einigen Angestellten dazu aufgefordert worden war. Aber den Herrn Hauptmann dazu zu zwingen, zu Fuß durch die Stadt zu marschieren, das empfanden die Angestellten doch als eine zu große Zumutung. Herr Hauptmann hätte, wenn überhaupt, auf einem Pferd vorausreiten müssen.

Leberecht fuhr von Gernsbach aus nach München weiter. Er wollte seinen Schwiegervater besuchen und eine Woche lang wieder einmal ins Theater gehen und die Stadt genießen. Für ein Symphoniekonzert hatte er schon vor Wochen Karten bestellt, und außerdem wollte er mit dem Aufsichtsratsvorsitzenden Dr. Seidel über die Möglichkeit einer Gehaltserhöhung sprechen. Nachdem er seinen Koffer im Bahnhofshotel abgestellt hatte, fuhr er mit einem Taxi zur Kanzlei Dr. Seidels. Die Sekretärin öffnete ihm die Türe und sagte nur: „Der Chef ist nicht da, Sie kommen leider vergeblich." Auf Leberechts

Frage, wann er denn zurückkommen werde, bekam er nur die Antwort, sie wisse nicht, wo er sei und wann er wieder nach München komme. Leberecht bohrte aber weiter: „Irgendetwas wird er Ihnen aber doch wohl gesagt haben! Sie können es mir ruhig sagen!"

Die Sekretärin beugte sich zu ihm hin und flüsterte: „Ihnen kann ich es ja sagen. Er ist nach Tirol geflüchtet, er hatte Angst, dass sie ihn verhaften. Die SA ist doch unberechenbar. Er hat schon einige Drohbriefe erhalten, immer in der gleichen Handschrift geschrieben. Einmal kam Dr. Seidel aus Innsbruck, ich hab' ihn gar nicht erkannt, mit einem großen Vollbart. Er hat mich in ein Café bestellt, denn er hat sich nicht getraut, nach Hause zu kommen."

Dr. Seidel hatte Angst, dass man ihn verhaften werde, weil er vor ein paar Jahren in einem Prozess Hitler als Zeuge vernommen und ihn dabei kräftig in die Mangel genommen hatte. Hitler hatte angefangen zu schreien, er lasse sich nicht von einem Judenanwalt in die Enge treiben. Dr. Seidel hatte darauf nur ganz ruhig gesagt: „Dieser Mann will Deutschland beherrschen und kann sich nicht einmal selbst beherrschen!"

Der nächste Besuch Leberechts galt seinem Schwiegervater, dem Kammersänger Paul Fabricius, in seiner Wohnung in der Gaußstraße. Paul empfing ihn in seinem Arbeitszimmer, und auch seine junge Frau Felicitas kam dazu. Paul machte einen niedergeschlagenen Eindruck, Felicitas war wütend. Am Morgen hatte Paul einen Brief von der Akademie erhalten. Man müsse ihm leider mitteilen, dass er als Hochschullehrer an der Musikhochschule nicht mehr tragbar sei, weil er jüdisch versippt sei. Aber da ja ein Unglück nie alleine komme, sei dazu ein Brief von Klara eingetroffen, dass sie in Berlin an keinem Theater irgendeine Anstellung bekommen habe und überhaupt nicht mehr Schauspielerin sein könne, weil sie als Halbjüdin nicht Mitglied der Reichstheaterkammer werden dürfe. Klara hatte als Schauspielerin einen stetigen Weg nach oben gefunden, wenn bisher auch nur in kleineren Theatern. Über Hanau, Heilbronn und Neustrelitz bis nach Allenstein hatte sie Engagements gehabt, jedes Mal größere und bedeutendere Rollen erhalten, und nun wollte sie den Sprung nach Berlin wagen. Aber jetzt waren alle ihre Hoffnungen zunichte geworden.

Paul hatte dazu noch finanzielle Sorgen. Sein großes Vermögen, das er als einer der berühmtesten Sänger erworben hatte, war in der Inflation vernichtet worden. Das Geld aus seiner Tätigkeit in Amerika, das er in den letzten fünf bis sechs Jahren wieder verdient hatte und das er auf Anraten eines Freundes in Amerika in Aktien angelegt hatte, war mit dem Schwarzen Freitag verloren gegangen. Dazu wollte der neue Generalintendant und Generalmusikdirektor Klemens Krauss ihn im Gehalt herabstufen. Paul befürchtete, dass er sich nicht dagegen wehren konnte. Er war mit dem Vorgänger von Krauss, Bruno Walter, aufs Engste befreundet gewesen, jetzt war er nur noch geduldet. Felicitas meinte, Krauss sei ein willfähriger Handlanger der Nazis. Nicht nur Bruno

Walter durfte nicht mehr auftreten, auch zahlreiche Kollegen von Paul, auch wenn sie noch so beliebt waren, hatte er von heute auf morgen hinausgeworfen, nur weil es Juden waren.

Felicitas versuchte Paul zu überreden auszuwandern. Sie hatte sich in Amerika sehr wohlgefühlt. Paul winkte ab: „Ich hoffe, dass ich in Deutschland bleiben kann! Mir hat Amerika nicht gefallen. Soll ich jetzt alles im Stich lassen? Ich brauche die Deutschen, ich fühle mich nur in Deutschland wirklich wohl, hier im Kreise meiner Familie."

Felicitas entgegnete: „Du als weltberühmter Sänger kannst doch in Amerika und in der ganzen Welt dein Auskommen finden! Denk doch daran, dass auch dein Freund Thomas Mann in die Schweiz emigriert ist!"

Paul schüttelte den Kopf. „Ein berühmter Schriftsteller kann in der ganzen Welt leben, aber ich als Sänger weiß ja nicht, wie lange es mit meiner Stimme noch gut geht. Hatte ich nicht erst vor einigen Monaten Stimmbandprobleme gehabt und hat mir Krauss nicht ins Gesicht gesagt, dass ich nicht mehr der Gleiche bin wie vor 30 Jahren! Ich bin jetzt 58, und die Amerikaner sind doch kalt und herzlos, die lassen mich auf der Straße verhungern!"

Leberecht ging bedrückt in sein Hotel. Auch das Konzert, auf das er sich sehr gefreut hatte, war eine große Enttäuschung. Angesagt worden war Mahlers 8. Symphonie, die nur sehr selten zu hören war, unter Bruno Walter, aber der hatte Auftrittsverbot und war emigriert. Auch die Mahler-Symphonie durfte nicht aufgeführt werden, denn Musik von jüdischen Komponisten war verboten worden.

Am nächsten Tag besuchte er wieder Felicitas und bot ihr an, Klara eine Stellung im Berliner Büro von Weiler & Busch zu verschaffen. Klara konnte Schreibmaschine und Steno, und er wusste, dass sie fleißig war. Paul zeigte sich darüber sehr erfreut, aber er hatte schon die nächste schlimme Nachricht erhalten. Sein Sohn Johannes war als Referendar vom Amtsgericht in Nürnberg entlassen worden.

Johannes war zwar ähnlich wie Leberecht ein großer Freund der Oper und bewunderte die Kunst seines Vaters, aber er hatte nie den Wunsch gehabt, selber künstlerisch tätig zu sein, dazu hatte er zu großen Respekt vor seinem Vater. Was er einmal werden sollte, wusste er nicht. Paul Fabricius hatte deshalb die Sache in die Hand genommen und war zu seinem Freund, dem Reichsbankpräsidenten Dr. Schacht gefahren, um zu hören, was der für seinen Sohn empfehlen könnte. Dr. Schacht schlug ihm vor, der Junge sollte Beamter bei der Reichsbank im höheren Dienst werden. Er empfahl, zunächst eine Banklehre zu machen und dann Jura zu studieren. Und so wurde auch verfahren, nur machte Johannes alles doppelt so schnell wie andere. Nach dem Abitur ließ er sich in der Münchner Universität einschreiben, begann aber gleichzeitig auch eine Lehre bei der Dresdner Bank, die für Abiturienten auf zwei Jahre verkürzt war. Seine juristischen Kenntnisse erwarb er sich beim

Pauker, und nach sechs Semestern, von denen er nur zwei wirklich gehört hatte, machte er sein Referendarexamen mit der Note Eins. Wenige Wochen nach dem Examen wurde er Dr. jur. an der Universität Erlangen. Aber dann erkrankte er schwer an Kinderlähmung. Nur langsam erholte er sich. Während der Krankheit wurde ihm gekündigt, und als Halbjude durfte er das Assessorexamen nicht machen. Damit konnte er weder bei der Reichsbank eintreten noch durfte er Beamter oder Rechtsanwalt werden. Aber die Familie Weiler half. Leberecht sprach mit seinem Bruder Archibald Hermann, der gerade einen Sekretär oder Direktionsassistenten suchte, und der war bereit, Johannes einzustellen.

Auf der Rückfahrt nach Lübeck dachte Leberecht über die Geschehnisse in München nach. Noch vor drei Monaten hatte er sich überlegt, ob nicht doch die Wahl der Hitler-Partei die einzige Möglichkeit sei, Deutschland vor einer Katastrophe zu retten. Im März hatte er sogar überlegt, ob er nicht in die NSDAP eintreten solle, weil er das als vorteilhaft für die Firma ansah. Wer zur „Bewegung" gehörte, bekam wahrscheinlich mehr Aufträge. Jetzt kamen aber schon die Pferdefüße zum Vorschein. Hitler war ein uneingeschränkter Diktator, der Reichstag hatte keine Möglichkeit mehr einzuschreiten und war dazu auch nicht willens. Die anderen Parteien waren aufgelöst, es wurden Gesetze erlassen, die klar gegen die Verfassung verstießen. Das Volk, war es so blind oder war es besoffen? Der Mann wurde ja geradezu angebetet, als ob er der liebe Gott sei.

Welches Schicksal hatten Leberecht und seine Familie zu erwarten? Würde Paula nicht verfolgt oder benachteiligt werden wie ihr Bruder und ihre Schwester? Sollte er nicht doch auswandern? Er hatte immer damit geliebäugelt, sich von seinen Brüdern zu trennen, wenn sie ihn gängelten und bevormundeten. In Skandinavien hatte er sich sein Imperium aufgebaut, sollte er da noch mal ganz neu anfangen? Ohne das Geld der Mutter war das allerdings schwierig.

Und konnte er jetzt überhaupt noch auswandern? 1929, als er bereits einmal daran gedacht hatte, Deutschland zu verlassen, hatte er sich in Schweden, am Sitz seiner schwedischen Importfirma in Malmö, wohnhaft gemeldet. Nach schwedischen Gesetzen konnte er nach fünf Jahren schwedischer Staatsbürger werden, die Frist müsste also bald um sein. Aber jetzt hatten die Schweden ein neues Gesetz gemacht, dass man die Staatsbürgerschaft erst nach zehn Jahren Anwesenheit im Land erhielt. Sie hatten sich doch jetzt so ein schönes Zuhause in Lübeck geschaffen – und Paula war wieder im sechsten Monat schwanger.

Vielleicht würden die Nazis sie auch verschonen, er war ja kein Jude, und er hatte sich auch politisch nie betätigt. Er hatte Freunde, die der NSDAP angehörten. Einen Grund, ihn zu verhaften, hatten die Nazis nicht. Er liebte die Nazis nicht, aber er hatte auch nie in der Öffentlichkeit so lautstark sein

Missfallen geäußert wie das sein Bruder und seine Mutter getan hatten. Daher beschloss er, erst einmal abzuwarten. Vielleicht würde ja doch die Reichswehr irgendwann einmal einschreiten gegen den Terror der SA, wie das sein Bruder hoffte.

Nachdenklich stieg Leberecht aus dem Zug. An der Treppe vor dem Bahnhof wartete schon der Chauffeur, Herr Fischer, wie immer tadellos gekleidet, aber jetzt prangte an seinem Revers auch das Parteiabzeichen und das Abzeichen des Nationalsozialistischen Kraftfahrerkorps NSKK.

„Na, auch zu den Nazis übergetreten?" fragte Leberecht.

Herr Fischer meinte nur, dass er vom Stahlhelm in die SA habe übernommen werden sollen, aber der Haufen habe ihm nicht behagt, deswegen sei er dem NSKK beigetreten, das entspreche auch seinem Beruf. Er sei sogar gleich Scharführer geworden. „Aber, Herr Doktor, Sie brauchen keine Bedenken zu haben. Allzu viel Dienst brauche ich dort nicht zu machen, ich stehe Ihnen selbstverständlich weiter zur Verfügung! In dem NSKK sind auch viele angesehene Leute wie Rechtsanwälte und Ärzte, nicht so wie in der SA, da gibt es nur alte Kommunisten."

In Schlutup an der Pforte saß der dicke Portier Meyer, den Leberecht nicht leiden konnte, weil er immer so tranig bei der Arbeit war und, wie Leberecht vermutete, oft zu tief ins Glas schaute. Wie oft hatte er ihn schon entlassen wollen, es dann aber doch nicht getan, weil der Mann fünf Kinder hatte. Meyer grüßte so stramm, wie es Leberecht von dem dicken Kerl gar nicht erwartet hatte, „Heil Hitler" und kam näher: „Ich muss Ihnen Meldung machen, dass ich in den nächsten Tagen die Stellung hier verlassen werde, denn die Partei hat mich zum Ortsgruppenleiter von Schlutup ernannt."

Leberecht sagte nur: „Ich gratuliere Ihnen", dachte aber: Gott sei Dank bin ich diesen Faulpelz los, womit er sich allerdings täuschen sollte.

Als Leberecht in sein Büro in Lübeck eintrat, grüßte ihn sein alter Freund und Prokurist Dembowski mit „Heil Hitler". An seinem Revers prangte das Parteiabzeichen. Auch der Einkaufschef Klehmann, der zur Postbesprechung kam, war mit einem solchen Abzeichen geschmückt und hob etwas verlegen seinen rechten Arm. Leberecht meinte nur: „Seid ihr jetzt auch Märzgefallene?"

Aber Dembowski, der sonst oft zu einem Witz bereit war, setzte eine strenge Miene auf und sagte: „Bitte, sprechen Sie doch nicht so despektierlich von der Bewegung! Endlich geht es wieder aufwärts! Sehen Sie!" Er schob ihm ein ganzes Bündel Briefe vor die Nase. „Alles neue Aufträge. Wenn das so weitergeht wie in den letzten Tagen, können wir bald eine zweite Schicht einlegen." Leberecht wollte sagen, man solle den Tag nicht vor dem Abend loben, verkniff sich dann aber diese Bemerkung und begann, die Briefe durchzusehen. In Anbetracht des schlechten Auftragseingangs in den vergangenen Wochen musste er zugeben, dass die Situation sich in seiner Abwesenheit verbessert hatte.

Dembowski fragte: „Warum sind Sie nicht der Partei beigetreten?"

Leberecht wollte erst sagen, dass er dazu keine Lust gehabt habe, aber dann meinte er nur: „Na, ich habe auch schon daran gedacht, aber ich habe es versäumt. Jetzt ist ja Aufnahmesperre."

Dembowski erwiderte eifrig: „Oh, da gibt es doch sicher noch eine Möglichkeit über unsere Beziehungen in Berlin!"

Aber Leberecht ging darauf nicht weiter ein, sondern erkundigte sich bei Klehmann, wie die Versorgungslage beim Rundholz sei und ob die ersten Schiffe aus Skandinavien schon eingetroffen seien.

Zu Hause warteten schon die Kinder Archibald und Britta. Sie begrüßten ihn stürmisch und schauten in seine Tasche, was er ihnen mitgebracht hatte. Archibald erklärte ihm, er habe jetzt in der Schule gelernt, dass es ganz falsch sei, was ihm der Papa erzählt habe: „Die Deutschen haben den Weltkrieg gar nicht verloren, in Wirklichkeit haben wir ihn gewonnen, es waren die Kommunisten, die das verhindert haben. Unsere Klasse hat jetzt auch eine Fahne, Hansel Bröker darf sie tragen, weil sein Vater Senator ist."

Leberecht fühlte sich immer unbehaglicher in Deutschland. Der Gedanke, nach Schweden auszuwandern, ließ ihn nicht mehr los. Er sprach mit Paula darüber, aber ihr war die Idee, aus Deutschland wegzuziehen, äußerst unsympathisch. Sie mochte zwar die Nazis nicht, sie sah auch, dass die Gefahr für ihre Familie und für sie selber noch größer werden konnte, aber umbringen würden die Nazis sie ja nicht, und der Gedanke, dass sie ihnen alles wegnehmen würden, das war doch ein Hirngespinst. Leberecht solle doch den Teufel nicht an die Wand malen.

„Ich kann kein Schwedisch, ich habe dort keine Freundinnen, das Land ist mir sehr fremd. Schon jetzt habe ich Heimweh nach München. Wie oft kann mein Vater uns im Ausland besuchen, kann ich dann überhaupt wieder zurück nach Deutschland, wenn wir uns endgültig für die Emigration entschlossen haben? Können die Kinder dort in die Schule gehen? Nein, ich will in Deutschland bleiben!" Persönlich sei ihr bisher noch niemand zu nahe getreten, alle seien freundlich und höflich zu ihr, außerdem wisse ja niemand etwas von ihrer Abstammung. Aber dann war sie doch damit einverstanden, dass Leberecht nach Schweden reiste, um einmal zu sondieren, welche Möglichkeiten es für sie in Schweden gebe.

Leberecht reiste Anfang Juli nach Schweden. Er würde rechtzeitig vor Paulas Entbindung, die Anfang August erwartet wurde, wieder zurück sein.

In seinem Büro in Malmö fand er die Lage dann allerdings nicht so günstig vor, wie er erwartet hatte. Die schwedische Wirtschaft war von der Weltwirtschaftskrise, dem Verfall der Holz- und Zellstoffpreise wie auch der Eisenerzpreise stärker gebeutelt, als er gedacht hatte. Es gab noch eine große Zahl von Arbeitslosen, und es fehlten die großen Aufträge aus Großbritannien und aus dem Deutschen Reich. Dutzende von kleineren und größeren Sägewerken hatten Konkurs angemeldet, viele Höfe mussten zwangsversteigert werden. Auch seine Firma hatte unter der Krise gelitten. In den Jahren 1931 und 1932 waren Verluste entstanden, die sich zwar noch im Rahmen hielten, aber größere Reserven waren nicht da. Er konnte von dem Unternehmen ganz gut leben, vor allem wenn es wieder etwas aufwärts ging, aber sehr große Sprünge waren wohl nicht möglich. Wohin sollte er ziehen?

Nach Malmö, das ihm nicht besonders gut gefiel, oder nach Stockholm, eine Stadt, die er liebte, oder irgendwohin auf das Land? Sein Geschäftsführer, Fritz Nölting, meinte, man könne jetzt günstig Bauernhöfe oder ganze Landgüter kaufen. Wenn man nur zugreife, könne man schon für 100.000 oder 150.000 Schwedenkronen einen schönen Bauernhof und für eine halbe Million Kronen ein ganzes Rittergut kaufen.

So suchten sie in der Zeitung unter den Immobilienanzeigen nach etwas Geeignetem, und siehe da, in der südschwedischen Provinz Småland wurde ein Gutshof mit Waldbesitz angeboten, nicht weit von zwei Imprägnierwerken der Firma. Leberecht und Nölting beschlossen, den Gutshof sofort anzusehen. Das Gut umfasste 3.500 Hektar Fläche, davon waren 900 Hektar Ackerland. Es sollte nur einige hunderttausend Kronen kosten.

Das Gut lag malerisch umgeben von mehreren Seen in einem Park mitten im Wald. Die Auffahrt zum Gutshaus, ein hölzernes Schloss im klassizistischen Stil, führte durch ein Tor mit Uhrturm und dann durch eine breite Lindenallee. Vor dem Schloss war ein großes Rondell, links und rechts standen zwei kleinere Kavaliershäuschen, von denen das eine von dem Verwalter bewohnt war, das andere stand leer. Hinter dem Haus lag wieder ein großer Park mit Springbrunnen. Es war eigentlich der Sitz eines Fürsten.

Ein riesengroßer Rinderstall für 200 Kühe war nur zu einem Drittel belegt, auch der Schweinestall war halb leer. Zu dem Gut gehörten etwa zwei Dutzend Wirtschaftsgebäude, die alle repariert werden mussten. Der Boden war wie in ganz Småland überaus steinig. Die Hektarerträge waren sehr gering, am besten wäre es, so dachte Leberecht, die Landwirtschaft zu verpachten. Der Wald interessierte ihn mehr, aber er ließ sich nicht mit dem heimischen Wald vergleichen. Anfang des Jahrhunderts war er durch mehrere Kahlschläge dezimiert worden, und bis der Wald wieder im vollen Ertrag war, müsste man noch gut 100 bis 150 Jahre warten. Leberecht hatte sich in den Hof verliebt, und 400.000 Kronen waren für diesen riesigen Besitz fast geschenkt. Vielleicht ließ sich die Kaufsumme noch etwas herunterhandeln.

Leberecht überlegte, dass er sicher auch eine Hypothek darauf bekommen könnte, und vielleicht würde auch seine Mutter etwas dazu beisteuern. Er wusste, wenn sie erst einmal das Gut sehen würde, dann würde sie Ja dazu sagen. Und so machte er dem Agenten schon mal eine halbe Zusage und fuhr nach Stockholm weiter, um in dem dortigen Büro nach dem Rechten zu sehen und sich auch ein paar schöne Tage zu machen.

Doch in der Stadt war nichts los. Die Hofoper, auf die er sich gefreut hatte, war geschlossen. Nur das Oskar-Theater, ein Operettentheater, hatte geöffnet. Aber Operetten waren nicht seine Sache, und schon gar nicht schwedische. Da er aber nichts Besseres zu tun hatte, besorgte er sich eine Karte. Leberecht hatte einen Platz in der ersten Reihe des Parketts genommen, der eigentlich viel zu nah am Orchester war. Der Dirigent kam und wurde nur mit zaghaftem Beifall begrüßt. Das Orchester war unterbesetzt. Die Streicher konnten sich gegen das scheppernde Blech nicht durchsetzen, und falsch spielten alle obendrein noch. Der Vorhang ging auf mit einer Wolke von Staub. Die Pappkulissen erinnerten ihn an ein Bauerntheater in der bayerischen Provinz, aber dann trat sie auf: Annalisa Karlsson bezauberte ihn vom ersten Augenblick an. Ein zierliches junges Mädchen mit einer unerwartet kräftigen und schönen Sopranstimme. Diese Sängerin, die hätte eine Königin der Nacht oder eine Zerbinetta singen können. Und dazu konnte sie tanzen! Überhaupt hatte sie eine fantastische Figur – Leberecht verliebte sich Hals über Kopf in sie. Während der Pause besorgte er von einem nahe gelegenen Blumenstand einen Strauß Rosen, und nach Beendigung der Aufführung stand er am Bühneneingang, um sie abzupassen. Annalisa, in ihrem ersten Engagement noch nicht sehr durch Beifall verwöhnt, war geschmeichelt und sagte ohne zu zögern zu, als er sie zum Abendessen ins Grandhotel einlud.

Sie nahmen auf der Terrasse Platz mit dem Blick auf das große Königsschloss und beobachteten den immer noch regen Bootsverkehr auf dem Wasser. Annalisa war alles andere als schüchtern, sie flirtete gleich mit Leberecht, und vor allem imponierten ihr seine Kenntnisse vom Theater. Sie hatte das Gefühl, hier habe ich einen geangelt, der mir in meiner Karriere behilflich sein kann. Leberecht wiederum konnte von den großen Bühnen Europas berichten. Er machte ihr Komplimente über ihre Stimme und erzählte von seinen Freunden, den Theaterintendanten, und Annalisa merkte, dass das nicht geschwindelt war. Sie lachten beide vergnügt, und sie zog auch ihre Hand nicht zurück, als Leberecht sie ganz nebenbei tätschelte.

Das Essen zog sich bis kurz vor Mitternacht hin. Das Wasser war jetzt blutrot beleuchtet von der am Horizont entschwindenden Sonne, das Schloss war als schwarzer massiver Block zu sehen, als plötzlich der Kellner kam und Leberecht ans Telefon bat. Er überlegte sich, wer ihn jetzt um diese Zeit anrufen könnte. Hoffentlich war zu Hause nichts passiert. Er eilte zur Telefonzelle, nahm den Hörer ab, und da sagte Paula leise, aber doch glücklich, dass sie vor einer halben Stunde eine Tochter geboren hatte.

Annalisa war überrascht, als Leberecht ihr alles erklärte. Sie hatte ihn als einen älteren Junggesellen eingeschätzt und war auch etwas enttäuscht, als sie erfuhr, dass er so schnell nach Hause musste, aber er versprach ihr, dass er sich weiter um sie kümmern werde. Er ließ ihr durch den Portier ein Taxi kommen und verabschiedete sich mit dem Versprechen, bald wieder von sich hören zu lassen.

***

Seit dem Tod von Georg war es um Gertrud Weiler recht still geworden. Sie war schon vorher kein allzu großer Freund von lauten Festen gewesen, wie Georg sie geliebt hatte, und sie hatte auch Angst, dass die vielen Freunde von Georg, die er als Bankier beraten hatte und die durch Einlagen in seiner Bank Geld verloren hatten, ihr das noch übel nehmen würden. Sie ging nur selten aus dem Haus. Auch den Verkehr mit der Familie ihres Mannes schränkte sie stark ein. Georgs Schwestern gaben ihr zu verstehen, dass sie an den Ereignissen ein gerüttelt Maß an Schuld habe. Sie warfen ihr vor, sie habe nicht aufgepasst, sondern immer nur Tennis gespielt, und darüber wollte Gertrud nicht diskutieren. In den Geschäften wurde sie noch ehrerbietig als Frau Konsul gegrüßt, vor allem vom früheren Dienstpersonal, das sie jetzt nicht mehr halten konnte. Nur ab und zu traf sie mit Archibald Hermann und seiner Frau Else zusammen, die sie alle sechs oder acht Wochen einluden, um die Verbindung mit ihr nicht abreißen zu lassen.

Auch Johanna betrachtete sie weiterhin als ihre Schwiegertochter und bemühte sich, so gut sie konnte, Gertrud zu trösten. Sie kaufte Gertrud ihren gesamten Schmuck ab und versprach ihr, ihn einmal ihrer Tochter Leni zu vermachen. Dadurch bekam Gertrud erst einmal genug Geld, um einige Jahre ihren Lebensunterhalt zu bestreiten.

An Politik hatte Gertrud nie großes Interesse gezeigt. Sie fand Adolf Hitler einen grässlichen, ungehobelten Kerl mit einem konfusen Parteiprogramm und das Auftreten der SA rüpelhaft, aber eine Gefahr für sich und ihre Familie sah sie nicht. Sie fand es einfach empörend, wie man Leute einer anderen Religionsgemeinschaft so unflätig beschimpfen und in Misskredit bringen konnte. Aber sie selber fühlte sich davon überhaupt nicht betroffen. Natürlich hatte sie jüdische Verwandte, sie wusste, dass ihre beiden Großväter der jüdischen Religionsgemeinschaft angehört hatten, aber der alte Bankier Weinheimer war schon vor vielen Jahrzehnten getauft worden und gehörte der evangelischen Kirche an. Ihr Vater war schon als Kind, ihre Mutter dagegen erst bei der Heirat getauft worden, aber ihre sechs Schwestern waren mit angesehenen Mannheimer Bürgern verheiratet, Onkel Bassermann hatte es sogar zum Reichsminister gebracht. Sie war zur frommen Christin erzogen worden, und gerade nach dem Tod ihres Mannes ging sie jeden Sonntag in die Kirche und fand in der christlichen Religion Trost. Dass man ihr wegen ihrer Herkunft einmal Schwierigkeiten machen könnte, das konnte sie sich nicht vorstellen.

Ihre Tochter Leni hatte da andere Befürchtungen und warnte sie, aber sie schlug die Warnungen in den Wind. Als Hitler an die Macht kam, spürte sie vom SA-Terror in ihrem abgelegenen Haus kaum etwas. Grölende SA-Horden gab es in Baden-Baden nicht so viele wie in den Großstädten. Den Schrei: „Deutschland erwache, Juda verrecke!" hatte sie nie gehört. Vom Boykott jüdischer Geschäfte hatte sie zwar in der Zeitung gelesen, aber sie nahm auch das nicht allzu tragisch, vor allem bezog sie das nicht auf sich.

Dann aber bekam Gertrud Nachricht, dass ein Vetter von ihr und später auch noch ein anderer plötzlich aus dem Staatsdienst entlassen worden waren und ein Schwager wegen jüdischer Versippung nicht mehr Amtsrichter sein durfte, aber immerhin hatte man ihm erlaubt, sich als Rechtsanwalt niederzulassen. Bei einem ihrer wenigen Spaziergänge in Baden-Baden merkte sie plötzlich, dass sie von einigen guten Bekannten geschnitten wurde, dass es Menschen gab, die wegsahen und sie nicht grüßten oder auf die andere Straßenseite gingen. Die Baden-Badener wussten alle, dass sie eine geborene Weinheimer war, und Weinheimer, das waren die berühmten jüdischen Bankiers. Sie war sehr stolz auf ihren Vater und Großvater, den Finanzier von Heinrich Lanz, von Carl Benz und der Süddeutschen Zuckerfabrik und vor allem den Gründungsvater der Badischen Anilin- und Sodafabrik BASF. So etwas verheimlichte sie doch nicht, auch wenn sie sonst recht bescheiden war und den prunkvollen Lebensstandard ihres Mannes nicht geschätzt hatte. Es gab aber auch Baden-Badener, die sie jetzt besonders höflich und freundlich grüßten.

Eines Tages im Sommer 1933 kam Leni tränenüberströmt nach Hause. Sie spielte mit Begeisterung Tennis, eines der wenigen Freizeitvergnügen, das sie sich leistete, und war beim Baden-Badener Tennisturnier als Partnerin von Karl Lackner im gemischten Doppel ausgelost worden. Aber Lackner verzichtete auf das Spiel. Er wollte nicht mit einer Halbjüdin zusammen im Doppel spielen, wie sie nachher von einer Freundin erfahren hatte. Es war das erste Mal, dass sie von einem – wenn auch entfernten – Verwandten, dem Mann ihrer Cousine, mit der sie ihre ganze Jugendzeit zusammen gespielt hatte, so brüskiert wurde. Das geschah zwar in höflicher Form, aber sie spürte doch den Stachel.

Auch wurde in Gernsbach von einigen Angestellten darüber gemeckert, dass man eine Halbjüdin zur Vorgesetzten hatte. Aber Archibald Hermann stellte die Meckerer sehr bald zur Rede, und die Sticheleien hörten auf.

Einer ihrer Vettern riet ihr, sie möge so bald wie möglich heiraten, sie wisse ja nicht, was den Nazis noch alles einfiele, aber das war leichter gesagt als getan. Ihr Bräutigam, Eduard von Schlaffenstein, war mit seinem Studium immer noch nicht fertig. Ein großer Dirigent, wie Leni sich erhofft hatte, würde er sein Leben lang nicht werden. Eher hatte er eine Begabung als Maler, und als Fotograf sei er doch ganz große Klasse. Er sollte diese Begabung zu seinem

Beruf machen. Leni schlug ihm das auf einem ihrer langen Spaziergänge vor, aber er wollte davon nichts hören. Jedes Wochenende machten die beiden lange Wanderungen, aber wer sie beobachtete, hatte nicht das Gefühl, dass sie ein richtiges Liebespaar waren.

Die alte Baronin hätte es sehr gerne gesehen, wenn die Verlobung gelöst worden wäre. Sie mochte Leni zwar, aber sie schaute doch etwas auf ihre Herkunft herab. Weilers, das würde ja noch gehen, das war zwar eine bürgerliche, aber doch eine alte und angesehene Familie. Aber die jüdische Sippschaft war ihr schon immer ein Dorn im Auge gewesen. Als das viele Geld da war, hatte sie darüber hinweggesehen, aber jetzt empfand sie die Herkunft als Belastung. Außerdem war Leni nicht bereit, zum Katholizismus überzutreten. Eine Freifrau von Schlaffenstein, die müsse katholisch sein, anders ginge das nicht!

Leni wurde von Eduard mit in die katholische Kirche genommen, und ihr gefielen die feierlichen Hochämter und die großen Messen an den hohen Feiertagen, sie fand die Musik wunderschön, ihr gefiel auch das malerische Drum und Dran, aber das war auch alles.

So gingen sie jeden Sonntag zusammen spazieren, Leni half Eduard bei der Auswahl von schönen Motiven. Manchmal knipste er sie auch, aber außer einem scheuen Kuss auf die Wange geschah nichts, gab es keine Zärtlichkeiten. Eduard war außerordentlich schüchtern, und er hatte immer wieder Zweifel, ob Leni wirklich die Richtige für ihn war.

Bei Hiltrud und Walter Sutter hing der Haussegen schief. Nach dem Konkurs der Papierfabrik Sutter bekam Walter zunächst keine richtige Anstellung. Durch Beziehung eines Schweizer Verwandten, eines reichen Schuhfabrikanten, erhielt er schließlich die Generalvertretung einer Mineralölgesellschaft in Hamburg. Aber das ging nicht lange gut. Walter war faul, kam zu spät zur Arbeit, machte hohe Spesen und brachte keine neuen Kunden, was allerdings in der Wirtschaftskrise auch außerordentlich schwer war. Sie lebten von dem Nadelgeld, das Hiltrud von ihrer Mutter bekam, das Walter allerdings – wie Hiltrud sich ausdrückte – mit anderen Weibern durchbrachte.

Wenn er vor 24 Uhr nach Hause kam, war Hiltrud noch recht liebevoll zu ihm und versuchte, ihn zu sich ins Bett zu ziehen. Manchmal klappte das auch, und Hiltrud war zufrieden. Aber sehr oft drehte er sich im Bett einfach um und war schon eingeschlafen, während Hiltrud ihr neues durchscheinendes Nachthemd im Badezimmer anzog.

Wenn Walter aber nach zwei Uhr nach Hause kam, wurde er mit lautem Gekeife empfangen. Sie roch an seinem Anzug das Parfum fremder Frauen, oder sie entdeckte blonde Haare auf seinem Jackett. Walter war dann alles andere als charmant und erklärte ihr, dass sie für ihn zu fett geworden sei. So wie sie jetzt aussehe, sei sie einfach ekelhaft. Dann schlug Hiltrud mit ihrem Pantoffel auf ihn ein.

Die Streitereien gingen auch tagsüber weiter. Wenn Walter zu Hause war und bis mittags um 12 Uhr schlief, ärgerte sich Hiltrud über ihn, und wenn die Kinder aus der Schule nach Hause kamen, spürten sie die gereizte Stimmung. Oft ließen die Eltern ihre Wut auch an den Kindern aus. Schlechte Zeugnisse wurden mit Prügeln bestraft. Bei jeder kleinen Übertretung hagelte es Ohrfeigen.

Das Zusammenleben der Ehegatten wurde unerträglich, und als eines Tages der Briefträger klingelte und mit einer Zustellungsurkunde Walter ein Gerichtsurteil brachte, in dem er zur Zahlung von Alimenten für ein uneheliches Kind aufgefordert wurde, hatte Hiltrud endgültig genug. Sie reichte die Scheidung ein.

Hiltrud behielt das Sorgerecht für ihre Kinder, aber bei der Schuldfrage, wer wen zuerst betrogen hatte, zog sie den Kürzeren. Walter brauchte nur einen geringen Unterhalt für die Kinder zu bezahlen.

Archibald Hermann hätte eigentlich mit der Entwicklung, die die Firma Weiler & Busch genommen hatte, zufrieden sein können. Die Umsätze der neuen AG gingen nach oben, die Aktienkurse an der Börse stiegen langsam wieder, auf den Hauptversammlungen herrschte nach den turbulenten Jahren Ruhe. Zwar war die Liquidation der alten Weiler & Busch OHG noch nicht ganz beendet, es gab immer noch Streitigkeiten mit einigen Gläubigern, und es mussten auch einige Prozesse geführt werden, aber die meisten davon konnten mit einem Vergleich abgeschlossen werden.

Während ein großer Teil der Wirtschaft noch unter der nur langsam abflauenden Krise litt, war das bei Weiler & Busch etwas anders. Der Aufschwung kam stärker aus dem Ausland, man erhielt Aufträge aus Südamerika, aus Argentinien, Chile und Venezuela, aus dem Nahen Osten und vor allem aus Großbritannien. Die Elektrifizierung schritt voran, und Weiler & Busch hatte ein sehr günstiges Angebot in Großbritannien unterbreitet. Dazu gab es gute Aussichten auf Großaufträge vom Reichsarbeitsdienst, die noch vor dem eigentlich anlaufenden Rüstungsgeschäft begonnen hatten. Weiler & Busch hatte hier den Vorteil, dass man sich nicht in einer großen Ausschreibung gegen die Konkurrenz durchsetzen musste, sondern die Preise nach vorgegebenem Kalkulationsschema ausgerechnet wurden. Dabei konnte man nicht nur alle Kosten, die wirklich entstanden waren, auf den Kunden abwälzen, sondern auch sogenannte kalkulatorische Kosten. Kalkulatorische Risiken, kalkulatorische Unternehmergewinne und kalkulatorische Abschreibungen wurden im Preis mit eingerechnet, alles Posten, die man normalerweise im Wettbewerb nicht hätte unterbringen können.

Aber Archibald gefiel es nicht, dass er sich jetzt so viel nach anderen Leuten richten musste. In der AG war er nicht mehr sein eigener Herr, sondern hatte sich an die Vorschriften des Aktiengesetzes zu halten. Er hatte vorher den Betrieb patriarchalisch geführt, jetzt sprachen überall die Partei und die Arbeitsfront mit, und auch seine Angestellten nahmen nicht mehr alles so hin wie früher. Viele waren der NSDAP beigetreten und zeigten allgemein große Begeisterung für die neue Zeit und für die Partei.

Und dann kam auch immer wieder die Überlegung: Wozu das alles? Wozu strenge ich mich so an? Er fühlte sich nicht gesund. Der Hausarzt hatte kurz nach dem Zusammenbruch der Firma auch bei ihm erhöhte Blutzuckerwerte festgestellt. Er war leichter erregbar als früher, als ihn so schnell nichts aus der Ruhe bringen konnte. Nun musste er strenge Diät halten, und dabei hatte er doch so gerne gut gegessen. Sein Vater war an Zucker gestorben, und bei seinem Bruder Georg hatte man die hohen Zuckerwerte indirekt mit für seinen Tod verantwortlich gemacht.

Seine Vorfahren waren alle nicht sehr alt geworden, kaum einer hatte die 60 überschritten, und er wurde in diesem Jahr 50. Sollte er seiner Frau und seiner Tochter Schulden hinterlassen? Er war bemüht, die bei der Gründung der AG aufgenommenen Bankschulden so schnell es ging abzubezahlen, aber auch wenn er mehr als die Hälfte seines Einkommens dazu verwendete, würde es noch zehn bis 15 Jahre dauern, bis er ohne Schulden war.

Er machte sich große Sorgen um die Zukunft des Unternehmens, wenn er nicht mehr da wäre. Seine ganze Hoffnung setzte er auf Leberechts Sohn, den kleinen Archibald. Aber das war ein großes Vabanque-Spiel, denn der Junge war gerade erst acht Jahre alt. Gut, er war sehr intelligent, aber sah er nicht mehr in dem Jungen, als er erwarten konnte? Was konnte da nicht alles noch passieren!

Politisch sah er schwarz. Die Hoffnung, die seine Parteifreunde hatten, die er aber nie geteilt hatte, dass Hitler nur ein Steigbügelhalter sein würde, war endgültig begraben. Hitler hatte vom ersten Tag nach dem Ermächtigungsgesetz an die Macht wirklich übernommen. Er war der schlimmste Diktator, den Deutschland je gesehen hatte. Die Volksabstimmung zum Austritt aus dem Völkerbund im November 1933 brachte 98 Prozent Zustimmung. Gleichzeitig wurde ein neuer Reichstag gewählt, der nur aus Parteigenossen der NSDAP bestand. Woher die 98 Prozent kamen, war ihm nicht klar, denn weder er noch seine Mutter oder seine Frau hatten mit Ja gestimmt.

Von den Nazis wurde er in keiner Weise behelligt, auch nicht von der SA. An Ansehen hatte er nicht verloren. Unangefochten hatte er weiterhin den Vorsitz in der Murgschifferschaft und im Verwaltungsrat der Sparkasse, als Vorsitzender im Kreditausschuss war er für die Gernsbacher Unternehmer ein wichtiger Mann. Viele seiner Mitbürger waren weiter von ihm abhängig.

Er war zwar nicht mehr Mitglied im Gemeinderat, aber der spielte auch kaum noch eine Rolle. Der neue Nazi-Bürgermeister – wie Archibald meinte, ein etwas dümmlicher Patron – katzbuckelte vor ihm und machte einen Antrittsbesuch, bei dem er ihn mit Erzählungen über den „Führer“ nervte.

Archibald störte, dass der Reichsarbeitsdienst von Anfang an die Forderung stellte, dass ein Mann seines Vertrauens in die Unternehmensleitung eintreten sollte, jemand, der gleich zum Prokuristen ernannt und auch den Betriebsführertitel erhalten sollte. Dass der vorgeschlagene Wilkowski ein Preuße war, war ihm egal, aber er hatte sich seine Leute immer selber ausgesucht und wollte auch hier die Entscheidung behalten.

Als Friedrich Wilkowski sich vorstellte, prangte an seinem Revers das goldene Parteiabzeichen. Archibald konnte es nicht leiden, wenn ein Zivilist dauernd die Hacken zusammenschlug. Er wollte vorsichtig sein mit dem, was er sagte, er hatte das Gefühl, der Kerl berichte das an höherer Stelle.

Leberechts Sohn Archibald ging jetzt schon das dritte Jahr in die Schule. Er war ein fleißiger Schüler und las alles, was er bekommen konnte an Büchern und Zeitschriften. Aber die Eltern glaubten, dass es Wichtigeres gab als Lesen und Spielen, nämlich Turnen und Klavierunterricht. Zweimal in der Woche war Turnen, wo Fräulein Hanke am Geibelplatz, eine nette Dame unbestimmten Alters, sich große Mühe mit dem Unterricht für Kinder gab. Archibald sah ja ein, dass es nötig war, aber er musste eine halbe Stunde hin- und eine halbe Stunde zurückgehen, das nahm viel Zeit in Anspruch.

Was ihm gar nicht behagte und wozu er überhaupt keine Lust hatte, das war die Klavierstunde. Er mochte zwar Musik, aber er hatte keine Lust, dafür Zeit aufzuwenden, zumal ihn die Etüden und Fingerübungen, mit denen der Klavierunterricht begann, anödeten. Die Klavierlehrerin kam nicht ins Haus, sondern Archibald musste zu ihr ins Konservatorium gehen, das im Ostteil der Innenstadt am Langen Lohberg lag. Er musste durch das frühere Handwerkerviertel gehen, wo jetzt vor allem Arbeiter und Arbeitslose wohnten. Als feiner Pinkel wurde er dabei von den Gassenbuben verspottet und auch tätlich angegriffen. Mehr als einmal nahmen sie ihm die Noten weg, und er lief schreiend hinter ihnen her. Sie zausten ihm die Haare, zogen ihm die Mütze vom Kopf, gaben ihm Kopfnüsse und zwangen ihn, sich niederzuknien und um die Tasche zu betteln.

Frau Kiel war eine gute Pianistin, eine begehrte Begleiterin von Sängern und Partnerin bei Kammermusiken, aber die schlechten dreißiger Jahre, als es kaum Engagements gab, zwangen sie, Klavierunterricht zu geben. Während des Unterrichts rauchte sie eine Zigarette nach der anderen und hörte gelangweilt auf das, was ihre Schüler darboten. Jedes Mal gab es ein Donnerwetter, wenn der Schüler nicht geübt hatte.

Archibald las jetzt vor allem abends. Um sieben Uhr wurde er ins Bett geschickt, um halb acht Uhr kam die Mutter, betete mit ihm zu Nacht, dann wurde das Licht gelöscht. Sobald die Mutter ins Erdgeschoss hinuntergegangen war, knipste Archibald die Nachttischlampe wieder an und las. Und so hatte er Zeit, bis zehn oder elf Uhr zu lesen, bis die Eltern nach oben kamen, um zu Bett zu gehen. Paula schaute oft noch zu Archibald hinein und wunderte sich, dass er noch wach war. Aber er war ja ruhig in seinem Bett geblieben im Gegensatz zu Britta, die immer wieder aus dem Bett schlüpfte, plötzlich unten im Nachthemd erschien und Stürme der Begeisterung bei den Gästen hervorrief.

Mit seinem Freund Leo van Stolk spielte er bei schlechtem Wetter in der Wohnung mit Soldaten, denn Soldaten galten als das angemessene Spielzeug für Jungen. Jeder seiner Onkel und die Bekannten schenkten ihm Soldaten. Besonders von Onkel Archibald erhielt er Kanonen und Panzerwagen, Unterstände, liegend und stehend schießende Soldaten, Flammenwerfer, Verwundete und Krankenschwestern und auch französische Soldaten in roten Hosen und blauen Röcken oder in neuer stahlblauer Uniform. Leo ging es ähnlich. Von den Tanten bekamen beide SA-Männer, SA-Musikkapellen, SA-Männer mit Hakenkreuzfahnen zu Pferde und mit Kesselpauken, SA-Männer mit geschultertem Gewehr. Dazu wurden ihm auch Hindenburg zu Fuß und Hindenburg zu Pferd geschenkt, und da man keine zwei Hindenburgs haben konnte, wurde der zweite in Mackensen umbenannt. Es gab einen Hitler, dessen Arm man zum Hitlergruß heben konnte, es gab Göring, Goebbels, Heß und Ernst Röhm.

Am Fußboden wurden die Stellungen der Franzosen und der Deutschen aufgebaut, wobei die Deutschen fast alle Kanonen und Panzerwagen bekamen, während sie diese den Franzosen missgönnten. Die Deutschen erhielten auch die schönen Unterstände. Die Befestigungen der Franzosen bestanden nur aus Bauklötzen. Da die Franzosen im Vergleich zu den Deutschen nur eine sehr schwache Kriegsmacht darstellten, wurde die SA kurzerhand zu den Gegnern der Reichswehr gemacht, sie durften die Franzosen unterstützen. Am Ende des Spiels wurden alle SA-Männer erschossen.

Der Röhm-Putsch hatte noch nicht stattgefunden. Aber als er dann stattfand, wurde auch Röhm zunächst bei van Stolks hingerichtet, indem der Kopf mit der Beißzange abgezwickt wurde. Anschließend wurde die gleiche Strafe auch bei Weilers vollzogen, was Archibald eigentlich nicht recht war, er fand es für die Figur schade. Sie hätten ihn ja umbenennen können in Himmler oder in Walter Darré, den Landwirtschaftsminister, aber Leo bestand auf der Hinrichtung, und so wurde Röhm noch ein zweites Mal geköpft.

In den Osterferien ging es wie jedes Jahr wieder nach Gernsbach. Leberecht kam nicht mit, er fuhr nach Schweden und war nur während der Osterfeiertage in Gernsbach. In Schlutup und in Schweden, da war er der Chef, da konnte er anordnen. Leberecht mied seit dem Tod von Georg Gernsbach. Er kam nur noch zwei- oder dreimal im Jahr, zu Aufsichtsratssitzungen oder zur Generalversammlung oder auch zu einem kurzen Besuch bei seiner Mutter. Das Verhältnis zu seinem Bruder hatte sich getrübt. Nach dem Selbstmord von Georg war Archibald Hermann außerordentlich misstrauisch geworden. Er fühlte sich schuldig, dass er die Zügel hatte schleifen lassen, dass er die Geschäfte seines Bruders nicht mehr beobachtet hatte, und dieses Misstrauen bekam jetzt Leberecht zu spüren.

Immer öfter gab es Ärger mit Ereignissen in Skandinavien, die aufgeklärt werden sollten. Wenn Leberecht zu Archibald Hermann sagte, er solle sich um seine eigenen Sachen kümmern, dann gab es ein Donnerwetter, Leberecht habe krumme Dinger gedreht. Bei Leberecht ging eigentlich alles korrekt zu, aber die Möglichkeit, das Gut zu kaufen, verheimlichte er ihm, das war eine Angelegenheit, die er mit seiner Mutter allein regeln wollte. Es ärgerte ihn, dass sein älterer Bruder ihn behandelte, als sei er sein Untergebener.

Else Weiler war besorgt um die Gesundheit ihres Mannes. Die Belastungen der letzten Jahre hatten ihn doch gewaltig mitgenommen. Oft döste er nach dem Abendessen ein und war nicht mehr fähig, die Zeitung fertig zu lesen, und wenn er früher zu Bett ging, konnte er nicht einschlafen, weil er sich Sorgen um die Zukunft machte. In den letzten Jahren seit dem Tode von Georg und dem Zusammenbruch der Firma hatte er sich wirklich nicht geschont. Auf der einen Seite belastete ihn die Abwicklung des Vergleichs, die endlosen Verhandlungen mit dem Vergleichsverwalter und dem Gläubigerbeirat, die alle so misstrauisch waren und immer neue Aufstellungen und Vorschläge verlangten und von denen jeder versuchte, sein eigenes Schäfchen ins Trockene zu bringen. Dann gab es Auseinandersetzungen mit unzufriedenen Aktionären, und er musste auch die Arbeit, die Georg früher gemacht hatte, übernehmen.

Die Aufträge kamen nicht mehr von selbst, sie mussten erkämpft werden, und das bedeutete immer wieder Reisen, und er schenkte sich da nichts. Es musste gespart werden, und er war sich bewusst, dass er mit gutem Beispiel vorangehen musste. Jeden Morgen stand er um halb sechs Uhr auf, um Punkt sieben Uhr am Schreibtisch in seinem Büro zu sitzen. Bei den notwendigen Geschäftsreisen fuhr er nur 3. Klasse und nicht im Schlafwagen. Nächtelang verhandelte er mit Kunden oder mit Anwälten, ein Wochenende kannte er nicht. Auf Theater- und Konzertbesuche hatte er schon lange verzichtet.

Dazu kam noch Kummer mit der Familie Stark. Das große Textilimperium war zusammengebrochen, und er musste sich um die Familie seiner Frau kümmern. Zudem wurde er auch noch in die Auseinandersetzung zwischen Hiltrud und ihrem Mann hineingezogen und war als Schlichter gesucht. Dann kamen die vielen Probleme seiner Regimentskameraden, die in wirtschaftliche Not geraten waren und die sich alle an ihn wandten.

Fast jeden Nachmittag wollte Johanna mit ihm über die Situation in der Firma sprechen, und auch wenn er schier am Zusammenbrechen war, konnte er das nicht ablehnen.

In der Murgschifferschaft reichten die Einnahmen nicht mehr aus, um die Kosten zu decken, die Genossen mussten Zubußen leisten, und das wollten sie nicht ohne Weiteres hinnehmen. Das Telefon stand kaum still. Und als Vater seiner Tochter war er auch noch gefordert, denn das Kind sollte von diesen Schwierigkeiten nichts merken.

Else forderte ihn auf, sich doch einmal von einer großen Kapazität in Heidelberg oder Freiburg untersuchen zu lassen, aber Archibald lehnte ab, dazu habe er keine Zeit. Else meinte nur: „Wenn du tot bist, müssen die anderen auch mit ihren Problemen allein fertig werden." Aber für Archibald war das oberste Prinzip Pflichterfüllung, und Entlastung durch seine Mitarbeiter hatte er kaum.

Wenn er auch nicht darüber sprach, machte er sich doch große Sorgen, was aus der Firma werden sollte, wenn er einmal nicht mehr wäre. Seinen Bruder Leberecht hielt er nicht für fähig, das Unternehmen zu führen. Er musste zugeben, dass Leberecht die Fähigkeit hatte, gute Freunde zu gewinnen, was ihm selber nicht lag, weil er Fremden gegenüber immer kühl und zurückhaltend war, aber Leberecht war sprunghaft. Er hatte zwar keineswegs die Freude am Spekulieren wie Georg, aber er fing vieles an, das er dann nicht zu Ende führte. Als Chef einer großen Firma konnte er ihn sich einfach nicht vorstellen. Die Firma durch Angestellte führen zu lassen, das war ein Gedanke, den er von vornherein weit von sich wies.

Zu diesen ganzen Sorgen bedrückte ihn die politische Situation in Deutschland. Adolf Hitler hatte eine unumschränkte Diktatur und ein Unrechtsregime aufgebaut. Nur auf den Reichspräsidenten und auf die Reichswehr hatte er noch keinen Zugriff. Aber wie lange ging das noch? Die bürgerlichen Minister im Kabinett hatten nichts zu sagen und hatten sich Hitlers Willen unterworfen. Niemand hatte der Willkür der SA Einhalt geboten. Zwar wurde die SA jetzt im Juni auf Urlaub geschickt, und man wusste nicht, was das bedeuten sollte. Welche Macht hatte der Reichspräsident noch?

Am Morgen des 30. Juni waren die Nachrichten, die im Radio kamen, recht verwirrend. Man sprach davon, dass der Stabschef der SA, Ernst Röhm, mit Hilfe der Franzosen einen Putschversuch unternommen hatte. Archibald schaltete um 12 Uhr Radio Straßburg an, und dort hieß es nur in einem Kommentar, dass über ein Dutzend Leichen von SA-Leuten in der Donau schwammen. Abends sprach Hitler im Rundfunk, und wenig später kam auch eine Meldung in den Nachrichten, dass der Reichspräsident dem Reichskanzler dafür danke, dass er Deutschland vor einer großen Gefahr gerettet habe.

Was nun zu Tage trat, konnte Archibald Hermann erst nicht glauben, so unfasslich war das für ihn. Dass die SA gegen Hitler geputscht hatte, dass ihnen die Revolution nicht weit genug gegangen war, das konnte er noch verstehen, aber eine Verschwörung mit Frankreich hielt er für restlos unsinnig. Und dann empörte ihn, dass man alle Gegner von Hitler ohne Gerichtsverfahren erschossen hatte. Ein Aufstand hatte noch gar nicht begonnen, die Beschuldigten hatten sich überhaupt nicht verteidigen können. Und dann noch die vielen Morde an Gegnern Hitlers, die nicht zur SA gehörten! Besonders empört war Archibald über die Erschießung des ehemaligen Reichskanzlers von Schleicher und seiner Frau sowie eines weiteren Generals der Reichswehr.

Johannes Fabricius, der Sekretär von Archibald und einer der wenigen Menschen, denen er noch vertrauen konnte, erzählte, dass ein guter Freund seines Vaters, der Musikkritiker Schmidt, in der „Nacht der langen Messer" verhaftet und erschossen wurde, nur weil man ihn mit einem SA-Führer gleichen Namens verwechselte hatte. Wie viele andere auch, hatte Archibald die SA nicht leiden können, ja verachtet, aber er hatte auch immer wieder Angst vor ihren Ausschreitungen gehabt und sah in ihnen eine Gefahr für Recht und Ordnung. Für Archibald war es ein Zeichen, dass man sich auf den Reichspräsidenten und die Reichswehr nicht mehr verlassen konnte, die zugelassen hatte, dass zwei ihrer Kameraden, ohne vor Gericht gestellt zu werden, ermordet wurden.

Im Juli 1934 waren die Nachrichten, die aus Gut Neudeck, dem Gutshof des Präsidenten kamen, besorgniserregend. Der körperliche Verfall des Reichspräsidenten schien immer rascher fortzuschreiten. Angeblich – so wurde erzählt – hatte Hindenburg bei einem Besuch Hitler für den Kaiser gehalten.

Als am Morgen des 2. August die Nachricht vom Tode des Reichspräsidenten im Radio kam, waren schon vollendete Tatsachen geschaffen. Kurze Zeit nach der Todesnachricht wurde mitgeteilt, dass das Kabinett beschlossen hatte, die Position des Reichskanzlers mit der des Reichspräsidenten zu vereinigen. Das war eine Ungeheuerlichkeit. Archibald hatte zwar damit gerechnet, dass Hitler aufgrund der Verfassung das Amt des Reichspräsidenten übernehmen würde, aber dann hätte ein neuer Reichskanzler ernannt werden müssen. Noch am Nachmittag wurde die Reichswehr auf Hitler als Oberbefehlshaber vereidigt, und nun war Hitler wirklich unumschränkter Diktator. Er hatte Rechte, die noch nie jemand in Deutschland besessen hatte, auch nicht ein absoluter Monarch.

Nach dem Tod des Reichspräsidenten wurde halbmast geflaggt und 14 Tage Staatstrauer angesetzt. Archibald ließ die alte Reichskriegsflagge auf halbmast setzen, Johanna flaggte Schwarz-Weiß-Rot. Es waren nur noch wenige Häuser in Gernsbach, die nicht die Hakenkreuzfahne herausgehängt hatten. Badische Fahnen sah man nicht mehr. In Lübeck ging Leberecht auf Nummer sicher, er ließ sowohl die schwarz-weiß-rote Fahne als auch die Hakenkreuzfahne auf halbmast setzen.

In der Ehe von Leberecht und Paula kriselte es. Leberecht plante weiter die Auswanderung nach Schweden und begründete das vor allem mit den möglichen Schwierigkeiten, die Paula noch erleben könnte. Aber Paula hatte dafür taube Ohren. Sie wollte in Deutschland bleiben, und zwar in Lübeck, etwas anderes kam nicht in Frage. Der Tod der kleinen Ragnhild hatte beide stark aufgewühlt. Paula zog daraus die Konsequenz, dass sie sich mehr um ihre Kinder kümmern müsste. Für das Geschäft hatte sie noch nie Interesse gezeigt, und reisen wollte sie jetzt nicht, denn sie stillte die kleine Astrid immer noch, jetzt ein Jahr nach ihrer Geburt, und das machte Reisen unmöglich. Die Ärzte hatten ihr gesagt, sie müsse für zwei essen, solange sie stillte. Sie war nicht mehr die schlanke Schönheit, sie wog etwa 165 Pfund, und das entsprach nicht Leberechts Schönheitsideal. Aber auch das Gespräch zwischen den beiden stockte. Denn Paula redete fast nur über ihre Kinder, alles andere interessierte sie kaum noch. Leberecht verreiste noch mehr als früher, vor allem viel nach Schweden, wo Annalisa Karlsson war, für die er schwärmte, und er fuhr auch oft nach Berlin.

Zunächst hatte Paula sich nichts dabei gedacht, dann fand sie, dass seine Anzüge nach einem unbekannten Parfüm rochen, und sie wurde misstrauisch. Leberecht fuhr immer öfter weg, und wenn er über das Wochenende wegblieb – was früher nie der Fall gewesen war –, hatte Paula das Gefühl, dass er sie anlog. Aber die wirkliche Gefahr sah sie nicht, die kam weder aus Berlin, wo Leberecht wohl das eine oder andere Abenteuer gehabt hatte, noch aus Stockholm, wo Annalisa in erster Linie ihre Karriere im Auge hatte und Leberecht nur als guten Freund ansah, der ihr recht nützlich sein konnte. Die Gefahr kam aus Gernsbach. Der gertenschlanken 22-jährigen neuen Chefin von Huber & Textor, Hermine Textor, gefiel der flotte Leberecht, den sie zwar als Kind oft gesehen hatte, den sie jetzt aber, als er Besuch bei ihrer Mutter machte, als einen außerordentlich interessanten Mann kennenlernte.

Sie hatte gerade zwei Semester Volkswirtschaft studiert, als ihr Vater starb und wenig später die Firma Wieland & Textor Vergleich anmelden musste. Aus dem Vergleich hatte ihre Mutter Ella, die von Haus aus sehr vermögend war, die Firma herausgekauft und sie zusammen mit einem jungen bayerischen Sägewerker namens Huber weitergeführt. Hermine trat in die Geschäftsführung ein und begann äußerst energisch die Zügel in die Hand zu nehmen.

Der junge Huber war ein ausgezeichneter Fachmann, er verstand viel vom Sägewerk und vom Holz, aber er war ein bayerischer Bauer ohne Manieren, ein Mann, der noch nicht einmal richtig hochdeutsch sprach, den konnte sie doch nicht heiraten! Zudem hatte sie den Eindruck, dass Huber sie aus der Geschäftsführung hinausdrängen wollte, wenn er sie erst einmal geheiratet hatte. Aber Huber wurde immer zudringlicher. Sie hatte das Bedürfnis, sich darüber mit jemand auszusprechen, aber sie wusste nicht, mit wem.

Da kam Leberecht zur rechten Zeit. Sie vertraute ihm und schüttete ihm ihr Herz aus, und das gefiel Leberecht. Sie gingen zusammen spazieren, sie kehrten zusammen ein, und Leberecht war von der lebhaften und burschikosen Art von Hermine fasziniert. Bald entstand ein inniges Vertrauensverhältnis zwischen beiden, denn auch Leberecht hatte niemand, mit dem er über seinen Ärger mit seinem Bruder Archibald sprechen konnte und niemand, der für seine Pläne in Skandinavien Verständnis hatte.

Auf einem Spaziergang im Wald küsste er sie, und Hermine erwiderte seinen Kuss leidenschaftlich. Leberecht erschrak, so weit hatte er eigentlich nicht gehen wollen, aber dann konnte er sich kaum noch beherrschen, und seine Küsse und Zärtlichkeiten wurden immer stürmischer. Aber jetzt zeigte Hermine plötzlich Zurückhaltung. Auch sie fand Leberecht charmant, er war viel anziehender als Huber, aber ihr glasklarer Verstand sagte ihr: „Jetzt musst du dich in Acht nehmen, jetzt darfst du nicht zu weit gehen!" Vor allem wollte sie klare Verhältnisse. Nur eine Liebschaft kam für sie nicht in Frage.

Sie begann zu überlegen: Eine Ehe zwischen ihr und Leberecht wäre so übel nicht. Leberecht war gebildet, er hatte die Welt kennengelernt, er war kein so muffiger Spießer wie die meisten Murgtäler Fabrikanten. Und dann kam ihr noch eine Idee: Wie wäre es, wenn Huber & Textor mit Weiler & Busch vereinigt würden? Sie wäre dann Großaktionärin, und sie und Leberecht hätten mehr Aktien als Archibald. Mit der Zeit könnte man vielleicht noch alle anderen Aktionäre herauskaufen. Das war doch eine interessante Perspektive! Aber zunächst müsste Leberecht sich von seiner Frau scheiden lassen. Das wäre ganz leicht durchsetzbar. Paula war ja Halbjüdin, das wäre ein plausibler Grund für jede Scheidung.

Als sie Leberecht ihre Gedanken andeutete, fiel er aus allen Wolken. Er war zwar bis über beide Ohren in Hermine verliebt, aber Paula liebte er auch, und auf seine Kinder wollte er nicht verzichten. Was würde aus ihnen werden, wenn er sich scheiden ließe? Die Machtübernahme in der Firma sei auch nicht so einfach möglich. Archibald war niemand, dem man das Zepter so leicht aus der Hand nehmen konnte. Was würde seine Mutter sagen? Er wusste, dass Johanna Paula nicht so sehr schätzte, aber die Ehe war für sie heilig. Und wie immer, wenn er nicht recht wusste, was er tun sollte, gab er Hermine keine klare Antwort, sondern reiste ab – nach Schweden zu Annalisa.

Friedrich Wilkowski war schlecht gelaunt und unzufrieden. Er hatte sich den Magen verdorben. Er trank Tee und schimpfte mit seiner Frau über das Scheiß-Gernsbach, das blöde Kaff. Er konnte die Sprache der Einwohner nicht verstehen, weil sie so viele unbekannte Vokabeln benutzten. Manchmal konnte man meinen, man sei in Frankreich, wenn vom Trottoir oder vom Waschlavoir gesprochen wurde. Und dann die undeutliche Aussprache! Zudem war in der Stadt überhaupt nichts los. Er bereute es, dass er sich dazu hatte verleiten lassen, von Berlin in dieses Schwarzwälder Kuhdorf zu ziehen. Es war zwar ein Industriestädtchen, ihm fiel im Augenblick aber kein besseres Wort ein, mit dem er seine Verachtung für dieses Nest ausdrücken konnte, wo jeder vor den Industriellen katzbuckelte. Aber diesen Leuten würde er es noch zeigen! Missmutig trank er den Kräutertee aus, aber die Magenschmerzen hörten nicht auf. Seine Frau brachte ihm ein elektrisches Heizkissen. Ob das helfen würde? Er zündete sich eine Zigarette an, aber seine Frau meinte: „Fritz, das hilft aber doch ganz bestimmt nicht!“ Er unterdrückte einen Fluch, drückte dann aber die Zigarette im Aschenbecher aus und sinnierte über sein Schicksal.

Eigentlich hätte er recht zufrieden sein können. So eine Stellung wie bei Weiler & Busch bekam er so schnell nicht wieder. Er hatte ein Gehalt von 1.000 Mark im Monat, das war doppelt so viel wie die alten, zum Teil schon über 30 Jahre in der Firma arbeitenden Prokuristen bekamen, und dazu noch die Zusicherung einer reichlichen Tantieme. Er hatte den Titel „Direktor“, den sonst niemand in der Firma besaß. Aber er fühlte sich trotzdem nicht wohl und war froh, dass er einmal im Monat nach Berlin fahren konnte, um wieder Großstadtluft zu atmen.

Seine Untergebenen fürchteten ihn, die Arbeiter schimpften über den Preußen und seine unfreundliche, kurz angebundene Art, die Kollegen, die anderen Prokuristen, sprachen kaum das Notwendigste mit ihm. Während sich die anderen alle duzten, war er der Herr Direktor Wilkowski. Die Einladung zum Abendessen, die er einmal an seine Kollegen ausgesprochen hatte, wurde zwar wahrgenommen, die Atmosphäre bei dem Treffen war aber sehr förmlich gewesen, und schon vor 22 Uhr hatten sie das Haus wieder verlassen. Von dem Wein war kaum etwas getrunken worden, und er hatte doch allererste Sorten vom Rheingau und von der Mosel kommen lassen. Dabei galten die Kollegen als sehr trinkfreudig. Aber Wilkowski hatte nicht zur Kenntnis genommen, dass sie badischen Wein bevorzugten.

Was ihm am meisten zu schaffen machte, war die Eiseskälte, mit der ihn sein Chef Archibald Weiler behandelte. Seine Abteilung arbeitete dreischichtig und beschäftigte 650 Arbeiter, sie war die größte innerhalb der Firma und machte Gewinn, während die Sägewerke von Weiler & Busch in Süddeutschland auch zwei Jahre nach Hitlers Machtergreifung noch mit Verlust arbeiteten. Aber es gab nie ein Wort des Dankes oder der Anerkennung. Archibald sprach nur das Nötigste mit ihm, pro Tag nicht mehr als fünf oder zehn Minuten. Nach der Postbesprechung wurden kurze Anweisungen erteilt, und das war alles. Seine Kollegen wurden in regelmäßigen Abständen zum Chef eingeladen, er nie. War es das goldene Parteiabzeichen, das den Chef störte? Der Chef des Einkaufs und Leiter der Sägewerke, Wilhelm Graf, und der Verkaufschef Oskar Wittmann waren ja auch Parteimitglieder. Was war es nur, warum war der Chef so zurückhaltend? Möglicherweise war er ungehalten, dass seine Freunde beim Reichsarbeitsdienst ihn dem Chef aufgezwungen hatten, oder stand der Chef unter jüdischem Einfluss? Seine Vertrauten waren seine Nichte Leni Weiler, die seine wichtigste Korrespondenz schrieb, sein Sekretär war Dr. Johannes Fabricius, und beide waren Halbjuden. Und dann war noch der

Bruder des Chefs mit einer Halbjüdin verheiratet. Wilkowski witterte eine Verschwörung, und dieser Gedanke biss sich in ihm fest. Er überlegte, wie er diese stolze Familie unterkriegen und demütigen konnte.

Wilkowski sah, wie andere Mitglieder der NSDAP mit goldenem Parteiabzeichen in höhere Positionen stiegen. Männer, die der Partei angehörten, wurden Oberstudiendirektoren, Kollegen aus der SA waren Kreisleiter und Landräte geworden, ohne dass sie viel mehr gelernt hatten als er. Vielleicht könnte er ja doch noch weiter nach oben, das heißt in den Vorstand, kommen. Seine Frau Gerda meinte nur, es müsse doch möglich sein, die ganze Judensippe, die sich dort breitgemacht habe, herauszudrängen. „Sollen die doch nach Palästina oder sonst wohin gehen!"

„Das sind ja keine Volljuden, sondern nur Halbjuden", antwortete Wilkowski. „Dem Chef kann man auch nicht an den Karren fahren. Er ist sicher kein Nationalsozialist, aber er ist auch nicht zu packen. Wenn ich vom Führer spreche, dann setzt er seinen Kneifer auf und betrachtet mich – ich möchte sagen – spöttisch. Ich weiß nicht, wie ich das deuten soll, aber er antwortet nie, höchstens sagte er: ‚Ihr Führer, der wird das wohl schon schaffen!' Aber ob das ernst gemeint ist, weiß ich nicht. Und das, was seine rechte Hand, der Dr. Fabricius sagt, ist noch zweideutiger, da steckt die ganze jüdische Bosheit drin."

Seine Frau meinte nur: „Irgendwann machen die doch einen Fehler. Vielleicht kannst du den Leberecht packen, der scheint mir ziemlich leichtsinnig zu sein, der redet eher mal, wie er denkt."

Wilkowski grübelte und sagte dann: „Vielleicht hast du Recht. Vielleicht können wir dem Leberecht einen Strich durch die Rechnung machen. Der ist so viel im Ausland, in England, Frankreich und vor allem in Skandinavien. Irgendwo macht der sicher krumme Dinge."

Er überlegte sich, wie er an Unterlagen von Leberecht herankommen könnte. Gerda schlug vor, in der Mittagspause ins Büro vom Chef zu gehen, da lägen doch sicher Durchschläge oder Kopien von Akten, aber Wilkowski erwiderte, das sei keine gute Idee. Archibald sei misstrauisch und würde jeden Mittag, wenn er nach Hause gehe, abschließen. „Zu seinem Raum haben nur diese Leni und Dr. Fabricius Zutritt, nicht einmal der alte Adam kann da rein."

Zwei Tage später kam ihm eine Idee. Leberecht war mit seinen Akten wesentlich unvorsichtiger. Wenn er nach Gernsbach kam, hatte er immer zwei mächtige Aktentaschen mit, in die er alles, was er an Dokumenten besaß, einfach hineinstopfte. Es müsse zwar ziemliche Unordnung in diesen Taschen herrschen, aber wenn man an die herankomme, ließe sich vielleicht etwas finden. Vielleicht könnte man ja auch bei Gelegenheit in Lübeck reinschauen und Leberechts Mitarbeiter aushorchen. Dembowski wisse bestimmt etwas. Er hatte bisher Dembowski kaum beachtet, der war aus Oberschlesien und katholisch, er stammte wohl von Polen ab, wie der Name sagte. Dass sein eigener Name auch auf polnische Herkunft deutete, kam ihm nicht in den

Sinn. Vielleicht könnte Dembowski eine Quelle sein, die sich anzapfen ließ. Irgendetwas musste er finden, um dieses Pack in die Knie zu zwingen, um diese Judensippe aus der Firma herauszudrängen. Dann wäre er Vorstand, er wäre der große Generaldirektor.

Paula fand, dass ihr Sohn Archibald viel zu unsportlich war. Er bewegte sich überhaupt nicht, in die Turnstunde ging er mit Murren. Zwar konnte er schon mit sechs Jahren schwimmen, aber in Lübeck gab es kein Hallenbad, und im Sommer musste sie das Mädchen Hertha mit ins Schwimmbad an der Wakenitz schicken, denn ganz ohne Aufsicht wollte sie ihn nicht lassen, und seine meisten Spielkameraden konnten noch nicht schwimmen. Er fuhr gerne Rad, aber das war Paula nicht genug. Wie sie meinte, war er einfach ein Stubenhocker, der immer nur las. Dass Archibald mit den Nachbarkindern im Garten herumtollte, Völkerball spielte oder mit dem Krockertschläger Hockey spielte, das zählte für Paula nicht. Sport sollte organisiert sein. Seine Unsportlichkeit hatte er wohl von Leberecht und seiner Familie geerbt, denn Leberecht und seine Brüder konnten alle nicht schwimmen und nicht Rad fahren, Johanna hatte sie nicht dazu angehalten.

Paula dagegen war in ihrer Jugend Mitglied des Turnvereins gewesen, hatte in einer Schlagball- oder wie man in München sagte, Deutschball-Mannschaft gespielt, fuhr Ski, machte Bergtouren mit ihrem Vater. In den ersten Jahren ihrer Ehe war sie mit Leberecht manchmal zu Tennisturnieren und Pferderennen nach Travemünde gegangen, aber Leberecht konnte ihre Begeisterung für den Sport nicht teilen. Er machte sich über sie lustig. Dass ein Gaul schneller laufen konnte als ein anderer, das hatte er schon lange gewusst, und bei einem Tennisturnier störte er sie dauernd mit Fragen: „Was hat das denn zu bedeuten? Warum bekam der Spieler einen Fehler zugerechnet? Warum wird so blöd gezählt, erst 15, dann 30 und 40, das macht doch überhaupt keinen Sinn!"

Für ihren Wunsch, dass Archibald in einen Sportverein eintreten solle, hatte Leberecht überhaupt kein Verständnis gezeigt und das Gespräch darüber bald abgebrochen. Als Leberecht wieder einmal verreist war, beschloss sie, selber aktiv zu werden. Von der Familie van Stolk hörte sie, dass deren Kinder zur Voltige geschickt wurden. Also nahm sie eines Tages Archibald an der Hand und ging zur Reitschule in der Eschenburgstraße. Archibald brummte zwar etwas und war alles andere als begeistert. Aber Reiten schien ihm doch eine interessante Sportart zu sein, wenn es unbedingt etwas sein musste, denn er war ein gehorsamer Sohn.

Zunächst durfte er zuschauen, aber was er dort sah, gefiel ihm nicht sonderlich. Er hatte sich vorgestellt, dass er auf einem Pferd mit Stiefel und Sporen saß und über Felder ritt, so wie bei seinen Soldaten die Kavallerie, aber hier sah er nur wesentlich ältere Kinder von 14 oder 15 Jahren. Ein Kind stand in der Mitte eines Kreises, ein großes schwarzes Pferd galoppierte um es herum. Auf einen Peitschenknall hin rannte das Kind auf das Pferd zu, packte es am Gurt und sprang nach einigen Versuchen auf das galoppierende Pferd auf. So etwas machten Zirkusreiter oder Clowns, aber er wollte das nicht!

Am nächsten Dienstag sollte er mitmachen, mit Trainingsanzug und Turnschuhen. Das gefiel ihm schon gar nicht. Aber er stellte sich dann doch in die Mitte und wartete auf das Zeichen, dass er auf das Pferd aufspringen sollte. Mit Müh und Not konnte er die Griffe am Gurt ergreifen und lief dann neben dem Pferd her. Der Versuch, sein Bein hochzubringen und sich auf den Pferderücken zu schwingen, scheiterte völlig.

Paula begleitete ihn auch die nächsten Male, die er pflichtschuldigst zur Voltige ging. Der Weg war nicht allzu weit, er hätte auch allein zum Reitstall gehen können. Aber ihr gefiel der Reitlehrer, Karl Heinrichsen, den die Kinder Onkel Karl nannten, sehr gut.

Heinrichsen, ein Mann von etwa 40 Jahren, war mittelgroß, tipptopp gekleidet, außerordentlich charmant zu Damen. Sobald er Paula erblickte, übergab er die Longe und die Peitsche einem älteren Jungen aus der Voltige-Gruppe und fing an, mit Paula zu flirten. Paula war fasziniert. Heinrichsen fragte Paula, ob sie nicht den Unsinn mit der Voltige lassen wollte. Archibald sei zu klein, er komme nie auf das Pferd hinauf und müsse maßlos enttäuscht sein, wenn er nur immer neben dem Pferd herlaufe. Da gebe es etwas Besseres: Der Junge solle reiten lernen. Zweimal in der Woche gebe es Kinderreitstunden, da seien sogar schon Sechsjährige dabei, das würde Archibald sicher Spaß machen. Ob sie nicht auch selber daran denken könnte, sich aufs Pferd zu setzen, sie sei doch ein sportlicher Typ? Und Paula ließ sich davon überzeugen.

Die Kinderreitstunde gefiel Archibald schon besser. Beim Aufsteigen auf das Pferd musste ihm zwar der Stallbursche helfen, aber wenn er einmal oben saß, sah die Welt schon ganz anders aus. Vor allem durfte Archibald nach kurzer Zeit mit ausreiten. Sie ritten zu zweit, und dabei gab es immer einen netten Jungen oder ein nettes Mädchen, mit denen er sich unterhalten konnte. Und dann erhielt er eine schöne Reithose und lange Stiefel und sogar Sporen, und er kam sich gegenüber anderen Kindern, die das nicht hatten, ziemlich wichtig vor.

Auch Paula nahm jetzt Reitstunden und kaufte sich einen kompletten Reitdress mit Reithosen, Sporen, Reitjacke, Zylinder, zum Amüsement von Leberecht, der allerdings froh war, dass seine Frau ein Hobby hatte, das ihr Spaß machte, denn er selber war ja unterwegs, geschäftlich oder – wie Paula fürchtete – hinter anderen Weibern her, und so konnte er auch einige lästige Fragen, mit denen sie ihn sonst nervte, vermeiden.

Die Reitstunde im Damenclub fand von drei bis vier Uhr statt, danach trafen sich die Damen im sogenannten Kasino zum Kaffee, zu dem sie Heinrichsen einluden, der als einziger Mann in einer Gruppe von zehn bis zwölf Damen sich wie ein Gockel in einer Hühnerschar benahm.

Außer zwei älteren Damen, die noch im Damensitz ritten und die auch oft allein ausritten, waren es meist jüngere Frauen zwischen 24 und 35 Jahren, die durchweg alle in Heinrichsen verliebt waren. Wenn es ums Ausreiten ging, gab es geradezu Eifersuchtsszenen, wer neben Heinrichsen an der Tête reiten durfte. Paula durfte dies bevorzugt, und das brachte ihr die Feindschaft fast aller anderen Damen ein, die sich zudem noch über ihren Münchner Dialekt lustig machten.

Archibald sah einige Male zu, wie seine Mutter ritt, allerdings nicht sehr gerne, denn ihn störte, wie Heinrichsen die Damen herumkommandierte mit „Bauch rein, Brust raus, sitzen Sie nicht wie ein krummgeschissenes Fragezeichen auf dem Pferd, Kopf hoch“, und alle Damen sich darüber freuten, wenn eine andere gerügt wurde. So gerne er Heinrichsen beim Kinderreiten mochte, hier fühlte er, dass irgendetwas nicht in Ordnung war. Dazu störte ihn, wenn seine Mutter zu Hause nur vom Stall und von den Pferden und vor allem von den bösen Frauen sprach, die sich an Heinrichsen heranmachten. Er wusste zwar nicht, was Heranmachen eigentlich war, aber er fand die schnatternden Gänse um Onkel Karl ziemlich doof.

Die Damen im Club waren zueinander offiziell höflich und nett, sobald aber eine von ihnen zur Tür hinausging, wurde heftigst über sie gelästert, so wie das bei anderen Kaffeekränzchen sicher auch der Fall war. Zwischen den Reiterinnen herrschte ein bewaffneter Friede, der jederzeit in Krieg ausarten konnte. Eines Tages geschah aber etwas, was nicht mehr in das Klischee passte: Der Damenclub bekam ein neues Mitglied, Emma Manz. Emma Manz unterschied sich schon im Äußeren von den kichernden und quirligen Damen des Clubs. Sie war Anfang 30, stämmig und deutlich kleiner als die anderen Damen. Sie hatte ein breites Gesicht, war nicht geschminkt und trug keinerlei Schmuck. In ihrem Mund glänzten zwei Goldzähne. Gekleidet war sie mit einem schlecht sitzenden Kostüm, das aussah, als ob es entliehen sei, sie hatte eine tiefe, raue Stimme und rauchte Zigarillos. Sie war klug, hatte Mutterwitz und hatte im Gegensatz zu den anderen Damen Abitur gemacht. Emma wollte reiten und sonst nichts, und Heinrichsen hatte nicht das geringste Interesse, mit ihr zu flirten.

Die meisten Damen machten sich über sie lustig, beachteten sie aber sonst kaum. Nur Paula gefiel sie gleich, weil sie mit ihr über das Theater reden konnte und es nicht nur um den üblichen Tratsch über Schauspieler und Sänger am Lübecker Stadttheater ging, worüber die anderen sprachen, wenn sie überhaupt das Wort Theater in den Mund nahmen.

Emma stammte aus einer Beamtenfamilie in Kiel, hatte strenge Grundsätze, war seit zehn Jahren verheiratet und hatte zwei Töchter von neun und sieben Jahren, über die sie aber nicht viel sprach. Ihr Mann war Ingenieur beim Drägerwerk gewesen und hatte im Rahmen der Wiederaufrüstung einen Posten in einer Maschinenfabrik in Stuttgart übernommen. Daher kam er nur selten nach Hause. Sie sprach so gut wie nie über ihn, nur Paula gegenüber war sie recht offen und erzählte, ihr Mann tauge nicht viel, er sei ein Weiberheld und mache sich nicht viel aus seiner Familie. Sie sei froh, wenn er nicht zu Hause sei.

Und Paula schüttete Emma ihr Herz aus. Sie sei so unglücklich, weil ihr Mann ebenfalls viel weg sei, sie vermisse ihn, sie habe ja sonst niemand, mit dem sie hier in Lübeck sprechen könne. Diese sogenannten Damen seien doch nur dumme Puten, ungebildet, oberflächlich und hinter den Männern her. Emma begann nun vorsichtig, die Zweifel, die Paula hinsichtlich Leberecht hatte, zu schüren. Sie forderte Paula auf, in den Kleidern ihres Mannes zu schnüffeln, ob sie nach Parfüm rochen, die Taschen zu durchsuchen, ob darin etwas Verdächtiges sei. Und wenn sie von ihrem Mann ein teures Geschenk bekomme, dann sei das immer verdächtig – und Leberecht war in dieser Hinsicht außerordentlich großzügig. Es gab keine Reise, von der er Paula nicht etwas mitbrachte, sei es ein Schmuckstück, ein Seidenbrokatstoff oder ein mit Perlen besticktes Abendtäschchen.

Emma zog die ehrliche Absicht immer in Zweifel und erklärte, das sei nur ein Trostpflästerchen für sein schlechtes Gewissen. Möglicherweise habe er seiner Freundin oder gar mehreren Freundinnen die gleiche Handtasche oder den gleichen Stoff geschenkt.

Paula musste zugeben, dass sie die gleiche Handtasche auch schon bei einer jüngeren Schauspielerin im Theater gesehen habe. Als sie Leberecht darauf ansprach, lächelte er nur und antwortete: „Ja, weißt du, ich habe die Taschen günstig bekommen, und da habe ich auch Fräulein Katja eine geschenkt. Sie hat mir so gut gefallen." Seine Offenheit beruhigte Paula wieder.

Einmal äußerte Paula, dass es doch schön wäre, wenn sie auch ein eigenes Pferd hätte, so wie die anderen Damen, und nicht nur immer auf ein Leihpferd angewiesen sei, aber sie wisse ja, dass das in Anbetracht der Schulden, die sie hätten, wohl nicht möglich sei. Da dauerte es keine Woche, und sie hatte ihr eigenes Pferd. Es war zwar ein schon etwas älterer ostpreußischer Wallach, der aber ein recht gutes Springpferd war, den Leberecht günstig seinem Besitzer, der nicht zum Reiten kam, abgekauft hatte.

Emma meinte, das sei ja höchst bedenklich, solch ein Geschenk zu machen – das sei ja ein sehr großzügiges Trostpflaster. Leberecht musste eine Freundin haben, der er vielleicht sogar eine Wohnung eingerichtet habe.

In Paula stieg der böse Verdacht wieder hoch. Sie war hin- und hergerissen zwischen der Freundin und ihrem Mann, es überfiel sie immer wieder das Misstrauen, aber sie war sich auch bewusst, dass sie von ihm abhängig war, denn als Halbjüdin musste sie froh sein, wenn Leberecht bei ihr blieb, und dann waren da ja ihre Kinder, an denen auch Leberecht sehr zu hängen schien.

Der Kauf des Pferdes löste aber innerhalb der weiteren Familie, vor allem bei ihren Schwägerinnen, Entsetzen und Neidgefühle aus. Sie, die Töchter

Weiler, die doch mit einer reichen Aussteuer ausgestattet waren, konnten sich einen solchen Luxus nie leisten! Johanna schrieb Leberecht einen missbilligenden Brief, in dem auch das Wort „Trostpflaster" vorkam. Sein Bruder Archibald, der so gerne geritten sei, habe sein Pferd aus Sparsamkeit verkauft und habe sich, obwohl es für seine Gesundheit sicher gut gewesen wäre, zu reiten, diesen Luxus nicht gegönnt. Sie wisse, was ein Pferd koste! Auch wenn er es günstig bekommen habe, koste der Unterhalt mehr als 200 Mark im Monat. Dafür könnte er besser Schulden zurückzahlen!

Paula hatte plötzlich noch einen anderen Verehrer, und zwar war das der Polizeipräsident von Lübeck höchstpersönlich: Ein früherer kleiner Techniker, der schon vor 1933 als Vertreter der NSDAP im Reichstag saß und einer der vier Senatoren war, die die Regierung der Freien Hansestadt bildeten.

Die Lübecker Gesellschaft und auch die Damen im Club missachteten ihn. Man merkte ihm seine einfache Herkunft an, er war Junggeselle und hinter den Weibern her, er würde auch saufen, und man behandelte ihn ziemlich kühl. Paula war dagegen freundlich und nett, sie wollte nicht auffallen und dachte, dass es das Falscheste wäre, sich gegenüber einem Mann der SS in seiner Position ungeschickt und unhöflich zu benehmen. Beim Ausreiten und beim Musikreiten drängte sich der Senator immer an ihre Seite und war liebenswürdig zu ihr. Als er feststellte, dass sie nicht nur im gleichen Jahr, sondern auch am gleichen Tag geboren waren, erschien er am nächsten Geburtstag mit einem riesigen Blumenstrauß. Paula war das furchtbar peinlich. Konnte er oder konnte sie nicht große Schwierigkeiten bekommen, wenn er erfuhr, dass sie eine Halbjüdin war? Sie beratschlagte mit Leberecht, was zu tun sei. Als kurze Zeit später die Verlobung vom Senator mit einer jungen Hamburgerin bekannt wurde, meinte man, die Angelegenheit sei damit erledigt, aber der Polizeipräsident kam immer wieder zum Reiten und bot sich auch immer wieder Paula als Begleiter an. Als sie dann eines Tages sagte, sie müsse ihn darauf aufmerksam machen – damit er keine Schwierigkeiten bekomme – dass sie Halbjüdin sei, sagte er, das wisse er ja längst und das sei ihm auch vollkommen egal. Sie sei deswegen doch eine nette Person und damit basta!

In den Sommerferien 1935 beschlossen Leberecht und Paula, diesmal nicht nach Heringsdorf an die Ostsee zu fahren, sondern den Urlaub am Starnberger See zu verbringen. Grund dafür war, dass Kammersänger Paul Fabricius 65 Jahre alt wurde und die Familie beschlossen hatte, diesen Tag ausgiebig zu feiern. Alle Verwandten, selbst die aus England, sollten zu diesem Fest kommen, denn in letzter Zeit war es recht still um ihn geworden. In München bekam er nicht mehr die Rollen, die er sich wünschte. Öffentliche Ehrungen blieben aus. Versuche, noch weitere Schallplattenaufnahmen machen zu lassen, wurden unterbunden, weil die Schallplattenfirmen fürchteten, mit Platten eines jüdisch Versippten in Ungnade zu fallen. Er gab zwar immer noch Konzerte, für die es sehr gute Kritiken und stürmischen Applaus gab, aber seine Frau Felicitas begleitete ihn nicht auf den Reisen. Sie, eine junge Frau Mitte dreißig, war alt und bequem geworden. Sie gingen abends nicht mehr aus, die Oper interessierte Paul gar nicht mehr, wenn er nicht dort zu singen hatte.

Die schönen Gesellschaftsräume im Parterre seines stattlichen Wohnhauses in Bogenhausen wurden nicht genutzt, weder der Salon noch das Esszimmer. Nur in dem kleinen Arbeitszimmer, wo der Flügel stand, gab er Unterricht oder fantasierte auch einmal auf dem Klavier. Leberecht meinte, dass Paul verspießern würde. Am Abend saß er stundenlang vor seiner Zeitung und rauchte Zigarren, wobei er zur Freude der Kinder immer wieder Rauchkringel in die Luft blies. Aber auch für die Enkel hatte er sich bisher wenig interessiert. Sie waren einfach zu klein, um sich mit ihnen zu unterhalten.

Ein Grund, dass Paul sich so zurückzog, war die Angst, etwas zu sagen, was falsch aufgefasst und irgendwelchen Parteistellen berichtet würde. Er war sehr misstrauisch, und außer seinem alten Freund Rechtsanwalt Dr. Seidel traute er kaum jemanden.

Paul, der jetzt sehr sparsam geworden war, hatte für die Familie eine Pension in Possenhofen ausgesucht. Paula gefiel sie, aber Leberecht hatte doch einiges daran auszusetzen. Es gab kein fließendes Wasser, die Betten knarrten, und die Matratzen waren durchgelegen. Im Zimmer aufhalten konnte man sich nicht. Am meisten missfielen ihm aber die anderen Pensionsgäste; wie er meinte, waren es lauter Postbeamte. Das Essen war ihm zu bayerisch, aber Paula fühlte sich wohl.

Die Kinder störte es, dass ihnen eingeschärft wurde, sich ruhig zu verhalten und beim Spielen nicht so zu schreien. Archibald tröstete sich damit, dass er Zeit hatte, auf seinem Zimmer zu lesen, während Britta ständig maulte und das Mädchen Hertha aufforderte, Würfelspiele zu machen. Aber Hertha hatte keine Lust, denn sie war überaus glücklich, dass in der Pension auch zwei junge Männer wohnten, die ihr den Hof machten, sie abends in ein Tanzlokal einluden und mit ihr Ruderpartien auf dem See unternahmen, auf die sie ab und zu auch die Kinder mitnahm.

Jeden Morgen ging es zur wenige Meter von der Pension entfernt gelegenen Schiffsanlegestelle. Dort saß eine, wie die Kinder meinten, uralte Badewärterin – sie schätzten sie auf etwa 80 Jahre –, die in einer schier unverständlichen Sprache redete, Paula meinte allerdings, das sei eben bayerischer Dialekt. Jedes Mal, wenn ein Schiff ankam, watschelte sie in ihren Pantoffeln auf die Brücke und fing das Seil auf, das ihr zugeworfen wurde, und machte das Schiff fest. Dabei rief sie den Matrosen wieder einige unverständliche Laute zu.

Das Nichtschwimmerbecken, in dem Hertha mit den beiden Mädchen badete und das durch einen Steg vom See abgetrennt war, hatte nur eine Größe von fünf auf fünf Metern. Hertha versuchte, den kleinen Mädchen das

Schwimmen beizubringen. Archibald schwamm dagegen mit seiner Mutter auf eine schwimmende Plattform im See hinaus. Leberecht badete in der ganzen Zeit nur ein einziges Mal. Es war einfach zu lächerlich, wenn er in das Nichtschwimmerbecken stieg.

Er entschloss sich, mit der Familie etwas zu unternehmen, und so machten sie Ausflüge zum Kochel- und zum Walchensee oder einen Fußmarsch zum Ammersee nach Andechs und wieder zurück, nach Tutzing oder nach Starnberg, meist bei glühender Sommerhitze. Die Kinder maulten. Besonders viel maulte Archibald, von dem man das nicht gewohnt war. Paula schaute besorgt drein. Sie stellte fest, dass Archibald Fieber hatte, man sprach von einer Sommergrippe, aber Archibald tat auch der Bauch weh. Er wurde ins Bett gesteckt. Von Pöcking kam die Kinderärztin, um ihn zu untersuchen. Sie glaubte, es könne vielleicht eine Blinddarmentzündung sein, aber nachdem er am nächsten Tag kein Fieber mehr hatte, waren alle beruhigt. Den Jungen jetzt in München operieren zu lassen, war zu umständlich, nach Lübeck zurückzufahren, ging nicht wegen der bevorstehenden Geburtstagsfeier des Großvaters, und so unternahm man gar nichts.

Aber die Fieberanfälle kamen immer wieder in regelmäßigen Abständen. Auf den Spaziergängen machte Archibald jedes Mal schlapp, und so verbrachte er die meiste Zeit der Ferien im Bett.

Zur Geburtstagsfeier von Paul Fabricius waren über 35 Gäste gekommen. Sie feierten in einem Hotel, die Kinder blieben zu Hause und durften erst nach dem Essen dabei sein, wo es im Garten Kaffee und Kuchen gab und sie ihre Gedichte aufsagen durften. Pauls Schwester Marie aus England und ihr Mann Richard waren viele Jahre nicht mehr nach Deutschland gekommen. Sie besuchten München und waren davon angetan, was alles neu gebaut worden war, und wussten gar nicht, warum sich Paul so über die Nazis aufregte. Es sei doch alles ganz normal, sie hätten sich das viel schlimmer vorgestellt. Paul meinte nur: „Das könnte ihr so nicht beurteilen, ihr wisst nicht, was es heißt, nicht das sagen zu dürfen, was man denkt. Immer nur zu warten, welche Gemeinheiten diese Nazibande sich wieder ausdenkt, das ist kaum zum Aushalten!“

In Lübeck herrschte große Aufregung über eine Kinderlähmungsepidemie, von der auch ein Junge aus der Zwinglistraße befallen war, mit dem die Kinder zusammen beim Turnen gewesen waren. Paula war überängstlich, dass sich auch eines ihrer Kinder anstecken könnte, und so wurde den Kindern das Spielen auf der Straße und im Park verboten.

Einige Tage später musste Archibald schon wieder ins Bett. Die Leibschmerzen nahmen zu, und der Hausarzt befürchtete, dass sie von einer Blinddarmentzündung herrühren könnten. Schon zwei Tage später wurde Archibald ins Krankenhaus gebracht, um am Blinddarm operiert zu werden.

Die Mutter begleitete ihn. Archibald war sehr aufgeregt, was da auf ihn zukommen werde, aber Paula beruhigte ihn: „Du wirst von der ganzen Sache nichts spüren. Man wird dir etwas auf die Nase geben, du musst langsam zählen – eins, zwei, drei –, dann schläfst du gleich ein. Und wenn du aufwachst, dann bin ich wieder da und alles ist vorbei und du bist wieder gesund."

Paula war im Krankenhaus geblieben und wartete im Zimmer auf seine Rückkehr. Der Kinderarzt, der dem Chirurgen assistieren wollte, beruhigte sie: „Das ist nur eine Routinesache, in 15 bis 20 Minuten ist alles vorbei, in einer halben Stunde, spätestens in einer dreiviertel Stunde wird Ihr Sohn wieder zurückkommen und sie können dann bei ihm bleiben, bis er aufwacht." Aber es verging eine Stunde, und nichts rührte sich. Paula ging auf den Gang und versuchte etwas zu erfahren. Die Schwestern meinten, es sei nicht ungewöhnlich, wenn es etwas länger dauere. Es seien auch keine anderen Operationen mehr angesagt, sie könne ruhig warten.

Das Telefon klingelte, und Leberecht war am Apparat. Er wollte wissen, wie die Operation verlaufen sei, seine Mutter habe schon angerufen, die sehr besorgt sei. Aber Paula konnte ihm nichts sagen.

Es vergingen weitere bange Minuten, aber nichts rührte sich. Jetzt waren es schon eineinhalb Stunden, und Paula stand Todesängste aus – es war immer noch nichts zu hören. Leberecht rief zum zweiten Mal an und sagte, dass er mittags ins Krankenhaus kommen wollte.

Endlich, nach zwei Stunden wurde der Junge in sein Zimmer gefahren, er schlief noch fest. Paula war unruhig. Was war passiert? Sie wollte unbedingt mit dem Arzt sprechen, aber der sei doch noch bei einer weiteren Operation, nur der Kinderarzt komme gleich. Wieder verging eine halbe Stunde. Die Schwester versuchte, Paula zu beruhigen: „Sehen Sie, er schläft doch ganz ruhig, das ist ganz normal!"

Dann kam der Kinderarzt, Dr. Wundt, und Paula überschüttete ihn mit Fragen. Er sagte, dass die Operation eigentlich gut verlaufen sei, es habe aber länger gedauert, weil sie den ganzen Darm hätten untersuchen müssen, sie hätten einen Belag, eine Art Schuppen entdeckt, sie wüssten noch nicht, was das sein könnte. Sie könnten das erst sagen, wenn das Ergebnis vom Labor komme, es seien auch Proben in die Pathologie gebracht worden.

Nun fing Paula zu weinen an. Nachdem ihre Mutter an Krebs gestorben war, hatte das Wort „Pathologie" für sie einen schrecklichen Klang. Aber Dr. Wundt versuchte sie zu beruhigen. „So etwas Schlimmes ist es nicht. Aber ich kann Ihnen wirklich noch nichts sagen. Ich habe so etwas noch nicht gesehen, und der Chirurg auch nicht. Es sieht eher wie Tuberkeln aus." Auch dieses Wort hatte für Paula nichts Beruhigendes, und sie brach erneut in Tränen aus.

Archibald wachte sehr spät auf. Sie hatten ihm wesentlich mehr Narkose gegeben als üblich, nachdem die Operation fast zwei Stunden gedauert hatte.

Paula beschloss, im Krankenhaus zu bleiben und konnte das zweite Bett im Zimmer beziehen.

Eine ruhige Nacht war es nicht, vor allem weil der Junge immer wieder um etwas zu trinken bat, sie ihm aber nichts geben durfte. Erst nach Mitternacht war der Kleine eingeschlafen, aber sie war so aufgeregt, dass sie bis morgens um sechs Uhr nicht schlafen konnte, bis die Schwester kam, um Fieber zu messen. Leberecht war mittags im Krankenhaus gewesen, aber statt Paula zu beruhigen, hatte seine Nervosität und seine Angst sie noch mehr beunruhigt.

Archibald erholte sich jetzt langsam, seine Mutter las ihm vor, aber nach dem zweiten Tag konnte er selber lesen, und Paula ging wieder zurück in die Krügerstraße.

In den nächsten Tagen erhielt Archibald Besuch von Freunden der Eltern, seine Freunde durften ihn aber nicht im Krankenhaus besuchen, sie ließen ihm Grüße ausrichten, und auf die Frage, was er sich wünsche, kam immer nur die Antwort: Bücher. Er musste länger im Krankenhaus bleiben als normal, und als er nach Hause durfte, hatte die Schule schon wieder angefangen. Die Eltern behielten ihn noch zu Hause, was ihm nur recht war, denn so konnte er den ganzen Tag lesen.

Irgendetwas war mit ihm nicht in Ordnung, denn er bekam immer wieder Fieber, und die Eltern waren sehr besorgt. Die Großmutter kam, um nach dem Rechten zu sehen, denn Leberecht hatte ihr nicht alles gesagt, und sie hatte Angst, dass ihrem Liebling etwas zustoßen könnte. Auch Onkel Archibald zeigte sich besorgt und telefonierte fast jeden Tag, um sich nach dem Ergehen seines Neffen zu erkundigen.

Dann kamen die Laborbefunde. Man wusste nicht, was es war, es sei eine Art von Tuberkeln, die man entdeckt hatte, und die Ärzte empfahlen dringend einen Sanatoriumsaufenthalt in einer Höhe von 800 bis 1.000 Metern. Die Mitteilung, dass er in ein Kinderheim sollte, fand Archibald alles andere als erfreulich. Es war etwas Unbekanntes, vor dem er Angst hatte.

Es wurde ein Kinderheim im Kleinwalsertal ausgesucht, der Tag der Abreise rückte immer näher, da bekam Archibald starkes Fieber und plötzlich auch einen steifen Hals und Halsweh. Das Fieber stieg auf über 40 Grad an, und die Eltern waren verzweifelt. Der Kinderarzt kam noch am Abend, wusste aber nicht, was er sagen sollte. Am nächsten Morgen kam er wieder. Archibald sollte aufstehen und ans Fenster gehen, damit der Arzt bei besserem Licht in den Hals schauen konnte. Er stieg aus dem Bett und versuchte, einige Schritte zu gehen, brach aber zusammen. Der erschrockene Doktor und Paula trugen ihn zurück ins Bett, und Archibald schrie: „Ich habe keine Kinderlähmung, Ich habe keine Kinderlähmung!"

Wie der Junge darauf gekommen war, konnte keiner sagen, er selber dachte nur an seinen Freund aus der Turnstunde, der Kinderlähmung gehabt hatte. Archibald lag nun im Bett und konnte seine Beine und dann auch seine Arme nicht mehr bewegen. Der Arzt schrieb schnell ein Rezept, und das Kindermädchen Hertha rannte zur Apotheke, bekam dort aber das Serum nicht. Der Arzt raste mit seinem Auto zum Krankenhaus, wartete aber nicht, bis man es ihm gab, sondern nahm es sich einfach aus dem Arzneischrank, obwohl die Schwester hinter ihm herkeifte.

Ein Internist wurde hinzugezogen, und der meinte, der Junge müsse unbedingt ins Krankenhaus. Paula schluchzte, und auch Leberecht kamen die Tränen. „Nein, der Junge bleibt zu Hause. Wir nehmen eine Schwester, die ihn hier pflegen kann."

Die Geschwister wurden wegen der Ansteckungsgefahr mit dem Mädchen Hertha zunächst zu Brandels geschickt und einige Tage später in einer Pension in Travemünde untergebracht.

Die Nacht war für alle Beteiligten fürchterlich. Archibald konnte sich nicht rühren, ihm tat alles weh. Er wollte auf der anderen Seite liegen und rief nach seiner Mutter, die ihn vorsichtig etwas umdrehte. So ging es die ganze Nacht hindurch, über 20 Mal musste sie aufstehen und ihn anders hinlegen. Sie war mit den Nerven fertig. Nach zwei Tagen kam eine Schwester, die ihr bei der Pflege half. Archibald bekam noch mal Serum gespritzt, und nach einer Woche konnte er die Arme wieder bewegen, nach 14 Tagen konnte er schon wieder ein Buch halten und selber im Bett essen, aber die Beine konnte er noch nicht bewegen, und an Laufen war nicht zu denken.

Die Befürchtungen, dass Archibald ein Krüppel bliebe, bestätigten sich nicht. Nach und nach konnte er alle Glieder wieder bewegen und nach acht Wochen sogar die ersten Schritte tun. Die drei Meter zwischen dem Bett und dem davorstehenden Stuhl hatten ihn aber so angestrengt, dass er gleich zwei Stunden schlief. Aber Paula war überglücklich. Als im Dezember der erste Schnee fiel, konnte er schon allein auf die Straße gehen. Die Schwestern und Hertha zogen wieder in ihre Zimmer ein, und das Leben normalisierte sich. Nach den Weihnachtsferien sollte er wieder in die Schule gehen, die er ein halbes Jahr lang nicht mehr besucht hatte. Kurz vorher, an Sylvester, durfte er mit seinen Eltern – die Schwestern blieben zu Hause – nach Gernsbach zur großen Familienfeier fahren.

Wenn Johannas Kinder jetzt auch meist zu Hause mit ihren Enkeln Weihnachten feierten, so legte sie doch Wert darauf, dass die ganze Familie einmal im Jahr an Sylvester zusammenkam. Die ganz kleinen Kinder wollte sie aber nicht dabei haben, die würden nur stören. Dass Archibald zu Sylvester mit nach Gernsbach durfte, obgleich er noch keine zehn Jahre alt war, das hatte er Onkel Archibald zu verdanken, der Leberecht mehrfach angerufen und ihn gebeten hatte, diesmal doch zur Familienfeier zu kommen und unbedingt den kleinen Archibald mitzubringen.

Die Sylvesterfeier zog sich über Stunden hin. Sie hatte unmittelbar nach dem Kirchgang um sechs Uhr begonnen und bestand aus einem Menü mit zahlreichen Gängen, die von den Dienstmädchen aufgetragen wurden. Um elf Uhr wurden die Kinder wieder hereingerufen. Es wurde Musik gespielt, und Onkel Archibald las mit sehr ernster Stimme den 90. Psalm, wobei er seine Mutter immer wieder ansah und nach dem Verlesen einige düstere Worte über die Zukunft sprach. Gegenüber seiner Mutter meinte er: „Wahrscheinlich ist es das letzte Mal, dass ich diesen Text vorlesen kann!" Johanna meinte aber: „Mach dir nicht so schwarze Gedanken, das neue Jahr bringt auch wieder Hoffnung. Denk doch an unseren alten Familienspruch: Aufwärts – Vorwärts!"

***

Während der Krankheit des Jungen hatte Paula dem Erlass eines Gesetzespakets keine Bedeutung beigemessen, ja sie hatte es gar nicht zur Kenntnis genommen, das Leberecht große Sorgen machte. Es waren die Nürnberger Gesetze, die auch das Schicksal der Familie noch schwer belasten sollten. Er und sein Schwiegervater Paul Fabricius hatten es aufmerksam gelesen. Das sogenannte Blutschutzgesetz brachte zwar Klarheit, wer Jude war und wer nicht, aber mit ihm begann offiziell eine Diskriminierung nicht nur der Juden, sondern auch der Nachkommen aus Ehen zwischen Juden und Nichtjuden, den sogenannten Mischlingen, den Halb- und Vierteljuden, Ausdrücke, die es vorher nicht gegeben hatte. Es waren Menschen, die gar keine Bindung an die jüdische Religion hatten, die oft vergessen hatten, dass sie überhaupt jüdische Vorfahren hatten und die sich als Deutsche wie andere auch fühlten, die jetzt plötzlich in ihrem Stammbaum verzweifelt nach der „arischen Großmutter" suchten. Wenn früher von Mischehen gesprochen wurde, dann waren es die Ehen konfessionell unterschiedlicher Paare, aber was nun geschaffen wurde, war die Einteilung der Bevölkerung in Klassen mit höchst unterschiedlichen Rechten.

Leberecht wollte jetzt auswandern. Er hatte Sorgen um die Zukunft seiner Familie und fürchtete, dass die Gesetze durch einen Federstrich von Hitler jederzeit verschärft werden könnten. Als er mit Paula erneut über die Möglichkeit, nach Schweden auszuwandern, sprach, stieß er auf glatte Ablehnung. Paula hatte es nicht einfach gehabt, in Lübeck heimisch zu werden, und jetzt noch weiter nach Schweden auszuwandern, davor graute es ihr. Im Gegensatz zu Leberecht mochte sie die Schweden nicht. Sie waren ihr zu glatt und zurückhaltend. Wenn sie einmal ausgewandert seien, war es fraglich, ob sie überhaupt noch nach Deutschland reisen durften oder ob ihr Vater sie besuchen könnte. Ob Leberecht auch den wirtschaftlichen Erfolg hätte wie in Deutschland? Er müsste ja auf sein Gehalt verzichten. Ihr war das alles zu unsicher.

Sie meinte, so schlecht sei es in Deutschland nun auch wieder nicht. Paulas Verwandte und Bekannte unter den Juden waren fast alles Pensionäre, und es gab auch noch jüdische Geschäfte, die es aber immer schwerer hatten, sich zu behaupten, was Paula im Gegensatz zu Leberecht nicht wahrnahm. Es gab noch jüdische Ärzte, die allerdings, wie Leberecht bemerkte, nur noch jüdische Patienten haben durften. Die meisten seien schon ausgewandert, weil die wirtschaftliche Existenz zerstört war.

Leberecht versuchte, sie doch noch zu überzeugen. Sie solle an die Zukunft der Kinder denken. Nach den heutigen Gesetzen könne Archibald weder Beamter noch Offizier werden, er könne nicht Medizin studieren und auch kein Förster werden. Vielleicht würde man ihm auch Schwierigkeiten beim Heiraten machen.

Darauf entgegnete Paula: „Du willst ja selber nicht, dass er Offizier oder Beamter wird! Du und deine Mutter und auch dein Bruder, ihr wollt ja alle nur, dass er in die Firma geht. So, wie ihr ihn geimpft habt, wird er das ja auch wollen!“ Leberecht meinte aber: „Na, ich glaub‘, es ist doch besser, wenn ihm alle Möglichkeiten offenstehen. Die Firma gehört ihm ja nicht mehr allein, es kann für ihn ganz schön schwierig werden. Ich weiß auch nicht, ob er dafür hart genug ist. Außerdem besteht die Gefahr, dass die sogenannten Halb- oder Vierteljuden enteignet werden. Wir wissen doch gar nicht, wie es noch weitergeht!“

Paula zuckte die Achseln und sagte: „Weißt du denn, ob die Nazis nicht nach Schweden kommen und die Schweden alle Nazis werden? Zutrauen würde ich es ihnen schon. Außerdem scheint Hitler jetzt ein ganz ordentlicher Staatsmann geworden zu sein, der sich gut überlegt, was er macht. Schau dir mal so nette Nazis an wie den Polizeipräsidenten, der reitet sogar mit mir aus, und auch unter seinen Freunden sind viele Parteimitglieder, die sich ganz vernünftig benehmen. Und, mal ganz ehrlich, du willst doch nur auswandern, weil du dich mit deinem Bruder nicht so gut verträgst!“

Damit wurde die Frage der Auswanderung nicht weiter erörtert. Wenn es für sie wichtig war, setzte sich Paula durch, und sie wollte in Lübeck bleiben. Leberecht nahm es zur Kenntnis, aber er versuchte weiter, seine Position in Schweden auszubauen.

Die Nürnberger Gesetze hatten für Paulas Geschwister und auch für Leberechts Nichte Leni unangenehme Folgen. Eduard von Schlaffenstein hatte endlich an der Musikhochschule seinen Abschluss als Dirigent gemacht, aber er hatte keine Aussicht auf eine Stellung. Die Möglichkeit, Leni zu heiraten, war jetzt durch das Gesetz verbaut. Lenis Cousinen fanden zwar Möglichkeiten, das Gesetz zu umgehen, indem sie auswanderten oder im Ausland heirateten und dann wieder zurückkamen, aber Schlaffenstein war dazu nicht bereit. Sich von Leni zu trennen, das brachte er aber auch nicht übers Herz. Sie reichten ein Gesuch ein bei dem dafür zuständigen Stellvertreter Hitlers, Rudolf Heß, warteten gut ein halbes Jahr, bis die Antwort kam, und die Antwort war eine Ablehnung. Für das Paar wurde es immer schwieriger, sich zu treffen.

In Baden-Baden und in Gernsbach gab es genug Block- und Zellenwarte und auch alte Freundinnen von Leni, die jetzt Parteimitglieder geworden waren, die sie aufs Schärfste beobachteten. Zusammen zu verreisen war nicht möglich, sie fürchteten, wegen „Rassenschande“ verurteilt zu werden. So blieb es beim Spazierengehen und ab und zu mal einem gemeinsamen Theaterbesuch.

Paulas Schwester Klara saß immer noch im Berliner Büro von Weiler & Busch und ging ihrer Arbeit nach, die ihr nicht besonders zusagte. In der Großstadt Berlin fiel sie aber nicht weiter auf. Als Schauspielerin wurde sie nicht mehr engagiert, ihr waren sämtliche Möglichkeiten verbaut. Allerdings konnte sie in Berlin noch Freunde treffen und auch ein bisschen flirten, ohne dass sie Gefahr lief, denunziert zu werden. Sie hatte eine Menge Bekannte, aber heiraten konnte sie nicht.

Johannes Fabricius hatte in Gernsbach auch einige Anfeindungen zu spüren bekommen. Wilkowski hatte bei der Kreisleitung in Rastatt interveniert, und auch Karl Lackner hatte Archibald Vorhaltungen gemacht, wie er so jemanden dulden könne. Bisher hatte Archibald sich solche Einmischungen verbeten, aber er wollte die Nazis auch nicht reizen. Er meinte, es sei jetzt an der Zeit, dass Dr. Johannes Fabricius einen höheren Posten bekomme. Er machte ihn zum Prokuristen und versetzte ihn in die Filiale nach Olbersdorf. Der dortige Leiter Bartels war zwar Parteimitglied, aber das war er nur aus opportunistischen Gründen, und wenn sein Chef das wollte, dann akzeptierte und duldete er auch einen Halbjuden. Es störte ihn mehr, dass außer ihm noch ein zweiter Prokurist in Olbersdorf eingesetzt wurde. Aber er bewahrte gegenüber den anderen Angestellten Stillschweigen, und so lebte Johannes zunächst recht ungestört in dem Oberlausitzer Nest und freundete sich schnell mit seinen Kollegen an.

Da in Olbersdorf oder der nahe gelegenen Kreisstadt Zittau nichts los war, fuhr er am Wochenende meist nach Dresden, wo er Museen besuchte und vor allem abends in die Oper ging. Eines Tages, in einer Aufführung der „Zauberflöte“, saß neben ihm ein hübsches junges Mädchen mit schwarzen Haaren, großen dunklen Augen und schlanker Figur, das ihn vom ersten Blick an faszinierte. Sie unterhielten sich in der Pause, und er merkte, dass sie gebildet war. Sie stammte wie er aus München, arbeitete zurzeit aber als Sprechstundenhilfe bei ihrem Onkel, der Zahnarzt in Dresden war. Nach der Vorstellung begleitete sie ihn bis zum Bahnhof, und sie beschlossen, sich am nächsten Samstag wieder zu einem gemeinsamen Theaterbesuch zu treffen.

Johannes hatte sich bis über beide Ohren in die schöne Katharina verliebt, und am nächsten Samstag brachte er ihr einen großen Rosenstrauß mit. Ursprünglich wollten sie noch in den Rosengarten, wo die Reichsgartenschau stattfand, aber dazu reichte die Zeit nicht mehr. Sie gingen ins Café Kreuzkamm, Johannes kaufte ihr ein paar Pralinés, die jetzt neuerdings Pralinen genannt wurden, und sie erzählten sich von ihren Eltern und Geschwistern, von ihren Interessen – sie hatten viele gemeinsame, vor allem die Musik. Kat hatte Johannes' Vater, den berühmten Paul Fabricius, in München schon oft in der Oper gehört und bewundert, sie war auch in vielen Konzerten von ihm in München gewesen. Sie unterhielten sich über die Dresdner Oper und den neuen Generalmusikdirektor Dr. Böhm, dessen Strauss-Aufführungen sie besonders gut fanden. Johannes hatte eine Idee: „Wollen wir uns nicht am Mittwoch treffen? Ich habe wegen einer Reklamation bei den Sächsischen Überlandwerken zu tun, dann könnten wir gemeinsam in eine Aufführung vom ‚Rosenkavalier' gehen!" Kat stimmte begeistert zu.

Während der Aufführung des „Rosenkavalier" war Johannes alles andere als aufmerksam. Er musste dauernd seine hübsche Nachbarin ansehen, und er dachte: „Die oder keine!" Er streckte heimlich seine Hand zu ihr aus, und sein Händedruck wurde erwidert.

Kat wollte sich am nächsten Morgen am Eingang der Hofkirche mit ihm treffen, denn sie wollte wie jeden Sonntag in die Frühmesse gehen. Als er zögerte, fragte sie: „Oder sind Sie evangelisch? Sie kommen doch aus München?" Sie zuckte zusammen, als sie hörte, dass er nicht katholisch war, und auch Johannes war etwas enttäuscht. Aber darüber wollte er sich jetzt keine Gedanken machen, und auch sie wollte nicht darüber diskutieren, denn auch sie hatte sich bis über beide Ohren in den jungen Dr. jur. verliebt.

Johannes wartete vor dem Kirchenportal. Er hatte früh aufstehen müssen, aber die Müdigkeit verging sehr schnell, als er Kat sah. Sie gingen in den Großen Garten und fuhren mit der Liliputbahn durch das Gelände. Kat bewunderte die Anlagen, sprach viel über Blumen, aber Johannes interessierte das recht wenig, er hatte nur Augen für sie.

Am Nachmittag musste er wieder zurück nach Olbersdorf. Sie begleitete ihn bis zum Zug. Bevor sich die Waggontüre schloss, kam er noch mal aus dem Zug heraus und küsste sie auf den Mund. Sie errötete bis zu den Haarspitzen, aber küsste ihn scheu zurück. Der Schaffner pfiff, Johannes stieg ein und dachte die ganze Fahrt über nur an sie.

Im Büro pfiff und trällerte Johannes vor sich hin, was sonst nicht seine Art war, und sein Kollege Robert meinte: „Na, Johannes, hast du dich verliebt?" Johannes wurde etwas verlegen und gab eine zweideutige Antwort.

Als Johannes am Mittwoch wieder nach Dresden fuhr, konnte Kat ihn nicht am Bahnhof abholen, denn sie hatte Dienst bei ihrem Onkel. Johannes hatte am Vormittag ein Gespräch bei dem Überlandwerk. Und als sie sich am Nachmittag im Café Kreuzkamm trafen, fiel sie ihm vor allen Leuten um den Hals und küsste ihn stürmisch.

Sie schrieben sich täglich, und nach 14 Tagen beschlossen die beiden, sich zu verloben. Aber nun gab es die Nürnberger Gesetze, die es Johannes verboten, eine Arierin zu heiraten. Er hatte Kat schon beim zweiten Mal, als sie zusammen waren, erzählt, dass seine Mutter nach den neuen Rassengesetzen eine Jüdin war, und Kat hatte das nicht gestört. Sie konnte nicht verstehen, warum diese Gesetze gemacht wurden. Es müsste doch einen Ausweg geben! Johannes meinte, dass sein Vater ihnen schon helfen könne, er habe gute Beziehungen zum Reichswirtschaftsminister und Reichsbankpräsidenten Schacht. Sie beschlossen, Kats Eltern von dieser Geschichte noch nichts zu erzählen, ihnen nur mitzuteilen, dass sie sich verloben wollten.

14 Tage später reisten die beiden nach München. Im Hause von Kammersänger Fabricius wurde Kat herzlich aufgenommen, ja, der Vater war geradezu begeistert von ihr, und auch die Stiefmutter fand Kat ein reizendes Mädchen, gut erzogen, höflich und herzlich, sie meinte, dass sie gut in die Familie passen würde.

Der Antrittsbesuch bei Kats Eltern, die in einer Etagenwohnung in der Kobellstraße wohnten, verlief nicht so glatt. Johannes war gehemmt, weil er seine jüdische Abstammung verheimlichte. Kats Vater war Amtmann der Stadtverwaltung der „Hauptstadt der Bewegung". Er war äußerst förmlich. An seinem Revers prangte das Partei- und das SA-Abzeichen. Während die Mutter ihre Tochter stürmisch begrüßte und immer wieder sagte, wie sehr sie sich freue, betrachtete Hardt Johannes misstrauisch durch seinen Zwicker, wenn er auch sehr geschmeichelt war, dass seine Tochter einen Herrn Doktor und den Sohn des berühmten Kammersängers Fabricius heiraten wollte.

Johannes schaute sich im Wohnzimmer um. Es gab da eine Plüschgarnitur mit weißen gehäkelten Spitzendeckchen. Der Tisch war schon mit Kaffeegeschirr gedeckt, in der Mitte stand ein großer Gugelhupf. Die Bilder an den Wänden zeigten eine Gebirgslandschaft, einen balzenden Auerhahn und einen Christus mit flammendem Herzen. In einer Vitrine standen allerlei Nippes und im oberen Fach eine Reihe von Büchern. Bei näherem Hinsehen waren es Romane von Hermann Löns und Ludwig Ganghofer, ein dreibändiges Meyers Lexikon und einige broschierte Romane des Ullstein Verlags. Johannes registrierte: Kleinbürger.

Aber so waren ja die Wohnungen der meisten Deutschen, auch die seiner Zimmerwirtin, eingerichtet, und letztlich sah das Wohnzimmer seiner Eltern auch nicht viel anders aus. Nur war der Bücherschrank wesentlich größer und es standen andere Bücher drin, und solche Bilder hätte man bei Familie Fabricius bestimmt nicht aufgehängt.

Beim Kaffeetrinken zog sich das Gespräch außerordentlich mühsam hin. Es wurde über das Wetter gesprochen und über die kommende Olympiade. Da wurde Hardt ganz eifrig und sagte: „Jetzt können wir dem Ausland mal zeigen, wie weit es Deutschland gebracht hat. Für den Führer werden wir doch die allerbesten Leistungen zeigen und werden mehr Medaillen gewinnen als alle anderen zusammen!"

Johannes konnte darauf gar nicht antworten, sondern dachte nur „Ach herrje, das kann ja nicht gut gehen!"

Die Mutter nötigte Johannes drei Stück Kuchen auf, und dann kam der Moment, als Frau Hardt aufstand und meinte: „Kat, hilfst du mir bitte in der Küche, der Herr Doktor hat doch sicher einiges mit Vater zu besprechen."

Hardt holte eine Flasche Asbach Uralt aus dem Schrank und zwei Cognacgläser, schenkte Johannes und sich ein und wartete ab. Johannes fragte ganz förmlich: „Darf ich Sie um die Hand Ihrer Tochter bitten?"

Hardt räusperte sich, um dann zu sagen: „Ja, Herr Doktor, Sie sind doch wohl katholisch, wie ich annehmen darf?"

Johannes musste verneinen: „Nein, Herr Hardt, ich bin evangelisch."

„Na, ich bin eigentlich gegen diese Mischehen. Aber wenn Sie katholisch heiraten und die Kinder natürlich auch katholisch werden, dann könnte ich schon meine Zustimmung geben. Aber am liebsten wäre mir schon, wenn Sie konvertieren würden, dann wäre dieser ärgerliche Punkt in Ordnung gebracht."

Johannes schluckte. „Katholisch heiraten, darüber lässt sich reden, aber katholisch werden, darüber muss ich erst noch einmal nachdenken." Er hatte keineswegs vor, das zu tun. Er überlegte kurz, ob er nicht auch noch etwas über die Nürnberger Gesetze sagen sollte, aber er sagte nichts, er dachte, dass er ja sicher die Genehmigung bekommen werde, dafür werde sein Vater schon sorgen.

Hardt kam auf die Frage der wirtschaftlichen Sicherheit. „Wie ich gehört habe, sind Sie Jurist, warum sind Sie dann nicht Beamter geworden? Da hätten Sie doch mehr Sicherheit? Aber Sie sind ja erst 26 Jahre alt, da gibt es bestimmt die Möglichkeit, dass Sie einmal Richter werden oder auch mal in die Finanzverwaltung kommen. Da werden immer neue Beamtenanwärter gesucht."

Johannes erwiderte: „Wissen Sie, die Firma Weiler & Busch ist schon über 200 Jahre alt und ist eine sehr solide Firma. Der Inhaber und Vorstand Leberecht Weiler ist mit mir verschwägert, und auch sein Bruder, Archibald Weiler, ein sehr bedeutender Mann, ist mir wohlgesonnen. Ein Aufstieg in den Vorstand ist durchaus denkbar." Johannes war mulmig, denn er wusste nicht, ob diese Aussichten, die er einmal gehabt hatte, sich auch jetzt noch verwirklichen lassen könnten oder ob die Nazis ihm einen Strich durch die Rechnung machen würden. Aber Hardt war mit dieser Auskunft zufrieden und erhob sein Cognacglas. „Na, denn mal Prost für euch beide!"

Johannes ging gedankenvoll den ganzen Weg bis nach Bogenhausen, wo seine Eltern wohnten, zu Fuß nach Hause. Wie konnte er aus diesem Dilemma wieder herauskommen?

Johannes beschloss, sich erst einmal freiwillig zum Militär zu melden, denn sein Jahrgang wurde jetzt zu kurzen Übungen eingezogen. Möglicherweise würde das seine Chancen, die Heiratserlaubnis zu bekommen, verbessern.

Paul Fabricius rief gleich am nächsten Tag bei seinem Freund Hjalmar Schacht an, um einen Besuchstermin zu erwirken. Er hatte Glück, Schacht hatte am nächsten Freitag Zeit, und so sagte Paul mit einiger Mühe eine Vorstellung, in der er hätte singen sollen, wegen stimmlicher Indisponiertheit ab und fuhr nach Berlin. Dort empfing ihn der Reichswirtschaftsminister in den Räumen seiner neuen prachtvollen Reichsbank.

Schacht hatte sich Zeit genommen. Er konnte sich noch recht gut an Johannes erinnern und sagte: „Schade, dass er nicht bei mir in der Reichsbank ist, er war doch so ein begabter junger Mann. Aber ich will alles tun, was in meiner Macht steht. So will ich gleich an Heß schreiben, der ist dafür zuständig, und betonen, dass ich Johannes selber sehr gut kenne und bestätigen kann, dass er alle Merkmale eines guten Deutschen hat.“ Er mokierte sich etwas über diesen Ausdruck, aber dann wurde er ernst und meinte, Paul Fabricius dürfe sich nicht allzu viel Hoffnung machen. „Wenn ich die Befürwortung von Göring hätte, dann wäre das etwas anderes. Vielleicht rufe ich Heß auch gleich an, aber er ist halt nicht gerade mein Freund. Ich drücke auf jeden Fall die Daumen, dass alles klappt!“

Paul fuhr besorgt nach Hause, denn ihm kam in den Sinn, dass es für Johannes überhaupt schwer würde, eine Frau zu finden, wenn die Heirat mit Kat nicht erlaubt würde. Wenn er eine Jüdin heiraten würde, wäre er ein „Geltungsjude“, und dann wäre es auch mit seiner Stellung aus. Wer weiß, was für Schikanen die Nazis noch erfinden würden. Jetzt, im Jahr der Olympiade, hatten die Juden ja etwas Ruhe, aber ob das anhalten würde, wusste man nicht. Eine Arierin durfte er nicht heiraten, und so wäre er gezwungen, sein ganzes Leben lang ohne Frau zu bleiben. Wenn er mit einer anderen Frau ein Verhältnis anfinge, drohten ihm und der Frau harte Strafen wegen Rassenschande.

Johannes hatte sich zu einer Einheit in Dresden gemeldet, um möglichst nahe bei Kat sein zu können. Er hatte sich bemüht, bei der Musterungskommission die Kinderlähmung zu kaschieren, und die Ärzte hatten ihn einer Kraftfahrabteilung zugewiesen.

Zum Militär ging er alles andere als gern. Weder sein Vater noch sein Großvater waren beim Militär gewesen, in der ganzen Familie hatte man sich eigentlich immer über das Militär lustig gemacht. Beim Exerzieren versuchte er, nicht durch seine Behinderung aufzufallen. Er hatte große Angst, dass man ihn wieder entlassen könnte. Bei seinen Kameraden verstand er sich rasch beliebt zu machen. Es waren nicht mehr ganz junge Soldaten, darunter waren einige jung verheiratete Männer, die meisten standen schon im Beruf. Sie wählten Johannes zum Stubenältesten.

Nach vier Wochen wurde er morgens zum Kommandeur bestellt, der ihm die Mitteilung machte, es täte ihm sehr leid, aber er müsse entlassen werden, denn er sei ja Halbarier und als solcher wehrunfähig. Das hatte er insgeheim schon befürchtet.

Er traf sich mit Kat. Beide versuchten, sich gegenseitig Mut zu machen, und warteten sehnsüchtig auf die Genehmigung zur Eheschließung, aber die ließ auf sich warten. Sie trafen sich jedes Wochenende. Kat wagte nicht, ihn auf ihr Zimmer zu holen, was sie gerne getan hätte, aber die Gefahr, dass es jemand bemerken und sie anzeigen würde, war viel zu groß, denn sie nahm an, dass sich längst herumgesprochen hatte, dass Johannes nicht „rein arisch“ war.

Im Herbst nahmen sie einige Tage Urlaub und fuhren auf die böhmische Seite des Riesengebirges. Hier konnten sie zusammen in einem kleinen Kurbad wohnen, wo sie niemand kannte – wenigstens hofften sie das.

Aber der Teufel ist ein Eichhörnchen. Als sie eingehängt mitten im Ort spazieren gingen, trafen sie einen Vetter von Kat, den Sohn des Zahnarztes, bei dem sie Sprechstundenhilfe war. Dass noch keine Antwort von der Parteikanzlei gekommen war, beunruhigte sie nicht. Sie sahen es als gutes Zeichen an, dass die Antwort so lange auf sich warten ließ. Wenn ihr Antrag nicht genehmigt worden wäre, dann hätten sie sicher längst eine abschlägige Antwort bekommen.

Aber eines Tages im November war die Antwort da – und sie war eine glatte Ablehnung. Paul telefonierte noch mit Dr. Schacht, aber der sagte, dass er überhaupt nichts machen könne, er sei nicht der richtige Vermittler, die Partei sei außerordentlich stur. Es tue ihm leid, dass er nicht hätte helfen können, aber Dr. Fabricius sollte ihn doch einmal in Berlin besuchen.

Wenige Tage später empfing Johannes einen eingeschriebenen Brief von Herrn Hardt, der ihm förmlich mitteilte, dass Johannes sofort jede Beziehung zu seiner Tochter Katharina einzustellen habe. Katharina bekam von ihren Eltern eine fürchterliche Szene gemacht, vor allem ihr Vater tobte. Der Onkel wollte darauf bestehen, dass Johannes wegen Rassenschande angezeigt werden müsse. Die Mutter fand es zwar auch furchtbar, dass dieser nette Dr. Fabricius Halbjude war, aber man solle doch ihrer Tochter nicht noch mehr Kummer machen. Sie fand es auch unerhört, dass Johannes nichts gesagt hatte, aber man solle Kat in Urlaub schicken, damit sie auf andere Gedanken komme, es gebe ja so viele nette arische Männer.

Kat wurde gezwungen, mit der Mutter auf Urlaub nach Österreich zu fahren. Johannes schrieb noch viele Briefe an Kat, aber sie kamen ungeöffnet zurück, in der Handschrift der Mutter darauf vermerkt, er solle endlich seine Versuche einstellen, mit Kat noch in Verbindung zu treten.

Kat saß während des ganzen Urlaubs weinend in dem kleinen Zimmer ihrer Ferienpension und erschien nur kurz zu den Mahlzeiten in der Gaststube. Sie machte auch einige kurze Spaziergänge mit der Mutter, aber sie war einfach nicht zu trösten.

Wieder zurück in Dresden versuchte sie mit Johannes zu telefonieren, aber Johannes war geschäftlich in Schlesien unterwegs. Sie war beunruhigt, denn schon seit mehr als sechs Wochen war ihre Regel ausgeblieben. Sie wagte nicht, zum Frauenarzt zu gehen. Ihr Onkel beschimpfte sie, wie sie so ehrvergessen sein konnte, mit einem Halbjuden in Beziehung zu treten. Als gute Deutsche hätte sie sofort den Kontakt abbrechen müssen, als sie hörte, was für einen Freier sie sich da geangelt hatte.

Ständig wartete sie auf Nachricht von Johannes, aber sie hörte nichts von ihm. Sie wusste nicht, dass man sämtliche Briefe, die er an sie schrieb, abgefangen hatte. An einem Freitagnachmittag Anfang Dezember fuhr ihre Zimmerwirtin für ein paar Tage zu ihrem Sohn. Draußen war es schon dunkel und neblig, als sie von ihrer Arbeit nach Hause kam. Von der Telefonzelle aus hatte sie zum hundertsten Mal versucht, Johannes anzurufen, aber keine Antwort bekommen. Als sie die Türe aufgeschlossen hatte, ging ihr erster Blick zu dem Tischchen, wo immer die Post für sie hingelegt wurde, aber es war wieder nichts von Johannes dabei. Da holte sie die zwei Rollen Veronal, die sie sich besorgt hatte, und schluckte alle Tabletten auf einmal. Zur Sicherheit drehte sie dazu den Gashahn auf. Früh am nächsten Morgen rochen die Wohnungsnachbarn das Gas und benachrichtigten die Feuerwehr, die die Türe aufbrach. Sie fanden Kat tot in der Küche liegen.

In Gernsbach wollte der Nazi-Bürgermeister ein neues repräsentatives Kriegerdenkmal. Das alte war 1918, während der Weltkrieg noch tobte, von Archibalds Vater, Archibald Otto, gestiftet worden. Dieses Ehrenmal, das Renaissance-Kruzifix eines bedeutenden südwestdeutschen Steinmetzes, war dem Bürgermeister zu schlicht, und außerdem stand es auf dem evangelischen Friedhof und lud zur Andacht ein. Es machte so gar nichts her, man konnte nicht mit Musikkapellen und Fahnen dort aufmarschieren. Der Bürgermeister wollte ein Denkmal an einem Platz, auf dem mehrere hundert Leute stehen konnten, ein gewaltiges Denkmal, bei dem die Nachbargemeinden vor Neid erblassen sollten. Eine große Bronzeplastik war zu teuer, wenn man nicht eines von den Modellen wählte, die dutzendweise für viele Gemeinden gegossen wurden. Er dachte an einen Tempel des Kriegsgottes, ein Denkmal, das den Heldentod der Söhne verherrlichte und andere aufforderte, es ihnen nachzutun, in dem Sinn der Edda: „Sippen sterben, du stirbst mit ihnen, doch was ewiglich lebt, ist der Toten Tatenruhm“. Das Denkmal sollte gigantisch sein – aber auch nicht zu teuer.

So wurde beschlossen, das Denkmal an einem der schönsten Aussichtspunkte oberhalb der Stadt, auf dem Gernsberg, zu errichten, so wie man sich einen germanischen Tempel vorstellte, im Hintergrund sollte es von einer Art Thingplatz eingefasst werden.

Als Archibald das Modell des neuen Kriegerdenkmals sah, nannte er es den „hohlen Backenzahn“, und diesen Ausdruck nahm die Familie mit Freude auf. Wenn es nach ihm gegangen wäre, hätte das alte Denkmal ruhig seinen Platz behalten sollen. Johanna war sogar ungehalten, dass man das von ihrem Mann gestiftete Kriegerehrenmal nicht als würdig genug ansah.

Natürlich musste nun für das neue Denkmal gespendet werden, und besonders Archibald als Vorsitzender des Kriegervereins musste anständig in die Tasche greifen, mehr als er in Anbetracht seiner Schulden eigentlich verantworten konnte.

Das Denkmal wurde gebaut, es beherrschte die Stadt und nahm ihr viel von ihrem romantischen Reiz. Architekten und Landschaftspfleger, die einiges an der Ästhetik des Denkmals auszusetzen hatten, stießen auf Unverständnis. Chauffeur Rudi äußerte sich ziemlich ungehalten, als er Archibalds despektierliches Urteil über den Bau hörte: „Wir haben eben ein Denkmal, an das nicht jeder Hund pissen kann!"

Der Tag der Einweihung kam. Die Kriegerverbände, der Kyffhäuserbund mit allen seinen Traditionsfahnen und viele hundert SA- und SS-Leute zogen mit ihren Blaskapellen auf. Natürlich kamen auch der Oberst der nahegelegenen Garnison und Offiziere aus dem Weltkrieg in ihren alten Uniformen. Archibald Hermann erschien zu der Einweihung in seiner Hauptmannsuniform mit dem ganzen Schmuck seiner Orden. Es gab Böllerschüsse, Fahnenschwenken, Gedichte über den Heldentod und einige sehr forsche Reden.

Archibald hielt als ranghöchster Reserveoffizier des Weltkriegs eine kurze Rede, in der er darauf hinwies, wie viel Leid der Krieg über die Menschen gebracht habe und dass es Aufgabe der kommenden Generation sei, solche Kriege zu verhindern.

Als er die Namen der Gernsbacher Gefallenen studierte, fiel ihm auf, dass zwei Kameraden nicht genannt waren. Es waren zwei Juden, die im Krieg gefallen waren. Unmittelbar nach Beendigung der Feier setzte er sich hin und schrieb dem Bürgermeister einen Brief, in dem er monierte, dass auf dem Denkmal zwei Namen fehlten. Sollten die beiden Gefallenen nur deswegen fehlen, weil sie Juden waren, so verlange er, dass ihre Namen unbedingt nachzutragen seien, denn die beiden seien auch für ihr deutsches Vaterland gefallen. Der Brief blieb einige Tage unbeantwortet, dann schrieb der Bürgermeister zurück, dass die beiden genannten Soldaten zwar für Deutschland gefallen seien, aber sie seien nicht für ihr Vaterland gestorben, weil Juden nach dem Gesetz keine Reichsbürger seien.

***

Archibald Hermann fühlte sich nicht wohl. Seine Frau Else und sogar seine Mutter Johanna, für die es Kranksein überhaupt nicht gab und die jede Klage über sich verschlechternde Gesundheit mit einer Handbewegung als dumme Spinnerei hinwegfegte, waren jetzt der Meinung, dass Archibald nicht nur auf seinen Hausarzt hören sollte, der ja doch nichts feststellen konnte, sondern eine

Kapazität, einen Professor in Heidelberg, aufsuchen sollte. Archibald drückte sich davor, er hatte Angst vor einer ungünstigen Diagnose. Und wann hatte er denn einmal Zeit dazu, für zwei oder drei Tage ins Krankenhaus zu gehen, um sich gründlich untersuchen zu lassen? Aber dann im Frühjahr 1936 fand er sich doch bereit, dem Wunsch seiner Frau Folge zu leisten.

Else wollte ihn begleiten, aber er winkte ab und ließ sich vom Chauffeur hinfahren. Der Professor nahm sich für einen so zahlungskräftigen Patienten viel Zeit. Aber trotzdem musste er endlos warten zwischen den einzelnen Untersuchungen. Er wurde geröntgt, es wurde Blut abgenommen, der Professor betastete ihn von allen Seiten. Ihn befielen immer wieder dunkle Gedanken, wie lange er überhaupt noch zu leben hatte. Aber dann wischte er die Gedanken wieder weg und hoffte, dass sich sein Unwohlsein als harmlos herausstellen würde.

Nach zwei Tagen eröffnete ihm der Professor, dass sein Leiden nicht so leicht zu nehmen sei. Es gebe da eine Nierenfunktionsstörung, die er sich noch nicht erklären könne. Aber er habe bald die Laborbefunde, und die werde er seinem Hausarzt mitteilen.

Beunruhigt verließ Archibald die Klinik, und als Else und Johanna ihn fragten, was das Ergebnis der Untersuchung war, gab er nur ausweichende Antworten. Nach wenigen Tagen rief ihn sein Hausarzt an: „Lieber Herr Weiler, die Befunde sind jetzt gekommen, und ich würde gerne mit Ihnen darüber sprechen. Sie müssen sich nicht in meine Praxis bemühen, ich komme auch gerne bei Ihnen vorbei. Passt es Ihnen heute am späten Vormittag?"

Schon nach einer halben Stunde klingelte der Arzt an der Tür. Else wollte hören, was der Arzt sagte, aber Archibald wollte lieber alleine mit ihm sprechen. Nach langen umständlichen Erklärungen rückte der Arzt mit der Diagnose heraus: Archibald leide an Nierenschrumpfung, gegen die es kein Mittel gebe. Er könne ja noch den Nierenpapst Professor Vollhard in Frankfurt aufsuchen, aber auch der Professor in Heidelberg meine, dass die Krankheit zu weit fortgeschritten sei und dass man wahrscheinlich auch nichts hätte machen können, wenn man die Krankheit früher erkannt hätte, denn beide Nieren seien befallen. Archibald saß wie versteinert und konnte nur fragen: „Wie lange habe ich noch zu leben?"

Der Arzt sagte, um ihn zu beruhigen: „Na, das wird schon noch eine Weile sein, vielleicht ein oder auch eineinhalb Jahre, jedoch nicht viel länger. Vielleicht sind es auch nur noch ein paar Monate." Und mit diesen Worten verabschiedete sich der Arzt und winkte ab, als Archibald ihn bis zur Türe begleiten wollte. „Ach, Herr Weiler, bleiben Sie ruhig sitzen, ich finde den Weg ja alleine hinaus!"

Als Else eintrat, wusste sie gleich, dass der Doktor eine schlechte Nachricht überbracht hatte, aber Archibald wollte noch nicht darüber sprechen. Auch als seine Mutter kam, um sich nach dem Ergebnis des Gespräches zu erkundigen, scheuchte er sie mit ungewohnter Schroffheit weg.

Schon so früh sterben zu müssen, das war bitter. Er war zwar im Krieg dem Tod schon oft begegnet, er war vom ersten bis zum letzten Tag an der Front gestanden. Viele seiner Kameraden waren gefallen, aber er war trotz gefährlichster Einsätze unversehrt geblieben. Er musste einen Schutzengel gehabt haben, der ihn behütet hatte. Unzählige Male hatte er an Gräbern der Kameraden tröstende Worte finden müssen, viele Male hatte er sterbende Kameraden im Feldlazarett besucht, und wie oft hatte er auch später noch an den Gräbern von Kriegskameraden gestanden, die an den Folgen ihrer Verwundungen gestorben waren. Er fand zwar immer die passenden Worte, aber das alles ging an ihm vorbei, als ob es ihn nicht wirklich betraf.

Er war fromm, er ging jeden Sonntag in die Kirche, er besuchte jede Woche das Grab seines Vaters und seiner Großeltern, und er glaubte auch an die Auferstehung, aber jetzt, da es ihn selber betraf, konnte er sich nicht vorstellen, wie das Leben nach dem Tode weitergehen sollte. Machten sich nicht alle Menschen etwas vor? Täuschten sie nicht einen Glauben vor, den niemand wirklich hatte? Glaubten die Geistlichen wirklich an das, was sie sprachen? Er hatte schon manchmal darüber gegrübelt, aber sich dann immer wieder damit getröstet, dass so viele an Gott und an Jesus glaubten, dass es wohl so etwas wie eine Auferstehung geben müsse. Aber je mehr er darüber nachdachte, umso weniger fand er eine Erklärung, umso weniger fand er Trost.

Dann dachte er an seine Familie. Wie würden seine Frau und seine Tochter damit fertig werden? Wie würde seine Mutter das überstehen, wenn jetzt der dritte Sohn vor ihr starb? Würden sich seine Frau, seine Tochter und seine Mutter vertragen? Bisher hatte sich seine Frau einen eigenen Bereich geschaffen, aber konnte sie das auch noch weiterhin? Was würde mit seiner Firma, mit Weiler & Busch geschehen? Leberecht – so hatte er das Gefühl – werde es nicht alleine schaffen. Er war zu sprunghaft, zu impulsiv, um einen so großen Laden zu leiten.

Mit gewissem Neid dachte er an die letzten Jahre. Seine Brüder Georg und Leberecht hatten gut gelebt und die Freuden, die die Welt bot, genossen, während er nur an die Pflicht gedacht hatte und sich nie hatte frei entfalten können. Erst hatte er unter dem strengen Regiment seines Vaters und dann unter dem seiner Mutter gestanden. Zwar hatte er in den zwölf Ehejahren schöne Tage gehabt und liebte seine Frau und seine Tochter, aber Else war oft kühl und zurückhaltend gewesen. Was hatten sie denn gehabt? Gespart hatten sie und noch mal gespart, gerade in den letzten Jahren, und die Hoffnung, dass es einmal besser werden würde, hatte sich doch nicht erfüllt. Zwar ging es jetzt wirtschaftlich besser, aber würde das auch anhalten? Werde nicht wieder ein Krieg kommen, der alles erschütterte? Wer sollte dann die Firma leiten?

Seine ganze Hoffnung hatte er auf den kleinen Archibald gesetzt, der war ein kluger Junge, aus dem konnte auch noch etwas werden, aber er war ja erst elf Jahre alt. Welche Steine würden ihm die Nazis in den Weg legen?

Erst als sie im Bett lagen, sprach er mit Else über sein Schicksal. Sie wusste nicht, wie sie ihn trösten konnte. Sie strich ihm zwar über den Kopf, aber dann war sie selber bald eingeschlafen, während er noch stundenlang wach lag. Schließlich griff er zu seinen Baldriantropfen. Die übliche Dosis von zehn Tropfen nützte überhaupt nichts, er nahm noch einen Teelöffel voll, dann noch mal einen, und schließlich trank er den Rest aus der Flasche aus und schlief ein, wachte aber wie gerädert gegen sechs Uhr schon wieder auf.

Am nächsten Tag sprach er mit dem Notar über sein Testament, das war ziemlich problemlos. Die Aktien gehörten zum großen Teil seiner Frau, für den Waldbesitz und die Schifferrechte war er nur Vorerbe, die Verwaltung und Nutznießung hatte noch seine Mutter, es gab nur Kleinigkeiten zu regeln.

Er äußerte den Wunsch, dass sein Neffe, der kleine Archibald, in den Sommerferien nach Gernsbach kommen und nicht bei seiner Großmutter, sondern bei ihm wohnen sollte.

Nach Ostern sollte Archibald Paul in die höhere Schule kommen. Freunde rieten Leberecht, ihn unbedingt auf die angesehenste Lübecker Schule, das Kathrineum, ein humanistisches Gymnasium, zu schicken. Aber Leberecht wollte das nicht. Er wollte ihn lieber in das Johanneum schicken, eine sogenannte Deutsche Oberschule oder, wie Leberecht meinte, ein Realgymnasium. Sein Sohn würde wahrscheinlich Kaufmann werden – und dafür brauchte er moderne Sprachen wie Englisch oder Französisch. Wenn er Naturwissenschaften studieren wollte, brauche er auf jeden Fall kein Griechisch und keine neun Jahre lang Latein zu lernen. Leberecht fällte diese Entscheidung auch in Opposition zur Lübecker Gesellschaft, die so tat, als ob ein Mensch, der nicht auf das humanistische Gymnasium gegangen war, völlig ungebildet sei.

Zusammen mit zwei anderen Klassenkameraden und begleitet von ihrem Klassenlehrer, Herrn Seemann, kam Archibald zum Johanneum, einem großen Backsteinbau, der im Osten der Altstadt mitten im Armeleuteviertel lag. Der riesige Bau, die breiten Flure erschreckten Archibald genauso, wie ihn die Volksschule bei seiner Anmeldung erschreckt hatte.

Die Aufnahmeprüfung bestand aus einem Diktat und einer Rechenarbeit. Beim Diktat war Archibald aufgeregt und kam mit dem schnellen Tempo, in dem der fremde Lehrer diktierte, nicht mit. Er ließ viele Endungen weg, vergaß ganze Wörter und hatte, wie man ihm nachher erzählte, über 40 Fehler. Die Rechenarbeit war auch nicht so gut, wie er sie sonst schrieb, aber sie wurde mit einer Zwei plus bewertet. Ein Oberstudienrat, dem die Arbeit vorgelegt wurde, wollte Archibald ablehnen, aber Herr Seemann, mit dem er sprach und der auf die Krankheit und die damit verbundene halbjährige Fehlzeit hinwies, rief Archibald noch mal zurück und prüfte ihn mündlich in Grammatik. Dabei schnitt er sehr gut ab. Letztlich war die Schule, für die

Schulgeld verlangt wurde, an zahlungskräftigen Schülern interessiert, denn sie war bei Weitem nicht voll belegt. So wurde Archibald zur Probe aufgenommen.

Beim Gespräch mit dem Schuldirektor Dr. Trinkmann fragte dieser, ob Archibald schon beim Jungvolk angemeldet sei, der Organisation für die Zehn- bis Vierzehnjährigen der Hitlerjugend, aber das musste Paula verneinen. Dr. Trinkmann wies darauf hin, dass dies unbedingt notwendig sei, sie würden nur Jungen in die Schule aufnehmen, die dieser Organisation angehörten. Paula versprach, es umgehend zu erledigen.

Als Ende April die Schule begann, gab es für die Sexta eine Feierstunde in der Aula mit Orgelspiel, einer Rede des Direktors und Chorgesang der Quintaner, die nun mächtig stolz darauf waren, nicht mehr die Kleinsten zu sein. Der Klassenlehrer, Dr. Krallental, geleitete die Jungen in das Klassenzimmer. Von Archibalds Freunden aus der St. Gertrudschule war keiner in seiner Klasse, die meisten Schüler stammten vom Mühlen- und Hüxtertor oder aus St. Lorenz. Auch einige aus der Innenstadt waren dabei. Aus seiner alten Klasse war nur ein Junge da, mit dem er bisher kaum Kontakt gehabt hatte.

Vom Klassenlehrer Dr. Krallental ging etwas Unangenehmes, Kaltes, Ironisches und Spöttisches aus. Archibald hatte von Anfang an Angst vor ihm, er konnte ihn nicht leiden, was auf Gegenseitigkeit beruhte, denn auch Krallental sah den etwas linkischen Jungen alles andere als freundlich an. Krallental war ein Mann unbestimmten Alters mit spiegelblanker Glatze und einem kleinen schwarzen Schnauzbart unter der Nase, wie Hitler einen hatte. Er trug Ledergamaschen und über seinem Anzug einen weißen Kittel, den er nie zuknöpfte. Neben Mathematik unterrichtete er Physik. Von den älteren Schülern wurde er wegen seines Jähzornes und einer gewissen Hinterhältigkeit „die weiße Gefahr“ genannt.

Zunächst übte er im Klassenzimmer mit den Schülern etwa eine Viertelstunde lang Setzen, Aufstehen und mit ausgestrecktem Arm „Heil Hitler“ brüllen. Die Schüler waren ihm nicht zackig genug. Besonders der langsam sich aus der Bank schälende Archibald fiel ihm unangenehm auf, und Krallenbergs spöttische Bemerkungen gefielen auch einigen Jungen aus der Klasse, für die Archibald schnell das Hackküken wurde. Schon den Namen Archibald fanden sie idiotisch, sie hänselten ihn und nannten ihn „Arschi“. Für sie, die meist in größeren Gruppen aus den anderen Schulen kamen, wurde er ein willkommenes Opfer für ihre Hänseleien, wenigstens zu Beginn des Schuljahres.

In Mathematik war Archibald nicht mehr so gut wie in der Volksschule. Er verstand zwar alles, aber er hatte Angst vor Krallenberg und meldete sich so gut wie nie im Unterricht. In den Klassenarbeiten machte er in den eingekleideten Textaufgaben so viele Rechtschreibfehler, die ihm genauso angestrichen wurden wie Rechenfehler, dass unter den meisten Arbeiten nur eine Vier – also ungenügend stand, die schlechteste Note, die es gab.

Auch am Turnunterricht nahm er teil, seine Eltern hatten das gewünscht, damit er nicht zum Außenseiter wurde, aber gebeten, dass Turnen im Zeugnis nicht bewertet würde. Das Gegenteil war der Fall. Beim Geräteturnen waren seine Muskeln zu schwach, um einen Klimmzug zu machen, beim Tauklettern hing er wie ein Mehlsack da, und Krallenberg schüttete seinen ganzen Hohn über ihm aus. Wenn es einmal ein Ballspiel gab – meist spielten die kleineren Schüler Völkerball – und es wurden zwei Mannschaften gebildet, durfte Archibald nicht mitspielen, er wäre für die Mannschaft eine Belastung gewesen. Aus der Klasse wurden zwei Mannschaftsführer ausgewählt, die sich jeweils ihre Mannschaft zusammenstellten, und Archibald wollten sie nicht.

Der Deutschlehrer war ein freundlicher jüngerer Assessor, der mit den Aufsätzen von Archibald zufrieden war. Allerdings wurden seine Rechtschreibfehler gnadenlos angestrichen. Das Diktat blieb eine Katastrophe, zumal jetzt auch noch die Diktate und Aufsätze in deutscher Schrift, das heißt in Sütterlinschrift, geschrieben werden mussten, während im Englischunterricht lateinische Buchstaben zu schreiben waren. Archibald, der in der letzten Klasse der Volksschule nur lateinisch geschrieben hatte, brachte die Buchstaben immer wieder durcheinander, und auch das wurde als voller Fehler gerechnet, aber er wurde deswegen vom Deutschlehrer nicht besonders gerügt.

Leberecht meldete seinen Sohn Archibald bei der Hitlerjugend an und brachte einige Fragebögen und eine Bescheinigung über die Anmeldung sowie ein Schriftstück mit nach Hause, dass er berechtigt sei, eine Uniform zu kaufen. Paula ging mit Archibald in die Johannisstraße, wo es einen von der Reichsfeldzeugmeisterei der NSDAP genehmigten Uniformladen gab. Paula grinste, als sie diese Bezeichnung las, denn in München, wo sie herkam, war die Reichsfeldzeugmeisterei der Name für den Puff. Sie kauften eine schwarze Kordhose, ein Koppel und ein Braunhemd, das Paula nur mit spitzen Fingern anfasste, alles noch einige Nummern zu groß, aber er würde ja noch wachsen.

Am nächsten Mittwoch musste er sich im HJ-Heim in der Eschenburgstraße, in einer verfallenen Villa, melden. Der Kameradschaftsführer, ein dicker gemütlicher Junge, vielleicht zwölf Jahre alt, war zu den Neuen recht freundlich, aber der etwa 14-jährige Jungzug- oder Scharführer wollte seine Macht zeigen, und so wurde exerziert, rechts um, links um. Aber das beliebteste Kommando war „hinlegen", bei dem sich alle auf den Bauch legen mussten. Archibald widerstrebte das innerlich, und er spielte seine Behinderung aus. Er legte sich zwar umständlich auf den Boden, stand dann aber nicht mehr auf, sondern verlangte, dass man ihm helfen solle, wieder auf die Beine zu kommen. Der Jungzugführer war reichlich irritiert, half ihm dann aber doch.

Archibald passte der ganze Verein nicht, er nahm ihm, wie er meinte, noch den letzten Rest seiner Freizeit. Nach der Kinderlähmung musste er weiterhin zweimal in der Woche zur Heilgymnastin. Seine Mutter hatte darauf gedrungen, dass er wieder anfing zu reiten, was er sehr gerne tat. Man musste ihm zwar helfen, auf das Pferd zu kommen, aber dann ging das Reiten recht gut. Dann musste er in die Nachhilfestunde, weil die Lehrer das dringend angeraten hatten. Aber das tägliche Diktat, das ein junger Studienreferendar mit ihm veranstaltete, brachte dem jungen Mann zwar ein bescheidenes Einkommen, aber Archibald keine Fortschritte. Zudem kamen nachmittags die normalen Schularbeiten, an denen er stundenlang saß, weil er zwischendurch träumte. Und jetzt sollte er auch noch zum Jungvolk, jeden Mittwoch und jeden Samstag war „Dienst" und manchmal auch noch am Sonntag. Dazu kam noch die Klavierstunde mit dem dummen Üben davor. Am Sonntag, wenn kein Jungvolk-Dienst war, ging er mit seiner Schwester in den Kindergottesdienst.

Nach etwa vier Wochen brauchte er nicht mehr zum Klavierunterricht zu gehen, die Eltern hatten eingesehen, dass es für ihn nur eine Qual war. Und dann teilten ihm die Eltern mit, dass er nicht mehr zum Jungvolk brauchte. Was er nicht wusste, war, dass der Vater eines Schülers aus der Klasse sich beim Bannführer beschwert hatte, dass sein arischer Sohn mit einem nichtarischen Jungen zusammen in die HJ ging. Es war Leberecht schleierhaft, wie der Vater zu dieser Erkenntnis gekommen war. Er hatte zwar den Fragebogen ausgefüllt, in dem auch der Ariernachweis verlangt wurde, und er hatte nach einigem Zögern, um sich nicht strafbar zu machen, ihn wahrheitsgemäß ausgefüllt. Aber woher hatte der Vater des Schulkameraden das erfahren? Hatte er den Fragebogen bei der HJ gesehen oder hatte ein Angestellter von Weiler & Busch ihn über die sogenannte jüdische Versippung von Leberecht aufgeklärt? Er war sich da nicht ganz sicher. Der Vater des Jungen, ein Schiffsmakler, war verärgert, dass Leberecht ihm keinen Befrachtungsauftrag erteilt hatte. Auf jeden Fall war die Reaktion von Leberecht, dass die Firma dieses Schiffsmaklers nie mehr einen Befrachtungsauftrag von Weiler & Busch bekam.

Archibald war froh, dass er nicht mehr zu diesem Verein gehörte und dass er wieder mehr Freizeit hatte.

Leberecht überlegte sich, ob er nicht doch zu schwarz sehe, die Einwände von Paula waren nicht von der Hand zu weisen. Im Ausland galt Adolf Hitler als ein Mann des Friedens. Er traf in Skandinavien und in England Geschäftspartner, die meinten, dass man die Deutschen um ihren Führer beneiden könnte. Endlich sei mal Ordnung, endlich könne man erkennen, dass es aufwärts gehe. Die Arbeitslosenzahl werde immer geringer, man müsse staunen, was dieser Mann alles fertigbringe, das habe man von ihm wirklich nicht gedacht.

Es stimmte, eigentlich lebten sie ganz gut. Sie hatten ihr Sommerhaus in Heringsdorf, sie fuhren in Urlaub nach Bayern oder in den Schwarzwald, und er konnte auch mal mit Paula zusammen eine Reise nach England oder Frankreich machen. Sie konnten nach Berlin oder nach München ins Theater fahren und dort die schönsten Aufführungen besuchen. Bisher war keiner aus der

Familie abgeholt oder eingesperrt worden. Denen, die für Hitler waren, die keine Juden oder nicht jüdisch versippt und die früher keine Kommunisten oder Freimaurer waren, ging es gut. Aus der Bekanntschaft war niemand im KZ, und auch seine Freunde vom Stammtisch oder die Künstler vom Stadttheater, die so skeptisch gegenüber den Nazis gewesen waren, fanden heute, dass Hitler ein fantastischer Führer sei. Er sprach nicht mehr so rabaukenhaft wie früher, die meisten hatten überhaupt vergessen, dass er einmal so gesprochen hatte. Er gab sich staatsmännisch.

Das Geschäft in Schlutup lief auf Hochtouren. Während man Anfang der dreißiger Jahre noch knapp 100 Leute beschäftigt hatte, waren es jetzt 300. Die Kapazität der Imprägnierung reichte nicht mehr aus, man stellte einen zweiten Imprägnierkessel auf und war jetzt der größte Imprägnierbetrieb in Norddeutschland. Um die Aufträge ausliefern zu können, wurde oft etwas gemogelt und die Imprägnierzeiten verkürzt. Große Aufträge gab es jetzt auch für sogenannte Pionierbohlen, für die ein eigenes Hobelwerk gebaut wurde und für die man Kiefernbohlen aus Skandinavien verwendete.

Auch bei anderen Unternehmen in Lübeck ging es aufwärts. Leberecht überlegte sich, wodurch sich die Beschäftigung verbessert hatte: Eigentlich nur durch die Rüstung. In der Straßenbahn nach Schlutup hörte man jetzt plötzlich den badischen Dialekt, den Leberecht selber auch sprach. Unmittelbar neben dem Ort Schlutup bauten die Industriewerke Berlin-Karlsruhe, jetzt bekannt unter dem Namen Deutsche Waffen- und Munitionsfabriken, ein Werk mitten im Wald, auf dessen Dächern Bäume wuchsen. Die Reitwege, auf denen Paula und der kleine Archibald noch geritten waren, wurden plötzlich gesperrt.

Gegenüber von Weiler & Busch in Schlutup wurde bei der Flender-Werft kräftig investiert und wurden U-Boote gebaut. In Travemünde wurden bei Schlüchting Schnellboote gefertigt, und im Norden von St. Gertrud unmittelbar an der Trave wurde ein Werk der Norddeutschen Dornier Werke für Militärflugzeugteile errichtet. Bei der Lübecker Maschinenbau wurden Maschinengewehre hergestellt, und auch bei der Lübecker LMG hatte man jetzt wieder Aufträge, Schiffe zu bauen.

Die wirtschaftliche Situation der Arbeiter hatte sich eigentlich nicht viel gebessert, denn die Löhne durften nicht erhöht werden. Es wurde mehr gearbeitet als früher, allerdings war auch ein Preisstopp verfügt worden. Der Lebensstandard hatte noch nicht den von 1929 und vor allem nicht den von 1913, dem letzten Vorkriegsjahr, erreicht. Es gab zwar zweieinhalb Millionen Arbeitslose, aber es hatte niemand mehr Angst, neu arbeitslos zu werden. Vor allem die Angestellten und kleinen Beamten waren recht zufrieden.

Nicht nur die Lehrer hatten jetzt bezahlten Urlaub, sondern auch Angestellte und Arbeiter. Er war zwar nicht viel länger als ein oder zwei Wochen, aber junge Paare, die geheiratet hatten, konnten eine kleine Hochzeitsreise nach Berlin, Hamburg oder in den Harz unternehmen. Archibalds Deutschlehrer hatte mit der Organisation „Kraft durch Freude“, kurz KdF genannt, eine Reise nach Venedig und von dort mit dem Schiff nach Neapel und nach Sizilien gemacht, eine Reise, die er sich sonst nie hätte leisten können. Er zeigte begeistert Bilder, die er selber aufgenommen hatte, in der Klasse herum. Hertha, das Kindermädchen von Weilers, fuhr mit dem KdF für eine Woche ins Eulengebirge, wo sie jeden Abend tanzen konnte. Sie war begeistert.

In den Sommerferien fuhr Familie Weiler wie üblich nach Heringsdorf, nur Archibald durfte nach Gernsbach fahren. Diesmal hatte ihn nicht seine Großmutter, sondern Onkel Archibald und Tante Else eingeladen, und er sollte auch bei ihnen wohnen. Er war mächtig stolz, dass er alleine fahren durfte. Weil Leberecht aber doch etwas ängstlich war, wurde er nach Lüneburg an den Zug gebracht und dort in einen Wagen verfrachtet, in dem schon Tante Hiltrud und ihr Sohn Bernhard saßen. Archibald fand das schade. Gut, er spielte gerne mit Bernhard, aber Tante Hiltrud war immer so streng. Sie stellte auch gleich fest, dass er schwarze Fingernägel hatte und nicht richtig gekämmt war, und beschloss, Paula, diesem Judenweib, einen entsprechenden Brief zu schreiben.

Onkel Archibald hatte sich für seinen Neffen Zeit genommen. Sie machten zusammen mit Tante Else und Marianne Tagesausflüge auf die Teufelsmühle, auf den Kaltenbronn und auf den Merkur. Onkel Archibald fuhr mit ihnen in den Zoo, vor allem nahm er seinen kleinen Neffen mit in die Wälder der Murgschifferschaft, und natürlich zeigte er ihm sämtliche Werke.

Er erklärte ihm, warum man das Holz imprägnierte und wie diese Imprägnierung zu erfolgen habe, er zeigte ihm den neuen Imprägnierkessel in Gernsbach, der aber, wie der kleine Archibald feststellte, viel kleiner war als der in Lübeck, und er erklärte, in welche Länder Masten und Schwellen exportiert wurden. Er erklärte ihm, wie Holzschliff erzeugt und wofür er verwendet wurde, und der Kleine hörte ihm aufmerksam zu.

Abends zeigte der Onkel dann Fotos, die er in Nordamerika gemacht hatte, und aus dem letzten Krieg. Er zeigte ihm seine Orden und erklärte, wofür er sie bekommen hatte. Dann wurde er sehr ernst: „Archibald, du musst später mal unbedingt mein Nachfolger werden. Weißt du, die Firma hat sehr schwere Zeiten durchgemacht, aber jetzt geht es Gott sei Dank aufwärts. Du musst dafür sorgen, dass es immer vorwärts geht und dass die Firma einmal wieder ganz der Familie gehört. Jetzt ist sie eine Aktiengesellschaft, da reden der Aufsichtsrat und fremde Aktionäre mit hinein.“

Onkel Archibald holte einen Atlas und zeigte ihm, wo die Firma ihre Filialen hatte, was dort hergestellt wurde und was man noch verbessern musste. Nur manchmal sagte Tante Else: „Aber Archibald, der Junge ist doch noch viel zu klein dafür!“ Als Onkel Archibald sie dann betrübt ansah, sprach sie nicht weiter.

Nach 14 Tagen durfte er mit Onkel Archibald, Tante Else und seiner Cousine zum 25-jährigen Jubiläum des Werkes Olbersdorf der Firma Weiler & Busch fahren. Der Onkel hatte das gewünscht, und Leberecht, der auch zum Jubiläum mit Paula und Britta hinfuhr, sollte ihn dort treffen und ihn zurück nach Lübeck holen.

Diesmal fuhren sie in der zweiten Klasse, was Onkel Archibald zwar gegen den Strich ging, aber er war jetzt immer sehr müde und hätte die lange Eisenbahnfahrt in der dritten Klasse nicht ausgehalten.

In Olbersdorf wurde Archibald von seinen Eltern und seiner Schwester sowie von Onkel Johannes Fabricius schon erwartet. Er hatte so viel zu erzählen. Am nächsten Morgen, noch bevor die Feiern begannen, nahm Onkel Archibald seinen Neffen mit ins Werk und zeigte ihm alles, aber Archibald fand, dass das Werk in Lübeck sehr viel größer war und nicht nur einen, sondern zwei Imprägnierkessel hatte.

Dann fingen die Feiern an. Alle machten tiefe Bücklinge vor Onkel Archibald und nannten ihn Herr Generaldirektor, was Archibald außerordentlich imponierte. Nur Leberecht sagte leise zu Paula: „Ich finde das recht albern, dieses Getue mit Generaldirektor und dem ganzen Gerede. Er ist ja auch nur ein normaler Vorstand, so wie ich es bin."

Leberecht fuhr mit seiner Familie und dem Chauffeur mit dem Auto, das wegen seiner Größe in Olbersdorf allgemeines Aufsehen erregt hatte, nach Lübeck zurück, und gleich zwei Tage später reiste er zusammen mit Paula nach Berlin, denn dort begannen die Olympischen Spiele, und dieses Ereignis wollte er sich nicht entgehen lassen.

Vier Tage später durfte Archibald nach Berlin nachkommen. Herr Fischer, der Chauffeur, setzte ihn in Lübeck in die Eisenbahn und bat den Schaffner, auf Archibald aufzupassen und ihn am Lehrter Bahnhof seiner Mutter zu übergeben.

Leberecht und Paula waren in einer kleinen Pension am Kurfürstendamm abgestiegen. Sonst wohnte Leberecht im Hotel Fürstenhof am Potsdamer Platz, das gegenüber dem Büro von Weiler & Busch im Columbus-Haus lag. Aber sie wollten ja 14 Tage in Berlin bleiben, und so viele Tage hätte er nicht auf Spesen abrechnen können, das hätte der Buchhalter Adam nicht durchgehen lassen, er wäre damit zu Archibald Hermann gelaufen, und dann hätte es eine unangenehme Diskussion gegeben. So begnügten sie sich mit einer Pension mit Frühstück. Die einzelnen Mittag- und Abendessen mit Geschäftsfreunden konnte er bequem extra abrechnen.

Eigentlich war Leberecht am Sport nicht interessiert, die Olympischen Spiele von 1928 und 1932 hatte er – wie im Übrigen viele andere Deutsche – überhaupt nicht zur Kenntnis genommen. Über die Olympiade 1936 hatten die Illustrierten und Zeitungen aber schon seit Monaten berichtet, und er wollte an diesem Ereignis, bei dem sich die Welt in Berlin traf, doch teilnehmen. Er wurde dabei von Paula kräftig unterstützt, die sich für Leichtathletik und Turnen und vor allem für Reiten interessierte und schon eifrig in den Illustrierten darüber gelesen hatte. Allerdings hatte Leberecht kein Interesse, 14 lange Tage im Sportstadion zu verbringen. Paula konnte ja mit Freundinnen, von denen sie in Berlin einige hatte, oder auch mal mit ihrer Schwester Klara, die sich sonst kaum die Eintrittskarte hätte leisten können, die Veranstaltungen besuchen. Er konnte unter Tags geschäftliche Verabredungen treffen, zumal viele seiner Freunde aus Skandinavien und England nach Berlin gekommen waren. Abends konnte er mit Paula in die Oper gehen, die sonst üblichen Opernferien hatte man anlässlich dieses besonderen Ereignisses verschoben.

Berlin zeigte sich ganz anders, als man es sonst kannte. Das Wetter spielte mit, es gab fast nur heitere Sonnentage. Die Stadt war ein einziges Fahnenmeer, und zwar dominierten nicht, wie sonst üblich, die Hakenkreuzfahnen, sondern viele Kaufhäuser und Büros, und auch eine Reihe von Privathäusern waren mit ausländischen Fahnen oder mit Olympiafahnen mit den fünf Ringen geschmückt. Die Berliner, sonst oft rücksichtslos gegenüber Fremden, waren bemüht, vor allem zu ausländischen Gästen höflich und freundlich zu sein. Viele Leute hatten das Olympia-Abzeichen angesteckt.

Das neue Olympia-Stadion, das extra zu dieser Veranstaltung gebaut worden war, fasste über 100.000 Zuschauer. Während Leberecht und Paula ihre Plätze einnahmen, spürten sie die freudige Stimmung, wie sie Leberecht bei Massenveranstaltungen noch nie erlebt hatte. Als Hitler bei der Eröffnung mit dem Olympischen Komitee die Loge betrat, begann ein brausendes Heil-Rufen, das Leberecht zwar störte, aber trotzdem erhob auch er – wenn auch widerwillig – seinen Arm. Dann wurden die Nationalhymnen und die neue, von Richard Strauss komponierte Olympia-Hymne gespielt, Richard Strauss, in weißem Frack, dirigierte selber das Orchester. Brieftauben wurden freigelassen, über dem Stadion schwebte das Luftschiff „Graf Zeppelin“. Beim Einmarsch der Nationen ins Stadion traute Leberecht seinen Augen nicht, als die weiß gekleidete französische Mannschaft mit zum Hitlergruß ausgestrecktem Arm vor der Ehrentribüne vorbeimarschierte, was einen riesigen Applaus auslöste.

Trotz des Rassismus in Deutschland wurden – wenn man einmal den „Völkischen Beobachter“ außer Acht ließ – auch die schwarzen Sportler aus den USA gewürdigt. Das Publikum spendete dem Farbigen Jesse Owens, der vier Goldmedaillen gewann, stürmischen Beifall.

Als Archibald ankam, gingen seine Mutter und seine Tante Hedi Brandel mit ihm gleich aufs Olympiagelände. Beim Mittagessen im Stadionrestaurant rannten ziemlich unfreundliche Kellner an den Tischen der Gäste vorbei, und wenn ein Gast den Kellner rief, kam immer nur die Antwort: „Nicht mein Revier!“

In dem Restaurant trafen sie auch Familie van Stolk. Gerhard van Stolk war mächtig stolz, dass er ein Autogramm von Jesse Owens erhalten hatte, von dem er sagte, das sei dreimal so viel wert wie das von Hitler, worauf seine Mutter nur „Pst!“ sagte.

Im Stadion ging es recht verwirrend zu, denn es wurden einige Sportarten gleichzeitig absolviert. Am einen Ende des Stadions gab es Weitsprung, in einer anderen Sandgrube den Dreisprung, von dem Archibald noch nie etwas gehört hatte, und wo ein Japaner 16 Meter weit sprang. In der Mitte des Stadions war Speerwerfen und auf der Aschenbahn konnte man den Hürdenlauf sehen. Dazu wurden immer wieder Siegerehrungen abgehalten, bei denen die Ergebnisse zuerst in Französisch und dann in deutscher Sprache angesagt wurden. Dann wurden die jeweiligen Nationalhymnen gespielt. Die Deutschen rissen ihre Arme hoch, während die Ausländer stramm dastanden.

In der Reihe vor ihm saß ein amerikanisches Ehepaar. Auch der Mann streckte seinen Arm hoch, aber seine Frau zog ihn am Ärmel, und so ließ er seinen Arm wieder sinken und stand nur stramm da.

Plötzlich erschien Adolf Hitler in der Ehrenloge, und ehe noch eine Ankündigung durch den Lautsprecher zu hören war, ging ein gewaltiges, unartikuliertes Gebrüll durch die Menge, was sich minutenlang nicht beruhigte. Archibald musste, wie alle um ihn herum, den Arm nach oben strecken, was ihm nach der Kinderlähmung recht schwer fiel, weshalb er den rechten Arm mit dem linken abstützte. Er brüllte nicht mit, er war nur verwundert und verstand nicht, weshalb die Leute so außer sich waren.

Zu Hause hatten sich die Eltern gehütet, Archibald irgendetwas Schlechtes über den Führer zu sagen, das Mädchen Hertha sprach zwar ab und zu von den Leistungen des Führers und was für ein freundlicher und netter Mensch er sei, aber das hielt sich in Grenzen. Die Großmutter und Onkel Archibald äußerten sich sehr skeptisch über ihn, das hatte der kleine Archibald gleich gespürt. Er konnte sich nicht für den Führer begeistern, und vor allem waren ihm diese lauten, unbeherrschten Freudenschreie der Menschen nicht nur fremd, sondern geradezu widerwärtig, aber er sprach mit niemandem darüber.

Zurück in Lübeck spielten die Kinder im Garten Olympiade, und zwar pausenlos. Archibald war mit einer Spielzeugpistole der Startmeister Miller. Im Garten liefen alle Kinder der Nachbarn um die Wette. Sie rannten um eine große Wiese herum, statt des 100-Meter-Laufs rannten sie einmal um die Wiese, für den 200-Meter-Lauf zweimal und für den 10.000-Meter-Lauf sogar zehnmal, es gab Weitspringen und Schlagballwerfen, es gab Hindernisrennen, dabei ging es über Stühle und Tische und alles mögliche Gesträuch, das sie sich vom Komposthaufen geholt hatten.

Diese Spielerei hielt noch bis zum Ende der Sommerferien an. Als die Schule wieder begann, steckte Archibald voller Stolz das Olympia-Abzeichen an, zum Zeichen, dass er dabei gewesen war.

Zum Herbst gab es Zeugnisse, und seines fiel verheerend aus. Er hatte die Probezeit nicht bestanden. Die Eltern mussten ihn von der Schule nehmen, er kam in eine Privatschule, die einen kompliziert langen Namen hatte, in der Bevölkerung aber als Gerhardi-Schule bezeichnet wurde.

In der neuen Klasse gefiel es ihm viel besser. Sexta und Quinta, und zwar Jungen und Mädchen, waren zusammen in einer Klasse, es waren nicht mehr als elf Schüler. Nachmittags musste er zwar auch in die Schule, um die Hausarbeiten unter Aufsicht zu machen, aber dafür brauchte er jetzt nicht mehr zum Nachhilfeunterricht. Die Lehrer und Lehrerinnen kümmerten sich um die Schüler, es ging alles recht kameradschaftlich zu. Ein Mädchen aus seiner Klasse wohnte auch in der Krügerstraße, ein paar Häuser weiter, mit der konnte er nach Hause gehen, und plötzlich kam er im Unterricht gut mit. Nur wenn die Sextaner Schönschrift üben mussten und die Quintaner Geschichtsunterricht hatten, dachte er nicht ans Schönschreiben, sondern lauschte dem Geschichtsunterricht. Innerhalb der Klasse war er jetzt nicht mehr einer der Schlechtesten, sondern einer der Besten.

Onkel Archibald Weiler hatte kein Interesse gehabt, sich den Zirkus in Berlin anzusehen. Es ging ihm gesundheitlich gar nicht gut, aber er wollte noch einmal in seinem Leben Norwegen sehen, und so fuhr er mit seiner Frau, seiner Tochter und mit Dr. Seidel, den er gebeten hatte, mitzufahren, für den Fall, dass ihm etwas zustoßen sollte, mit dem Schiff von Lübeck aus nach Oslo, mit der Bahn weiter nach Bergen und wieder mit dem Schiff in den Sognefjord. Sie wanderten durch die wunderschöne Landschaft, aber Archibald wurde schnell müde und musste sich immer wieder hinlegen. Nichts konnte ihn von seinen Sorgen ablenken.

Nach der Rückkehr nach Gernsbach war es ihm nicht mehr möglich, die Arbeit wie gewohnt aufzunehmen. Er sah, dass ihm nicht mehr viel Zeit blieb und dass er viele Probleme nicht mehr lösen konnte. Wer sollte seine Nachfolge antreten?

Johanna wollte, dass Leberecht nach Gernsbach zog, um dort die Leitung zu übernehmen, aber Leberecht und vor allem Paula wollten nicht. Leberecht dachte immer noch an die Auswanderung nach Skandinavien, aber Johanna nahm ihn in die Pflicht. „Du kannst uns das nicht antun, das wäre nicht im Sinne deines Vaters, denk‘ doch an die Familie!"

Leberecht sah ein, dass er erst einmal in Deutschland bleiben musste, aber nach Gernsbach wollte er nicht ziehen, und vor allem hatte Paula Angst vor Gernsbach, das wäre die Hölle für sie. „Wo sollen wir denn wohnen? Du glaubst doch nicht, dass ich zu deiner Mutter in das gleiche Haus ziehe? Else hat doch schon einen schweren Stand dort, und sie ist finanziell ganz unabhängig. Außerdem ist sie 20 Jahre älter als ich und gewohnt sich durchzusetzen. Und deine Schwestern, die würden mich doch nur immer bei deiner

Mutter anschwärzen, ich könnte ja keinen Schritt tun, ohne dass es gleich weitergemeldet würde. Ich glaube, es würde auch nichts nützen, wenn wir nach Baden-Baden oder in einen anderen Ort in der Umgebung ziehen würden, die Familie würde dich wie ein Krake festhalten! Sag mal, haben wir es nicht in Lübeck wunderschön? Unser schönes Haus, der große Garten, weit weg vom Geschäft. Archibald hat sich jetzt gerade in der Schule eingewöhnt, soll er jetzt schon wieder die Schule wechseln müssen?"

Leberecht musste ihr in vielen Punkten Recht geben. Auch er wollte nicht unter die Fuchtel seiner Mutter kommen. Er konnte sie zwar von allen Kindern am leichtesten beeinflussen und sie dahin bringen, wo er sie haben wollte, aber er liebte seine Freiheit sehr. Allenfalls hätte er nach Berlin ziehen können, wenn die Firma ihren Sitz dorthin verlegen würde. Aber warum nicht in Lübeck bleiben und von dort aus die Firma leiten? Dabei hatte er die Rechnung ohne Herrn Adam gemacht, der weder nach Berlin noch nach Lübeck umziehen wollte. Er hatte in Gernsbach sein Haus und seine Familie.

Aber wer sollte dann die Firma in Gernsbach leiten?

Wilkowski witterte Morgenluft und versuchte, sich beim Aufsichtsrat einzuschmeicheln, aber das konnte der alte Archibald verhindern. In einem Gespräch mit Dr. Seidel sagte er: „Wilkowski ist ein ehrgeiziger Mann, aber er ist keine Führungskraft, zudem ist er auch ein unangenehmer Intrigant!"

Nach einigem Hin und Her kam Archibald auf die Idee, seinen Vetter Paul Archibald aus Villach zu seiner Unterstützung und als seinen Nachfolger nach Gernsbach zu holen.

Johanna war strikt dagegen. Sie nahm der ganzen Familie ihrer Stiefschwiegermutter immer noch übel, dass nach dem Tod ihres Schwiegervaters Archibald Rudolf das Unternehmen liquidiert werden musste. Jetzt sollte der Sohn dieses Schmarotzers die erste Stelle in Gernsbach einnehmen? Das kam für sie nicht in Frage. Und so intervenierte sie bei Dr. Seidel dagegen.

Aber Dr. Seidel sah keine andere Lösung, zumal es Archibald immer schlechter ging. Er ging zwar im Oktober und auch im November jeden Tag noch ins Büro, aber er konnte keine Reisen mehr unternehmen, selbst ins Werk Weisenbach kam er nur noch einmal in der Woche. Von neun bis zwölf Uhr war er im Büro, sah die Post durch, aber nachmittags musste er sich hinlegen, und abends saß er in seinem Sessel und sinnierte und machte sich Gedanken über sein Schicksal. Er wollte noch nicht sterben. Seine Frau hoffte immer noch auf ein Wunder.

Im Dezember verschlechterte sich sein Zustand rapide. Eine Woche vor Weihnachten, am 73. Geburtstag seiner Mutter Johanna, wurde Archibald ins Krankenhaus nach Baden-Baden gebracht. Er wollte Leberecht und seinen Neffen, den kleinen Archibald, noch einmal sehen. Johanna wollte dem Kind diesen Anblick ersparen, und so fuhr Leberecht zwei Tage später allein nach Gernsbach. Er saß am Bett seines Bruders, der kaum noch bei Bewusstsein war, nur ab und zu öffnete er die Augen und flüsterte mühsam mit leiser Stimme: „Kümmere dich um Else und meine kleine Marianne! Pass auf, dass sie auch zu ihrem Recht kommen und dass nicht Mutter alles bestimmt! Sie ist immer so fordernd!"

Dann schloss er die Augen und holte tief Luft: „Bitte setz deine ganze Kraft für die Firma ein, das ist ganz wichtig! Versuche, dich mit Paul Archibald zu vertragen, er ist ein ordentlicher Kerl!"

Das Sprechen hatte ihn sehr angestrengt, und er fiel erschöpft in einen tiefen Schlaf.

An Heiligabend ging es Archibald etwas besser. Er hatte Appetit und wirkte recht munter. Nachdem Leberecht mit den Ärzten gesprochen und sie ihn beruhigt hatten, fuhr er noch in der Nacht nach Lübeck zurück, um mit seiner Familie Weihnachten zu feiern. Die Kinder hatten ihn an Heiligabend schon sehr vermisst.

Am Nachmittag rief Johanna schluchzend an: „Archibald ist heute Mittag gestorben!"

Der kleine Archibald begriff plötzlich: Er konnte sich nie mehr mit Onkel Archibald unterhalten, nie mehr konnte er mit ihm über die Werke gehen. Der Onkel, an dem er so gehangen hatte, den er wirklich geliebt hatte, war tot. Er hatte zwar den Tod seiner kleinen Schwester miterlebt, aber das war doch fast wie im Traum an ihm vorübergezogen. Damals hatte er zwar den Tod miterlebt, aber er hatte ihn nicht begriffen. Jetzt verstand er, was das Wort bedeutete.

***

Das Verhältnis zwischen Leberecht und seinem Vetter Paul Archibald war nicht das beste. In Finnland hatten sie zwar gut zusammengearbeitet, sie hatten sich auch privat gemocht. Aber seit er in Fürnitz war, stand er wieder ganz im Fahrwasser von Archibald Hermann, und zwischen ihm und Leberecht gab es ab und zu Differenzen. Leberecht hielt P.A. für eine Buchhalterseele, die immer nur auf die Zahlen schaute, der es an Mut für große Geschäfte fehlte. Er mochte auf seine vielen Einwände nicht eingehen und machte oft geradezu aus Trotz das Gegenteil von dem, was P.A. ihm geraten hatte, auch wenn er sich eigentlich eingestehen musste, dass die Einwände nicht ohne Grund gemacht wurden. Aber damals war er der Chef, und P.A. war sein Untergebener, der zu machen hatte, was der Chef befahl.

Jetzt war er sein Kollege, aber deshalb dachte Leberecht nicht im Geringsten daran, den Wünschen von P.A. nachzugeben. P.A. kannte seinen Vetter und hatte diese Schwierigkeiten vorausgesehen, zumal die alten Prokuristen auf Seiten Leberechts standen, und vor allem stand Johanna hinter ihrem Sohn. Und dann berichtete Leni, die ja im Büro arbeitete, ihrem Onkel alles, was sich in der Firma zutrug.

Daher brachte P.A., noch bevor er seinen Dienst in Gernsbach antrat, bei Dr. Seidel den Wunsch vor, ein drittes Vorstandsmitglied zu suchen. Nach Möglichkeit sollte es ein Parteimitglied sein, damit man bessere Beziehungen zu den Behörden in Berlin hatte, denn auch P.A. war nicht Mitglied der NSDAP, weil er die ganze Zeit im Ausland gearbeitet hatte und nicht einsah, dass man deshalb der Partei beitreten sollte.

Leberecht, der eigentlich kein weiteres Vorstandsmitglied haben wollte, fand sich doch damit ab, weil er hoffte, jemanden zu finden, mit dem er P.A. in Schach halten konnte. So wurde eine Annonce in der Frankfurter Zeitung aufgegeben. Es meldeten sich eine Menge recht guter Bewerber, und nach mehreren Gesprächen wurde ein Herr von Knorre ausgewählt, ein Offizier aus dem Weltkrieg, der ein Bein verloren hatte, wohl aus begütertem Hause stammte und der schon 1933 der NSDAP beigetreten war.

Johanna meinte, das sei ein schrecklicher Opportunist, der jetzt den Nazi herauskehre. Leberecht war aber froh, dass jemand für Gernsbach gefunden worden war, denn er wollte sich nicht um die Werke dort kümmern. Von der Sägerei hatte er noch nie etwas verstanden, die Handhabung war ihm zu kompliziert. Zu leicht konnte man Fehlkalkulationen eingehen, man stand in Konkurrenz zu Tausenden von kleinen Betrieben, und seit er sich erinnern konnte, wurde dort nie ein Gewinn erzielt. Dazu kamen die ganzen Intrigen der Prokuristen und ihrer Frauen untereinander, die sich gegenseitig anschwärzten und versuchten, Johanna auf ihre Seite zu ziehen. Am liebsten hätte er das ganze Werk Gernsbach aufgelöst.

Sein Interesse galt einzig dem Werk in Lübeck, dem Büro in Berlin und den Auslandsbetrieben, dem skandinavischen und dem weltweiten Geschäft, wo wirklich etwas zu verdienen war, wo er seine Beziehungen und seinen Charme ausspielen konnte, wo er überall der große Herr war und wo er nicht von irgendwelchen Parteigrößen behindert wurde. Den Prokuristen Bartels in Olbersdorf, den konnte er ziemlich alleine lassen. Der machte alles richtig und brachte hohe Gewinne. Sollten die andern beiden doch in Gernsbach sitzen bleiben, wo sie saßen, und ihn nicht belästigen!

Aber Herr von Knorre räumte in Gernsbach auf, er sah auf Ordnung. Er räumte den Prokuristen die Schreibtische aus und meinte, dem alten Schlendrian, der dort herrschte, ein Ende machen zu können. Seiner Meinung nach hatte Archibald Weiler in seinen letzten Jahren die Zügel viel zu sehr schleifen lassen. P.A. wiederum meinte, dass das Gernsbacher Werk für die Mastenfabrikation ungeeignet sei, die sollte nach Kehl in ein zu erwerbendes Sägewerk im Kehler Rheinhafen verlegt werden. Das Kehler Sägewerk war während der Wirtschaftskrise in Konkurs gegangen, und das Gelände gehörte noch der Bank, die es für 130.000 Mark anbot. Er wollte das Holz von Finnland über den Rhein verschiffen und in Kehl imprägnieren lassen. Da war nun Leberecht dagegen. Man sollte viel eher in Schlutup noch einen dritten Imprägnierkessel aufstellen, der Transport von Finnland und Schweden nach Lübeck sei wesentlich billiger.

Herr von Knorre und P.A. wollten auch Ordnung in die Vorstandsarbeit bringen und schlugen vor, monatlich abwechselnd in Gernsbach und in Lübeck Vorstandssitzungen abzuhalten, um die Geschäftspolitik festzulegen, und das passte Leberecht nun überhaupt nicht. Er wollte sich nicht binden. Der Briefwechsel zwischen Leberecht und P.A. war alles andere als liebenswürdig und strotzte von Vorwürfen und Unterstellungen. Die Prokuristen Dembowski und Bartels standen hinter Leberecht, und auch der Büroleiter und Prokurist Kowalski fand ein offenes Ohr bei Leberecht.

Einer jedoch sah seine Stunde gekommen, das war Wilkowski. Dass man ihn, wie er meinte, beim Tod von Archibald übergangen hatte, konnte er nicht verschmerzen. Gegen die ganze Familie Weiler und vor allem gegen Leberecht und seine Mutter hatte er einen unheimlichen Hass. Er benutzte die Gelegenheit, von Knorre über alle Interna aus der Firma zu unterrichten: Leberecht sei ein unmöglicher Mensch, der sich an keine Ordnung halte, politisch unzuverlässig, wie überhaupt die ganze Familie Weiler; Leberecht müsse raus aus der Firma, denn er sei jüdisch versippt.

Herr von Knorre überlegte: So wie die Lage im Augenblick war, gab es für ihn keine Zukunft. Konnte er Leberecht aus dem Unternehmen hinausdrängen, oder sollte er sich nach einer besseren Position umsehen? Er hatte schon die Fühler nach einem Betrieb ausgestreckt, der zu arisieren war, das war die Rastatter Waggonfabrik. Bisher hatte er die Verhandlungen auf Eis gelegt, aber noch nicht abgesagt. Bei einem Unternehmen wie Weiler & Busch Vorstandsvorsitzender zu werden, das erschien ihm wesentlich reizvoller. Vielleicht konnte er mit der Zeit Aktien erwerben, denn es wurden immer welche über die Börse angeboten. Vielleicht ließe sich eine Zusammenarbeit mit der Firma Haber aus Heilbronn arrangieren, die wahrscheinlich schon zwölf oder 13 Prozent der Anteile erworben haben könnte. Er sammelte nun Material, das Leberecht belastete, und Wilkowski half ihm bereitwillig dabei.

Das Geschäft in Skandinavien wurde durch die Reichsbank bedroht. Vom Ausland nur wenig beachtet rüstete Deutschland auf. Fast jeden Monat gab es Meldungen in der Zeitung über spektakuläre Stapelläufe von großen Kriegsschiffen, auf die Deutschland bisher hatte verzichten müssen. An Hunderten von Standorten entstanden neue Kasernen. Aber der Staatshaushalt wurde dadurch überbeansprucht, und Hitler wollte wirtschaftlich vom Ausland unabhängig sein. Es gab Wirtschaftsgüter, die es in Deutschland nicht gab, aber es mussten Devisen gespart werden. 1937 wurde dazu eine Vier-Jahresplan-Behörde unter dem Vorsitz von Göring bestellt. Aber nur mit Sparen ging es nicht, und so kam man auf die Idee, dass die deutschen Firmen ihre Niederlassungen im Ausland zu verkaufen hätten. Die großen Konzerne wie der Chemieriese IG Farben konnte sich weitgehend dagegen wehren, aber die vielen kleineren Unternehmen kamen dadurch in Schwierigkeiten. Die Reichsbank forderte, dass Weiler & Busch ihre Besitzungen in Schweden und Finnland, die man als nicht notwendig ansah, zu veräußern habe.

Das traf Leberechts ganzes Lebenswerk, und er sträubte sich bis zum Letzten gegen diesen Verkauf. Er hatte die Idee, nach Schweden auszuwandern, nicht aufgegeben. Zwar gab es keine direkte Gefahr für ihn oder für seine Frau, aber er traute den Nazis nicht. Der jüdischen Bevölkerung wurden immer mehr Rechte genommen, und die Diskriminierungen, die sein Schwiegervater Fabricius, seine Schwägerin und sein Schwager erlebten, ließen es ratsam erscheinen, sich eine Hintertür in Skandinavien offen zu halten.

Auf Drängen der Reichsbank, unterstützt von Knorre, der die Überlegung hatte, dass mit dem Verkauf auch Leberechts Machtbasis eingeschränkt werde, mussten nun die Tochtergesellschaften veräußert werden. Aber Leberecht konnte erreichen, dass die Firmen an Freunde verkauft wurden, und er behielt sich – ohne dass seine Kollegen davon erfuhren – ein Rückkaufsrecht für spätere Zeiten vor.

Was er aber unbedingt kaufen wollte, war der Gutshof in Småland. So machten sich an Pfingsten Leberecht und Paula mit Archibald zusammen mit Johanna auf den Weg nach Schweden. Johanna und Archibald waren begeistert. So einen schönen großen Besitz hatten sie sich nicht vorgestellt. Das schöne Schloss mit der Lindenallee, die großen behaglich eingerichteten Wohnräume, der Wald und die großen Ställe voller Kühe, Schweine und Hühner gefielen ihnen gewaltig.

Nur hatte sich in der Zwischenzeit die schwedische Gesetzgebung geändert. Leberecht war noch kein schwedischer Staatsbürger und hätte nun bis 1940 warten müssen, bis er eingebürgert werden konnte.

Johanna konnte Geld aus der Schweiz zur Verfügung stellen, ein Strohmann wurde gefunden, der das Geschäft übernahm, der aber kein Geld besaß und daher eine Hypothek aufnahm, für die Leberecht und Johanna bürgten. Paula lernte Schwedisch, und die Familie wollte die Sommerferien auf dem neuen Gutshof verbringen. Allen Beteiligten wurde eingeschärft, nichts darüber zu sagen. Johanna schwieg natürlich, aber die Kinder freuten sich so über den schönen Gutshof, dass sie doch gegenüber ihren Freunden Andeutungen machten, und so sickerte die Geschichte nach wenigen Wochen bis nach Gernsbach durch.

Von Knorre wollte jetzt losschlagen. Beweise dafür, das Leberecht irgendetwas Ungesetzliches getan hatte, fanden sich aber keine, und so baute er das Ganze politisch auf. In einem Schreiben an Dr. Seidel begründete er seine Beschwerde über Leberecht damit, dass ein jüdisch versippter Mann als Vorstandsmitglied eines großen deutschen Unternehmens nicht tragbar sei und dass man ihn abberufen sollte.

Damit hatte von Knorre ein Eigentor geschossen. Im Aufsichtsrat saßen nicht nur keine Parteimitglieder, Dr. Seidel verehrte zudem Paula, die er noch von seiner Tanzstundenzeit her kannte, und er war von alters her ein Feind der Nazis. Dr. Seidel berief eine Aufsichtsratssitzung ein, in der auch die Prokuristen Bartels und Dembowski zu dem Verhalten von Knorres befragt wurden. Die beiden Prokuristen schlugen sich auf die Seite von Leberecht und berichteten über von Knorres arrogantes Wesen und sein intrigantes Verhalten – und von Knorre wurde wegen Intrigierens gegen Leberecht aus dem Vorstand abberufen. Er bekam eine Abfindung von mehreren Jahresgehältern, und schon drei Wochen später hatte er die Rastatter Waggonfabrik übernommen.

Aber auch P.A., den man im Amt belassen wollte, hatte nun keine Lust mehr, Vorstandsmitglied zu sein, zumal ihm von Knorre angeboten hatte, bei der Rastatter Waggonfabrik mit einzusteigen.

Nun stellte sich die Frage, wer die Firma leiten sollte. Noch einmal jemand von draußen hereinzuholen, das wollte man nicht. Der Aufsichtsrat berief die Prokuristen Dembowski und Bartels zu stellvertretenden Vorstandsmitgliedern und machte Leberecht zum Vorstandsvorsitzenden. Mit der Leitung der süddeutschen Betriebe wurde der Prokurist Wittmann betraut, der aber nur Prokurist blieb und nicht Vorstand wie seine Kollegen wurde, die ihm diesen Rang nicht gönnten.

Archibald Paul war jetzt schon mehr als ein halbes Jahr in der Privatschule in der Roeckstraße, und es gefiel ihm dort zunehmend mehr. Er ging zum ersten Mal in seinem Leben gerne in die Schule. Von der Krügerstraße bis zur Roeckstraße dauerte der Schulweg nur zehn Minuten. Die Gefahr, dass ihm unterwegs Gassenkinder auflauerten, bestand nicht mehr. Die Lehrer und Lehrerinnen gaben sich mit den Schülern große Mühe. Es wurde nicht geschlagen, es gab nicht einmal Ohrfeigen, auch wenn ein Schüler eine freche Antwort gab, es mussten keine Strafarbeiten gemacht werden, und wenn jemand mal etwas nicht verstanden hatte, waren die Lehrer bereit, dem Schüler zu helfen, oder die Mitschüler halfen. Sehr bald wurde Archibald von Klassenkameraden zum Geburtstag eingeladen, und als er seinen zwölften Geburtstag feiern durfte, lud er die ganze Klasse ein.

Über Politik sprachen sie noch nicht. Archibald war aber ein eifriger Leser der Zeitungen und Illustrierten. Leberecht hatte nicht nur den Lübecker Generalanzeiger und den Volksboten abonniert, die eine als Morgen- und die andere als Abendzeitung, sondern auch die Basler Nationalzeitung, die zweimal am Tag zugestellt wurde und die das politische Geschehen aus einer anderen Sicht beleuchtete. Sonst blieb der Einfluss der NS-Presse auf ihn nicht ohne Einfluss. Er las lange Berichte über den spanischen Bürgerkrieg, und dass dabei die Roten die Bösen und Franco und die Falange die Guten waren, war für ihn ganz klar. Er sah ja, wie böse die Russen waren, wenn er über die Prozesse in Moskau las, bei denen die Angeklagten sich selber belasteten. Dass Deutschland groß und stark sein musste, das war doch selbstverständlich. Aber bei Weilers wurde auch Wert darauf gelegt, dass nicht nur die Deutschen gute Menschen waren.

Archibald hörte auch immer wieder aus den Gesprächen der Eltern heraus, dass die Juden schlecht behandelt wurden und dass Leberecht das ganz und gar verurteilte. Eines Tages wurde darüber gesprochen, dass ein Bekannter den arischen Nachweis nicht erbringen konnte und deswegen als Beamter entlassen worden war. Als Archibald fragte, ob es viele solcher Menschen gäbe, die nicht rein arisch seien, meinte Leberecht: „Das sind wohl Hunderttausende, und du gehörst auch dazu!"

Archibald traf das wie ein Keulenschlag. Auch wenn er von seinen Eltern und auch von der Köchin Frieda gehört hatte, dass Juden sehr nette Menschen sein konnten, spürte er, dass eigentlich niemand zu ihnen gehören wollte. Es war ein Makel, jüdisch zu sein. Das hing nicht nur mit der Schule und der Nazipropaganda zusammen, sondern auch mit den vielen Geschichten, die er gelesen hatte. Nur bei Karl May kamen die Juden relativ gut weg, als etwas komische, alten Gebräuchen anhängende Menschen. Aber sonst – Archibald hatte gerade „Soll und Haben" gelesen – galten die Juden als betrügerisch und verschlagen. Es störte ihn, dass er zu ihnen gehören sollte, auch wenn nur weit entfernte Vorfahren von ihm Juden waren. Was für einen großen Schreck bekam er aber, als er hörte, dass seine andere Großmutter, die Mutter seiner Mutter, eine Jüdin war, von der man aber gleich sagte, sie sei eine gute Christin gewesen und schon als Kind getauft worden, was – wie sich später herausstellte – nicht stimmte.

Empört und böse wurden die Lübecker, als am 1. April 1937 das Groß-Hamburg-Gesetz in Kraft trat, wodurch die Freie und Hansestadt Lübeck ihre Unabhängigkeit verlor und zu einer preußischen Kreisstadt degradiert wurde. Leberecht war Badener, Paula hatte noch Erinnerungen an den König und betonte immer wieder, dass sie eine Bayerin sei, aber Archibald war nun wirklich Lübecker Patriot. In der Schule hatte man ihm von klein auf eingehämmert, dass Lübeck seit über 700 Jahren eine Freie Reichsstadt war, dass die Stadt schon unter Barbarossa nur dem König unterstanden hatte, keinem Fürsten untertan war, dass sie im Mittelalter eine politische Großmacht gewesen war, die stärkste Militärmacht an der Ostsee. Und darauf waren die Kinder sehr stolz. Jetzt wurde mit einem Federstrich die Reichsfreiheit genommen. Dass Hamburg, auf das die Lübecker als einstmaligen Nordseehafen Lübecks herabsahen, jetzt auf Kosten Lübecks vergrößert wurde, das fand man ungerecht. Die Lübecker waren froh, dass Lübeck zu Schleswig-Holstein und nicht zu Mecklenburg kam, denn die Mecklenburger galten als rückständig, als ein Land, in dem man erst 100 Jahre später das mitbekam, was im übrigen Deutschland geschah.

Aber Archibald mochte die Preußen nicht. Bismarck und Kaiser Wilhelm I., das waren ja noch gute Leute, aber Friedrich den Großen und dessen Vater konnte er nicht leiden. Die Fridericus-Rex-Filme, in die die Kinder von der Schule aus geführt wurden, lösten bei ihm nur Antipathie aus. So wie die jungen Männer damals zum Militär gepresst wurden, Spießrutenlaufen mussten, für den König ihr Leben zu geben hatten, das missfiel Archibald. Friedrich der Große hatte Maria Theresia einfach Schlesien weggenommen, das war doch unverschämt. Er schlug vor, eine preußische schwarz-weiße Fahne zu verbrennen, aber dieser Gedanke konnte leider nicht in die Tat umgesetzt werden, weil er und seine Freunde nicht wussten, woher sie eine solche Fahne bekommen sollten.

Archibalds Freude auf die Sommerferien, in denen es wieder nach Schweden auf das Gut gehen sollte, wurde enttäuscht. Großmutter Johanna war der Meinung, dass unbedingt etwas gemacht werden müsse, um die Folgen der Kinderlähmung weiter zu überwinden, und so hatten sich Leberecht und Paula dafür entschieden, ihn zur Nachbehandlung in die Heilanstalt Hohenlychen in der Uckermark zu schicken, die ihnen von der Heilgymnastin empfohlen worden war. Deren eigener Neffe war dort von dem berühmten Professor Gebhard operiert worden. Allerdings wusste sie nicht, dass dieses Hohenlychen unter der Leitung der SS stand und dass Professor Gebhard eigentlich ein Scharlatan war, der nicht nur an KZ-Opfern, sondern auch an seinen normalen Patienten Experimente machte.

Bevor die Eltern in die Ferien nach Schweden fuhren, lieferten sie Archibald in Hohenlychen ab. Archibald war sehr mulmig zumute, als er durch das große Tor ins Krankenhaus fuhr und die vielen Menschen sah, die mit Gipsverbänden an Krücken vorbeihumpelten und auf den Bänken saßen. Noch banger wurde es ihm, als er seinen Freund Hinrich, den Neffen der Heilgymnastin, besuchte. Hinrich musste schon acht Wochen lang auf dem Bauch liegen, weil der Arzt ihm den ganzen Rücken aufgeschnitten hatte, um die Armmuskeln über künstliche Sehnen mit den Beinmuskeln zu verbinden.

Die Angst, dass Professor Gebhard auch mit ihm so etwas machen würde, war riesengroß. Aber zum Glück war der Professor nicht da. Der Oberarzt war ein freundlicher Mann und meinte, dass Archibald nicht im Krankenhaus selber wohnen sollte, sondern draußen in dem Neubau im Wald, zusammen mit anderen jungen Leuten. Vormittags gebe es Massage und Heilgymnastik, und nachmittags könne er Sport machen oder mit anderen Kindern spielen.

Die Eltern fuhren mit ihm zur Station Nr. 12, Waldfrieden. Sie bestand aus einem großen steinernen Gebäude, das wie eine Kaserne aussah und vor dem viele junge Männer standen. In der Nähe war ein aus drei Baracken bestehendes Lager, eine Baracke war für Männer, eine für Frauen und Mädchen und eine dritte Baracke für Jungen. Die Baracken bestanden nur aus einem

Raum. Es gab Stahlbetten mit Strohsäcken, blauweiß karierte Bettbezüge und graue Wolldecken. An der Wand waren Spinde für die Kleider. Vor jedem Bett stand ein Hocker. Es gab keinerlei Bilder an der Wand, von der Decke hingen nur zwei nackte Glühbirnen, die für den ganzen Raum Licht spenden sollten, Archibald stellte mit Entsetzen fest, dass es auch keine Nachttischlampen gab, so dass es mit Lesen am Abend wohl schwierig werden würde. Alles wirkte recht militärisch.

Die Stube war mit 16 Betten belegt, und die Kinder, die schon länger da waren, bestaunten den Neuen und vor allem das große Auto, mit dem er gebracht worden war und an dessen Steuer ein Chauffeur in Uniform saß, für die meisten Kinder ein unvorstellbarer Luxus.

Archibald war den Tränen nahe. Seine Eltern versuchten ihn zu trösten, aber sie mussten wegfahren und versprachen, ihm bald zu schreiben.

Die Jungen waren zwischen elf und 16 Jahre alt und kamen aus den unterschiedlichsten sozialen Schichten. Der älteste war ein Junge, der die Schule schon abgeschlossen hatte und in Berlin in einem Hotel als Pikkolo arbeitete, ein ziemlich großes Mundwerk hatte, aber zu den jüngeren sehr freundlich war. Die meisten Kinder hatten Kinderlähmung gehabt. Ein Junge, der genau so alt war wie Archibald und Fritz hieß, versuchte gleich, mit Archibald ins Gespräch zu kommen. Die anderen sprachen hinter vorgehaltener Hand davon, dass er der Sohn von Staatsrat Conti sei. Archibald sagte das gar nichts. Ein Staatsrat, was war das schon? Auf jeden Fall kein Minister und kein Staatssekretär. Der Pikkolo klärte ihn auf: „Der Staatsrat Conti ist der Reichsärzteführer – der ist sozusagen der Chef vom ganzen Laden hier. Die Eltern von Fritz sind in Ferien gefahren und haben ihn einfach hier in die Heilanstalt gesteckt, obwohl ihm gar nichts fehlt."

An Archibald schien Fritz großen Gefallen gefunden zu haben. Archibald konnte ihm sein Herz ausschütten, dass er so ungern in dieses grässliche Hohenlychen gekommen sei, er wäre viel lieber in Schweden, das so viel schöner als Deutschland sei. Der Sohn des hohen SS-Führers versuchte ihm das auszureden und lobte die Schönheit der deutschen Heimat. Aber trotz der unterschiedlichen Auffassungen freundeten sich die beiden bald an.

Die meisten Kinder hatten große Angst, von Professor Gebhard operiert zu werden, und auch Archibalds Angst vor einem solchen Schicksal nahm zu. Er war über jeden Tag froh, an dem der Professor keine Visite machte. Die Stubengenossen erzählten, dass Gebhard ganz plötzlich die Operation anordne. Dann gebe es ein Telegramm an die Eltern: „Ihr Sohn wird morgen operiert. Wenn sie nicht einverstanden sind, schicken Sie ein Telegramm, sonst werde ich die Operation vornehmen."

Es wurde gemunkelt, dass nur wenige Operationen gelingen würden. Ein Mädchen habe er, kurz bevor Archibald eingetroffen war, operiert, und es gehe ihr gar nicht gut, sie könne wohl nie mehr laufen.

Aber Archibald hatte Glück. Während der vier Wochen, die er im „Waldfrieden“ war, kam Professor Gebhard nur einmal, ließ die Kinder vor sich im Kreis herumgehen und verschwand wieder. Sonst ging die Zeit für Archibald so langsam hin, als wären es Monate. Um die Jungen kümmerten sich die Helfer nicht viel. Morgens wurde auf einer Terrasse vor dem steinernen Haus gefrühstückt, es war fast immer gutes Wetter, und so waren die Tische im Freien aufgeschlagen. Weiter oben auf der Terrasse saßen lauter junge Männer in Trainingsanzügen, denen nichts fehlte. Der Pikkolo, der immer alles wusste, erklärte ihm, das seien alles SS-Männer von der Leibstandarte und anderen Standarten, die sich hier erholen sollten.

Am Vormittag waren unten am See Massagebänke aufgestellt. Eine Heilgymnastin behandelte mehrere Kinder. Erst gab es Massagen, dann mussten die Kinder verschiedene Übungen machen. Zum Schluss kam eine Sportlehrerin und hielt die Kinder zum Schwimmen an. Schwimmen konnte Archibald recht gut, aber die Sportlehrerin verlangte, dass die Kinder ins Wasser springen sollten. Er mochte nicht springen, weil er Wasser in die Augen und in die Ohren bekam. Und je mehr die Lehrerin ihn beschimpfte und ihn als Memme bezeichnete, umso entschiedener sagte er: „Nein, das tu ich nicht!“ Er freute sich, dass er seinen Willen durchsetzen konnte.

Sehnsüchtig wartete Archibald jeden Tag auf einen Brief seiner Eltern, aber es kam keiner. Erst nach zehn Tagen kam ein dicker Brief seiner Mutter und wenige Tage später auch einer von seinem Vater. Aber bis der nächste kam, musste er wieder beinahe zwei Wochen warten.

Er zählte ungeduldig die Tage, bis seine Eltern ihn wieder abholen sollten. Endlich war es so weit. Am Morgen packte er gleich nach dem Aufstehen sein Köfferchen. Er rechnete sich aus, dass sie um neun Uhr, spätestens um zehn Uhr kommen würden. Aber es wurde elf und dann zwölf Uhr. Er glaubte schon, dass seine Eltern ihn vergessen hätten, aber dann endlich um halb vier Uhr kamen sie – sie hatten in der Nähe von Hohenlychen noch zu Mittag gegessen!

Im Herbst gab es in Lübeck ein Jugend-Reitturnier, und Paula war mit den Vorbereitungen dafür schon mächtig beschäftigt. Sie meldete Archibald und Britta beim Dressurreiten an, und Archibald wurde gefragt, ob er nicht beim Jugendspringen mitmachen wolle, und als er nach einigem Überlegen zusagte, meldete sie auch ihn zum Glücksjagdspringen an. Sieger war der Reiter, dessen Pferd die meisten Hindernisse ohne Fehler schaffte. Alle Kinder mussten ein weißes Hemd und dunkle Reithosen, schwarze Krawatte und eine schwarze Baskenmütze tragen, was Archibald überhaupt nicht behagte. Paula machte noch ein Foto von ihren beiden Kindern, auf dem Archibald ein äußerst mürrisches Gesicht machte. Obwohl sie zehn Bilder knipste, war keines dabei, das sie später vorzeigen mochte.

Beim Dressurreiten hatten beide Kinder überhaupt keine Chance. Es waren nur leichte Aufgaben, die gestellt waren, und letzten Endes waren die Siegerinnen die hübschesten jungen Mädchen, die das Gefallen der Preisrichter, die alle Offiziere waren, gefunden hatten. Beim Glücksjagdspringen hatte Archibald aber wirklich Glück. Er mochte das Pferd gerne, und das Pferd lief dreieinhalb Mal über den Parcours, ohne eine Stange abzuwerfen. Dann fing ein Hauptmann, der begeistert war, dass ein Junge mit überstandener Kinderlähmung so gut reiten konnte, an zu klatschen. Das Pferd erschrak und warf die erste Stange ab. Archibald wurde Zweiter. Den ersten Preis erhielt ein Junge, der schon 18 Jahre alt war. Archibald war überglücklich. Endlich hatte auch er im Sport einen Preis bekommen. Am nächsten Tag stand er als zweiter Sieger in der Zeitung, und seine Klassenkameraden und auch die Lehrer hatten es gelesen!

Im Erdkundeunterricht, neben Geschichte das Lieblingsfach von Archibald, wurde in der Quinta Deutschland durchgenommen, und zu Deutschland gehörten auch Österreich, die Schweiz und die Niederlande. Für die Kinder in Lübeck war Österreich ein fremdes Land wie viele andere. Sie wussten von ihm nicht viel. Skiurlaub im Winter gab es damals noch nicht. Dass Archibald etwas mehr von Österreich wusste, kam daher, dass die zweite Frau seines Opas Paul Fabricius, Oma Felicitas, Wienerin war und ab und zu etwas von Wien erzählte. Jetzt erklärte seine Lehrerin, dass der Zusammenschluss Deutschlands und Österreichs zum Parteiprogramm der NSDAP gehöre und ein Ziel des Führers sei. In der Zeitung hatte er darüber nichts gelesen, aber es leuchtete ihm aufgrund seiner Geschichtskenntnisse ein, dass Österreich zu Deutschland gehörte. Im Gegensatz zu den Lehrern hatte es ihn schon immer gestört, dass Friedrich der Große für bedeutender als Maria Theresia angesehen wurde. Den Krieg von 1866 fand er ungerecht. Als es aber im März 1938 innerhalb von wenigen Tagen zum Anschluss Österreichs kam, war er doch überrascht. Dass Deutschland jetzt größer und stärker wurde, das fand er wie alle Kameraden gut, und voller Begeisterung hörte er im Radio die Berichte über die in Österreich einziehenden deutschen Truppen und über den Jubel, in den die österreichische Bevölkerung ausbrach. Jetzt wurde überall geflaggt, und es herrschte Hochstimmung in Deutschland.

Leberecht und Paula waren zur Zeit des Anschlusses nicht in Lübeck. Sie machten mit Großmutter Johanna, die seit dem Tod von Onkel Archibald zum ersten Mal wieder verreiste, Urlaub in Jugoslawien. Leberecht hatte die Gelegenheit benutzt, zum Werk nach Fürnitz zu fahren, um dort nach dem Rechten zu sehen. Sie wohnten in Villach im Parkhotel und tranken voller Begeisterung den Wiener Kaffee mit Schlag, den es in Deutschland nicht mehr gab. Als sie 14 Tage später aus Jugoslawien zurückkehrten, herrschte in Villach unbeschreiblicher Jubel. Überall hingen Hakenkreuzfahnen und Girlanden, Musikkapellen zogen durch die Straßen, und die deutschen Soldaten wurden mit Blumen überschüttet und bekränzt. Aber im Parkhotel gab es zum Kaffee keine Schlagsahne mehr.

Während der Osterferien wurde auch in Gernsbach überall geflaggt. Tante Hiltrud hockte den ganzen Tag vor dem Radio, um möglichst als Erste die Ergebnisse der Abstimmung über den Zusammenschluss von Österreich und Deutschland mitzubekommen. Leberecht meinte nur: „Was willst du denn hören? Es gibt doch nur 99 Prozent Ja-Stimmen!"

Großmutter Johanna sagte: „Jetzt wird er wirklich größenwahnsinnig! Ich werde bei der Abstimmung ‚Nein' ankreuzen." Das wollte aber Archibald nicht in den Kopf gehen.

Für Archibald trat nach den Osterferien 1938 eine ganz einschneidende Veränderung seines Lebens ein: Er musste von seinem behüteten Elternhaus fort und in ein Internat gehen, denn seine Schule in der Roeckstraße, in der er sich so wohl gefühlt hatte, wurde geschlossen.

Schon bald nachdem Lübeck seinen Status als selbständiger Staat verloren hatte und nur noch eine kreisfreie Stadt in der preußischen Provinz Schleswig-Holstein war, beschloss die neue Oberschulbehörde, das Oberpräsidium in Kiel, die Privatschulen zu schließen. Sie passten nicht mehr in das System. In Lübeck hatten die Eltern direkte Kontakte zur ortsansässigen Schulbehörde und genügend Einfluss, das Institut am Leben zu erhalten. Aber der NS-Staat wollte unbedingt gewährleistet haben, dass die Kinder in seinem Sinn erzogen wurden, und nahm auf Extrawünsche keine Rücksicht.

Gegen Weihnachten wurde den Eltern mitgeteilt, dass die Schule zum 1. April nach Beendigung der Osterferien geschlossen werde, dass sie aber keine Angst haben müssten, die Kinder könnten ohne weitere Aufnahmeprüfung in die Mittelschule gehen, und auch für die Lehrer sei gesorgt. Die Eltern protestierten heftig. Die Mittelschule galt als eine Anstalt für die mittleren und unteren sozialen Schichten, und auch die Gymnasiasten schauten auf die Proletenkinder in der Mittelschule herab. Für Archibald und seine Eltern war der Gedanke, auf die Mittelschule zu gehen, einfach nicht akzeptabel. Zwar hätte der Mittelschulabschluss auch für eine leitende Stellung in der Firma ausgereicht, aber die Eltern wollten Archibald mit seinen vielen Interessen und Begabungen eine bessere Ausbildung ermöglichen, denn gerade die letzten zehn Jahre hatten gezeigt, wie schnell es in der Wirtschaft bergab gehen und der Bestand der Firma gefährdet sein konnte. Sie wollten dem Jungen die Möglichkeit geben, Chemiker zu werden wie sein Vater, Arzt oder Rechtsanwalt, vielleicht sogar Universitätsprofessor, das traute man dem Jungen schon zu.

Während die anderen Kinder für die Mittelschule umgemeldet wurden, versuchte Leberecht es noch mal mit dem Johanneum. Auf die Idee, ihn auf eine andere Lübecker Schule zu schicken, war er nicht gekommen. Aber das

Johanneum verlangte wieder eine Aufnahmeprüfung, und als Archibald sich diesmal ohne Begleitung der Eltern im Johanneum einfand, stand da schon sein früherer Klassenlehrer, der süffisant grinsende Dr. Krallental. Archibald wurde unsicher und fing zu stottern an. Er musste ein Diktat in Deutsch und in Englisch schreiben und eine Mathematikarbeit, bei der er ganz allein in einem Klassenzimmer saß. Er war nervös und unaufmerksam – und das Ergebnis war entsprechend.

Unter Berücksichtigung des recht guten Abgangszeugnisses der Privatschule würde man den Jungen nehmen, wurde den Eltern mitgeteilt, aber er solle die Klasse wiederholen und in die Quinta kommen. Aber das empfand Archibald als Schande. Die Eltern stellten ihn vor die Wahl, entweder eine Klasse zu wiederholen oder in ein Internat zu gehen – und das bedeutete von zu Hause fortzugehen. Archibald entschloss sich schweren Herzens für das Internat.

Die Eltern versprachen, eine Schule zu suchen, in der es nicht allzu streng zuging. Sie erkundigten sich bei Freunden und forderten überall Prospekte an. Eines Abends legten Leberecht und Paula alle Prospekte in Paulas Salon auf den Tisch und diskutierten, welches Internat für Archibald in Frage kommen könnte. Leberecht gefiel es eigentlich gar nicht, dass Archibald ein Internat besuchen sollte, er hielt von der Internatserziehung nichts. „Sitzen bleiben ist doch auch nicht so schlimm, ich selber hab auch einmal die Klasse wiederholen müssen. Das hat zwar nicht viel gebracht, aber der Ärger über das Sitzenbleiben war nach kurzer Zeit vergangen. Aber in einem Internat werden die Charaktere verbogen. Meine Vettern, vor allem die Pfarrerssöhne, wurden in verschiedene evangelische Internate geschickt, denen wurde das Rückgrat gebrochen, sie wurden zu Heuchlern! Mich hat schon immer gestört, dass sie den Namen Gottes ständig im Mund führen, sie sind zu Jawohl-Sagern geworden, aber hintenrum tun sie dann etwas ganz anderes. Und dann, schau dir doch mal die Salemer an! Die tun so, als ob sie bessere Menschen seien als andere, das ist geradezu widerwärtig!"

Paula widersprach: „Du übertreibst mal wieder maßlos! Meinen beiden Halbbrüdern Fritz und Paul hat das Internat in Salem wirklich sehr gut getan. Fritz war in der Schule in München ein Versager, und jetzt ist er ein guter Schüler. Paul hat selber den Wunsch gehabt, nach Salem zu gehen, weil er in München so allein war. Die Eltern waren doch immer verreist."

Aber Salem war zu weit weg von Lübeck, die Fahrt dauerte eineinhalb Tage, Archibald könnte dann am Wochenende nicht nach Hause kommen, und auch Paula könnte ihn nur ganz selten besuchen. Leberecht brummte: „Dazu ist es noch irrsinnig teuer! Du hast erst vor kurzem ein neues Pferd bekommen, und das alte haben wir auch noch für Archibald."

Paula gab zu: „Ich sehe ein, dass zwei Pferde ein Luxus sind. Wenn Archibald ins Internat kommt, dann können wir den alten Bacchus ja verkaufen."

Leberecht überlegte: „Vielleicht gibt meine Mutter einen Zuschuss für Archibald. Wie sollen wir denn von den Schulden runterkommen, wenn wir das teure Schulgeld zahlen müssen, und du hast ein Pferd und ein Auto!"

Paula schmollte. Bisher hatte Leberecht ihr noch nie vorgerechnet, was sie an Geld ausgab.

Sie sortierten die Prospekte. Die der nationalsozialistischen Erziehungsanstalten, der Napolas oder Adolf-Hitler-Schulen, wanderten sofort in den Papierkorb. Ganz davon abgesehen, dass man den Jungen nicht zum Nazi erziehen wollte, wäre er als „Mischling zweiten Grades", der nicht in der HJ war, dort gar nicht aufgenommen worden. Auch ein evangelisches Internat kam für Leberecht nicht in Frage.

Was übrig blieb, waren die Landerziehungsheime, aber auch bei denen störte es Leberecht, dass die Schulen immer betonten, besonders sportlich zu sein. Überall gab es Fotografien von Jungen, die mit nacktem Oberkörper Freiübungen machten, oder von Hockeymannschaften beim Empfang von Siegestrophäen. Paula störte das gar nicht, sie fand es sogar gut. Aber Leberecht sagte: „Überall dort, wo man so großen Wert auf Sport legt, wird Archibald nichts gelten!"

Dann sortierten sie die Internate nach ihrer Entfernung zu Lübeck. Paula wollte das Internat in zwei Stunden mit dem Auto erreichen, Archibald sollte am Wochenende oder zumindest am Sonntag nach Hause kommen und sie ihn auch ab und zu mal besuchen können. So wurde der Stapel der Internate, die nicht in Frage kamen, immer größer. Leberecht wollte seine Mutter um Rat fragen und rief sie in Gernsbach an.

Zunächst sagte er, dass Paul Fabricius die Schloss-Schule in Salem empfohlen hatte. Johanna war das gar nicht recht. Schon dass die Schule von Paul Fabricius empfohlen worden war, störte sie, der habe sich um seinen Enkel nie richtig gekümmert. Jetzt wollte er ihn zu sich hinüberziehen. „Wenn er erst einmal in Salem ist, wird er wahrscheinlich an den Wochenenden immer nach München gehen und gerät dann ganz unter den Einfluss seines Großvaters! Kannst du ihn nicht auf den Birklehof in Hinterzarten im Schwarzwald schicken? Dort ist jetzt Bernhard. Dann kann er mich ab und zu in Gernsbach besuchen."

Damit war aber Paula wieder nicht zufrieden. Es störte sie, wie abfällig Johanna über ihren Vater sprach, und dann würde Archibald wieder nur in Gernsbach sein und noch mehr unter den Einfluss seiner Großmutter geraten.

Sie waren beinahe soweit, Archibald doch die Quinta wiederholen zu lassen, als sie den Prospekt eines Internats in der Nähe von Lüneburg entdeckten, den ihnen Adolf Festerling geschickt hatte. Ihm war das Haus von Geschäftsfreunden empfohlen worden, wo Hamburger Kaufleute ihre Söhne untergebracht hatten. Bis vor kurzem hatte es einem jüdischen Direktor gehört, der es aber verkaufen musste. Es gelte als liberal, die Schüler hätten Einzelzimmer, und man lege dort sehr viel Wert auf Musik und Kunsterziehung.

Sie lasen den Prospekt noch einmal genau durch. Es war ein großer Gutshof mit hellen Zimmern. Die Kinder könnten regelmäßig im benachbarten Dahlenburg Theateraufführungen besuchen, die älteren Klassen würden zweimal im Jahr zu Aufführungen der Staatsoper und des Deutschen Schauspielhauses in Hamburg gehen. Im Hause gebe es laufend Kammermusikveranstaltungen, und die Kinder könnten Musikunterricht bekommen. In einer Schreiner- und einer Schlosserwerkstatt könnten die Kinder an praktische Arbeit herangeführt werden, außerdem sei geplant, eine eigene Druckerei einzurichten. Das klang alles sehr schön, und so entschloss man sich, den Laden einmal gemeinsam anzusehen.

Wenn es Archibald dort gefiele, würden sie ihn gleich anmelden. So fuhren Leberecht, Paula und Archibald an einem Sonntag los, um die Schule zu besichtigen. Zunächst mussten sie feststellen, dass Sophienau nicht so schnell zu erreichen war, wie sie es sich ausgerechnet hatten. Die Straßen von Lübeck bis nach Lüneburg waren nicht alle asphaltiert, sondern gingen in Kopfsteinpflaster über. Oft mussten sie hinter einem Bauernfuhrwerk herfahren und konnten erst nach zehn oder gar 15 Minuten überholen. Bei Lauenburg mussten sie eine Fähre benutzen. Als sie ans Elbufer kamen, war die Fähre gerade abgefahren, und sie mussten eine dreiviertel Stunde warten, bis sie endlich übersetzen konnten. Sie wollten eigentlich um zehn Uhr ankommen, aber es war bald Mittag, als sie endlich das Internat erreichten. Es lag gut zwei Kilometer von dem Dorf Dahlenburg entfernt in einer leichten Talmulde zwischen Getreidefeldern und Kartoffeläckern, am Rande eines kleinen Wäldchens. Schon von Weitem sah man das große Gutshaus, eine ungewöhnlich große, dreistöckige Villa. Von einem See, der direkt vor dem Haus liegen sollte, konnte man nichts erkennen. Es gab nur einen abgelassenen Mühlenteich, einen Tümpel voller Schlick, in dem sich einige Frösche befanden. Im Sommer musste das eine richtige Brutstätte für Mücken sein. Neben dem Haus waren Gärten und ein Sportplatz, ein Tennisplatz und einige ehemalige Scheunen.

Da keine Zeit mehr war für ein Gespräch mit dem Direktor, der vergeblich auf Familie Weiler gewartet hatte und schon etwas nervös war, wurden sie gleich zu Tisch gebeten. Das Esszimmer war eine Flucht von drei großen Räumen und einer Veranda, die früher wohl als Wohnzimmer gedient hatten. Jetzt waren dort neun Tische aufgestellt. An jedem der Tische saßen acht bis zehn Schüler, zusammen mit einem Erwachsenen, meist einem Lehrer oder einer Lehrerin. Leberecht und Paula wurden gebeten, am Tisch des Direktors Platz zu nehmen, an dem die Oberprimaner saßen, während Archibald dem Tisch der Quintaner zugewiesen wurde, an dem auch die Frau des Direktors saß. Von den Schülern wurde sie Angelika genannt, während ihr Mann, der Direktor, mit Herr Dr. Knapp angeredet wurde.

Paula hatte die junge Frau des Direktors erst für eine Schülerin gehalten, ein hübsches Mädchen von 18, höchstens 20 Jahren. Paula war in Versuchung gewesen, das junge Mädchen zu duzen, aber als Leberecht sie mit Frau Doktor anredete, war sie etwas verwirrt.

Nach dem Essen wurde Familie Weiler von der Hausdame, einer Kindergärtnerin, durch die Räume des Hauses geführt. Um drei Uhr gingen Leberecht und Paula in die Wohnung von Dr. Knapp im ersten Stock der Villa, während Archibald mit einem Quintaner bekanntgemacht wurde, den er weiter fragen könne.

Das Gespräch zwischen Archibald und Jochen – so hieß der Junge – war nicht sehr ergiebig. Jochen redete ununterbrochen, während Archibald kaum etwas fragte, und auf die Fragen, die Jochen stellte, antwortete er nur zögernd. Vor allem erkundigte sich Jochen nach der Limousine, mit der Archibald gekommen war, und nach seiner früheren Schule. Er selber erzählte nur von Sporterfolgen, die die Schule gehabt habe. Der Direktor sei zwar recht streng, eigentlich mochte er ihn nicht, aber Angelika sei prima, die sei große Klasse, eigentlich viel zu schade für den alten Bock.

Im Wohnzimmer von Dr. Knapp nahmen Leberecht und Paula in riesigen Plüschsesseln Platz, in denen sie geradezu versanken. Leberecht imponierte die riesige Bibliothek des Direktors, die beinahe so groß war wie seine eigene. Es waren vor allem philosophische Werke, viele Klassiker, sehr viele in französischer Sprache und auch einige englische, und ein großes Konversationslexikon. Angelika servierte Kaffee, und Leberecht musste ihre grazilen Bewegungen bewundern. Sie hatte lange, auf die Schultern herabhängende schwarze Haare, die es selten gab. Für Paulas Geschmack war sie zu stark geschminkt, sie gehörte eigentlich nicht in eine Schule und nicht aufs Land.

Paula bemerkte aber, dass Dr. Knapp sehr stolz auf sie war und fragte, seit wann sie denn verheiratet seien. Sie musste gestehen, dass sie erst vor acht Wochen geheiratet hätten. Kennengelernt hatten sie sich in einem Internat in Thüringen, wo Dr. Werner Knapp Französischlehrer war, während sie dort noch zur Schule ging. Sie hatte erst vor einem Jahr Abitur gemacht.

Dann kam das Gespräch zur Sache. Dr. Knapp entschuldigte sich, aber er müsse fragen, ob der Junge rein arisch sei. Man habe so seine Vorschriften. Das Internat habe er erst vor einem Jahr von einem jüdischen Erzieher übernommen, und dementsprechend seien früher auch viele Juden und Halbjuden auf das Internat gegangen. Die Schule habe als liberaler, lascher Verein gegolten, die Schüler seien nicht im Sinne des Nationalsozialismus erzogen worden, und das müsse sich jetzt ändern. Jüdische und halbjüdische Kinder könne er nicht in die Schule aufnehmen.

Leberecht musste bekennen, dass Archibald Mischling zweiten Grades, also „Vierteljude“ sei. Dr. Knapp runzelte die Stirn und sagte: „Aber in der HJ ist er doch sicher?“ Aber auch das musste Leberecht verneinen. Dr. Knapp sagte: „Ich weiß nicht, ob ich ihn dann überhaupt aufnehmen kann!“ Angelika meinte aber: „Schatz, sei doch nicht so streng! Der Schulrat wird das nicht mitbekommen!“

Dr. Knapp brummte: „Na ja, wir werden das schon regeln können.“

Leberecht hatte noch die Bitte, dass Archibald unbedingt ein Einzelzimmer bekommen sollte, er werde den Mehrpreis dafür bezahlen.

Der Vertrag wurde unterzeichnet, nach dem Archibald nach den Osterferien einen Tag vor Schulbeginn in Sophienau eintreffen sollte.

Als sie sich verabschiedet hatten, waren alle mit Ausnahme von Angelika mit dem, was vereinbart worden war, nicht recht zufrieden.

Archibald fuhr voller Bedrückung mit den Eltern nach Hause. Er sprach auf dem ganzen Weg kaum, und auch auf Fragen von Paula, ob es ihm gefallen habe, gab er nur einsilbige Antworten. Im Grunde genommen war ihm das Ganze unheimlich gewesen. Das Zusammensein mit so vielen fremden Kindern, die neugierigen und, wie er meinte, auch hämischen und unverschämten Blicke der Schüler, das betuliche Reden der Hausdame und der Lehrer, die er kennengelernt hatte, lösten bei ihm Angst aus. Am liebsten hätte er seine Entscheidung, ins Internat zu gehen, rückgängig gemacht, aber dazu war es jetzt zu spät.

Paula hatte der Direktor nicht gefallen, sie fand ihn zu laut und zu polternd, seine Höflichkeit ihr gegenüber empfand sie als unaufrichtig, und vor allem hatte ihr das Essen nicht geschmeckt.

Leberecht wiederum fand es bedenklich, dass der Direktor davon gesprochen hatte, im Internat müsse sich etwas ändern und er so viel Wert auf Sport gelegt hatte. Archibald mit seiner Behinderung könne da sicher keine Erfolgserlebnisse haben.

Als Dr. Knapp nach dem Abendessen mit seiner Frau zusammensaß, überlegte er: „Ich weiß nicht, ob wir nicht einen großen Fehler gemacht haben, den kleinen Weiler aufzunehmen. Das widerspricht vollkommen dem, was ich der Gauleitung versprochen habe, als ich Sophienau übernommen habe. Damals hat mir der Gauleiter nahegelegt, aus diesem schlaffen, jüdisch verseuchten Haufen eine richtige Schule im Geiste unseres Führers zu machen, alles müsse zackiger und sportlicher werden. Er sagte: ‚Sie müssen dafür sorgen, dass unser nationalsozialistisches Gedankengut allgemein verbreitet wird, auch über die Lektüre, die Sie durchnehmen. Juden können wir auf dieser Schule nicht brauchen. Sehen Sie zu, dass Sie sich durch sportliche Leistungen Anerkennung verschaffen!‘ Ich sollte mich bemühen, mehr Schüler aus dem Volk zu bekommen, gesunde, sportliche Jungen und nicht nur die Söhne der versnobten Hamburger Patrizier. Der Gauleiter drohte mir, dass er den Laden genau beobachten wollte!“

Dr. Knapp war das gegen den Strich gegangen, aber er wollte die Schule unbedingt bekommen, das war eine einmalige Chance für ihn. Eine eigene Schule, das war schon immer sein Traum gewesen. Sophienau hatte er billig kaufen können, aber die Schule hatte wegen des jüdischen Besitzers und Schulleiters schon seit Jahren keinerlei staatliche Förderung mehr erhalten und war darauf angewiesen, ein sehr hohes Schulgeld zu verlangen, das sich nur die wirklich reichen Leute leisten konnten. Die Spenden aus der Elternschaft waren in der Wirtschaftskrise Anfang der dreißiger Jahre sehr stark zurückgegangen. Viele notwendige Investitionen konnten nicht erfolgen. In den Unterrichtsräumen fehlte die Ausstattung, es gab keine Säle für den Chemie- und Physikunterricht, überhaupt fehlte es an Lehrmitteln. In der Turnhalle fehlten die meisten der üblichen Geräte, auf dem Sportplatz musste eine neue Aschenbahn angelegt werden.

Aber Dr. Knapp hatte trotz der Probleme zugegriffen, denn im Landerziehungsheim in Thüringen war er unhaltbar geworden. Er hatte mit der Schülerin Angelika ein Verhältnis begonnen, und die Geschichte ließ sich nicht mehr verheimlichen. Auf Unzucht mit Minderjährigen gab es schwere Strafen, bei einer Anzeige hätte es möglicherweise auch eine Zuchthausstrafe geben können, und die Gerichte waren seit der Herrschaft der Nationalsozialisten hier besonders streng. Er musste also schleunigst weg und Angelika heiraten. Der Schwiegervater war bereit, Angelika eine entsprechende Mitgift zu geben, mit der er den Kauf finanzieren konnte. Angelika freute sich, von einem Schulmädchen zur Chefin einer Schule aufzusteigen.

Dr. Knapp war noch rechtzeitig – seit 1937 konnte man das wieder – in die Partei eingetreten und war beim Gauleiter mit angestecktem Parteiabzeichen erschienen. Aber die Umwandlung der Schule war nicht so schnell zu bewerkstelligen, wie er sich gedacht hatte. Die älteren Schüler, die zum Teil schon seit sieben oder acht Jahren in Sophienau waren, hingen sehr an dem alten Schulleiter. Die Schüler waren überwiegend Söhne von Hamburger Großkaufleuten, Reedern, Schiffsmaklern, Inhaber von Seeversicherungsgesellschaften, Importeuren, deren Kinder zum Teil in der Schule nicht zurechtgekommen waren. Dazu kamen auch einige Schüler von deutschen Kaufleuten aus dem Ausland, vor allem aus Südamerika, deren Eltern wünschten, dass ihre Kinder auf eine deutsche Schule gingen. Die Eltern hatten also meist viele Auslandsbeziehungen, waren in der Welt herumgekommen und standen zum großen Teil dem Nationalsozialismus skeptisch gegenüber. Sie hatten die Schule wegen ihrer liberalen Ausrichtung gewählt, wegen der Betonung des Musischen und auch, weil man Sportarten wie Hockey und Tennis pflegte.

Zu Angelika wiederholte er: „Statt den jungen Weiler einzustellen, hätten wir einen jungen Arier aufnehmen sollen. Wir haben immer noch einen Halbjuden und drei Vierteljuden unter den Kindern, und jetzt nehmen wir noch einen dazu auf, dazu noch einen, der nicht in der HJ ist! Von den Kindern der Auslandsdeutschen sind auch nur zwei in der HJ, das wirft ein schlechtes Licht auf uns."

Angelika entgegnete: „Dafür ist der Weiler aber ein voll zahlender Schüler, und die brauchst du, wenn du über die Runden kommen willst. Denk daran, auch in meiner Familie gibt es Juden und Halbjuden. Im Übrigen braucht das ja die Gauleitung gar nicht zu wissen."

„Die Gauleitung wird es aber irgendwie doch rausbekommen. In der Schule muss einer sein, der uns verpfeift. Wenn ich zum Schulrat komme, weiß der immer ganz genau Bescheid, was bei uns los ist. Wenn irgendjemand nur das Geringste sagt, was gegen die Nazis ist, dann wird das sofort gemeldet. Außerdem habe ich das Gefühl, dass Dr. Weiler recht unangenehm werden kann, wenn es seinem Sohn bei uns nicht so gut gefällt, wie er sich das gedacht hat. Dann hat er so penetrant auf dem Einzelzimmer bestanden, das dem jungen Weiler gar nicht zusteht. Wir hätten das freie Einzelzimmer eigentlich deinem Bruder, der ja schon in die Untertertia geht, geben können, und nun ist nur noch Platz im Dreierzimmer!"

Angelika zuckte die Achseln: „Ach, dem Jürgen wird das Zimmer schon gefallen, er kommt gut mit anderen Jungen aus. Denk daran, Jürgen zahlt kein Schulgeld, aber was du von Weilers bekommst, ist das teuerste, das bisher bezahlt wurde!"

„Ich muss auf die Forderung der Partei Rücksicht nehmen und werde ab nächstem Schuljahr unsere Morgenfeier umstellen. Statt Gedichten von Goethe, Novalis, Brentano, Eichendorff und Chamisso müssen wir etwas Patriotischeres bringen. Goethe kann vielleicht noch bleiben, aber ein bisschen mehr Schiller, der Cornet von Rilke eignet sich auch noch. Dann Texte aus Jüngers ‚Stahlgewitter', die Kriegsbriefe von Walter Flex. Dann noch Binding oder am besten auch noch etwas von Dietrich Eckardt."

„Um Gotteswillen, bloß den nicht!" rief Angelika aus, „der schreibt so schlecht, der ist unmöglich!"

Während der Osterferien in Gernsbach verdrängte Archibald jeden Gedanken an das Internat. Sobald er aber nach Lübeck zurückkam, wurde ihm von Tag zu Tag bang und bänger, und auch dass seine Eltern mit ihm ganz allein noch einige Ausflüge in die Umgebung machten und ihn verwöhnten, tröstete ihn kaum. Doch obwohl ihm oft zum Heulen zumute war, ließ er sich nichts anmerken.

Nun war aber der Tag der Abreise nach Sophienau gekommen. Archibald war ein Eigenbrötler, der sich nur sehr ungern Fremden, seien es Lehrer oder Mitschüler, unterordnete, für den die Freiheit, seine Zeit einzuteilen, wie er es mochte. von immenser Bedeutung war. Zudem mochte er den Sport nicht. Beim Sport ging es immer nur um Sieg oder Niederlage, und er war derjenige, der immer die Niederlage einzustecken hatte.

Paula brachte Archibald mit dem Auto nach Sophienau. Sie verabschiedete sich mit einem langen Kuss und sprach ihm gut zu, während er die Tränen kaum unterdrücken konnte und ihr, als sie davon fuhr, lange nachwinkte. Als er abends im Bett lag, konnte er die Tränen nicht mehr zurückhalten und weinte noch lange in sein Kissen.

Der Tag im Internat war strengen Regeln unterworfen. Archibald hatte jetzt so gut wie keine Zeit mehr, über die er frei verfügen konnte. Jetzt herrschten die Lehrer und Erzieher nicht nur während der Schulstunden, sondern über den ganzen Tag. Dazu kam, dass auch die sogenannte Schülerselbstverwaltung die Kinder einer Rangordnung unterwarf, in der die Älteren ihre Herrschaft über die Jüngeren ausübten, und das auch sehr oft mit tyrannischen Gelüsten. Die Kinder konnten nicht sagen, was sie dachten, es war immer einer da, der petzte, obgleich das Petzen offiziell sehr verpönt war und die Petzer ab und zu der Rache der Schüler ausgesetzt waren.

Bisher hatte Archibald noch nicht gelernt, sich zu verstellen. Die Neulinge wurden grundsätzlich gehänselt und geärgert, weniger von den Klassenkameraden – Archibald ging jetzt in die Quarta –, sondern von den etwas älteren Unter- oder Obertertianern. Die meinten, dass sie den Neulingen erst einmal entsprechendes Benehmen beizubringen hätten.

Die ersten zwei Wochen hatte Archibald ein kleines Einzelzimmer, so wie es Leberecht versprochen worden war, aber dann wurde er von heute auf morgen in ein Doppelzimmer verfrachtet. Der Bruder der Chefin war mit dem Dreierzimmer nicht zufrieden, denn nur die Sextaner und Quintaner waren in Zimmern mit zwei bis fünf Betten untergebracht. So musste Archibald sein Zimmer räumen und mit einem anderen Quartaner, der aber zweieinhalb Jahre älter war, das Zimmer teilen, und der stutzte den Jüngeren kräftig zurecht.

Morgens um sechs Uhr läutete eine Glocke, und ein Schüler aus der Oberprima ging mit einer Pfeife durch die Gänge und brüllte: „Rise, rise, alles aufstehen, zum Frühsport gehen!" Zehn Minuten nach sechs Uhr mussten sich alle im Hof in Reih und Glied aufstellen. Es gab entweder Freiübungen oder einen Waldlauf, bei dem Archibald nicht mitmachen konnte. Der Direktor war der Vorturner, und auch seine junge Frau turnte mit. Um halb sieben Uhr ging es in den Duschraum, in dem es mehrere Dutzend Duschen nebeneinander gab, ohne Vorhänge dazwischen. Archibald genierte sich furchtbar, denn er war so erzogen, dass man sich nicht gegenüber anderen Menschen nackt zeigte. Dann wurden Zähne geputzt und Hände gewaschen, in einer langen Reihe nebeneinander. Da gab es nur Wasserhähne, aber keine Waschbecken und auch keinen Platz, um seine Zahnbürste oder das Rasierzeug der Älteren abzulegen.

Zehn Minuten vor sieben war Appell. Alle mussten strammstehen und die Fahne grüßen. Der Schulsprecher, ein Oberprimaner, meldete dem Direktor mit ausgestreckter Hand und einem zackigen „Heil Hitler", dass alle Klassen angetreten waren und dass der und der Schüler fehlte. Dann gab der Direktor die Kommandos „Richt euch, Augen rechts, Augen geradeaus", die Fahne wurde gehisst und wieder „Heil Hitler" gebrüllt.

Das Frühstück wie auch alle anderen Mahlzeiten wurde innerhalb der Gruppe eingenommen. Die Gruppe wurde gebildet – unabhängig von der Klassenzugehörigkeit – aus jeweils sieben bis acht Kindern. Theoretisch hatte jedes Kind die Wahl, sich einer Gruppe anzuschließen. Archibald wollte gerne in die Gruppe mit Angelika kommen, zu der die meisten seiner Klassenkameraden gehörten, aber man hatte ihn einer Gruppe von Quintanern zugeteilt, die von einer relativ strengen Mathematiklehrerin mit wenig Humor geleitet wurde.

Um acht Uhr fing der Unterricht an. Schon in der ersten Stunde gab es für Archibald eine große Überraschung, denn es war Französisch. In Sophienau hatte man in der Sexta mit Französisch angefangen und nicht wie in den meisten deutschen Schulen mit Englisch. Leberecht hatte sich um die Frage, welche Sprachen in der Schule gelehrt wurden, überhaupt nicht gekümmert. Jetzt wurde Archibald aus dem Unterricht geschickt, musste Privatunterricht in Englisch nehmen, der oft ausfiel und bei dem er nicht recht weiter kam.

Nach den ersten zwei Schulstunden war Bettenmachpause. Die Betten waren Strohsäcke, das bedeutete, dass das Leintuch sich nur sehr schwer darüber spannen ließ. Ein älterer Schüler kontrollierte, ob alles in Ordnung war, und er riss mit viel Vergnügen das Bettzeug wieder heraus und warf es auf den Fußboden, wenn das Bett nicht ganz akkurat gebaut war oder wenn er einen Jungen nicht mochte. Das Bett musste dann nach der dritten Stunde noch einmal neu gemacht werden, und wenn es noch nicht ordentlich genug war, wurde es wieder herausgerissen. Archibald, der nicht sehr geschickt war, musste sein Bett oft vier- oder fünfmal neu machen und war damit oft erst vor dem Mittagessen fertig.

Viermal in der Woche gab es eine Stunde Sport. Die Schule hatte zwei Sportplätze, meist wurde Fußball oder auch Hockey gespielt, denn die Internate, die sich als etwas Besseres fühlten als die normalen staatlichen Schulen, pflegten wie die Engländer das Hockeyspiel. Archibald erlebte wieder, dass ihn bei der Aufstellung der Mannschaft niemand in seiner Gruppe haben wollte, und auch der Sportlehrer, der die Schüler dazu zwingen wollte, Archibald in die Mannschaft aufzunehmen, konnte sich gegen die Sportskanonen nicht durchsetzen.

Zweimal in der Woche, am Mittwoch und am Samstag, ersetzte sogenannte praktische Arbeit den Sport. Archibald hatte sich darauf schon gefreut, er dachte, dass er dann in der Schreinerei schnitzen konnte. Leberecht hatte ihm einen ganzen Satz Schnitzmesser gekauft, die er auch in das Internat mitgenommen hatte. Die Enttäuschung war groß, als die praktische Arbeit eigentlich Arbeit war, die den Hausmeister ersetzte. Die Kleinen bildeten die sogenannte Hofgruppe, die den Hof harken und weggeworfenes Papier aufsammeln sollte. Die drei Mädchen, die es in der Schule gab, und drei Schüler, die dafür besonderes Interesse hatten, bildeten die Gartengruppe, die meist im Gemüsegarten Unkraut jäten und Pflanzen gießen musste. Dann gab es eine Sportplatzgruppe, die den Sportplatz und die Tennisplätze in Ordnung hielt.

Für die Neuen hatte man eine Waldgruppe gebildet, und Archibald hatte sich gefreut, dass er zu dieser gehörte, denn davon verstand er etwas. Die Großen schulterten mehrere Äxte, dann ging es in den Wald zum Brennholz machen. Archibald war entsetzt, wie die großen Jungen schon auf dem Weg in den Wald wild mit den Äxten um sich schlugen und junge Bäume einfach aus Spaß mit einem Axtstreich umhieben. Dann kamen die Bäume, die gefällt werden sollten, und auch hier war Archibald entsetzt, wie unsachgemäß das gemacht wurde, dass keine Fallkerbe gehauen und der Baum nur mit der Säge gefällt wurde. Das Holz, das man zu Grubenholz hätte verwenden können, wurde zu Brennholzscheiten aufgetrennt, und als er erklärte, wie man es richtig machen würde, lachten die Großen nur über den Kleinen, der sich anmaßte, sie belehren zu wollen. Archibald wurde schon bei der nächsten praktischen Arbeit in die Hofgruppe gesteckt und durfte Papier aufsammeln. Die Großen hatten sich beschwert, der Kleine sei viel zu schwach für die Waldarbeit.

Die Lehrer und Lehrerinnen waren nicht besonders streng. Prügelstrafen wie in der Volksschule gab es nicht. Auch gab es keine Ohrfeigen oder Kopfnüsse und auch keine Strafarbeiten. Aber trotzdem mochte Archibald die meisten Lehrer nicht, mit Ausnahme der Religionslehrerin, einer älteren Dame, die aus Karlsruhe stammte und sich in Norddeutschland und unter der neuen Schulleitung nicht wohlfühlte. Sie hatte Archibald in ihr Herz geschlossen und hörte sich auch seine Sorgen und Kümmernisse an. Auch im Johanneum hatte Archibald manche Lehrer nicht gemocht, aber wenn die Schule aus war, dann war es auch mit ihrem Einfluss vorbei. Jetzt war Archibald der Beobachtung und der Kritik der Lehrer den ganzen Tag über ausgesetzt, und sie hatten dauernd etwas zu nörgeln. Vor allem mochte Archibald nicht die Ironie, mit der er bedacht wurde, und das ständige Erklären, dass er sich anders verhalten müsse, wenn er ein guter Landschulheimer werden wollte. Aber das wollte Archibald ja gar nicht.

Gegen ein Uhr war wieder Appell mit Meldung, und anschließend gab es Mittagessen. Das Essen war eine typische Massenverpflegung, hier sparte Dr. Knapp. Von halb drei Uhr bis drei Uhr war Bettruhe angesagt. Es war die einzige Zeit, in der Archibald etwas lesen konnte, aber meist fing er schon mit seinen Schularbeiten an, weil er fürchtete, sonst am Nachmittag in der sogenannten Arbeitsstunde damit nicht fertig zu werden.

Um halb fünf Uhr gab es Kaffee und Brote, von fünf bis sieben Uhr war die Arbeitsstunde, in der Schularbeiten gemacht wurden. Ein Lehrer hatte die Aufsicht, und ihm mussten auch die Arbeiten vorgelegt werden.

Um sieben Uhr gab es wieder Appell und Abendessen. Um acht Uhr wurde geläutet, die Kinder mussten sich waschen und duschen, um halb neun Uhr mussten die Sextaner, Quintaner und Quartaner im Bett liegen, Tertianer und Untersekundaner durften eine halbe Stunde länger, bis neun Uhr, aufbleiben, und die Obersekundaner und die Unter- und Oberprimaner brauchten erst um halb zehn Uhr das Licht auszumachen. Diejenigen, die Einzelzimmer hatten, und die Älteren konnten möglicherweise noch lesen oder Detektorradio hören, bei den Jüngeren war das nicht möglich, denn jetzt setzte die Diktatur der älteren Schüler ein, die nachzusehen hatten, ob die jüngeren sich ordentlich gewaschen hatten – und sie nahmen das sehr genau –, ob das Licht ausgemacht war und keiner mehr schwatzte. Ganz willkürlich wurden oft Jungen noch mal in den Waschraum zitiert. Manche kauften sich von den Schikanen frei, indem sie den Aufpassern Schokolade oder Geld schenkten. Nach mehrmaligem Umziehen hatte Archibald ein Zimmer zusammen mit dem Sohn eines Lübecker Marzipanfabrikanten bekommen, der besonders starkem Terror ausgesetzt war. Seinen Eltern schickten ihm jede Woche ein Päckchen mit Marzipan, von dem er selber kaum etwas aß und auch Archibald als Zimmerkamerad nichts abgab, sondern damit die Schüler, die Aufsicht hatten, bestach.

Dr. Bernhard Knapp war hin- und hergerissen zwischen seinen Idealvorstellungen, die noch aus der Wandervogelzeit stammten, und den Forderungen, die die Partei und das Oberschulamt an ihn stellten. Um den Forderungen der NS-Partei zu entsprechen, gab es zum Ärger vieler Schüler dauernd Exerzieren mit Strammstehen und Flaggenappellen. Die Lehrer und Erzieher hatte er angehalten, die Schüler im Geiste des Nationalsozialismus zu erziehen. Den jüngeren Schülern, von der Sexta bis zur Obertertia, konnte das neue Gedankengut eingepflanzt werden, in den Oberklassen war das nicht mehr möglich. Hier gab es weitgehend Opposition gegen den neuen Kurs.

Archibald bedrückten nicht die harten Betten, das frühe Aufstehen, das einfache Essen, daran hatte er sich gewöhnt, sondern es war der Stress, dass er mit seinen Schularbeiten nie richtig in der vorgeschriebenen Zeit fertig wurde, es war der Druck durch die Kameraden und dass er sehr lange brauchte, um Freunde zu finden, mit denen er sich aussprechen konnte. Die Gedankenwelt der meisten Mitschüler oder der Kameraden aus der Gruppe war ihm fremd.

Dass Archibald alle vier Wochen nach Hause fahren durfte, wie er zunächst gehofft hatte, wurde von der Schulleitung nicht gerne gesehen. Allgemein wurde ein Besuch zu Hause nur in ganz seltenen Ausnahmefällen erlaubt, denn die Schulleitung wollte vermeiden, dass die Schüler in tiefes Heimweh verfielen. Zudem konnten sie die Jungen nicht so formen, wie sie wollten, wenn der Einfluss des Elternhauses zu groß war.

Auf den Besuch der Eltern freute sich Archibald schon viele Tage vorher. Aber bis die Eltern ankamen, verging meist der ganze Vormittag. Sie holten ihn zum Essen in ein Gasthaus ab, dann machten sie einen kleinen Spaziergang, und um vier Uhr mussten sie wieder nach Hause fahren. Archibald saß abends in seinem Zimmer und hätte am liebsten geheult.

Zwei- oder dreimal wurden die Eltern zu irgendwelchen Schulfesten eingeladen, aber dann hatten die Kinder auch nicht viel von den Eltern, die pflichtschuldigst zu den Aufführungen klatschten.

Anfreunden konnte Archibald sich mit dem Internat nie. Aber er lernte, dass er nur dann zurechtkam, wenn er sich verstellte. Die Internatsleiter in ganz Deutschland – ganz gleich, ob es eine Napola, ein kirchliches oder ein Landerziehungsheim war – vertraten nach außen hin die Auffassung, dass Kameradschaft das Wichtigste sei, dass Offenheit zwischen den Erziehern und den Zöglingen herrschen müsse, dass Lügen und Denunzieren eine große Untugend, ja eine Sünde seien, aber davon war in der Wirklichkeit nichts zu spüren. Archibald lernte wie die anderen Kinder sich zu verstellen: Nach außen hin höflich zu sein und alles fantastisch zu finden, was die Erzieher meinten, aber sich dann nicht danach zu richten. Die Jungen, denen das Rückgrat gebrochen war und die gelernt hatten sich anzupassen, kamen sowohl mit den Erziehern als auch mit den Kameraden zurecht. Und wenn man erst einmal diese Gesinnung hatte, dann war auch das Leben einigermaßen erträglich.

Endlich waren die Sommerferien da. Archibald hatte im Kalender im Schrank die Tage bis zu den Ferien angestrichen und erwartete jetzt sehnsüchtig, dass seine Mutter ihn abholte. Die Schüler hatten Monat für Monat drei Mark Taschengeld bekommen, das die meisten für Schokolade ausgaben. Aber Archibald hatte während der ganzen Monate nicht ein einziges Stück Schokolade gekauft, und so waren zwölf Mark zusammengekommen. Im Spielwarengeschäft in dem Nachbarort Dahlenburg kaufte er zwei Tage vor den Ferien für seine beiden Schwestern Britta und Astrid je ein Steifftier, ein kleines Kamel und ein kleines Eselchen, die aber wesentlich teurer waren, als er gedacht hatte. Ursprünglich wollte er auf ein kleines Radio sparen, das musste nun zurückgestellt werden. Die Schwestern zu Hause begrüßten ihn stürmisch. Wenn sie sich auch immer wieder mal gezankt hatten, ehe er ins Internat kam, weil Archibald nicht mehr bei allen kindlichen Spielen mitmachen wollte, so stand der Bruder jetzt im Mittelpunkt, und sie wichen nicht von seiner Seite.

Nach drei Tagen schon ging es in die Sommerferien in das geliebte Schweden, auf das sich Archibald so gefreut hatte. Zunächst fuhr die Familie vom Lübecker Hafen mit dem Schiff nach Kopenhagen. Als sie in den Hafen einfuhren, fuhr eine Motoryacht mit großer Geschwindigkeit an dem alten Raddampfer vorbei, auf dem Achterdeck saß ein Mann in einer schneeweißen Uniform und winkte zu dem Schiff herüber. Die Passagiere schrien vor Begeisterung: „Hermann, Hermann“ – es war Feldmarschall Göring, der auch nach Skandinavien fuhr.

In Kopenhagen durften die Kinder einen Tag im Tivoli verbringen, dann ging es nach Malmö weiter zur Familie Koller, um von dort am nächsten Tag mit dem Auto zum Gutshof zu fahren. Die Kinder bekamen eingeschärft, ja nicht zu sagen, dass sie auf ihr Gut fahren würden, in Wirklichkeit gehöre das Gut Herrn Koller, sie seien dort nur Gäste. Die Eltern fuhren nach Westschweden in den Badeort Bostad und versprachen bald nachzukommen. Es waren herrliche Tage auf dem Gutshof. Archibald durfte jeden Morgen früh um sieben die Milch mit dem Pferdefuhrwerk zur Molkerei fahren. Er legte großen Wert darauf, die Zügel selber in der Hand zu halten, er konnte ja reiten. Jeden Tag fuhren sie mit dem Fahrrad zu einem Badesee, ruderten, schwammen, fingen Fische, die sogar später gegessen wurden, aber den Kindern fehlten die Eltern, die nach 14 Tagen kamen.

Leberecht hatte es mit der Angst bekommen, dass der Erwerb des Gutes böses Blut machen würde. Seine Mutter hatte ihm einen mahnenden Brief geschrieben, vorsichtig zu sein, es gebe Neider, und die Version, dass das Gut Herrn Koller gehöre und die Familie Weiler dort nur Gäste seien, würde niemand glauben.

Aber Leberecht wollte die Tage auf dem Land genießen, und so reisten Paula und er doch noch nach auf das Gut, und es gab fast jeden Abend große Einladungen mit vielen schwedischen Freunden Leberechts, aber auch aus Deutschland kamen einige gute Freunde zu Besuch. Es ging hoch her, und das gefiel den Kindern, denen die Eltern immer wieder sagten, wie nett Herr Koller sei, dass er sie eingeladen habe.

Ganz glaubte Archibald nicht daran, dass das Gut Herrn Koller gehörte, denn im Gutsbüro saß nicht Herr Koller, sondern der Papa und konferierte fortlaufend mit den Förstern, dem Gutsverwalter und dem Vogt.

Leberechts Schwestern waren wie jedes Jahr nach Gernsbach gefahren. Sie missgönnten Leberecht und vor allem Paula den hohen Lebensstandard. Leberechts Gehalt war zwar wie alle anderen Gehälter auf dem Niveau des Jahres 1932 eingefroren, aber aufgrund der hohen Gewinne bekam er eine Tantieme von etwa 50.000 Mark, die das Mehrfache des Gehalts ausmachte. Dazu kam, dass er sich einiges auf Kosten der Firma leisten konnte, wie ein großes Auto und Reisespesen.

Immer wieder lamentierten die Schwestern bei Johanna und meinten, dass ihr Bruder Archibald viel bescheidener gewesen sei. Nie sei er in der Eisenbahn zweiter Klasse gefahren. Sie störten sich daran, dass Leberecht eine große Mercedes-Limousine für die Firma angeschafft hatte und dass Paula einen Opel Olympia zur Verfügung gestellt bekam, weil sie angeblich auch Leberecht auf Geschäftsreisen chauffierte. Das sei Betrug, denn meist würde Paula mit dem Auto zum Reiten fahren. Überhaupt, was so ein Pferd koste! Dann diese Reisen! Paula sei im März mit Leberecht in Jugoslawien gewesen, im April in Gernsbach, im Sommer in Schweden, auf diesem Gut. Es sei unverschämt, was Paula für Ansprüche stelle! Sie, die kein Geld mit in die Ehe gebracht habe, spiele jetzt die Frau Generaldirektorin. Das Pferd habe Leberecht ihr wohl auch nur als Trostpflaster geschenkt, weil er sie laufend mit irgendwelchen Weibern betrogen habe und sie dahinter gekommen sei!

Johanna betrachtete Leberechts Lebensstil zwar als zu protzig – sie vergaß nicht, dass Paula kein Bargeld mit in die Ehe gebracht hatte –, aber sie sah, wie die Schwiegersöhne das Geld ihrer Frauen verprasst hatten und ließ die Klagen ihrer Töchter nicht gelten. Sie verbat sich jede Diskussion.

Die Schwestern versuchten trotzdem, ihre Mutter zur Rede zu stellen, wie Leberecht es fertiggebracht habe, in Schweden ein Gut zu kaufen, woher er das Geld habe. Johanna sagte zwar, sie wisse von nichts, aber ihr war klar, woher das Gerede kam. Es kam von Leberechts Kindern, die gerne bei ihren Vettern und Freunden damit angaben, dass sie jetzt im Sommer auf das Gut von Papa fahren würden, und die Vettern und Cousinen erzählten es ihren Eltern weiter, und über diese war es auch in Gernsbach Gesprächsthema. So erfuhr es auch eines Tages Wilkowski, der sich alles, was er hörte, sorgsam notierte. Das reichte aber noch nicht, um Leberecht schaden zu können, und so schlich er um Buchhalter Adam herum. Aber Adam war verschlossen wie eine Auster und ging auf versteckte Vorwürfe, dass da irgendetwas faul sei, nicht ein.

Wilkowski beschloss, erst einmal vorsichtig zu sein und die Firma über Mittelsmänner beim Reichspreiskommissar anzuzeigen, vielleicht komme bei einer Durchsuchung durch diese Behörde einiges heraus, was man gegen Leberecht verwenden könne.

Während des Aufenthalts auf dem Gut erfuhr man wenig von dem, was draußen in der Welt geschah. Die deutschen Zeitungen kamen mit einem Tag Verspätung, und die schwedischen konnte nur Leberecht lesen. Aber man sorgte sich nicht weiter. Die Nachrichten zum Konflikt zwischen Deutschland und der Tschechoslowakei über das Sudetenland, die nach Schweden drangen, waren nicht so beunruhigend, dass man einen Krieg befürchten musste. Leberecht überlegte zwar wieder, ob er nicht jetzt, wo die ganze Familie in Schweden war, dort bleiben sollte und ob es nicht höchste Zeit sei, endlich den Trennungsstrich zu ziehen. Aber Paula war dagegen, und so reiste die Familie Mitte August wieder nach Hause.

Hier klangen die Nachrichten schon recht bedrohlich. Die Titelseiten des Lübecker Generalanzeigers, die Archibald jeden Morgen aufmerksam las, waren voll mit Schlagzeilen von Übergriffen der tschechischen Behörden gegenüber den Sudetendeutschen. Der tschechoslowakische Ministerpräsident Benesch wurde geradezu als Teufel dargestellt, und die Kinder schienen das zu glauben. Die kleine Astrid rief den Hund der Familie, einen temperamentvollen jungen Blue Terrier, der Haken schlug und von der eine Seite der Wiese zur anderen raste, dass die Grasnarbe aufriss, „Benesch".

Täglich hörte man davon, dass Reservisten eingezogen wurden. Viele von Leberechts Freunden, die im Weltkrieg Leutnants gewesen waren, hatten sich schon in den Vorjahren zu Übungen einziehen lassen, um befördert zu werden. Das Ziel war, bis zum Oberleutnant oder möglicherweise auch zum Hauptmann aufzusteigen. Als die Gefahr bestand, in einen Krieg ziehen zu müssen, wurde es den Offizieren mulmig. Von einer Kriegsbegeisterung war nichts zu spüren.

Voller Beklemmung war Archibald nach Sophienau gereist. Der Chauffeur, Herr Fischer, hatte ihn dorthin gebracht, nachdem er tränenreich von seinen Eltern Abschied genommen hatte. Das Internat war ihm zwar einigermaßen vertraut geworden, nach den schönen Ferien fiel es ihm aber sehr schwer, sich wieder einzugewöhnen.

In Sophienau waren die Zeitungen jetzt immer belagert. Beim Abendessen wurden die Nachrichten aus dem Radio übertragen. Die Primaner hofften auf einen Krieg und darauf, dass sie sich freiwillig melden könnten, dann brauchten sie im Frühjahr kein Abitur zu machen, sondern erhielten das Notabitur. Denn vor dieser Prüfung hatten sie große Angst. Viele von ihnen waren wegen schwacher Leistungen in bestimmten Schulfächern ins Internat gekommen, sie wussten, dass sie als Internatsschüler besonders hart geprüft wurden. Es waren immer einige der Schüler durch das Abitur gefallen, seit vielen Jahren hatten nicht mehr alle diese Prüfung bestanden.

Dass Chamberlain und Hitler nach den ersten Gesprächen zu keiner Einigung gekommen waren, freute sie. Noch mehr freuten sie sich, als Hitler ein Ultimatum stellte. Nun hofften sie, dass es bald losgehen werde. Dann aber, als es zum Münchner Abkommen kam, waren sie auch stolz, was für ein großes Land, ja ein richtiges Reich Deutschland jetzt war.

Die Nachricht über das Abkommen wurde im Radio übertragen, die Schüler trafen in der Halle zusammen, und beim Abspielen der Nationalhymnen mussten alle den Arm strecken. Archibald fiel das schwer, aber wenn er den Arm nicht gehoben hätte, wäre das sehr unangenehm aufgefallen. So stützte er den rechten Arm mit dem linken ab.

Die Kalkulation war sehr einfach geworden, und in ihr waren reichlich Reserven. Man durfte einen kalkulatorischen Gewinn, kalkulatorische Unternehmerlöhne und Abschreibungen sowie kalkulatorische Zinsen einrechnen, obgleich diese gar nicht anfielen. Dazu kam, dass in keiner offiziellen Kalkulation der Maßgewinn zwischen Einkauf des Rundholzes nach Mittendurchmesser und dem Verkauf, der nach dem Zopfdurchmesser berechnet wurde, enthalten war, der bei schlankem Holz, wie es aus Schweden kam, oder dem Holz aus dem Schwarzwald oder aus Österreich noch mal 20 bis 30 Prozent ausmachen konnte.

Leberecht nahm jetzt überall Rekordinvestitionen vor. Die meisten Werke waren nur recht sparsam mechanisiert. Die Masten wurden noch von Hand geschält, die Sägewerksgatter stammten von Leberechts Vater, ja sogar noch von seinem Großvater. Sein Bruder Archibald war mit Investitionen sehr vorsichtig gewesen. In der Inflation hatte er zwar etwas investiert, aber in der Wirtschaftskrise war nichts mehr geschehen.

Jetzt kaufte Leberecht fünf neue Imprägnierkessel, 20 Gatter und 20 große schwedische Kreissägen auf einmal. Als er bei der Firma Linck einen großen Abschluss tätigte, wurden ihm im wahrsten Sinn des Wortes rote Teppiche ausgelegt, so einen Auftrag hatte das Unternehmen noch nie auf einmal erhalten.

Die neuen Sägewerke wurden nach schwedischem Vorbild gebaut. Das Rundholz wurde mit Blockaufzügen direkt zum Gatter gebracht. Am Gatter standen nicht mehr drei oder vier Arbeitskräfte, sondern nur noch ein Mann, höchstens zwei. Besonders stolz war Leberecht auf die großen schwedischen Kreissägen, die er in Deutschland einführte. Es waren mobile Aggregate, die keine Fundamente brauchten, sondern auf Eisenbahnschwellen standen und innerhalb eines halben Tages aufgebaut werden konnten. Mit diesen Sägen ging man in die großen Waldbrand- und Windwurfgebiete in der Lüneburger Heide oder stellte sie bei großen Kahlschlägen in Ostdeutschland auf. Diese Außenwerke waren besonders rentabel und steigerten den Umsatz des Unternehmens beträchtlich.

In der Schnittholzerzeugung war Leberecht mit seinem Unternehmen jetzt eindeutig die Nummer Eins in Deutschland, und er zeigte voller Stolz den Aufsichtsratsmitgliedern und auch allen Fremden, die sie sehen wollten, seine neuen Werke, mit denen er sehr viel Lob erntete. In der Firma war er unumstritten der nahezu absolute Herrscher. Der Aufsichtsrat redete ihm nicht viel hinein. Er hatte zwar die Vorstandskollegen Bartels und Dembowski, aber die waren ihm treu ergeben und es gab kaum Widerspruch, zumal er beide am langen Zügel laufen ließ. Beide waren sich nur darin einig, dass das Stammwerk Gernsbach ein Saftladen war, und überlegten, ob man das Büro nicht nach Berlin verlegen müsse.

Eines Tages musste Leberecht überrascht in der Zeitung lesen, dass seine Firma vom Reichspreiskommisar Dr. Goerdeler mit einer Strafe von 750.000 Mark wegen zu hoher Gewinne belegt wurde. Die Telefone gingen pausenlos. Aufsichtsrat und Banken riefen besorgt an. 750.000 Mark waren eine gewaltige Summe, die zwar von Weiler & Busch durchaus zu verkraften war, aber es schadete dem Ansehen der Firma. Einige Angestellte schienen sich schon nach anderen Stellungen umzusehen.

Kowalski wusste nur einen Rat: Leberecht müsse den Leiter der Reichsstelle Holz für sich gewinnen – und Meier-Soden ließ sich überzeugen. Man versprach ihm, dass er als Vorstandsmitglied bei Weiler & Busch engagiert würde, wenn er den Reichskommissar davon überzeugen konnte, dass die Kosten wirklich entstanden seien und die Firma nichts Unrechtes getan habe. Die Strafe wurde gestrichen.

Was niemand in der Firma wusste: Wilkowski hatte eine anonyme Anzeige erstattet. Nun schäumte er vor Wut, dass seine Intrige fehlgeschlagen war. Zudem wurde ihm die Kompetenz zur Verhandlung mit dem Reichsarbeitsdienst entzogen, weil dies nun in das Aufgabengebiet des neuen Vorstandsmitglieds fiel.

Ende Oktober wurde das 25-jährige Jubiläum des Werkes Lübeck-Schlutup gefeiert. Leberecht war stolz, sein Werk, das er allein aufgebaut hatte, seiner Familie, den süddeutschen Mitarbeitern und den Geschäftsfreunden zu zeigen. Wochenlang hatte er an seiner Rede formuliert, bei der er auch die Leistungen seiner Brüder nicht vergaß und auch einige lobende Worte für den Führer, die Partei und den Aufschwung fand, den man Hitler verdankte. Mehr als 200 Gäste waren geladen, es kamen Freunde aus dem Inland und aus dem Ausland. Das neue Hobelwerk war zum Festsaal ausgeschmückt, Bilder seines Vaters und seines Bruders Archibald Hermann waren aufgestellt und ein mit Hakenkreuzfahnen eingerahmtes riesiges Bild von Adolf Hitler war am Rednerpult angebracht. Leberecht hatte dafür gesorgt, dass schon vor dem Werk und im Festsaal die Fahnen der Länder seiner Geschäftsfreunde gehisst waren.

Der Kreisleiter der NSDAP war allerdings außerordentlich verärgert, dass Leberecht in seiner Rede die Vertreter von „Staat, Wehrmacht und Partei" begrüßte. In einem bitterbösen Brief machte er Leberecht darauf aufmerksam, dass er die Partei an erster Stelle hätte nennen müssen, wie es sonst in Deutschland üblich war.

***

Klara lebte jetzt schon sieben Jahre in Berlin. Als sie 1931 nach Berlin gezogen war, hatte sie große Hoffnungen auf eine Karriere als Filmschauspielerin gehabt. Sie wollte nicht mehr länger Theaterschauspielerin in der Provinz sein. So zog sie in die Hauptstadt des Reiches mit den vielen Bühnen, darunter mehr als dreißig kleinen und kleinsten Privattheatern, und dann war da ja noch der Film. Aber in der Wirtschaftskrise war es nicht so leicht, ein Engagement zu bekommen. Eine Reihe von Privattheatern machte bankrott, und die, die weiter bestanden, mussten sparen.

Beim Film hatte man auch nicht gerade auf sie gewartet. Nur gelegentlich bekam sie ein Engagement als Komparsin. Sie fuhr nach Babelsberg hinaus und saß lesend oder strickend und wartete, bis ihr Typ gefragt war. Aber außer zwei kleinen Nebenrollen war sie nicht engagiert worden.

Dann kam Adolf Hitler an die Macht und mit Klaras Hoffnungen auf eine Karriere als Staatsschauspielerin war es vorbei, denn sie konnte als Halbjüdin nicht Mitglied der Reichstheaterkammer werden. Auch eine Heirat, an die sie eigentlich nie gedacht hatte, war jetzt mit den Nürnberger Gesetzen unmöglich geworden.

Klara lehnte von allen Familienmitgliedern den Nationalsozialismus am entschiedensten ab. Sie fühlte sich von den Nazis persönlich verfolgt, die ihr eine Karriere und eine Hochzeit verboten, und sie verfolgte aufs Kritischste die weitere Politik der Nazis. Die Olympiade 1936 in Berlin und die wirtschaftlichen Erfolge konnten sie nicht hinwegtäuschen über den unmenschlichen Charakter des Regimes. Während ihr Vater und auch ihre Schwester Paula immer noch von „wir Deutschen“ sprachen, waren es für sie „die Deutschen“, denn sie fühlte sich ausgegrenzt und wollte mit diesem Volk nichts zu tun haben. Am liebsten wäre sie ausgewandert. Das Land ihrer Träume war Amerika. Aber ihr Vater sagte: „In Amerika gibt es nur New York und die Provinz. Das Leben in New York ist sehr teuer, und bis du da Fuß fassen kannst, wird es vielleicht Jahre dauern.“

Klara fühlte sich – im Gegensatz zu ihrer ganzen anderen Familie – zu den Juden hingezogen. Als ihre Mutter starb, war sie 14 Jahre alt gewesen, als Paul zum zweiten Mal heiratete, war sie 16 und die neue Frau Felicitas 18 Jahre alt, also nur zwei Jahre älter als Klara. Sie nahm ihrem Vater die zweite Heirat übel, dem Vater, der von seinen Kindern verlangte, dass sie zu Felicitas „Mutter“ sagen sollten, und sie stand in Opposition zu ihr. Klara schloss sich besonders den Verwandten ihrer Mutter an, Tante Elisabeth, der einzig noch lebenden Schwester ihrer Mutter, und den Vettern und Cousinen aus der jüdischen Verwandtschaft und ging auch mit ihnen in die Synagoge.

Sie hatte viele jüdische Freunde in Berlin, wo die Menschen sich kaum dafür interessierten, was ihre Nachbarn taten und mit wem sie verkehrten. Sie wohnte in Berlin in einem Haus in der Tauentzienstraße in einer möblierten Wohnung im zweiten Hinterhof, in den nur wenig Licht fiel. Sie wohnte in einem Zimmer zur Unterniete bei einer alten Dame, einer verwitweten Theaterdirektorin, die von den Mietern aus irgendeinem Grund Wutschi genannt wurde und vor allem an Theaterleute vermietete.

Für Klara war die Wohnung sehr praktisch mitten im Zentrum Berlins gelegen. Sie hatte nicht weit zu ihrer Arbeitsstelle, dem Büro von Weiler & Busch, das zunächst am Potsdamer Platz im Columbus-Haus und jetzt in der Saarlandstraße war, die früher Stresemannstraße und davor Friedrich-Wilhelm-Straße geheißen hatte. Klara erledigte die Arbeiten, die sie sich nie gewünscht hatte, recht fleißig und zuverlässig. Sie konnte jetzt auch wieder Theater und Konzerte besuchen. Um die Billette zu bezahlen, sparte sie am Essen, indem sie mittags und oft auch abends in ein Aschinger-Restaurant ging, wo es Erbswurstsuppe und Semmeln umsonst gab, von denen man essen konnte, soviel man wollte.

Am Abend des 9. November 1938 hatte sie sich mit dem Journalisten Erich Walter verabredet, den sie bei ihrer Cousine Helga Krebs kennengelernt hatte. Er war Redakteur bei der Frankfurter Zeitung und jetzt für die Wirtschaftsredaktion dieser Zeitung in Berlin tätig, und sie unterhielt sich gerne mit ihm. An diesem Abend wollte er sie in das Schlemmerlokal Kempinski am Kurfürstendamm einladen.

Klara hatte am Abend noch die letzten Nachrichten im Rundfunk gehört. Da wurde vor allem über den Tod des Legationsrates von Rath in Paris berichtet, der nach einem Attentat seinen Schussverletzungen erlegen war. Das Attentat durch den 17-jährigen Herschel Grünspan hatte wenige Tage zuvor stattgefunden und für Schlagzeilen in den Zeitungen gesorgt, wo von einem hinterlistigen und feigen Anschlag eines Zionisten gesprochen wurde und von dem Weltjudentum, das hinter dieser Tat stand. Klara hatte gehofft, dass der Diplomat überleben würde. Wer wusste schon, was die Nazis bei seinem Tod vollführten! Auch gegenüber Walter äußerte sie diese Ansicht, als sie zusammen im Restaurant saßen und sie das gute Essen genoss, denn sie wurde nur selten eingeladen. Wenn sie sich mit Freunden traf, musste sie mit einem Glas Wein oder einer Tasse Tee vorliebnehmen. Während des Essens hörten sie das laute Bimmeln der am Kurfürstendamm entlangfahrenden Feuerwehr, das kein Ende nehmen wollte und auf einen großen Brand hindeutete. Der Oberkellner, der Walter die Rechnung brachte, ein Herr in tadellos sitzendem Frack, der Klara mit „gnädige Frau" anredete, sagte auf Walters Frage, was denn da draußen los sei: „Die Synagoge in der Fasanenstraße brennt!" Klara fuhr es heraus: „Hat man sie angezündet?" Und der Kellner antwortete kurz: „Vermutlich!"

Als sie auf den Kurfürstendamm hinaustraten, sahen sie schon die Flammen in der benachbarten Fasanenstraße zum Himmel schlagen. Zahlreiche Schaulustige standen herum, um zu gaffen. Da sah Klara einige Männer, die nicht weit von ihnen entfernt in einem Modegeschäft die Schaufensterscheibe mit einem schweren Vorschlaghammer einschlugen, in das Geschäft eindrangen und die Auslagen – es waren teure Abendkleider – auf die Straße warfen. Ein paar Häuser weiter flogen Porzellan, Küchengeräte, Kochtöpfe und Besteck mit lautem Geklirr und Gepolter auf die Straße. Im Hauseingang stand eine Frau, die hemmungslos weinte. Nirgends war Polizei zu sehen, dafür waren zahlreiche Journalisten mit Blitzlichtkameras unterwegs, und als der erste Polizist kam, schien er nicht die wütenden Plünderer in ihrer Zerstörungswut hindern, sondern die Journalisten vertreiben zu wollen. Erich Walter traf einen Journalisten des Manchester Guardian, den er kannte, und der meinte, die Plünderer seien wohl SA-Leute in Zivil, die sich hier austoben könnten.

Einen in der Nähe stehenden Mann, der sich auf seinen Vorschlaghammer stützte, fragte Walter, was das denn bedeuten sollte. Der gab sich als SA-Mann zu erkennen und erzählte, sie seien heute Abend in Zivil mit möglichst schweren Hämmern hierher bestellt worden, aber diesen Wahnsinn mache er nicht mit!

Als Klara und Erich Walter weiter in Richtung Gedächtniskirche gingen, kam ihnen ein Zug von Männern aus Richtung Tauentzienstraße entgegen, denen man Pappschilder mit der Aufschrift „Jude“ umgehängt hatte. Begleitet wurden sie von Trommlern und Männern mit Fackeln in der Hand, die „Deutschland erwache – Juda verrecke!“ brüllten.

Erich Walter fürchtete sich vor den Folgen: „Hoffentlich gibt es jetzt nicht den Krieg, den Hitler gewollt hat. Sein Nimbus als Friedensstifter hat keine sechs Wochen angehalten. England und Frankreich werden sich das hier nicht gefallen lassen!“

Als sie in die Tauentzienstraße einbogen, war das Tohuwabohu noch viel schlimmer. Die Straße wimmelte von Neugierigen, von denen die meisten entsetzt von dem Gewaltausbruch waren und schweigend zuschauten und den Kopf schüttelten, während die SA-Männer in Häuser eindrangen und in blinder Zerstörungswut Dinge auf die Straße warfen. Walter konnte Klara gerade noch zur Seite ziehen, da stürzte mit donnerndem Krachen ein ganzer Flügel aus dem vierten Stock eines Hauses auf die Straße und zerschellte. Als sie an einem Warenhaus vorbeikamen, das einem Schweizer Konzern gehörte, bei dem aber auch die Scheiben eingeschlagen und die Auslagen auf die Straße geworfen waren – darunter auch teure Pelze –, meinte Walter: „Das wird die Nazis aber teuer zu stehen kommen! Wenn sie die Schaufensterscheiben erneuern wollen, müssen sie sie gegen teure Devisen aus Belgien kommen lassen, denn so viel Glas gibt es in Deutschland nicht!“

Aber Klara winkte ab: „Das werden die Nazis doch nicht, das müssen die Juden selbst bezahlen!“ Und damit sollte sie Recht behalten, denn wenige Tage später belegte Hermann Göring als Beauftragter des Vier-Jahres-Planes die Juden mit einer Kontribution von einer Milliarde Mark für den Schaden, der an den Häusern durch die sogenannte „Reichskristallnacht“ entstanden war.

In ihrer Wohnung angekommen, traf Klara andere Untermieter, die alle aufgeregt durcheinander sprachen und von ihren Erlebnissen an diesem Abend berichteten. In ganz Berlin hatte man die Scheiben der jüdischen Geschäfte eingeschlagen, viele Juden waren abgeholt worden, und sogar in Privatwohnungen waren die Männer eingedrungen und hatten wie die Berserker gehaust. Im Radio kam die Nachricht, dass sich der Volkszorn gegen die Juden entladen habe und dass überall in Deutschland die Synagogen brannten.

Klara hatte jetzt Angst um ihre Familie in München und wollte – obwohl es schon gegen zwölf Uhr in der Nacht war – ihren Vater anrufen. Aber das Fernamt war besetzt, und bis die Verbindung mit München zustande kam, war es drei Uhr. Sie hatte Gewissensbisse, den Vater um diese Zeit zu stören, denn wenn er nicht in der Oper auftrat, ging er um elf Uhr ins Bett. Aber Paul Fabricius war noch auf. Auch in München brannten die Synagogen und waren in der Stadt die meisten jüdischen Geschäfte zerstört worden. Sehr viele waren es ja nicht mehr gewesen, denn eine ganze Menge hatte in den letzten Jahren schon aufgegeben und ihre Inhaber waren ins Ausland emigriert.

Tante Betty war aufgeregt zu ihrem Schwager gestürzt und berichtete davon, dass die Männer in dem Judenhaus, in dem sie jetzt wohnte, abgeholt worden waren. Sie hatte Angst, wieder nach Hause zu gehen und bat, bei ihm übernachten zu können. Er fürchtete, dass die Gestapo kam und nach ihr suchen werde, denn natürlich war die erste Adresse, wo man sie suchen würde, hier in der Gaußstraße bei ihrem Schwager. Aber Felicitas redete ihm gut zu: „Willst du denn wirklich Betty jetzt in der Nacht vor die Türe setzen? Das wäre doch unmenschlich und zudem ein Affront gegen die ganze Familie deiner ersten Frau, das kannst du wirklich nicht machen!"

Paul und Felicitas versuchten, Betty die Angst zu nehmen und meinten, es werde nicht so schlimm werden, irgendwann werde die Regierung schon eingreifen. Paul konnte sich nicht vorstellen, dass so etwas mit Willen von Adolf Hitler geschehe, sicher sei es nur Goebbels gewesen, der seinen großen Einfluss zeigen wollte.

Nach zehn Tagen kam Pauls Neffe Erich, der Sohn von Tante Betty, ziemlich elend aus dem KZ zurück. Ein Auge war ihm blau geschlagen, und es fehlten ihm drei Schneidezähne. Er wollte nicht über seine Erlebnisse sprechen – nur jetzt möglichst schnell aus Deutschland ausreisen. Er schien große Angst zu haben, irgendetwas zu sagen, was möglicherweise seine Ausreise gefährdete. Nur gegenüber Klara machte er einige Andeutungen. Im Weltkrieg hatte er sich als Freiwilliger gemeldet, war zum Leutnant befördert und schwer verwundet worden, er hatte das Eiserne Kreuz Erster Klasse und das Silberne Verwundetenabzeichen, weshalb er auch nach kurzer Zeit wieder aus dem KZ Dachau, in das man ihn verschleppt hatte, entlassen worden war. Schon als man ihn aus seinem Haus abgeholt hatte, war er mit dem Gummiknüppel geschlagen worden. Die SS-Leute seien noch einigermaßen korrekt gewesen, aber die Rabauken von der SA hätten sich viehisch benommen. Als er im KZ sagte, er sei Kriegsteilnehmer gewesen, hätten die nur höhnisch gelacht: „Du Saujude, hast dich doch nur in der Etappe herumgedrückt, wahrscheinlich auch noch geplündert!" Als Erich erwiderte, dass das Plündern doch wohl andere besorgen würden, da hatten sie ihn angespuckt, ihm ins Gesicht geschlagen, und als er hingefallen war, hatten sie ihn noch mit ihren groben Stiefeln in den Bauch getreten.

In Deutschland wollte er jetzt keinen Tag länger bleiben. Schon vorher hatte er sich bemüht auszureisen, aber von keinem Land hatte er ein Einreisevisum bekommen. Außerdem hatte er erhebliche Schwierigkeiten, das Geld für die Reichsfluchtsteuer aufzubringen. Es gab nur die Möglichkeit, nach Shanghai zu gehen, aber im letzten Augenblick erhielt er ein Visum nach Südafrika. Als armer Mann verließ der einst wohlhabende Kaufmann sein Heimatland.

Johanna hatte am 8. und 9. November mit großer Unruhe die Nachrichten im Rundfunk verfolgt. Sie ahnte Schlimmes, und als am Abend die Meldung kam, dass der Botschaftssekretär von Rath seinen Verletzungen erlegen war, fürchtete sie eine böse Reaktion der Nazis. Als sie beim Frühstück saß, kam die Köchin angelaufen und sagte ganz aufgeregt: „Frau Kommerzienrat, schauen Sie, da hinter unserm Haus brennt's!"

Johanna sah schwarze Rauchwolken aus der Richtung, in der die neue Gernsbacher Synagoge stand, die erst vor zehn Jahren errichtet worden war. Die Köchin wollte sofort dorthin laufen und sehen, was los sei, aber Johanna verbot es ihr: „Nein, Lina, da geht man nicht hin!"

Kurze Zeit später berichtete ihr Prokurist Adam, der jeden Morgen um zehn Uhr kam, um ihre Finanzen durchzusprechen, aufgeregt, dass auf der Bleichstraße und in der Igelbachstraße bei sämtlichen jüdischen Geschäften die Fenster eingeschlagen waren, dass man Möbel auf die Straße geworfen hatte und die Juden mit lautem Trommeln durch die Stadt getrieben würden. Die Synagoge brenne. Dann kamen wieder laut schnatternd Frauen aus der Umgebung zu ihr, die über die Ausschreitungen berichteten, einige voller Empörung, andere aber auch voller Zustimmung.

Am Nachmittag besuchte Johanna den Leiter der jüdischen Gemeinde, um ihr Missfallen über die Haltung der Nazis auszudrücken. Leute, die vor dem Geschäft standen, wollten sie nicht hineinlassen, aber wenn die Frau Kommerzienrat das wollte, dann setzte sie es auch durch. Sie sprach dem mit verheulten Augen dasitzenden alten Mann Trost zu. Es hatte nichts genutzt, dass er sein Geschäft schon vor einiger Zeit seinem Schwiegersohn, der „Arier" war, übergeben hatte. Die Leute hatten kein Mitleid mit ihm und sagten nur: „Es geschieht ihm ganz Recht, warum hat er auch eine Jüdin geheiratet!"

Am nächsten Tag kam der angeheiratete Neffe von Johanna, Lackner, zu ihr und machte ihr Vorhaltungen, dass sie ausgerechnet an diesem historischen Tag den Juden besucht hatte. Ihr Besuch sei schon dem Kreisleiter gemeldet worden, und der sei entsetzt darüber. Das könne ihr und ihrer Familie und auch der Firma noch gewaltig schaden.

Johanna antwortete ganz ruhig: „Ich habe gedacht, in Deutschland gibt es keine solchen Pogrome wie in Russland, aber anscheinend habe ich mich geirrt!"

Der 75. Geburtstag des Familienoberhauptes Johanna Weiler stand bevor, der am 17. Dezember mit großem Pomp gefeiert werden sollte. Leberecht fuhr schon etwas eher nach Gernsbach, Paula und Archibald sollten am 16. Dezember nachkommen. Am Tag davor schellte es stürmisch an der Haustüre der Krügerstraße 9. Das neue Hausmädchen Lisbeth, das anstelle von Hertha, die geheiratet hatte, nun bei Weilers war, öffnete und schaute verdutzt auf zwei Männer in Ledermänteln und zerknautschten Hüten, die wie Kriminalbeamte im Kino aussahen, sich an ihr vorbei ins Haus drängten und nach Dr. Weiler fragten. Auf Lisbeths Antwort, dass der Herr Doktor verreist sei, fragten sie nach Frau Weiler, verschwanden aber, ohne eine Antwort abzuwarten, gleich in Leberechts Arbeitszimmer. Paula kam auf den Lärm hin bestürzt die Treppe herunter und ging ebenfalls in das Arbeitszimmer. Die Kinder rannten zu Lisbeth und fragten, was denn da los sei, aber sie wusste keine Antwort.

Die Männer gaben sich Paula gegenüber als Mitarbeiter der Zollfahndung zu erkennen, von der sie überhaupt nicht wusste, was das war. Sie wollte gleich mit Gernsbach telefonieren, aber das wurde ihr nicht gestattet. Die Männer hielten ihr einen Hausdurchsuchungsbefehl unter die Nase und begannen sofort, Leberechts Schreibtisch zu öffnen und die Schubladen auf dem Tisch auszuleeren. Zunächst fanden sie nur Dutzende von Theater- und Konzertprogrammen, Fotografien mit Unterschriften von Sängern und Sängerinnen, Alben mit Familienfotos, die sie eifrig durchstöberten. Schließlich fanden sie neben dem Sofa zwei volle Aktentaschen, die beide wohl vier oder fünf Kilo schwer waren, denn Leberecht hatte die Angewohnheit, seine Aktentaschen nie auszuräumen, beibehalten. Die Männer hatten ziemlich viel zu schleppen und trugen alles zum Auto.

Kaum waren die Eindringlinge verschwunden, rief Paula bei ihrer Schwiegermutter in Gernsbach an, kam aber nicht durch, und auch mit ihrer Schwägerin Else bekam sie keine Verbindung, und bis das Fernamt ihr das mitteilte, war es schon drei Uhr nachmittags. Daraufhin rief sie die Firma in Gernsbach an, aber der Telefonist sagte ihr, dass Leberecht heute Morgen nicht ins Büro gekommen sei, und als sie den Prokuristen Adam verlangte, erhielt sie zur Antwort, dass der morgens abgeholt worden sei.

Voller Verzweiflung rief sie bei Dembowski zu Hause an. Am Apparat war die verheulte Frau Irma, die unter Schluchzen mitteilte, dass man ihren Mann heute Morgen verhaftet hatte.

Endlich, es war schon fast sieben Uhr, rief Leni von einer Freundin in Baden-Baden an und teilte ihr mit, dass Leberecht, Großmutter Johanna und Tante Else Stark sowie der Prokurist Adam alle verhaftet und wahrscheinlich nach Karlsruhe gebracht worden seien. Morgens gegen sieben Uhr seien die Männer zur gleichen Zeit in der Firma, bei Johanna und bei Else erschienen und hätten alle mitgenommen. Sie müsse sich jetzt um ihre Cousine Marianne kümmern, die ganz allein sei.

Archibald merkte, dass etwas nicht in Ordnung war. Als er zu seiner Mutter gehen wollte, die im Herrenzimmer telefonierte, wurde er von ihr wieder hinausgescheucht und musste auf sein Zimmer. Er und Britta rätselten, was eigentlich los sei und sprachen mit Lisbeth darüber, die konnte sich aber auch keinen Reim darauf machen.

Endlich kam Paula aus dem Herrenzimmer zu den Kindern hinauf. Sie hatte ganz verweinte Augen und meinte nur, dass sie am nächsten Morgen nicht nach Gernsbach fahren würden, wahrscheinlich werde die Geburtstagsfeier verschoben, weil die Großmutter krank geworden sei.

Leberecht war schon in Lübeck, ehe er nach Gernsbach abreiste, unruhig geworden, weil er viele eigenartige Fragen von Zoll- und Steuerprüfern beantworten musste, die ihn zu den schon abgeschlossenen Verkäufen der Unternehmen in Finnland und Schweden befragten. Irgendwie hatte er das Gefühl, dass ihn jemand denunziert hatte, aber wer? Als er seinen Freund fragte, den Zollrat Epp, der wie er Badener war, meinte der, er brauche sich keine Sorgen zu machen, das seien nur Routinefragen, die jetzt aufgrund der schärferen Devisenbestimmungen überall gestellt würden.

In Gernsbach waren Johanna und er erst sehr spät ins Bett gekommen, sie hatten noch lange zusammengesessen, Leberecht hatte über die Entwicklung der Firma berichten müssen. Johanna war froh, dass alles so gut lief und zehrte auch noch von der schönen Jubiläumsfeier in Schlutup.

Am nächsten Morgen klingelte es gegen sieben Uhr an der Haustüre bei Johanna und bei Else. Johanna war schon dabei, Kaffee zu kochen, während Else noch im Badezimmer war. Sie hatte sich gerade fünf Minuten vorher von ihrer Tochter verabschiedet, die mit dem Bus zur Schule nach Baden-Baden fuhr. Leberecht rasierte sich noch, als plötzlich die Köchin an seine Zimmertüre klopfte und zwei Herren in Zivil und ein Polizist vor der Badezimmertüre standen und ihn barsch aufforderten, sich schnell fertig zu machen, er sei verhaftet. Auf seine erstaunte Frage, warum, erklärte man ihm, das werde er schon noch erfahren. Auf dem Gang standen schon seine Mutter und seine Schwägerin. Er versuchte, mit ihnen zu reden, aber das wurde sofort unterbunden. Er merkte, dass auch sie verhaftet waren. Else wollte ihrer Tochter eine Nachricht zukommen lassen, aber auch das wurde ihr verboten. Als Else aber darauf bestand, wurde ihr nur gestattet, einen Zettel zu schreiben, dass sie zu den Nachbarn, dem Fabrikanten Felix Schultz gehen sollte, wenn sie von der Schule nach Hause kam.

Als Marianne um ein Uhr heimkehrte, fand sie die Wohnung leer. Sie ging zur Großmutter, aber auch dort war niemand. Sie wusste nicht, was der Zettel zu bedeuten hatte, ging aber hinüber zu Herrn Schultz, der nicht schlecht staunte, als die kleine Nachbarin plötzlich weinend vor seiner Türe stand.

Frau Schultz versuchte das Mädchen zu trösten, während Herr Schultz in der Firma anrief, aber dort wusste niemand, was los war. Er kam auf die Idee, dass vielleicht die Gestapo die Familie abgeholt hatte.

Um etwas zu erfahren, rief er das Amtsgericht an und erhielt die Nachricht, dass alle drei Weilers auf Ersuchen der Staatsanwaltschaft verhaftet worden waren. Man möchte sich mit dem Anwalt in Verbindung setzen. Aber auch der Anwalt von Johanna in Karlsruhe war noch nicht unterrichtet. Schultz rief Leni an, und Leni telefonierte mit Paula. Paula setzte sich mit Uli Brandel, Leberechts Freund, in Verbindung, aber weswegen Leberecht,

Johanna, Else, Prokurist Adam und Dembowski verhaftet worden waren, wusste niemand.

Leberecht, Johanna, Else und Prokurist Adam wurden in getrennten Wagen abtransportiert. Leberecht wusste noch nicht einmal, dass auch Adam verhaftet worden war. Nach einer Dreiviertelstunde Fahrt hielt das Auto vor dem Untersuchungsgefängnis in Karlsruhe in der Gottesauer Straße. Ein Beamter ging zum Tor voraus, grüßte mit Heil Hitler und sprach etwas von einer Einlieferung und schob ein Blatt Papier durch ein kleines Fenster. Dann hörte Leberecht ein Geräusch, das er noch oft hören sollte, das Klingeln eines Schlüsselbundes. Dann noch einmal „Heil Hitler", was Leberecht geradezu makaber vorkam. Aber Untersuchungshäftlinge, wenn sie keine Juden waren, wurden noch so begrüßt, während die Strafgefangenen dieses Grußes nicht würdig waren.

Leberecht wurde in ein kleines Schreibzimmer geschoben, ein Beamter setzte sich neben ihn, während andere Beamten an ihren Schreibtischen neugierig herübersahen. Erst einmal wartete er einundeinhalb Stunden, während sich die Beamten in der Schreibstube über die Weihnachtsfeier im Verein und über das schlechte Abschneiden des Karlsruher Sportvereins unterhielten oder mit ihren Kollegen über irgendwelche persönlichen Angelegenheiten sprachen, über ihre Schrebergärten und wie man die Winterkartoffeln am besten einlagerte.

Ein älterer Beamter bot Leberecht eine Zigarette an, aber Leberecht dankte. Der Beamte meinte trocken: „Hören Sie, es wird schon nicht so schlimm werden. Wenn Sie erst einmal verurteilt sind und wissen, wie lange Sie noch zu sitzen haben, dann lässt sich alles viel besser ertragen!"

Schier endlos dauerten dann die Aufnahmeformalitäten. Ein etwa 60-jähriger Beamter tippte mit zwei Fingern auf einer uralten Schreibmaschine unendlich langsam in ein Formular, das er dreimal wieder zerriss, weil er etwas falsch geschrieben hatte. Leberecht warf immer wieder ein, es müsse sich um einen Irrtum handeln, aber darauf antwortete niemand. Nur der ältere Beamte brummte etwas wie: „Das sagt wohl jeder."

Nachdem die Formalitäten abgeschlossen waren, wurden Leberecht seine Papiere abgenommen und seine Hosen- und Westentaschen ausgeleert. Das Geld, die Schlüssel, den Zigarrenabschneider, die Armbanduhr, die Brieftasche mit Inhalt, alles musste er abgeben. Der Beamte verlangte auch seine Schnürsenkel und seine Hosenträger, so dass er seine Hosen festhalten musste. Dann führte man ihn in eine Art Waschraum. Dort musste er sich vollkommen ausziehen, was ihm außerordentlich peinlich war, zumal die Beamten auch in den Hintern schauten.

Wieder musste er eine Dreiviertelstunde warten, bis ein junger und der ältere Beamte ihn in eine Zelle brachten. Die Einrichtung bestand nur aus einer Pritsche und einem kleinen Tisch mit einem wackeligen Stuhl davor, wo er essen und möglicherweise auch schreiben konnte. Vor dem Lokus ekelte sich Leberecht. Das Bett war äußerst schmal und hart, die Wolldecken, die zwar frisch gereinigt, aber uralt aussahen, waren nicht nach seinem Geschmack. Es wurde ihm mitgeteilt, dass am Nachmittag der Bibliothekar vorbeikomme, er könne sich Bücher aussuchen, und wenn er wolle, könne man ihm auch eine Zeitung bringen. Rauchen sei verboten, aber Untersuchungsgefangene hätten dazu das Recht. Er habe auch das Recht, sich das Essen von einer Gastwirtschaft kommen zu lassen. Der ältere Beamte erklärte ihm: „Ich kenne eine gute Wirtschaft ganz in der Nähe, da kostet das Essen nur 90 Pfennig, es gibt Suppe, Hauptgang und Nachtisch. Sie können auch Bier oder Wein bekommen, natürlich nur in beschränktem Umfang, aber immerhin. Sie brauchen das nur zu sagen!"

Leberecht fragte nach einem Anwalt und erhielt die Antwort: „Sie werden schon rechtzeitig davon hören."

Und dann wurde die Türe hinter ihm zugeschlagen und verriegelt – er war eingesperrt. Nun saß er allein und machte sich Sorgen, wie es seiner Mutter erging. Was machten seine Frau und seine Kinder? Wusste Paula überhaupt, was mit ihm passiert war? Was würde jetzt mit ihm geschehen? Er machte sich Sorgen um seine Stellung in der Firma. Würden sich die Leute nicht alle von ihm abwenden? Würde er vielleicht sogar abgesetzt? Aber dann tröstete er sich wieder mit dem Gedanken, dass man ihm doch nichts vorwerfen konnte.

Der Beamte hatte ihm eine Zeitung gebracht. Er las die ersten Zeilen vier- oder fünfmal, kam aber nicht weiter, weil er immer wieder ins Grübeln verfiel.

Johanna kam in das – wie sie es nannte –Weibergefängnis nach Karlsruhe. Sie war beleidigt, aufs Tiefste gekränkt und redete mit den Gefangenenwärterinnen nicht ein Wort. Als man sie mit Frau Weiler anredete, war ihre Antwort nur: „Frau Kommerzienrat, bitte!"

Der Gefängnisdirektor war bestürzt. Eine Frau von 75 Jahren so einzuliefern! Wenn der etwas passieren würde! Johanna aß nicht einen Bissen und trank nicht einen Schluck. Bei der Aufnahme antwortete sie nicht, sondern sagte nur: „Sie wissen ja, wer ich bin!"

Der Direktor rief den Gefängnisarzt hinzu, denn er wollte kein Risiko eingehen. Zwar konnte er nicht prüfen, und es ging ihn auch nichts an, was der Untersuchungsgefangenen vorgeworfen wurde, aber wenn sich die Unschuld herausstellen sollte und die Frau Kommerzienrat sei im Gefängnis gestorben, dann gäbe es einen Skandal und wahrscheinlich Untersuchungen, vielleicht würde er auch seinen Posten verlieren. Er wusste ja nicht, welche Protektion die Frau möglicherweise in der Regierung habe!

Und so wurde beschlossen, Frau Kommerzienrat noch am Nachmittag in das Gefängniskrankenhaus zu überweisen, wo die Ärzte und das Personal wesentlich freundlicher waren. So eine vornehme alte Dame hatten sie noch nie im Gefängnis beherbergt.

In Gernsbach gingen in der Zwischenzeit im Haus in der Bleichstraße ganze Körbe voll Briefe und Telegramme und Unmengen von Blumen mit Glückwünschen zum 75. Geburtstag von Johanna ein. Die Schwestern von Leberecht, Hiltrud und Silvia mit ihrem Mann, waren eingetroffen, fanden aber nur das leere Haus vor. Niemand konnte Auskunft geben, wie es weitergehen sollte, die Frau Kommerzienrat war halt nicht da und hatte auch keine Anweisungen hinterlassen. Erst als Leni kam, erfuhren sie, was geschehen war.

Hiltrud hatte ja schon immer gewusst, dass Leberecht illegale, ja kriminelle Dinge getrieben hatte. Sie war empört darüber, dass er seine Mutter da hineingezogen hatte. Alle ergingen sich in Vermutungen, was denn wirklich geschehen war. Sie trauten Leberecht zu, etwas Unrechtmäßiges getan zu haben – und sie mussten jetzt darunter leiden! Festerling widersprach ihnen. Leberecht sei sicher manchmal etwas unvorsichtig, aber sie sollten ihn nicht verurteilen, bevor das Gericht gesprochen hatte. Er war davon überzeugt, dass Leberecht korrekt gehandelt hatte. Die Hauptsache sei, jetzt einen Anwalt zu besorgen.

Paula war verzweifelt. Sie wusste nicht, was sie tun sollte. Was würde jetzt geschehen, würde Leberecht nach wenigen Tagen wieder zurückkommen? Oder würde er monatelang in Untersuchungshaft sitzen? Würde man ihn verurteilen? Müsste er ins Gefängnis? Für wie lange? Was sollte aus ihr und den Kindern werden? Würden sie nicht alles verlieren? Müssten sie auswandern, wenn er einmal verurteilt war? Wäre sie als Halbjüdin dann nicht schutzlos allen Verfolgungen ausgesetzt? Müssten ihre Kinder die höhere Schule verlassen? Wovon sollten sie leben? Würde das Gehalt Leberechts weiter bezahlt? Wie sollte sie die Schulden, die sie noch hatten, zurückbezahlen? Fragen über Fragen stürzten sie in tiefe Depression. Sie war es gewohnt, dass alles von Leberecht erledigt wurde, sie hatte bisher nicht eine Rechnung selber bezahlt, nicht eine Fahrkarte am Bahnhof gekauft, Leberecht hatte sogar festgelegt, was es mittags zu essen gab, in welches Konzert sie gingen und in welches Theater. Er hatte ihr alle Kleider gekauft und bestimmt, wohin sie in den Ferien reisen würden. Sie hatte kein eigenes Geld besessen außer dem Haushaltsgeld, von dem sie die Dienstmädchen bezahlte und die kleineren Besorgungen, die sie in der Stadt machte.

Um Weihnachten nicht allein mit den Kindern zu verbringen, hatte sie ihren Bruder Johannes angerufen. Er konnte sich frei nehmen und kam sofort. Auch für ihn war es ein trauriges Weihnachtsfest, das erste Weihnachten ohne seine Braut Kat.

Den Kindern sagte Paula, dass der Vater krank geworden sei und ins Krankenhaus musste. Deswegen könnte er an Weihnachten nicht nach Hause kommen. Die kleinen Kinder heulten, sie wollten, dass ihr Papa an Weihnachten bei ihnen sein sollte. Archibald verzog sich in sein Zimmer und weinte still in sich hinein. Er fühlte, dass seine Mutter ihm etwas verheimlichte, und hatte Angst, dass sein Vater sterben müsste. Er erinnerte sich, wie vor zwei Jahren Onkel Archibald starb, auch bei ihm hatte man vorher nur gehört, dass er krank war. Plötzlich musste er dann ins Krankenhaus und starb bald danach. So musste es jetzt auch bei seinem Vater sein. Ins Krankenhaus kam man doch nicht, wenn man nur eine leichte Krankheit hatte, wie Grippe oder Halsentzündung. Und vor allem spürte er, dass seine Mutter nicht die Wahrheit sagte.

Paula war jetzt plötzlich allein. Sie wusste nicht, wem sie sich anvertrauen konnte. Ihre Freundin Irma Dembowski, mit der sie nie eine echte Freundschaft verbunden hatte, war ausgesprochen sauer, dass man ihren Mann eingesperrt hatte. Er kam zwar nach drei Tagen aus dem Marstallgefängnis heraus, aber er tobte. Lieber wolle er in einem U-Boot verrecken, als noch drei Tage länger in dieser diskreditierten Firma zu bleiben. Aber dann besann er sich anders, denn jetzt war für ihn die große Chance gekommen, die Leitung der Firma zu übernehmen. Er bestürmte den Aufsichtsrat, der sich dazu aber so kurzfristig, ohne Genaueres zu wissen, nicht entschließen konnte. Der Aufsichtsrat wollte erst nach Weihnachten zusammentreten. Am Tag nach der Verhaftung von Leberecht, Dembowski und Adam hatte Wilkowski bei Dr. Seidel angerufen und gesagt, dass die Firma nicht mehr vertretungsfähig sei. Nach der Satzung müssten es mindestens zwei Vorstände sein, und aktionsfähig sei nur Herr Bartels in Olbersdorf, weit weg von der Zentrale.

Dr. Seidel sagte: „Wir wissen ja noch gar nicht, was überhaupt los ist, wir wollen keine voreiligen Schlüsse ziehen. Es ist möglich, dass wir ein Mitglied des Aufsichtsrates in den Vorstand delegieren können, und dazu ist Herr Festerling, Leberechts Schwager, der richtige Mann."

Dr. Seidel war besorgt um Paula, aber von München aus konnte er ihr auch nicht viel helfen. Er begrüßte es, dass Johannes nach Lübeck fuhr, der sei ja Jurist und könne mit ihr sprechen. Er selber dürfe nicht für Leberecht als Anwalt auftreten, weil er Aufsichtsratsvorsitzender sei, und Brandel könne das auch nicht, aber er werde dafür sorgen, dass Leberecht einen guten Anwalt bekomme.

Den Freundinnen im Reitstall mochte Paula sich schon gar nicht anvertrauen. Sie konnte sich vorstellen, wie jetzt über ihren Mann geklatscht und hinter vorgehaltener Hand gesprochen wurde. Nur einer offenbarte sie ihr Unglück, das war Emma Manz, ihre dickste Freundin, und Emma kam auch gleich und nahm das Szepter im Haushalt in die Hand. Sie kaufte ein, entschied, dass sie zu anderen Läden gehen müsse, wo sie nicht so weit zu laufen habe, kommandierte an Paulas Stelle das Dienstmädchen und nahm ihr allerlei praktische Besorgungen ab. Sie hörte sich auch Paulas Klagen an. Aber ganz verstand sie Paula doch nicht. Emma mutmaßte, dass Leberecht einiges auf dem Kerbholz hatte, von dem Paula nichts wisse. Leberecht sei doch recht leichtsinnig gewesen, er habe es früher wohl nicht so genau mit der Treue genommen, sie hätten überhaupt viel zu teuer und aufwändig gelebt. Das Pferd, das Auto, die vielen Reisen, von irgendetwas habe das doch alles bezahlt werden müssen! Paula fing wieder an zu weinen.

Im Laufe der nächsten Wochen wurde es immer einsamer um Paula. Die Freunde, die die Familie hatte, waren hauptsächlich Leberechts Freunde. Aber jetzt waren viele Freunde von Leberecht einfach verschwunden. Vielleicht war es auch Verlegenheit, weil sie nicht wussten, was sie zu Paula sagen sollten. Aber sie beobachtete, dass Bekannte auf die andere Straßenseite wechselten, wenn sie Paula kommen sahen.

Aber es gab doch Menschen, die sich um sie kümmerten. Schon wenige Tage nach Leberechts Verhaftung, kurz vor Weihnachten, stand Franz Boetius vor der Türe. Er wollte Paula besuchen, brachte ihr einen Strauß mit Maiglöckchen mit, die zu dieser Jahreszeit sündhaft teuer waren, gab ihr einen Handkuss und erkundigte sich ganz offen danach, wie es Leberecht gehe, ob sie schon etwas von ihm gehört habe und ob man etwas für ihn tun könne. Er redete nicht um den heißen Brei herum, fand es ungehörig, dass man ihren Mann eingesperrt hatte, und er fragte nach den Kindern. Von nun an kam er zweimal in der Woche vorbei, und Paula freute sich immer über seinen Besuch.

Weihnachten kam heran. Es war fast so wie vor zwei Jahren, als ihr Schwager Archibald gestorben war. Damals war sie traurig, weil Leberecht nicht da war, und sie war auch traurig über den Tod von Archibald, aber sie wusste, dass Leberecht bald wieder zurückkam. Jetzt gab es die große Unsicherheit, wie es weitergehen sollte. Bei jeder Kerze, die sie aufsteckte, dachte sie daran, wie schön die Vorbereitungen mit ihrem Mann zusammen gewesen waren.

Sie gingen wie üblich um drei Uhr in die Kirche, saßen später vor dem Weihnachtszimmer und sangen Weihnachtslieder. Archibald musste die Weihnachtsgeschichte aufsagen, und Britta trug zusammen mit Astrid ein Gedicht vor. Britta war Knecht Ruprecht und Astrid das Christkind. Bei der Bescherung hielt Johannes die Hand von Paula, die in Tränen ausbrach. Britta kuschelte sich an sie und umschlang sie mit ihren Armen. Die Kinder wurden reichlich beschenkt und freuten sich auch über ihre Sachen, aber die übliche Fröhlichkeit kam nicht auf. Archibald fürchtete, dass jeden Augenblick das Telegramm kommen könnte, dass der Vater gestorben sei.

Zu Beginn des neuen Jahres fuhr Paula nach Gernsbach. Den Kindern erzählte sie, dass sie Leberecht im Krankenhaus besuchen wollte. Da packten sie ihre selbstgebastelten Weihnachtsgeschenke ein, damit die Mutter sie mitnehmen konnte: einen gewickelten Serviettenring von den Töchtern und von Archibald ein kleines Heftchen mit lustigen Bildern, das er von seinem Taschengeld gekauft hatte.

Paula wollte die Kinder in dieser schweren Zeit nicht alleine lassen, und so kam zum Einhüten Tante Hiltrud aus Hamburg mit ihrem Sohn Bernhard nach Lübeck. Nach einer Woche kam Paula schon wieder zurück, denn sie wollte sich von Archibald verabschieden, ehe er wieder ins Internat musste. Es waren nur noch wenige Tage, die er zusammen mit seiner Mutter verbringen durfte. Sie brachte ihn selber mit dem Auto nach Sophienau, obwohl Schnee lag und die Straßen glatt waren und sie große Angst ausstand bei der Fahrt über das Land, aber sie wollte ihn nicht durch den Chauffeur abliefern lassen. Der Abschied war für beide tränenreich.

Im Internat ging der normale Betrieb weiter wie bisher. Archibald war jetzt ein „Alter" und wurde nicht mehr so gehänselt. Er machte sich Sorgen um die Gesundheit seines Vaters. Die Mutter, die versprochen hatte, ihn längstens alle vier Wochen zu besuchen, kam nicht. Sie schrieb ihm zwar jede Woche einen Brief, aber da stand nur drin, dass der Vater weiter im Krankenhaus liege, aber nichts darüber, wann eine Besserung zu erwarten sei.

Archibald erzählte der Religionslehrerin, dass er sich Sorgen mache um den Vater, und sie fragte, in welchem Krankenhaus er denn in Karlsruhe sei. Als Archibald sagte: „In der Gottesauer Straße", da meinte sie nur: „Da ist doch gar kein Krankenhaus!"

Archibald hatte im März die politische Lage voller Interesse beobachtet. Im Internat war es jetzt möglich, öfter einmal eine Zeitung zu lesen, und er stellte mit Erstaunen fest, wie Hitler die guten Beziehungen zu Großbritannien und Frankreich mit Füßen trat. Die Zerschlagung der Tschechoslowakei, die Besetzung von Böhmen und Mähren hatte in der Schule zwar Aufmerksamkeit erregt, aber die Lehrer hatten doch gewisse Schwierigkeiten, den Kindern diese neuerliche Eroberungspolitik des Führers zu erklären. Dass die Tschechen nicht unbedingt befreit werden wollten, das lag auf der Hand. Die Bilder, die man in der Wochenschau sah, zeigten alles andere als fröhlich mit dem Hakenkreuz winkende Menschen, sondern verbitterte und böse blickende Gesichter.

In den Oberklassen glaubten einige Schüler, dass Hitler langsam in die Fußstapfen Napoleons treten wolle, sie seien gespannt darauf, welches Land er als nächstes „befreien" werde. Sie vermuteten, dass das wahrscheinlich Polen sei. Das Memelland, an das sie auch gedacht hatten, war ja schon eine Woche nach dem Einmarsch in Prag „befreit" worden. Andere Schüler witzelten, dass jetzt die Grenzpfähle motorisiert würden.

Natürlich wurde das Ereignis wieder mit einer großen Schulfeier mit Nationalhymnen und ausgestrecktem Arm gefeiert. Aber ganz so begeistert wie nach dem Anschluss Österreichs und des Sudetenlandes waren weder die Lehrer noch die Schüler.

In Karlsruhe teilte der Haftrichter Leberecht mit, dass er einstweilen weiter in Untersuchungshaft bleibe. Sein alter jüdischer Schulfreund, der Rechtsanwalt Raffael Strauß, zu dem er volles Vertrauen besaß, war schon lange in Palästina. Jetzt hatte er einen Karlsruher Anwalt, von dem er schon früher nicht viel gehalten hatte, und der meinte, Leberecht werde am schnellsten aus der Untersuchungshaft entlassen, wenn er alles, was er getan habe, zugebe. Dann komme er vielleicht mit einer Geldstrafe davon, er müsse nur ein paar hunderttausend Mark, höchstens eine Million bezahlen, das könnten er und seine Mutter doch sicher verschmerzen. Die Hauptsache sei, dass er nicht zu einer Haftstrafe verurteilt werde, denn solch eine Strafe hätte Folgen für seine Tätigkeit in der Firma. Dann geschah erst einmal nichts.

Erst einige Tage nach Neujahr fand der Oberstaatsanwalt Zeit, ihn zu verhören. Erst jetzt erfuhr er, was man ihm vorwarf. Die Staatsanwaltschaft und die Zollbehörden hatten Hunderte von Aktenordnern beschlagnahmt, mit deren Studium sie noch nicht weit gekommen waren. Sie warfen Leberecht vor, er habe in Schweden und Finnland überhöhte Einkaufspreise bezahlt und sich von diesem Geld in Deutschland Aktien und in Schweden ein ganzes Gut gekauft, und es wurden fantastische Summen genannt. Am dritten Tag schließlich sagte man ihm, er brauche nur alles zuzugeben, dann würde auch seine Mutter aus dem Gefängnis entlassen – und Leberecht gab nach zwei Tagen auch Dinge zu, die er überhaupt gar nicht getan hatte. Trotzdem dauerte es noch drei Wochen, bis man seine Mutter, und vier Wochen, bis man seine Schwägerin Else entließ, und auch Prokurist Adam musste noch so lange warten.

Johanna war während der ganzen Verhandlungen nicht weich geworden, obgleich der Staatsanwalt sie anschrie. Sie gab zu Protokoll, sie wisse überhaupt nicht, wovon geredet werde, sie könne das alles nicht beurteilen, sie werde im Übrigen jede Aussage verweigern.

Nun ließ sich der Staatsanwalt Zeit. Er war meist mehrere Tage in der Woche mit dem Aktienstudium beschäftigt, hatte immer wieder Rückfragen bei Zoll- und Steuerbehörden, die nicht immer pünktlich beantwortet wurden, musste auf zahlreiche Beschwerden, die von Leberechts Anwälten kamen, eingehen und dachte sich, dass er Leberecht schon irgendwie kleinkriegen könnte. Aber nachdem seine Mutter entlassen war, versuchte Leberecht, sein Geständnis zu widerrufen.

Johanna, jetzt wieder in Freiheit, versuchte alles, ihren Sohn aus dem Gefängnis herauszuholen. Sie versuchte es mit der Zahlung einer Kaution, aber obgleich es mehrere hunderttausend Mark waren, wurde dies wegen Vertuschungs- und Verdunklungsgefahr abgelehnt. Aus Berlin wurde ein berühmter Anwalt eingeschaltet, den Johanna eigentlich nicht mochte, sie hielt ihn für einen hohlen Schwätzer, der viel zu umständlich argumentierte und sie gönnerhaft belehren wollte. Es gab Scharlatane, die sich anboten, die Akten bei der Anklagebehörde zu stehlen, andere, die darauf setzten, dass es zu Hitlers

50. Geburtstag eine Amnestie geben würde. Ein anderer bekannter Anwalt meinte, es komme nur darauf an, Göring genügend Geld in den Rachen zu werfen, dann sei Leberecht draußen. Er verwies auf das Beispiel eines Konkurrenten von Leberecht, der in die Schweiz geflohen war und von Basel aus mit den Zollbehörden verhandelt hatte, schließlich war die ganze Angelegenheit mit Geld abgemacht worden.

Aber das wurde jetzt durch den Widerruf des Geständnisses von Leberecht erschwert, der dem Staatsanwalt klar machen wollte, dass er alles belegen könne, die Akten in Skandinavien könnten ruhig eingesehen werden. Weder gehöre ihm das Gut noch habe er irgendwelches Geld von Lieferungen nach Deutschland einbehalten. Er könne beweisen, dass immer nur die Preise bezahlt wurden, die vom Preiskommissar festgelegt waren. Im Übrigen sei die Kalkulation viel zu eng gewesen, als dass diese riesigen Gewinne, die vermutet wurden, darin überhaupt Platz gehabt hätten.

Leberechts Darlegungen der Geschehnisse waren überzeugend, auch die Belege dafür waren da, aber der Staatsanwalt glaubte ihm nicht. Er wollte einen großen Fisch an Land ziehen, mit dessen Hilfe er seine Karriere aufbauen wollte. Obwohl er das goldene Parteiabzeichen hatte, war er nicht so befördert worden, wie er erwartet hatte, und hoffte, jetzt endlich Generalstaatsanwalt zu werden.

Leberecht kam jetzt höchstens ein- oder zweimal in der Woche zur Vernehmung, und jedes Mal begann der Staatsanwalt mit den Worten: „Wir gehen jetzt alles noch mal von Anfang an durch."

Immer wieder versuchte der Staatsanwalt, aus den Akten etwas Neues herauszulesen, aber die Akten bestanden zum großen Teil aus Vertragsabschlüssen und Rechnungen. Selbst Gehilfen, die er mit Recherchen beauftragt hatte, konnten immer nur bestätigen, dass die Preise, die Weiler & Busch bezahlt hatte, die gleichen waren wie die der Konkurrenten. Dem Staatsanwalt war es gelungen, die Grundbücher einzusehen, und auch da stand nur das drin, was Leberecht gesagt hatte.

Leberecht wurde nun zum persönlichen Feind des Staatsanwalts. Dazu war er ja noch jüdisch versippt, und bei so vielen internationalen Beziehungen musste man ja misstrauisch werden. Aber dass er jüdisch versippt war und internationale Beziehungen hatte, das ergab nur ein schlechtes Bild für Leberecht Weiler, aber zu einer Anklage reichte es nicht.

Im April, in den Osterferien, beschloss Paula, nach Gernsbach zu fahren, um ihrem Mann nahe zu sein. Vielleicht konnte sie irgendwie helfen, aber wenigstens würde man ihr erlauben, ihn zu sehen. Von den Kindern wollte sie nur Archibald mitnehmen, der vier Wochen Ferien hatte.

Die jüngste Tochter Astrid, die noch nicht in die Schule ging, sollte zu ihrem Vater und der Stiefmutter Felicitas nach München gehen, und sie hoffte, dass das für die alten Leute kein Problem bedeuten würde. Paul Fabricius war zwar immer strikt gegen jeden Hausbesuch gewesen, aber bei seinen Kindern und Enkeln war es etwas anderes, und in der schwierigen Situation zeigte sich Felicitas bereit zu helfen.

Britta auch nach München zu schicken, war schwierig. Die Schulferien begannen erst viel später, und Paula wollte längere Zeit in Gernsbach bleiben. Aber Emma befreite sie von dieser Sorge. Sie zeigte sich bereit, Britta für drei oder vier Wochen zu übernehmen, und so musste Britta zwei Tage vor der Abreise ihrer Mutter in die Parkstraße, schräg gegenüber dem elterlichen Haus, umziehen.

In Gernsbach fand Archibald nicht die fröhliche Stimmung, die er sonst hier erlebt hatte. Die Großmutter freute sich ungemein, ihn zu sehen, Tante Else war ausgesprochen nett zu seiner Mutter und zu ihm, aber Tante Hiltrud sagte nur äußerst spitz: „Na, seht nun zu, wie ihr aus dem Schlamassel rauskommt, in den er euch hineingeritten hat!"

Pausenlos klingelte das Telefon. Archibald merkte, dass fast immer Anwälte anriefen. Er hörte Worte wie Amnestie, Kaution, von Justizräten und Anwälten, die dieses oder jenes gemeint hatten, aber über Krankheit und Krankenhaus wurde nicht gesprochen.

Am zweiten Tag kam Paula zu ihm in sein Zimmer und fing ganz vorsichtig an, zu erklären: „Archibald, ich muss mit dir sprechen. Weißt du, Papa geht es gut, er ist gar nicht so schwer krank, wie du meinst, sondern ..."

„Er ist im Gefängnis!" Archibald war es plötzlich ganz klar geworden, er hatte es erraten. Die Nazis sperrten die Leute ein, auch unschuldige, das hatte Archibald schon mitbekommen. Auf die Beteuerung, dass sein Vater kein Verbrecher sei, brauchte sie gar nicht weiter einzugehen, Archibald war sehr verständig, und so schenkte sie ihm reinen Wein ein.

Am nächsten Tag hatte Paula Besuchserlaubnis bekommen, und Archibald sollte sie begleiten. Johanna hatte für den Besuch einen riesigen Korb mit leckeren Sachen gepackt: mehrere Flaschen Wein, ein gebratenes Hähnchen und kaltes Roastbeef, vor allem aber viele Ostereier und einen Kuchen. Sie fuhren mit der Eisenbahn nach Karlsruhe und dann mit einem Taxi zur Staatsanwaltschaft in der Stephanienstraße. Das Gebäude mit den hohen Fenstern und Treppen, den Justizwachtmeistern an der Pforte, das Klirren der Schlüssel, alles war fremd und einschüchternd. In einem Vorraum im zweiten Stock mussten Paula und Archibald warten. Aus dem Zimmer, dessen Türe gepolstert war, hörten sie trotz aller Dämmung die laute Stimme des Staatsanwalts, der Leberecht anschrie, dann hörten sie, wie die gleiche energische Stimme immer nur „Nein" sagte.

Um drei Uhr waren sie bestellt, aber erst nach fünf Uhr wurden sie hereingerufen. Der Staatsanwalt saß an einem Tisch und hörte zu. Leberecht wurde von einem Wachtmeister hereingeführt, er war sehr blass, umarmte und küsste erst Paula und dann Archibald, wobei ihm die Tränen über die Backen rollten.

Er erkundigte sich nach Britta und Astrid, fragte Archibald, was die Schule mache.

Paula wollte wissen, ob es ihm gesundheitlich gut gehe, ob er mit dem Essen zurechtkomme, aber es waren alles belanglose Fragen, keiner mochte ein persönliches Thema ansprechen.

Nach einer Viertelstunde erklärte der Staatsanwalt, dass die Besuchszeit zu Ende sei. Paula versprach, sobald es gehe, Leberecht wieder zu besuchen. Sie musste ihre Tränen zurückhalten, als Leberecht von dem Wachtmeister hinausgeführt wurde.

Als sie in den Gang hinaustrat, zupfte ein älterer Justizwachtmeister sie am Ärmel und sagte mit leiser Stimme, er würde ihr vorschlagen, jetzt einen Spaziergang durch den Fasanengarten zu machen, und er zeigte ihnen den kleinen Park, der ganz in der Nähe lag. Paula und Archibald folgten seinem Rat, und als sie kaum an den ersten Hecken vorbei waren, trafen sie Leberecht, der von dem Wachtmeister zurück ins Gefängnis geführt wurde.

Der Wachtmeister ging ein paar Schritte voraus, so dass Paula und Archibald ungehindert mit Leberecht sprechen konnten. Leberecht war jetzt einigermaßen gefasst und drang auf Paula ein, sie möge sich doch unbedingt erkundigen, ob zum 50. Geburtstag von Hitler eine Amnestie verkündet werde. Er hatte Angst, dass das Verfahren an ein Sondergericht abgegeben werde, das war in Mannheim, und gegen das Sondergericht gebe es nicht einmal Berufung, und es sei wegen seiner harten Urteile bekannt.

Am Ende des Fasanengartens mussten sie Abschied nehmen, aber Archibald war stolz, dass man den bösen Staatsanwalt überlistet hatte.

Ein paar Tage später erreichte Johanna eine neue Hiobsbotschaft. Leni kam aufgeregt zu ihr und sagte: „Der Kreisleiter verlangt, dass ich meine Position in der Firma niederlege!" Vor wenigen Wochen war ein Gesetz erlassen worden, das Halbjuden jegliche leitende Tätigkeit in einem Unternehmen verbot. Sie durfte weder Prokuristin noch Handlungsbevollmächtigte und erst recht keine Betriebsleiterin oder Vorgesetzte von rein arischen Belegschaftsmitgliedern sein. Der Kreisleiter hatte einen solchen Brief bereits im Herbst 1938 geschrieben, aber Leberecht war darauf überhaupt nicht eingegangen. Jetzt pochte er aber darauf, dass Leni unverzüglich zu entlassen sei. Es sei nicht zumutbar, dass ein so großes Werk wie Weisenbach von ihr geleitet werde. Sie müsse doch einsehen, welche Zumutung es für die Belegschaftsmitglieder sei, von einer halbjüdischen Frau Befehle zu empfangen.

Prokurist Wittmann, der schon seit einigen Jahren Parteimitglied war, um bessere Beziehungen der Firma zu den Behörden zu bekommen, lehnte es ab, das Entlassungsschreiben zu unterzeichnen, dazu sei er nicht befugt. Auch die anderen Prokuristen weigerten sich, aber Dembowski und Wilkowski unterschrieben. Johanna meinte nur trocken: "Jetzt setzen sich die Polacken noch für die deutsche Betriebsführung ein!"

Sie rief ihren angeheirateten Neffen Lackner an und meinte, als Freund des Kreisleiter könne er etwas dagegen tun, aber Lackner meinte nur: „Tante Johanna, du denkst vollkommen falsch. Ihr hättet schon lange sehen müssen, dass das einfach nicht möglich ist.“

Auch Johannes Fabricius wurde seine Prokura entzogen, aber Direktor Bartels ließ ihn in der gleichen Stellung, und auch an seinem Gehalt wurde nichts geändert.

Leni dagegen musste von heute auf morgen ihren Schreibtisch räumen und saß auf der Straße. Ihr Bräutigam Eduard von Schlaffenstein wollte ihr helfen und bot ihr an, seiner Mutter in der Pension in Baden-Baden zu helfen. Und Leni, die nicht wusste, was sie sonst hätte tun sollen, war froh, dass ihr dort eine Arbeit geboten wurde, wenn sie auch weit unter dem war, was sie bisher geleistet hatte. Sie sollte in der Pension für die Wäsche sorgen, die Bücher führen und sich als eine Art Hausdame nützlich machen, und schon zwei Tage später fing sie die neue Arbeit an.

Eine Woche später schrillte morgens um sechs Uhr in der Pension Schlaffenstein die Hausglocke, und gleichzeitig donnerten Faustschläge gegen die Türe. Der Nachtportier, ein alter Mann, öffnete voller Schrecken die Türe. Er wurde von drei Männern in langen Ledermänteln und zerknautschten Hüten ziemlich unsanft auf die Seite geschoben, die zuerst einmal die Gästeliste zu sehen verlangten, nachdem sie sich flüchtig als Mitglieder der Gestapo ausgewiesen hatten.

„Wo schläft diese Weiler?“ war die erste Frage. Der Portier antwortete ganz ruhig:

„Die schläft doch nicht hier, sondern bei ihrer Mutter.“

„Na, das werden wir ja sehen. Und wo schläft Schlaffenstein?“

Als der Portier etwas zögerte, drohten die Männer, ihn in Haft zu nehmen, er sei verpflichtet, den Behörden Auskunft zu geben. Kaum hatte darauf der alte Mann die Zimmernummer 102 genannt, da rasten schon zwei der Beamten die Treppe hinauf und hämmerten an die Türe. Man hörte die verschlafene Stimme von Schlaffenstein: „Zum Teufel, was ist denn da los?“

„Aufmachen, Polizei!“

Kaum hatte Schlaffenstein die Türe geöffnet, stürmten die Gestapomänner in das Zimmer, rissen das Bettzeug heraus – aber da war niemand. Sie durchsuchten den Kleiderschrank und das anschließende Badezimmer, aber auch dort war niemand zu finden. Einer der Männer legte sich auf den Boden, um unter das Bett zu schauen, obwohl das so niedrig war, dass nicht einmal ein Hund darunter Platz gehabt hätte. Sie konnten nicht glauben, dass Schlaffenstein wirklich allein geschlafen hatte. Sie hatten gehofft, die beiden in flagranti zu erwischen.

Langsam war die ganze Pension wach geworden. Die Gäste standen neugierig auf dem Gang, als die Frau Baronin in einem sehr eleganten Morgenrock erschien und wissen wollte, was die Herren eigentlich hier suchten.

„Sie sind der Kuppelei beschuldigt!"

Das war nun ein Ausdruck, der für sie unvorstellbar war. Sie wollte protestieren, aber die Männer herrschten sie an:„Wo ist das Zimmer von der Weiler?" Die Baronin versuchte ihnen zu erklären, dass Fräulein Weiler nur in der Pension arbeite, aber nicht hier schlafe, sondern bei ihrer Mutter in der Winterhalterstraße. Die Männer hörten ihr jedoch kaum zu, sondern verlangten, dass Schlaffenstein mitkommen solle. Auf seinen Einwand, er habe sich nichts zuschulden kommen lassen, donnerte der eine der Männer: „Tun Sie nicht so unschuldig! Sie sind der Rassenschande angeklagt!"

Er konnte sich nur rasch etwas anziehen, dann wurde er schon ins Auto gezerrt und zur Polizeiwache gefahren.

Die anderen Gestapomänner waren in der Zwischenzeit in die Winterhalterstraße gefahren und läuteten bei Lenis Mutter Sturm. Gertrud hatte schon Angst, dass sie abgeholt würde, denn sie hatte schon seit einiger Zeit darauf gewartet, aber die Männer interessierten sich nicht für sie, sondern trommelten ihre Tochter aus dem Bett. Auf ihre Frage, was das denn zu bedeuten habe, antworteten sie, es seien eindeutige Hinweise gekommen, dass sie mit Herrn Baron von Schlaffenstein Rassenschande betrieben hätte.

Leni erschrak und konnte vor Aufregung kaum ein Wort herausbringen, zudem war es ihr peinlich, diesen Männern erklären zu müssen, dass sie mit dem Baron keinen Verkehr gehabt hatte, dass sie noch Jungfrau war. Aber die Kerle lachten nur höhnisch und sagten: „Ha, das kann ja jede sagen! Sie müssen mit zum Gesundheitsamt, dort werden wir ja sehen, was Sache ist!"

Die Ärztin auf dem Gesundheitsamt stellte zur Enttäuschung der Gestapo fest, dass die Angaben von Leni den Tatsachen entsprachen, die ganze Aktion war also vergeblich gewesen. Leni wurde wieder nach Hause geschickt.

Nun war sie wieder ohne Arbeit, denn sie durfte nicht mehr in der Pension mithelfen, es war ihr verboten worden, das Haus noch einmal zu betreten.

Gertrud telefonierte mit Johanna, die mit Else sprach. Ihr Bruder Otto Stark bewirtschaftete in Auggen im Markgräfler Land ein Weingut, und seine Familie erklärte sich sofort bereit, Leni eine Stellung in der Gutsverwaltung, von der sie eigentlich nichts verstand, zu geben. Aber Lenis Selbstbewusstsein hatte einen schweren Schlag erlitten, es dauerte Wochen, bis sie sich davon erholt hatte.

Eduard von Schlaffenstein wurde aus dem Gefängnis entlassen, auch er war geschockt und wagte es nicht, mit Leni Verbindung aufzunehmen.

Ende April, kurz bevor Archibald nach Sophienau zurück musste, kam Klara für einige Tage aus Berlin, um Paula zu besuchen. Klara war die Lieblingstante der Kinder, die die schönsten Spiele mit ihnen gemacht hatte und der sie vertrauten. Sie hatte sich schon im letzten Jahr gerne mit Archibald unterhalten und ihm vieles erklärt, wozu andere nicht imstande waren, weil sie Archibald nicht für voll nahmen. Sie schenkte ihm klaren Wein ein über die Nazis, die Partei und Hitler. Großmutter Johanna, Onkel Johannes und Cousine Leni hatten sich schon immer sehr kritisch, ja ablehnend gegenüber der Partei geäußert. Viele Freunde von Leberecht hatten über die Gauleiter und Kreisleiter, über Goebbels und Göring gewitzelt. Aber an der Person von Hitler offene Kritik zu üben hatten sie kaum gewagt. Für Klara war es aber klar: „Alle Ungerechtigkeiten, die Unterdrückung der Juden und die Herabstufung der Halb- und Vierteljuden sind nur die Schuld, und zwar die ganz persönliche Schuld von Adolf Hitler!“ Sie nannte ihn offen einen Verbrecher. Sie erzählte Archibald von den KZs, die es überall in Deutschland gab. Es seien Hitlers Ideen, die das alles möglich machten. Es gebe nichts Blöderes als den Spruch „Wenn das der Führer wüsste!“ Der Führer wisse alles ganz genau, er habe es angeordnet.

Bei Archibald fielen Klaras Worte auf fruchtbaren Boden. Aber er musste vorsichtig sein, denn die Nazis und die Gestapo hatten einen langen Arm, das hatte er schon erfahren, und da galt es, klug zu sein und mit seiner Meinung hinterm Berg zu halten. Da kam ihm jetzt die Erfahrung des Internats zugute. Zudem war er auch nicht mehr das Kind, wie noch vor einem Jahr. Er war in jeder Hinsicht erwachsen geworden und war nicht mehr bereit sich unterzuordnen. Allerdings überfiel ihn immer wieder die Sorge, was aus seinem Vater werden würde, und er war unaufmerksam im Unterricht.

Nach drei Wochen an einem Sonntag besuchte ihn Paula mit Astrid in Sophienau. Sie hatten nur wenig Zeit. Astrid, jetzt sechs Jahre alt, war ein Pummelchen geworden, das mehr als 100 Pfund wog. Bei den Großeltern Fabricius hatte sie viel zu viel zu essen bekommen. Großvater Paul und seine beiden Söhne waren alle über 1,90 Meter groß und aßen riesige Portionen. Oma Felicitas meinte, dass auch Astrid entsprechende Portionen essen müsse. Wenn sie ihren Teller leergegessen hatte, bekam sie noch eine Tafel Schokolade, die es jeden Tag als Nachtisch gab. So staunte Archibald, als ihm eine kleine Kugel entgegenkam. Er selber war schlank und in der Pubertät hoch aufgeschossen, er war 1,75 Meter groß und wog genau so viel wie Astrid.

Endlich ging es auch für Archibald in die lang ersehnten Sommerferien. Das Schulzeugnis war alles andere als gut, es hagelte nur so Fünfer und Sechser. Nur in Geschichte und Erdkunde hatte er noch eine Eins, aber der berühmte Vermerk, dass die Versetzung gefährdet sei, stand darunter. Doch Archibald regte sich nicht weiter auf, denn bis die Schule wieder anfing, waren es noch acht Wochen. Paula, die ihn abholte, war sichtlich bestürzt, aber sie hatte jetzt andere Sorgen. Diesmal ging es nicht, wie Archibald gehofft hatte, nach Schweden, sondern es war dringend notwendig, sich um Leberecht zu kümmern. Die Mutter hatte vor, ganze vier Wochen – so sauer es ihr auch wurde, bei Schwiegermutter und Schwägerin zu wohnen – in Gernsbach zu verbringen.

Die Sommerferien in Gernsbach waren nicht nur länger als die Osterferien, es hatte sich auch vieles verändert. Archibald, der sich gerne stundenlang auf den Werken aufhielt, die Arbeiter beobachtete und keine Ruhe gab, bis er alles wusste, was da vor sich ging, spürte jetzt eine Zurückhaltung vieler Angestellter gegenüber ihm und seiner Familie. Onkel Archibald war tot. Leni war aus der Firma hinausgeworfen worden, die Werkmeister waren noch freundlich, aber es wurde übel vermerkt, wenn sie sich zu sehr mit Archibald abgaben. Es wurde ihnen sogar angedroht, dass die Zeit, die sie mit ihm redeten, von ihrem Lohn abgezogen würde. Einmal wollte ihn Wilkowski sogar des Werkes verweisen, aber der neue Oberingenieur Warter, der gerade dazukam, nahm ihn mit in sein Büro und zeigte ihm die Pläne für den Ausbau der Sägewerke.

Die Großmutter nahm sich zwar sehr viel Zeit, um sich mit ihm zu unterhalten, aber es gab dauernd Besprechungen wegen Leberecht. Es kamen immer wieder neue Anwälte und neue Vermittler, die irgendwelche Lösungen hatten, wie sie Leberecht frei bekommen könnten. Fast jeden dritten Tag stand Johanna in der Küche, um einen Kuchen für Leberecht zu backen. Dazu kam, dass jetzt in der Sommerzeit eingemacht werden musste. Johanna meinte, dass man in diesem Jahr für den möglicherweise bevorstehenden Krieg rechtzeitig Vorräte anlegen müsse. Fleisch wurde in Dosen eingemacht, es wurden rund 100 Einmachgläser mit Bohnen gefüllt, mehrere hundert Eier wurden in großen Tonkrügen eingelegt. Dazu wurde Sauerkraut gehobelt, in Fässer eingelegt und gesalzen. Aus dem riesigen Garten wurde das Obst von 60 Kirsch- und Mirabellenbäumen gepflückt und zu Saft oder Marmelade verarbeitet.

Was Johanna überhaupt nicht gefiel, war die Entwicklung in der Firma. Sie spürte, dass Leberecht die Herrschaft verlor. Der Versuch Dr. Seidels, anstelle von Leberecht Adolf Festerling in den Vorstand zu delegieren, war fehlgeschlagen. Adolf Festerling – so meinte Johanna – sei zwar ein guter und kluger Mensch, aber kaufmännisch eine Null. „Adolf ist ein Mann, der in sieben Sprachen schweigen kann, und er lässt sich in der Firma von Dembowski einwickeln."

Dembowski hatte sie noch nie besonders geschätzt. Seine übertriebene Höflichkeit mochte sie nicht, für sie war er ein falscher Fünfziger, dem man nicht trauen konnte. Sie nahm ihm besonders übel, dass er die Entlassung von Leni unterschrieben hatte.

Bartels schätzte sie wesentlich mehr, er war ihrer Ansicht nach aufrichtiger, er besuchte sie auch, wenn er nach Gernsbach zu Vorstandssitzungen kam, während Dembowski, der ihre Abneigung spürte, sich nicht mehr im Haus in der Bleichstraße blicken ließ.

Auch über Politik redeten Johanna und Archibald, aber nur, wenn sie allein waren, denn auch in der Familie zeigten sich die meisten als gute Nationalsozialisten. Nur Adolf Festerling war skeptisch, aber er zog es vor zu schweigen.

Johanna und Archibald redeten dagegen frei von der Leber weg, wenn sie zusammen waren, und sie hörten heimlich den Sender Straßburg. Sie waren entsetzt über die immer schärfer werdende Propaganda gegen die Polen. Sie waren davon überzeugt, dass die Meldungen über die Drangsalierung der deutschen Bevölkerung nur zur Rechtfertigung für einen Überfall auf Polen dienten.

Diesmal hatte nicht nur Archibald, sondern auch Britta die Möglichkeit, Leberecht in Karlsruhe in der Staatsanwaltschaft zu treffen, aber Leberecht war außerordentlich niedergeschlagen. Die Ungewissheit, die nicht enden wollenden Verhöre, bei denen immer wieder das Gleiche gefragt wurde, hatten ihn entmutigt. Als er sich von den Kindern verabschiedete, machte er dunkle Andeutungen, ob er sie je wiedersehen würde.

Als Paula mit ihren Kindern von Gernsbach zurück nach Lübeck fuhr, war sie froh, endlich der Bevormundung durch ihre Schwiegermutter und ihre Schwägerinnen entfliehen zu können. Aber sie machte sich große Sorgen, wie es weitergehen sollte. Es war alles so ungewiss. Immer wieder starrte sie aus dem Fenster und hing ihren Gedanken nach. Würde Leberecht möglicherweise doch verurteilt? Würde er seine Stellung verlieren, musste sie das schöne Haus aufgeben? Bekam Leberecht dann überhaupt eine andere Stellung? Wären sie für ihr ganzes Leben von der Schwiegermutter abhängig? Und nun drohte auch noch ein Krieg – und ihr Mann war nicht zu Hause!

Paula erinnerte sich daran, was Johanna gesagt hatte: Diesmal würden wohl die Engländer und Franzosen nicht mehr nachgeben. Hitler hatte seine Glaubwürdigkeit verspielt, und der Krieg, das wusste sie aus Erfahrung, bedeutete Hunger. Vor den Ferien hatte ihr nicht der Sinn danach gestanden, viel Gemüse und Obst einzumachen, ganz davon abgesehen, dass das meiste Obst noch nicht reif war. Jetzt musste sie aber daran gehen, so viel wie möglich einzukochen. Da sie nur noch ein Mädchen hatte, musste sie mithelfen, Gemüse zu putzen, Kirschen und Pflaumen zu entsteinen, in Gläser zu füllen und einzumachen oder Marmelade daraus zu kochen.

Archibald berichtete, dass van Stolks riesige Mengen Lebensmittel gehortet hatten. Leo zeigte ihm voller Stolz die Speisekammer und den Vorratskeller, wo Säcke voll Reis und Zucker, viele Kanister mit Olivenöl lagerten und auf dem Dachboden Schinken und Dauerwürste in Leinensäcken von der Decke hingen.

Täglich hörte Paula von Bekannten, die zu Wehrübungen eingezogen wurden, so der Kinderarzt, der Arzt der Familie und Paulas Frauenarzt. Auch von den Angestellten in der Firma wurden einige zu Wehrübungen einberufen. Leos und Gerhards Vater musste einrücken. Die Familie van Stolk stammte zwar aus Holland, aber schon vor dem Krieg war Leos Großvater deutscher Staatsbürger geworden, in Absprache mit der übrigen Familie, die ihre holländische Staatsangehörigkeit behielt. Man hatte gehofft, dadurch fette Aufträge von der Reichsmarineleitung zu bekommen.

Leos Vater war im Krieg Leutnant bei den Dragonern gewesen. 1937 hatte er sich zum ersten Mal zu Wehrübungen gemeldet und diese 1938 wiederholt. Während dieser Zeit war er vom Leutnant zum Hauptmann befördert worden, nicht nur weil ihm die Wehrübungen einigermaßen Spaß machten, sondern weil es als Vorteil für die Firma galt, wenn der Chef als Reserveoffizier in den Hauptmannsrang aufstieg, der ihm die Möglichkeit bot, in eine Stabsstellung einzutreten und damit seine Beziehungen zur Wehrmacht noch zu verbessern. Noch günstiger wäre es zwar gewesen, wenn er bei der Marine oder der Luftwaffe untergekommen wäre, aber da er im letzten Krieg beim Heer war, ging das nicht ohne Weiteres.

Archibald stürzte sich auf die Zeitungen, um die Entwicklung der politischen Lage zu verfolgen. Außerdem kaufte er sich ein Radio. Ein Kleinempfänger kostete nur 35 Mark, und so viel hatte er auch an Taschengeld gespart. Johanna, die es für richtig hielt, dass er sich unterrichten konnte, hatte ihm 20 Mark und Tante Else zehn Mark geschenkt, so dass er sich sogar einen Volksempfänger, der 65 Mark kostete, kaufen konnte. Er wollte nicht bis zu seinem Geburtstag im September warten, sondern ging gleich nach seiner Rückkehr aus Gernsbach zum Radiohändler. Paula meinte zwar, dass es überflüssig sei, er könne sein Geld lieber für etwas anderes sparen, aber sie wollte dem Wunsch ihres Sohnes auch nicht im Wege stehen. Sie wandte nur ein, dass er einen großen Volksempfänger nicht ins Internat mitnehmen könnte, ob er sich nicht lieber einen Kleinempfänger kaufen wollte. Aber Gerhard van Stolk hatte ihm geraten, den größeren Volksempfänger zu kaufen, mit dem er auch BBC hören könne und der eine bessere Musikqualität bot. Die Familie van Stolk hörte regelmäßig polnische Sender in deutscher Sprache und auch BBC. Leo zeigte Archibald, wo er diese Sender auf der Skala finden konnte, und Archibald freute sich, Berichte zur Lage auch von anderer Seite zu hören, denn die Nachrichten der deutschen Sender waren reichlich gefärbt.

Familie van Stolk sprach nur vom „Gräuelkasten“. In jeden Nachrichten wurde minutenlang von Verfolgungen gesprochen, die angeblich die polnische Regierung den deutschen Volksangehörigen angedeihen ließ, und von den Ausschreitungen, die der polnische Mob sich gegenüber der deutschen Minderheit erdreistete. Beendet wurden die Nachrichten jetzt immer mit Marschmusik, gespielt wurde der „Marsch der Deutschen in Polen“.

Die Blockwarte der NSDAP kamen in die Häuser und machten auf die Gefahren eines Luftkrieges aufmerksam. Alle mussten sich Gasmasken anschaffen und Luftschutzgeräte besorgen. Von der Partei wurden Luftschutzwarte – in der Regel für vier oder fünf Häuser – bestellt, in der Krügerstraße war es der Nachbar, Schiffsmakler Larsen. Die zwei ältesten Damen aus der Gruppe wurden zu Laienhelferinnen bestimmt, zwei etwas jüngere Frauen, darunter auch Paula, waren Feuerlöscherinnen Nr. 1 und Nr. 2, ein 15-jähriges Mädchen wurde zur Melderin ernannt. In ihre Funktionen wurden die Beteiligten aber nicht eingewiesen.

In der letzten Augustwoche kam die Nachricht im Rundfunk, dass Reichsminister von Ribbentrop nach Moskau gefahren war und mit der Sowjetunion einen Nichtangriffspakt geschlossen hatte, was allgemeine Verblüffung hervorrief, denn die Bolschewisten galten doch als die Erzfeinde der Nazis. Bis zum Frühjahr waren die Zeitungen voll mit Gräuelnachrichten über die Zustände in Russland gewesen, und jetzt war die Wende kaum verständlich.

Im Rundfunk war plötzlich viel russische Musik zu hören, Furtwängler brachte sämtliche Tschaikowski-Symphonien. In Wortsendungen waren Tolstoj, Puschkin und Dostojewski zu hören, und die Russen wurden nicht mehr als Untermenschen, sondern als eine Kulturnation dargestellt. Leo frozzelte: „Wenn das so weitergeht, wird Hitler seinem Freund Stalin noch das goldene Parteiabzeichen verleihen!"

Die Nachrichten über den notwendigen Anschluss von Danzig wurden immer dringlicher, aber Archibald hörte im englischen Sender, dass die Regierung Chamberlain nicht mehr gewillt war, dem kontraktbrüchigen Hitler weiter nachzugeben. In der Stadt sah man täglich Soldaten, die von der Meesen- und der Waldersee-Kaserne zum Bahnhof zogen, um verladen zu werden. Die Leute standen schweigend am Straßenrand und nahmen nicht weiter Notiz von ihnen. Paula meinte zu Archibald, es sei ganz anders als bei Ausbruch des letzten Krieges, die Leute wüssten wohl noch, was der Krieg für Not und Elend bringe.

Dann kam zur Freude der Schüler, vor allem aber zur Freude von Archibald, die Nachricht, dass die Schule nicht am 1. September wie vorgesehen beginnen werde, sondern dass sie erst dann anfangen könne, wenn Luftschutzräume in ausreichendem Umfang eingerichtet seien. Archibald freute sich, dass er nicht in das verhasste Sophienau fahren musste. Paula schrieb an den Schulleiter, um sich zu erkundigen, und zum Entsetzen von Archibald antwortete dieser, dass genügend Schutzräume vorhanden seien und dass die Schule wahrscheinlich pünktlich Anfang September beginnen werde.

Archibald wurde das Herz schwer und auch Paula wollte sich nur ungern von Archibald trennen, zumal sie jetzt auch kein Auto mehr hatte, um ihn hinzubringen. In der letzten Augustwoche war eines Morgens überraschend Dembowski bei ihr erschienen, den sie schon seit Monaten nicht mehr gesehen hatte, und hatte ihr mitgeteilt, dass ihr Auto, das ja der Firma gehörte, vom Militär konfisziert worden sei und er das Auto noch am gleichen Tag abliefern müsse. Paula war dann allerdings sehr erstaunt, als sie später hörte, dass Dembowski das Auto nicht beim Militär ablieferte, sondern in seine eigene Garage stellte, nachdem sein Auto vom Militär beschlagnahmt worden war.

Auch Paulas Pferd wurde zum Militär eingezogen und sogar der Hund wurde zur Musterung für das Militär aufgerufen. Die Kinder gingen voller Angst mit zur Musterung, aber zu ihrer Erleichterung wollte man den Hund, der zu verspielt war, nicht haben, obwohl er die notwendige Schulterhöhe aufwies, um zum Militär eingezogen zu werden.

In München macht sich Paul Fabricius Sorgen um das Schicksal seiner Söhne. Fritz diente bei der Panzerabwehr, einer Waffe, bei der es recht brenzlig werden konnte, wenn sie im direkten Feuergefecht mit feindlichen Kampfwagen stand. Er würde sicher sofort an die Front kommen. Paul, der gerade sein Abitur gemacht hatte, würde nicht viel später herangezogen werden. Fritz war eigentlich nicht ungern Soldat. Jetzt im zweiten Dienstjahr war alles wesentlich ruhiger als während der Ausbildungszeit als Rekrut vor eineinhalb Jahren, als sie kräftig geschliffen worden waren. Er war zwar kein Offizier, aber er war bester Schütze der Kompanie und trug die Schützenschnur. Er war unerhört charmant und frech, was ihm viel Erfolg bei den Mädchen brachte, die scharf auf die schmucke Uniform waren. Sie hielten ihn für einen Adjutanten und liefen ihm in Scharen nach. Nur ärgerte ihn, dass seine Kameraden, die mit ihm zusammen Abitur gemacht hatten, schon alle Fähnrich waren und demnächst Leutnant wurden, während er als Vierteljude nur bis zum Obergefreiten aufgestiegen war, und so wie es aussah, war das auch der höchste Rang, den er beim Barras erreichen konnte. Wenn es allerdings Krieg gab, konnte er sich auszeichnen und vielleicht doch noch Offizier werden. Diese Hoffnung hatte er wenigstens.

Am 25. August musste sein Regiment ausrücken. Das Ziel der Fahrt war zwar nicht bekannt, aber als sie im Münchner Ostbahnhof verladen wurden, war ihm schon klar, dass es wahrscheinlich in Richtung Böhmen – Oberschlesien gehen würde.

Am Sonntag, dem 27. August, klingelte es bei Paula, und ein Herr kam herein und brachte die neuen Lebensmittelkarten. Die Kinder kamen dazu und fanden es furchtbar aufregend. Paula sah es als Zeichen an, dass man mit einem langen Krieg rechnen müsse. Der freundliche Herr breitete ein ganzes Bündel voller Karten aus. Es gab Marken für Fleisch, für Fett, für Brot, für Nährmittel und für Milch, Marken für Zucker und Süßwaren. Die Marken waren für eine Periode von vier Wochen bestimmt und sollten ab kommendem Montag schon gelten. Das Einkaufen würde – so sah es Paula voraus – zu einer sehr langwierigen Prozedur werden. Man musste sich einen Stammmetzger wählen, bei Brot und Nährmitteln konnte man wechseln. Paula kam die Rationierung nicht so streng vor, wie sie befürchtet hatte. Im Vergleich zum vergangenen Weltkrieg schien die Lebensmittelversorgung einstweilen gewährleistet zu sein. Aber wenn die Blockade der Engländer wieder einsetzen würde, wie würde es dann aussehen?

***

Am 1. September – Archibald schlief noch – kam seine Mutter in sein Zimmer und weckte ihn mit der Nachricht: „Der Krieg ist da!“

Archibald dachte zunächst nur: „Gott sei Dank, jetzt muss ich nicht nach Sophienau!“

Am Nachmittag trafen sich Paula und ihre Kinder mit Frau van Stolk und ihren Kindern bei der Frau des Rechtsanwalts Dr. Küfer in deren Garten in der Krügerstraße. Es war ein wunderschöner Sommertag. Man saß im Garten, und Frau Küfer schenkte Saft aus. Die Frauen waren aufgeregt und um das Schicksal ihrer Männer besorgt. Dr. Küfer war als Reserveoffizier eingezogen und stand schon an der Front. Herr van Stolk war schon seit drei Tagen mit seinem Stab nach Osten gefahren, und Frau van Stolk hoffte nur, dass er gleich wieder entlassen würde, denn er war doch der Chef eines Rüstungsbetriebes, der nur für das Militär arbeitete. Paula wusste nicht, was jetzt mit Leberecht geschehen würde. Würde man ihn bei Kriegsbeginn freilassen? Oder würde man ihn zum Militär einziehen?

Die Nachrichten im Radio dauerten jetzt fast eine halbe Stunde. Neben langen Berichten über die Gräueltaten der Polen an der deutschen Minderheit kamen Meldungen über den erfolgreichen Vormarsch der deutschen Truppen in Polen, den Jubel der Bevölkerung in Danzig und vor allem das schier endlose Verlesen neuer Gesetze und Verordnungen über Verdunklung, über die Verschärfung der Gesetze gegen Straftäter und – was Paula besonders erschreckte – die Errichtung von Sondergerichten, die gegen Volksschädlinge vorgingen, Verordnungen gegen Wehrkraftzersetzung, Überfälle im Schutze der Dunkelheit und gegen Hamsterer. Bei all diesen Delikten hieß es: „Kann mit dem Tode bestraft werden.“

Die Todesstrafe, die bisher nur für Mord, Hoch- und Landesverrat galt, gab es jetzt für alle möglichen Verbrechen. Es gab Sondergerichte, gegen die es keine Berufung gab. Zu den zahlreichen Verboten gehörte jetzt auch das Abhören feindlicher Sender, das mit Zuchthaus, und die Weiterverbreitung von diesen Nachrichten, die sogar mit dem Tod bestraft werden konnte.

Paula forderte Archibald auf, das Abhören der ausländischen Sender sofort einzustellen, aber Archibald kümmerte sich nicht darum. Er wollte Bescheid wissen. Mit Paula sprach er nicht weiter darüber, er sagte sich, es kann ja niemand feststellen, welche Sender ich höre.

Am Sonntag, dem 3. September kam – wie jetzt jede Woche – Onkel Franz zu Weilers. Er sah sehr besorgt drein. Um ein Uhr zog er seine Taschenuhr heraus, klappte sie auf und meinte nur: „Jetzt stehen wir mit England und Frankreich im Krieg – der Zweite Weltkrieg beginnt!“ Zu dieser Zeit war das Ultimatum der Engländer und Franzosen abgelaufen, dass die Deutschen die Kampfhandlungen beendigen und sich aus Polen wieder zurückziehen sollten.

Am 4. September kam ein Brief aus Sophienau, dass die Schule weitergehe, es sei alles geregelt, und Archibald möchte sich am nächsten Wochenende einfinden. Aber Archibald wollte nicht mehr ins Internat, und Paula wollte auch nicht. Sie hatte Angst, dass der Junge nicht genug zu Essen bekomme, sie hatte kein Auto mehr, um ihn zu besuchen, sie wollte ihre Kinder alle in ihrer Nähe haben, und letztlich brauchte sie ihn auch als Vertrauensperson, denn sie hatte sonst niemand, mit dem sie über die täglichen Sorgen sprechen konnte. Es war alles so ungewiss, was mit Leberecht weiter geschehen würde.

Im Johanneum in Lübeck war Dr. Trinkmann zur Wehrmacht eingezogen. Sein Stellvertreter war Dr. Behrend, ein Oberstudienrat, den Paula recht gut kannte. Er wohnte in der Roeck-, Ecke Krügerstraße, nicht weit von Leberechts Villa. Sein ältester Sohn war so alt wie Britta, die beiden waren zusammen im Kindergarten und beim Kinderturnen gewesen. Dr. Behrend war freundlich und sagte, er nehme Archibald gerne auf, nur wisse er nicht, ob er in die Untertertia kommen könne oder ob er in die Quarta zurückgesetzt werde, das müsse noch geprüft werden. Archibald musste nun also zum dritten Mal im Johanneum eine Aufnahmeprüfung machen. Die Prüfung in Latein ging ohne Schwierigkeiten, der Lateinlehrer war freundlich. In Deutsch machte Archibald zwar Fehler im Diktat, aber bei der mündlichen Prüfung imponierte er dem Deutschlehrer durch seine Kenntnisse. Englisch war dagegen schlecht und in Mathematik, sonst eigentlich kein Problem, wurde er wieder von Dr. Krallental geprüft und – wie nicht anders zu erwarten war – von ihm völlig verunsichert. Das Ergebnis war dann: Archibald könne ins Johanneum aufgenommen werden, aber nur in die Quarta.

Das empfand Archibald zwar auch als eine Schmach, aber er nahm doch lieber die Zurückstufung hin, als dass er wieder nach Sophienau gehen müsste, und vielleicht wäre er ja auch im Internat sitzengeblieben. Vor allem wollte er jetzt nicht von seiner Familie getrennt sein.

Er tröstete sich damit, dass in der neuen Klasse sein Freund Leo und auch der andere Nachbarsjunge Otto Larsen waren, den er schon vom Kindergarten her kannte. In den letzen Jahren hatten sie sich nicht mehr gesehen, weil die Familie Larsen erst 1938, als er schon im Internat war, in die Krügerstraße gezogen war.

Leberecht lag wach auf seiner Pritsche. Er konnte nicht erkennen, wie viel Uhr es war, es mochte schon zwei oder drei Uhr in der Nacht sein, er hörte keine Turmuhr schlagen. An das frühe Abschalten des Lichts im Gefängnis hatte er sich nicht gewöhnen können. Er war es gewohnt, nachts bis zwölf oder ein Uhr aufzubleiben und dann immer noch eine Stunde im Bett zu lesen. Um zehn Uhr konnte er noch nicht schlafen. Die ungewisse Zukunft bedrückte ihn sehr. Immer wenn Paula wieder nach Norddeutschland zurückgefahren war, ging es ihm besonders schlecht. Wann würde er sie wiedersehen? Der Staatsanwalt war mit seinen Verhören nicht weitergekommen. Außer dem widerrufenen Geständnis hatte der Staatsanwalt kein belastendes Material gefunden, trotz des Studiums aller Akten, aber auch die Gespräche mit seinen Anwälten brachten Leberecht keine Hoffnung. Ein Justizoberwachtmeister, der ihm immer Mut zusprach, hatte ihm geraten, Stand zu halten: „Die wollen Sie doch nur fertigmachen!" Daran hielt er sich. Aber wie sollte es weitergehen? Jetzt kam es wahrscheinlich auch noch zu einem Krieg.

Er wusste nicht, was er sich eigentlich wünschen sollte. Wenn es zum Krieg käme, könnte er sich freiwillig melden, vielleicht würde man ihn dann rauslassen, obgleich ihm diese Idee nicht sehr verlockend erschien. Er war schon 48 Jahre alt, und sein Gesundheitszustand war auch nicht der beste. Er wog 180 Pfund, und das war bei einer Größe von 1,69 Meter viel zu viel. Auch im Gefängnis hatte er nicht abgenommen, denn seine Mutter mästete ihn mit lauter Fresspaketen, von denen er einen großen Teil an Mitgefangene, aber auch an die Justizwachtmeister abgab, was er offiziell nicht durfte, die sich aber doch ab und zu am Abend noch zu ihm setzten und von ihren Enkelkindern und von ihren Schrebergärten am Eisenbahndamm oder auch von ihrem Einsatz im letzten Krieg erzählten.

Könnte der Krieg eine Befreiung für ihn bedeuten, wenn Deutschland von den Engländern und den Franzosen besiegt würde? Aber da hatte er seine Zweifel, das würde sicher nicht so schnell geschehen, sondern Jahre dauern. Dann kamen ihm ganz schwarze Gedanken. Er konnte sich nicht vorstellen, aus welchen Gründen er verurteilt werden könnte, aber vielleicht würden sie doch etwas finden, und dann würde es nicht nur eine Freiheitsstrafe, sondern eine Geldstrafe sein, die ihn an den Bettelstab bringen würde! Könnte er überhaupt seine Stellung in der Firma behalten?

An den nächsten Tagen wurde er nicht aus seiner Zelle geholt außer zu dem täglichen Rundgang im Hof. Es vergingen mehrere Tage, ohne dass ein Brief von seiner Frau oder von seiner Mutter kam. Die Mutter hatte sonst immer regelmäßig jede Woche geschrieben. Von Paula durfte er als Untersuchungsgefangener zwei Briefe in der Woche bekommen. Sie hatte immer, sobald sie zurück war, noch am gleichen Tag geschrieben, und auch dieser Brief war schon mehrere Tage überfällig. Er machte sich Gedanken: Hatte seine Frau vielleicht einen Freund, der sie tröstete? Er verwarf diesen Gedanken und schämte sich, dass er ihn gehabt hatte.

Am nächsten Tag wartete er ungeduldig auf die Post, aber wieder war nichts für ihn dabei. Er stellte sich vor, dass Paula jetzt vielleicht sehr viel zu Hause zu tun hatte, aber ein paar Zeilen hätte sie ihm doch schreiben können!

Endlich, nach einer Woche, kam ein ganzer Stapel von Briefen. Die Erklärung brachte der Justizwachtmeister: „Die lagen so lange bei der Staatsanwaltschaft, die für Zensur zuständig ist, der Oberstaatsanwalt ist nämlich zum Militär eingezogen, und einen Nachfolger haben sie noch nicht bestimmt."

Das Warten und das Grübeln gingen weiter. Bei der Lektüre der Zeitung beunruhigte Leberecht die neue Gesetzgebung mit der Verschärfung der Strafgesetze sehr. Würden die Gesetze auch rückwirkend angewandt? Er wusste, dass es einen alten Grundsatz in der Justiz gab: Keine Strafe ohne Gesetz, aber daran hatten sich die Nazis bisher schon nicht gehalten, und nun gab es Sondergerichte, gegen die es keine Berufung gab.

Dann kam es für ihn knüppeldick. Die Untersuchungsgefangenen wurden in das Zuchthaus in Bruchsal verlegt, darunter auch Leberecht. Gleichzeitig wurde ihm eröffnet, dass sein Fall an das neue Sondergericht in Mannheim abgetreten worden war. Die Überstellung in das Zuchthaus nach Bruchsal erfolgte nicht wie bisher in einem normalen Polizeiwagen, sondern mit dem Gefängniswagen, der Grünen Minna.

Das Zuchthaus war wesentlich stärker gesichert als das Gefängnis in Karlsruhe. Die Mauern waren höher und rundherum war Stacheldraht. Es gab mehr Tore, durch die man hindurch gehen musste, die Schlüsselbunde der Wärter waren größer und klangen bedrohlicher. Die Gefängniswärter in Karlsruhe hatte Leberecht gekannt, ja er hatte sich sogar mit ihnen angefreundet. Jetzt war die ganze Atmosphäre anders. Er hatte es mit neuen, jüngeren Beamten zu tun, die sich strikt an das Gesetz hielten und die Verbindung auch mit den Untersuchungsgefangenen nur auf das streng Formale begrenzten.

Zwar konnte Leberecht sich auch hier das Essen aus einem nahegelegenen Restaurant holen lassen, aber dazu waren jetzt Lebensmittelmarken notwendig. Und dann wieder das Warten, bis der neue Staatsanwalt ihn einbestellte. Dazu wurde er wieder mit der Grünen Minna nach Karlsruhe gebracht. Der neue Staatsanwalt war ein sehr forscher jüngerer Mann, der sich um das, was bisher geschehen war, überhaupt nicht kümmerte, sondern wieder von vorne anfing, das erste Geständnis von Leberecht als gegebene Tatsache ansah und ihn anschrie. Leberecht war verzweifelt. Die rüde Behandlung des jungen Staatsanwalts, die Tatsache, dass er jetzt vor ein Sondergericht kommen sollte, das in Mannheim tagte, die fehlende Aussprache mit seiner Frau, seine uninteressierten Anwälte, die ungewohnte Umgebung, die neuen, strengen Gefängniswärter und die ungewisse Zukunft ließen ihn nachts nicht schlafen.

Die Zukunft lag düster vor ihm, er weinte und wusste keinen Ausweg. Eines Morgens um fünf Uhr drehte er sein Leintuch zu einem Strick, verknotete es am Fenstergitter, legte es sich als Schlinge um den Hals und sprang von der Pritsche herab. Aber der Knoten war nicht fest genug, er löste sich, und Leberecht fiel zu Boden. Ein Wärter hörte einen dumpfen Fall, öffnete die Türe und sah, was geschehen war. Er rief nach seinem Kollegen, und der holte den Arzt. Leberecht lag wie bewusstlos am Boden. Ob er sich wirklich umbringen oder ob er nur auf sich aufmerksam machen wollte, das wusste er wohl selber nicht. Dass er aber verzweifelt war, erkannte der Arzt und überwies ihn in die Krankenabteilung. Ein Wärter gab ihm eine Beruhigungsspritze, worauf er sofort einschlief.

Der Gefängnisarzt, der viel mit Verzweifelten zu tun hatte, schlug vor, ihn erst einmal in das Krankenhaus der Strafanstalt Mannheim-Waldhof, die früher auch einmal ein Zuchthaus gewesen war, zu verlegen, und nach einigen Formalitäten stimmte der Staatsanwalt auch zu.

Leberecht ließ alles über sich ergehen. Als ein Segen erwies sich, dass man ihm in die Zelle einen anderen Untersuchungsgefangenen legte, einen Junggesellen, zwei Jahre jünger als Leberecht, Obersekretär Rudolf Schartel, der – für ihn vollkommen überraschend – in die Mühlen der Justiz geraten war. Er war städtischer Beamter bei der Stadtkasse in Durlach gewesen und wurde der Unterschlagung und Urkundenfälschung beschuldigt.

Er hatte als kaufmännischer Handlungsgehilfe angefangen und war Ende der zwanziger Jahre durch Beziehungen in die öffentliche Verwaltung gekommen, ohne eigentlich die Qualifikation dafür zu haben. Als die Stadt Durlach 1938 nach Karlsruhe eingemeindet wurde und eine Kassenprüfung bevorstand, entdeckte er einen Fehlbetrag, den er nicht zu erklären vermochte, und so korrigierte er die Bücher. Kollegen, die den etwas grantigen Junggesellen nicht mochten, zeigten ihn bei den Vorgesetzten an. Die Kasse wurde geprüft und man stellte fest, dass etwa 5.000 Mark fehlten. Er wurde, ohne dass er Gelegenheit hatte, die Sache aufzuklären – die er auch gar nicht aufklären konnte –, verhaftet.

Jetzt war jemand da, dem Leberecht sein Leid klagen konnte, und auch Rudolf hatte jemand, der ihm zuhörte, und so stützten sie sich gegenseitig, auch wenn Leberecht die Dinge nicht verstand, die Rudolf ihm schilderte, und Rudolf wiederum nicht begriff, was Leberecht ihm erzählte. Beide fühlten sich ungerecht behandelt, und dieses gemeinsame erlittene Leid stärkte sie.

Johanna hatte es satt, mit den dummen Anwälten zu verhandeln, die ihr nur das Geld aus der Tasche zogen und Leberecht nicht frei bekamen. Von Justizräten aus Berlin hielt sie überhaupt nichts mehr. Hiltrud meinte, sie solle doch diesen Kerl zum Teufel schicken und einen neuen Anwalt nehmen, sie kenne da jemand.

Johanna war misstrauisch, denn Hiltrud war diejenige, die von Leberechts Schuld überzeugt war, die der Meinung war, es geschehe ihm ganz Recht. Dann nahm Johanna aber doch Fühlung mit dem jüngeren Anwalt auf, von dem sie zu Recht vermutete, dass er mit Hiltrud ein Verhältnis gehabt hatte. Der Anwalt, Dr. Drescher, war ihr zu höflich, mit Handkuss und „gnädige Frau Kommerzienrat“, sie war aber angenehm überrascht, dass er nicht Mitglied der NSDAP war, was sie von ihm als Freund von Hiltrud angenommen hatte, und sie merkte, dass er von Hiltruds Gerede nicht viel hielt.

In dem Gespräch mit Johanna erklärte er, dass man die Angelegenheit gleich richtig anfassen müsse, man müsse das außerhalb der Gerichte erledigen. Als Dr. Drescher gleich 50.000 Mark als Vorschuss verlangte, zuckte sie zuerst zusammen, dann besann sie sich aber, dass sie schon über 300.000

Mark für den Berliner Anwalt bezahlt hatte und nichts geschehen war. So besorgte sie sich das Geld, was sie aber vor ihren Töchtern geheim hielt, denn das hätte nur wieder neuen Missmut ausgelöst.

In München machte sich die Familie Fabricius große Sorgen um Fritz, aber ehe sie sich versahen, war er wieder zu Hause. Eine Woche nach Kriegsbeginn wurde er in einem Gefecht mit einem Panzer durch Granatsplitter verwundet. Er selber schoss einen Panzer ab und bekam dafür das Eiserne Kreuz II. Klasse und das Verwundetenabzeichen. Die Verwundung war nicht schwer, aber er kam zunächst nach Hause und hoffte, dass er aufgrund seiner Leistung doch wenigstens zum Unteroffizier befördert werde. Dr. Seidel wollte versuchen, seine Arisierung einzuleiten.

Mitte September begann die Schule wieder. Archibald ging mit recht gemischten Gefühlen ins Johanneum. Angst hatte er jetzt keine mehr, denn er kannte die meisten Lehrer mit ihren guten und schlechten Seiten, und er war ja auch kein kleines Kind mehr, das man hänseln konnte. Ganz davon abgesehen, dass Zwölf- und 13-Jährige im Allgemeinen über das Alter hinaus waren, in dem sie einen Neuankömmling piesackten, hatte er im Internat gelernt, sich zu wehren.

Der Unterricht war für Archibald sehr langweilig. Es wurde nur das durchgenommen, was er vor einem Jahr schon gelernt hatte. Er kannte alles und wusste alles, und weil es so langweilig war, gab er sich keine große Mühe. Es wurde in Englisch, in Deutsch und in Latein nur Grammatik gepaukt, und auch in Mathematik gab es nichts Neues. Archibald ärgerte sich, dass man ihn eine Klasse zurückgestuft hatte.

Etwas freute ihn aber ungemein: Jetzt hatte er endlich einmal Zeit, über die er selber verfügen konnte. Zum Reiten brauchte er nicht, weil Paula kein Pferd mehr hatte, Turnstunden und Klavierunterricht gab es auch nicht mehr. Mit den Schulaufgaben war er schnell fertig, Nachhilfeunterricht brauchte er keinen, und vor allem brauchte er nicht wie seine Kameraden zum Jungvolk, sondern hatte den langen Nachmittag und Abend ganz zu seiner Verfügung und konnte lesen.

Der Krieg war für seine Klassenkameraden ein Abenteuer. Endlich war mal etwas los. Aber Kriegsbegeisterung gab es keine. Die Eltern der Klassenkameraden hatten den Ersten Weltkrieg noch in schlechter Erinnerung. Wenn die Klasse vom Unterricht ablenken wollte, dann verwickelte man den Lehrer, ganz gleich ob es der Deutsch-, Geschichts-, Mathematik- oder Lateinlehrer war, in ein Gespräch über die Kriegslage. Alle waren erstaunt, wie schnell die deutschen Truppen voranmarschierten. Viele Schüler gaben als Berufsziel „Offizier" an. Wie lange der Krieg dauern würde, darüber machte sich kaum jemand Gedanken. Dass sie selber noch in den Krieg kommen könnten, das glaubte keiner der Schüler, es klagte aber auch keiner, dass er nicht dabei war.

Archibald war in einem gewissen Zwiespalt. Auch er steckte täglich mit Stecknadeln die Front auf einer Landkarte ab und hörte voller Interesse die Sondermeldungen. Von den Zuständen in Polen, von den zerstörten Städten, von der schlechten Behandlung der Polen nahm man wenig Notiz, obgleich schon damals in den Illustrierten Bilder aus Warschau oder Lodz, das jetzt Litzmannstadt hieß, abgedruckt wurden. Sie zeigten, wie die Ghettomauern entstanden, und dass es den Juden dort nicht sehr gut gehen konnte, das war ganz deutlich zu sehen.

Anfang Oktober kam Leos Vater von der Front zurück und erzählte, die deutschen Truppen hätten sich schweinemäßig benommen. Auch die Offiziere hätten auf den Gutshöfen geklaut, und man hätte die Polen wie Menschen zweiter Klasse behandelt, ganz zu schweigen von den Juden, die alle in ein Ghetto gesperrt worden seien.

Sonst war aber vom Krieg nicht viel zu spüren, außer der Verdunklung und der Tatsache, dass es Lebensmittel auf Karten gab und dass öffentliche Tanzveranstaltungen untersagt waren. Die Lebensmittelrationen waren ausreichend, wenn auch nicht überreichlich, und es wurden auch überall noch sogenannte Luxusgüter hergestellt. Es gab Kino, Theater und Konzerte, und es gab auch wenige Trauerfälle, nur ein Lehrer vom Johanneum wurde gleich in den ersten Tagen in Polen erschossen.

Eines Tages erhielt Paula mit der Post einen hellblauen, dunkellila gefütterten Brief, adressiert an „Hochwohlgeborene" Frau Paula Weiler, auf Büttenpapier geschrieben, oben eingeprägt eine Krone, mit der Anrede „Sehr geehrte gnädige Frau Weiler!", Absender Freiherr Friedrich von Finkenstein, in dem ihr mitgeteilt wurde, dass er mit der Züchtung von Carry Blue Terriern beginnen wolle und er aus Schweden gehört habe, dass die Familie Weiler einen Carry Blue Rüden mit Stammbaum besitze. Er wolle höflichst bei ihr anfragen, ob es möglich sei, dass dieser Rüde seine Hündin decken könne.

Paula dachte nur, was die Leute jetzt im Krieg für eigenartige Sorgen haben!

Paula ließ Herrn von Finkenstein wissen, dass sie ihn zum Besuch empfangen würde. Der Baron kam mit elegantem Gabardinemantel mit Regenschirm am Arm, in der Hand einen Blumenstrauß mit Nelken und Chrysanthemen. Er küsste Paula die Hand, aber er war ihr zu höflich. An der Hand hatte er einen Siegelring mit Wappen, einen Ring mit einem großen Amethyst, der doppelt so groß war wie der Siegelring. Er trug ein rosafarbenes Seidenhemd, goldene Manschettenknöpfe mit der Freiherrenkrone, in der Krawatte steckte eine Krawattennadel mit einem großen Diamanten, am einen Handgelenk hatte er eine goldene Uhr und am anderen ein schweres goldenes Armband und sprach – wie Archibald meinte – zu geschwollen.

Freiherr von Finkenstein schien über das Schicksal von Leberecht Bescheid zu wissen, denn er erkundigte sich sehr feinfühlig nach dem Herrn Gemahl, ohne neugierig zu sein. Das Gespräch bei einer Tasse Tee zeichnete sich durch viel Geplauder über das Theater und über München, auch über ihren Vater aus, so dass Paula, obwohl sie zunächst recht zurückhaltend war, mit der Zeit auftaute.

Auch Archibald gefiel der Baron, vor allem dass er ihn siezte und mit „Herr Weiler" anredete, das war ihm bisher noch nie passiert. Zudem bezeichnete er die Nazis als reichlich vulgäres Pack, was in einer Familie, die er noch nicht kannte, recht mutig war.

Nach einer angemessenen Zeit ging Freiherr von Finkenstein und versprach wiederzukommen, wenn die Hündin läufig sei. Er lud Archibald ein, ihn einmal in seiner Wohnung in der Breiten Straße zu besuchen. Archibald fand das sehr nett, und bei nächster Gelegenheit besuchte er wirklich Fritz von Finkenstein, der sich sehr freute. Er hatte für ihn Tee und zwei Stück Kuchen gerichtet, der Tisch war mit einem Meißner Service und mit Blumen gedeckt. Archibald unterhielt sich fabelhaft mit dem Freiherrn und beschloss, ihn in der nächsten Woche wieder zu besuchen.

Aber Paula hatte das Gefühl, dass mit Herrn von Finkenstein irgendetwas nicht stimmte und erkundigte sich bei Leberechts Freund Dr. Brandel, und der meinte, sie solle vorsichtig sein, denn Herr von Finkenstein sei schon einmal wegen Homosexualität nach § 175 verurteilt worden. Zwar war das eine Angelegenheit unter erwachsenen Männern gewesen, nicht mit Jugendlichen, aber sie solle den Jungen doch keiner Gefahr aussetzen.

Nun bestand für Paula das Dilemma, wie sie Archibald sagen sollte, dass er den Freiherrn nicht mehr besuchen solle. Sie konnte ja eigentlich nichts Negatives über ihn sagen, und ihre Bemerkung, er solle sich etwas zurückhalten, verstand er nicht. Paula besprach ihr Problem mit ihrer Freundin Emma Manz, die meinte, dass Archibald unbedingt aufgeklärt werden müsse. Habe das Leberecht nicht getan? Das sei ja mal wieder typisch Mann, er habe sich sicher davor gedrückt!

Als Paula vorsichtig bei Archibald anfragte, kam heraus, dass Leberecht am letzten Abend vor seiner Abreise ins Internat etwas erzählt hatte, von dem er aber überhaupt nichts verstanden hatte. Auf die Frage, ob er denn aufgeklärt sei, sagte Archibald ja, aber dann kamen so wirre Geschichten zu Tage, dass sie merkte, Leberecht hatte die Sache nicht beim Namen genannt. Archibald wusste gar nichts. Im Biologieunterricht, den sie bei einer 22-jährigen Lehrerin gehabt hatten, war über dieses Thema natürlich auch nicht gesprochen worden.

Emma Manz schlug vor, den Klassenlehrer Ludwig Erichsen mit der Aufgabe zu betreuen, und so machte Paula bei ihm einen Besuch, um über die Probleme, die sie mit ihrem Sohn hatte, zu sprechen.

Ludwig Erichsen galt als ein Außenseiter und Sonderling, und zwar sowohl bei den Schülern als auch bei den Lehrern. Er wurde von beiden Seiten nicht ernst genommen. Als Jugendlicher war er Anhänger des „Wandervogels" geworden, war völkisch-idealistisch, schwärmte für Volkskunst und alte Sitten und Gebräuche. Der Wunsch des Vaters, eines evangelischen Pastors, dass er Theologie studieren sollte, scheiterte daran, dass er Graecum und Hebraicum nicht schaffte. Er wollte lieber Germanistik studieren und Gymnasiallehrer werden, aber auch das brachte er nicht zustande. Er ging in die Tischlerlehre und machte dann doch das Examen als Religions- und Werkkundelehrer. Nach einer kurzen Zeit in einem Landerziehungsheim kam er mit Hilfe seiner Frau, die Lehrerin an der Ernestinenschule war, im Johanneum als Lehrer unter, aber die Kollegen sahen auf ihn als Nichtakademiker herunter.

Ludwig Erichsen begrüßte die Machtergreifung durch die NSDAP. Die Phrasen von Blut und Boden, die Gedanken eines gesunden Bauernstandes, das Erbhofgesetz, das alles entsprach seinen Vorstellungen vom gesunden Leben. Das militärische Gepränge, die Kumpanei der alten Frontkämpfersoldaten waren ihm fremd. Seine Vorstellungen liefen nicht darauf hinaus, für das Vaterland zu fallen, sondern für das Vaterland zu leben.

Vor allem war er ein gläubiger evangelischer Christ, und die Vereinbarung der evangelischen Kirche mit der Partei und den Deutschen Christen passte ihm nicht. Für ihn waren die Juden das Volk Gottes. 1937 war er aber dann doch der NSDAP beigetreten, vor allem weil man ihm anbot, Volksbildungswart zu werden und innerhalb der Partei die Volkshochschule in Lübeck zu organisieren. Dadurch stieg er als Kreishauptstellenleiter in der Hierarchie auf bis direkt unter den Kreisleiter der NSDAP.

Paula hatte schnell Vertrauen zu Ludwig Erichsen gefasst. So erzählte sie ihm von dem Schicksal, das ihre Familie betroffen hatte, dass sie Halbjüdin sei. Sie berichtete von der Haft ihres Mannes und der Ungewissheit, wann er wieder entlassen würde. Erichsen war erschüttert. So etwas hatte er von Hitler und der Partei nicht erwartet. Er hatte zwar schon einige Jahre vorher erlebt, dass ein früherer Schüler von ihm, der Sohn eines berühmten Weltkriegshelden und Kommandeurs eines Sturmbataillons, aus der Wehrmacht ausgeschlossen wurde, weil er eine jüdische Großmutter hatte und lange Zeit brauchte, um arisiert zu werden. Aber die Konsequenz, mit der Juden verfolgt wurden, das Unrecht, das Millionen Menschen geschah, hatte er nicht mitbekommen oder vielleicht auch nicht wahrhaben wollen, und nun begann er nachzudenken.

Er schlug vor, dass Archibald zu ihm in die Nachhilfestunde kommen sollte, er werde ihn dann schon aufklären und ihm auch helfen, in der Klasse richtig mitzukommen. Und so erschien Archibald fünfmal in der Woche nachmittags zwischen zwei und drei Uhr bei Ludwig Erichsen.

Die Versuche, Archibald aufzuklären, hatten aber auch keinen Erfolg, genauso wenig wie ein Büchlein „Wunder des Lebens", das Paula Archibald gab. Darin stand nur so viel, dass man den Körper rein halten sollte, das hieß doch wohl, dass man sich gründlich waschen sollte. Er war jetzt allerdings in einem Alter, in dem ihm die Mädchen auffielen, wenn sie nett angezogen waren oder auf der Straße herumschlenderten, kicherten und lachten, aber die jungen Mädchen im Alter von 14 Jahren fand er doof, dumm, es waren für ihn Gänse. Die 17- oder 18-Jährigen fand er schon interessant, aber an die war nicht heranzukommen, denn sie schauten nach den jungen Leutnants und beachteten so einen dummen Schüler nicht.

Als Archibalds Freund Leo auch zu Ludwig Erichsen kam, gab es eigentlich keinen Nachhilfeunterricht, sondern einen Vorunterricht. Nachdem viele Studienräte eingezogen waren, gab Erichsen in den Unterklassen auch Deutsch, Mathematik, Geschichte und Biologie, alles Fächer, die er nie studiert hatte. Vor der Mathematikstunde musste er sich erst einmal selber mit der Materie vertraut machen, und so übte er mit Archibald und Leo die Aufgaben der kommenden Mathematikstunde, und indem er mit den beiden den Unterrichtsstoff durchnahm, verstand er ihn. So war es ihm möglich, den Schülern die Mathematik so beizubringen, dass sie mitkamen und plötzlich nur Zweien in den Mathematikarbeiten schrieben.

Sonst waren die Nachhilfestunden eigentlich nur ein interessantes Gespräch zwischen Archibald und seinem Lehrer. Vor allem kamen Erichsen langsam Zweifel am Nationalsozialismus, und Archibald und Leo wussten sehr viel, was Erichsen nicht wusste. So fragte er eines Tages, wie er den englischen Sender auf der Skala finden könnte, und Leo zeigte es ihm. Von da an wuchs das Vertrauensverhältnis zwischen Schüler und Lehrer ungemein, und innerhalb der nächsten zwei Jahre wurde aus dem Nationalsozialisten und Kreishauptstellenleiter der NSDAP ein überzeugter Antinazi.

Weihnachten kam näher, und Paula klammerte sich immer noch an die Hoffnung, dass Leberecht bald entlassen werde, denn in früheren Jahren war es üblich, Gefangene zum Fest freizulassen. Auch der neue Anwalt Dr. Drescher konnte ihr keine Hoffnung machen. So lud sie für die Feiertage ihre Schwester Klara und ihren Bruder Johannes ein, und beide versprachen zu kommen. In den Jahren zuvor hatte Leberecht die Weihnachtsbäume besorgt, und zwar gleich mehrere, eine Dreiergruppe, und mit Silberlametta geschmückt. Daneben stand ein kleiner, lustiger Baum mit goldenem oder rotem Lametta. Die Weihnachtsbäume kamen aus dem heimischen Schwarzwald, aber jetzt kamen keine Bäume mehr aus Gernsbach, und so musste Paula im letzten Augenblick auf dem Markt in Lübeck einen Baum kaufen und Archibald ihn nach Hause tragen. In den Jahren vorher waren die Bäume auf geheimnisvolle Weise ins Haus geschmuggelt worden und standen am Weihnachtsabend in vollem Glanz da. Jetzt durfte Archibald den Weihnachtsbaum schmücken, und das gefiel ihm gar nicht. Plötzlich war die Kindheit zu Ende.

Am Heiligabend ging die Familie wie üblich um drei Uhr in den Gottesdienst. Anschließend wurden zu Hause Weihnachtslieder gesungen, und dann gab es Bescherung, die trotz allem noch recht reichhaltig ausfiel, vor allem

Archibald hatte wieder viele Bücher bekommen, welche, die er sich gewünscht hatte, und auch einige Überraschungen. Alle dachten an den Vater, und diesmal heulte die ganze Familie.

Gleich nach Weihnachten fuhr Paula mit Archibald nach Süddeutschland, um Leberecht zu besuchen. Zum Einhüten bot sich wieder Hiltrud an, aber Paula hatte Angst, dass es zum großen Krach mit Britta kommen würde, die ihren eigenen Kopf hatte, und so entschloss sie sich, die Nichte von Leberecht, Gabi Brunner, zu holen, und darüber war Britta sehr glücklich.

Auf ihrer Fahrt nach Süddeutschland machten sie Halt in Frankfurt bei Paulas Tante Elisabeth und ihrer Tochter Helga Krebs. Elisabeth war die ältere Schwester von Paul Fabricius und hatte Pauls Haushalt nach dem Tod von Paulas Mutter geführt. Damals war auch Helga mit nach München gekommen, und Paula und Helga waren wie Schwestern aufgewachsen und mochten sich sehr gern.

Helga hatte ihre Sommerferien mehrere Jahre hintereinander in Dover in England bei Pauls jüngster Schwester Marie verbracht, die einen englischen Mühlenbesitzer geheiratet hatte, und so sprach Helga Englisch so gut wie Deutsch. Später hatte sie die Schule in einem Genfer Internat besucht und konnte nun auch fließend Französisch. Auf der Suche nach einer Stellung bekam sie, da sie auch gut Steno und Schreibmaschine schreiben konnte, einen Posten als Sekretärin des Korrespondenten der Frankfurter Zeitung beim Völkerbund in Genf, und als dieser ein Jahr später erst Korrespondent der Frankfurter Zeitung in Paris wurde und später den Posten des Chefredakteurs der Zeitung in Frankfurt übernahm, zog sie jeweils mit.

Es gab kaum jemand, der so gut über das, was draußen in der Welt geschah, unterrichtet war wie sie, denn sie nahm immer an den täglichen großen Redaktionskonferenzen teil. Die Frankfurter Zeitung hatte überall in der Welt eigene Korrespondenten und war nicht auf Agenturmeldungen angewiesen. Jetzt, im Dritten Reich, war die Zeitung zwar auch weitgehend gleichgeschaltet und musste das bringen, was vom Propagandaministerium in Berlin vorgegeben war, aber die Redakteure konnten es doch etwas anders formulieren, so dass die Leser zwischen den Zeilen lesen konnten. Archibald hörte mit glühenden Ohren zu, was Helga ihm und Paula von der politischen Lage erzählte.

Paula und Archibald fuhren mit der Bahn nach Mannheim, wo Dr. Drescher für sie Zimmer im Palasthotel Mannheimer Hof reserviert hatte. Paula fühlte sich in dem vornehmen Hotel unwohl, sie hätte lieber in einer kleinen Fremdenpension gewohnt, und Archibald staunte über den Luxus, den es hier gab. Er war schon früher mit seinen Eltern in einem großen vornehmen Hotel gewesen, aber jetzt mitten im Krieg, 100 Kilometer von der Front entfernt, kam ihm dieses Getue geradezu aberwitzig vor. Allerdings schmeichelte es ihn sehr, dass die Kellner und der Portier ihn mit „mein Herr“ anredeten und Paula nur „gnädige Frau“ tituliert wurde. Auch während des Frühstücks hatten die Kellner einen Frack an, es gab ein Ei und frische Brötchen mit Butter, allerdings wurden vorher mit einer Schere die Reisemarken für Brot und Butter von der für die Reise ausgestellten Lebensmittelkarte abgeschnitten.

Dr. Drescher kam und begrüßte Paula mit Handkuss, richtete auch ein paar freundliche Worte an Archibald und teilte mit, dass für elf Uhr ein Besuchstermin bei Leberecht verabredet sei. Er sei in Berlin etwas weitergekommen und hoffe, dass es nicht mehr allzu lange dauern werde, bis Dr. Weiler freikomme. Aber Paula schenkte ihm keinen Glauben, zu oft hatte sie schon darauf gehofft.

Dann fuhren sie eine endlos lange Zeit durch die Stadt und durch Fabrikgelände nach Mannheim-Waldhof, wo gegenüber der großen Zellstofffabrik das Zuchthaus lag, abweisend dunkel, von einer hohen Mauer aus dunkel gebrannten Ziegeln umgeben, mit Stacheldrahtverhau und Wachtürmen versehen.

Die Wärter waren korrekt, höflich, aber wortkarg. Das Rasseln mit dem Schlüsselbund war bedrückend. Paula stiegen die Tränen hoch, und auch Archibald war die Kehle wie zugeschnürt. Paula sagte nur, er solle nicht erschrecken, wenn er Leberecht in seiner gestreiften Kleidung sehe, es sei keine Gefängniskleidung, sondern die Kleidung des Krankenhauses.

Sie wurden in ein Zimmer geführt, wo sie bitte warten sollten. Kurze Zeit später kam Leberecht herein im rot-weiß gestreiften Anzug, darunter ein weißes geripptes Unterhemd. Als er Paula umarmte, mussten beide weinen. Als Leberecht Archibald begrüßte, merkten sie, dass sie sich beinahe fremd geworden waren. Beide wussten nicht, was sie sprechen sollten. Der Wärter ließ Paula und Leberecht zehn Minuten über die offizielle Zeit zusammen, dann mussten sie wieder Abschied nehmen. Es flossen nochmals Tränen, dann kam der bedrückende Rückmarsch durch die langen Gänge, und Archibald war froh, als das letzte Tor hinter ihnen geschlossen wurde.

Paula ging nicht zu der Straßenbahnhaltestelle direkt vor dem Tor, sondern zur nächsten, sie wollte nicht, dass alle Leute sahen, dass sie aus dem Gefängnis kamen. Mittags fuhren sie mit dem Zug weiter nach Gernsbach. Im Haus bei Johanna erhielten Paula und Archibald nicht das große Fremdenzimmer, in dem sie sonst immer wohnten, sondern sie schliefen unter dem Dach in zwei schlecht geheizten Mansarden, denn das Haus war mit einer Einquartierung von zehn Mann und einem jungen Leutnant belegt. Gernsbach war nur 30 Kilometer von der Front entfernt, ab und zu hörte man das dumpfe Grollen der Artillerie.

***

Johanna war jetzt voll beschäftigt. Sie tauschte und hamsterte für ihre Töchter Hiltrud, Silvia und Luise, die in Hamburg und Stuttgart lebten. Vom Ersten Weltkrieg her konnte sie sich erinnern, wie schlecht die Versorgungslage in den Großstädten war, und so wurden Körbe mit Gemüse, Zwiebeln, Bohnen, Äpfeln oder Kartoffeln nach dort geschickt. Dann war sie bemüht, jede Woche ein Paket an Leberecht zu schicken, und auch das musste organisiert werden. Sie pflegte ihre guten Beziehungen zu dem örtlichen Kolonialwarenhändler, der ihr ab und zu – allerdings gegen gutes Geld – auch mal etwas ohne Marken zukommen ließ.

Dazu kamen die häufigen Verhandlungen mit den Anwälten, wobei sie jetzt ganz auf Dr. Drescher setzte, zu dem sie Zutrauen gefasst hatte. Vor allem gefiel es ihr, dass er seine Briefe an sie nie „mit Deutschem Gruß", geschweige denn mit „Heil Hitler" unterschrieb, sondern nur mit der Floskel „Ihr ehrerbietiger". Sein Optimismus tat ihr gut.

Dann beobachtete Johanna, wie es in der Firma weiterging. Nachdem Leberecht in Haft war, hielt sie es für wichtiger als früher, Bescheid zu wissen und aufzupassen, dass nichts aus dem Ruder lief. Die Angestellten, mit denen sie gut stand, hatten nach Büroschluss bei ihr zu erscheinen, um Auskunft über die Geschäftslage zu geben und vor allem über Personalveränderungen zu berichten. Außer dem Leiter der süddeutschen Werke, Herrn Wittmann, und dem Buchhalter Adam kamen aber nur wenige, weil Wilkowski es strikt verboten hatte, die Kommerzienrätin zu besuchen.

Außerdem wollte sie gut unterrichtet sein und hörte heimlich Radio Straßburg und BBC, aber sie fühlte sich auch verpflichtet, wie im Ersten Weltkrieg patriotische Aufgaben zu erfüllen. So kam zweimal in der Woche ein Kreis älterer Damen zu ihr. Wie sie im Ersten Weltkrieg Scharpie gezupft hatten, wurden jetzt Mullbinden gewickelt und für die Soldaten gehäkelt. Da die alten Damen meist nicht mehr sehr gut sahen, beschränkten sie sich auf das Häkeln von Pulswärmern, von denen man nicht wusste, ob sie je verwendet würden.

Wie im Ersten Weltkrieg hatten die Damen viel von den Erfolgen der Wehrmacht zu erzählen, nur war es im Augenblick recht still, wenn man von den Sondermeldungen über den Abschuss feindlicher Flugzeuge oder die Versenkung von Kriegsschiffen absah. Johanna ärgerte sich über das unqualifizierte Gewäsch der Weiber, die vergaßen, dass bei jeder Versenkung eines Schiffes oder dem Absturz eines Flugzeuges auch Menschen starben. Immer wieder wollte sie diese Nachmittage einstellen, aber gerade in Anbetracht des Schicksals von Leberecht dachte sie, dass sie etwas tun müsse, um den patriotischen Schein zu wahren, zumal ihr immer wieder als leuchtendes Beispiel die Aktivitäten der Frau des Reichsleiters Buch aus Scheuern vorgehalten wurden, der Frau des obersten Parteirichters, die jetzt so tat, als sei sie die wichtigste Persönlichkeit in Gernsbach.

Der Wehrmachtsbericht brachte kaum etwas über eine Kampftätigkeit an der Westfront. Es wurde nur von Gefechten im Vorfeld zwischen Westwall und Maginotlinie berichtet, bei denen es zu einzelnen Scharmützeln kam, von Gefallenen oder Verwundeten hörte man so gut wie gar nichts. Mitten in diesem seltsamen Krieg, von den Franzosen „drôle de guerre“ genannt, erhielt Else die Meldung, dass ihr Bruder gefallen sei. Ihr Bruder Fritz, der im Ersten Weltkrieg schon vier Jahre lang als einfacher Soldat dabei gewesen war und den Krieg ohne jede Verwundung überlebt hatte, wurde in den ersten Tagen des Zweiten Weltkriegs zu den Landesschützen eingezogen. Er lag bei Breisach direkt am Rhein, als eine Propagandakompanie anrückte und Lautsprecher aufstellte, die die Franzosen aufforderte, den zwecklosen Kampf einzustellen. Von französischer Seite dröhnte zurück, man solle die Lautsprecher abstellen, sonst würde man schießen. Der junge Oberleutnant, der Führer der Propagandakompanie, ein strammer Nationalsozialist, lachte nur und sagte: „Denen wollen wir es mal zeigen! Wir stellen uns jetzt alle an das Rheinufer und strecken ihnen unsere nackten Ärsche zu!“

Wie befohlen, entblößte auch Fritz Stark seinen Hintern und streckte ihn dem Feind entgegen. Es war noch keine Minute vergangen, als Scharfschützen auf dieses lockende Ziel schossen – und so starben 14 Soldaten völlig sinnlos. Else und den anderen Witwen hatte man die Umstände des Todes nicht erzählt, aber das Ereignis ging in ganz Baden und an der ganzen Front mit Windeseile herum und wurde meist unter wahnsinnigem Gelächter weitererzählt.

Gertrud kam aus Baden-Baden, denn sie wollte Paula sehen und sich mit ihr aussprechen. Trotz des feuchtnassen Januarwetters, der Schneeregen blies ihr ins Gesicht, ging sie die ganzen neun Kilometer zu Fuß, das heißt, sie musste zu Fuß gehen, denn Juden war es nicht gestattet, öffentliche Verkehrsmittel, ob Bus oder Straßenbahn, zu benutzen. Zunächst hatte sie sich über das Verbot hinweggesetzt, obwohl sie Gefahr lief, als Jüdin entdeckt zu werden und sich möglicherweise einer Strafe auszusetzen. Das Risiko war groß, da sie viele Leute in Baden-Baden kannten und sie auch trotz allem ehrerbietig mit Frau Konsul grüßten. Dann erlebte sie auf einer Fahrt mit der Straßenbahn, wie eine Frau keifend rief: „Da sind Juden in der Bahn, Juden raus!“ und den Schaffner zwang anzuhalten und ein altes Ehepaar, beide etwa 80 Jahre alt, aussteigen musste. Man konnte deutlich die Missbilligung der meisten Fahrgäste über dieses Verhalten erkennen, eine Frau meinte schüchtern: „Sehen Sie nicht, dass diese alten Leute sich schwer tun, zu Fuß zu gehen?“, aber die Parteigenossin ereiferte sich noch lange, und keiner der Anwesenden wagte einzugreifen und für die Juden zu sprechen.

Gertrud hatte daraus die Konsequenz gezogen, weder mit der Straßenbahn noch mit der Reichsbahn zu fahren. Es gab immer mehr Personalkontrollen in den Zügen, und in ihrem Pass stand hinter ihrem Vornamen Gertrud der Name Sara, den jede Jüdin als zweiten Vornamen tragen musste, damit man sie auch als Jüdin erkennen konnte, genauso wie die jüdischen Männer den Namen Israel führen mussten.

Das Leben wurde für Gertrud immer unerträglicher. Bei den Pogromen am 9. November 1938 war sie und ihre Wohnung zwar verschont geblieben, wie viele Privathäuser in Baden-Baden auch, während in Gernsbach die SA-Leute wie die Schweine gehaust und nicht einen jüdischen Bürger ausgespart hatten. Auch war von Gertruds Familie keiner in Schutzhaft genommen worden, aber die vielen Nadelstiche zehrten sehr an ihren Nerven. Sie konnte weder ins Konzert noch ins Theater gehen, weil das für Juden verboten war. Auch wenn sie müde von ihren langen Einkaufsgängen in der Stadt zurückging, konnte sie sich in der Allee, durch die sie gehen musste, nicht auf eine Bank setzen, denn überall stand „Für Juden verboten" oder „Juden unerwünscht". Dass die Juden kein Auto mehr besitzen durften und der Führerschein ihnen abgenommen wurde, störte sie nicht, denn sie hatte beides nicht besessen. Ab und zu nahmen sie Freunde mit dem Auto mit, aber das wurde immer seltener.

Sie bedauerte, dass sie nicht mit Leni rechtzeitig ausgewandert war. In den ersten Jahren der Naziherrschaft störte sie zwar die Behandlung durch die Nazis, aber sie konnte damit leben. Dass sie in Deutschland blieb, hing letztlich auch damit zusammen, dass Leni die gute Stellung als Abteilungsleiterin bei Weiler & Busch hatte. Das Einkommen von Leni reichte für sie beide, und sie waren nicht allein. Auch alle ihre sechs Schwestern waren in Deutschland geblieben. Zwei, die verwitwet waren, wohnten jetzt bei ihr. Alle Schwestern waren mit Ariern verheiratet gewesen. Die Familie hatte schon lange aufgehört, sich als Juden zu fühlen.

Wohin hätten sie auch auswandern können? Bestimmt nicht nach Palästina, wo man sie als Abtrünnige ansah. In die USA? Dort lebte noch ein bekannter Weinheimer – ihr verstorbener Mann hatte ja noch gute Beziehungen zu Weinheimers gehalten, aber diese Verbindung war mit dem Zusammenbruch des Bankhauses Meyer verschwunden. Außerdem hatte sie in der Schule nur Französisch und kein Englisch gelernt.

Sie wohnte jetzt im früheren Gärtnerhaus ihrer Villa Trianon. Sie war aus dem schlossartigen Gebäude nach dem Tod ihres Mannes ausgezogen und hatte es mit viel Mühe vermieten können, drei Jahre an eine ägyptische Prinzessin, die Schwester von König Fuad, aber jetzt war das Haus an die Wehrmacht verkauft worden als repräsentatives Gebäude für den kommandierenden General eines Armeekorps, der in Baden-Baden seinen Sitz hatte, und so wohnten wieder wie früher in der riesigen Villa nur wenige Personen.

Sie war froh, dass sie noch 85.000 Mark für das Haus bekommen hatte, für das ihr Mann einmal 700.000 Mark bezahlt hatte, musste aber täglich Angst haben, dass das Geld doch irgendwann einmal beschlagnahmt würde.

Leni fehlte ihr sehr. Sie kam nur alle 14 Tage vom Oberland herunter nach Baden-Baden, aber Leni musste dann auch ihre Großmutter in Gernsbach besuchen und ging mit ihrem Bräutigam Eduard von Schlaffenstein spazieren. Außerdem traf sie sich mit Schulfreundinnen, und so waren die eineinhalb

Tage sehr schnell wieder vorbei. Manchmal kam Leni auch zwischendurch einmal, und das war für Gertrud dann immer ein Fest. Sie hatte zwar auch noch ihre Schwestern, aber die waren wesentlich älter als sie und hatten kaum Interesse für das, was Gertrud interessierte. An Tennisspielen, die große Leidenschaft von Gertrud, war schon lange nicht mehr zu denken. Sie war schon vor einigen Jahren aus dem Club ausgeschlossen worden, dabei war sie bis zuletzt eine recht gute Spielerin gewesen. Selbst zusehen bei Tennisturnieren durfte sie nicht mehr.

Ganz besonders schmerzte sie die Tatsache, dass man ihr das Radio abgenommen hatte. Juden durften seit Kriegsbeginn kein Radio mehr besitzen, und es kamen immer wieder Kontrolleure zu ihr. So wagte sie auch nicht, es heimlich zu hören, zumal ihre Schwestern das Radio auf höchste Lautstärke eingestellt hatten, weil sie beide schwerhörig waren. Nur beim Gärtner, der jetzt auch das Anwesen des Generals pflegte, konnte sie manchmal heimlich Radio hören, oder er erzählte ihr auch mal wichtige Meldungen, aber natürlich nicht von ausländischen Sendern. Um sich zu informieren, musste sie warten, bis sie bei Johanna oder Else in Gernsbach war, die ihr erzählten, was geschehen war.

Sie kam nachmittags um drei Uhr bei Johanna an. Paula freute sich, sie wieder zu sehen, aber Paulas Gedanken waren natürlich in erster Linie bei Leberecht, und Gertrud hatte zu viel eigenen Kummer, um noch Ratschläge geben zu können, was man für Paulas Mann tun konnte.

Am nächsten Tag fuhren Paula und Archibald wieder nach Lübeck zurück, der Junge sollte rechtzeitig zum Ferienende in Lübeck sein, denn die Schule begann schon zwei Tage später. Als sie in den Zug in Karlsruhe einstiegen, war er schon restlos überfüllt mit Menschen, die aus der Oberrheinebene nach Norddeutschland fuhren, um nicht in der Gefahrenzone der Front zu leben, und diese Leute hatten besonders viele Koffer und Kisten mit sich, die sie im Gang verstaut hatten, so dass man weder vorwärts noch rückwärts gehen konnte. Dazu kamen Soldaten, die auf Urlaub waren, und Leute, die zum Hamstern aufs Land gefahren waren und einen Sack mit Kartoffeln oder Zuckerrüben besorgt hatten. Die Toiletten waren nicht zu benutzen, denn auch darin saßen Reisende.

Draußen war es in der Zwischenzeit bitterkalt geworden. Die Temperaturen mochten 15 bis 20 Grad Minus betragen, und bei jedem Aufenthalt auf einem Bahnhof wurde es noch kälter, weil die Passagiere die Fenster herunterließen, um das Gepäck hinaus- oder hineinzuheben. Erst nach Kassel gelang es Paula, einen Sitzplatz in einem Abteil zu ergattern, aber Archibald musste bis nach Hannover stehen.

In Lüneburg wollten Paula und Archibald umsteigen, aber der Zug nach Lübeck war schon abgefahren, und so zwängten sie sich mit Ach und Krach wieder in den D-Zug nach Hamburg, den sie gerade unter den gleichen

Schwierigkeiten verlassen hatten. Auf der ganzen Reise war es ihnen nicht möglich gewesen, auf die Toilette zu gehen.

Als sie in Hamburg ankamen, war der Bahnhof stockdunkel. Gepäckträger gab es keine mehr, und so musste Archibald mühsam die Koffer die Treppe hinaufschleppen. Oben erfuhren sie, dass auch der letzte Zug nach Lübeck schon abgefahren war, und so blieb ihnen nichts anderes übrig, als in einem Hotel gegenüber dem Bahnhof zu übernachten, und sie waren froh, dass sie überhaupt noch ein Zimmer bekamen. Es war nach Mitternacht, bis sie zum Schlafen kamen, aber der Wecker ging schon um sechs Uhr, denn Archibald sollte an diesem Morgen wieder zur Schule gehen. In Lübeck angekommen, teilte ihnen Britta mit, dass die Schule wegen Kohlenferien geschlossen sei. Es lohne sich nicht, die großen Gebäude nur für wenige Stunden zu heizen.

Erst nach ein paar Tagen gab es dann Schichtunterricht, das hieß, dass drei Gymnasien in einem Gebäude schichtweise Unterricht hatten. Die erste Schicht ging von acht bis elf Uhr, die zweite von elf bis 14 Uhr und die dritte Schicht von 14 bis 17 Uhr. Der Unterricht fand in der Ernestinenschule, der Mädchenschule, statt. Die hoch aufgeschossenen Jungen hatte Mühe, in den kleinen Schulbänken der Mädchen ihre Beine unterzubringen. Großes Vergnügen machte ihnen allerdings, jeweils Briefe an die Mädchen, von denen sie ja nicht wussten, wer es war, unter den Bänken zu hinterlassen, und manchmal fanden sie freche Antworten, in denen die Jungen als doofe und blöde Kerls bezeichnet wurden.

Im Februar kam plötzlich Einquartierung auch ins Haus in der Krügerstraße. Es war ein älterer Flak-Unteroffizier, ein gemütlicher Familienvater, der in Würzburg ein Teppichgeschäft hatte und – wie Paula feststellte – ein sehr angenehmer, rücksichtsvoller Mieter war, mit dem sie und vor allem die Kinder sich gerne unterhielten. Die Flakgeschütze, Kommandogeräte, Scheinwerfer und die dazu gehörenden Lastwagen standen gegenüber am anderen Ende des Stadtparks am Adolfplatz, und es stauten sich weitere Lkw mit Kanonen über die Travemünder Allee hinunter bis zum Konstinkai im Lübecker Hafen.

Es mochten zwei oder drei Wochen vergangen sein, als der Unteroffizier plötzlich mitteilte, dass er seine Sachen schnell abhole, weil es weiterginge, und schon am gleichen Abend waren alle Straßen wieder leer. Am Morgen hörte man dann voller Erstaunen im Radio, dass die deutschen Truppen Dänemark und Norwegen besetzt hatten. Alle wunderten sich, wie so etwas überhaupt möglich war. Der deutschen Wehrmacht schien nichts unmöglich zu sein.

Anfang April rief Dr. Drescher an, er habe in Berlin erfolgreich verhandelt und hoffe, dass Leberecht in den nächsten Tagen aus der Haft entlassen werde. Paula möge mit Ausweis, Papieren und Kleidung für Leberecht nach Mannheim kommen. Paula war einerseits überglücklich, andererseits hatte sie aber Angst, ob sie sich nicht zu früh freue. Gabi kam wieder zum Einhüten, und schon am nächsten Tag fuhr Paula mit dem Zug nach Mannheim.

Während Leberechts Verhaftung mit großem Aufwand und Polizeieinsatz erfolgt war, ging seine Entlassung ohne Umstand über die Bühne. Der Gefängniswärter trat morgens zu Leberecht in die Zelle und sagte nur: „Sie werden entlassen, Ihre Frau ist schon unten an der Pforte!"

Leberecht wusste gar nicht, wie ihm geschah Er konnte sich kaum von seinem Zellengenossen verabschieden, als er schon in das Büro der Zuchthausverwaltung geführt wurde, wo ihm seine Sachen, die man ihm vor eineinhalb Jahren abgenommen hatte, ausgehändigt wurden. Auf seine Frage, was denn nun eigentlich los sei, bekam er nur die Antwort: „Nichts, Sie sind entlassen!" – ohne nähere Erklärung.

Das Verfahren wurde von heute auf morgen eingestellt, es gab keine Anklage, aber auch keine Bescheinigung, dass kein Verdacht gegen ihn vorliege.

Im Vorzimmer warteten Paula und Dr. Drescher. Leberecht konnte kein Wort herausbringen. Paula weinte, Leberecht umarmte sie fast linkisch, es war ihm, als würde er eine fremde Frau umarmen.

Draußen vor dem Tor wartete schon Oberingenieur Leo Warter, der erst seit eineinhalb Jahren in der Firma war und Leberecht kaum kannte. Er hatte sich spontan dazu bereit erklärt, den Chef abzuholen, nachdem die Prokuristen hunderte von Ausreden hatten, warum sie diese Aufgabe nicht übernehmen konnten.

Es ging rasch über die neue Autobahn nach Karlsruhe und von dort nach Gernsbach. Leberecht sah zum Autofenster hinaus. Es war ein schöner Frühlingstag, in der Rheinebene blühten die Obstbäume, und trotzdem hatte sich die Welt in den vergangenen eineinhalb Jahren verändert. Vieles kam ihm fremd vor, aber er wusste nicht so recht, was es war. Waren es so banale Dinge wie die Scheinwerfer der ihnen entgegenkommenden Automobile, die alle mit schwarzem Papier zugeklebt waren und nur einen schmalen Schlitz offen ließen? Waren es die vielen Soldaten und uniformierten Männer, die auf der Straße liefen? Die vielen Frauen auf Fahrrädern, die den Fabriken zuströmten? Überhaupt das Gefühl, dass die Menschen von einer gewissen Tristesse ergriffen waren, oder war es nur, dass er, der sonst vor Lebhaftigkeit überschäumte, jetzt so stumm dasaß und nur beobachtete?

Er erkundigte sich bei Paula nach den Kindern, aber das Gespräch erlahmte sehr bald, weil er das Gefühl hatte, die beiden Fremden, die im Wagen saßen, gehe das nichts an. Er war froh, dass Leo Warter das große Wort führte und pausenlos erzählte, auch von der Firma. Zunächst nur über die Investitionen der einzelnen Werke, und das war ein Thema, was ihn dann doch interessierte. Aber er spürte, dass er sehr viel Zeit benötigte, um sich in der Wirklichkeit wieder zurechtzufinden.

Als das Auto in Gernsbach in den Hof hineinfuhr, stand Johanna gerade am Fenster und eilte, so schnell sie konnte, die Treppe hinunter. Beide umarmten sich stumm, er fand keine Worte. Johanna bat Dr. Drescher und Leo Warter, mit hinaufzukommen, aber Leo verabschiedete sich diskret, er wollte bei dem Familientreffen nicht stören und wurde auch nicht weiter zum Bleiben genötigt.

Dr. Drescher wollte nur ganz kurz mit Johanna sprechen, er hatte sich für den Tag des großen Triumphes frei genommen, aber zu Hause wartete noch viel Arbeit auf ihn. Drescher empfahl, dass Leberecht als Erstes seine Position in der Firma wieder einnehmen solle und dort nicht nachgeben dürfe. Er habe ein etwas eigenartiges Telefongespräch mit Dr. Seidel geführt, von dem er nicht recht wisse, was er davon halten solle. Er habe das Gefühl, dass Dr. Seidel schon etwas verkalke. Leberecht, der ungewohnt still war, erschrak über diese Bemerkung.

Da kamen Leberechts Schwestern herein, um ihn zu begrüßen, und Dr. Drescher verabschiedete sich schnell. Leberecht hatte immer noch keine Gelegenheit gehabt, mit Johanna zu sprechen. Paula seufzte nur und dachte: „Die haben mir gerade noch gefehlt!"

Die Schwestern waren wie üblich zu Ostern nach Gernsbach gekommen, wo sich die ganze Familie traf. Paula sah, dass die Schwestern zwar Leberecht zu seiner Freilassung beglückwünschten, aber Johanna fürchtete irgendwelche spitzen Bemerkungen und spürte die unausgesprochene Frage, vor allem von Hiltrud: Wer bezahlt jetzt dies alles? Sicher zahlt ja die Mutter, und das geht letztlich von unserem Erbteil ab!

Johanna wurde energisch: „So, jetzt geht es zu Tisch, und dann lassen wir Leberecht und Paula erst einmal allein!" Sie hatte zum Empfang von Leberecht dessen Lieblingsgericht Ochsenfleisch mit Beilagen und Schupfnudeln gekocht und einen großen Kuchen gebacken.

Nach dem Essen zogen sich Leberecht und Paula in ihr Zimmer zurück, aber vor ihrer Zimmertüre ging es lebhaft zu. Sie hörten das Geschwätz der Schwestern, und Leberecht war es in diesem Augenblick unmöglich, Paula zu lieben. Das Ehepaar, das in dieser Hinsicht nie Probleme gehabt hatte, war verkrampft, und Leberecht war darüber verzweifelt. Nach einer knappen Stunde erschienen sie schon wieder bei Johanna im Salon zum Kaffee, und Johanna entschied, dass die beiden schon am nächsten Abend mit dem Schlafwagen nach Lübeck zurückfahren und einige Tage später beide zusammen vier Wochen auf Urlaub fahren sollten.

Im Büro von Weiler & Busch herrschte große Aufregung. Die Angestellten besuchten sich gegenseitig in ihren Zimmern und diskutierten über die neue Lage. Sie waren kaum zu ihrer normalen Arbeit zu bewegen. Am Abend vorher hatte Johanna Prokurist Adam und den Leiter der süddeutschen Betriebe, Prokurist Wittmann, angerufen und ihnen mitgeteilt, dass Leberecht am nächsten Morgen entlassen werde und sie einen Wagen brauchte, um ihn abzuholen, mehr nicht. Wittmann sagte noch „Oh, Gott sei Dank, da freue ich mich aber. Jetzt wird wohl endlich alles gut!"

Johanna sagte nur: „Danke. Ich sage Ihnen Bescheid, wenn Leberecht zu Hause ist, und dann kann er mit Ihnen einen Termin ausmachen, wann es Ihnen angenehm wäre, ihn zu empfangen."

Wittmann hätte gerne mehr gewusst, unter welchen Bedingungen Leberecht entlassen worden war. War es nur eine vorübergehende Entlassung, musste er eine Geldstrafe bezahlen? Gab es überhaupt ein Urteil? Ein Freispruch konnte es doch nicht sein! Er hatte nicht gehört, dass eine Gerichtsverhandlung stattgefunden hatte.

Wie ging es nun weiter mit der Firma? Wenn sich die Sache erledigt hatte, konnte das Wittmann nur recht sein. Er hatte in den 16 Monaten seit Leberechts Verhaftung nie richtig gewusst, woran er war. Leberecht war außer Gefecht gesetzt, aber das Unternehmen musste weiterlaufen. Dembowski und Bartels spielten sich als die neuen Herren auf und kamen drei- oder viermal im Jahr in Lübeck oder in Gernsbach mit Leberechts Schwager Festerling zusammen, der zu allem Ja und Amen sagte, sie gaben fürchterlich an und kehrten die Vorgesetzten heraus. Sie behandelten die Gernsbacher Prokuristen, mit denen sie vor nicht langer Zeit auf gleicher Stufe gestanden hatten, sehr von oben herab.

Vor allem Dembowski ging ihm mit seiner Besserwisserei auf die Nerven. Bei jedem Angebot an die Post oder die Bahn hatte er etwas zu meckern und behauptete, sie hätten falsch kalkuliert. Er behandelte sie als rechte Deppen, weil sie keinen Gewinn gemacht hatten, das sei in Zeiten, in denen die Wirtschaft so gut lief, doch ein Kinderspiel! Und wenn es um die fehlenden Gewinne von Gernsbach ging, dann stand ihm Bartels in keiner Weise nach. Er war etwas verbindlicher und freundlicher im Ton, aber hochmütig war er nach Meinung der meisten Prokuristen auch. Wenn Leberecht nach Gernsbach kam, hatte er sich früher oft mit den Prokuristen noch zu einem gemütlichen Dämmerschoppen getroffen und dabei auch Witze erzählen können, aber Dembowski fuhr möglichst gleich nach Baden-Baden oder fuhr mit dem Nachtzug – man konnte schon sagen – Gott sei Dank – wieder zurück nach Lübeck, denn länger als einen Tag konnte man diesen „Preußen" doch nicht ertragen. Er war doch sonst mit allen Menschen zurechtgekommen, aber wenn Dembowski jetzt wieder abgelöst würde, könne er nur sagen: Gott sei Dank.

Adam, mit dem er sprach, pflichtete ihm bei. Er sagte nur: „Du weißt nicht, ob sie Leberecht wieder ran lassen. Man muss erst das Urteil kennen, wer weiß, ob man ihn nicht aus dem Verkehr ziehen muss, ob er überhaupt für die Gesellschaft weiter tragbar ist, ob die aus Berlin nicht darauf drängen, dass er zurücktritt."

Wilkowski, der dazugekommen war, meinte nur: „Na, damit muss man doch ganz bestimmt rechnen."

Auch er war mit Dembowski nicht zufrieden. Zwar konnte er sich mit der zackigen Marineart noch anfreunden, aber er fand es kränkend, wie wenig Dembowski seine Arbeit anerkannte.

Wilkowski überlegte, ob er es schaffen könnte, dass er diesmal zum Vorstand bestellt würde. Aber diesen Gedanken sprach er nicht aus, denn er kannte ja die Missgunst seiner Kollegen und meinte nur: „Die Frage ist doch, ob Leberecht Weiler als jüdisch Versippter überhaupt als Vorstand tragbar ist, der Aufsichtsrat ist doch wahrscheinlich gezwungen, jemand anderen zum Vorstand zu bestellen. Und wäre es da nicht besser, jemand von den langjährigen Mitarbeitern damit zu betrauen, als einen neuen Mann aus Berlin zu holen, der keine Fichte von einer Tanne und keinen Rahmenschenkel von einer Latte unterscheiden kann?"

Der Sägewerksdirektor meinte nur: „Das kannst du ja auch nicht", und dann gingen sie in Gruppen auseinander, jeder für sich überlegend, wie es weitergehen sollte.

Der Aufsichtsratsvorsitzende Dr. Seidel war schon am Vortag von Dr. Drescher telefonisch informiert worden. Er war verärgert darüber, das Drescher ihn erst im letzten Moment unterrichtete, denn er hatte sicher schon einige Tage früher gewusst, wie die Sache gelaufen war. Im Übrigen war er unzufrieden damit, wie Drescher die Angelegenheit geregelt hatte. Seiner Ansicht nach hätte man alles bis zum Schluss durchfechten müssen, man hätte es zum Prozess kommen lassen und dann Leberecht rauspauken sollen. Aber diese Geschichte nur mit Geld zu regeln, das fand er nicht richtig. Aber das war wohl so ein typischer fauler Kompromiss, typisch für Dr. Drescher, der alles mit Geld machte.

Auf einige kritische Anmerkungen von Dr. Seidel entgegnete Dr. Drescher, er habe praktisch einen Freispruch erster Klasse erreicht, alle Anklagen habe man fallen gelassen. Das Verfahren sei eingestellt worden. Was wolle man mehr?

Von Strafe oder Buße könne überhaupt keine Rede sein. Man habe Leberecht nichts nachweisen können, weder dass er Gelder in Skandinavien zurückbehalten noch dass er – was ihm ursprünglich vorgeworfen worden war – irgendeine ungesetzliche Transaktion durchgeführt habe. Als er durch die Tochtergesellschaft in Schweden Weiler & Busch-Aktien in Deutschland gekauft habe, sei das noch legal gewesen. Die Devisengesetzgebung habe erst später eingesetzt.

Jetzt müssten nur die Aktien von Weiler & Busch, die in Schweden lagen, gegen die Aktien, die Weiler & Busch noch von der schwedischen Gesellschaft besaß, getauscht werden. Johanna Weiler müsse diese Aktien zurückkaufen. Die deutsche Regierung würde durch den Verkauf Devisen bekommen, für die man in Schweden Erz kaufen könne. Johanna habe zwar eine beträchtliche Summe zu zahlen, aber dafür werde sie auch ihr Aktienpaket vergrößern. Sie müsse zwar Kredit aufnehmen, aber das könne sie ja wohl verkraften. Eigentlich könnten alle zufrieden sein, es sei niemand geschädigt, nur habe man Leberecht großes Unrecht getan, dass man ihn so lange in Haft gehalten habe. Wenn er schon früher gerufen worden wäre, hätte er das schon nach wenigen Wochen regeln können.

„Ob das wirklich alles so war, wie Dr. Drescher das schilderte, muss ich erst noch prüfen", erklärte Dr. Seidel gegenüber Herrn Adam.

Dr. Seidel hatte sich in den letzten Jahren oft einmal über Leberecht geärgert. Er war als der Vertreter der Familie im Aufsichtsrat von Leberecht abhängig, und Leberecht ließ ihn das auch spüren. Er machte das, was er wollte, und nahm auf die Beschlüsse des Aufsichtsrats keine Rücksicht, ja, er hatte oft Fragen, die der Genehmigung des Aufsichtsrats bedurften, überhaupt nicht auf die Tagesordnung gesetzt. Das galt zum Beispiel für Investitionen mit einem Wert von über 5.000 Mark, die genehmigungspflichtig waren. Leberecht hatte aber keine Lust, mit jemand, der von Tuten und Blasen keine Ahnung hatte, darüber zu diskutieren. Er versprach Angestellten die Prokura, ohne das mit dem Aufsichtsrat abzusprechen.

Über das, was in Skandinavien geschehen war, war Dr. Seidel nicht informiert. Mit Leberechts Bruder Archibald hatte er nie solche Probleme gehabt. Archibald Hermann, der etwas älter als Dr. Seidel gewesen war, hatte ihm von Anfang an großen Respekt eingeflößt, und dann war Archibald außerordentlich vorsichtig, und so kam es nie zu Konflikten mit ihm. Aber seit Leberecht Vorstandsvorsitzender war, hatte Dr. Seidel den Eindruck, der Mehrheitsaktionär hielt den Aufsichtsrat für überflüssig, und damit lag er auch nicht falsch.

Das Vorgehen der Zollbehörde gegenüber Leberecht hatte er allerdings missbilligt, alles was er bisher gehört hatte, rechtfertigte die Maßnahmen gegenüber der Firma und dem Vorstand nicht. Er war empört, dass man Frau Kommerzienrat mehr als drei Wochen ins Gefängnis eingesperrt hatte, und er war der Ansicht gewesen, solange der Vorwurf gegen Leberecht nicht bewiesen war, müsste man ihn gegenüber dem Staat verteidigen. Die Unschuldsvermutung habe zu gelten – und damit basta!

Jetzt überlegte Dr. Seidel sich, ob es nicht zweckmäßig sei, Leberecht den Rücktritt nahezulegen, um Schaden von der Firma abzuwenden. Dass er politisch nicht richtig lag und eine Halbjüdin zur Frau hatte, war für ihn kein Grund, gegen ihn vorzugehen. Er verabscheute die Nazis, und auch die erfolgreiche Regierung Hitlers in den Jahren bis zum Kriegsbeginn hatte seine Meinung nicht verändert. Aber er wollte als Aufsichtsratsvorsitzender das Heft in der Hand behalten, und er wollte sich nicht erneut von Leberecht auf dem Kopf herumtanzen lassen. Es sei auch zu prüfen, wie die anderen Vorstandsmitglieder mit Leberecht zusammenarbeiten würden. Denn dass diese wie vor Leberechts Verhaftung nur das tun sollten, was Leberecht anordnete, das könne man den Herren, die jetzt den Kopf hätten hinhalten müssen, doch nicht zumuten!

In der Zwischenzeit war das neue Aktiengesetz in Kraft getreten, das von dem Gedanken des Führerstaats geprägt war, und da war der Vorsitzende des Vorstands nicht nur der Schiedsrichter bei Stimmengleichheit im Vorstand, sondern er konnte sich über alle anderen Vorstandskollegen hinwegsetzen und allein bestimmen. Leberecht war zuzutrauen, dass er das weidlich ausnützen würde.

Dr. Seidel beschloss, erst einmal eine Nacht darüber zu schlafen, den Brief von Dr. Drescher abzuwarten und sich dann mit dem anderen Aufsichtsratsmitglied Regierungsrat Mießmann zu besprechen.

Mießmann war 1936 in den Aufsichtsrat der Weiler & Busch AG gewählt worden. Archibald Weiler hatte damals einige Differenzen mit dem Direktor der Deutschen Bank, der im Aufsichtsrat saß, und er suchte eine neue Bankverbindung. Man empfahl ihm die Deutsche Landvolkbank in Berlin, die sich besonders mit der Finanzierung von Holzgeschäften befasste, und so wurde Regierungsrat Hugo Mießmann in den Aufsichtsrat gewählt. Er war ein älterer, magenkranker, griesgrämiger Jurist, der auf seinen Titel „Regierungsrat" großen Wert legte, während er andererseits die Doktortitel aller Leute, mit denen er zusammenkam, nicht respektierte und auch Leberecht immer nur mit „Herr Weiler" anredete. Dr. Seidel schätzte aber seine Erfahrung und seinen Rat sehr, vor allem weil er im Gegensatz zu allen anderen Aufsichtsratsmitgliedern nicht von Leberecht abhängig war.

Mießmann meinte zu Dr. Seidel: „Ich bin ja recht erfreut, dass Herr Weiler jetzt aus dem Gefängnis entlassen worden ist, aber irgendetwas ist da wohl doch passiert! Dem Drescher traue ich auch nicht recht. Ich habe ihn einmal kennengelernt, und da hatte ich den Eindruck, dass der sich wie ein Pfau aufführt, er ist ein Schwätzer, der mir das Wort im Munde verdreht. Gehen Sie die Sache recht behutsam an! Ich schlage vor, dass Weiler sich bis zum Jahr 1941 beurlauben lässt, so lange, bis sein Vertrag ausgelaufen ist. Dann soll er ein Jahr aus dem Vorstand verschwinden, und dann können wir ja weitersehen. Die Behörden werden es sicher anerkennen, wenn wir von uns aus ein Zeichen setzen!

Ich habe auch schon mit Dembowski gesprochen, auf den kann man sich verlassen! Auch ihm ist es nicht recht, wenn es wie vor der Verhaftung von Weiler weitergeht. Die Bank hat die Bilanzzahlen bis zum Monats- und Quartalsende immer ordentlich geliefert bekommen, das war bei Leberecht nie der Fall.

Leberecht hat auch so viele unmögliche Leute eingestellt, die im normalen Leben Schiffbruch erlitten haben, ganz gleich, was sie leisten. Dembowski hat mir da so einiges erzählt von alten Sozialdemokraten, Homosexuellen oder Künstlern, deren Karriere zu Ende gegangen war, und von vielen Halbjuden. Die Behörden werden das sicher auch registrieren! Vielleicht gelingt es uns ja, den Leberecht Weiler auf diese Weise endlich loszuwerden!"

Dr. Seidel fand das recht scharf. „Eigentlich ist Leberecht doch ein ganz liebenswerter, intelligenter Mensch, und dass er sich für andere einsetzt, die im Dritten Reich nicht zurechtkommen, das können wir ihm doch nicht als Fehler ankreiden! Aber seine Macht müssen wir schon beschränken, keinesfalls darf er Vorstandsvorsitzender werden. Für diesen Posten ist er einfach nicht geeignet!"

Am Morgen, als der Zug aus Hamburg um acht Uhr im Lübecker Hauptbahnhof eintraf, standen Archibald und Britta, die Osterferien hatten, schon auf der Treppe des Bahnhofs, um ihre Eltern zu begrüßen. Beide hatten einen Blumenstrauß in der Hand. Herr Fischer hatte sie mit dem Auto zum Bahnhof gebracht, es war allerdings nicht der große Mercedes, sondern ein kleiner Opel Olympia, in dem nur mit Müh und Not fünf Leute Platz hatten. Herr Fischer erzählte Paula, dass es nicht leicht gewesen sei, den Wagen von Herrn Dembowski überhaupt zu bekommen, denn der sagte, dass dieses Auto nur für Firmenzwecke zur Verfügung stehe.

Paula strahlte, als sie ihre Kinder sah, während Leberecht nur ein verlegenes Lächeln zeigte. Britta hatte er jetzt schon über ein Jahr nicht mehr gesehen, und auch Archibald war in den letzten Monaten noch weiter gewachsen, er war jetzt einen Kopf größer als er. Er wusste nicht recht, wie er die Kinder begrüßen sollte. Sie umarmten sich, und es gab auch Küsse, aber sowohl die Kinder als auch Leberecht hatten das Gefühl, da stehen sich fremde Menschen gegenüber.

Zu Hause war die Eingangstür mit einer Girlande geschmückt, auf der „Herzlich willkommen" stand, aber das wirkte wie für jemanden, den man nicht kannte. Nach dem Frühstück telefonierte Paula mit den Freunden von Leberecht, um sie am Nachmittag zu einem Empfang im Garten einzuladen, während Leberecht und Archibald in die Stadt gingen. Leberecht wollte seiner Frau zum Wiedersehen ein schönes Geschenk kaufen, entweder Blumen oder noch besser ein Schmuckstück. Das Gespräch zwischen Vater und Sohn begann sehr zögernd, keiner wusste so recht, was er vom anderen halten sollte. Archibald wusste nicht, wie weit er dem Vater vertrauen konnte. War er vielleicht ein Nazi geworden?

In den Briefen an seine Familie hatte Leberecht immer wieder die großen Leistungen des Führers betont und wie gerne er mitwirken würde, jetzt im Krieg die Feinde des Nationalsozialismus zu besiegen. Dass Leberecht sich bewusst so ausgedrückt hatte, weil er wusste, dass die Briefe durch die Zensur gingen und alles nur Verstellung war, das hatte Archibald nicht erkannt.

Beim Gang durch die Große Burgstraße sahen sie in einer Metzgerei ein Bild Hitlers im Schaufenster mit der Unterschrift: „Wir danken unserem Führer!“ Leberecht sagte nur bitter: „Was danken die ihm denn? Dass er ihnen den Krieg gebracht hat?“ Nun wusste Archibald, woran er mit seinem Vater war.

Am Nachmittag war Empfang im Garten. Lisbeth hatte große Mengen Kaffee gekocht und mehrere Kuchen gebacken, denn Paula hatte alle Butter- und Zuckermarken zusammengekratzt. Laufend ging die Haustüre, es kamen die Nachbarn, Familie van Stolk und Familie Larsen, von der Firma kamen die Werkmeister und die meisten leitenden Angestellten. Natürlich war Rechtsanwalt Brandel und seine kesse Frau Hedy da, und Hedy versuchte die zunächst etwas verlegene Gesellschaft durch einige kräftige Witze aufzulockern, so dass einige Damen aus dem Reitclub rot wurden.

Unter den ersten Gästen, die gekommen waren und sich ehrlich freuten, dass Leberecht wieder zu Hause war, befand sich der Polizeipräsident von Lübeck, und der war immerhin SS-General. Sein Erscheinen überzeugte die meisten Anwesenden, dass alles, was gegen Leberecht vorgebracht worden war, nicht von sehr ernster Natur sein konnte. Es kamen der Theaterintendant und der Generalmusikdirektor, die Theatersekretärin, und natürlich war auch Onkel Franz da. Es kamen der Hausarzt und einige Geschäftsfreunde. Wer aber nicht kam, das war Leberechts Freund, Zollrat Epp, der lieber erst einmal sehen wollte, was in den Akten über Leberecht stand, und das war Dembowski, der am Morgen nach Berlin abgereist war, um Regierungsrat Mießmann zu treffen. Paula schmerzte es außerordentlich, dass ihre Freundin Emma nicht erschien. Sie hatte sie am Morgen voller Freude angerufen, dass Leberecht endlich wieder da sei, aber Emma schien geradezu enttäuscht – nicht dass Leberecht wieder zu Hause war, sondern darüber, wie Paula sich gefreut hatte.

Am nächsten Morgen fuhr Leberecht mit der Straßenbahn hinaus nach Schlutup. Die Firma hatte jetzt nur noch einen Wagen, der dem Holzeinkauf zur Verfügung stand. Es gab nur eine Zuteilung von 120 Litern Benzin im Monat, und damit musste man sparsam umgehen. Für die Fahrt der Direktoren hinaus nach Schlutup war kein Benzin übrig. Leberecht als Chemiker überlegte, ob man nicht Holzgas zum Betrieb der Autos verwenden könnte.

Als er in Schlutup ankam, war der Eingang zum Büro mit „Herzlich willkommen“ geschmückt, und auf Leberechts Schreibtisch drängten sich die Blumensträuße. Seine Sekretärin, Frau Asmus, begrüßte ihn mit einem selbstverfassten Gedicht, dessen Reime nicht immer so recht passen wollten. Sie hatte noch einen großen Blumenstrauß in der Hand und weinte vor Rührung. Auch die Buchhalterin und alle anderen Damen des Büros begrüßten ihn herzlich. Die Herren aus dem Büro waren nicht ganz so euphorisch, aber es hatte sich herumgesprochen, dass der Polizeipräsident bei Leberechts Empfang dabei war, und man schien daraus zu schließen, dass Leberecht das Heft jetzt wieder fest in die Hand nehmen würde.

Karl Dembowski war wieder nicht erschienen, sondern hatte sich wegen dringender Arbeiten entschuldigen lassen, denn er wartete immer noch auf Direktiven von Dr. Seidel und wusste nicht, wie er sich verhalten sollte.

Dann ging Leberecht über den Platz, und auch die Arbeiter grüßten ihn freundlich. Gleich als Erstes fiel ihm auf, dass erschreckend wenig Holz auf dem Platz lag. Die Versorgung mit Rundholz aus Schweden und Finnland war unterbrochen. Das letzte Holz, das er 1938 in beiden Ländern gekauft hatte, kam 1939 auf das Werk, aber dann war Schluss. Man hatte stattdessen Rundholz aus Brandenburg und Pommern und seit dem letzten Winter auch aus Westpreußen und dem Wartheland gekauft, aber das war für Leberechts Geschmack viel zu krumm, und auch das Teeröl schien nicht mehr von der Qualität zu sein, die er gewohnt war.

Im Büro war Leberecht von der Post restlos enttäuscht. Das Holz wurde auf Holzschein gekauft, man bekam es von den verschiedenen Forstverwaltungen zugeteilt, die Masten, die man kaufen wollte, wurden zugeteilt, die Elektrizitätswerke konnten ihre Masten nur auf Bezugsschein erhalten. Das Geschäftsleben schien tot zu sein. Es wurde nur das verwertet, was auf Lager war, einige Investitionsvorhaben, die geplant waren, so ein ganz neues Sägewerk, waren als nicht kriegswichtig zurückgestellt worden. Leberecht wusste gar nicht, was er in diesem langweiligen Betrieb tun sollte.

Als er am Nachmittag mit Dr. Seidel sprach, nahm er dessen Vorschlag gerne auf, erst einmal mit seiner Frau auf Urlaub zu gehen und sich nach all seinen Erlebnissen so richtig auszuruhen. Kurze Zeit später kam aber ein Anruf von Dr. Drescher, der ihn warnte, dass der Vorschlag von Dr. Seidel nur eine Falle sei, und so setzte Leberecht Dr. Seidel davon in Kenntnis, dass er erst einmal drei Wochen zu Hause bleiben wolle, um sich einzuarbeiten, dass er dann aber einen Urlaub in Österreich plane, wo er auch bei der österreichischen Tochtergesellschaft in Fürnitz reinschauen werde.

Das österreichische Unternehmen war noch aus alter Zeit eine selbständige Gesellschaft, bei der er allein Geschäftsführer war. Dort konnte er schalten und walten, wie er wollte.

Am 10. Mai ging für das deutsche Volk überraschend der Feldzug im Westen los. Die Siegesmeldungen, die aus dem Westen kamen, überraschten das Volk nicht nur, sondern sie versetzten es geradezu in einen Begeisterungstaumel, auch bei den Menschen, die dem Nationalsozialismus skeptisch gegenüberstanden.

Leberecht, der mit einigen Freunden darüber diskutierte, meinte, das sei 1914 genauso losgegangen. Die Franzosen und Engländer würden die Deutschen noch zum Stehen bringen. Dass die Deutschen nicht nur – wie im Ersten Weltkrieg – durch Belgien und Luxemburg, sondern auch noch durch Holland durchmarschierten, das sei ein großer Fehler, den würden die Welt und vor allem die Amerikaner übelnehmen.

Ein Freund sagte: „Wetten wir, dass der Krieg noch fünf Monate dauern wird und wir ihn gewinnen!"

Leberecht setzte dagegen: „Der Krieg wird fünf Jahre dauern, und wir werden ihn verlieren!"

Die Meldungen, die von der Front kamen, schienen seinem Freund Recht zu geben. Die Truppen stießen bis zu 100 Kilometer pro Tag vor, die französische Armee schien keinen starken Widerstand zu leisten. Als Frankreich kapitulierte, läuteten die Kirchenglocken, es wurde geflaggt, und die meisten Leute waren davon überzeugt, dass die deutsche Wehrmacht nicht aufzuhalten sei und dass es nach diesem Sieg kein Problem mehr gebe, England niederzuringen.

Auch die beiden Söhne des Kammersängers Paul Fabricius waren mit dabei. Fritz wurde wieder verwundet, als er mit seinem Krad auf einer nassen Straße kurz vor Lyon in der Kurve stürzte, aber er kam glimpflich davon. Paul, der erst drei Monate vorher eingezogen worden war, hatte als Funker noch keine Frontberührung gehabt und kam jetzt als Besatzung auf eine der englischen Kanalinseln. Hier wartete er auf den Angriff auf das britische Mutterland.

Hiltruds Sohn Bernhard hatte Angst, zu spät zu kommen und nicht mehr an der Eroberung Englands mitwirken zu können. Er meldete sich freiwillig zum Regiment Großdeutschland, dem Wachbataillon in Berlin. Er hatte geschwankt, ob er sich nicht vielleicht zur Waffen-SS Leibstandarte Adolf Hitler melden sollte, aber die alte Armee galt als etwas Feineres als die Partei-Armee, auch wenn Hiltrud ihm zugeredet hatte. Ihr gefiel vor allem die schöne schwarze Uniform. Johanna hätte es am liebsten gehabt, wenn Bernhard so lange wie möglich zu Hause geblieben wäre, aber sie meinte, wenn er schon unbedingt zum Militär wolle, dann auch zum richtigen und nicht zu einer Truppe, die aus ehemaligen Saalschlachthelden bestehe und die ihre Kampferfahrung im Werfen von Maßkrügen und Prügeleien mit abgebrochenen Stuhlbeinen gewonnen habe.

Anfang Juni begann endlich der gemeinsame Urlaub von Leberecht und Paula in Kärnten. Zum Einhüten kam diesmal Leberechts älteste Schwester Luise, wozu sich Paula nur etwas widerwillig bereit erklärt hatte. Luise konnte sehr jähzornig sein und vollkommen überraschend aus der Rolle fallen, aber Paula hatte mit ihr noch nie einen richtigen Krach gehabt. Den Kindern wäre es viel lieber gewesen, ihre Cousine Gabi wäre wieder gekommen, aber die musste zum Reichsarbeitsdienst und stand nicht mehr zur Verfügung. Paulas Schwester Klara und ihre Cousine Helga mussten arbeiten, und so trösteten sie sich damit, dass Tante Luise immer noch besser als Tante Hiltrud sei, obwohl alle ihre unvorhersehbaren Wutanfälle kannten und fürchteten.

Luise ließ Archibald und Britta machen, was sie wollten, und so waren sie, wenn sie nicht in der Schule waren, bei ihren Freunden oder Freundinnen und kamen nur zum Essen und zum Schlafen nach Hause. Manchmal, wenn Tante Luise guter Laune war, konnte sie auch fantastische Geschichten aus ihrer Jugendzeit erzählen, voller Witz und Humor. Aber das Bild, das sie von ihrer Familie zeichnete, war ein ganz anderes, als das, was Archibald und Britta bisher gekannt hatten. Während die anderen Geschwister von Leberecht ihre Eltern vergötterten, sprach sie von ihrem unmäßig strengen Vater, den sie allerdings liebte, von der Mutter, die die Kinder immer beim Vater verpetzt hatte, von vielen Schlägen, von denen Archibald und Britta noch nie etwas gehört hatten und die sie eigentlich nicht glauben konnten, vor allem nicht von der geliebten Oma Johanna.

Die kleine Astrid durfte mit Leberecht und Paula reisen. Sie ging noch nicht in die Schule, sondern sollte erst im Herbst eingeschult werden. Paula hatte sie zurückstellen lassen, solange Leberecht noch in Haft war.

In Villach wurden sie am Bahnhof vom Chauffeur abgeholt, der sie mit zusammengeschlagenen Hacken und einem lauten „Heil Hitler" begrüßte und sie ins Sanatorium nach Warmbad-Villach brachte. Leberecht und Paula dachten, erst einmal auszuschlafen, zu baden, lange Wanderungen zu machen, aber es verging nur ein Tag, und Leberecht erschien im Werk Fürnitz, um nach dem Rechten zu sehen. Die meisten Angestellten des Werkes hatten gar nicht mitbekommen, dass Leberecht über ein Jahr lang in Haft war, denn sie waren es gewohnt, dass er nur in großen Abständen nach Fürnitz kam.

Zur Feier von Leberechts Besuch war die Hakenkreuzfahne aufgezogen, das ganze Büro war geschmückt mit Girlanden und Hakenkreuzfähnchen. In der großen Kantine hingen die Bilder von Hitler, Leberechts Vater und seinem Bruder Archibald, ebenfalls mit Hakenkreuzfähnchen umrahmt. Jeder, der ins Büro kam, begrüßte ihn mit zusammengeschlagenen Hacken, einige im Büro hatten auch die braune Uniform der politischen Leiter, der sogenannten Goldfasane, angezogen.

Die Österreicher waren überglücklich, jetzt einmal zu den Siegern zu gehören. Seit 1815 hatte Österreich jeden Krieg, an dem es teilgenommen hatte, verloren. Die Niederlage von 1918 hatte das Land nicht verkraftet. Dass Österreich nicht mehr eine europäische Großmacht, sondern nur ein Kleinstaat war, hatte die Bevölkerung nicht verwinden können. Jetzt gehörte sie endlich wieder zu einem Großstaat, zu dem Großdeutschen Reich.

Von den Direktoren bis zum Chauffeur, vom Waldmeister bis zum Buchhalter fingen alle an, für den Führer zu schwärmen, ob Leberecht es hören wollte oder nicht. Er hörte sich alles verlegen grinsend an, denn etwas dagegen zu sagen, wäre unklug gewesen; auch in Kärnten war die Gestapo wachsam, und Leberecht wusste, dass es schlimme Folgen für ihn hätte, wenn er nur eine leise Kritik an dem Regime äußern würde.

Besonders großes Unbehagen befiel ihn bei dem überall zu spürenden Antisemitismus der Österreicher, der in Lübeck zwar offiziell verordnet war, aber von der Bevölkerung nicht mitgetragen wurde. Hier aber wurde voller Gehässigkeit vom „Jud" geredet, wie ganz Wien von ihm beherrscht werde, alle Ärzte und Anwälte seien Juden, und die aus dem Osten hereinströmenden Juden hätten sich alle Geschäfte unter den Nagel gerissen. Nirgendwo wurden so viele jüdische Witze erzählt.

Leberecht beschloss, das Werk auszubauen. Er ließ Oberingenieur Warter aus Gernsbach kommen, und nun sollten seine Kollegen und der Aufsichtsrat einmal sehen, was er konnte. Er kaufte weitere Grundstücke dazu, so dass das Werk das größte innerhalb der ganzen Firmengruppe wurde. Das alte Sägewerk wurde abgerissen und neu gebaut, ein modernes Werk mit hintereinander gestaffelten Gattern nach skandinavischem Vorbild. Eine Schmalspurbahn wurde auf dem Werksgelände verlegt, aus Gernsbach wurden Facharbeiter geholt, um die Barackenabteilung neu aufzubauen, die jetzt die vierfache Größe des Gernsbacher Werkes hatte. Die alten Imprägniertröge wurden durch eine moderne Kesseldruckanlage ergänzt. Die Zahl der Beschäftigten stieg von 120 auf über 800.

In den Wochen, die sich Leberecht in Fürnitz aufhielt, arbeitete er wie ein Berserker. Er diskutierte und verhandelte oft von morgens bis in den Abend hinein mit seinen Mitarbeitern und Lieferanten, und so gelang es ihm in dieser kurzen Zeit, die Grundlagen für den Ausbau des Werkes zu schaffen. Mit der Durchführung der Arbeiten wurde Oberingenieur Warter beauftragt, der sich mehrere Monate in Fürnitz aufhielt.

Paula ging mit Astrid in dem Park in Warmbad spazieren und las sehr viel, aber abends hatte Leberecht Zeit für sie. Die anfängliche Scheu, die zwischen den beiden geherrscht hatte, war vorbei. Sie hatten sich so viel zu erzählen. Am Wochenende machten sie lange Spaziergänge und Bergtouren, bis hinauf auf den Dobratsch.

Nach fünf Wochen war alles für den Umbau des Werkes in die Wege geleitet, und Leberecht konnte zusammen mit Paula und Astrid wieder zurückfahren. Aber je näher er nach Lübeck kam, umso schwerer wurde es ihm ums Herz, er fing das Grübeln an und wurde immer einsilbiger, während Paula sich schon wieder auf Zuhause freute und Astrid munter drauflosplapperte. Zwar freute sich auch Leberecht auf seine Kinder, auf sein Haus, auf sein Bett und auf seinen Garten, die Unterhaltung mit Freunden bei einem Glas Wein, aber da war das ungelöste Problem seiner weiteren Beschäftigung als Vorstand. Von seinem Freund Ulli Brandel hatte er einen Zwischenbescheid erhalten, der ihm einige Tage in Kärnten verdorben hatte. Dr. Seidel hatte sich in den Kopf gesetzt, dass ein Exempel statuiert werden müsse. Der Aufsichtsrat dürfe sich nicht so auf dem Kopf herumtrampeln lassen, wie es geschehen war, und hinter dem Aufsichtsrat standen die Banken, die den Forderungen Nachdruck verliehen. Sein Schwager Festerling hatte in den Aufsichtsratssitzungen nur verlegen gelächelt und ein paar unbeholfene Sätze zur Verteidigung von Leberecht gesagt, aber sie hatten alles andere als überzeugend geklungen. Ulli Brandel wurde bedeutet, dass er Aufsichtsratsmitglied sei und die Interessen der Firma zu vertreten habe, er sei nicht der Verteidiger seines Freundes.

So standen die Dinge für Leberecht gar nicht sehr gut. Dazu kam, dass die Aussprache mit Dembowski, vor der Leberecht große Angst hatte, immer noch nicht stattgefunden hatte.

Die Kinder holten die Eltern und ihre kleine Schwester am Bahnhof ab. Sie fuhren mit der Straßenbahn nach Hause. Ein Auto hatte man nicht besorgen können.

Am nächsten Morgen blieb Leberecht im Bett liegen. Er mochte nicht aufstehen, und alle Bemühungen Paulas, ihn abzulenken und zu erheitern, und auch die lustigen Geschichten, die Britta ihm erzählte, konnten ihn nicht fröhlicher stimmen. Am zweiten Tag telefonierte er mit seiner Sekretärin, und als diese ihm mitteilte, dass Dembowski verreist sei, fuhr er hinaus ins Werk. Die meisten Angestellten begrüßten ihn herzlich, vor allem die Werkmeister und das weibliche Personal, und er erzählte ihnen voller Begeisterung, was er in Österreich geschaffen hatte. Aber zu einer Aussprache mit Dembowski kam es auch in den nächsten 14 Tagen nicht. Wenn Dembowski im Büro war, erschien Leberecht nicht im Werk. Er besuchte dann entweder Kunden in Hamburg, mit denen er nicht viel zu sprechen hatte, oder der Prokurist Kleemann, dem der Einkauf unterstand, kam mit dem Auto, und sie machten eine Einkaufsreise in die Wälder von Mecklenburg oder in die Provinzen Brandenburg und Hannover.

Auf die Dauer konnte das nicht so weitergehen. Endlich besprach Leberecht sich mit seinem Freund Franz Boetius, und der riet ihm, er sollte sich doch ein Jahr bei vollem Gehalt beurlauben lassen, sich erholen und sich um seine Frau und die Kinder kümmern. Bei der nächsten Generalversammlung solle er den Aufsichtsrat zum Teufel schicken und sich durch einen neuen Aufsichtsrat wieder zum Vorstandsvorsitzenden wählen lassen. Er hätte ein ganzes Jahr Zeit, die Fäden zu ziehen.

Leberecht hatte Angst, dass dann irgendein Fremder seine Stellung einnehmen und sich hinter eine Regierungsstelle klemmen könnte, die den schönen Plan zunichte machen würde. Franz entgegnete, er solle dann wenigstens außerhalb des Vorstands seine Stellung halten und vor allem sich eine Arbeit vorbehalten, die ihm Spaß mache. So sei er doch uneingeschränkter Chef im Holzeinkauf in Skandinavien und in Österreich. Aber Leberecht blieb deprimiert. Paula fürchtete, dass er sich etwas antun könnte.

Endlich nach 14 Tagen fand die entscheidende Aufsichtsratssitzung im Büro der Firma in Berlin statt. Dr. Seidel war außerordentlich scharf, so scharf wie ihn Leberecht noch nie erlebt hatte. Seinen juristischen Spitzfindigkeiten konnte Leberecht nur seinen Trotz entgegensetzen. Mießmann machte seinem

Namen alle Ehre und beschimpfte Leberecht auf das Heftigste. Die anderen Bankdirektoren gaben Mießmann, wenn auch höflicher vorgetragen, Recht. Brandel versuchte, einen Kompromiss auszuhandeln, der dahin ging, dass Leberecht nur für ein Jahr aus dem Vorstand zurücktreten solle, bis mögliche Differenzen mit den Behörden geklärt seien, dann aber wieder in den Vorstand eintreten könne.

Als Mießmann das keinesfalls zulassen wollte und eine ganze Litanei von Verfehlungen Leberechts herunterleierte, war es mit der Fassung von Leberecht vorbei. Er schluchzte laut auf und klagte, wie schlecht man ihn behandele, was er alles für die Firma getan habe. Dr. Seidel war zwar betroffen, blieb aber bei seiner festen Haltung, während die anderen Herren versuchten, begütigend auf ihn einzureden. Leberecht tropften nur dicke Tränen auf seine Unterlagen. Schließlich stand er wortlos auf, ging in das Badezimmer und kam nicht mehr zum Vorschein. Die Mitglieder des Aufsichtsrats saßen betreten am Tisch und wussten nicht, was sie tun sollten. Schließlich meinte der Direktor der Dresdner Bank: „Er wird sich doch nichts angetan haben?“

Dr. Brandel ging zur Badezimmertür und klopfte, bekam aber keine Antwort. Er klopfte lauter und rief: „Leberecht, mach doch keinen Quatsch!“ Aber es kam keine Reaktion. Schließlich nahm Direktor Kowalski eine Axt und schlug die Türe ein.

Leberecht saß wie ein Häufchen Elend da. Er hatte seinen Hosenträger schon um das Gestänge der Wasserleitung geschlungen, aber weiter war er noch nicht gekommen. Dr. Brandel ließ einen Arzt holen, der ihm eine Beruhigungsspritze gab und dringend auf der Einweisung in eine Klinik bestand. Aber Leberecht wollte das auf gar keinen Fall. Er hatte sich in der Zwischenzeit einigermaßen gefasst und konnte sich wieder an den Beratungstisch setzen.

Dr. Brandel schlug nochmals seine Kompromisslösung vor: Leberecht solle für ein Jahr aus dem Vorstand ausscheiden und zum 1. Juli 1941 wieder als Vorstand bestellt werden, er könne seinen Arbeitsplatz im Büro behalten und das österreichische Werk als Geschäftsführer weiter betreuen. Daneben solle er mit dem Holzeinkauf in den skandinavischen Ländern betraut werden.

Leberecht war mit diesem Kompromiss, dem der Aufsichtsrat nun zustimmte, alles andere als zufrieden. Denn nun waren Dembowski und Bartels die Chefs. Sie hatten beide seinen Zusammenbruch miterlebt, und er war sich darüber klar, dass er sein Gesicht verloren hatte. Und auch wenn er wieder im Vorstand tätig sein konnte, war er nur einer von dreien und nicht der Vorstandsvorsitzende. Diese Position wollte er unbedingt wieder erreichen.

Die Freundschaft mit Dr. Seidel war für ihn ein für alle Mal vorbei. Diese Demütigung konnte er nicht vergessen. Jetzt gab es etwas, was ihm wieder Mut zum Durchhalten machte: Er sann auf Rache.

***

In dem Jahr zwischen Sommer 1940 und Sommer 1941 merkte man vom Krieg in Deutschland nicht sehr viel. Niemand wusste, wie es weitergehen sollte. Noch im Herbst 1940 wurde davon gesprochen, dass man die Landung auf der Insel versuchen werde, sobald erst einmal die Lufthoheit über England erreicht sei. Aber an eine Landung in England war nicht zu denken.

Die Armee und vor allem die Marine wurden ständig vergrößert, und zur großen Freude von Leberecht wurde Dembowski als Reserveoffizier zur Marine einberufen. Leberecht dachte, dass er jetzt ungestört jeden Tag nach Schlutup fahren könnte. Er hatte sich aber zu früh gefreut. Dembowski wurde als Abnahmebeamter für U-Boote bei den Flenderwerken abkommandiert, aber trotzdem kam er immer wieder nach Schlutup ins Büro. Aber wenigstens war er jetzt stundenweise weg, und Leberecht konnte nach und nach wieder Befugnisse zurückgewinnen, auch wenn er sie offiziell verloren hatte, zumal die Angestellten ganz auf der Seite von Leberecht standen und taten, als ob sich nichts verändert hätte. So unterschrieb Leberecht ohne mit der Wimper zu zucken die gesamte Post. Für Außenstehende war er wieder der Chef der Firma, und das war auch dann der Fall, wenn er nach Gernsbach fuhr.

Der Führer stand in hohem Ansehen. Von der Partei konnte man das nicht behaupten, sie und ihre Funktionäre, die aufgeblasenen Goldfasane, waren alles andere als beliebt, auch bei den Parteimitgliedern nicht. Leberecht war der Ansicht, dass Hitler mit diesem unnötigen Krieg Deutschland ins Verderben führe, aber er musste sich mit Kritik an Hitler zurückhalten. Nur mit Franz Boetius und seinem Schwager Festerling konnte er offen sprechen.

Bei den wenigen noch in Gernsbach lebenden Juden stürmte am 22. Oktober 1940 morgens um sechs Uhr die Gestapo in die Wohnungen und teilte den bestürzten Bewohnern mit, dass sie sich in drei Stunden an der Murgbrücke einzufinden hatten, um abtransportiert zu werden. 25 Kilogramm Gepäck dürften sie mitnehmen. Johanna erfuhr das und eilte zum Pfarrer, ob man das nicht verhindern könne. Der zuckte nur die Achseln und meinte, er könne da nichts machen.

Johanna lief zum Rathaus und platzte beim Bürgermeister in eine Besprechung hinein. Der Bürgermeister wurde recht verlegen, als Johanna mit ihrem Krückstock ganz energisch aufstampfte und verlangte, dass er etwas unternehmen müsse, er könnte doch nicht einfach zusehen! Aber der gute Mann wand sich und versuchte ihr zu erklären, dass er nichts dagegen tun könne, die Anweisung komme von höherer Stelle aus Karlsruhe. Aus ganz Baden, der Pfalz und dem Saarland wurden an diesem Tag die Juden in das Internierungslager Gurs in Südfrankreich verschleppt.

Johanna bekam plötzlich Angst, ob Gertrud in Baden-Baden nicht auch abgeholt würde und rief sie gleich an, aber zu ihrer Beruhigung hörte sie, dass dort die Juden, die mit sogenannten Ariern verheiratet waren, in Ruhe gelassen würden. Ihr blieb nichts anderes übrig, als zum Sammelplatz der Juden an der Stadtbrücke zu gehen. Sie gab jedem der Ausgewiesenen die Hand und sagte, dass sie für sie beten wolle. Sie sah, wie die jüdischen Bürger einer nach dem andern mit ihrem wenigen Gepäck auf den Lastwagen steigen mussten, und nur wenige Angehörige winkten, als der Lastwagen sich in Richtung Frankreich in Bewegung setzte.

Johanna ging still nach Hause, telefonierte noch einmal mit Gertrud und dann mit Leberecht und meinte, es wäre ein Wunder, wenn man diese Menschen je wiedersehen würde.

Am nächsten Tag kam ihr Neffe Lackner, um sie ganz eindringlich zu warnen: „Du hast dich und die Familie kompromittiert, indem du den Juden die Hand gegeben hast! So etwas kannst du doch nicht machen! Dein Benehmen ist der Kreisleitung gemeldet worden, und der Kreisleiter ist empört über deine unwürdige Haltung!"

Eine andere Bevölkerungsgruppe hatte es jetzt sehr schwer, das waren die Geisteskranken und ihre Angehörigen. In den Zeitungen war darüber nichts zu lesen, im Radio nichts zu hören, auch nicht im englischen Sender BBC. Es wurde nur versteckt für die Tötung von „unwertem Leben" geworben. Zunächst fielen auch Paula und Leberecht darauf herein, als sie den Film „Ich klage an" sahen, der sie tief beeindruckt hatte. Da ging es um einen Arzt, der seine todkranke Frau vergiftete, um ihre Leidenszeit zu verkürzen. Alles sprach plötzlich von Euthanasie, und es wurden Zahlen bekannt, wie viele Menschen in den Irrenanstalten lebten, die vollkommen unnütz die knappen Lebensmittel verzehrten, die von Menschen betreut werden mussten, die man an die Front schicken könnte. Wie viele Krankenhäuser seien mit Geisteskranken belegt, die viel besser verwundeten Soldaten zur Verfügung gestellt werden könnten! Wer diese Meldungen ausstreute, konnte nicht ohne Weiteres festgestellt werden. Aber in Lübeck war plötzlich die alte Irrenanstalt, die Heilanstalt Strecknitz, nicht mehr belegt, sondern wurde zum Krankenhaus Ost umgewandelt. Leo van Stolk erzählte, dass man die Geisteskranken ermorden und sie dann im Krematorium verbrennen würde, damit niemand sehen konnte, woran sie gestorben seien.

In Württemberg prangerte der evangelische Landesbischof Wurm die Ermordung der Geisteskranken an, desgleichen im katholischen Münster der dortige Bischof Graf Galen. Diese Nachrichten gingen in Windeseile durch die Bevölkerung, und die Empörung war groß, allerdings nicht bei allen.

Archibald bekam deswegen mit Tante Hiltrud einen gewaltigen Krach. Er hatte von seiner Großmutter gehört, was mit den Geisteskranken geschah. Als er Tante Hiltrud gegenüber sein Missfallen darüber äußerte, fing sie mitten auf der Straße an zu brüllen und schrie: „Wie kannst du nur so blöde sein! Diese Menschen sind doch Tiere, man kann die doch nicht als Menschen bezeichnen! Es ist gut, dass man die ausmerzt! Siehst du nicht, was diese lebensunwerten Wesen uns jetzt im Krieg an Kosten aufbürden? Was die uns alles wegessen? Der Führer weiß schon, was für das deutsche Volk gut ist!“

Archibald war zu Tode erschrocken. Wen würde man unter dem Begriff „lebensunwert“ noch umbringen?

Sonst verlief das Leben jetzt in den Jahren 1940 und Anfang 1941 außerordentlich harmonisch in Lübeck. Paula war schwanger. Sie hatten sich lange überlegt, ob sie noch ein Kind haben wollten, aber dann hoffte Paula, dass es gut wäre, wenn Leberecht wieder eine Aufgabe hätte, dass er wisse, wofür er da sei. Der Frauenheld Leberecht war wirklich häuslich geworden und schien sich für andere Frauen nicht mehr zu interessieren, auch nicht mehr für Künstlerinnen am Theater. Aber ins Theater gingen sie beinahe jede Woche. Dazu kamen zahlreiche Kammer- und Symphoniekonzerte, und meist durften auch Archibald und Britta mitkommen.

Abends, vor allem am Wochenende, waren immer Gäste da. Franz Boetius und die Brandels waren fast immer da, dazu der Theaterintendant oder der Generalmusikdirektor, viele Künstler, vor allem Sänger, aber auch Leute aus dem Büro, Angestellte, die zur Wehrmacht eingezogen waren und auf Urlaub in Lübeck waren, alte Freunde aus der Freimaurerzeit, schwedische Kapitäne, die mit wieder einsetzenden Holzlieferungen nach Schlutup kamen und – was besonders erfreulich war – meist einige Pakete Kaffee mitbrachten.

Oft las Leberecht aus seinen Lieblingswerken vor, aus den Pickwick Papers oder Gedichte und Geschichten von Ludwig Thoma. Es gab Hauskonzerte, Schauspielerinnen trugen Gedichte oder ganze Szenen aus Dramen vor, man diskutierte über Literatur und vor allem über Musik, man erzählte sich Witze, die zunächst noch relativ harmlos waren, im Laufe der Jahre aber immer gehässiger und boshafter wurden. Man sprach über die Zukunft, wann und wie wohl der Krieg ausgehen werde. Aber es war nie ein Verräter darunter, der das, was gesprochen wurde, weitererzählte. Dabei zählten oft alte Parteimitglieder zu den Gästen, selbst der Polizeipräsident konnte es nicht lassen, über die Umgebung von Himmler zu erzählen, den er gegenüber Leberecht als idiotischen Sturkopf bezeichnete.

Ostern 1941 sollte Archibald konfirmiert werden, und Leberecht meldete ihn im Pastorat der Marienkirche an, denn Archibald wollte, wie die meisten seiner Schulkameraden, gerne bei Pastor Pautke in der Marienkirche konfirmiert werden. Pautke war ein geistreicher Mann, der zur Bekennenden Kirche gehörte und der in seinen Predigten gerne versteckte Kritik an den Nazis übte. Er war das Idol der kritischen Gymnasiasten.

In Lübeck konnte man sich in jeder beliebigen Gemeinde zur Konfirmation anmelden. Leberecht, der vor seiner Abreise nach Österreich nicht viel Zeit hatte, ging im Pastorat allerdings ins falsche Zimmer und meldete Archibald statt bei Pautke beim Hauptpastor Denker an. Archibald war enttäuscht, aber

Leberecht war schon nach Österreich abgefahren, und so konnte er an der Anmeldung nichts mehr ändern. Jetzt zu Pastor Denke zu sagen, er wolle nicht zu ihm, erschien Archibald unhöflich.

Als er sich zum ersten Mal zum Konfirmandenunterricht einfand, traf er dort etwa 40 andere Jungen, alles Volksschüler, die zum Teil erst 13 oder 14 Jahre alt waren, die den Stimmbruch noch nicht hinter sich und nur Unsinn im Kopf hatten.

Für Archibald waren die Konfirmation und der Konfirmandenunterricht eine ernsthafte Angelegenheit. Er war religiös erzogen worden und bis zum Eintritt in die höhere Schule in den Kindergottesdienst gegangen. Dann hatte er gelegentlich auch mit seinen Eltern den Hauptgottesdienst für Erwachsene, der ihm eigentlich nicht gefallen hatte, besucht. Er war davon überzeugt, dass es keine bessere Religion als das Christentum gab und die Bergpredigt der einzige vernünftige Schlüssel dafür sei, wie ein Mensch sich zu verhalten habe. Er ärgerte sich, wenn ein Religionslehrer oder ein Pfarrer den Spagat versuchte, das Christentum mit der nationalsozialistischen Lehre zu vereinen und behauptete, dass Christus kein Jude, sondern ein aus dem Norden Palästinas stammender Gallier, im Grunde genommen also doch ein Arier sei, oder dass das Töten im Krieg sehr wohl erlaubt sei, wenn der Krieg aufgezwungen wäre.

Er hatte sich vom Konfirmandenunterricht einiges versprochen, und jetzt kam er mit so einem Haufen von kleinen Kindern zusammen, die ihm alle fremd blieben und mit denen er sich noch nicht einmal unterhalten konnte.

Auch Pastor Denker versuchte den Spagat, ein guter Deutscher und ein guter Christ zu sein. Er hatte große Angst, sich mit der Partei und der Hitlerjugend anzulegen. Sein Kollege Pautke hatte da weniger Schwierigkeiten und konnte seine wesentlich reiferen Konfirmanden beeinflussen.

Aus Angst, sich mit den Nationalsozialisten anzulegen und die Kinder vom Konfirmandenunterricht abzuhalten, brauchte nichts auswendig gelernt zu werden, weder der kleine noch der große Katechismus, weder die Zehn Gebote noch das Glaubensbekenntnis. Nur zu Weihnachten bat der Pastor, zwei Lieder auswendig zu lernen, „Stille Nacht“ und „Oh du fröhliche“, und als der Pastor diese Lieder abfragen wollte, konnten drei Viertel der Kinder sie nicht auswendig aufsagen. Der Pfarrer hatte wohl schon lange resigniert.

Dabei war der Unterricht nicht schlecht. Viele der Jungen schnitten Grimassen, nur wenige hörten zu. Archibald war dagegen recht aufmerksam. Nur als es um das fünfte Gebot ging, konnte er es nicht lassen und brachte den Pfarrer in einige Verlegenheit, als er fragte, wie dieses Gebot mit dem Töten im Krieg zu vereinbaren sei. Archibald war davon überzeugt, dass Christus auch den Krieg verboten hatte, aber der Pfarrer wand sich und sprach wie auch die anderen Pfarrer von aufgezwungenem Krieg, und das enttäusche Archibald sehr. Der Pfarrer, den er sonst als recht überzeugend empfunden hatte, verlor bei ihm an Ansehen.

Endlich kam der Tag der Konfirmation. Großmutter Johanna hatte trotz ihres hohen Alters von 78 Jahren die lange Reise mit der Eisenbahn von Gernsbach nach Lübeck gewagt. Die Konfirmation fand erst gegen elf Uhr statt, denn die Gruppen wurden von drei Pfarrern hintereinander konfirmiert, und die Gruppe von Pastor Denker kam als letzte an die Reihe. Die Familie zog im Festtagsstaat in die Kirche, Archibald in seinem neuen schwarzen Konfirmationsanzug, Leberecht, wie die meisten der Väter, im Cut und Zylinder.

Archibald hatte sich vorgenommen, ganz ernsthaft bei der Sache zu sein und im Gottesdienst nicht so oft mit seinen Gedanken abzuschweifen, wenn ihm die Predigt des Pfarrers zu langweilig erschien oder die ihm kaum verständliche Liturgie abrollte, in der er nur sinnlose Riten sah, die von den Kirchgängern vollzogen wurden, ohne viel nachzudenken. Die Aufnahme in die Gemeinde sollte würdig vor sich gehen, und er nahm sich vor, sich ganz auf das Ereignis zu konzentrieren.

In der Sakristei, wo sich die Konfirmanden sammelten, erlebte er aber eine unangenehme Überraschung. In der Woche vorher war die Zeremonie der Einsegnung geübt und waren die Gruppen zusammengestellt worden, die gemeinsam zum Altar schreiten sollten. Archibald war an diesem Tag mit Fieber im Bett gelegen und hatte die beiden Klassenkameraden, die mit ihm eingesegnet wurden, gebeten, dafür Sorge zu tragen, dass er mit ihnen beiden zusammen gehen könnte. Nun sollten sie aber in Vierergruppen zum Altar gehen und die beiden Kameraden hatten ausgerechnet den kleinen Blenker als vierten Mann ausgesucht. Der Junge, ein schmächtiges Bürschchen, Sohn eines Bäckermeisters aus der Innenstadt, war gerade zwölf Jahre alt geworden und sollte aus irgendeinem Grund schon jetzt konfirmiert werden. Er war ein großer Witzbold und der Kasper der Gruppe, der sich ständig wichtig machte und dafür von den anderen Konfirmanden auch viel Beifall erhielt, So plapperte er während des Konfirmandenunterrichts ständig dazwischen, verdrehte die Gebete und unterlegte die Lieder mit zum Teil recht anstößigen Texten. Der Pfarrer, der keinen Ärger haben wollte, hatte es immer überhört.

Nun traten die Jungen in Zweierreihen an, und Archibald war mit dem kleinen Blenker der Letzte. Er war lang und dünn, 1,90 Meter groß, und der kleine Blenker nur knapp 1,40 Meter. Als sie den Gang durch die Gemeinde hindurch schritten, hörte man ein unterdrücktes Kichern, Archibald wäre am liebsten vor Scham in den Boden versunken. Während des ganzen Gottesdienstes ärgerte er sich über diese lächerliche Einteilung, und von der Predigt behielt er kein Wort. Als sie dann endlich als Letzte zum Altar gingen, hörte er aus dem Kirchenschiff nur ein nicht mehr unterdrücktes Gelächter.

Als sie dann aus der Kirche hinausgingen, wurde er wegen der Wahl seines Partners gehänselt, und er war froh, als es nach Hause in die Krügerstraße ging. Weder er noch ein anderer der Anwesenden wusste, dass er der letzte

Konfirmand gewesen war, der in der alten Marienkirche eingesegnet wurde. Ein Jahr später war die Kirche durch Bomben zerstört.

Es waren alle Nachbarn da, es kamen die Eltern von Archibalds Schulfreunden, die Freundinnen von Paula aus dem Reitclub und ihre Männer, obwohl die Damen fast alle nicht mehr zum Reiten gingen. Es kamen alte Freimaurer-Freunde, es kamen der Theaterintendant und der Generalmusikdirektor, es kamen die Werkmeister und Prokuristen und die Angestellten, und diesmal auch Herr Dembowski. Während die Gesellschaft sich gut unterhielt, klingelte es dauernd an der Haustüre, und es wurden Dutzende von Telegrammen oder Blumensträuße abgegeben, die die Kinder meist als lästige Beigabe empfanden, weil sie sich dafür schriftlich bedanken mussten. Als dann endlich die letzten gegangen waren – es war schon halb vier Uhr – konnte Archibald seine Geschenke ansehen. Es waren große Geschenke von seinen Taufpaten, etwas kleinere von Leberechts Freunden, und Archibald, der in seinem Leben nie rauchen sollte, bekam vier silberne Zigarettenetuis, einen silbernen Zigarrenkasten und Aschenbecher in jeder Größenordnung. Da aber alle wussten, dass Archibald gerne las, lagen Dutzende von Büchern auf dem Flügel, und alle wunderten sich, wie man einem jungen Menschen so schwere Bücher schenken konnte.

Im Mai stand das große Ereignis der Geburt des vierten Kindes von Paula bevor, auf das sie und Leberecht sich schon lange gefreut hatten, vor allem Paula sah es als Beginn eines neuen Lebensabschnittes an. Leberecht hatte zwar manchmal Bedenken, dass er ein sehr alter Vater sei, aber er sah auch ein, dass es für ihn eine reizvolle Aufgabe sein könnte.

Die ganze Familie, vor allem Johanna, erwartete, dass es ein Junge würde, mit dem das weitere Fortbestehen der Firma auf ein breiteres Fundament gestellt werden könnte. Paula warnte allerdings Leberecht immer wieder: „Bitte verlass‘ dich doch nicht so sehr darauf, sonst ist die Enttäuschung zu groß, wenn es kein Junge ist!“

Auch die Geschwister freuten sich auf den Zuwachs. Zunächst war es allerdings Archibald seltsam vorgekommen, dass seine Mutter wieder ein Kind bekommen sollte. Zwar waren in der Nachbarschaft überall nach einer größeren Pause Kinder geboren worden, Archibald sah aber, dass es für die älteren Geschwister nicht nur Vorteile, sondern auch viele Pflichten gab, dass die Mütter nicht mehr so viel Zeit für die größeren Kinder hatten.

Am 17. Mai, dem Hochzeitstag seiner Eltern, war schon am Morgen die Hebamme gerufen worden, und als Archibald mittags aus der Schule zurückkam und nach dem Kind fragte, wurde ihm mitgeteilt, dass es noch nicht soweit sei, er solle doch am Nachmittag mit seinem Freund Otto zum Segeln gehen. Da die Sonne schien und der Wind günstig war, verbrachte er den ganzen Nachmittag auf Ottos Segelboot und kam erst nach sechs Uhr, später als er eigentlich gedacht hatte, nach Hause. Britta öffnete ihm die Türe und sagte: „Du hast um fünf Uhr ein Schwesterchen bekommen!“ Seine Antwort lautete nur: „So ein Mist!“

Er war von seiner Großmutter so beeinflusst gewesen, dass er nichts anderes erwartet hatte als einen kleinen Bruder. Leberecht stellte ihn deswegen zur Rede, ein Kind sei doch ein Gottesgeschenk, egal, ob es ein Junge oder ein Mädchen sei, und Archibald sah das ein. Aber Johanna war maßlos enttäuscht. Leberecht rief sie erst am nächsten Tag an und schrieb ihr einen langen Brief, der beinahe schon eine Art Kondolenzbrief war, in dem er sie bat, nicht mit dem Schicksal zu hadern.

Nach der Geburt der kleinen Vivian erholte sich Paula erstaunlich schnell, und Leberecht, der die Geburt erst abwarten wollte, konnte bereits Ende Mai seine lang geplante Reise nach Schweden antreten. Dr. Seidel und Dembowski waren der Meinung, dass diese Reise nie genehmigt würde und dass man dann ein gutes Argument für Leberechts Ausscheiden aus dem Vorstand hätte. Aber wider Erwarten wurde die Genehmigung ohne irgendwelche Einschränkungen erteilt. Im Gegenteil, das Handelsabkommen mit Schweden sah nicht nur den Kauf von Erz, sondern auch den Kauf von Rundholz, Schwellen und Masten vor, die Schweden im Austausch gegen Kohle und zahlreiche Industriegüter und Maschinen liefern sollte. Leberecht bekam auch Devisen in ausreichendem Umfang zur Verfügung gestellt, er sollte nur nach Beendigung der Reise einen Bericht über die Stimmung in Schweden an den Sicherheitsdienst SD abliefern, eine Auflage, die damals allen Deutschen, die geschäftlich ins Ausland reisten, gemacht wurde.

Leberecht hatten einen riesigen Bedarf an Holz zu decken, in einer Höhe, wie er bisher noch nie gekauft hatte: Mehrere hunderttausend Schwellen, 80.000 Festmeter Stangen und Masten, dazu als Besonderheit sogenannte Adolf-Hitler-Blöcke, aus denen die Propeller der Flugzeuge gefertigt wurden, das waren vollkommen astfreie Kiefernstämme mit einem Durchmesser am Zopf von über 40 Zentimetern. Er war sehr neugierig, zum ersten Mal seit drei Jahren wieder nach Schweden zu kommen, und er freute sich, dass er mit seinen Geschäftsfreunden wieder Fühlung aufnehmen konnte. Er beschloss allerdings, mit allen Äußerungen in einem fremden Land sehr vorsichtig zu sein, sie konnten ja dem SD hinterbracht werden, und er wusste nicht, wie seine Bekannten oder deren Angestellten zum Dritten Reich standen.

In den letzten drei Jahren hatte sich äußerlich in Schweden nicht viel verändert, aber er spürte den Krieg. Irgendwie waren die Leute ernster geworden. Die Schaufenster in den Städten waren nicht mehr so vollgestopft mit Luxuswaren wie vor dem Krieg, die Speisekarten in den Hotels waren kürzer geworden. Lebensmittel gab es auch hier auf Marken, aber die Bevölkerung hatte reichlicher zu essen als in Deutschland, es gab vor allem mehr Butter und Fleisch, es gab noch Bohnenkaffee und reichlich Alkohol, bei dem es sich meist um in Schweden hergestellte Erzeugnisse handelte.

Leberecht fiel auf, dass sich die Bevölkerung, der Taxifahrer, das Büropersonal bei den Geschäftsfreunden oder die Geschäftsfreunde selbst über Erwarten freundlich gegenüber den Deutschen verhielten, ja, dass die meisten an den Sieg der deutschen Waffen glaubten und überzeugt waren, dass England bald besiegt sei. Sein Studienfreund Sven Rosendal erzählte ihm, dass er jedes Mal, wenn ein Sonderzug mit deutschen Truppen durch Schweden nach Norwegen fuhr, an diese Soldaten Schokolade, Zigaretten und Zigarren verteile. Die Presse war neutral und brachte sowohl die deutschen als auch die englischen Armeeberichte. Auch die Kommentare waren weitgehend unparteiisch. Über die schlechte Behandlung der polnischen Arbeiter und vor allem über die neu errichteten Ghettos im Osten stand nichts in den Zeitungen, und es wurde auch nicht danach gefragt. Nur unter seinen alten Freunden gab es einige skeptische Stimmen, so bei einem befreundeten Schiffsreeder, dessen Schiffe noch nach England fuhren. Er äußerte gegenüber Leberecht, als sie einmal alleine zusammen waren, dass die Deutschen größenwahnsinnig geworden seien und sich gewaltig überschätzten. Der Widerstandswille der Engländer sei enorm, und hinter England stünden das ganze britische Weltreich und vor allem auch die Vereinigten Staaten.

Leberecht interessierte natürlich besonders, was aus seinem früheren Unternehmen geworden war, und so galt sein erster Besuch dem Direktor Nölting, denn der sollte weiterhin als Einkaufsagent für die Firma tätig sein. Nölting war über die neuen Herren bei der Sleepers recht entsetzt. Er war neben seiner Tätigkeit als Vertreter der Firma Weiler & Busch ja auch noch Direktor der Sleepers gewesen, aber dort hatte man ihn – kaum dass Leberecht verhaftet worden war – entlassen. Sie hatten ihm eine Pension bezahlt, aber die Geschäftsräume in Stockholm hatte er seitdem nicht mehr betreten. Was dort vorging, wusste er nicht. Er meinte, der neue Eigentümer Åke Strömberg koche sein eigenes Süppchen. Er habe zwar Leberecht versprochen, dass er die Firma zurückkaufen könne, aber Strömberg setze alles daran, das unmöglich zu machen. Sleepers sei jetzt auch als Baufirma tätig, und er habe alle möglichen Firmen, die in Konkurs gegangen seien, zu sehr niedrigen Preisen aufgekauft und mit der Sleepers verschmolzen, so dass ein Wiedereinsteigen für Leberecht wohl völlig unmöglich geworden sei. Außerdem habe Strömberg auf dem Gut die Familie seines Bruders einquartiert und der habe mehr oder weniger die Verwaltung des Gutes in die Hand genommen.

Leberecht war sich nicht ganz klar, ob alles, was Nölting erzählte, auch stimmte. Möglicherweise hatte Nölting zu oft zu tief ins Glas geschaut und war deshalb hinausgeworfen worden. Aber Nölting war kein Schnaps , sondern als gebürtiger Bayer ein Biertrinker, der für schwedische Verhältnisse unmögliche Mengen an Bier trank, schon mal am Montag blau machte, aber bisher war er immer mit klarem Verstand bei seinen Geschäften gewesen. Leberecht beschloss, den Kompagnon von Åke Strömberg, Erik Bergmann, der ein Advokaturbüro in Malmö besaß, aufzusuchen.

Bergmann berichtete begeistert von Åkes kaufmännischem Geschick, über die großen finanziellen Transaktionen, die er abgewickelt habe. Er sei wirklich ein Genie, aber natürlich sei er jetzt sehr stark beansprucht. Er, Bergmann, sei jedenfalls froh, dass Leberecht wieder in Freiheit sei und wolle alles versuchen, dass Leberecht seinen Freund Åke in Stockholm treffen könne, die Zeit für ein Mittagessen habe er doch vielleicht, aber er sei so beschäftigt, dass man ihn kaum treffen könnte, selbst für ihn als Kompagnon sei das sehr schwer.

Leberecht war überrascht. Dass Åke ein pfiffiger Advokat war, das hatte er gewusst. Aber er hielt ihn für einen ehrenwerten Mann, der zu seinem Wort stand. Es gab doch wohl neben Bewunderern auch viele Menschen, die auf den Erfolg neidisch waren. Wahrscheinlich war Erik im Grunde seines Herzens ein Neidhammel, der sich wichtig machen wollte. Am besten sei es sicher, wenn er Åke einfach in seinem Stockholmer Büro aufsuchte, dann könne er ja sehen, wie die Sache weitergehe.

Vor dem Antritt der Reise hatte sich Leberecht überlegt, ob er die Gelegenheit zur Flucht ins Ausland nützen sollte, aber er war gleich davon abgekommen, denn er hätte ja Frau und Kinder in Deutschland gelassen, und wenn er nicht mehr zurückkäme, dann müssten die es sicher büßen. Aber er konnte wenigstens einmal vorfühlen, was für Möglichkeiten es in Schweden gab unterzukommen. Wenn er zu Anfang der Reise noch Ausschau nach Exilmöglichkeiten gehalten hatte, so gab er die Hoffnung jetzt nach dem Gespräch mit Erik auf. Er fühlte, dass auf die Schweden kein Verlass war, ganz davon abgesehen, dass immer noch die Gefahr bestand, dass Schweden von deutschen Truppen besetzt würde – und dann gnade ihm Gott!

Am Abend saßen Leberecht und Erik Bergmann in einem Strandrestaurant in Malmö und blickten auf das gegenüberliegende dunkle Kopenhagen. Während die schwedischen Cafés und Restaurants hell erleuchtet waren und überall Tanzmusik spielte, war die ganze dänische Küste in tiefes Dunkel getaucht. Gegen Mitternacht, als sie noch beim Kaffee saßen, gab es in Kopenhagen Fliegeralarm. Sie sahen Scheinwerfer aufblitzen und hörten die Flak schießen. Sie glaubten auch zu hören, dass Bomben fielen, während auf der schwedischen Seite die Tanzkapellen spielten.

In Stockholm erschien Leberecht – was in Schweden sonst nicht üblich war – ohne Anmeldung im Büro von Åke Strömberg. Åke war überrascht, aber da Leberecht schon vor ihm stand, konnte er einem Gespräch nicht ausweichen. Er erklärte nur, dass er einen dringenden Arzttermin habe, denn er leide seit einiger Zeit unter Herzbeschwerden. Er würde sich ja so freuen, Leberecht gesund wieder in Schweden zu sehen, wie denn die Haftzeit gewesen sei? Am besten würden sie sich zum Lunch treffen. Er hätte doch vorher einen Termin ausmachen können! Selbstverständlich habe er immer für ihn Zeit und immer ein offenes Ohr. Ob Leberecht nicht am Mittwoch in drei Wochen Zeit hätte? Aber so lange reichte Leberechts Aufenthaltsgenehmigung nicht. Und so erkundigte sich Åke, in welchem Hotel Leberecht abgestiegen sei und versprach, in den nächsten Tagen anzurufen, und damit rauschte er ab. Der Anruf erfolgte nicht.

Aber jemand anderen traf Leberecht in Stockholm: seine Freundin Anna-Lisa. Sie hatte in der Zwischenzeit geheiratet und einen Sohn bekommen. Sie war jetzt Gräfin Horn, denn ihr Mann war Graf Göran von Horn, Leutnant bei der schwedischen Luftwaffe. Anna-Lisa begrüßte Leberecht stürmisch, küsste ihn links und rechts auf die Backen und forderte ihn spontan auf, am Wochenende zur Taufe des Jungen zu kommen. Leberecht müsse unbedingt Taufpate werden. Sie erkundigte sich auf das Herzlichste, wie es ihm ergangen war, was seine Familie mache und wie es seiner Frau gehe. Sie werde nie vergessen, was er für sie getan habe.

Die Taufe fand in einer kleinen Dorfkirche außerhalb Stockholms statt, wo der alte Graf Horn Patronatsrechte besaß. Es ging sehr feierlich und steif zu, wie auch bei dem anschließenden Mittagessen auf dem Landsitz der Familie, wo Lakaien mit weißen Handschuhen servierten und unendlich viele Reden gehalten wurden. Nach dem Mittagessen gab es in der Wohnung des jungen Paares Kaffee und Kuchen, die alten Herrschaften und die große Familie waren aber nicht mehr dabei, sondern hauptsächlich die Offizierskameraden von Göran. Nach dem Kaffee gab es reichlich Schwedenpunsch, ein süßes Getränk aus Arrak, und sogenannten Grog, einer Mischung aus schwedischem Cognac mit Selterswasser, den man wie Whiskey mit Eiswürfeln servierte. Die Zungen lösten sich. Die meisten der Offiziere bewunderten die Leistungen der deutschen Wehrmacht und vor allem die der deutschen Luftwaffe. Ein Hauptmann schwärmte von seinem Freund Hermann und prostete Leberecht – der dazu ein recht süßsaures Gesicht machte – auf den deutschen Sieg zu. Ein Oberst, der Kommandeur von Göran, machte dazu ebenfalls ein missbilligendes Gesicht. Er war Luftwaffenattaché in Großbritannien gewesen und erklärte: „Die Deutschen haben die Luftschlacht um England verloren und ungeheure Verluste erlitten, weit über tausend Flugzeuge sind abgeschossen worden. Außerdem unterstützen die Amerikaner die Engländer kräftig. Nachdem Roosevelt zum dritten Mal wiedergewählt worden ist, steuert er auf einen Krieg zu. Auch wenn Deutschland noch ganz Europa erobert, England wird es nicht bezwingen!"

Seine Offizierskameraden waren zwar nicht unbedingt seiner Meinung, aber da er den höchsten militärischen Rang hatte, wagte man nicht, ihm zu widersprechen.

Nach den vielen Feiern musste Leberecht sich bemühen, das notwendige Holz bei seinen Freunden in Nordschweden einzukaufen. Er war jetzt zeitlich ins Gedränge geraten. Die Schweden wollten verkaufen, seine Geschäftsfreunde freuten sich, ihn wieder begrüßen zu können, es gab üppige Festessen, wie Leberecht sie in Deutschland nicht mehr kannte, an deren Ende große Verträge abgeschlossen wurden. Leberecht fühlte sich so wohl wie schon sehr lange nicht mehr und vergaß fast ganz, wie es in Deutschland aussah.

Leberecht kam nach Lübeck zurück mit einem Koffer voller Schokolade, Pralinen, geräuchertem Rentierschinken, vollkommen neu eingekleidet, mit einem neuen Wintermantel und mit einem Seidenschal von Anna-Lisa. Für die kleine Vivian brachte er zwei Bananen mit, eine Köstlichkeit, die es in Deutschland seit Kriegsbeginn nicht mehr gab. Die ganze Familie und seine Freunde hörten voller Spannung seinen Erzählungen aus der weiten, so friedlichen Welt Schwedens zu und lauschten besonders aufmerksam, wenn er erzählte, was es zu essen gegeben hatte. In Deutschland herrschte zwar keine Not, aber man musste doch auf vieles verzichten.

Wenige Tage nach Leberechts Rückkehr kam ein Brief von Fritz Fabricius, der mit seiner Einheit von Frankreich nach Polen verlegt worden war. Dass Truppen ab und zu mal verlegt wurden, war nichts Ungewöhnliches, aber wenn jetzt bald eine Invasion in England bevorstehen sollte, war es merkwürdig, dass eine Kampfgruppe wie die Panzerabwehr nach Polen verlegt wurde. Auch van Stolk berichtete von Freunden, die mit ihren Truppen nach Osten verlegt wurden.

Dann kam der 21. Juni, ein Sonntag. Familie Weiler hatte wie üblich länger geschlafen und saß noch beim Frühstück, als Lisbeth hereingestürzt kam und berichtete, dass die Deutschen Krieg gegen Russland begonnen hätten. Zunächst gab es ungläubiges Staunen – Lisbeth musste sich wohl verhört haben, aber Archibald schaltete das Radio ein, und da hörten sie Hitler vor dem Reichstag sprechen. Leberechts Kommentar war: „Jetzt ist er von allen guten Geistern verlassen!“

Das Bündnis mit den Russen war zwar nie populär gewesen, aber man hatte letztlich das Argument anerkannt, dass ein Zweifrontenkrieg den Untergang Deutschlands bedeuten würde. Dass Hitler sich den Rücken freigehalten hatte, sah man als diplomatisches Meisterstück an. Jetzt wusste man nicht genau, was man von der Situation halten sollte.

Zunächst wurde im Wehrmachtsbericht nichts von den Fortschritten der Deutschen an der Ostfront berichtet – wie man sagte, aus Geheimhaltungsgründen. Dann, eine Woche später, sollten die ersten Berichte vom Oberkommando der Wehrmacht bekannt gegeben werden. Archibalds Freund Otto Larsen kam schon gegen zehn Uhr, und beide saßen gebannt vor dem Lautsprecher. Goebbels wollte das Volk in Spannung halten, und so wurde wohldosiert alle halbe Stunde eine neue Meldung gebracht: Über die Zerstörung der gesamten russischen Luftflotte, die Vernichtung und Erbeutung von

Tausenden von Tanks und Flugzeugen, über die Eroberung von Städten wie Lemberg, Kowno, Wilna, ja dass man schon kurz vor Kiew und Riga stand. Ein so schnelles Vorgehen hatte niemand erwartet.

Leberecht meinte nur, man solle abwarten und an Napoleon denken, der ganz Europa mit Ausnahme von England erobert hatte und dann völlig sinnlos in Russland einmarschiert und mit dem russischen Winter nicht fertig geworden war. Russland sei so riesig groß, man könne es nicht einfach überrennen wie ein so kleines Land wie Belgien, Griechenland oder auch Frankreich.

Dass der Feldzug in Russland kein Spaziergang war, dass der Krieg mit großen Opfern verbunden war, sah man jetzt an den Todesanzeigen in der Zeitung. Während des Polen- und Frankreichfeldzugs waren am Tag mal eine oder auch zwei Todesanzeigen von Gefallenen zu lesen. Jetzt waren es ganze Seiten und es waren nicht nur Fremde, deren Namen in der Zeitung zu lesen waren, sondern es waren auch die Namen von Freunden und Bekannten. Selbst Archibald las voller Betroffenheit die Namen von Jungen, die er noch von der Reitschule her kannte, mit denen er ausgeritten war und die nur wenige Jahre älter waren als er.

Auch in den Familien Weiler und Fabricius machte man sich Sorgen, denn Bernhard, der Sohn von Hiltrud Sutter, und Fritz Fabricius standen an der Ostfront. Hiltrud mimte gegenüber ihrer Mutter und gegenüber der Umgebung die stolze Heldenmutter, und manchmal ertappte sie sich bei dem Gedanken, dass sie stolz wäre, wenn Bernhard für den Führer fiele und sie mit einem schicken schwarzen Kleid, von allen gesehen, bei der Trauerfeier der Heldenmütter in der ersten Reihe säße. Dann bekam sie es aber doch mit der Angst und schrieb ihrer Mutter Briefe, dass sie diese grässliche Ungewissheit nicht aushalten könne.

Die Familie Fabricius dagegen duldete still. Die Eltern hatten große Angst. Ein Tod für dieses undankbare Vaterland, das wäre das Fürchterlichste, was man sich vorstellen konnte, aber sie trösteten sich immer damit, dass Fritz ein Sonntagskind war. Er würde schon durchkommen. Eines Tages kam die Nachricht, dass Fritz schwer verwundet sei. Er habe heldenhaft drei Panzer der Russen abgeschossen und sei mit dem Eisernen Kreuz I. Klasse ausgezeichnet worden, er habe zwar Granatsplitter im ganzen Körper und müsse noch einige Monate im Lazarett bleiben, aber man könne hoffen, dass er bald gesund auf Erholungsurlaub nach München komme.

Fritz hatte nach dem Frankreichfeldzug beinahe ein ganzes Jahr lang an verschiedenen Orten in Frankreich gelegen. An und für sich war die Zeit beim Barras, wie er das Militär nannte, recht angenehm, im Grunde genommen aber sinnlos verstrichen. Als Obergefreiter mit dem EK II ausgezeichnet, wurde er von den Unteroffizieren und Feldwebeln nicht mehr weiter behelligt. Das Leben in den Garnisonsstädten Frankreichs bestand aus Karten- und

Würfelspielen, mit geselligen Abenden und auch ab und zu mit Saufgelagen, aber man war vor allem mit der holden Weiblichkeit beschäftigt, und Fritz hatte unwahrscheinlichen Erfolg bei den Frauen. Er war ein Typ, auf den die Frauen flogen: über 1,90 Meter groß, schlank, mit einem unwiderstehlichen Lächeln. Dazu kam die ordensgeschmückte Uniform mit der Schützenschnur, so dass die Französinnen immer meinten, er sei ein Offizier.

Die Erfolge der Frauen, die ihm so leicht gemacht wurden, befriedigten ihn letztlich nicht. Es waren zu billige Siege. Er freute sich zwar, wie schnell er eine Frau bekommen konnte, aber keines dieser Mädchen war die Frau seiner Träume.

Wenn er allein war, dachte er viel daran, wie es weitergehen sollte. Allzu gerne hätte er ein gebildetes Mädchen als Freundin gehabt, um die er hätte werben und sich anstrengen müssen, so wie er sich um die Klassenkameradinnen in Salem bemüht hatte. Die Frau seiner Träume wäre eine Künstlerin, eine berühmte Schauspielerin oder Sängerin gewesen, so wie sie bei seinen Eltern früher verkehrt hatten, aber die Eltern waren seiner Meinung nach jetzt spießig geworden, außer den Gesangsschülern und -schülerinnen seines Vaters kamen keine jungen Künstler mehr in das elterliche Haus in der Gaußstraße. Zwar kamen immer wieder Sängerinnen und Schauspielerinnen, vor allem Operettenstars, zur Truppenbetreuung nach Frankreich. Aber was hieß das schon. Sie blieben für ihn unerreichbar.

Fritz störte es gewaltig, dass er kein Offizier war. Seine Klassenkameraden waren alle schon Leutnant oder Oberleutnant. Einer, der zur Luftwaffe ging, war bereits Hauptmann und hatte das Ritterkreuz. Oft schon hatte er sich überlegt, was aus ihm und seinem Bruder werden sollte. Wie lange würde der Krieg noch dauern? Am liebsten wäre er ja wie sein Vater Künstler geworden. Bekäme er ein Engagement als Mischling zweiten Grades? Seiner Schwester Klara hatte man die Mitgliedschaft in der Reichstheaterkammer verweigert. Aber reichte sein Talent zum Opernsänger? Noch lieber wäre er ja Schauspieler geworden, vielleicht sogar Filmschauspieler, aber das hätte sein Vater nie zugelassen.

Medizin zu studieren, wie sein Vater gemeint hatte, hätte ihm schon gefallen, aber „Mischlinge" durften keine Ärzte werden. Das Jurastudium, das ihm einmal der Freund des Vaters, Ludwig Seidel, vorgeschlagen hatte, das passte ihm überhaupt nicht, das war viel zu trocken. Das Ingenieurstudium vielleicht, aber kam man da auch vorwärts? Als er einmal über seine Zukunftsaussichten mit seinem Vater und seinem Bruder Johannes sprach, hieß es: „Der Leberecht, der wird schon für dich sorgen!" Das war in der Familie ein ständiger Spruch, aber Fritz wollte nicht von Leberecht abhängig sein. Er mochte ja Leberecht sehr gerne, er war nicht so spießig wie sein Vater, er riskierte auch einmal ein Wort gegen die Nazis, während sein Vater immer noch den guten Deutschen mimte, dass es ihn schon beinahe ankotzte.

Als die Verlegung der Truppen aus Frankreich erfolgte, war er froh, aus dem Einerlei des In-den-Tag-Hineinlebens herauszukommen. Wohin es ging, wusste zunächst niemand. Schließlich landeten sie östlich von Warschau. Die Straßen waren voller Schmutz und Schlamm, die Quartiere weit weniger komfortabel, zum Teil auch verwanzt. Sie lagen so mehrere Wochen, als es plötzlich Alarm gab und der Vormarsch nach Russland begann.

Bis zum Übergang über den Bug waren sie noch nicht aktiv gewesen, aber die eingekesselten Russen zeigten weitaus stärkeren Widerstand, als sie erwartet hatten. Zum ersten Mal trafen sie auf Panzer, und die Pak musste nach vorne. Fritz war Geschützführer. Das, was ihm jetzt bevorstand, war blutiger Ernst. Im Polenfeldzug hatte er zwar auch kurze Zeit brenzlige Erlebnisse gehabt, aber jetzt brachen plötzlich aus dem Wald drei Panzer, die nur wenige hundert Meter von ihm entfernt waren und auf ihn zurollten. Jetzt galt es, das eigene Leben zu verteidigen. Viel nachdenken konnte er nicht. Die ersten Granaten schlugen dicht hinter ihm ein. Fritz richtete das Geschütz auf den vordersten Panzer, schoss und traf, der Panzer blieb liegen. Aber von links kam schon der nächste. Blitzschnell musste das Geschütz neu geladen werden. In der Eile hatten sie einige Mühe beim Nachladen, aber dann war auch der zweite Panzer erledigt. Von der rechten Seite kam ein weiterer Panzer und schoss auf sie, Fritz spürte nur, dass es ihn getroffen hatte. Überall war Blut, seine Uniform war zerfetzt, er hatte nur einen Gedanken – raus aus dem Fahrzeug. Er schleppte sich ein Stück weit, da sah er, dass der dritte Panzer von dem Nachbargeschütz getroffen war. Der Ausbruch der Russen war abgewehrt.

Nach ein paar Tagen kam er nach Warschau in ein Lazarett. Er musste mehrere Operationen über sich ergehen lassen, immer wieder eiterten die Wunden, aber schließlich war er wiederhergestellt.

Dr. Seidel schlug vor, jetzt die Arisierung voranzutreiben, da Fritz mit dem Eisernen Kreuz ausgezeichnet und außer der Reihe zum Unteroffizier befördert worden war. Das sei für die berufliche Zukunft des Jungen notwendig. Fritz war sich nicht ganz sicher. Offizier zu werden, das bedeutete, als Leutnant überall an vorderster Front kämpfen zu müssen, und er hatte ja eigentlich die Schnauze voll. Aber dann meinte Dr. Seidel, er könne als Arisierter Medizin studieren, als Verwundeter könnte er sicher gleich mit dem Studium beginnen, und der Arztberuf hätte doch Zukunft! Er solle sich als Reserveoffiziersbewerber für die medizinische Laufbahn melden, dann brauche er nicht mehr an die Front. Bis er mit dem Studium fertig sei, vergingen fünf Jahre, und dann sei der Krieg wohl aus.

So durfte Fritz in München studieren. Die Arisierung dauerte allerdings mehrere Monate. Zunächst war er noch verwundet und lag in München im Lazarett, seine Eltern konnten ihn besuchen, und er konnte auch ab und zu nach Hause. Mit der Arisierung wurde er zum Fähnrich und Reserveoffiziersbewerber befördert. Er durfte jetzt mit den Offizieren im Kasino zusammen sein, die meiste Zeit war er aber zu Hause und konnte endlich wieder Zivil tragen.

Bernhard Sutter musste im Frühjahr 1941 zum Militär einrücken. Er hatte sich freiwillig zum Regiment Großdeutschland gemeldet, das seinen Standort in Neuruppin in Brandenburg hatte. Dass er sich zu diesem Regiment gemeldet hatte und nicht, wie Hiltrud es gewünscht hatte, zur Leibstandarte der SS Adolf Hitler, hatte nicht nur den Grund, dass Johanna strikt gegen einen Eintritt ihres Enkels in die SS war, sondern auch noch einen ganz geheimen. Die Frau des Regimentskommandeurs, des Grafen Schwerin, war eine Schulkameradin von Bernhard, die er einmal heiß geliebt hatte. Er hatte es immer noch nicht verstanden und überwinden können, dass Monika ihn verlassen und den Oberst geheiratet hatte, der doch einige Jahre älter war als er.

Monika von Zitzewitz war seine erste große Liebe gewesen. Sie gingen im Birklehof zusammen in eine Klasse, und er hatte schon vom ersten Tag, als das Mädchen zu ihnen in die Klasse kam, eine heftige Zuneigung zu ihr gefasst. Das forsch auftretende, selbstsichere junge Mädchen, schlank, mit blonden Haaren und blauen Augen, hatte ihn vom ersten Augenblick an fasziniert, nicht nur weil sie hübsch, sondern weil sie schlagfertig war und immer das letzte Wort hatte. Im letzten Jahr vor dem Krieg hatte er Monika auf ihrem Gut in Hinterpommern besucht, und zwar war er mit dem Fahrrad vom Schwarzwald bis nach Tetterow im Landkreis Stolpe gefahren, beinahe 1.000 Kilometer, und er hatte neun Tage dafür gebraucht. Dem alten von Zitzewitz hatte das ungemein imponiert, und er war über den Freund der Tochter sehr erfreut. Wenn der auch nicht von altem Adel war, so war er doch der Sohn eines Papierfabrikanten, und außerdem war die Familie Weiler auch in Pommern als großer Holzaufkäufer bekannt.

Die jungen Leute hatten pünktlich zu Tisch zu erscheinen, aber sonst ließ man ihnen viel Freiheit. Bernhard half bei der Ernte mit, aber es fand sich Zeit für Liebkosungen, wenn sie allein im Wald oder hinter der Hecke lagerten, und dabei geschah es denn auch, dass Monika Bernhard regelrecht verführte.

Später als sie wieder in der Schule waren, gab es nicht viel Gelegenheit, ihre Liebesbeziehung fortzusetzen, aber beide waren erfindungsreich und trafen sich heimlich in Freiburg in einem Hotel, wenn es auch nur für wenige Stunden war. Das Geld fehlte Bernhard zwar dafür, aber wenn er an die Großmutter einen Brief schrieb, dass er einen neuen Fotoapparat brauchte, dann konnte er damit rechnen, dass wenige Tage später ein 50-Mark-Schein eintraf.

Nach dem Abitur konnte Bernhard erst einmal ein Semester Medizin studieren, während Monika zum Arbeitsdienst musste. Kurze Zeit später bekam er eine Anzeige, dass sie den Oberstleutnant Graf von Schwerin geheiratet hatte. Bernhard war wie vom Donner gerührt, als er diese Nachricht erhielt.

Warum hatte sie das nur getan? Hatte es ihr zu lange gedauert, auf Bernhard zu warten? Wollte sie sich vom Arbeitsdienst drücken, der ihr nicht behagte, was Bernhard sehr gut nachempfinden konnte? Von seiner Schwester und seiner Cousine waren alles andere als begeisterte Schilderungen ihrer Dienstzeit zu ihm gedrungen. Oder hatten ihre Eltern sie gezwungen, weil die Zitzewitz und Schwerins immer wieder untereinander geheiratet hatten und sie ein großes Gut erben konnte, weil dem Mann eine glänzende Karriere beim Militär vorausgesagt wurde? Als Bernhard sich für Großdeutschland meldete, war der Graf schon Oberst und mit dem Ritterkreuz ausgezeichnet. Es würde nicht lange dauern, dann war sie Frau General. Es war ganz unmöglich, dass sie diesen Mann liebte! Er wollte doch einmal sehen, wer hier der Stärkere war!

Er überlegte sich, wie Monika heute denken würde und schrieb ihr einen Brief, dass er zum Regiment Großdeutschland eingezogen sei, dass er aber schon einen Tag früher eintreffen würde, um in einem Hotel in Rheinsberg abzusteigen. Sie könne ihn ja vielleicht am Bahnhof abholen, und sie könnten dann besprechen, wie es weiter gehe. Der Brief endete mit der Zeile „Herzliche Grüße und Küsse".

Obgleich der Brief an seine Frau gerichtet war, öffnete ihn der Oberst und erstarrte. Er war sich nie ganz klar darüber gewesen, ob seine junge Frau eine Vergangenheit hatte, glaubte aber, dass sie noch nichts erlebt hatte, war dann allerdings erstaunt, wie geschickt sie sich in Liebesdingen in der Hochzeitsnacht verhielt. Aber woher hatte sie diese Erfahrung? Dann konnte sie seinen Verdacht zerstreuen – und nun kam dieser Brief!

Am liebsten hätte er den jungen Mann gefordert. Satisfaktionsfähig wäre er als Student ja gewesen, aber Duelle waren jetzt nicht mehr in Mode. Monika war empört, als sie sah, dass ihr Mann ihre Post einfach geöffnet hatte. Das war bisher noch nie der Fall gewesen. Sie leugnete alles ab, Bernhard sei ein harmloser Freund, ein alter Schulkamerad gewesen. Ja, sie hätten sich auch schon mal geküsst, das dürfe er doch nicht übel nehmen.

Gottfried von Schwerin nahm das nicht hin, er zwang Monika, an Bernhard zu schreiben, dass er sie mit diesem Brief schrecklich kompromittiert habe. Sie sei jetzt verheiratet und könne ihn als Frau des Kommandeurs weder an der Bahn abholen noch ihn empfangen. Wenn sie sich zufällig einmal sehen würden, müsse er sie siezen und mit „Gnädige Frau" anreden.

Der Brief wurde in dem Hotel niedergelegt, in dem Bernhard absteigen wollte. Bernhard kam mittags mit dem Zug in Neuruppin an, aber Monika war nicht am Bahnhof. Er war zwar sehr enttäuscht, aber hoffte auf eine Nachricht im Hotel. Doch das Hotel, in dem er absteigen wollte, hatte geschlossen, und so musste er in einem anderen Gasthof absteigen, und da gab es keine Nachricht für ihn.

In der Kaserne begann gleich am nächsten Tag der harte Drill, durch den alle Rekruten durchgehen mussten und der beim Regiment Großdeutschland besonders hart war. Als ein Eliteregiment sollte das Wachbataillon, das beim Empfang von Staatsoberhäuptern anzutreten hatte und das im Feld immer an vorderster Front stand, sich gegenüber anderen auszeichnen.

In der Stube führte Bernhard bei seinen Kameraden das große Wort, er sei gut bekannt mit dem Oberst. Wenn erst einmal die Grundausbildung vorbei sei, werde er dort eingeladen, und er ließ das auch gegenüber dem Unteroffizier vom Dienst durchblicken, in der Hoffnung, dass ihm das etwas Erleichterung verschaffen würde. Aber das Gegenteil war der Fall. Als man sich erkundigte, ob der Rekrut wirklich ein Bekannter und Freund des Obersten sei, wurde dem Feldwebel bedeutet, dass es bei Großdeutschland keine Extrawurst gebe. Der Oberst habe mitgeteilt, er kenne den jungen Mann nur sehr flüchtig, man solle ihm diese Angeberei austreiben und besonders scharf auf ihn achten.

Bernhard wurde jetzt besonders hart geschliffen. Immer wieder musste er strafexerzieren, und als er einmal das Gewehr nicht genug gereinigt hatte und es zu einer Laufaufbauschung kam, musste er drei Wochen in den Bau. Die fahrlässige Beschädigung von Wehrmachtseigentum war schon ein schweres Vergehen, aber noch schwerer wog, dass Bernhard auf der Wache, zu der er eingeteilt worden war, einschlief. Kameraden, die den Angeber nicht mochten, hatten ihm heimlich Schnaps in sein Bier gegossen, und als der Offizier vom Dienst die Wache kontrollierte, fand er Bernhard schlafend vor. Es gab Meldung beim Kommandeur, und Graf von Schwerin wollte ihn vor das Kriegsgericht bringen. Aber dann besann er sich, seine persönlichen Differenzen mit Bernhard hätten zur Sprache kommen können, und so kam Bernhard erneut in verschärften Arrest.

Schließlich war Bernhard froh, als es nach Russland an die Front ging. Monika hatte er nicht gesehen.

Nach vier Wochen Russlandfeldzug wurde er schwer verwundet, und trotz allem war er glücklich, im Lazarett den Schikanen entronnen zu sein.

Leberecht gehörte jetzt zwar wieder dem Vorstand von Weiler & Busch an, aber er war nur einer unter drei gleichberechtigten Vorständen und nicht Vorsitzender, wie er es vor seiner Verhaftung 1938 gewesen war. Bartels störte ihn weniger, denn der kümmerte sich weiterhin fast nur um das Werk Olbersdorf, und Leberecht redete ihm auch nicht in seine Arbeit hinein, denn er machte seine Sache gut. Dembowski störte ihn aber gewaltig, wenn dieser jetzt auch durch seine Tätigkeit bei der Marine nicht jeden Tag anwesend sein konnte. Leberecht wollte wie früher Chef sein, das war aber mit dem augenblicklichen Aufsichtsrat kaum durchzusetzen. Dr. Seidel als Vorsitzender war strikt dagegen und wurde unterstützt von Direktor Mießmann von der Landvolkbank, die beiden gaben den Ton im Aufsichtsrat an. Wenn also etwas geschehen sollte, musste der Aufsichtsrat verändert werden.

Als Leberecht und Johanna 1938 in Haft saßen, war Adolf Schickardt, der Bruder von Johanna, plötzlich gestorben. Sein Schwiegersohn hatte, um die Erbschaftssteuer zu bezahlen und weil ihm wohl die Verbindung zur jüdisch versippten Familie Weiler nicht so recht in den Kram passte, die Aktien von Weiler & Busch verkauft. Als neuer Großaktionär war der Käufer dieser Aktien, ein Holzkaufmann aus Heilbronn, Adolf Haber, aufgetreten, der nach und nach 18 Prozent der Aktien erworben hatte.

Die Familie Weiler hatte noch etwas über 50 Prozent der Anteile, aber es waren Vettern von Leberecht dabei, deren Zustimmung er sich nicht sicher war, und Witwen, die möglicherweise Geld brauchen konnten, und so kam er auf die Überlegung, ob es nicht besser sei, gemeinsame Sache mit Adolf Haber zu machen. Das wäre nur eine Person, mit der man sprechen müsste, im Gegensatz zu den vielen unzufriedenen Verwandten.

Haber stammte aus einer Heilbronner Holzhändlerfamilie, deren Vorfahren wie die Weilers auch Flößer gewesen waren. In den Jahren nach dem Ersten Weltkrieg hatten sie als Grubenholzhandlung an Bedeutung gewonnen. Aber die Gebrüder Haber machten noch keine zwei Millionen Umsatz, während Weiler & Busch ohne die österreichischen und skandinavischen Filialen schon über 30 Millionen erreichte.

Leberecht dachte nach: Wenn ich den Haber in den Aufsichtsrat wähle und er dafür meinen Antrag unterstützt, dass ich Vorsitzender des Vorstands werde, dann kann ich das Ruder noch mal herumreißen. Er schrieb an Adolf Haber und verabredete, sich mit ihm bei seiner Mutter in Gernsbach zu treffen.

Die Zusammenkunft fand bereits im Juli im Wohnzimmer von Johanna statt, die mit dem Plan von Leberecht einverstanden war. Sie hielt etwas von den schwäbischen Kaufleuten. Adolf Haber war ein großer, grauhaariger Herr, etwa 15 Jahre älter als Leberecht. Er war sichtlich beeindruckt, dass die Frau Kommerzienrat und Inhaberin einer so bedeutenden Firma ihn eingeladen hatte, einer Firma, die in ganz Europa im Geschäft war. Leberecht hatte er noch nicht gekannt, aber seinen Bruder Archibald hatte er bewundert. Auch das, was er von seinen Angestellten über die große Investitionstätigkeit von Leberecht gehört hatte, imponierte ihm. Mit Dembowski und Bartels war er auf Verbandssitzungen in der Zeit, als Leberecht in Haft saß, zusammengekommen, er hielt auch nicht mit seiner Meinung zurück, dass vor allem Dembowski sich ungebührlich betragen habe. Die beiden Herren seien aufgetreten, als ob ihnen die Firma gehören würde. Wenn Angestellte – für ihn waren auch Vorstandsmitglieder Angestellte – sich so aufführten wie die beiden Herren es getan hätten, dann sei das einfach unverschämt. Er sei damit einverstanden, ja er halte es für notwendig, dass Leberecht wieder Vorstandsvorsitzender werde. Wenn er erst einmal im Aufsichtsrat sei, werde er schon dafür sorgen. Er tat auch alles, um Johanna und Leberecht zu imponieren, und kritisierte dabei auch die Firma Weiler & Busch. Sie habe viel zu viel Schulden. Die Bilanz war ja veröffentlicht. Es sei nicht gut, dass im Aufsichtsrat nur Rechtsanwälte und Bankiers säßen. Die Bankiers hätten immer nur eigene Interessen im Kopf, und die Anwälte würden alles nur zerreden und hätten vom ganzen Geschäft keine Ahnung. Es sei besser, wenn er statt der Banken noch einen tüchtigen Teilhaber hereinnehme, und dafür empfahl er sich und seine Familie, was Leberecht und Johanna zu weit ging, vor allem weil er sagte, man solle das Werk Weisenbach mit seiner Holzschliff- und Kartonfabrikation verkaufen, das gehöre nicht zum Geschäft. Aber Johanna hing gerade an diesem Werk, das mit ihrer Mitgift aufgebaut worden war, besonders stark.

Dann aber wurde der Kaffee hereingebracht, und es kamen auch die beiden Töchter von Johanna, Silvia und Hiltrud, dazu. Hiltrud war vor einigen Wochen nach Gernsbach gezogen. Wie Else und auch Paula meinten, weil sie nach einer Erkrankung von Johanna an Ort und Stelle sein wollte, für den Fall, dass Johanna sterben sollte, damit sie bei der Erbschaft nicht zu kurz käme. Das glaubte auch Silvia. Hiltrud wiederum hatte ihren Umzug nach Gernsbach damit begründet, dass es in Hamburg jetzt laufend Fliegerangriffe auf die Stadt gebe und sie sich hier im Gernsbacher Krankenhaus als Krankenschwester nützlich machen könne, um Verwundete zu pflegen. Silvia bemerkte sehr spitz, dass man Verwundete ja auch in Hamburg pflegen könne, aber in Gernsbach sei es nur ein allgemeines Krankenhaus für die Zivilbevölkerung.

Für die Kaffeegesellschaft hatte Johanna Bohnenkaffee gekocht, den sie von Freunden aus der Schweiz geschickt bekommen hatte, und sie hatte einen extra guten Kuchen mit Butter und Eiern gebacken, und dazu gab es über 20 Jahre alten Mirabell aus eigenem Brand. Adolf Haber war von der vornehmen, schlanken und charmanten Silvia beeindruckt, und er machte ihr, so gut das ein Schwabe kann, Komplimente, während er die fette Hiltrud kaum beachtete.

Das Gespräch ging auf private Dinge über, und sehr bald kam man auf den Krieg zu sprechen, wobei sich sowohl Johanna und Leberecht als auch Adolf Haber skeptisch über den weiteren Verlauf äußerten und einiges am Verhalten der Partei auszusetzen hatten. Hiltrud stand auf und bemerkte nur: „Ich finde es empörend, wie ihr alle ins eigene Nest scheißt!", ging hinaus und knallte die Türe hinter sich zu, während die anderen betreten schwiegen. Alle überlegten, ob sie nicht etwas unvorsichtig gewesen seien. Aber dann lobte Adolf Haber den hervorragenden Mirabell von Johanna.

***

Während der Sommerferien im August 1941 brach Leberecht zu einer großen Inspektionsreise zu den Werken und Filialen von Weiler & Busch auf. Diesmal sollte ihn sein Sohn Archibald begleiten. Es war das erste Mal, dass Vater und Sohn ohne Mutter oder Geschwister zusammen verreisten, und Archibald freute sich gewaltig darauf. Nicht nur auf die vielen neuen Eindrücke, die ihn erwarteten, sondern auch auf die Möglichkeit, sich mit seinem Vater einmal richtig unterhalten zu können. Für Archibald war der Vater der Vertraute geworden, dem er vieles, wenn auch nicht alles, was ihn bewegte, erzählen konnte. Und auch Leberecht fand in seinem Sohn einen verständigen Partner für seinen Kampf um die Wiedererlangung der führenden Position in der Firma, mit dem er Zukunftspläne schmieden konnte, Gespräche, bei denen die Mutter oder die Geschwister nur gestört hätten.

Archibald war ein Erwachsener geworden. Er war wesentlich mehr gereist und hatte mehr von Deutschland gesehen als die meisten Altersgenossen von ihm. Der Vater und vor allem die Großmutter hatten sich bemüht, ihm möglichst viel zu zeigen, und so waren er und seine kleinere Schwester schon als kleine Kinder auf hohe Berge, zu Talsperren oder Schleusen, in Museen und zu allen möglichen Schlössern, Burgen, Kirchen und Klöstern mitgenommen worden. Im Grunde genommen waren das aber nur einzelne Momentaufnahmen von Deutschland, die sich noch zu keinem Gesamtbild gerundet hatten.

Für ihn war die Reise nicht nur interessant, weil er Stätten deutscher Geschichte, von denen er schon viel gelesen hatte, nun mit eigenen Augen sah, sondern er lernte auch Menschen aus anderen Gebieten Deutschlands und aus anderen Schichten kennen. Er wurde als Erwachsener voll genommen, und er war ein recht scharfer Beobachter.

Deutschland war im Sommer 1941 noch nahezu unzerstört. Fliegerangriffe gab es nur wenige. Von den deutschen Menschen hatte Archibald wie die meisten nur recht verschwommene, klischeehafte Vorstellungen. Die meisten Deutschen kamen damals über die nähere Umgebung ihres Wohnortes nicht hinaus. Deutschland war – was immer wieder beschworen wurde – ein einiges Reich, aber die Bevölkerung in den einzelnen Gauen, wie es damals hieß, kannte sich nicht. Die einzige Möglichkeit, Menschen aus anderen Gegenden des Vaterlandes kennenzulernen, war das Militär. Sonst hatte man die Klischeevorstellung aus kitschigen Heimat- oder Lustspielfilmen, wo die Bayern in Lederhosen herumliefen, die Schwarzwälder sich knorrig und wortkarg gaben; in Wien gab es nur fesche Mädels oder raunzende Portiers, und dann gab es noch die Fischer, die auf der Nordsee ihrem schweren Beruf nachgingen.

Die erste Station auf der Reise war Berlin. Leberecht besuchte das Büro von Weller & Busch, und Archibald hatte Zeit, sich die Stadt anzuschauen. Er wollte in das Aquarium, das er noch nicht kannte, und vom Alexanderplatz über das Schloss die Linden entlanggehen bis zum Brandenburger Tor und von dort durch die Voßstraße zum Potsdamer Platz.

Eigentlich ließ ihn Berlin kalt. Er mochte die Preußen und die Berliner nicht und Berlin als Reichshauptstadt schon gar nicht. Ihn störte es, dass es im Geschichtsunterricht nach dem Dreißigjährigen Krieg keine deutsche Geschichte, sondern nur eine preußische Geschichte gab, wenn man von „wir" und „uns“ sprach, und nicht mehr von Wien, wo doch noch der Kaiser saß. Der Kaiser in Wien war das einzige Oberhaupt, das Lübeck hatte, und nicht der preußische König.

Als er jetzt durch Berlin ging, waren das zwar großartige Gebäude, aber doch alle so nüchtern, kein prächtiger Barock, kein heiteres Rokoko und keine Verbindung zum Mittelalter, für das er schwärmte. Dazu kam die Erfahrung, die er selber mit Berliner Jungen, die er mal in den Ferien getroffen hatte, oder mit Berliner Angestellten aus der Firma gemacht hatte. Alle waren, wie er meinte, überheblich, frech und bildeten sich ein, dass sie etwas Besseres seien. Seine Tante Klara sprach sogar von ihrer Heimatstadt München verächtlich als von der „Provinz“. Das, was andere als schlagfertig bezeichneten, fand er unverschämt, und die neue Hauptstadt fand er protzig. Als er durch die Voßstraße an der neuen Reichskanzlei vorbeiging und davor riesengroße, über zwei Meter lange Kerls der Leibstandarte der SS Wache standen, empfand er das als kalt, abweisend, bedrohlich. Da mochte die Theaterlandschaft Berlins noch so vielfältig sein, die S- und die U-Bahn noch so gut funktionieren, irgendwie mochte er die Stadt nicht.

Die zweite Station der Reise war Wien. Von Wien hatte Archibald bisher wenig gelesen und gehört. Felicitas Fabricius, die zweite Frau seines Großvaters, für ihn die Oma aus München, stammte von dort, und mit ihren Erzählungen von Wien verbanden sich nur Schilderungen vom Arbeiterelend, von dunklen Mietskasernen in den Vorstädten und von herrlichen Aufführungen in der Oper, und dieses Bild der Stadt spiegelte sich auch in Hitlers Schilderungen in „Mein Kampf“ wider, und es fand auch im Geschichts- oder Deutschunterricht seinen Niederschlag. Dann sah Archibald Bilder aus dem Bürgerkrieg von 1934, wo die Heimwehr und das Militär die Arbeitersiedlungen mit Artillerie beschossen, und dann plötzlich 1938 die Bilder von Hitler mit der jubelnden Menge auf dem Heldenplatz.

Der Aufenthalt in Wien dauerte fast eine Woche, und während sein Vater mit Behörden, Banken und mit Kunden verhandelte, hatte er Gelegenheit, stundenlang durch die Straßen zu schlendern, und mit Hilfe eines alten Baedekers ging er ganz systematisch vor. Er schritt die Ringstraße von der Votivkirche und Universität bis zum Kriegsministerium entlang, bewunderte die von imperialer Größe zeugenden Prachtbauten mit Rathaus und Parlament, mit ihren Bürogebäuden, Hotels und Parks, mit den Fiakern, die den Ring entlangfuhren. Das war wirklich die Hauptstadt einer Großmacht gewesen. Aber der Glanz war verstaubt, die alte Pracht lebte nur noch von der Erinnerung. Er durchstreifte die Altstadt, besuchte den Stephansdom und die Kapuzinergruft, er fuhr in die Vorstädte, von denen die Großmutter so viel erzählt hatte.

Vor allem imponierte ihm die Hofburg. Nicht nur in der Hofburg, sondern überall, wo es noch Besichtigungen gab, erzählten die Führer von der alten Monarchie, vom Kaiser Franz Joseph und der Kaiserin Elisabeth, vom

Kronprinz Rudolf und vom Thronfolger Franz Ferdinand, und überall klang ein Hauch von Nostalgie mit. Zwar gab es auch Ausschnitte aus der jüngsten Geschichte und wurde immer wieder von den Taten Hitlers, der Österreich endlich heim ins Reich geführt habe, gesprochen und auf die Zeiten der Republik geschimpft, als einer Zeit voller Not und Elend, aber letztlich spürte er bei den Führern – und es waren fast alles alte Leute, die den Kaiser noch gekannt hatten – eine Sehnsucht nach der Monarchie, nach der Zeit, als Österreich ein großer Staat gewesen war.

Am Samstag und Sonntag fuhr Leberecht mit Archibald in den Prater, aber Archibald war aus dem Alter hinaus, dass ihm dies noch Spaß gemacht hätte. Dafür beeindruckte ihn der Besuch in Schönbrunn, in den Räumen, in denen Maria Theresia und Franz Joseph gelebt hatten, gewaltig. Sie gingen zusammen in den Park von Schloss Belvedere, das Prinz Eugen hatte errichten lassen. Abends trafen sie sich mit Wiener Geschäftsfreunden, und Archibald hörte auch eifrig deren Reden zu.

Das Resumee von dem, was er hörte, war die Erkenntnis, dass die Wiener die Republik nicht hatten ausstehen können, dass sie die Juden nicht mochten, dass es einen Antisemitismus gab, der weitaus tiefer als der im sogenannten Altreich war, und dass für die Wiener im Grund die Zeit, über die sie am liebsten redeten, die alte k.u.k.-Monarchie war, die von der Bukowina bis nach Mailand und von Nordböhmen bis an die Adria gereicht hatte.

Vom Nationalsozialismus und von Hitler waren die meisten begeistert, aber in den Gesprächen klang an, dass sie an der Partei manches auszusetzen hatten, vor allem aber an den Beamten aus dem Altreich. Sie seien zwar Deutsche, aber die Preußen, die man Piefkes nannte nach dem alten Tambourmajor aus Kaiser Wilhelms Garde, der den Parademarsch so zackig anführte, konnte man im Grunde genommen nicht leiden.

Nach ein paar Tagen ging es vom Südbahnhof mit der Eisenbahn durch Niederösterreich mit seinen Schwarzkieferwäldern in Serpentinen den Semmering hinauf und durch die Industrielandschaft der Steiermark nach Kärnten. In Villach wurden sie am Bahnhof vom Chauffeur abgeholt, der vor ihnen stramm stand und „Heil Hitler" brüllte. Überhaupt schienen in Kärnten alle Leute mit besonders zackigem Hitlergruß zu grüßen. Der Chauffeur erzählte Archibald von seiner Zeit als Abwehrkämpfer und als illegales Mitglied der NSDAP. In einer langen Baracke, in der sich das Büro befand und dahinter auch der Gefolgschaftsraum für die rund 800 Belegschaftsangehörigen, war ein ganzes Theater mit Bühne eingebaut, das jetzt allerdings zweckentfremdet war für eine Ausstellung „Der ewige Jude" mit Hunderten von Fotografien und Zeichnungen, die an der Wand angeklebt waren.

Das Werk begeisterte Archibald. Den ganzen Nachmittag und am nächsten Vormittag besichtigte er das riesige Werk, auf dem enorme Stapel mit Masten lagen, er schaute sich die neue Holzbauabteilung, die HoBa, an, die viel größer als die in Gernsbach war. Auf dem Werk und in der Tischlerei arbeiteten englische Kriegsgefangene, alle in sehr sauberer Uniform, die aber von Archibald keine Notiz nahmen.

Er stellte fest, dass er viele Arbeiter nicht verstehen konnte. Er fragte, ob das Ausländer seien, aber er erhielt die Antwort, dass es Einheimische seien, sie stammten aus Fürnitz, sprächen aber zum großen Teil slowenisch.

Bei der Unterhaltung mit Direktor Messner hörte Leberecht, dass Fürnitz jetzt als zweitgrößter Betrieb Kärntens dauernd um große Spenden angegangen werde, denn der Reichsgau Kärnten – so wollte es der Reichsstatthalter – sollte an erster Stelle der deutschen Gaue stehen. Er berichtete aber auch, dass es jetzt bei allem nationalsozialistischen Gehabe einige Leute gebe, die unzufrieden seien. Geklagt wurde über die Gängelung aus Berlin, über die angeberischen Leute aus dem Altreich, die alles besser wüssten als die Österreicher. Man habe zwar den Anschluss gewünscht, aber dass er so schnell in einen Krieg münden würde, damit habe man nicht gerechnet. Im vorigen Jahr, nach dem Sieg in Frankreich, sei man noch begeistert gewesen, aber jetzt, nachdem es in Russland immer mehr Gefallene gebe, sehe man in vielen Kreisen den Anschluss nicht mehr als das Beste, was einem hätte passieren können.

Über die Tauern und durch die Alpen ging es mit der Eisenbahn nach München, für Archibald ein großartiges Erlebnis, da er die Alpen bisher nur als Panorama von München und den oberbayerischen Seen aus kannte. Die Leute saßen eng in den Abteilen zusammen und diskutierten über den Krieg. Die meisten Mitreisenden meinten, dass er nun wohl bald zu Ende sei, denn unsere Truppen hätten schon Leningrad eingeschlossen und seien nicht mehr weit von Moskau entfernt. Moskau, das sei das Herz Russlands, und Leningrad das Hirn, und ohne Herz und Hirn könne niemand leben. Ein Mitreisender verwies auf Napoleon, er wagte aber nichts Weiteres mehr zu sagen, denn die meisten Mitreisenden waren über diesen Vergleich geradezu empört und erklärten, wie gut der Führer jetzt alles organisiert habe, die hinter der Front hermarschierenden Baukolonnen würden die Eisenbahn auf europäische Spur umrüsten und in Russland endlich einmal vernünftige Straßen bauen.

In München stiegen Leberecht und Archibald in einem Hotel in der Nähe des Hauptbahnhofs ab. Obwohl immer mehr Männer zum Militär eingezogen waren, gab es immer noch Gepäckträger, meist alte Männer über 70, so dass sich Archibald eigentlich schämte, diese Alten den schweren Koffer tragen zu lassen. Es war das erste Mal, dass Archibald in München in einem Hotel übernachtete, sonst hatte er immer bei den Großeltern gewohnt, aber Leberecht wollte unabhängig sein und nicht immer Rechnung darüber ablegen, wohin er ging.

Außerdem fürchtete er eine Diskussion mit Paul Fabricius über Dr. Seidel, denn durch Briefe von Paula hatte der Kammersänger erfahren, dass sich das Verhältnis zwischen Leberecht und seinem Freund Dr. Seidel sehr zugespitzt hatte und dass Leberecht versuchte, Dr. Seidel auszubooten, und das fand Paul nicht gut.

Selbstverständlich machten sie gleich am nächsten Morgen einen Besuch in der Gaußstraße. Zu ihrer Verwunderung sahen sie im Nachbarhaus, wie KZ-Insassen in ihrer Sträflingskleidung, bewacht von einem SS-Mann, den Garten auf das Feinste herrichteten, das Gras mähten, die Hecken stutzten und neue Blumen pflanzten. Paul Fabricius erzählte, sie hätten einen neuen Nachbarn bekommen, einen SS-Obergruppenführer und General der Polizei, der das Haus als Dienstwohnung bezogen habe und nun schon seit drei Monaten mit Handwerkern, die aus dem KZ Dachau geholt worden seien, alles instand setzen lasse.

Leberecht meinte, eigentlich sei es eine Schande, wie die Bonzen sich auf Kosten der Allgemeinheit bereichern und sich Privilegien herausnehmen würden. Kein Mensch hatte jetzt im dritten Kriegsjahr noch einen Gärtner, alle Männer waren ja eingezogen. Zu Hause hatten sie ihren Garten längst schon in einen Gemüsegarten umgewandelt. Das war ihnen nicht leicht gefallen, aber den Luxus, Blumenbeete anzulegen, den konnten sie sich als Familie mit vier Kindern nicht mehr leisten. Das traf auch für den kleinen Garten des Kammersängers zu, in dem Bohnen und Kartoffeln gepflanzt wurden.

Nach Leberechts Meinung wäre die Knappheit an Arbeitskräften gar nicht so groß, wenn Deutschland sich nicht den Luxus erlauben würde, über eine Million Menschen wegen kleinster Kleinigkeiten im Gefängnis eingesperrt zu halten. Paul hielt den Finger auf den Mund und meinte: „Wie kannst du so etwas sagen, wo es doch keinerlei Beweise gibt, dass es über eine Million Insassen der Gefängnisse und KZs gibt!“ Man dürfe nicht darüber sprechen, und er schärfte Archibald ein, auf keinen Fall etwas von dem, was sein Vater gerade gesagt hatte, weiterzuerzählen.

Paul war mit seiner Frau Felicitas außerordentlich vorsichtig. Er könne es sich als jüdisch Versippter nicht leisten, irgendwie aufzufallen. Wenn er einmal angezeigt würde, dann wäre er verloren, denn dann käme er mit dem Heimtückegesetz, das Heimtücke gegen Volk und Staat unter Strafe stellte, sofort in Konflikt, und nur wegen Erzählens eines politischen Witzes oder wegen einer allgemeinen Unmutsäußerung könne man mehrere Jahre ins Gefängnis wandern und vielleicht sogar zum Tode verurteilt werden. Er kenne Beispiele aus dem Theater, wo einige Kollegen sich nur misslicbig gegen die Partei ausgedrückt oder von den „Arschlöchern von Parteibonzen“ gesprochen hatten, schon habe es ein Kellner gehört und sie angezeigt. Von einem Fall habe er gehört, dass ein alter Mann nur wegen der Verbreitung eines Witzes zum Tode verurteilt und hingerichtet worden sei!

Archibald war sehr erschrocken, als er seinen Großvater sah. In Erinnerung hatte er einen stattlichen Mann mit einem Gewicht von 280 Pfund, nun wog er bei seiner Größe von 1,94 Meter nur noch 170 Pfund. Sein Gesicht wirkte eingefallen, die Backenknochen standen hervor. Denn die Familie lebte nur von den Lebensmittelzuteilungen. Schwarzmarktgeschäfte lehnte Paul strikt ab, weil er große Angst hatte, erwischt zu werden, und er war sich sicher, dass man ihn in seiner Nervosität sofort ertappt hätte. Er hatte auch Felicitas und dem Dienstmädchen Irma jegliche Bettelaktion beim Kaufmann um die Ecke verboten.

Leberecht und seiner Familie in Lübeck ging es viel besser. Zwar lebten sie auch im Wesentlichen von ihrer Lebensmittelzuteilung, aber sie hatten nicht nur den großen Garten um das Haus in der Krügerstraße, sondern noch einen zweiten Garten in Schlutup, den die Frau des Werkmeisters betreute, und sie hielten mit diesen Leuten zusammen ein Schwein. Sie mussten dafür zwar Fleischmarken abgeben, und Archibald störte es sehr, dass sie während des ganzen Winters nur Pökelfleisch bekamen, das vollkommen versalzen war, aber insgesamt war die Ernährungslage doch recht ordentlich. Außerdem hatten sie Verbindung zu den Bauern, die in den Wäldern mit ihren Pferden Holz rückten, von denen sie auch einmal einen Sack Kartoffeln gegen etwas Brennholz oder gegen einen gewaltigen Aufpreis einen Schinken erhielten. Zudem kamen auch immer wieder die schwedischen Kapitäne ins Haus, und mit diesen ließen sich ganz gut Tauschgeschäfte machen, so zum Beispiel mit Porzellan oder Bildern und anderen Kunstgegenständen.

Das Gespräch ging wieder auf den Krieg zurück. Leberecht blieb dabei, dass der Krieg noch Jahre dauern werde. England sei nicht besiegt und Russland auch nicht. Ob Paul auch schon gehört habe, was im Osten passieren würde? „Überall hinter der Front kommen SS und Polizei, zwingen die Juden, sich ihre eigenen Gräber zu schaufeln, dann müssen sich die Juden einschließlich Frauen und Kinder an den Rand der Gräber stellen und werden als angebliche Partisanen erschossen."

Paul versuchte, Leberecht zu bremsen, er solle sich mit solchen Erzählungen in Acht nehmen und schon gar nicht vor dem Kind so etwas sagen, aber Leberecht antwortete nur: „Ach, das Kind ist jetzt immerhin 16 Jahre alt und soll ruhig wissen, was passiert. Eigentlich sollte man dieses Geschehen laut hinausbrüllen, aber du hast recht, es ist zu gefährlich. Es ist besser, darüber Stillschweigen zu bewahren. Manchmal frage ich mich, warum das Volk so blöd ist, all das, was in seinem Namen geschieht, zu dulden!"

Am Sonntagnachmittag kam Tante Betty, die Schwester seiner Großmutter, zu Besuch. Sie wollte unbedingt ihren Großneffen, den Sohn von Paula, sehen und mit ihm sprechen und hatte deswegen den langen Weg vom Südwestende der Stadt auf sich genommen. Alle vier Wochen besuchte sie ihren Schwager Paul. Dabei musste die 80-Jährige die sechs oder sieben Kilometer zu Fuß gehen, denn als Jüdin, die den Judenstern tragen musste, durfte sie die Straßenbahn nicht benutzen.

Als sie durch die Innstraße ging, sah sie in der Gaußstraße die Wachen der SS vor dem Nachbarhaus stehen und machte noch mal einen großen Umweg, um von der anderen Seite ins Haus zu kommen, denn sie fürchtete, dass es ihrem Schwager schaden könnte, wenn die SS sehen würde, dass eine Jüdin in sein Haus ging.

Sie war erstaunt, wie groß Archibald, den sie zuletzt beim 60. Geburtstag von Paul gesehen hatte, geworden war. Archibald musste von Paula und seinen Schwestern, vor allem von dem Baby erzählen. Aber sonst stockte das Gespräch, denn vieles, was Betty auf der Seele lag, wagte sie nicht auszusprechen. Vor allem hatte sie große Angst, dass sie irgendwann abgeholt und in ein Ghetto im Osten verfrachtet würde. Sie hatte Angst, ob sie in ihrem hohen Alter diese Reise überhaupt überleben würde.

Sie war kaum eine Stunde bei Paul, als sie sich schon auf den Rückweg machte, denn der dauerte wieder zwei Stunden, und sie wollte pünktlich zum Abendessen wieder im Judenhaus sein. Wenn sie zu spät kam, gab es große Aufregung im Heim, und sie wollte auf keinen Fall auffallen.

Mit der Eisenbahn ging die Fahrt der beiden Weilers weiter nach Ulm. Eine Stunde Aufenthalt benutzte Leberecht, um Archibald das Münster zu zeigen, dann fuhren sie nach Aalen, wo Weiler & Busch ein Werk hatte, das Leberecht besuchen wollte. In dem Werk hatte man seit der Errichtung im Jahr 1908 keine Mark mehr investiert. Es bestand aus einem großen weiten Platz, auf dem die Masten noch per Hand mit großen Schälmessern geschält wurden, es gab große Tröge mit Quecksilbersublimatlauge, in denen die Masten zehn Tage eingelagert wurden, es gab keinen Kran, und es drehte sich außer dem von Hand angetriebenen Schleifstein kein Rad. Ein großer Teil der Belegschaft bestand jetzt aus Russen. Und trotzdem brachte das Werk im Verhältnis zum Umsatz den höchsten Gewinn. Das gab Archibald zu denken. Im Geiste überlegte er sich schon, wie man hier Schälmaschinen und Kesseldruckanlagen installieren müsse.

Beim Abendessen unterhielt sich Leberecht mit seinem Sohn, was er nun werden wolle. „Ich will dir die ganze Firma zeigen, damit du dir ein Urteil bilden kannst. Willst du wirklich in die Firma eintreten? Hast du dir das gut überlegt? Sicher wäre es gut, wenn du zuerst einmal studierst, dann kannst du in einem fremden Betrieb in der Holzindustrie Erfahrung sammeln und später die süddeutschen Werke mit Sitz in Gernsbach übernehmen. Oder willst du nicht doch etwas anderes machen? Mich haben meine Eltern gezwungen, in die Firma zu gehen, obgleich ich es gar nicht gewollt hatte. Ich wäre viel lieber Theaterintendant oder freier Schriftsteller geworden. Nun bin ich zwar nicht unglücklich, aber mein Idealberuf ist es nicht!

Gewiss, meine Mutter würde es sehr begrüßen, wenn wieder ein Weiler nach Gernsbach käme, sie drängt mich immer wieder, dorthin zu ziehen, um dort Ordnung zu schaffen, wie sie es nennt. Aber ich kann das Mama nicht antun. Sie kann nicht immer im Schatten der Schwiegermutter leben, dann würde sie eingehen. Außerdem sind die Nazis in Gernsbach viel schlimmer als die in Lübeck, wo wir doch einigermaßen unbehelligt leben können."

Für Archibald war es keine Frage, die überhaupt zur Diskussion stand. Es war selbstverständlich, dass er in die Firma eintrat. „Es gibt auch andere ideale Berufe, die mir Spaß machen würden. Ich wäre gerne Verleger und hätte einen Buchverlag wie den Insel-Verlag oder einen Verlag, der Biographien herausbringt. Mich würde der Beruf eines Schiffsreeders interessieren, ich hätte auch gerne eine große Baufirma. Aber wozu etwas neu gründen, wenn etwas anderes schon da ist und auf mich wartet! Es gilt doch, unsere alte Firma zu bewahren und nach vorne zu bringen! Meine Zukunft, das ist mir in der Zwischenzeit klar geworden, hängt davon ab, dass das Nazireich verschwindet!"

Er und Leberecht waren davon überzeugt, dass die Bäume Hitlers nicht in den Himmel wachsen und dass Deutschland letztlich den Krieg verlieren müsse, Und was käme dann? Wenn der Krieg noch länger dauere, müsse Archibald zum Militär, und würde er das überleben? Wie würde es dann in Deutschland aussehen, wenn die Deutschen den Krieg verlören? Die meisten Menschen waren der Ansicht, das dürfe nicht passieren, dann wäre Deutschland vernichtet. Aber Vater und Sohn waren doch optimistischer, Deutschland könne nicht restlos untergehen. Aber würden dann vielleicht die Kommunisten kommen und sie alle enteignen?

Es waren viele Fragen ungelöst, und sie konnten sich eigentlich nicht vorstellen, was die nächsten Jahre bringen würden. Aber die Hoffnung, aus der Firma etwas machen zu können, hatten sie alle beide.

In Gernsbach, das als nächstes auf ihrer Reiseroute stand, sah Archibald zum ersten Mal in seinem Leben Moslems. Vor einiger Zeit hatte es bei Weiler & Busch in der Holzbauabteilung gebrannt, die HoBa war fast restlos zerstört, und um sie wieder aufzubauen, mussten die notwendigen Maschinen besorgt werden. Da das Unternehmen wegen des Barackenbaues als kriegswichtig galt, war das kein großes Problem. Auf dem Werk arbeiteten jetzt indische Kriegsgefangene, die in Nordafrika in Kriegsgefangenschaft geraten waren. Es waren fast alles Moslems, die morgens, mittags und abends sich gegen Mekka verneigten und zu Allah beteten, und die vor dem Gebet die rituellen Waschungen an der Murg vollzogen. Sie erhielten jeden Monat ein Paket vom Roten Kreuz, und darin lag jedes Mal ein Bild von König George VI., in dessen Namen ihnen diese Pakete übersandt wurden.

In Gernsbach herrschte helle Aufregung um das Schicksal eines jungen Polen, den man vor wenigen Tagen gehängt hatte, aufgehängt an einem Kirschbaum beim Lieblingsfelsen, weil er ein verbotenes Verhältnis mit einem deutschen Mädchen gehabt hatte und damit der Ehre der deutschen Frau zu nahe getreten war. Dem Mädchen, dem Polenliebchen, hatte man die Haare abgeschnitten und es in ein KZ gesteckt.

Johanna war empört und äußerte laut und vernehmlich in der Stadt allen, die es hören wollten oder nicht, dass ihr der Pole leid tue, und was heiße überhaupt, die „Ehre der deutschen Frau“ zu schützen? Die Frau habe einen recht zweifelhaften Lebenswandel gehabt. Wie könne man so überheblich sein und die deutsche Nation über die polnische setzen? Empört berichtete sie, die Weiber seien zu Dutzenden gestanden und hätten mit Ferngläsern zugeschaut, wie der Pole gehängt worden sei.

Direktor Lackner ließ seiner Tante bestellen, dass sie sich mit ihren Äußerungen zurückhalten solle, sonst könne sie damit rechnen, dass man auch sie eines Tages abholen und ein Verfahren wegen Heimtücke gegen sie eröffnet würde! Auch Direktor Wittmann äußerte sich gegenüber Leberecht besorgt, dass Frau Kommerzienrat noch etwas passieren könnte. Er habe versucht, dem Kreisleiter zu erklären, dass Frau Kommerzienrat es wohl nicht so gemeint habe und ihm das sicher nicht richtig hinterbracht worden sei, was sie gesagt habe, aber seine verehrte Frau Mutter lasse sich ja nicht belehren, sie sage einfach das, was sie denke.

Während des Besuches in Gernsbach fuhren sie nach Kehl, dem jüngsten Werk der Firma. Leberecht mochte dieses Werk, das sein Vetter P.A. erworben hatte, irgendwie nicht. Es war ihm zu klein für ein Imprägnierwerk, was sollte ein Werk in Kehl, das sein Rundholz aus Skandinavien beziehen sollte – was im Augenblick auch nicht möglich war. Die große Schälmaschine dort hätte man lieber in Aalen installieren sollen. Aber gut, nun war das Werk da, und er wollte es sich anschauen. Das Sägewerk war unmodern, und Gewinn wurde auch nicht gemacht.

Nach den Sommerferien begann für Archibald die Schule wieder. Er war jetzt in die Obertertia gekommen. Mit seinen 16 Jahren war er eigentlich viel zu alt für diese Klasse, aber durch das Jahr, das er zurückgestellt worden war, und durch das verlängerte Schuljahr 1941 war er eine Ewigkeit in der gleichen Klasse geblieben. Die Lehrer hatten mit dem Stoff geschlampt, und Archibald langweilte sich unsäglich. Viele der jüngeren Lehrer waren in der Zwischenzeit zum Militär eingezogen worden, und auch seinem Klassenlehrer Ludwig Erichsen drohte das Militär. Schon lange pensionierte Lehrer im Alter von 70 oder gar 75 Jahren waren zurückgeholt worden, alte Herren, die den Titel Professor hatten, die sich freuten, dass sie noch einmal gebraucht wurden, aber vielfach mit dem Stoff nicht mehr vertraut waren, die die halb erwachsenen Schüler noch als kleine Jungen behandelten und die ständig krank oder unpässlich waren. Es gab Tage, an denen von sechs Unterrichtsstunden drei oder vier ausfielen.

Die Schüler waren am Unterricht kaum noch interessiert. Sie rechneten jetzt schon damit, dass sie in zwei Jahren eingezogen würden, das Abitur brauchten sie dann sowieso nicht mehr zu machen – wozu sich dann noch anstrengen?

Den fast täglichen Fliegeralarm nahm man nicht mehr allzu ernst. Große Angriffe auf Städte hatte es noch nicht gegeben. Man sprach davon, dass in Münster einige Bomben gefallen waren, man hörte das Ballern der Flak, und nur wenn das zu stark wurde, ging man in den Luftschutzkeller. Die meiste Zeit blieb man aber in den Betten.

Ins Kino ging Archibald nicht so viel wie seine Freunde, aber ein- oder zweimal in der Woche besuchte er mit ihnen eines der acht großen Kinos, die es in Lübeck gab. Es wurden jetzt fast ausnahmslos harmlose Lustspiele mit Tanz gezeigt, es gab Heinz-Rühmann-Filme, Operetten mit Marikka Röck und Johannes Heesters. Es gab sogar Filme mit Willy Fritsch, darunter auch einen, den der verfemte Autor Erich Kästner unter Pseudonym geschrieben hatte: Der kleine Grenzverkehr. Alle diese Filme gingen gut aus, alle spielten in einer Traumwelt, in der es auch keine Nazis gab. Ärgerlich war nur, wenn die Abendvorstellung durch Fliegeralarm unterbrochen wurde.

Leberecht kümmerte sich jetzt vor allem um den Import des Holzes aus Schweden und Finnland, denn es kamen Mengen herein, wie sie bisher nur Ende der zwanziger Jahre nach Lübeck gelangt waren. Oft lagen bis zu fünf Schiffe gleichzeitig am Kai der Firma Weiler & Busch. Nachdem Dembowski fast ständig in der Flenderwerft war und U-Boote abnehmen musste, hatte Leberecht das Heft wieder fest in der Hand. Am 29. Oktober konnte er seinen 50. Geburtstag feiern. Seine Mutter hatte lange geschwankt, ob sie zu diesem Tag nach Lübeck kommen sollte, aber ihr war die Reise dann doch zu beschwerlich. Auch die Schwestern von Leberecht blieben weg. Morgens hatten die Angestellten von Weiler & Busch eine Feier im Werk organisiert. Dembowski war dazu nicht erschienen. Leberechts Sekretärin trug ein Gedicht vor, der Betriebsobmann, ein Zimmermann, hielt eine Rede, Leberecht antwortete. Es gab Kartoffelsuppe zum Mittagessen, und als das Essen beendet war, stellte man fest, dass niemand ein „Sieg Heil" auf den Führer ausgebracht hatte, aber es wurde von keinem, auch nicht von den anwesenden Parteimitgliedern, moniert.

Die Reichsbahn war an die Firma herangetreten, sie möchte doch ein Imprägnierwerk in dem besetzten Russland erwerben, das man notwendig brauche, um das russische Schienennetz auszubauen. Es sollte in Borissow an der Beresina liegen, dort, wo Napoleon beim Rückzug aus Moskau seine große Niederlage in Russland erlebt hatte. Aber Leberecht weigerte sich. Er wollte sich nicht an einem solchen Abenteuer beteiligen. „Was haben wir in Russland zu suchen? Wer weiß schon, ob die Front standhält, warum sollen wir unbekannte Risiken auf uns nehmen, dort Geld investieren?" Vor allem regte er sich auf, als er erfuhr, dass gute Arbeitskräfte gesucht waren, die in der Heimat abgeworben werden und für ihre Tätigkeit im Osten das doppelte Gehalt bekommen sollten, während ein paar hundert Kilometer weiter die Soldaten für einen minimalen Sold ihre Haut zu Markte tragen mussten. Er wollte den Vertrag nicht, aber Dembowski und Bartels unterschrieben.

In der Zwischenzeit ließen die Nachrichten, die von der Ostfront kamen, keinen Geländegewinn mehr erkennen. Dann kam plötzlich die Meldung, dass der russische Winter verfrüht eingebrochen war, dass es Kältegrade gab, wie man sie noch nie erlebt hatte. Goebbels rief zu einer Sammlung von warmer Kleidung und von Skiern auf, um die Truppen ausrüsten zu können. Dass es in Russland kalte Winter gab, das hätte man ja vorher wissen können.

Leberecht gab bei der Sammlung von warmen Kleidern seinen schweren, mit Pelz gefütterten Wintermantel ab, und auch ein Pelzmantel von Paula wurde gespendet, dazu warme Pelzmützen und Handschuhe mit Seehundsfell, die sie für den Winter in Finnland angeschafft hatten und die er nur sehr ungern hergab, denn so bald würde er sich einen solchen Mantel nicht wieder kaufen können. Aber die Nachbarn und vor allem der NSDAP-Blockwart wussten, dass er warme Wintersachen hatte, und so spendete er sie in der Gewissheit, dass der Mantel von Paula bestenfalls noch zu Pelzfutter umgearbeitet würde.

Anfang Dezember kam die Nachricht vom überraschenden Angriff der Japaner auf den amerikanischen Kriegshafen Pearl Harbor. Damit hatte in Deutschland kaum jemand gerechnet. Nach dem Überfall jubelte die deutsche Presse, und in den Nachrichten wurden wahre Heldentaten der Japaner gemeldet, die ihr Leben opferten, um dem Feind Verluste beizubringen. Aber Leberecht und Archibald verstanden nicht, dass Hitler den Vereinigten Staaten den Krieg erklärte, während die Japaner keinesfalls daran dachten, den Krieg mit Russland zu beginnen und in Sibirien einzumarschieren. So hatte Russland keine zweite Front, aber Deutschland lief Gefahr, jetzt eine zweite Front im Westen zu bekommen. Was hatte sich der Führer nur dabei gedacht?

In England trafen jetzt die ersten amerikanischen Luftgeschwader ein, die bald mit der Bombardierung Deutschlands beginnen sollten.

Zwar wurde mit großer Euphorie in Sondermeldungen über die großen Erfolge der japanischen Flotte berichtet, aber in Deutschland sah es trübe aus. Die Rekruten wurden immer früher eingezogen, und sie kamen schon nach kurzer Ausbildung an die Front. Auch ältere Jahrgänge, von denen viele noch uk-gestellt waren, wurden geholt, und die Todesanzeigen in den Zeitungen bedeckten jetzt oft zwei oder drei Seiten. Nicht mehr alle waren mit „In stolzer Trauer“ unterschrieben, sondern oft mit den Worten „In tiefer Trauer“, und unter den Gefallenen waren immer mehr Freunde. Paula kannte Frauen, die erst ihren Mann und dann ihren Sohn, und Eltern, die mehrere Söhne verloren hatten. Die Lazarette waren voller Verwundeter, und die Stimmung war schlecht, wie in der Zwischenzeit auch die Ernährung. Die Überzeugung, dass der Krieg bald zu Ende ging, war nirgends mehr zu spüren. Wie man jetzt die Gegner bezwingen sollte, das war unvorstellbar.

Am 29. März 1942, am Palmsonntag, sollte in Lübeck Konfirmation gefeiert werden. Diesmal waren die meisten Klassenkameraden von Archibald dran, darunter auch seine beiden Freunde Leo van Stolk und Otto Larsen, beide sollten in der Marienkirche konfirmiert werden. Die Verwandten von beiden waren schon von weit her angereist.

Am Vorabend gingen alle wie üblich gegen zehn Uhr zu Bett. Archibald las noch und hörte Radio, als Viertel nach zehn die Sirenen zum Voralarm heulten. Er machte das Licht aus, drehte sich um und dachte nicht daran sich anzuziehen. Auch seine Mutter rührte sich nicht. Aber schon zehn Minuten später wurde Vollalarm gegeben, und es vergingen keine drei Minuten, bis die Flak anfing zu schießen. Anscheinend waren die Flugzeuge doch in der Nähe von Lübeck. Paula kam in die Zimmer der Kinder und forderte sie auf, in den Keller zu gehen, man könne ja nicht wissen, was noch komme.

Der Himmel war plötzlich taghell erleuchtet. Die britischen Flugzeuge hatten sogenannte Christbäume, Leuchtbomben, die an Fallschirmen hingen, abgeworfen, und eine davon schien direkt auf das Haus herabzuschweben. Jetzt gingen alle voller Eile in den Keller. Zunächst war es ruhig. Paula und Archibald gingen hinauf in den ersten Stock, um nachzusehen, was los war. Im Garten hing am Apfelbaum ein Fallschirm. Britta, die auch etwas sehen wollte, meinte, dass dort ein Fallschirmspringer hing, aber es war nur die ausgebrannte Leuchtbombe.

Nachdem es eine Viertelstunde still gewesen war, gingen alle wieder nach oben und legten sich ins Bett. Ein größerer Angriff war das sicher nicht, draußen schien es ruhig zu sein. Aber eine halbe Stunde später hörte man die Salven der schweren 8,8-cm-Flak, dann auch das Hämmern der leichten Vierlings-Flakgeschütze, die nur bei Tieffliegern eingesetzt wurden. Jetzt hörte man auch das Pfeifen der Bomben und kurz danach den Explosionsknall des Einschlags.

Alle rannten in den Keller. Als gegen halb vier Uhr das Bombardement aufhörte, die Flak verstummte und nach einiger Zeit auch die Entwarnung kam, sahen sie zum Fenster hinaus. Der Himmel war blutrot gefärbt. Archibalds Kommentar dazu war nur: „Die haben sicher ein Hobelwerk am Kanalhafen getroffen." Denn so ein Feuer hatte er schon erlebt, als im sieben Kilometer entfernten Schlutup ein Holz bearbeitender Betrieb in Flammen aufgegangen war, da hatte der Himmel genauso ausgesehen.

Übermüdet gingen sie ins Bett und standen erst um halb zehn Uhr auf, denn sie wollten doch pünktlich um elf zur Konfirmationsfeier in der Marienkirche sein. Paula bat Lisbeth, echten Bohnenkaffee zu kochen, nach dieser unruhigen Nacht hatte man sich das wohl verdient. Aber der Gasherd funktionierte nicht. Gott sei Dank hatten sie noch einen Kohlenherd, der wurde angemacht.

Die Nachbarn zogen zum Gottesdienst, denn die Konfirmanden sollten eine halbe Stunde früher in der Kirche sein. Herr Larsen und Herr van Stolk im Cut mit Zylinder, Leo und Otto in ihren neuen schwarzen Konfirmationsanzügen und die Damen in eleganten Kleidern. Lisbeth berichtete ganz aufgeregt, dass ein Nachbarsjunge gesagt hatte: „Die Marienkirche ist zerstört, der Dom, das Rathaus und große Teile der Stadt liegen in Trümmern oder brennen noch, alles ist kaputt!"

Archibald meinte nur: „Ach, der übertreibt mal wieder, das ist doch ein alter Dröhnbüttel!" Und sie machten sich auf, in die Stadt zu gehen. In der Roeckstraße war nichts zu sehen, aber als sie über die Burgtorbrücke in die Burgtorstraße einbogen, waren die Straßen mit Glasscherben übersät. Dutzende von Feuerwehrautos standen in der Burgtorstraße und in den Seitenstraßen. Es war sehr kalt in diesem Winter, und die Wasserleitungen waren zum großen Teil eingefroren. Es gab Schlauchleitungen von mehreren hundert Metern Länge, die bis in die Trave oder in den Kanal reichten, wo man das Eis hatte aufschlagen müssen.

Archibald sah, dass nicht nur die Feuerwehr aus Lübeck, sondern auch die Wehren aus Kiel, Hamburg und sogar aus Wilhelmshaven, aus Schwerin und Rostock gekommen waren. Am Koberg waren die Straßen gesperrt, und die Polizei ließ niemand durch. Da kamen auch schon Larsens und van Stolks zurück. Die ganze Marienkirche brannte, erst vor wenigen Minuten waren die Türme eingestürzt. Von Lübecks Stolz, den sieben Türmen der fünf Hauptkirchen, waren fünf vernichtet. Und immer noch brannte die Stadt.

Die Familien van Stolk und Larsen hatten mit viel Mühe ihre Lebensmittelmarken gespart und einen großen Braten besorgt. Das Fleisch war im Keller gelagert, zusammen mit Eis aus dem Kühlhaus. Man konnte es nicht länger aufbewahren, aber braten konnte man es auch nicht, weil alle nur Gasherde hatten. Aber es gab doch noch eine Möglichkeit: Der Festtagsbraten wurde in der Küche von Weilers auf dem großen alten Kohleherd gebraten!

Die Kinder standen drum herum und rochen den köstlichen, seltenen Bratengeruch, aber das Essen war so knapp, dass sie trotz guter Freundschaft nichts abbekamen, es reichte gerade für die Konfirmationsgäste. Aber nach dem Essen kamen alle zusammen und sprachen über den Angriff, von dem alle meinten, er müsse schlimmer gewesen sein als alle bisherigen. Man klagte über die unersetzbaren Kulturschätze, die jetzt ein für alle Mal vernichtet waren und mutmaßte, dass es möglicherweise auch Tote gegeben hatte. Dass es über 440 Tote waren, darunter auch gute Bekannte, das wusste man noch nicht, genauso wie man nicht mitbekam, dass auch Klassenkameraden, die in der Stadt wohnten, im Keller eingeschlossen worden waren und nur mit Mühe herauskamen, und dass ihr ganzes Hab und Gut zerstört war.

Unter den Toten war der Zahnarzt der Familie mit seiner Frau, der Tanzlehrer, bei dem Archibald jetzt Tanzstunde hätte nehmen sollen, eine Schauspielerin, die oft bei Paula und Leberecht zu Besuch war, und ein Sänger vom Theater.

Leo und Otto wurden vierzehn Tage nach Ostern in der Jakobi-Kirche konfirmiert, ohne Gäste und ohne große Feier zu Haue. Einen zweiten Braten hatte man nicht mehr organisieren können.

Schon wenige Tage später gab es wieder Fliegeralarm. Jetzt begannen die Bombenangriffe auf die deutschen Städte. Es waren noch keine Großangriffe mit mehr als 1.000 Flugzeugen, aber die massenhaften Abwürfe von Brandbomben zerstörten vor allem die Wohngebiete der Altstädte und wenige sogenannte Luftminen mit über 1.000 Kilogramm vernichteten ganze Gebäudekomplexe. In Lübeck waren ausschließlich Wohngebiete vernichtet worden, weder Fabriken noch Hafen- oder Eisenbahnanlagen wurden beschädigt.

Die Architekten schwärmten schon davon, die Stadt ganz modern aufzubauen und endlich die mittelalterlichen engen Gänge abreißen zu können. Die Geschäftsleute erhielten Bezugsscheine für die Waren, die ihnen verbrannt waren, für den Wiederaufbau wurde Baumaterial zur Verfügung gestellt, und die Stadt bekam Sonderzuteilungen an Lebensmitteln.

Viele Einwohner aus den Nachbarorten beneideten Lübeck um die Bevorzugung. Der Pfarrer der Lutherkirche im Stadtteil St. Lorenz aber stieg am nächsten Sonntag auf die Kanzel und sprach davon, dass der Angriff auf die Stadt ein Fingerzeig Gottes sei, eine Strafe für das Unrecht, das im Namen des deutschen Volkes an vielen Unschuldigen geschehen sei. Er und drei katholische Kapläne, die Briefe des Bischofs von Münster, Graf Galen, verbreiteten, die die Tötung von Geisteskranken angeprangerten, wurden ins Gefängnis gesperrt, zum Tode verurteilt und durch das Fallbeil hingerichtet.

Durch das Fallbeil wurden nicht nur die Gegner der Nazis hingerichtet, es traf auch einige Funktionäre der Hilfsorganisation für die Stadt, die aus den Sonderzuteilungen für die Lübecker Bevölkerung für sich und ihre Familien Lebensmittel, Butter und Fleisch abgezweigt hatten und damit auch einen Schwarzmarkthandel begonnen hatten. Opfer dieser Ereignisse wurde auch der Vater von Archibalds Schulfreund Hansel. Der Bürgermeister und Beauftragte für den Wiederaufbau der Stadt hatte sich einige Kilo Haferflocken aufdrängen lassen. Er konnte ein Gerichtsverfahren nur dadurch abwenden, dass er sich erschoss. Er bekam ein feierliches Staatsbegräbnis.

Die Familie Weiler beschloss, einen längeren Ferienaufenthalt anzutreten, um endlich wieder einmal ausschlafen zu können. Britta fuhr mit Leberecht nach Gernsbach und ging dort zur Schule, Paula, Astrid und die kleine Vivian im Wäschekorb fuhren mit der Eisenbahn nach Olbersdorf zu Paulas Bruder Johannes, und Archibald blieb in Lübeck, schlief aber bei Larsens.

Ursprünglich war geplant, dass die Familie zwei bis drei Monate in Olbersdorf beziehungsweise Gernsbach blieb, aber Paula hielt es in dem Kurort Oybin bei Olbersdorf nicht lange aus, und so kam sie im Mai schon wieder zurück. Anfang Mai ging die Familie wie üblich jeden Sonntag nach der Kirche auf den Burgtorfriedhof zum Grab von Ragnhild. Kurz vor dem Friedhof, als sie bei dem Blumenkiosk am Eingang vorbeikamen, sahen sie Herrn van Stolk, Herrn Dembowski und noch einige Bekannte, die dort große Blumensträuße kauften und in den Gasthof Höppner auf der gegenüberliegenden Straßenseite gingen, eine Kneipe, die hauptsächlich davon lebte, dass dort nach einer Beerdigung der Leichenschmaus ausgerichtet wurde, die aber auch Sturmlokal der SA war und in der Veranstaltungen der NSDAP-Ortsgruppe abgehalten wurden, ein etwas schmuddeliges Lokal, in das man normalerweise nicht ging. Als Leberecht Dembowski fragte, war die Antwort: „Meine Frau bekommt heute das Mutterkreuz, es ist doch Muttertag!"

Paula erstarrte. Das Mutterkreuz erhielten doch die Mütter nach der Geburt des vierten Kindes, und sie hatte ja bereits fünf Kindern das Leben geschenkt, wenn sie die kleine verstorbene Ragnhild mitzählte, ihr hätte man es doch auch verleihen müssen!

Zu Hause fing Paula an zu weinen. Wieder einmal fühlte sie sich diskriminiert. Leberecht fand das lächerlich. Er hatte sich schon oft über das Mutterkreuz lustig gemacht, und bei Weilers wurde auch der Muttertag nicht gefeiert. Leberechts Mutter Johanna, die mit sieben Geburten das silberne Mutterkreuz bekommen sollte, hatte die Ordensverleihung abgelehnt. Sie war nicht zur Verleihungsfeier gekommen, und sie hatte sich auch die Zustellung des Ordens durch den Ortsgruppenleiter verbeten mit den nicht gerade sehr schmeichelhaften Worten: „Ich bin doch keine prämierte Zuchtkuh!"

Aber Paula drängte jetzt darauf, dass Leberecht an die Behörden schreiben solle, warum sie kein Mutterkreuz erhalten hätte. Und wenn Paula auf etwas drängte, was ihr wichtig war, tat Leberecht das auch. Nach wenigen Tagen kam die Antwort, dass nur den rein arischen Müttern diese Auszeichnung zustand. Für Mütter, die Mischlinge geboren hätten, käme diese Ehrung nicht in Frage.

Ende April und Anfang Mai wurden die deutschen Truppen erneut offensiv. Sie stießen in Russland schneller vor, als man erwartet hatte. Die Truppen drangen bis zur Wolga bei Stalingrad vor, man glaubte, dass man im Laufe des Sommers das Erdölgebiet von Baku erobern könne. Auch in Afrika ging es vorwärts. Generaloberst Rommel gelangte in Ägypten bis wenige Kilometer vor Alexandria. Den deutschen Waffen schien nichts unmöglich.

Aber trotz allem gab es keinerlei Kriegsbegeisterung, der Krieg kostete zu viele Tote. Die Bevölkerung war skeptisch, und das galt auch für die Mitschüler von Archibald. Verschiedene Lehrer hielten es für ihre Pflicht, den Patriotismus aufrecht zu erhalten, und so brachten sie ihre früheren Schüler, die auf Heimaturlaub waren, mit in die Klasse, vor allem diejenigen, die das Eiserne Kreuz bekommen hatten, damit sie von ihren Heldentaten erzählten. Aber die Soldaten erzählten meist nur von den Gefahren, denen sie ausgesetzt waren, schimpften über die verbündeten feigen Italiener und erzählten Dinge, die keineswegs im Sinne des Reichsministers Dr. Goebbels und der Partei lagen. Als die Lehrer die Klasse fragten, wer denn Offizier werden wollte, meldeten sich wesentlich weniger Jungen, als die Lehrer erwartet hatten. Angst, zu spät zu kommen und den Sieg nicht mehr miterleben zu können, hatte eigentlich keiner.

Das Interesse der Jungen galt jetzt zunehmend der holden Weiblichkeit. Nach der Schule trafen sich die Schüler mit den Mädchen vom Lyzeum in einer italienischen Eisdiele, in der nicht nur das Bild von Hitler und dem Duce, sondern auch vom italienischen König an der Wand hing. Eine Kugel Eis kostete fünf Pfennig, das Eis war aus Wasser und Süßstoff hergestellt. Einige, die etwas mehr Geld hatten, promenierten am Nachmittag die Breitestraße hinauf und wieder hinunter, oder vom Koberg bis zum Café Niederegger, das man aber mit einer gewissen Nonchalance nach dem früheren Inhaber Café Köpf nannte. Archibald ging zwar mit in die Eisdiele, aber an dem Schlendern in der Breiten Straße hatte er kein Interesse, er konnte einfach nicht mit Mädchen flirten. Aus Schüchternheit hatte er sich auch nicht wie seine Freunde Otto und Leo zu der nach der Konfirmation üblichen Tanzstunde angemeldet, obwohl ihm seine Eltern zugeredet hatten.

Archibald kam nur mit den Freundinnen seiner Schwester Britta zusammen, wenn sie zu Besuch kamen. Er fand sie recht nett und die eine oder andere auch anziehend, aber wenn sie sich über etwas unterhielten, so war es doch nur über die Schule, die Streiche, die sie den Lehrern gespielt hatten, und die Freude darüber, wenn sie einen noch jungen Lehrer in Verlegenheit gebracht hatten. Die etwas älteren jungen Damen, die 17 bis 18 Jahre alt waren, hatten für Archibald keine Augen, denn die Mädchen aus gutem Hause schwärmten für die jungen Leutnants, vor allem für diejenigen, die schon mit einem Orden ausgezeichnet waren.

Die Obersekundanerinnen und Primanerinnen lernten die jungen Offiziere vor allem auf den zahlreichen Hausbällen kennen, die von den Schulklassen oder von den Eltern veranstaltet wurden. So lud Dembowski ständig junge U-Boot-Offiziere, die warteten, bis ihre Boote in Dienst gestellt wurden, zu sich nach Hause ein. Zu Anfang war an diesen Abenden die Stimmung noch recht steif, denn auch die jungen Offiziere hatten bisher noch nicht viele Bekanntschaften mit Frauen gehabt. Meist gab es Bowle, bei der man nie genau wusste, wie viel Alkohol sie enthielt, zumal es auch immer wieder junge Männer gab, die heimlich eine Flasche Schnaps in die Bowle gossen.

Die Stimmung stieg dann schnell, oft wurden die sonst von den Nazis verpönten Jazzplatten aufgelegt, es wurde immer lustiger, und da alle mit dem Wunsch gekommen waren, sich zu verlieben, lag man sich auch sehr bald in den Armen. Die Eltern, die darüber entsetzt waren, drückten doch beide

Augen zu mit dem Gedanken, dass die jungen Offiziere möglicherweise von der nächsten Feindfahrt oder vom nächsten Einsatz an der Front nicht mehr zurückkommen würden.

Gegen Morgen wurde die Stimmung oft melancholisch. Viele junge Soldaten sprachen vom möglichen Tod im Feld oder auf hoher See, und das Mitleid ergriff die Mädchen. Auch die noch so streng behüteten Mädchen waren deshalb oft bereit sich hinzugeben, ja, sie empfanden es geradezu als nationale Pflicht, und wenn der Geliebte fallen würde, dann wäre ein Kind doch ein bleibendes Andenken an ihn.

Viele junge Mädchen in Archibalds Alter, mit denen er im Kindergarten oder in der Volksschulzeit gespielt hatte, waren schon mit 18 Jahren verheiratet und mit 19 verwitwet. Einige waren mit 20 Jahren schon zweimal verheiratet. Die jungen Mädchen wollten früh heiraten, denn die gesellschaftliche Stellung einer verheirateten Frau war weit höher als die eines unverheirateten Mädchens. Zudem brauchte eine verheiratete Frau nicht mehr zum Arbeitsdienst, höchstens musste sie in die Fabrik, aber 1942 ließ sich leicht eine passende Stellung im Büro eines kriegswichtigen Unternehmens finden.

Im Mai traf bei Archibald plötzlich der Bescheid ein, dass er sich zur Musterung einfinden solle. Archibald hatte daran nicht gedacht. Er war ja noch keine 17 Jahre alt, aber es stimmte, im nächsten Jahr würde er 18, und ihm war ziemlich mulmig zumute. Denn darüber war er sich klar: Der Krieg war in einem Jahr noch nicht zu Ende. Nicht dass er an die Möglichkeit des Sterbens dachte, obgleich die Zahl seiner Bekannten aus dem Reitstall oder aus den oberen Klassen, die Brüder seiner Freunde, die gefallen waren, im Laufe des Jahres stark angestiegen war. Von vielen hörte er, dass sie gleich nach der Grundausbildung an die Front mussten und nach kurzer Zeit gefallen waren. Bei denen, die sich als Offizier beworben hatten, dauerte die Ausbildung auf der Kriegsschule etwas länger, aber wenn sie zum Einsatz kamen, war die Gefahr, dass sie fielen, besonders groß.

Nun konnte Archibald ja kein Leutnant werden, höchstens Obergefreiter, das wusste er von seinen Onkeln Paul und Fritz Fabricius. Für ihn war der Gedanke, zum Militär zu müssen, grauenvoll. Freunde, die erst beim Arbeitsdienst und dann beim Militär waren, berichteten über das unerträgliche Schleifen, über das Lustigmachen und den harten Dienst der höheren Schuler, die die Unteroffiziere gerne besonders hart rannahmen. Sie wurden nicht nur körperlich bis zum Erschöpfen herumgehetzt, sondern sie wurden gedemütigt und ihr Wille gebrochen. Er kannte das ja schon aus dem Internat. Ihn würde man ganz besonders stark aufs Korn nehmen.

Dann hatte er aber auch keine Lust, für Deutschland zu kämpfen und erst recht nicht zu fallen, für das Deutschland, das ihn nicht als vollwertigen Bürger anerkannte.

Noch besorgter als Archibald selber war seine Mutter Paula, die nicht verstand, dass man das Kind jetzt schon zum Militär holen wollte. Leberecht wiederum wurde aktiv und versuchte alles, um zu verhindern, dass Archibald zum Militär musste. Er beriet sich mit seinem Freund Brandel, und sie kamen überein, dass es vor allem wichtig sei, dass Archibald vom Wehrdienst auf ein Jahr zurückgestellt würde. Vielleicht wäre bis dann der Krieg zu Ende. Archibald sollte einen Antrag mitbringen, in dem er um Zurückstellung bat, weil er durch die Kinderlähmung ein Jahr in der Schule zurückgefallen war, und wenn er aus der sechsten Klasse, der sogenannten Sekunda, eingezogen würde, könne er keinen Reifevermerk bekommen, das heißt, das Abitur würde ihm nicht anerkannt. Dazu kam noch ein Attest des Kinderarztes.

Mit diesen Papieren ging Archibald ziemlich beklommen zum Poggenhof am Burgfeld, wo die Musterung stattfand. In einem niedrigen Büroraum, in dem die „Delinquenten" dichtgedrängt standen, ging es zunächst an einen Schalter zum Registrieren, wobei Archibald feststellte, dass er sich an einen anderen Schalter anstellen musste, bei dem nur wenige junge Leute standen. Es war das der Schalter für die „Mischlinge zweiten Grades" und für die Jugendlichen, die eine Vorstrafe hinter sich hatten. Hier gab er sein Gesuch zur Rückstellung ab. Dann wurden die jungen Leute angewiesen, sich bis auf die Turnhose auszuziehen, ihre Kleider konnten sie an Haken an der Wand aufhängen. Wieder gab es großes Gedränge, bis Sanitätsunteroffiziere und Sanitäter das Gewicht und die Größe jedes Einzelnen feststellten und in eine Karteikarte eintrugen. Zuletzt wurde der Puls gemessen, dann musste jeder zehn Kniebeugen machen, und da hatte Archibald plötzlich die rettende Idee. Als der Sanitäter ihm den Puls gemessen hatte, erklärte Archibald, er könne keine Kniebeugen machen, weil er Kinderlähmung gehabt habe. Der Sanitäter zuckte mit den Achseln, er wusste nicht recht, was er machen sollte – auf die Idee, dass er eine andere Übung machen könnte, kam er nicht, das war im Reglement nicht vorgesehen.

Nun ging es in den großen Musterungssaal, einem früheren Ballsaal der Gastwirtschaft. An mehreren Tischen, an denen die zu Musternden vorbeigehen mussten, saßen etwa 20 Leute. Zunächst mussten die Jungen die Hose ausziehen, was Archibald außerordentlich unangenehm war. Er fühlte sich wie ein Sklave auf dem Sklavenmarkt. Aber es half nichts, er musste wie alle anderen seine Hose ausziehen.

Der Oberstabsarzt fragte den Sanitäter, der die Papiere vorlegte, warum hier keine Angaben über den Puls nach der Belastung eingetragen seien. Der Sanitäter erklärte, dass der Junge keine Kniebeugen machen könne. Der Arzt sprach mit einem zweiten Arzt, und Archibald hörte nur: „Wie dünn und zurückgeblieben der Junge ist!"

Man forderte ihn auf, das linke Bein hoch zu heben, und Archibald bat, dass er sich auf jemand stützen dürfe. Mit großer Mühe, wackelig auf einem

Bein stehend, hob er das eine Bein und dann das andere – und da hörte er das erlösende Urteil, mit dem er nicht gerechnet hatte: „wu" – wehruntauglich.

Er musste sich beherrschen und konnte nur mit Mühe ein ziemlich teilnahmsloses Gesicht zeigen. Am nächsten Tisch, wo die Wehrpässe ausgehändigt wurden, erhielt Archibald die Bescheinigung, dass er zum Wehrdienst untauglich und daher nicht zum Wehrdienst einzuziehen sei.

Im Juni während der Pfingstferien besuchte Archibald seine Tante Klara und seine Cousine Leni in Berlin. Leni hatte eine verantwortungsvolle Stellung bei einer Alt- und Buntmetallfirma in Berlin erhalten. In der Großstadt Berlin wusste niemand außer ihrem Chef, einem Freund von Leberecht, dass sie Halbjüdin war, weder die Vorgesetzten noch die Kollegen, wobei Leni allerdings bald feststellte, dass sie nicht die einzige Halbjüdin im Betrieb war. Ihr Boss, Hermann Kraft, der selber mit einer Jüdin verheiratet war, versuchte für Juden und Halbjuden zu tun, was nur möglich war. Leni bekam eine verantwortungsvolle Aufgabe in der Altmetallabteilung, und Hermann Kraft merkte bald, was für eine kluge Frau Leni war und wie sie sich für das Unternehmen einzusetzen verstand, und so wurde ihr sehr schnell große Verantwortung aufgebürdet, was sie aber nur freute. Sie bekam den Auftrag, Altmetall bei den Rüstungsfirmen, die ja auch wieder neue Buntmetalle benötigten, aufzukaufen. Sie war außerordentlich findig darin, Altmetall aufzuspüren. Dabei konnte sie in ganz Deutschland herumreisen und bekam viel mit, wie es wirklich in Deutschland aussah. Sie registrierte die ersten großen Fliegerangriffe im Westen Deutschlands, sie merkte, wie unzufrieden die Menschen wurden, wie die mangelnde Ernährung die Leute langsam missmutiger machte. Sie erlebte aber auch, wie wenig die Wirtschaft klappte, wie viel Desorganisation es in den Rüstungsbetrieben gab, wie sehr geschlampt und in welch riesigem Umfang geschoben wurde trotz der scharfen Gesetze und harten Urteile gegen Schieber und Saboteure.

Sorgen machte sich Leni allerdings um ihre Mutter. Sie überlegte, ob es nicht doch besser wäre, sie nach Berlin zu holen und sie irgendwo illegal bei Freunden zu verstecken. Aber Gertrud wollte nicht, sie hoffte, dass sie als Witwe eines Ariers keinen Judenstern tragen müsste und sie fürchtete, dass eine Flucht in den Untergrund für Leni große Probleme mit sich bringen würde.

Lenis Verlobung war in der Zwischenzeit gelöst worden. Der Briefwechsel zwischen Leni und Eduard von Schlaffenstein war schon vor diesem Schritt immer spärlicher geworden. Anfänglich hatten sie sich jeden Tag geschrieben, dann nur noch einmal die Woche, und als Eduard zum Militär eingezogen wurde, kam nur noch alle 14 Tage ein Brief, und die Briefe wurden immer kürzer. Bei Lenis vielen Reisen wäre es zwar möglich gewesen, sich zu treffen, aber Eduard fürchtete, dass es der Gestapo gemeldet werden könnte, und er wollte Leni nicht gefährden. Vor allem wünschte auch seine Mutter, die alte Baronin, dass Eduard endlich Schluss machen sollte. Sie arrangierte auch, dass er bei einer Einladung eine junge, attraktive Frau kennenlernte.

Als Eduard die Verlobung löste, weinte Leni erst bitterlich. Sie meinte, so wie der Krieg verlief, hätte er doch zwei oder längstens drei Jahre warten können, dann wäre der Krieg vorbei und für die Deutschen verloren. Dann hätten sie doch heiraten können!

Während der Eisenbahnfahrt nach Berlin – der Zug war ziemlich überfüllt – musste Archibald mehrfach seinen Nichtheranziehungsschein vorzeigen. Es kontrollierten Männer in Zivil – wahrscheinlich waren es Gestapo-Beamte oder Feldgendarmen, das war nicht auszumachen. Der Zug hatte einige Verspätung, aber Fliegeralarm gab es während der Fahrt keinen. Auch Berlin war zu dieser Zeit noch fast unzerstört.

Der Eindruck, den Archibald von der Stadt hatte, war ein ganz anderer als noch vor einem Jahr. Die Stadt war zwar noch nicht zerstört, aber sie wirkte trist. Die Schaufenster waren lieblos hergerichtet, in den Auslagen waren lauter Dinge, die niemand brauchen konnte. Es waren keine eleganten Damen mehr zu sehen, die durch die Straßen bummelten. Zersplitterte Fensterscheiben waren durch Bretterverschläge ersetzt. Missmutig dreinschauende Kriegsgefangene besserten die Straßen aus. Aber auf den Plakaten an den Litfaßsäulen stand immer noch ein ungeheuer vielfältiges Programm, das in den Theatern geboten wurde.

Berlin hatte noch drei Opernhäuser, mehrere Operettenhäuser und 40 oder mehr Schauspielbühnen, darunter das berühmte Staatsschauspiel am Gendarmenmarkt und die Kammerspiele, von deren großartigen Aufführungen unter Max Reinhardt Leberecht immer geschwärmt hatte. Archibald überlegte sich, was er sich alles anschauen wollte. Die Frage war, ob er überhaupt Karten bekommen konnte, von Leni hatte er gehört, wie schwierig das war. Leni stand morgens um fünf Uhr am Schauspielhaus am Gendarmenmarkt an, aber nur für eine Aufführung der „Heiligen Johanna“ von Shaw in einer Inszenierung des Lübecker Regisseurs Jürgen Fleming mit Käthe Gold in der Titelrolle konnte sie Karten erhalten.

In den Theatern spielten die großen Schauspieler, deren Namen man vom Film und von Berichten in den Illustrierten her kannte. Das Angebot schien Archibald so reichhaltig wie vor dem Krieg. Hitler und vor allem Goebbels legten Wert darauf, dass die Bevölkerung abgelenkt wurde, und im Gegensatz zu manchen Industriebossen oder, wie es damals hieß, Wirtschaftsführern, die plötzlich als einfache Soldaten zum Militär einberufen wurden, gab es zahlreiche vom Militär freigestellte Künstler. Schon ein in der Theaterkantine erzählter politischer Witz konnte aber sehr schnell dazu führen, eingezogen zu werden, und dann ging es dem armen Menschen beim Militär besonders schlecht. Er konnte aber noch froh sein, wenn er zum Militär kam, denn immer öfter gab es auch Anklagen vor dem Volksgerichtshof, und es gab genügend Paragraphen, nach denen der Betreffende wegen Wehrkraftzersetzung zum Tode verurteilt werden konnte.

Leni holte Archibald am Abend bei Klara im Büro ab. Sie unterhielten sich noch lange, zuerst über die Familie, dann aber vor allem über den Krieg und wie es weitergehen könnte. Die beiden jungen Frauen hatten schon sehr unangenehme Erlebnisse unter der Naziherrschaft gehabt und waren außerordentlich kritische Beobachter des Geschehens. Lenis schon früher kritischer Blick wurde durch ihren neuen Chef Hermann Kraft noch weiter geschärft. Es war ein Mann mit weltweiten Beziehungen, der vor dem Krieg in Europa und Amerika viel gereist war und der durch seine Ehe mit einer Jüdin schon sehr früh die wahre Natur der Nazis kennengelernt hatte, aber sich bisher durch die Nazizeit und den Krieg hindurchgemogelt hatte. Er war fest davon überzeugt, dass Deutschland in zwei, spätestens drei Jahren den Krieg verloren haben würde.

Auch Leni hatte auf ihren Reisen von vielen Geschäftsleuten immer wieder von Pannen in der Rüstungsindustrie, von unglaublichen Schlampereien bei den Behörden gehört, und Klara konnte dem nur beipflichten. Sie erlebte täglich im Büro, wie zum Beispiel Bauern, die Holz verkauften, über die Zustände auf dem Land klagten, vor allem über die Schiebereien, über die Ortsbauernführer, die sich als Diktatoren des ganzen Dorfes aufführten und gegenüber denen man nicht vorsichtig genug sein konnte. Sie hörte von dem Chauffeur, einem früheren Kommunisten, über Unzufriedenheit in der Arbeiterschaft.

Obwohl Klara Halbjüdin war, verkehrte sie in den höchsten Kreisen und war alle 14 Tage bei der Frau des Generalfeldmarschalls von Kesselring eingeladen, mit der sie Schach spielte und die ab und zu mal Bemerkungen fallen ließ über die Unfähigkeit von Göring, über den mysteriösen Selbstmord des Generalluftzeugmeisters Ernst Udet, den Streit der Generale untereinander. Vor allem waren beide sehr besorgt, was die Judenverfolgung anging, denn der Fanatismus von Hitler kannte keine Grenzen.

Leni berichtete von dem Gerücht, dass man jetzt daran gehe, die Juden systematisch auszurotten, dass man hinter der Front, vor allem in Weißrussland und in der Ukraine, die Juden zwang, ihre eigenen Gräber zu schaufeln und sie dann, einschließlich der Frauen und Kinder, am Rande dieser Massengräber erschoss. Das hatte sie schon mehrfach gehört. Jetzt sollten aber auch die Juden aus Westeuropa, einschließlich Deutschland, abgeholt werden. Sie vermutete, dass man sie ins Gas schicken würde. Es gab Lastwagen, deren Abgase in das Wageninnere geleitet wurden. Sie hatte furchtbare Angst um ihre Mutter, obwohl sie, wie auch ihre beiden Schwestern, sogenannten Privilegiertenstatus hatte. Wenn sie und auch Großmutter Johanna nicht ab und zu mal Pakete schicken würden, wäre sie wohl schon verhungert. Schon jetzt sei sie fürchterlich abgemagert und nur noch Haut und Knochen.

Archibald hörte diesen Berichten gebannt zu. Zu Hause konnte er zwar mit seinem Vater über vieles sprechen, vor allem über das, was er im ausländischen Sender gehört hatte, aber über diese Gräuel wurde auch im BBC nicht berichtet. Paula dagegen hatte fürchterliche Angst, wenn man zu offen über die Missstände und die Verbrechen sprach, dass jemand mithören könnte.

Beim Spaziergang zusammen mit Leni durch Potsdam und bei der Besichtigung des Schlosses Sanssouci lernte er Friedrich den Großen aus einer ganz anderen Perspektive kennen, als er ihn bisher betrachtet hatte. Aber trotzdem blieb er dabei, dass der Philosoph von Sanssouci ein Menschenverächter war. Gegenüber Hitler war er zwar ein gebildeter, geistvoller Mann, der aber seine Soldaten genauso zu seinem größeren Ruhm und zu seiner Machterhaltung in den Tod geschickt hatte.

Abends lud Archibald auf Geheiß von Leberecht seine Tante Klara in das todschicke und vornehme Restaurant Kempinski ein. Die Kellner hatten noch gut sitzende Fräcke an, Klara wurde mit „Gnädige Frau" angeredet und Archibald mit „der Herr". Er, der zu Hause von den meisten noch geduzt wurde, fühlte sich recht unwohl. Für das Essen mussten statt der üblichen 100 Gramm Fleischmarken 150 Gramm abgegeben werden, und die Rechnung war für Archibalds Verhältnisse unvorstellbar hoch. Es gab auch Musik, die im Hintergrund einige Schnulzen spielte, mit mehr Geigen als Saxophon, die Archibald nicht besonders zusagte, und er war froh, als sie wieder den dunklen Kurfürstendamm entlang zurück in die Tauentzienstraße gehen konnten.

Wie in den Nächten zuvor gab es Fliegeralarm, aber sie gingen nicht in den Keller. Sie hörten die Flak schießen, doch zum Glück gab es keinen Angriff auf Berlin.

***

Ende Juli, zu Beginn der Sommerferien, fuhr Archibald zusammen mit seinem Freund Otto Larsen zur Großmutter nach Gernsbach. Das Schuljahr war zu Ende gegangen, und sie hatten die Versetzung in die sechste Klasse ohne große Schwierigkeiten erreicht. Die Klasse wurde mit der alten Bezeichnung Obersekunda benannt, die Untersekunda war weggefallen. Das war jetzt doch etwas anderes, Obersekundaner zu sein als Obertertianer. In der Oberstufe wurden die Schüler mit „Sie" angeredet, sie erhielten andere Lehrer.

Das Reisen mit der Bahn ging noch ziemlich problemlos. Die Reichsbahn fuhr zwar nicht immer pünktlich, und es gab in den Abteilen immer wieder Passagiere, die voller Sorge waren, ob sie den Anschlusszug noch erreichen würden. Aber von einer Zerstörung der Städte merkte man noch kaum etwas. Nur hin und wieder fehlte in den Bahnhöfen die Glasbedachung, die durch Detonationen zerbrochen war.

Großmutter Johanna hatte sich schon überlegt, was sie den jungen Herren bieten könnte. Die Möglichkeiten waren im Krieg nicht allzu groß, aber sie konnte immer noch etwas herbeizaubern, und sie hatte keine Hemmungen dabei, auf dem Schwarzmarkt etwas zu besorgen, damit die jungen Leute satt würden. Weder Archibald noch Otto dachten daran, welche Gelder sie dafür aufgewendet hatte. Das große Haus war in der Zwischenzeit voll mit Bombenflüchtlingen. Die Fremdenzimmer waren alle belegt, so dass die beiden jungen Männer im Esszimmer unter den Ahnenbildern schlafen mussten. Morgens hieß es pünktlich aufzustehen, damit der Frühstückstisch gedeckt werden konnte.

Otto und Archibald wanderten durch den Schwarzwald. Abends spielten sie mit Johanna Skat. Oft wurde um ein Zehntel Pfennig gespielt, und wenn Johanna gewann – was sehr oft der Fall war –, schummelte sie etwas, damit die Jungen nicht so viel bezahlen mussten.

So wie Johanna früher Nachbarjungens, vor allem Kinder von Angestellten von Weiler & Busch, zum Spielen mit Archibald kommandiert hatte, so sorgte sie jetzt dafür, dass junge Damen zum Tee eingeladen wurden. Die hatten wohl nicht „Nein" sagen können, ihre Eltern hatten sie dazu verdonnert. Aber obwohl Johanna sehr bald verschwand, saßen die jungen Leute sehr steif im Gartenhaus und redeten sich mit „Sie" an. Sie sprachen über Schule und Lehrer, über die Tanzstunde, dann beschlossen sie, sich zu duzen. Das Gespräch wurde erst viel lockerer, als Archibalds Cousine Marianne dazu kam und Otto sich gleich in sie verliebte.

Nach 14 Tagen fuhr Otto nach Neustadt in der Pfalz zu Verwandten, die dort eine Papierfabrik besaßen und wo es auch sehr nette Cousinen geben sollte, und Archibald fuhr nach München zu den Großeltern. Oma Felicitas war aber auf Kur in Ruhpolding, und der Großvater wusste nicht so recht, was er mit seinem Enkel anfangen sollte, und so schickte er Archibald zusammen mit seinem Sohn Fritz ebenfalls nach Ruhpolding.

Oma Felicitas war in einer sehr bescheidenen Pension untergebracht. Sie hatte sich mit zwei jungen Damen, einer 35-jährigen Büroangestellten Fräulein Maier und deren 18-jähriger Nichte Irmchen Winzer, die aus einem Lebensmittelgeschäft in Köln stammte, angefreundet und unterhielt sie mit ihren Erzählungen aus Wien und aus Amerika glänzend. Fritz und Archibald kannten diese Erzählungen schon alle recht gut.

Als sie am Abend ankamen, goss es in Strömen, und auch am nächsten Tag ließ der Regen nicht nach. Archibald und Fritz konnten nur Kreuzworträtsel lösen, denn gegen den Wortschwall von Felicitas kamen sie nicht an.

Fritz meinte abends zu Archibald, dass er das nicht länger aushalten könne, so habe er sich seinen Urlaub nicht vorgestellt. Er schlage vor, am nächsten Tag nach Salzburg zu fahren. Felicitas wollte zu Hause bleiben, aber die beiden Damen beschlossen mitzufahren, auch sie hatten Salzburg noch nicht gesehen.

Am nächsten Morgen zogen sie los. Archibald hatte sich am Abend angeregt mit dem jungen Mädchen unterhalten. Sie hatte Fritz nicht weiter beachtet, denn sie hatte gehört, dass Fritz Medizin studiere, und sie war der Meinung, dass Studenten Drückeberger seien, die jetzt an die Front sollten. Fritz, der das irgendwie spürte, hatte die Miniaturorden an sein Revers gesteckt. Fräulein Winzer fragte nach der Bedeutung dieser Orden, und als Fritz ihr das Verwundeten- und das Infanteriesturmabzeichen erklärte und sie dazu das EK I und EK II sah, war Fritz für sie ein Held, und da er auch seinen ganzen Charme spielen ließ, war von dem Augenblick an Archibald nur noch Luft für sie.

Als sie durch Salzburg zogen, marschierte Fritz mit Fräulein Winzer voran, die sich immer wieder bei ihm einhakte, während Archibald mit Fräulein Maier, die zwar ganz nett war, aber doch nicht das, was er sich vorgestellt hatte, hinterhertrottete.

Salzburg, die Residenzstadt der Fürstbischöfe mit dem Flair des italienischen Barock, kannten alle vier Reisenden noch nicht. Aber während die Damen sich einen gemütlichen Bummel durch die Stadt vorgestellt hatten, vielleicht mit einer Einkehr in einem kleinen Café, waren sowohl Fritz als auch Archibald – was Kultur anging – Perfektionisten. Sie wollten alles gesehen haben. Beide hatten schon viel über Salzburg gelesen, und so wurde nach dem Baedeker systematisch alles nur Erdenkliche besichtigt: Die Residenz, der Dom, die Franziskanerkirche, die Peterskirche, die Grotten und die Festung und natürlich Mozarts Geburtshaus. Die Damen mussten, obgleich es auch noch anfing zu regnen, überall mit, denn die jungen Männer wollten wirklich alles sehen.

Für die Rückfahrt hatte Fritz hatte einen Zug herausgesucht, der bis Rosenheim durchfuhr, wo sie auf den nächsten Zug, einen Bummelzug, warten wollten, der aber erst eineinhalb Stunden später abfuhr. Und als sie dann in Traunstein ankamen, war der Anschlusszug nach Ruhpolding schon abgefahren. So blieb ihnen nichts anderes übrig, als den Weg von 16 Kilometern bis nach Ruhpolding in dunkler Nacht und bei dem heftiger werdenden Regen zu Fuß zurückzulegen. Fräulein Winzer hatte keinen Regenmantel, und so zog Fritz seine Jacke aus, breitete sie über ihre beiden Köpfe und die beiden gingen, eng aneinander geschmiegt, voran, während Archibald und Fräulein Maier hinterdrein stolperten und in zahlreiche Pfützen tappten. Erst gegen zwei Uhr in der Nacht erreichten sie die Pension in Ruhpolding, wo Oma Felicitas schon voller Besorgnis auf sie gewartet hatte.

Leberecht hatte die Sommerferien dazu benutzt, um sein Comeback als Vorstandsvorsitzender vorzubereiten. Auf der nächsten Hauptversammlung sollte der Aufsichtsrat ausgewechselt werden. Er hatte sich während der Ferien mehrfach sowohl in Heilbronn als auch in Gernsbach mit dem neuen Großaktionär Adolf Haber getroffen.

Dr. Seidel war der Meinung, dass dieser – wie er den Eindruck hatte – biedere und primitive Schwabe nicht in den Aufsichtsrat einer Weltfirma wie Weiler & Busch gehöre. Zwar gab es jetzt im Krieg kaum noch Geheimnisse, die ein anderer hätte entdecken können, aber er hatte unter Hinweis auf seine knappe Zeit die Gespräche mit Haber schnell beendet.

Leberecht war in der Verhandlung mit Haber wesentlich geschickter. Er konnte, wenn er etwas wollte, sehr auf seinen Gesprächspartner eingehen. Haber hatte eine grundsätzliche Abneigung gegen alle Banken und alle Rechtsanwälte. Die Wortverdreher, die nichts von der Wirtschaft verstünden, gehörten nicht in einen Aufsichtsrat, das war auch die Meinung von Leberecht. Zudem fanden sie sich beide in der Abneigung gegenüber den Nazis und in ihrer Skepsis über den weiteren Verlauf des Krieges, und so kam es zu einer Einigung: Leberecht wollte dafür stimmen, dass Haber in den Aufsichtsrat gewählt würde – ein Anwalt, der sowieso schon bei den meisten Aufsichtsratssitzungen gefehlt hatte, sollte dafür seinen Platz räumen –, und Haber würde in der ersten Aufsichtsratssitzung, die gleich nach der Generalversammlung stattfand, vorschlagen, dass Leberecht Weiler zum Vorsitzenden des Vorstands gewählt würde. Eigentlich wollte Leberecht sämtliche Bankvertreter und Anwälte – mit Ausnahme seines Freundes Dr. Brandel und seines Schwagers Festerling – vor allem Dr. Seidel und Mießmann aus dem Aufsichtsrat entfernen und sie durch einen Bankier und Leberechts Freund Dr. Kraft ersetzen. Aber Dr. Seidel und Mießmann sowie die anderen Aufsichtsratsmitglieder lenkten ein. Paul Fabricius bekniete Leberecht, dass er seinen Freund Dr. Seidel unbedingt behalten solle, und es erschien auch nicht opportun, den ebenfalls jüdisch versippten Dr. Kraft in den Aufsichtsrat zu wählen.

Plötzlich wurden die von der Abwahl gefährdeten Aufsichtsratsmitglieder zahm. Davon, dass Leberecht als politisch Unzuverlässiger zu verschwinden habe, wurde nicht mehr gesprochen.

In der Zwischenzeit war in Gernsbach der Leiter der süddeutschen Betriebe, Prokurist Wittmann, gestorben. Johanna drängte darauf, dass Leberecht nach Gernsbach ziehe. Es sei endlich Zeit, dass der Herr wieder ins Haus komme. Wittmann sei nur ein Prokurist unter fünfen gewesen, Leberecht könne sich ja gar keine Vorstellung machen, wie diese Prokuristen sich bekämpft und befehdet hätten, wie sie danach getrachtet hätten, sich gegenseitig zur Seite zu schieben.

Paula bekam es mit der Angst, denn um alles in der Welt wollte sie nicht nach Gernsbach ziehen. Dann schon lieber nach Berlin. Aber am liebsten wollte sie in Lübeck bleiben, wo die Kinder in die Schule gingen und wo man wusste, woran man war. In Gernsbach wollte sie nicht unter der Fuchtel der Schwiegermutter leben, und mit den Schwägerinnen, die überall hineinredeten, konnte sie nicht auskommen. Und letztlich wollte auch Leberecht nicht nach Gernsbach ziehen. Aber wer sollte nun in Gernsbach die Leitung der südwestdeutschen Werke übernehmen, wenn nicht Leberecht selber? Welchen der Prokuristen sollte man über die anderen setzen? Johanna hatte sich strikt dagegen ausgesprochen, dass einer der Prokuristen die Leitung übernehmen sollte, das könne nicht gut gehen.

Leberecht wiederum wollte niemand von außen einstellen. Jetzt im Krieg würde man keinen wirklich qualifizierten Mann finden, und wenn, dann würde es bestimmt wieder ein Nazi sein, man wusste ja nicht, welche Laus man sich in den Pelz setzte.

Da sagte Archibald, der gar nicht dazu gefragt worden war: „Warum willst du nicht Kowalski nehmen?" Leberecht wunderte sich, dass er nicht selber auf diesen Gedanken gekommen war. Kowalski hatte sich als treu ergebener Mitarbeiter auch in den schweren Zeiten erwiesen, und er verstand etwas von der Materie. Archibald setzte hinzu: „Dann mach' ihn aber auch zum Vorstand!"

Das fand Leberecht sehr gut, und beim weiteren Überlegen kam ihm die Idee, den zweiten Direktor in Berlin, Schultz, auch zum Vorstand zu machen, dann hätte er auf jeden Fall eine glatte Majorität, auch wenn er nicht von seinem Recht, die anderen Mitglieder zu überstimmen, Gebrauch machte.

Auf der Hauptversammlung, die im Spätsommer in Lübeck abgehalten wurde, waren die Regularien einschließlich der Wahl des Aufsichtsrates in der Rekordzeit von vier Minuten abgewickelt. Adolf Haber wurde anstelle des Karlsruher Anwalts in den Aufsichtsrat gewählt, alle anderen behielten ihre Position und waren darüber froh. In der konstituierenden Sitzung des Aufsichtsrats, die danach stattfand, machte Adolf Haber den Vorschlag, Leberecht zum Vorstandsvorsitzenden und Kowalski und Schultz zu Vorstandsmitgliedern zu ernennen.

Alle waren überrascht. Dr. Seidel meinte, ob nicht fünf Vorstandsmitglieder für die Firma viel zu viel seien, aber Leberecht wies darauf hin, dass nicht nur Lübeck und Olbersdorf im Vorstand vertreten sein sollten, sondern auch die wichtigen süddeutschen Werke und das Büro in Berlin. Berlin war vor zwei Jahren zum Sitz der Firma bestimmt worden – damals zwar gegen den Willen von Leberecht –, einer Mode folgend, bei der fast alle großen Firmen ihren Sitz nach Berlin verlegten.

Nach einer Viertelstunde war die Aufsichtsratssitzung beendet und Leberecht hatte seinen Willen durchgesetzt. Er war jetzt wieder der absolute Herrscher in dem Unternehmen, und auch Dembowski und Bartels machten gute Miene zum bösen Spiel.

Das Jahr 1942 stand bei Weiler & Busch im Zeichen großer Erfolge. Noch nie war so viel Holz durch das Werk in Schlutup geflossen wie in diesem Jahr, selbst nicht in den guten Jahren vor der Wirtschaftskrise. Zu den bestehenden Werken wurden in Brandenburg weitere Sägewerke hinzugepachtet, Hunderte von Schwellenhauern waren im Einsatz, um aus Kiefern- und Buchenstämmen mit der Axt noch zusätzliche Schwellen zu fertigen.

Leberecht hätte gerne schon im vorigen Jahr das 225-jährige Bestehen der Firma gefeiert, aber die Kriegszeiten ließen das nicht zu. Ob er das Jubiläum einmal nachholen könnte? Schon sein Vater hatte im Ersten Weltkrieg auf das 200-jährige Jubiläum, das man 1916 hätte feiern können, wegen des Kriegs verzichten müssen, und es war nie nachgeholt worden.

Jetzt hatte er sich nach harten Kämpfen endlich durchgesetzt, aber was würde die Zukunft bringen? Er sah nur eingeschränkte Möglichkeiten für die Firma, solange der Krieg noch dauerte. Ihm fehlte das internationale Geschäft. Die Firma verdiente jetzt zwar ausgesprochen gut, es waren ja alle Kosten durch das vorgeschriebene Kalkulationsmuster gesichert, und auch persönlich bekam er hohe Tantiemen, aber große Dividenden konnten nicht ausgezahlt werden, denn für alles, was über drei Prozent hinausging, gab es eine Gewinnabschöpfung. In die Firma zu investieren war auch wegen des Materialmangels nicht mehr ohne Weiteres möglich. Wie lange der Krieg noch dauerte und was nach dem Krieg geschehen sollte, wusste niemand. Es war nur klar, dass große Opfer gebracht werden mussten. Aber man dachte nicht weiter nach und lebte in den Tag hinein.

In Gernsbach gab es große Aufregung, als Kowalski kam. Alle Ressentiments, die die Süddeutschen und auch die Badener gegen die Preußen hatten, kamen wieder hoch. Vor allem kochte Wilkowski, der sich einmal mehr übergangen fühlte, und er versuchte, die Kollegen aufzuhetzen. Er monierte, dass Kowalski kein Parteimitglied war. Aber Adam, der Oberbuchhalter, stand loyal zur Familie, und für die anderen Prokuristen war Kowalski genau so Preuße wie Dembowski, und sie fügten sich.

Im Keller des Hauses in der Krügerstraße fanden Britta und Archibald beim Aufräumen in einer Kiste alte Schreibhefte ihres Vaters mit Schulaufsätzen, bei denen sie voller Freude entdeckten, dass auch der Vater in der Schule Fünfen geschrieben hatte, wie bei Archibald nicht wegen des Inhalts – der war meist mit „gut“ bis „sehr gut“ beurteilt worden –, sondern wegen zahlreicher Rechtschreibfehler. Und dann fanden sie etliche Kladden mit Dramen, die Leberecht als Schüler geschrieben hatte. Es waren Dramen aus der Römerzeit, eines über Vercingetorix, eines über Arminius und eines über die Karthagerin Sophonisbe, in Hexametern geschrieben. Das hatten sie nicht erwartet, dass ihr Vater das konnte!

Britta, die damit liebäugelte, Schauspielerin zu werden, las das Stück und lernte einen Monolog der Sophonisbe auswendig. Beim Geburtstag ihres Vaters Ende Oktober trug sie diesen Monolog zur großen Überraschung von Leberecht vor den geladenen Gästen vor. Alle klatschten begeistert Beifall, sowohl für Brittas Vortragskunst, der man eine große Begabung attestierte, als auch für Leberecht, der diese Verse geschrieben hatte. Paula war gerührt und vergoss vor Freude Tränen.

Der anwesende Theaterintendant lobte Leberecht und Britta in den höchsten Tönen und meinte, Leberecht sollte ihm das Stück einmal zu lesen geben. Leberecht war verlegen und meinte, es sei die Arbeit eines Schülers gewesen. Aber als dann auch andere Gäste das Stück gerne lesen würden, wollte Leberecht das Stück erst selber noch mal durchlesen und bearbeiten.

Gesagt, getan. Das Geschäft ließ ihm genügend Zeit dafür, und so setzte sich Leberecht daran und schrieb das Stück neu. Wenige Wochen später las Britta das ganze Stück wieder vor geladenen Gästen vor –, und alle waren begeistert oder heuchelten Begeisterung. Leberecht war überaus glücklich, dass der Traum seiner Jugend sich doch noch verwirklichen könnte: Schriftsteller zu werden!

In den Herbstferien fuhr Archibald zum Großvater nach München. Bei seinem letzten Aufenthalt von nur wenigen Tagen hatte ihm München sehr gut gefallen. Er wollte jetzt die Stadt näher kennenlernen und endlich einmal sämtliche Abteilungen des Deutschen Museums anschauen.

Fritz holte Archibald am Bahnhof in München ab. Als sie in die Gaußstraße kamen, sahen sie, dass in dem Nachbarhaus, wo der SS-General wohnte, immer noch KZ-Häftlinge den Garten bearbeiteten und neue Blumen setzten.

Das Nationaltheater hatte noch nicht wieder angefangen, er konnte mit dem Großvater zusammen nur das Marionettentheater ansehen. Jeden Tag besuchte Archibald das Deutsche Museum, abends unterhielt er sich mit Fritz und den Großeltern, er spielte mit dem Großvater Schach oder mit Fritz als drittem Mann Skat.

Am Samstag sang Paul Fabricius als Gast in einer Nachmittagsvorstellung in Nürnberg den Meister Staudinger in Lortzings „Waffenschmied". Früher hätte er solche Gastspiele kaum angenommen, aber jetzt war er froh, dass man sich noch an ihn erinnerte. In der Münchner Staatsoper hatte er nur noch wenige Auftritte, und die großen Rollen, die er einstmals erhalten hatte, sangen andere. Fritz und Archibald fuhren schon zwei Stunden früher nach Nürnberg, sie wollten sich die Stadt ansehen, bevor sie Paul Fabricius in der Oper hörten. Die mittelalterliche Stadt begeisterte beide, und wie schon in Salzburg gaben sie keine Ruhe, bis sie nicht nach dem Baedeker die Burg und alle Sehenswürdigkeiten der Stadt besichtigt hatten. Sie ahnten nicht, dass sie die Stadt zum letzten Mal unversehrt sehen konnten.

Am Sonntag wunderte man sich, dass Tante Betty nicht erschien, sie war immer alle 14 Tage gekommen, und jetzt war wieder der Sonntag, an dem sie hätte kommen sollen. Felicitas meinte: „Hoffentlich ist sie nicht krank geworden!" Sie hätte gerne telefoniert, aber das ging nicht, denn das Haus, in dem die Juden untergebracht waren, besaß keinen Telefonanschluss.

Erst 14 Tage später erfuhren Paul und Felicitas, dass Tante Betty abgeholt worden war. Das jüdische Altersheim war aufgelöst worden, und alle Insassen waren in Viehwaggons verladen worden, die nach dem Osten abgegangen waren. Wohin Tante Betty gekommen war, konnte niemand sagen. Man hörte nie wieder etwas von ihr. Das Wort Auschwitz kannte damals noch niemand.

Otto Larsen tauchte während der Herbstferien überraschend in Gernsbach auf, weil er Marianne und auch noch die Cousinen in der Pfalz treffen wollte. Er fand das Haus in großer Aufregung vor, denn auch Gertrud Weiler sollte nach dem Osten deportiert werden. Gertrud hatte Johanna noch angerufen, und Johanna hatte Leni nach Berlin telegraphiert.

Gertrud hatte schon lange befürchtet, dass eines Tages die SS, die Gestapo oder die gewöhnliche Polizei in aller Frühe vor der Türe stand und sie abholen wollte. In den letzen Jahren hatte es immer wieder Gerüchte gegeben, die sich dann doch nicht bewahrheiteten. Aber sie hatte als einer der wenigen Menschen in Deutschland schon Anfang der dreißiger Jahre Hitlers „Mein Kampf“ gelesen, und sie war sich darüber klar, dass Hitler die Juden schlicht ausrotten wollte.

Im Sommer hatte sie immer wieder von Bekannten gehört, dass auch in anderen Teilen Deutschlands Juden abgeholt wurden. Zwar hieß es, dass die in Mischehe lebenden Ehegatten bei ihren arischen Partnern bleiben dürften, aber ihr Mann war ja tot. So war sie nicht überrascht, als die Gestapo vor der Türe stand. Sie hatte sich schon lange Zeit überlegt, was sie mitnehmen wollte. Vor allem Verpflegung für mehrere Tage, mehrfache Unterwäsche und, auch wenn es heiß sein sollte, wenn sie abgeholt würde, warme Kleidung. Wertgegenstände würden ihr sicher abgenommen werden. Sie hatte schon vor einiger Zeit ihren noch vorhandenen Schmuck bei ihrer Schwiegermutter deponiert. Möbel und Bücher sollte ihre Nichte an sich nehmen und später Leni geben. Was sie aber mitnahm als Trost war das Neue Testament, für eine sogenannte Jüdin eine außergewöhnliche Lektüre.

Zur gleichen Zeit wurden auch zwei ihrer Schwestern abgeholt. Während die beiden fürchterlich jammerten, blieb sie ganz ruhig. Der Gestapo-Beamte, der sie abholte, war relativ höflich, es gab kein Stoßen und keine Prügel, wie sie es schon gehört hatte.

Zunächst ging es mit einem Pkw zur Polizei, wo auch schon einige andere Juden eingetroffen waren, die sich noch in Baden-Baden aufhielten, es waren fast alles getaufte Juden oder jüdische Witwen von Ariern, die man bisher verschont hatte, alles Angehörige der Oberschicht. Mit einem Lkw ging es weiter nach Karlsruhe, und dort wurden sie auf einem Nebengleis außerhalb des Bahnhofes in einen Personenwagen gesetzt. Es war zwar nur ein Waggon für „Reisende mit Traglasten“, der früheren 4. Klasse der Reichsbahn, aber im merhin kein Viehwaggon, und was vor allem wichtig war, es gab einen Lokus in dem Waggon. Auch herrschte nicht die fürchterliche Enge, wie man es von den sonstigen Judentransporten gehört hatte. Die Fenster waren vergittert und grob mit Brettern zugenagelt.

Es dauerte ziemlich lange, bis der Zug sich in Bewegung setzte, denn nach und nach kamen auch Gruppen aus anderen Städten in Baden, darunter auch einige aus Mannheim, und Gertrud konnte zu ihrer Überraschung weitere Verwandte und Freunde aus ihrer Heimatstadt begrüßen.

Der Zug hielt auch in der Nähe weiterer Bahnhöfe, immer außerhalb der Stadt. Sie bekamen etwas zu essen, eine dünne Suppe und Brot mit Margarine, es war sehr dürftig und schmeckte alles andere als gut, aber sie hatte das Gefühl, dass man sie nicht verhungern ließ.

Alle waren nervös und aufgeregt und rätselten, wohin es ging und was das zu bedeuten hatte. Sie stellten fest, dass sie alle aus vornehmen, reichen jüdischen Familien stammten, die meisten waren keine Glaubensjuden. Kaum einer von den Abgeholten hatte den Judenstern. Gertrud schloss daraus, dass man sie wahrscheinlich irgendwo als Geiseln oder Tauschobjekte für irgendetwas internieren würde.

Da der Zug an den Bahnhöfen vorbeifuhr und sie nicht aus dem Fenster sehen konnten, war nur zu ahnen, wohin die Reise ging. Da sich aber viele der Insassen in Deutschland gut auskannten, konnten sie auch durch die Ritzen in den Brettern noch erkennen, dass sie durch Nürnberg fuhren, und so vermuteten sie, dass es in die ehemalige Tschechoslowakei ging.

Schließlich war Endstation. Sie waren in der alten österreichischen Garnisonsstadt im Norden Böhmens, in Theresienstadt, angekommen. Der Zug hielt auf einem Bahnhof, alle mussten aussteigen und mit ihrem Köfferchen zu Fuß in die mit Stacheldraht umzäunte Stadt wandern, was für einige alte gebrechliche Leute nicht leicht war.

Sie wurden auf mehrstöckige Backsteingebäude verteilt, Männer und Frauen getrennt, und Gertrud kam mit 15 Frauen in einen Raum, in dem schon 15 andere Frauen hausten. Aber sie hatte das Glück, dass ihre beiden Schwestern und eine Cousine in das gleiche Zimmer kamen. In dem Zimmer standen eng aneinander gedrängt doppelstöckige Betten mit Strohsäcken und einer dünnen, rauen Wolldecke darin, sonst nichts. Der Empfang war alles andere als freundlich. Die Bewohnerinnen waren entsetzt, dass sie noch enger zusammenrücken mussten. Als Begrüßung hörten sie: „Jetzt kommen die Nazis!" Gertrud sagte darauf zu der Frau, die in dem Bett unter ihrem lag: „Wenn Sie es genau wissen wollen – ich war das Verhältnis von Hitler!"

Die schon anwesenden Glaubensjuden sahen in den getauften Juden Abtrünnige und Verräter, aber mit der Zeit freundeten sie sich doch miteinander an, und Gertrud machte sich als „Shabbes-Goi", das heißt als Dienerin, die die den Juden verbotenen Arbeiten am Sabbat verrichtete, nützlich.

Alles in allem hatte sie noch Glück gehabt. Theresienstadt, das man als Ghetto bezeichnete, war das Vorzeigelager, das die SS immer wieder Schweizer oder schwedischen Delegationen vom Roten Kreuz vorführte. Die Ernährung war kärglich, die Insassen waren überwiegend ältere Leute, die im Laufe der Zeit deutlich abmagerten, aber im Vergleich zu den Vernichtungslagern war die Verpflegung noch ordentlich. Sie hatten eine eigene Selbstverwaltung und ein kulturelles Leben mit Theater- und Konzertaufführungen, Bibliothek und Fortbildungskursen.

Im Gegensatz zu den in die Vernichtungslager Verschleppten war auch immer noch der Kontakt zu den Angehörigen möglich. Leni bekam schon gleich, als sie sich nach ihrer Mutter erkundigte, die Nachricht, dass sie ins Ghetto Theresienstadt verbracht worden sei, dass sie zweimal im Monat ein Paket erhalten könne, aber nur jeweils eins von einem Absender. Leni, praktisch veranlagt, organisierte unter den Verwandten und Freunden einen Paketdienst, der es ermöglichte, dass an ihre Mutter und ihre Verwandten laufend Pakete geschickt wurden, und die Pakete kamen auch wirklich alle an, wenn man von den allerletzten Tagen des Krieges absieht.

Allerdings beobachtete Gertrud, dass Neuankömmlinge oder alte Insassen aus Theresienstadt wieder abtransportiert wurden, dann aber – wie man hörte – in Viehwaggons. Man vermutete, dass sie in das Lager Auschwitz kamen, von dem man munkelte, dass die alten und kranken Leute dort ins Gas geschickt wurden. Aber Genaues wusste niemand, man müsste sich nur hüten, krank zu werden. Aber die sogenannten vornehmen Juden waren von diesen Selektionen verschont geblieben.

Die Nachrichten, die von den Fronten kamen, wurden für Deutschland immer schlechter. Schon im Frühherbst stockte der Vormarsch. Täglich wurde vom Häuserkampf in Stalingrad berichtet, wo die deutschen Truppen nicht vorankamen. Begierig hörte Archibald die englischen Nachrichten, und beim Blick auf die Karte konnte man erkennen, wie sehr die Gefahr wuchs, dass die 6. Armee in Stalingrad eingeschlossen würde.

van Stolk unterhielt sich mit Leberecht und sagte: „Wenn jetzt nicht bald die Front verkürzt wird, dann wird Deutschland mehrere hunderttausend Soldaten verlieren!“ Leberecht antwortete nur: „Das wird Hitler egal sein. Gerade weil die Stadt Stalingrad heißt, wird er sich nicht zurückziehen, sondern die Stadt auf jeden Fall halten wollen bis zum 30. Januar 1943, dem zehnjährigen Jubiläum der Machtergreifung!“

Archibald traf sich nun wieder häufig mit seinem Freund Leo van Stolk. Die beiden Freunde sprachen vor allem über den Krieg, über die Politik und über die Nazis, Themen, über die er mit anderen Freunden nicht offen sprechen konnte. Leo war fest davon überzeugt, dass der Krieg bald verloren sei und er hoffte, dass Schleswig-Holstein einschließlich Lübeck dann zu Dänemark käme, das für ihn das ideale Land war, wo man denken und machen konnte, was man wollte und wo man vor allem Jazzmusik hören durfte.

In den Monaten zuvor war Archibald mit Leo nur selten zusammengekommen, denn ihre Interessen waren auseinandergegangen. Leo interessierte sich fast nur noch für Jazzmusik, wohl auch als Zeichen des Protestes gegen das Regime und vor allem gegen die Hitlerjugend. Er wollte eben anders sein, und er stand dabei ganz unter dem Einfluss seines großen Bruders Gerhard. Zusammen mit Klassenkameraden hatte er eine Jazzkapelle gegründet, bei der Gerhard den Ton angab. Nun brauchte er Leo unbedingt für sein Bar-Trio, das gerne engagiert wurde, vor allem bei privaten Veranstaltungen. Sie waren immer für die ganze Woche ausgebucht.

Bei den Nazis war Jazzmusik verpönt und wurde als „Niggermusik" abgetan, allerdings war sie nicht verboten. Es gab viele deutsche Unterhaltungskomponisten, deren Werke deutliche Jazzelemente enthielten, und viele Tanzkapellen hatten riesigen Erfolg, ganz besonders bei der Truppenbetreuung, wenn sie auch einmal amerikanische Jazzrhythmen spielten.

Aber die HJ verurteilte diese Musikrichtung auf das Allerschärfste und brachte dadurch die jungen Leute, die sich keine Vorschriften machen ließen, was sie schön zu finden hatten, noch stärker in Opposition. Es wurde Mode, nicht mehr mit der Skimütze der Hitlerjugend herumzulaufen, sondern die Jungen setzten sich Hüte auf und ließen die Haare lang, möglichst bis auf die Schultern wachsen, aus Protest zu dem militärisch kurzen Haarschnitt, den sich die Rekruten sofort nach der Einberufung gefallen lassen mussten.

Ende 1942 wurde Leos Bruder Gerhard zum Militär eingezogen, und Leo war froh, sich wieder mit Archibald unterhalten zu können.

Gerhard hatte sich freiwillig zur Marine-Küstenartillerie gemeldet, zu einem Truppenteil, von dem die meisten überhaupt nicht wussten, dass es ihn gab. Wer sich als Offiziers- oder Reserveoffiziersbewerber freiwillig meldete, konnte sich den Waffenteil, bei dem er dienen wollte, aussuchen. Gerhards Vater hatte sich Gedanken gemacht, wo die Lebensgefahr für seinen Sohn am geringsten war, und da er am Bau von Marine- und Luftwaffenstützpunkten beteiligt war, sah er bei der Marine-Küstenartillerie die besten Überlebenschancen. Die Küstengeschütze waren alle gegen Westen gerichtet, an der deutschen Nordseeküste oder am Atlantik. Sie waren stationär und konnten nicht wie die Flak in Russland im Erdkampf eingesetzt werden. Bei einem Landungsversuch der Alliierten könnte Gerhard zwar auch in Gefahr geraten, aber wenn die Alliierten siegten und Deutschland den Krieg verlieren würde, dann käme er wenigstens in amerikanische oder englische und nicht in russische Gefangenschaft.

Sein Plan ging auf. Gerhard wurde bei der Marineküstenartillerie Oberleutnant und hatte während des ganzen Krieges nicht einmal Feindberührung.

An Weihnachten war die Stimmung des ganzen Volkes aufs Tiefste gedrückt. Der Rundfunk brachte Übertragungen von allen Fronten, von eingeschlossenen Infanteristen in der Festung Stalingrad, von U-Booten auf hoher See, von

Truppen, die an der Lapplandfront in Finnland standen, von Truppen aus Afrika und von Fliegerhorsten an der französischen Westküste, um zu zeigen, wo überall deutsche Truppen standen. Aber die Gedanken waren bei den Hunderttausenden, die in Stalingrad eingeschlossen waren. Einige hofften noch, dass der Führer die Eingeschlossenen heraushauen würde, aber viele hatten Angst, dass ihre Lieben in Kriegsgefangenschaft kommen würden. Sie verstanden nicht, dass der Führer nicht rechtzeitig den Befehl zum Rückzug gegeben hatte. Es gab kaum eine Familie, die nicht einen Verwandten oder zumindest einen Bekannten hatte, der dort eingeschlossen war.

Vor dem 30. Januar, dem zehnten Jahrestag der Machtergreifung Hitlers, wurden die Meldungen aus Stalingrad immer dramatischer. Es wurden Parteiredner aufgeboten, die die Nibelungen beschworen, die sich gegen die asiatischen Hunnen bis zum letzten Mann verteidigt hätten, und es wurde vom Heldenmut der Todgeweihten gesprochen. Aber die Bevölkerung konnte das Geschwätz nicht mehr hören.

Wie Leberecht vorausgesagt hatte, kapitulierten drei Tage nach dem 30. Januar die Reste der 6. Armee in Stalingrad, etwa hunderttausend Mann gingen in Gefangenschaft. Leberecht meinte nur, wenn sie zwei oder drei Wochen früher kapituliert hätten, dann hätte man das Leben von hundert- oder zweihunderttausend Menschen noch retten können.

Wie es den Soldaten in der Gefangenschaft ergehen würde, das mochte sich niemand ausdenken, aber dass sie nicht besser behandelt würden als die russischen Gefangenen in Deutschland, das war allen klar. Für viele war die Ungewissheit, ob der Mann, der Sohn oder der Bruder noch lebte, wie es ihm in der Gefangenschaft erging, unerträglich.

Die Bevölkerung war durch dieses Ereignis noch erschüttert, da rief Propagandaminister Goebbels zu einer Kundgebung im Sportpalast auf, zu der nur ein handverlesenes Publikum, vor allem Parteimitglieder, eingeladen wurde und in der Goebbels das Volk aufrief, alles zu geben, alles zu opfern, damit der Sieg noch erreicht würde. Nachdem er in seiner Rede festgestellt hatte, dass vor ihm Soldaten, Arbeiter der Stirn und der Faust, Landwirte, Vertreter der ganzen Bevölkerung saßen, fragte er sie:„Wollt ihr den totalen Krieg? Wollt ihr ihn, wenn nötig, totaler und radikaler, als wir ihn uns heute überhaupt noch vorstellen können?“ Und aus dem Saal tönte ein frenetisches „Ja“ und ein Jubel, wie man ihn noch nie gehört hatte.

Leberecht saß mit Archibald am Radio, und beide schüttelten nur den Kopf, Leberecht tippte mit seinem Finger an den Kopf, und Archibald fuhr es heraus: „Sind diese Menschen denn verrückt geworden?“

Solch lauten Jubel hatte Archibald noch nie verstanden. Er war zu nüchtern und emotionslos, um diese Gefühlsäußerungen zu verstehen. Schon bei einem schönen Konzert oder einer hervorragenden Theatervorstellung, wenn die Leute klatschten und Bravo riefen, war er im Grunde unbeteiligt. Er klatschte lange und anhaltend, weil er es richtig fand, den Künstlern zu zeigen, dass er die Aufführung gut gefunden hatte und als Dank für ihre Mühe. Das frenetische Geschrei bei politischen Veranstaltungen, vor allem wenn Hitler auftrat, machte ihn fassungslos. Aber jetzt wussten die Leute wohl wirklich nicht mehr, was sie taten. Wie konnten sie sich nur von dem Geschrei von Goebbels anstecken lassen, um noch lauter als er zu brüllen und Forderungen zu bejubeln, die für sie nicht nur Mühe und Arbeit, sondern vermutlich auch den Tod bedeuteten.

Auch bei Kammersänger Fabricius war man erschüttert. Paul war froh, dass keiner seiner Söhne vor Stalingrad stand. Aber er machte sich Sorgen um seinen jüngsten Sohn Paul, der nun, da er arisiert war, Fähnrich geworden war. In einem halben Jahr kam er wohl an die Front, und zwar als Leutnant zur Infanterie. Fritz hörte zum Entsetzen seines Vaters heimlich den englischen Sender, denn er wollte wissen, wie die Lage war.

Die deutsche Armee war Anfang 1943 in harte Kämpfe verstrickt. Die Übermacht der Feinde wuchs. In Russland war die Front, die verteidigt werden musste, immer noch mehrere tausend Kilometer lang. Man brauchte Truppen, um halb Europa zu besetzen, denn die Bevölkerung in den besetzten Gebieten war nicht mehr bereit, die deutsche Herrschaft zu ertragen. Auch bei der Marine gab es hohe Verluste, denn viele U-Boote kamen von der Feindfahrt nicht mehr zurück. Im Ersten Weltkrieg, so meinte Leberecht, hatte die Armeeführung die Konsequenzen gezogen und um Waffenstillstand gebeten, ehe der Feind deutschen Boden betreten hatte. Aber jetzt versuchte man die letzten Kräfte zu mobilisieren, um einen Sieg zu erkämpfen, der doch nicht erreicht werden konnte.

In Archibalds Schule erhielten die älteren Schüler des Jahrgangs 1925, zu dem auch Archibald gehörte, die ersten Einberufungen. Den Jahrgang 1924 hatte man erst Ende 1942 eingezogen, den Jahrgang 1925 nur wenige Monate später, und es gab Gerüchte, dass man in diesem Jahr auch noch den Jahrgang 1926 holen würde. Abitur gab es keines mehr, die meisten Schüler wurden schon in der siebten Klasse, der Unterprima, geholt und bekamen in ihr Zeugnis den sogenannten Reifevermerk. Auch die bisher weißen Jahrgänge der zwischen 1901 und 1918 Geborenen mussten an die Front. Bisher hatte man keinen, der älter als 45 Jahre war, eingezogen, aber jetzt wurden auch Familienväter, ja Großväter, die schon im Ersten Weltkrieg gedient hatten, geholt.

Und da war es kein Wunder, dass bereits im Februar 1943 Archibalds Klassenkameraden der Jahrgänge 1926 und 1927 den Einberufungsbefehl der Hitlerjugend bekamen, dass sie als Luftwaffenhelfer zur Flak eingezogen würden. Diese Einberufung wurde mit gemischten Gefühlen entgegengenommen. Die Schule wurde von den meisten aus Archibalds Klasse nicht mehr ernst genommen. Das, was unterrichtet wurde, interessierte viele nicht. Sie lernten auch nicht mehr für das Abitur, denn sie wussten ja, dass die Prüfung doch nicht erfolgen würde. Viele hatten auch das Gefühl, dass sie etwas zur Verteidigung Deutschlands beitragen müssten. Nach dem Luftangriff auf Lübeck herrschte Wut auf die feindlichen Flieger. Es war auch eine gewisse Abenteuerlust vorhanden, aber vielen war klar, dass jetzt das schöne Leben zu Hause zu Ende war.

Am Tag der Einberufung versammelten sich alle im Schulhof. Die Schüler, die die Einberufung bekommen hatten, trugen HJ-Uniform, darunter auch die beiden Freunde Otto und Leo, dessen Daten doch noch in irgendeiner HJ-Kartei gefunden worden waren. Die Schüler des Jahrgangs 1925 – und einige wenige des Jahrgangs 1926 und 1927, die durch ein ärztliches Attest zurückgestellt worden waren – standen in Zivil auf dem Hof. Es war ein trüber Tag, und es herrschte gedrückte Stimmung, die manche durch deftige Witze zu verdrängen suchten.

Die Schulglocke läutete, und die Zivilisten kehrten in die zu drei Vierteln geleerten Klassen zurück. Kurze Zeit später sah Archibald, wie ein Unteroffizier der Luftwaffe kam und die Jungen antreten ließ, die dann den Schulhof in Richtung Flakstellung vor der Stadt verließen. Ein Teil der Lehrer musste die Schüler draußen in den Flakstellungen unterrichten.

In der restlichen Klasse von Archibald waren es – auch nachdem sie mit der Parallelklasse zusammengelegt worden waren – nur noch 16 Jungen, und beinahe täglich wurden es weniger, weil nach und nach alle eingezogen wurden.

Archibald war gespannt zu hören, wie es seinen Freunden erging, die zunächst einmal 14 Tage lang keinen Ausgang hatten. Otto Larsens Schwester Elisabeth, die Medizin studierte und gerade Semesterferien hatte, wollte aber gleich wissen, wie es dem Bruder ging. Sie fuhr mit dem Fahrrad in die Stellungen hinaus. Als Archibald und Britta wissen wollten, wie es dort zuging, meinte sie nur, dass Otto noch Glück gehabt habe, er sei mit netten Jungens aus seiner Klasse zusammen in einer Baracke untergebracht. Am Anfang habe man fürchterlich mit ihnen rumexerziert. Leo sei dagegen nicht mit ihm zusammen, sondern mit Jungen aus der Parallelklasse. Seine langen Haare hätten sie gleich abgeschnitten und ihn auch beim Exerzieren ziemlich hart rangenommen.

Der Leutnant Joseph Haflinger habe Otto gleich zum Stubenältesten gemacht, obwohl einige dagegen protestiert hätten, weil Otto kein HJ-Führer sei und andere in der Hierarchie höher stünden, aber der Leutnant habe erklärt, das würde ihn nicht interessieren.

In der Nachbarbatterie gehe es weitaus härter zu, das seien richtige Kommissköppe, die die Flakhelfer wie Rekruten schleifen würden. Der Leutnant Haflinger habe sich schon beim Bataillonskommandeur darüber beschwert, als er beobachtet habe, dass man die Jungen auf den Ellenbogen eine Sandkuhle hinaufrobben lasse, weil man es richtig finde, die Jungen an Härte zu gewöhnen.

Leo berichtete, dass die Schüler aus der Parallelklasse rechte Rabauken und Nazis seien. Besonders blöd sei Franz Biermann, der tatsächlich am Telefon zu seinem Vater „Heil Hitler, Papi" sage.

Archibald sollte bald selber sehen können, wie es in der Flakbatterie zuging, denn innerhalb weniger Wochen waren alle Kameraden des Jahrgangs 1925 eingezogen, auch die meisten vom Jahrgang 1926/27, die zurückgestellt worden waren, wurden einer näheren Untersuchung unterzogen und mussten nun auch zur Flak. Archibald und noch zwei weitere Schüler sollten mit den Lehrern zusammen in die Flakstellungen fahren, um dort am Unterricht teilzunehmen.

Der Unterricht war eigentlich eine Farce. Wenn Voralarm war, wurde der Unterricht unterbrochen, die Schüler mussten zu den Geschützen oder an die Kommandogeräte. Oft war der Alarm schon nach 20 Minuten wieder zu Ende. Schularbeiten wurden praktisch keine mehr gemacht, die Schüler hatten dafür die Ausrede, dass sie nicht dazu gekommen seien, weil es am Tag oder nachts Alarm gegeben hatte. Wenn Alarm war, saß Archibald allein mit dem Lehrer in der Baracke. Sie unterhielten sich über alles Mögliche, nur nicht über den Unterricht.

Elisabeth fuhr ein paar Tage später wieder mit dem Fahrrad hinaus zu der Flakstellung ihres Bruders, kam aber ganz entsetzt mit der Nachricht nach Hause, dass man Leo verhaftet hatte. Der Leutnant sei mit aufgesetztem Stahlhelm und umgeschnallter Pistole mit einem Unteroffizier zusammen bei den Flakhelfern mit dem Befehl erschienen, Leo in das Büro zu bringen. Dort habe schon ein Wagen mit Gestapoleuten gestanden, die Leo abgeholt und in das Gefängnis gebracht hätten. Mehr wusste sie nicht. Britta erzählte, dass am Nachmittag Leute in Regenmänteln aus einem Auto ausgestiegen und in das Haus der van Stolks geradezu hineingestürmt seien. Sie habe sich gewundert, was das denn sei.

Alle waren entsetzt. Leberecht war zutiefst beunruhigt. Warum hatte man Leo verhaftet? Er hatte sich immer gefreut, wenn Leo seine neuesten politischen Witze erzählte, die er wohl zu Hause aufgeschnappt hatte, und er wusste, dass Leo und Archibald offene Gespräche geführt hatten, bei denen Archibald seinen Hass auf die Nazis recht deutlich gezeigt hatte. Von Leo hatten sie von den Judenerschießungen im Osten und von Plünderungen deutscher Soldaten gehört. Er hatte sich oft gefragt, woher der Junge diese Informationen hatte, und war sich darüber klar, dass er das wohl alles von seinem Vater gehört hatte.

Sie überlegten, ob sie zu van Stolks gehen sollten oder ob man sich dadurch nicht verdächtig mache, weil das Haus überwacht wurde. Paula war entsetzt. Wie konnte man ein Kind, das gerade 16 Jahre alt war, einfach einsperren? Sie hatte Angst um Archibald.

Schließlich ging Archibald doch zu van Stolks, um sich nach Leo zu erkundigen. Frau van Stolk öffnete die Türe und bat ihn, ins Haus hineinzukommen. Er solle vorsichtig sein und sich möglichst nicht offiziell mit ihnen treffen. Sie hatten einen Anwalt genommen, von dem sie bald Auskunft erwarteten. Die Gestapo hatte Leos Zimmer nur flüchtig durchsucht. Leo habe wohl ausländische Sender gehört, aber soviel sie wusste, war das der Sender Kopenhagen gewesen und er habe dort nur Jazzmusik gehört, das könne doch kein großes Verbrechen sein.

Gerhard, der gerade auf Urlaub in Lübeck war, hatte schon ein großes Loch im Garten geschaufelt, wo er seinen und Leos ganzen Bestand an Jazzplatten vergrub.

Was nun Dr. Ode, ein bekannter Lübecker Anwalt, der nicht in der Partei war, den Eltern van Stolk erzählte, erfüllte beide mit großer Sorge. Denn Leos Stubenkamerad Franz Biermann hatte bei einem Besuch zu Hause erzählt, dass Leo im Kopenhagener Sender Jazzmusik höre, obwohl es doch verboten sei, ausländische Sender zu hören. Leo habe erklärt, dass er nach Amerika auswandern wolle, wenn der Krieg vorbei sei, denn dort könne er die Musik hören, die er wolle. Außerdem habe er erzählt, dass der Führer eine Geliebte habe, die Eva Braun heiße, und er habe sich auch abfällig über die Partei geäußert.

Der Vater von Biermann, ein strammer Nazi, sei noch am gleichen Tag mit seinem Sohn zum kommissarischen Direktor der Schule, Richard Schulz, gegangen, und der habe nichts Eiligeres zu tun gehabt, als sofort die Gestapo zu benachrichtigen.

Der Anwalt beruhigte die Eltern, er habe sich erkundigt, das Abhören des Kopenhagener Senders sei für die Truppe erlaubt, darauf könne man sich berufen, Leo habe ja keine Nachrichten gehört, die übrigens nur in dänischer Sprache gebracht würden, die Leo gar nicht verstehe. Dass die Jazzmusik den Nazis nicht passe, sei noch kein Verbrechen. Aber man sei besonders empört, dass der Führer mit einer Geliebten in Verbindung gebracht würde. Der Führer, so die Meinung von Biermann und von Direktor Schulz, sei ein Mann, der sein Leben nur für das deutsche Volk opfere, der asketisch lebe, nicht trinke, nicht rauche, kein Fleisch esse, geschweige denn eine Geliebte habe! Auch die Gestapo sei darüber entsetzt und empört.

van Stolks erschraken, denn diese Information stammte vom Bruder von Frau van Stolk, die eine geborene Dietrich war. Ihr Bruder war der Reichspressechef, der mit Hitler nicht nur im Führerhauptquartier zusammen war, sondern ihn auch privat auf den Berghof begleitete. Die van Stolks hatten sich über die Heimlichtuerei des Führers köstlich amüsiert und darüber ihre Witze gemacht, dass die Geliebte des Führers ausgerechnet noch Braun hieß. Nun konnte der Schwager und damit die ganze Familie womöglich in einen Hochverratsprozess oder weiß nicht was verstrickt werden, denn auch die guten Informationen, über die van Stolk verfügte, stammten fast alle aus dieser Quelle.

Leo war in der Zwischenzeit im Marstallgefängnis in einer Einzelzelle inhaftiert, um jeden Kontakt zu verhindern. In den Nachbarzellen waren die drei katholischen Geistlichen und Pastor Stellbrinck untergebracht, die, noch während Leo auf seinen Prozess wartete, hingerichtet wurden. Die Angst, was mit ihm geschehe, wenn die Gestapo erführe, was er in der Klasse alles an politischen Witzen erzählt hatte, ob er dann hier noch lebend rauskäme, quälte ihn. Der Anwalt versuchte ihn aufzumuntern. Aber die Verhöre durch die Gestapo gingen weiter, und der Kriminalinspektor und SS-Führer der Gestapo vermuteten, dass vielleicht noch mehr dahinterstecke.

Leo gab zu, den Kopenhagener Sender gehört zu haben, aber zu allen anderen Anschuldigungen behauptete er, das habe Franz Biermann falsch verstanden, er habe ja gar nicht mit ihm gesprochen. Es wurden auch noch andere Flakhelfer aus Leos Stube verhört, aber keiner von ihnen hatte etwas gehört. Die Untersuchung zog sich mehrere Wochen hin, denn der Gestapo-Beamte hatte andere Fälle, die ihm dringender erschienen.

Als der Staatsanwalt die Frage der Beleidigung des Führers aufgriff, nämlich zu sagen, der Führer habe eine Geliebte, wurde er gestoppt. Es hieß, man solle nicht über die Person des Führers und sein Privatleben diskutieren, das sei eine Anordnung von oben.

Die Staatsanwaltschaft benannte Franz Biermann und Direktor Schulz als Zeugen, die Verteidigung beantragte eine Vernehmung von Ludwig Erichsen als Sachverständigen und einem anderen Stubenkameraden aus Leos Klasse.

Ludwig Erichsen berichtete als Sachverständiger, dass die Begeisterung für den Jazz ein Zeichen der Pubertät sei, sich gegenüber den Eltern und Autoritäten zur Wehr zu setzen, dass aber das Hören von Jazzmusik noch keine politische Äußerung sei. Letztlich habe sicher der Richter ein Interesse, diesen ihm als Bagatelle erscheinenden Fall so bald wie möglich zu erledigen.

Das Urteil lautete: drei Monate Gefängnis. Leo trat seine Strafe gleich anschließend im Gefängnis Lauer Hof an, aber er sollte nur wenige Tage dort bleiben. Denn der Gerichtsherr der Flak, ein General der Luftwaffe, ein guter Freund von Leos Vater, erklärte, das Ganze sei nur eine Dummheit, die disziplinarisch zu bestrafen sei und änderte das Urteil in sechs Wochen Arrest, der mit der Untersuchungshaft erledigt sei. Und so konnte Leo nach Hause gehen.

Als Archibald Leo sah, erschrak er, wie abgemagert und blass der geworden war, er war nur noch Haut und Knochen.

Als Leo zurück in die Flakstellung kam, erklärte der Lateinlehrer, dass er sich weigere, diesen Schüler weiter zu unterrichten. Leo wurde daraufhin an eine Schule in Hamburg und entsprechend zu einer Flakeinheit dort versetzt, wo es wesentlich gefahrvoller zuging als in Lübeck. Er musste noch die großen Bombenangriffe auf Hamburg miterleben.

***

14 Tage vor Ostern wurde Britta konfirmiert. Sie hatte die Konfirmation außerordentlich ernst genommen und sich Pfarrer Meier ausgewählt, der zur Bekennenden Kirche gehörte, für die Konfirmanden kein einfacher Mann. Er nahm die Naziherrschaft nicht auf die leichte Schulter und schenkte auch seinen Konfirmanden nichts. Er war auch nicht wie Archibalds Pfarrer bereit, irgendwelche Kompromisse zu schließen.

Das gefiel auch Archibald, der aber, was die Auslegung des Glaubens anging, nicht alles einfach akzeptierte, der vor allem am Glaubensbekenntnis einige Zweifel hegte. Aber Britta akzeptierte alles und war jetzt auch eine sehr eifrige Kirchgängerin. Im Gegensatz dazu nahm sie, wie Archibald, die Schule nicht mehr ernst. Sie schwänzte den Unterricht so oft sie konnte, machte keine Schularbeiten und wurde von den Lehrerinnen geradezu gehasst, die sich vor allem über ihre Schlagfertigkeit und ihr loses Mundwerk aufregten. Vor allem als sie hörten, dass Britta Schauspielerin werden wollte, sahen sie in ihr schon das leichtlebige Mädchen voller Sittenverderbnis, das sicher einmal auf die schiefe Bahn geriet und über die sie sich schon im Voraus entrüsteten, obgleich Britta mit jungen Männern überhaupt nichts im Sinn hatte. Sie hatte sich zwar damals in Gernsbach in einen Mitschüler verliebt und ihm heiße Liebesbriefe geschrieben, aber man konnte an ihrem Lebenswandel wirklich nichts aussetzen.

Dagegen schätzten sie die Lehrer sehr. Ein junger Referendar, der allerdings bald zur Front musste, hatte sich in sie verliebt, und auch die älteren Lehrer mochten sie gerne. Irgendwie ging eine erotische Ausstrahlung von ihr aus, die die Lehrer spürten und die den Lehrerinnen missfiel.

Gleichzeitig mit der Konfirmation sollte der Jahrgang 1928 zur Jugendweihe gehen. Bei Archibald hatte es das noch nicht gegeben, außerdem war er nicht in der Hitlerjugend, während Britta dem BDM angehörte, in den sie 1938 aufgenommen worden war, den sie aber in letzter Zeit meistens schwänzte.

Nach dem, was ihr Pastor Meier gesagt hatte, konnte sie keinen Eid auf den Führer leisten. Das lehnte sie ab, aber wenn sie nicht hinging, konnte das schlimme Folgen haben. Archibald meinte: „Mach dir doch darüber keine Gedanken, ein erzwungener Eid hat keine Gültigkeit. Ein Mann, der seinen Eid auf die Weimarer Verfassung zigtausendmal gebrochen hat, der sich geradezu an Gottes Stelle setzt, dem brauchst du den Eid wirklich nicht halten. Das ist alles blödsinnig. Außerdem kannst du ja mit der linken Hand die Finger kreuzen, das ist eine alte Bauernregel, das ist der sogenannte Blitzableiter."

Als es dann so weit war und Jungen und Mädchen in Hitlerjugenduniform ins Stadttheater geleitet wurden und der Parteigenosse Klessmann, Hauptschriftleiter des „Volksboten", eine nichtssagende Rede hielt, der niemand zuhörte, hatte sie sich entschlossen, bei der Formel „ich gelobe" nur das Wort „ich" auszusprechen und sonst nur den Mund zu bewegen, ohne zu sprechen.

Den Schein, dass sie dem Führer Treue gelobt hatte, verbrannte sie zu Hause in der Heizung.

Zur Konfirmationsfeier waren neben den Paten die Geschwister von Leberecht und die von Paula und auch die Großeltern eingeladen. Dem Kammersänger Fabricius war die Reise zu beschwerlich, aber zur großen Verwunderung aller sagte Großmutter Johanna zu, obwohl ihr alle abrieten. Zwar verkehrten die Züge noch, doch die Reise sei eine Strapaze, der sie sich mit fast 80 Jahren nicht unterziehen sollte. Aber Johanna meinte, sie sei bisher bei der Konfirmation jedes Enkelkindes dabei gewesen und deswegen wolle sie auch bei der von Britta anwesend sein. Irgendwie hatte sie Britta gegenüber ein schlechtes Gewissen. Sie hatte Britta als Kind nicht gemocht, sie hatte ihr übel genommen, dass sie ein Mädchen war. Aber als Britta nach Gernsbach kam, um dort in die Schule zu gehen, hatte sie sich mit dem Mädchen angefreundet und sie merkte plötzlich: „Das Kind ist ja außerordentlich klug und ist so, wie ich als junges Mädchen gewesen war." Auch sie war von den Frauen abgelehnt worden und hatte in der Gesellschaft alle anderen Damen ausgestochen. Ja, ihr waren die Männer auch zu Füßen gelegen, und sie merkte, dass Britta einen scharfen Verstand hatte, aber auch genauso voller Emotionen war wie sie. Und sie verteidigte Britta, als Else darüber klagte, dass das Haus voller Jungens sei, die sich nach Britta erkundigten. Als eines Tages die Jungen aus Brittas Klasse ihr ein Ständchen brachten – es war eine HJ-Kapelle mit Landsknechtstrommeln und Fanfaren – war Else recht ungehalten, aber Johanna hatte Britta auf den Balkon geschickt, damit sie dort die Huldigung entgegennehmen konnte.

Zu ihrer Konfirmation hatte Britta ein schwarzes Samtkleid mit einem weißen Kragen an. Den Samt hatte man unter vielen Mühen ergattern können. Von der Großmutter hatte sie auch ein Kettchen mit einem Kreuz erhalten. Da es ein strahlender Sonnentag war, ging die Familie zu Fuß in die nahe gelegene Gertrudkirche, Leberecht im Cut mit Zylinder, aber es waren nicht mehr viele, die dieses Kleidungsstück trugen. Unter den Konfirmanden waren einige, die in Flakhelferuniform erschienen waren, und in der Kirche sah man sehr viele Uniformen der Wehrmacht, es waren Verwandte, die zufällig auf Urlaub waren. Die Konfirmation war kein Grund für die Väter, Urlaub zu bekommen, es fehlten viele.

Unter den Uniformierten waren auch Paulas Brüder Fritz und Paul Fabricius. Paul in seiner neuen Uniform als Oberfähnrich, aber ohne jeden Orden, und Fritz als Feldwebel in vollem Ordensschmuck. Paula hatte den Eindruck, dass beide Brüder in Britta verliebt waren.

Nach der Kirche gab es den üblichen Empfang in der Krügerstraße, es kamen aber längst nicht mehr so viele Gäste wie noch bei Archibalds Konfirmation. Die Werkmeister und Prokuristen der Firma erschienen, sogar Karl Dembowski mit seiner Frau, der jetzt wieder mehr Verbindung zu Leberecht suchte, ebenso die Nachbarn, aber nicht mehr die Lieferanten, und die Geschenke, die Britta erhielt, waren bei Weitem nicht mehr so attraktiv und wertvoll wie bei Archibald.

Die Gäste bekamen Sherry angeboten, den Leberecht organisiert hatte, und etwas Käsegebäck, das sehr bald aufgegessen war – Nachschub gab es keinen.

Die Gespräche drehten sich jetzt viel mehr um den Krieg und den Mangel. Man unterhielt sich, wo man Kartoffeln besorgen könne, klagte über die schlechte Ernährung, machte ein paar harmlose Witze über die Nazis, die scharfen Witze unterdrückte man, weil man nicht wusste, wer alles zuhörte, berichtete über Freunde und Bekannte, die gefallen waren oder die Söhne verloren hatten, über Familienväter, die man jetzt einzog, berichtete über die abenteuerlichen Fernreisen mit der Eisenbahn, aber es wurde auch noch viel über Theater und Konzerte gesprochen und nicht zuletzt über die Predigt von Pastor Meier, in der er wohl wieder sehr mutig gewesen war. Man hoffe nur, dass ihm das nicht zum Schaden gereiche.

Das Mittagessen bestand aus einer dünnen Suppe, einem Braten, den Leberecht mit sehr schlechtem Gewissen bei einem Bauern, der Holz abfuhr, gegen Brennholz und viel Geld getauscht hatte, und zum Nachtisch gab es eine Süßspeise, die mit Süßstoff gesüßt und mit Gelatine steif gemacht war.

Trotz aller Schwierigkeiten fuhren die Leute noch auf Urlaub. Auch die Familie Weiler hatte für den Sommer 1943 schon ihre Pläne, und das kulturelle Leben lief weiter, als ob es keinen Krieg gäbe. Allerdings wurden die Betriebe durchkämmt und viele 30 bis 40 Jahre alte Männer, die bisher um den Krieg herumgekommen waren, weil sie uk-gestellt waren, zum Militär einberufen. Ihre Arbeit mussten Frauen, Kriegsgefangene oder Zwangsarbeiter übernehmen.

Im Sommer reiste Archibald wieder nach Gernsbach, diesmal ganz allein, ohne Begleitung von Schwestern, Freunden oder Eltern. Er war froh, dass endlich Sommerferien waren, denn die Schulzeit draußen in der Flakstellung hatte ihm nicht behagt. Zu Hause waren keine Freunde mehr da, mit denen er sich hätte treffen können. Die Kameraden seines Jahrganges waren in der Zwischenzeit alle eingezogen und ein Teil seiner Freunde des Jahrgangs 1926 hatten auch schon den Einberufungsbefehl zum Arbeitsdienst erhalten. Ein Klassenkamerad war bereits gefallen. Immer häufiger musste er Kondolenzbesuche bei Eltern von Freunden machen, deren Sohn ums Leben gekommen war. Es war für ihn immer eine peinliche Angelegenheit. Was sollte er den Eltern sagen? Die Floskel „Mein herzliches Beileid" kam ihm so abgedroschen vor. Aber wie hätte er sie trösten können? Waren sie damit getröstet, dass der Sohn für das Vaterland gefallen war und die Eltern stolz darauf sein sollten? Das wäre ihm abgeschmackt vorgekommen. Mussten die Eltern nicht denken: Der lebt und dem geht es gut, und unser Sohn musste sterben!

Dazu kam, dass er sich sehnlichst wünschte, dass Deutschland den Krieg bald verlieren sollte, ein Gedanke, der sich bei ihm fest eingefressen hatte, während die meisten auch unter den Gegnern der Partei immer noch den Sieg Deutschlands wünschten. Auch Leberecht und Paula wünschten sich nicht die Niederlage Deutschlands, durch die sie Ungewissheit und neues Elend auf sich zukommen sahen, möglicherweise den Verlust des ganzen Vermögens. Sie hatten Angst, das Kriegsende nicht lebend zu überstehen.

Aber für Archibald war es ziemlich klar: Eine Zukunft für ihn gab es nur, wenn das Regime verschwinden würde, und das Regime würde nur dann verschwinden, wenn Deutschland den Krieg verlor. Und das erhoffte er sich, je schneller, desto besser.

Auf der Reise nach Gernsbach wurde er mindestens zehn Mal nach seinem Ausweis gefragt. Ein so junger Mann im wehrpflichtigen Alter in Zivil, das zog das Misstrauen der Feldgendarmerie und der Kriminalpolizei auf sich. Aber seine Papiere waren in Ordnung, ein kurzer Blick darauf genügte im Allgemeinen. Aber auch hier fühlte er die Blicke der Kontrollierenden auf sich ruhen und hörte im Geist die Frage: Wie ist das möglich?

In Gernsbach waren auch keine Freunde mehr da, mit denen er sich treffen konnte. Nur seine Cousine Marianne war nach einer kurzen Zeit beim Arbeitsdienst aus gesundheitlichen Gründen entlassen worden. Sie wollte das Studium der Biochemie in Karlsruhe beginnen und hatte jetzt während der Sommerferien Zeit für ihn. Mit ihr konnte er lange Spaziergänge machen. Sonst spielte er mit Else, Marianne und der Großmutter Skat oder mit der Großmutter Schach.

Tante Hiltrud konnte es nicht lassen, Archibald den Vorwurf zu machen, dass er faul herumsitze, während Millionen von jungen Männern sich für das Vaterland opferten. Archibald hätte gerne entgegnet, dass Deutschland nicht sein Vaterland sei, aber er wollte nichts sagen, was Hiltrud reizen könnte, die zusammen mit der Putzfrau, deren Mann ebenfalls im Osten stand, oft in hysterisches Schreien und lautes Schimpfen über die Drückeberger ausbrach.

Um zu hören, was in der Welt vorging, musste Archibald am Abend in die untere Wohnung zu Tante Else gehen, wo sie Beromünster hören und frei miteinander reden konnten.

Als Archibald Zweifel hatte, ob die Schule nach den Sommerferien überhaupt weitergehe, meinte Hiltrud kategorisch, dann müsse er versuchen, auf dem Birklehof, wo sein Vetter zur Schule gegangen sei, unterzukommen. Ohne Archibald zu fragen, meldete sie ihn an, um sich vorzustellen. Archibald hatte überhaupt keine Lust, noch mal in ein Internat zu gehen. Aber er fügte sich und fuhr mit der überfüllten Eisenbahn nach Freiburg und von dort das Höllental hinauf nach Hinterzarten. Nachdem er dort vier Stunden warten musste, ohne dass sich jemand um ihn kümmerte, kam der Direktor endlich und fragte ihn als erstes, wie es mit seiner arischen Abstammung sei, er habe da etwas gehört.

Archibald erklärte voller Freude, dass er ein Mischling sei, worauf der Direktor sagte, dass er ihn dann nicht in sein Haus aufnehmen könne. Und Archibald verließ leichten Herzens das Gebäude.

In Gernsbach war Hiltrud wütend, Archibald hätte das mit dem Mischling doch nicht sagen, sondern lieber schwindeln sollen.

Als sie munter in Gernsbach saßen, hörten sie in den Nachrichten von den Bombenangriffen auf Hamburg, und Archibald musste an Leo denken, der dort bei der Flak war. Es dauerte Tage, bis die Telefonverbindung zu Silvia zustande kam, und sie berichtete nur, wie viele ihrer Freunde ausgebombt waren. In Blankenese war man mit dem Schrecken davon gekommen, aber das Stadtinnere von Hamburg lag in Trümmern, und es hatte etwa 40.000 Tote gegeben, so viele wie im Ersten Weltkrieg Soldaten aus Hamburg gefallen waren. Die Stadt brenne immer noch.

Archibald war froh, als nach 14 Tagen sein Aufenthalt in Gernsbach zu Ende war. Er hatte sich diesmal unbehaglich gefühlt. Er sollte jetzt über München nach Oberbayern nach Ammerang im Chiemgau fahren, wo seine Mutter mit Britta und Astrid und der kleinen Vivian auf einem Bauernhof Urlaub machten.

Sommerfrische in Oberbayern – das gab es auch noch im vierten Kriegsjahr. Paul Fabricius hatte seiner Tochter Paula den Aufenthalt in Ammerang empfohlen. Es gab dort noch gute Milch, was für das kleine Kind sehr wichtig war, und das Essen war auch besser als in den großen Hotels, die meist zu Hilfslazaretten umfunktioniert waren. Sie konnten ausschlafen, es gab dort keinen Fliegeralarm.

Etwa 30 Gäste verbrachten dort ihren Urlaub, Leute, mit denen Weilers sonst nicht verkehrten, meist kleine Beamte und Angestellte, die zum Mittagessen – es war sehr heiß – im Netzhemd erschienen. Außer den winzigen Zimmerchen gab es nur die Gaststube, in der die Gäste abends beim Bier saßen und Karten spielten. Junge Leute gab es natürlich keine – wie konnte Archibald auch so etwas erwarten! Nur die Wirtstochter war jung und hübsch, aber sie war anderweitig beschäftigt. Der Vater war eingezogen, und sie war heftig mit einem Freund liiert, einem französischen Kriegsgefangenen, der praktisch den Hof leitete.

Von München kamen Paulas Brüder Fritz und Paul Fabricius. Britta hatte sich gewaltig in Fritz verliebt und fieberte geradezu seinem Besuch entgegen. Fritz nahm aber nicht viel Notiz von ihr, sondern mokierte sich noch weit stärker als Archibald über das langweilige Kuhdorf.

Paul, der zwei Tage später kam, war zum Leutnant befördert worden. Sein Besuch galt nicht so sehr seinem Bruder Fritz, sondern er wollte seine Schwester Paula sehen, und vor allem wollte er Britta treffen, in die er sich in Lübeck unsterblich verliebt hatte. Aber Britta merkte das nicht, sie hatte nur Augen für Fritz. Nach eineinhalb Tagen musste er wieder abreisen. Mit Britta hatte er kaum sprechen können, sie erhielt später einen langen Brief von ihm.

Auf der Rückreise nach Lübeck erschraken sie, wie stark die Stadt Hamburg zerstört war. Mit der Bahn fuhren sie zwischen Hauptbahnhof und Wandsbek fast nur durch Trümmer. Es war viel schlimmer als in Lübeck, das seit dem großen Angriff Ende März 1942 nicht mehr behelligt worden war.

Isolde Sutter hatte vor einem Jahr Abitur gemacht und danach ein Jahr als Arbeitsmaid auf einem Bauernhof in Franken gearbeitet. Sie hatte Glück gehabt. Bauer und Bäuerin und auch die Kinder waren sehr nett zu ihr. Es war nur lästig, dass ein Knecht, der noch auf dem Hof arbeitete, ihr nachstellte. Jetzt wollte sie das Studium der Romanistik in Heidelberg beginnen. Ihre Mutter Hiltrud war damit ganz und gar nicht einverstanden. Sie hatte noch nicht einmal das Abitur gemacht und war der Meinung, dass das Studium nur eine Faulenzerei sei. Isolde solle gefälligst etwas arbeiten, am besten eine Stelle als Krankenschwester suchen, denn da lerne sie am ehesten einen Mann kennen. Aber Isolde wollte nicht, und Großmutter Johanna gab ihr Recht. Doch Hiltrud war unerbittlich.

Da meinte Isolde, sie könne ja auch Journalistin werden und ein Volontariat bei einer Zeitung machen. Bei der Konfirmation von Britta hatte sie sich mit Helga Krebs lange darüber unterhalten, und alles, was Helga erzählte, hatte ihr gefallen. Sie setzte sich mit ihr in Verbindung, und Helga hatte als Chefsekretärin bei ihrem Blatt die Möglichkeit, ihr eine der sehr gesuchten Volontariatsstellungen bei der Frankfurter Zeitung zu besorgen. Hiltrud war das zwar auch nicht recht, sie wollte, dass ihre Tochter etwas Nützliches für das Vaterland tue, und die Frankfurter Zeitung sei doch dieses Judenblatt, das der Führer nicht mochte. Aber nachdem ihr alle anderen sagten, dass das eine einmalige Gelegenheit sei, stimmte sie knurrend zu, und Anfang September zog Isolde nach Frankfurt.

Das Volontariat sollte aber nur von sehr kurzer Dauer sein. Im Rahmen des sogenannten totalen Krieges begann man jetzt überall, Banken und Zeitungen zusammenzulegen. Die Partei hatte schon lange Pläne gehabt, die Frankfurter Zeitung zu schließen, aber zu Anfang seiner Regierung wollte Hitler vor allem dem Ausland beweisen, dass es auch noch eine parteiunabhängige Presse gab. Die Frankfurter Zeitung musste sich auch so dem Diktat des Propagandaministeriums fügen, aber die Redakteure bemühten sich um einen recht sachlichen Stil. Manche Artikel waren in ihrer Diktion durchaus zweideutig, aber sie waren immer so ausgeklügelt, dass man der Zeitung keinen Strick daraus drehen konnte.

Jetzt aber, ausgerechnet in einem Moment, in dem das Weiterbestehen der Zeitung sowieso in Frage gestellt war, äußerte man sich recht eindeutig, und zwar in einem Artikel über den verstorbenen Hitlerfreund und Mentor, den obskuren Dichter Dietrich Eckart. Der Artikel war ausgesprochen ironisch geschrieben, man machte sich über Eckart und seine Werke lustig.

Der Chefredakteur ahnte, als er den Artikel in seiner Zeitung las, Schlimmes. Und tatsächlich, wenige Tage nach Erscheinen des Artikels wurde die Schließung der Frankfurter Zeitung verordnet. Der größte Teil der Arbeitskräfte wurde freigesetzt und sollte in Rüstungsbetrieben arbeiten. Und damit war Isoldes kurze Pressekarriere schon beendet. Mit Hilfe der Großmutter setzte sie durch, dass sie in Heidelberg das Studium beginnen konnte.

Nach den Ferien fing für Archibald zu seiner Überraschung die Schule wieder an, aber jetzt hatte man für alle Lübecker Jungengymnasien eine einzige Klasse im Kathrineum eingerichtet, eine Unterprima, in die nur noch sieben Schüler gingen. Es waren alle aus den Jahrgängen 1925 und 1926, die nicht zur Wehrmacht eingezogen waren. Es kamen immer wieder neue Schüler in die Klasse, junge Leute, die den Arbeitsdienst absolviert hatten und nun auf die Einberufung zur Wehrmacht warteten, das waren mal drei Wochen, manchmal auch drei Monate. Dennoch wurde sehr viel gelernt. Sie hatten jetzt nur Oberstufenlehrer, gebildete ältere Herren mit großem Wissen. Die Schüler hatten keine Flausen mehr im Kopf. Sie saßen meistens im Lehrerzimmer an einem ovalen Tisch, wo sonst Konferenzen abgehalten wurden. Die Schularbeiten wurden nicht mehr kontrolliert, und die Lehrer waren auch nicht streng, sie wussten ja, dass ihre Schüler bald an die Front mussten. Alle lernten gern, und auch Archibald bereitete die Schule zum ersten Mal in seinem Leben Freude.

Die Kameraden, die vom Arbeitsdienst zurückkamen, erzählten furchtbare Dinge. Alle waren empört über die Sinnlosigkeit dieses nur noch drei Monate dauernden Dienstes. Sie berichteten von korrupten Arbeitsdienstführern, von sinnlosen Schikanen. Die Baustellen, bei denen der Arbeitsdienst eingesetzt wurde, standen oft nur auf dem Papier, die meisten wurden nie fertiggestellt.

Sein Freund Werner, der seinen Dienst in Bialystok in Polen ableistete, das damals Ostpreußen zugeschlagen war, berichtete von Partisanenkämpfen und von Massenerschießungen und von den vielen Juden, die dort umgebracht worden waren. Von den einstmals 100.000 Einwohnern hätten die Juden einen Anteil von etwa 50 Prozent gehabt. Davon seien die meisten getötet oder in ein Ghetto gebracht worden, der Rest sei zu den Partisanen geflohen.

Leberecht hatte zwar im Unternehmen alles erreicht, was er wollte, er war jetzt Vorstandsvorsitzender und hielt das Heft in der Firma fest in der Hand. Aber das Geschäft machte ihm keine Freude mehr. Er langweilte sich, fuhr schon um halb vier Uhr nach Hause, was früher so gut wie nie vorgekommen war. Am Geschäft hatte ihn das Unternehmerische gereizt, neue technische Methoden einzuführen, neue Maschinen zu kaufen, Tochtergesellschaften zu gründen oder neue Verbindungen anzuknüpfen, seien es neue Einkaufsquellen oder neue Absatzmärkte zu erschließen.

Jetzt aber wurde die ganze Wirtschaf durch den Staatsapparat gelenkt. Das galt für den Einkauf wie für den Verkauf. Die Lieferanten und die Kunden waren weitgehend vorgegeben, desgleichen die Einkaufs- und Verkaufspreise. Ob man faul oder fleißig, ob man findig oder träge war, das war im Grunde genommen gleich. Nur gab es immer wieder Ärger, wenn es Reparaturen gab und die Ersatzteile nicht zu bekommen waren, wenn die Waggons für den Abtransport nicht pünktlich gestellt wurden. Es gab viel Ärger, wenn es darum ging, jemand für das Unternehmen zu reklamieren, der eingezogen werden sollte. Reisen ins Ausland waren nicht mehr möglich, und im Inland wurden sie sehr beschwerlich. In den Zügen gab es kaum noch Sitzplätze. In den Großstädten waren viele Hotels ausgebombt, und dann gab es immer wieder Fliegeralarm.

Um die Langeweile zu vertreiben, fing er wieder an, Gedichte zu schreiben, und holte auch die alten Dramen hervor, die er als Schüler verfasst hatte. Paula freute sich, dass ihr Mann nicht mehr nur missmutig zu Hause saß, sondern etwas gefunden hatte, was ihn beschäftigte und was ihn freute, und sie war auch von dem, was er schrieb, beeindruckt. Britta war geradezu begeistert von der Idee, und Archibald wurde beauftragt, in der Bibliothek die entsprechenden Unterlagen für die Stoffe zu suchen.

Leberecht hatte seit Jahren nichts mehr geschrieben. Nur als seine kleine Tochter Ragnhild starb, da hatte er voller Trauer eine Reihe von empfindsamen Gedichten auf sie geschrieben. Sonst hatte er den Jugendtraum, Dichter zu werden und damit Ruhm zu ernten, aufgegeben. Als nun Britta mit den alten Jugenddramen zu ihm kam, dachte er zunächst nur daran, die Zeit mehr oder weniger totzuschlagen. Aber Leberecht war niemand, der nur halbe Sachen machte. Wenn er von etwas begeistert war, dann war er es mit voller Kraft, und plötzlich hatte er kein anderes Ziel mehr, als Theaterstücke zu schreiben. Ihm fielen all die vielen Pläne ein, die er damals als junger Mann gehabt hatte. Das waren nicht nur die etwas oberflächlich geschriebenen patriotischen Stücke aus der Antike, die möglicherweise jetzt gut in die Zeit passten, das waren auch einige Kammerspiele und Schauspiele gesellschaftskritischer Art im Stil von Ibsen oder Strindberg, das waren Traumspiele und auch Erlebnisse aus seiner Gefängniszeit und aus der Zeit danach, als er um seine Anerkennung kämpfen musste. Das alles sprudelte aus ihm heraus, und er setzte sich mit Feuereifer an die Arbeit. Wenn er ein Theaterstück begann, dann war es auch in wenigen Tagen fertig.

Er kam jetzt nachmittags noch früher nach Hause als bisher, und oft fing er bereits im Büro an zu schreiben. Die Verse flossen ihm leicht in die Feder, ob das Endreim, Jambus, Trochäus, Daktylus oder Hexameter waren, er beherrschte alle. Paula meinte, dass man vielleicht das eine oder andere etwas anders ausdrücken könnte, aber auch ihr gefielen die Dramen gut. Und Britta war begeistert. Sobald ein Drama fertig war, bekam es die Sekretärin, und die schrieb es ab, so wie sie es lesen konnte, während Leberecht sich nie die Mühe machte, das Stück noch einmal zu lesen, denn er war schon am nächsten oder übernächsten Drama.

Britta, die den Text als nächste in die Hand bekam, machte einige kleinere Korrekturen, denn sie fand das Werk ihres Vaters ausgezeichnet, und sobald ein Stück fertig war, trug sie es Freunden und Bekannten vor.

Zunächst waren alle begeistert. Es war eine Überraschung, dass Leberecht, der Kaufmann, solche Theaterstücke schreiben konnte. Seine Freunde, die Theaterintendanten und Regisseure, lobten die Stücke einhellig, und sie versprachen, sie auch aufzuführen, wenn auch vielleicht einige kleine Änderungen gemacht werden müssten. Denn mit Leberecht, der dem Theater auch einmal Holz zur Verfügung stellen konnte, wollte es keiner verderben.

Archibald störte es aber sehr, dass Leberecht zu den Vorlesungen auch immer wieder Schmeichler einlud, darunter auch viele Angestellte aus dem Büro. Paula beklagte sich einmal bei Archibald, dass alles, was sie an Vorräten gehamstert habe und der Inhalt der letzten Liebesgabensendungen für die Einladungen der Zuhörer geopfert würde.

Dass die Texte Erfolg bei den Herren hatten, war vor allem Britta zu verdanken, die sich als schauspielerisches Talent erwies. Sie hatte eine weiche, angenehme, erotische Stimme, konnte aber auch dramatisch werden, und ihre Wut- und Verzweiflungsausbrüche ließen die Zuhörer erschauern. Sie war ein Naturtalent, und wegen ihres Vortrags wurden manche Unebenheiten und Banalitäten in den Stücken überhört.

Je mehr die Gäste die Dramen lobten, umso schneller schrieb Leberecht. In eineinhalb Jahren schrieb er 15 Theaterstücke. Britta war von allen begeistert, aber Archibald hatte einiges an ihnen auszusetzen. Die Stücke waren voller Dramatik, die Charaktere waren ihm aber zu einfach gezeichnet, und auch die Form gefiel ihm nicht. Er musste zwar zugeben, dass er nie so hätte dichten und reimen können, aber er wunderte sich über Leberecht, der voller Begeisterung im Kreis der Freunde immer wieder Gedichte der „schlesischen Nachtigall" Friederike Kempner vorlas und sich über ihre Banalitäten lustig machte, dann aber solche Banalitäten auch in seinen Stücken schrieb.

Das Verhältnis zwischen Archibald und seinem Vater war nicht mehr das alte. Eine gewisse Herzlichkeit, die es zwischen Vater und Sohn gegeben hatte, war plötzlich verschwunden. Für Archibald als Kind oder als Heranwachsender war Leberecht ein Mann, der ihm imponierte, der keine Fehler machte, und dann, als er aus dem Gefängnis kam, war er ein Opfer der Willkür der Nazis, dem man Mitleid entgegenbringen musste. Archibald hatte großen Respekt vor dem Vater gehabt, allerdings manchmal auch Furcht, wenn Leberecht sich geärgert hatte und ihn der Weilersche Jähzorn übermannte und er wegen einer nichtigen Kleinigkeit das Toben anfing. Während Britta vor ihrem Vater, dessen Liebling sie war, nie Angst empfand, ging Archibald ihm nach Möglichkeit aus dem Weg. Je älter er wurde, umso mehr störte ihn, wie sein Vater seine Mutter oft behandelte.

Leberecht hatte ein offenes Ohr für Schönredner und Schmeichler. Archibald bewunderte zwar seinen Vater für seine Hilfsbereitschaft, der allen Menschen, die es notwendig hatten, half, ohne zu fragen, was es ihn kostete oder ob es ihm selber schadete. Aber er war auch hilfsbereit zu vielen, die ihn ausnutzten. Viele Freunde aus der Theaterwelt lobten Leberechts Stücke über den grünen Klee. Er las auch Briefe, in denen die Theaterintendanten von Hebbelscher Größe oder entzückenden Lustspielen schrieben, aber ihn damit vertrösteten, dass sie es in den übernächsten Spielplan aufnehmen wollten, wenn nicht die und die Schwierigkeit dem entgegenstehen würde. Aber fast immer endeten sie damit, dass der Theaterintendant etwas wollte, vor allem war es Holz zum Bau der Kulissen, und Leberecht machte, trotz der Bewirtschaftung, alles, um die Wünsche des Theaters zu erfüllen.

Als Leberecht seinen Sohn nach seinem Urteil fragte und dieser ihm einzeln aufzählte, was ihm an den Stücken nicht so sehr gefiel, bekam Leberecht einen Wutanfall, und Vater und Sohn gingen sich in der nächsten Zeit aus dem Weg.

Leberecht wiederum hatte einiges an Archibald auszusetzen. Er fand, dass er zu wenig spontan sei, ein trockener, wissenschaftlicher Typ, der möglicherweise nie eine Frau bekomme. Dass Archibald noch keine Freundin hatte, regte ihn furchtbar auf, und er überlegte schon, und sprach auch mit Paula voller Sorge darüber, ob er überhaupt normal angelegt sei.

Politisch waren die beiden oft auch nicht einer Meinung. Leberecht mochte die Nazis nicht und er mochte Hitler nicht, aber er war von Jugend an ein deutscher Patriot, der in seinen Gefühlen, was er für Deutschland wünschen sollte, hin und her schwankte.

Archibald war ein konsequenter Nazihasser, vom Verstand her gab es für ihn nur eine Regierungsform, und das war die Demokratie und der Liberalismus, der alles erlaubte, was anderen nicht schadete. Für den deutschen Staat hegte Archibald keinerlei Sympathie. Er musste seine Gedanken allerdings für sich behalten, denn kaum jemand hätte dafür Verständnis gehabt außer Klara und Johannes Fabricius.

Anders als Leberecht dachte, hatte Archibald durchaus Interesse an Frauen. Wenn er sie beim Sport oder im Schwimmbad beobachtete, kribbelte es ihn unter der Haut. Aber er wusste nicht, wie er mit ihnen anbändeln sollte. Er hatte keine Tanzstunde gehabt und die Freundinnen seiner Schwester waren ihm zu blöd. Das ewige Gegackere über die Schule und die Streiche, die sie dort gespielt hatten, waren ihm einfach zu albern. Das Flirten, so wie es sein Vater konnte, lag ihm nicht,. Er war eher etwas schwerfällig wie seine Mutter und die ganze Familie Fabricius. Britta versuchte zwar zu kuppeln, aber die Mädchen, die sie anschleppte, waren ihm entweder zu blöd oder zu dick, und bei Einladungen im Hause von Brittas Freundinnen fühlte er sich als dummer Junge behandelt.

In wen er sich aber verguckte, das war die junge Schauspielerin Elfriede May, die ab und zu von seinen Eltern eingeladen wurde. Elfriede war 18 Jahre alt, nur ein halbes Jahr älter als Archibald. Sie war groß und schlank, hatte eine gute Figur und strahlte Sinnlichkeit und Wärme aus. Ihre hohen Backenknochen und ihr dunkler Teint hatten fast etwas Exotisches, ihre wunderschönen braunen Augen waren von langen Wimpern umrahmt, und sie schaute ihr Gegenüber oft außerordentlich erstaunt an. Sie hatte eine weiche, angenehm klingende Stimme und war als jugendliche Naive am Theater engagiert, und naiv war sie wirklich. Wenn man ihr etwas erzählte, war ihr zweites Wort immer: „Ja, wirklich, ist das so?"

Mit ihrer Schulbildung schien es nicht allzu weit her zu sein, aber sie war eine gute Zuhörerin. Archibald sprach gerne mit ihr über ihre Rollen und machte ihr Vorschläge, welche Rollen sie noch studieren sollte. Lübeck war ihre erste Stelle, und man hatte sie genommen, obwohl sie keinen richtigen Schauspielunterricht gehabt hatte, sie war sozusagen ein Naturtalent.

Archibald schwärmte für Elfriede, aber auf die Idee, sich ihr zu nähern, kam er nicht. Für ihn war sie eine große Künstlerin, die schon einmal verlobt war und bei der er als Schüler doch keine Chancen haben konnte.

Aber hier irrte er sich. Elfriede war genau so unerfahren und schüchtern wie er selber. Sie war zu Hause in Königsberg nie mit jungen Männern zusammengekommen. Als Schülerin hatte ihre Klasse einmal verwundete Soldaten im Lazarett besucht, und sie hatte einem jungen Leutnant, einem feschen Österreicher, an seinem Bett sitzend, vorgelesen. Als der Österreicher wieder ins Feld zog, schrieb sie ihm wie die ganze Klasse ihren betreuten Soldaten – mehrere Briefe, und als er fiel, wurden diese Briefe bei dem Leutnant gefunden. Seine Mutter lud Elfriede nach Wien ein und gab sie dort als die Verlobte ihres Sohnes aus. Das gefiel Elfriede, und sie sprach von „meinem gefallenen Verlobten", ohne dass etwas zwischen den beiden gewesen war.

Nach ihrem Debüt als Gretchen bekam sie von einigen Lübecker Theaterbesuchern, die Gefallen an ihr gefunden hatten, Blumen auf die Bühne geschickt, von einem Marzipanfabrikanten auch eine große Schachtel mit Marzipan – zu dieser Zeit eine große Kostbarkeit – und eine Einladung zu einem Treffen in seinem Café, und sie erhielt auch eine Einladung zum Abendessen von Leberecht Weiler.

Ihre Kolleginnen meinten, zu Dr. Weiler könne sie ruhig hingehen, das sei harmlos, da komme die ganze Familie zusammen, Frau und Kinder, da gehe es anständig zu. Dass Archibald nur Schüler war, das störte sie zwar im ersten

Augenblick, aber dann fand sie ihn doch sehr nett, und als er sie nach Hause begleitete, hängte sie sich bei ihm ein. Vor dem Haus sprachen sie noch ein paar Minuten miteinander, aber dann verabschiedete sich Archibald schnell.

Zu Hause in ihrem Zimmer lag sie noch lange wach und dachte darüber nach, dass der junge Mann mit seinen 18 Jahren weitaus klüger war als die meisten Leutnants, mit denen sie flüchtig zusammengekommen war. Sie überlegte, wie sie sich an ihn heranmachen könnte.

Aus den Gesprächen hatte Elfriede erfahren, dass Archibald sehr gerne Schach spielte, und so äußerte sie den Wunsch, dass sie das Spiel gerne lernen würde. Sie lud Archibald zu sich in ihre Wohnung ein, damit er ihr Schach beibringe. Archibald war gerne dazu bereit und erschien kurz nach acht Uhr in der Pension, in der Elfriede wohnte. Er hatte sich nichts weiter dabei gedacht und auch keine Blumen mitgebracht.

Elfriede dagegen empfing ihn in ihrem Zimmer, auf dem Tisch standen Blumen, und eine Kerze brannte, die das Zimmer in ein dezentes sanftes Licht tauchte. Sie hatte mit viel Mühe schwarzen Tee besorgt und selber Plätzchen gebacken, schenkte Archibald eine Tasse ein und setzte sich aufs Sofa neben ihn. Archibald fing ohne Umschweife an, ihr das Schachspiel zu erklären, aber sie schien nicht richtig zuzuhören. Nachdem er etwa eine halbe Stunde erklärt hatte, ließ er sie mit Weiß anfangen, aber sie machte vollkommen unkonzentriert ein paar Züge und war schon nach fünf Minuten matt. Archibald erklärte ihr die Fehler und fing die nächste Partie selber an, aber sie war wieder nach kurzer Zeit matt. Archibald machte sie geduldig noch ein paar Mal auf ihre Fehler aufmerksam, aber das Interesse von Elfriede erlosch mehr und mehr, und so unterhielten sie sich noch etwas über das Theater und über die Möglichkeit, dass Elfriede an das Badische Staatstheater in Karlsruhe engagiert werden könnte. Da klopfte die Zimmerwirtin an die Türe und teilte mit, dass schon zehn Uhr vorbei sei, denn sie achtete sehr auf die Moral, und Archibald verabschiedete sich.

Zum Schachspielen wurde Archibald nicht mehr eingeladen. Dass Elfriede für Archibald große Sympathie empfand und wohl mehr gewollt hatte, das war Archibald nicht in den Sinn gekommen, und sie war zu schüchtern, um es ihm deutlicher zu zeigen.

Familie Weiler entschloss sich, zum 80. Geburtstag von Johanna im Dezember nach Gernsbach zu fahren. Die kleine Vivian fuhr mit dem Mädchen Lisbeth zu deren Eltern aufs Land nach Mecklenburg, wo keine Fliegerangriffe zu erwarten waren. Leberechts Faktotum Schandler hütete das Haus, so dass die Familie beruhigt zusammen mit dem Zug nach Gernsbach reisen konnte. Allerdings war von gemeinsamer Fahrt nicht zu sprechen, weil jeder versuchen musste, irgendwo im Zug einen Platz zu finden, und sie auf verschiedene Abteile verstreut waren.

Nach Gernsbach waren sämtliche Töchter Johannas und Schwiegersohn Festerling gekommen, auch alle Enkelinnen waren da, während Bernhard Sutter und Hubertus Seifer an der Front standen. Hiltrud war wieder einmal außerordentlich besorgt um ihren Sohn, denn er war nach seiner dritten Verwundung, die gerade ausgeheilt war, wieder mitten in einer Panzerschlacht im Osten. Auch sie war jetzt nicht mehr so vom Endsieg überzeugt.

In der Küche ging es hoch her. Johanna hatte alle Hebel in Bewegung gesetzt, um einen schönen großen Festtagsbraten zu organisieren. Sie bekam unzählige Briefe und Telegramme, alle leitenden Angestellten der Firma kamen, um ihr Glück zu wünschen, mit Ausnahme von Wilkowski. Es gab Aufführungen, die Enkelinnen hatten Gedichte verfasst, Astrid zeigte ihre Künste auf dem Klavier – aus dem sich Johanna im Grunde genommen nichts machte. Man vermisste Gertrud, von der man nicht wusste, wie es ihr in Theresienstadt erging. Alle vier Wochen kam zwar eine vorgedruckte Karte mit ihrer Unterschrift, dass sie ein Paket empfangen hatte, aber mehr durfte sie nicht mitteilen. Leni hatte große Angst, dass sie aus Theresienstadt abgeholt und nach Polen verlegt werden könnte.

Bei den Gesprächen bei Tisch kam eine recht düstere Stimmung auf. Noch war kein Haus der Familie zerstört, noch war niemand aus der Familie gefallen, aber man hatte viele Freunde verloren und alle hatten Angst, wie die Front in einem Jahr verlaufen würde, ob Deutschland dann besetzt sei. Was würden die Feinde aus Deutschland machen, würde das Land aufgeteilt, würden sich die fremden Völker rächen für das, was die Deutschen ihnen angetan hatten, und könnte man dann den einmarschierenden Soldaten sagen: Hallo, ich war schon immer dagegen?

Nach drei Tagen brach die Familie Weiler auf, denn sie wollte an Weihnachten wieder zu Hause sein. Der Zug hatte sehr viel Verspätung, aber Leberecht ließ die Familie in Hamburg am Bahnhof mit dem Auto abholen, denn das Fahrzeug war auf Holzgasbetrieb umgestellt worden, so dass sie auf diesem Gebiet autark waren. Und alle waren froh, dass sie im Auto sitzen konnten. Der Chauffeur fuhr mit abgedunkelten Scheinwerfern durch die stockdunkle Nacht über die Autobahn nach Hause.

Paul Fabricius kam im Oktober 1943 als junger Leutnant an die Front nach Russland. Am Abend vorher ging er noch allein im Herzogpark in Bogenhausen an der Isar spazieren. Seine Gedanken waren schwer. Er hatte Todesahnungen und fragte sich, warum er eigentlich Offizier geworden war. Wäre er doch, wie sein Bruder ihm geraten hatte, als einfacher Obergefreiter bei den Funkern auf der Kanalinsel Alderney geblieben, dann hätte er ein gemütliches Leben gehabt, mit Dienst nach Vorschrift, wo nicht viel passiert wäre. Warum hatte er die Reserveoffizierslaufbahn eingeschlagen? Es hatte ihn ja keiner dazu gezwungen. Aber Paul wollte sich beweisen. Er, der schüchterne, introvertierte

Junge, stand sein ganzes Leben lang im Schatten seines extrovertierten Bruders Fritz, der ein „charming boy“ war, ein Weiberheld, dem die Gunst seiner Mitmenschen immer zuflog. Im Gegensatz zu Fritz, der ausgesprochen faul war, der in der Schule sitzen blieb, vom Wittelsbacher Gymnasium genommen werden musste und nach Salem kam, damit er dort die Möglichkeit hatte, das Abitur abzulegen, war Paul immer ein fleißiger Schüler gewesen. Immer hatte er die besten Zeugnisse mit Zweien und sogar mit der damals sehr seltenen Eins gehabt. Aber als der Bruder ins Internat kam, gefiel es ihm nicht mehr, allein zu Hause zu sein. und so bat er darum, auch nach Salem ins Internat zu dürfen.

Er war dort ein guter Schüler, aber an dem Spaß der Kameraden hatte er wenig Freude. Er las viel, hörte gerne Musik und wurde bei den Veranstaltungen in der Schule immer wieder als Klavierspieler herangezogen. Auch schrieb er schon mit 14 Jahren seine ersten Gedichte.

Von den Lehrern kümmerte sich ein Deutschlehrer, Dr. Müller, ganz besonders um ihn. Er las seine Gedichte und lobte sie und lud ihn ab und zu auf sein Zimmer ein. So gerne Paul mit ihm über Kunst sprach, so war ihm Dr. Müller doch unheimlich. Er fand ihn schleimig, vor allem mochte er es nicht, wenn er ihm über den Kopf strich und sagte, was er für ein hübscher Junge sei. Als Dr. Müller ihm eines Abends einen recht eindeutigen Antrag machte und versprach, ihn mit einem guten Zeugnis zu belohnen, wenn Paul ihm entgegenkommen würde, da war es mit Pauls Geduld am Ende. Er rannte hinaus auf den Gang, und als Dr. Müller ihn zurückholen wollte, gab Paul ihm eine Ohrfeige und rief ganz laut: „Warte, du Schwein, ich werf dich die Treppe hinunter!“

Die Angelegenheit erregte großes Aufsehen in der Schule. Dr. Müller beschwerte sich über Pauls Unverschämtheit und verlangte, dass Paul von der Schule verwiesen werde. Der Schulleiter wollte aber kein Aufsehen, und das wollten auch Pauls Eltern nicht. So wurde Paul nur für ein Vierteljahr auf den Birklehof in die Schule geschickt, während dem Lehrer gekündigt wurde.

Als 1942 er und sein Bruder arisiert wurden – ganz allein aufgrund der Tapferkeit seines Bruders – wollte Paul endlich auch einmal zeigen, dass er nicht nur im Schatten des Bruders stand, und gerade weil Fritz ihm sagte, er solle doch bei den Funkern bleiben, meldete er sich als Reserveoffiziersbewerber. Die Kameraden waren nett zu ihm, aber ganz für voll nahmen sie ihn nicht. Er war der Träumer, der Poet unter den Kameraden, von dem man bald mitbekam, dass er noch nie ein Mädchen gehabt hatte. Sie schätzten ihn als klugen Kameraden, als immer hilfsbereiten Menschen, aber man traute ihm als Offizier nicht viel zu. Er traute sich auch selber nichts zu.

Er lehnte den Krieg ab, mit dem Töten anderer Menschen konnte er nicht fertig werden. Bisher war er noch nie vor diese Alternative gestellt worden. Aber wie sollte das werden, wenn er an die Front kam? Sollte er sich für diesen verbrecherischen Führer einsetzen? Er hatte gesehen, wie es seinem älteren Bruder Johannes ergangen war, und hatte tiefes Mitgefühl mit ihm. Er empfand es als Ungeheuerlichkeit, wie man ihn als minderwertigen Menschen behandelte. Und doch wollte er Offizier werden, um seinem Bruder endlich einmal beweisen zu können, dass auch er ein Kerl war.

Nach mehrtägiger Eisenbahnfahrt von München bis nach Rumänien wurde er einer Einheit zugeteilt, die auf der Krim stand und die vom Festland abgeschnitten war, denn die Sowjets hatten schon den größten Teil der Ukraine besetzt, hatten den Dnjepr überschritten und standen schon am Dnjestr. Warum die Krim verteidigt wurde und neue Truppen dorthin geflogen wurden, war nach der Erfahrung mit Stalingrad den meisten Soldaten einschließlich der Generale ein Rätsel, aber Hitler wollte es so, und er hatte auch noch den Befehl gegeben, die schon von den Russen besetzte Halbinsel Kertsch zurückzuerobern.

Paul kam als Zugführer zu seiner Kompanie und wurde schon wenige Tage später, weil der Kompaniechef fiel, zu seinem Nachfolger ernannt. Der Hauptfeldwebel riet dem Leutnant, vorsichtig zu sein, es habe nicht viel Zweck, sich jetzt noch groß einzusetzen, der Krieg sei doch schon verloren und die Rückeroberung der Halbinsel Kertsch ein Wahnsinn. Die Russen hätten ihren Brückenkopf auf der Krim laufend verstärkt.

Aber Paul schlug alle Warnungen in den Wind, und als der Angriff losging, stürmte er als Erster mit nach vorne, obgleich er außerordentliche Angst hatte. Die Russen waren mit ihrer Artillerie den Deutschen überlegen, und die Stalinorgeln heulten und schlugen rings um ihn herum ein. Paul wurde von mehreren Granatsplittern getroffen, ein Splitter war auch in die Lunge gedrungen. Sanitäter holten ihn zurück, und er wurde mit einem Flugzeug in ein Feldlazarett in Rumänien gebracht. Die Ärzte bemühten sich um ihn, aber es fehlte an Medikamenten. Die Wunden eiterten, er bekam hohes Fieber, fiel in Bewusstlosigkeit und starb nach acht Tagen.

Die Eltern hatten noch die Mitteilung von seiner Verwundung bekommen und waren froh, dass er jetzt im Lazarett in Sicherheit und fern vom Kriegsgeschehen war. Als dann die Nachricht von seinem Tode ausgerechnet durch einen Blockwart der Partei überbracht wurde, brach Paul zusammen, während Felicitas sich zunächst äußerlich standhaft zeigte. In der Todesanzeige, die sie veröffentlichten, stand nichts von „Gefallen für das Vaterland“, sondern nur, dass der heißgeliebte Sohn seinen Kriegsverwundungen erlegen sei. Die Unterschrift lautete: „In tiefer Trauer“.

Im ersten Halbjahr 1944 hielt die deutsche Front noch. Es gab zwar heftige Kämpfe in Italien am Monte Cassino, im Osten drangen die Russen zur alten polnischen Grenze vor. Aber der Krieg stand noch weit vor Deutschlands Grenzen. Aus dem Bekanntenkreis von Weilers trafen immer wieder Todesanzeigen ein, in denen mitgeteilt wurde, dass der zweite oder der dritte Sohn einer Familie gefallen war oder dass eine Kriegerwitwe, die erst vor einem halben Jahr den Tod ihres Mannes beklagen musste, nun schrieb, dass ihr einziger 19-jähriger Sohn gefallen war. Auch viele von Archibalds früheren Klassenkameraden aus dem Jahrgang 1925 und sogar des Jahresgangs 1926 waren schon gefallen, nur wenige Wochen, nachdem man sie eingezogen hatte.

Leberecht hatte die Freude an der Arbeit restlos verloren. Mittags um zwei Uhr verließ er das Büro und kümmerte sich zu Hause um sein literarisches Werk, während Paula sich um die immer schwieriger werdende Ernährung der Familie sorgte. Der ganze Garten war umgegraben. Es gab keine Blumenbeete mehr, stattdessen wurden nicht nur feines Gemüse, sondern auch hundsgewöhnliche Kartoffeln und Rüben angepflanzt. Die frühere Hundehütte des Bernhardiners wurde zum Hühnerstall umgebaut. Paula war den ganzen Tag über unterwegs, um zu ergattern, was es gerade gab. Es kamen zwar auch noch Liebesgabenpakete von Freunden aus Schweden, aber auch deren Inhalt war nicht mehr so wie früher. Butter, Käse oder Wurst fehlten jetzt. Es kamen Haferflocken, Ölsardinen, aber auch Bohnenkaffee.

Leberecht war im Frühjahr nochmals in Skandinavien gewesen und hatte Holz gekauft, aber jetzt wurde Vorkasse verlangt. Besonders schlecht war die Stimmung in Finnland. Einige von Leberechts Freunden und Geschäftspartnern sprachen zwar davon, dass sie sich gegenüber den Russen bis zum Letzten verteidigen müssten, aber viele sahen der Zukunft mit großen Befürchtungen entgegen. Auch in Schweden, wo man sich 1941 noch sehr deutschfreundlich gezeigt hatte, spürte Leberecht jetzt, dass die Ablehnung gegenüber Deutschland und Hitler sich auch auf ihn auswirkte. Manche Geschäftspartner waren gegenüber Leberecht sehr zurückhaltend geworden.

Im Juni 1944 verschoben sich sämtliche Fronten in Richtung auf das Deutsche Reich. In Italien durchbrachen die Engländer und Amerikaner die Frontlinie bei Monte Cassino und nahmen am 5. Juni Rom ein. Am 6. Juni begann die Landung der Alliierten in der Normandie. Im Osten stießen die Russen auf mehreren hundert Kilometern Breite durch die deutschen Linien und blieben erst kurz vor Warschau stehen, wo die polnische Heimatarmee einen Aufstand begann.

Trotzdem gab es auch in Deutschland immer noch Menschen, die an den Endsieg glaubten, ausgelöst durch die geheimnisvollen Andeutungen der Partei, dass es nicht mehr lange dauere und die Vergeltung beginne. Alle rätselten, was wohl die Vergeltung sein mochte. Leberecht vermutete, dass das vielleicht der Einsatz von Giftgas sein könnte oder irgendeiner anderen Waffe mit großer Sprengkraft, möglicherweise hatten sie es sogar fertig bekommen, die Atome zu spalten. Aber dann kam erst die V1, eine Flugbombe, und dann ein paar Monate später die Langstreckenrakete V2 zum Einsatz. Aber welche Schäden die V1 und V2 auch in London anrichteten, sie hatten keinen Einfluss auf das Kriegsgeschehen.

Auch im Sommer 1944 fuhren viele Familien noch in die sogenannte Sommerfrische. Leberecht fand für die ganze Familie in Klingberg am Pönitzer See nur 25 Kilometer von Lübeck entfernt in der Klingbergschänke für drei Wochen Quartier. Es war zwar nicht allzu feudal, aber es gab keinen Fliegeralarm, das Essen war für die damalige Zeit noch einigermaßen gut, die Wirtin kochte mit viel Liebe, in der Nähe der Schänke war eine Badeanstalt, wohin man zum Schwimmen gehen konnte, und es gab schöne Wanderwege durch herrliche Buchenwälder, die bis an die Ostsee heranreichten.

Die Pension war mit etwa 30 Gästen voll besetzt, es waren meist ältere Leute aus der Umgebung von Hamburg. Nur war man von dem, was draußen in der Welt vor sich ging, ziemlich abgeschnitten. Es gab zwar ein Radio, aber das brachte nur deutsche Nachrichten. Leberecht hörte ab und zu BBC bei der Wirtin. Mit äußersten Bedenken ließ sie ihn mithören, denn gegenüber, am anderen Ufer des Sees, im Hotel Pönitzer Schweiz, hatte man den Wirt, der dort in seiner Gastwirtschaft öffentlich den englischen Sender eingestellt hatte und seine Gäste mithören ließ, verhaftet, zum Tode verurteilt und wenige Stunden später hingerichtet.

Am 21. Juli kamen Leberecht und Paula ganz aufgeregt vom Besuch einer Bekannten zurück. Auf Hitler sei ein Attentat verübt worden, das er aber lebend überstanden habe. Archibald dachte nur „schade!“ und sprach das auch gegenüber seinen Eltern aus, und beide pflichteten ihm bei.

Aus den offiziellen Rundfunkmeldungen der nächsten Tage und aus den Zeitungen erfuhr man, dass es wohl eine größere Gruppe von Offizieren und hohen Staatsbeamten gewesen sein musste, die nicht nur Hitler beseitigen, sondern die ganze Naziregierung stürzen wollte.

Tag für Tag wurden mehr Namen von Offizieren genannt, die unmittelbar nach dem Putschversuch hingerichtet worden waren, und Namen von Putschisten, die noch gesucht wurden, darunter der frühere Leipziger Oberbürgermeister und Reichspreiskommissar Dr. Goerdeler und der preußische Finanzminister Dr. Popitz. Unter den Namen der Verhafteten und Gesuchten waren auch einige, die Leberecht gut kannte.

Ende Juli fuhr Archibald wieder nach Gernsbach. Er wollte seine Großmutter Johanna besuchen und auch mit seinen Cousinen Isolde und Marianne zusammenkommen. In Gernsbach eingetroffen fand er aber Isolde nicht mehr an. An den Universitäten durften jetzt nur noch Mediziner und schwerverwundete Soldaten studieren. Die Mädchen wurden in die Fabriken geholt, und Hiltrud hatte es auch endlich durchgesetzt, dass sich Isolde, wenn schon nicht als Krankenschwester, so doch als Blitzmädchen zum Militär gemeldet hatte, nicht aber zur Wehrmacht, sondern zum großen Entsetzen von Johanna zur Waffen-SS, wo sie – das hatte sie wohl gereizt – Sekretärin des Adjutanten von Himmler und Waffen-SS-Generals Wolff wurde. Er stand mit seinen Truppen in Oberitalien, und da Isolde sehr gut Italienisch konnte, war sie wohl engagiert worden.

Marianne, die gerade ein Semester Biochemie in Karlsruhe studiert hatte, meldete sich zum Roten Kreuz, wurde aber zum Schanzen im Rheintal eingezogen und kam abends todmüde von der ziemlich sinnlosen Arbeit nach Hause. Auch Archibald wollte etwas arbeiten. Er hatte das schon zu Hause mit seinem Vater besprochen, denn bei der Großmutter nur herumzusitzen, das hätte böses Blut gemacht, vor allem bei Tante Hiltrud oder auch bei Leuten, die ins Haus kamen. Seine Kinderlähmung sah man ihm ja kaum noch an. Er humpelte zwar, aber das taten auch viele Verwundete aus dem Krieg, die man trotz ihrer Behinderung wieder einzog.

Zu einer fremden Firma wollte Archibald nicht, zu Weiler & Busch aber auch nicht, das hätte als Drückebergerei angesehen werden können, und so wollte Archibald, einfach weil es ihn interessierte, in der Kohlenbrennerei im Schwarzwald arbeiten. Es gab dort eine Tochtergesellschaft von Weiler & Busch, an der Leberecht persönlich beteiligt war.

Eine schwerere und dreckigere Arbeit hätte er sich nicht aussuchen können. Der Kohlenmeiler stand im oberen Murgtal in Raumünzach auf dem Gelände der Murgschifferschaft. Es galt, die Meiler nach Plänen, wie man sie schon in der Bronzezeit kannte, aus meterlangen Scheiten und Knüppelholz, hauptsächlich aus schweren Buchenscheiten, aufzuschichten. So ein Meiler fasste 70 Raummeter Holz, und er musste innerhalb von eineinhalb Tagen fertig sein. Wenn er aufgebaut war, wurde er mit Sand bedeckt und angezündet.

Der Köhler war ein wortkarger, grober Geselle, der auch mit Archibald nur das Notwendigste sprach und ihm nicht viel erklärte. Er ließ durchblicken, dass er von dem Herrn Söhnchen nicht viel hielt. Aber die Behandlung, die Archibald erfuhr, war geradezu freundlich gegenüber der seiner beiden Gehilfen, einem schwachsinnigen älteren Hilfsarbeiter namens Stephan, der kaum ein vernünftiges Wort herausbrachte, und einem 16-jährigen ukrainischen Jungen, der wiederum auf den Dottler – so nannte man im Badischen einen geistig Behinderten – herabschaute und sich einen großen Spaß daraus machte, ihn zu ärgern.

Es brannten immer drei oder vier Meiler gleichzeitig. Nach etwa acht Tagen, wenn die Farbe des Rauches sich veränderte und nur noch weißer Rauch aufstieg, wurde der Meiler gelöscht, das hieß, die Luftzufuhr überall verschlossen. Nun musste man etwa zehn Tage warten, bis der Meiler abgekühlt war. Dann kam die unangenehmste Arbeit, nämlich das Aufreißen des Meilers und das Schaufeln der Holzkohle in Papiersäcke. Archibald wurde unendlich schmutzig dabei, der Kohlenstaub drang in die Nasenlöcher, in die Ohren, in die Haare und unter die Fingernägel und verklebte mit dem Schweiß. Eine Waschgelegenheit gab es nur in dem vorbeifließenden Kaltenbach.

Jeden Morgen musste Archibald um fünf Uhr aufstehen, um den ersten Zug, der viertel vor sechs Uhr von Gernsbach fuhr, zu erreichen. Abends war erst um fünf Uhr Feierabend, und da war Archibald todmüde. Das Waschen bei der Großmutter war nicht so einfach, denn warmes Wasser konnte er nur haben, wenn der Badeofen geheizt war, und das war nicht jeden Tag der Fall.

Johanna unterhielt sich gerne mit Archibald. Sie erkundigte sich nach seiner Arbeit, was für Menschen der Köhler und seine Gehilfen waren, wie es im Wald aussah. Sie sprachen auch immer wieder vom Krieg und auch davon, was in der Firma geschah, denn das war immer noch Johannas eigentlicher Lebensinhalt. Sie sprach bereits davon, was für Holz man nach dem Krieg brauchen würde, um alles wieder aufzubauen. Aber die Zeit, die sie ungestört miteinander sprechen konnten, war begrenzt, denn beim Essen saß jetzt auch die Köchin mit am Tisch, die sich Haushälterin nannte, immer noch an den Endsieg glaubte und mit der sich Johanna des Öfteren stritt, vor allem wenn die Köchin Johannas pessimistische Meinung über den weiteren Kriegsverlauf durch Hoffnungen auf die neuen Vergeltungswaffen zu entkräften suchte.

Große Angst hatte man in Gernsbach, dass die Schwarzenbach-Talsperre durch Bomben zerstört werden könnte, so wie es mit Talsperren im Ruhrgebiet und bei der Edertalsperre geschehen war, und dass dann das ganze Tal überschwemmt würde. Man fürchtete, dass viele Menschen ertrinken würden. Was sollte man tun? Sollte man bei einem Luftangriff in den Keller gehen, um dort möglicherweise zu ersaufen, oder sollte man sich auf das Dach flüchten?

Auch Gernsbach hatte schon einen Bombenangriff erlebt. Bei einem Angriff auf das Benz-Werk in Gaggenau waren einige Bomben in den Oberwasserkanal von Weiler & Busch gefallen und einige Gebäude in der Loffenauer Straße zerstört worden. Es hatte auch Tote gegeben.

Fliegeralarm gab es jetzt täglich, und auch Tieffliegerangriffe von amerikanischen Flugzeugen, die in Frankreich gestartet waren. Von den Tieffliegerangriffen merkte Archibald bei den Kohlenmeilern nichts.

Doch eines Tages, man hörte noch nicht einmal die Sirenen, gab es lebhaftes Flakfeuer von der nur fünf Kilometer entfernt liegenden Schwarzenbach-Talsperre, und sie sahen Flugzeuge, die anscheinend die Sperre angriffen. Archibald hatte Angst, dass die Talsperre getroffen würde, aber der Köhler meinte beruhigend, er brauche sich nicht aufzuregen, sie lägen oberhalb der Talsperre, doch Archibald dachte an seine Familie in Gernsbach. Sie sahen nur, dass ein Flugzeug abstürzte und zwei Flieger an Fallschirmen nach unten schwebten. Aber die Arbeit wurde deswegen nicht unterbrochen.

Auf der Fahrt nach Hause am Abend sah er, dass alles noch in Ordnung war, kein Wasserschwall das Tal verwüstet hatte. Aber in Gernsbach waren alle in heller Aufregung, vor allem die Großmutter war empört. Man hatte die beiden abgesprungenen amerikanischen Soldaten ermordet, einfach mit Schraubenschlüsseln totgeschlagen. Sie waren oberhalb von Weisenbach gelandet, und ein Gendarm, ein älterer Mann mit einem Fahrrad, hatte die beiden zu Fuß durch das Tal hinunterbegleitet. Sie hatten sich beide, ohne Widerstand zu leisten, gefangen nehmen lassen.

Als im Rathaus von Gernsbach die Nachricht von der Gefangennahme durch den Gendarmen bekannt wurde, hatten die obersten Parteivertreter ein Rollkommando gebildet, denn seit kurzer Zeit war von Berlin die Parole ausgegeben worden, dass abgesprungene Flugzeugbesatzungen zu lynchen seien. Das durfte nicht offiziell geschehen, aber die Ortsgruppenleiter hatten die mündliche Anweisung erhalten – schriftlich lag natürlich nichts vor. So fuhr der Bahnhofsvorstand von Gernsbach, ein strammer Nazi, zusammen mit einem Schlosser im Auto von Weiler & Busch mit dem Chauffeur Rudi nach Weisenbach, den Gefangenen entgegen, gefolgt von Dutzenden von Gernsbachern und Leuten aus Obertsrot und Hilpertsau, die ihre Arbeit liegen ließen.

Der Gendarm wusste gar nicht, was er tun sollte. Auf dieses Ereignis war er nicht vorbereitet. Eigentlich hätte er seine Pistole ziehen müssen, um die Gefangenen zu schützen. Der Direktor der Badischen Holzstoff- und Kartonfabrik, eigentlich ein vornehmer Mann, spuckte den Gefangenen ins Gesicht. Direktor Huber von Huber & Textor versuchte, die Gefangenen zu schützen, weswegen man ihn später aus der Partei ausschloss. Die drei Männer des Rollkommandos einschließlich Rudi gingen auf die Gefangenen los und schlugen sie mit den schweren Schraubenschlüsseln tot.

Die Meinung der Bevölkerung war geteilt. Johanna, Else und Marianne waren zutiefst empört. Sie nahmen diesmal auch in der Öffentlichkeit kein Blatt vor den Mund und wollten mit Rudi nichts mehr zu tun haben. Kowalski sagte: „Es ist ein seltsames Gefühl, mit jemand im Auto zu fahren, von dem man weiß, dass er ein Mörder ist!“

***

Kammersänger Paul Fabricius hatte sich die grün gestrichene Gartenbank und den Gartentisch mit der Wachstuchdecke an die südliche Hauswand seines Hauses in der Gaußstraße gezogen. Es war Ende September, und die Nachmittagssonne schien noch warm, ja geradezu heiß gegen die Hauswand. Er wollte diese Wärme noch genießen, während seine Frau Felicitas oben in der Wohnung aufräumte. Im Nachbargarten, dem Garten des SS-Generals, harkten KZ-Häftlinge in ihren gestreiften Anzügen noch eifrig den Garten. Paul wunderte sich, niemand sonst hatte noch Fremdarbeiter im Garten. Blumengärten wie im Nachbargrundstück gab es überhaupt nicht mehr. Auch in seinem kleinen Garten hatte er Bohnen und Kartoffeln angepflanzt, und der Schuppen, der ursprünglich als Garage gedient hatte, war zum Hühnerstall umgebaut.

Paul hatte sich eine Dose mit Zigarettenkippen geholt und einige Tabakblätter, die er auf dem Balkon getrocknet und gehäckselt hatte, um daraus neue Zigaretten zu drehen. Leberecht hatte ihm aus Gernsbach Zigarettenpapier besorgt, und zwar gummiertes, das eine große Seltenheit war. Die meisten seiner Kollegen vom Theater hatten nur ungummiertes Papier oder füllten ihren Tabak in Zeitungspapier. Diese Arbeit verrichtete er am liebsten draußen, um nicht die Bemerkungen seiner Frau zu hören, die diese Zigarettenherstellung aus alten Kippen als ausgesprochen unappetitlich bezeichnete. Auch sein Sohn Fritz, der kaum rauchte, fand das nicht sehr fein und genierte sich. Aber Paul war ein starker Raucher geworden. Früher hatte er nur wenig und dann nur Zigarren geraucht. Aber jetzt im Krieg brauchte er das Nikotin, um das Hungergefühl zu unterdrücken.

Der zwei Meter große Riese, der einmal mehr als 150 Kilo gewogen hatte, war auf 60 Kilo abgemagert, und, wie Paula bei ihrem letzten Besuch in München voller Schrecken erkannt hatte, nur noch Haut und Knochen. Seine Vorräte an Kippen und Tabakblättern reichten aber nur, um etwa zwölf Zigaretten zu drehen, ein Vorrat, der am nächsten Morgen schon wieder aufgebraucht war.

Paul griff nach der Zeitung, es war der Völkische Beobachter. Auf seine Leib- und Magenzeitung, die Münchner Neuesten Nachrichten, musste er jetzt verzichten, denn im Zuge der Goebbelschen Maßnahmen für den totalen Krieg gab es auch in München nur noch eine Zeitung, und das war natürlich das parteiamtliche Blatt.

Die Nachrichten auf der ersten Seite überflog er nur kurz. Der Wehrmachtsbericht versprach nichts Gutes. Der Feind war bis nahe an die Grenzen Deutschlands gelangt und, was Paul sehr schmerzte, Rumänien hatte die Seiten gewechselt. Der König hatte um Waffenstillstand mit den Russen nachgesucht, die Regierung war abgesetzt. Russische Truppen standen schon weit im Land, und der Wunsch, an das Grab seines Sohnes zu fahren, würde sich wohl nicht verwirklichen lassen. Dann blätterte er rasch weiter zu den vielen Seiten, die voll waren mit Todesanzeigen Gefallener. Überall sah man die kleinen Anzeigen mit dem schwarzen Eisernen Kreuz darin. Die Zeitung entglitt seiner Hand, er war eingenickt. Denn Paul Fabricius war übermüdet. Nachts hatte er kaum geschlafen, und das lag nicht nur an dem häufigen Fliegeralarm und den Angriffen auf die Stadt, bei denen sie immer wieder in den Keller eilten. Auch wenn die Nacht einmal ruhig war – was immer seltener wurde – konnte er nicht schlafen, weil er sich Sorgen und Selbstvorwürfe machte.

Seine Frau Felicitas beschuldigte ihn, dass er, um Fritz zu retten, Paul geopfert hatte. Wenn Fritz und damit auch Paul nicht arisiert worden wären, dann wäre Paul nicht Leutnant geworden und nicht an die Ostfront gekommen. Paul widersprach ihr zwar, es hätte keine Garantie gegeben, dass Paul die ganze Zeit auf Alderney als Funker ein ruhiges Leben hätte führen können, und wenn Fritz nicht Medizin studieren dürfte, hätte er vielleicht schon längst an die Ostfront zu seinem alten Regiment zurückkehren müssen und wäre womöglich dort gefallen. Aber die Vorwürfe trafen ihn tief.

Diese ganze Arisierung, war sie nicht eine überflüssige Angelegenheit gewesen? Der Krieg war ja doch bald verloren und vorbei, dann hätte Paul jeden Beruf ergreifen können, den er gewollt hätte.

Der Kammersänger machte sich Vorwürfe, dass er Paul nicht genug geliebt hatte, dass er ungerecht gegen den Jungen gewesen war. Seit seinem Tod hatte der Kammersänger die Lust am Leben verloren. Das Nationaltheater, an dem er beinahe 40 Jahre lang tätig gewesen war, war durch einen Fliegerangriff in Schutt und Asche gelegt, wie auch große Teile der Innenstadt. Selbst in Bogenhausen waren einige Bomben gefallen. Zunächst hatte man den Theaterbetrieb durch konzertante Aufführungen im Kongress- und Konzertsaal des Deutschen Museums fortgesetzt, aber eine wirklich große Rolle gab es für ihn schon lange nicht mehr.

Er überlegte, was gewesen wäre, wenn seine erste Frau keine Jüdin gewesen wäre und seine zweite Frau nicht aus einer jüdischen Familie gestammt hätte. Wäre seine zweite Frau eine Arierin, dann wäre der gefeierte große Kammersänger mit Aufträgen für Plattenaufnahmen überschwemmt worden, er würde weiterhin in den ersten Rollen auftreten, er wäre noch der Professor Fabricius. Was wäre geschehen, wenn er Anfang der dreißiger Jahre in Amerika an der Metropolitan geblieben wäre? Seine Frau wäre liebend gerne in Amerika geblieben, aber er hatte das Land nicht gemocht, er hatte New York geradezu gehasst.

Er liebte seine deutsche Heimat, und auch die bayerischen Berge waren ihm ans Herz gewachsen, und vor allem lebten dort seine Kinder. Er war ein deutscher Patriot, und das brachte ihn jetzt immer mehr in Konflikt mit seinen Kindern Klara und Johannes. Bei dem letzten Besuch von Klara im August hatte es zwischen ihr und ihm großen Krach gegeben. Klara wollte den englischen Sender hören, und das hatte er streng verboten. Er wusste ja nicht, ob das Mädchen Irma das bemerken und sie anzeigen würde, sie als jüdisch Versippte! Oder ob es nicht doch eine Methode gab, dass die Gestapo durch Messungen feststellen konnte, welchen Sender man hörte? Johannes und Fritz hatten zwar gesagt, dass das völliger Quatsch sei, das hätten die Nazis nur verbreitet, um die Leute in Angst zu versetzen, aber Paul Fabricius war nicht so sicher und verbot das Abhören. Er hatte es bisher nie gemacht und erwischte dann Klara und Felicitas, wie sie es doch heimlich taten! Felicitas behauptete zwar, dass sie so etwas nie machen würde, aber er wusste nicht, ob er ihr vertrauen konnte.

Und dann hatte sich Klara über den raschen Vormarsch der Alliierten gefreut. Das ging Paul einfach gegen den Strich. Er meinte nur, wenn die Alliierten siegten, dann sei es mit Deutschland zu Ende. Dann würden die Deutschen ein versklavtes Kolonialvolk, aller Rechte beraubt und würden in der Weltpolitik keine Rolle mehr spielen. Klara hatte darauf geantwortet: „Gott sei Dank!"

Deutschland war doch die Kulturnation Nummer Eins in Europa. Das alles würde untergehen. Er fragte Klara, ob sie das alles vergessen hätte? Aber Klara pfiff auf die deutsche Kultur: „Ich erhoffe mir nur Gutes von den Amerikanern! Du hast wohl vergessen, was man dir im Namen Deutschlands alles angetan hat! Die Deutschen haben auch Tante Betty ermordet!"

Paul meinte nur:„Wie kannst du so etwas sagen?"

„Ich habe im englischen Sender gehört, dass die Russen in Ostpolen in der Gegend von Lublin auf große KZs gestoßen sind. Dort sind Hunderttausende von Juden in Gaskammern getötet und dann verbrannt worden. Vorher hat man den Frauen die Haare abgeschnitten, den Toten die Goldzähne ausgezogen und die Brillen eingesammelt, um das alles wieder zu verkaufen. Sicher ist Tante Betty dort auch ermordet worden, denn wir haben ja überhaupt nichts mehr von ihr gehört! Leni Weiler, die in ganz Deutschland herumkommt, um Altmetall zu kaufen, hat erzählt, dass es in Oberschlesien bei der Stadt Auschwitz ein riesiges KZ gibt. Die Himmel ist rot gewesen von dem Feuer, in dem Leichen verbrannt wurden. Der ganze Ort hat nach verbranntem Menschenfleisch gerochen."

Paul fuhr auf und verbot ihr, so zu sprechen: „Wenn du diese Lügen weiter verbreitest, kannst du möglicherweise noch ins Gefängnis oder noch schlimmer ins KZ kommen, und deine ganze Familie dazu. So etwas ist doch einfach unmöglich! So etwas tun doch deutsche Menschen nicht! Dazu gibt sich doch niemand her!"

Klara wurde wütend und beschuldigte Paul, dass er seine ganze jüdische Verwandtschaft verleugne. „Was weißt du denn! Laufen nicht Johannes und auch ich Gefahr, eines Tages in irgendein Lager abgeholt zu werden? Erst haben sie die Juden geholt, und jetzt ist diesen Schweinen doch alles zuzutrauen!"

Paul war entsetzt, aber auch betroffen. Die jüdische Verwandtschaft war ihm im Grunde genommen peinlich gewesen, und er sprach nicht viel darüber. Er hatte gute jüdische Kollegen in den USA und auch in Deutschland, er war auch entsetzt, wie jüdische Kollegen einfach aus dem Theater hinausgeworfen wurden und jüdische Frauen von Kollegen ihre Männer nicht mehr auf der Bühne sehen durften. Die schimpfliche Behandlung seiner Schwägerin Betty hatte er innerlich verurteilt, aber er fühlte sich nie zu den Juden hingezogen. Er war zu keiner Bar Mizwa der angeheirateten Verwandten gegangen. Bei der Beerdigung seines Schwiegervaters musste er zwar dabei sein, aber es war ihm peinlich, vor allem gegenüber seiner eigenen Verwandtschaft.

Hatten nicht Klara und Johannes Recht? Aber seine Seele war zerrissen. Am liebsten wäre er gestorben, aber was würde dann aus seiner Frau? Was würde sie ohne seine Hilfe machen? In vielen Dingen war sie zwar viel lebenstüchtiger als er. Wenn sie nicht ab und zu etwas hamstern würde, wäre er vielleicht schon verhungert. Sollte er noch in München bleiben oder, wie ihm eine Schulfreundin angeboten hatte, nach Lenggries in Oberbayern aufs Land ziehen? Auch wenn man nur in einem Pensionszimmer hauste? Er könnte ausschlafen, es gäbe dort keine Fliegerangriffe. Vielleicht wäre das Essen dort etwas besser als in München? Was sollte er aber dort tun? Auch die Hilfsbühnen wurden jetzt geschlossen. Gesangsschüler hatte er keine mehr, nur noch Schülerinnen, die jungen Männer waren an die Front eingezogen worden.

Er fühlte eine große Leere in sich. Und dann entschloss er sich, München zu verlassen.

Im Frühjahr hatte Leberecht an dem zweiten Teil seines monumentalen Werkes „Ludwig Tobäus" geschrieben. Es war ein Drama, bestehend aus zwei Teilen zu je fünf Akten und einem Vorspiel. Eigentlich hätte er mit seiner großen Theatererfahrung wissen müssen, dass so etwas ein totgeborenes Kind war. Auch die Werke seiner großen Vorbilder, Schillers „Wallenstein", Goethes „Faust", Hebbels „Nibelungen" oder Ibsens „Peer Gynt" wurden so gut wie nie vollständig aufgeführt, das war mit viel zu viel Kosten verbunden, und „Ludwig Tobäus", ein selbstbiografisches Werk, hätte sich viel mehr als Roman oder Erzählung geeignet, als dramatisiert zu werden.

Paula war sowieso dagegen, auch Archibald hatte sich sehr skeptisch geäußert, und selbst Britta schien das, was sie bisher gelesen hatte, nicht besonders gut zu gefallen. Und überhaupt jetzt, da die Theater geschlossen hatten, dürfte es noch für lange Zeit unmöglich sein, überhaupt etwas auf die Bühne zu bringen. Aber Leberecht wollte dieses Werk, in dem er alle Erfahrungen seines Lebens unterbringen wollte, fertigstellen. Er war jetzt am zweiten Teil, aber so recht gelungen schien es ihm nicht, und seine Gedanken schweiften ab.

In diesem Jahr hatte er alle seine Kraft für seine Karriere als Theaterschriftsteller eingesetzt. Er war trotz aller Schwierigkeiten durch ganz Deutschland von Bühne zu Bühne gereist und hatte seine Freunde unter den Theaterleuten und auch viele ihm noch nicht bekannte Intendanten besucht. Zunächst gab es bürokratische Hindernisse mehr als genug, denn die Schriftsteller wurden von den Nazis überwacht. Er musste zunächst in die Reichsschrifttumskammer eintreten, und dafür bedurfte es Bürgen, die er aber mit Hilfe seiner Freunde am Theater rasch fand. Die Schriftstellerkollegen, die bereit waren zu bürgen, wollten alles unterschreiben, wenn sie nur etwas Brennholz bekamen und wenn sie selber Gelegenheit hatten, über sich und ihr eigenes Werk zu sprechen, was ja nicht immer möglich war. Dann gab es noch umfangreichen Briefwechsel und einige Scherereien, weil er die Werke unter Pseudonym schreiben wollte, und dafür den französischen Namen seiner Großmutter ausgewählt hatte. Ein französischer Name erregte bei der Reichsschrifttumskammer Argwohn. Natürlich musste alles, ehe es gedruckt wurde, durch die Zensur genehmigt werden, und das konnte mitunter Monate dauern, denn auch bei dieser Behörde fehlte im Krieg das Personal.

Bei den Theatern war er überall freundlich aufgenommen worden, denn Leberecht war als großer Mäzen bekannt. Ein Hinweis von einigen seiner Freunde genügte, dass die Manuskripte nicht ungelesen in den Regalen der Dramaturgen verstaubten. Dazu kam, dass Leberecht schon beim ersten Treffen mit den Intendanten mitteilte, dass er für die Kulissen das dringend benötigte Schnittholz zur Verfügung stellen könnte.

Im September hatte Leberecht den „Tobias" noch mal vorgeholt und versucht, ihn zu bearbeiten, dann ließ er das Stück liegen, es hatte ja doch keinen Zweck. An eine Karriere als Schriftsteller war jetzt nicht zu denken. Leberecht wollte den Erfolg gleich sehen und nicht warten, bis einmal nach dem Krieg seine Stunde schlagen würde. Im Sommer waren die Theater auf Anordnung von Goebbels in ganz Deutschland geschlossen worden. Was an jüngeren Kräften noch zu Hause war, wurde an die Front geschickt, die älteren sollten irgendwie in der Industrie arbeiten.

Die Schließung der Theater hatte aber auch zur Folge, dass Leberecht zahlreiche Briefe und Anrufe erhielt, ob er nicht Theaterleute, Regisseure und Schauspieler in seiner Firma unterbringen könne, die sonst in der Fabrik arbeiten müssten. Leberecht wollte helfen, so gut es ging, aber seine Möglichkeiten waren begrenzt. Er stellte zwei Schauspielerinnen ein, die Angst vor der Munitionsfabrik hatten, eine im Berliner Büro und eine in Schlutup, um sie als Hilfskräfte im Büro zu beschäftigen.

Im September, als Leberecht von seiner großen Inspektionsreise von Olbersdorf über Fürnitz und die süddeutschen Werke nach Schlutup zurückkehrte, kamen keine Schiffe mehr aus Finnland und Schweden. Die finnische Regierung hatte erkannt, dass es an der Zeit war, den Krieg zu beenden und zu retten, was zu retten war. Mitte September wurde ein Waffenstillstand mit der Sowjetunion vereinbart. Für Weiler & Busch hatte das zur Folge, dass die großen Mengen an Rundholz, die Leberecht in Finnland im vergangenen Jahr und im Frühjahr gekauft hatte, nicht mehr nach Schlutup kamen. Auch in Schweden hatte man erkannt, dass Deutschland den Krieg nicht gewinnen würde, und so durften die schwedischen Schiffe nicht mehr nach Deutschland fahren. Auch von dort kam jetzt das Holz nicht mehr herein.

In Frankreich waren die Alliierten nicht nur in der Normandie, sondern auch in Marseille gelandet und hatten in wenigen Wochen das ganze Land außer einigen Teilen des Elsass, wo noch gekämpft wurde, und fast ganz Belgien befreit. In Italien war Rom erobert und die Front bis zum Apennin vorgerückt. Die Sowjets hatten nicht nur die Ukraine befreit, sondern waren bis nach Galizien in Polen vorgestoßen und hatten auf dem Balkan Fuß gefasst.

Dann kam jedoch zur Enttäuschung von Leberecht plötzlich die Front überall zum Stehen. Die alliierten Truppen standen zwar überall an der deutschen Grenze, hatten sie aber nicht überschritten. Teile von Ostpreußen waren von den Russen erobert worden, aber die deutschen Truppen hatten sie wieder zurückgedrängt.

Das NS-Regime versuchte, alle Kräfte zu mobilisieren, die man überhaupt noch auftreiben konnte, der Jahrgang 1890, Männer von 55 Jahren, wurden eingezogen und kamen an die Front, um die Verluste an Gefallenen und Soldaten, die in Kriegsgefangenschaft geraten waren, zu ersetzen. Auch bei Weiler & Busch fehlten jetzt die Arbeitskräfte auf den Holzplätzen. Außer wenigen älteren Spezialisten, zwischen 50 und 70 Jahren alt, gab es keine deutschen Arbeiter mehr. Bis 1942 hatte es immer wieder neue russische Kriegsgefangene oder Zwangsarbeiter aus Osteuropa gegeben, die zum Einsatz kamen, aber jetzt gab es keine neuen Gefangenen mehr. In Schlutup hatte man italienische Soldaten und Zwangsverpflichtete aus den Niederlanden, die die Arbeit nur sehr unwillig verrichteten und auf die Befreiung hofften.

Um die Arbeit bewältigen zu können, wurde von der Regierung verordnet, die Arbeitszeit in der Woche auf 60 Stunden zu verlängern. Aber so viel Material, dass man so viele Stunden hätte arbeiten können, war bei Weiler & Busch nicht vorhanden, und das Gleiche galt auch für viele andere Unternehmen. Dazu kam, dass auch der Strom immer wieder abgestellt wurde und Arbeiter und Arbeiterinnen oft untätig herumsaßen, Karten spielten und sich unterhielten, die Frauen machten meist Handarbeiten. Außerdem wurde die Arbeit auch immer wieder durch Fliegeralarm unterbrochen. Fast jeden Tag wurden eine oder mehrere Großstädte durch Bomben vernichtet.

Die Ernährung war immer schlechter geworden, und das spürte auch die Familie Weiler, die sich bisher durch Pakete, die die schwedischen Kapitäne mitgebracht hatten, noch einigermaßen ordentlich ernähren konnte. Archibald, der 1941 noch 90 Kilogramm gewogen hatte, wog jetzt nur noch 50, und auch Paula war so schlank wie zu ihrer Hochzeit vor 20 Jahren.

Als letztes Aufgebot sollte mit Hilfe der Partei ein Volkssturm ins Leben gerufen werden, zu dem Männer bis zu 60 Jahren und Jungen ab 16 Jahren eingezogen wurden. Die Männer sollten in Zivil und die Buben in Hitlerjugenduniform kämpfen. Alle wurden in Schnellkursen an Gewehr und Panzerfaust ausgebildet.

Auch Leberecht wurde zum Volkssturm eingezogen. Da er im Ersten Weltkrieg Unteroffizier gewesen war, wurde er zum Zugführer ernannt. Sein Werkmeister Feichtinger, der es im Weltkrieg bei den Pionieren zum Feldwebel gebracht hatte, wurde Kompanieführer. Bataillonskommandeur war Oberwerkmeister Otto Rischer, der im Ersten Weltkrieg Offizierstellvertreter gewesen war. Er hatte jetzt große Freude daran, wieder richtig kommandieren und die Leute schleifen zu können. Allerdings war es ihm peinlich, dass sein

Chef sein Untergebener sein sollte. Aber zunächst konnte sich Leberecht vor den Übungen einigermaßen drücken.

Archibald wurde nicht zum Volkssturm eingezogen, er war ausgemustert und damit existierte er für die Wehrbehörde und auch für die Parteiorganisationen nicht. Er sah allerdings mit Schrecken, wie jetzt auch Behinderte, die nur als kv, d.h. kriegsverwendungsfähig, eingestuft waren, geholt wurden, selbst wenn sie viel schwerer behindert waren als er.

Johanna stieg mit einigen Mühen die 52 Treppenstufen in ihren Keller hinunter. Es war ein großes, altes Gewölbe, noch aus dem Spätmittelalter, in dem früher die Familie die Weinfässer gelagert hatte. Jetzt war dieser Keller zum öffentlichen Luftschutzraum erklärt worden, zugelassen für 140 Personen, die halbe Bleichstraße konnte darin Zuflucht finden. Bis vor wenigen Wochen war der Keller als Luftschutzraum kaum genutzt worden, aber seit die Alliierten in Frankreich gelandet waren, gab es fast täglich Fliegeralarm. Untertags waren es die Amerikaner, und nachts kamen die Engländer, wenn auch nicht so oft wie die amerikanischen Tiefflieger, die immer überraschend schnell da waren und vor einigen Tagen einen Angriff auf das Benz-Werk im benachbarten Gaggenau geflogen hatten.

Johanna störte es, dass sie das Haus praktisch den ganzen Tag über offen halten musste. Sie selber ging bei Alarm nur selten in den Keller, denn mit ihren fast 81 Jahren war ihr das zu mühselig geworden. Normalerweise ging sie an ihrem Stock mit der silbernen Krücke, das Laufen und vor allem das Treppensteigen fiel ihr sehr schwer. Nachts ging sie schon gar nicht mehr in den Keller. Nur neulich, als die Bomben auf Gaggenau fielen, war der Keller überfüllt gewesen mit vor Angst zitternden Menschen. Und mitten während des Fliegerangriffs auf Gaggenau, als auch einige Bomben auf Gernsbach fielen, kam die Schwiegertochter ihres Gärtners nieder und gebar einen achtpfündigen Jungen, ohne dass die Hebamme oder ein Arzt zugegen waren. Johanna behielt die Nerven. Mit Hilfe von zwei resoluten Nachbarinnen konnte das Kind geboren werden. Johannas Tochter Hiltrud gab dabei nur kluge Ratschläge, aber selber tat sie nichts, um der Wöchnerin, die in Wehen lag, zu helfen. Mit Müh und Not hatte man aus alten Weinkisten eine Schutzwand errichtet, um die Frau vor den übrigen Leuten im Keller abzuschirmen. Johanna hatte heißes Wasser von oben heruntergebracht. Decken und Laken wurden heruntergeholt und das Kind einigermaßen gut versorgt.

Jetzt ging sie aber aus einem ganz anderen Grund in den Keller. Sie wollte ihre Vorräte inspizieren. In einem Seitengewölbe hatte sie ihre Lebensmittelvorräte untergebracht, und da standen sie nun: Hunderte von Gläsern mit Marmelade und Kompott, eingeweckte Bohnen und eingemachtes Kalbfleisch, und natürlich die Lieblingsspeise von Johanna: mehr als 20 Weckgläser mit eingekochtem Hühnchen. Jahr für Jahr hatte sie so vorgesorgt.

Im hinteren Raum hatte sie in großen Steingutkrügen mehrere hundert Eier eingelegt. Johanna hatte sie sich dadurch besorgt, dass sie Nägel gegen Eier getauscht hatte. Bei der Barackenproduktion von Weiler & Busch wurden hunderte Kilo Nägel verwendet, und Johanna war es gelungen, einiges davon abzuzweigen, indem sie dem Magazinmeister einige Flaschen hochprozentigen Mirabellenschnaps zukommen ließ. Daneben standen auch noch Fässer mit Sauerkraut.

Mit dem Einkochen war es jetzt im Jahr 1944 nicht mehr so gut gegangen wie in den Jahren zuvor. Mehr als 80 Obstbäume, vor allem Mirabellen, hatten zwar in diesem Jahr reichlich Früchte getragen, aber es fehlte der Einmachzucker. Johanna beherrschte zwar noch die alte Kunst des Einschwefelns, aber auch Schwefel war nicht mehr ohne weiteres zu bekommen. Dazu hatten ihr die Hilfskräfte bei der Ernte gefehlt, die sie in den Jahren 1942 und 1943 noch bekommen konnte. Auch jetzt gab es noch Leute, die bereit waren, Mirabellen oder Kirschen zu brechen, aber nur dann, wenn man ihnen gestattete, die Hälfte der Früchte für den eigenen Bedarf mitzunehmen, und die meisten Leute, die ihr halfen, holten sich viel mehr als ausgemacht war. Außerdem wurde nachts sehr viel von den Bäumen gestohlen.

Früher hatte sie große Körbe mit 25 Pfund Mirabellen mit der Bahn an ihre Kinder und an Freunde verschickt. Aber schon im vergangenen Jahr war das wenigste davon angekommen, und das, was nach der langen Reise angekommen war, war zum Teil schon verfault.

So hatte sie sich entschlossen, die ganze Ernte zu Mirabellen- und Kirschwasser brennen zu lassen. Zwar musste sie auch hier einiges an die Behörden in Natura abgeben, aber es blieben 200 bis 300 Flaschen Mirabell übrig, und damit konnte sie fast alles tauschen.

Die Besichtigung der Vorräte fiel einigermaßen befriedigend aus, das dürfte wohl über den Winter reichen, und viel länger, davon war sie überzeugt, würde der Krieg auch nicht mehr dauern. Und so keuchte sie, mit einem Korb mit drei Gläsern Eingemachtem beladen, wieder die Treppen hinauf und machte an jedem Treppenabsatz eine Weile Pause, bis sie wieder zu Atem kam.

Das Mittagessen war jetzt sehr einfach geworden. Im Wintergarten, wo sie aßen, saß sie zusammen mit ihrer Köchin, Fräulein Ludwig, und mit ihrer Tochter Hiltrud. Dass die Köchin mit am Tisch saß, war eine Neuerung, die der Krieg mit sich gebracht hatte. Obwohl Johanna immer freundlich und leutselig gegenüber dem Personal gewesen war, ging ihr das auf die Nerven, zumal Fräulein Ludwig – sie war immerhin auch schon über 70 – bei Tisch das große Wort führte. Nur wenn Leberecht zu Besuch kam, war Fräulein Ludwig wieder in die Küche verbannt.

Es gab Kartoffelsuppe und hinterher Dampfnudeln mit einer Art Vanillesauce aus irgendwelchen Tütenprodukten, die Johanna nicht schmeckte.

Dampfnudeln – so war sie es gewöhnt – mussten eine dicke, karamelisierte Zuckerkruste am Boden, das sogenannte Schmierle, haben, aber daran war jetzt im sechsten Kriegsjahr nicht zu denken.

Hiltrud hatte die ganze Zeit um das Leben ihres Sohnes gezittert, von dem sie wusste, dass er in Ostpreußen gegen die eindringenden Russen kämpfte. Jetzt war sie beruhigt, dass Bernhard verwundet war, das vierte Mal in diesem Krieg, und sich in einem Lazarett in Oberbayern in der Nähe von München befand. Und so tönte sie, dass jetzt bald die Wende im Krieg erreicht sei. Es werde sicher nicht mehr lange dauern und dann komme erst die V3 und dann die V4 zum Einsatz, und dabei – oh Wunder der Technik – würden mit nur einem Schuss zehntausend, ja hunderttausend Feinde vernichtet.

Johanna war dieses ganze Gerede zuwider. Sie glaubte nicht daran, dass die Deutschen wirklich eine Geheimwaffe hatten, die noch einmal eine Wende des Krieges herbeiführen könnte. 1918 hatte man im Frühjahr ähnlich gesprochen, und dann kam doch die Katastrophe. Sie hatte nur Angst, dass es diesmal zu einem Waffenstillstand kommen könnte, ehe der Krieg restlos verloren war. Das war aber von Hitler nicht zu erwarten, der würde den Krieg bis zur Vernichtung des ganzen deutschen Volkes weiterführen. Aber diesen Gedanken wagte sie nicht auszusprechen, nicht vor ihrer Tochter und schon gar nicht vor Fräulein Ludwig. Wer wusste schon, ob sie nicht bei der Gestapo angezeigt würde, und die Schergen Himmlers nahmen jetzt keine Rücksicht mehr, der leiseste Zweifel, der harmloseste Witz, der erzählt wurde, galt als Wehrkraftzersetzung und konnte mit dem Tode bestraft werden.

An diesem Abend kam Leni zu Besuch, und Johanna freute sich darauf, denn mir ihr konnte sie offen sprechen. Bisher hatte Leni, obwohl sie bei ihren Reisen immer wieder in Fliegerangriffe hineingeraten war und das Büro ihrer Firma in Berlin zum dritten Mal zerstört war, den Krieg recht gut überstanden. Leni machte sich große Sorgen um ihre Mutter. Zwar hatte sie alle vier Wochen eine vorgedruckte Karte mit ihrer Unterschrift aus dem KZ Theresienstadt bekommen, mit der sie den Erhalt des Paketes, das Leni geschickt hatte, bestätigte. Aber Leni war unruhig. Beim Besuch in Prag hatte sie Geschäftsfreunde gebeten, sie nach Theresienstadt zu fahren. In das Lager konnte sie nicht hinein. Von draußen sah sie nur unzählige Viehwaggons mit Menschen darin die Stadt verlassen, und sie vermutete, dass sie einen Teil der Insassen von Theresienstadt in das Vernichtungslager Auschwitz brachten.

Sie berichtete Johanna von ihren Sorgen, und Johanna hatte tiefes Mitgefühl. Sie war davon überzeugt, dass die Vernichtungsideen der Nazis keine Gerüchte waren, sondern auf Tatsachen beruhten. Wie konnten nur deutsche Menschen, wie konnten überhaupt Menschen so etwas ihren Mitmenschen antun? Die Judenverfolgung in Gernsbach, die Ermordung der beiden amerikanischen Piloten, die Ermordung des polnischen Arbeiters, der ein Verhältnis mit einer Deutschen hatte, das alles hatte sie in ihrer Überzeugung bestätigt, die Deutschen, überhaupt die Menschen, seien zu allem fähig, wenn man es ihnen befahl. Wie war das nur möglich?

Sie hatte darüber auch mit Archibald bei seinem letzten Besuch in Gernsbach diskutiert. Archibald war der Meinung gewesen, dass das Christentum nur Tünche sei. Der Mensch sei grausam, er tue alles, was ihm befohlen werde und sei sich seiner Verantwortung nicht bewusst. Mit der Bergpredigt von Christus habe das nichts zu tun, die werde zwar in der Kirche verkündigt, aber niemand halte sich daran.

Johanna hatte nachgedacht. Warum war man so auf Vaterlandsliebe ausgerichtet? Warum waren alle menschlichen Gesetze außer Kraft gesetzt? Hatte man nicht auch selber bei der Erziehung der Kinder versagt? Sie war immer eine gute Patriotin gewesen, ihr Mann war Mitglied des Kriegervereins und des Flottenvereins gewesen. Sie hatten ihren Sohn Leberecht nach Marschall Blücher, dem Marschall Vorwärts, genannt. Johannas heimlicher Lieblingsheld in der Geschichte war Napoleon gewesen, aber einen Jungen Napoleon zu nennen, das wäre einem guten Deutschen nie eingefallen.

Im Ersten Weltkrieg hatte man die ausziehenden Truppen mit Blumen geschmückt, sie an den Bahnhof begleitet, ihnen Liebesgaben zugesteckt und ihnen noch zusätzlich welche ins Feld geschickt. Man hatte den Verlauf der Front zu Hause auf der Landkarte abgesteckt und bei jeder neuen Siegesmeldung Champagnerflaschen geöffnet, ohne darüber nachzudenken, wie viel Leid mit diesen Siegen verbunden war.

Warum hatten sie den Krieg als etwas Gottgegebenes hingenommen, warum hatten sie sich nicht dagegen gewehrt? Man ging jeden Sonntag in die Kirche und hörte die Predigt von der Nächstenliebe, aber man dachte nicht nach über das, was Jesus zum Krieg gesagt hatte.

Im Grunde genommen, so dachte sie, war der ganze Patriotismus nur Fassade gewesen. Die Familie stand bei ihr immer im Vordergrund, und wenn es etwas gab, um das es sich zu kämpfen lohnte, dann war es für Johanna die Familie und die Firma. Die Firma galt ihr wesentlich mehr als das ganze Vaterland, aber offiziell konnte man das ja nicht aussprechen.

Im sechsten Kriegsjahr war Treibstoff ausgesprochen knapp geworden. Diesel und Benzin standen praktisch nur für die Wehrmacht und die Luftwaffe zur Verfügung, und auch sie mussten sparsam sein. Die Luftwaffe konnte ihre Flugzeuge nicht starten lassen, weil der Treibstoff fehlte. Schon seit Anfang des Krieges hatte sich die Wirtschaft behelfen müssen, und der Behelf war sogenanntes Holzgas. Es wurde in Generatoren erzeugt, die auf Lastwagen montiert waren und mit kleinen Holzstückchen, vor allem aus Buchenholz, befüllt wurden. Das Brennholz aus dem Wald ging jetzt weitgehend an die „Generatorkraft“, eine Firma des Brennstoffhandels, und auch Weiler & Busch lieferte Tausende von Kubikmetern jährlich an dieses Unternehmen. Nur waren diese

Generatoren für Personenwagen zu schwer, und auch bei den Lastwagen ging es nicht ohne Pannen ab. Überall auf deutschen Straßen konnte man Lastwagen oder Traktoren sehen, deren Fahrer mit einer Eisenstange in dem Generator herumstocherten, um die Störungen zu beseitigen. Meist hatte sich das Holz in dem Generator verklemmt, oder es war nicht trocken genug.

Leberecht hatte auf seinen Reisen in Schweden gesehen, dass es dort diese Probleme nicht gab. Auch hier fuhren die Autos mit Holzgas, aber die Generatoren wurden nicht mit Brennholzstückchen, sondern mit Holzkohle beschickt. Auch auf dem Gut von Leberecht hatte man Holzkohle in großen Meilern erzeugt. Jetzt waren zu den Meilern zahlreiche zusätzliche Öfen gebaut worden, in denen die Holzkohle wesentlich schneller erzeugt werden konnte, und es gab in den Öfen Retorten, die die Gewinnung von Terpentin, Essigsäure oder anderen Nebenprodukten ermöglichten.

Leberecht kam auf die Idee, auch in Deutschland auf diese Weise Holzkohle zu erzeugen. Seine Gedanken, die er den Behörden in Deutschland unterbreitete, fielen dort auf fruchtbaren Boden, und er bekam sogar von der Reichsbank die Devisen, um die Patente für den Bau solcher Öfen und Retorten zu kaufen. Er gründete eine eigene Tochtergesellschaft, die Carbon GmbH, und in der war er alleiniger Geschäftsführer. Er wollte nun in allen Werken der Firma, in Gernsbach, Kehl, Aalen und Lübeck solche Anlagen bauen. Nachdem er im Schwarzwald einen Meilerbetrieb gekauft hatte, in dem Archibald in seinen letzten Ferien gearbeitet hatte, sollte in Mölln südlich von Lübeck eine neue Anlage entstehen, die die Abfälle von Buchenschwellen verarbeiten sollte.

Für Archibald ging die Schule nach den Sommerferien weiter. In der Klasse acht, der Oberprima, waren nur noch Archibald und ein zweiter Schüler. Auch in der siebten Klasse, der Unterprima, wurden schon die Schüler des Jahrgangs 1927 eingezogen, die des Jahrgangs 1928 waren bei der Flak. Ober- und Unterprima waren in eine Klasse zusammengelegt, es waren insgesamt nur neun Schüler.

Archibald wollte sich jetzt auf eigene Faust um eine Arbeit kümmern, denn dass die Klasse früher oder später aufgelöst wurde, war ihm klar. Er dachte, es sei besser, sich selber um eine Beschäftigung zu kümmern, als zu warten, bis er nach Berlin oder in eine Gegend dienstverpflichtet wurde, in die er nicht wollte. Wenn er sich für eine Stellung bei Weiler & Busch meldete – was er natürlich am liebsten getan hätte –, dann würde das Arbeitsamt sicher einen Druckposten wittern und diese Stelle nicht genehmigen, und er würde weiß Gott wohin verpflichtet. Aber wenn er sich für die neue Firma Carbon GmbH, die Leberecht für die chemische Verwertung des Holzes gegründet hatte, meldete und sagte, er sei dafür angefordert worden, würde das wohl kaum auffallen. Er sprach deswegen beim Arbeitsamt vor.

Als er auf das Amt kam, stellte er staunend fest, dass für den Einsatz der jungen Leute, die die Schule verließen, sein früheres Kindermädchen Alice zuständig war. Sie regelte, dass Archibald die Stellung bei der Carbon in Mölln antreten konnte. Allerdings dauerte es beinahe noch vier Wochen, bis Mitte Oktober die Klasse aufgelöst und nicht nur die beiden Oberprimaner, sondern auch die ganze Unterprima für den Arbeitseinsatz entlassen wurde.

Mitte Oktober trat Archibald seine Arbeit in Mölln an. Das Städtchen lag 30 Kilometer südlich von Lübeck, auf einem Hügel malerisch an mehreren Seen gelegen, überragt von einer mächtigen Backsteinkirche, an deren Mauern der Narr Till Eulenspiegel begraben war. Mölln war die Einkaufsstadt für die ländliche Umgebung, mit kleinen Maschinenfabriken und Werkstätten zur Reparatur landwirtschaftlicher Geräte und auch mit Sägewerken, die Holz aus den großen Wäldern des Herzogtums Lauenburg verarbeiteten, wozu auch der Sachsenwald gehörte.

Der Reichtum an Buchenholz war es auch gewesen, der Leberecht dazu veranlasst hatte, direkt am Bahnhof eine fliegende Säge aufzustellen, eine sogenannte Schwedensäge. Das Sägen mit dieser offenen Kreissäge war nicht nur gefährlich, es war auch eine wahre Kunst, einen geraden Schnitt damit hinzubekommen, und vor allem mussten die Sägen noch mit der Hand geschärft und geschränkt werden, und das beherrschten nur wenige. Ende der dreißiger Jahre hatte der schwedische Vorarbeiter, der auf Leberechts Gut in Schweden beschäftigt war, 20 Arbeitskräfte eingelernt, von denen viele im Laufe des Krieges eingezogen worden waren. Nun war das Werk in Mölln das einzige, bei dem das Sägen noch klappte, wo der Sägeführer eine ruhige Hand und ein gutes Auge hatte.

Im Möllner Werk wurden 30 Festmeter am Tag von vier Arbeitern eingeschnitten, zwei standen an der Säge und zwei putzten die Schwellen anschließend, so dass keine Rinde mehr zu sehen war. Es gab einen Meister, der auch gleichzeitig Waldmeister war und sowohl für Schlutup als auch für Mölln das Holz einkaufte. Im Schlutuper Sägewerk wurden 25 Arbeiter für die gleiche Arbeit benötigt. Die Seitenabfälle der Schwellenproduktion, die Schwarten, gingen als Brennholz weg und sollten nun nach dem Wunsch von Leberecht zu Holzkohle gebrannt werden.

Im Werk in Mölln waren nur noch zwei deutsche Arbeiter tätig, die Brüder Friedrich und Paul Niebuhr, die jeden Tag etwa zehn Kilometer mit dem Fahrrad zum Werk kamen. Der ältere, Friedrich, ein sehr ruhiger Mann, der kaum sprach, war Sägenführer. Alle zwei Stunden setzte er seine Brille auf und schärfte bedächtig mit großer Sorgfalt die Säge von Hand.

Der zweite Mann an der Säge war ein Russe, der großer oder alter Iwan genannt wurde, ein Mann, der sich sehr schnell in die Sägerei eingearbeitet hatte. Er war aus der Gegend von Rostow am Don und erzählte, dass er

Kosake sei und im Bürgerkrieg in der Kavallerie der Weißen Armee gedient habe. Er war von Haus aus Schlosser und war der einzige neben Niebuhr, der die Säge bedienen und auch schärfen konnte, was der Meister Träger nicht konnte. Träger konnte zwar die Säge zwei Stunden lang bedienen, wenn es aber ans Schärfen ging, musste er passen.

Paul Niebuhr und ein zweiter Russe, ein junger Mann mit hellblonden, beinahe weißen Haaren, der aus Archangelsk stammte und dort als Waldarbeiter tätig gewesen war, säuberten die Kanten der Schwellen von der Baumkante, zerschnitten mit einer Motorsäge die Stämme auf Schwellenlänge von 2,60 Meter und rollten sie auf eine Rampe an die Säge heran. Alle zwei Tage waren alle vier damit beschäftigt, die fertigen Schwellen mit Stangen in die Waggons der Reichsbahn zu schieben.

Außerdem gehörten zu dem Werk noch zwei Traktoren mit Anhänger, die das Buchenrundholz aus den Wäldern der Lauenburger Kreisforstverwaltung auf das Werk nach Mölln fuhren. Von den beiden Traktorfahrern war der eine ein 18-jähriger Junge, der nicht zum Militär musste, weil er staatenlos war. Er stammte aus Mecklenburg und war das uneheliche Kind einer Landarbeiterin aus Polen, die als Erntehelferin in den zwanziger Jahren dort auf den Gütern gearbeitet hatte. Die Behörden hatten ihn zwar für „eindeutschungsfähig" erklärt, aber seine Mutter und sein Stiefvater und er selber legten keinen Wert darauf, und so brauchte er auch nicht zum Militär. Der zweite Fahrer war ein Pole namens Kudra, der verhältnismäßig gut deutsch sprach.

Am Rande des Pachtgeländes des Sägewerks standen zwei windschiefe Bauhütten, grün gestrichen, keine größer als sechs Quadratmeter, in denen jeweils ein Tisch mit zwei Bänken stand sowie ein Kanonenofen, der mit Holz beheizt wurde und die Bude innerhalb von wenigen Minuten auf eine Hitze von 30 bis 35 Grad Celsius brachte.

An der einen Tischecke hatte Meister Träger sein Büro, ausgestattet mit einem Telefon, wo er handschriftlich die Akten führte. Außerdem aßen dort die beiden deutschen Arbeitskräfte ihr Frühstück und ihr Mittagessen, das sie sich in Henkelmännern mitbrachten und auf dem Ofen wärmten. In der zweiten Bude gab es einen Spind und eine Schlafstätte für den polnischen Fahrer, außerdem konnten dort die beiden Russen essen, denn die Militärverwaltung hatte strenge Richtlinien erlassen, dass die Ostarbeiter und die Deutschen ihre Mahlzeiten nicht zusammen einnahmen.

Der Holzkohleofen bestand aus zwei Kammern. Zwei Tage dauerte es, bis ein Ofen gefüllt war, dann brannte er zwei Tage, bis sich der Rauch verfärbte und alle Öffnungen abgedichtet wurden. Während dieser Zeit wurde der zweite Ofen gefüllt, dann dauerte es wieder zwei Tage, bis der Ofen abgekühlt war und wieder geöffnet werden konnte, wobei es allerdings oft notwendig war, wieder aufflammende Brände zu löschen. Zwei Tage später konnte dann die Holzkohle aus dem Ofen herausgeschaufelt und in Papiersäcke verpackt werden, die direkt auf einen Lastwagen geladen wurden, der vor und nach der Füllung auf eine Waage fuhr.

Im Laufe einer Woche wurden 60 Raummeter Holz zu Holzkohle gebrannt. Obwohl die Arbeit sehr schwer war, verrichtete Archibald sie gerne, denn er fühlte sich als Mitinhaber der Firma, es war sein Unternehmen, für das er arbeitete. Er durfte auch Lieferscheine ausfüllen, zur Waage gehen, wenn die Kohle gewogen wurde, und er freute sich diebisch, als er einmal einen Chauffeur beim Schummeln erwischte. Dieser war vor dem Wiegen ausgestiegen, aber nachher, als der Wagen beladen war, samt Frau und zwei Kindern im Wagen sitzen geblieben, so dass deren Gewicht auch noch mit gewogen wurde. Archibald oblag auch der Kleinverkauf der Holzkohle, und er fühlte sich für diesen Betriebsteil verantwortlich.

Archibald bekam Lebensmittelkarten für Schwerstarbeiter und, da er über 18 Jahre alt war, auch Rauchermarken. Weil er selbst nicht rauchte, konnte er die Rauchermarken bei den Brüdern Niebuhr, die starke Raucher waren, gegen Lebensmittel tauschen. Denn die Brüder Niebuhr bekamen nicht nur Lebensmittelmarken für Schwerstarbeiter, sondern sie hatten zu Hause noch etwas Landwirtschaft, mästeten Schweine und schlachteten auch schwarz, trotz der hohen Strafen, die darauf standen. In ihren riesigen Essenstöpfen, die sie mitbrachten, waren meist Erbsen und Kartoffeln, zwischendrin aber immer ordentliche Fleischmengen, manchmal sogar ein ganzes Hühnchen. Aber die Schwerarbeit machte auch entsprechend Hunger.

Die Töpfe der Russen waren weit weniger gut gefüllt. Aber die Firma war daran interessiert, dass die Arbeitskräfte, die bei ihnen arbeiteten, auch etwas leisten konnten, und Meister Träger, aber auch Leberecht sorgten dafür, dass sie zu der kärglichen Kost aus dem Kriegsgefangenenlager noch zusätzliche Nahrungsmittel erhielten. Das waren aber nur Lebensmittel, die nicht rationiert waren, in erster Linie Kohl, Futter- und Zuckerrüben, aus denen sich die Russen eine Art Borschtsch kochten, dann Bohnen und auch Kartoffeln. Außerdem sorgte Leberecht dafür, dass er ab und zu Fischkonserven aus den Schlutuper Fischfabriken für die Russen bekam.

Die Russen waren im Kriegsgefangenenlager in Mölln untergebracht und wurden jeden Morgen von einem alten Landsturmmann, der einen Karabiner über der Schulter hängen hatte, abgeliefert. Wie die einzelnen Gefangenen behandelt wurden, hing oft von den örtlichen Kommandanten ab und weitgehend auch davon, wie die Firmen, bei denen sie arbeiteten, mit ihnen umgingen. Bei Weiler & Busch gab es auch innerhalb des Unternehmens große Unterschiede.

In Schlutup behandelte sie der Obermeister Otto Rischer kalt und herzlos. Er schlug sie zwar nicht, wie das in anderen Firmen vorkam, aber er sah in ihnen von vornherein Drückeberger, Faulenzer, Pfuscher, hinter denen er immer wieder her sein musste, dass sie auch richtig arbeiteten. Er war schnell mit Flüchen dabei, wenn etwas nicht so lief, wie er sich das vorgestellt hatte. Die anderen Meister waren wesentlich freundlicher zu den Russen und sahen auch, dass man bei schlechter Ernährung nicht die 120 Kilogramm schwere Schwelle allein tragen konnte, während Rischer der Meinung war, ein Mann müsse so viel tragen können wie er selber wiege. Aber dass die Russen keine 100 oder 120 Kilo wogen, hätte man sehen müssen. Archibald hatte oft erlebt, wie die Russen bis zum Umfallen gequält wurden, und sie taten ihm leid, ohne dass er etwas dagegen unternehmen konnte, außer dass er seine Beobachtungen seinem Vater mitteilte, der dann Rischer ins Gewissen redete, aber bei ihm auf kein Verständnis stieß.

Bei Weiler & Busch in Mölln herrschte zwischen den russischen Kriegsgefangenen und den deutschen Arbeitern ein recht freundschaftliches Verhältnis. Man war bei der Arbeit aufeinander angewiesen, man sah, dass die Russen keine Untermenschen waren, sondern genau so anstellig wie die deutschen Arbeiter auch. Während in Schlutup die Russen selbstverständlich nur mit Vornamen und per Du angesprochen wurden, umgekehrt aber die Russen die Deutschen per Sie anreden mussten, nannten in Mölln die Russen die deutschen Arbeiter bei ihrem Vornamen Paul und Friedrich und sprachen per Du mit ihnen. Nur der Meister wurde mit Herr Träger und Archibald mit Herr Weiler angeredet.

Die Unterhaltung war in den meisten Fällen recht stockend, denn die Sprachkenntnisse der Russen, die sie sich im Laufe der Kriegsgefangenschaft angeeignet hatten, waren dürftig. Eine Ausnahme bildete der alte Iwan. Er sprach fließend deutsch, zwar mit russischem Akzent, aber er machte fast keine grammatikalischen Fehler. Archibald besuchte Iwan immer mal wieder in seiner Bude und fragte ihn nach seiner Heimat und nach seinen Leben zu Hause. Iwan erzählte, dass er verheiratet sei, zwei Töchter habe, 18 und 20 Jahre alt.

Archibald überlegte, woher der Mann so gut Deutsch konnte. Einmal, als er in die Bude der Russen kam, sah er, wie Iwan seinen Kameraden einen Artikel aus einer deutschen Zeitung vorlas beziehungsweise ins Russische übersetzte. Iwan konnte also nicht nur deutsch sprechen, sondern sicher auch schreiben und hatte keine Schwierigkeiten mit dem lateinischen Alphabet.

Archibald war zunächst in einer Pension untergekommen, die in der Nähe des Werkes lag, er musste bis zum Werk eine Viertelstunde gehen. In der Frühstückspause blieb er mit den anderen Arbeitern in der grünen Bude sitzen, in der Mittagspause gab es aber eine große Hetzerei. Er hatte kaum Zeit, sich zu waschen und umzuziehen, dann die dünne Suppe und das spärliche Hauptgericht herunterzuschlingen, wobei die Wirtin immer wieder meckerte, dass er nicht pünktlich um zwölf Uhr zum Mittagessen erschien. Dann konnte er nur mit Müh und Not um ein Uhr die Arbeit wieder aufnehmen. Morgens um viertel vor sechs, wenn er das Haus verließ, gab es zudem noch kein Frühstück.

Archibald brauchte zwar nicht alle Lebensmittelmarken abzugeben, denn das Essen war für Normalverbraucher bestimmt, und sicher konnte die Wirtin auch noch einiges davon abzweigen. Wenn es Fleisch gab – das war zweimal in der Woche –, waren die Scheiben nur hauchdünn geschnitten, und das Fleisch schmeckte nach Fisch. Dazu gab es in Wasser gekochtes Gemüse und Kartoffeln. Abends gab es dünn geschnittene Brotscheiben mit Wurst oder irgendeinem Molkenkäse bestrichen.

Im Dezember hatte Archibald von der Pension, wo er nicht richtig satt wurde, genug. Durch die Sechzig-Stunden-Woche verdiente er gut, denn er wurde wie ein Facharbeiter mit Überstunden und mit Schmutzzulage bezahlt, und so zog er in ein Hotel. Archibald richtete sich Brote und aß mittags zusammen mit den Arbeitern.

Die Unterhaltung drehte sich weitgehend um das Essen, über die politische Lage wurde nicht gesprochen. Archibald hielt sich zurück, er wusste ja nicht, wie die anderen dachten, aber aus der einen oder anderen Bemerkung wurde ihm klar, dass die Anwesenden nicht an den Endsieg glaubten.

Sonst konnte Archibald keine persönlichen Bekanntschaften machen, vor allem hatte er keine Zeit und keine Gelegenheit, ein Mädchen kennenzulernen, das ihn interessiert hätte. Das einzige Freizeitvergnügen in Mölln war ein Kino, das zweimal in der Woche das Programm wechselte. Die Vorstellungen wurden sehr oft durch Fliegeralarm unterbrochen. Wenn der Alarm länger als eine halbe Stunde dauerte, hatte man Pech gehabt, dann ging die Vorstellung nicht mehr weiter.

Eine willkommene Abwechslung für Archibald war es, wenn der Meister ihn zu Bauern mitnahm, die mit ihren Pferden das Rundholz an den Straßenrand rückten. Meist wollten diese Bauern auch etwas Brennholz haben, wobei Archibald das Brennholz, das er doch verkohlen wollte, mit Zähnen und Klauen verteidigte.

Der Meister nahm ihn aber auch mit, weil es bei den Bauern, die das Holz haben wollten oder auch bereit waren, Holzkohle zu verheizen, ein anständiges Abendessen gab mit Wellfleisch und Blut- und Leberwürsten oder auch mal ein anständiges Schinkenbrot. Nach dem Essen wurde bis gegen zehn Uhr Skat gespielt, und wenn er verlor, waren es manchmal ganz erkleckliche Summen, auch wenn nur um einen Viertel Pfennig gespielt wurde, aber für das gute Essen nahm er das in Kauf.

Am Wochenende fuhr Archibald nach Hause nach Lübeck. In der ersten Zeit fuhr er montags mit dem ersten Zug kurz nach fünf Uhr von Lübeck über Lüneburg nach Mölln, was eine Stunde dauerte. Samstagmittag ging es um zwei Uhr zurück, und er war um drei Uhr in Lübeck. Aber im Laufe der Zeit hatten die Züge immer größere Verspätungen. Es war keine Seltenheit, dass der Zug am Samstagnachmittag erst um sieben oder acht Uhr in Mölln abfuhr und immer wieder durch Tieffliegerangriffe auf der Strecke aufgehalten wurde. Manchmal kam er erst um Mitternacht und einmal sogar erst morgens um vier Uhr nach Lübeck.

Nachdem er dann einige Male lieber zu Fuß von Mölln nach Lübeck gewandert war, entschloss er sich, künftig am Samstag das Fahrrad zu benutzen. Das dauerte beinahe drei Stunden, denn bei der Fahrt durch das holsteinische Hügelland musste er zwischendurch immer wieder absteigen und das Fahrrad schieben. Aber er wusste, der Meister sah es ihm nach, wenn er am Montagmorgen erst um neun Uhr nach dem Frühstück im Werk ankam, und am Samstag wusste Archibald, wann er zu Hause war. Am Sonntag konnte er wenigstens einmal in der Woche richtig ausschlafen und kam erst um zwölf Uhr zum Frühstück, musste dann aber feststellen, dass die von Paula eingeteilte Butter schon von seinen Geschwistern verspeist worden war.

***

Elli Brunner hatte ihre Ausbildung zur Heilgymnastin beendet und war jetzt in einem Lazarett in Berlin-Dahlem tätig. Wegen der ständigen Bombenangriffe war sie zusammen mit ihrer Cousine Leni in den Norden Berlins nach Zerpenschleuse ausgewichen. Dort besaß ein Bekannter ihrer Mutter Silvia, der jetzt im Feld stand, eine Junggesellenwohnung. Die Fahrt jeden Morgen mit der Bahn bis zur Arbeitsstelle war zwar lang, aber weder diese Fahrerei noch die Fliegeralarme und das viele Elend im Lazarett, wo täglich frisch Verwundete ankamen, hatten ihr heiteres Gemüt trüben können, und das mochten die Patienten, ihre Kolleginnen, die Schwestern, und auch die Ärzte, die nur manchmal über ihre Naivität lächelten. Mehrfach in der Woche erhielt sie Heiratsanträge und Blumensträuße, die sie mit viel Mühe in der überfüllten S-Bahn mit nach Hause nahm, wo im Zimmer kaum noch Platz war, um etwas abzustellen. Leni staunte immer wieder darüber. Sie bekam von niemandem einen Blumenstrauß. Allerdings musste sie sich als Halbjüdin zurückhalten. Nur die geringste Annäherung an einen Mann konnte unabsehbare Folgen für sie und ihn haben, und deswegen hatte sie sich mit einem Panzer der Abwehr gegenüber allen Männern umgeben.

Aber auch an Elli kamen die jungen und älteren Männer nicht heran. Wenn sie den Verliebten einen Korb gab, hatte sie immer eine freundliche, nie verletzende Art, meist recht humorvoll, so dass ihr niemand böse sein konnte.

Im August bekam sie einen Patienten, einen Leutnant der Luftwaffe, der bei der Flak gedient hatte, in Stalingrad verwundet und im letzten Moment noch aus dem Kessel ausgeflogen worden war. Man hatte ihm den Oberschenkel amputiert, aber die Operation war nicht ganz geglückt, er litt schrecklich unter Phantomschmerzen, die er mit eisernem Willen zu unterdrücken schien. Man hatte ihn in das Lazarett in Dahlem verlegt, weil dort auch seine Eltern wohnten.

Die Schwester, bei der er auf Station war, erzählte Elli, Leutnant Manfred Lohmar könne mit seinem einen gesunden Bein über einen Stuhl mit Lehne springen, aber Elli hatte das mit einer Handbewegung abgetan, sie solle doch nicht so einen Blödsinn erzählen, das könnte doch niemand, selbst über die Sitzfläche käme so jemand nicht herüber.

Der Leutnant, der das hörte, stellte seine Krücken ab, hüpfte dreimal auf einem Bein und sprang dann tatsächlich über die Lehne des Stuhls. Elli war sprachlos.

Der Leutnant hatte vor dem Krieg Medizin studiert und war bis zum zweiten Semester gekommen, 1939 war er deutscher Studentenmeister im Zehnkampf und im Hochsprung gewesen. Er wollte einmal Sportarzt werden und war schon für die Olympiamannschaft aufgestellt. Aber diese Olympiade fand wegen des Krieges nicht mehr statt. Er hatte zwar einen eisernen Willen, aber er war auch stark depressiv. Elli verstand es, ihn aufzumuntern. Eine Woche später hielt er um ihre Hand an, und Elli, die bisher immer nur Nein gesagt hatte, sagte spontan Ja.

Silvia und auch Manfreds Eltern waren begeistert. Manfreds Vater war Professor für Grundbau an der Technischen Hochschule in Berlin-Dahlem, besaß daneben ein Ingenieurbüro und baute in aller Welt Hafenanlagen. Er hatte ein Landgut in Schlesien, einen kleinen Gutshof in Kärnten und eine große Villa in Dahlem. Wie Silvia vermutete, musste er ein mehrfacher Millionär sein. Zur Zeit war er Major bei den Pionieren. Als letzte Aufgabe, die ihn sehr bedrückte, musste er die Hafenschleusen in Antwerpen sprengen, die er vor vielen Jahren einmal selber gebaut hatte.

Das junge Paar beschloss, noch im Oktober zu heiraten, und nachdem es Manfred besser ging, machten Elli und er Besuche bei der Großmutter und bei Professor Lohmar. Der Professor, seine Frau und Silvia besuchten Johanna in Gernsbach. Johanna freute sich zwar für Elli, aber irgendetwas gefiel ihr an dem neuen Schwiegerenkel nicht. Sie wusste nur nicht, was es war. Vor allem meinte sie, dass es besser sei, die jungen Leute würden sich erst näher kennenlernen und sprach mit Professor Lohmar darüber, ob die jungen Leute nicht mit der Hochzeit noch etwas warten sollten, bis das Studium von Manfred abgeschlossen sei oder er wenigstens das Physikum gemacht habe.

Aber Professor Lohmar entgegnete nur etwas süffisant: „Frau Kommerzienrat, bei uns spielt Geld keine Rolle.“

Mitte Oktober, kurze Zeit nachdem Archibald in Mölln seine Arbeit angetreten hatte, fand die Hochzeit an einem Samstag in Hamburg-Blankenese statt. Leberecht, Paula, Archibald und Britta kamen aus Lübeck mit dem Zug und fuhren mit der S-Bahn durch die Ruinen bis nach Blankenese, das noch unzerstört war, wo Festerlings wohnten. Die Hochzeit fand im kleinen Kreise statt, außer der Familie Weiler waren die beiden Eltern Lohmar und ihr jüngster Sohn Raimar gekommen, ein 18-Jähriger, der, kaum dass er an der Front war, verwundet worden war und während der ganzen Feier mit einem „Beiwagen", einem geschienten Arm, herumlief. Außerdem war Leni, die beweglichste der Familie, erschienen und schließlich Elsa, eine Schulfreundin von Elli, die Tochter eines der größten Hamburger Werftbesitzer und Flugzeugbauer, die wie Elli Krankengymnastin geworden war.

Zur standesamtlichen Trauung trug Manfred die besonders schicke Galauniform des Offiziers der Luftwaffe mit sämtlichen Orden und Ehrenzeichen. Das Paar wurde nur von Professor Lohmar und Adolf Festerling begleitet. Die kirchliche Trauung fand im Salon von Festerlings statt. Der Pastor, der sie konfirmiert hatte, nahm sie vor. Leni begleitete auf dem Flügel die Choräle, die nur die Braut und ihre Freundin sowie Paula, Britta und Silvia mitsangen, die Männer verharrten in tiefem Schweigen. Ellis Schwester Hermine und Raimar waren Brautjungfer und Brautführer.

Hermine merkte man an, dass sie sich gewaltig ärgerte, dass ihre jüngere Schwester zuerst heiratete. Sie flirtete heftig mit Raimar, Britta empörte sich, sie schlage wie ein Pfau Rad. Archibald unterhielt sich recht gut mit Elsa, mit ihr konnte er über Dinge sprechen, über die er sonst mit jungen Mädchen nicht sprechen konnte. Aber sie war schon 22 und für ihn – wie er meinte – zu alt. Sie siezten sich und sprachen äußerst höflich miteinander.

Das Hochzeitsessen hatte einige Probleme gebracht, aber Silvia war sehr stolz, dass sie als Vorspeise Artischocken hatte besorgen können. Das Essen wurde vornehm serviert, der Tisch war festlich gedeckt, aber das Fleisch war hauchdünn geschnitten, den Wein fand Archibald zu sauer, und bei der Süßspeise handelte es sich um einen mit Sacharin gesüßten Magermilchpudding. Nach dem Essen gab es echten Bohnenkaffee, der noch aus einem Liebesgabenpaket aus Schweden stammte und den Silvia für diesen Tag aufgespart hatte.

Im Übrigen taten Silvia und Mutter Lohmar so, als ob sie die besten Freundinnen seien, während man sah, dass sie sich nicht mochten. Adolf Festerling war wie üblich der große Schweiger und verschwand mit Leberecht um 22 Uhr im Schlafzimmer, um die Nachrichten von BBC zu hören.

Die jüngeren Leute hatten sich in den Salon zurückgezogen, saßen auf dem Fußboden und machten Pfänderspiele, zum Entsetzen von Leberecht, der meinte, die jungen Leute benähmen sich nicht wie auf einer richtigen Hochzeit, sondern wie Kinder auf einem Kindergeburtstag. Schließlich wurden auf einem alten Grammophon ein paar Platten aufgelegt, Manfred und Elli tanzten, aber man sah dem Bräutigam an, dass es ihm mit der neuen Prothese sehr schwer fiel. Nach einer halben Stunde war die Tanzerei vorbei, und sie kehrten zu den Pfänderspielen zurück.

Hermine konnte es nicht verwinden, dass Elli jetzt verheiratet war. Sie hatte sich vor eineinhalb Jahren bereits mit einem Leutnant zur See, Freiherr Klaus von Wolfsberg, verlobt, wenigstens hatte sie der Großmutter Johanna an ihrem 80. Geburtstag eine Verlobungskarte auf den Tisch gelegt. Aber zu dieser Zeit war der Leutnant schon in Kriegsgefangenschaft geraten. Wieweit die Verlobung ernst gemeint war, das war nie so ganz klar geworden, eine offizielle Verlobung war es wenigstens nicht, und General von Wolfsberg und seine Ehefrau benahmen sich gegenüber Hermine ausgesprochen reserviert.

Hermine überlegte sich, wie lange sie noch ohne Mann leben sollte. Klaus war jetzt schon ein Jahr und drei Monate in Gefangenschaft. Wann kam er zurück? Wie lange dauerte der Krieg noch? Möglicherweise dauerte er noch Jahre, und hatte er sich dann nicht anders besonnen? Als sie von Ellis Verlobung hörte, stand ihr Entschluss schon fest: So lange warten werde ich nicht! Sie sehnte sich nach der Umarmung eines Mannes und flirtete auf das Heftigste mit den Ärzten in ihrer Klinik, wo sie als Operationsschwester arbeitete, ganz gleich, ob sie verheiratet waren oder nicht.

Eine Woche nach Ellis Hochzeit verkündete sie ihren erstaunten Eltern, dass sie sich mit einem Fregattenkapitän Johannes Rief verlobt habe, dem Kommandeur einer Schnellbootflottille, den sie im Krankenhaus kennengelernt hatte und der Mitte Dezember wieder zu seiner Einheit, die im Hafen von Triest stationiert war, zurück müsse, und dass sie zuvor noch heiraten wollten.

Silvia war von diesem Entschluss nicht sehr erbaut. Hermine hatte doch ihrem Verlobten noch gar nichts mitgeteilt, was würden die Eltern Wolfsberg dazu sagen? So etwas tat man doch nicht! Aus welcher Familie stamme denn dieser Johannes überhaupt?

Johannes war der Sohn eines Handelsschifffahrtskapitäns, der auf einem Küstenmotorschiff in der Ostsee Holz und Getreide gefahren hatte, worüber Adolf Festerling die Nase rümpfte. Wenn es wenigstens der Kapitän eines großen Hapag-Schiffes gewesen wäre! Aber Hermine blieb fest, und so fand sechs Wochen nach der Hochzeit von Elli die Trauung von Hermine und Johannes statt.

Von der Familie waren nur Leberecht und Paula gekommen, und nur den beiden war es zu verdanken, dass die Hochzeitsfeier nicht in einem völligen Fiasko endete. Manfred Lohmar, der neue Schwiegersohn, fand es empörend, wie Hermine ihren Bräutigam verraten hatte, und verhielt sich äußerst reserviert und beeinflusste dadurch auch Elli. Adolf Festerling schwieg wie immer und zeigte deutlich seinen Unmut über die neue Verwandtschaft. Silvia konnte mit der neuen Gegenschwiegermutter nichts anfangen. Nur Paula sprach mit ihr über ihre Kinder und welche Möglichkeiten es noch gab, auf dem Markt zusätzliche Lebensmittel zu bekommen. Ausgesprochen gut unterhielt sich Kapitän Rief mit Leberecht. Rief hatte auch schon Holz für Weiler & Busch gefahren. Sie unterhielten sich über Segelschiffe und über Kümos, über die Situation in den einzelnen Hafenstädten der Ostsee, über Frachtraten und auch über die Schwierigkeiten, die durch den Krieg entstanden waren, die Gefahr, auf Minen zu laufen, und auch etwas über Politik, wo der erfahrene

Handelskapitän gegenüber dem Naziregime eine recht kritische Meinung äußerte, im Gegensatz zu seinem Sohn.

Das Brautpaar, das sich am Nachmittag noch über einige Kleinigkeiten gezankt hatte, verschwand schnell in den oberen Zimmern, denn Hermine wollte jetzt endlich ihre Hochzeitsnacht ausgiebig genießen.

Johanna erhielt in Gernsbach kaum noch Besuch. Die Tieffliegerangriffe auf die Eisenbahn machten das Reisen jetzt im November 1944 schwierig. Nur Leberecht war Ende November noch mit dem Auto gekommen, denn da seine Firma Carbon Holzkohle herstellte, war er Selbstversorger für den Holzvergaser. Er musste für die ganze Reise Säcke mit Holzkohle mitnehmen – vier Säcke auf dem Dach des Autos, je ein Sack auf den Kotflügeln der Vorderräder und noch mal sechs Säcke im Fond des Wagens. Die Reise war nicht ungefährlich, denn Tieffliegerangriffe gab es auch auf der Straße, und Leberecht und sein Chauffeur Willi Nagrotzki mussten ab und zu in den Graben springen. Leberecht hatte sich geschworen, nach dieser Reise nicht mehr nach Gernsbach zu fahren. Viel eingreifen konnte er doch nicht. Für die zahlreichen Klagen, die Johanna ihm über die Zustände in der Firma vorbrachte, hatte er nur ein Achselzucken. Er hatte Kowalski eingeschärft, dass er auf jeden Fall keine Anlagen zerstören solle, auch wenn das von der Partei verlangt würde, und Kowalski sagte ihm zu, dass er dies so weit wie möglich verhindern werde.

Nachdem Leberecht wieder nach Hause gefahren war, gab es mit Süddeutschland kaum noch eine Telefonverbindung. Die Ferngesprächsleitungen funktionierten zwar noch, aber man musste drei bis vier Stunden auf die Verbindung warten, und oft kam die Verbindung dann zustande, wenn man gerade das Haus verlassen hatte, und die Gespräche waren auch sehr oft gestört.

Am ersten November feierte Leberecht zusammen mit fünf Arbeitern von Weiler & Busch seine 25-jährige Zugehörigkeit zur Firma. Dr. Seidel ließ es sich nicht nehmen, nach Lübeck zu fahren. Aus Süddeutschland kamen nur der Leiter des Werkes Aalen und Oberingenieur Warter. Morgens bei der Betriebsfeier hielt Dembowski eine Rede und lobte zum Erstaunen aller Leberecht in den höchsten Tönen, er habe ihn immer als großes Vorbild, als wagemutigen Kaufmann angesehen, und er teilte mit, dass er und die anderen Vorstandsmitglieder gemeinsam beantragt hätten, Leberecht mit dem Kriegsverdienstkreuz auszuzeichnen. Britta meinte nur zu Archibald, jetzt würden doch gewisse Leute einen Paten für die Zeit nach Kriegsende suchen, die Ratten verließen das sinkende Schiff.

Auch Dr. Seidel hielt eine Rede auf den Jubilar, allerdings wesentlich zurückhaltender als Dembowski, und der Betriebsobmann, der natürlich Parteigenosse war, sprach sich lobend über Leberechts soziales Verhalten aus. Dann ging man auseinander. Erst als die meisten schon hinausgegangen waren, fiel

Dembowski ein, dass man ein „Sieg Heil" auf den Führer ausbringen müsse. Sonst war das bei jeder Veranstaltung gang und gäbe gewesen. Diesmal hatte aber keiner mehr richtig Lust dazu gehabt.

Leberecht wog jetzt nur noch 60 Kilo, nachdem er vor dem Krieg einmal über 90 Kilo auf die Waage gebracht hatte. Das Essen war wirklich sehr mager geworden. Auf große Hamsterkäufe bei den Bauern verzichtete man, denn in den letzten Monaten war ein verschärftes Vorgehen gegen das Schwarzschlachten der Bauern und gegen Schwarzhändler verkündet worden. Es gab sogar Todesurteile, und dagegen gab es keine Berufung. Jetzt noch im letzten Moment das Leben zu verlieren, das wollte man nicht riskieren.

Aber trotz allem war Leberecht noch weiterhin gastfrei. Jeden Samstag gab es Gäste. Immer dabei war Franz Boetius, sehr oft erschienen Angestellte der Firma, die auf Fronturlaub waren, und die Organisten der Lübecker Kirchen; Dr. Brandel kam, wenn er nicht bei der Flak Dienst tun musste. Es kamen auch viele Frauen von Freunden, die eingezogen waren. Es gab Hauskonzerte wie schon immer, nur kamen jetzt die meisten Künstler nicht mehr von auswärts, sondern aus der Stadt.

Franz Boetius, der im nächsten Jahr 70 Jahre alt wurde, hatte sich unsterblich in eine Sängerin verliebt, Lilly Steltzer. Leberecht fand zwar ihre Stimme recht klein, und auch an ihrem Vortrag gefiel ihm manches nicht. Ihm war klar, dass es für ein öffentliches Auftreten kaum reichen würde, aber Franz zuliebe lud er sie immer wieder ein, und die Anwesenden klatschten auch höflich.

Lillys Mann, ein Offizier, hatte ihr vor zwei oder drei Jahren erklärt, dass er nichts mehr mit ihr anfangen könne, aber sie waren noch nicht geschieden. In der Zwischenzeit war er zum Generalmajor befördert worden und hatte an einigen Gesprächen des Kreisauer Kreises teilgenommen. Man hatte ihn dazu eingeladen, denn er war Mitglied der Bekennenden Kirche, und er hatte Beziehungen zu einem Bischof der norwegischen lutherischen Kirche, dessen Tochter seinen Sohn, einen Marineleutnant, geheiratet hatte.

Obwohl Steltzer sich verteidigte, dass er nie an einer Verschwörung teilgenommen hatte, wurde er nach dem Attentat vom 20. Juli verhaftet und aus der Wehrmacht ausgestoßen. Im Dezember stand die Verhandlung vor dem Volksgerichtshof bevor. Mit einem Todesurteil musste gerechnet werden. Lilly Steltzer fand es jetzt nicht angebracht, ihren Mann zu verlassen, und sie drängte Franz Boetius, Leberecht zu fragen, ob er nicht etwas für ihren Mann tun könnte. Leberecht hatte ein mulmiges Gefühl, wenn er als sogenannter jüdisch Versippter sich allzu stark einsetzte. Aber er überwand diese Angst und sprach mit dem Polizeipräsidenten von Lübeck, ob er nicht für Steltzer irgendetwas bei Himmler tun könne.

Der Polizeipräsident, der Befehlshaber der SS und höherer Polizeiführer in Lettland gewesen war, war aus dem von den Russen besetzten Riga zurück nach Lübeck geflohen. Er sah den Zusammenbruch des NS-Regimes voraus.

Wenn er unter Alkohol stand, fasste er wieder Mut. Er überlegte, dass es ihn später vielleicht vor allzu harter Verfolgung schützen könnte, wenn er einem vom Tode bedrohten Mann, der wahrscheinlich doch kein Verräter war, geholfen hätte. Aber wie sollte er vorgehen?

Seine persönlichen Beziehungen zu Himmler waren nicht sehr eng, er war nicht der Typ des schneidigen SS-Offiziers, den Himmler so liebte. Er wollte es über den Brigadegeneral Schellenberg versuchen, den Leiter des SD-Auslandsnachrichtendienstes. Zu seiner eigenen Verwunderung hörte ihn Schellenberg an, vor allem als er davon sprach, dass Steltzer Verbindung zu Kreisen der evangelischen Kirche in Skandinavien habe. Schellenberg meinte, er könne zwar nichts versprechen, aber das würde Himmler sehr interessieren. Der Polizeipräsident gewann den Eindruck, dass Himmler Interesse an einer Verbindung nach Skandinavien habe, möglicherweise wolle er andere Wege gehen als Hitler.

Leberecht musste jetzt mehr Rundholz für Masten und Schwellen in Mecklenburg und Brandenburg einkaufen, denn die Vorräte an skandinavischem Holz waren in Schlutup schneller verarbeitet, als er gedacht hatte. Grund dafür war die Sechzig-Stunden-Woche. Die wahnsinnige Eile, zu der man angetrieben wurde, führte dazu, dass das Holz nicht trocken genug in die Imprägnierkessel kam. Leberecht war sich darüber klar, dass alles nur Aktionismus war, denn in das frische Holz konnte die Imprägnierflüssigkeit nicht genug eindringen, es wurde nur oberflächlich schwarz oder grün gefärbt. Das Teeröl aus Steinkohle war zudem durch solches aus Braunkohle ersetzt, und auch das war knapp geworden und nur noch für die Schwellen reserviert. Die Masten wurden mit Chrom-Arsen getränkt, mit dem es ab und zu Ärger gab, wenn die Kühe auf der Weide daran leckten und eingingen. Im Jahr 1948, so schätzte Leberecht, werde alles schon wieder verfault sein. Aber wer wisse schon, was für Zustände dann herrschten!

Wie lange mochte der Krieg noch dauern? Die alliierten Truppen hatten Straßburg erobert, das Werk im Kehler Hafen war 300 Meter von der Frontlinie entfernt, und ab und zu stand das Werk auch schon unter Beschuss. In Kärnten saßen die Partisanen auf den Höhen der Karawanken nur wenige Kilometer vom Werksgelände entfernt. Aber sonst? Die Russen standen immer noch östlich der Weichsel, die Engländer in Holland am Rhein, in Italien standen die Truppen immer noch am Apennin, und jetzt hatte zur großen Verblüffung von Leberecht Generalfeldmarschall von Rundstedt eine Offensive begonnen, und aus den Nachrichten, die er von BBC hörte, schien es für die Alliierten gar nicht so gut zu stehen. Die deutschen Truppen schienen in den Ardennen gut 100 Kilometer vorgestoßen zu sein. Leberecht war das vollkommen unverständlich, wo doch jederzeit die Sowjetunion zur großen Offensive ansetzen konnte und dann möglicherweise Berlin bedroht war.

Sein Hauptanliegen war es jetzt, seine Vorstandskollegen und Werksleiter zu drängen, beim Vormarsch der Alliierten keinesfalls die Werke zu zerstören, wie das von der Partei verlangt wurde. Außerdem versuchte er alle in der Heimat verbliebenen Arbeitskräfte davor zu bewahren, noch zur Wehrmacht eingezogen zu werden. In Kärnten hatte der Geschäftsführer Kunz seinen alten Mitgeschäftsführer Messner freigestellt und ihn als entbehrlich bezeichnet, so dass er zur Wehrmacht eingezogen wurde, was er wohl auf Drängen des Prokuristen Vettel tat, einem aus Deutschland stammenden fanatischen Nazi.

Leberecht war empört. Einen Familienvater mit vier kleinen Kindern noch zum Militär einzuziehen, unausgebildet an die Front zu schicken, das war ein Verbrechen, und in seiner Wut kündigte er Vettel fristlos, aber Paula meinte voller Angst, dass sich das negativ auswirken und dass man Leberecht jetzt selber holen würde.

Doch das Telegramm zeigte in keiner Weise Wirkung. Vettel dachte nicht daran, auf die Entlassung zu reagieren, aber eine Anzeige gegen Leberecht wegen Wehrkraftzersetzung erfolgte auch nicht.

Zu Weihnachten war Archibald einige Tage nach Lübeck gekommen. Es war sehr warm an diesem Tag, von Winter war nichts zu spüren. Ein Lübecker Wahrsager, auf dessen Prophezeiung jetzt die Leute viel hörten, hatte vorausgesagt: „Grüne Weihnachten, weiße Ostern und rote Pfingsten".

Wenn Leberecht diesen Spruch vor Paula zitierte, wurde sie wütend: „Berufe das doch nicht!" Denn unter roten Pfingsten stellte sie sich vor, dass zu diesem Zeitpunkt die Russen nach Lübeck kämen und vielleicht alle ermorden würden.

An Sylvester feierten Weilers zusammen mit Franz Boetius und Lilly Steltzer, die auch ihren Sohn und dessen norwegische Frau mitgebracht hatte. Die jungen Leute, etwa ein halbes Jahr verheiratet, waren sehr still und wussten nicht, über was sie sprechen sollten. Die Gerichtsverhandlung gegen den Vater sollte in einer Woche stattfinden. Beide waren in einer schwierigen Lage. Die junge Frau sah sich von ihrer Familie angefeindet, dass sie einen deutschen Offizier geheiratet hatte und konnte doch nicht sagen, dass der Schwiegervater zum Widerstand gehörte – wenn das herausgekommen wäre, dann hätte das ja geradezu als Bestätigung der Schuld Steltzers gegolten – und so wurde sie von den meisten Verwandten geschnitten.

Auf der anderen Seite mussten sie auch gegenüber den deutschen Kameraden ihres Mannes und deren Bekannten verheimlichen, dass der Vater beziehungsweise der Schwiegervater aus der Wehrmacht ausgestoßen war und vor dem Volksgerichtshof stand. Womöglich wurden sie noch in Sippenhaft genommen. Frau Steltzer hatte ihren Mann nicht besuchen können. Ob die Briefe ihn erreichten, darüber gab es keine Nachricht.

Den Worten Leberechts, der sie zu trösten suchte, der Krieg könne ja nicht mehr lange dauern, mochten sie auch nicht zustimmen, weil eine solche Aussage – wenn das jemand hören würde – als defaitistisch aufgefasst werden könnte. Und was nützte es, wenn der Krieg nur noch drei oder vier Monate dauerte und ihr Mann vorher hingerichtet würde?

So ein bedrückendes Sylvester hatte noch keiner erlebt. Leberecht und Archibald saßen noch lange beieinander und sprachen davon, wie wohl der weitere Verlauf des Krieges sein werde. Die deutsche Offensive im Westen schien zum Stehen gekommen zu sein. Wann würden die Alliierten zum Gegenstoß ansetzen, kämen sie noch rechtzeitig, um vor den Russen da zu sein?

Mitte Januar traten die Russen zur großen Offensive an. Die Elitetruppen, wie zum Beispiel das Panzerkorps Großdeutschland, das noch im August in Ostpreußen eingesetzt worden war, und einige Divisionen der Waffen-SS waren an die Westfront verlegt worden, um die Rundstedt-Offensive zu unterstützen. Archibalds Vetter Bernhard Sutter war wieder dabei, obwohl er schon viermal verwundet worden war und die außerordentlich seltene Auszeichnung des Verwundetenabzeichens in Gold trug. Bernhard erwischte es erneut. Sein Panzer wurde kampfunfähig geschossen. Wie durch ein Wunder konnte er auch diesmal gerettet werden. Er hatte Glück: Er kam ins Lazarett nach Forbach im Murgtal, nur wenige Kilometer von Gernsbach entfernt. Es war die fünfte Verwundung, die er in diesem Krieg erlitt.

Leni reiste immer noch zwischen Wien und Berlin, dem Ruhrgebiet und Stuttgart hin und her, um Altmetalle für die Kriegswirtschaft zu organisieren. Sie meinte einmal spöttisch, eigentlich hätte sie das Ritterkreuz zum Kriegsverdienstkreuz verdient, denn so viel für die Kriegswirtschaft wie sie habe wohl kaum jemand geleistet.

Sie war zur rechten Hand ihres Chefs Hermann C. Kraft geworden, dem die zweitgrößte Buntmetallhütte in Deutschland gehörte. Er hatte das Unternehmen, das er in der Inflation erworben hatte, zu einem mächtigen Faktor der Kriegswirtschaft ausgebaut. Unter normalen Verhältnissen wäre er schon längst zum Wehrwirtschaftsführer ernannt worden. Dass er diese Auszeichnung nicht erhielt, lag daran, dass er mit einer Jüdin verheiratet war. Um nicht als jüdisch versippter Betrieb enteignet zu werden und damit seiner Frau und seinen Kindern nichts geschah, war er um so eifriger bemüht, sich ja keine Blöße zu geben, und Leni half ihm dabei. Sie verschafften sich mit Handels-U-Booten seltene Buntmetalle aus Ostasien, und als die meisten Länder die Verbindung mit Deutschland abbrachen, kam Leni auf die Idee, seltene Metalle aus dem neutralen Portugal per Postpaket nach der Schweiz und von dort nach Deutschland kommen zu lassen. Sie war eine geschickte Verhandlerin, die es immer wieder verstand, von allen Firmen, die Neumetall haben wollten, entsprechende Altmetalle zu beschaffen, und Kraft äußerte auch gegenüber

Leberecht, dass er noch nie eine so tüchtige Mitarbeiterin gehabt habe. Leider könne er sie nicht zur Prokuristin oder zum Vorstand machen, aber dass sie sein Vertrauen habe, das sei ja die Hauptsache.

Als die Fahrt mit der S-Bahn für Leni immer unerträglicher wurde, schlug Kraft ihr vor, in sein Haus nach Potsdam zu ziehen, und Leni nahm das Angebot gerne an. Sie vergötterte ihren Chef. Noch nie hatte sie einen so tüchtigen, umsichtigen und liebenswürdigen Menschen getroffen, und als sie ihn näher kennenlernte, verliebte sie sich in ihn. Wenn ihr Chef sich jetzt über sie beugte, um gemeinsam Akten zu studieren und seine Schulter ihren Rücken berührte, ging ein warmes Kribbeln durch ihren Körper, ein Gefühl, wie sie es noch nie zuvor gehabt hatte. Leni war noch Jungfrau, und sie wusste, dass sie sich eiserne Disziplin auferlegen musste. Ein Verhältnis mit einem Arier hätte Rassenschande bedeutet, und wenn das bekannt geworden wäre, hätte sie ins KZ kommen können und möglicherweise ihr Liebhaber auch. Heiraten können hätte sie nur einen anderen „Mischling". Aber es machte ja niemand von sich aus darauf aufmerksam, dass er ein Mischling war, und von den wenigen, die es im Unternehmen wussten, mochte sie keinen so sehr, dass sie mit ihm eine Ehe hätte eingehen mögen.

Aber auch Hermann Kraft schien in sie verliebt zu sein. Leni erinnerte ihn an seine Frau, eine ungarische Jüdin, als er sie kennengelernt hatte, eine temperamentvolle, lebenslustige schwarzhaarige Frau mit roten Backen, mit der er fast sofort ein Verhältnis angefangen und die er später auch geheiratet hatte. In der Ehe hatte es aber nach dem verflixten siebten Jahr schon gekriselt. Die beiden hatten sich überlegt, sich scheiden zu lassen, er war kurz davor gewesen, sie zu verlassen. Aber dann kamen die Nazis an die Macht, und er hätte es als außerordentlich schofel empfunden, wenn er sie jetzt mit ihren beiden Kindern im Stich gelassen hätte. Er hatte zwar hie und da eine Geliebte, aber an der Ehe mit seiner Frau hielt er fest.

Leni erhielt jetzt von Hermann Blumen und auch Schmuck geschenkt, was sie stutzig machte. Auf der einen Seite sehnte sie sich nach seiner Liebe, auf der anderen Seite sah sie es gegenüber seiner Frau, die sie in ihrem Haus aufgenommen hatte und die sie sehr schätzte, als ein Verbrechen an, sich in die Ehe hineinzudrängen.

Im Januar brach die Front im Osten zusammen. Die russischen Truppen überschritten die Weichsel, eroberten Warschau und hatten schon nach wenigen Tagen Posen und Krakau besetzt. Die Front schwenkte nach Norden ein und erreichte bei Elbing die Ostsee und schnitt Ostpreußen vom Reich ab. Ende Januar standen die sowjetischen Truppen schon an der Oder. Eine gewaltige Flüchtlingswelle begann. In den Radiomeldungen und in der Presse gab es ausführliche Schilderungen über die Gräuel der russischen Soldaten, wie sie plünderten, die Männer erschossen und die Frauen vergewaltigten.

Leberecht tat das zunächst als Goebbelsche Gräuelpropaganda ab, wie sie damals in der Sudetenkrise oder als Vorbereitung vor dem Einmarsch der Deutschen in Polen durch den Äther drang, die verbreitet wurden, um den Widerstandswillen der Bevölkerung aufrechtzuerhalten, damit sie die Heimat bis zum Letzten verteidigte. Er konnte sich einfach nicht vorstellen, dass Menschen sich so benehmen würden, wie er auch zunächst nicht an die Massenmorde in den KZs geglaubt hatte. Aber mit den ersten Flüchtlingen bestätigten sich die Gerüchte. Die Flüchtlinge kamen aus Ost- und Westpreußen mit Schiffen über die Ostsee, ein paar Wochen später kamen auch Trecks in der Gegend von Lübeck an. Aber es strömten auch Flüchtlinge aus Brandenburg, Schlesien und Pommern nach Westen, und es wurden immer mehr, und da begann Leberecht Angst zu bekommen, und er überlegte sich Möglichkeiten für die Flucht, denn an der Westfront rührte sich bis Anfang Februar noch nichts. Die Truppen standen immer noch links des Rheins. Müsste er fliehen und wohin? Sollte er fliehen? Nach Gernsbach? War das überhaupt möglich? Traf man nicht vielleicht schon auf vom Westen hereinströmende Truppen? Oder über Dänemark nach Schweden?

Die Nazis reagierten recht hektisch. Überall gab es Versammlungen vor Rathäusern, auf den Marktplätzen der Städte und Dörfer, Gau-, Kreis- und auch Ortsgruppenleiter hielten flammende Reden mit dem Schlagwort: „Lever dod als Slav!"

SS und Feldgendarmerie wüteten hinter der Front. Männer, die sich nicht ausweisen konnten, wurden kurzerhand erschossen oder aufgehängt, darunter auch 15- und 16-jährige Hitlerjungen. Bei der SS schien es aber irgendwie einen Wandel zu geben. Der Polizeipräsident berichtete Leberecht, dass seine Bemühungen um Steltzer wohl Erfolg gehabt hätten, die Hinrichtung sei verschoben, Himmler scheine auf eine Vermittlung der Skandinavier zu hoffen. Es komme eine Delegation des schwedischen Roten Kreuzes nach Lübeck unter dem Neffen des schwedischen Königs, Graf Folke Bernadotte, die in der Eschenburgstraße Quartier nehmen werde. Es seien KZ-Häftlinge entlassen und nach Schweden transportiert worden.

Leberecht beschloss, Maßnahmen einzuleiten, um nach Skandinavien flüchten zu können. Zunächst aber tat er etwas, was Paula als völlig sinnlos betrachtete. Er fuhr mit dem Auto und seinem Chauffeur – Holzkohle hatte er ja genug – zunächst nach Berlin, um dort nach dem Rechten zu sehen, dann in das schon in gefährlicher Nähe zur Front liegende Olbersdorf und schließlich zu seinem Freund Georg Hartling, dem Chef der Duisburger Oper, der mit dem gesamten Ensemble vor den Bomben Zuflucht in Prag gefunden hatte.

Paula stand Ängste aus. Man werde ihn unterwegs vom Militär aufgreifen, denn er hatte keinerlei Papiere, nachdem er sich vom Volkssturm noch nicht abgemeldet hatte. Vielleicht kämen die sowjetischen Truppen auch schneller nach Prag und würden ihn nicht mehr hinauslassen.

Aber nach acht Tagen kam er wohlbehalten wieder zurück. Unterwegs geriet er mehrfach in Flüchtlingsströme, und auf der Rückfahrt kam er auch durch das völlig zerstörte Dresden. Alle seine Bekannten fragten ihn, warum er diese Fahrt noch gemacht habe. Leberechts Antwort war: „Später wäre das doch nicht mehr möglich gewesen!"

In der Zwischenzeit fing auch die Offensive der Alliierten im Westen an. Nachdem man erst von Truppen bei Bitburg und Trier sprach, gab es plötzlich Berichte über Kämpfe am Ostufer des Rheins. Bei Remagen war den Amerikanern eine Eisenbahnbrücke unversehrt in die Hände gefallen.

Leberecht hoffte nun, dass die Engländer schneller nach Hamburg oder Lübeck kommen würden als die Russen, aber eine Garantie dafür gab es nicht. Er versuchte vor allem die junge Britta nach Schweden zu schicken. Mit dem Adjutanten von Graf Bernadotte, einem Oberst Ankerström aus einer alten schwedischen Adelsfamilie, hatte er bald Freundschaft geschlossen, und nach einigen Flaschen Wein war Ankerström auch bereit, ein Dokument zu unterzeichnen, dass Leberechts Haus schwedisches Eigentum sei, Leberechts früherer Firma in Schweden gehöre und unter dem Schutz der schwedischen Gesandtschaft stehe. Eine schwedische Fahne hatte Leberecht noch von früher auf dem Speicher, die wollte er hissen, wenn es so weit sei.

Um aber auch selber fliehen zu können, hatte er dem schwedischen Oberst seine noch vollkommen unversehrt in der Garage stehende Daimler-Benz-Limousine angeboten. Ankerström, der mit einem gewissen Neid gesehen hatte, dass Graf Bernadotte einen großen deutschen Luxuswagen fuhr, fand das Angebot außerordentlich reizvoll. Nur erbat sich Leberecht, diesen Wagen zur Flucht benützen zu können, wenn die Russen kämen und er mit seiner Familie fliehen müsse. Dazu sollte Ankerström 200 Liter Benzin zur Verfügung stellen. Der Wagen stand fahrbereit in der Garage, denn die Wehrmacht hatte ihn nicht genommen, weil er ein zu großer Benzinfresser war.

Der Wagen wurde weiß angestrichen, mit einer schwedischen Fahne und einem großen roten Kreuz verziert und stand nun Ankerström zur Verfügung.

Im Garten des Hauses in der Krügerstraße wurde ein Lkw-Anhänger abgestellt, auf den Leberecht in aller Eile die wertvollsten Sachen aus dem Haus aufladen wollte, wenn sie fliehen müssten, und da er selber nicht Auto fuhr und Paula ihre Fahrkenntnisse so gut wie verlernt hatte, sollte Archibald das Fahrzeug fahren, aber er hatte noch keinen Führerschein. Deswegen wurde er zur Fahrstunde angemeldet. Aber so schnell klappte das nicht, denn es waren erst einmal eine ganze Reihe von Stempeln notwendig.

Voller Spannung hörte man jetzt jeden Abend, wie weit die Russen im Osten und wie weit die Amerikaner im Süden vorrückten. Der Polizeipräsident berichtete Leberecht, dass Himmler wohl genug vom Krieg habe. Jetzt schien Himmler nur noch daran zu denken, mit den Alliierten Frieden zu schließen.

Er traf sich mit Graf Folke Bernadotte in Lübeck in der Eschenburgstraße, wo er bereit war, die Kapitulation gegenüber den Westmächten zu unterzeichnen, aber er hatte keine Vollmacht von Hitler, und die Alliierten hatten sich geschworen, keinen Separatfrieden zu machen, sondern warteten auf die bedingungslose Kapitulation Deutschlands.

Mitte März war Leni von Berlin nach Gernsbach gezogen. Hermann C. Kraft hatte Leni geradezu hinauswerfen müssen. Sie hatte keine Lust, nach Gernsbach überzusiedeln, denn dort wohnte zwar ihre Großmutter und auch ihre Tante Else, die sie sehr mochten und die sich immer um sie gekümmert hatten, aber dort war auch Tante Hiltrud, die es Leni immer noch nachtrug, dass ihr Vater damals die Firma in Schwierigkeiten gebracht hatte, und deren Sticheleien sie einfach nicht mehr hören wollte. Zudem wusste jeder in Gernsbach, dass sie Halbjüdin war und ließ sie das auch spüren. Hier in Berlin war die Wirkungsstätte der Firma, in der sie so glücklich gewesen war, weil sie dort eine Aufgabe mit Führungsqualitäten übernommen hatte und wo sie beweisen konnte, dass auch die Tochter von Georg Weiler etwas vom Geschäft verstand. In Gernsbach dagegen sah jeder, den sie auf der Straße traf, weg.

Jetzt war ihr Arbeitsplatz in Berlin, da wollte sie bleiben bis zum Schluss. Hermann meinte nur, dass er sie nicht vor einer Vergewaltigung schützen könne, wenn die Russen kämen, aber sie entgegnete nur, dass seine Frau und seine Tochter, die er in Potsdam lassen würde, auch gefährdet seien. Kraft wurde ärgerlich und meinte, das sei ja seine Sache, und außerdem würde er seine Tochter zu Bekannten nach Frankfurt schicken, und sie solle machen, dass sie nach Hause käme, ehe möglicherweise ein Ausweichen nach Süddeutschland nicht mehr möglich sei, wenn die Amerikaner den Weg nach dem Süden abgeschnitten hätten.

Leni fügte sich schweren Herzens, aber auf der langen Reise nach Gernsbach mit vielen Aufenthalten und immer neuen Umleitungen, denn im Raum Frankfurt wurde schon gekämpft, hatte sie das Gefühl, dass sie sich nicht richtig von Hermann verabschiedet hatte. Hermann hatte sie wohl aus Angst, selber die Beherrschung zu verlieren und seine Frau doch noch zu betrügen, einfach nach Hause geschickt.

Es dauerte mehr als zwei Tage, bis sie endlich in Gernsbach ankam. Tante Hiltrud begrüßte sie kurz und fing zu Lenis Verwunderung an, furchtbar auf die Nazis zu schimpfen, die das ganze Unglück über das deutsche Volk gebracht hätten. Leni meinte, ihren Ohren nicht zu trauen, als sie hörte, dass Hitler – sie sprach nicht mehr vom „Führer" – restlos verrückt geworden sei. Auch Johanna war sichtlich überrascht, sagte aber zu Hiltrud kein Wort.

Als sie am Abend alleine zusammen saßen, meinte Johanna zu Leni: „Jetzt wird es wohl nicht mehr lange dauern, bis du deine Stellung in Gernsbach wieder antreten kannst!" Leni antwortete: „Oh ja, ich freue mich schon darauf! An eine Ehe denke ich nicht mehr, ich werde bestimmt nicht heiraten, auch wenn das jetzt wieder möglich sein wird, denn ich habe in Berlin gesehen, was man alles erreichen kann. Mein Lebensziel ist die Firma!“

Johanna war darüber sehr glücklich, umarmte Leni und sagte: „Du und Archibald, ihr beide werdet das schon schaffen!“

Nach zwei Tagen hielt Leni es aber nicht mehr in Gernsbach aus, sie fuhr wieder zurück nach Berlin. Die Reise war noch komplizierter und länger geworden. Telefonisch gab es keine Verbindung mehr. Als Leni bei Krafts die Türe öffnete, waren alle erstaunt, sie wieder zu sehen, aber sie erklärte, sie habe sich nicht richtig verabschiedet: „Ich weiß ja nicht, was in der nächsten Zeit alles auf uns zukommen wird. Ich bin voller Zorn weggefahren, so sollten wir nicht auseinandergehen! Wenn erst einmal Frieden ist, werde ich wahrscheinlich erst einmal in Süddeutschland bleiben. Ich habe die Arbeit hier wirklich lieb gewonnen, aber meine Familie ruft!“ Alle umarmten Leni und wünschten ihr viel Glück.

Hermann drückte Leni nur lange die Hand, sagen konnte er nichts, dann wandte er sich ab und ging hinaus.

Auf der Rückreise standen die amerikanischen Truppen schon in Bayern und Hessen und über weite Umwege durch Sachsen und das Sudetenland kam sie nur wenige Stunden, bevor die Franzosen in Gernsbach einmarschierten, wieder zu Hause an.

In der Zwischenzeit war auch Bernhard Sutter in Gernsbach eingetroffen. Von seiner Verwundung in der Ardennenoffensive war er jetzt so weit genesen, dass er mit der Bahn nach Gernsbach fahren konnte. Als er auf der Straße zum Haus der Großmutter ging, traf er den Blockleiter der NSDAP, einen Sattlermeister, der in der Nähe wohnte und der gerade auf dem Weg zur Frau Kommerzienrat war.

Dem guten Mann fiel geradezu die Pfeife aus dem Mund, und er fing das Stottern an:„Waaas, Sie, Sie leben? Sind sie wirklich Bernhard Sutter?“

Bernhard nickte, und der Mann zeigte ihm wortlos ein Schreiben, in dem er als zuständiger Blockwart der Partei beauftragt war, seiner Mutter mitzuteilen, dass ihr Sohn, Obergefreiter Bernhard Sutter, gefallen sei.

Beide mussten erst einmal tief durchatmen. Der Blockwart steckte das Papier wieder ein. Später fand es Bernhard schade, dass er das Papier nicht behalten hatte, er hätte doch seinen Freunden und Bekannten zu gerne seine Todesmeldung gezeigt!

Johanna und Else fieberten der Besetzung durch die Franzosen entgegen, denn täglich gab es noch Opfer durch den Luftkrieg. Erst vor wenigen Tagen war der Himmel in der Nacht blutrot vom Widerschein eines Angriffs auf Pforzheim, bei dem – wie es hieß – mehr als die Hälfte der Bevölkerung ausgerottet worden sei, darunter auch eine Nichte von Johannas Mann mit fünf Kindern.

Man begann jetzt mit den Vorbereitungen für einen möglichen Einmarsch der Franzosen und eine mögliche Schießerei in der Stadt. Am Nachmittag waren die Brücken in Gernsbach gesprengt worden. Felix Schultz hatte es noch verhindern wollen, aber nur erreicht, dass die Brücken „schonend" gesprengt wurden, die elektrischen Versorgungsleitungen waren indes zerstört. Nur im Haus Weiler gab es noch elektrischen Strom, der aus den Turbinen des Werkes kam.

In den Luftschutzkeller zogen jetzt viele Nachbarn aus der Bleichstraße ein, mit Decken und Bettzeug, denn man wusste nicht, wie lange sie im Keller bleiben mussten. Hiltrud, Else und Marianne zogen sich Rote-Kreuz-Tracht an. Gegen Spätnachmittag hörte man Kanonendonner, dazu gab es auch noch Fliegeralarm und alles zog in den Keller. Einige Frauen fingen an, den Rosenkranz zu beten und pausenlos „Vater unser" und „Ave Maria" hintereinander zu murmeln.

Johanna war das alles zu dumm, und sie stieg mit Leni wieder in die Wohnung hinauf. Sie schauten zum Fenster hinaus, ob sie etwas sehen könnten, und sie beobachteten das Mündungsfeuer von Geschützen. Als sie das Rasseln von Panzerketten hörten, gingen sie wieder in den Keller.

Kurz darauf öffnete sich die Kellertüre und ein Spahi, ein Offizier der marokkanischen Hilfstruppe der Franzosen, blieb unter der Türe stehen. Seine Augen waren wie gebannt auf Marianne gerichtet und Mariannes Augen auf ihn, einerseits voller Furcht, andererseits schien ihr der schneidige Offizier zu imponieren. Der Leutnant, der den Raum musterte, ob sich irgendwelche Soldaten darin befanden, drehte auf dem Absatz um, ohne ein Wort zu sagen, und dann war es wieder still.

Zunächst waren noch Kampftruppen in Gernsbach, aber schon nach wenigen Tagen kamen die Besatzungstruppen. Und langsam kamen die Menschen aus ihren Löchern und Kellern herausgekrochen. Es gab kein Licht, und zum Teil war auch die Wasserleitung zerstört. Auf Johannas großem Kohlenherd wurde nicht nur für die Familie, sondern auch für Nachbarn, die nur Elektroherde hatten, gekocht. Zum Brunnen hinter dem Haus – Johanna hatte eine eigene Quelle – kam die ganze Umgebung, um Wasser zu holen, und es kam auch die marokkanische Kavallerie, um ihre Pferde dort zu tränken.

Das große Haus von Johanna bekam Einquartierung von den „Hirondelles", französischen Armeehelferinnen. Bernhard Sutter fing gleich mit ihnen zu schäkern an und war bei den jungen Mädchen Hahn im Korb. Else sperrte abends um acht Uhr das Haus ab, aber die jungen französischen Soldaten kletterten an den Glyzinien bis zum zweiten Stock hoch, um ihre Freundinnen zu besuchen. Hiltrud meinte nur, die Mutter sei jetzt auf ihre alten Tage zu einer Puffmutter geworden. Diese Bemerkung wies Johanna auf das Entschiedenste zurück.

Die meisten Gernsbacher Männer waren ganz kurz vor Kriegsende noch zum Volkssturm geholt worden, zum Einsatz kamen sie aber nicht mehr, sondern sie wurden südlich von Gernsbach in Bühl gefangen genommen und in dem alten Gefangenenlager Malschbach interniert. Die meisten Familienväter wurden schon nach wenigen Tagen entlassen, bei Männern, von denen man erfuhr, dass sie der NSDAP angehört hatten, dauerte es zum Teil noch einige Wochen, und diejenigen, die als Aktivisten bekannt waren, wurden der französischen Sûreté, der Geheimpolizei, überstellt, darunter auch Direktor Wilkowski.

Paul Fabricius und Felicitas erlebten die amerikanische Besetzung und das Kriegsende in Lenggries in Oberbayern, während Fritz in München das Haus hütete. Dort wohnten jetzt auch fremde Leute, Ausgebombte aus München, und Fritz musste mit Müh' und Not wenigstens das Schlafzimmer und das Wohnzimmer der Eltern verteidigen gegen Zuweisungen von Mietern. Im Arbeitszimmer, in dem auch der Flügel des Kammersängers stand und in dem er Gesangsunterricht gab, hatte Fritz sein Bett aufgeschlagen, um es vor Einquartierung zu retten.

Durch Lenggries kamen jetzt lange Autokolonnen von Partei- und SS-Angehörigen und von Beamten, die dem Gebirge zuströmten. Paul sah mit großer Verwunderung die Männer auf der Flucht, die noch vor wenigen Tagen das Maul groß aufgerissen hatten und immer noch vom Endsieg faselten oder von dem heroischen Endkampf sprachen und das Wort von der Götterdämmerung gebrauchten.

„Ja, die Götterdämmerung“, meinte Felicitas, „die kommt jetzt wirklich, aber es sind nicht meine Götter, die da untergehen!“

Und dann kamen die ersten Spitzen der amerikanischen Truppen das Isartal herauf, fast alle waren motorisiert.

Felicitas ging am nächsten Tag in die Stadt auf das Rathaus, um zu erfahren, was los war. Da sie fließend Englisch mit amerikanischem Akzent sprach, kam sie gleich mit mehreren Soldaten ins Gespräch, und als sie gegenüber dem Leutnant der amerikanischen Truppen sagte, dass ihr Mann der berühmte Kammersänger und Mitglied der Metropolitan Opera, Paul Fabricius sei, war der ganz begeistert. Gleich darauf fuhren mehrere Jeeps mit dem Leutnant und vielen Soldaten vor der Pension von Paul Fabricius vor, der einen großen Schreck bekam, aber mitten drin stand seine strahlende Frau Felicitas, sie winkte mit einer ganzen Stange Zigaretten, und die Amerikaner grüßten ihn sehr vergnügt und wollten alle ein Autogramm von ihm, am besten natürlich mit einem Rollenfoto, aber die hatte er nicht zur Verfügung.

Unter den Soldaten war auch ein Pressefotograf, der ein paar Fotos von ihm machte, und am Abend erhielt er gleich einen ganzen Packen mit echten Starfotos von sich.

Im März waren die ersten Flüchtlingstrecks aus Ostpreußen durch Mölln gekommen. Es waren erst vereinzelte Wagen, die Bevölkerung war voller Mitleid gewesen und hatte sich um die Flüchtlinge gekümmert und ihnen freiwillig Unterkunft gegeben und sie auch mit dem Notwendigsten versorgt. Jetzt im April war es ein endloser Zug, der im Schritttempo sich mühsam voranarbeitete. Die Menschen kamen nicht nur aus Ostpreußen, sondern auch aus Pommern und Mecklenburg. Viele waren schon seit zwei Monaten unterwegs.

Archibald sah die Trecks, wie sie sich langsam die Straße entlang, von Mecklenburg kommend, in Richtung Lübeck oder auch in Richtung Hamburg und Oldesloe vorwärtsschoben. Es gab keine Straße, die nicht verstopft war. Die meisten Fahrzeuge waren Leiterwagen, beladen mit Futtersäcken für die Pferde und mit Bettzeug. Meist gab es eine Art Zeltaufbau aus Teppichen, und zwischen Stroh und Bettzeug und allerlei Wertvollem, oder was die Leute im letzten Augenblick auf den Wagen hatten laden können, saßen kleine Kinder, mit riesig großen Augen ängstlich schauend, während die etwas älteren Kinder von zehn bis 14 Jahren neben dem Wagen herliefen. Viele der Wagen wurden von Frauen gelenkt, und wenn es einmal jüngere Männer waren, so waren es meist französische Kriegsgefangene, die ihre ehemalige Herrschaft nach dem Westen begleiteten. Alle sahen müde und erschöpft aus, es war ein Wunder, dass sie es so weit geschafft hatten.

Immer wieder kam der Zug zum Stehen, denn die Straßen waren jetzt auch durch Militärfahrzeuge verstopft, die sich von Süden und Osten nach dem Norden absetzten, sowie auch von Kolonnen des schwedischen Roten Kreuzes, kleinen Lastwagen, weiß gestrichen, die Lebensmittel und andere Liebesgaben zu den KZs fuhren und auf dem Rückweg KZ-Insassen mitnahmen, die in Lübeck mit dem Schiff nach Skandinavien fahren sollten.

Abends hielten die Trecks an, um bei den Bauernhöfen um Nachtlager zu bitten oder um Lebensmittel zu besorgen. Während die Bauern zu Anfang mit den Flüchtlingen noch teilten, was sie hatten, war das jetzt vorbei. Die Vorräte bei den Bauern waren langsam zu Ende gegangen, und sie wussten ja nicht, was geschähe, wenn die Truppen der Alliierten einzogen. Mussten sie nicht vielleicht selber nach Dänemark fliehen, wenn die Russen kämen? Viele Flüchtlinge wurden mit harten Worten abgewiesen, aber letztlich war es ein Wunder, dass es so viele hilfsbereite Hände gab, die sich der Fremden annahmen.

Auch die Züge waren mit Flüchtlingen überfüllt. Sie standen auf den Trittbrettern der Waggons, auf den Puffern und auf den Dächern der Züge. Diese kamen immer wieder zum Stehen und wurden von Tieffliegern beschossen. Alles rannte dann weit weg vom Bahndamm, und wenn der Zug plötzlich wieder anfuhr, ohne dass die Flüchtlinge wieder auf den Zug klettern konnten, dann gab es großes Geschrei, und viele von ihnen mussten zurückbleiben.

Auch Archibald geriet auf seinen Fahrten am Wochenende nach Lübeck mehrfach unter Tieffliegerbeschuss. Er warf sein Fahrrad hin und duckte sich in den nächsten Graben. Das erste Mal war er vollkommen unvorbereitet, denn er hatte ja keine militärische Ausbildung gehabt. Aber er sah, wie sich die Soldaten jeweils an den Rand des Grabens oder einer Böschung pressten, von wo die Flugzeuge kamen.

Einmal war ein Flieger außerordentlich hartnäckig und kehrte immer wieder zurück. Archibald hockte zusammen mit einem Soldaten in einer Baugrube und duckte sich wie der Landser, mal auf die eine und mal auf die andere Seite, aber als die Munition hinter ihm einschlug, bekam er es doch mit der Angst, und er sandte ein Stoßgebet zum Himmel, was er bisher noch nie getan hatte. Er war wütend auf die Tiefflieger, die die Menschen einfach abknallten. Der Krieg war doch schon verloren, und jetzt noch die Menschen zu morden, was mussten das für Schweine sein, die da oben in den Flugzeugkanzeln saßen!

Im März war die Arbeit auf dem Sägewerk fast zum Erliegen gekommen. Das Holz aus dem Wald war aufgesägt, neues wurde nicht mehr geschlagen, es fehlten die Waldarbeiter, aber es waren noch genug Schwarten da, um die Kohlenöfen zu füllen. Es kamen jetzt Beauftragte von Wehrmachtsbehörden und allen möglichen Dienststellen, die die Traktoren der Firma beschlagnahmen wollten. Vor allem wenn der Meister draußen im Wald war, musste Archibald die Fahrzeuge gegen die immer dringender werdenden Forderungen dieser Leute verteidigen, die meist gar keine Beschlagnahmepapiere vorweisen konnten. Ein besonders aufdringlicher Mann behauptete, er brauche den Traktor, um Lebensmittel für ein Jugendlager zu besorgen. Archibald argumentierte dagegen, dass es außerordentlich wichtig sei, dass genügend Treibstoff, das heißt Holzkohle, zur Verfügung stehe, damit der Verkehr weitergehen könne, das hätte Vorrang, während der Mann brüllte, es gehe um die Zukunft Deutschlands, die Jugend müsse sonst verhungern!

Schließlich sagte der polnische Beifahrer Kudra, dass er mitfahren und aufpassen werde, dass der Traktor auch wieder zurückkäme. Archibald saß den ganzen Abend wie auf Kohlen, aber nachts um zwei Uhr kamen beide, der polnische Beifahrer und der Traktor, wohlbehalten wieder an.

In Lübeck war Britta fast neidisch auf Archibald. Ihr stank die Schule, sie hätte auch lieber irgendwo gearbeitet, zwar nicht unbedingt die schmutzige Arbeit als Köhler, aber doch im Büro, um – wie sie meinte – etwas Nützliches zu machen oder der Mutter im Haushalt zu helfen. Mathematik und Physik mochte sie nicht. Der Englischunterricht war eintönig, nur Deutsch, Geschichte und Musik waren Fächer, die ihr lagen, doch der Musiklehrer war einberufen. Deutsch war zwar immer noch Brittas Lieblingsfach, aber sie bekam dauernd Krach mit der Lehrerin, weil sie meist anderer Ansicht war.

Vor den Osterferien wurden die Zeugnisse verteilt. Die Schülerinnen wurden aufgerufen und gingen nach vorne an den Pult der Deutschlehrerin, Frau Dr. Hedinger, die den Schülerinnen das Zeugnis aushändigte. Als Britta ihres erhielt, schaute sie nur kurz darauf und sah, dass sie in Deutsch, wo sie meinte, eine Eins oder eine Zwei verdient zu haben, eine Vier hatte. Sie erklärte, dieses Zeugnis erkenne sie nicht an und riss es durch.

Frau Dr. Hedinger schwollen die Adern vor Zorn. Erst war sie sprachlos, dann verließ sie das Klassenzimmer und schlug die Türe hinter sich zu. Am Nachmittag wurde eine Lehrerkonferenz einberufen. Frau Dr. Hedinger verlangte, Britta Weiler von der Schule zu verweisen. Die meisten Lehrerinnen gaben ihr Recht, während die männlichen Lehrer für Britta sprachen. Zuletzt gab Direktor Behrendt den Ausschlag, man müsse Britta verwarnen, und zwar werde er das selber übernehmen und sie darauf aufmerksam machen, dass sie bei der nächsten Ungehörigkeit von der Schule verwiesen werde.

Am nächsten Tag kam der Direktor morgens in die Klasse, gefolgt von Frau Dr. Hedinger. Der Direktor sagte: „Britta, wenn du das noch einmal tust, dann fliegst du von der Schule!", drehte sich abrupt um und lief eilends aus dem Raum, weil er sich das Lachen nicht mehr verkneifen konnte, als er das wutverzerrte Gesicht von Frau Dr. Hedinger sah. Im Hinausgehen hörte er nur noch, wie Britta sagte: „Bei einem so ungerechten Zeugnis würde ich das wieder tun."

Aber dann verliebte sich Britta unsterblich. An einem Sonntag im März am späten Nachmittag machte sich die Familie auf zur Uraufführung des Oratoriums „Hiob" von einem Freund Leberechts, dem Domorganisten. Britta und Archibald gingen pflichtschuldigst mit. Beide Kinder hatten eigentlich keine Lust. Sie waren an den vielen Kirchenkonzerten, die in Lübeck aufgeführt wurden, nicht sonderlich interessiert. Aber da auch keine Freunde in der Stadt waren, gingen sie eben mit und hörten nur halb zu.

Das Orchester, die Sänger und der Dirigent standen vorne im Chor. Als auf die Klage des Hiob plötzlich die Orgel einsetzte und die Stimme des Herrn von der Empore erscholl, waren sie fasziniert von dem tiefen Bass, der die ganze Kirche erfüllte. Sie sahen einen jungen Soldaten mit einer so mächtigen Stimme, wie sie sie sonst in den Lübecker Konzerten oder auf der Bühne noch nie gehört hatten. Auf dem Heimweg sprachen sie noch lange von diesem großartigen Sänger, und Britta schlug vor, ihn doch einmal einzuladen, und Leberecht war sofort damit einverstanden. Er müsse unbedingt wissen, wer dieser Ernst Wiemann sei.

Ernst Wiemann war ein 21-jähriger Soldat, der durch einen Lungenschuss verwundet worden war und in einem Hilfslazarett in der Großen Burgstraße lag. Er war jetzt nach der schweren Verwundung langsam wieder so weit hergestellt, dass er singen konnte. Er war mit 19 Jahren an die Volksoper in Berlin engagiert worden, wo er im ‚Freischütz' den Eremiten gesungen hatte. Leberecht meinte, dass er ein Naturtalent sei, dass er sich die Stimme kaputt mache, wenn er nicht eine vernünftige Ausbildung bekomme. Sobald der Krieg vorbei sei, solle er unbedingt bei Paul Fabricius Unterricht nehmen. Ein Jahr später sollte das auch verwirklicht werden, er war der letzte Schüler des Kammersängers und sang bereits in den fünfziger Jahren an der Metropolitan in New York.

Als Ernst Wiemann zu Weilers kam, saß Britta nur da und himmelte ihn an. Jeden Tag auf dem Rückweg von der Schule ging sie bei ihm vorbei oder ließ ihm Briefchen durch Astrid, die jetzt auf die gleiche Schule ging, zustellen. Aber leider war Ernst schon seit einem halben Jahr mit einer sechs Jahre älteren Frau verheiratet, die einen kleinen Gemüseladen in der Gegend von Bremen besaß. Als sie von der Schwärmerei Brittas für ihren Mann erfuhr, erschien sie trotz der Strapazen einer Reise plötzlich in Lübeck, konnte ihn aber nicht, wie sie gehofft hatte, mit nach Hause nehmen, weil er eben noch nicht von der Wehrmacht entlassen worden war.

***

Am 20. April war Hitlers Geburtstag. Fahnen wurden kaum noch herausgehängt. Statt einer Rede von Hitler wurde nur ein Aufruf im Radio verlesen, in dem es hieß: „Berlin bleibt deutsch, Wien wird wieder deutsch", denn in der Zwischenzeit war Österreichs Hauptstadt und Niederösterreich – oder wie es damals hieß, Niederdonau – von den Russen besetzt. Fünf Tage später trafen sich Amerikaner und Russen bei Torgau an der Elbe.

Leberecht war besorgt. Sollte die Elbe etwa die Grenze sein, die die Alliierten nicht überschritten? Würden die Russen bis nach Lübeck vorstoßen? Hannover war von den Engländern besetzt, die Truppenspitze stand schon seit einigen Tagen bei Lüneburg, aber sie schien nicht weiter vorzurücken.

Herr van Stolk, mit dem Leberecht sprach, hatte zwar gemeint, dass die Engländer nie den Nord-Ostsee-Kanal in die Hand der Russen fallen lassen würden und dass sie sicher Hamburg haben wollten, aber eine Garantie war das nicht. Leberecht hatte Angst um seine Töchter, vor allem um die bald 17 Jahre alte Britta.

In die Stadt zogen immer mehr Menschen. Zunächst waren Ausgebombte aus Hamburg und Bremen gekommen, dann strömten die Flüchtlinge aus Ostpreußen, Westpreußen, Pommern und Mecklenburg in die Stadt. Nun kamen auch Flüchtlinge aus Schlesien und zum Schluss aus Berlin. Die Stadt, die vor dem Krieg etwas mehr als 130.000 Einwohner hatte, wuchs schnell auf eine Bevölkerungszahl, die auf eine viertel Million geschätzt wurde, und täglich wurden es mehr.

Zu Dembowski waren seine Eltern, ein altes Lehrerehepaar aus Hindenburg in Oberschlesien, gezogen, dazu zwei Brüder mit ihren Frauen und erwachsenen Töchtern. Auch das Haus von Weilers in der Krügerstraße machte keine Ausnahme. Anfang des Jahres war Leberechts früherer Zellengenosse Rudi Schartel, der sich mit seinem Hauswirt verkracht hatte, zu ihnen gezogen. Leberecht war froh, dass noch ein Mann im Hause war, und Schartel konnte die Mädchenkammer, in der früher die Köchin gewohnt hatte, beziehen. Dann gab es Einquartierung durch die Behörden, und es kam ein Fräulein Richter, die Sekretärin von General Thomas im Heereswaffenamt gewesen war, deren Dienststelle jetzt von Berlin nach Norddeutschland ausgelagert wurde. Und da Paula nicht eine fremde Person in ihrer Wohnung haben wollte, musste Archibald sein Zimmer im zweiten Stock, das er sich gemütlich eingerichtet hatte, räumen und ins Esszimmer ziehen. Dabei wanderte auch das Bild von Hitler, das er schon abgehängt hatte, in den Kohleofen, und niemand sagte etwas dazu.

Der große Esstisch wurde ins Musikzimmer geschoben, es war jetzt das Wohnzimmer, in dem sich die Familie traf. Hauskonzerte gab es keine mehr, obwohl Leberecht gerne noch welche veranstaltet hätte, denn jetzt kamen auch Sänger und Sängerinnen aus Berlin, aus Königsberg und Danzig nach Lübeck. Leberecht hätte auch diese gerne bei sich aufgenommen, aber jetzt ging erst einmal die Verwandtschaft vor. Paula hatte ihre Schwester aufgefordert, noch rechtzeitig Berlin zu verlassen, ehe die Stadt eingeschlossen sei, und Klara kam mit einem großen Koffer, den sie kaum tragen konnte, mit einem der letzten Züge aus Berlin.

Sie zog in Brittas Zimmer, und Britta zog mit Astrid zusammen. Nur wenige Stunden später standen plötzlich Leberechts Freunde Robert und Hansi Brückner vor der Türe. Sie waren im letzten Moment noch aus Berlin geflohen, und zu ihrem Sommerhaus, das sie am Bodensee hatten, konnten sie nicht mehr kommen. Gepäck hatten sie so gut wie keines mehr, zu den wenigen Dingen, die sie nicht in Berlin zurücklassen wollten, gehörten ihr 16-jähriger Rehpinscher namens Sherry und ein großer Käfig mit einer Lachtaube. Sie bezogen den Salon, wo man für sie ein Matratzenlager herrichtete.

Kurz darauf kam die Mutter von Fräulein Richter und zog zu ihrer Tochter in das winzige Zimmerchen. Eine Kochgelegenheit für die fremden Familien hatte man nicht, und so kochten diese auch in der Küche, und man aß zusammen an dem ausgezogenen Esstisch im Musikzimmer.

Dann kam plötzlich ein Flüchtling, mit dem man wirklich nicht gerechnet hatte, das war Max Hallberg, der Vertreter von Weiler & Busch in Dänemark, der dort für die Firma Masten verkauft hatte. Max Hallberg, den Leberecht kaum kannte, war Nazi gewesen und einer der wenigen Mitglieder der dänischen nationalsozialistischen Partei, was keiner gewusst hatte. Vor einigen Tagen hatte es an seiner Wohnung geklingelt, mehrere Männer drangen in die Wohnung ein, warfen ihn auf den Boden, zückten eine Pistole, um ihn – wie er meinte – zu erschießen. Sie fragten, ob er Max Hallberg sei, und er antwortete schlagfertig, er heiße Knud Pedderson, der Name eines Bekannten, der auch an seiner Wohnungstüre stand, der aber schon ausgezogen war, und so rückten die Männer wieder ab. Hallberg stopfte schnell ein paar Sachen in einen Koffer und fuhr nach Lübeck. Er wollte zu seiner Tochter fliehen, die mit einem badischen Winzer verheiratet war, aber dazu gab es keine Möglichkeit mehr, und so zog Max Hallberg auf ein Sofa in Leberechts Herrenzimmer.

Dann wurde vom Wohnungsamt noch Fräulein Pries eingewiesen. Sie war Stewardess auf einer der Fähren gewesen, die von Gedser nach Warnemünde fuhren. Sie musste jetzt ihre Kabine räumen, weil die Fähre Flüchtlinge aus dem Osten nach Lübeck bringen sollte. Sie wurde im Luftschutzkeller untergebracht, denn jetzt waren sämtliche Räume des Hauses belegt. Nur in der Küche und dem früheren Musikzimmer, wo sich jetzt alle zum Essen trafen, stand kein Bett.

Am Ostermorgen sah Leberecht, dass in der Nacht Reif gefallen war. Es war empfindlich kalt geworden. Er rief Paula: „Hier, schau mal, weiße Ostern!" Paula war wütend und sagte: „Es ist doch nur Reif und kein Schnee!"

Dann wurde es aber doch noch warm, und man versteckte Eier im Garten. Es waren die eigenen Hühnereier, die Paula bunt angemalt hatte. Sie waren im Garten leicht zu finden, denn es gab noch kein Grün und keine Blüten, hinter denen man die Eier hätte verstecken können. Andere Geschenke gab es nicht. Am Nachmittag saß die Familie auf der Terrasse, während die britischen Flieger in großer Höhe über die Stadt hinweg flogen, deren Brummen man deutlich und beunruhigend hörte.

Paula hatte jetzt alle Hände voll zu tun. Alle Bewohner des Hauses hatten ihr die Lebensmittelkarten gegeben, damit sie für alle einkaufen konnte, und Paula musste Tag für Tag riesige Mengen Lebensmittel herbeischaffen, denn jetzt wurden langsam auch die Heeresverpflegungsämter aufgelöst. Sie schleppte jeden Tag Kartoffeln, Haferflocken und Mehl, dazu noch die Milchflaschen für Vivian nach Hause.

Als letzter kam Archibald wieder nach Hause. Leberecht hatte darauf gedrungen, er brauche ihn, er wollte die ganze Familie bei sich haben, vor allem wenn sie doch fliehen müssten. Er hatte als neueste Fluchtmöglichkeit einen Kapitän gefunden, der sie mit seinem Schiff nach Schweden oder wenigstens nach Dänemark bringen sollte.

In der Krügerstraße baten immer wieder Flüchtlinge um Quartier. Einige waren dabei vom Wohnungsamt eingewiesen, und Leberecht wusste sich nur dadurch zu helfen, dass er die Flüchtlinge im Büro in Schlutup unterbringen ließ, zunächst im Hauptbüro und dann auch in den Meisterbüros.

Auch das Haus von Larsens war mit Flüchtlingen voll. Mitte April hatte sich Joseph Haflinger eingefunden. Der frühere Leutnant und Batteriechef von Otto Larsen hatte ein Auge auf Ottos Schwester Elisabeth geworfen, und wie sich herausstellte, nicht nur ein Auge, sondern er war unsterblich in sie verliebt. Larsens waren überrascht und fielen aus allen Wolken, denn von der Korrespondenz zwischen dem Österreicher und ihrer Tochter hatten sie nichts gewusst. Dass Haflinger Elisabeth heiraten wollte, davon hielten sie schon gar nichts. Der junge Mann hatte ja noch nichts gelernt. Gut, er hatte vor dem Krieg eine kaufmännische Lehre gemacht und war ein Jahr in England gewesen, er konnte gut englisch, aber mit der Schifffahrt war es jetzt für lange Zeit vorbei. Einen katholischen Österreicher als Schwiegersohn zu haben – undenkbar!

Aber Elisabeth war gar nicht da, sie war zu ihrer älteren Schwester Erika gefahren. Erikas Mann war Direktor einer Druckmaschinenfabrik in Berlin, die zum Teil aber ausgebombt war und die man deshalb ins nördliche Sudetenland ausgelagert hatte. Elisabeth war von der Familie abgeschnitten.

Haflinger fühlte sich bei der reservierten Haltung Larsens nicht wohl und kam deshalb zu Weilers. Leberecht mochte ihn auf Anhieb, und auch Archibald verstand sich sehr gut mit ihm, und so saßen sie bei schönem Wetter im Garten. Leberecht hatte das Fenster geöffnet und den englischen Sender auf volle Lautstärke gestellt, um ihn auch im Garten gut hören zu können. Paula war entsetzt: „Um Gottes Willen, mach das Radio doch leise, die Nachbarn können das ja hören!“ Aber Leberechts Antwort war nur: „Es ist doch so schön hier draußen, und wenn ich ihn leiser stelle, dann kann ich ja gar nicht verstehen, was die Engländer sagen!“

Am 26. April erhielt Leberecht Besuch von einem jungen schwedischen Studenten, Gunnar Senger, einem etwa 22 Jahre alten, strohblonden Mann, zusammen mit seiner Braut, einer etwa 30 Jahre alten Baronesse Löwenfeld, einer auffällig mondänen, schwarzhaarigen und zierlichen jungen Frau, stark geschminkt, mit lila lackierten Fingernägeln, die ausgesprochen selbstsicher auftrat. Senger war der Sohn des Direktors der Malmöer Strumpffabrik, die Leberechts Freund und Vertreter seiner Interessen in Schweden, Åke Strömberg, besaß. Er hatte in Chemnitz Textilingenieur an dem dortigen Technikum studiert, denn er wollte in die schwedische Textilindustrie gehen. Sein Vater hatte ihm den Auftrag von Åke übermittelt, bei Leberecht vorbeizuschauen, um zu sehen, wie es der Familie ging.

Während des Besuchs erzählte Leberecht, dass er sich große Sorgen mache, wie er seine Tochter der Gefahr entziehen könnte, wenn die Russen kämen. Am liebsten hätte er sie nach Schweden geschickt, aber ein Visum zu bekommen sei so gut wie unmöglich, worauf Baronin Löwenfeld meinte, sie solle sich doch mit einem Schweden verloben, so wie sie das gemacht habe, und dann ein Visum beantragen. Leberecht wusste nicht, woher er so schnell einen Schweden bekommen könnte. Die Baronin lachte und meinte: „Ich habe ja schon mein Visum, denn verlobt sich Ihre Tochter einfach mit Gunnar.“

Leberecht war baff und Gunnar auch, denn er schien die Baronin wirklich zu lieben, während sie ihn nur dazu benutzt hatte, ein Ausreisevisum nach Schweden zu erhalten. Leberecht glaubte, dass sie irgendwie zum Geheimdienst gehörte.

Britta wurde geholt und bekam das Angebot unterbreitet. Zunächst wusste sie nicht recht, was sie sagen sollte, während Gunnar schwieg, aber als er Britta sah, schien ihm diese Braut doch ganz akzeptabel. Er machte noch einige Einwände, aber die Baronin ließ sie alle nicht gelten. Es war nur die Frage, wie man an das Visum herankommen könnte. Die schwedische Gesandtschaft war zwar aus Berlin fortgezogen, ein Teil befand sich in Lübeck, aber nicht der Gesandte selber und auch nicht die Konsularabteilung, die die Visa ausstellte. Diese hatte im Schloss Friedrichsruh beim Fürsten Bismarck, der mit einer Schwedin verheiratet war, Zuflucht gefunden. Wenn man noch ein Visum bekommen wollte, musste man unbedingt am nächsten Tag nach Schloss Friedrichsruh fahren, ehe es zu spät war.

Die Baronin verabschiedete sich, und Britta, Leberecht und Gunnar blieben noch in der Krügerstraße. Leberecht trug ihm alles Mögliche auf, übergab ihm Vollmachten und Briefe an seine schwedischen Freunde. Leberecht verständigte sich mit Oberst Ankerström und dieser war bereit, die Mercedes-Limousine für den nächsten Tag zur Verfügung zu stellen. Das Auto sollte Leberechts Chauffeur Nagrotzki fahren, er werde noch am Abend mit dem Gesandten sprechen, damit es mit dem Visum klappe. Britta war stolz, jetzt die Braut eines Schweden zu sein.

Es war zwar nur eine Scheinverlobung, und verliebt war sie in Ernst Wiemann, aber es machte sich doch gut gegenüber ihren Klassenkameradinnen, wenn sie verlobt sei, und sie erzählte es allen Leuten, die es wissen wollten oder nicht, dass sie sich mit einem Schweden verlobt habe.

Am nächsten Vormittag kamen einige Freundinnen mit Blumen und Verlobungsgeschenken, was Paula außerordentlich peinlich war, aber Leberecht amüsierte das. Dann wurde er aber wieder ernst und überlegte, ob es wirklich notwendig sei, seine Tochter persönlich nach Friedrichsruh fahren zu lassen. Aber Ankerström war der Meinung, dass das Visum nicht erteilt würde, wenn Britta nicht persönlich gegenüber dem Gesandtschaftssekretär erkläre, dass sie verlobt sei. Aber würde Britta nicht der Front entgegenfahren? Könnte sie nicht in Kriegshandlungen hineinkommen? Die Engländer waren nur 30 Kilometer von Friedrichsruh entfernt, von Lübeck waren sie etwa 80 Kilometer entfernt, die Russen standen kurz vor Rostock, etwa 150 Kilometer entfernt. Wie würde das ausgehen? Britta lockte das Abenteuer, als Braut nach Schweden ausreisen zu dürfen. Leberechts letzte Worte waren: „Dann fahr halt! Wer sich in Gefahr begibt, kommt darin um!“ Ein Wort, das ihm noch sehr leid tat und das Britta aufs Tiefste erschreckte.

Ankerström beruhigte Leberecht, rund um das Schloss Friedrichsruh sei exterritoriales Gebiet, es stehe unter dem Schutz des Internationalen Roten Kreuzes, dort sei die schwedische und die schweizerische Gesandtschaft untergebracht, es sei deutlich gekennzeichnet, und in Friedrichsruh werde bestimmt nichts passieren, in wenigen Stunden sei seine Tochter wieder zu Hause.

Nach dem Abendessen sah Leberecht besorgt auf die Uhr, er hatte ausgerechnet, dass Britta gegen sechs oder sieben Uhr zurück sein könnte, und sie war immer noch nicht da. Paula meinte nur, er solle sich keine Sorgen machen, die Straßen seien ja so überfüllt, zwei oder drei Stunden Verspätung seien heute keine Seltenheit. Leberecht versuchte zu telefonieren, aber es gab auch über das Schnellamt keine Verbindung, und das Fernamt war überhaupt nicht zu bekommen.

Gegen zehn Uhr hörte man Geschützdonner. Archibald ging in den Garten und sah, dass im Süden von Lübeck der Himmel vom Mündungsfeuer der Geschütze erleuchtet war, und zwar weitaus mehr, als wenn die Flak schoss, und es war nicht Richtung Hamburg, sondern eher Richtung Lüneburg. Das konnten nur die Engländer sein, die die Elbe bei Lauenburg überschreiten wollten und das wie üblich mit Trommelfeuer einleiteten. Er kam mit der freudigen Botschaft ins Haus und meinte, jetzt sei gesichert, dass die Engländer vor den Russen nach Lübeck kämen, und alle waren froh.

Langsam gingen alle zu Bett, denn es war noch empfindlich kalt und die Heizung war ausgegangen. Nur Leberecht hatte sich in eine Decke gehüllt und wartete. Es wurde eins, es wurde zwei Uhr, und er wurde immer unruhiger. Schließlich gegen Morgen um sechs Uhr kam Britta vollkommen aufgelöst nach Hause und konnte nur stockend ihre Erlebnisse erzählen.

In Friedrichsruh angekommen, waren sie in eine vollkommen irreale Welt geraten. Die junge Fürstin Bismarck, eine geborene Schwedin, begrüßte sie aufs Herzlichste und sagte, sie brauche sich keine Sorgen zu machen, sie lebten hier auf neutralem Gebiet. Um vier Uhr gebe es Tee bei ihrer Schwiegermutter, der alten Fürstin Herbert von Bismarck, der Schwiegertochter des Reichskanzlers, und dazu sei sie herzlich eingeladen. Auch der Gesandtschaftssekretär komme und dann könne alles geregelt werden.

Die Damen zogen ihre besten Kleider an und legten ihren Schmuck an, denn die alte Fürstin sah sehr auf Etikette. Auch Britta machte sich zurecht. Während sie im Waschraum stand, hörte sie plötzlich ein Pfeifen und kurz darauf einen Einschlag wie von einer Bombe. Das ganze Haus erzitterte, und das gläserne Oberlicht des Waschraumes fiel herab, so dass sie plötzlich im Rahmen des Oberlichts und in einem Haufen von Scherben stand. Dann folgten eine zweite und eine dritte Detonation. Britta ging wie benommen in den Flur des Schlosses hinaus, das zu brennen schien. Da sah sie den Chauffeur Nagrotzki, der auf dem Arm eine Frau hielt, der beide Beine abgerissen waren. Es war, wie sie später hörte, die Frau des Schweizer Gesandten, die bald darauf an ihren Verletzungen starb. Britta schwanden die Sinne, und sie sank auf den neben ihr stehenden Stuhl. Wie aus weiter Ferne hörte sie die Stimme Nagrotzkis, der rief: „Fräulein Weiler, kommen Sie, kommen Sie, das Schloss brennt!“ Er hob sie auf und trug sie hinunter in den Hof.

Da standen die Trümmer von Leberechts schöner Limousine, die auch ein Raub der Flammen geworden war. Aber der Chauffeur Nagrotzki hatte dafür gesorgt, dass Britta und er mit dem Gesandtschaftssekretär fahren konnten. Alle waren geschockt, niemand hatte mit diesem Angriff gerechnet. Einige weinten, andere schimpften, dass man neutrales Gebiet, das doch gekennzeichnet war, bombardierte. Kommandos der Feuerwehr, die wegen des Artilleriebeschusses erst spät eingetroffen war, machten die Verwirrung noch größer.

Der Gesandtschaftssekretär zog Britta in sein Auto und stellte ihr auf einem Wisch ohne Stempel ein Visum aus, wobei er unterschrieb: „Ausgestellt in Schloss Friedrichsruh, das zur Zeit in Flammen steht.“

Abends um acht Uhr verließ Britta mit dem Auto des Gesandtschaftssekretärs den Schlosshof, aber die Fahrt ging noch nicht los, weil immer noch Bescheinigungen ausgestellt werden mussten und auch der Gesandtschaftssekretär noch nicht wusste, wohin er fahren sollte. Erst um zehn Uhr setzte sich der Wagen mit verdunkelten Scheinwerfern in Bewegung. Auf der Rückfahrt waren die Straßen verstopft, und immer wieder mussten sie Militärkolonnen an sich vorbeifahren lassen.

Leberecht und Paula waren glücklich, dass Britta wieder zu Hause war. Leberecht machte sich nachträglich noch große Vorwürfe, dass er Britta überhaupt hatte fahren lassen, und auch über den Spruch, den er ihr zum Abschied gesagt hatte.

Jetzt war das Auto, das er sich für die Flucht aufbewahrt hatte, zerstört, und auch das Schiff, das im Hafen gelegen hatte, mit dem er nach Skandinavien hätte fliehen wollen, war abgefahren, um im letzten Moment noch Flüchtlinge aus Rostock zu holen. Aber als am Morgen der deutsche Rundfunk meldete, dass die Engländer die Elbe nicht nur bei Lauenburg, sondern auch noch weiter südöstlich überschritten hatten und nun weiter nach Schwerin vorstießen, waren alle doch beruhigt. Die Russen würden nicht kommen, eine Flucht nach Skandinavien war jetzt nicht mehr nötig.

Am Nachmittag fuhr Leberecht mit der Straßenbahn nach Schlutup, und Archibald folgte mit dem Fahrrad. Leberecht wollte vor allem verhindern, dass das Werk zerstört würde, aber Feichtenbeiner beruhigte ihn, es sei keiner daran interessiert, das Werk zu sprengen. Otto Rischer sei verschwunden, er habe sich wohl verdünnisiert, um nicht der Rache der russischen Kriegsgefangenen ausgesetzt zu sein. Er glaube nicht, dass man den Volkssturm noch einberufen werde.

Die Straßen von Schlutup und Herrenburg und auch die Straße von Ratzeburg waren nicht nur mit Flüchtlingstrecks und mit Flüchtlingen aus ganz Mecklenburg verstopft, sondern auch mit zurückströmenden Truppenteilen, während auf der anderen Seite immer noch Truppenteile zum Entsatz nach Berlin beordert wurden. Auf den Lastwagen befanden sich Männer sowohl in Heeres-, als auch in Marine- und Luftwaffenuniformen, die man zu Kampfverbänden zusammengewürfelt hatte. Die Uniformen waren schmutzig, abgetragen, die Gesichter müde, viele waren unrasiert, und man sah den Männern die Angst an. Jetzt, so war die Devise, bloß nicht in den letzten Tagen noch fallen! Dazwischen auch immer noch die Motorräder mit den „Kettenhunden", den Feldgendarmen, die nach Deserteuren suchten. In Lübeck auf dem Marktplatz hielt der Kreisleiter der NSDAP eine feurige Rede, in der er zum Widerstand aufforderte und wieder das Wort „Lever dod als Slav" brachte. Aber es waren nur wenige Menschen gekommen, um ihm zuzuhören, und nach seiner Rede machten er und der Oberbürgermeister sich auf, die Stadt in Richtung Norden zu verlassen.

Leberecht war immer noch voller Sorge um das Befinden von Britta, doch nach dem ersten Schock schien sie wieder die Alte zu sein und drängte darauf, bald nach Schweden zu reisen, aber Leberecht wollte, dass sie erst einmal den Einmarsch der Engländer abwarten sollte.

Am Abend gelang es ihm, mit seiner Schwester Silvia in Hamburg-Blankenese zu telefonieren, die auch darauf wartete, dass die Engländer einmarschieren würden. Sie hatte Angst, dass die Stadt Hamburg unter Trommelfeuer genommen und die Brücken gesprengt würden. Wie sie gehört hatte, war der Gauleiter eher geneigt, die Stadt kampflos zu übergeben. Aber er wartete immer noch auf Befehle des Führers, der noch im letzten Moment viele Städte zur Festung erklärt hatte, was aber zumindest im Westen nichts mehr nützte. Hermine hatte zwar erklärt, dass sie mit einer Panzerfaust auf die einmarschierenden Truppen schießen wolle, aber Adolf Festerling hatte ihr diesen Blödsinn verboten. Wenn sie etwas für die Gemeinschaft tun wolle, müsse sie unbedingt weiter ihren Dienst im Krankenhaus versehen.

Das Haus in der Kösterbergstraße war jetzt bis zum Brechen voll. Erst vor drei Tagen war die Tochter Elli – sie war im dritten Monat schwanger – mit ihrem invaliden Ehemann Manfred Lohmar gekommen, aber die beiden kamen nicht allein, auch Ellis Schwiegereltern, Professor Lohmar und seine Frau, flüchteten nach Blankenese. Sie hatten ihr Gut in Schlesien verloren, das Haus in Dahlem war ausgebombt, und die Technische Hochschule in Berlin-Dahlem war geschlossen. Sie hatten mit einem der letzten Eisenbahnzüge, die noch fuhren, Berlin verlassen und hatten kaum etwas von ihrer Habe retten können. Adolf Festerling meinte nur trocken zu Leberecht: „Das Geld spielt jetzt wohl doch eine Rolle!"

Am 30. April morgens gab es zwar noch eine Zeitung, aber es stand nicht viel drin. Die Nachrichten, die man erhielt, kamen zum Teil über den Drahtfunk, eine Einrichtung, die es im Krieg gab, um über die Luftlage zu informieren. Man hörte jetzt vor allem BBC. Paula war pausenlos unterwegs, um für die Familie Lebensmittel zu besorgen, denn jetzt wurden nicht nur die Wein- und Fischvorräte verteilt, jetzt wurden auch bei den Heeresverpflegungsämtern die Vorräte, die man noch zurückgehalten hatte, wie Wurst und Butter, verteilt. Pro Lebensmittelkarte, ganz gleich, welche Kategorie von Karte es war, gab es drei Kilo Butter, und das war immerhin eine Menge von fast einem Zentner für die 14 Leute, die jetzt im Haus wohnten.

Bei dem Kaufmann, wo sie immer alles einkauften, bei Karl Trost in der Paulstraße, war die Butter schon ausverkauft, aber Trost sagte, dass es morgen wieder welche gebe, er werde bestimmt für Weilers die Menge zurücklegen, und Paula nahm sich vor, am nächsten Morgen rechtzeitig mit dem Kinderwagen, den sie noch von Vivian hatte, dort zu erscheinen, um die Butter abzuholen.

Am Abend saßen alle gemeinsam am Tisch im früheren Musikzimmer. Die Musik des Reichssenders Hamburg war getragen, man achtete nicht genau darauf, ob es Bruckner oder Beethoven war, es war keine Musik, die um diese Zeit kurz nach acht Uhr am Abend gewöhnlich gespielt wurde. Dann kam eine Stimme in getragenem Ton, die mitteilte: „Wir bringen in Kürze eine ernste Meldung für das ganze deutsche Volk". Darauf folgte der Trauermarsch aus der „Eroica". Archibald platzte mit seiner Meinung heraus: „Hitler ist verreckt!" Klara meinte nur: „Es war auch höchste Zeit, dass dieser Kerl verschwindet! Jeden Tag, den der Krieg noch länger dauert, ist zu viel. Er war der Verderber Deutschlands."

Im Radio wurde die Meldung wiederholt, und als dann der Trauermarsch aus der „Götterdämmerung" folgte, war ziemlich klar, was geschehen war. Hallberg begann zu weinen und ging aus dem Zimmer, Leberecht folgte ihm, und Hallberg schluchzte: „Diese dummen Gänse, kapieren sie denn nicht, dass dies die größte Tragödie für das deutsche Volk ist, die es in seiner Geschichte erlebt hat?" Leberecht gab ihm insofern Recht, dass dieser Krieg die größte Tragödie für das deutsche Volk gewesen sei, aber er wollte mit dem alten, verbitterten Mann nicht weiter darüber diskutieren.

Am nächsten Morgen erschien der „Volksbote", die einzige Zeitung, die es in Lübeck noch gab, mit der schwarz umrandeten Meldung in riesigen Lettern: „Der Führer im Kampf gefallen". Fast niemand flaggte halbmast. Die Leute begannen, aus ihren Hakenkreuzfahnen etwas anderes zu machen, je nach Größe der Fahne Putzlumpen oder Unterwäsche. Bei Weilers reichte die Größe der Fahne aus, um für Britta ein Sommerkleid zu nähen. Die Theaterschneiderin aus Danzig, die geflohen war und jetzt mit Fräulein Pries zusammen im Luftschutzkeller wohnte, fand sich gleich bereit, das Kleid zu nähen. Leberecht meinte zwar, man könne vielleicht noch ein oder zwei Tage abwarten, aber Fräulein Knopf machte sich sofort ans Werk.

Am 3. Mai telefonierte Archibald noch einmal mit Mölln. Meister Träger konnte er nicht erreichen, aber einen Fuhrunternehmer, der ihm mitteilte, dass mittags um elf Uhr die Engländer durch Mölln gezogen seien. Die Leute hätten überall weiße Fahnen herausgehängt und den Engländern zugewinkt. Es seien Panzer und Lastwagen gewesen und Tausende von kleinen, offenen Personenwagen, in denen immer vier Soldaten gesessen hätten. Niemand sei zu Fuß gegangen. In kurzer Zeit seien sie sicher in Lübeck.

Trotz dieser Ankündigung, dass die Truppen bald in Lübeck seien und man nicht wusste, ob nicht doch die Stadt verteidigt und beschossen würde, ging Paula gegen ein Uhr los und stellte sich beim Kaufmann Trost an, um die Butter, die jetzt gekommen war, abzuholen. Die anderen blieben zu Hause. Archibald ging auf den Speicher, um an der Fahnenstange ein großes Bettlaken zu befestigen. Als Paula um die Ecke der Parkstraße bog, erstreckte sich die Schlange vor dem Laden von Trost die ganze Roeckstraße entlang bis über die Parkstraße hinweg, und es ging nur ganz langsam voran, aber Paula fügte sich in die Schlange und dachte nicht daran, wieder umzukehren, und auch die anderen Frauen, die noch kamen, blieben eisern stehen.

Statt der Flüchtlinge kamen jetzt auch in großem Umfang fliehende Truppen, die ihre Geschütze, Panzer und vor allem Lastwagen einfach in den Straßen der Stadt abstellten. Auch die Krügerstraße war voll von Militärfahrzeugen, einige Wagen standen im Stadtpark.

Leberecht regte sich furchtbar darüber auf, dass Paula noch nicht zurück war und hatte Angst, dass die Geschütze noch in Stellung gehen könnten. Dann aber gegen halb drei Uhr meldete der Sprechfunk, dass britische Truppen im Begriff seien, Lübeck zu besetzen. Der Sprecher des Funks, ein kleiner Beamter von der Post, erklärte mit trauriger Stimme: „Bitte verhalten Sie sich ruhig. Ich wünsche allen Leuten Glück. Bitte bewahren Sie die deutsche Sprache!" Dann schaltete der Sprechfunk ab.

Archibald stürzte auf den Speicher und hängte die vorbereitete weiße Fahne aus dem Fenster, aber nachdem er sah, dass aus den anderen Häusern keine Fahnen hingen, zog er sie wieder herein. Dafür zog Leberecht am Hauptmast die schwedische Fahne auf, die er sich besorgt hatte. Hallberg hatte eine dänische Fahne organisiert, die er auf dem zweiten Mast aufzog.

Kurze Zeit später fielen in der Roeckstraße, wo Paula stand, einige Schüsse. Leberecht geriet in Panik, dann war es aber wieder still. Wie man später erfuhr, hatte ein Hitlerjunge aus einem Haus in der Roeckstraße eine Panzerfaust auf einen Panzer abgeschossen, ihn aber verfehlt, worauf der Panzerwagen mehrere Schüsse auf das Haus abgab, wodurch in dem Haus, in dem auch ein Laden war, sämtliche Fensterscheiben kaputt gingen, sonst aber nichts passierte. Das war auch der einzige Schuss, der in Lübeck abgegeben wurde.

Endlich, gegen fünf Uhr, kam Paula triumphierend zurück, sie hatte tatsächlich fast 50 Kilogramm Butter ergattert. Jetzt war im Haus das einzige Thema, wie man die Butter so lange wie möglich aufheben konnte. Aber Lisbeth wusste Rat: Man musste die Butter auslassen zu Butterschmalz, und das Schmalz hielt sich dann sehr lange. In der Küche saßen alle Frauen und machten ihre Butter in alten Weckgläsern ein, und Lisbeth backte eine große Buttercremetorte.

Am Nachmittag des 3. Mai 1945 war für die Familie Weiler und die Bewohner des Hauses in der Lübecker Krügerstraße der Krieg zu Ende. Man wartete noch eine Zeit lang ängstlich im Haus und wartete, dass irgendein englischer Soldat an der Haustüre klingelte oder mit dem Gewehrkolben an die Türe schlug, aber es tat sich nichts. Keiner wagte, nach draußen zu gehen, auch nicht in den Garten. Am Abend saß man noch lange zusammen.

Es gab keinen Strom und es gab kein Gas mehr. Der Drahtfunk, den man über die Telefonleitung angeschlossen hatte, um zu hören, ob offizielle Verlautbarungen gemacht wurden, brachte nur ein monotones Ticken. Das Radio, mit dem man wenigstens BBC hätte hören können, ging nicht, weil es keinen Strom gab.

In Lübeck war es wie im ganzen Norden Deutschlands noch lange hell, so dass man erst spät die Kerzen anzündete. Dann ging jeder mit seinen Gedanken ins Bett. Über die Vergangenheit wurde kaum noch gesprochen, und wie die Zukunft aussehen würde, darüber sprach man auch nicht, denn jeder sah sie anders. Man war sich nur darüber einig, dass man endlich einmal ausschlafen konnte, es würde keine Fliegerangriffe und keinen Alarm mehr geben.

Wie der Krieg jetzt weiter verlief, das war kaum noch von Interesse. Man konnte sich nicht vorstellen, dass die neue Regierung in Flensburg den Krieg noch lange fortsetzen könnte, denn Deutschland war zu über 90 Prozent besetzt.

Dass der Krieg zu Ende war, darüber freute sich besonders Paula. Sie war dankbar, dass die Russen nicht bis Lübeck gekommen waren, dass sie ihren Mann und ihre Kinder bei sich hatte, das Haus nicht zerstört oder beschädigt war. Sie machte sich nur Sorgen um ihren Vater, sie hatte mehrere Wochen nichts von ihm gehört.

Wie sie die Familie satt bekommen sollte, darüber machte sie sich keine Gedanken. Für die nächsten Wochen waren sie dank der Auflösung der Heeresversorgungsanstalten mit Lebensmitteln versorgt. Man werde schon sehen, wie es jetzt weiterging. Auf jeden Fall war sie jetzt auch nicht mehr diskriminiert.

Auch Leberecht war froh, dass die Russen nicht bis Lübeck gekommen waren und dass die Familie unversehrt geblieben war. Wie es mit der Firma weiterging, das konnte er sich nicht vorstellen. Er nahm sich vor, so bald wie möglich nach Schlutup hinauszufahren und die Verbindung zu den Filialen aufzunehmen, zu denen er bis vor kurzem noch Kontakt gehabt hatte.

Klara lag noch lange wach, sie war aufs Äußerste erregt. Ihr war es, als sei sie aus einem bösen Traum erwacht. Jetzt würde sie sicher bald wieder Theater spielen, vielleicht in Lübeck und dann nach einiger Zeit in Berlin? Ob sie jetzt heiraten würde? Sie war mit ihren 42 Jahren schon ein bisschen alt dafür, mit Kindern würde es sicher nichts mehr. Aber wen? Deutsche Ehepartner gefielen ihr nicht mehr. Vielleicht könnte sie jetzt einen englischen Offizier oder sogar einen Amerikaner heiraten, in die USA auswandern und dort ein neues Leben beginnen?

Archibald und Britta waren einfach froh, dass die blöden Nazis, diese Verbrecher, ihre Macht verloren hatten und dass man persönlich keine Angst mehr haben musste. Britta wollte auf jeden Fall – darüber war sie sich klar – nicht noch einmal in die Schule gehen. Ob sie bald zum Theater gehen könnte?

Archibald überlegte, ob er jetzt die Universität besuchen könnte oder ob er noch einige Zeit bei Weiler & Busch arbeiten sollte. Er wollte sehen, dass das Werk in Mölln so schnell wie möglich wieder anlief, aber dann wollte er lieber nach Schlutup, denn jetzt könnte er getrost bei Weiler & Busch einsteigen.

Während der ganzen Nacht blieb es ruhig. Keiner wagte sich mehr aus dem Haus, und um Mitternacht schliefen alle.

Archibald

Am nächsten Morgen überlegte sich Leberecht, wie er nach Schlutup kommen könnte. Fahrrad fahren konnte er nicht, die Straßenbahn fuhr nicht, ob er sich wohl zu Fuß nach Schlutup aufmachen sollte? Da klingelte es, und der Pole Kudra aus Mölln stand vor der Türe und sagte, er wolle sehen, ob man bei Weilers plündere, denn das wolle er verhindern. Sein Traktorfahrer und er seien zusammen mit den Russen gestern Abend noch nach Schlutup gefahren. Sie seien am Abend auch durch die Lübecker Stadt gekommen und hätten gesehen, dass überall geplündert werde, vor allem in den Ladengeschäften und Weinhandlungen, und, was ihn sehr schmerze, hauptsächlich von seinen polnischen Landsleuten. Überall seien betrunkene Polen herumgelaufen.

Leberecht solle erst einmal nicht nach Schlutup gehen, denn da sei im Augenblick die Hölle los. Da würden die russischen Kriegsgefangenen die Befreiung feiern und nach den deutschen Chefs suchen, vor allem den Meister Rischer hätten sie auf dem Kieker, und ihr Anführer sei der Iwan aus Mölln, der wohl Offizier sei, er habe gehört, er sei sogar Oberst!

Archibald ging auf die Straße und sah ein seltsames Schauspiel. Anscheinend waren mit der Naziherrschaft auch alle Hemmungen verloren gegangen. An den Fahrzeugen, die die Wehrmacht in der Krügerstraße und im Stadtpark hatte stehen lassen, waren Hunderte von Leuten damit beschäftigt, die Reifen abzumontieren, es wurden Nägel in die Benzintanks geschlagen, um das darin befindliche Benzin in Behälter abzulassen. Man schnitt die Polster der Sitze heraus, so dass die Fahrzeuge völlig demoliert waren. Man schraubte alle möglichen Dinge ab, von denen man annahm, dass man sie irgendwie noch brauchen konnte – und brauchen konnte man zu dieser Zeit alles.

Es waren aber auch Leute im Stadtpark, die anfingen, Bäume abzusägen, um daraus Brennholz zu machen, und am Abend – es war eine laue Frühlingsnacht und in Norddeutschland galt Sommerzeit, so dass es noch bis um zehn Uhr hell war – tummelten sich unzählige Besatzungssoldaten mit jungen Mädchen im Park. Archibald hatte bisher noch nie Menschen beim Geschlechtsverkehr gesehen – aber hier geschah das dutzendweise. Er sah dabei auch Mädchen, von denen er wusste, dass sie begeisterte BDM-Führerinnen gewesen waren, von denen mindestens eine noch vor wenigen Wochen gesagt hatte, dass sie eine Panzerfaust nehmen würde, wenn die Feinde in die Stadt kämen. Dabei hatte die Sperrstunde, die von den Briten durch Lautsprecher verkündet worden war und die die Deutschen bei schwerer Strafe nicht übertreten durften, schon längst begonnen.

Johannes Fabricius hatte, als die Russen etwa 80 Kilometer von Olbersdorf entfernt standen, sich überlegt, ob er nicht wie viele andere die Stadt verlassen und zu seinen Eltern nach Oberbayern oder zu seiner Schwester und seinem Schwager nach Lübeck fliehen sollte. Er besaß nicht viel und hätte bequem alles mitnehmen können, aber dann hielt ihn sein Pflichtgefühl davon ab. Er hatte jemand, den er schützen wollte, den er heimlich liebte: eine junge Frau mit einem kleinen Kind, die ohne männlichen Schutz war. Er hatte Karola Schmitz am sonntäglichen Mittagstisch in einer Gastwirtschaft im Kurort Oybin, wo sie beide wohnten, kennengelernt. Eigentlich war Karola nicht sein Typ. Sie mochte so alt wie er sein, etwa 35 Jahre, war ungeschminkt, etwas pummelig und hatte eine einfache Ponyfrisur. Sie rauchte eine selbstgedrehte Zigarette nach der andern und hatte, wie ihm auffiel, einen trockenen, hintersinnigen Humor.

Johannes hatte seit dem Selbstmord seiner Braut Kat jede Verbindung zu einer Frau vermieden. Es war ihm einfach zu gefährlich, besonders in dem Nest Oybin, wo jeder jeden kannte und nichts geheim blieb. Schon ein ausgesprochener Verdacht konnte möglicherweise zu einer Anzeige und einer Verhandlung führen, an dessen Ende für ihn ein Todesurteil wegen Rassenschande hätte stehen können, zumindest die Einweisung in ein KZ, und die war so gut wie ein Todesurteil. Im Büro beschränkte er sich nur auf die notwendigsten geschäftlichen Gespräche, und im Gegensatz zu allen anderen, die sich meist duzten, blieb er beim strengen Sie. Die wenigen Frauen, mit denen er zusammenkam, waren verheiratet, und das war ja auch Karola. Er nahm an, dass niemand im Dorf etwas dagegen haben könnte, wenn er sich mit Karola beim Mittagstisch unterhielt. Aus ihren manchmal recht frechen Bemerkungen entnahm er, dass sie von den Nazis nicht viel hielt. Sie war vor allem sehr am Theater interessiert, und die Gespräche über das Theater waren die unverfänglichsten, die man damals haben konnte, ohne dass die an den Nachbartischen sitzenden Gäste den geringsten Verdacht hätten schöpfen können. Zudem hatte Johannes Spaß an dem Jungen von eineinhalb Jahren, den sie immer mitbrachte, wenn sie ihn nicht anderswo unterbringen konnte.

Sie hatte keine Scheu, ihm die Geschichte ihrer Ehe zu erzählen. Ihr Mann war wie Johannes Jurist und Geschäftsführer der Industrie- und Handelskammer in Zittau gewesen. Nachdem die IHK aufgelöst worden und in der Gauwirtschaftskammer in Leipzig aufgegangen war, wurde er nach Leipzig versetzt. Anfänglich kam er noch an den Wochenenden nach Hause, dann schien ihn aber jemand anderes mehr zu interessieren. Es gab angeblich große Versammlungen, Treffen oder Tagungen in Berlin. Seit der Geburt ihres Sohnes war er kaum mehr nach Hause gekommen. Im Herbst hatte man ihn eingezogen zu irgendeiner Stabsstellung, von der sie meinte, er habe doch die Möglichkeit, Urlaub zu nehmen, aber er sei nun mal ein recht munterer Hallodri.

Auch Johannes erzählte ihr sein Schicksal. Sie tröstete ihn und meinte, irgendwann werde er auch mal eine Frau finden, dann aber nicht ein junges Mädchen, sondern eine reifere Frau. Die Nazis würden nicht mehr allzu lange regieren und dann werde das Leben für ihn wieder neu beginnen. Es waren eigentlich mütterliche Ratschläge, die sie dem jungen Mann gab, aber Johannes hatte sich in die junge Mutter verliebt.

Von ihrem Mann hatte Karola nur gehört, dass er bei Leipzig in amerikanische Gefangenschaft geraten sei und nicht kommen könne – und das auch gar nicht vorgehabt habe.

Als Deutschland am 8. Mai kapitulierte, beschloss Johannes, zu Karola zu ziehen und sie zu beschützen, wenn die Russen einmarschierten. Die Russen kamen aber noch nicht gleich, sondern erst drei Tage später nach Oybin. Es kamen nur wenige Soldaten, und es gab nicht die befürchteten Ausschreitungen. Als Johannes am nächsten Tag zu Fuß nach Olbersdorf ging, stieß er auf eine russische Patrouille, die ihm erst einmal seine Uhr abnahm und dann in ein Lager steckte. Zu erklären, dass er kein Soldat, kein Nazi und kein flüchtender Kriegsverbrecher sei, war nicht ganz einfach, aber nach zehn Tagen kam er mit einem Vollbart zu Karola zurück, und er beschloss, bei ihr zu bleiben.

Leberecht und Archibald fuhren wenige Tage nach Beginn der Besatzungszeit mit einem Maultierfuhrwerk nach Schlutup hinaus. Auch Franz Feichtenbeiner war gekommen und alle zehn deutschen Arbeiter, die nach ihrer alten Firma sehen wollten. Von dem Rundholz, das noch auf dem Werk gelegen hatte, war bereits die Hälfte gestohlen worden von Flüchtlingen, die sich in dem früheren Kriegsgefangenenlager breitgemacht und etwas zum Anfeuern gesucht hatten. Aber es waren wohl auch etliche Schlutuper gewesen, die etwas für ihre Öfen brauchten. Im Imprägnierwerk waren in der Werkstatt fast alle Werkzeuge gestohlen, und im Sägewerk fehlten die Transmissionsriemen. Anscheinend waren sie geklaut worden, um daraus Schuhsohlen zu schneiden. Sonst war aber noch alles in Ordnung.

Ein Teil der Kriegsgefangenen war schon weg, ein Teil schien im Lager noch zu feiern, denn sie hatten sich Alkohol in den Läden der Stadt organisiert. Der alte Iwan aus Mölln war gekommen und begrüßte Leberecht und Archibald. Er war jetzt der Chef der Russen und erklärte, dass sie beide gute Menschen seien und dass er das nicht vergessen werde, sie hätten von den Russen nichts zu befürchten. Er erzählte, dass er Offizier sei und Deutsch auf der Universität gelernt habe. Als er in Gefangenschaft gekommen war, hatte er sich seine Rangabzeichen abgeschnitten, weil er Angst gehabt hatte, dass man die russischen Offiziere umbringe.

Der wichtigste Mann in der Firma wurde jetzt Franz Boetius. Er sprach nicht nur fließend Englisch, sondern verstand auch die Mentalität der Engländer und erhielt jetzt von Leberecht Vollmachten, um mit den englischen

Besatzungsbehörden zu verhandeln und ein „Permit“, eine Genehmigung zur Wiederaufnahme des Betriebs, zu erhalten. Mit dem Permit allein waren noch keine Treibriemen für die Maschinen des Sägewerks beschafft, aber der englische Kommandant verfügte einfach, dass die Treibriemen bei der Flenderwerft organisiert werden sollten. U-Boote würden jetzt ja keine mehr gebaut, und so montierte man die Treibriemen bei einer anderen Firma ab, um die eigene Produktion wieder in Gang zu setzen.

Die kanadischen Kampftruppen blieben nicht lange in Lübeck, an ihrer Stelle kamen die Besatzungstruppen, vor allem Soldaten aus Schottland, und diese wollten sich für längere Zeit häuslich einrichten. Sie begannen, Häuser zu beschlagnahmen, und besonders gut gefiel es den Briten in den Villen rund um den Stadtpark, und ehe man es sich versah, waren ganze Straßenzeilen beschlagnahmt. Die Bewohner hatten keine Möglichkeit, sich dagegen zu wehren oder noch um Aufschub zu bitten, bestenfalls gab es 24 Stunden Zeit, die Wohnung zu verlassen. Es wurde streng darauf geachtet, dass nur Kleider und einige persönliche Dinge mitgenommen werden durften, während die ganze Einrichtung, Geschirr und Bettwäsche in der Wohnung belassen werden mussten. Nur wenigen gelang es, mit Hilfe freundlicher Nachbarn durch die Hintergärten einen Teil der notwendigsten Dinge herauszuschmuggeln.

Einer der ersten, die es traf, war Dembowski. Er und seine Frau zogen bei van Stolks in die Krügerstraße ein, aber die Kinder mussten einzeln bei Verwandten und Bekannten untergebracht werden. Das Haus von Leberecht wurde verschont, die schwedische Fahne schützte sie noch, aber die dänische Fahne wurde Max Hallberg zum Verhängnis. Es vergingen keine acht Tage, bis morgens Engländer, begleitet von einem dänischen Offizier, Max Hallberg abholten und ihn zurück nach Kopenhagen brachten, wo er in ein Lager für Nazis und Kollaborateure eingesperrt wurde. In das Herrenzimmer zog Archibald ein, denn die Familie musste jetzt das Esszimmer für Dembowskis freimachen. Eine Woche nachdem sie bei van Stolks eingezogen waren, wurde nämlich auch deren Haus beschlagnahmt.

Die Ernährungslage war jetzt sehr schwierig geworden. In Deutschland gab es keine Lagervorräte mehr, vor allem gab es keine Transportmittel, um die landwirtschaftlichen Erzeugnisse zu den Verbrauchern zu bringen, und es waren die Betriebe von vielen Nahrungsmittelherstellern geschlossen. Die Alliierten mussten die deutsche Bevölkerung versorgen, aber nach dem, was man in den KZs gesehen hatten, waren sie der Meinung, die Deutschen hätten erst einmal zu hungern. Es gab weiter Lebensmittelkarten, aber die Rationen wurden nochmals herabgesetzt und auch die Sonderzuteilungen zum Beispiel für Schwerstarbeiter wurden gestrichen.

Was blühte, war der Schwarzmarkt, der sich am Hafen und vor allem in der Engelsgrube abspielte. Die internationale Währung, die sich bald durchsetzte, waren amerikanische Zigaretten, die von den Soldaten gegen alles Mögliche getauscht wurden, gegen Schmuck, Fotoapparate, Kunstgegenstände, Antiquitäten und Uhren, die wiederum dazu dienten, bei Bauern oder Schwarzhändlern Butter, Wurst und Käse oder Kartoffeln zu tauschen. Es gab immer wieder Razzien, zunächst noch ohne deutsche Polizei, die dann angestellt und nur mit Schlagstöcken ausgerüstet wurde, und die noch wesentlich strenger war als die englische Militärpolizei. Aber bei jeder Razzia wurde nur ein Bruchteil der Schwarzhändler gefasst, und sie riskierten höchstens 14 Tage von den Engländern eingesperrt zu werden, aber man setzte nicht mehr wie in der Nazizeit Leib und Leben aufs Spiel.

Langsam kamen die ersten Kriegsgefangenen nach Hause. Entlassen wurden vor allem die älteren Männer über 50 und Familienväter, Fischer, Bergarbeiter und solche, die sich für die Arbeit in den Kohlenbergwerken im Ruhrgebiet verpflichteten. Denn man sah mit großer Sorge, dass für den kommenden Winter keinerlei Kohle zur Verfügung stand und die ausländischen Bergarbeiter in ihre Heimat zurückgekehrt waren.

Dass als erste die Fischer entlassen wurden, merkte man daran, dass plötzlich Anfang Juni Lübeck mit Dorsch und Heringen überschwemmt wurde, denn die Fische wurden zwar gefangen und in Schlutup und Gothmund angelandet, aber es gab noch keine Transportmöglichkeiten, um sie weiter als nach Hamburg zu bringen, es funktionierte weder die Eisenbahn noch gab es Kühlwaggons. Die Fische mussten also unmittelbar in Küstennähe verzehrt werden. Archibald konnte sich jetzt vorstellen, was es bedeutet hatte, dass früher in manchen Orten an der Ostseeküste oder des Rheintals die Dienstmädchen in ihren Verträgen sich hatten zusichern lassen, nicht mehr als viermal in der Woche Lachs vorgesetzt zu bekommen.

In Wasser gekochten Fisch – in der Zwischenzeit waren auch die großen Buttervorräte aus den Tagen der Kapitulation aufgebraucht – gab es morgens und mittags, und nicht nur drei- oder viermal, sondern fünf- oder sechsmal in der Woche. Aber nach 14 Tagen waren die Fische plötzlich verschwunden, denn man hatte wohl in der Zwischenzeit das Transportproblem gelöst.

Im Hause in der Krügerstraße gab es wieder eine Veränderung. Zur Familie Richter zog deren Sohn, ein aus der Kriegsgefangenschaft entlassener Zerstörerkommandant. In dem kleinen Zimmer, das Archibald schon für sich beinahe als zu klein gefunden hatte, hauste man jetzt zu dritt. Dafür zogen Brückners aus. Sie hatten zwar noch keine Möglichkeit, an den Bodensee zu ziehen, aber sie hatten andere Freunde in Lübeck gefunden, wo sie ein kleines Zimmerchen mit einem eigenen Klo zur Verfügung hatten. Die herzliche Freundschaft zwischen Leberecht und Paula und dem Ehepaar Brückner war zwar nicht in die Brüche gegangen, aber sie war doch ziemlich abgekühlt. Das Haus war eben nicht für so viele Bewohner geschaffen.

***

Leni war gleich am Tag nach der Besetzung von Gernsbach zu Fuß nach Baden-Baden gegangen. Die Stadt war unversehrt in die Hand der Franzosen gefallen. Im letzten Moment hatte die Wehrmacht auf die Verteidigung der Stadt verzichtet, vor allem mit Rücksicht darauf, dass Baden-Baden voll mit Verwundeten war und eine Verteidigung militärisch sinnlos war. Der Kommandant hatte zwar noch geschwankt, es waren Geschütze vor dem Kurhaus aufgefahren worden, aber er ließ sich von einem pensionierten General mit Unterstützung des Oberstabsarztes, dem alle Lazarette unterstanden, überzeugen.

Die Stadt war voll mit französischen Truppen, die Geschäfte waren geplündert worden. Es gab zwar Kontrollen, aber Leni kam ohne Schwierigkeiten zum Haus ihrer Mutter, wo mehrere Cousinen Zuflucht gefunden hatten. Gleich am nächsten Tag versuchte sie zum französischen Kommandanten vorzudringen, um ihm ihre Dienste anzubieten. Zunächst schien niemand zuständig zu sein, aber da sie sehr gut Französisch sprach, kam sie zum Schluss bis zu einem Oberst, der mit der Verwaltung der Stadt beauftragt worden war. Nach mehreren Tagen Wartens wurde sie vorgelassen. Da sie Halbjüdin war, fiel keinerlei Verdacht auf sie, dass sie irgendwie mit den Nazis zu tun gehabt haben könnte, und da ihre Kenntnisse der französischen Sprache als hervorragend galten, war man gleich bereit, sie als Dolmetscherin einzusetzen.

Aber Leni lag am meisten am Herzen, ihre Mutter aus Theresienstadt herauszuholen, obwohl sie gar nicht genau wusste, ob Gertrud überhaupt noch dort war. Der Oberst war bereit, ihr auf einem Bogen Papier die Erlaubnis auszustellen, nach Theresienstadt zu fahren. Er hatte so etwas noch nie gemacht, es gab keine Formulare dafür, über so eine Frage hatte man sich noch keine Gedanken gemacht.

Leni brach sofort auf. Nach Stuttgart, das damals auch französisch besetzt war, kam sie noch relativ leicht mit einem französischen Offizier, der dort mit einer Stabsstelle Fühlung aufnehmen musste. So kam sie noch am Abend nach Stuttgart, wo sie ihre Tante Luise aufsuchte, die sie wohlbehalten in ihrer Wohnung antraf. Vor allem war Tante Luise froh, auf diese Weise zu hören, dass Gernsbach ohne Schaden besetzt worden war und ihre Mutter und die Verwandten alle wohlauf waren.

Leni machte sich am nächsten Morgen auf in Richtung Nürnberg. Sie kam jetzt in amerikanisch besetztes Gebiet. Sie musste sehen, per Anhalter von irgendwelchen amerikanischen Truppen mitgenommen zu werden, denn deutsche Fahrzeuge gab es nicht. Ein großes Glück für sie war, dass das graue Kostüm, das sie angezogen hatte, aussah wie die Uniform des amerikanischen weiblichen medizinischen Personals. Die amerikanischen Jeeps und Lastwagen hielten an, und auf die Frage: „Are you a doctor?“ sagte sie einfach nur „yes“, und da sie fließend Englisch sprach, konnte sie sich gut mit den

Soldaten unterhalten. So gelangte sie sehr schnell innerhalb weniger Tage in die Tschechoslowakei. Grenzkontrollen gab es nicht. Eine tschechische Regierung war noch nicht gebildet, das heißt, sie funktionierte noch nicht. Sie kam bis nach Karlsbad, das von amerikanischen Truppen befreit worden war.

In der Zwischenzeit hatte Deutschland kapituliert, und es war abzusehen, dass die Amerikaner sich bald wieder aus der Tschechoslowakei zurückziehen würden. Nach längerem Suchen traf sie aber einen amerikanischen Offizier, der den Auftrag hatte, in das KZ Theresienstadt zu fahren, und der sie mitnahm.

Im KZ Theresienstadt war die SS erst wenige Tage zuvor abgezogen. In der Stadt waren die ersten russischen Truppen eingetroffen und im KZ hatte sich eine Selbstverwaltung gebildet, bei der die deutschen Juden aber nichts zu sagen hatten, viele der Lagergenossen verhielten sich sogar feindselig gegen sie. Leni musste sich in den großen Steingebäuden, den ehemaligen Kasernen der alten österreichischen Festung, erst einmal durchfragen. Aber plötzlich stand sie vor ihrer Mutter, die ihren Augen nicht traute.

Im KZ war die große Diskussion, wie man jetzt wieder nach Hause kam. Aus dem Ausland, so aus Holland, waren die ersten Vertreter gekommen, um ihre Staatsbürger zurückzuholen, aber deutsche Behörden, die sich um die Rückreise kümmerten, gab es keine. Viele sprachen davon, dass sie das ungastliche Europa mit seinem Antisemitismus verlassen und nach Palästina auswandern wollten, und es waren auch schon Vertreter der Jewish Agency gekommen. Leni erkannte, dass sie ihre Mutter und ihre anderen Verwandten nur zurückbringen konnte, wenn sie zusammen mit den französischen Juden abgeholt würden. Sie versprach ihrer Mutter, bald wiederzukommen und sie zu holen, und fuhr mit dem amerikanischen Offizier wieder nach Karlsbad.

Die Rückreise war problematischer. In Karlsbad hatte sich zwar ein anderer amerikanischer Offizier gefunden, der sie bis nach Hof mitnahm, und von dort ging es wieder per Autostopp nach Hause. Aber überall gab es jetzt Kontrollen und viele amerikanische Soldaten konnten mit dem vom französischen Oberst ausgestellten Papier nichts anfangen. Es gab lange Diskussionen, aber meist nützte ihre Kleidung auch jetzt, dass man nicht viel fragte, weil man sie für einen Doktor hielt.

In Baden-Baden bestürmte Leni den Oberst, einen Autobus nach Theresienstadt zu schicken. Das war leichter gesagt als getan. Am liebsten hätte er die ganze Angelegenheit irgendeiner vorgesetzten Behörde übergeben, als Leni ihn bat, in Straßburg anzufragen, ob dort nicht auch Interesse bestünde, die elsässischen Juden aus Theresienstadt abzuholen. Nach einigem Hin und Her nahm der Oberst Verbindung mit der jüdischen Gemeinde in Straßburg auf, und von dort wurde ein Militärautobus zur Verfügung gestellt.

14 Tage später kam Leni mit dem Autobus zurück nach Theresienstadt. Der begleitende Offizier hatte Anweisung, nur die französischen Staatsbürger

zurückzubringen. Aber Leni konnte ihn überreden, trotz großer Bedenken einige deutsche Juden mitzunehmen. Es war aber nicht viel Zeit, nur wer innerhalb einer Stunde bereit war, erhielt einen Platz im Bus. Mit Leni fuhren ihre Mutter, zwei Tanten, ein Vetter und zwei Cousinen nach Hause. Zum Packen hatte keiner mehr Zeit, aber was hatten sie auch schon im KZ an persönlicher Habe gehabt!

In Gernsbach musste wenige Tage nach der Besetzung die Bevölkerung einen Sühnemarsch nach Weisenbach antreten an die Stelle, wo die amerikanische Flugzeugbesatzung von dem Rollkommando der Partei erschlagen worden war. Es waren keine Ausnahmen gestattet, wenn man von einigen uralten bettlägerigen Kranken absah, und auch der Kommerzienrätin war dieser Marsch erspart geblieben, weil man nicht nur Rücksicht auf ihr Alter, sondern auch auf ihre Haltung in der Nazizeit nahm.

Die Täter und Anstifter, darunter der Ortsgruppenleiter und einige bekannte Gernsbacher Nazis, unter anderem auch Lackner, wurden verhaftet und nach einiger Zeit in französischer Haft den Amerikanern überstellt. Chauffeur Willi und seine zwei Mittäter, die die Amerikaner mit Schraubenschlüsseln erschlagen hatten, wurden zum Tode verurteilt. Der Ortsgruppenleiter erhielt lebenslänglich Zuchthaus, Lackner wurde freigesprochen, denn er habe nicht zu dieser Tat aufgestachelt, sondern sie später nur gegenüber der Bevölkerung verteidigt. Die Gernsbacher Bevölkerung war weiter gegen ihn, und er hatte noch einige Jahre Stadtverbot. Der Ortsgruppenleiter hatte einen guten Verteidiger gefunden, denn er war eigentlich derjenige, der die Ermordung angeordnet hatte.

Für einen der Mittäter bat die katholische Kirche um Gnade, aber Willi musste noch mehrere Monate im roten Hemd der zum Tode Verurteilten in der Todeszelle sitzen, bis man ihn aufhängte. Der Ortsgruppenleiter, ein Hotelier, wurde Anfang der fünfziger Jahre begnadigt, der Gernsbacher Gemeinderat verpachtete ihm sozusagen als Genugtuung das Kurhaus, mit dem er wenige Jahre später in Konkurs ging.

Auch der Prokurist Wilkowski war als NSDAP-Mitglied von den Franzosen verhaftet worden und starb kurze Zeit später in einem französischen Gefängnis, man munkelte, dass man ihn totgeprügelt habe. Aber er war wohl schon krank gewesen, als man ihn verhaftet hatte, und die schlechte Ernährung, möglicherweise auch Misshandlungen, hatten seinen Tod beschleunigt.

Die Kampftruppen wurden sehr bald durch Besatzungstruppen ersetzt. Es waren bald beinahe so viele Truppen in der Stadt, wie sie deutsche Einwohner hatte. Allein drei Generäle waren in Gernsbach stationiert, jeweils einer residierte in den beiden Villen der Papierfabrikanten Schultz und ein dritter im Kurhaus, das einmal die Villa eines Gründers der Firma Waldhof in Mannheim gewesen war.

Die Lebensmittelversorgung war noch wesentlich schlechter als in der britischen und amerikanischen Besatzungszone. Sie lag unter 1.000 Kalorien pro Tag. Während in den anderen Besatzungszonen die Lebensmittelkarten wie auch während des Krieges jeweils für eine Periode von 28 Tagen ausgegeben wurden, galten die Karten in der französischen Zone einen Monat, das heißt zwei bis drei Tage länger als in den beiden anderen westlichen Zonen.

Die Besatzungstruppen holten ihre Familien nach. Im Gegensatz zu den Engländern, die nur ganze Häuser für sich beschlagnahmten, oder den Amerikanern, die ganze Stadtteile räumen ließen, um dort wie in einem Ghetto zu leben, zogen die Franzosen als Einquartierung zu den deutschen Familien. Die Deutschen mussten sich also mit den Franzosen Küche und Badezimmer teilen, es ging eng zu, aber wer sich mit den Franzosen gut verstand, konnte auch etwas von den besseren Lebensmitteln der französischen Einquartierung abbekommen.

So auch die Kommerzienrätin, die sehr gut mit den Besatzern zurechtkam. Die netten Mädchen von der Popote Feminine wurden aber bald abgelöst und durch einen katholischen Feldgeistlichen ersetzt, der mit seinem Verhältnis und deren Tochter, einem maßlos ungezogenen Kind, einzog. Auch Else und Marianne mussten drei Viertel ihrer Wohnung räumen und behielten nur zwei Zimmer und eine Toilette, im Treppenhaus richteten sie sich eine winzig kleine Küche ein.

Die Franzosen begannen ihre Zone auszuplündern, und zwar mit den gleichen Methoden, mit denen damals die Deutschen das besetzte Frankreich ausgeplündert hatten. Während die Engländer und Russen darangingen, ganze Industrieanlagen abzubauen, beuteten die Franzosen ihre Zone durch Beschlagnahme der laufenden Produktion sowie durch gedruckte Geldscheine, die Besatzungsmark, aus, so wie die Deutschen die Besatzungsfrancs gedruckt hatten.

Was man für den Wiederaufbau brauchte, waren Wohnungen. Man brauchte Schnittholz, Zement, Ziegel, und vor allem waren Fertighäuser sehr gut zu verwenden. So wurde die ganze Produktion von Weiler & Busch, sowohl der Sägewerke als auch der Holzbauabteilung, beschlagnahmt. Statt Baracken sollte man jetzt Einfamilienhäuser bauen, und weil nicht genügend Arbeiter dafür zur Verfügung standen, wurden Gernsbacher Bürger dazu zwangsverpflichtet. So mussten Lehrer, Prokuristen der Papierfabrik Schultz & Co., Konditor- und Bäckermeister Fertighauselemente zusammennageln, denn ihre eigenen Betriebe hatten noch keine Erlaubnis zu produzieren.

Die Kommerzienrätin hätte jetzt gerne gesehen, dass Leni in die Führung des Unternehmens eintrete, es sei Zeit, dass wieder einmal ein Weiler in das Unternehmen komme. Aber Leni wollte nicht. Sie hatte zwar eine Unterredung mit Kowalski, und der bot ihr neben der Schleiferei in Weisenbach auch die Leitung der Holzhausabteilung an, aber Leni wollte zumindest gleichgestellt mit ihm werden, und Kowalski, dem das nicht behagte, konterte, dass darüber nur der Aufsichtsrat bestimmen könne, aber nicht er und auch nicht die Kommerzienrätin.

Aber Leni war plötzlich gar nicht mehr daran interessiert. In Baden-Baden war man außerordentlich beeindruckt von ihrer Leistung, ihre Mutter aus dem KZ zu holen, so dass der von den Franzosen neu eingesetzte Oberbürgermeister sie zur Verbindungsperson mit den Franzosen ernannte. Sie konnte dank ihrer guten Kenntnisse der französischen Sprache, ihrer Überredungskunst und ihrer Hartnäckigkeit den Franzosen vieles zum Nutzen der Stadt abringen. Ihr gefiel die Arbeit, am Wiederaufbau der Stadt teilzunehmen, außerordentlich gut. Man stellte ihr auch in Aussicht, in der Politik, wenigstens im Land Baden, mitzuwirken, sobald es wieder eine Regierung gebe. Ihr früherer Lehrer, Leo Wohleb, wurde Staatspräsident von Südbaden, und er ermunterte Leni, den Schritt in die Politik zu wagen. Nur musste man, um in der Politik vorwärts zu kommen, der CDU oder der SPD angehören, die im Laufe des Sommers neu gegründet wurden. Die CDU in Baden war für Leni das alte Zentrum, und sie wollte nicht Mitglied einer katholischen Partei werden. Die SPD wollte eine weitgehende Verstaatlichung des privaten Eigentums, und das lag ihr auch nicht, und so trat sie schließlich der liberal-demokratischen Partei LDP bei, aber die hatte im Gegensatz zu Nordbaden im katholischen Südbaden kaum einen größeren Einfluss.

Da die Franzosen auch gerne Masten und Schwellen haben wollten, reaktivierte man die alten Imprägniertröge, die man in Gernsbach noch hatte. Zwar war es nur ein kleines Werk, aber der Bedarf an Masten war riesig, und so arbeiteten die Murgtalwerke von Weiler & Busch schon Mitte 1945 wieder voll.

Es gab auch genug Rundholz im Schwarzwald, die Franzosen sorgten für die entsprechenden Einkaufsgenehmigungen. In der Forstverwaltung waren fast alle Forstmeister, wie man die alten Forsträte in der Nazizeit nannte, Mitglied der NSDAP gewesen und durften ihren Beruf nicht ausüben. Oft war ein Forstmeister jetzt für drei oder vier Forstämter zuständig und dann weitgehend überfordert, weil er kaum Personal hatte. Die meisten Holzhauer waren noch in Kriegsgefangenschaft.

Dafür kamen französische Einschlagskolonnen, die in den Wäldern riesige Kahlschläge vornahmen, nicht nur im Altholz, sondern, wenn sie das Holz für die Papierfabriken brauchten, auch in den Jungwäldern, denn mit der mühsameren Durchforstung wollte man sich nicht abgeben. Die Jagd oblag der französischen Besatzungsmacht, die Generäle wollten alte Hirsche mit mächtigen Geweihen schießen, aber am Abschuss von Schmaltieren und Rehen hatten sie kaum Interesse, und so nahm das Wild überhand und vernichtete praktisch den ganzen Jungwuchs. Es gab große Schäden in den 20- bis 30-jährigen Wäldern, weil dort das Holz von den Hirschen geschält wurde.

Erst zu Ende des Sommers gelang es Direktor Kowalski, die Erlaubnis zur Ausreise in die amerikanische Zone zu erhalten. Er wollte die Werke Aalen und Guldesmühle besuchen, um mit den Werksleitern die Firmenpolitik zu besprechen. Die Werke Aalen und Guldesmühle hatten vor dem Krieg keinen eigenen Einkauf, Verkauf und Buchhaltung gehabt, die Werke wurden von Gernsbach aus geleitet. Die Werksleiter waren eigentlich nur eine Art Werksschreiber, die die nötigen schriftlichen Arbeiten, die in diesen Betrieben anfielen, erledigten. Jetzt waren sie plötzlich große Leute geworden, die unabhängig von Vorstand und Werksleitung in Gernsbach arbeiteten.

Der Direktor des Werkes Aalen, wie er sich jetzt nannte, Peter Neuberger, war schon immer eine Person gewesen, mit dem es die Gernsbacher Zentrale schwer gehabt hatte, denn der gute Peter Neuberger hatte immer Ausreden und hatte die Geschäftsleitung ständig angeschwindelt. Aber er hatte einen unbeschreiblich starken Willen sich durchzusetzen, und das hing mit seiner Gestalt zusammen. Peter der Große, wie ihn Kowalski spöttisch nannte, war nämlich nur 1,45 Meter groß, untersetzt, mit einem riesigen Kopf. Er war ein Bauernbub vom Land und hatte sich schon von klein auf durchsetzen müssen, weil er ständig verhöhnt wurde. Gegen seine Untergebenen auf dem Werk einschließlich des Werkmeisters war er besonders streng und ließ keine Nachlässigkeit durchgehen.

Peter Neuberger hieß in Aalen nur „der kleine König". Er genoss die Selbständigkeit, nicht in Gernsbach fragen zu können, er war jetzt unumschränkter Herrscher. Man war gezwungen, damit der Betrieb ordentlich lief, in Aalen eine Filiale anzumelden und Neuberger zum Prokuristen zu machen. Aber im Augenblick war er der einzige im ganzen Unternehmen, der Geld verdiente. Denn weil der Bedarf das Angebot bei Weitem überstieg, konnte er die Höchstpreise, die damals noch möglich waren, verlangen. Zwar gab es noch einen Preisstopp, aber es wurde auch nach dem alten System der Zwangswirtschaft kalkuliert, und das ließ letztlich die hohen Gewinne zu.

Mit Hilfe eines Steuerberaters hatte man eine eigene Buchhaltung eingerichtet, und Kowalski musste voller Neid sehen, wie man wirtschaften konnte, wenn man nicht von der Besatzungsmacht oder irgendeiner anderen Behörde abhängig war.

Durch die Einteilung in Zonen war alles anders geworden. Die Produktion im Werk Aalen war nicht von der amerikanischen Besatzungsmacht beschlagnahmt. Holz war zwar auch bewirtschaftet, aber man bekam aus der Umgebung genügend Rundholz. Von der Schwäbischen Alb, wo das schlankeste Holz in ganz Südwestdeutschland wuchs, kam genügend Mastenholz, und die Menge sollte im Laufe der nächsten zwei Jahre durch einen großen Anfall an Käferholz noch stark ansteigen.

Der Besuch im Sägewerk Guldesmühle war nicht so erfreulich. Das Werk lag oben auf der Hochfläche des Härtsfeldes in einer landwirtschaftlichen Gegend, in der Nähe des Dorfes Dischingen. Es hatte früher einmal dem Fürsten von Thurn und Taxis gehört, der dort das Holz aus seinen eigenen Wäldern schneiden ließ, der aber dabei keine Rendite erzielt und deshalb das Werk an Weiler & Busch verkauft hatte.

Für Weiler & Busch war das Werk ursprünglich wichtig gewesen, um das Holz, das man im Wald mit kaufen musste, das aber nicht für Masten geeignet war, aufzusägen. Das Werk hatte unter der Regie von Weiler & Busch jedoch nie einen Gewinn erzielt.

Aber der Sägewerksleiter Wurster hatte in den Kriegsjahren eine starke Stellung als Beschaffer von Würsten, Schinken und vor allem von Gänsen zur Weihnachtszeit erreicht. Frau Wurster erwies sich dabei als besonders tüchtige Schwarzhändlerin. Als Kowalski das Werk betrat, hatte Wurster eine neue Frau. Die alte, die er noch kannte, war in den letzten Tagen des Krieges auf einer Hamsterfahrt durch einen Tieffliegerangriff auf die Härtsfeldbahn ums Leben gekommen. Wurster hatte kurz darauf eine reiche Bauerntochter, eine Kriegerwitwe, geheiratet. Die hatte keine Buchhaltung eingerichtet, sondern die Einnahmen und Ausgaben mühselig auf irgendwelche Papierblätter aufgeschrieben, und die lagen vollkommen durcheinander in einem großen Korb. Auf der Sparkasse war genügend Geld, um Holz einzukaufen, und wie Kowalski feststellte, hatte Wurster keineswegs mehr an die alten Kunden der Firma geliefert. Das meiste, so schien es, war an die Bauern der Umgebung gegangen zu Preisen, die zwar vom Preiskommissar vorgeschrieben waren, aber Kowalski vermutete, dass das Maß nicht stimmte, so hatte er wohl statt einem gleich eineinhalb oder gar zwei Kubikmeter geliefert. Wurster hatte in die eigene Tasche gewirtschaftet, und Wurster hatte gute Freunde im Vorstand und in der Verwaltung in Gernsbach, einschließlich der Frau Kommerzienrat, weil er immer sehr bescheiden auftrat und weil während des Krieges alle, die zur Guldesmühle fuhren, reich bepackt mit Lebensmitteln zurückgekehrt waren. Kowalski sah ein, dass er wohl im Augenblick gegen diesen Saustall nichts unternehmen konnte.

Johanna hatte Geldsorgen, zum ersten Mal in ihrem Leben, seit den schwierigen 1880er Jahren, als ihr Mann und sie die Firma mit Schulden übernommen hatten. Jetzt, da Geld eigentlich keine Rolle mehr spielte und nicht mehr viel Wert war, fehlte es ihr. Ein Gehalt oder eine Pension bezog sie nicht. Ihr Mann war ja nur Inhaber und nicht Angestellter der Firma gewesen. Die Aktiengesellschaft Weiler & Busch hatte keine Dividende mehr ausgeschüttet, und auch aus der Murgschifferschaft, von der sie sonst aufgrund ihrer großen Anzahl von Rechten über 100.000 Mark im Jahr erhalten hatte, gab es nichts. Zwar hatte man dort Holz verkauft, das man vor allem der Besatzungsmacht zur Verfügung stellen musste, aber für das Holz, das dort auf dem Stamm gefällt wurde, gab es nur minimale Preise. Und es hatte noch keine Verwaltungsratssitzung stattgefunden, auf der das Geld hätte verteilt werden können. Nur aus ihrem eigenen Wald in Röt konnte sie durch den Verkauf von Holz an die Sägewerke in der Umgebung etwas Geld locker machen.

Johanna war aber gewöhnt, großzügig zu wirtschaften. Sie zahlte ihren Hausangestellten die höchsten Löhne, gab reichlich Trinkgelder und war auch sonst mit Spenden an die Kirche und an soziale Einrichtungen immer sehr großzügig gewesen, und das alles jetzt einzuschränken, kam ihr nicht in den Sinn. Die Töchter hatten von ihr immer eine monatliche Zuwendung erhalten, und darüber hinaus hatte sie ihnen auch manches bezahlt, wenn sie außergewöhnliche Ausgaben hatten.

Außerdem war Hiltrud mit ihren Kindern zu ihr gezogen, und auch Hiltrud wollte nicht von ihren hohen Ansprüchen heruntergehen, und so musste Johanna zu Kowalski gehen, um Vorschuss auf noch zu lieferndes Holz zu erbitten, den er ihr auch gab, aber ihr, der reichen Frau Kommerzienrat, war es furchtbar peinlich.

Kammersänger Paul Fabricius war im Juli wieder nach München zurückgekehrt. Auf der einen Seite war er um seine Wohnung besorgt, Fritz hatte ihm berichtet, dass es immer schwerer werde, sie gegen Forderungen des Wohnungsamtes zu verteidigen. Dann wollte er seinen 70. Geburtstag zu Hause feiern. Er konnte zwar nicht mit viel Besuch von seiner Familie rechnen. Seine beiden Töchter saßen in Lübeck im nördlichsten Teil Deutschlands in der britischen Besatzungszone, und die Verkehrsverbindungen sollten erst zum Herbst hin wieder funktionieren, Briefe waren immerhin schon gekommen. Sein Sohn Johannes saß im Osten in der sowjetisch besetzten Zone fest und konnte im Augenblick von dort nicht weg. Er hatte Angst, wenn er auf Schleichwegen nach München fuhr, nicht wieder zurück zu seiner Karola zu kommen, die jetzt zum Entsetzen des Kammersängers ein Kind von ihm erwartete, obwohl sie noch mit einem anderen Mann verheiratet war. Seine Schwester Marie saß in England, und seine andere Schwester Elisabeth war im letzten Kriegsjahr gestorben.

Ihre Tochter Helga Krebs war in der Zwischenzeit Sekretärin und Dolmetscherin des Oberbürgermeisters von Frankfurt geworden, der früher Redakteur der Frankfurter Zeitung gewesen war. Reisen konnte man zwar schon innerhalb der amerikanischen Zone, aber nur für zwei oder drei Tage lohnte sich eine Fahrt nicht, und die wenigen Züge, die fuhren, waren verstopft mit Kriegsheimkehrern und Leuten, die zum Hamstern aufs Land fuhren und Kartoffelsäcke und Säcke mit Kohlen aus den Bergwerksgebieten mit sich schleppten.

Der Hauptgrund dafür, dass Paul Fabricius wieder nach München zurückkehrte, war aber, dass er wieder singen wollte, und so lange die Oper nicht wieder eröffnet war, wollte er wenigstens Unterricht geben. Sobald er in München eingetroffen war, kamen die Behörden zu ihm, um ihm das Angebot zu machen, neuer Intendant der Bayerischen Staatsoper zu werden. Die Amerikaner würden im Herbst den Betrieb wieder erlauben. Er habe in schwieriger Zeit 1918/19 schon einmal als Vorsitzender des Arbeiter- und Soldatenrates der Oper für Ordnung gesorgt, er sei nicht nur politisch nicht belastet, sondern sogar ein politisch Verfolgter, die Amerikaner würden ihn aus seiner Zeit an der Metropolitan Opera kennen. Er sei der richtige Mann dafür.

Paul war überrascht und bat sich eine Woche Bedenkzeit aus. Dann sagte er ab. Das Angebot hatte ihm außerordentlich geschmeichelt, aber es würde ein großer Aufwand werden, die Oper erst einmal wieder in Gang zu bringen. Das Opernhaus war zerstört, man konnte zwar im Prinzregententheater auch Opern bringen, es hatte eine hervorragende Bühne und war erhalten geblieben, aber vorerst war dort das bayerische Staatsschauspiel einquartiert und musste erst hinausbefördert werden. Dann gab es mit den Neueinstellungen große Schwierigkeiten.

Die berühmten Dirigenten waren zum großen Teil Parteimitglied gewesen und hatten Auftrittsverbot – das traf nicht nur auf seinen Intimfeind Klemens Krauss zu, dem letzten Intendanten der Staatsoper, sondern auch auf viele andere große Dirigenten. Auftrittsverbot hatten auch eine ganze Reihe von Sängern, die noch nicht entnazifiziert waren, und viele Regisseure. Aus der Emigration waren noch keine Künstler zurückgekehrt. Er war ein Künstler und kein Verwaltungsmann, und er war schon 70 Jahre alt. Er wollte sich nicht den Ruf, den er als Sänger hatte, mit solch einem Experiment verderben.

Aber Geld wollte er jetzt verdienen. Er bekam zwar eine Pension ausbezahlt, aber so lange keine Aufführung stattfand, gab es kein zusätzliches Honorar, und Paul Fabricius brauchte Geld zum Kauf von Lebensmitteln und Zigaretten auf dem Schwarzmarkt, denn er hatte nichts mehr zu tauschen und musste dementsprechend große Mengen an Bargeld aufwenden. Sein Schlafzimmer und eine ganze Reihe von Möbeln hatte er schon gegen Butter getauscht. Er gab Unterricht gegen Zigaretten, und da er ein korrekter Mann war, verlangte er für den Unterricht auch nicht mehr als im Krieg, nämlich 25 Mark für eine halbe Stunde oder eine Schachtel Zigaretten. Fritz nannte ihn einen Idioten. Seine Leistung und seine Erfahrung wären ja wirklich etwas wert. Vor dem Krieg hätte er – umgerechnet – 500 Zigaretten für eine Stunde bekommen, jetzt verlange er für den Unterricht 20 Zigaretten!

Direktor Bartels war aus Olbersdorf geflohen. Beim Einmarsch der Russen war er bis zuletzt geblieben. Aber ins Werk hinunter traute er sich zunächst nicht. Er bat Johannes Fabricius, der bei ihm vorbeischaute, sich um das Unternehmen zu kümmern. Nach wenigen Tagen warf man Bartels aus seinem Haus. Es waren nicht die Russen, sondern Kommunisten, die jetzt überall aus der Versenkung auftauchten. Ohne irgendein Verfahren wurde das stattliche Haus von Bartels, das ihm die Firma gebaut hatte, in „Karl-Liebknecht-Haus“ umgetauft und zu einem Kindergarten umfunktioniert.

Johannes Fabricius versuchte, Ordnung zu halten und sobald es ging, die Fabrikation wieder anzufahren, aber jetzt kam ein früherer Vorarbeiter namens Wilhelm Förster, der vor 1933 der kommunistischen Partei angehört hatte, der zum Betriebsrat gewählt wurde und ihm erhebliche Schwierigkeiten machte. Der Betrieb wurde von den Behörden beschlagnahmt und Wilhelm Förster zum Direktor ernannt. Er hätte Johannes als Verwandten der Eigentümerfamilie auch gerne gekündigt, aber aufgrund seiner Verfolgung unterließ man es und machte ihn zum kaufmännischen Direktor, der nun mit Wilhelm Förster ständig im Streit über wichtige und unwichtige Dinge lag.

Die ersten Verwandten, zu denen Leberecht Verbindung aufnehmen konnte, waren seine Schwester Silvia in Hamburg und ihr Mann Adolf Festerling. Obwohl auch in Hamburg, vor allem in Altona und Blankenese, viele Villen von den Engländern beschlagnahmt worden waren, konnten sie in ihrem Haus wohnen bleiben.

Das Büro von Adolf Festerling in der Stadt war ausgebombt worden, und er saß jetzt im sechsten Stock eines Bürohauses in zwei kleinen Zimmerchen, nicht viel größer als eine Toilette, an der Trostbrücke. Der Paternoster, der bis Kriegsende noch seinen Dienst getan hatte, war außer Betrieb. Bis er in sein Büro kam, brauchte er morgens beinahe zwei Stunden. Aber er saß lieber in seinem winzigen Büro als zu Hause, denn er war das ständige Gezänke zwischen seiner Frau Silvia und Ellis Schwiegermutter, Frau Professor Lohmar, leid.

Leberecht fuhr mit dem Auto über die Landstraße nach Hamburg, denn die Autobahn war gesperrt, weil die Engländer dort beschlagnahmte deutsche Fahrzeuge geparkt hatten. Die Straßen waren in verheerendem Zustand. In der Stadtmitte von Hamburg waren noch viele Straßen durch Trümmer gesperrt, und mit verschiedenen Fahrzeugkontrollen, die er über sich ergehen lassen musste, dauerte die Fahrt bis nach Blankenese vier Stunden, während er früher in gut eineinhalb Stunden sein Ziel erreicht hatte. Allerdings konnte das Holzkohlenauto auch nicht viel schneller als 60 oder 70 Kilometer in der Stunde fahren, unterwegs musste der Fahrer mehrmals anhalten, Filter reinigen, Holzkohle nachfüllen und in dem Generator herumstochern.

Leberecht musste sich erst einmal mehr als zwei Stunden lang das Geschimpfe von Silvia über die unmögliche Familie Lohmar anhören. Die gemeinsame Küche, wo jede für sich kochte, war der Hauptzankapfel, und jede beschuldigte die andere, etwas von ihrem Fett gestohlen zu haben. Auch Hermine war selten zu Hause. Zum Entsetzen ihrer Mutter und ihres Stiefvaters hatte sie schon wenige Tage nach Beginn der britischen Besatzung ein Verhältnis mit einem britischen Soldaten begonnen, worauf Manfred und Elli sie voller Verachtung schnitten, obwohl der Soldat Lebensmittel für die ganze Familie brachte und sie alle mit Genuss davon aßen.

In der britischen Zone gab es Anfang Juli wieder Postverbindung. Zunächst einmal kamen ganze Körbe voll Post, die bei Kriegsende irgendwo in Deutschland liegen geblieben waren, darunter ein Brief aus Berlin, der noch im April 1945 auf die Post gegeben worden war. Leberecht wurde darin mitgeteilt, dass er für die Verdienste um die Kriegsführung mit dem Kriegsverdienstkreuz erster Klasse ausgezeichnet werde.

Paula, Archibald und Britta lachten lauthals darüber, aber Leberecht war es unangenehm. Er hatte sich zwar schon immer einen Orden gewünscht, denn seine Brüder hatten beide eine Menge davon, während er nur das Frontkämpferkreuz besaß. Aber ausgerechnet jetzt! Archibald nahm den Orden an sich, um ihn als Kuriosum in seinem Schreibtisch aufzubewahren, während Leberecht die Urkunde in den Ofen steckte.

In der englischen Zone setzte jetzt die Entnazifizierung und damit auch eine wilde Denunziation ein. Der Fragebogen, den die Briten versandten, hatte zwar keine 123 Fragen wie in der amerikanischen Zone, es waren aber auch so unsinnige Fragen darunter wie: „Welche Partei haben Sie 1933 gewählt?" Wären die Antworten wirklich ausgewertet worden, hätten keine fünf Prozent der Wahlberechtigten 1933 die NSDAP gewählt. Leberecht schrieb jetzt pausenlos sogenannte Persilscheine aus, um den ihn viele baten, für die er es gerne tat, aber auch viele, bei denen er nachfragte, warum er das eigentlich tun sollte. Aber letzten Endes war er doch zu gutmütig, um Nein zu sagen, und so schrieb er auch Persilscheine aus für Leute, deren Verhalten auch ihm gegenüber im Dritten Reich recht fragwürdig gewesen war.

Entnazifiziert werden mussten auch alle Angestellten der Firma Weiler & Busch. Die meisten von ihnen kamen als „Mitläufer" davon, darunter auch Dembowski und der Einkaufsprokurist Kleemann. Otto Rischer, der bei den Arbeitern so verhasste Oberwerkmeister, war kein Parteimitglied gewesen und hatte auch nie einer nationalsozialistischen Unterorganisation angehört. Er hatte nur das Schinden von Leuten, das er als Berufsunteroffizier in der königlich preußischen Armee gelernt hatte, auch auf den normalen Arbeitsbetrieb angewandt. Aber die Belegschaft revoltierte, als er die Arbeit wieder aufnehmen sollte. Leberecht wusste zwar, dass sein Nachfolger, Franz Feichtenbeiner, ein guter Schlosser war, aber die Arbeiter tanzten ihm auf der Nase herum. Es blieb jedoch nichts anderes übrig, als den gemütlichen Franz zum Obermeister zu machen und Otto Rischer im Einkauf einzusetzen, wo es im Augenblick noch nichts zu tun gab.

Zu Weiler & Busch in Schlutup kamen nun fast täglich mehr Arbeitskräfte. Es waren Arbeiter und Angestellte, die aus dem Krieg heimkehrten und aus der Gefangenschaft entlassen worden waren und plötzlich an ihrem Arbeitsplatz andere Leute antrafen. So kamen die Waldmeister, die für Weiler & Busch als Einkäufer und Verwalter von Lohnsägewerken in Brandenburg, Mecklenburg und Pommern tätig gewesen waren, es kamen

Angestellte aus dem Werk Olbersdorf, die nicht in der sowjetisch besetzten Zone bleiben wollten, oder Angestellte von dort, die erst einmal in Lübeck beobachten wollten, wie die Entwicklung im Osten weiterging. Es waren auch viele darunter, die Leberecht oder Dembowski aus Gefälligkeit eingestellt hatten. Dembowski besorgte vielen Freunden aus der Marine sowie Ingenieuren und Angestellten der Flenderwerke, mit denen er im Krieg zusammengearbeitet hatte, auf diese Weise einen Arbeitsplatz. Bei Leberecht waren es Verwandte und Freunde, die plötzlich keine Arbeit fanden, so der Leiter des früheren Lübecker Finanzamtes und dessen Sohn, als dieser aus Kriegsgefangenschaft kam, denn für Finanzbeamte hatten die Engländer noch keine Verwendung.

Wo früher im Lübecker Meisterbüro vier Platzmeister saßen, saßen jetzt zwölf. Im Einkauf, wo es nichts zum Einkaufen gab und wo man früher mit einem Einkaufsleiter, einem Sachbearbeiter und einer Sekretärin ausgekommen war, saßen jetzt sechs Personen und zwei Lehrlinge, und dazu kamen noch zahlreiche Waldmeister, die im Wald kein Holz zu übernehmen hatten. Ähnlich sah es im Verkauf, wo es nichts zu verkaufen gab, und in der Buchhaltung aus.

Der Bedarf an Masten und Schwellen war zwar riesig groß, aber man hatte nicht genug Holz. Es kam zwar Rundholz aufs Werk, aber nicht um es zu bearbeiten, sondern nur um es nach Großbritannien zu verladen. Die Engländer begannen Holz in riesigen Kahlschlägen in der Lüneburger Heide und im Harz einzuschlagen und ohne irgendwelche Weiterverarbeitung im Hafen von Lübeck nach England zu verfrachten. Weiler & Busch wurde mit der Arbeit beauftragt. Zunächst waren es fünf, dann 20 und zum Schluss waren es im Herbst sogar 150 Waggons pro Tag.

Was war aus der Weltfirma Weiler & Busch geworden? Leberecht überlegte sich, dass die Firma jetzt nicht viel mehr als ein Umschlagbetrieb war. Drei Viertel des Vermögens waren weg, im Einkauf gab es keine Bezugsmöglichkeiten mehr aus Skandinavien, das dortige Vermögen schien restlos verloren zu sein. Das Holz, das man in Ostdeutschland schon gekauft und im Wald liegen hatte, war gestohlen oder verdorben, und so wie es aussah, musste man es abschreiben. Das Werk in Olbersdorf war so gut wie verloren. Die Kommunisten machten sich immer breiter, Johannes Fabricius hatte dort keinen Einfluss mehr, und man sprach davon, dass das Werk enteignet würde. Der Export war schon durch den Krieg zum Erliegen gekommen. Man konnte zwar aus Niedersachsen ins Ruhrgebiet liefern, aber der größte Kunde, das RWE, hatte sich in der Zwischenzeit eine eigene Imprägnieranstalt aufgebaut. In Süddeutschland war das Werk Kehl mit der ganzen Stadt von den Franzosen beschlagnahmt worden. Gernsbach schien zwar noch zu laufen, aber was mit Österreich war, das stand in den Sternen.

Die Zukunft sah Leberecht jetzt in der chemischen Verwertung des Holzes. Leberecht zweifelte allerdings, ob die Firma überhaupt genügend Mittel für die entsprechenden Investitionen zur Verfügung hatte, und die Versuchsanlagen, die Leberecht von kleinen Fabriken in der Umgebung von Lübeck konstruieren ließ, waren in einer Größenordnung, die nie rentabel sein konnten. Archibald gab zu bedenken, dass die Holzkohle irgendwann wieder vom Markt verschwinden werde, wenn es genügend Benzin gab, und das könnte schon in ein oder zwei Jahren sein, während Leberecht meinte, dass das noch Jahrzehnte dauern werde. Und außerdem wolle er ja etwas ganz anderes, und zwar aus Buchenholz Zucker gewinnen, der vor allem für Diabetiker geeignet sei.

Die Vorkalkulation brachte einen Preis für den Zucker von fünf bis zehn Mark je Kilogramm. Das war zwar im Verhältnis zu den Preisen auf dem Schwarzmarkt ein durchaus annehmbares Ergebnis, doch auf die Dauer ein sehr großes Risiko. Leberecht war aber von der Idee besessen und meinte, es seien ja Versuchsanlagen, man müsse eben Geld investieren, um dann später einmal hohe Gewinne machen zu können. Leberecht holte seine ganze chemische Literatur aus dem Keller und aus den Bücherschränken und las chemische Zeitschriften und Nachschlagewerke, die er 25 Jahre lang nicht mehr angeschaut hatte. Diesen Eifer hatte ihm niemand zugetraut.

Zufällig lernte er einen Dr. Larisch kennen, einen Chemiker, der ein neues Arbeitsgebiet suchte. Larisch, ein Wissenschaftler, der vor dem Krieg bereits auf dem Gebiet der Holzverzuckerung und noch bis kurz vor Kriegsende bei der Anlage eines großen chemischen Konzerns zur Herstellung von Holzzucker in Kelheim an der Donau gearbeitet hatte, war zu Ende des Krieges nach Schleswig-Holstein verschlagen worden und dort in Kriegsgefangenschaft geraten. Er war Feuer und Flamme. Er griff begeistert Leberechts Gedanken auf und ging gleich daran, seine Ideen umzusetzen. Es gab genug kleinere Maschinenfabriken in Schleswig-Holstein, ja auch in Lübeck, die bisher für die Rüstung geliefert und jetzt keine Aufträge mehr hatten. Das notwendige Material wurde von Franz Boetius beschafft, und bereits Ende 1945 hoffte man, die chemische Anlage in Betrieb nehmen zu können.

Dembowski war sehr skeptisch, aber Leberecht kümmerte sich nicht darum. Er erhöhte einfach das Gesellschaftskapital der Tochtergesellschaft Carbon, die schon mit der Holzverkohlung begonnen hatte und die im Jahr 1945 recht gut lief. Um alle weiteren Diskussionen über die Neueinstellung von Personal zu unterbinden, stellte Leberecht alle Angestellten, die er gerne gehabt hätte, gegen die Dembowski aber etwas einzuwenden hatte, bei der Carbon ein, darunter zu Dembowskis großen Ärger auch dessen Tochter Ingrid.

Einer der neuen Angestellten der Carbon war der Theateragent Dr. Edelfried Silberschmied. Die Sekretärin des Stadttheaters hatte Leberecht wenige Wochen vor Kriegsende angerufen und ihm mitgeteilt, dass dieser Theateragent sich bei ihr gemeldet und gesagt habe, er suche eine kaufmännische Tätigkeit. Er sei Dr. rer. pol. und habe Wirtschaftswissenschaften studiert, er wolle jetzt sein Glück auf diesem Gebiet versuchen. Leberecht wollte sich diesen Mann gerne einmal anschauen.

Silberschmied, der beinahe zum Skelett abgemagert war, erschien in einer abgerissenen Uniform. Er war ausgesprochen eloquent und konnte tausend Geschichten erzählen. Leberecht war von den Verbindungen dieses Mannes fasziniert. Das war jemand, der sämtliche Theaterintendanten Deutschlands kannte. Vielleicht könnte dieser Mann auch einmal für seine Theaterstücke etwas tun, um sie unterzubringen, denn überall in Deutschland waren die Theater kurz davor, ihren Betrieb wieder aufzunehmen. Für seine kaufmännischen Kenntnisse interessierte sich Leberecht nicht, er war Dr. rer. pol., das musste ja genügen.

Ein weiterer Mann wurde bei der Carbon eingestellt, Helmut Fade. Fade war aus Gernsbach, er war 1938 in die Firma eingetreten und in Norddeutschland in Gefangenschaft geraten. Er meldete sich bei Leberecht, der nicht wusste, was er mit dem jungen Mann anfangen sollte. Ihm und vor allem Paula gefiel er nicht. Er hatte rotes, schütteres Haar, wässerige Augen und hielt, was Paula besonders störte, nie den Blick eines anderen aus. Leberecht erinnerte sich auch daran, dass seine Mutter einmal bemerkt hatte, dass die Fades ein faules Pack gewesen seien, die zu nichts getaugt hätten. Aber was sollte er machen? Einen früheren Angestellten, der aus dem Krieg nach Hause kam, den konnte man nicht vor der Türe sitzen lassen. Im Büro wusste Leberecht nicht, wo er jemanden hinsetzen sollte, und so blieb nur die Carbon übrig, aber Fade war das nicht recht. Er fragte, was geschehe, wenn die Holzkohle nicht mehr benötigt würde. Leberecht versprach ihm, dass er dann in Gernsbach eine Stellung bekommen könnte. Fade war die mündliche Zusicherung nicht genug, und Leberecht bat Dr. Silberschmied, einen Vertrag aufzusetzen. Erst nach der dritten Vorlage, die ihm das Recht verbriefte, bei bestimmten Voraussetzungen, das hieß, wenn die Holzkohleproduktion zum Erliegen komme, wieder bei Weiler & Busch anzufangen und die ihm ein eigentlich viel zu hohes Gehalt zusicherte, war er einverstanden. Leberecht unterzeichnete den Vertrag, ohne ihn noch einmal näher anzusehen.

Leberecht kümmerte sich jetzt vor allem darum, neues Kapital für die Carbon zu erhalten, und er bekam durch seine Verbindungen einiges zusammen, vor allem in den Kreisen der guten Gesellschaft bis hinauf zu den Fürstenhäusern von Oldenburg und Schaumburg-Lippe, Gutsbesitzer, die alle damit rechneten, dass das Geld in absehbarer Zeit entwertet würde und dass es dann gut ware, sich an einer Firma mit Zukunft zu beteiligen, und Leberechts Erklärungen über die chemische Verwertung des Holzes beeindruckte sie alle. Leberecht war ja ein hochangesehener Mann, dem man vertrauen konnte, vor allem stand dahinter die Firma Weiler & Busch. Wenn Leberecht weiter die Herrschaft behalten wollte, musste er aber selber auch noch Geschäftsanteile zeichnen und desgleichen die Firma Weiler & Busch.

Larisch war ein wirklich ausgezeichneter Chemiker, und er kam immer wieder auf neue Ideen, wie man noch neue seltene Zucker, die in den Labors benötigt wurden, im eigenen Laborbetrieb erzeugen konnte, und die dann Preise von dreißig bis vierzig Mark pro Kilo erzielten. Aber trotzdem ging der ganze Gewinn aus der Holzkohle mit der Holzverzuckerung verloren.

Ende Juli machte Leberecht sich nach Gernsbach auf, um seine Mutter zu besuchen. Er wollte sehen, wie es ihr gehe, und natürlich interessierte ihn auch, wie die dortige Firma jetzt lief. Anfang Juni waren die ersten Briefe gekommen, sie liefen aber über die Zensur und brauchten viele Tage, bis sie ankamen. So machte er sich mit dem Chauffeur Nagrotzki und Franz Boetius, der seine Tochter Margarethe in Frankfurt besuchen wollte, auf die Reise. Franz Boetius hatte vor der Reise mehrere Flaschen mit 75-prozentigem Rum von einer Lübecker Weinhandlung, der er bei der Entnazifizierung geholfen hatte, erhalten, und das war für eine solche Reise das beste Zahlungsmittel, zumal die Flaschen auch nicht viel Platz im Auto beanspruchten. Das Auto musste mehrere Ersatzreifen mitnehmen und mehrere Säcke Holzkohle, um wenigstens nach Gernsbach zu kommen, wo man dann neue bekommen konnte.

Die Fahrt nach Gernsbach dauerte drei Tage. Zunächst mussten sie eine große Kontrolle an den Hamburger Elbbrücken über sich ergehen lassen, dann gab es immer wieder Kontrollen und Umleitungen, weil Brücken zerstört waren. Mehrfach platzte ein Reifen, und sie mussten warten, bis er in einer Werkstatt wieder geflickt war, was auch nur mit Hilfe eines Stückes Wurst oder auch von einigen Fischkonserven, die sie aus Schlutup mitgenommen hatten, gelang. Der Holzkohlenmotor schaffte auch nicht alle Steigungen. Beim Wiederanstieg nach der Werraüberquerung reichte auch der erste Gang nicht aus, um nach oben zu kommen, und Nagrotzki musste den Wagen wenden und den Autobahnanstieg rückwärts fahrend bezwingen. Dann gab es an der Grenze zur amerikanischen Zone wieder ein großes Palaver, denn die Amerikaner wollten die Permits der Engländer für die Fahrt in die französische Zone nicht anerkennen. Eine Flasche 75-prozentigen Rums schaffte dann auch dieses Hindernis.

Am Abend des dritten Tages, nachdem die letzte Flasche des hochprozentigen Rums ihre Wirkung an der Grenze zur französischen Zone bei Rastatt getan hatte, kamen sie schließlich nach Gernsbach. Auch hier war das Haus voll, Leberecht musste bei seiner Schwester Hiltrud auf dem Speicher schlafen.

Johanna hatte eine ganze Reihe von Klagen, mit denen sie Leberecht bestürmte. Es ging in erster Linie um die Firma. Sie wollte unbedingt, dass Leni jetzt endlich in die Firma eintrete. Er solle sie doch überreden, es müsse dringend jemand aus der Familie nach Gernsbach an den Sitz der Firma kommen. Da er es ja nicht wolle, was sie verstehen könne, obgleich es nicht richtig sei, müsse es eben Leni sein. Kowalski sei ja ein fleißiger und sie glaube auch ein ehrlicher Mann, nicht wie die meisten anderen in der Firma korrupt und nur darum besorgt, möglichst viel aus der Firma herauszuholen, aber er sei eben kein Herr, sondern nur ein Herr-Mann. Die Gesellschaft akzeptiere ihn nicht, und er verstehe sich auch nicht mit den Franzosen, schon weil er kein Französisch könne. Leberecht versprach, mit Leni zu sprechen. Sie sei ja sehr tüchtig, habe Ideen und Durchsetzungsvermögen, sie sei bei der Firma H.C. Kraft eine wirkliche Stütze des Geschäfts gewesen. Aber sie müsse doch noch einiges an Erfahrung sammeln, vom Holzgeschäft verstehe sie gar nichts. Man solle jetzt nichts überstürzen.

Mit der geschäftlichen Entwicklung war Leberecht im Übrigen recht zufrieden. Kowalski hatte die Gelegenheit beim Schopfe gepackt und in den Werken beim Personal gründlich aufgeräumt, eine Gelegenheit, wie Leberecht jetzt manchmal mit Bedauern feststellen musste, die er nicht genutzt hatte. Die Firma war vollbeschäftigt, es gab für die badischen Werke genug Holz. Es wurde zwar alles irgendwie durch die Franzosen gelenkt, man hätte mit ihnen manchmal etwas geschickter verhandeln können, um noch mehr herauszuschlagen, aber er fand, dass Kowalski seine Sache gut gemacht hatte, und jetzt gegen ihn vorzugehen, bestand wirklich kein Anlass.

Er dachte daran, dass Archibald sein Nachfolger werden könnte und dann einmal an seiner Stelle Vorstandsvorsitzender würde.

Kowalski seinerseits klagte, dass die Familie sich sehr ablehnend ihm gegenüber verhalte. Er habe überall Besuch gemacht, aber man sei ihm kalt begegnet und habe vor allem seine neue Frau nicht akzeptiert, man schneide ihn. Mit der Frau Kommerzienrat komme er zwar noch ganz gut aus, denn sie sei eine kluge Frau, aber die Arbeit im Tal sei wirklich nicht leicht für ihn. Überall werde gegen ihn intrigiert. Er sei eine Eiche, die auf moorigem Grund stehe, an deren Wurzeln die Wühlmäuse nagten, aber Leberecht könne beruhigt sein, die Eiche wanke nicht.

Leberecht sprach auch mit Leni, der es aber bei der Stadt noch recht gut gefiel. Sie sah ein, dass sie jetzt noch nicht an die Stelle von Kowalski treten konnte. Aber wenn, dann wollte sie doch zumindest als dessen Stellvertreterin eintreten, und nur die Biertellerabteilung zu bekommen, das sei ihr auf jeden Fall zu wenig. An der Holzbauabteilung, die noch keinen neuen Leiter hatte, sei sie schon interessiert.

Leberecht meinte, dass Archibald in einigen Jahren nach Gernsbach kommen solle, wenn er erst einmal seine Ausbildung hinter sich habe. Leni entgegnete, dass das zwar sehr nett wäre, sie würde auch gerne mit Archibald zusammenarbeiten, aber sie würde es begrüßen, wenn Archibald der Nachfolger seines Vaters in Lübeck werden sollte.

Ein Problem, mit dem sich Leberecht auch beschäftigen musste, war sein Neffe Bernhard Sutter. Hiltrud meinte, ob man ihn nicht in der Firma beschäftigen könne. Bernhard war immer noch im Lazarett in Forbach, obgleich es ihm schon recht gut ging. Die Entlassung verschob sich von Woche zu Woche, und seine Mutter und Johanna verstanden nicht, warum er nicht endlich nach Hause kam. Immer mit anderen Menschen zusammen in einem Raum und nur so in den Tag hinein zu leben sei doch grässlich, aber Bernhard gefiel es im Krankenhaus recht gut.

Warum es Bernhard aber vor allem nicht nach Gernsbach zog, das war seine Mutter. Von morgens bis abends würde sie ihm in den Ohren liegen, was er tun müsste und dass er keine Arbeit und keine Stellung hätte. Er aber wartete darauf, dass die Unis wieder aufmachten und er sein Medizinstudium fortsetzen konnte. Sein Vater hatte zwar gesagt, wenn er erst einmal wie er Schweizer sei, könne er gleich in Basel anfangen zu studieren, und das lockte ihn doch sehr. Denn in Basel war er nicht der einfache Soldat, sondern da war er ein Herr Sutter, verwandt mit großen Basler, Solothurner oder Winterthurer Industriellenfamilien. Da gehörte er zu den Familien, die von den Zinsen ihrer Zinsen lebten, zu den großen Mäzenen, nach denen sich jedermann umsah. Er war aber über 21 Jahre alt, und so wurde er nicht automatisch Schweizer Staatsbürger, sondern sein Vater musste erst ein Verfahren einleiten, und das ging nicht so schnell. Er musste aus der deutschen Staatsbürgerschaft entlassen werden, und das konnte nach dem letzten Wohnsitz nur der Senat der Freien und Hansestadt Hamburg. Aber da hatten die Behörden Wichtigeres zu tun. Es mussten noch viele Unterlagen beschafft werden, und bis er sich endlich in Basel immatrikulieren konnte, würden sicher noch viele Monate vergehen, und in Deutschland gab es noch keine geöffneten Universitäten.

Was würde geschehen, wenn er nach Gernsbach käme? Er würde nicht zur Ruhe kommen. Eine vernünftige Unterhaltung mit der Mutter war einfach nicht möglich. Sie würde ihn zum Holzhacken schicken oder zum Einkaufen, er müsste irgendwelche Möbel herumschleppen und im Garten irgendetwas umgraben oder ausrupfen. Er wollte ja auch ab und zu mal mit einem Mädchen zusammen sein, und dazu gab es in Gernsbach keine Gelegenheit. Die Zimmer hatten noch nicht einmal Schlüssel, und wenn er mit einem Mädchen zusammenlag und die Mutter – neugierig wie sie war – an die Türe bollerte und dann nachher das Mädchen durchdringend ansah und mit Verachtung behandelte, war das alles andere als angenehm.

Bernhard war der Ansicht, dass er die Frauen brauchte. Wenn er nicht zwei- oder dreimal in der Woche eine flachlegen konnte, dann fehlte ihm etwas. Vor allem schwärmte er für den etwas kräftigeren Frauentyp mit breiten Hüften und prallem Busen.

An der Front hatte es dazu kaum Gelegenheit gegeben, es gab zwar den Wehrmachtspuff, aber nach dem zweiten oder dritten Besuch hatte er das doch reichlich abgeschmackt gefunden. Da ging es ihm im Lazarett doch besser. Die Zahl der Krankenschwestern, mit denen er sein Vergnügen hatte, wusste er schon gar nicht mehr. Bei fünfmaliger Verwundung mochten es zehn, 15 oder auch 20 gewesen sein. Bei manchen war es nur ein kurzer Flirt, bei vielen kam er zum Ziel. Nachher schrieb man sich noch ein paar Briefe, aber dann kam schon der nächste Fronteinsatz und wieder das nächste Lazarett mit neuen Schwestern, und die letzte Verwundung war vergessen. Auch in Forbach hatte er eine junge Schwester, Veronika, kennengelernt, und sie hatten gleich einige schöne Stunden miteinander verlebt.

Aber Veronika war verheiratet. Ihr Mann hatte irgendwo im Osten an der Front gestanden, und sie wusste nicht, ob er in russische Gefangenschaft geraten oder vielleicht auch gefallen war. Eines Tages kam sie zu Bernhard und sagte, dass ihre Regel schon seit drei Wochen überfällig sei und sie damit rechnen müsse, dass sie von Bernhard ein Kind bekomme. Das sei eine Katastrophe! Was solle sie nur ihren Schwiegereltern sagen? Von einem Mann, von dem man nicht wusste, wo er war, konnte man sich nicht scheiden lassen. Was würden die Leute in ihrem Heimatdorf in Bayern sagen?

Auch Bernhard war entsetzt. Mehrere Tage wusste er nicht, was er tun sollte, dann sprach er mit seiner Mutter darüber, und Hiltrud wusste gleich Rat: „Deine Freundin muss das Kind wegmachen lassen. Das dürfte ihr als Krankenschwester ja nicht schwer fallen. Es gibt ja genug Ärzte im Krankenhaus, die so was erledigen können. Wahrscheinlich hat sie sich an dich nur als Mitglied der Familie Weiler herangemacht, um Geld aus dir herauszupressen. Von mir kannst du allerdings nichts für so etwas bekommen, da musst du dich schon an deine Großmutter wenden, die kann dir sicher das nötige Geld geben!"

Aber Großmutter Johanna, mit der er stockend über sein Problem sprach, war maßlos enttäuscht, dass Bernhard so verantwortungslos gewesen war, mit einer verheirateten Frau ein Verhältnis anzufangen. Er könne nicht einfach ein Leben, das entstehe, vernichten. Und was sie dem armen Mann, der an der Front gestanden hatte, antue, das sei nicht zu verzeihen, mit Geld lasse sich so etwas nicht aus der Welt räumen. Möglicherweise ließ sich der Mann ja scheiden, aber eine Bauerntochter aus Bayern als Schwiegerenkelin, das wollte sie auch nicht.

Eine Woche später schien sich das Dilemma, in dem sich Bernhard befand, insofern gelöst zu haben, als die Nachricht kam, dass der Ehemann von Schwester Veronika gefallen war. Jetzt bestand also die Möglichkeit zu heiraten. Doch das passte Hiltrud schon gar nicht. Sie wollte ihren Sohn nicht an irgendein Mädchen, das seinen Ehemann auch noch betrogen hatte und aus der finstersten bayerischen Provinz kam, hergeben. Sie fand, dass Bernhard seinen Vater fragen sollte, ob der nicht ein paar Schweizer Franken gebe, damit das Kind endlich weggemacht werden konnte.

Aber dann geschah etwas Unvorhergesehenes: Schwester Veronika heiratete einen der Ärzte, mit dem sie ebenfalls ein Verhältnis gehabt und dem sie wohl erklärt hatte, dass das Kind von ihm sei. Nun trumpfte Hiltrud auf: „Na, siehst du jetzt, was das für ein Miststück ist? Als sie gesehen hat, dass sie dich nicht erpressen kann, hat sie sich eben mit dem Arzt begnügt!"

In Lübeck waren in der Zwischenzeit die ersten Nachrichten aus Schweden eingetroffen. Es waren zwei Briefe von Gunnar Senger, Brittas Scheinbräutigam. Sie waren zwar im Abstand von vier Wochen geschrieben, aber erst jetzt mit der Post eingetroffen.

Der erste war ein Brief an Britta, ein glühender Liebesbrief, in dem er Britta mitteilte, dass seine eigentliche Braut, die Baronin von Löwenfeld, ihn verlassen habe. Er hatte sich wirklich in sie verliebt, aber sie war eine Geheimagentin gewesen, die unbedingt aus Deutschland herauskommen musste, und so hatte sie sich ihm an den Hals geworfen. Sie hatte schon einen anderen Liebhaber und lebte jetzt in Stockholm, wo, wusste Gunnar nicht. Nun schrieb er, dass Britta die Frau sei, mit der zusammen er die Zukunft aufbauen könne.

Britta wusste nicht recht, was sie mit dieser Liebeserklärung anfangen sollte. Sie hatte wirklich den Wunsch gehabt, nach Schweden zu emigrieren, in ein Land, wo Milch und Honig flossen und wo man sich satt essen konnte, wo es keinen Krieg gegeben hatte. Seit den schönen Ferien auf dem Gut in Schweden, als sie noch ein Kind war, hatte sie ideale Vorstellungen von diesem Land.

Aber der zweite Brief ließ alle diese Überlegungen gleich wieder zunichte werden. Er war an Leberecht gerichtet, und Gunnar teilte darin mit, dass er die Beziehung zu seiner Tochter Britta abbrechen müsse, weil ihn andernfalls sein Vater aus der Stellung des Direktors der Textilwerke in Malmö hinauswerfen würde.

Seine Vorsprache bei Åke Strömberg hatte eine geradezu panische Reaktion ausgelöst. Man wolle zu diesem Zeitpunkt nicht mit Dr. Weiler verhandeln. Der Herr Senger habe sich da rauszuhalten, er sei doch nur ein Erbschleicher, der nach dem vermeintlich reichen Erbe der Weiler-Tochter schiele. Aber dieses reiche Erbe gebe es nicht, möglicherweise in Deutschland, aber in Schweden sei nichts zu holen. Er solle sich gefälligst von dieser Verlobung zurückziehen und die Beziehung zu Weilers abbrechen, sonst werde auch sein Vater seine Stellung verlieren. Im Übrigen habe Dr. Weiler in Schweden keine weiteren Ansprüche.

Leberecht war entrüstet. Er hatte von Strömberg, als er ihm das ganze Vermögen der Firma in Schweden verkaufte, die Zusicherung erhalten, dass er die schwedische Firma wieder zurückkaufen könne, wenn sich die Zeiten geändert hätten. Leberecht hatte fest an diese Zusicherung geglaubt, denn er glaubte an die Worte von Freunden und an deren Versprechen, so wie er wiederum bereit war, jedes Versprechen, das er gegeben hatte, auch zu halten.

Aber Strömberg hatte von Anfang an nicht daran gedacht, dieses Versprechen zu halten, denn er hatte die Tochtergesellschaft von Weiler & Busch als ein Schnäppchen betrachtet. Solange die Nazis herrschten, konnte Leberecht das Geschäft nicht wieder rückgängig machen, und wenn es anders lief, dann waren die Deutschen sowieso unten durch, und es war ja nichts schriftlich vor dem Notar abgemacht. Für Leberecht galt das Wort, für Åke nur der notariell beglaubigte Vertrag.

Bei Kriegsende sollte alles deutsche Vermögen beim Fluchtkapitalbüro in Stockholm angemeldet werden, und Strömberg meldete Leberechts Hypothek auf das Gut von Nölting an, kaufte die Hypothek dann aber von diesem Büro mit einigem Abschlag wieder zurück, wobei als Käufer nicht er, sondern sein Bruder Magnus auftrat, und kündigte Nölting die Hypothek, der daraufhin gezwungen war, das Gut für ein Ei und ein Butterbrot an Magnus Strömberg zu verkaufen.

Nölting, der Direktor der ehemaligen Weiler & Busch-Tochter, wurde als geschäftsführender Direktor des Unternehmens entlassen, bekam von Strömberg eine Anstellung für 1.000 Kronen im Monat und hatte nur die Aufgabe, Liebesgabenpakete nach Deutschland zu schicken. Die ganze Familie war voller Hochachtung und Dankbarkeit für die großzügige Hilfe von Strömberg. Liebesgabenpakete erhielten nicht nur Leberecht, seine Mutter, seine Schwestern und sein Schwiegervater, sein Schwager und seine Schwägerin, sondern auch noch etwa 20 Angestellte der Firma, die Strömberg wegen seiner Großzügigkeit nicht genug preisen konnten, bis Leberecht dann sah, dass er selber alles bezahlt hatte, einschließlich des Gehalts von Nölting. Leberecht besaß in Schweden nichts mehr.

***

Ein weiterer Mann, der nach Lübeck kam, war Joseph Haflinger, der nicht nur Elisabeth Larsen treffen wollte, sondern auch Leberecht über die Entwicklung in Österreich und über das Werk Fürnitz berichten konnte. Joseph Haflinger erschien in einem todschicken Anzug mit einer neuen Visitenkarte, die ihn als Geschäftsführer der Haflinger Metall Ges.m.b.H. auswies, er hoffte, so den alten Otto Larsen beeindrucken zu können. Er hatte sich fest vorgenommen, so bald wie möglich Elisabeth Larsen zu heiraten.

Dem alten Larsen imponierte er aber damit nicht. Visitenkarten, die konnte sich ja jeder drucken lassen, und ein eigenes Geschäft in dieser Zeit, was mochte das schon für ein Unternehmen sein!

Elisabeth lebte jetzt wieder in Lübeck, sie war mit ihrer Schwester und deren Familie aus dem Sudetenland ausgewiesen worden. Aber Elisabeth wollte erst einmal ihr Medizinstudium beenden. Immerhin war sie schon im achten Semester gewesen, und das Ende war absehbar. Sie mochte Joseph gerne, der so viel erzählen konnte und so viele Ideen hatte, aber zunächst wollte sie abwarten, und ihre Mutter bestärkte sie nachdrücklich in ihrem Wunsch.

Joseph war Ende Mai mit dem Fahrrad von Lübeck nach Salzburg gefahren, das Fahrrad wurde ihm zwar in Bayern gestohlen, aber mit dem Hinweis, dass er Österreicher sei und auf der Heimreise, kam er durch sämtliche Grenzkontrollen, ohne dass er eingesperrt wurde. In Salzburg, das von den Amerikanern besetzt war, erhielt er sofort eine Anstellung als Dolmetscher in der Verwaltung. Er hatte keinerlei Parteivergangenheit, und so kam er bei den amerikanischen Behörden zur Property Control, die das Eigentum der deutschen und österreichischen Nazis, das zunächst einmal unter öffentliche Verwaltung gestellt worden war, beaufsichtigte und verwaltete. Und da er aus der Metallbranche kam, wurde er gleich als öffentlicher Vermögensverwalter von einigen Buntmetallhändlern eingestellt, mit denen er sich schnell arrangierte. Er werde dafür sorgen, dass sie möglichst rasch ihr Eigentum wieder zurückerhielten, aber sie sollten doch eine gemeinsame Altmetallfirma gründen, bei der er sich einen Anteil von 50 Prozent ausbedang, und da er einiges von der Branche verstand, einigte man sich schnell. Dazu kamen noch Fabrikanten aus dem Osten Österreichs, aus der russisch besetzten Zone, die Angst hatten, dass Österreich wie Deutschland geteilt würde und die versuchten, Teile ihres Vermögens vom Osten nach dem Westen zu transferieren, und da war Joseph jetzt der richtige Mann.

Und so machte sich Joseph, sobald es ging, nach Kärnten auf, um im Auftrag von Leberecht Weiler zu sondieren, was dort geschehen war. Kärnten war der einzige der sogenannten Reichsgaue, der bei der Kapitulation am 8. Mai 1945 vom Feind noch nicht besetzt war. Die Engländer kamen erst einige Tage nach der Kapitulation von Italien aus in das Land. Dafür waren aber von den Karawanken herunter die jugoslawischen Partisanen eingedrungen, die das Gebiet südlich von Drau und Gail beanspruchten, in dem schon 1920 eine Volksabstimmung stattgefunden hatte. Die Partisanen verschleppten einige Deutsche, nicht nur Nazis, sondern vor allem auch Fabrikanten, von denen einige ermordet wurden, und bevor sie wieder abzogen, plünderten sie die Werke und nahmen fast alles mit, was nicht niet- und nagelfest war und was man in der kurzen Zeit abschrauben konnte.

So auch in Fürnitz. Als man das Werk wieder betreten konnte, war das ganze Magazin der Holzbauabteilung mit seinen großen Vorräten an Schrauben und Nägeln, an Dachpappe, an Teer, an Dachrinnen und Abflussrohren, an Waschbecken, Rohrleitungen, Wasserhähnen, an Fensterglas und Werkzeugen verschwunden. Der Buchhalter, der mit als erster wieder auf dem Werk erschien, Franz Zins, war sich nicht im Klaren, ob wirklich nur die Jugoslawen an der Plünderung beteiligt waren oder ob nicht einige der Österreicher mitgeplündert hatten, denn alle Vorräte konnte man für den Hausbau und die Instandsetzung der Häuser sehr gut brauchen. Einige der früheren Angestellten machten sich kurze Zeit später als Eisenwarenhändler selbständig. Gestohlen waren aber auch fast alle Elektromotoren und Treibriemen der Maschinen, der ganze Betrieb stand.

Direktor Gerhard Messner kam wenige Tage nach Kriegsende nach Hause. Der Zutritt zum Werk wurde ihm jedoch verweigert, es sei deutsches Eigentum und er als Parteimitglied müsse erst entnazifiziert werden, zudem sei er Deutscher, und er würde wie die meisten Reichsdeutschen jetzt ausgewiesen werden.

In der Nähe von Villach, in einem ehemaligen Gefangenenlager, waren alle reichsdeutschen Angestellten des Werkes untergebracht. Es waren fast alles Führungskräfte, der Imprägniermeister, die Zimmer- und der Schreinermeister und die Architekten für den Holzhausbau, die meist aus Gernsbach stammten und die nach wenigen Monaten auch dorthin abgeschoben wurden, wo man dann nicht wusste, was man mit ihnen machen sollte.

Messner war schon 1936 nach Österreich gekommen, also vor der Eingliederung Österreichs in das Reich. Der Anwalt der Firma plädierte für seinen Verbleib auch im Hinblick darauf, dass er und seine Familie und die Familie seiner Frau aus Ostdeutschland, aus Olbersdorf in Sachsen stammten, das von den Russen besetzt war. Außerdem hatte Gerhard Messner einen großen und in Kärnten mächtigen Fürsprecher, die evangelische Kirche. Messner war Pfarrerssohn, ein frommer Mann und eifriger Kirchgänger, er war im Gemeinderat der Kirche in Villach und war zum Superintendentialkurator ernannt worden, der für die Finanzen der evangelischen Kirche zuständig war. In Kärnten spielte die evangelische Kirche eine große Rolle. Kärnten war sozialistisch regiert, und die rote Landesregierung und die evangelische Kirche stützten sich gegenseitig, um sich gegenüber den Katholiken und der schwarzen ÖVP durchzusetzen.

Aber im Werk Fürnitz wollte ihn der zum öffentlichen Verwalter bestellte Zins nicht haben, und so musste Messner zunächst eine Stellung im oberen Gailtal bei einem Sägewerk annehmen und kam nur zum Wochenende nach Hause.

Zins versuchte, so gut es ging, Ordnung im Werk zu schaffen, aber er sorgte auch dafür, dass alle Österreicher, die Parteimitglieder waren, aus der Firma entlassen wurden, und spielte jetzt den großen Mann. Anstelle von Messner wurde ein aus Prag geflohener Direktor einer Imprägnierfirma in Böhmen, Hubert Klotz, eingestellt.

Haflinger ging zu Zins und wies sich als Bevollmächtigter der Firma Weiler & Busch aus, aber Zins wollte davon nichts wissen. Er war auf die Deutschen sauer und auf die Familie Weiler allemal, die seine Fähigkeiten und Kenntnisse nie zu schätzen gewusst hatte. Er war schon in den zwanziger Jahren bei Weiler & Busch in Fürnitz als Buchhalter eingestellt worden. Seine wiederholten Hoffnungen, das Werk einmal leiten zu können, hatten sich alle zerschlagen.

Wenn Besuch aus Lübeck oder Gernsbach kam, sprach man mit Messner und den anderen deutschen Herren, aber ihn beachtete niemand. So wuchs sein Groll gegen die Firma, die ihn und seine Fähigkeiten so missachtete. Er war voller Missmut gallenkrank geworden, und jetzt hoffte er, dass die Firma österreichisch würde. Das hatte er sich geschworen: Weilers sollten von hier verschwinden und nie wiederkommen.

Haflinger suchte den Anwalt der Firma auf, dessen Adresse ihm Leberecht gegeben hatte, um mit ihm zu besprechen, was zu machen war. Sie sahen sich die Handelsregisterauszüge an, und da machten sie plötzlich eine Entdeckung: Die Aktiengesellschaft war nicht, wie man angenommen hatte, nach dem Vergleich der Firma Weiler & Busch OHG im Jahr 1929 oder 1930 als alleiniger Gesellschafter im Handelsregister eingetragen worden, sondern erst im Januar 1939. Bis dahin waren noch Archibald Hermanns Witwe Else und Leberecht Weiler mit jeweils 25 Prozent Eigentümer, die Aktiengesellschaft hatte bis dahin nur 50 Prozent der Anteile. Beide stutzten, denn das war ja erst nach dem Anschluss Österreichs an das Reich und zu einer Zeit geschehen, als Leberecht und Else in Haft waren. Aus den Notariatsakten waren weder die Unterschrift von Leberecht noch von Else ersichtlich, sondern es lagen nur allgemeine Vollmachten, die diese gegeben hatten, vor. Der Anwalt meinte, das müsse unbedingt untersucht werden, möglicherweise habe man die beiden zur Abtretung gezwungen. Es sei zwar alles deutsche Eigentum beschlagnahmt worden, aber bei Einzelpersonen werde die Rückerstattung sicher leichter zu erreichen sein als bei Aktiengesellschaften.

Haflinger kam auf die Idee, dass die beiden vielleicht die österreichische Staatsbürgerschaft erwerben könnten, dann erhielten sie ihr Vermögen sowieso zurück und selbst wenn der Staat den Anteil der Aktiengesellschaft veräußere, hätten sie aufgrund der alten Gesellschaftsverträge sicher ein Vorkaufsrecht. Der Anwalt wühlte in seinen Akten, fand aber nichts und bat Haflinger, am nächsten Tag wiederzukommen.

Als er am nächsten Tag erschien, war der Anwalt fündig geworden. Ein Anwalt aus Karlsruhe, der Vollmachten von der Aktiengesellschaft sowie von den beiden Weilers vorwies, hatte die Übertragung bei einem Notar in Villach vorgenommen. In den alten Akten fand sich auch eine Vereinbarung über ein gegenseitiges Vorkaufsrecht für die Anteile, und es sei sicher gut, wenn Leberecht und möglicherweise auch seine Schwägerin die österreichische Staatsbürgerschaft erwerben würden. Da gebe es jetzt doch manche Möglichkeit, wenn man den Nutzen für die Republik Österreich nachweisen konnte.

Das Gespräch, das Haflinger mit Gerhard Messner in Fürnitz hatte, verlief dagegen nicht so erfolgreich. Messner war ausgesprochen zurückhaltend. Er wusste nicht, was er von dem 24-jährigen, forsch auftretenden jungen Mann, der immerhin 20 Jahre jünger als er war, halten sollte. Das Schreiben von Leberecht war echt, aber Messner wollte im Augenblick gar keine Beziehung zu

Deutschland haben. Das könne seine Einbürgerung gefährden. Irgendwelche Experimente, um Weilers wieder zu ihrem Eigentum zu verhelfen, wollte er nicht riskieren.

Leberecht fuhr jetzt nachmittags nicht mehr nach Schlutup hinaus. Die Post, die kam, war uninteressant. Früher war er mindestens eine Stunde über das Werk gegangen und hatte den Meistern seine Anordnungen gegeben. Jetzt waren es aber zu viele Meister, und Holz, über das man hätte sprechen können, war auch nicht da. Er setzte sich hin und schrieb eine bittere Satire über die Angestellten in seinem Büro, nach Meinung von Archibald war es das beste Stück, das er je geschrieben hatte, aber er zeigte es im Gegensatz zu den anderen Stücken niemand, denn alle konnten sich darin wiedererkennen. Ansonsten begann er auch wieder, Gedichte zu schreiben, und diese wurden von mehreren Freunden gleichzeitig vertont.

Es war jetzt die Zeit der großen Hauskonzerte gekommen. Dembowskis hatten das Esszimmer wieder geräumt, sie hatten aus Gernsbach eine Baracke organisieren können, die am Rand des Werksgeländes aufgestellt wurde. Dembowski zog dort mit seinen Eltern ein.

Jetzt hatten Leberechts wieder zwei Räume, das Esszimmer und das Musikzimmer, für sich. Es gab vor allem Liederabende, aber auch Streichquartette. Künstler standen genug zur Verfügung, denn nach Lübeck waren zahlreiche Künstler aus dem Osten geflohen, die darauf brannten, sich produzieren zu können, und jeder der Sänger sang auch mehrere Lieder auf Texte von Leberecht.

Das kulturelle Leben in der Stadt erwachte überhaupt schneller als das wirtschaftliche Leben. Das Theater war zunächst noch geschlossen, denn das hatten die Engländer beschlagnahmt, die dort ein billiges Varietéprogramm für die eigenen Truppen vorführen ließen. Die Deutschen hatten dazu keinen Zutritt. Aber in unzähligen kleineren Sälen und Cafés saß das Publikum, jetzt im Herbst in ungeheizten Räumen, und lauschte der Musik. In den Cafés gab es zwar keinen Kaffee, aber Rezitationsabende von berühmten Schauspielern, die man sonst nur im Film gesehen hatte. Und dann öffnete das Stadttheater im Kolosseum, dem früheren Tanzpalast, der über eine ausgezeichnete Akustik verfügte und deshalb schon längere Zeit als Konzertsaal diente.

Eine schleswig-holsteinische Landesbühne wurde von einem früheren Regisseur gegründet, die später einmal in die Provinz gehen sollte, zunächst aber im katholischen Gesellenhaus, einem kleinen Saal, eine Spielstätte gefunden hatte. Ein Berliner Schauspieler gründete eine Schauspielschule, in die auch Britta eingetreten war, und diese spielte im Konfirmandensaal der Gertrudkirche.

Auch Klara Fabricius war wieder Schauspielerin geworden. Sie war aufgrund der Beziehungen von Leberecht zu der neu gegründeten Landesbühne Schleswig-Holstein engagiert. Das Theater wollte zur Eröffnung Schillers

„Kabale und Liebe" bringen und Klara sollte die Lady Milford spielen. Klara war außerordentlich aufgeregt, denn es war der erste Bühnenauftritt nach 14 Jahren Zwangspausc. Auch war sie bisher noch nie an einem so großen Ort wie Lübeck aufgetreten. Schon vor dem Krieg hatte sie begonnen, Schlafmittel zu nehmen, und jetzt vor der Premiere packte sie das Lampenfieber.

Eigentlich hätte sie beruhigt sein können, denn die Generalprobe verlief zur allgemeinen Zufriedenheit. Aber der Gedanke, unausgeschlafen in die Premiere zu gehen, regte sie so auf, dass sie die Schlafmitteldosis kräftig erhöhte, und als am Morgen der Wecker klingelte, hatte sie einen schweren Kopf. Sie trank einen starken Kaffee, aber das half nichts. Durch Bekannte hatte sie sich Pervitin besorgt, ein Mittel, das im Krieg die Flieger nahmen, wenn sei nachts auf Feindflug unterwegs waren, um nicht müde zu werden. Auch davon nahm sie eine Tablette, und als die nicht gleich wirkte, eine zweite. Die Folge war, dass sie fürchterliches Herzklopfen bekam. Sie bat Leberecht um einen Schnaps, um sich Mut anzutrinken, und Leberecht füllte ihr ein kleines Fläschchen Kirschwasser ab.

Ursprünglich wollte die ganze Familie in die Vorstellung gehen, Leberecht hatte schon Karten besorgt. Aber Klara bat, nicht zu kommen, es würde sie zu sehr aufregen, wenn sie alle da sitzen sähe, das Stück solle ja noch ein paar Mal gespielt werden. Leberecht bestellte einen großen Blumenstrauß für sie, und Britta sollte ihr den überreichen, sie sollte als Schauspielschülerin das Ereignis der Premiere miterleben.

Als Britta nach Hause kam, fragten natürlich alle: „Na, wie war's?" Britta zuckte mit den Achseln und sagte: „Der Auftritt von Tante Klara war wohl nicht so toll, sie war nicht ganz sicher auf den Beinen, sie schwankte ziemlich und sprach so undeutlich, ich glaube, sie war besoffen!"

Am nächsten Morgen rief der Intendant bei Leberecht an. Es täte ihm leid, er müsse Fräulein Fabricius kündigen, sie sei betrunken auf der Bühne gewesen und habe beinahe die ganze Vorstellung geschmissen. Leberecht sprach länger als eine Stunde mit ihm und hatte dann den Intendanten so weit gebracht, dass Klara bleiben durfte. Aber statt 500 bekam sie nur noch 200 Mark Gehalt und wurde in der nächsten Zeit nur noch als Souffleuse oder Garderobenfrau beschäftigt. Erst ein halbes Jahr später durfte sie kleine Chargenrollen spielen und dann im Kindermärchen zu Weihnachten auftreten. Dann aber hatte sie doch noch das Glück, Tante Ottilie in „Ingeborg" von Curt Goetz zu spielen, und diese Rolle war ihr auf den Leib geschrieben. Jetzt durfte sie endlich mal eine besoffene Dame spielen.

Archibald war im Juli als Volontär bei der Dresdner Bank eingetreten. Die Suche nach einer Lehrstelle oder einem Volontariat in der Holzindustrie war vergeblich gewesen, denn auch die anderen Lübecker Holz verarbeitenden Betriebe, die Hobelwerke, hatten kein Holz, das sie verarbeiten konnten, und auch dort kamen die Soldaten nach Hause. Leberecht schlug vor, dass er eine Lehre in einer Bank machen solle, dort werde er alles Kaufmännische richtig lernen. Das war allerdings ein Trugschluss, denn ein vernünftiges Bankgeschäft gab es zu dieser Zeit nicht und auch keine begleitende Berufsschule. Im Gegensatz zum Lehrling bekam er als Volontär kein Geld.

Zunächst wurde Archibald vier Wochen lang in der sogenannten Expedition beschäftigt, das heißt, er durfte Kontoauszüge einkuvertieren und durch die Adressiermaschine jagen. Da in der Abteilung außerdem noch zwei weitere Volontäre und ein Lehrling und dazu auch der Bankbote tätig waren, gab es nur nachmittags zwischen vier und fünf Uhr einen größere Menge Arbeit, Archibald benutzte aber die Zeit, die Kontoauszüge gründlich zu studieren. Er merkte sich, was auf den Kontoauszügen stand, und er wusste bald, was bei Bekannten und bei großen Firmen auf dem Konto war, von wem sie Geld bekamen und an wen sie Geld überwiesen. Es war interessant, dass sich auf den Konten der großen alten Firmen der Lübecker Patrizier fast gar nichts bewegte, während die Konten einiger neu gebildeter Unternehmen hohe Umsätze zu verzeichnen hatten: Er sah, welche Riesensummen in der Vergangenheit von der Deutschen Arbeitsfront für Gasmasken an die Drägerwerke überwiesen worden waren oder was die leitenden Angestellten bei den großen Lübecker Betrieben verdienten, welche unwahrscheinlich hohen Summen auch Bekannte an Kriegsanleihen gezeichnet hatten, und er gewann so einen recht guten Einblick in die wirtschaftlichen Verhältnisse der Stadt, den er sonst nie bekommen hätte.

Nach vier Wochen kam Archibald in die große Schalterhalle zur Giroabteilung und musste die Ein- und Auszahlungen nach Konten sortieren, eine stumpfsinnige Arbeit, aber auch hier konnte er den Geldverkehr beobachten, und er lernte die Angestellten kennen, so wie er in Mölln die Arbeiter kennengelernt hatte. Es war eine vollkommen andere Welt. Niemand von ihnen war per Du mit seinem Kollegen, man siezte sich und redete sich mit Herr oder Fräulein an. Es wurde sehr viel geklatscht. Vielfach herrschte großer Neid unter den Kollegen, denn auch in der Bank waren viele Flüchtlinge aus Ostdeutschland und von Berlin gekommen, die dort Prokuristen und Filialleiter gewesen waren und nun im Schalterbetrieb untergekommen waren.

Im Übrigen drehte sich das Gespräch der Bankangestellten während der ganzen Zeit – wie auch bei anderen Unternehmen – um das Essen, woher man Kartoffeln bekomme, über die niedrigen Fleischrationen, dass die Englander in Saus und Braus lebten. Über die politische Vergangenheit oder über die Kriegsereignisse wurde so gut wie nicht gesprochen.

General Steltzer war nun der neue Mann der Engländer. Anfang Mai hatten sich für ihn die Tore des Gefängnisses in Berlin geöffnet. Der Grund, dass er nicht hingerichtet worden war, wurde nie endgültig geklärt. Vielleicht war es Zufall, dass man ihn vergessen hatte, möglicherweise hatte aber die Intervention von Franz Boetius und Leberecht Weiler etwas genutzt, denn allem Anschein nach hatte Himmler wirklich Einfluss darauf genommen, eine Hinrichtung zu verhindern, weil er hoffte, die skandinavischen Beziehungen von Steltzer zu nutzen.

Steltzer kam nach Lübeck und traf sich auch mit Leberecht, aber die beiden fanden nicht viel Gefallen aneinander. Zunächst hatten die Engländer Steltzer nicht weiter beachtet, aber dann wurde man durch den Lübecker Stadtkommandanten auf Steltzer aufmerksam, weil er ja Jurist und Landrat gewesen und von den Nazis zum Tode verurteilt worden war. Die Engländer holten ihn nach Kiel und wiesen ihm einen von einem Unternehmer beschlagnahmten Horch-Achtzylinder zu.

Wenn er jetzt am Wochenende in Lübeck auftauchte, hatte er plötzlich unheimlich viele Bekannte. Natürlich war Franz Boetius dabei, obgleich er sich in diesem Kreis aus Lübecker Kaufleuten und Pastoren nicht sehr wohl fühlte. Franz drängte darauf, unbedingt Leberecht in diesen Kreis aufzunehmen, aber Leberecht ging nur einmal hin. Diese Versuche, sich bei Steltzer beliebt zu machen, ihm zu schmeicheln, ihm nach dem Mund zu reden, störten ihn genauso wie die Ungebildetheit der Kaufleute und deren Versuche, sich ins rechte Licht zu setzen.

Außerdem interessierte ihn die Landespolitik von Schleswig-Holstein überhaupt nicht. Kiel, wo jetzt die Fäden zusammenlaufen sollten, war auch für Leberecht wie für viele andere Lübecker eine preußische Provinzstadt, beherrscht von der Marine, die hier den Ton angab, und die Marine konnte er schon wegen Dembowski und seinem Marinefimmel nicht leiden. Vielleicht hätte sich Leberecht noch für das Wohl der Stadt Lübeck interessieren lassen, von der er eigentlich der Meinung war, dass sie wieder Freie Stadt sein müsste wie Hamburg und Bremen.

Auch seine Mutter Johanna war dagegen, dass jetzt die Familienmitglieder in die Politik gingen. Gemeinderat, Kirchengemeinderat oder Verwaltungsrat der Sparkasse, das konnte sie noch akzeptieren, um örtlichen Einfluss zu gewährleisten, aber in die Politik sollte niemand gehen, das würde nur vom Wohl der Firma ablenken. Und so bemühte sich Leberecht nicht um irgendwelche politischen Ämter. Er schimpfte gerne über die Zustände, aber wenn ihn jemand aufforderte, es besser zu machen, kam er schnell auf ein anderes Thema.

Im Dezember 1945 öffnete als eine der ersten Universitäten in Deutschland die Kieler Christian-Albrecht-Universität ihre Tore wieder, und Archibald bemühte sich, dort immatrikuliert zu werden. Die Uni erkannte die Reifevermerke, die man den Schülern nach Verlassen der siebten Klasse oder Unterprima zugesprochen hatte, nicht mehr an, sie sollten noch mal die Schulbank drücken, aber Archibald war Oberprimaner gewesen, wenn auch nur wenige Wochen, und für die gab es eine Sonderregelung, ein sogenanntes Eingangssemester.

Er wollte Nationalökonomie studieren. Die Kieler Universität war zum großen Teil zerstört. Die Vorlesungen wurden in Fabrikhallen der ELAK, der Elektro-Akustik, eines ehemaligen Rüstungsbetriebes, gehalten, wobei im Keller eines der Gebäude die Leichen der Anatomie lagen, so dass es überall nach Formaldehyd stank.

Im Parterre war die Mensa. Es gab große lange Tische, an denen die Studenten verköstigt wurden. Im Obergeschoss lagen die Vorlesungsräume, und im zweiten Stock waren die Unterkunftsräume der Studenten, riesige Schlafsäle, wo bis zu 300 Menschen in primitiven Holzbetten mit Strohsäcken schliefen und in denen es nie zu einer vernünftigen Nachtruhe kam, denn ein Teil der Studenten paukte bei dem Schummerlicht der von der Decke herabbaumelnden Glühbirne bis in die Nacht hinein, während es auf der anderen Seite die Frühaufsteher gab, die schon um fünf Uhr ihr Bett verließen, um im Waschraum nicht allzu sehr ins Gedränge zu kommen.

Schon die Anreise von Lübeck nach Kiel war alles andere als einfach gewesen. Nach Kiel gab es als einigermaßen vernünftige Verbindung nur einen Autobus, der noch mit Holzgas fuhr und dementsprechend nicht immer pünktlich ankam und der jeden Morgen nach Ende der Sperrstunde um halb sieben Uhr vom Bahnhofsvorplatz abfuhr. Die Genehmigung für einen Platz in dem Bus gab es nur bei der Industrie- und Handelskammer. Für Studenten gab es keine Genehmigung. Franz Boetius konnte auch hier helfen und es gelang ihm, für Archibald einen Platz zu erhalten.

Für die erste Nacht hatte man ein Hotelzimmer für Archibald besorgt, aber nur für eine Nacht, und natürlich war das Hotel ungeheizt, und in dem Doppelzimmer, das er sich mit einem anderen Herrn teilen musste, konnte er nur einigermaßen warm werden, als er noch lange Unterhosen angezogen hatte. Der Lokus war eingefroren. Für die zweite Nacht steckte ihn die Hotelleitung unters Dach in einen Speicherraum, wo dreißig Dachdecker einer Baufirma untergebracht waren und in doppelstöckigen Betten schliefen.

Am dritten Tag übernachtete Archibald in einem Krankenhaus, in dem der Vetter von Frau Dembowski Chefarzt war. Hier brachte man ihn wenigstens in einem ordentlichen Bett auf dem Gang des Krankenhauses unter, es war sauber und warm und der Lokus funktionierte.

In den riesigen Schlafsälen in der ELAK wollte er aber auch nicht übernachten. Es gab eine weitere Möglichkeit, das waren Schiffe im Hafen, wo Kojen an Studenten vermietet wurden. Bettzeug gab es nicht, aber man hatte von irgendwoher frisches Stroh in die Betten gelegt. Solch eine Koje konnte Archibald mieten.

Ganz Kiel war eine Trümmerstätte. Vom Bahnhof, wo die Busse ankamen, bis zur ELAK hatte Archibald mindestens 45 Minuten zu gehen. Es fuhren zwar die ersten Straßenbahnen wieder, aber sie waren überfüllt, so dass man nie wusste, ob man mitgenommen wurde, und sie fuhren anscheinend nach einem völlig willkürlichen Fahrplan. Auf den Straßen watete man durch den Staub der Trümmer. An den wenigen Häusern, die noch stehen geblieben waren, gab es nicht eine heile Fensterscheibe mehr. Die Fenster waren mit Pappe zugenagelt, nur eine kleine Öffnung, die mit Drahtglas verschlossen war, ließ spärliches Licht in die Wohnung.

Als Archibald sich einigermaßen zurechtgefunden hatte, begannen die Weihnachtsferien. Der eigentliche Unterricht sollte erst Anfang Januar stattfinden.

Weihnachten 1945 war das ärmlichste, das die Familie bisher gefeiert hatte. Draußen war es bitter kalt. Zur Feier des Tages hatte man am Heiligabend die Heizung, die man sonst immer schon um sieben Uhr ausgehen ließ, bis um neun Uhr mit Holzkohle und Brennholz geheizt. Es war beschlossen worden, dass diesmal jede Familie Weihnachten für sich feiern sollte. Da es in jedem Zimmer eine Weihnachtsfeier gab, störte man sich gegenseitig mit dem Singen und Musizieren. Die ganze Familie ging in die Kirche, die natürlich ungeheizt war. Zur Familie gehörten auch noch Klara und Lisbeth, Herr Schartel und Onkel Franz Boetius. Archibald hatte im Lübecker Buchantiquariat Geschenke für seinen Vater und seine Mutter besorgt, das war das einzige, was zu bekommen war. Von den Eltern erhielt er auch antiquarische Bücher, einen großen Aschenbecher, obwohl er nicht rauchte, und ein Bild, das Leberecht auf dem Speicher gefunden hatte. Kurze Zeit später stellte sich heraus, dass dieses Bild einer Einquartierung gehörte, und Leberecht musste es wieder herausgeben. Aber trotzdem war die Feier harmonisch. Der Weihnachtsbaum stammte diesmal nicht wie früher aus dem Schwarzwald, sondern war eine Fichte aus dem eigenen Garten, die Archibald noch zwei Tage vorher geschlagen hatte.

Als er nach Kiel zum Studium zurückkehrte, war sein Quartier, das Schiff, fort. Die Engländer hätten es den Russen als Reparation überlassen, hieß es. Aber Archibald hatte Glück, der Vertreter von Weiler & Busch hatte eine Schwester, deren Mann in der Weihnachtswoche gestorben war, und die Witwe brauchte schnellstens jemand, der bei ihr einzog, damit die Wohnung nicht mit womöglich unliebsamer Einquartierung vom Wohnungsamt belegt wurde. Und so konnte Archibald dort einziehen. Er schlief im ehemaligen Wohnzimmer der Wirtin. Sie bewohnte nur ein Zimmer, das frühere Schlafzimmer, während im früheren Salon ein ehemaliger Leutnant mit seiner jungen Frau wohnte, der jetzt Lkw für die Besatzungsmacht fuhr.

Die Studenten an der Uni waren fast alle Kriegsteilnehmer, zum großen Teil ehemalige Marineoffiziere, alle in ziemlich abgerissenen Uniformen. Aber der Ton aus dem Marinekasino herrschte noch überall. Die Kellner waren meist ehemalige Marinesoldaten und sprachen die Studenten mit „Herr Oberleutnant" oder „Herr Kapitänleutnant" an, und die Studenten meckerten auch entsprechend, wenn sie zu wenig Nachschlag bekamen. Täglich wurde abgewechselt zwischen Steckrüben- und Kohlrübengemüse und Kohlsuppe, die dann den Herren Studenten von Kellnern im weißen Frack serviert wurden.

Die Studenten siezten sich untereinander. Die meisten waren Ende 20, Anfang 30. Beim sogenannten Eingangssemester, dem sich Archibald unterziehen musste, waren es jüngere, sie waren 22 bis 23 Jahre alt und hatten Kriegsabitur. Archibald war mit 20 Jahren einer der jüngsten. Es gab keine Vorlesungen, sondern eine Art Unterricht. Latein und Mathematik wurde von alten Oberstudienräten unterrichtet, die Archibald ziemlich langweilten, vor allem in Mathematik. Zum Glück konnte er mit dem Lateinlehrer ab und zu über römische Geschichte sprechen. Dagegen gefielen Archibald Deutsch und Geschichte sehr gut. Beide Fächer wurden von Universitätsdozenten unterrichtet.

Innerhalb der Klassen gab es so etwas wie einen Klassensprecher, wobei derjenige mit dem höchsten Militärrang gewählt wurde. Es wurde viel über den Krieg gesprochen, wer auf welchem Schiff gedient hatte, von Torpedoangriffen und von irgendwelchen blöden Kommandanten auf irgendwelchen Schiffen. Über die Nazizeit und über die Nazis wurde dagegen kein Wort verloren, das schien keinen mehr zu interessieren. Nur als der Nürnberger Prozess begann, war man darüber empört, dass die Großadmirale Dönitz und Raeder mit angeklagt wurden.

Archibald hatte während des Semesters, das wegen Raummangels in Schichten zwischen acht und elf Uhr, zwischen elf und drei und dann zwischen drei und sieben Uhr abgehalten wurde, die Zeit genutzt, um Vorlesungen über Volkswirtschaftslehre zu hören. Allerdings konnte er wegen des Schichtbetriebs diese nur alle drei Wochen hören und musste morgens um sieben Uhr früh aufstehen und durch den Düsterbroker Wald zum Düsterbroker Ufer gehen, zu dem Haus, wo das Institut für Weltwirtschaft untergebracht war. Die Vorlesungen fanden in einem ungeheizten fünf mal fünf Meter großen Raum statt, in dem 40 bis 50 Studenten nicht nur auf Stühlen, sondern auch noch auf Papierkörben und Fensterbänken saßen und manche auch stehen mussten. Lehrbücher gab es nicht. Archibald hörte Wirtschaftsgeschichte bei einem jungen Dozenten, der dadurch auffiel, dass er immer einen modischen Querbinder trug. Er war freundlich und redete die Studenten mit Namen an, Archibald sprach mit ihm, wie es weitergehen sollte, und er riet Archibald, weil er stärker an Betriebswirtschaft interessiert war, in Frankfurt zu studieren. Dass der junge Dozent Dr. Karl Schiller später einmal Superminister für Wirtschaft und Finanzen werden sollte, konnte damals noch niemand ahnen.

Während der Semesterferien traf Archibald in Lübeck zahlreiche Freunde aus der Schulzeit, die aus der Gefangenschaft entlassen waren. Nicht alle kamen wieder, von denen, die es an die Ostfront verschlagen hatte, waren es nur wenige. Die meisten von ihnen waren vermisst, und man hörte auch später nichts mehr von ihnen.

Otto Larsen hatte noch kurz vor Kriegsende die Offiziersprüfung bestanden, war Oberfähnrich zur See geworden und wurde noch zu einer Heereseinheit, die in Dänemark stand, versetzt. Dem Oberst der Einheit gefiel der junge Oberfähnrich, und er machte ihn zum Regimentsadjutanten. Als dann im Juni Landwirte als erste entlassen wurden, nahm der Oberst, der ein landwirtschaftliches Gut in Westfalen hatte, Otto mit.

Otto musste zwar anstandshalber auf dem Gut seines Obersten auch helfen, aber nach der Ernte im Oktober 1945 war er schon zu Hause. Für ihn, der schon in der siebten Klasse eingezogen worden war, hieß es, er müsse noch einmal auf die Schule, um das Abitur zu machen. Bis es soweit war, half er seinem Vater im Büro. Die Schiffsmaklerei brauchte im Augenblick aber niemand, es kamen keine Schiffe, der Schiffsverkehr mit Skandinavien war noch nicht wieder angelaufen. Ottos Vater hatte dafür eine Tauschzentrale aufgemacht, und Otto musste möglichst groß die zum Tausch angebotenen oder gesuchten Dinge auf ein Blatt Papier aufschreiben, das auf die Tafeln, die vor dem Haus aufgestellt waren, gesteckt wurde.

Leo van Stolk war schon im August nach Hause gekommen. Er war in Kopenhagen in Gefangenschaft geraten, und da er gerade erst 18 Jahre alt war, wurde er vorzeitig entlassen. Auch sein Bruder Gerhard hatte Glück. Er kam nach der Kapitulation der italienischen Front in amerikanische Gefangenschaft in ein Offizierslager. In dem Offizierslager wurden nur die Nazis herausgesucht, die anderen aber ziemlich bald entlassen.

Gerhard gründete jetzt in Lübeck wieder eine neue Jazzkapelle, in der auch Leo und einige frühere Mitschüler spielten. Sie war sehr gefragt, vor allem von den Engländern. Sie spielten in englischen Clubs und bei englischen Militärgesellschaften und wurden vor allem mit Zigaretten bezahlt, die sie recht günstig auf dem Schwarzmarkt wieder verkauften. Beide waren geradezu kleine Könige auf diesem Gebiet und verfügten bald über alles, was man brauchen konnte.

Britta hatte ihre Schauspielschule beendet. Der Ton dort hatte ihr nicht so gut gefallen, der Leiter stellte den jungen Mädchen nach, und es gab Eifersüchteleien wegen der Rollenverteilung und Intrigen. Ihre Ausbildung war noch nicht fertig, und an ein Engagement war in ihrem Alter – sie war noch nicht einmal 17 – nicht zu denken. Ihre Freundinnen kamen und wollten sie überreden, nach Ostern, wenn die Schule wieder beginne, den Unterricht zu besuchen, aber das wollte sie um alle Welt nicht. Möglicherweise gab es ja eine andere Theaterschule in Hamburg, was Paula nicht gerne gesehen hätte, denn sie fand, dass ihre Tochter noch zu jung sei, um aus dem Haus zu gehen. Britta überlegte sich, ob sie nicht doch eine kaufmännische Lehre beginnen sollte, aber das lehnte Leberecht ab, denn er wollte unbedingt, dass seine Tochter Künstlerin werde.

Eine Tages kurz vor Ostern brachte Fräulein Richter eine Weissagerin mit in die Krügerstraße, die sie bei jeder größeren Entscheidung zu Rate zog, so auch jetzt, weil sie verreisen wollte. Sie hatte einen riesigen Koffer und wusste nicht, was sie mit ihm machen sollte: Wenn sie ihn aufgab, würde er dann gestohlen oder käme er unversehrt am Zielort an?

Die ganze Familie ließ sich spaßeshalber ihr Schicksal weissagen. Die Wahrsagerin prophezeite Leberecht ein sehr langes Leben, Archibald, dass er bald in einer Großstadt in Mitteldeutschland studieren werde, wohin er mit Hilfe eines alten Herren gelange. Das war allerdings nicht schwer zu prophezeien, denn Archibald wollte das Studium in Frankfurt beginnen, und er plante, zusammen mit Franz Boetius zu reisen, der dort seine Tochter besuchen wollte. Britta prophezeite sie, dass sie bald einen Mann aus dem Norden heiraten werde, der aber kein Schwede sei. Der Wert ihrer Weissagung erschien zunächst recht zweifelhaft, denn Fräulein Richters Koffer wurde prompt gestohlen.

Einige Tage nach Ostern berichtete Franz Boetius, dass sein Neffe Bela aus amerikanischer Gefangenschaft überraschend eingetroffen sei, seine Eltern lebten in Stockholm, er habe aber für die Entlassung eine Adresse in Deutschland angeben müssen und deswegen die Familie Boetius in Lübeck genannt. Leberecht lachte: „Der Mann aus dem Norden ist da!"

Wenige Tage später kam Franz mit Bela zum Kaffee in den Garten von Weilers.

Georg Boetius, der seinem jungen Neffen Franz um 1898 sein Geschäft als Wechselmakler in Japan verkauft hatte, war damals nach Europa zurückgekehrt. In Rotterdam, wo er eine Kokainfabrik gekauft hatte, lernte er bei einem Geschäftsfreund eine junge Schwedin, Lina, in Begleitung ihres Vaters Nathan Meyersohn kennen. Ob Lina Meyersohn wirklich so hübsch war, wie man sich erzählte, oder ob für Georg Boetius das Geld der steinreichen Erbin lockte, das war nicht so leicht festzustellen. Auf jeden Fall verliebte sich Lina in den weitgereisten charmanten Kaufmann. Nathan Meyersohn stammte ursprünglich aus Berlin, hatte dann aber in Petersburg als Bankier ein riesiges Vermögen gemacht. Nach Schweden war er gekommen, um dort die Konfektion einzuführen. Er war an einigen Konfektionshäusern beteiligt, vor allem aber war er ein reicher Bankier, der in der Umgebung von Stockholm erfolgreich in Grundstücken spekulierte.

Das junge Paar hatte auf jeden Fall so viel Geld, dass Georg nicht mehr arbeiten musste. Georg und seine Frau lebten zunächst in Kopenhagen, wo ihr ältester Sohn Holger, Belas Vater, geboren wurde, dann in Brüssel und Budapest. Im Sommer zogen sie nach Finnland, wo Georg sich mit dem Dichter, Tolstoi-Übersetzer und -Freund Järnefelt auf dessen Gut in Rantala in Südfinnland traf. Järnefelts Vater war russischer General und Gouverneur von Finnland gewesen. Einer seiner Brüder war Komponist und Hofkapellmeister in Stockholm, eine Schwester hatte den jungen Komponisten Jan Sibelius geheiratet.

Das Leben auf dem Land, das geistige Umfeld gefielen Georg und seiner Frau ungemein. Er lernte dort Tolstoi kennen, den er auf dessen Gut besuchen konnte. Er wurde ein großer Anhänger von dessen Religionsphilosophie. Seine Söhne ließ er deswegen auch nicht taufen, sondern erzog sie als christliche Anarchisten. Für Jan Sibelius setzte er sich mit seinen Beziehungen in Deutschland ein.

Lina Boetius hatte sich mit Maria Järnefelt gleich gut verstanden. Als beide zur gleichen Zeit schwanger wurden, wollten die beiden jungen Frauen, dass ihre Kinder – falls das eine ein Junge und das andere ein Mädchen würde – unbedingt heiraten sollten.

Und als dann tatsächlich Lina einen Sohn, Holger, bekam und Maria eine Tochter, Maja, war es klar, dass die beiden füreinander bestimmt waren. Die beiden nahmen das irgendwie hin, denn letztlich spielten sie gerne miteinander, und Maja gefielen die Geschichten, die Holger von der weiten Welt erzählte, recht gut, und Holger konnte gut flunkern und aufschneiden und manches dazu erfinden, was in Wirklichkeit nie passiert war.

Holger ging nie auf eine Schule, seine Eltern meinten, dass es nicht notwendig sei, man könne ihn durch Privatlehrer erziehen, Hauptsache sei, dass er gute Sprachkenntnisse habe. Da sie ständig herumreisten, wurden eine englische Gouvernante und eine französische Erzieherin eingestellt, so dass Holger bald Englisch, Deutsch, Schwedisch, Finnisch, Französisch, Italienisch und sogar etwas Ungarisch sprach.

Nach dem Ersten Weltkrieg heirateten Holger und Maja, er war 19 und sie gerade 20 geworden, in Helsinki. Neun Monate nach der Hochzeit kam der Sohn Bela zur Welt. Maja hatte eigentlich gewollt, dass der Sohn nach dem berühmten Onkel Sibelius Jan heißen sollte, aber Holger wollte sich jetzt auch einmal durchsetzen und nannte den Sohn geradezu aus Trotz nach dem Komponisten Bartok Bela, von dem er viel hielt, und nach einem Taufpaten, einem Freund aus seiner ungarischen Zeit. So kam der Junge zu dem für Skandinavien und Deutschland ganz ungewöhnlichen Vornamen.

Maja wollte in eine Großstadt, und so zog das junge Paar in das Berlin der Goldenen Zwanziger, eine Stadt, in der man in der Inflationszeit mit Schwedenkronen alles kaufen konnte, und mit Geld waren die Meyersohns, Boetius und Järnefelts reichlich versorgt.

Holger gründete mit seinem Vetter Sture Meyersohn, der zugleich sein Schwager war, denn er hatte Majas Schwester Lisa geheiratet, eine Filmgesellschaft. Sie führten ein flottes Leben. Holger und Maja bezogen eine schöne Villa im Grunewald, und die zwei Chefs der Filmgesellschaft, Holger und Sture, hatten zusammen drei Rolls Royce mit zwei Chauffeuren, mit denen sie die Filmschauspieler und vor allem die Schauspielerinnen spazieren fuhren. Man feierte große Feste mit Champagner und Kaviar und amüsierte sich. Besonders amüsierte sich Maja. Sie schien geradezu darauf aus, möglichst viele

Filmschauspieler in ihr Bett zu ziehen, und Holger wusste nicht, was er dagegen tun sollte.

Mit dem Ende der Inflation brach die Filmgesellschaft zusammen. Sie musste Konkurs anmelden, aber das taten ja viele. Das einzige, was Holger aus der Masse dank der rechtzeitigen Intervention des alten Meyersohn behielt, war die Villa im Grunewald und ein Geschäftsgrundstück Ecke Tauentzienstraße und Kurfürstendamm in Berlin, das sie sehr gut vermieten konnten. Aber natürlich war es mit Rolls Royce und Chauffeuren vorbei. Es kamen zwar weiterhin Überweisungen aus Schweden, aber vor allem der alte Meyersohn war der Meinung, seine Enkel sollten erst einmal lernen, mit Geld umzugehen. Die Überweisungen wurden heruntergeschraubt auf das, was er für ein bürgerliches Leben als ausreichend ansah. Es war immerhin noch so viel, dass man sich nicht nur Dienstmädchen und Köchin, sondern für den kleinen Bela eine englische Gouvernante halten konnte.

Maja konnte sich mit der neuen Situation nicht abfinden. Sie hatte im Mittelpunkt der Gesellschaft gestanden. Sie suchte sich weiter ihr Freunde beim Film und brachte wahllos die jungen Männer mit nach Hause. Die Gouvernante sah das mit Entsetzen und sprach mit Holger und veranlasste ihn, sich scheiden zu lassen. Holger folgte ihrem Rat, jedoch ohne die Erzieherin zu heiraten, wie sie wohl gehofft hatte, sondern es kam eine andere Frau ins Haus, eine Österreicherin, die sich um den kleinen Bela kümmerte und die für ihn in seiner Erinnerung seine eigentliche Mutter war.

Der kleine Bela ging nun in eine normale Volksschule und war ein sehr guter Schüler. In den Sommerferien durfte er seine Mutter in Rantala besuchen. Die Mutter kümmerte sich nicht sehr viel um ihn, es zog sie wieder in die Großstadt. Sie war noch häufig in Berlin, doch ihr eigentliches Ziel war Amerika. Aber Bela spielte mit seinen zahlreichen Vettern, die alle zusammen auf das Gut kamen, und so lernte er schnell schwedisch und finnisch sprechen. Vor allem bewunderte er den Onkel Jan und beschloss: „So ein Komponist wie der will ich auch werden!“

Holgers zweite Frau erkrankte an Multiple Sklerose und war bald an den Rollstuhl gefesselt. Um sie zu betreuen, kam eine österreichische Krankenschwester ins Haus, ein junges attraktives Mädchen, in das sich Holger bald verliebte und mit der er ein Verhältnis begann. Die depressive kranke Frau merkte das. Sie wollte Holger nicht im Wege stehen und nahm sich das Leben, was Holger bis ins Tiefste erschütterte. Er wurde sein ganzes Leben lang nicht mit diesem Erlebnis fertig. Er heiratete dann doch die junge Schwester Mathilde, aber Bela akzeptierte die neue Frau nicht. Für ihn war sie schuld daran, dass seine liebe Mama jetzt tot war.

Bela flüchtete sich in die Musik. Er hatte erst mit 13 Jahren begonnen, Klavier zu spielen, aber er spielte wie besessen, übte sechs bis acht Stunden am Tag, zur großen Freude seines Klavierlehrers, eines berühmten Professors.

Mit 15 hatte er die Mittlere Reife. Er wollte weg von zu Hause, nicht das Abitur machen, sondern Musik studieren, und so ging er auf die Musikschule in London und begann mit dem Studium von Klavier, Dirigieren und Komposition.

In der Zwischenzeit war das Dritte Reich gekommen. Holger hatte noch vor dem Inkrafttreten der Nürnberger Gesetze Mathilde geheiratet und keine größeren Nachteile durch die Nazis erlitten, aber seine Eltern wollten, dass er Deutschland verließ. Holger gab das Haus in Grunewald auf und zog zu seinen Eltern nach Saltsjöbaden bei Stockholm, wo er und Mathilde dann allerdings unter die Fuchtel von Lina gerieten, mit der sich Mathilde ganz und gar nicht verstand.

Als Bela zum Studium nach England ging, fühlte er sich eigentlich als Deutscher. Bisher war er sich nicht darüber klar geworden, was er eigentlich war. Mit seinem Vater und seiner Stiefmutter sprach er deutsch, auch der Großvater in Schweden sprach sowohl mit ihm als auch mit Holger und seiner Schwiegertochter deutsch, die Großmutter dagegen sprach nur schwedisch mit ihnen, auch mit Mathilde, denn sie war der Meinung, wenn ein Mädchen einen Schweden heirate, solle sie gefälligst schwedisch reden.

Holger und Mathilde waren deutsche Staatsbürger und fühlten sich als Deutsche. Dass seine Oma eine Jüdin war, hatte Bela nicht erfahren. Sie hatte sich zwar nicht taufen lassen, zumal die Tolstojaner ja die Taufe ablehnten, aber sie hatte auch keinerlei Zugehörigkeitsgefühl mehr zum Judentum. In London waren nun seine Studienkameraden extrem deutschfeindlich, und er zog es deswegen vor, sich gegenüber seinen Kommilitonen als Schwede auszugeben. In der englischen Presse las er viel Negatives über Deutschland, manches machte ihn nachdenklich, manches fand er aber doch übertrieben, was dazu führte, dass er in Diskussionen Partei für die deutsche Seite ergriff und seinen Kommilitonen sagte, sie wüssten überhaupt nicht, was hier geschehe.

Als er 1938 nach Schweden zurückkehrte, wusste er immer noch nicht genau, wozu er sich bekennen sollte. Schweden war ihm eigentlich fremd. Die Sommerferien hatte er immer in Finnland und fast nie in Schweden verbracht, er hatte keine Freunde in seinem Alter, und beruflich ging es auch nicht richtig vorwärts. Der Großvater meinte, er solle versuchen, eine Korrepetitorstelle zu bekommen, aber das gelang ihm nicht. Die Schweden waren ziemlich zurückhaltend gegenüber Ausländern geworden. Zudem hatte man zahlreiche jüdische Flüchtlinge aus Deutschland eingestellt. So nahm Bela weiterhin Klavierunterricht bei einem Privatlehrer.

In der Zwischenzeit fanden in Deutschland die Reichskristallnacht und die Judenpogrome statt, die nicht nur Lina Boetius, sondern auch Georg furchtbar aufregten. Während des Winterkriegs in Finnland war Bela bei einer Hilfsorganisation für Finnland tätig und überlegte, ob er nicht als Freiwilliger zur finnischen Armee gehen sollte, aber dann war der Krieg vorbei. 1940 bekam er die Aufforderung von dem für das Ausland zuständigen Wehrbezirkskommando, sich zur Musterung für die deutsche Wehrmacht zu melden.

Diese Aufforderung schlug wie eine Bombe ein. Die Großeltern waren strikt dagegen, dass er der Aufforderung Folge leistete. Holger war anderer Ansicht. Er hatte sich in Schweden nie richtig wohlgefühlt. Im Grunde war er stolz auf Deutschland und seine militärischen Leistungen zu Beginn des Krieges, die nicht nur er, sondern auch viele Schweden bewunderten. Deutschland, so schien es, werde als Sieger aus dem Krieg hervorgehen, und daher dürfe man es nicht mit den Deutschen verderben. Er hatte dabei Angst um sein Grundstück in Berlin. Wenn Bela sich nicht stellte, würde es unter Garantie beschlagnahmt werden. Dann war er sein ganzes Eigentum, das er besaß, los. Hier in Schweden war er abhängig von seinem Vater und dessen ganzer Familie, und das wollte er auf die Dauer nicht mehr sein. So forderte er Bela auf, sich zu stellen.

Bela war zunächst hin- und hergerissen. Zum Militär und in den Krieg zu gehen, das war bestimmt nicht sein Ziel gewesen. Der Krieg gegen England, das Land, in dem er studiert hatte, belastete ihn aber nicht allzu sehr. Die Engländer waren für ihn ein eingebildetes Kaufmannsvolk, das von Musik nicht allzu viel verstand. Er hatte dort kaum Freunde gewonnen. Und so ging er zur Musterung. Dort sagte man ihm, dass er wohl aufgrund seiner Sprachkenntnisse in einer Dolmetscherkompanie eingesetzt werde. Aber es kam dann alles anders, als er gedacht hatte. Für die Unteroffiziere war er als Musiker und Schöngeist ein willkommenes Opfer, um ihn zu schleifen und zu ducken. Immer wieder fiel er auf und musste strafexerzieren und in den Arrest. Dann begann der Russlandfeldzug, und Bela musste in einem gewöhnlichen Infanterieregiment mitmarschieren. Er sah die Grausamkeiten der deutschen Militärs, er bekam das Vorgehen gegen die Juden mit und sah, dass er als „Mischling zweiten Grades“ beim Militär nicht weiterkam. Nach einer Verwundung erkrankte er an Gelbsucht und blieb viele Wochen in einem Lazarett in Warschau. Die Ärzte meinten, er sei nie mehr voll frontverwendungsfähig, und so kam er endlich zur Dolmetscherkompanie.

Die meisten seiner Kameraden waren Antinazis. Außer einigen Lehrern waren es hauptsächlich junge Männer, die in der Welt herumgekommen waren, in England, Frankreich und auch in Amerika, es waren Realisten, die die Herrschaft der Deutschen recht kritisch beobachteten. Erst jetzt sah Bela, welch teuflischer Macht er diente.

Da er auch gut Italienisch konnte, wurde er im Sommer 1942 nach Italien abkommandiert, wo man den alliierten Funkverkehr abhörte. Er wurde in einem kleinen Dorf in den Abruzzen, wo man besonders gute Empfangsmöglichkeiten für die Abhöranlage hatte, stationiert. Mit der italienischen

Bevölkerung freundete er sich gleich an, der Pfarrer erlaubte ihm, in der Kirche Orgel zu spielen, und ein italienisches Mädchen, Concetta, wurde bald seine Geliebte.

Nachdem die Engländer und Amerikaner in Italien gelandet waren, kam Bela auf eine abenteuerliche Idee. Wie wäre es, wenn er von der Truppe abhauen würde und sich von den Amerikanern gefangen nehmen ließe, dann könnte er als Kriegsgefangener nach Amerika kommen, um dort seine Mutter zu treffen. Er besprach sich mit Concetta, denn sie hatte Verbindung zu den Partisanen. Er besprach mit dem Pfarrer seinen Plan, und der versteckte ihn eines Tages, als die Front schon näher gerückt war, in der Kirche unter einem Altar, wo schon jemand anderes saß, der geflohen war, ein schottischer Offizier, der aus einem Kriegsgefangenenlager ausgebrochen war. Der Pfarrer hatte ihm geraten, sich nicht als Deutscher, sondern als geflohener Engländer auszugeben. Da Bela so gut Englisch sprach wie ein Engländer und sich auch gut in London auskannte, merkte der andere Flüchtling nichts.

Eines Abends erschien Concettas Bruder, der bei den gut organisierten Partisanen war, um sie durch die Frontlinien zu schmuggeln, und am nächsten Morgen war Bela in englischer Kriegsgefangenschaft. Aber er wollte ja in amerikanische Gefangenschaft kommen – wie sollte er das nun machen? Sein Mitflüchtling konnte kaum glauben, dass Bela ein Deutscher war. Zunächst bestand für ihn große Gefahr, dass ihn die anderen deutschen Kriegsgefangenen als Verräter lynchen würden, so etwas war schon vorgekommen. Aber die Engländer hatten ein Einsehen, er wurde in ein Kriegsgefangenenlager für italienische Offiziere gebracht, denen er vorspielen durfte. Der englische Lagerkommandant war ganz begeistert von Belas Spiel und wollte ihm gerne helfen. Nach zwei Tagen wurde er in ein Gefangenenlager der Amerikaner überstellt, wo er mit anderen deutschen Gefangenen tatsächlich nach den USA abtransportiert wurde und in ein Lager in Kentucky kam.

Auch sein größter Wunsch, seine Mutter zu treffen, ging in Erfüllung, aber das Zusammentreffen verlief ziemlich enttäuschend. Maja war wieder verheiratet mit einem wesentlich jüngeren Mann, sie war jetzt eine richtige Amerikanerin geworden und wollte von Deutschland und Finnland nichts mehr wissen. Mit ihrem Sohn hatte sie, nachdem sie nach Amerika ausgewandert war – das waren jetzt schon mehr als zwölf Jahre – nicht mehr gesprochen, und damals war er ein neunjähriger Junge gewesen, mit dem sie keinen Gesprächsstoff mehr fand. Nachdem Belas Mutter sich eine halbe Stunde lang mit ihrem Sohn über Belanglosigkeiten unterhalten hatte, verließ sie das Lager wieder. Bela sollte sie erst viele Jahre später einmal kurz wiedersehen.

Anfang 1946 wollten die Amerikaner die deutschen Kriegsgefangenen loswerden. Eine Entlassung nach Stockholm kam nicht in Frage, und so erinnerte sich Bela, dass er einen Onkel und mehrere Tanten in Lübeck hatte. Die genaue Adresse wusste er zwar nicht, aber der Hinweis Lübeck, Königstraße, die er sich gemerkt hatte, genügte, und so kam er in der schwarzen Uniform eines POW (Prisoner of War) in Bremerhaven an und fuhr noch am gleichen Tag nach Lübeck weiter.

Franz Boetius kannte weder seinen Vetter Holger noch dessen Sohn Bela. Aber der junge Mann, der da so unvermittelt aufgetaucht war, gefiel Franz, und er wollte ihn gleich seinen Freunden, der Familie Weiler, vorstellen. Dort gab es junge Leute, mit denen er sprechen konnte, Leberecht sei sehr an Musik interessiert, und außerdem gebe es dort einen guten Flügel, an dem nur die kleine Astrid übe, die meiste Zeit stehe er unbenutzt im Musikzimmer. Und so zogen die beiden am Nachmittag in die Krügerstraße, nachdem er sich kurz telefonisch angemeldet hatte.

Obwohl Britta zunächst noch sehr zurückhaltend war und gegenüber der Familie so tat, als ob sie Bela nicht besonders beachte, ja ihn als Angeber bezeichnete und sich zunächst über seine Halbglatze mokierte, hatte sie sich schon im Laufe des Nachmittags in ihn verliebt. Endlich mal ein junger Mann, mit dem sie sich vernünftig unterhalten konnte. Und Bela hatte so wunderhübsche Augen, er war einfach charmant. Sie schwärmte für Künstler, und für sie galten die produzierenden Künstler wesentlich mehr als die reproduzierenden. Dichter und Komponisten standen in ihrer Hochschätzung auf den allerersten Plätzen. Dass sie einmal so einen kennenlernen könnte, das hatte sie kaum zu hoffen gewagt, und vor allem einen so jungen und dazu noch so charmanten Schweden! Seit ihrer Kindheit in Schweden hatte sie für dieses Land geschwärmt. Als sie am Abend im Bett lag, beschloss sie, diesen Mann zu heiraten, koste es, was es wolle.

Auch Bela gefiel Britta vom ersten Augenblick an, aber er wollte das noch nicht zugeben. An den nächsten Tagen ließ er sich nicht sehen, und Britta überlegte, wie sie ihn bald wieder in die Krügerstraße locken könnte. Einen Besuch bei den Tanten zu machen, wo Bela untergekommen war, erschien ihr zu aufdringlich, aber ein Freund Leberechts, der Domorganist, forderte Bela auf, zu Weilers zum Musizieren zu kommen.

Nun kam Bela fast täglich. Er konnte sich gut mit Leberecht unterhalten und fand sich bereit, einige von seinen Gedichten zu vertonen, was ihm sehr gut gelang. Und bald war er richtig vom Feuer gepackt und vertonte täglich auch Texte von Storm und Hesse, von Klaus Groth, von Trakl und Rilke, und Leberecht ließ sich alle vorspielen und war von ihnen begeistert. Auch Britta war von den Kompositionen begeistert, sie hatten so wunderschöne Melodien und waren leicht zu singen. Von der Zwölftonmusik und der modernen Strömung in der Musik hielt Bela nichts. Auch Paula und vor allem Klara gefiel die Musik, während Archibald das Ganze etwas nüchterner sah.

Als Bela 14 Tage in Lübeck war, wurde im Kolosseum die „Schöpfung“ von Haydn gegeben. Die ganze Familie war in dieser Aufführung. Archibald sah, dass Bela und Britta, die zwei Reihen vor ihm saßen, dicht zueinander gerutscht waren und dass Brittas Kopf auf Belas Schulter lag. Nach dem Konzert, das schon kurz vor neun Uhr zu Ende war, damit auch alle noch nach Hause kamen, blieben Bela und Britta zurück. Als um zehn Uhr die Sirenen ertönten, um den Beginn der Sperrstunde anzukündigen, war Britta noch nicht zurück, und Leberecht machte sich große Sorgen, dass sie von einer Streife aufgegriffen worden sei, wenn sie zu lange mit Bela herumgestanden hatte. Aber dann gegen halb elf Uhr klingelte Britta. Archibald öffnete die Tür, und Britta sagte ganz atemlos: „Mensch, ich habe mich mit Bela verlobt!"

Im Musikzimmer, wo die Familie noch bei einem Glas Wein saß und über das Konzert sprach, sagte Leberecht: „Britta, ich muss dir etwas sagen. Sei etwas zurückhaltender und vorsichtiger gegenüber Bela." Er hatte von Franz erfahren, dass Bela in drei oder vier Wochen nach Schweden reisen wollte und die Ausreise nach Schweden beantragt hatte, weil seine Eltern dort lebten und er wohl auch bald dorthin fahren werde. „Also, schlag ihn dir aus dem Kopf!"

Britta antwortete: „Er fährt aber nicht ohne mich!"

Leberecht sagte kein Wort und verschwand im Herrenzimmer, in dem Archibald schlief, öffnete den Schrank zu seiner Hausbar und goss sich ein großes Glas Kirschwasser ein, dann ein zweites und ein drittes Glas, was er sonst noch nie getan hatte, ging nach oben ins Schlafzimmer und legte sich ins Bett.

Leberecht hatte Britta zwar immer wieder nach Schweden schicken wollen, aus Angst, dass sie von den Russen vergewaltigt werden könnte, aber im Grunde wollte er seine Tochter nicht hergeben. Sie war ja noch so jung, erst in zwei Monaten würde sie 18 werden. Sie war sein Augapfel, sie war seine Vertraute. Was würde in Schweden mit ihr geschehen? Franz Boetius hatte zwar erklärt, dass Georg ein steinreicher Mann sei, aber ob ein steinreicher Mann auch Geld an seine Kinder weitergeben würde? Wie groß war dieser Reichtum wirklich? Wie nähmen die wildfremden Leute sie auf? Bela war ja ein netter Kerl, aber könnte er auch eine Frau ernähren? Aber dank des Kirschwassers schlief er bald ein.

Auch Bela war es auf seinem Heimweg recht mulmig. Britta hatte ihm gefallen, aber an eine Verlobung oder gar Heirat hatte er nicht gedacht. Aber während der Aufführung der „Schöpfung" hatte ihn eine zärtliche Stimmung, wie er sie sonst gar nicht kannte, erfasst. Sie strahlten sich bei den entsprechenden Worten des Textes an, dann gingen sie zunächst eingehängt, dann umschlungen einen Nebenweg an der Wakenitz entlang, dort, wo Paula einst Leberecht gefragt hatte, ob sie jetzt verlobt seien oder nicht. Bela hatte sie geküsst, Britta hatte den Kuss erwidert und sagte: „Die Männer, das tun sie alle gern, küssen. Aber heiraten, davon ist nie die Rede!"

Bela antwortete: „Wer sagt denn, dass ich dich nicht heiraten will?"

Damit fühlte sich Britta als verlobt, Bela begleitete sie noch bis vor die Haustüre, obgleich es schon gleich halb elf war, und eilte dann mit Riesenschritten nach Hause, voller Gedanken, ob er nicht eine Riesendummheit gemacht hatte. Aber Britta ließ ihn nicht mehr los.

Am nächsten Tag hatte sich Leberecht mit der Verlobung seiner Tochter abgefunden. Bela hielt förmlich um die Hand von Britta an, Leberecht informierte sich ausgiebig über die Vermögensverhältnisse, die wohl recht befriedigend waren, und die Einkünfte, die noch recht unklar erschienen, aber Bela war zuversichtlich, dass er seine Frau ernähren könne. Leberecht verlangte nur, dass Bela sich medizinisch untersuchen lasse. Seit der Sache mit Hermann Brunner legte man in der Familie außerordentlichen Wert darauf.

Schon am nächsten Tag wurden die Ringe gekauft und wurde eine Verlobungsanzeige in die Zeitung gesetzt. Am nächsten Sonntag strömten die Gäste zum Gratulieren in die Krügerstraße. Das Paar machte in der ganzen Stadt Besuch, und die meisten Leute waren begeistert von so einem jungen und begabten Schwiegersohn, und dazu war er noch Schwede! Was wollte man mehr?

Nur ab und zu in der Nacht lag Leberecht wach und dachte: „In was habe ich mich nur eingelassen, geht das denn alles gut?"

***

Astrid musste zu ihrem Kummer wieder in die Schule. Sie war erst mit sieben Jahren in die Schule gekommen und hatte durch das Kriegsende ein ganzes Jahr verloren. Sie wurde jetzt schon 13, war früh entwickelt und eigentlich schon eine junge Dame. Sie war zwar keine schlechte Schülerin, aber auch sie lebte ganz für die Kunst und träumte davon, eine Klaviervirtuosin zu werden. Nun war zu allem Ärger die Schulzeit noch um ein ganzes Jahr verlängert worden. Wenn sie Abitur machen wollte, wäre sie 21 Jahre alt – und so lange der Willkür der Lehrer ausgesetzt!

Die kleine Vivian war in der Zwischenzeit schon fünf Jahre alt und nach Meinung ihrer älteren Schwestern ein rotzfreches Mädchen, um deren Erziehung sich die älteren Geschwister kümmern müssten, weil Paula ja dazu viel zu gutmütig sei. Sie spielte mit zwei Freundinnen aus der näheren Umgebung. Eines der beliebtesten Spiele der drei war „Flüchtling", wobei die eine der Wohnungsinhaber, die zweite der Mensch, der die Leute in die neue Wohnung einwies, und die dritte der Flüchtling war. Das Spiel gipfelte darin, dass der Flüchtling sagte: „Ich armer, armer Flüchtling, gebt mir doch etwas zu essen und gebt mir Wohnung!" Das Spiel endete damit, dass der Flüchtling den bisherigen Wohnungsinhaber auf die Straße setzte.

Mitte Mai machten sich Franz Boetius und Archibald nach Frankfurt auf, Franz, um seine Tochter zu besuchen, und Archibald wollte ja das Studium in Frankfurt beginnen. Franz hatte für Archibald die notwendigen Papiere zur Fahrt über die Zonengrenze nach Frankfurt organisiert, allerdings nur für eine kürzere Zeit. Was er für Papiere brauchte, wenn er in Frankfurt an der Uni sei, das werde man dann ja sehen. Eine Bescheinigung der Universität, dass er dort studieren könne, gab es nicht.

Franzens Tochter Margarethe wohnte in einer Seitenstraße der Bockenheimer Allee im dritten Stock mit ihren fünf Kindern, dem Dienstmädchen, einer Freundin, zwei ihrer Schwäger, einer Schwägerin und deren vier Kindern. Nur mit Müh und Not hatte sie ein Kämmerchen für sich allein behalten. Am Mittagstisch saßen 15 bis 20 Leute, denn zu der Familie kamen auch immer noch Freunde, und wenn drei oder vier Esser mehr kamen, goss das Dienstmädchen noch einen Kübel Wasser in die Suppe.

Die ganze Wohnung war vollgestellt mit der Bibliothek ihres gefallenen Mannes. Er war Professor für Völkerkunde gewesen und hatte 10.000 oder mehr Bücher besessen. Margarethe hatte, um nicht nur dem Schwiegervater auf der Tasche zu liegen, damit begonnen, einem Beruf nachzugehen, sie hatte aus der Bibliothek ihres Mannes eine Leihbibliothek gemacht. Damals, als es überhaupt nichts zu kaufen gab, ging auch eine Leihbibliothek im dritten Stock.

Franz und Archibald schliefen in der Bibliothek auf einem Matratzenlager. Morgens mussten sie um acht Uhr schleunigst den Raum verlassen, denn es kamen schon die ersten Besucher.

Archibalds Besuch am ersten Morgen in der nur wenige Schritte von Margarethes Wohnung entfernt liegenden Universität brachte noch keine Entscheidung. Man wies ihn an, seine Unterlagen abzugeben, sein Gesuch um Zulassung zu schreiben und nach Pfingsten wiederzukommen. Bis dahin sei es entschieden. Die Universität könne nicht jeden aufnehmen, es gebe nur für etwa viereinhalbtausend Studenten Platz. Von anderen Bewerbern, mit denen er sich unterhielt, hörte er, dass für Medizin keiner Aussicht auf Zulassung habe, der nicht mindestens ein Zweier-Abitur vorweisen könne und Sanitäter gewesen sei. Es gebe einen großen Andrang bei der philosophischen Fakultät, auch bei Naturwissenschaften sei es etwas schwierig. Bei Wirtschaftswissenschaften sehe es nicht ganz so schlecht aus, aber man machte ihm keine allzu große Hoffnung. So beschloss Archibald, erst einmal über Pfingsten nach Gernsbach zu fahren, aber er hatte dafür keinen Passierschein, und die Franzosen waren noch strenger als die Amerikaner. Man riet ihm, am besten den D-Zug nach Baden-Baden zu nehmen, weil er unter Garantie in die Hände der Grenzwächter fiel, wenn er in Karlsruhe aussteigen und in die Murgtalbahn steigen würde. Der Zug nach Baden-Baden sei möglicherweise so voll, dass man sich an der Kontrolle vorbeimogeln könne.

Archibald folgte diesem Rat, und er hatte Glück, der Zug war wirklich so voll und hielt auch nur kurz, so dass Archibald der Kontrolle entgehen konnte. In Baden-Oos stieg er mit seinem Gepäck in die übervolle Straßenbahn und ging dann vom Baden-Badener Bahnhof zu Fuß zur Wohnung von Tante Gertrud, die völlig überrascht war, als sie ihn sah. Leni war nicht da, denn sie war, wie Archibald erfuhr, jetzt doch in Gernsbach in die Firma eingetreten.

Großmutter Johanna empfing Archibald mit großer Freude, sie hatten sich über zwei Jahre lang nicht gesehen. Sie war trotz ihrer 83 Jahre immer noch sehr rüstig. Außer der Diele hatte sie nur noch einen Raum in dem großen Haus und musste Küche und Bad mit einer französischen Familie teilen, die ihr sehr auf die Nerven ging. Die letzten Winkel des Hauses waren belegt, und sie überlegte sich, wo sie Archibald unterbringen konnte. Aber dann kam Leni. Sie hatte im Speicher des Büros zwei Räume eingerichtet, denn sie fuhr nur noch am Wochenende nach Baden-Baden, dort gab es auch eine Couch, auf der Archibald schlafen konnte.

Abends unterhielten sich Leni und Archibald noch lange durch die offene Türe. Auch Leni war froh, einmal allein mit Archibald sprechen zu können und ihn in ihre Richtung zu lenken. Sie meinte, das Studium werde letztlich nicht viel bringen, die Praxis sei doch das Wichtigste. Der Kowalski mache das Verhältnis mit den Franzosen kaputt, sie hoffe doch sehr, dass Archibald möglichst bald in die Firma komme, vielleicht erst einmal nach Gernsbach und dann, wenn sein Vater älter geworden sei, nach Lübeck.

So schnell wollte Archibald aber nicht in die Firma eintreten. Für ihn war es selbstverständlich, dass er nach seiner Ausbildung in das Unternehmen ginge, und es war auch selbstverständlich, dass er seinen Vater ablöste. Jetzt wollte er aber erst einmal studieren. Er hielt sich zwar in manchen Dingen für viel klüger als sein Vetter und auch für klüger als Leni, aber ihm war auch klar, dass er erst Erfahrung sammeln musste. Sein Plan war, fertig zu studieren, den Doktor zu machen, dann war es vielleicht möglich, ein paar Jahre im Ausland und in einer anderen Firma zu arbeiten. Er wollte erst mit 30 oder 40 bei Weiler & Busch eintreten, dann aber auch Chef sein. Leni wollte aber nicht so lange warten.

Dann wurden Pläne für die Zukunft geschmiedet. Leberecht hatte ja kaum noch Pläne außer der chemischen Verwertung von Holz. Leni war der Ansicht, es sei viel besser, den Holzbau noch weiter zu entwickeln. Vielleicht solle man Filialen in Aalen oder Lübeck aufmachen, denn gebaut werden müsse jetzt nach dem Krieg ja viel, um die Flüchtlinge und Bombenopfer unterzubringen, es sollten Behelfsheime aus Holz errichtet werden, zwei Räume mit kleiner Küche und kleinem Bad, das Ganze für 3.000 bis 4.000 Mark. Das müsste doch in den nächsten Jahren ein riesiges Geschäft werden! Leider hätten die Franzosen ja alles beschlagnahmt. Das sei auch ein schönes Geschäft, aber es diene nicht dem Aufbau in Deutschland.

Leni bekam viele Vorschläge geschickt, noch andere Behelfsbauten zu errichten. Die Großmutter wollte Behelfs-Geschäftslokale bauen, Leberecht schlug vor, Behelfs-Theater zu bauen, Paula sprach von Behelfs-Reithallen, Dr. Seidel von Behelfs-Hotels, Hiltrud von Behelfs-Krankenhäusern, Onkel König von Behelfs-Kirchen, jeder schlug eben das vor, was ihm am nächsten lag. Wichtiger schien ihr aber doch, Gebäude zu entwerfen, die nicht nur aus

Holz, sondern vielleicht aus zementgebundener Holzwolle hergestellt würden, die verputzt werden könnten und die etwas solider aussähen.

Dann kam sie wieder auf Kowalski zu sprechen. Er hatte endlich nachgegeben und sie in die Firma hineingenommen, nachdem auch Leberecht und Johanna ihn dazu gedrängt hatten. Die Biertellerabteilung war ihr zu unbedeutend geworden, und so hatte sie auch noch die wichtigste Abteilung des Unternehmens, die Holzbauabteilung, übernommen, aber Kowalski sehe immer darauf, dass er der Erste sei, und betone, dass er der Vorstand sei. Vielleicht verstehe er einiges vom Holz, aber der ungehobelte Kerl, der kein Französisch könne, sei untragbar. Archibald müsse bald kommen und ihn ablösen.

Am nächsten Tag sah sich Archibald die Werke an. Das Holzbauwerk hatte Personalprobleme, es gab nicht genug Arbeitskräfte. Die Papierfabrik Schultz & Co. hatte wieder zu arbeiten begonnen und ihre Angestellten hatten Weiler & Busch verlassen, während die Handwerker, so der Konditormeister, noch Tag für Tag die Elemente zusammennagelten. Archibald, der die Arbeit genau beobachtete, sah, dass zwar alle Hobelvorgänge rationalisiert waren, dass aber die Montage sich erheblich verbessern ließe, aber niemand wollte zu diesem Zeitpunkt schon auf seinen Rat hören.

Bei Tante Hiltrud hatten ihre Kinder Bernhard und Isolde in der Zwischenzeit die Schweizer Staatsangehörigkeit erhalten. Isolde war erst vor wenigen Wochen nach Hause gekommen und war gleich nach Würzburg weitergereist, wo sie in einem kleinen Privattheater als Schauspielerin auftrat. Die Idee, Schauspielerin zu werden, war ihr während der Kriegsgefangenschaft gekommen. Im Lager waren auch Schauspieler und Regisseure sowie einige Schriftsteller, die selber Theaterstücke verfassten, und so wurden alte und neue Theaterstücke gespielt. Isolde und die wenigen Frauen hatten dabei keine Schwierigkeiten, eine Rolle, und zwar eine große, zu bekommen. Das hatte ihr großen Spaß gemacht, und so hatte sie beschlossen, Schauspielerin zu werden, wenn sie entlassen würde.

Für Marianne gab es keinen Studienplatz in Karlsruhe mehr, die Technische Hochschule hatte den Betrieb noch nicht wieder aufgenommen. Aber nun ließ sie sich zur Rundfunksprecherin ausbilden, die für den neu gegründeten Südwestfunk in Baden-Baden sehr gesucht waren. Zur Ausbildung gehörte es auch, auf der Bühne aufzutreten, und so hatten jetzt zum Entsetzen von Johanna drei ihrer Enkelinnen, nämlich Britta, Marianne und Isolde das Ziel, Schauspielerin oder zumindest so etwas Ähnliches zu werden, und das missfiel ihr außerordentlich. Sie hatte große Angst, dass eine ihrer Enkelinnen darüber straucheln und eines Tages einen Mann aus Bühnenkreisen heiraten könnte anstatt einen vernünftigen Unternehmer.

Bernhard wiederum hatte als Schweizer die Zusage bekommen, in Frankfurt am Main, also an der gleichen Universität wie Archibald, zu studieren, und der Hinweis, dass er Schweizer war, hatte ihm die Möglichkeit verschafft, in einer Pension ein Zimmer zu mieten, denn die Zimmerwirtin hatte schon gleich auf den Kaffee und die Schokolade aus der Schweiz gespitzt.

Am Pfingstsonntag kam Johannas Neffe, der Kunstmaler Konrad König, zu Fuß von Sasbachwalden nach Gernsbach gewandert in Begleitung eines Neffen, der bei ihm zu Besuch war und den er Johanna vorstellen wollte. Der Vater des Neffen, Schwager von Konrad, Organist an der Frankfurter Mathäuskirche, war erst vor zehn Tagen gestorben. Nun stand die Familie vor der Gefahr, dass ihr Haus in Buchschlag bei Frankfurt mit Einquartierung belegt würde, und da kam Archibald als Mieter gerade zur rechten Zeit. So hatte Archibald eher eine Wohnung, als er gedacht hatte.

Als Archibald sich an der Universität meldete, fand er sich zu seiner großen Freude auf der Liste der angenommenen Studenten. In dem Vorraum vom Rektorat sah er viele enttäuschte Gesichter, die sich für andere Fakultäten beworben hatten und abgelehnt worden waren. Für die Wirtschaftswissenschaften hatte man 600 Studenten vorgesehen, es hatten sich aber nur etwa 550 gemeldet, denn von Wirtschaftswissenschaften hielt man damals nicht viel. Im Allgemeinen war man der Meinung, dass man diesen Beruf aus der Praxis zu lernen hatte. Die meisten Söhne von Unternehmern, die aus dem Krieg nach Hause kamen, sollten gleich in der Firma arbeiten. Auf die Lehrbücher, in denen nur großer Quatsch stand, den es in der Realität nicht gab, konnte man verzichten.

Die Frankfurter Universität war nicht wie die Kieler Uni vollständig zerstört. Die Kliniken in Sachsenhausen waren noch weitgehend intakt, das Universitätsgebäude in der Mertonstraße und die Senckenberg-Anlage war zwar von einigen Bomben getroffen worden, die das Senckenberg-Museum zerstört hatten und auch die Universitätsbibliothek, aber die meisten Räume waren noch unversehrt. Im Eingang waren auf sechs Schwarzen Brettern die Vorlesungen der einzelnen Fakultäten angekündigt. Dr. Karl Schiller hatte Archibald in Kiel davon erzählt, welche große Bedeutung die Wirtschaftswissenschaften in Frankfurt hätten. Da gebe es allein vier Lehrstühle für Betriebswirtschaft und dann noch zusätzliche für Industriebetriebslehre, Bankbetriebslehre, Handelsbetriebslehre und mehrere Lehrstühle für Volkswirtschaftslehre und Volkswirtschaftspolitik. Aber trotz eifrigen Suchens fand Archibald hier keine Vorlesungen aus diesem Gebiet. Es gab auch keine Vorlesungen in Statistik, von der er wusste, dass man sie bis zum dritten Semester absolviert haben sollte. Was sollte er nun belegen?

Nach langem Suchen fand Archibald einen Studenten, der schon im dritten Semester war und vor dem Krieg das Studium begonnen hatte. Der meinte nur, es seien noch nicht alle Professoren entnazifiziert. Von den Lehrstuhlinhabern seien alle Parteimitglieder gewesen. Die Amerikaner fragten nicht danach, ob einer Nazi gewesen sei oder nicht, eine Parteimitgliedschaft genüge, um ihm die Lehrtätigkeit zu verbieten. Hier auf den Tafeln seien nur Hilfsfächer angeschlagen, die man eigentlich gar nicht hören müsse.

Bei Volkswirtschaft sehe es etwas besser aus, Professor Sauermann, der solle ganz gut sein, er sei kein Nazi gewesen und dürfe Vorlesungen halten. Aber was an Betriebswirtschaft angeboten werde, das werde nur von Assistenten gelesen, die von Tuten und Blasen keine Ahnung hätten, es seien Handelsschullehrer. So beschloss Archibald, erst einmal die Volkswirtschafts- und vor allem juristische Vorlesungen zu belegen. In den ersten Vorlesungen, die Archibald dann besuchte, waren die Hörsäle überfüllt. Die Studenten saßen nicht nur eng gedrängt auf den Stühlen, sie saßen auf den Treppen des Hörsaals, auf den Fensterbänken, auf den Stufen des Katheders, so dass der Professor sich kaum durchzwängen konnte.

Archibald zog nach Buchschlag zu der Familie, von der er noch gar nichts wusste. Sein Großonkel, der ihn auch getauft hatte, hatte neun Kinder, die fast alle Pfarrer geworden waren und zwischen fünf und sieben Kinder hatten, und ein großer Teil von ihnen wohnte in Buchschlag. Die Familie Vierer, in deren Villa er einzog, hatte sieben Kinder. In dem Haus lebten noch die Witwe Vierer, eine Tochter des Großonkels Konrad König, und vier ihrer noch unverheirateten Kinder.

Allerdings sollte Archibald keine vier Wochen dort wohnen, denn die Amerikaner entschieden sich, den Rhein-Main-Flughafen zu beschlagnahmen und ihn weiter auszubauen. In Buchschlag sollten amerikanische Truppen und ihre Familien einquartiert werden. Über Nacht wurde Buchschlag von amerikanischen Truppen besetzt. Die Einwohner durften nur das wenigste aus ihren Häusern mitnehmen. Familie Vierer fand keine gemeinsame Wohnung für alle, sondern wurde über ganz Frankfurt zerstreut.

Archibald fand relativ schnell eine neue Wohnung in Frankfurt, nachdem er bereit war, die fürstliche Summe von 50 Mark für ein Zimmer zu bezahlen So konnte Archibald gleich sein neues möbliertes Zimmer im dritten Stock eines Mietshauses in Sachsenhausen beziehen, wo in einer Vier-Zimmer-Wohnung eine Witwe mit fünf Kindern hauste. Ein Bad gab es in der Wohnung nicht, das Fenster war zum Teil noch mit Pappe zugeklebt. Aber es war ja Sommer, und dementsprechend gab es noch kein Problem mit dem Heizen des Ofens.

Archibald gefielen die Stadt Frankfurt und das Studium sehr gut. Er fühlte sich trotz aller Schwierigkeiten, von denen es noch genug gab und die fast während seines ganzen Studiums andauerten, recht wohl. Die Stadt war zwar auch in weiten Teilen zerstört, vor allem die Altstadt, die Archibald bei seinen früheren Besuchen so bewundert hatte. Der Römer, der Dom, die alten Gässchen, der Große Hirschgraben mit dem Geburtshaus von Goethe, die Paulskirche, der Rossmarkt und die Einkaufsstraße, die Zeil, waren zerstört.

Auch die Hauptwache lag in Trümmern, und überall klafften große Lücken, aber in der Stadt tat sich etwas. Sie war das neue Zentrum Deutschlands, vor allem nachdem später die Amerikaner und Briten das Zentrum des Zweizonenwirtschaftsrates nach Frankfurt verlegten.

Zwar wurde vor der Währungsreform kaum etwas gebaut, aber irgendwie war der Wunsch, einen neuen Anfang zu machen, überall spürbar. Immer mehr Zentralverwaltungen wurden mit der Zeit nach Frankfurt verlegt, zum Schluss auch noch die von Weiler & Busch, die von Berlin wegzog, denn nach Frankfurt kamen die zentralen Behörden. Zunächst einmal fühlte man sich wie in einer Kolonie der Alliierten, die über alles wachten, alles bestimmten und darauf aus waren, Deutschland und die Deutschen klein zu halten. Auch die Wirtschaft sollte nicht wieder mächtig werden. Die Großbanken wurden zerschlagen, und zwar so weit, dass wie nach amerikanischem Muster in einem Land nur noch ein Bankinstitut tätig sein durfte. In die Frankfurter Filialen der Banken wechselten die Vorstände und Direktoren aus Berlin, es wurde schon der Zusammenschluss der Institute vorbereitet. Alle, die damals in Frankfurt lebten, rechneten damit, dass Frankfurt die Hauptstadt des neu zu gründenden Deutschlands sein würde.

Was das Leben für Archibald so interessant machte, waren die Menschen, die er kennenlernte. Bei der Cousine seiner Mutter, Helga, die nicht viel älter war als er und die keine 100 Meter von der Universität entfernt in einer Pension wohnte, war das Zentrum, wo sich die alten Mitarbeiter der Frankfurter Zeitung trafen. Als die Zeitung geschlossen wurde, hatte man ausgemacht, dass Helga die Verbindung halten und die Anlaufstelle der Redakteure sein sollte, die in alle Winde zerstreut waren. Nach dem Krieg hatten die Alliierten beschlossen, keiner alten Zeitung, auch nicht der Frankfurter Zeitung, eine neue Lizenz zu geben, alles waren Neugründungen. Aber die alten Mitglieder der Frankfurter Zeitung wollten nicht als Lizenzpresse der Amerikaner arbeiten, kaum einer von ihnen war zur Frankfurter Neuen Presse oder der Frankfurter Rundschau gewechselt, aber man traf sich doch regelmäßig in Frankfurt bei Helga.

Einmal in der Woche war Archibald bei Margarethe, und er war auch oft bei Abendveranstaltungen bei ihr, wo es oft Vorträge oder Musikdarbietungen gab. Zu ihr kamen wiederum viele Künstler, Schauspieler, Regisseure und vor allem Professoren der Universität, nicht nur aus dem Gebiet der Völkerkunde, sondern auch Historiker, Wirtschaftswissenschaftler und Juristen. Es wurde sehr viel diskutiert, auch darüber, was aus Deutschland werden sollte, welche politische und welche wirtschaftliche Zukunft es für das Land gebe und wie die Zukunft der deutschen Kultur aussehen könne. Sowohl zu Helga als auch zu Margarethe kamen auch Amerikaner, und Margarethe lud oft Studenten ein. Archibald stellte sich vor, dass es hier wie im Salon der Rachel Varnhagen zuging.

Auch zum Theater hatte Archibald Beziehungen und bekam Karten, die mit Preisen von drei bis fünf Mark für ihn durchaus erschwinglich waren. Es wurden vor allem Theaterstücke gegeben, die während der Nazizeit verboten waren, dann auch von amerikanischen, englischen und französischen Autoren, wie Thornton Wilder, Anouilh, Giraudoux und Arthur Miller, über die auch an der Uni diskutiert wurde.

Es gab wohl kaum so engagierte und fleißige Studenten wie zu jener Zeit. Dabei waren sie weitgehend auf sich selber angewiesen und mussten sich den Lehrstoff selbst beibringen. Die Unibibliothek war zerstört. Die Studenten der Wirtschaftswissenschaften mussten auf die Bibliothek der Industrie- und Handelskammer ausweichen. Für die wichtigsten Lehrbücher gab es mehrere Wochen lange Wartezeiten, und es gab einen schwungvollen Handel mit Abschriften der „Skripten".

Archibald fiel das Studium sehr leicht, er hatte gegenüber seinen Kommilitonen den Vorteil, dass er – was kaum ein anderer getan hatte – schon in der Wirtschaft gearbeitet hatte. Deshalb konnte er vielen Kommilitonen, auch älteren, helfen, wenn sie etwas nicht so schnell verstanden hatten, und so gewann er bald Freunde. Sie kamen miteinander ins Gespräch, und mit der Zeit sprachen sie auch über private Dinge, aber zunächst blieb man weiter beim „Sie". Zu privaten Kontakten, dass man sich auch gegenseitig in den Buden besuchte, dazu kam es erst im fünften oder sechsten Semester, als man auf das Examen hinarbeitete. Über familiäre oder gar intime Dinge sprach man nicht. Hauptdiskussionspunkte waren das Studium und die Politik.

Nur wenige Studenten hatten einen Job, die meisten hatten noch Ersparnisse aus der Wehrmachtszeit, aber das Wichtigste war, genügend zum Essen zu beschaffen, denn von dem, was es auf die Lebensmittelmarken gab, konnte man kaum leben. So betätigten sich die meisten als Schwarzhändler. Einige hatten Beziehungen zu den Amerikanern, andere hatten Eltern, die eine Weinhandlung oder ein Lebensmittelgeschäft hatten. Es wurde alles getauscht, was es überhaupt gab, und zwar an der Uni selber, aber auch auf dem Gebiet des Schwarzmarktes in der Bahnhofsgegend. Einige waren sehr geschickt, andere weniger, aber Archibald hatte überhaupt kein Talent dafür. Er kam auf dem Schwarzmarkt nicht zurecht, er konnte nur seine Zigarettenmarken gegen Brot tauschen, und Brot war das, was am knappsten war.

Während des Semesters war eine Fahrt nach Lübeck nicht möglich, seine Eltern schickten ihm Pakete mit einer Spedition, jedoch kamen von den vielen Paketen nur zwei an, und das eine war auch noch halb ausgeplündert.

Alle ein oder zwei Wochen besuchte er seinen Vetter Bernhard, der im Norden von Frankfurt wohnte. Einen Schweizer hatte die Zimmerwirtin sehr gerne als Mieter genommen, zumal Bernhard jeden Monat sehr reichhaltige Zuteilung an Lebensmitteln vom Schweizer Konsulat bekam und dazu auch noch Pakete von seinem Vater und von Verwandten aus der Schweiz erhielt.

Er teilte alles sehr großzügig mit seinen Freunden und Freundinnen, und auch Archibald bekam von Bernhard immer etwas zum Essen. Er konnte aber mit ihm kaum unter vier Augen sprechen, denn die Bude war immer voll.

Als Archibald nach dem ersten Semester nach Lübeck fuhr, war die Familie entsetzt, als sie den halbverhungerten Studenten sah. Er wog bei seiner Größe von 1,92 Metern nur noch 51 Kilo.

In Lübeck liefen unterdessen die Vorbereitungen für die Hochzeit von Britta und Bela. Leberecht hatte sich damit abgefunden, dass Britta heiratete und nach Schweden auswanderte. Ewig könne ja die Abschnürung Deutschlands nicht mehr dauern, irgendwann werde sich die Situation normalisieren, dann könne er Britta wieder besuchen. Irgendwann wäre sie ja doch aus dem Hause fortgegangen. Vielleicht könnte er sie ja auch in Schweden als Sachwalterin seiner Interessen in den skandinavischen Ländern einsetzen. Der Aufbau der skandinavischen Unternehmen von Weiler & Busch, das war Leberechts Lebenswerk gewesen. Vielleicht könnten sie und Bela doch noch etwas davon retten, vielleicht könnten Tochter und Schwiegersohn das internationale Imperium wieder aufbauen, was er von Deutschland aus nicht konnte. Vielleicht könnten sie ja auch mit Hilfe der reichen Familie Boetius das, was er an Strömberg verkauft hatte, zurückerwerben. Strömberg hatte ja den Rückkauf versprochen. Vielleicht könnte ja auch mal die Familie Weiler nach Schweden ziehen oder zumindest dort Urlaub machen. Britta könnte Gutsherrin in Schweden sein!

Nun wollte er erst einmal den neuen Schwiegersohn seiner Mutter Johanna und der übrigen Familie in Gernsbach und München vorstellen. Er fuhr mit Britta und Bela und dem Chauffeur, Herrn Fischer, der in der Zwischenzeit aus der Kriegsgefangenschaft entlassen worden war, nach Süddeutschland.

Großmutter Johanna empfing Bela mit offenen Armen. Leberecht hatte ihr schon einiges über die berühmte Familie Boetius in Schweden, von ihren guten Beziehungen und ihrem Reichtum erzählt, und Bela bezauberte alle Damen mit seinem Charme. Alle hörten seinem Klavierspiel zu. Johanna versprach, zur Hochzeit zu kommen, sie wollte doch die Heirat ihrer Enkelin erleben, bei den Trauungen von Elli und Hermine hatte sie ja nicht dabeisein können. Außerdem war Hermine in der Zwischenzeit schon wieder geschieden.

In München war die Aufnahme schon wesentlich reservierter. Der Kammersänger war voll beschäftigt mit dem Unterricht seiner Schüler und hatte nur wenig Zeit. Er sang dem Brautpaar zwar einige Lieder von Schubert und Brahms vor, sah auch mit Interesse auf Belas Kompositionen, die ihm wohl gefielen, aber besonderes Lob spendete er nicht. Britta hatte den Eindruck, dass ihn das weitere Schicksal seiner Enkelin nicht so interessierte.

Felicitas bemerkte, sie könne aus eigener Erfahrung sagen, wie schwer es sei, als junges Mädchen schon gleich in den Ehestand zu treten – denn sie war ja kaum 18 Jahre alt gewesen, als sie heiratete – und dann auf eine eigene

Entwicklung zu verzichten. Britta entgegnete nur, dass sie ja nur sechs Jahre jünger sei als Bela, während Felicitas damals 25 Jahre jünger als Paul gewesen sei. Das nahm ihr Felicitas sehr übel.

Leberecht war bei diesen Gesprächen kaum dabei, er war bei Dr. Seidel. Sie besprachen, dass jetzt endlich eine Aufsichtsratssitzung und auch eine Hauptversammlung stattfinden sollte, denn der Sitz der Firma müsse von Berlin endlich wieder nach Gernsbach verlegt werden. Auch sollten eine Reihe von Prokuren entzogen und neue Mitglieder in den Aufsichtsrat gewählt werden. Vor allem wollte Leberecht Adolf Haber nicht mehr im Aufsichtsrat haben. Der konnte aus Österreich ja gar nicht mehr kommen, und er arbeite auch gegen die Interessen der Firma, und Dr. Seidel stimmte ihm da zu. Dann stritten sie sich darüber, was wichtiger und lohnender für die Holzbauabteilung sei: die Produktion von Behelfs-Hotels oder von Behelfs-Theatern aufzunehmen.

Als sie nach Lübeck zurückkehrten, zog Bela in die Krügerstraße. Der Raum von Archibald stand ja leer, man musste nur im ganzen Haus einiges umdisponieren. Als Archibald nach Lübeck kam, zog er zu Bela, der jetzt im Salon wohnte, wo für beide Bettstellen aufgestellt waren, während Britta in dem Zimmer schlief, in dem Archibald zuletzt gewohnt hatte.

Britta fieberte dem Tag der Hochzeit entgegen. Sie war aufgeregt und genoss es, im Mittelpunkt der ganzen Familie zu stehen und bald den Status einer verheirateten Frau zu haben. Sie fühlte sich gegenüber ihren Klassenkameradinnen haushoch überlegen. Die Hochzeit sollte in der Gertrudkirche stattfinden, Pastor Meier, der Britta auch schon konfirmiert hatte, sollte das Paar trauen.

Zum Essen im Ratskeller war allerdings nur die Familie geladen. Leberecht hatte mit großen Mühen einen Schweinebraten gegen einige Raummeter Brennholz getauscht. Das Brautkleid nähte Fräulein Knopf aus Fallschirmseide, die jetzt zu bekommen war. Bela ließ sich aus Schweden seinen alten Frack schicken, der ihm auch noch passte. Er brauchte ihn nicht nur zur Hochzeit, sondern auch als Berufskleidung, denn trotz aller Not in Deutschland mussten die Musiker noch im Frack erscheinen, und auch bei großen Familienfeiern war er gebräuchlich. Auch Archibald bekam einen Frack. Sein Patenonkel, ein Studienfreund seines Vaters, schickte ihm den kaum getragenen Frack seines Sohnes, der in der Zwischenzeit zu dick geworden war, um ihn noch anziehen zu können.

14 Tage vor der Hochzeit, die für Anfang September geplant war, starb Belas Großvater Georg Boetius, der ursprünglich zur Hochzeit seines einzigen Enkels kommen wollte. Cousine Marianne erkrankte in Gernsbach an Keuchhusten und steckte ihre Großmutter Johanna damit an. So mussten die beiden und auch Mariannes Mutter Else für die Feier absagen. Paul

Fabricius und seine Frau kamen nicht, ihnen war die Reise zu weit und zu beschwerlich. Paul wollte sich nicht in die überfüllte Eisenbahn zwängen, und auch Belas Eltern mussten der Hochzeit fernbleiben. Weil sie noch keine schwedischen Staatsbürger waren, fürchteten sie, dass man ihnen die Einreise nach Schweden verweigern könnte, wenn sie erst einmal das Land verlassen hatten.

Aus Gernsbach kamen Leni und Bernhard, aus Hamburg kam Silvia mit ihrer Familie, es kam Leberechts älteste Schwester Luise mit ihrem Sohn Hubertus, die am Abend des 31. August in Eichenberg von der Grenzpolizei noch aus dem Zug geholt worden waren, denn erst mit Wirkung vom 1. September 1946 wurde die Grenze zwischen der amerikanischen und britischen Zone aufgehoben, und da sie keine Einreisepapiere für die britische Zone hatten, mussten sie eine Nacht lang auf dem Bahnsteig warten, bis man sie nach Lübeck weiterreisen ließ.

Dann tauchte noch ein ganz anderes Problem auf: Bela war als Tolstoianer nicht getauft, und Pastor Meier tat sich zunächst sehr schwer, die Trauung vorzunehmen, zumal Bela nicht bereit war, sich taufen zu lassen. Aber ein Gespräch mit ihm überzeugte den Pastor von der Ernsthaftigkeit der Gedanken der Tolstoianer und ihrem Idealismus, und so stimmte er zu, Bela auch als Nichtgetauften zu trauen.

Dann wurde fünf Tage vor der Hochzeit Britta krank. Sie hatte hohes Fieber, und Leberecht regte sich furchtbar auf. Wie sollte man die Hochzeit verschieben? Das größte Problem war, dass man nicht ein zweites Mal einen Braten besorgen konnte! Aber schließlich war Britta mit Hilfe der Ärzte und einiger Spritzen wieder hergestellt, und am Tag der Hochzeit strahlte sie so, wie nur eine glückliche Braut strahlen kann.

Am Morgen des Hochzeitstages herrschte strahlende Sonne. Der Hochzeitszug ging zu Fuß von der Wohnung in der Krügerstraße bis zur nahe gelegenen Gertrudkirche, die Herren in Frack und Zylinder, die Damen im Abendkleid. Vivian durfte die Schleppe von Britta tragen, und ihre Freundinnen streuten Blumen, Astrid war zum ersten Mal Brautjungfer.

Die Trauung war von viel Musik umrahmt, Leberecht hatte alles aufgeboten, einen der besten Organisten und ein berühmtes Streichquartett, und es wurde auch eine Komposition von Bela aufgeführt. Manchem der Gäste wurde allerdings die Zeit zu lang, denn die Trauung dauerte fast zwei Stunden. Im Ratskeller war die Festtafel im sogenannten Brautgemach gedeckt, wo an der Wand der Spruch prangte: „Mancher Mann laut singet, als man ihm die Braut bringet. Wenn er wusste, was man ihm bracht, hätt's ihn wohl eher weinen gemacht." Es gab unzählige Reden.

Bis dann Bela und Britta nach Schweden ausreisen konnten, verging fast noch ein Jahr. Erst musste Belas Vater Holger die schwedische Staatsbürgerschaft erwerben, dann musste noch jemand für Bela und seine Frau bürgen.

Leberechts Geschäftsfreunde stellten sich hier zunächst taub. Schließlich bürgte ein Studienfreund von Leberecht. Strömberg und sein Anhang schienen überhaupt nicht daran interessiert, dass Britta nach Schweden kam, und auch die schwedischen Behörden hatten keine Eile.

Endlich, im Sommer 1947, konnten Britta und Bela nach Schweden einreisen, und zwar mit einem geschlossenen Flüchtlingstransport. Früh am Morgen gegen sieben Uhr ging der Zug nach Hamburg, wo der Transport zusammengestellt wurde. Paula und Leberecht standen am Bahnhof, alle weinten. Britta und Bela hatten auf ihre deutsche Staatsangehörigkeit verzichten müssen, hatten aber noch nicht die schwedische erhalten, sie reisten also als Staatenlose mit einem Nansenpass.

Der Zug ging über Flensburg nach Dänemark und dann über die Inseln und Kopenhagen nach Schweden. Die Reise zog sich hin, es gab immer wieder Kontrollen, Staunen und Kopfschütteln über die Nansenpässe. Mehr als einmal hatten sie zu befürchten, aus dem Zug geworfen zu werden. Ewig schien auch die Kontrolle an der schwedischen Grenze zu dauern, es gab ein sehr langes Verhör durch einen schwedischen Einreisebeamten. Aber dank der Geschicklichkeit von Bela wurde auch dieses Hindernis genommen.

In dem Lager, in das sie eingewiesen wurden, hatten sie keinen Raum für sich allein, aber sie bekamen die ersten Tafeln Schokolade. Abends saßen sie zusammen im Bett und verzehrten sie mit Hochgenuss.

Im November 1947, einen Tag vor Paulas Geburtstag, starb der Kammersänger Paul Fabricius vollkommen überraschend. Er war zwei Tage vor seinem Tod noch auf der Bühne des Prinzregententheaters gestanden. Nach dem Mittagessen hatte er sich wie üblich zum Schlafen hingelegt. Als seine Schülerin kam, lag er noch im Bett und trank eine Tasse Kaffee. Er ließ ihr ausrichten, sie solle sich schon einsingen, er komme gleich herunter. Als sie sich ans Klavier setzte und sich einsang, sagte er zu seiner Frau: „Hör mal, wie schön die Haas heute singt!“ Da hörte Felicitas ein Klirren der Tasse, und als sie zu ihm ins Zimmer trat, war ihr Mann tot.

Archibald hörte vom Tod des Großvaters nur zufällig. In seiner Wohnung und auch im ganzen Haus gab es kein Telefon. Als er Helga besuchen wollte, sagte ihre Freundin, dass der Onkel von Helga einen Schlaganfall gehabt habe und dass Helga nach München gefahren sei. Archibald überlegte erst, wer der Onkel von Helga sei, bis er plötzlich merkte, dass das wohl sein Großvater war. Als er fragte, wie es ihm gehe, bekam er nur die Antwort: „Er ist tot.“

Er ging direkt zum Bahnhof, musste aber bis nachts um elf Uhr warten und hatte immer noch keine Fahrkarte bekommen. Da beschloss er, zu Hause zu bleiben.

In München gab es eine feierliche Beerdigung. Georg Hartling, Leberechts Freund und jetziger Intendant der Bayerischen Staatsoper, sprach zum Tod ihres ältesten Mitglieds, das über vierzig Jahre an der Münchner Oper engagiert war, und der Opernchor sang. Paula schluchzte die ganze Zeit. Der Tod ihres Vaters war für sie so überraschend gekommen. Er hatte in ihrem Leben immer die allererste Rolle gespielt.

Ihr Bruder Fritz zog jetzt nach München. Sein Vater hatte sich dagegen gewehrt, dass Fritz auch an der Münchner Staatsoper sang. Er war seiner Meinung nach noch nicht so weit, er solle sich erst einmal an kleineren Bühnen hochdienen. Aber jetzt nach dem Tod des Vaters war auch Felicitas dafür, dass ihr Sohn zu ihr ins Haus nach München zog, und Fritz hoffte, dass er jetzt seine Karriere beim Film beginnen könne.

Endlich war es soweit. In der Spielzeit 1947/48 sollte Leberechts Schauspiel über das Leben des Kaisers von Kalifornien, Johann Sutter, in Lübeck aufgeführt werden. Das Stadttheater konnte sich nicht mehr länger davor drücken, nachdem die Engländer das Theater zurückgegeben hatten. Die letzte Ausrede war gewesen, dass das Theater beschlagnahmt sei, jetzt musste der Vertrag aber erfüllt werden, nachdem sämtliche Intendanten der letzten Jahre zahlreiche Spenden des Mäzens Leberecht Weiler ohne Zögern angenommen hatten und froh gewesen waren, dass diese Spenden in Form von so begehrtem Material wie Holz für den Aufbau der Kulissen erfolgt waren. Edelfried Silberschmied hatte im Auftrag von Leberecht heftig darauf gedrungen, dass laut Vertrag das Stück nicht nur einmal, sondern auch im Abonnement mindestens zwölfmal gegeben werden musste.

Als dann die Proben begannen, schwebte Leberecht geradezu in höheren Sphären. Endlich würde er seinen Durchbruch als Dichter erleben. Von seinen zahlreichen Gedichten, die vertont waren, konnte er nicht leben, denn er verzichtete bei einer Aufführung zu Gunsten des Komponisten auf sein Honorar, und die Gedichtbände wurden auch nicht verkauft, sondern er verschenkte sie an seine zahlreichen Freunde. Aber jetzt – so glaubte er – gab es eine Wende. Auch mit dem Staatstheater in Karlsruhe hatte er einen Vertrag, und nachdem es überall in Deutschland wieder Bühnen gab, die sein Stück spielen könnten, malte er sich aus, dass auch seine anderen Theaterstücke aufgeführt würden, und wenn er erst einmal Erfolg hatte, könnte er ja auch noch weitere Stücke schreiben. Er würde weltberühmt, zumindest einmal im deutschen Sprachraum, und endlich könnte er einmal von dem leben, was ihm Freude machte.

Das Geschäft hatte ihm in den zwanziger Jahren sehr viel bedeutet, und selbst im Dritten Reich war es nicht uninteressant gewesen. Aber jetzt hatte er keinen Spaß mehr daran. Er hatte einfach keine Lust mehr, und so schrieb er, ohne mit Paula oder Archibald oder mit seiner Mutter oder seiner Nichte Leni zu sprechen, an den Vorsitzenden des Aufsichtsrats Dr. Seidel, dass er mit Ende des Jahres aus dem Vorstand zurücktrete und nur noch als Dichter leben wolle.

Die Nachricht schlug bei Dr. Seidel wie eine Bombe ein. Es hatte zwar gerade in den letzten Jahren immer wieder Streit mit Leberecht gegeben, aber Dr. Seidel war sich darüber klar, dass es im Augenblick in der Firma nicht ohne Leberecht ging. Alle anderen Vorstandsmitglieder oder auch Prokuristen waren seiner Meinung nach nicht fähig, die Firma zu leiten. Wer sollte die Firma sonst führen? Von der jungen Generation war Archibald ja noch mitten im Studium. Leni war in seinen Augen eine Frau mit viel zu viel Emotionen, seiner Meinung nach war sie viel zu jung und außerdem – eine Frau im Vorstand, das ging wirklich nicht!

Dr. Seidel rief Leberechts Mutter Johanna an. Diese war ausgesprochen wütend und sagte ihm, sie werde das rückgängig machen, das komme überhaupt nicht in Frage. Sie rief daraufhin Leni an, und für Leni brach eine Welt zusammen. Sie hatte damit gerechnet, dass Leberecht, der jetzt 57 Jahre alt war, noch etwa acht Jahre lang Vorstandsvorsitzender bleiben werde. Kowalski war 60 und würde in fünf Jahren verschwinden, dann könnte sie die Leitung der süddeutschen Betriebe übernehmen, und in sieben Jahren könnten sie und Archibald als Vorstandsmitglieder das Unternehmen gemeinsam führen. Jetzt werde wahrscheinlich irgendein Mann von draußen geholt, ein 40- oder 45-Jähriger, und dann käme sie nie mehr in die Position, die sie erhoffte, möglicherweise auch Archibald nicht.

Sie musste die Weichen für ihr Leben anders stellen. In eine fremde Firma wollte sie nicht gehen. Ihr war die Arbeit in der alten Familienfirma ans Herz gewachsen, und ihr Ziel war, die Scharten, die ihr Vater der Firma einmal zugefügt hatte, wieder auszuwetzen. Wenn das nicht möglich war, warum sollte sie dann nicht heiraten und Kinder bekommen? In vier oder fünf Jahren wäre es dazu zu spät, aber jetzt hätte sie doch noch eine Chance. Sie hatte zwar Großmutter Johanna versprochen, nicht zu heiraten, sondern sich voll der Firma zu widmen, aber jetzt ging ihr persönliches Schicksal vor.

Leni hatte vor einiger Zeit in der Stadtverwaltung von Baden-Baden zwei Herren etwa in ihrem Alter kennengelernt, die ihr imponiert hatten. Beide hießen Schulz, der eine war Revierförster, der andere war Inspektor auf dem Bauamt. Ihr gefiel bei beiden, dass sie sehr aktiv waren. Allerdings hatte sie an beiden auch einiges auszusetzen, denn beide waren in der Partei gewesen, und das störte sie, wie sie es einmal Britta gestand, doch am meisten. Dann waren sie beide von einfacher Herkunft. Beide waren katholisch, und beide waren zudem noch geschieden. Aber sie musste sich für einen entscheiden, und so sah sich Bauinspektor Willi Schulz, der sich schon in sie verguckt hatte, plötzlich einem Antrag von Leni Weiler gegenüber, den er selber nie zu stellen gewagt hätte und der ihn völlig überraschte. Aber zu so einem fantastischen Antrag von so einer großartigen Frau konnte man doch nicht Nein sagen!

Leni rief Leberecht in Lübeck an, um ihm ihre Verlobung mit Willi Schulz, den sie dabei zum Architekten machte, weil das doch besser klang, mitzuteilen. Sie habe sich verlobt, weil das für sie jetzt die einzige Zukunftsmöglichkeit sei, nachdem Leberecht aufhören wolle. Sie hoffte, dass Leberecht sie auf Knien bitten würde, ledig zu bleiben und sich für die Firma zu opfern, wobei sie sich die Konsequenz gar nicht genau überlegt hatte. Sie hätte Willi ihr Jawort wieder zurückgeben müssen, und das wäre für sie sicher nicht leicht gewesen. Aber diese Frage stellte sich gar nicht. Leberecht reagierte ganz anders, als sie geglaubt hatte. Er war zwar überrascht, gratulierte ihr aber sehr herzlich zu ihrer Verlobung und erkundigte sich nach dem Bräutigam, was für einen Beruf er habe, wer die Eltern seien. Leni musste voller Enttäuschung den Hörer auflegen.

Archibald, der über Leni von dem Entschluss seines Vaters erfuhr, verstand ihn überhaupt nicht. Man hatte ihm sein ganzes Leben lang eingeschärft und seine ganze Erziehung war darauf ausgerichtet, dass die Firma Vorrang vor der Familie, vor der Einzelpersönlichkeit und vor dem Vaterland habe. Für die Firma habe man zu kämpfen, das war eine Verpflichtung, die ihm schon in die Wiege gelegt worden war. Wenn Leberecht jetzt zu diesem Zeitpunkt aufhörte, darüber war sich Archibald klar, dann wäre die Herrschaft der Familie ein für alle Mal verloren. Er konnte noch nicht in die Fußstapfen seines Vaters treten. Erst wollte er mit seiner Mutter darüber reden.

Aber Paula war gegenüber der Firma sehr reserviert eingestellt, Kunst war ihr das Höchste. Sie war stolz, dass ihr Mann ein großer Dichter war. Was mit der Firma geschah, mit der sie immer nur Ärger gehabt hatte, das war ihr letzten Endes gleichgültig, ja sie konnte der Entscheidung von Leberecht eigentlich nur positive Seiten abgewinnen.

In seiner Not ging Archibald zu Franz Boetius, der so etwas wie eine Großvaterstelle für ihn eingenommen hatte und mit dem er immer wieder über Probleme der Firma gesprochen hatte. Onkel Franz war nicht so besorgt wie Archibald. Er meinte nur, die Uraufführung werde sicher nicht den großen Erfolg für Leberecht bringen, den er sich erhoffte. Das Stück habe doch seine großen Schwächen, und er habe schon gehört, dass die Schauspieler bei den Proben sich darüber lustig gemacht hätten und geradezu eine Persiflage des Stoffes aufführen würden. Leberecht werde sicher bald wieder auf den Boden der Tatsachen zurückkehren. Dass das Stück ein großer Misserfolg und ein Theaterskandal würde, das glaubte Archibald aber nicht. Es hatte sicher Schwächen, es war voll von banalen Phrasen, aber würde das Publikum das überhaupt merken?

Zur Premiere kam die Familie Festerling aus Hamburg, es kamen Else und Marianne aus Gernsbach. Leberecht hatte die Angestellten und Meister der Firma aufgefordert und gebeten zu kommen, und sie kamen auch fast alle, um den großen Erfolg ihres Chefs zu erleben. Dazu kamen Freunde von Leberecht von der Freimaurerloge, es kamen Geschäftsfreunde und Freunde von Archibald. Insgesamt waren wohl 200 Bekannte in der Aufführung. Leberecht hatte ungeheures Lampenfieber. Er war durch den Bühneneingang ins Theater gekommen und nahm in der hintersten Reihe der Intendantenloge Platz, versteckt hinter einem Vorhang, damit ihn niemand aus dem Publikum sehen konnte.

Als der Vorhang aufging, sah Archibald zu seiner Verwunderung, dass die ganze Kulisse nur aus Holzlatten bestand, und das sollte sich bei allen vierzehn Bildern des Dramas nicht ändern. Er hatte den Eindruck, dass die Schauspieler sich keine Mühe gaben, sondern das Stück persiflierten und eine Satire daraus machten, so wie Onkel Franz es vorausgesehen hatte.

Als das Stück zu Ende war, gab es donnernden Applaus. Manfred Lohmar, der mit der Familie Festerling gekommen war, gab mit seinen großen Händen den Ton beim Klatschen an und rief lauthals Bravo. Archibalds Freunde, von ihm angefeuert, folgten seinem Beispiel. Einige Leute, die schon hinausgehen wollten und die strafenden Blicke der Familie Weiler sahen, blieben wieder stehen und klatschten pflichtschuldig mit. Es gab etwa dreißig Vorhänge, und bis der eiserne Vorhang endlich herunterging, war wohl eine halbe Stunde vergangen.

Am übernächsten Tag stand dann die Kritik in der Zeitung, und die war vernichtend. Man zerpflückte das Stück nach allen Richtungen, wies auf seine Naivität und Banalität hin und dass es letztlich nur deswegen aufgeführt worden war, weil das Stadttheater von Leberecht Holz bekommen habe. Der Schuster solle doch bei seinem Leisten bleiben und Leberecht bei seinem Holzhandel. Man wundere sich, dass das Publikum so frenetisch gejubelt habe. Anscheinend seien sämtliche Holzhändler aus Norddeutschland in dieser Aufführung gewesen.

Archibald war empört über die Reaktion, vor allem des Intendanten, den er sowieso schon immer für einen falschen Fuffziger gehalten hatte. Wenn er einen Dramaturgen daran gesetzt hätte, um die allzu banalen Stellen zu streichen, und wenn er das Stück ernsthaft aufgeführt hätte, wäre es sicher ganz gut angekommen. Er sah ihn einfach als Schmarotzer, der sich auf Kosten seines Mäzens amüsiert hatte.

Leberecht war tief getroffen. Aber das Stück lief dann noch durch sämtliche Abonnements, wie es verabredet worden war. Fast immer waren die Vorstellungen ausverkauft, denn jetzt waren die Lübecker neugierig geworden, was für ein Stück das sei, und im Allgemeinen gefiel es ihnen nicht schlecht. Da war doch wenigstens einmal Spannung drin! Angehörige der Firma Weiler & Busch gingen geradezu aus Protest mehrfach in das Stück und Leberechts Sekretärin sogar in alle Aufführungen, die es gab.

Nach dieser Uraufführung kam Leberecht doch sehr bald auf die Idee, weiter in der Firma zu bleiben. Das hatte aber weniger mit dem Misserfolg zu tun, er hoffte auf die zweite Aufführung in Karlsruhe, als vielmehr mit den Ereignissen in Schweden. Die Nachrichten, die von dort kamen, waren alles andere als beruhigend. Vor allem Paula machte sich Sorgen um ihre Tochter. Sie hatte den Eindruck, Britta leide unter Depressionen, für die junge Frau sei es unmöglich, mit Schwiegermutter Mathilde und Großmutter Lina zusammenzuleben. Die ganze Familie wohnte in einer riesigen Villa in Saltsjöbaden, einem Vorort von Stockholm. Bis zu seinem Tode war Großvater Georg der Hausherr gewesen, jetzt war das Haus an Lina gefallen, und zwischen ihr und ihrer Schwiegertochter Thilde gab es bittere Feindschaft.

Paula meinte, dass Leberecht unbedingt nach Schweden fahren müsse. Diesen Wunsch hatte Leberecht schon lange, er wollte nach dem Vermögen der Firma in Schweden sehen, bisher hatte er keine vernünftige Antwort von dort bekommen. Aber nach Schweden konnte er noch nicht so einfach reisen. Es gab kein Deutschland mehr, es gab keine deutschen Pässe, es gab weder die Erlaubnis, ins Ausland zu reisen, noch gab es dafür Devisen. Erst Briefe von schwedischen Geschäftsfreunden, die den Wunsch hatten, wieder mit Deutschland in Verbindung zu treten, halfen Leberecht. Er erhielt die Gelegenheit, mit einem von der englischen Militärverwaltung im Rahmen des Kontrollrates beschafften Papier auszureisen, allerdings ohne dass dafür Devisen für die Reisespesen zur Verfügung standen.

Leberecht fand dafür eine Lösung. Er hatte Geschäftsfreunde, sowohl in Dänemark als auch in Schweden, die Verwandte in Deutschland hatten und die bereit waren, Leberecht in ihrem Land Geld zu geben, wenn Leberecht dafür den Verwandten deutsches Geld zukommen ließ. Die Verwandten holten das Geld bei Leberecht ab, und dafür war für Leberecht am Grenzbahnhof Padborg bei Flensburg Geld hinterlegt.

Die Reise nach Schweden war wie die von Britta und Bela ein halbes Jahr zuvor recht beschwerlich, aber nach drei Tagen wurde Leberecht auf dem Stockholmer Bahnhof von Britta und Bela herzlich begrüßt. In Saltsjöbaden bei der Familie Boetius erwarteten ihn aber einige recht unangenehme Überraschungen. Von dem riesigen Vermögen, von dem immer gesprochen wurde, war nichts mehr vorhanden. Holger hatte praktisch alles durchgebracht. Der großzügige Lebensstil, den er pflegte, war daran am wenigsten schuld gewesen. Vielmehr lag der Grund darin, dass er auf Erfindungen gesetzt hatte, die nicht klappten. Sowohl die Holzimprägnierung auf Osmose-Basis als auch ein Antirostmittel erwiesen sich als Flop.

Bela konnte nicht, wie er gewünscht hatte, als freier Komponist arbeiten, seine Kompositionen wollte niemand, sie waren für die damals herrschende Mode viel zu konventionell. Er musste sich seinen Lebensunterhalt mit Klavierunterricht verdienen, aber der Klavierunterricht ödete ihn an, denn es waren fast nur unbegabte Schülerinnen, die zu ihm kamen.

Nachdem das Geld vergeudet war, hatte sich der Krach zwischen Lina und Mathilde immer mehr ausgeweitet, und Britta war die Leidtragende. Sie wusste nicht, was sie machen sollte. Sie hatte eine Fehlgeburt gehabt und war auch in psychiatrischer Behandlung gewesen. Bela nannte das Haus seiner Eltern das Tollhaus von Saltsjöbaden.

Leberecht sah, dass er eingreifen musste. Bela und Britta mussten unbedingt aus diesem Haus, sie mussten eine eigene Wohnung haben. Weder Bela noch seine Eltern hatten dafür das notwendige Geld, also blieb alles bei Leberecht hängen, und er musste sich erst einmal das Geld in Schweden beschaffen. Dazu war es notwendig, mit Åke Strömberg zu sprechen, der sich zunächst aber hartnäckig verleugnen ließ. Aber Leberecht wusste, dass es ohne die Firma und ohne deren Unterstützung keine Existenzmöglichkeit für Britta und Bela gab.

Als er recht massiv in Åkes Büro auftrat und mit ihm nicht nur über den möglichen Rückkauf der Firma – wozu er ja auch noch Geld gebraucht hätte –, sondern auch über das Schicksal seines Gutes verhandeln wollte, musste Åke des lieben Friedens willen Leberecht insoweit entgegenkommen, dass er ihm aus dem Ertrag des Gutes, das er ja äußerst billig erworben hatte, einen solchen Betrag ausbezahlte, dass Leberecht dafür ein kleines Häuschen für Britta und Bela kaufen konnte. Außerdem rückte Åke auch noch die Möbel, die im Gutshof gestanden hatten, heraus, so dass Britta wenigstens einen Teil der Einrichtung für das neue Häuschen hatte.

Bela sollte beim Holzeinkauf für Weiler & Busch eingesetzt werden, denn Leberecht hoffte, dass der in einigen Wochen wieder beginnen werde. Mit Freunden hatte er schon darüber verhandelt. Er plante auch, dass Archibald nach Schweden kommen und in den Semesterferien in einem Sägewerk arbeiten sollte, um etwas vom nordischen Geschäft zu lernen. Außerdem konnte er sich dann endlich einmal satt essen.

Leberecht war ganz zufrieden, denn in den drei Wochen, die er in Schweden war, hatte er ungeheuer viel für die Familie erreicht. Er sah, dass Britta und Bela sich nur mit Hilfe der Firma über Wasser halten konnten, und deswegen musste er weiter bei der Firma bleiben. Es tat ihm auch gut, dass er von seinen alten Geschäftsfreunden so gut aufgenommen worden war, wenn es unter ihnen auch einige gab, die noch die Nase über die Deutschen rümpften, aber das kümmerte ihn nicht mehr.

***

Leni wollte jetzt doch in der Firma bleiben und wünschte, dass auch ihr Verlobter Willi in die Firma eintrete, er sollte seine Stellung bei der Stadt aufgeben. Sie brauche einen Praktiker in der Holzbauabteilung, einen, der anpacke und nicht nur große Sprüche klopfe wie der augenblickliche Architekt Wunschmann. Dem müsse sie alles immer fünfmal sagen, bis er es endlich tue. Er liefere zwar recht gute Entwürfe, von denen alle begeistert seien, aber er habe keinen Sinn für das Praktische.

Im Betrieb war Wunschmann eigentlich eine Null, er konnte sich nicht durchsetzen. Da war Willi doch ganz anders, er hatte Durchsetzungsvermögen und war ein Mann der schnellen Entschlüsse. Im Bauamt war er geradezu unentbehrlich gewesen als Mädchen für alles, ob es nun darum ging, das Haus des Bürgermeisters umzubauen oder für den Oberbaurat einen Sack Zement für seine Garageneinfahrt zu besorgen, ob in einem Gebäude der Stadt der Wasserhahn tropfte, oder schnell mal einem Handwerker, den man dringend benötigte, eine Wohnung besorgt werden müsste, immer war Willi da. Er war überall beliebt und duzte sich mit dem halben Stadtbauamt und dem ganzen Rathaus einschließlich dem Chauffeur des Oberbürgermeisters. Aber Willi zögerte, dem Wunsch Lenis zu folgen. Er wollte nicht der Angestellte seiner Frau werden und nicht zwischen ihr und Kowalski ausgleichen. Ihm gefiel die Arbeit bei der Stadt gut. Zwar hätte er bei Weiler & Busch mehr verdient, aber der Aufstieg zum Chef war ihm da wohl verwehrt. Er konnte auch nicht Leiter des Stadtbauamtes werden, was Leni schon in Erwägung gezogen hatte, denn er war kein Akademiker. Beim Oberamtmann würde seine Karriere aufhören, aber die war sicher, und eine beamtete Stellung war auch nicht so schlecht.

Leberecht hatte nichts dagegen, dass Willi in die Firma eintrat, da rannte Leni offene Türen ein. Leberecht hatte die Herstellung neuer Bauelemente aus Holzspänen und Zement geplant, für die er sowohl im Werk Aalen als auch in Lübeck einen Leiter suchte. Diese Elemente ermöglichten eine entsprechende Wärmedämmung, die Häuser konnten verputzt werden und so den doch etwas anrüchigen Ruf, den das Holzhaus als eine Art Baracke hatte, verbessern.

In Gernsbach waren alle erschrocken über die Idee, dass Willi in den Betrieb einsteigen sollte. Da war Direktor Kowalski, der fürchtete, dass man an seinem Stuhl sägen würde, da waren die Architekten und Techniker in der Holzbauabteilung, da war Oberingenieur Warter, den es störte, dass Willi ihn als unfähig bezeichnet hatte, und da war vor allem Johanna. Sie hatte keinen Schwiegersohn in der Firma haben wollen, und sie wollte auch keinen Schwiegerenkel darin haben. Zudem passte ihr die Familie nicht, in die Leni hineinheiratete, es passte ihr nicht, dass Willi geschieden war, seine Herkunft und sein Bildungsstand gefielen ihr nicht. Aber am meisten ärgerte sie sich darüber, dass Leni überhaupt heiratete und nicht mehr ganz der Firma zur Verfügung stehen würde. Leni versuchte zwar, ihr immer wieder zu erklären, dass sie Beruf und Familie vereinbaren könnte, aber Johanna war der Meinung, eine verheiratete Frau gehöre ins Haus. Sie werde ja doch sicher Kinder bekommen, und niemand könne zwei Herren dienen. Leni könne sagen, was sie wolle, sie könne dieses Versprechen nicht einhalten.

Anfang Juni 1948 fand die Hochzeit von Leni und Willi statt. Die Kirche in Baden-Baden war bis auf den letzten Platz besetzt. Lenis Kirchenchor sang, und der Pfarrer predigte aus einer neuen Übersetzung der Bergpredigt. Als er an die Stelle kam „Niemand kann zweien Herren dienen“, nickte Johanna bestätigend mit dem Kopf.

Das Essen fand in einem Erholungsheim für ehemalige KZ-Häftlinge statt, das in Baden-Baden eingerichtet worden war. Es hatte etwas mehr Lebensmittel als ein normales Restaurant. Einige der Hochzeitsgäste rümpften darüber die Nase, der Antisemitismus war in Deutschland noch längst nicht ausgerottet.

Familie Weiler und Familie Schulz bildeten zwei getrennte Gruppen, nur Gertrud Weiler bemühte sich krampfhaft um die Familie ihres Schwiegersohnes, und wie immer war auch Leberecht dabei, Brücken zu schlagen und konnte sich mit Willis Familie recht gut unterhalten. Marianne und Isolde sagten Gedichte auf, jede der Mütter fand, dass ihre Tochter noch viel begabter als die andere sei. Leberecht forderte einen Onkel von Willi, von dem Willis Mutter sagte, er habe eine schöne Stimme, auf, doch etwas zum Besten zu geben. Der Onkel ließ sich auch nicht zweimal bitten und schmetterte ohne jede Begleitung eine Arie aus dem „Vogelhändler“. Johanna fand den Vortrag unmöglich. Als Frau Schulz sagte: „Hat mein Schwager nicht eine herrliche Stimme?“, antwortete Johanna: „Ja, eine kräftige!“

Keine drei Wochen nach der Hochzeit fand die Währungsreform statt, die eigentliche Stunde Null für die deutsche Wirtschaft. Am 21. Juni 1948 erhielt jeder Bürger in den drei westlichen Besatzungszonen 40 D-Mark „Kopfgeld“ und ein Unternehmen 100 D-Mark für jeden Beschäftigten. Das übrige Bargeld konnte man auf ein Bankkonto einzahlen, es sollte zu einem späteren Zeitpunkt im Verhältnis zehn zu eins umgewechselt werden. Zunächst sollten mit einem gewissen Abstand nur fünf Prozent des Guthabens freigegeben werden. Am nächsten Tag waren praktisch alle Leute gleich reich.

Archibald und seine Kommilitonen trauten ihren Augen nicht, als am nächsten Tag plötzlich die Schaufenster, die bisher alle öde aussahen, voll mit den schönsten Sachen waren. Die Geschäftsleute hatten alles, was sie gehortet hatten, in die Auslagen gelegt. In Wirklichkeit gab es nicht viel Vernünftiges in den Läden, vor allem waren es Sektflaschen und Füllfederhalter. Aber niemand hatte Geld, etwas zu kaufen. Die Uni schloss ihre Tore. Die 40 Mark reichten für Archibald nicht, um nach Hause zu fahren, er musste erst warten, bis seine Eltern ihm das Geld für die Reise schickten.

Die Währungsreform hatte die Firma Weiler & Busch hart getroffen. Zwar gab es von Seiten der Elektrizitätswerke große Nachfrage nach Masten, aber auf dem Werk in Schlutup lag kein Holz. Man konnte jetzt zwar wieder einkaufen, aber man brauchte dazu entsprechend Geld, und die paar Millionen, die man auf der Bank hatte, waren auf knapp 300.000 D-Mark abgewertet worden. Um überhaupt Geld für die weiteren Löhne zu bekommen, hatte Leberecht jedem Angestellten, der einen Auftrag brachte, den man erfüllen konnte, zehn Prozent der Verkaufssumme versprochen. Zum Glück gab es einige Bauern und Handwerker, denen man Schnittholz liefern konnte, um damit wenigstens die ersten Lohnzahlungen leisten zu können.

In Süddeutschland sah es bei Weiler & Busch noch schlechter aus. Die Franzosen hatten ihren Auftrag für die Holzhäuser storniert, denn auch sie hatten kein Geld mehr. Man hatte in Gernsbach nicht ein Haus nach dem anderen gefertigt, sondern die einzelnen Elemente für die Fertighäuser serienweise hergestellt. Und so waren für die 150 Holzhäuser 150 rechte Giebel, aber nur 17 linke Giebel vorhanden. Mit den Seitenwänden verhielt es sich ähnlich, und es war im Augenblick kein Geld da, um die fehlenden Teile zu ergänzen.

In Aalen und auf der Guldesmühle sah es ähnlich traurig aus. Es wurde offenbar, dass die Firma Weiler & Busch nicht mehr die größte und bedeutendste Firma auf ihrem Gebiet in Europa war und dass sie ihre weit überragende Stellung auch in Deutschland eingebüßt hatte. Andere Firmen, die geographisch günstiger zum Wald oder in der amerikanischen Besatzungszone lagen, und vor allem auch die ausländische Konkurrenz hatten Marktanteile gewinnen können. Weiler & Busch musste ohne nennenswertes Vermögen wieder neu beginnen. Aber alle waren optimistisch, jetzt, wo das Geld wieder einen Wert hatte und man die Früchte der Arbeit sehen konnte, ging ein Wind des Optimismus durch ganz Deutschland.

In der Firma begann man jetzt fieberhaft, die Reparaturen und Investitionen in Angriff zu nehmen, die über zehn Jahre lang liegen geblieben waren. Vor allem setzte man die Gebäude instand und baute Wohnungen für die zahlreichen Betriebsangehörigen, die nur primitive Unterkünfte hatten. Es entstanden ganze Siedlungen für die Angestellten und zwar in allen Werken, viele Betriebsangehörige konnten Holzhäuser zu verbilligten Preisen kaufen. Einigen hatte man sogar noch vor der Währungsreform gegen Reichsmark Holzhäuser verkauft.

Zu denjenigen, die ein Holzhaus vor der Währungsreform kaufen wollten, gehörte auch Hiltrud, denn sie wollte bei ihrer Mutter ausziehen und mit ihren Kindern in Baden-Baden ein Haus beziehen. Sie hatte aus diesem Grund noch in der Reichsmarkzeit Teile des Familienschmucks der Sutters veräußert. Zunächst hatte sie daran gedacht, die Villa einer Tante, der Schwester ihres Vaters, die 1947 gestorben war, aus der Erbmasse zu kaufen. Der Testamentsvollstrecker hatte das Haus allen Erben angeboten. Der Kaufpreis war der damalige Stopp-Preis, der etwa 46.000 Mark ausgemacht hätte, und diese Summe hatte Hiltrud durch den Verkauf des Schmuckes erhalten. Der Testamentsvollstrecker verlangte aber, wenn jemand das Haus zu dem günstigen Stopp-Preis kaufen wollte, dass er auch die Wertpapiere von Tante Zilchen mit erwerben müsse. Das waren noch mal 200.000 Mark, und keiner wollte auf dieses schlechte Geschäft eingehen.

Um ihr Geld zu retten, wollte Hiltrud nun ein Holzhaus kaufen, und Leni sagte es ihr auch zu. Aber wenige Tage vor der Währungsreform hatte sie das Haus an einen Verwandten von Willi Schulz verkauft. Hiltrud war wütend, aber Leni versprach ihr geldwerten Ersatz. Sie bekam ein altes Auto, einen alten Opel, den die Firma nicht mehr haben wollte, und die Zusage, 2.000 Liter Benzin zu bekommen, das sie nach und nach tanken dürfe, und für 15.000 Mark Zigarettenpapier von der Firma Schultz, das zum Selberdrehen von Zigaretten ein hochwertiger Schwarzmarktartikel war.

Aber Hiltrud hatte damit nicht viel Glück. Nach der Währungsreform wollte niemand mehr Zigarettenpapier haben. Das Papier, das noch nicht einmal gummiert war, konnte sie erst nach fast einem Jahr und nur zu einem Bruchteil seines Wertes weiterverkaufen. Hiltrud tobte und bezeichnete Leni als typische Schacher-Jüdin.

Bereits Mitte Juli 1948 wollte Leberecht nach Schweden zum Holzeinkauf fahren. Diesmal sollten ihn Paula und Archibald begleiten. Das Wintersemester begann erst im November, und so hatte Archibald genug Zeit, um drei Monate lang als Praktikant in einem großen schwedischen Forstkonzern zu arbeiten, wie es Leberecht schon vereinbart hatte. Nur waren die Devisen noch nicht freigegeben, sie waren noch bewirtschaftet. Aber Leberecht konnte in Frankfurt aufgrund der Wünsche der Elektrizitätswerke Beträge für den Import von Holz beantragen, die eine hohe Prioritätsstufe hatten, weil sie der Versorgung der Wirtschaft und der Bevölkerung dienten, und so konnte er doch wieder über eine größere Summe verfügen. Aber es gab keine Devisen für die Reise, besonders nicht für Paula und Archibald, und sie hatten auch noch keine Pässe. Diese stellten nur die englischen Besatzungsbehörden aus, und dafür musste man auch noch ein Einreisevisum für Schweden und ein Durchreisevisum für Dänemark haben. Alle Beamten hatten Zeit, aber Leberecht wollte die Reise doch möglichst schnell antreten. Hier war wieder die Hilfe von Franz Boetius gefragt. Ihm gelang es, die Gunst des allmächtigen Passoffiziers, der bei der britischen Polizeibehörde in Lübeck saß, zu erringen. Das schwedische Visum war dank der guten Beziehungen von Leberecht zum Konsulat auch innerhalb weniger Tage gekommen, und so konnte die Reise angetreten werden.

Diesmal sollte die Reise wesentlich bequemer als sonst verlaufen. Peter Nölting, der Sohn des Vertreters von Weiler & Busch in Schweden, Fritz Nölting, hatte deutsche Verwandte besucht und war auf der Rückreise nach Schweden. Er zeigte sich bereit, die Familie Weiler mitzunehmen. Sie fuhren in einer großen amerikanischen Limousine, einem Traumfahrzeug für alle Deutschen, ein Wagen, der zwar über zwanzig Liter Benzin brauchte, aber mit dem man 150 Kilometer in der Stunde fahren konnte.

Bei herrlichem Sommerwetter ging die Fahrt im Auto Richtung Norden. Leberecht hatte für die Reise nach Stockholm drei Tage vorgesehen. Paula hatte ein neues todschickes Kostüm an, Archibald seinen besten Anzug. Die Reise bis nach Malmö ging über Jütland, den Kleinen Belt, die Insel Fünen und zweimal mit der Fähre über den Großen Belt und den Sund. Archibald staunte schon, als sie nach Dänemark kamen, wie viel sauberer und freundlicher das Land aussah als Deutschland, was wohl auch an dem wunderschönen Wetter lag. Es gab keine Trümmer, die Häuser hatten alle heile Fensterscheiben, in den Vorgärten waren Blumen und nicht Tabak oder Gemüse gepflanzt. Die Autos fuhren alle mit Benzin und nicht mit Holzgas, und es waren nicht nur Vorkriegsmodelle, sondern auch neue Autos, die man sonst nur aus den Abbildungen in den Illustrierten kannte, es gab Verkehrsampeln und Verkehrspolizisten. Auf den Fähren gab es kalte Buffets, er konnte sich ohne Abgabe von Lebensmittelmarken richtig satt essen.

In Malmö, wo Leberecht sich mit Geschäftsfreunden traf, fotografierte Archibald alles, was ihm auffiel, und das waren nicht etwa alte Kirchen, sondern die modernen Werften im Hafen und vor allem auch die Straßenbahnen. In Deutschland gab es nur Straßenbahnwagen, die zwanzig Jahre oder noch älter waren, die laut ratternd durch die Stadt fuhren. Hier waren es moderne Großraumwagen, die lautlos anfuhren und lautlos bremsten, in denen nicht Trauben von Menschen bis hinaus aufs Trittbrett hingen, sondern in denen fast alle Fahrgäste Sitzplätze hatten. An den Straßenecken standen Wurst- und Eisverkäufer, und das Eis mit der Waffeltüte war einfach ein Gedicht.

In Saltsjö-Duvnäs, das zwischen Saltsjöbaden und Stockholm lag, wurden sie von Britta und Bela in ihrem neuen Häuschen begrüßt. Britta schien ihre Depressionen vergessen zu haben. Seit sie aus dem Haus von Belas Eltern ausgezogen waren, hatte sie ihr Gleichgewicht wieder gefunden. Ihr ging es gesundheitlich glänzend, sie war schwanger. Sie hatte sich jetzt mit den anfänglich doch etwas hochnäsig wirkenden Schweden angefreundet, Bela hatte sein Zimmer, in dem er komponieren konnte, er hatte einige Klavierschüler, und er war nicht mehr von der Unterstützung durch seinen Vater, der doch kein Geld mehr hatte, abhängig. Dafür war er in die Abhängigkeit von seinem Schwiegervater geraten, der ihn mit den Einkaufsverhandlungen für Rundholz und mit der Abnahme von Masten und Schwellen beauftragt hatte, was für Bela völlig fremd war. Aber er wollte lieber eine völlig fremde Arbeit tun, als Klavierknecht von unbegabten, fremden Leuten zu sein. Die Arbeit hielt sich für Bela in Grenzen, so dass genug Zeit zum Komponieren blieb.

Britta bemühte sich, Paula und Archibald ihre neue Heimat vorzuführen. Sie fuhren nach Schloss Gripsholm und nach Drottningholm, durchstreiften die Altstadt von Stockholm, besuchten die Kirchen und auch die großen Geschäftsstraßen im Zentrum. Archibald sah, wie viel reichhaltiger die Läden in Schweden waren, obgleich es jetzt in Deutschland ja auch schon allerhand gab, er wunderte sich, wie viele Silberschmiede und Juweliere, wie viele vornehme Modehäuser es gab, und er bewunderte die Konditoreien und Cafés,

Kaufhäuser mit riesigen Abteilungen für Bücher, die es in allen Sprachen gab, auch viele Bücher von deutschsprachigen Autoren, wie Thomas und Heinrich Mann und Stefan Zweig, die er in deutschen Buchhandlungen noch nicht gesehen hatte.

In den ersten Tagen des August fuhr Bela mit Archibald zum Sägewerk Hastet des Korsnäs-Konzerns, das wenige Kilometer von Gävle entfernt direkt an der Ostsee lag. Hier war schon alles für ihn vorbereitet. Ein Angestellter, ein Revisor und Junggeselle, hatte sich bereit erklärt, in seinem Holzhäuschen ein Zimmer zu vermieten. Archibald sollte gleich am nächsten Morgen mit der Frühschicht in der Holzsortierung beginnen. Man nannte ihm den Meister, bei dem er sich um sechs Uhr früh zu melden hatte.

Archibald hatte schon viele Sägewerke und Imprägnieranstalten in Deutschland gesehen. Schon sein Onkel Archibald Hermann und sein Vater hatten ihn immer wieder zu Besichtigungen mitgenommen. Was er aber jetzt sah, überwältigte ihn, so etwas hatte er sich nicht vorstellen können. Wie groß das Gelände war, konnte er nicht schätzen, es war mindestens 20-mal so groß wie das Lübecker Werk. In Lübeck hatten alle einheimischen und von auswärts kommenden Besucher das riesige Rundholzlager, wo die Stämme zehn bis zwölf Meter hoch gestapelt waren, bestaunt. Aber was Archibald jetzt hier sah, waren Holzstapel, die wesentlich höher waren. Sie lagen unter Wassertürmen, die das Holz durch Besprühen vor dem Faulen schützen sollten. Dazu kamen auch noch die riesigen Vorräte an Rundholz, die im Wasser lagen. Das war auch sicher das Zwanzigfache, wenn nicht noch mehr von dem, was Archibald zuhause gesehen hatte.

Die Gatter waren nicht nebeneinander, sondern gestaffelt aufgestellt, und wurden jeweils von nur einem Mann bedient. Bei den Sägewerken in Süddeutschland hatte man pro Gatter etwa drei Mann Bedienung und schnitt mit einem Vorschub von ein bis zwei Metern pro Minute. Jetzt schaute Archibald auf seine Armbanduhr und stoppte die Zeit – es waren zehn bis zwölf Meter, bei dem dünnen Holz sogar etwa 16 Meter, die der Stamm pro Minute nach vorne geschoben wurde. Es gab keine Pause, in der die Gattersägen ausgewechselt wurden. Das, so erklärte man ihm, geschehe nur in der Frühstücks- und Mittagspause. An den Gattern waren große Motoren mit 150 PS, während bei Weiler & Busch die Sägen nur mit Motoren von etwa 35 PS ausgestattet waren. Archibald sah gleich, dass auf diese Weise ein Sägewerk rentabel sein konnte.

Archibald arbeitete drei Monate lang bei Korsnäs, jeweils einen Monat in der Schnittholzsortierung, im Wassergarten bei der Sortierung des Rundholzes und im Sägewerk. Für die Praktikanten wurde ein Lohn wie für einen Arbeiter bezahlt, das verlangte die schwedische Gewerkschaft, denn die Praktikanten mussten ja auch arbeiten wie vollwertige Arbeitskräfte, ihnen wurde nichts geschenkt.

Die Löhne, die bezahlt wurden, waren wesentlich höher als die in Deutschland. Während in Deutschland ein Lohn von 53 Pfennig in der Stunde bezahlt wurden, waren es in Schweden 2,65 Kronen oder 3,30 D-Mark. Archibald bekam also einen Lohn, der in Deutschland dem eines Prokuristen entsprach. Allerdings war die Arbeit auch wesentlich anstrengender als in Deutschland. Im Sägewerk waren Archibald schon nach einer halben Stunde die Ohren zugefallen von dem Krach der 150 PS-Motoren.

Das Rundholz wurde automatisch zugeführt, der Gatterführer saß auf dem Gatterwagen und musste sehen, dass er nachkam. Noch schwieriger war die Arbeit am Doppelbesäumer, wo zwei Mann standen, wo das Schnittholz vom Vor- und vom Nachschnittgatter gleichzeitig anfiel und die Maschinen mit einer Geschwindigkeit von 100 Metern in der Minute arbeiteten. Wenn man einmal nicht richtig aufpasste, wurde man geradezu von den auf dem Fließband laufenden Brettern erdrückt, der Vorarbeiter musste kommen, und es gab ein riesiges Donnerwetter.

Die Arbeit im Wassergarten, wo die schwimmenden Stämme mit Flößerstangen auf die Blockaufzüge aufgegeben wurden, war zwar nicht so schwer und anstrengend, aber Ende September, als Archibald damit beschäftigt war, wurde es früh dunkel und nachts schon empfindlich kalt. Er stand im Ölzeug mit dicken Stiefeln auf schmalen Brettern und musste aufpassen, dass er nicht ins Wasser fiel. Im Sortierwerk wiederum war die Arbeit leichter und kürzer und auch nicht so laut, aber auch sie erforderte höchste Konzentration.

Das Essen in der Kantine war außerordentlich reichhaltig und kostete fast nichts. Es gab Milch zu trinken, so viel man wollte, zum Frühstück gab es Porridge, aber auch Schüsseln mit gebratenen kleinen Würstchen oder mit Pfannkuchen, dazu Brot, Butter und Käse. Zum Mittagessen gab es so viel zu essen, wie man wollte. Die schwere Arbeit machte ordentlich Hunger, und Archibald schmeckte alles außerordentlich gut, nur süße Blutwurst, den sogenannten Blutpudding, oder gezuckerten Salat mochte er nicht.

Mit den Arbeitern und Vorarbeitern kam Archibald recht gut zurecht. Die blöden Sprüche über die bösen Deutschen brauchte er hier nicht zu hören. Er hatte bald seine Schwedischkenntnisse von vor dem Krieg wieder aufgefrischt. Die Vorarbeiter konnten zum Teil auch Deutsch oder Englisch. Er wurde auch in die Familien seiner Arbeitskollegen eingeladen. Er freundete sich mit zahlreichen anderen ausländischen Praktikanten an. Es waren Franzosen, Söhne von Holzhändlern, darunter auch von Holzimporteuren aus Algier und Marokko, es waren Engländer, Iren und Finnen, und man war unter seinesgleichen. Geldsorgen hatte er bei dem guten Einkommen keine. Die Programme der Kinos wechselten zweimal in der Woche, es gab acht Lichtspielhäuser in der Stadt, und oft schaute Archibald sich am Abend zwei verschiedene Filme hintereinander an.

Das Verhältnis zu den Angestellten war recht kühl. In den schwedischen Betrieben wurde noch auf absolute Hierarchie gesehen, es gab getrennte Kantinen für den Vorstand, für die Angestellten, für die Vorarbeiter und für die Arbeiter. Archibald wurde aufgefordert, doch mit den Angestellten zu essen, es sei nicht angebracht, dass er bei den Arbeitern sitze. In der Angestelltenkantine gab es weiße Stofftischtücher und -servietten. Aber die Gespräche waren ziemlich gezwungen. Archibald wurde gefragt, wie es in Deutschland aussehe und erhielt auch wieder belehrende Informationen über Schweden, alle mit einer gewissen Herablassung. Mit seinem Hausherrn, dem Revisor Pederson, gab es kaum einmal ein Gespräch. Pederson hatte ihn am zweiten Abend zum sogenannte Middag eingeladen, es gab Vorspeise aus zahlreichen Fischkonserven, einen Braten, den ihm seine Waschfrau gerichtet hatte, und eine Flasche sündhaft teuren Wein, es war sogenannter „Königsmosel", ein gezuckertes, gepanschtes Gesöff, das die schwedische Sprit-Zentrale angeboten hatte. Zur Vorspeise gab es den üblichen Aquavit, ohne den kein schwedisches Essen denkbar war. Sie prosteten sich feierlich zu, und die Diskussion blieb bei Banalitäten hängen. Zu einem weiteren Treffen mit seinem Vermieter kam es nicht. Archibald aß sein Frühstück oder an den Tagen, wenn er Vormittagsschicht hatte, am Abend sein Knäckebrot mit Konserven allein.

Am Wochenende fuhr er mit der Bahn nach Saltsjö-Duvnäs. Bela hatte Vettern und Cousinen aus Schweden und Finnland eingeladen, so dass es hier immer eine lebhafte Unterhaltung gab und Archibald auch viel von dem Land hörte. Sie gingen auch in Stockholm ins Kino oder in die Oper.

Ende Oktober war die Zeit in Schweden um. Archibald legte sein schwedisches Geld noch in komplett neuer Kleidung an. Wie es damals schick war, kaufte er sich Halbschuhe mit dicken Kreppsohlen, eine rote Lederjacke mit Pelzkragen und einen Rollkragenpullover, den er zur Heimreise anzog, allerdings auch Wäsche und einen neuen Anzug. Als er im Sommer nach Schweden gekommen war, hatte er ein Gewicht von 60 Kilo gehabt, als er wieder zurückfuhr, war sein Gewicht auf 85 Kilo angestiegen. Als seine Schwester und sein Schwager ihn zum Bahnhof begleiteten, wollten sie in einem Hotel gegenüber dem Bahnhof zu Abend essen, aber man ließ ihn wegen des Rollkragenpullovers nicht hinein, und so mussten sie im Bahnhof essen.

Leberecht war nach 14 Tagen Aufenthalt in Schweden, wo er mehr Holz kaufen konnte, als er gedacht hatte, mit dem Boot nach Finnland weitergefahren, während Paula noch bei Britta in Saltsjö-Duvnäs blieb. In Helsinki herrschte trübes Wetter. Bei der Einfahrt in den Hafen konnte er nicht wie sonst üblich die strahlende Kuppel der Hauptkirche sehen, aber am Kai war sein Freund Wilhelm Eklund, der begrüßte ihn aufs Herzlichste und brachte ihn in sein Hotel. Am Straßenbild bemerkte Leberecht, dass Finnland nicht nur am

Krieg teilgenommen, sondern ihn auch verloren hatte. Die Bevölkerung war zum großen Teil schäbig gekleidet, die Schaufenster der Geschäfte erinnerten ihn eher an die in Deutschland als an die in Stockholm.

Im Hotel wurde Leberecht von dem Portier und vom Oberkellner empfangen, als sähen diese einen lange verloren geglaubten Bruder wieder. Er bekam sein Zimmer, das er immer gehabt hatte, und seine Lieblingsspeisen waren schon vorbereitet. Wilhelm sprudelte gleich los mit der Erzählung über die Ereignisse der letzten Jahre. Die Firma hatte ihren Sitz von Viborg, das jetzt russisch war, nach der Hafenstadt Kotka verlegt. Alles deutsche Eigentum hatten die Russen als Beute an sich genommen, und zwar nicht nur Firmen, sondern auch alle Waren, darunter auch alles Holz. Die Russen hatten eigene Handelsgesellschaften aufgezogen, an deren Spitze Kommunisten saßen. Im Hotel Torni saß eine sowjetische Handelsdelegation, die praktisch den ganzen finnischen Handel, auch den Exporthandel, beherrschte. Es war viel Holz nach Polen exportiert worden, es sei jetzt wohl kaum möglich, größere Mengen nach Deutschland zu liefern. Wilhelm meinte aber, dass es vielleicht in einem halben Jahr besser werde. Er selber könne von seiner Exportfirma nicht mehr leben. Die Geschäfte wurden von Julchen und Ernst Erland, der Schwägerin und dem Schwager von Paul Archibald, weitergeführt. Wilhelm hatte die Position des Direktors eines staatlichen finnischen Chemiekonzerns übernommen.

Nach wenigen Tagen verließ Leberecht Finnland wieder mit der Gewissheit, dass die Vermögenswerte verloren, die guten Freunde aber geblieben waren, mit einigen kleinen Aufträgen und der Hoffnung, dass sich im Laufe der nächsten Jahre das Geschäft doch wieder bessern werde.

Leberecht machte Bartels den Vorschlag, jetzt nach Gernsbach zu ziehen und dort das Masten- und Schwellengeschäft auf Vordermann zu bringen. Vor allem müsse er sich um das Werk Aalen kümmern, um dort einmal richtig einzukaufen. Ein Aufsichtsratsbeschluss war schnell gefasst, Bartels wurde wieder in den Vorstand berufen und zweites Vorstandsmitglied neben Kowalski. Kowalski war darüber alles andere als erfreut. Er hatte die ganze Zeit versucht, den Einfluss von Leni einzudämmen, und jetzt wurde Bartels gleichrangig neben ihn gesetzt – und er hatte Bartels noch nie ausstehen können.

Bartels hatte seine Ausbildung in einem Textilgeschäft gemacht und war im Ersten Weltkrieg Regimentsschreiber von Archibald Hermann gewesen, der ihn nach allen Richtungen gefördert hatte. Für Kowalski war Bartels der „Ellenreiter". Kowalski, bei Kriegsende unumschränkter Herrscher über die süddeutschen Werke, war jetzt praktisch nur noch Leiter der veralteten Sägewerke in Gernsbach und Weisenbach. Für die anderen Betriebe waren Bartels oder Leni zuständig. Für Bartels wurde eines der Fertighäuser – es gab ja genug Teile – fertiggestellt und allerlei Um- und Anbauten daran vorgenommen, um auch seine Familie unterbringen zu können.

Als Leberecht nach Gernsbach kam, klagte Kowalski, für Bartels hätte man auch irgendeine andere Werkswohnung frei machen können, zum Beispiel in Weisenbach, aber die sei ja dem vornehmen Herrn zu schäbig gewesen. Auch die anderen Angestellten seien alle unverschämt und würden die Firma bestehlen. Leberechts Nichte Leni sei viel zu großzügig gegenüber ihren Angestellten. Alle Werksangehörigen würden Rabatt bekommen, dabei sei der Listenpreis des Holzhauses schon nicht mehr kostendeckend. Und dann, was den Herrn Oberingenieur Warter angehe, den Leberecht so schätze, der habe sich ein großes Holzhaus durch einen fremden Zimmermann bauen lassen, aber sämtliches Material von der Firma gestohlen!

Leberecht entgegnete, das könne er doch nicht behaupten, ohne es beweisen zu können, worauf Kowalski wütend erwiderte: „Wenn ich Ihnen das sage, dann stimmt das auch! Jeder schneidet der Kuh, die gemolken werden soll, vorher die Zitzen ab!"

Kowalski klagte weiter, dass man seine Frau nicht genügend respektiere, worauf Leberecht ihn und seine Frau zum Abendessen ins Kurhaus nach Baden-Baden einlud, und das schien ihn etwas zu beruhigen. Das Abendessen verlief einigermaßen friedlich, aber Kowalski klagte auch wieder über Leni. Er gebe ja zu, dass sie im Augenblick die Holzhäuser schwer verkaufen könne und dass sie deswegen lauter Werkswohnungen baue, aber das müsse doch im Rahmen bleiben. Sie habe jetzt, nur drei Monate nach der Währungsreform, schon für 600.000 Mark Werkswohnungen gebaut.

In einem Gespräch mit Leberecht klagte Bartels, dass ihn Kowalski immer nur kritisiere, es sei unerträglich, ihm gegenüber am gleichen Schreibtisch zu sitzen. Bartels wollte jetzt seine Haupttätigkeit nach Aalen verlegen, und er berichtete darüber, dass er dort gute Erfolge im Einkauf gehabt habe. Bei den Forstämtern habe man ihn außerordentlich freundlich empfangen, alle seien sehr angetan davon gewesen, dass endlich einmal jemand vom Vorstand der Firma die Forstämter besuche. Kowalski habe das nie getan.

Leberecht fuhr ziemlich besorgt nach Lübeck zurück und hoffte, dass sich die Dinge mit der Zeit schon einrenken würden.

Auch Leni machte sich Sorgen. Nach der Hochzeit waren sie und Willi in die Flitterwochen nach Oberbayern gefahren, aber dann kam die Währungsreform, und sie mussten die Hochzeitsreise Hals über Kopf abbrechen. Die Stornierung des Franzosenauftrags hatte sie wie ein Blitz aus heiterem Himmel getroffen. Für die 600 Arbeitskräfte musste eine neue Beschäftigung gefunden werden, denn kein Mensch wollte jetzt Fertighäuser aus Holz kaufen. Zunächst hielt sie die Belegschaft mit dem Bau von Häusern für die eigenen Werksangehörigen über Wasser. Ihr war klar, dass das nicht die jetzt so dringend benötigte Liquidität für die Firma schaffte, die Werksangehörigen forderten Zahlungsziele und wollten dazu noch hohe Rabatte, so dass man bei diesen Häusern keine Rechnung fand.

Kowalski hatte schon angedroht, die ganze Holzbauabteilung zu schließen, dann wäre sie ihre Stellung los gewesen, und nur Leiterin der Biertellerabteilung zu sein, das war ihr nicht genug, das war ja die Stellung, die sie bereits als junges Mädchen vor dem Krieg innegehabt hatte, das hatte doch keine Zukunft! Nun war sie in der Hierarchie des Unternehmens nur noch die Nummer drei, nachdem Bartels nach Gernsbach gezogen war.

Sie hatte gehofft, dass Bartels sie gegen Kowalski unterstützen werde und dass sie, wenn Kowalski einmal pensioniert war, als Zweite neben Bartels in den Vorstand kommen könnte. Aber mit der Zeit waren ihr Zweifel gekommen. Sie wusste sehr gut, dass Uneinigkeit unter den Vorständen letztlich nur Schaden für den ganzen Betrieb bringe. Nicht nur die Autorität von Bartels und Kowalski wurden dadurch untergraben, sondern auch ihre eigene, denn die Angestellten nutzten die Uneinigkeit zwischen ihnen gnadenlos aus und erzählten geradezu mit Wonne alle Fehler, die die Geschäftsleitung machte, und Leni war sich darüber klar, dass viele dieser halben Beschuldigungen und Verdächtigungen auch bei Leberecht landeten.

Am meisten schmerzte sie aber, dass die Großmutter ihr gegenüber sich jetzt merklich zurückhielt. Über das, was in der Firma geschah, wurde Johanna von Bartels oder von den Werkmeistern unterrichtet, Lenis Informationen schien sie nicht mehr zu brauchen. Sie wurde zwar alle drei bis vier Wochen mit Willi zusammen zum Essen eingeladen, aber sie unterhielten sich nur über Belanglosigkeiten, und wenn Willi sie zärtlich umarmte oder sie nur bei den Händen nahm, sah sie Johannas missbilligenden Blick. Nun war sie auch noch schwanger und wagte nicht, der Großmutter davon zu erzählen, sie fürchtete, dass sie dann die Aufforderung erhielt, sich vom Geschäft zurückzuziehen.

Isolde Sutter war arbeitslos geworden. Das Privattheater in Aschaffenburg hatte nach der Währungsreform Konkurs anmelden müssen. Isolde suchte nach einem Engagement in anderen Städten und sprach auch bei einigen Theaterintendanten vor, aber sie hatte keinen Erfolg, denn ganz Deutschland war überschwemmt von stellungslosen Schauspielern. Die Theaterleidenschaft der Deutschen nach dem Krieg hatte sich mit der Währungsreform abgekühlt, nur wenige hatten das Geld, um sich eine Theaterkarte zu leisten. Stattdessen ging man in das wesentlich billigere Kino, wo jetzt alle Hollywoodfilme zu sehen waren.

Für eine Schauspielerin wie Isolde, die keinen Namen hatte, war es sehr schwer, sich durchzusetzen, und in der Familie hatte sie keinen Rückhalt. Ihr wurde klar, dass sie etwas anderes beginnen musste.

Eines wusste sie genau: „Keinesfalls gehe ich wieder nach Gernsbach zu meiner Mutter!" Sie wollte ihre errungene Freiheit verteidigen.

Sie schwankte immer noch, ob sie Sprachen studieren oder wieder eine Stellung als Volontärin bei einer Zeitung suchen sollte, aber da waren alle

Plätze besetzt. Isolde wurde angeboten, als freie Journalistin zu arbeiten. Es wurden auch einige Reportagen von ihr angenommen, aber pro Zeile bekam sie nur fünf, bestenfalls zehn Pfennig bezahlt, und davon konnte sie auch mit großem Fleiß nicht leben. So blieb ihr zum Schluss nur die Stellung einer Schreibkraft und Hilfssekretärin bei dem österreichischen Konsulat in Baden-Baden mit einer nicht sehr guten Bezahlung. Am liebsten hätte Isolde ja ihr Studium wieder aufgenommen, aber Hiltrud war strikt dagegen. Sie sah in einer Studentin immer noch eine Faulenzerin.

Auch in der Liebe hatte sie kein Glück. Ein junger Mann, der ihr sehr gut gefiel, war ein Klassenkamerad ihres Bruders vom Birklehof. Er war nur wenige Tage, nachdem sie wieder zu Hause war, nach Gernsbach gekommen, um sich nach Bernhard zu erkundigen. Sie waren zusammen in ein Café nach Baden-Baden gegangen und hatten sich ausgezeichnet unterhalten.

Herbert war ein großer blonder sportlicher Mann, Sohn eines Textilfabrikanten, der jetzt in die Firma seines Vaters eintreten sollte. Sie hatten sich erneut verabredet, und Herbert hatte auch für das Wochenende seinen Besuch angesagt. Isolde war schon voller Erwartung, als ihre Mutter kam und sagte, der junge Mann habe keine Zeit zu kommen. Das sei sehr gut, denn Isolde solle nach Karlsruhe fahren, um für die Mutter einiges zu besorgen.

Am Abend, als sie nach Hause kam, war ihre Mutter ausgegangen. Tante Else fragte, warum sie denn weggefahren sei, der junge Mann, mit dem sie sich verabredet habe, sei gekommen und habe nach ihr gefragt. Isolde stutzte und wusste nicht, was das zu bedeuten hatte. Sie schrieb ihm einen Brief und bat ihn um Aufklärung, bekam aber keine Antwort. Sie schrieb noch ein zweites Mal und erhielt wieder keine Antwort. Ihre Mutter sagte, sie solle doch die Briefschreiberei sein lassen, ein junges Mädchen solle sich den Männern nicht anbieten, das gehöre sich nicht.

Am nächsten Wochenende kam der junge Mann wieder nach Gernsbach, und Else wunderte sich, dass Isolde erneut auf Geheiß ihrer Mutter weggefahren war. Auf Elses Frage, warum sie ihn denn versetzt habe, zuckte Isolde nur mit den Achseln.

Else hatte zufällig gesehen, wie vertraut Hiltrud den jungen Mann begrüßte und dass sich die beiden wenig später in Hiltruds Wohnung eingeschlossen hatten. Jetzt war ihr klar geworden, dass Hiltrud mit dem Freund ihrer Tochter ein Verhältnis begonnen hatte, obwohl sie 20 Jahre älter als der junge Mann war. Isolde aber hatte keine Ahnung davon.

Isoldes älterer Bruder Bernhard hatte Ende 1947 die Möglichkeit gefunden, in Basel immatrikuliert zu werden. Er hoffte, dass das Leben in der Schweiz einfacher und dass Essen besser wäre. Aber das war nicht der einzige Grund. In Frankfurt hatte er beim Studium etwas gebummelt, und er fühlte sich noch nicht fit für das Physikum. Aber wenn er nicht zur Prüfung antrat, bestand

Gefahr, exmatrikuliert zu werden. Wenn er nach Basel ginge, hätte er ein Jahr Zeit gewonnen.

Außerdem hatte er sich mit seiner Freundin verkracht. Die Freundin teilte ihm mit, dass er sie heiraten müsse, weil sie schwanger sei. Bernhard hatte an eine Ehe überhaupt nicht gedacht und den Verdacht, dass das Kind möglicherweise von einem anderen gemeinsamen Bekannten sein könnte. So verschwand er eines Tages Hals über Kopf aus Frankfurt, ohne sich dort zu verabschieden. Aber in Basel war doch vieles anders, als er gedacht hatte, und das Leben war sehr teuer. Hiltrud war der Meinung, jetzt solle endlich einmal der Vater, Walter Sutter, für den Jungen aufkommen, denn nach der Währungsreform hatte sie kein Geld für Bernhard übrig. Aber sein Vater Walter erklärte ihm klipp und klar, dass er kein Geld habe, um ihm den Aufenthalt zu finanzieren. Als Walter Sutter aus dem Krieg in die Schweiz zurückkam, hatte ihm die Familie 50.000 Franken zur Verfügung gestellt, das reiche, um einen neuen Anfang zu machen, mehr gebe es nicht. Nach zwei Jahren war das Geld aufgebraucht, und er lebte davon, dass er Bridgeunterricht gab. Damit konnte er einigermaßen gut über die Runden kommen, aber einen erwachsenen Sohn mitzufinanzieren, das ging nicht.

Bernhard studierte in Basel, wohnte aber in Lörrach, weil es da billiger war. Er bekam etwas deutsches Geld von der Großmutter und besserte seine Kasse dadurch auf, dass er in Basel Schokolade und Zigaretten kaufte und diese dann zu horrenden Schwarzmarktpreisen in Deutschland verkaufte. Mit dieser Verdienstmöglichkeit war es nach der Währungsreform vorbei. Weil Bernhard aber mehr Geld brauchte, machte er etwas riskantere Geschäfte und schmuggelte hochwertige optische Geräte in die Schweiz. Er wurde dabei erwischt und zu einer hohen Wertersatzstrafe verurteilt. Voller Verzweiflung überlegte er hin und her, wie er mit der Situation fertig werden sollte. Die Strafe abzusitzen, das hätte großes Aufsehen in der Familie erregt, aber die Summe bezahlen konnte er auch nicht, weder in Mark noch in Franken.

Da kam ihm ein Einfall: Er wusste, dass die Großmutter eine Menge Goldmünzen besaß, die der Großvater schon im Ersten Weltkrieg für Notzeiten zurückgelegt hatte. Er kannte das Geheimfach, weil die Großmutter in der schweren Zeit vor der Währungsreform die eine oder andere Münze geopfert hatte, um den Lebensunterhalt der Familie zu verbessern.

Bernhard hatte ein schlechtes Gewissen. Die Großmutter, der er alles verdankte, regelrecht zu bestehlen, das wollte er nicht. Aber dann dachte er: „So schnell wird sie es nicht merken. Ich werde die Münzen verpfänden, und wenn ich dann bei dem nächsten Geschäft das Geld wieder zurückgewonnen habe, löse ich das Pfand ein und bringe die Münzen heimlich wieder zurück."

Bei seinem nächsten Besuch in Gernsbach entwendete er die Münzen, ohne dass es jemand bemerkte, verpfändete sie in der Schweiz und konnte so seine Strafe bezahlen. Die Großmutter brauchte die Münzen zunächst nicht und sah auch nicht nach ihnen. Erst zwei Jahre später wollte sie einige davon holen, fand sie aber nicht mehr in dem Geheimfach, das außer ihr nur Else und Bernhard kannten. Ihnen hatte sie das Fach einmal gezeigt, für den Fall, dass ihr etwas passieren würde. Else war über alle Zweifel erhaben, so dass nur Bernhard die Münzen genommen haben konnte, aber sie traute ihm das nicht zu. Sie überlegte, ob sie sie nicht irgendwo anders versteckt hatte. Zuletzt blieb doch ein gewisser Zweifel, ob Bernhard sie genommen hatte, und ihr Vertrauen in ihn war erschüttert.

Eines Tages kam Bernhard nach Gernsbach, um mitzuteilen, dass er das Physikum bestanden habe, aber das Medizinstudium wolle er aufgeben. Da er einige Studienfächer nicht gehört habe, die er in Basel brauche, und diese Fächer erst im übernächsten Semester gelesen würden, würde er noch mal ein ganzes Jahr brauchen, bis er mit dem klinischen Semester anfangen könnte, und das wolle er nicht. Er wolle jetzt lieber in die Firma eintreten.

Leni war entsetzt, auch die meisten anderen Familienmitglieder waren dagegen, nur Hiltrud redete so lange auf Leberecht ein, dass er zum Schluss zustimmte. Er wollte Bernhard als Volontär nach Lübeck nehmen, aber zunächst sollte er in einem benachbarten Schwarzwaldsägewerk erst einmal die Grundkenntnisse des Geschäfts kennenlernen, und der Inhaber des Sägewerks Huber & Textor im Murgtal war auch bereit, ihn zu nehmen, zumal er fand, dass der junge Mann ein passender Bräutigam für seine Nichte wäre, damit seine Familie endlich in die Murgtäler Holzaristokratie einheiraten könnte.

Doch es kam noch ein weiterer Bewerber um eine Nachwuchsstellung auf die Firma Weiler & Busch zu. Else war mit ihrer Tochter Marianne während der Sommerferien auf das Gut ihres Bruders Otto im Markgräfler Land gereist. Dort lebte auch ihre Schwägerin, eine verwitwete Baronin von Seydlitz, die ein Gut in der Altmark besessen hatte, aber vor den Russen geflohen war. Eine Woche, bevor Else und Marianne auf den Hof kamen, war ihr Sohn Ferdinand aus russischer Gefangenschaft entlassen worden. Ferdinand war ein junger Mann Mitte 30, sportlich und gut aussehend. Er war voller Esprit und ein famoser Unterhalter. Er rauchte, wie Marianne, schachtelweise Zigaretten und suchte jetzt im Westen eine vernünftige Stellung, denn er war, wie schon seine Vorfahren seit Generationen, Berufsoffizier gewesen. Für Ferdinand war es selbstverständlich, dass er nach dem Abitur – Hitler hatte noch nicht die Macht ergriffen – in die Reichswehr eintrat. Dank der Familie und wohl auch ordentlicher Leistungen war er auf die Kriegsakademie abkommandiert worden und hatte die Generalstabsprüfung bestanden. Den ganzen Krieg hatte er an der Ostfront erlebt, war bis zum Major aufgestiegen und wurde mit hohen Orden ausgezeichnet. Das Deutsche Kreuz in Gold, so erzählte er mit Schmunzeln, habe er bekommen, als er im Bett gesessen habe, mit einer Flasche Rotwein neben sich und einer Telefonleitung zu einem vorgeschobenen Artilleriebeobachtungsstand, dem einzigen, den es noch weiter vorne an der Front gegeben habe. So habe er die Artillerie eines ganzen Armeekorps geleitet.

In der Gefangenschaft kam er in ein Offiziersgefangenenlager, und da organisierte er ein Lagertheater, das bald Berühmtheit bei den russischen Offizieren erlangte und später im ganzen Land herumreisen durfte, um in Kriegsgefangenenlagern oder vor russischen Offizieren Vorstellungen zu geben. Es wurden Schauspiele aufgeführt, und es gab auch Opern. Ferdinand führte Regie und besorgte durch geschicktes Verhandeln mit den Russen das Material für die Kulissen und für Kostüme, organisierte das Orchester und die Sänger.

Er war schon einmal verheiratet gewesen, aber seine Frau hatte ihn, während er in Gefangenschaft war, mit einem amerikanischen Offizier betrogen und von diesem ein Kind bekommen. Ferdinands Mutter hatte im Auftrag von Ferdinand die Ehescheidung betrieben, denn sie wollte nicht, dass der gute Name von Seydlitz von irgendeinem Bastard in Amerika getragen würde.

Nun war Ferdinand da, bezauberte Marianne, und nach 14 Tagen verlobten sie sich. Alle waren erstaunt. Marianne war sonst so zurückhaltend gewesen. Sie hatte zwar heimlich mal für den einen oder anderen Mann geschwärmt, es aber nie gezeigt. Und jetzt war sie für diesen Mann Feuer und Flamme. Dass er schon einmal verheiratet war, störte sie zwar und Else noch mehr, aber letztlich war er ja nicht derjenige, der fremd gegangen war.

Bei der Berufswahl war das eine klar: Mit dem Militär war es zu Ende, es gab keine deutsche Armee mehr. Zur Polizei zu gehen, das kam für einen von Seydlitz überhaupt nicht in Frage. Er hatte an etwas Kulturorganisatorisches gedacht, darunter konnte sich Else überhaupt nichts vorstellen. Er sollte etwas Vernünftiges werden, und da sie auch einen großen Teil der Aktien von Weiler & Busch hatte, war sie der Meinung, dass eine Stellung dort das Richtige für ihn wäre.

Leberecht wurde konsultiert, und als er Ferdinand kennenlernte, war sein Kommentar: Das ist der Typ eines adligen Hoftheaterintendanten. Aber alle seine Freunde, bei denen Leberecht vorsprach, meinten, die Zeit eines adligen Hoftheaterintendanten sei vorbei. Also doch eine Stellung in der Firma? Der Aufsichtsratsvorsitzende Dr. Seidel war auch von Ferdinand angetan und meinte, dass es mit ihm schon etwas werden könne. Ein Generalstäbler in der Wirtschaft, das sei doch eine vernünftige Fortsetzung der Karriere, im Gegensatz zu Bernhard, ein abgebrochenes Medizinstudium sei keine Empfehlung für eine leitende Stellung in der Wirtschaft.

Britta hatte sich entschlossen, ihr Kind in Lübeck bei ihrer Mutter zur Welt zu bringen. Die schwedischen Freunde rieten ihr davon ab. Sie waren davon überzeugt, dass die schwedischen Ärzte und Hebammen und die schwedischen Krankenhäuser viel besser seien, dass alles sehr viel hygienischer zugehe, und vor allem meinten sie, dass es ein großer Fehler wäre, wenn ein Kind nicht in Schweden geboren würde. Das Kind sollte doch ein guter Schwede werden!

Gerade diese letzte Bemerkung hatte Britta dann dazu veranlasst, das Kind eben nicht in Schweden zur Welt zu bringen. So sehr sie Schweden, bevor sie dorthin kam, bewundert hatte und so viel sie auch das neue Heimatland gegenüber ihrer deutschen Familie verteidigte und als fortschrittlich pries, so ging ihr der Nationalstolz der Schweden und das ewige Betonen, wie schön und gut hier alles und wie furchtbar es im Ausland sei, doch sehr auf die Nerven.

Bei der Geburt ihres ersten Kindes wollte sie die Hilfe der Mutter, denn auf die Hilfe der Schwiegermutter, die noch nie ein Kind bekommen hatte, wollte sie sich nicht verlassen. Außerdem lag man im schwedischen Krankenhaus zu viert in einem Zimmer, es waren zwar keine Säle mit acht oder zehn Betten wie in Deutschland, aber in Deutschland konnte man auch ein Zimmer für sich allein haben. Britta sprach jetzt schon ganz akzeptabel Schwedisch, aber trotzdem hatte sie Angst, sich möglicherweise nicht richtig mit Ärzten und Schwestern verständigen zu können.

So fuhren Britta und Bela Ende Oktober nach Lübeck. Das Kind sollte Mitte November geboren werden. Bela wollte die Zeit vor der Geburt nutzen und Freunde und seine Cousine Margarethe besuchen und auch noch beim Rundfunk und bei Konzertagenturen vorsprechen, um Verbindungen zu schaffen, wenigstens für Konzerte, um etwas zu verdienen und vor allem, um bekannt zu werden. Kaum war er weggefahren, setzen schon die Wehen ein. Es war ein gesundes Mädchen. Bela erfuhr erst zwei Tage später, dass er Vater geworden war. Er wollte Margarethe in Frankfurt besuchen, die war aber noch in der Stadt unterwegs. Als er etwa vier Stunden in der Bibliothek gewartet hatte, kam das Hausmädchen und sagte: „Ach, Sie sind doch Herr Boetius? Ich habe ganz vergessen, Ihnen auszurichten, dass Sie eine Tochter bekommen haben!“

An der Universität konnte Archibald erkennen, dass an dem Spruch „Kleider machen Leute“ doch etwas dran war. Er hatte sich nie auffällig gekleidet, erregte jetzt aber mit seinen neuen Schuhen mit den dicken Kreppsohlen, der Lederjacke und dem Rollkragenpulli Aufsehen. Er sah aus wie ein Ami, und plötzlich beachteten ihn auch die Mädchen und hörten in der Mensa vom Nachbartisch zu, wenn er von Schweden erzählte. Auslandsreisen waren zu der Zeit sehr ungewöhnlich, und jeder seiner Kommilitonen, der ihn sah, fragte ihn nach seinen Erlebnissen.

Seit Juni hatte sich vieles geändert. Die Studenten hatten es noch eiliger, zum Abschluss zu kommen. Die meisten Eltern hatten kein Geld mehr, um ihre Kinder zu unterstützen. Zusatzverdienste durch den Schwarzhandel gab es von heute auf morgen nicht mehr, man konnte ja alles im Laden kaufen, was man brauchte.

Der Wunsch war jetzt, möglichst schnell mit dem Studium fertig zu werden. Erst mit dem Examen in der Tasche konnte man einen Beruf ergreifen, bei dem man verdienen konnte, und viele Bräute und Ehefrauen – manche hatten auch schon Kinder – warteten darauf, dass der Familienvater endlich die Familie ernähren konnte. Es gab richtige Neurosen, das Examen nicht bestehen zu können. Auch Archibald ließ sich von der Hektik der Kollegen anstecken, und so ging er mit einigen Freunden zu Paukern. Das waren Repetitoren, die jahrzehntelange Routine hatten, es waren auch alte Studenten, die selber ihr Examen nie gemacht hatten. Die Studenten bildeten Arbeitsgruppen, um gemeinsam zu lernen und kamen oft vier- oder fünfmal in der Woche zusammen. Außerdem besuchten sie die öffentlichen Diplomprüfungen, um zu sehen, was die Professoren für Fragen stellten. Archibald hatte das Gefühl, die Fragen, die da gestellt wurden, jetzt schon, ohne das Studium abgeschlossen zu haben, mit Leichtigkeit beantworten zu können. Die Hauptsache war, dass man die „Deutsche Wirtschaftszeitung" las, dann konnte man eigentlich alles beantworten.

Else Weiler wollte die Hochzeit ihrer Tochter ganz groß feiern, das war sie ihrem einzigen Kind schuldig. Allerdings hatte sie keine großen flüssigen Mittel mehr, und deswegen entschloss sie sich, 5.000 Mark ihrer Aktien von Weiler & Busch zu verkaufen. Leberecht war darüber recht ungehalten und beklagte sich darüber bei seiner Mutter. Es sei doch ein Unding, wenn Else, die ihren Schwiegersohn bei der Firma unterbringen wolle, ausgerechnet von dieser Firma Aktien verkaufe.

Leberecht sah sich jetzt fast täglich Verkaufswünschen von Aktionären gegenüber. Vor der Währungsreform hatte fast niemand Aktien verkaufen wollen. An der Börse in Frankfurt wurde so gut wie nichts gehandelt, aber man konnte beobachten, dass Haber alles, was an Weiler & Busch-Aktien auf den Markt kam, aufkaufte. Jetzt nach der Währungsreform veräußerten viele Lieferanten, die 1930 ihre Forderungen gegen Aktien eingetauscht hatten, ihre Anteile, sie brauchten Geld für ihren eigenen Betrieb. Leberechts Möglichkeiten, Aktien zu erwerben, waren beschränkt. Kredit konnte er dafür keinen mehr aufnehmen, und der Unterhalt der Familie kostete auch einiges.

Astrid hatte jetzt die Schule beendet, sie wollte Pianistin werden und meinte, dass sie dafür weder Abitur noch mittlere Reife brauche. Sie hatte Musikstunden bei einem Privatlehrer, weil sie ohne Abschluss keine Möglichkeit hatte, an der Musikhochschule zu studieren, bei einem berühmten Klavierpädagogen, dessen Stunden aber entsprechend teuer waren. Sie wohnte in Stuttgart. Das Studium von Archibald war ja auch noch nicht beendet. Und so sah Leberecht mit Schrecken, wie Haber immer größere Anteile der Gesellschaft aufkaufte. Möglicherweise würde er bald 25 Prozent haben und konnte damit alle wichtigen Entscheidungen, die eine qualifizierte Mehrheit in der Generalversammlung erforderten, blockieren. Die Mehrheit der Familie von über 50 Prozent war nur noch schwach und nur mit Hilfe von Konsortialverträgen zu halten. Auch der Familienmitglieder war Leberecht sich nicht mehr sicher.

Die Vorbereitungen für die Hochzeit liefen auf Hochtouren. Die Hochzeitsfeier sollte nicht in einem Hotel stattfinden, sondern im großen Esszimmer der Familie. Eigentlich hätte Else 70 bis 80 Leute einladen wollen, aber sie konnte mit Ach und Krach 44 Personen unterbringen. Die Guldesmühle musste 18 Gänse besorgen, das war das einzige markenfreie Fleisch, das man bekam. Mit einem Fischer wurde vereinbart, 44 Forellen zu liefern, auch Fisch war markenfrei. Die Forellen schwammen, damit sie auch frisch blieben, so lange im Brunnen und in einer großen Waschwanne im Hof. Es kochte der Wirt des Gasthauses Kreuz, der bekannt für seine gute Küche war.

Die Trauung nahm Mariannes Onkel Otto Weiler, der Vetter ihres Vaters, vor. Er war mit Ferdinand zusammen in Kriegsgefangenschaft gewesen und hatte deshalb ein besonders gutes Verhältnis zu den beiden Brautleuten.

Eingeladen war die ganze Familie von Seydlitz, die Familie Stark mit Cousinen und Vettern von Marianne sowie Hiltrud mit ihren Kindern. Leberecht und Archibald waren gekommen, aber Paula war bei Britta und ihrem Baby in Lübeck geblieben, um das Kind zu versorgen. Die ganze Familie Festerling hatte die weite Reise gescheut. Else hatte in Anbetracht dessen, dass Ferdinand jetzt in die Firma eintreten sollte, sowohl Kowalski als auch Bartels zur Hochzeitsfeier eingeladen, nicht aber die Frauen, weil sie die einfach nicht mehr setzen konnte. Kowalski empfand das als Affront gegenüber seiner Frau und kam nicht, während Familie Bartels Verständnis zeigte.

Das Essen zog sich lange hin. Es wurden viele Reden gehalten und Trinksprüche ausgebracht. Der Bräutigam prostete, wie er es im Kasino gelernt hatte, jedem der Gäste einzeln zu und bekam mit der Zeit glasige Augen. Die riesige Portion an Gänsen wurde vollständig aufgegessen. Archibald, der durch seine Zeit in Schweden nicht ganz so ausgehungert war wie die meisten anderen Gäste, gab die Hälfte seiner Gans seiner Nachbarin, einer zierlichen jungen Dame, die auch diese Portion ohne Schwierigkeiten zusätzlich aufaß.

Nach Tisch wurde in der Diele zu den Klängen eines Grammophons getanzt. Ferdinand begann mit Astrid zu flirten und sagte zu Archibald:„Weißt du, was du für eine wunderhübsche Schwester hast?“, worauf Marianne zu weinen begann und sich zu Leberecht flüchtete: „Meinst du, dass es richtig ist, dass ich Ferdinand heirate? Was hätte wohl Vati dazu gesagt?“

Leberecht war verlegen. Ferdinand war eigentlich nicht der Typ, der seinem Bruder recht gewesen wäre. Alles, was Leberecht an Ferdinand gefiel, seine künstlerischen Neigungen, seine Opernbegeisterung, die flotte Art, sich zu unterhalten, hätte seinem Bruder wohl nicht gefallen, aber das konnte er doch Marianne nicht sagen! So tröstete er Marianne: „Ich glaube, er wäre sicher damit einverstanden gewesen.“ Aber das klang nicht sehr überzeugend.

14 Tage nach der Hochzeit trat Ferdinand von Seydlitz seinen Posten als Volontär im Werk Aalen an. Seine junge Frau Marianne blieb in Gernsbach, und sie trafen sich nur am Wochenende. Peter Neuberger war alles andere als erfreut, dass der Freiherr von Seydlitz bei ihm ein Volontariat beginnen sollte. Leberecht hatte ihm zwar gesagt, er solle den Herrn von Seydlitz so behandeln wie alle anderen Volontäre, die er zur Ausbildung nach Aalen geschickt hatte, aber Neuberger wusste, dass das nicht ganz so einfach war. Bisher hatte er fast alle Volontäre von oben herab mit schneidender Kälte behandelt, ja, er hatte sie nur kurz mit Nachnamen, ohne die Anrede „Herr“ angesprochen, hatte ihnen möglichst unangenehme Aufgaben zugewiesen und ihnen seine Verachtung über ihr Nichtwissen gezeigt.

Bei dem Freiherrn von Seydlitz konnte er wohl nicht so vorgehen, er war ja der Schwiegersohn von Else Weiler, und er wusste, dass sie die größte Aktionärin der Gesellschaft war. Er wusste auch vom Holzeinkauf bei den umliegenden adligen Herrschaften, dass ein Freiherr mit „Herr Baron“ anzureden war, was ihm vollkommen gegen den Strich ging.

Und jetzt hatte man ihm zu seinem großen Ärger noch den Direktor Krieg nach Aalen gesetzt. Krieg war bis Anfang des Krieges Direktor des Werkes Kehl gewesen, das jetzt von den Franzosen beschlagnahmt war. Er hatte eine wesentlich solidere Ausbildung gehabt, er hatte bei dem alten Adolf Schickardt gelernt, war dann bei der Firma Engelberg in Freiburg gewesen und von dort auf deren eigene Berufsschule geschickt worden, bevor er nach Kehl kam. Leberecht mochte ihn nicht besonders, weil er Nazi war. Im Krieg war er bei der Waffen-SS gewesen und wurde deswegen erst im Jahr 1948 aus der Gefangenschaft entlassen. Nun musste er ihn bei Weiler & Busch irgendwo unterbringen, und so war er als Stellvertreter von Neuberger nach Aalen gesetzt worden.

Neuberger hatte aus den bisherigen Erfahrungen mit seinen Volontären, die ihm später als leitende Angestellten mit Feindschaft begegneten, nichts gelernt. Er hielt sie weiter mit Informationen auf dem niedrigsten Stand, der überhaupt möglich war. Trotz der Anrede „Herr Baron“ bekam Ferdinand von Seydlitz nur kurze unvollständige Antworten in einem recht unfreundlichen Ton, als ob es eine Zumutung wäre, überhaupt gefragt zu werden. Auf Ferdinands Frage, wo Neuberger gewesen war, bekam er zur Antwort: „Im Wald“, und als er weiter zu fragen wagte, was er dort gekauft habe, war die Antwort: „Holz“. Aber Ferdinand ließ nicht locker und fragte ihn noch, was es gekostet habe, aber als Antwort hörte er nur: „viel“.

Da war es kein Wunder, dass der Freiherr sich an Krieg wandte, der ihm dann das nötige Wissen beibrachte, ihm aber auch erzählte, was Neuberger für Fehler gemacht hatte. Krieg verdächtigte Neuberger auch, schon seit Langem in die eigene Tasche zu wirtschaften, und er vermutete, dass Leberecht das mitmache. Anders konnte er sich nicht vorstellen, warum sonst jeder Fehler von Neuberger gedeckt werde.

Johanna hatte sich schon immer dafür interessiert, was in der Firma vorging, und sie war auch misstrauisch gegenüber den leitenden Angestellten und Direktoren der Firma. Aber jetzt nahmen die Berichte über Unregelmäßigkeiten und Korruption stark zu. Jeder, der irgendetwas an seinem Vorgesetzten oder Kollegen auszusetzen hatte, kam zu ihr und schwärzte seinen Gegner in der Firma an. Seit Ferdinand von Seydlitz in die Firma gekommen war und Bernhard Sutter in die Firma wollte, waren auch ihre Schwiegertochter und ihre Tochter mit negativen Meldungen zur Stelle. Johanna stellte fest, dass die Familie sich nur stritt und dass der Neid sich immer mehr ausbreitete. Am schlimmsten war Hiltrud, die an fast keinem Angestellten ein gutes Haar ließ und die vor allem bemüht war, die Fähigkeiten von Bernhard herauszustellen. Sie warf ihrer Mutter vor, Archibald viel zu sehr zu verwöhnen und ihn den anderen Enkeln vorzuziehen. Bernhard habe sich an der Front bewährt und für das Vaterland den Kopf hingehalten, während Archibald sich gedrückt habe. Bernhard sei genauso ein Enkel des Großvaters wie Archibald. Dass er zufälligerweise Weiler heiße, sei ja noch kein Verdienst.

Im Übrigen schmeiße Leberecht das Geld der Firma nur so raus, Paula habe das Reiten wieder angefangen, sie habe zwei Reitpferde und die Rotznase von Vivian, die erst sieben Jahre alt sei, dürfe schon reiten. Ihre Kinder hätten solche Vorteile nie gehabt. Leberecht reise nur auf Kosten der Firma mit seiner Familie herum, man müsse ihm doch besser auf die Finger schauen!

Luise hatte zwar wegen der Firma nicht zu meckern – sie war ja nicht beteiligt, aber sie wollte sehen, dass ihr Sohn Hubertus nicht zu kurz kam. Wenn Bernhard in die Firma komme, der doch durch das Examen gefallen sei, solle man auch etwas für ihren Sohn tun und ihn in seinem neuen Beruf als Fotograf unterstützen. Das Musikstudium in Trossingen, das Johanna ihm finanziert hatte, hätte er ja abbrechen müssen, weil ihm das nicht so gelegen habe.

Else war dagegen wohltuend sachlich, aber sie ließ eben auch durchblicken, dass sie in Erfahrung gebracht hatte, dass Bernhard Sutter durch das Examen gefallen war. Sie fand es empörend, dass er große Geschenke für das angebliche Bestehen des Examens eingesteckt hatte. Sie meinte, dass man die Firma später von Archibald und Ferdinand führen lassen sollte. Archibald sei unentbehrlich mit seinem großen Wissen und seinen Kenntnissen, aber doch gehemmt, während Ferdinand für das Repräsentieren der Richtige sei, worauf Johanna nur spitz bemerkte, dass man eigentlich niemand zum Repräsentieren, sondern zum Arbeiten brauche.

Wenn Silvia kam, fielen immer auch einige spitze Bemerkungen über ihre Schwester Hiltrud und den Neffen Bernhard. Über Willi Schulz machte sie sich ebenfalls lustig und meinte, dass Leni viel zu ehrgeizig sei. Auch über Leberecht hatte sie einiges zu klagen, er werfe das Geld der Firma hinaus und höre zu viel auf Schmeichler. Sie klagte darüber, welche Riesensummen sich ihre Schwestern für Arztrechnungen bezahlen ließen, auch sie sei krank und würde gerne einmal eine Erholungskur von der Mutter bezahlt bekommen.

Johanna hatte jetzt Einnahmen aus dem Röter Wald, und auch aus der Murgschifferschaft kamen die ersten Auszahlungen, aber die Firma zahlte noch keine Dividende. Aber sie musste überall helfen. Für Hubertus musste Geld für eine Fotografenlehre und eine neue fotografische Ausrüstung bezahlt werden, nachdem sie schon das Musikstudium in Trossingen bezahlt hatte. Bernhard Sutter bekam bei seiner Volontariatsstellung bei Huber & Textor kein Gehalt, aber ein bisschen Taschengeld brauchte er ja auch. Isolde setzte jetzt durch, dass sie das Sprachenstudium in Genf aufnehmen konnte. Sie wollte Französisch, Italienisch und Chinesisch lernen. Hiltrud bezeichnete das als hirnrissig, aber Johanna sagte ihr ihre Unterstützung für das Studium zu, und da weder Hiltrud noch Walter Sutter irgendetwas dazu beitragen wollten, studierte Isolde jetzt in Genf mit Hilfe von Johanna. Zu Johannas Befriedigung war sie sehr fleißig.

Jeden Tag kam jemand zu Johanna, der sich über einen anderen beklagte. Prokurist und Oberbuchhalter Adam kam zudem immer zu ihr, um über die großen Summen zu berichten, die Bartels ausgab, und über den Streit zwischen Bartels, Kowalski und Leni.

Am 17. Dezember 1948 hatte sie ihren 85. Geburtstag. Sie lud dazu die ganze Familie ein und machte es dringend, dass alle zu ihr kamen. Es reisten auch wirklich alle nach Gernsbach, mit Ausnahme von Paula und Britta, die sich noch um das Baby kümmern mussten.

Sie wollte den Tag groß feiern. Nachdem an ihrem 80. Geburtstag im Krieg nur wenige Leute hatten kommen können und sie an ihrem 75. Geburtstag im Gefängnis gesessen hatte, erschien jetzt praktisch das ganze Tal, um ihr Reverenz zu erweisen: der Bürgermeister und der Landrat, die Pfarrer, nicht nur der evangelische, sondern auch der katholische, die Direktion der Sparkasse und der Industrie- und Handelskammer. Mehrere Chöre brachten ihr ein Ständchen. Abends war die Familie allein. Johanna hielt eine lange Rede, in der sie ihre Familie aufforderte, einig zu sein. „Keiner stoße sich an den Ecken des anderen, denn jeder hat selber Ecken." Spontan hielt Bela eine Rede, die damit begann, dass sie, die Schwiegerenkel, als die Großmutter geboren wurde, alle noch eine Unmöglichkeit waren, und das seien sie auch heute noch, und er sprach offen aus, dass sie wahrscheinlich für Johanna unmöglich wären. Alle lachten und fanden die Rede großartig. Nur Leni und Ferdinand und auch Marianne lächelten etwas säuerlich, während Willi voll zustimmte, dass er ein unmöglicher Schwiegerenkel sei.

***

Im März 1949 erhielt Leberecht einen Anruf von Kowalski, der aufgeregt ins Telefon rief: „Wir sind pleite, wir müssen Konkurs anmelden, Bartels hat – was ich ja schon immer prophezeit habe – den Wagen in den Abgrund gefahren! Sie müssen unbedingt Geld besorgen."

Leberecht rief den Oberbuchhalter Adam an, der bestätigte, dass man einen Liquiditätsengpass habe und dass die Banken verlangten, eine Grundschuld auf die Werke in Höhe von zwei Millionen DM einzutragen, was man bisher immer verweigert hatte. Pleite sei zu viel gesagt, man sei keineswegs überschuldet, die Werte seien noch vorhanden und es gebe auch keine Verluste in der Firma, nur sei man illiquide. Durch die Währungsreform seien die flüssigen Mittel von fünf Millionen auf 250.000 DM zusammengeschmolzen, sie hätten jetzt fünf Millionen Schulden. Es lägen große Berge von Rundholz auf den Werken, es seien beinahe zwei Millionen Mark investiert worden, genau wisse er das noch nicht, und es gebe einen schlechten Geldeingang.

Das hatte Leberecht schon selber gespürt, denn der Boom unmittelbar nach der Währungsreform, als die Elektrizitätswerke wieder kauften, war nach einem halben Jahr abgeklungen. Alles dringend Notwendige war repariert, aber mit Neuinvestitionen hielten sich die E-Werke zurück, denn auch sie hatten ihre liquiden Mittel aufgebraucht.

Die Bank wiederum hatte alles recht dramatisch dargestellt und mit Kündigung der Kredite gedroht, wenn nicht sofort Sicherheiten gegeben würden. Bartels versuchte zu beruhigen, es sei alles nicht so schlimm, die E-Werke würden schon wieder kommen, es sei nur eine vorübergehende Schwäche des Marktes, sie hätten ja schon ganz andere Situationen in der Vergangenheit überstanden. Kowalski blase das maßlos auf, nur um ihm eins auszuwischen.

In den nächsten Tagen kam eine schlechte Nachricht nach der anderen aus Gernsbach. Als Leberecht dort anrief, redeten seine Mutter, seine Schwägerin Else, Leni und Hiltrud alle auf ihn ein, er müsse mit der Faust auf den Tisch hauen. In der Firma gehe alles drunter und drüber, er müsse die Sache jetzt selber in die Hand nehmen.

In Lübeck kam Dr. Silberschmied auf ihn zu, ob er ihn nicht nach Gernsbach schicken könne, um die Sache zu untersuchen. Dazu brauche er aber die Vollmacht vom Aufsichtsrat. Leberecht gefiel dieser Vorschlag, und er stimmte ihm zu, obgleich er schon bemerkt hatte, dass Silberschmied gerne eine andere Stellung als die des kaufmännischen Leiters der Carbon gehabt hätte. Seit der Währungsreform schrieb die Carbon rote Zahlen, worüber Leberecht sich aber nicht aufregte, sondern meinte, dass in der chemischen Industrie immer erst einmal Forschungs- und Versuchsanlagen vor der eigentlichen großen Produktion kämen und dass man das aushalten müsse. Aber Silberschmied war anderer Meinung. Er vermutete, dass Holzkohle nicht mehr und Holzzucker überhaupt nicht gefragt sei und dass die Carbon sich als Fass ohne Boden erweisen werde.

Der Vorschlag, Silberschmied nach Gernsbach zu entsenden, fand auch die Zustimmung des Aufsichtsrats, der zwar Dr. Silberschmied nicht kannte, aber es als sinnvoll ansah, dass ein Außenstehender die Situation überprüfe.

Als Kowalski hörte, dass Silberschmied als Beauftragter des Aufsichtsrats eine Untersuchung leiten solle, rief er den Chauffeur und forderte: „Seiler, bring mir eine Axt!“ Damit schlug er seinen altersschwachen Hund tot. Er regte sich so auf, dass er zwei Tage später einen Schlaganfall bekam.

Dr. Silberschmied brauchte gar nicht viel zu recherchieren und forschen. Die Angestellten drängten ihm geradezu ihr Wissen auf. Mit Kowalski konnte er nicht sprechen, weil er im Krankenhaus lag und der Arzt jede weitere Aufregung verboten hatte. Das nutzten die anderen aus, um sich ins rechte Licht zu setzen, Kowalski zu belasten und zu sagen, dass er als Chef unmöglich sei. Dazu gehörte vor allem Leni. Aber auch Bartels bekam sein Fett weg. Adam beschuldigte niemand, aber seine Anmerkungen, die er recht trocken vorbrachte, ließen den Schluss zu, dass keiner der Herren auf die Finanzen geachtet habe. Er wurde ja nie gefragt, ob noch genügend Mittel vorhanden seien. Warnungen, die er ausgesprochen hatte, wurden überhört.

Dem Gespräch mit Leni konnte er entnehmen, dass der Holzhausbau viel schlechter lief, als man bisher erkannt hatte. Bei jedem Haus, das ausgeliefert wurde, setzte man fünf- bis sechstausend Mark zu, und die halbfertigen Häuser, die man nicht verkaufen konnte, belasteten die Liquidität zusätzlich. Bartels meinte allerdings, dass man sich nicht so sehr über die großen Vorräte an Masten aufregen sollte, die Elektrizitätswerke würden sicher bald wieder kaufen, der Bedarf sei ja da.

Allerdings musste Silberschmied von den Meistern erfahren, mit denen er sprach, dass eine große Menge der Ware schon verdorben war und von den E-Werken nicht mehr abgenommen wurde, weil das Holz voller Käfer war und die imprägnierten Masten nicht mehr ihren Vorschriften entsprachen, viele waren mit nicht mehr zugelassenen Imprägniermitteln getränkt worden. Man konnte das Holz höchstens noch als Verpackungsschnittholz mit großen Preisabschlägen veräußern.

Leni ließ auch durchblicken, dass sie bereit sei, die Positionen von Kowalski und Bartels zu übernehmen, sie bekomme zwar in wenigen Wochen ein Kind, aber sie habe es sich überlegt und auch mit ihrer Mutter, die für das Kind sorgen würde, gesprochen. Sie sei durchaus dazu fähig, die Leitung der Firma zu übernehmen.

Dr. Silberschmied kam allerdings bei der Kommerzienrätin nicht an. Er war mit einem großen Blumenstrauß erschienen, als sie ihn zu einer Tasse Kaffee eingeladen hatte. Er dachte, der alten Dame damit zu imponieren, dass er den Betrieb lobte, vor allem sei es fantastisch, wie gut die alten Maschinen noch funktionierten und die alten Schleifer aus dem Jahr 1908 ihren Dienst täten. Die Antwort von Johanna fiel jedoch anders aus, als er gedacht hatte: „Es ist eine Schande, dass diese alten Maschinen noch laufen. Wir haben die Entwicklung in den letzten Jahren verschlafen. Die Maschinen sind noch Fünfzig-Zentimeter-Schleifer, heute gibt es doch moderne Ein-Meter-Stetigschleifer, die sind viel effektiver!“ Als er gegangen war, meinte sie gegenüber Else: „Ich hab noch nie jemand erlebt, der so blödes Zeug wie der Silberschmied geredet hat! Der hat ja von Wirtschaft überhaupt keine Ahnung!“

Der Bericht von Dr. Silberschmied fand aber bei Leberecht und auch beim Aufsichtsrat großen Anklang. Als dann auch noch Direktor Bartels einen Herzinfarkt erlitt, beschloss man, beide Direktoren, Kowalski und Bartels, zu pensionieren.

Der Aufsichtsrat verhängte ein absolutes Investitionsverbot für Gernsbach, machte Silberschmied zum stellvertretenden Vorstandsmitglied und beauftragte ihn mit der Leitung der süddeutschen Werke. Über Leni wurde gar nicht gesprochen. Sie war maßlos enttäuscht, wieder einmal gingen ihre Träume, Vorstand zu werden, nicht in Erfüllung. Wieder wurde ihr jemand vorgesetzt. Sie forderte Archibald auf, alles liegen und stehen zu lassen und die Arbeit in der Firma aufzunehmen. Aber Archibald wollte nicht nur nicht, sondern er konnte auch nicht, denn er lag mit einem gebrochenen Bein im Krankenhaus.

An einem der ersten schönen Frühlingstage im März 1949, während in Gernsbach der Kampf aller gegen alle um die Macht in der Firma ausgebrochen war, schlenderten Archibald und sein Freund Manfred die Senckenbergallee von der Universität hinunter zur Festhalle. Sie wollten ansehen, wie weit der Neubau dort abgeschlossen war, der demnächst als Ausstellungshalle wieder eröffnet werden sollte.

Manfred versuchte während des ganzen Weges Archibald davon zu überzeugen, sich jetzt noch nicht auf den frühen Termin zu Beginn des siebten Semesters für die Diplomprüfung zu melden, sie seien noch nicht sicher genug. Aber Archibald ließ sich davon nicht abbringen. Er hatte das ganze Jahr schon vorgeplant. Im Mai würde er das Diplomexamen machen, von Juli bis November in Finnland als Praktikant arbeiten, nach dem achten Semester Anfang des nächsten Frühjahres würde er promovieren und dann wollte er möglichst nach den USA gehen, vielleicht würde er auch noch den Dr. jur. machen. Im Jahr 1953 wollte er zu einer anderen Firma, möglichst in leitende Stellung gehen, 1955 würde er Direktor Kowalski in Gernsbach als Leiter der süddeutschen Betriebe ablösen und dann 1957 oder 1958, spätestens 1961, wenn sein Vater 70 Jahre alt wurde, Vorstandsvorsitzender werden, denn dann würde sein Vater von dem Amt zurücktreten.

Mittlerweile waren sie an die Straßenkreuzung gelangt, wo sie die breite Straße zur Festhalle überqueren wollten. Es gab keine Ampel, und es gab auch nicht viel Verkehr. Während sie schon dabei waren, über die Straße zu gehen, kam plötzlich mit großer Geschwindigkeit von links ein riesiger amerikanischer Lkw angebraust. Manfred konnte geistesgegenwärtig noch zurückspringen, aber Archibald war mit seiner Behinderung durch die Kinderlähmung zu langsam, der Wagen warf ihn um und das rechte Hinterrad des Lkw rollte über sein linkes Bein – und der Wagen raste weiter. Das Bein von Archibald lag schlaff neben ihm, und sein erster Gedanke war: „Mein Bein ist ab!"

Ein kleiner DKW hielt an und fragte, ob er den Amerikaner verfolgen sollte, um die Nummer aufzuschreiben, aber Archibald wollte lieber schnell ins Krankenhaus. In der Notaufnahme stellten die Ärzte fest, dass es sich um einen komplizierten, doppelten Bruch von Schien- und Wadenbein handelte, es gab auch tiefere Fleischwunden.

Am nächsten Morgen kam er in den Operationssaal, wo ein Medizinstudent, den er kannte, gerade den Arzt fragte, ob er auch mal die Narkosespritze geben dürfte, was Archibald nicht gerade beruhigte. Archibald bat nur noch, in die erste oder zweite Klasse verlegt zu werden, weil er sich auf sein Examen vorbereiten müsse, dann ging alles sehr schnell. Er wachte allein in einem anderen Zimmer auf und sah, dass man ihn nicht, wie er gedacht hatte, eingegipst hatte, sondern dass er in einem Streckverband lag.

Als Archibald den Chefarzt fragte, wie lange er jetzt liegen müsse, meinte er: „Na, bei Ihrer Jugend können Sie damit rechnen, dass sie acht Wochen im Streckverband liegen, dann bekommen sie einen Gehgips für vier Wochen, dann kommen die Heilgymnastikbehandlungen. Sie müssen also insgesamt schon mit vier Monaten rechnen."

Archibald war entsetzt. So lange konnte er doch nicht mit dem Examen warten! Er begann zu rechnen. Wenn er in acht Wochen seinen Gehgips bekäme, könnte er ja pünktlich zur mündlichen Prüfung kommen, allerdings war die schriftliche Prüfung schon Anfang Mai. Ob es ihm gelingen würde, die schriftliche Prüfung erst später zu machen? Er würde einfach mal einen Antrag stellen.

Als Manfred ihn besuchte und triumphierend sagte: „Jetzt musst du doch mit mir im Juli Examen machen!", antwortete Archibald: „Ich werde das Examen im Gehgips machen, und zwar im Mai!"

Archibald bekam viel Besuch. Paula war gleich am Tag nach dem Unfall gekommen. Es besuchten ihn Margarethe und Helga, zahlreiche Journalisten, die er bei Helga kennengelernt hatte, dann kamen viele seiner Kommilitonen, es kam Leni und sogar seine Großmutter Johanna nahm die Reise nach Frankfurt auf sich. Die energische Kommerzienrätin erkundigte sich nach allem. Sie sprach mit dem Chefarzt, dem Oberarzt, mit den Assistenzärzten, dem Pfleger, mit der Stationsschwester und mit der Schwester Oberin, sie wurde behandelt, als ob sie der Chef der Diakonie wäre. Es kamen die Repetitoren, die allerdings auch meinten, dass Archibald keine allzu großen Lücken in seinem Wissen habe. Wenn es ging, solle er ruhig den ersten Termin für ein Examen aussuchen.

Archibald war bald der Liebling der jungen Schwestern, die auch lieber einmal einen jungen Mann betreuten, der bald einmal Doktor sein würde und noch so jung war!

Er war gegenüber Mädchen noch sehr zurückhaltend. Im letzten Semester war er mit seinen Kommilitonen auf zahlreichen Faschingsbällen gewesen. Sie hatten ihm erklärt, dass er hier leichter an ein Mädchen herankomme, denn auf der Uni gab es kaum Möglichkeiten. An Fasching forderten die Frauen die Männer zum Tanzen auf – wenigstens war das in Frankfurt so, und das ersparte ihm die Peinlichkeit, dass er einen Korb bekam.

Nun wurde er auch von einigen jungen Damen besucht, die er an Fasching kennengelernt hatte. Sie brachten Blumen mit, waren aber recht verlegen am Krankenbett, es kam kein richtiges Gespräch in Gang, und sie erschienen nicht wieder.

Die jungen Schwestern lasen ihm praktisch jeden Wunsch von den Augen ab. Eine Nachtschwester unterhielt sich besonders gern mit ihm und saß oft lange an seinem Bett, bis eines Nachts die Schwester Oberin hereinkam und sprach: „Aber Schwester Katharina!" Katharina wurde rot und verschwand, aber als sie dann Tagdienst hatte, blieb sie, bevor die Nachtschwester kam, oft an seinem Bett sitzen und strich ihm mit der Hand über die Stirne, zupfte die Bettdecke zurecht, und irgendwann fingen sie an, miteinander zu schmusen.

Archibald stellt einen schriftlichen Antrag bei der Diplomprüfungskommission, dass er erst die mündliche und hinterher die schriftliche Prüfung machen wollte. Durch den Unfall sei er verhindert, an den schriftlichen Klausuren zum Examen teilzunehmen, aber zu der mündlichen Prüfung könne er kommen. Er könne das Examen nicht aufschieben, weil er eine Stellung in Finnland antreten müsse.

Der Vorsitzende der Prüfungskommission, ein etwas grämlicher alter Professor der Finanzwissenschaften, lehnte ab. Da könne ja jeder kommen, er könne keine Ausnahme machen. Da musste – wie immer in etwas schwierigen Situationen – Franz Boetius eingreifen.

Er hatte seine Tochter besucht und ging zu dem Vorsitzenden der Diplomprüfungskommission. Der meckerte, was sich der junge Weiler da herausnehme, sei eine Frechheit, was denke der sich!

Franz hatte sich aber erkundigt und zählte auf, dass man im Wintersemester 1948/49 einen Studenten noch während des sechsten Semesters und einen anderen sogar nach dem fünften Semester geprüft hatte, weil sie kein Geld mehr gehabt hatten. Schließlich gab der Professor recht verdrießlich nach. Archibald solle erst einmal das mündliche Examen machen, dann werde man ja weiter sehen.

Am Tag der mündlichen Prüfung fuhr ihn ein Taxi zur Uni, und dort wurde er von den Kommilitonen in die Prüfungsräume im vierten Stock hinaufgetragen.

Sie wurden in Vierergruppen geprüft. Man stellte immer schwerere Fragen, aber Archibald konnte sie alle beantworten, während seine Kommilitonen mit offenem Mund zuhörten. Er bekam in allen Fächern eine Eins.

Nun war die große Frage, ob man für ihn eine eigene schriftliche Prüfung abhielt, für die natürlich neue Themen ausgesucht werden mussten. Der alte Vorsitzende wollte das eigentlich verhindern, aber die Professoren und die Beisitzer waren der Meinung, man solle ihm die Prüfung gestatten, sie würden die Fragen stellen, es mache ihnen keine große Mühe. Für seine Diplomarbeit bekam er die Note Zwei plus, die ziemlich selten gegeben wurde, und er sollte sich in den nächsten Tagen zur Klausur einfinden.

Die schriftlichen Klausuren schaffte Archibald auch alle mit den Noten Eins und Zwei. Ein Professor war von ihm so angetan, dass er ihn auch gleich als Doktoranden annahm zu dem von Archibald ausgewählten Thema „Finanzierung der Holzindustrie“, die wegen ihres langen Finanzierungszeitraums und des internationalen Geschäfts etwas Besonderes war.

Archibald blieb noch weitere vier Wochen im Krankenhaus, denn in seiner Studentenbude im dritten Stock konnte er mit dem Gehgips nicht wohnen, und im Krankenhaus war bestens für ihn gesorgt. Er saß in der Schwesternküche oder ging mit den Schwestern in den Palmengarten, sie verzehrten ungeheure Mengen Buttercremetorte. Mit dem Pfleger saß er zusammen in einer Kneipe und trank Rotwein.

Schwester Katharina erzählte Archibald, dass die Oberin ihr ins Gewissen geredet und gesagt habe, der Dr. Weiler, das sei ja sicher ein sehr intelligenter Mann aus bester Familie, sie wolle ja nichts Schlechtes über den jungen Mann sagen, aber die jungen Mädchen müssten doch aufpassen und ihre Unschuld bewahren. Sie seien schnell verführt, aber die Mädchen zu heiraten, daran würden die jungen Herren doch nicht denken, die suchten sich ja doch eine Frau aus ihren Kreisen. Archibald war etwas verlegen und wusste nicht, was das bedeuten sollte.

Schwester Maria allerdings, die etwas eifersüchtig auf Schwester Katharina war, meinte nur, dass Schwester Katharina ihn kapern wolle, aber das merke er ja nicht. Archibald hatte tatsächlich nichts gemerkt, denn er hatte nie an so eine Möglichkeit überhaupt gedacht. Die Unterhaltung mit ihr war eine gewisse Abwechslung, es gab kleine Neckereien, zu denen er sonst zu schwerfällig war, und dann sprach sie von ihren Sorgen mit einem Kerl, der sie einmal hatte sitzen lassen, von der unmenschlichen Behandlung durch die Diakonissen, die dauernd an ihr herumkritisierten, von dem schmalen Lohn, von dem sie noch etwas abgezogen bekam, als sie ein Tablett mit 20 Fieberthermometern hatte fallen lassen. Sie erzählte von dem kleinen Betrieb, den ihre Eltern hatten. Aber über Dinge, die Archibald im Augenblick interessierten, über seine zukünftige Laufbahn, über Kunst, Literatur oder Musik, darüber konnte er nicht mit ihr sprechen.

Auf einem Spaziergang im Wald machte Katharina dann auch Bemerkungen, die darauf hinzielten, dass sie sich möglicherweise Archibald schon vor ihrer Hochzeit hingeben würde, und als sie auf einer Lichtung eine kleine Rast einlegten, zog Katharina – weil es so schön warm war – ihre Bluse aus.

Aber das war Archibald doch zu viel. Denn einmal hatte er in dieser Hinsicht noch keine Erfahrung mit Frauen, und bei allem, was er in der Familie so gehört hatte, kam ein Zusammensein mit einer Frau vor der Ehe nicht in Frage.

Nach diesem Ausflug ins Grüne fand Archibald, dass es doch besser sei, in sein altes Zimmer in Sachsenhausen zu ziehen.

In Lübeck waren jetzt die meisten seiner Schulkameraden aus der Gefangenschaft nach Hause gekommen. Die letzten waren erst 1948 nach der Währungsreform aus britischer oder französischer Gefangenschaft entlassen worden und mussten nun noch mal die Schulbank drücken, denn es gab keine speziellen Lehrgänge mehr für Kriegsteilnehmer. Archibald wurde von allen bewundert, dass er das Studium schon abgeschlossen hatte und bereits Diplomkaufmann war.

Von Stockholm, wo Archibald einige Tage Zwischenaufenthalt machte, ging es nach Helsinki. In Stockholm waren Britta und Bela voll damit beschäftigt, für die Firma Weiler & Busch Masten und Schwellen abzunehmen. Bela reiste nach Nordschweden zu den großen Holzkonzernen, während Britta die kleinen Sägewerke in Südschweden besuchte, wo vor allem Schwellen gekauft wurden. Die kleine Cecilia wurde von einem deutschen Kindermädchen betreut, von dem es jetzt Hunderte in Stockholm gab, denn diese Stellungen waren sehr begehrt.

Archibald sollte in Finnland eine Arbeit als Praktikant, diesmal nicht auf einem Werk, sondern im Büro von Leberechts früherer Firma aufnehmen. Im Gegensatz zu Schweden, wo die Praktikanten wegen der Gewerkschaften nicht umsonst arbeiten durften, war es in Finnland ausländischen Arbeitskräften überhaupt nicht erlaubt zu arbeiten, auch nicht als unbezahlte Praktikanten. Die finnischen Firmen durften jedoch die Spesen für Holzeinkäufer und Holzabnahmebeamte übernehmen, und Archibald hatte ein Visum als Holzeinkäufer erhalten. Man hatte ihm eingeschärft, er dürfe niemand sagen, dass er in Finnland ein Praktikum antreten wolle.

Auf der Überfahrt von Stockholm nach Helsinki teilte Archibald die Kabine mit einem etwa 50 Jahre alten Herrn. Als Archibald seinen Namen nannte, fragte der Herr gleich, ob er von der Firma Weiler & Busch sei und was er in Finnland machen wolle. Archibald war erstaunt, dass dieser Herr wusste, von welcher Firma er stammte, und antwortete, er sei gekommen, um Schwellen und Masten zu kaufen. Da schien der Herr wie elektrisiert zu sein, zog seine Visitenkarte heraus, auf der stand: Pavel Bulganow, Direktor der Waldhof Oy, und fragte, welche Mengen er kaufen wolle. Archibald wusste zwar, dass sein Vater immer große Mengen eingekauft hatte, aber wieviel es genau war, davon hatte er wenig Ahnung, und so nannte er die Zahl 500.000.

Herr Bulganow fing nun an, ihn auszufragen, ob er Sachsen- oder Preußenschwellen kaufen wolle, wie die Abmessungen seien und ob er die Schwellen nicht bei ihm kaufen wolle. Archibald versuchte, sich aus der Affäre zu ziehen und meinte, er sei durch die Firma Sleepers vertreten und werde wohl alles über sie kaufen. Bulganow erwiderte, diese Mengen könne Sleepers nie zusammenbekommen. Es gebe feste Abmachungen über die Exporte, und danach habe seine Firma eine Quote von 50 Prozent, die Sleepers aber bestenfalls nur eine von 25 Prozent. Und bei dieser großen Menge komme er gar nicht an seiner Firma vorbei. Dann fragte er noch, wo Archibald in Helsinki wohnen werde. Archibald gab sein Hotel, das Societetshuset an, aber es war ihm unheimlich zu Mute und er wusste nicht, wie er aus dieser Sache herauskommen könnte.

Morgens um sieben Uhr war er schon wieder an Deck. In der Nähe des Marktplatzes legte das Fährschiff an. Wilhelm Eklund sollte ihn abholen, aber er sah niemand am Kai. Archibald fuhr mit dem Taxi nach Töölö hinaus, wo Wilhelm Eklund im sechsten Stock eines modernen Mietshauses eine große Wohnung besaß. Archibald klingelte, die Tür ging auf, und ein etwa 18 oder 19 Jahre altes hübsches blondes Mädchen stand in der Tür. Als Archibald „Guten Tag" sagte, schaute ihn das Mädchen groß an, wollte etwas sagen, drehte sich aber um und lief davon, indem sie „Papa!" rief. Wie er später hörte, war das Lisa, die älteste der drei Töchter von Eklund.

Gleich darauf erschien Wilhelm Eklund. „Was, du bist schon da? Ich dachte, das Schiff kommt erst um zehn Uhr!"

Zum Essen gingen sie ins Restaurant, und Archibald erzählte von seiner Begegnung mit Pavel Bulganow. Wilhelm sagte nur „Russe, Russe!" und fing an, auf die Firma Waldhof zu schimpfen. Das war eine Einkaufsorganisation, die die Zellstofffabrik Waldhof in Finnland besessen hatte und am Ladogasee das zu dieser Zeit größte Zellstoffwerk der Welt mit einer Jahreskapazität von 150.000 Tonnen betrieb. Die Fabrik lag jetzt in dem an Russland abgetretenen Teil Kareliens.

Aber nicht nur sie war beschlagnahmt, sondern auch ihre Einkaufsorganisation in Helsinki, und die Russen hatten sie zu einer Holzexportfirma gemacht, die am Export von Papierholz und Grubenholz nach England, aber auch nach Polen und Deutschland teilnehmen sollte. Die Organisation hatte bisher noch keine großen Erfolge gehabt. Niemand wollte etwas von den Russen kaufen, und so war Bulganows Interesse an Archibald durchaus zu verstehen.

Archibald wollte die Verbindung mit Herrn Bulganow abbrechen, aber da widersprach Eklund und meinte, das sei gerade eine günstige Gelegenheit, die Russen auszuhorchen, was sie vorhätten und was sie liefern könnten. Archibald sollte doch mal anfragen und sich Preise nennen lassen. Er sollte noch unbedingt ein Treffen mit den Russen wahrnehmen. Für den Nachmittag müsse er in seine Firma, die Schwefelsäure-Superphosphatfabrik, in der er Direktor sei, aber seine Tochter werde kommen, um ihm die Stadt zu zeigen.

Nach dem Essen kam Lisa, um Archibald abzuholen. Es war das Mädchen, das er an der Türe von Eklund gesehen hatte. Lisa trug eine weiße Studentenmütze, denn sie hatte im Mai Abitur gemacht und am 15. August mit dem Studium der Betriebswirtschaft an der finnischen Handelshochschule, die erst vor wenigen Wochen gegründet worden war, begonnen. Sie schlug vor, dass er doch mit ihrem Vater am nächsten Tag zur Einweihung der Handelshochschule kommen sollte. Lisa hatte einen natürlichen Charme und sprach ein hervorragendes Deutsch, obwohl sie nie in Deutschland gewesen war.

Am nächsten Morgen wurde Archibald um neun Uhr im Hotel angerufen – am Telefon war Bulganow, der sagte, um elf Uhr möchte er ins Hotel Meri Torni, dem Büro von Waldhof, kommen. Sie wollten dort zusammen zu Mittag essen. In Anbetracht der Weisung von Wilhelm Eklund sagte Archibald zu, und um kurz vor elf Uhr stand eine riesige Limousine mit russischem Stander und einem russischen Soldaten vor dem Hotel, was Archibald recht unangenehm war, und holte ihn ab. Im Hotel Meri Torni war nicht nur die Firma Waldhof und eine Reihe anderer ehemaliger deutscher Firmen untergebracht, sondern dort war auch der Sitz der allmächtigen russischen Handelsdelegation, und Archibald wurde gleich zu Herrn Nowikow geleitet, dem Vorsitzenden der russischen Handelsvertretung in Finnland.

Die Russen begannen, Archibald auszufragen. Er malte das Profil von Sachsen- und Preußenschwellen auf – zum Glück wusste er das noch aus seiner Zeit in Mölln, er wusste auch, wieviele Schwellen in ein Schiff gingen, und schlug sich wacker. Allerdings waren die Mengen, die er kaufen wollte, mehr oder weniger aus der Luft gegriffen. Es waren viel zu viel, als dass Weiler & Busch sie hätte verarbeiten können. Er wurde aber von seinem Gegenüber als kompetent angesehen und ernst genommen.

Dann ging es zum Essen. Es begann erst einmal mit einigen Gläsern Wodka. Dann gab es ein Menü von sechs Gängen, und zu jedem Gang gab es Weiß- und Rotwein, dazwischen immer wieder Wodka und Krimsekt, und zum Schluss gab es Kaffee und Cognac aus der Krim. Archibald, der den vielen Alkohol nicht gewohnt war, musste sich zusammennehmen, dass er nicht unter den Tisch fiel.

Archibald blieb noch einige Tage in Helsinki und besuchte auch andere Freunde seines Vaters, wie der es ihm aufgetragen hatte, aber die meiste Zeit verbrachte er mit Lisa, die von ihrem Vater wohl abkommandiert war, sich seiner anzunehmen. Aber anscheinend störte sie diese Abkommandierung nicht, obgleich sie sich sonst von ihrem Vater nicht viel sagen ließ. Archibald merkte das, wenn er bei der Familie zum Essen eingeladen war und sie ihrem Vater laufend widersprach.

Mit Archibald besuchten sie die Festung Suomenlinna vor der Stadt, sie schauten sich die Kirchen, Museen und Gemäldegalerien an, sie aßen zusammen zu Mittag und zu Abend, gingen ins Kaffee Fazer tanzen, und sie gingen zusammen ins Kino. Der Gesprächsstoff ging dabei nie aus. Sie tauschten ihre Meinungen über die Familie, über jüngere Geschwister aus, sprachen über Politik, und Lisa erzählte ihm vieles über die Geschichte Finnlands. Sie verfocht einige frauenrechtlerische Thesen, ohne dass Archibald ihr viel widersprach.

Archibald verliebte sich richtig in sie. Es war ihm allerdings nicht klar, woran er bei ihr war. Ganz am Anfang ihrer Bekanntschaft erzählte sie ihm, dass sie im Sommer drei Monate in England gewesen war, in der Familie eines Luftmarschalls, dessen Sohn Jonny in sie verliebt gewesen war und sie habe heiraten wollen, aber das sei für sie ausgeschlossen gewesen. Wenn sie heiraten würde, dann nur einen Finnen. Vielleicht würde sie mit dem Mann nicht glücklich, unglücklich aber sicher auch nicht. Außerhalb Finnlands könne sie nicht leben, nur ein Finne könne sie verstehen.

Archibald wusste zunächst nicht, was er zu dieser Bemerkung sagen sollte, denn er hatte ihr ja keinerlei Antrag gemacht. Später erfuhr er, dass sie wohl den Plänen ihres Vaters zuvorkommen wollte. Wilhelm erklärte nach einigen Tagen, als er mit Archibald allein saß, er habe sich gedacht, dass es praktisch wäre, wenn Archibald Lisa heiraten würde. Nachdem er ihn kennengelernt habe, sei er davon überzeugt, dass er der richtige Mann wäre für seine Firma, er habe ja keinen Sohn. Dann käme die Firma wieder in die Hand der Familie Weiler zurück, ohne dass es irgendwelche Komplikationen gebe. Er sei 53 Jahre alt, habe eine schwere Krebsoperation hinter sich und wisse nicht, wie lange er noch leben werde. Der Vorschlag war Archibald eigentlich nicht unangenehm, obgleich er Wilhelm klar machte, dass er nach Deutschland zurück müsse, denn auf ihn warte die Leitung von Weiler & Busch.

Archibald war sich über Lisa einfach nicht klar. Dass sie ihn keinesfalls heiraten und sich gegen die Pläne ihres Vaters stemmte, der sie über ihren Kopf weg verheiraten wollte, das konnte er ja verstehen. Aber warum war sie dann immer mit ihm zusammen?

In Helsinki traf er auch seinen Freund Tarmo, den er vor einem Jahr in Schweden kennengelernt hatte. Er hatte an der Forsthochschule studiert, war jetzt Forstmeister und studierte noch an der Handelshochschule. Tarmo war Archibald sehr behilflich beim Besuch der Bibliotheken, die weitaus mehr an deutscher Literatur hatten, als man zu dieser Zeit in Deutschland finden konnte. Er lernte mit Tarmos Hilfe auch in das Patentamt zu gehen, wo die Bilanzen sämtlicher finnischen Firmen hinterlegt waren. Daraus konnte er die Struktur der Finanzierung gut erkennen. Archibald machte Interviews bei einigen Konzernen der finnischen Forstindustrie und bei finnischen Großbanken, die ihm einen guten Einblick in das Thema seiner Doktorarbeit gaben.

Nach eineinhalb Wochen in Helsinki trat Archibald seine Arbeit in Kotka an. Kotka war zu der Zeit der größte Exporthafen Finnlands. Rund um die Stadt war ein Kranz von Zellstoffabriken und großen Sägewerken und nicht weit, etwa 30 Kilometer entfernt, lag Finnlands größter Holzexporthafen Hamina, von dem aus vor allem Rundholz, Masten, Papierholz und Grubenholz exportiert wurden.

Archibald bezog Quartier in einem Hotel am Meeresufer und begab sich zu der Firma, die mitten in der Stadt ein kleines Büro hatte, das von den Geschwistern Erland geleitet wurde. Jule Erland arbeitete zu dieser Zeit schon 28 Jahre bei der Firma, und für sie war Leberecht immer noch der große Chef, auch wenn jetzt die Firma Wilhelm Eklund gehörte.

Archibald erfuhr auch hier, wie die Finanzierung erfolgte. Die Holzexportfirmen waren hoch verschuldet und abhängig von den Banken, sie erhielten nur dann Kredit, wenn sie einen Abschluss mit dem Ausland vorweisen konnten.

Der Aufenthalt war für ihn sehr lehrreich. Er konnte einige große Sägewerke, Zellstoff- und Papierfabriken besuchen, er war mit in den Wäldern bei der Abnahme des Holzes, er lernte das englische Maßsystem aus dem Effeff, er war bei den Verschiffungen dabei, aber Finnisch lernte er nicht. Alles sprach mit ihm deutsch oder auch schwedisch. Aber vom Land lernte er einiges kennen, wenn er mit Ernst Erland bis nach Mittelfinnland fuhr, um Holz abzunehmen.

An den Wochenenden war er meist in Helsinki. Die Busfahrt dauerte etwa drei Stunden. Er traf sich mit Wilhelm und mit Tarmo, vor allem aber mit Lisa. Den Samstag verbrachte er meist in den Lesesälen der Forst- oder der Handelshochschule, ab und zu konnte er auch ein Interview bei einem der großen Holzkonzerne bekommen.

Kurz bevor er wieder die Rückreise antrat, sprach er Lisa darauf an, wie es eigentlich mit ihnen wäre, und sie sagte, sie habe ihm doch von Anfang an klargemacht, dass für sie nur ein Finne in Frage komme, er solle sich die dummen Gedanken aus dem Kopf schlagen, sie lasse sich nicht von ihrem Vater verkaufen, und ließ sich dann die letzten zwei Tage, die er noch in der Stadt war, nicht mehr sehen.

Die Rückreise ging zunächst mit der Eisenbahn zum Hafen nach Åbo, von wo während der Winterzeit die Schiffe nach Stockholm gingen. Als Tarmo und Wilhelm Archibald zum Zug brachten, stand dort zur Überraschung von Archibald auch Lisa mit einem großen Blumenstrauß. Wilhelm sagte zu Tarmo: „Komm, wir lassen die beiden allein!"

Lisa und Archibald standen sich stumm gegenüber, keiner wusste, was er sagen sollte. Die Passagiere wurden aufgefordert, in den Zug einzusteigen, Archibald versuchte, Lisa zu küssen, aber sie wandte sich ab.

Archibald war kaum wieder in Frankfurt eingetroffen, um das letzte Semester zu absolvieren, als auch schon ein Brief von Lisa aus Helsinki kam.

Sie schrieb ihm in der nächsten Zeit jede Woche zwei oder drei Briefe, und Archibald antwortete ihr. Von Liebe war in den Briefen nichts zu lesen, sie schrieben sich nur Dinge aus dem täglichen Leben, und Lisa gab Archibald gute Ratschläge, aber letztlich schrieb sie eigentlich nur, wie schrecklich ihre Familie doch sei.

Archibald legte Professor Theisinger nicht nur eine Gliederung, sondern eine weitgehend fertige Ausarbeitung der Doktorarbeit vor. Theisinger hatte ein paar Änderungswünsche und meinte, dass man einige Punkte noch besser strukturieren müsse, aber im Großen und Ganzen habe er noch nie gesehen, dass jemand so schnell seine Doktorarbeit so gut wie fertig habe.

Beim Besuch in Gernsbach stürmte Leni wieder auf ihn ein, dass er doch möglichst bald kommen solle, denn Dr. Silberschmied sei eine Katastrophe. Er wolle jetzt auch die Hoba schließen und würde nur Leute entlassen, habe keine Zukunftsperspektive, er verstehe von der Wirtschaft überhaupt nichts und vom Holz schon gar nichts. Er habe jetzt den alten Holzeinkäufer Wilhelm Graf wieder eingestellt und sei ganz in dessen Händen, er sei misstrauisch gegenüber jedermann, und wenn er so weitermache, sei die Firma bald am Ende. Nur mit Einsparen und Entlassen könne man nichts bewerkstelligen.

Auch Johanna bedrängte ihn, möglichst bald in der Firma anzufangen. In einem halben Jahr würden auch Bernhard Sutter und Ferdinand von Seydlitz in das Unternehmen eintreten. Das sei ja schön und gut, aber das Unternehmen brauche wieder einen Weiler an der Spitze.

Am 21. Dezember traf er noch mal Professor Theisinger in Frankfurt, der sagte, dass ihm die Doktorarbeit gefalle. Er sollte noch zwei oder drei kleine Änderungen vornehmen, die er gerne hätte, aber er könne die Arbeit dann im Januar einreichen. Als er nach den Weihnachtsferien Anfang Januar wieder nach Frankfurt kam und in dem neuen Institutsgebäude, das gegenüber der Uni lag, den Assistenten um einen Termin mit Professor Theisinger bat, sagte der nur ganz trocken: „Der liegt schon unter dem Rasen."

Archibald erfuhr, dass der Professor zwei Tage nach Weihnachten einen Herzinfarkt erlitten hatte. Es könne jetzt noch Monate dauern, bis der Lehrstuhl neu besetzt werde. So lange wollte Archibald aber nicht warten. Er ging zu dem alten Professor Fritz Schmidt, bei dem er seine Diplomarbeit geschrieben hatte und den er sehr schätzte. Professor Schmidt war zu Hause und empfing ihn in seiner Wohnung. Er freute sich und sagte, er wolle das gerne machen, er müsse jetzt aber erst ins Krankenhaus zu einer Untersuchung. Professor Schmidt kam aber aus dem Krankenhaus nicht mehr heraus, vier Wochen später war er tot.

Schließlich kam nur noch ein außerordentlicher Professor in Frage, der sich auch bereit zeigte, die Promotion von Archibald zu übernehmen, aber nun hatte der wieder vollkommen andere Vorstellungen wie Theisinger und wollte, dass vieles geändert werden sollte, was Archibald eigentlich nicht wollte. Er nahm die Änderungen dann aber doch vor, und 14 Tage später reichte er die Arbeit ein. Der Professor brummte zwar etwas und sagte, das Semester sei zu Ende, aber Archibald wollte sich nach einer Stellung umsehen.

Das war nun gar nicht so einfach, wie er gedacht hatte. In der Wirtschaft war es noch nicht gang und gäbe, Diplomkaufleute einzustellen, sie galten als Theoretiker, als Überqualifizierte, man wollte richtige Kaufleute, die von der Lehre herkamen. Zudem hatte sich das wirtschaftliche Klima wieder deutlich verschlechtert. Der erste Nachholbedarf war gedeckt. Die Exportmärkte waren noch nicht wieder erschlossen. Weil man in den ersten Monaten nach der Währungsreform zu stark investiert hatte, waren jetzt die Mittel knapp, und es kamen überall neue Arbeitskräfte auf den Markt. Während der Jahre 1948 und 1949 waren Hunderttausende von Kriegsgefangenen entlassen worden, dazu kam ein immer stärkerer Zuzug aus der Ostzone, wo große Teile der Bevölkerung keine Zukunft mehr für sich sahen. Archibald sprach bei der Firma Engelberg vor. Paul Engelberg war gerade aus Kriegsgefangenschaft entlassen worden und schlug vor, Archibald könnte ein halbes Jahr bei ihm als Volontär arbeiten, wenn er selber oder einer seiner Mitarbeiter ein halbes Jahr in Schlutup arbeiten könnte.

Man kam überein, dass das Ferdinand von Seydlitz machen sollte, denn die Holzimprägnierung kannte Archibald ja schon aus dem Effeff. Er wollte jetzt nicht noch ein weiteres Praktikum machen, sondern eine wirklich verantwortungsvolle Arbeit übernehmen. Archibald versuchte sein Glück bei verschiedenen Münchner Holzhandlungen und Holzimportfirmen, bei denen er möglicherweise etwas vom Import aus Südosteuropa lernen könnte. Aber diese wollten keine Angehörigen anderer Holzfirmen, die zu einer Art Konkurrenz werden könnten, in das Geschäft hineinsehen lassen.

Auch Leberecht war über die Entwicklung in Gernsbach unruhig geworden. Er wollte seinen Sohn vor seinem Neffen und vor dem angeheirateten Neffen in dem Unternehmen haben. Er sprach davon, dass Archibald erst einmal ein Vierteljahr bei der Murgschifferschaft im Forstamt arbeiten solle. Leberecht hatte schon vorgefühlt, und seine Kollegen im Verwaltungsrat waren damit einverstanden. Auch der Forstmeister freute sich, Archibald dort einzuweisen, es sei wirklich gut, wenn einer der zukünftigen Chefs der großen Sägewerksbetriebe einmal etwas vom Wald verstehen lernte.

Archibald zog jetzt nach Gernsbach ins Büro der Firma Weiler & Busch, in das frühere Wohnhaus von Archibald Otto und Johanna, die Mausefalle. Morgens fuhr er mit der Bahn nach Forbach ins Forstamt, und abends aß er mit seiner Großmutter Johanna zu Abend.

Der Forstmeister gab sich große Mühe, um ihn in die Forstwirtschaft einzuführen. Die Förster waren besorgt um den Zustand des Waldes, denn große Flächen waren durch Franzosen und Holländer kahl geschlagen worden. Eine

Forstinventur ergab, dass es in den Wäldern doch noch riesige Vorräte, vor allem an Starkholz, gab, während die Franzosen vor allem Kahlschläge im Schwachholz vorgenommen hatten. Für die nächsten Jahre waren noch große Vorräte da, aber der Jungwuchs machte Probleme. Denn die Jagd lag für viele Jahre bei den Franzosen, und diese hatten viel zu wenig Rotwild geschossen. Die Hirsche ließen den Jungwuchs nicht hochkommen.

Archibald lernte die Reviere kennen, war mit dem Förster draußen im Wald beim Holzanreißen und beim Vermessen, er war im Büro als Lohnrechner und schrieb Verträge mit den Sägewerken aus, durfte bei den Verhandlungen mit den Kunden dabei sein und auch mit dem Finanzamt über die Steuererklärung mit verhandeln, er bereitete die Generalversammlung vor und führte Protokoll bei Verwaltungsratssitzungen und Generalversammlungen. Er hatte von morgens bis abends keine ruhige Minute, lernte aber auch sehr viel.

Im August hatte er einen Monat Ferien und fuhr mit seinen Eltern nach München und Oberammergau und nach Salzburg. Dort trafen sie Joseph Haflinger, Direktor Messner und den neuen öffentlichen Verwalter der Firma Weiler & Busch in Fürnitz, einen Wiener Steuerberater und Wirtschaftsprüfer namens Frantischek.

Leberecht Weiler, Paula und die jüngeren Geschwister von Archibald waren jetzt österreichische Staatsbürger geworden. Leberecht war in Salzburg in der Wohnung von Joseph Haflinger polizeilich gemeldet, und Haflinger hatte einen Bürgermeister in der Steiermark aufgetan, der die Einbürgerung von Leberecht und seiner Familie vorgenommen hatte. Die Stellung von Leberecht gegenüber dem öffentlichen Verwalter war damit auch wesentlich stärker geworden.

Der neue öffentliche Verwalter fand eine außerordentlich schwierige Situation vor, als er die Aufgabe übernahm. Weil Fürnitz in dem Gebiet südlich von Drau und Gail lag, das die Jugoslawen beansprucht hatten, war es den öffentlichen Verwaltern strengstens untersagt, Arbeitskräfte dort zu entlassen. Die Holzbauabteilung aber, die die meisten Arbeitskräfte band, war nicht mehr rentabel. Die riesige Kapazität des Werkes hatte man dazu benutzt, Häuser im Export zu verkaufen. Es waren meist Kompensationsgeschäfte, die über Staatsstellen abgewickelt wurden. So hatte man eine Lieferung an Philips in Holland gegen Käse eingetauscht, oder es gab einen großen Auftrag für die Türkei, für den Chrom von dort geliefert wurde.

Der Wettbewerb der Holzhausfirmen mit ihren viel zu großen Kapazitäten war enorm. An jedem Haus mussten Tausende von Schilling zugelegt werden. Die Preise waren bei den Kompensationsgeschäften Festpreise, aber da der Schilling ständig an Wert verlor, bekam man, wenn die Zahlung endlich erfolgt war, nur einen Bruchteil des Betrages, den man eigentlich gebraucht hätte.

Der öffentliche Verwalter sah, dass es so nicht weitergehen könne. Er schlug vor, den Betrieb an Leberecht zu verpachten, der ihn jetzt als österreichischer Staatsbürger ja übernehmen könne. An die Firma Weiler & Busch als deutsche Aktiengesellschaft konnte er aber die Firma unmöglich verpachten. Da Leberecht in Lübeck wohnte, kam dieser auf die Idee, eine neue Gesellschaft, die Fürnitzer Holzwerke, mit Joseph Haflinger zusammen zu gründen, die das Unternehmen pachten sollte, wobei Leberecht, Joseph Haflinger und Gerhard Messner als Geschäftsführer vorgesehen waren.

Im September sollte Archibald in das Werk Aalen wechseln, um sich dort in die Geschäfte einzuarbeiten, ehe er dann mit Beginn des neuen Jahres für die süddeutschen Werke die Verantwortung übertragen bekommen sollte. Vor allem Johanna hatte noch mal sehr gedrängt, dass ihr Enkel jetzt endlich in die Firma gehe, und auch Archibald reizte die Aufgabe sehr.

Bevor Archibald seinen Posten in Aalen antrat, fuhr er zunächst nach Frankfurt, wo er zu seinem Ärger feststellen musste, dass der Professor seine Arbeit noch gar nicht gelesen hatte und man ihn beschied, er möchte gefälligst noch warten.

Als er nach Lübeck weiterreiste, war dort Karola Fabricius als Logiergast eingetroffen. Das große Haus war jetzt wieder ziemlich leer geworden. Einer nach dem andern hatten die Einquartierten das Haus verlassen, sie waren vielfach in andere Städte oder zumindest in andere Wohnungen gezogen. Karola, die Frau von Johannes Fabricius, war gekommen, um die Flucht der ganzen Familie vorzubereiten. Johannes war 1947 aus dem Holzkombinat ausgeschieden und mit über 60 Prozent der Stimmen zum Oberbürgermeister der Stadt Zittau gewählt worden. Er war Mitglied der liberal-demokratischen Partei LDP, der Kandidat der Sozialistischen Einheitspartei war glatt durchgefallen. Johannes hatte am Anfang begeistert von seiner Arbeit geschrieben, aber bald wurden ihm Knüppel in den Weg gelegt. Er lag im ständigen Streit mit der Regierung, überall gab es Spitzel, die ihn bewachten und jede Kleinigkeit nach oben meldeten. Jetzt hatte er endgültig erkannt, dass er sich gegen die SED, die durch die sowjetische Besatzungsmacht gestützt wurde, nicht behaupten konnte, und so wollte er fliehen, solange das noch möglich war. Er wollte versuchen, bei Weiler & Busch Beschäftigung zu finden, und Leberecht sagte ihm das sofort zu. Der alte Oberbuchhalter Adam war 68 Jahre alt und wollte bald aufhören. Er hatte eigentlich damit gerechnet, dass sein Sohn Hugo ihn ablösen könnte, aber Leberecht wollte jetzt Johannes den Posten geben, er könne gleich am 1. Januar in Gernsbach anfangen. Adam würde ihn vielleicht noch ein Vierteljahr einarbeiten, dann würde Johannes Prokurist und könnte zusammen mit Archibald die Geschäftsleitung der süddeutschen Werke übernehmen. Ende September traf die Familie Fabricius, die über Berlin geflohen war, in Lübeck ein.

Archibald war unterdessen nach Aalen gegangen. Direktor Neuberger bemühte sich, ihn möglichst höflich zu behandeln und hoffte, ihn wie seinen Vater einwickeln zu können. Allerdings war er trotzdem nicht sehr auskunftsfreudig. Dafür war das Direktor Otto Krieg. In Aalen hatte die Firma ein für Archibalds Empfinden viel zu großes Bürohaus gebaut, das größer war als das Büro in Schlutup. Es war gleich nach der Währungsreform errichtet worden und hatte doppelt so viel gekostet, wie geplant war. Abends saß Archibald sehr oft mit Otto Krieg zusammen, der aus seiner langjährigen Erfahrung in der Holzindustrie erzählte, und Archibald hörte vieles von ihm, was er – obwohl er sich schon immer ums Geschäft gekümmert hatte – nicht wusste.

Archibald hörte mit Empörung, dass die Firma kurz nach der Währungsreform das große Bürogebäude errichtet hatte, anstatt eine Kesseldruckanlage zu kaufen, die jetzt dringend notwendig war. Die Firma hatte damals hohe Umsätze von etwa 100.000 Mark im Monat gehabt, aber im Laufe des Jahres 1949 waren sie auf 50.000 bis 60.000 Mark zurückgegangen. Sie hatten erst zu Preisen nach der Kalkulation von Dembowski verkaufen können, in denen alle Kosten abgedeckt waren, dann verkauften sie zu Kampfpreisen, bei denen der Gewinn wegfiel, und zuletzt wurde zu einem neuen Listenpreis verkauft, den Dembowski Krampfpreis nannte. Als Archibald seine Arbeit antrat, wurde zu Preisen verkauft, die um 15 Prozent unter den Krampfpreisen lagen. Die Kosten waren durch den übertriebenen Büroaufwand beträchtlich angestiegen. Statt mit dem Fahrrad fuhren die Einkäufer jetzt zum Beispiel mit dem Auto in die Wälder. Was Otto Krieg aber am meisten störte: Die Firma hatte ihren guten Ruf verloren. Täglich flatterten Reklamationen wegen schlechter Ware herein. Neuberger hatte einfach zuviel verdorbenes Holz verkauft. Er hatte die Reklamationen nicht wahrhaben wollen, und so war ein Kunde nach dem andern auf die Werke in der französischen Zone ausgewichen, die jetzt, nachdem es die Bundesrepublik gab, ohne irgendwelche Beschränkungen nach ganz Westdeutschland liefern konnten.

Neuberger wollte Archibald nicht zu Kundenbesuchen mitnehmen und hatte dafür alle möglichen Ausreden, und so kümmerte sich Archibald vor allem um die Guldesmühle, wo er den Direktor Wurster des Öfteren betrunken antraf und das Gefühl hatte, dass sich niemand um das Werk kümmerte. Archibald drängte darauf, dass Wurster abgesetzt oder zumindest pensioniert werden sollte. Daraufhin wurde Adam junior von Lubeck auf die Guldesmühle versetzt, aber es war sehr schwierig, die Arbeiter zu einem ordnungsgemäßen Arbeiten anzuhalten, der Einfluss von Wurster war noch lange Zeit zu spüren.

Im Oktober ging Neuberger auf Kur nach Bad Wörrishofen und ordnete an, dass ihm sämtliche Post nachgeschickt werden sollte. Archibald sei seine Vertretung, aber er hatte alles so eingerichtet, dass weder für Krieg noch für Archibald etwas zu tun blieb, und das gefiel Archibald gar nicht. Von Krieg angestachelt, sich das doch nicht gefallen zu lassen, und dank eines zweiten Autos, das es jetzt im Betrieb gab, besuchte er nach und nach die Elektrizitätswerke in Bayern und Württemberg, die früher große Kunden gewesen waren, jetzt aber ihren Bedarf nicht mehr bei Weiler & Busch eindeckten.

Er traf zunächst auf große Reserve bei den Direktionen, aber dann waren sie doch bereit, es noch einmal mit Weiler & Busch zu versuchen, nachdem Archibald versprochen hatte, alles zu ändern und auf die Wünsche der Kunden Rücksicht zu nehmen. Und Archibald hatte Glück, die Konjunktur zog plötzlich an. Der Korea-Krieg, der 1950 ausgebrochen war, führte dazu, dass die Westmächte mit einem gewaltigen Wettrüsten begannen, was sich sehr stark auf dem Holzmarkt bemerkbar machte. Die Engländer begannen, ihre strategischen Reserven wieder aufzubauen und Holz aufzukaufen, wo es nur ging. Die Amerikaner bauten westlich des Rheins große Flugplätze und Nachschubterminals, die innerhalb weniger Monate stehen sollten. Auf Preise wurde dabei nicht geachtet, Schnelligkeit ging vor. Die Einkäufer der Elektrizitätswerke hatten nun Angst, nicht genug Masten zu bekommen. Dazu kam, dass die neuen Flugplätze mit Telefon- und Stromleitungen versorgt werden mussten, und es gab auch wieder Anfragen aus dem Ausland.

Es kamen jetzt täglich Bestellungen der Elektrizitätswerke herein, die einen neuen Anfang mit Weiler & Busch wagen wollten. In der ersten Oktoberwoche wurde zu Krampfpreisen, in der zweiten Woche zu Kampfpreisen, in der dritten Woche zu normalen Preisen und in der vierten Woche sogar zu Preisen, die um 10 oder zwanzig Prozent über den normalen Listenpreisen lagen, verkauft.

Als Neuberger von seiner Kur zurückkam, war der Umsatz im Oktober auf 230.000 DM gestiegen – und Neuberger war wütend. Man hatte ihn nicht gefragt.

Auch Sägeholz war nun begehrt. Für die Guldesmühle hatte man genug, und so hatte Archibald Holz, das nicht für Masten geeignet war, und Abschnitte, die beim Auslängen der Masten angefallen waren, an ein anderes Sägewerk zu einem um etwa 30 Prozent höheren Preis als bisher verkauft.

Als Archibald am Morgen nach der Rückkehr von Neuberger aus dem Fenster schaute, sah er, dass der Sägewerker, dem er das Holz verkauft hatte, es wieder auf den Platz zurückbrachte. Archibald rief ihn an und fragte, was das zu bedeuten habe. Da wurde ihm mitgeteilt, dass Neuberger das Geschäft rückgängig gemacht habe, denn der sei doch der Kompagnon des Herrn Weiler und habe das Geschäft storniert. Darauf klärte Archibald den Sägewerker auf, dass Weiler & Busch eine Aktiengesellschaft sei, die Familie habe die Mehrheit und Neuberger sei nur einfacher Prokurist, und ab 1. Januar sei Archibald sein Vorgesetzter. Archibald habe mit dem Sägewerk einen gültigen Vertrag abgeschlossen, er solle das Holz gefälligst wieder abholen, worauf der gleiche Lastwagen das Holz auch wieder abholte.

Neuberger war wütend und rief Leberecht an. Aber diesmal stieß er auf Granit. Leberecht gab Archibald Recht, und der war froh, dass er sich durchgesetzt hatte, das war für ihn auch für seine zukünftige Stellung wichtig.

Im Dezember erwartete Archibald eine neue Aufgabe. Der öffentliche Verwalter von Fürnitz war jetzt soweit, das Werk an Leberecht zu verpachten. Leberecht, der nach Skandinavien wollte, gab Archibald eine Generalvollmacht, und so fuhr Archibald nach Salzburg zu Haflinger, um die Vorgehensweise zu besprechen.

Im Grunde hatte weder Leberecht Weiler noch Joseph Haflinger Geld, um die Pachtsumme zu bezahlen, und sie hatten kein Geld, um die Warenvorräte, die verkauft werden sollten, zu übernehmen. Das musste alles auf Kreditbasis geschehen. Die Banken streckten aber nur etwa 70 Prozent der benötigten Mittel vor und auch nur gegen Übereignung des Warenlagers, denn Grund und Boden konnte nicht verpfändet werden, der lag unter öffentlicher Verwaltung.

Daher konnten die Lieferanten nur mit Wechseln bezahlt werden, und die Kunden mussten Anzahlungen leisten. Aber das ging nur bei Schnittholz, wo sie Kredite von den Triestiner Holzhändlern bekamen, die praktisch den gesamten Holzhandel mit der Levante und Nordafrika und auch große Teile des Exports von Österreich nach Italien in ihren Händen hielten. Sie leisteten hohe Anzahlungen und ließen dann die Ware nach ihrem Wunsch einschneiden. Archibald meinte, dass es eigentlich ein sehr riskantes Geschäft sei, aber er wollte ja die Firma wieder zurückhaben.

Nach einer Betriebsbesichtigung fand Archibald, dass das Werk mit Arbeitskräften restlos überbesetzt war, überall standen Arbeiter herum, die nichts Vernünftiges zu tun hatten. Aber dann kam der italienische Vertreter für Masten zu Besuch, und Archibald sprach auch mit den Triestiner Holzhändlern, und die machten ihm einen Vorschlag, der ausgesprochen positiv klang. Die Entwicklung auf dem internationalen Holzmarkt war nicht anders als in Deutschland. Die Triestiner Holzhändler waren bereit, nicht nur 500, sondern auch 1.000 Kubikmeter zu wesentlich höheren Preisen als bisher vorzufinanzieren. Archibald war durch seinen Erfolg in Aalen mutig geworden und wollte unbedingt einen Abschluss nach Hause bringen, sonst wäre Leberecht sehr enttäuscht gewesen.

Und dann war es soweit, der Vertrag wurde unterschrieben. Archibald musste anschließend bei einem großen Abendessen die ungewohnte Rolle des Gastgebers übernehmen.

***

Dr. Edelfried Silberschmied stand am Fenster und sah auf das gegenüberliegende Büro in der Bleichstraße in Gernsbach und dachte: „Habe ich alles richtig gemacht?"

Er hatte vor vier Monaten seine Stellung als Vorstandsmitglied in Gernsbach angetreten, voller Elan und voller Ideen, um den – wie er meinte – maroden Betrieb von Weiler & Busch umzukrempeln und wieder in die Gewinnzone zu bringen, aber diese Aufgabe war doch weitaus schwerer, als er gedacht hatte.

Er hatte mit seiner Familie die große Direktionswohnung mit sieben Zimmern in der ersten Etage der Villa Busch bezogen und hatte von Kowalski auch noch dessen großen Garten mit übernommen. Um den Garten etwas genießen zu können, hatte er nach dem Beispiel der Firma Schultz & Co die Arbeitszeit um eine Stunde vorverlegt. Die Arbeit begann schon um sieben Uhr, und er hatte auch den Büroschluss wie bei den Arbeitern von fünf auf vier Uhr vorverlegt. Der alte Oberbuchhalter Adam sagte jedoch: „Nur weil Herr Schultz morgens nicht mehr schlafen kann, fange ich nicht die Arbeit schon um sieben Uhr an. Acht Uhr ist früh genug!"

Drüben im Büro hatte zwar die Lohnbuchhaltung schon um vier Uhr Schluss gemacht, aber die anderen hielten sich kaum an die neue Bürozeit. Voller Missvergnügen sah er, wie Leni Weiler alle ihre Mitarbeiter zu einer Besprechung geladen hatte, und auch im Stockwerk darunter diktierte Wilhelm Graf noch seiner Sekretärin.

Er fühlte, dass er nicht genügend respektiert wurde. Hatte das auch etwas mit seinem Auftreten im Sommer zu tun? Da hatte er im Garten gearbeitet, nur mit einer Turnhose bekleidet, in offenen Sandalen gearbeitet, und seine braungebrannte Frau hatte einen Bikini und darüber eine Gartenschürze angezogen – und den großen Garten konnte man von allen Seiten einsehen. Die Bewohner der Bleichstraße hatten dies mit Kopfschütteln beobachtet. So lief doch ein Direktor, ein Dr. Ing. nicht herum! Und erst seine Frau, die von den Kindern wegen ihrer dunklen Hautfarbe auch „Hexe Kakau" genannt wurde, wie war die denn angezogen!

Als Kowalski seine Wohnung verließ, ihm den Schlüssel zu seinem Schreibtisch übergab und sich verabschiedete, sagte er: „Sie werden an diesem Schreibtisch nicht sehr lange sitzen, das prophezeie ich Ihnen! Dafür werden schon Peter der Große und Papst Leo sorgen." Damit meinte er Peter Neuberger, den Chef von Aalen, und Oberingenieur Warter, der Leo hieß und von seinen Freunden gerne „Papst Leo" oder nur „Papst" genannt wurde.

Knapp 14 Tage, nachdem Silberschmied sein neues Amt angetreten hatte, war es ihm klar geworden, was Kowalski damit gemeint hatte. Wenn er eine Anordnung traf, die Neuberger oder Warter, die ein gutes Verhältnis zu Leberecht Weiler besaßen, nicht billigten, vergingen keine 24 Stunden und Leberecht rief an. Er stellte ihn zur Rede, warum er diese oder jene Anordnung getroffen hatte. Dadurch hatte er schon manches, was er als sinnvoll angesehen hatte, wieder zurücknehmen müssen, weil er von dem, was er verbessern wollte, zu wenig verstand. Zum großen Teil waren seine Anordnungen auch missverstanden und in einer Weise ausgelegt worden, dass sie ihn in ein schlechtes Licht rückten. Er hatte beschlossen, die beiden Störenfriede so bald wie möglich aus der Firma hinauszuwerfen.

Auch mit Leni Weiler konnte er nicht zurechtkommen. Schon bevor er nach Gernsbach kam, war er davon überzeugt, dass die Holzbauabteilung geschlossen werden musste. Er hatte aber nicht mit dem Widerstand von Leni gerechnet. Sie war der Meinung, dass es Möglichkeiten geben müsste, mit den vorhandenen Maschinen etwas Sinnvolles zu produzieren, wenn die in Serie gebauten Wohnhäuser nicht verkauft werden konnten. Sie dachte an die Herstellung von Halbprodukten oder auch an Fertighäuser in der sogenannten Gemischtbauweise aus Leichtbauplatten, Betonplatten und Holzteilen, und hoffte, doch noch eine gute Idee für das Werk zu finden. Sie wollte die Schließung der Abteilung mit über 600 Mitarbeitern nicht hinnehmen, und Archibald, der noch gar nicht in die Firma eingetreten war, unterstützte Leni darin.

Im Vorstand hatte sich Silberschmied bisher auf Leberecht gestützt, aber der sah ihn jetzt wesentlich skeptischer an als früher. Als Silberschmied noch in Lübeck arbeitete, war er eine große Stütze für Leberecht gewesen, denn er half ihm, seine Dramen bei den Theatern unterzubringen. Leberecht hatte nicht die Geduld, mit den Intendanten und den Vorzimmerdamen zu verhandeln.

Als Geschäftsführer der Carbon hatte Silberschmied ihn auch bei der chemischen Verwertung von Holz unterstützt, obwohl er dieser Entwicklung nach der Währungsreform keine allzu großen Chancen mehr gegeben hatte. Die Autos waren schneller, als man gedacht hatte, wieder von Holzgas auf Benzin umgestellt worden.

Aber diesen Einsatz für die Carbon hatte Dembowski übel vermerkt, den es außerdem gewaltig störte, dass so eine Kreatur schon nach zweieinhalb Jahren zum Vorstand aufgestiegen war, während er 18 Jahre hatte warten müssen. Das wurmte Dembowski, und jeder Fehler, den Silberschmied machte, wurde gleich dem Aufsichtsrat unterbreitet. In der ersten Aufsichtsratssitzung, in der Silberschmied über seine Arbeit berichten sollte, fuhr man ihm gleich über den Mund.

Leberecht Weiler hatte ihm, als er nach Gernsbach fuhr, empfohlen, sich mit der Familie gut zu stellen und Kontakte mit der Gernsbacher Gesellschaft zu pflegen. Aber das war ihm nicht möglich. Wie sollte er mit einem Gehalt von 1.000 Mark im Monat Einladungen geben, wo es in seiner Wohnung noch an allem fehlte! Bei der Flucht aus dem Osten hatte er alles verloren, das gesamte Mobiliar, Teppiche und Geschirr. Seine Frau hatte nie ein großes Haus geführt, sie war Sekretärin in seiner Theateragentur gewesen und weigerte sich, in Gernsbach irgendjemand einzuladen.

In Süddeutschland gefiel es ihr gar nicht. Sie konnte die Leute nicht verstehen, wenn sie in den Lebensmittelgeschäften, beim Bäcker oder beim Metzger einkaufte, und oft fand sie in ihrer Einkaufstasche etwas ganz anderes, als sie eigentlich haben wollte.

Die Frau Kommerzienrat hatte Silberschmieds zwar empfangen, aber sie war kurz angebunden, fragte ihn nach dem Zustand der Wohnung, nach seinen Kindern, und nach einer Viertelstunde war das Gespräch schon beendet. Der Besuch bei Else Weiler dauerte etwas länger in Anbetracht der Tatsache, dass ihr Schwiegersohn Ferdinand von Seydlitz in die Firma eintreten sollte, und bei Lenis Mutter Gertrud Weiler waren sie sogar einmal zum Abendessen eingeladen, aber es kam, so sehr sich Gertrud auch bemühte, auch hier kein warmer Ton auf. Bei den Unternehmern wurden sie überhaupt nicht empfangen, weder bei Schultzens noch bei Textors. Silberschmied musste auch an einen anderen Spruch von Kowalski denken: „Das Murgtal hat ein Pestklima, hier werden Sie keine Freunde gewinnen. Wer nicht aus dem Tal stammt, den nimmt man nicht für voll. Das Murgtal krümmt das Rückgrat!"

Silberschmied rief Käthe zu, sie möge sich doch beeilen, er wolle nachher duschen und sich umziehen, um nach Baden-Baden ins Theater zu gehen. Es sei doch fein, dass man jetzt so früh im Büro Schluss mache, dann könnten sie sich am Abend noch etwas gönnen.

Während er unter der Dusche stand, kam ihm wieder der Gedanke, ob es nicht ein Wagnis gewesen war, die Stellung als Vorstand in einem Betrieb mit mehr als 1.000 Mitarbeitern zu übernehmen. Aber als Leberecht ihm diese Chance angeboten hatte, musste er einfach zugreifen, so eine Gelegenheit würde ihm in seinem Leben nicht wieder geboten.

Das war so eine Gelegenheit wie 1933, als er plötzlich die Theateragentur Ephraim Meyersohn übernehmen konnte. Edelfrieds Vater, Regierungsrat Silberschmied, war Jurist gewesen. Er arbeitete im preußischen Finanzministerium und hatte den Wunsch, dass sein Sohn wie er selber unbedingt preußischer Beamter werden sollte. Der junge Edelfried hatte dafür aber kein Interesse gezeigt, er war vom Theater besessen und hatte gedacht, dass er einmal ein bedeutender Schauspieler, vielleicht auch Regisseur oder gar Theaterintendant werden könnte, und er bestürmte seinen Vater, dass er ihm erlauben solle, Germanistik und Theaterwissenschaften zu studieren. Aber dafür hatte nun der Vater überhaupt kein Verständnis. „Wenn du einen anständigen Beruf hast und wenn du Beamter wirst, hast du für dein ganzes Leben ausgesorgt. Du verdienst dann auch so viel Geld, dass du abends so viel du willst ins Theater gehen kannst. Du studierst Jura – und damit basta!"

Schließlich entschied sich Edelfried, Nationalökonomie zu studieren und zog 1928 nach Frankfurt. Er hatte diese Stadt gewählt, um endlich einmal weit weg von zu Hause zu sein und nicht mehr unter der Fuchtel des Vaters zu stehen, der das wusste er – laufend die Fortschritte beim Studium überprüfen würde. Das Einverständnis seines Vaters gewann er mit dem Argument, dass man in Frankfurt auch Finanzwissenschaften belegen könne und dass die Professoren auf diesem Sektor einen guten Ruf genießen würden. Allerdings bestand der Vater darauf, dass Edelfried sich in der juristischen Fakultät einschrieb.

Zunächst erfüllte er auch den Wunsch des Vaters, aber bald merkte er, dass ihm der trockene Stoff des Jurastudiums nicht lag. Spaß machte ihm nur die Gerichtsmedizin, zu deren Vorlesungen ihn Freunde mitnahmen, Kriminalistik und Strafrecht, aber das ganze bürgerliche Zivilrecht interessierte ihn ziemlich wenig. Er besuchte Soziologievorlesungen, hörte sich Vorlesungen über Theaterwissenschaften an und lebte ein munteres Studentenleben. So verbummelte er die ersten vier Semester, und als er sah, dass er weder das Referendarexamen noch den Dr. jur. schaffen würde, wechselte er zur wirtschaftswissenschaftlichen Fakultät und promovierte dort auf dem Gebiet Arbeitsrecht mit einer Arbeit über Anstellungsverträge von Schauspielern.

Als er als frisch gebackener Doktor nach Berlin zurückkam, war der Vater zwar zunächst hocherfreut, einen gelehrten Sohn zu haben. Als er aber sah, dass er kein Staatsexamen hatte, das Voraussetzung für eine Beamtenkarriere war, kühlte das Verhältnis zwischen Vater und Sohn merklich ab. Edelfried zog aus und nahm sich ein Zimmer im Osten von Berlin, aber nun gab es auch keine Unterstützung mehr von zu Hause.

Die Theater, bei denen er vorsprach, um als Schauspieler engagiert zu werden, zeigten ihm die kalte Schulter. Als er einmal mit einem Theaterintendanten über seine Schwierigkeiten sprach, meinte der: „Silberschmied, da habe ich vielleicht eine Idee. Die Theateragentur Ephraim Meyersohn sucht einen jungen Mann, der über Kenntnisse im Vertragsrecht verfügt. Gehen Sie doch da mal hin!"

So sprach er bei dem alten Meyersohn vor. Dem gefiel der junge Mann. Er stellte ihn als Assistenten mit einem Salär von 100 Reichsmark ein und versprach ihm eine Erfolgsprämie von fünf Prozent für jeden Abschluss, den er zustande bringen würde. Das Gehalt reichte gerade für die Miete des Zimmers und zwang Silberschmied, ganz bescheiden zu leben. Während Meyersohn vor allem die Verbindung zu den großen Schauspielhäusern Berlins pflegte, bearbeitete Silberschmied die Provinz und die kleinen Privattheater in Berlin. Bei den Provinztheatern hatte der Name Meyersohn einen guten Klang, und Silberschmieds juristische Kenntnisse ermöglichten ihm, einige sehr günstige Verträge abzuschließen, und Meyersohn war mit Silberschmieds Arbeit sehr zufrieden.

Dann kam das Jahr 1933. Dem Juden Meyersohn war zunächst das Geschäft verboten worden, und er sah, dass es für ihn in Deutschland keine Zukunft mehr gab. Die Agentur hatte zwar einen guten Namen, aber mit Ephraim Meyersohn wollten die großen Staatstheater nicht mehr zusammenarbeiten, und auch die Häuser in der Provinz hatten jetzt neue Intendanten, die mit einer jüdischen Firma nichts mehr zu tun haben wollten.

Meyersohn entschied sich, Silberschmied zu seinem Kompagnon zu machen. Da auch sein Name jüdisch klang, wurde der Name in „Allgemeine Deutsche Theater-Agentur" geändert und Silberschmied als Geschäftsführer eingesetzt. Dr. Silberschmied trat der NSDAP bei und hatte bald Kontakte zu allen großen Theatern. Meyersohn entschied sich sehr bald, nach den USA auszuwandern, solange das noch ging. So konnte Dr. Silberschmied die Firma für ein Butterbrot und ein Ei übernehmen und war zwei Jahre später Inhaber einer der angesehensten Theateragenturen Deutschlands.

Nun galt es, das jüdische Image abzustreifen. Silberschmied spielte nach außen den guten Nationalsozialisten. Er nahm Beziehungen zu Göring als Zuständigen für die preußischen Staatstheater auf und vor allem zu Dr. Goebbels, den Reichspropagandaminister, und plötzlich war Dr. Silberschmied der Theateragent in Deutschland.

Als er 1945 von Berlin nach Lübeck floh und von der dortigen Theatersekretärin an Leberecht Weiler weiterempfohlen wurde, war ihm klar: „Meine Laufbahn als Theateragent ist beendet. Ich muss jetzt irgendwo untertauchen, wo mich keiner kennt. Irgendwann wird Meyersohn nach Europa zurückkehren und die Rückgabe des Betriebes verlangen."

Dann hatte die Lübecker Theatersekretärin ihn an Leberecht Weiler vermittelt, der ihn bei der Carbon einstellte. Dr. Silberschmied war ein guter Unterhalter, ein gebildeter Mann, er gefiel Leberecht, und Silberschmied verstand es auch, seine Position zu nutzen. Nachts saß er über seinen alten Lehrbüchern für Betriebswirtschaft und Buchhaltung, denn er hatte ja von Betriebswirtschaft überhaupt keine Ahnung.

Da ging plötzlich die Türe zum Badezimmer auf, und seine Frau streckte den Kopf herein: „Willst du ewig duschen? Ich will mich doch auch fertig machen, sonst kommen wir noch zu spät!"

Am 7. Januar 1951, nach Beendigung der Weihnachtsferien, erschien Archibald morgens um acht Uhr bei Dr. Silberschmied im Büro und überreichte ihm einen Brief seines Vaters. In diesem Brief stand, dass er mit Wirkung zum 1. Januar Archibald Weiler zu seinem Stellvertreter ernannt habe, er sei mit folgenden Aufgaben betraut: die Leitung der Masten- und Schwellenabteilung und des Schnittholzverkaufs sowie die Oberaufsicht über die Werke Aalen und Guldesmühle, außerdem solle er die Verbindung zu den Fürnitzer Holzwerken halten. Archibald solle seinen Platz am Schreibtisch ihm gegenüber haben, und er hoffe auf gute Zusammenarbeit.

Des Weiteren wurde ihm mitgeteilt, dass Dr. Johannes Fabricius nach Gernsbach komme, um zum 1. April, wenn Oberbuchhalter Adam in Pension gehe, dessen Stellung zu übernehmen.

Silberschmied war wie vor den Kopf geschlagen. Er konnte nur sagen: „Bitte, nehmen Sie Platz!"

Silberschmied hatte nicht damit gerechnet, dass Archibald schon jetzt in die Firma eintrat. Er hatte Archibald so verstanden, dass er erst einmal außerhalb des Unternehmens seine Sporen verdienen und, wenn überhaupt, als Nachfolger seines Vaters in Lübeck mit der Arbeit beginnen wollte.

Das war ja praktisch eine Aushöhlung seiner Kompetenzen. Zwar war er noch der oberste Boss, aber er hatte ja kaum noch etwas zu sagen. Mit Müh und Not hatte er Leni Weiler aus der Holzbauabteilung herausdrängen und sie auf die Biertellerfabrik in Weisenbach beschränken können, da diese Abteilung jetzt stark ausgebaut wurde. Aber jetzt wurde ihm praktisch das ganze Holzgeschäft aus der Hand genommen.

Dass Wilhelm Graf 1945 nach dem Einmarsch der Franzosen wegen seiner Nazivergangenheit eingesperrt und aus der Firma entlassen worden war, kam Direktor Kowalski sehr gelegen, denn er wollte selber das ganze Holzgeschäft in die Hand nehmen. Leberecht hatte nicht gewollt, dass Graf wieder zurückkam, aber Silberschmied konnte auf seine Mitwirkung nicht verzichten. Nun stand zwischen Graf und Silberschmied Archibald Weiler. Silberschmied konnte nicht mehr direkt etwas anordnen, was für ihn sehr unangenehm war, denn er hatte über Graf eine ganze Reihe von Tausch- und Kompensationsgeschäften mit Lieferanten abgeschlossen, die es ihm ermöglichten, sich neue Möbel zu beschaffen, ohne dafür Geld aufwenden zu müssen.

Die Karton- und Biertellerabteilung hatte Leni jetzt fest in der Hand, und das Rechnungswesen würde im April der Schwager von Leberecht, Dr. Johannes Fabricius, übernehmen. Zudem standen Bernhard Sutter und Ferdinand von Seydlitz vor der Türe, die auch noch leitende Posten in dem Unternehmen haben wollten. Wo war da noch Platz für ihn? Das einzige Schlüsselressort, für das sich sonst niemand interessierte, war die Personalabteilung.

Silberschmied ging aus dem Zimmer hinaus in den Vorraum und ließ sich von seiner Sekretärin erst einmal einen Cognac Marke Asbach Uralt geben. Nach dem ersten Glas ließ er sich ein zweites und dann noch ein drittes einschenken. Er ließ sich bei Archibald entschuldigen, er müsse in seiner Wohnung etwas ordnen. Lieber ging er jetzt hinüber zu Käthe, um sich dort seinem Herzen Luft zu machen. Käthe war entsetzt: „Ich habe dir immer gesagt, Leberecht ist ein falscher Hund, bei dem gilt letztlich doch nur die Familie. Sieh zu, dass du hier wegkommst und in deinem alten Beruf wieder Fuß fassen kannst!"

Silberschmied seufzte: „Ach, da habe ich keine Chance mehr, du weißt doch, meine Vergangenheit ..."

Archibald bezog in Gernsbach wieder sein altes Zimmer unter dem Dach des Bürohauses von Weiler & Busch. Es war ein kleines Zimmer von etwa 16 Quadratmetern. Er hatte fast seine ganze Bibliothek von Lübeck mitgenommen, aber zum Lesen kam er jetzt so gut wie nicht mehr, höchstens eine halbe Stunde vor dem Einschlafen. Das Zimmer nutzte er kaum, denn er hatte gar keine Zeit dazu. Während der Studienzeit und in seiner Zeit in Aalen hatte er sich immer ausgemalt, was er in Gernsbach ändern wollte und wie er die Firma vorwärts bringen könnte, so wie er es der Großmutter versprochen hatte. Sie schärfte ihm immer wieder aufs Neue ein: „Sorge dafür, dass die Firma wieder groß und stark wird, dass die Mehrheit der Aktien wieder in die Hand der Familie kommt!"

Das war aber leichter gesagt als getan, denn jetzt nach der Währungsreform wurden große Mengen freie Aktien auf dem Markt angeboten. Es kamen fortwährend Lieferanten, die nach dem Zusammenbruch der Firma 1930 Aktien erhalten hatten, auf die Firma zu, um ihre Aktien zu verkaufen oder zumindest wirtschaftliche Vorteile auszuhandeln, sei es eine langfristige Abnahme von Holz aus ihren Wäldern oder von Imprägniermitteln, oder sie wollten, dass ein Familienmitglied in der Firma eingestellt würde.

Archibald war sich darüber klar, dass er diese Zugeständnisse nicht machen konnte, er würde sich sonst in die Hand von Erpressern begeben. Aber er wollte die Aktien auch nicht Adolf Haber überlassen. Die Familie, vor allem die Großmutter, forderte immer wieder, dass man die Aktien halten müsse, aber die Familie hatte nur wenig Geld und dachte nicht daran, Aktien zu kaufen. Archibald hatte kein eigenes Vermögen, von dem er Aktien kaufen konnte, aber da er danach strebte, in der Firma das Sagen zu haben, und sich schon als zukünftiger Vorstandsvorsitzender sah, dachte er: „Ich muss mit gutem Beispiel vorangehen." Er kaufte Aktien auf Kredit, zumal auch Haber immer bereit war, die Aktien zu übernehmen, die über die Börse verkauft wurden. Die Aktionäre, die ihre Aktien direkt anboten, verlangten Preise, die eigentlich aufgrund der bisherigen Erträge des Unternehmens nicht gerechtfertigt waren.

Aber der Name Weiler stand bei den Banken noch hoch im Kurs, und ohne dass Archibald irgendeine Sicherheit leisten musste, außer dass die Aktien verpfändet wurden, räumten ihm die Banken großzügig Kredite ein. Paula, die davon hörte, war entsetzt und versuchte bei jeder Gelegenheit, ihn von diesem Vorgehen abzuhalten. Archibald war jedoch optimistisch. Er hoffte, den Umsatz des Unternehmens in Süddeutschland auf das Drei- bis Vierfache zu bringen, und es sah ganz so aus, als ob er es schaffen würde.

Das Wirtschaftswunder in Deutschland hatte begonnen, und der Koreakrieg sorgte für zusätzliche Nachfrage seitens der Amerikaner und Engländer. Die Preisfront kam ins Wanken. Rundholz wurde nun wieder wie vor 1930 in den Wäldern versteigert, und statt des Höchstpreises für Starkholz von 50 DM pro Festmeter wurden jetzt Preise bis zu 200 DM erzielt. Die Schnittholzpreise stiegen auf das Drei- bis Vierfache der bisherigen Verkaufspreise an, und bei den Lieferungen an die Amerikaner gab es dazu noch Maßgewinne durch die Umrechnung, denn man berechnete englische Zoll-Maße und lieferte nur nach dem alten rheinischen Zoll. Die Amerikaner schienen das nicht zu bemerken. Der größte Teil des Gewinns blieb zwar beim Holzhandel, der diese Methode praktizierte, denn Weiler & Busch ließ sich darauf nicht ein, aber man profitierte doch von dem sagenhaften Boom. Abends nach sechs oder sieben Uhr fuhren oft noch Lastwagen von irgendeinem Holzhändler, den man früher nie beliefert hatte, auf das Werk, der Mann zog große Bündel mit Bargeld aus seiner Tasche und kaufte einfach alles Holz, das auf dem Platz lag.

Archibald saß meist bis 18 oder 19 Uhr am Schreibtisch, telefonierte mit Holzhändlern und Forstbetrieben und bat seine Mitarbeiter zu Konferenzen. Silberschmied störte das gewaltig. Er verließ jeden Nachmittag pünktlich um 16 Uhr seinen Arbeitsplatz, manchmal sogar schon eine halbe Stunde früher, das Gewimmel im Zimmer machte ihn nervös. Alle Versuche, Archibald zu überreden, endlich ein eigenes Büro zu beziehen, scheiterten an Archibalds Sturheit. Er musste am Schreibtisch seines Onkels, wo schon immer der Chef gesessen hatte, sitzen, da wollte er nicht weg.

Silberschmied fühlte sich mehr und mehr an die Wand gedrückt und setzte sich mit der Zeit zwischen alle Stühle. Leberecht hielt zunächst noch an ihm fest und hörte sich auch seine Klagen an über die Zustände in Gernsbach und die große Korruption, die im ganzen Unternehmen herrsche. Auf der anderen Seite hörte er von Leni, von Warter und Neuberger, welch unsinnige Anordnungen Herr Dr. Silberschmied treffe, und das wurde auch von seiner Mutter, die durch Archibald jetzt bestens informiert war, bestätigt, die haarklein Dinge erzählte, die sie von Archibald gehört hatte. Archibald selber hielt sich zunächst noch zurück.

Dagegen machte der neue Geschäftsführer der Carbon, Archibalds Studienfreund Wallmann, Leberecht darauf aufmerksam, was bei der Carbon versiebt worden war. Silberschmied hatte es versäumt, einen Vertrieb mit Vertretern aufzubauen. Er hatte sehr großzügig Spesen abgerechnet, was Leberecht bisher nicht gestört hatte, aber als Wallmann Erfolge aufwies, den Vertrieb bei der Carbon neu regelte und die Umsätze sich erheblich erhöhten, begann auch Leberecht die Fähigkeiten von Silberschmied anzuzweifeln. Dazu kam, dass eine weitere Aufführung des Schauspiels über Sutter im Badischen Staatstheater in Karlsruhe mit einem Fiasko endete.

Leberecht träumte immer noch davon, ein großer Dichter zu werden. Silberschmied, der von Leberechts Stücken nicht überzeugt war, versprach trotzdem, ihm hier zu einem Erfolg zu verhelfen. Er schmeichelte ihm und zögerte auch nicht mit Vergleichen mit Shakespeare und Hebbel. Silberschmied fuhr nun von einem Theater in Deutschland zum anderen und erzählte Leberecht, das Theaterstück sei begeistert aufgenommen worden, er habe gleich eine Liste mit Schnittholzwünschen bekommen. Das galt auch für das Badische Staatstheater in Karlsruhe, mit dem ein gültiger Vertrag über die Aufführung seines Schauspiels „Sutter oder der ewige Fluch" abgeschlossen wurde.

Als die Theater nach der Währungsreform knapp bei Kasse waren, wollte der Intendant vom Vertrag zurücktreten mit der Begründung, dass er aufgrund höherer Gewalt leider nicht in der Lage sei, „Sutter" zur Aufführung zu bringen. Aber Silberschmied, mit entsprechenden Vollmachten von Leberecht Weiler ausgerüstet, klagte auf Vertragserfüllung und bekam vor Gericht Recht. Man stellte fest, dass der Vertrag gültig geschlossen sei und dass das Stück durch alle Abonnements zu laufen habe.

Als dann der Termin der Aufführung näher rückte, gab es eine Pressekonferenz. Der Intendant sagte, dass er leider vom Gericht gezwungen sei, das Stück aufzuführen. Man habe in der schlechten Zeit das Stück nur angenommen, weil es mit Holzlieferungen verbunden gewesen sei. Das war für die Presse ein gefundenes Fressen.

Das Stück war gegenüber der Lübecker Aufführung überarbeitet worden, und Leberecht hatte die Gage des Regisseurs, eines früheren Schauspielers aus München, der auch die Hauptrolle spielte, übernommen.

In Gernsbach hatte Silberschmied die Werbetrommel gerührt. Drei Autobusse mit Angehörigen des Betriebs fuhren nach Karlsruhe. Auch Archibald und die ganze Familie fuhren mit, nur Johanna verzichtete darauf, sie fürchtete einen Theaterskandal und blieb zu Hause, was Leberecht sehr kränkte.

Das Stück wurde vom Publikum gut aufgenommen, es gab mehrere Vorhänge, und Leberecht machte etwas verlegen und linkisch seine Verbeugungen auf der Bühne.

Am nächsten Tag erschienen in ganz Deutschland die Berichte über die Premiere, die kein gutes Haar an dem Stück ließen. Dazu kamen noch zahlreiche Glossen. Leberecht war tief gekränkt und nahm Silberschmied diese Niederlage persönlich übel, denn er selber hätte nie die Aufführung des Stücks durch ein Gericht erzwingen lassen. Seit diesem Tag schrieb er nicht nur keine Theaterstücke, sondern auch kein einziges Gedicht mehr.

Das persönliche Verhältnis von Leberecht zu Silberschmied ging damit endgültig in die Brüche. Einstweilen blieb Silberschmied das einzige Vorstandsmitglied in Gernsbach, aber durchsetzen konnte er sich nicht. Für die Belegschaft war Archibald Weiler der Chef, zumal er zwischendrin das mündliche Doktorexamen in Frankfurt bestanden hatte und nun Herr Dr. Weiler war.

Johannes Fabricius saß im D-Zug von Hamburg nach Baden-Oos, um seine Stellung als Chef der Buchhaltung und Finanzverwaltung in Gernsbach anzutreten und den alten Gustav Adam abzulösen. Nach kurzer Einarbeitungszeit sollte er den neuen Posten zum 1. April antreten. Während er auf die verschneite Landschaft hinausschaute, kamen ihm immer wieder die Gedanken: War es auch richtig, diesen Posten zu ergreifen? Oberbuchhalter, das war eigentlich nicht das Ziel seiner Wünsche. Er hatte im Werk Olbersdorf in allen Abteilungen des Unternehmens gearbeitet mit Ausnahme der Buchhaltung. Finanzchef, das war schon eher etwas, das sagte ihm mehr zu. Auch eine Tätigkeit als Rechtsanwalt oder Richter hätte er sich vorstellen können, aber dazu fehlte ihm das zweite Staatsexamen, das er gerne nachgeholt hätte, aber jetzt war er Familienvater, hatte drei Kinder und hatte keine ausreichenden Rücklagen, um die Zeit bis zum Staatsexamen überbrücken zu können.

Leberecht und vor allem seine Schwester Paula hatten ihn und seine Familie mit offenen Armen begrüßt und ihm den Anfang im Westen erleichert. Paula hatte ihm neue Schlafzimmer-, Wohnzimmer und Esszimmermöbel gekauft, hatte ihm Bettwäsche und Geschirr besorgt und war dabei sehr großzügig gewesen. Weihnachten hatte die ganze Familie bei Weilers gefeiert, und auch dort gab es reichlich Geschenke. Auch die Kollegen in Lübeck hatten sich um ihn bemüht. So hatte er eigentlich gar nicht Nein sagen können. Die neue Position entsprach eigentlich nicht den Vorstellungen, die er sich von seinem weiteren Lebenslauf gemacht hatte. Aber das Angebot von Leberecht jetzt auszuschlagen wäre wirklich undankbar gewesen.

Im Übrigen war ihm nichts Besseres geboten worden. Kurz vor Weihnachten war er in München bei seinem väterlichen Freund Dr. Ludwig Seidel gewesen. Als er die Kanzlei betrat, war der ganze Fußboden sowohl des Vorzimmers als das eigentliche Anwaltsbüro mit lauter Akten bedeckt, in denen sich Dr. Seidel nur mit Müh und Not zurechtfinden konnte. Jeder, der ihn besuchte, hatte den Eindruck eines absoluten Chaos. Aber Seidel wollte in ein neues Kanzleigebäude umziehen, und um einen Überblick über seine Akten zu gewinnen, hatte er keine andere Möglichkeit gefunden, als diese am Boden zu sortieren.

Johannes musste einige große Schritte machen, um zu einem Stuhl zu kommen, von dem Seidel erst einmal Akten herunternahm und sie auf einen anderen Aktenstapel quer legte, um sie nachher wieder auf den Stuhl zurückzulegen.

Die Sekretärin, Frau Tauscher, balancierte ein Tablett mit einer Teekanne und zwei Tassen recht geschickt über das Chaos hinweg, während Dr. Seidel sein Zigarrenetui herausholte, Johannes eine Havanna anbot und sich auch eine nahm. Nachdem er sie mit einem Streichholz angezündet und genüsslich den ersten Zug getan hatte, blies er den Rauch in kunstvollen Ringen aus.

Ludwig Seidel führte nur noch selten Prozesse, er hatte sich auf die Vermögensverwaltung von einigen alten Damen und von Amerikanern, die in Deutschland Vermögenswerte besaßen oder wieder zurückerstattet bekommen hatten, beschränkt. Zudem hatte er fünf oder sechs Aufsichtsratsmandate, darunter drei als Vorsitzender. Außerdem war er von der FDP in den Münchner Stadtrat gewählt worden und hatte dort das in der Nachkriegszeit äußerst wichtige Verkehrsressort übernommen.

Johannes wollte erfahren, welche Chancen er bei Weiler & Busch hatte, er wollte sich nicht auf das, was Leberecht ihm versprochen hatte, verlassen. Leberecht hatte ihn zwar in der Firma immer gefördert, aber er wusste, dass Leberecht immer mehr versprach, als er halten konnte. Und dann wollte er auch hören, welche Möglichkeiten es für ihn in der Politik geben könnte.

Ludwig Seidel riet ihm rundheraus ab, in die Politik zu gehen. Wenn er bei den Liberalen bleiben wolle – er könne sich für Johannes auch gar keine andere Partei vorstellen, in der er eine Heimat finden könnte – wäre es sehr schwierig. In Bayern könne man nur Bürgermeister oder Oberbürgermeister werden, wenn man Mitglied der CSU sei. In den evangelischen Teilen von Franken sei es auch möglich, als SPD-Mitglied Karriere zu machen, aber als FDP-Mitglied oder als Unabhängiger gebe es kaum eine Chance. Im Übrigen halte er von der politischen Laufbahn nicht viel. Da werde doch nur gelogen. Zudem machten sich die alten Nazis jetzt wieder breit.

Bei Weiler & Busch habe er wirklich eine interessante Aufgabe. Der alte Adam sei nur ein Oberbuchhalter gewesen. Bei Weiler & Busch müsse man jetzt auf die Finanzen achten. Leberecht Weiler habe kein Gespür für finanzielle Dinge. Wie auch sein verstorbener Bruder Georg Weiler neige er eher zum Spekulieren, er handele einfach nur nach Intuition. Dabei habe er manchmal eine glückliche Hand gehabt, aber er brauche jemand zur Seite, der ihn zügele, und da sei er, Johannes, der richtige Mann.

Johannes brachte das Gespräch auf die jüngeren Kräfte, die wohl auch Ambitionen auf den Vorstand hätten.

Nach Meinung von Dr. Seidel stünden da eigentlich nur Archibald Weiler und Ferdinand von Seydlitz als Führungskräfte zur Verfügung. Er hielt zwar von ehemaligen Offizieren, die in die Wirtschaft gingen, nicht viel. Sie hätten Zeit ihres Lebens die Kaufleute verachtet. Aber von Seydlitz sei im Generalstab gewesen, und Generalstäbler seien etwas anderes als die normalen Offiziere.

Leni Weiler wolle unbedingt in den Vorstand oder in die Geschäftsleitung, aber nach seinen Erfahrungen seien Frauen an der Spitze eines Unternehmens eine Katastrophe. Leiterin der Biertellerabteilung, ja, das gehe noch, aber Vorstand, nein, dagegen werde er sich mit aller Macht wehren. Leni sei klug, sie sei vor allem ehrgeizig, aber sie handele emotional. Ihre Stellung im Betrieb sei ihr wichtiger als ihre Kinder. Sie neige wie alle Weilers zu überstürzten und vorschnellen Reaktionen.

Dr. Seidel meinte weiter, dass Bernhard Sutter es in der Firma zu nichts bringen werde. Von abgebrochenen Studenten halte er nichts, und wenn ein Medizinstudent plötzlich einen kaufmännischen Beruf ergreife, dann sei große Vorsicht geboten.

Von Archibald Weiler habe er einen guten Eindruck, der könne einmal Vorstandsmitglied und vielleicht auch der Nachfolger seines Vaters werden, aber jetzt glaube er, dass er zu schnell aufsteige. Wenn er gleichzeitig mit seinem Vater im Vorstand sei, bestehe die Gefahr, dass Leberecht sich bei allen möglichen abenteuerlichen Entscheidungen die Zustimmung bei Archibald hole. Wenn Archibald in den Vorstand komme, dann erst, nachdem Leberecht aus dem Vorstand ausgeschieden sei.

Von dem Vorstand Silberschmied halte er am wenigsten. Der Mann führe sich auf wie ein Staatsanwalt. Von jedem der Angestellten habe er ein Dossier bei den Personalakten angelegt, er schnüffele in privaten Dingen der Angestellten herum. Dreimal in der Woche bekomme er von Silberschmied Aktennotizen mit allem möglichen unappetitlichen Krimskram, so wie sie den Scheidungsanwälten zugetragen würden. Das sei ekelhaft! In den Aufsichtsratssitzungen merke man, dass es Silberschmied an kompetenten Kenntnissen fehle. Er habe schon mit Leberecht darüber gesprochen, dass der Mann abgelöst gehöre. Wenn der Fünfjahresvertrag um sei, solle man ihn auf keinen Fall verlängern.

Für Johannes bestehe durchaus die Möglichkeit, bei Weiler & Busch in den Vorstand aufzusteigen. Dembowski sei schon bald 60 Jahre alt, in gut fünf Jahren werde er pensioniert. Vielleicht könne Johannes dann das Unternehmen mit Archibald zusammen führen.

Nach diesem Gespräch beschloss Johannes, das Angebot von Leberecht definitiv anzunehmen. Johannes kamen aber doch immer wieder Zweifel, ob er nicht lieber die politische Laufbahn hätte ergreifen sollen, ob er sich neben den vielen, die in Gernsbach an die Macht strebten, durchsetzen könnte.

In Baden-Oos holte Archibald ihn vom Zug ab, und sie fuhren mit dem Firmenauto nach Gernsbach. Else Weiler hatte für Johannes ein Zimmer bei ihrer Putzfrau in einem kleinen Siedlungshäuschen im Nordend von Gernsbach gemietet, wo Archibald Johannes ablieferte.

Dr. Silberschmied war über das Eintreffen von Johannes Fabricius alles andere als begeistert, und er wollte nach Möglichkeit Dr. Fabricius gleich auf die Tätigkeit des Buchhalters beschränken und ihn ja nicht zu großen Einfluss auf die Geldgeschäfte und die Banken nehmen lassen und meinte gleich beim ersten Gespräch, dass er erst einmal die Kontierungen selber vornehmen sollte. Aber Johannes wehrte sich sehr energisch dagegen. Da er wesentlich mehr vom Bankgeschäft verstand als Silberschmied, konnte er ihm sehr bald diesen Geschäftsbereich abnehmen.

Bei Weiler & Busch waren auch andere nicht sehr glücklich über das Erscheinen von Dr. Fabricius, darunter befand sich Leni. Sie sah, dass ihre Chance, bald Vorstandsmitglied zu werden, immer mehr dahinschwand.

Zu den Aufsichtsratssitzungen Mitte des Jahres wurden nicht nur die Vorstandsmitglieder Leberecht Weiler, Karl Dembowski und Edelfried Silberschmied zugezogen, sondern auch die drei Prokuristen Archibald Weiler, Leni Schulz-Weiler und Johannes Fabricius. Dembowski meckerte zwar, die Aufsichtsratssitzungen würden dadurch nur in die Länge gezogen, aber die Aufsichtsratsmitglieder waren mit dem, was Dr. Silberschmied berichtete, nicht zufrieden. Zum laufenden Geschäft konnte er so gut wie nichts beitragen und musste von Archibald und Leni immer wieder korrigiert werden. Wenn es um das Rechnungswesen ging, schnitt ihm Johannes Fabricius das Wort ab und korrigierte ihn ständig. Zur Bilanz wurde er schon überhaupt nicht mehr gefragt.

So musste er sich auf den Bereich Personal beschränken. Aber auch hier hatte er kein Glück, denn es kam zu Differenzen mit dem Betriebsrat. Edelschmied hatte sich zum Ziel gesetzt, die Belegschaft des Werkes Gernsbach von 800 auf 100 zurückzuschrauben. Dabei sah er es als seine Hauptaufgabe an, die Verlotterung, die er meinte festzustellen, und die Korruption, die eingerissen war, zu bekämpfen. Im Krieg und in der unmittelbaren Nachkriegszeit vor der Währungsreform lief das Geschäft weitgehend über Kompensation. Ob es sich um Reifen für die Lkw, um neue Treibriemen für die Maschinen oder um die Beschaffung von Imprägniermitteln handelte, alles ging nur im Tausch gegen Schnittholz, und das nutzten die Angestellten mit entsprechenden Vollmachten dafür aus, Schnittholz und Brennholz als Kompensationsmittel für die Beschaffung von Lebensmitteln zu benutzen, und da sie auch ihren Vorgesetzten etwas abgaben, drückte man im Allgemeinen beide Augen zu. Ein noch besseres Kompensationsmaterial waren Schrauben, Nägel und Dachpappe, die man für den Holzhausbau benötigte. Nach der Währungsreform gab es zwar alles wieder zu kaufen, aber die Gehälter der Angestellten waren zunächst sehr niedrig und reichten nicht aus, um alles zu finanzieren, was man jetzt dringend benötigte, und so ging die Korruption weiter.

Dr. Silberschmied hatte nun ein ganzes Spitzelsystem im Werk aufgebaut und versuchte, die einzelnen Angestellten zu überführen und sie auf diese Weise loszuwerden. Er bespitzelte die Angestellten, die Lehrlinge bis zu den Prokuristen, und sein Gehilfe, auf den er sich verließ, war der neue Chef der Lohnbuchhaltung, Helmut Fade.

Fade, gebürtiger Gernsbacher, hatte vor dem Krieg bei Weiler & Busch seine Lehre absolviert und war dann als Sachbearbeiter im Verkauf im Werk Lübeck eingestellt. Als Fade nach seiner Entlassung aus Kriegsgefangenschaft 1947 wieder nach Lübeck kam, war seine Position besetzt. Leberecht wusste, dass er den Kriegsteilnehmer beschäftigen musste, wusste aber nicht, wo.

Da kam Oberingenieur Warter und erklärte, dass er jemanden für die Köhlerei in Raumünzach brauchte, denn der Köhler sei ihm weggelaufen. Jetzt, wo die neuen Öfen da seien, könne man Fade einsetzen, zumal der auch die schriftlichen Arbeiten abwickeln könne, bei denen er sich mit dem alten Köhler außerordentlich schwer getan habe.

Fade hatte das Gefühl, dass er auf ein Nebengleis abgeschoben werden sollte und erklärte, er trete den Posten an, aber er bitte um eine schriftliche Bestätigung, dass er bei Weiler & Busch eine kaufmännische Stellung einnehmen könne, wenn sich die Zeiten wieder bessern würden und man keine Holzkohle mehr benötige. Nachdem Fade so darauf drängte, gab ihm Leberecht diese Zusicherung schriftlich.

Als dann nicht lange nach der Währungsreform die Holzkohle nicht mehr absetzbar war, erschien Fade mit diesem Dokument bei Dr. Silberschmied, und der entschloss sich, Fade als zweiten Lohnbuchhalter einzustellen mit der Zusicherung, ihn nach der Pensionierung des ersten Lohnbuchhalters und Chefs der Betriebskrankenkasse Otto Leukens in diese Position zu bringen. Das ging aber nur, wenn er den bisherigen zweiten Lohnbuchhalter, Karl Haberich, entließ. Haberich hatte diesen Posten schon von Leberecht zugesichert bekommen, aber er hatte nur ein mündliches Versprechen, während Fade ein schriftliches vorweisen konnte.

Der Betriebsrat stimmte manchen Entlassungen zu, weil einfach keine Aufträge für die Holzbauabteilung vorlagen und die Umstellung auf andere Produkte, die Leni und Archibald vornehmen wollten, nicht so schnell klappte. Die guten Leute gingen als erste und fingen bei Daimler-Benz in Gaggenau an, meist zu besserem Gehalt und mit einer Arbeit, bei der sie unter einem Dach arbeiten konnten. Aber die Älteren und die Hilfskräfte blieben bei der Firma hängen und konnten nicht so ohne Weiteres entlassen werden.

Hier war Silberschmied außerordentlich findig. Er kontrollierte die Stichuhren persönlich, und wer sich zweimal verspätete oder wegen der Heuernte unentschuldigt fehlte, der flog. Vor allem verfolgte Silberschmied äußerst scharf das Rauchen auf dem Betriebsgelände, das schon immer verboten gewesen war. Nach einmaliger Verwarnung erfolgte gleich die fristlose Kündigung. Silberschmied suchte immer wieder die Toiletten für die Arbeiter auf, weil er annahm, dass er dort die Arbeiter in flagranti erwischen konnte. Um noch besser kontrollieren zu können, ordnete er an, dass die Türen der Toiletten ausgehängt wurden. Das empörte wiederum Leni und auch Archibald, bei dem sich der Betriebsrat beschwerte, die Türen wurden daraufhin wieder eingehängt.

Nun plante Silberschmied, dem Betriebsrat eine Falle zu stellen. Durch Fade informiert, wusste er, dass der Betriebsratsvorsitzende Otto Bauer, obwohl er sich für die Belegschaft eingesetzt hatte, bei der Gewerkschaft nicht gut gelitten war, weil er Kommunist war und noch von der französischen Besatzungsmacht mehr oder weniger eingesetzt worden war. Aber auch bei der Belegschaft hatte sich Otto Bauer unbeliebt gemacht, weil er dafür gesorgt hatte, dass seine Schwester die Betriebskantine übernehmen konnte. Man beschuldigte Bauer, dass er von den Nahrungsmitteln, die geliefert wurden, für sich und seine Familie einiges abzweige.

Es bestand zwar Aussicht, dass Otto Bauer bei den nächsten Betriebsratswahlen auch mit Hilfe der Gewerkschaft abgewählt würde, aber so lange wollte Dr. Silberschmied nicht warten. Als Fade eines Tages zu ihm kam und mitteilte, dass ein Arbeiter ihn davon unterrichtet habe, dass Otto Bauer mit einigen Arbeitern zusammen einen Einbruch in das Magazin plane, um Nägel und Schrauben zu stehlen, ließ er den Arbeiter zu sich kommen, um sich seinen Bericht anzuhören. Der Arbeiter stotterte verlegen, so genau wisse er das auch nicht, er habe diesen Plan auch nur von einem Freund, der gehört habe, wie Bauer in einer Wirtschaft darüber gesprochen habe.

Dr. Silberschmied spielte den Empörten und beschuldigte jetzt seinerseits den Arbeiter, den Betriebsratsvorsitzenden verleumdet zu haben und sprach dessen fristlose Kündigung aus. Der Arbeiter klagte, und es kam zum Arbeitsgerichtsprozess. In diesem Prozess bot Silberschmied alles an Zeugen auf, was er nur vorbringen konnte, um Otto Bauer in ein ungünstiges Licht zu setzen. Die Kameraden des Arbeiters packten über Bauer aus, beschuldigten ihn der Unterschlagung von Lebensmitteln und Schiebergeschäfte gemacht zu haben. Die Aussagen mehrerer Arbeiter bewiesen, dass an dem Einbruchsplan doch etwas Wahres gewesen sein musste. Das Urteil des Richters lautete auf Wiedereinstellung des Arbeiters, in seiner Urteilsbegründung sprach er davon, dass es zwar lobenswert sei, dass der Vorstand den Betriebsrat vor Verleumdung schützen wolle, aber man müsse sich auch fragen, ob der Betriebsratsvorsitzende eine zu schützende Persönlichkeit wäre – und das sei hier nicht der Fall. Der Erfolg war, dass Otto Bauer jetzt entlassen werden konnte.

Für die Wahl zum neuen Betriebsratsvorsitzenden ließ Fade sich aufstellen und wurde auch mit Unterstützung der Gewerkschaft, der er beigetreten war, gewählt und schlug sich gleich auf die Seite von Dr. Fabricius. So deckte er auf, dass Dr. Silberschmied, der große Korruptionsjäger, selber einigen Dreck am Stecken hatte. Silberschmied hatte große Mengen Schnittholz noch zu alten Stopppreisen an Möbelfabriken verkauft, zum Teil um 60 bis 80 Prozent unter den Marktpreisen, um damit neue Möbel für sich zu finanzieren, und hatte sich mit Bauelementen der HoBa ein Wochenendhaus zusammengebaut.

Die Stellung von Dr. Silberschmied war so erschüttert, dass er auf das Angebot von Leberecht einging, Repräsentant der Firma im Ruhrgebiet mit Sitz in Essen zu werden. Er durfte den Titel „Direktor“ behalten, musste aber aus dem Vorstand ausscheiden.

Fade ging jetzt daran, seine Stellung im Unternehmen auszubauen. Er wollte unabhängig sein und sich als Betriebsratsmitglied in den Aufsichtsrat wählen lassen, wobei er seine Position dadurch absicherte, dass er als Chef der Betriebskrankenkasse den Mitgliedern entgegenkam. Johanna beschuldigte ihn zwar, dass er das Geld hinauswarf, aber Johannes Fabricius fand, dass seine Handlungsweise richtig war. Als dann die nächste Wahl zum Aufsichtsrat anstand, wurde Helmut Fade auch gewählt.

Das Jahr 1951 hatte einen Gewinn von mehreren Millionen DM gebracht, der durch den Koreaboom verursacht war. Archibald meinte, dass das nur Scheingewinne seien, die in der Firma verbleiben und irgendwie angelegt werden müssten. Aber was sollte geschehen?

Leberecht kaufte jetzt erst einmal sowohl in Schweden als auch in Finnland große Mengen von Holz ein. Er und auch Dembowski sahen die Zukunft im Schwellen- und Mastengeschäft. Es waren über 100.000 Kubikmeter Holz, was eine entsprechende Vorfinanzierung erforderte und die Bankschulden in die Höhe gehen ließ.

Dann plante Leberecht den Bau von Industriebetrieben zur Herstellung von Holzwerkstoffen, das heißt von Faserplatten oder Spanplatten, wozu es auf dem Werk in Lübeck noch genug Platz gab. Er wollte dort eine GmbH gründen mit Hilfe von Beteiligungen schwedischer Industrieller, wovon wiederum Dembowski nichts wissen wollte, der vielmehr den Plan hatte, anstelle von Holzschwellen Betonschwellen herzustellen, die von der Bundesbahn jetzt in immer größerem Umfang eingesetzt wurden.

Vollkommen uneinig waren die beiden aber auch bei dem Plan, noch mehr Geld in die Holzchemie zu stecken. Dembowski sah darin nur eine Geldvernichtungsmaschine, Leberecht fand aber für die Carbon Teilhaber außerhalb der Firma und brachte zum Schluss die Carbon in eine Holzverzuckerungs-AG ein, die von einem ehemaligen IG Farben-Direktor gegründet worden war.

In Süddeutschland setzte Leni auf den Ausbau der Biertellerfabrikation. Am liebsten hätte sie mit Unterstützung von Archibald eine große Pappenfabrik gebaut, aber auf dem Gelände der Firma in Weisenbach war hierfür nicht genug Platz vorhanden. Das Geschäft mit Biertellern florierte, die Brauereien erhöhten in der beginnenden Wirtschaftswunderzeit ihren Ausstoß, und die großen Biertellerfabriken in der DDR waren nicht mehr lieferfähig. Daher sollte die Fabrikation ausgebaut werden, und auch dafür wurde mehr als eine Million DM benötigt.

Archibald wiederum wollte die Schnittholzproduktion ausbauen und moderne Schwedengatter aufstellen, und auch für die Idee von Leberecht, Holzwerkstoffe zu produzieren, war er Feuer und Flamme. Aber der Bau einer Spanplattenfabrik hätte auch zwei oder drei Millionen DM gekostet, und für ein Großsägewerk mit einem Einschnitt von 40.000 bis 50.000 Festmeter wären ebenfalls einige hunderttausend DM fällig geworden, und Leberecht, Dembowski und Johannes Fabricius waren der Meinung, dass es keinen Segen bringe, in Sägewerke zu investieren.

Die ganze Hoffnung Archibalds war nun das Werk in Fürnitz. Auf dem riesigen Werk war noch genügend Platz, um ein modernes Sägewerk mit sechs Gattern und einem Einschnitt von einer Million Festmetern zu errichten. Der Platz war auch groß genug, um einen Imprägnierkessel aufzustellen. In dem holzarmen Mittelmeerraum gab es genug Absatz. Archibald konnte für dieses Projekt den neuen Teilhaber der Fürnitzer Holzwerke, Joseph Haflinger, gewinnen. Aber das Werk gehörte ihnen noch nicht, sondern war nur gepachtet, und angesichts der unsicheren Vermögensverhältnisse gab es von keiner Bank ausreichende Kredite.

Eine baldige Rückgabe war erschwert, denn neben Leberecht Weiler gab es einen weiteren Interessenten.

***

Adolf Haber kam von einem dreistündigen Spaziergang aus den Waldungen seines Gutes Grafenforst zurück. Trotz seiner 76 Jahre hatte ihm der Marsch durch das steil ansteigende bergige Gelände keine Mühe gemacht, nur die Finger waren trotz der warmen Handschuhe klamm geworden. Er freute sich auf den Tee, den er wie immer pünktlich um fünf Uhr mit seiner Frau zusammen trinken wollte. Dazu gab es frisch gebackenen Apfelstrudel, den er so gerne aß. Im Wald hatte er sich mit seinem Förster getroffen, der ihm über den Zustand des Waldes berichtete. Er hätte recht zufrieden sein können. Der Einschlag war durch den Schnee in diesem Jahr kaum behindert, im Gegensatz zum Süden von Österreich, wo es meterhohe Schneeverwehungen gab. Die Käferplage hatte man auch in den Griff bekommen.

Trotzdem war er unzufrieden. Hier saß er am Ende der Welt, in Karlstadt, direkt an der Staatsgrenze zur Tschechoslowakei. Nur selten kam sein Bruder Paul aus Neumarkt, und es wagten sich nur wenige Besucher hierher in die russisch besetzte Zone Österreichs. Er bereute es, dass das elterliche Haus in Heilbronn, in dem sich auch das Büro der Firma Haber befunden hatte, verkauft worden war und dass er nicht wie sein Bruder Paul nach Neumarkt, sondern hierher nach Niederösterreich gezogen war.

Als die Brüder in Heilbronn ausgebombt worden waren, hatten sie entschieden, dass der ältere nach Grafenforst gehen sollte, wo die Familie in den zwanziger Jahren ein Gut erworben hatte. Paul hatte in der Zwischenzeit die Leitung des Werkes an seinen energischen Sohn Herbert abgegeben, der dann auch Paul ganz aus der Geschäftsleitung der Firma hinausgedrängt hatte. Adolf war immer noch Geschäftsführer in Neumarkt, aber über das, was dort vorging, war er nur unzureichend informiert.

Als seine Frau Emilie ihm eine Tasse Tee einschenkte, fing Adolf gleich an, über Herbert zu klagen. Er brummte: „Der duldet doch keinen Haber neben sich! Auch unser Sohn Thomas wird von ihm einfach untergebuttert, der kann sich nicht gegen Herbert durchsetzen. Irgendwann wird der ihn noch aus der Firma rausdrängen. Wenn ich einmal das Zeitliche gesegnet habe, wie wird es dann weitergehen?

Ach, unser Gustav, der hätte sich durchsetzen können, mit dem wäre es ganz anders. Warum musste er sterben, während Thomas übriggeblieben ist!"

Er konnte es nicht verwinden, dass sein ältester Sohn Gustav im Krieg gefallen war, während der recht weiche und etwas schüchterne Thomas unversehrt aus dem Krieg zurückgekommen war.

Emilie antwortete: „Immer dieser Ärger! Kündige doch die Firma und lass Thomas seine eigenen Wege gehen. Warum kann Thomas sich nicht damit zufriedengeben, Gutsherr auf Grafenforst zu sein, er müsste sich nur eine nette Frau suchen. So ein Leben wäre doch auch ganz schön für ihn!"

Aber Adolf brummte nur einige unverständliche Worte und sagte dann: „Es ist nicht sicher, ob Thomas eine Frau findet. Er ist viel zu schüchtern und unsicher. Aber ich habe da eine sehr gute Idee: Das Werk von Weiler & Busch in Fürnitz, das müssten wir bekommen. Es steht unter öffentlicher Verwaltung, ich habe mehr als 25 Prozent der Anteile an Weiler & Busch, die könnte ich ja gegen das Werk tauschen."

„Meinst Du, dass Thomas solch ein großes Werk leiten kann?"

„Wir setzen dort einfach gute Angestellte hin! Ich werde so schnell wie möglich nach Wien fahren und die Sache klären."

Zwei Tage später saß er schon im Zug nach Wien, um sein Interesse beim Grauland-Ministerium, das verstaatlichte Betriebe und auch deutsches Eigentum verwaltete, vorzutragen. Er bekam jedoch nicht, wie er gehofft hatte, gleich am nächsten Tag einen Termin bei Minister Grauland, sondern erst in der folgenden Woche. Er wollte die Gelegenheit nutzen, schon einmal nach Fürnitz zu fahren und zu sehen, in welchem Zustand sich das Werk befand.

In Fürnitz fuhr er mit einem Taxi rund um das Werk herum und sah, dass relativ viel Holz auf dem Werk lag und dass die Anlagen noch größer und schöner waren, als er gedacht hatte. Am Abend traf er sich mit Direktor Messner im Parkhotel in Villach. Als er erklärte, dass er bessere Chancen habe, das Werk zu pachten, weil es eher an einen Österreicher zurückgegeben werde als an einen Deutschen, musste er von Messner hören, dass Leberecht Weiler in der Zwischenzeit auch Österreicher geworden war und dass er das Werk zusammen mit Haflinger schon gepachtet hatte.

Adolf Haber war wütend. Wie war das denn möglich gewesen? Er war schon seit 30 Jahren Österreicher. Als die Habers das Gut Grafenforst gekauft hatten, waren sie Patronatsherren geworden, und er und sein Bruder hatten automatisch die österreichische Staatsbürgerschaft erhalten. Aber dass Dr. Weiler nun auch Österreicher sei, könne nicht mit rechten Dingen zugegangen sein. Er werde der Sache auf den Grund gehen und prüfen, ob da nicht eine Schiebung im Gange sei. Wer war denn überhaupt dieser Haflinger?

Wenn er, Haber, das Werk bekomme, dann könne Direktor Messner auch seine Stellung behalten. Ein höheres Gehalt als bisher werde dann durchaus für ihn herausspringen!

Messner überlegte: Das Angebot war gar nicht so schlecht für ihn. Aber er hatte Angst, noch länger mit Haber zu verhandeln. Wenn das Haflinger erfahren würde, dann setzte er sich zwischen alle Stühle.

Wieder zurück in Wien sprach Adolf Haber erst einmal bei seinem Anwalt vor, der ihm versprach, über Haflinger Auskünfte zu besorgen und nachzuprüfen, wie Leberecht Weiler die österreichische Staatsbürgerschaft erworben hatte. Aber die Vorstellung, dass man ihm als Österreicher das Werk Fürnitz im Tausch gegen die Anteile an Weiler & Busch übertragen könne, die habe wohl kaum Aussicht auf Erfolg. Der Vorstand einer Aktiengesellschaft könne nicht einfach Aktien gegen ein Werk tauschen, das ihr im Augenblick noch gar nicht gehöre.

Am nächsten Tag war das Gespräch mit Minister Grauland, der aufmerksam zuhörte, was Haber ihm erklärte, aber der Minister meinte, kurzfristig könne man über das deutsche Vermögen noch nicht entscheiden, da müssten erst noch die Alliierten gefragt werden. Er könne ihm nur versprechen zu untersuchen, ob da irgendwelche Schmiergelder geflossen seien. Wenn irgendetwas unklar wäre, würde er den öffentlichen Verwalter abberufen. Aber bevor es dazu kam, war Minister Grauland selber gestürzt worden.

Haber setzte sich auch mit Dr. Seidel in Verbindung und schlug ihm den Tausch Aktien gegen das Werk Fürnitz vor, für das er allerdings nur eine geringe Summe zahlen könne, weil das Werk noch unter öffentlicher Verwaltung stehe. Aber von Dr. Seidel, der von der Zukunft des Werkes überzeugt war, erhielt er eine glatte Abfuhr.

Dr. Seidel berichtete Leberecht Weiler von diesem Gespräch, und sie kamen überein, bei der nächsten Generalversammlung Adolf Haber nicht mehr aufzustellen und an seiner Stelle den Fürsten von Wallerstein in den Aufsichtsrat zu wählen. Leberecht versprach sich davon, gutes Mastenholz aus dessen Waldungen zu günstigen Preisen für das Werk Aalen bekommen zu können, während Fürst von Wallerstein der Meinung war, dass er sein Holz zu höheren Preisen an Weiler & Busch verkaufen könnte, wenn er erst einmal im Aufsichtsrat des Unternehmens sitzen würde.

Ein Problem war immer noch ungelöst: Wo sollten die Familienmitglieder Bernhard Sutter und Ferdinand von Seydlitz untergebracht werden? Hiltrud war schon sehr ungeduldig geworden, dass Bernhard noch keine führende Stellung in der Firma hatte. Else Weiler meinte, dass jetzt Ferdinand erst einmal eine Stellung in dem Unternehmen antreten sollte. Er habe seinen 40. Geburtstag gefeiert und könne doch nicht ewig als Volontär bei fremden Firmen sitzen. Marianne sei schwanger, jetzt müsse für die Familie etwas Sinnvolles gefunden werden. In Bonn suchte man jetzt wieder Offiziere, in nicht allzu ferner Zeit sollte eine neue Bundeswehr entstehen, und Generalstäbler waren besonders gesucht. Ferdinand konnte hoffen, als Oberstleutnant eingestellt zu werden, in zwei Jahren könnte er Oberst und Regimentskommandeur oder der Chef des Stabes eines Armeekorps sein. Nur Marianne wollte das nicht. Sie wollte nicht als Kommandeuse irgendwo in der Provinz versauern.

Hiltrud störte es gewaltig, dass der junge Vetter von Bernhard, Archibald, schon heute in einer leitenden Stellung saß. Sie wischte die Bedenken von Johanna, Bernhard schon jetzt eine verantwortliche Position zu geben, mit dem Wort weg: „Hör mal, er ist genauso ein Enkel des Großvaters wie Archibald. Wenn ich in seine Augen schaue, sehe ich meinen Vater!"

Als Johanna einwarf, er müsse erst einige kaufmännische Kennntnisse erwerben, meinte sie nur: „Das ist doch alles bloß Getue! Letztlich wird das Geschäft mit dem Kopf gemacht und nicht mit dem Arsch!"

Diesen Spruch hatte sie von Walter Sutter übernommen, der immer wieder behauptete, dass er seine Geschäfte mit dem Kopf mache, während seine Schwäger das Geschäft nur mit dem Hintern machen würden.

Johanna entgegnete darauf: „Man hat ja gesehen, wo Walter abgeblieben ist!", worauf Hiltrud wütend aus dem Zimmer rannte und die Tür hinter sich zuschlug.

Leberecht war der Meinung, dass es Bernhard an Erfahrung fehle, allerdings hatte er selber, als er in die Firma eintrat, auch nicht viel Erfahrung gehabt. Auf welchen Posten sollte man ihn denn setzen? Vielleicht gebe es am ehesten in Fürnitz einen Posten, aber vorher müsse er eine kaufmännische Lehre machen. Aber für eine kaufmännische Lehre hatte Bernhard keine Lust, er war ja schon 28 und wollte nicht die Arbeit eines Stifts von 16 Jahren machen.

Archibald hatte schon vor einiger Zeit vorgeschlagen, dass Bernhard ein Volontariat von einem halben Jahr bei dem Vater seines Freundes Horst Wallmann absolviere. Horst Wallmann hatte als Nachfolger von Dr. Silbermann die Geschäftsführung in Lübeck angetreten, und man war der Meinung, dass der alte Wallmann im Gegenzug für Bernhard etwas tun könnte. Wallmann hatte eine Tonmöbelfabrik in Offenbach am Main.

Bernhard war das recht. Nur hatten Wallmann und Bernhard vollkommen andere Vorstellungen von der Arbeit. Der alte Wallmann, der schon viele Lehrlinge ausgebildet hatte, war der Ansicht, dass ein Volontär gleichzeitig die Berufsschule besuchen und Buchhaltung, Steno und kaufmännisches Rechnen lernen sollte, ohne kaufmännische Grundkenntnisse könne man ja als Kaufmann nichts werden, während Bernhard sich vorstellte, dass er eine Art Betriebsassistent sei, er könne bei Einkaufs- und Verkaufsverhandlungen dabei sein, Holz, Tischlerplatten und Spanplatten einkaufen und nach draußen zu der Kundschaft fahren, um Ware zu verkaufen oder Reklamationen auszubügeln.

Die Arbeit bei Wallmann endete dann auch nach einer kurzen Zeit mit einem Fiasko. Wallmann steckte Bernhard zuerst in die Registratur, wo er Akten abzulegen hatte, dann nach vier Wochen in die Spedition, wo er Frachtbriefe auszufüllen hatte. Wenn Bernhard etwas fragte, bekam er keine Antwort oder hörte von Herrn Wallmann nur barsch: „Das geht Sie nichts an!"

Auf den Wunsch von Bernhard, ihn auf seinen Reisen zu begleiten, antwortete er: „Das kommt überhaupt nicht in Frage, das ist viel zu teuer." Außerdem seien seine Arbeiten immer voller Flüchtigkeitsfehler, die Frachtbriefe falsch ausgefüllt, die Ablage nicht sorgfältig genug gemacht, und ehe er nicht sorgfältiger arbeite, könne er ihn nicht in anderen Abteilungen beschäftigen.

Bernhard war mürrisch und unzufrieden. Bernhard hatte die Verbindung zu seinen alten Freunden in Frankfurt wieder aufgenommen, und an den Abenden, an denen er sich mit ihnen traf, wurde es immer sehr spät. Mehrere Male übernachtete er auch in Frankfurt, und natürlich gab es auch einige amouröse Abenteuer. Die Folge war, dass er zu spät ins Geschäft kam, was Wallmann mit spitzen Bemerkungen kommentierte. Eines Tages, als er völlig übermüdet ins Geschäft kam, legte er sich im Werk auf einen Spänehaufen, um auszuschlafen, wo ihn aber Wallmann traf und gewaltig zusammenstauchte.

Es gab Vorwürfe von beiden Seiten, und schon nach acht Wochen war Bernhard wieder in Gernsbach.

Johanna war über das, was sie hörte, entsetzt. Wer kommandieren wolle, der müsse erst lernen zu gehorchen. Hiltrud dagegen bestärkte ihren Sohn darin, dass er zu etwas Besserem da wäre, als anderen Leuten den Dreck wegzuputzen.

Leberecht, dem das Ganze nicht so dargestellt wurde, wie es wirklich war, meinte, dass Bernhard dann doch besser nach Fürnitz gehen sollte. Nach einer gewissen Einarbeitungszeit könne er dort die Mastenabteilung übernehmen, die jetzt voll beschäftigt war und wo Bernhard neue Märkte im ganzen Mittelmeerraum erschließen könnte. Für Deutsche war es schwierig, eine Arbeitsgenehmigung in Österreich zu bekommen, aber für ihn als Schweizer gab es viel einfacher eine Arbeits- und Aufenthaltserlaubnis.

Bevor Bernhard nach Fürnitz fuhr, forderte Hiltrud ihn auf, dort die Interessen von ihr und von Silvia zu vertreten, denn die beiden Schwestern glaubten, dass Leberecht mauschele, um sich das Werk, das eigentlich als Abfindung für sie beide gedacht sei, unter den Nagel zu reißen. Johanna, die davon unterrichtet wurde, erklärte den beiden, dass Fürnitz zwar ursprünglich einmal den Töchtern zugedacht war, dass der Vater sich dann aber anders entschieden habe und sie zu stillen Gesellschaftern gemacht habe, und das seien sie dann auch geworden, denn sie hätten Aktien von Weiler & Busch bekommen. Aber Hiltrud war damit nicht zufrieden, sondern gab Bernhard ein Schreiben an Direktor Messner mit, dass er die Interessen seiner Mutter und seiner Tante Silvia zu vertreten habe.

Bernhard fuhr jetzt voller Stolz, dass er dort eine so wichtige Aufgabe hatte, mit der Eisenbahn nach Villach, wo ihn Direktor Messner am Bahnhof abholte und ihn in einem kleinen Gasthof zwischen Villach und Fürnitz unterbrachte. Am nächsten Tag fiel Bernhard gleich mit der Tür ins Haus und teilte Direktor Messner mit: „Ich vertrete die Interessen meiner Mutter und ihrer Schwester und werde später einmal neben Ihnen, Herr Direktor Messner, die Leitung des Werkes übernehmen."

Messner war zuerst einmal sprachlos und entgegnete ihm dann ganz sachlich: „Das Werk gehört im Augenblick dem österreichischen Staat. Eingetragen im Handelsregister als Alteigentümer ist die Firma Weiler & Busch. Das Unternehmen ist von den Fürnitzer Holzwerken gepachtet, in dem Leberecht Weiler und Joseph Haflinger als Teilhaber eingetragen sind. Danach habe ich mich zu richten."

Worauf Bernhard vorschnell antwortete: „Das kann ja sein, aber wir können ja sehen, wer am längeren Hebel sitzt!"

Im Werk hatte Messner eine ganze Reihe von Feinden, die sich jetzt an Bernhard heranmachten, um ihn auf ihre Seite zu ziehen. Einer, der besonders gerne gegen Messner intrigierte, war der Einkaufschef Rauber, der Bernhard Geschichten über Messner erzählte. Der sei nicht ganz sauber, er komme mit seinem Gehalt nicht aus und mache schwarze Geschäfte.

Was Bernhard aber dann wie so oft in seinem Leben zum Verhängnis wurde, waren die Frauen. Er bändelte gleich mit der schönen Inge Samonik an, die als Sekretärin im Verkauf arbeitete. Kollegen in der Firma machten ihn darauf aufmerksam, dass die schöne Inge das Verhältnis von Prokurist Rauber sei, er solle nur die Hände von ihr lassen. Aber er schlug diese Warnung in den Wind. „Wieso denn? Rauber ist doch verheiratet, da kann ich doch machen, was ich will!"

Nachdem er Inge mit auf sein Zimmer genommen hatte, gab es einen Riesenkrach zwischen Inge und Rauber, den Bernhard nicht bemerkte. Aber Rauber schwenkte um und erzählte Messner alles, was er von Bernhard gehört hatte, dass er daran denke, Messner zu entmachten und dass er das Unternehmen seiner Mutter zuspielen wolle. Möglicherweise werde er auch Messner bei Leberecht anschwärzen oder, vielleicht noch schlimmer, sich an die Staatsanwaltschaft wenden und ihn wegen schlechter Behandlung englischer Kriegsgefangener anzeigen.

Messner bekam es mit der Angst und sprach mit Joseph Haflinger. Der sagte einfach: „Sie haben doch gute Beziehungen zum Arbeitsamt, sorgen Sie dafür, dass er keine Arbeitserlaubnis mehr bekommt! Wir setzen uns doch keine Laus in den Pelz!"

An Weihnachten fuhr Bernhard nach Gernsbach. Messner war gleich zum Arbeitsamt gegangen und hatte mitgeteilt, dass Bernhard Sutter nach der Einarbeitungszeit sich als ungeeignet erwiesen habe, und so wurden ihm Arbeits- und Aufenthaltserlaubnis entzogen.

Als Bernhard nach den Weihnachtsferien bei Salzburg an die Grenze kam, wo er sein neues Visum erhalten sollte, wurde er abgewiesen und musste nach Gernsbach zurückfahren.

Leberecht hörte von Haflinger, wie dumm sich Bernhard benommen hatte, wollte ihn aber trotzdem erst einmal nach Lübeck holen, obgleich Dembowski dagegen war und Leberecht auch nicht recht wusste, welche Arbeit er ihm in Lübeck zuweisen könnte. Ob er ihn zum Einkauf nach Schweden schicken sollte? Aber dazu müsste er vorher als Praktikant bei Korsnäs arbeiten. Archibald hatte dort viel gelernt, vielleicht sei das auch bei Bernhard möglich.

Und so trat Bernhard seine Praktikantenstelle in Schweden bei Korsnäs an. Seine Arbeit verrichtete er ohne Murren und freute sich über den hohen Lohn, der ihm ausbezahlt wurde. Dazu wohnte er recht günstig im Obergeschoss der Kantine, wo einige andere Praktikanten und das Kantinenpersonal, eine Reihe von jungen Mädchen, wohnten. Die eigentliche Aufgabe, etwas vom Geschäft zu lernen, kam aber zu kurz, denn kaufmännisch konnte er als Praktikant im Sägewerk nichts lernen, mit Masten und Schwellen hatte er nichts zu tun.

Nach drei Monaten solle er seine Tätigkeit in Lübeck antreten. Bei der Hochzeit von Britta hatte er Ingeborg Dembowski kennengelernt, die ihn faszinierte. Sie hatte Verständnis für seine Späßchen und hatte auch Verständnis für erotische Flaxereien. Bernhard hatte eine Zeit lang mit ihr korrespondiert und ihr recht anzügliche Briefe geschrieben, die sie auch im gleichen Ton beantwortete. Dann brach die Korrespondenz ab, weil sie heiratete. Jetzt, als er nach Lübeck kam, dachte er, die Verbindung wieder aufzunehmen und schrieb ihr einen Brief im gleichen frivolen Ton voller Anzüglichkeiten.

Der Brief wurde jedoch vom Ehemann geöffnet, der Ingeborg die heftigsten Vorwürfe machte und damit drohte, sich scheiden zu lassen. Ingeborg verteidigte sich, sie könne doch gar nichts dafür, Bernhard habe ihr einfach so geschrieben, sie habe nie etwas mit ihm gehabt. Sie lief heulend zu Leberecht Weiler, er möge doch dafür sorgen, dass Bernhard die Arbeit in Lübeck nicht antrete, denn sonst sei ihre Ehe gefährdet. Nun musste Leberecht gleich am ersten Abend Bernhard mitteilen, dass er ihn im Werk nicht einstellen könne, die Zusammenarbeit mit Dembowski werde damit gefährdet. Wie er überhaupt dazu komme, so einen anzüglichen Brief an Ingeborg zu schreiben!

Wo sollte Bernhard jetzt aber hin? Leni war der Meinung, man solle Bernhard nicht einstellen, er sei ein unzuverlässiger Weiberheld, er bringe nur die ganze Firma durcheinander und verfüge über gar keine berufliche Erfahrung. Er sei ein Mensch, der immer das Falsche mache. Archibald hatte aber viele schöne Erinnerungen an Bernhard. Er hatte auch nicht vergessen, dass Bernhard in der ersten Nachkriegszeit seine Lebensmittel, die er aus der Schweiz bekommen hatte, sehr freigebig mit ihm geteilt hatte.

Da das Werk Kehl einige Wochen vorher von den Franzosen wieder an Weiler & Busch zurückgegeben worden war, setzte Archibald ihn als zweiten kaufmännischen Direktor dort ein und verschaffte ihm eine Wohnung mit drei Zimmern im Bürohaus. Die Leitung des Werkes hatte der Ingenieur Schmidt aus dem Werk Olbersdorf übernommen, ein reiner Techniker, der kaum mehr Ahnung vom Kaufmännischen hatte als Bernhard.

Nun galt es aber auch noch eine Position für Ferdinand von Seydlitz zu finden. Mit dem Ehepaar von Seydlitz und Else Weiler stand Archibald sehr gut. Aber wo sollte er ihn unterbringen? Leberecht hatte sich darüber keine Gedanken gemacht. Archibald kam nun auf die Idee, ihm die Abteilung Holzhandel in der Firma zu übertragen, die es erst noch aufzubauen galt. In dem Boomjahr 1951 wurde den Verkäufern das Holz geradezu aus der Hand gerissen. Die Kapazitäten des Sägewerkes reichten bei Weitem nicht aus, um alle Wünsche der Käufer zu erfüllen. Archibald sah die Möglichkeit, Papierholz in Finnland zu kaufen und an die Murgtäler Papierindustrie und auch an andere Papierfabriken zu verkaufen. Dank guter Beziehungen bekam Weiler & Busch großzügig Importlizenzen für Schnittholz aus Österreich, und so wurde in Fürnitz dreischichtig gesägt, und man konnte ganze Eisenbahnzüge an die Amerikaner verkaufen. Archibald beschloss, in ganz Deutschland Filialen mit Holzlagerplätzen zu errichten und Vertreter einzustellen, um dort Schnittholz nicht nur von den eigenen Sägewerken, sondern auch von anderen Schwarzwälder und bayerischen Sägen zu verkaufen.

Zusammen mit Ferdinand von Seydlitz bereisten nun die Vertreter ganz Deutschland, und bald hatte man volle Auftragsbücher. Aber die Beschaffung war außerordentlich schwierig. Die Schnittholzpreise stiegen praktisch von Woche zu Woche, und die Lieferanten fanden immer wieder neue Abnehmer, die mehr bezahlten als die früheren Kunden. Viele Lieferungen kamen mit gewaltiger Verzögerung, und viele erfolgten überhaupt nicht. Es gab ständig Reklamationen, aber keiner der Kunden trat vom Vertrag zurück, sie alle brauchten das Schnittholz dringend.

Archibald und auch Ferdinand waren jetzt das ganze Jahr über beschäftigt, Lieferanten und Kunden zu besuchen. Erfolg hatte Archibald dabei vor allem mit der Wiederaufnahme des Exports von Masten aus Fürnitz. Er besuchte die Niederlande und Großbritannien, Italien und Griechenland, während Leberecht zusammen mit Haflinger in die Türkei, in den Libanon, nach Syrien und Ägypten reiste.

Während Ferdinand ständig unterwegs war, gab es zwischen seiner Frau Marianne und Johanna immer häufiger Differenzen. Seit ihrer Hochzeit war Marianne außerordentlich empfindlich, wenn es um Kritik an ihrem Ehemann ging. Johanna hatte an Ferdinand von Seydlitz einiges auszusetzen. Sie hielt ihn nicht für besonders klug, es störte sie, dass er schon einmal verheiratet war, und vor allem wollte sie im Geschäft keine Eingeheirateten haben, die waren für sie doch nur Schmarotzer, und sie hielt mit ihrer Kritik, wenn sie mit anderen Verwandten zusammen war, nicht hinter dem Berg.

Marianne war selber unzufrieden mit Ferdinands Stellung, denn sie wollte, dass Ferdinand sich im Leben bewährte, und das konnte er nicht in dem Bereich Holzhandel bei Weiler & Busch in Gernsbach. Andere Werke standen im Augenblick nicht zur Verfügung. Wenn er etwas vom Handel verstehe, könne er doch den Holzhandel oder auch etwas anderes auf eigene Rechnung betreiben. Ihre Mutter hatte allerdings Bedenken, ob ihr Schwiegersohn sich mit Erfolg selbständig machen könnte.

Für Mariannes Unzufriedenheit gab es noch eine weitere Ursache. Sie litt unter den engen Wohnverhältnissen. Denn sowohl in der Wohnung von Johanna als auch in der von Else gab es französische Einquartierung. Else, Marianne und Ferdinand mussten sich das Bad mit den Franzosen teilen, einem Sergeanten mit Frau und drei Kindern. Als Küche diente ein Verschlag, den man im Flur gerade vor der Toilette eingebaut hatte, knapp sechs Quadratmeter groß, in dem außer der dicken Köchin Anna keine zweite Person Platz hatte.

Als Marianne im Frühjahr 1951 schwanger wurde, drängte sie deshalb darauf, aus dem Haus auszuziehen. Else sah ein, dass die Wohnung für die Familie mit einem Kind zu klein war, und beschloss, in Gernsbach ein Haus zu bauen. Sie kaufte ein Grundstück auf dem Kelterberg, von dem aus man einen herrlichen Blick über die ganze Stadt, auf Schloss Eberstein und das Murgtal hinauf hatte, das aber auch so lag, dass der Blick nicht durch andere Häuser verbaut werden konnte.

Auf Bitten von Leni bekam Willi den Auftrag, das Haus zu entwerfen, und der war mächtig stolz, dass er sein erstes Wohnhaus bauen durfte. Else war es recht, denn er ging auf alle ihre Wünsche ein. Das Haus wurde um ihre Möbel herum gebaut, es sollte groß sein und genügend Platz für weiteren Familienzuwachs haben. Für sie selber war ein abgetrennter Alterswohnsitz vorgesehen. Das Haus sollte Ende Dezember fertig sein, damit der Nachwuchs schon gleich in das neue Heim einziehen konnte.

Am 23. Dezember 1951, einen Tag vor Heiligabend, kam Maximilian Archibald von Seydlitz auf die Welt. Marianne verbat sich jeden Besuch im Krankenhaus, und Johanna und Hiltrud bekamen das Kind nicht zu sehen. Marianne ließ nur mitteilen, dass sie Ruhe haben wolle.

Auch im neuen Haus blieb das Verhältnis zwischen Johanna und ihrer Enkelin gespannt, denn Marianne zeigte sich unversöhnlich, auch wenn Else und Ferdinand ihr zuredeten, sich doch mit Johanna auszusöhnen.

Archibald zog nun in die ehemalige Wohnung von Else ein, die für ihn als Junggesellen wirklich groß und schön war. Paula kam zum Einrichten. Er konnte zum ersten Mal alle seine Bücher aus Lübeck holen, die nahmen schon fast die gesamte Wand des Wohnzimmers ein. Am Fenster stand der Schreibtisch seiner Großvaters, den Johanna ihm geschenkt hatte, davor eine Garnitur, bestehend aus einer Couch und zwei Sesseln mit rotbraunem Bezug, über die Hiltrud die Nase rümpfte, so etwas Spießiges und Scheußliches habe sie in ihrem ganzen Leben noch nicht gesehen, und dafür machte sie Paula verantwortlich.

Else hatte ihm ihre Köchin Anna vermacht und ihn auch gleich gewarnt: „Pass auf, Anna wird so gut kochen, dass du zunimmst, sie sieht darin den Beweis ihrer Kunst!“ Und sie sollte Recht behalten. Ehe Archibald es sich versah, wog er über 190 Pfund.

Er freute sich über seine neue Wohnung, aber genießen konnte er sie nicht. Weder konnte er Gäste einladen, wie er das geplant hatte, noch konnte er einen ganzen Abend gemütlich im Sessel sitzen, Musik hören und lesen. Viele Bücher, die er sich gekauft hatte, blieben ungelesen im Schrank stehen, denn die Zeit wurde sehr turbulent.

Zunächst war die wirtschaftliche Entwicklung noch vom Korea-Boom gekennzeichnet. Die Ware wurde den Firmen aus der Hand gerissen, und selbst geradezu unverschämte Preisanhebungen wurden glattweg akzeptiert, wenn die Ware nur sehr schnell beim Empfänger landete. Aber das traf für Weiler & Busch und vor allem für die von Archibald und Ferdinand neu gegründete Holzhandelsabteilung nur in begrenztem Maße zu. Weiler & Busch hatte reichlich Importlizenzen bekommen, und Archibald schloss in großem Umfang Verträge mit österreichischen, schwedischen und finnischen Sägewerken und Holzexporteuren ab, aber die Ware, die noch im Herbst 1951 geliefert werden sollte, war auch im Frühjahr 1952 nicht auf den Holzlagern oder bei den Kunden eingetroffen.

Telefonische Anrufe gingen ins Leere, kein Verantwortlicher war zu sprechen. Archibald hatte den Eindruck, dass die Verkäufer sich verleugnen ließen. So fuhr er nach Österreich und musste feststellen, dass eine Reihe von Firmen, mit denen er große Verträge abgeschlossen hatte, gar nicht existierten. Statt eines großen Sägewerks fand er oft nur einen kleinen Händler, der sein Büro in einem kleinen Zimmer auf dem Dachboden oder in einem Hinterhaus hatte und tausend Ausflüchte vorbrachte, warum er nicht lieferte. Auch in Skandinavien hatten sich etliche Lieferanten mit Aufträgen übernommen und die Menge, die sie liefern konnten, mehrfach verkauft und verlangten jetzt, ohne rot zu werden, hohe Nachforderungen.

Das Jahr 1951 hatte noch mit einem Bombengewinn abgeschlossen, der beinahe so hoch war wie das gesamte Kapital der Firma. Obwohl es Sonderabschreibungen auf das neue Schiff „Johanna Weiler“ und auf die neuen Anlagen in Höhe von zwei Millionen DM für die Biertellerfabrik in Weisenbach gab, konnte ein Gewinn ausgewiesen werden, der für die Ausschüttung von sechs Prozent Dividende reichte. Das hatte die Firma, seit sie Aktiengesellschaft war, noch nie erwirtschaftet. Archibald wusste zwar, dass der Gewinn ein Scheingewinn war, weil er in erster Linie dadurch zustande kam, dass die zu niedrigen Preisen eingekauften Hölzer zu erheblich höheren Preisen verkauft wurden, zu denen sie nicht wieder beschafft werden konnten, aber auch er war zufrieden. Alle Vorstände und die meisten Abteilungsleiter schrieben den hohen Gewinn nicht der günstigen Entwicklung durch den Korea-Boom zu, sondern ihrer eigenen Tüchtigkeit.

Aber dann, im Sommer 1952, schlug plötzlich der Wind um. Von heute auf morgen endete der Korea-Boom. Das Masten- und Schwellengeschäft ging zwar bei Weiler & Busch noch weiter, wenn die Preise auch deutlich fielen, aber das ganze Handelsgeschäft und der Absatz der Sägewerke erwies sich als großer Flop.

Plötzlich standen alle österreichischen Schnittholzlieferanten vor der Tür und verlangten von Archibald und Ferdinand die Abnahme des eingekauften Schnittholzes, während die Kunden die Firma Weiler & Busch in Lieferverzug setzten, das hieß, dass die Kunden vom Vertrag zurücktreten würden, wenn die Ware nicht innerhalb kürzester Zeit geliefert würde. Archibald reagierte nicht schnell genug, und plötzlich kamen ganze Waggonladungen an Schnittholz herein, die man nicht mehr an die Kunden abliefern konnte, sondern in den einzelnen Werken einlagern musste. Nur mit Müh und Not konnte man Holzhändler dazu überreden, die Ware in Kommission zu nehmen. Das hieß, dass man nicht das Geld bekam, das man jetzt dringend brauchte.

Die meisten Holzhandelsplätze mussten geschlossen werden, was oft nur dadurch möglich war, dass man Abfindungen an das Personal bezahlte. Plötzlich waren auch die Kritiker wieder da. Die Folge des Zusammenbruchs des Korea-Booms waren volle Lagerplätze bei Weiler & Busch und hohe Bankschulden. Im Aufsichtsrat verschärfte sich das Klima, aber zunächst, bevor die Bilanz 1952 vorlag, konnte Archibald sich noch herausreden. Er hoffte, dass sich die Zeiten wieder bessern würden und dass die Schnittholzlager nach und nach verkauft werden konnten.

Im Werk Fürnitz bekam Joseph Haflinger kalte Füße. Ihn traf der Preisverfall der Rohstoffe als Altmetallhändler mit voller Wucht, denn die Kupferpreise und die Preise für Altmetalle waren noch weit stärker als die von Holz gestiegen und dann wieder gefallen. Er hielt einen Zusammenbruch der Firma Haflinger & Co für möglich und drängte darauf, den Pachtvertrag in Fürnitz zu kündigen.

Leberecht war das eigentlich nicht recht. Es hatte ihm gefallen, in Österreich ein Unternehmen zu besitzen, das unabhängig vom Aufsichtsrat und von Weiler & Busch war, in dem er machen konnte, was er wollte. Die Beratung mit dem öffentlichen Verwalter der Weiler & Busch GmbH in Fürnitz, einem Wiener Wirtschaftsprüfer, endete aber damit, dass dieser vorschlug, die GmbH aus der öffentlichen Verwaltung zu entlassen, nachdem Else Weiler und Leberecht als Gesellschafter eingetragen waren und die AG nur Minderheitsaktionär war, und sie stattdessen unter öffentliche Aufsicht zu stellen.

Weiler & Busch war jetzt zwar in Österreich wieder Eigentümer, aber ganz frei war sie doch nicht. Sie durfte keine Immobilien verkaufen, und vor allem durfte sie keine Arbeitskräfte entlassen.

Einer war aber mit dieser Entwicklung ganz und gar nicht zufrieden, sondern witterte Unrat – das war Adolf Haber. Er meldete wieder Zweifel an und wandte sich erneut an die österreichische Regierung. Über einen Verwandten, der ebenfalls Haber hieß und der führendes Mitglied der FDP in Deutschland war, nahm er Verbindung mit der österreichischen FPÖ auf. Seine Intervention hatte zur Folge, dass der ehemalige Verwalter als öffentliche Aufsicht abgesetzt und durch die Österreichische Gesellschaft für Vermögensschutz abgelöst wurde, dessen Hauptgesellschafter und Geschäftsführer ein Parteifreund von Haber war. Sie überprüfte erst einmal aufs Genaueste alle Verträge, die sich aber alle als hieb- und stichfest erwiesen.

Haber wollte das Werk haben, koste es, was es wolle. Und als die Entscheidungen in Österreich nicht so liefen, wie er es sich erhofft hatte, forderte er seinen Sohn Thomas auf, sich um Leberechts Tochter Astrid zu bemühen. Er sollte sie heiraten, um auf diese Weise einen Anteil an der Firma zu ergattern. Thomas gehorchte seinem Vater und suchte plötzlich Astrid in Stuttgart auf. Astrid war verwundert, ließ sich aber gerne von dem jungen Haber einladen und sich in Stuttgart ausführen. Sie gingen zusammen ins Theater und in Nobelrestaurants, die Astrid noch nie besucht hatte. Sie unterhielten sich ganz gut über die Theateraufführungen, aber Thomas war nicht ihr Typ. Die Hoffnungen, die Adolf Haber sich gemacht hatte, gingen nicht in Erfüllung.

•

In Archibalds Leben gab es etwas, worüber er sich Gedanken machte: Er war noch unverheiratet, er hatte noch nicht einmal eine Beziehung zu einer Frau angeknüpft. Seine Freunde aus der Schulzeit und dem Studium waren zum großen Teil schon verheiratet oder hatten zumindest eine feste Freundin, aber Archibald hatte mit seinem 26 Jahren noch keine Erfahrung mit Frauen. Zwar hatte er sich immer wieder einmal verliebt, und er war für die Schönheit junger Mädchen nicht unempfindlich, aber er konnte sie einfach nicht fesseln.

Willi Schulz und Leni wollten ihn gerne verkuppeln und luden ihn deshalb mehrmals zu Bällen ins Kurhaus in Baden-Baden ein. Aber dort saß er wieder an einem Tisch zusammen mit Leni und Willi und deren älteren verheirateten Freunden.

Dass Archibald an keiner der jungen Damen, die er kennenlernte, Gefallen fand, lag an dem einzigen Mädchen, mit dem er bisher harmoniert hatte, das war die Finnin Lisa, die für ihn das Ideal einer Freundin war. Ihr gegenüber fühlte er sich immer noch an den Heiratsantrag, den er ihr gemacht hatte, gebunden, zumal er mit ihr weiter in Briefkontakt stand, und mit der er gelegentlich auch noch telefonierte. Mit Lisa konnte er über alles sprechen. Sie schrieben sich lange Briefe über Filme und Theateraufführungen, die sie besucht hatten, über Städte, die sie gesehen hatten, und über andere Menschen. Archibald schilderte seine geschäftlichen und familiären Probleme, und Lisa berichtete über das Studium, über ihre Kollegen und auch über ihre Familie. Und so beschloss Archibald im Frühjahr 1952, nach Finnland zu fahren.

In Helsinki war Lisa jeden Abend mit Archibald zusammen, sie gingen zusammen zum Essen aus, sie gingen zum Tanzen ins Café Fazer, und Lisa konnte so gut mit ihm tanzen, dass er wirklich Spaß daran hatte, und sie klagte nie über seine Unbeholfenheit. Sie gingen in die Oper und ins Kino und machten lange Spaziergänge, aber als Archibald seinen Antrag wiederholte, sagte sie schlicht Nein. Nach Deutschland wolle sie nicht, für sie komme nur die Heirat mit einem Finnen in Frage.

Archibald fuhr niedergeschlagen nach Schweden zurück. Von Stockholm aus rief er sie an, ob sie es sich nicht doch überlegen wollte, worauf er nur ein Wort zur Antwort bekam: „Höpsis!" Archibald wusste nicht, was das bedeuten sollte, und auch sein Schwager Bela wusste es nicht. Erst nach längerem Suchen im Wörterbuch fand man das Wort, das soviel bedeutete wie „total verrückt!"

Im September 1952 konnte er sich einer wiederholten Einladung von Leni, zu dem Ball einer Schülerverbindung im Baden-Badener Kurhaus zu kommen, nicht entziehen, und da Marianne und Ferdinand von Seydlitz ebenfalls hingehen wollten, versprach er sich wenigstens eine gute Unterhaltung. Allerdings hatte er an diesem Tag sehr viel im Büro zu tun und kam erst im letzten Moment dazu, sich umzuziehen.

Er ging eilig in die Garage, um seinen Volkswagen herauszuholen, denn er wollte Marianne und Ferdinand von Seydlitz, mit denen er sich verabredet hatte, nicht warten lassen. Dr. Silberschmied rief ihm aus dem Fenster noch etwas zu, was er aber nicht verstand.

Ferdinand war ein sehr flotter Fahrer, und sein DKW-Zweitakter fuhr um einiges schneller über die kurvenreiche Straße als Archibalds alter klappriger Volkswagen, aber als es bergab ging, konnte er wieder etwas aufholen.

Auf dem Parkplatz hinter dem Kurhaus stellte er seinen Wagen ab und rannte hinter Ferdinand und Marianne her, um sie nicht aus den Augen zu verlieren. Er holte die beiden gerade am Eingang zu dem Ballsaal ein, die Kapelle schickte sich schon an, die ersten Stücke zu spielen, als er Leni entdeckte, die ihm zuwinkte, an ihren Tisch ganz vorne in der ersten Reihe zu kommen, während Ferdinand und Marianne zu einem anderen Tisch in der zweiten Reihe geführt wurden. Archibald stellte mit Entsetzen fest, dass schon drei Damen und drei Herren am Tisch saßen, er also als überzähliger Herr an dem Tisch von Leni platziert worden war. Wie sollte er da eine Tanzpartnerin finden?

Leni stellte ihm die Leute am Tisch vor: Da war eine etwas stämmigere Frau mit schwarzen Haaren, die Archibald auf Anfang dreißig schätzte und die Leni als Fräulein Ebert vorstellte, zusammen mit ihrem Bräutigam, einem etwas kleineren Mann, Dr. Häfele, der Assistenzarzt am Krankenhaus war. Das jüngere Mädchen war die Schwester von Fräulein Ebert, die mit einem jungen Mann gekommen war, den Leni nicht kannte. Kaum hatte Archibald Platz genommen, begann auch schon der erste Tanz, und wie er vermutet hatte, tanzte Dr. Häfele mit seiner Braut, Leni mit Willi und das junge Mädchen mit ihrem Begleiter. Er blieb allein am Tisch sitzen und sah den Tanzenden verärgert zu.

Bei der zweiten Runde forderte Dr. Häfele ein hellblondes Mädchen am Nachbartisch auf, und Archibald forderte die ältere der Fräulein Ebert, Irene, auf, die während des Tanzens ununterbrochen redete und ihm aus der Verlegenheit half, irgendwelche dumme Komplimente drechseln zu müssen, was ihm gar nicht lag. Sie meckerte auch nicht darüber, dass er ein schlechter Tänzer sei, sondern führte ihn, so dass er schon etwas versöhnt mit dem Beginn des Abends war.

Am Tisch schienen Leni und Willi aber mit Missfallen gesehen zu haben, dass Dr. Häfele mit dem blonden Mädchen vom Nachbartisch tanzte. Leni schlug Archibald vor, dieses Mädchen beim nächsten Tanz aufzufordern, sie sehe doch wie eine Botticelli-Madonna aus und sei die Schwägerin des Oberarztes. Er tanzte dann auch einmal mit ihr, aber sie meckerte, dass er nicht richtig Schritt halten könne, das Gespräch bestand nur aus Floskeln, und sein Typ war sie ganz und gar nicht.

Darum forderte er noch einmal Irene Ebert auf und amüsierte sich wieder außerordentlich über ihre Geschichten und Histörchen. Sie konnte gut tanzen und sich gut mit ihm unterhalten. Von ihr erfuhr er, dass es sich beim Begleiter ihrer jüngeren Schwester um ihren Bruder Paul handelte, den Ursel mitgenommen hatte, weil sie nicht allein zum Ball kommen und dort als Mauerblümchen sitzen bleiben wollte. Eigentlich habe sie mit einem Bekannten auf den Ball gehen wollen, aber der sei nicht gekommen, weil er keine passenden Schuhe gehabt habe, das sei aber auch ein Langweiler gewesen.

Daraufhin beschloss Archibald, auch die Schwester aufzufordern. Das fiel ihm jetzt leichter, nachdem er einiges über sie gehört hatte. Ihr Bruder hatte sich nach anderen Mädchen umgesehen und tanzte mit der Botticelli-Madonna, schien aber auch nicht gerade Feuer gefangen zu haben.

Ferdinand machte den Vorschlag, in die Kurhausbar hinunterzugehen. Und so zogen das Ehepaar von Seydlitz, Archibald, Ursel, ihr Bruder und noch einige jüngere Leute, die im Krankenhaus arbeiteten, in die Bar, wo man auch tanzen und sich unterhalten konnte. Archibald war in eine Gruppe von Medizinern geraten – auch Ursel arbeitete als Helferin im Krankenhauslabor –, die nur über das Krankenhaus redeten. Ferdinand machte mehr oder weniger geistreiche Witze und unterhielt die ganze Gesellschaft aufs Beste, bis die Bedienung an den Nachbartischen die Stühle auf den Tisch stellte und damit die Gesellschaft dezent darauf hinwies, dass es bereits sechs Uhr früh war und die Bar schließen wollte.

Archibald erbot sich, Ursel und ihren Bruder nach Hause zu fahren. Ein eigenes Auto zu haben, war damals etwas Besonderes. Es dämmerte bereits, als sie zu Archibalds Auto kamen, und als er aufschließen wollte, erschien plötzlich ein Polizist und fragte recht unwirsch: „Ist das Ihr Auto?“ Archibald bejahte. „Warum haben Sie kein Nummernschild, und warum stehen Sie hier im Blumenbeet? Können Sie sich ausweisen?“ Archibald wusste nicht, warum er keine Nummernschilder hatte, aber er konnte sich ausweisen, und der Polizist war einigermaßen beruhigt, als er sah, dass das kein Verbrecher, sondern ein Doktor war.

Archibald durfte nun nicht mit seinem Auto fahren, er verabschiedete sich etwas verlegen von seinen Begleitern und musste mit auf die Wache. Dort ging die Sache ziemlich schnell über die Bühne. Er telefonierte mit seinem Chauffeur, der ihm erklärte, dass Dr. Silberschmied die Idee gehabt hatte, sämtliche Nummernschilder der Firmenautos abzumontieren und von einem Maler neu streichen zu lassen. Wie Archibald später erfuhr, hatte Silberschmied dem Malermeister Arbeit auf Rechnung der Firma geben wollen, damit der die Kosten für die Malerarbeiten in Silberschmieds Wochenendhaus mit auf die Rechnung für die Firma schreiben sollte.

Als Archibald nach Hause kam, versuchte er noch etwas zu schlafen, aber es beunruhigte ihn, dass die beiden Eberts vielleicht einen schlechten Eindruck von ihm bekommen hatten. Er wollte ihnen sagen, dass er kein Verbrecher sei, dass er keine Schwierigkeiten gehabt habe und dass er hoffe, dass auch sie gut nach Hause gekommen seien.

Gegen Mittag rief er dann bei Dr. Ebert an und fragte, ob er Fräulein Ebert sprechen könnte. Am Telefon hatte sich Frau Ebert gemeldet, und die fragte nur: „Welche?“

Fräulein Ebert war recht belustigt über das nächtliche Missgeschick und gleich bereit, sich am übernächsten Nachmittag mit Archibald im Café König zu treffen, allerdings lieber etwas später, sie habe vorher einen Zahnarzttermin. Als sie dann kam, war ihr ein Weisheitszahn gezogen worden. Archibald freute sich, dass sie das Rendezvous nicht abgesagt hatte, er sah das als ein gutes Zeichen an.

Sie hatten schnell genug Gesprächsstoff, was sonst nicht oft der Fall war. Aber hier konnte Archibald sich erst einmal über den Ball und über die Familie unterhalten, und da gab es doch einige Parallelen. Beide Väter waren etwa gleich alt, und auch die Mütter waren im gleichen Jahr geboren, beide Eltern hatten im gleichen Jahr geheiratet, beide Familien hatten vier Kinder, die etwa gleich alt waren, und zwar jeweils drei Mädchen und einen Jungen.

Beide Familien hatten einen großbürgerlichen Zuschnitt. Großbürgerlich bedeutete nicht, unbedingt viel Geld zu haben, sondern das bedeutete, dass die Familien vor dem Ersten Weltkrieg einmal wohlhabend gewesen waren. Man lebte in einer Villa in der Vorstadt oder in einer großen Sieben- oder Achtzimmerwohnung in bester Lage in der Stadt, man hatte Dienstpersonal, meist eine Köchin und ein Kindermädchen. Man hatte ein Abonnement im Theater und im Symphoniekonzert, man unterhielt sich über Theateraufführungen und über gesellschaftlichen Tratsch, aber nicht über Geld und nicht über Fußball, man hatte altes Porzellan und Silberbesteck, man machte Hausmusik, fast alle Töchter spielten Klavier.

In Ursels Familie waren Vater und beide Großväter Ärzte gewesen, von Vaters Seite waren es schon drei Generationen. Die Mutter stammte von einer Pfarrersfamilie ab, die ihren Stammbaum bis in die Reformationszeit zurückverfolgen konnte. Der Großvater von Ursels Mutter, jüdischer Herkunft, war ein berühmter Archäologe, Wissenschaftler und Dichter gewesen, dessen Romane im 19. Jahrhundert Bestseller waren. Ein Vorfahre war sogar Hofbankier von Friedrich dem Großen gewesen, und es gab viele Unternehmer unter den Vorfahren.

Das erste Thema war natürlich der Ball. Ursel hatte dazu überhaupt keine Lust gehabt. Aber ihre Schwester, die Chefsekretärin im Städtischen Krankenhaus war, hatte Willi Schulz versprochen, junge Mädchen für den Ball zu besorgen. Sie hatte sich mit Willi angefreundet, als er einen Umbau am Krankenhaus leitete. Sie hatte ihm ihr Leid geklagt, dass ihr Freund, Dr. Häfele, sich einfach nicht durch eine Verlobung, geschweige denn durch eine Heirat mit ihr binden wolle, sondern diesen Schritt schon mehrere Jahre hinauszögere. Sie werde ja auch nicht jünger, und die Chancen für sie, nach dem Krieg bei dem großen Frauenüberschuss einen vernünftigen Mann zu finden, seien nicht allzu groß. Und nun flirtete Erwin auch noch mit der Schwägerin des Oberarztes, die sich heftig an ihn heranmachte und ihn für sich gewinnen wollte – das war besagte Botticelli-Madonna namens Maria. Willi tröstete sie: „Der Vetter meiner Frau sucht doch Anschluss, vielleicht kann man ja die beiden auf dem Frankonia-Ball verkuppeln!"

Archibald und Ursel unterhielten sich bei ihrem ersten Rendezvous vor allem über ihre jüngsten Schwestern, die beide Nachkömmlinge waren und eine Menge Unfug angestellt hatten. Sie unterhielten sich über ihre Liebhabereien und ihre Interessen, und auch da stimmten sie im Großen und Ganzen überein. Ursel erzählte, sie wolle die Ausbildung als medizinisch-technische Assistentin in Tübingen beginnen. Sie habe auch daran gedacht, Medizin zu studieren, aber ihr Vater sei dagegen gewesen, denn er glaube, dass eine Frau in Krisensituationen nicht die nötige Kaltblütigkeit habe, die für diesen Beruf notwendig sei. Außerdem sei das zu teuer. Als sie aber sagte, in drei Tagen fange die Ausbildung an, war Archibald recht erschrocken. Nun hatte er endlich ein Mädchen, das er näher kennenlernen wollte, das sich nicht gegen seine Gesellschaft sträubte, die natürlich war und hübsch außerdem, deren Familie zu seiner passte und bei der er ans Heiraten denken konnte – und jetzt fuhr sie nach Tübingen! Ob nicht beim Studium vielleicht ein Medizinstudent sie mit Beschlag belegen würde?

Er ließ sich ihre Adresse geben, denn er wollte ihr schreiben, und sie gab sie ihm bereitwillig. Vielleicht komme er ja auch einmal nach Tübingen, denn er habe viel mit den württembergischen Forstverwaltungen und Elektrizitätswerken zu tun. Seine Schwester Astrid wohne in Stuttgart, die besuche er ab und zu, und da könne er sicher auch einmal einen Abstecher nach Tübingen machen, und Ursel schien sich auf einen Besuch von ihm zu freuen.

Zu Hause lag Archibald noch lange wach und dachte über den Abend nach. Bei früheren Rendezvous, die fast alle mit einem Fiasko endeten, hatten ihn Freunde mit dem Spruch getröstet: Man solle den Mädchen nicht nachlaufen wie einer Straßenbahn, es komme immer wieder eine neue. Aber Archibald war zu der Überzeugung gekommen, so viele Mädchen, die zu ihm passen würden, gebe es nicht, und er nahm sich seinen Freund Joseph Haflinger als Beispiel, der mit aller Intensität um seine Elisabeth Larsen gekämpft hatte und der ihm einmal sagte: Wenn man jemand haben will, muss man auch etwas dafür tun. Man darf sich nicht abschütteln lassen, man muss dem Mädchen zeigen, dass man sie will, dass man sie begehrt, man muss freundlich sein und Ausdauer haben. Da beschloss Archibald, diesem Beispiel zu folgen. Er zog noch mal Bilanz und war sich dann im Klaren, dass sie die Richtige sein könnte. Er wollte versuchen – koste es, was es wolle – sie zu erobern.

Archibald schrieb nun Ursel mehrere Briefe in der Woche, und schon drei Tage, nachdem Ursel in Tübingen ihre Ausbildung begonnen hatte, tauchte er abends dort auf und lud sie zum Essen ein. Er kam fast jedes Wochenende und machte mit ihr Ausflüge in die nähere Umgebung, zur Schwäbischen Alb, ins Donautal, zur Nebel- und Bärenhöhle, sie besichtigten Kirchen, Klöster und Museen. Dabei durfte Ursel sein Auto fahren, was sie besonders freute. Sie hatte vor nicht langer Zeit den Führerschein gemacht, hatte aber zu Hause wenig Gelegenheit zu fahren, denn das Auto brauchte ihr Vater für seine Praxis.

Beim näheren Kennenlernen stand Archibalds Entschluss fest: Er wollte Ursel heiraten. Darüber sprachen sie zunächst nicht, aber dass sie seine Besuche freuten, spürte er.

In Gernsbach war man nur verwundert, dass Archibald dauernd in Aalen und der Guldesmühle oder bei den Behörden in Stuttgart war. Er sprach mit niemand über seine Liebe, weder mit seinen Eltern noch mit Marianne oder Leni, die sich für solche Dinge brennend interessierten und die auch weiter noch Ausschau hielten, ob sie nicht für Archibald ein passendes Mädchen finden würden. Es gab nur einen Menschen, mit dem er sprach, und das war seine Großmutter Johanna. Sie war der einzige Mensch, dem er wirklich vertraute und von dem er wusste, dass er sich auf sie verlassen konnte, dass sie nichts weitererzählte, und er musste einfach mit jemand sprechen.

Johanna war erfreut. Ihre Hoffnung, doch noch die Hochzeit des Stammhalters und vielleicht auch noch mal männlichen Nachwuchs zu erleben, war groß. Sie erkundigte sich eingehend über das junge Mädchen, auch über die Familie, aber sie hatte nichts auszusetzen außer der Tatsache, dass sie wahrscheinlich kein Geld in die Ehe mitbringen könne. Johanna hatte in ihrem Leben gesehen, dass die vielen Hochzeiten in der Familie, bei denen man auf das Geld geschaut hatte, nicht glücklich verlaufen waren. Sie meinte, auf Geld komme es heutzutage nicht an. Wichtig sei, dass die Frau mit Geld wirtschaften könne. Es müsse jemand sein, der mitdenken und mitziehen würde, auch in Not- und schwierigen Zeiten. Archibald solle ihr so bald wie möglich ein Bild des jungen Mädchens besorgen.

Ende Oktober musste Archibald sich eine ganze Woche von Ursel trennen, denn er hatte geschäftlich in Holland zu tun. Bevor er wegfuhr und Ursel noch einmal in Tübingen traf, fragte er sie, ob sie sich vorstellen könnte, seine Frau zu werden. Ihre Antwort war nicht ganz eindeutig, er hörte aber ein Ja heraus. Später sollte er erfahren, dass sie seine Liebeserklärung noch nicht als Heiratsantrag aufgefasst hatte.

Zurück in Gernsbach beschloss er, am Freitag gleich nach Büroschluss nach Tübingen zu fahren. Am Donnerstag Abend verabschiedete er sich von seiner Großmutter und sagte, dass er von Ursel das Ja-Wort habe und sich am Wochenende mit ihr verloben wolle. Johanna war glücklich, sie sah die weitere Zukunft der Familie als gesichert an. Archibald bat sie nur, noch nichts zu sagen, bevor er mit dem jungen Mädchen zurück sei, das er ihr dann am nächsten Wochenende vorstellen wolle.

Am Samstagmorgen holte Ursel ihn in seinem Hotel in Tübingen ab. Sie gingen in die Stadt, und er erkundigte sich, wo es einen Juwelier gebe. Er wollte Ursel überraschen und murmelte daher, er müsse etwas für die Taufe seines Neffen in Schweden besorgen. Als er dort aber nach Eheringen fragte, machte sie erst ein verblüfftes Gesicht, ließ sich dann aber ohne Weiteres einen Goldring an den Finger stecken.

Am nächsten Morgen wollten sie ins Renchtal fahren, wo Ursels Onkel Robert Chefarzt an einem Krankenhaus war und wo ihre Eltern gerade zu Besuch weilten. Sie kamen an, als das Mittagessen auf dem Tisch stand, so dass sie nicht viel erklären konnten. Die Eltern waren zwar erfreut, Ursel zu sehen, aber auch überrascht, dass Archibald dabei war. Ursel hatte zwar von Besuchen von Archibald nach Hause geschrieben, aber nicht, wie oft sie sich getroffen hatten. Die Tante entdeckte die Ringe sofort, aber die Eltern hatten noch nichts gemerkt.

Nach dem Essen wollte Archibald gleich mit Dr. Ebert sprechen, der erst einmal wissen wollte, was los sei, und da hielt Archibald um die Hand seiner Tochter an. Dr. Ebert war erst einmal sprachlos, dann meinte er, Ursel solle auf jeden Fall ihre Ausbildung fertig machen. Aber er blieb noch recht reserviert, er hatte nicht damit gerechnet, dass seine Tochter so schnell heiraten wollte.

Spät in der Nacht fuhr Archibald, nachdem er Ursel in Tübingen abgesetzt hatte, wieder zurück und kam erst gegen ein Uhr in seiner Wohnung in Gernsbach an, wo er auf seinem Schreibtisch einen Brief von Tante Hiltrud vorfand: „Komme unbedingt noch zu mir hinauf, ganz egal, wie spät es ist!" Er überlegte, ob er das wirklich tun sollte, ging dann aber doch in die Dachwohnung von Hiltrud hinauf, die auch noch auf war und nur sagte: „Großmutter ist tot!"

Archibald traf das wie ein Blitz aus heiterem Himmel. Natürlich war die Großmutter schon 88 Jahre alt, in vier Wochen wäre ihr 89. Geburtstag gewesen. Dass sie einmal sterben könnte, war Archibald nie in den Sinn gekommen, obwohl sie gerade in letzter Zeit oft von ihrem Tod und ihrem Testament gesprochen hatte, davon, was dann in der Familie und in der Firma geschehen werde, aber Archibald hatte das als etwas, was nicht sein durfte und nicht sein konnte, betrachtet. Dass sie ein schwaches Herz hatte, dass sie schwer ging, dass sie beinahe blind war, das alles hatte er zwar registriert, aber darin keine akute Gefahr gesehen.

Hiltrud erzählte ihm, dass die Großmutter am Samstagabend Bekannte eingeladen hatte. Es gab Hirschbraten und schweren Rotwein, die Großmutter war außerordentlich aufgeräumt gewesen und hatte nur gesagt, sie freue sich sehr über Archibald, sie wisse etwas, worüber sie noch nicht sprechen dürfe. Am Sonntag, dem 16. November, an dem Tag, an dem Archibald um die Hand von Ursel angehalten hatte, hörte sie morgens im Radio den Gottesdienst, und als dieser beendet war, wollte sie zum Radio gehen, um es auszuschalten, fiel aber auf dem Weg dorthin um und war tot.

Hiltrud sagte nur, sie hätten sich erkundigt, es sei möglich, dass man die Großmutter schon am Dienstag beerdige, weil am Mittwoch Buß- und Bettag sei. Und so kam die ganze Familie schon am nächsten Morgen angereist.

Am Montag, dem 17. November, herrschte unbeschreibliche Hektik im Haus in der Bleichstraße. Leni, die von Hiltrud gleich als erste benachrichtigt worden war, hatte alle Hebel in Bewegung gesetzt, dass möglichst viele Leute zur Beerdigung kommen sollten. Die Todesanzeige stand schon am Montag in der Zeitung, per Telefon und Telegramm waren sämtliche Verwandten, nicht nur die Kinder und Enkel, sondern auch Schwägerinnen und Neffen der riesigen Familie benachrichtigt worden, sämtliche Werke von Weiler & Busch und der Aufsichtsrat wurden informiert. Alle Augenblicke klingelte das Telefon. Dazu wurden Telegramme gebracht, unzählige Blumen und Kränze wurden in der Wohnung abgegeben.

Archibalds neue Schwiegermutter rief ihn an und fragte, ob Ursel zur Beerdigung kommen sollte, aber das wollte er nicht. Er wollte seine Braut nicht der kompletten Familie auf einmal vorwerfen, dass sie von hundert neugierigen Augen gemustert und ausgefragt wurde, zumal er sich kaum richtig um sie hätte kümmern können. Er lud sie nur ein, am nächsten Wochenende zu kommen, da wollte er sie seinen Eltern vorstellen, die sicher noch so lange bleiben würden.

Leni hatte die ganze Organisation der Trauerfeier an sich gerissen. Dabei hatte sie eigentlich nicht sehr viel Spielraum, denn die Großmutter hatte das alles schon in einem Brief „Meine Beerdigung betreffend", der auf ihrem Schreibtisch lag, festgelegt. Sie verfügte, dass sie in ihrem Brautkleid bestattet werden sollte und dass als Sargtuch die alte schwarz-weiß-rote Fahne verwendet werden sollte. Es war angegeben, wo die Flagge und das Brautkleid zu finden waren. Es lagen Briefumschläge bereit mit dem Geld für die Sargträger, mit Vermächtnissen für die Köchin, für den Hausmeister, für den Gärtner. Sie hatte verfügt, dass sie vom alten, pensionierten Pfarrer und nicht vom jetzigen Amtsinhaber beerdigt werden wollte, er sollte aber auf eine übliche Trauerrede verzichten, sondern nur über den bekannten Vers aus dem Römerbrief des Paulus: „Wenn ihr mit Engelszungen redetet" sprechen. Der Lebenslauf sollte nur kurz gefasst sein, und die Daten, die darin enthalten sein sollten, hatte sie aufgeschrieben. Auch den Text für die Traueranzeige hatte sie notiert. Sie hatte verfügt, dass keinerlei Leichenreden, weder in der Kirche noch am Grab, zu halten seien.

Leni hatte sich für die Großmutter eine prunkvolle Beerdigung vorgestellt, die zeigen sollte, was für eine bedeutende Frau Johanna Weiler, geborene Schickardt, gewesen war. So legte Leni fest, dass der Aufsichtsratsvorsitzende am Grab vorlesen sollte, wer ans Grab treten und seinen Kranz niederlegen durfte. Für sämtliche Werke und für die Betriebsräte hatte sie eine entsprechende Anzahl von Kränzen bestellt, darunter nicht nur einen für den Vorstand, sondern auch für die Direktion – wobei niemand wusste, wer damit gemeint war. Johannes Fabricius sagte, damit habe sie sich selber gemeint.

Die Kirche war übervoll, und draußen standen auch noch unzählige Menschen. Leni hatte angeordnet, dass sämtliche Werke abgestellt wurden, die Belegschaft der süddeutschen Werke war nahezu vollständig gekommen. Auf Befehl von Leni ergriffen Arbeiter des Unternehmens den Sarg und verdrängten die Angestellten der Stadt, die sonst den Sarg zu tragen hatten.

Die Trauerfeier verlief nicht so, wie Johanna es geplant hatte. Am Grab gab es eine endlose Zeremonie mit dem Kranzniederlegen, das kein Ende nahm. Die Familie musste über eine Stunde am Grab ausharren, um die Hände der zahllosen Trauergäste zu drücken.

Im Haus in der Bleichstraße, dem jetzt der Mittelpunkt fehlte, herrschte lebhaftes Treiben und Lachen. Archibald zog sich in seine Wohnung zurück, wohin ihm auch bald seine Eltern und seine Schwestern folgten. Archibald musste jetzt seinen Eltern erst einmal von Ursel erzählen, und sie zeigten sich erfreut, dass er ein Mädchen gefunden hatte. Vor allem Leberecht hatte schon Angst gehabt, dass das nie klappen würde.

Am Donnerstag traf sich die ganze Familie beim Notar zur Testamentseröffnung. Johanna hatte verfügt, dass ihre Aktien, Schifferrechte und ihr Wald in gleiche Teile geteilt wurden, nur Archibald erhielt 100.000 Mark Aktien extra sowie das Haus Bleichstraße 20, allerdings mit dem eingetragenen Wohnrecht für Hiltrud auf Lebenszeit. Die Möbel und den Hausrat erbten die drei Töchter, den Schmuck ebenfalls. Schweigend ging man zurück in die Bleichstraße. Für die Töchter war es eine Überraschung, dass Archibald das Haus geerbt hatte und dazu noch Aktien. Sie waren empört. Warum wurde der Junge so bevorzugt?

Noch am gleichen Nachmittag gingen sie auf das Grundbuchamt, um nachzusehen, ob das Haus Bleichstraße 22 nicht vielleicht auf eine andere Lagerbuchnummer eingetragen war, so dass wenigstens der Teil, in dem Hiltrud wohnte, vom Erbe abgetrennt werden könnte. Vielleicht hatte ja der Garten wenigstens eine andere Nummer. Und tatsächlich, der Garten war unter einer anderen Nummer eingetragen, den bekam er also nicht!

Archibald hatte jetzt für sich und seine junge Frau eine Wohnung von etwa 200 Quadratmetern. Sie bestand aus dem riesigen Esszimmer, dessen Möbel er geerbt hatte und das allein fast 80 Quadratmeter maß. Er hatte ein Schlafzimmer, ein Wohnzimmer, eine übergroße Diele und den Wintergarten, in dem die Großmutter ihre Mahlzeiten eingenommen hatte, dazu Küche und Bad. Die Wohnung war praktisch leer. Wie er finanziell zurechtkommen sollte, darüber hatte er sich keine Gedanken gemacht. Er hatte bisher wenig verbraucht, da er sehr oft bei Familienangehörigen eingeladen war, und wenn er verreiste, ging ja alles auf Spesen. Das Auto gehörte der Firma, die Zentralheizung hatte die Großmutter bezahlt und kein Entgelt dafür verlangt. Nun hatte er eine riesige Wohnung, ohne Möbel, Teppiche und Bilder, es gab kein Geschirr, und in der Küche waren keine Töpfe. Er bezog das übliche Gehalt eines Prokuristen, das waren 600 Mark. Jetzt kamen aber auch gesellschaftliche Verpflichtungen auf ihn zu. Die Gernsbacher Familien machten große Einladungen, und von ihm und seiner Frau wurde erwartet, dass er auch ein großes Haus führen sollte.

Wann wollten sie überhaupt heiraten? Seinem Schwiegervater hatte er zugesagt, dass Ursel ihre Ausbildung beenden sollte, und das würde noch zwei Jahre dauern. Vielleicht hätte er ja noch lange Zeit mit dem Kauf der Einrichtung, aber allein in der großen Wohnung zu leben, vielleicht in ein oder zwei möblierten Zimmern, wie sollte das gehen?

Ursel wurde nun der Familie vorgeführt, was ihr schon seit Tagen bevorstand und wovor sie sich sehr fürchtete, denn Archibald hatte ihr schon viel von seinen zahlreichen Verwandten erzählt, und was er erzählte, flößte ihr einiges Unbehagen ein. Vor allem hatte sie sich vor dem ersten Zusammentreffen mit Archibalds Großmutter gefürchtet, aber dazu war es nun nicht mehr gekommen. Aber die Vorstellung ging dann glimpflicher ab, als sie befürchtet hatte, vor allem das Treffen mit den zukünftigen Schwiegereltern verlief problemlos. Leberecht machte die ganze Sache recht unkompliziert. Es wurde weder über Geld gesprochen noch wann die Hochzeit stattfinden und in welchem Rahmen sie gefeiert werden sollte.

Leni und Willi, Ferdinand und Marianne von Seydlitz kannten Ursel ja schon, hier nahm man sie sehr entgegenkommend auf. Auch Johannes und Karola Fabricius waren zu dem jungen Mädchen sehr freundlich. Nur Archibalds Tanten begegneten ihr mit äußerster Skepsis. Mit Luise gab es keine größeren Probleme, sie hatte sich darüber gefreut – so sagte sie – dass die Großmutter die Nachricht von Archibalds Verlobung noch erfahren hatte, aber sie war ja auch keine Erbin, denn sie war schon von ihrem Vater abgefunden worden. Aber Hiltrud und Silvia waren immer noch ärgerlich, dass Archibald das Haus geerbt hatte und fanden einiges an der Familie Ebert auszusetzen. Dr. Ebert kannten sie nicht, sie hatten von ihm als Arzt noch nie gehört, und Hiltrud meinte ja, alle Ärzte in Baden-Baden zu kennen. Wenn er etwas Besonderes wäre, hätte sie das schon längst gewusst.

Zunächst fuhr Ursel wieder nach Tübingen, um ihre Ausbildung fortzusetzen. Archibald besuchte sie wieder zwei- oder dreimal in der Woche. Wenn er nach Tübingen fuhr, verließ er schon nachmittags um vier, spätestens um fünf Uhr das Büro. Mit dem Volkswagen dauerte die Fahrt gut zwei Stunden. Kurz vor Mitternacht verließ er Ursel und fuhr glücklich, beinahe wie im Traum, über die menschenleeren Straßen des Schwarzwalds so schnell wie es das Auto erlaubte nach Hause, wo er gegen zwei Uhr todmüde ins Bett sank und am Morgen dann kaum wach werden konnte.

Die Familie und die Angestellten in der Firma hatten zwar Verständnis für den jungen Bräutigam, aber er selber war sich darüber klar, dass er das auf die Dauer nicht durchhalten konnte, denn die Firma erforderte jetzt seinen ganzen Einsatz.

Archibald war sich bewusst, dass er seinem Schwiegervater das Versprechen gegeben hatte, dass Ursel ihre Ausbildung fertig machen sollte, obwohl er darin keinen Sinn sah. Seine Frau sollte den Haushalt führen und repräsentieren und nicht in irgendeinem Krankenhaus als Laborantin oder Sprechstundenhilfe eines Arztes arbeiten. Zum Glück fand die Großmutter von Ursel auch, dass eine lange Verlobungszeit unnütz sei und eine weitere Ausbildung nichts bringe, es sei nur rausgeworfenes Geld. Sie konnte auch Ursels Mutter davon überzeugen, die allerdings immer noch meinte, die jungen Leute müssten sich noch besser kennenlernen. Aber Ursels Großmutter hatte Archibald ins Herz geschlossen, sie fand an ihm nichts auszusetzen und überzeugte ihre Tochter und letztlich auch Ursels Vater, der nach einigem Zögern zustimmte.

So teilte Ursel Archibald mit, dass sie ihre Ausbildung in Tübingen abbrechen werde, der darüber sehr froh war. Sie beschlossen, im März zu heiraten. Bis dahin sei wohl auch die Wohnung hergerichtet. Archibald beendete jetzt die Arbeit im Büro früher als sonst, spätestens um fünf oder sechs Uhr fuhr er jeden Abend nach Baden-Baden, zum Missfallen von Leni und Johannes Fabricius, die meinten, dass er sich doch mehr um das Geschäft kümmern solle.

In Baden-Baden wurde darüber gesprochen, was für eine reiche Partie Ursel mache. Wenn irgendetwas Unvorhergesehenes geschehe, brauche man doch nur einen Baum in ihrem Wald abzuholen, dann sei doch schon alles geregelt. Aber das Erbe der Großmutter ging in fünf Teile, Archibald und seine Schwestern waren daran jeweils mit einem Fünftel beteiligt, und Nutznießung und Verwaltung hatte noch ihr Vater Leberecht. Es waren nicht nur Vermögenswerte, die die Großmutter hinterlassen hatte, sondern auch einiges an Steuerschulden, und das war nicht nur die Erbschaftssteuer. 1950/51 und 1952 waren Johanna erhebliche Geldmittel zugeflossen, aber sie hatte auch viel Geld für ihre Töchter ausgegeben, so für Krankenhäuser und Kuren, denn jede der Töchter verlangte das quasi als Liebesbeweis, und die Großmutter hatte – zwar mit Murren und voller Verwunderung, was die Ärzte kosteten – alles bezahlt. So war alles Geld, das sie eingenommen hatte, verbraucht worden, ohne an die Steuern zu denken. Der Testamentsvollstrecker Dr. Mahler hielt jetzt den Daumen drauf. Aufgrund der guten Jahre verlangte das Finanzamt hohe Nachzahlungen, es waren mehrere hunderttausend D-Mark. Und so lange die Steuerschuld nicht beglichen war, rückte Dr. Mahler nichts heraus.

***

Leberecht fühlte sich auf einmal alt. Er war immer schon Stimmungsschwankungen unterworfen gewesen. Nach dem Tod seiner Mutter war er plötzlich der Älteste in der Familie. Vor zwei Jahren war er noch in Hochstimmung gewesen und hatte gehofft, dass er die Firma noch mal in die Höhe bringen und die Folgen des Krieges innerhalb kürzester Zeit überwinden könne. Jetzt aber sah er drohende Wolken am Himmel. Es lief nicht mehr so, wie er es geplant hatte. Überall tauchten Probleme auf, bei einigen war er sich darüber klar, dass er sie selbst geschaffen hatte. Die riesige Familie, die vielen Neffen und Nichten und angeheirateten Schwiegersöhne, wollten alle Geld haben, sie wollten jetzt nach den Jahren der Entbehrung ihr Leben genießen. Viele waren nicht richtig ausgebildet und hatten keinen vernünftigen Beruf, einige waren eingebildet und dünkten sich mehr als die anderen.

Auch im Aufsichtsrat gab es jetzt Lager. Seit die Wirbel nach dem Vergleich von 1930 vorbei waren und die Firma gut verdiente, hatte der Aufsichtsrat praktisch nichts mehr zu melden gehabt. Jetzt aber hatte die Firma Bankschulden in Millionenhöhe aufgenommen und brauchte immer neues Geld, so dass es lange Diskussionen im Aufsichtsrat gab. Vor allem die Vertreter der Banken meldeten immer wieder Bedenken an und kamen mit unangenehmen Fragen, die Leberecht nicht ohne Weiteres beantworten konnte.

Dann waren die Vertreter der Arbeitnehmer im Aufsichtsrat. Mit dem Vertreter der Arbeiter, einem einfachen, aufrichtigen Mann, der in Lübeck auf dem Rundholzplatz arbeitete und schon vor 1933 Betriebsrat war, einem alten Sozialdemokraten, kam Leberecht bestens aus, er stimmte ihm eigentlich immer zu. Der Vertreter der Angestellten, Helmut Fade, war dagegen äußerst unangenehm. Dazu kam, dass auch Dr. Seidel immer wieder wissen wollte, wie es eigentlich um Fürnitz stehe.

Die Stimmung in den Sitzungen wurde von Mal zu Mal schlechter, und Leberecht hatte eigentlich die Lust verloren, die Firma weiterhin zu leiten. Als er nun in den Schären von Stockholm mit der Familie Sylvester feierte, sprach er mit Archibald und Britta darüber. Dembowski müsse man noch etwa vier oder fünf Jahre ertragen, bis er ins Pensionsalter kam, am liebsten würde er die Firma dann allein mit Archibald leiten. Er hatte schon einmal bei Dr. Seidel vorgefühlt, aber der hatte sich vehement dagegen gewehrt. Leberecht und Archibald könnten dann machen, was sie wollten, und das könne man den vielen Minderheitsaktionären nicht zumuten. Das sei sicher auch nicht im Sinne der Familie. Solange er Aufsichtsratsvorsitzender sei, komme das gar nicht in Frage.

Aber jetzt wieder einen Fremden hereinzuholen, die Idee gefiel Leberecht ganz und gar nicht. Da meinte Britta, Dr. Seidel sei doch schon immer ein großer Freund der Familie Fabricius gewesen, mit Johannes duze er sich schon seit vielen Jahren, Johannes sei ja auch Jurist, das werde ihn beruhigen, man solle doch Archibald und Johannes zu Vorständen machen und ihnen zusammen die Leitung der süddeutschen Werke geben. Das könnte doch vielleicht klappen.

Leberecht schmeckte dieser Vorschlag nicht besonders. Mit Johannes hätte Archibald den gleichen Klotz am Bein wie er mit Dembowski, ein ewiger Pessimist und Griffelspitzer, der alle großen Ideen kaputtrede. Archibald entgegnete, dass er mit Johannes recht gut auskomme, aber was sei dann mit Leni? Sollte die nicht auch Vorstand werden?

Leberecht befürchtete, dass der Aufsichtsrat das nie genehmigen werde. Leni wäre dann die dritte Weiler im Vorstand und das würde Dr. Seidel ablehnen, der sowieso keine Frau in höheren Positionen mochte. Leni sei viel zu emotional, wenn sie etwas nicht durchdrücken könne, finge sie gleich zu weinen an. Darauf sollte man verzichten, wenigstens zunächst einmal. Wenn zu viele Familienmitglieder in den Vorstand wollten, käme der Aufsichtsrat doch womöglich auf die Idee, einen Fremden zu holen.

Kurze Zeit danach hatte Leberecht eine Aussprache mit Dr. Seidel, der dem Vorschlag zustimmte, nachdem er sich lange mit Johannes Fabricius unterhalten hatte. Es wurde beschlossen, dass mit Wirkung zum 30. Juni 1953 Dr.

Archibald Weiler und Dr. Johannes Fabricius gemeinsam die Leitung der süddeutschen Werke übernehmen und beide mit Wirkung zum 1. Januar 1954 in den Vorstand eintreten sollten. Die Firma sollte jeweils von zwei Vorstandsmitgliedern vertreten werden, dabei war Bedingung, dass Archibald die Firma nur mit Fabricius oder Dembowski, aber nicht zusammen mit seinem Vater vertreten dürfte.

Der Termin der Hochzeit von Archibald und Ursel war auf den 21. März 1953, Frühjahrsbeginn, festgesetzt. Von der Familie Weiler boten sich Else, Marianne und Ferdinand an, einen großen Polterabend im neuen Haus von Else zu veranstalten, und Leni zeigte sich bereit, den Abend nach der Hochzeit zu gestalten.

Für den Polterabend setzte sich die ganze Familie zusammen, um zahlreiche Sketche und Theateraufführungen zu organisieren, Bela sorgte für musikalische Beiträge, Leberecht ließ eine seiner vielen befreundeten Sängerinnen kommen, die Lieder von Bela sang. Es wurde streng darauf geachtet, dass die Braut sich nicht überanstrengte, es musste vor zwölf Uhr Schluss sein. Die Braut wurde von ihren Eltern mit nach Hause genommen.

Archibald holte sie am nächsten Morgen um elf Uhr mit der großen Mercedes-Limousine mit Chauffeur im Haus der Eltern in Baden-Baden ab. Lenis älteste Tochter, Archibalds Patenkind, und der Sohn von Johannes Fabricius wurden zum Blumenstreuen ausgesucht, und beide Kinder durften mit dem Brautpaar zur Jakobskirche in Gernsbach fahren. Es war strahlender Sonnenschein, als das Brautpaar in die Kirche einzog.

Ein Vetter von Leberecht, der auch Johanna beerdigt hatte, traute das Paar. Das Mittagessen fand in Baden-Baden statt, es gab zahlreiche Tischreden. Ergreifend sprach der Vater von Ursel, auch Leberecht, der geübte Redner, sprach, Joseph Haflinger ermahnte Archibald – und der nahm es sich sehr zu Herzen –, in der Ehe nicht den Alltag eintreten zu lassen. Nach dem Essen wurde getanzt, aber schon um fünf Uhr verließ das Brautpaar das Fest, um die Hochzeitsreise anzutreten.

Nachdem das Brautpaar verschwunden war, wollten Leni und Willi alle zum Ausklang nach Neuweier einladen, sie hatten in einem bekannten Feinschmeckerlokal einen großen Saal gemietet, aber die Eltern Ebert waren müde von den Feierlichkeiten, und auch Leberecht war müde, er wollte im Hotel bleiben und sich mit Joseph Haflinger über die Entwicklung des Werkes Fürnitz unterhalten.

So kamen nur wenige Gäste nach Neuweier, und Leni war zutiefst enttäuscht. Auf dem Fest wurde natürlich über das junge Paar gesprochen. Ferdinand fand es gut, dass die beiden vollkommen ungestört und sorglos in die Flitterwochen gehen könnten, denn nachher warte auf Archibald ja eine gewaltige Aufgabe, als Vorstand zusammen mit Johannes Fabricius die Leitung der süddeutschen Werke zu übernehmen. Leberecht und Dembowski würden ja sowieso in kurzer Zeit in Pension gehen, so sei das doch eine recht gute Lösung.

Leni erstarrte. Woher wusste Ferdinand das? Sie fragte ihn, und er antwortete, er habe das sowohl von Archibald als von Joseph Haflinger gehört. Leni konnte das nicht recht glauben: „Wurde mein Name denn nicht genannt?"

Ferdinand zuckte mit den Achseln: „Nein, darüber wurde nicht gesprochen. Aber behalt das Ganze mal für dich, mir ist das jetzt nur so rausgerutscht. Es ist wohl noch nichts endgültig entschieden, der Aufsichtsrat muss erst noch seine Zustimmung dazu geben."

Leni war den Tränen nahe. Sie lief hinaus in den Garten und fing dort bitterlich zu weinen an. Archibald hätte doch zuerst mit ihr sprechen müssen! Er hätte einen solchen Posten nicht annehmen dürfen! Er hätte ihn ablehnen müssen, wenn sie nicht gleichzeitig auch in den Vorstand aufgenommen würde! Er hatte sie verraten! Wie konnte er ihr das nur antun?

Nach einer halben Stunde kam sie wieder zur Gesellschaft. Willi meinte nur: „Wo warst du nur so lange?" Sie versuchte ihm ihren Kummer zu erklären, aber ihn schien das nicht weiter zu berühren: „Ach du, als Frau wärst du ja doch nie für den Posten in Frage gekommen, auch wenn du noch so tüchtig bist!" Aber Leni liefen wieder die Tränen über die Wangen.

Dann hörte sie, dass Archibalds Hochzeitsreise ein Geschenk des Werkes Fürnitz sei, und nun witterte sie doppelten Verrat. Warum war Leberecht nicht hierher nach Neuweier gekommen, sondern hatte sich stattdessen mit Joseph Haflinger getroffen? Der hatte Archibald mit der Hochzeitsreise bestochen, anders konnte sie sich das nicht zusammenreimen. Was hatte der Haflinger überhaupt bei der Hochzeit zu suchen? Der gehörte doch gar nicht zur Familie! Archibald war sicher in den Händen dieses Österreichers, und das war für die Firma sehr schlecht!

Weder Leberecht noch Archibald hatten sich Gedanken darüber gemacht, wie die Berufung von Archibald in den Vorstand auf Leni wirken würde. Archibald war unbeschwert mit Ursel in die Ferien gefahren, er wollte jetzt ganz Italien und vielleicht auch noch Griechenland, das er ja schon gesehen hatte, seiner Frau zeigen und auch noch viel Neues entdecken. Als die beiden zurück nach Gernsbach kamen, merkte Archibald, dass sich der Wind für ihn irgendwie gedreht hatte. Leni begrüßte ihn sehr zurückhaltend und sprach nicht von dem, was sie bedrückte. Johannes Fabricius hatte die vorläufige Bilanz des Jahres 1952 zusammengestellt – sie schloss negativ ab. Nach den hohen Gewinnen des Jahres 1951 hatte niemand mit einem Verlust gerechnet.

Aber die Bewertung nach dem Niedrigstwertprinzip zwang das Unternehmen, die Vorräte abzuwerten, und das war vor allem das viele Rundholz, das man in Skandinavien gekauft hatte und nun auf dem Lager in Lübeck lag. Das traf auch auf das Schnittholz zu, das Archibald für den Holzhandel gekauft hatte und jetzt wie Blei auf den Werken lag. Archibald argumentierte, dass das nur Scheinverluste seien, aber der Wirtschaftsprüfer und Johannes meinten, dass die gesetzlichen Vorschriften keine andere Betrachtungsweise zuließen. Johannes hatte die Familie schon vorgewarnt, dass es für dieses Jahr keine Dividende gebe, und da fielen die meisten Aktionäre aus den Wolken, denn sie hatten den Eindruck gehabt, dass die Firma gut beschäftigt war, was ja auch zutraf. Und nun hatte derjenige, der, wie sie meinten, alles zu verantworten hatte, Archibald, die Frechheit, ganze fünf Wochen auf Hochzeitsreise zu fahren!

Archibald war jetzt wieder voll im Unternehmen eingespannt und kam erst abends um sechs oder sieben Uhr nach Hause. Die Korea-Baisse war genau so schnell verschwunden, wie sie über die Wirtschaft und den internationalen Handel hereingebrochen war. Der heiße Krieg in Ostasien war zu Ende, aber der kalte Krieg sollte so schnell nicht aufhören. Es wurde weiter aufgerüstet, und die Aufrüstung brachte auch Arbeitsplätze in Deutschland. Die Zeit des Wirtschaftswunders ging ihrem Höhepunkt entgegen. Der Bevölkerung fehlte es noch an Vielem. Auf die sogenannte Fresswelle folgten die Wohnungs- und Einrichtungswelle, die Autowelle und die Fernsehwelle. Die Bevölkerung strebte den „American way of life" an, und davon profitierte auch Weiler & Busch.

Aber es gab auch Modernisierungsbedarf. Die Löhne stiegen, und es musste rationalisiert werden, um die Arbeitskosten zu senken, und die Rationalisierungen kosteten Geld. Es zeigte sich aber auch eine strukturelle Veränderung. Eines der Hauptprodukte von Weiler & Busch, die Eisenbahnschwelle aus Holz, erhielt Konkurrenz durch eine neu entwickelte Betonschwelle, die eine wesentlich längere Lebensdauer hatte. Auch Telefonmasten wurden durch Masten aus Beton ersetzt, und durch die Verkabelung der Leitungen brauchte man überhaupt keine Masten mehr. Der Schnittholzverbrauch wuchs dagegen von Jahr zu Jahr, und nicht nur die Produktion der Sägewerke, sondern vor allem auch der Holzimport stieg weiter an.

Nun hatte jeder der Vorstände von Weiler & Busch andere Vorstellungen, wie das Problem zu lösen sei. Leberecht sah die künftige Entwicklung weiterhin in der chemischen Verwertung von Holz, das war sein Steckenpferd, von dem er sich nicht abbringen ließ. Archibald setzte auf Holzwerkstoffe wie Faserplatten, Spanplatten oder auf den zukünftigen Import von Tropenholz, Bereiche, für die sich allerdings auch Leberecht erwärmen konnte, aber am meisten plädierte Archibald für den Ausbau der Sägewerke. Man habe viel zu viel kleine Sägewerke, die mit 12.000 anderen Betrieben in Deutschland konkurrieren würden. Aber als große Aktiengesellschaft könne man nicht mit den Familienunternehmen konkurrieren, in denen Vater und Sohn am Gatter stünden, den Holzein- und -verkauf nur in der näheren Umgebung, ohne

Frachtbelastung, selber besorgten und die Mutter sich um die Buchhaltung kümmere. Er wollte moderne Sägewerke bauen, wie er sie in Schweden gesehen hatte, und zwar eines in Lübeck, eines in Süddeutschland und eines in Spanien.

Aber alle anderen Vorstände waren dagegen. Johannes wies darauf hin, dass man an einem Sägewerk immer nur verloren habe. Er konnte sich die modernen Werke nicht vorstellen, da seien doch Investitionen von Millionen nötig, und die habe man nicht. Leberechts Spruch war: „Von Sägen kommt kein Segen", und Dembowski meinte, dass das gute Geschäft mit Masten und Schwellen nicht so schnell zu Ende gehen werde. Leni hatte immer noch den Wunsch, eine Karton- oder eine kleine Papierfabrik zu bauen.

Für Leberecht war es klar, dass die Umstrukturierung der Werke sich nur dann durchführen lasse, wenn der Firma neues Kapital zugeführt werde, denn es fehlte einfach das Kapital, was die Firma im Osten verloren hatte. Es musste viel Geld aufgewendet werden vor allem für das Lübecker Werk, es musste auch der Gernsbacher Betrieb modernisiert werden, und das alles war nur mit Bankkrediten möglich gewesen. Hier war man an eine Grenze gestoßen.

Die Banken zeigten sich sehr zugeknöpft, die Suche nach neuen Kreditgebern war erfolglos. Die Holzindustrie galt insgesamt als schwach und nicht zukunftsorientiert. Von der Familie neues Kapital zu holen, war vollkommen aussichtslos.

Eine Investition machte Weiler & Busch aber doch, und zwar wurde die Produktion von Betonschwellen aufgenommen.

Zunächst hatten sich die Holzschwellenfirmen mit aller Macht gegen die Betonschwellen gewehrt. Es war ein Verband gegründet worden, in dem Fritz Haber als Vorsitzender und Karl Dembowski als Stellvertreter gewählt wurden. Man engagierte Detektive, die die neuen Strecken, auf denen Betonschwellen verlegt waren, abgingen und Schäden am Gleisbett, zum Beispiel durch Entgleisung der Züge oder Ähnliches notierten. Es wurde das Verhalten der Beamten im Bundesbahnzentralamt in Minden beobachtet, die mit der Beschaffung der Betonschwellen befasst waren. Man stellte fest, dass alle Betonschwellen nur von zwei großen Baufirmen geliefert wurden, und vermutete, dass eine Bestechung im Gang sei, und beschwerte sich beim Verkehrsminister und beim Bundesbahngeneraldirektor. Es wurden Pressemitteilungen lanciert.

Die Bundesbahn unterlief diese Angriffe, indem sie für das nächste Betonschwellenprogramm auch neue Firmen zuließ, nicht nur aus der Bau- und Betonindustrie, sondern auch aus der Holzindustrie, und zwar die Firmen Haber und Weiler & Busch, die beide die Vorstände des Holzschwellenverbandes stellten. Es wurde das Angebot unterbreitet, in Neumarkt bzw. in Gernsbach ein Betonschwellenwerk zu errichten, wobei die Betriebsleiter gleich mitgeliefert werden sollten, zwei Bundesbahnräte, die sich bisher schon mit den Betonschwellen beschäftigt hatten.

Die beiden Firmen Haber und Weiler & Busch gingen auf diesen Deal ein. Sie wurden aus dem Holzschwellenverband ausgeschlossen, Haber und Dembowski mit großem Theaterdonner aus dem Vorsitz des Verbandes entlassen und von den Konkurrenten geschnitten. Allerdings stellte sich später heraus, dass auch die Konkurrenten sich um Betonschwellenwerke bemüht hatten, aber nicht zum Zuge gekommen waren, weil die Bahnleitung sich dazu entschlossen hatte, nur 50 Prozent des gesamten Schwellenbedarfs in Betonschwellen, die andere Hälfte weiterhin in Holzschwellen zu verlegen.

Für den Neubau bekam Weiler & Busch die notwendigen Kredite von der Industrie und von den Banken. Die übrigen Säge- und Imprägnierwerke, die leer ausgegangen waren, übten erheblichen politischen Druck auf die Abgeordneten aus, um dieses Vorhaben zu stoppen. Doch zunächst einmal blieb die Bahn fest, und es wurden die notwendigen Verträge unterzeichnet. Bei Weiler & Busch wurde das Werk Gernsbach zu einer Großbaustelle.

Aber sechs Wochen nach Baubeginn kam ein Telegramm aus Minden, mit dem der Vertrag storniert wurde. Die Baufirma, die den Auftrag von Weiler & Busch bekommen hatte, musste Konkurs anmelden. Weiler & Busch und die Firma Haber, die ein ähnliches Schicksal erlebte, klagten gegen die Bahn. Die Verträge waren wasserdicht, und so ließ die Bahn es nicht auf einen Prozess ankommen. Nach einer Pause von etwa sechs Wochen, in der Weiler & Busch schon fürchtete, ebenfalls Vergleich oder gar Konkurs anmelden zu müssen, wurde die Stornierung von Seiten der Bahn zurückgenommen. Der Konkursverwalter der Baufirma baute das Werk pünktlich fertig.

Hiltrud Sutter stand in ihrem winzigen Badezimmerchen, das in einer ehemaligen Dachkammer in ihrer Mansardenwohnung in der Bleichstraße 22 eingebaut worden war, wo sie nun nach dem Testament von Johanna das Wohnrecht hatte, und betrachtete sich skeptisch im Spiegel. So klein das Badezimmer auch war, so hatte sie doch noch einen großen Spiegel aus Johannas altem Badezimmer heraufgeholt, der zwei Meter hoch war und in dem sie ihren ganzen Körper betrachten konnte. Sie war nackt, ihre langen, schwarz gefärbten Haare fielen ihr auf den Rücken, und das, was sie im Spiegel sah, gefiel ihr ganz und gar nicht: „Ich sehe ja wirklich aus wie eine alte Hexe!“ Das Gesicht, das war ja noch fein und ebenmäßig, dem hatte sie es wohl auch zu verdanken, dass sie noch den einen oder anderen Mann bezirzen konnte. Bei jungen Leuten hatte sie damit immer noch Erfolg gehabt, so auch bei zwei Schulfreunden von Bernhard, die sie erst vor einem halben Jahr in ihr Bett ziehen konnte. Sie stellte sich auf die Waage und stellte mit Erschrecken fest, dass sie schon wieder drei Kilo zugenommen hatte. Sie wog jetzt 95 Kilo, dabei war sie nur 1,63 Meter groß. An ihrem ganzen Körper wabbelte es, und sie dachte: „Es ist an der Zeit, dass ich wieder einmal nach München fahre und mir ein neues Korsett machen lasse, das alte bekomme ich ja fast nicht mehr zugeschnürt!“

Heute wollte sie doch gut aussehen, wenn Hugo Weiß und seine Frau Rosa zu Besuch kamen. Sie wollte Hugo gefallen, damit er sie auf eine seiner Fahrten nach München mitnahm. Sie wollte endlich einmal wieder raus aus Gernsbach und in München nach Herzenslust einkaufen. Sie plante auch, bei einem Heiratsvermittler vorbeizuschauen. Denn darüber war sie sich klar: In Gernsbach wollte sie nicht versauern! Die letzten zwölf Jahre, die sie hier gewohnt hatte, waren eine verlorene Zeit gewesen. Sie bereute heute noch, dass sie damals Hamburg verlassen hatte, als ihre Mutter krank wurde und sie nach Gernsbach fuhr, um sie zu pflegen und auch dem ewigen Fliegeralarm und den Bombenangriffen zu entgehen.

Die zwölf Jahre in Gernsbach waren für Hiltrud nicht leicht gewesen, immer unter den Augen der Mutter, in denen sie einen ständigen Vorwurf über ihren Lebenswandel zu lesen meinte. Jahrelang hatte sie keine eigene Wohnung gehabt, sondern nur eine ungeheizte Mansarde, in die man einen Kanonenofen gestellt hatte. Nur mit Mühe hatte sie den Raum, in den spärliches Licht aus einem kleinen Dachfenster fiel und der mit rohen Brettern verschalt war, mit Teppichen und Schnitzereien aus dem reichen Bestand Johannas einigermaßen wohnlich ausstaffieren können. Bad oder Küche gab es da oben nicht, nur ein WC, das ursprünglich einmal für die Dienstboten gedacht war, mit einem winzig kleinen Waschbecken ohne warmes Wasser. Aber sie wohnte umsonst, und es war doch ganz praktisch, die Beine unter den Tisch von Johanna strecken zu können. Johanna kochte gut und brachte es fertig, auch während der Kriegsjahre immer ein gutes Essen auf den Tisch zu bringen.

Ganz davon abgesehen, dass es ihrer Meinung nach in Gernsbach keine attraktiven Männer gab, musste Hiltrud ihren Besuch erst durch den Flur ihrer Schwägerin Else und dann noch mitten durch die Wohnung von Johanna führen. Auch wenn Johanna nicht hinsah, mit wem Hiltrud verkehrte, Else beobachtete es sicher und noch mehr Marianne, die sich so ihre Gedanken über die Tante machte. Das hatte Hiltrud aus den spitzen Bemerkungen von Marianne herausgehört. Wenn Hiltrud Bekannte empfangen wollte, musste das in der Wohnung ihrer Mutter geschehen, und Johanna sparte nicht mit Kommentaren über die Leute, die Hiltrud besuchten.

Erst nach dem Krieg, als die französische Besatzung nach und nach aus dem Haus entschwand, war es ihr gelungen, im Dachgeschoss vier kleine Zimmerchen mit einem winzigen Bad und einer Küche einzurichten, alles sehr geschmackvoll, denn das konnte sie, das hatte sie von Johanna gelernt. Sie legte großen Wert auf ihre Kleidung, da musste alles zusammenpassen. Heute trug sie ein grünes Kleid, das ihr gut stand und sie etwas schlanker machte, und hatte dazu ihren Smaragdschmuck angelegt. Diese Marotte, dass auch der Schmuck zur Kleidung passen musste, hatte ihr – das heißt ihrer Mutter – schon viel Geld gekostet. Aber jetzt nach dem Tod von Johanna ging es ihr wirklich schlecht, und sie wusste nicht, wie sie mit dem Geld zurechtkommen sollte.

Ihre Aktien an Weiler & Busch hatten für das Jahr 1953 keine Dividende abgeworfen. Daran war nur der blöde Archibald schuld, und auch aus den Einnahmen aus den Schifferrechten und dem Wald von Johanna, aus denen Johanna ihre Töchter immer noch extra bedacht hatte, erhielt sie keine Einnahmen, denn der Testamentsvollstrecker Dr. Mahler hatte wegen der Steuerschulden die Hand drauf. Dass der so zugeknöpft war und nichts herausrückte, dafür gab sie wieder Leni die Schuld.

Sie hatte auf ein großes Erbe gehofft, aber jetzt waren das Haus und ein großer Teil der Aktien zu ihrem Leidwesen an Archibald gefallen, und das nahm sie ihrer Mutter übel. Dass die Mutter so viel für sie gezahlt und sie immer unterstützt hatte, das wollte sie nicht wahrhaben. Sie hatte von ihrer Mutter monatlich einen Fixbetrag von 500 bis 600 Mark bekommen und dazu noch Geldgeschenke, damit sie sich ein neues Kleid, einen neuen Hut leisten konnte, die Mutter hatte die Arztrechnungen und Sanatoriumsaufenthalte bezahlt und ihr dazu noch ein Auto geschenkt, das offiziell auf den Namen von Johanna lief, die auch für alle damit verbundenen Kosten aufkam.

Hiltrud sah jetzt aber nur, dass Leberecht mit seiner Familie verreiste, mit dem Chauffeur einen großen Mercedes 300 fuhr, jeden Abend oder fast jeden Abend ins Theater oder Konzert ging, während sie selber doch nie so etwas gehabt hatte. Sicher würden Leberecht und Archibald ihren Wein von der Firma bezahlt bekommen, während sie ihn sich selber kaufen musste. Und wenn sie jetzt einmal ein paar Liter Benzin für ihr Auto haben wollte, dann würde der freche Schnösel von Archibald ihr antworten, dass ihr das nicht zustehe, sie sei keine Angestellte der Firma, und ihre Fahrten seien keine Dienstfahrten für das Unternehmen. Er könne ihr ja vielleicht einmal etwas geben, aber dann dürfe das Johannes Fabricius nicht wissen, denn der sage, dass man für die Familie keine Extrawurst braten dürfe, das gebe sonst Unannehmlichkeiten mit dem Finanzamt.

Jetzt wollte sie aus Gernsbach weg. Mit Archibald im gleichen Haus zu leben war unerträglich. Ob sie noch mal einen Mann finden würde? Sie betrachtete ihr Aussehen. Neulich auf dem letzten Faschingsball, da hatte keiner mit ihr tanzen wollen, nur Klaus Schultz, der Sohn des Papierfabrikanten Felix Schultz, hatte pflichtschuldigst zwei Tänze mit ihr absolviert. Aber die sogenannte gute Gesellschaft hatte sich davor gedrückt. Sie hatte nur einige widerwillige Angestellte von Weiler & Busch dazu bewegen können, mit ihr zu tanzen. Sie hatte gehört, wie ein Mann an dem Tisch gesagt hatte: „Vorsicht, da kommt die Atombombe!" – das war auf sie gemünzt.

Für Hugo Weiß und seine Frau Rosa hatte sie den Tisch mit ihrem feinsten Meißner Porzellan und böhmischen Kristallgläsern decken lassen. In der Küche half ihr eine Köchin, die sie schon oft für solche Einladungen engagiert hatte. Es gab Rehrücken, und dazu hatte sie Burgunder in Kristallkaraffen abgefüllt.

Rosa und Hugo Weiß hatte sie auf einem Ball im Kurhaus in Baden-Baden kennengelernt. Durch Zufall saßen sie am gleichen Tisch. Zunächst hatte sich Hugo Weiß, dessen Frau beinahe so korpulent wie Hiltrud war, nicht für sie interessiert, sondern am Nachbartisch mit einigen jüngeren Frauen geschäkert. Rosa bewunderte den Smaragdschmuck und das schwere Platinarmband, das Hiltrud angelegt hatte. Hiltrud erklärte, dass das ein alter Familienschmuck der Sutters sei. Dann ging das Gespräch weiter über die Gesellschaft im Murgtal, bis Rosa sagte: „Ach, was Sie erzählen, ist so interessant, da soll mein Mann doch zuhören!" Sie stand auf und holte ihren Mann zurück an ihren Tisch.

Als Hugo Weiß hörte, dass Hiltrud eine geborene Weiler und mit der angesehenen Familie Sutter in Basel verwandt war, widmete er sich plötzlich ausschließlich Hiltrud und forderte sie zum Tanz auf. Er erzählte ihr, dass er Gummifabrikant sei, der jetzt eine wichtige Erfindung gemacht habe, nämlich Gummiplatten und Gummiteile, die zur Beschichtung von Ketten für Panzerfahrzeuge und zur Gummifederung für die Puffer der Eisenbahnwaggons dienten. Das sei jetzt ein großes Geschäft bei der Aufrüstung der neuen Bundeswehr. Hiltrud fühlte sich geschmeichelt und fand das alles sehr interessant. Ihre Firma habe beste Beziehungen zur Bundesbahn.

Am nächsten Morgen erzählte sie ihrer Mutter voller Begeisterung von dem Erfinder, das wäre so ein intelligenter und großartiger Mann, sie müsse ihn unbedingt mit Leberecht zusammenbringen.

Johanna war in solchen Fällen schon immer sehr skeptisch gewesen. Wenn sich jemand so für ihre Familie interessierte, dann wollte der meist nur ihr Geld. Als Hiltrud auch Leni und Willi von Weiß erzählte, lachte Willi nur und sagte: „Ach der, das ist der Sohn von unserem Briefträger, der hat draußen in Oos ein kleines Fabrikle für Präservative, der ist ein Aufschneider!"

Hiltrud war wütend. Wie konnte man ihre Freunde so beleidigen! Und sie wollte einige Wochen nichts mehr von Leni und Willi wissen.

Gleich nach dem Tod von Johanna tauchten Weißens bei Hiltrud auf, zeigten ihr tiefes Mitgefühl, wollten helfen, nahmen ihr Besorgungen und Gänge ab und luden sie zu sich in ihre Wohnung ein. Kurze Zeit später wurde das Ehepaar Weiß dann auch von Hiltrud nach Gernsbach eingeladen.

Schon fünf Minuten vor sieben Uhr klingelte es an der Wohnungstür, die Köchin öffnete und Hugo Weiß stürmte geradezu in die Wohnung, während seine Frau noch ganz außer Atem die letzten Stufen zu Hiltruds Wohnung hinaufkeuchte, in der Hand eine Tüte mit einem ganzen Kilo Sahnetrüffel, denn sie wusste, dass diese Hiltruds Lieblingskonfekt waren. Hugo Weiß hatte Schwierigkeiten, Hiltrud zu begrüßen. Es wollte ihr eigentlich einen eleganten Handkuss geben, eine Kunst, in der er nicht so geübt war, aber er hielt auch einen riesigen Strauß mit 40 roten Rosen in der Hand.

Hiltrud fand den Strauß reichlich übertrieben, drei, fünf oder auch sieben Rosen, das wäre vornehm und in der Familie Weiler üblich gewesen. In drei Tagen würden sie doch nur im Mülleimer landen, schade um das viele Geld! Aber sie war gut genug erzogen, um nicht den blöden Spruch der Neureichen zu sagen: „Aber das wäre doch nicht notwendig gewesen!" So sagte sie nur: „Oh, wie schön, wie herrlich duften die Blumen!" und gab den Strauß der Köchin, damit die ihn versorgte. Währenddessen versuchte die Köchin, Frau Weiß aus dem Mantel zu helfen. Das war nicht so einfach, denn Rosa hielt die große Tüte Sahnetrüffel noch immer in der Hand und konnte deshalb nicht aus dem Ärmel schlüpfen. Aber schließlich gelang es der Köchin, den Wirrwarr zu beenden, und Frau Weiß konnte die Trüffel Hiltrud überreichen. Die rief aus: „Nein, wie verwöhnt Ihr mich! Die hat mir der Doktor eigentlich verboten, aber die sind ja so gut!" Noch im Stehen holte sie drei Trüffel heraus und verschlang sie heißhungrig.

Dann bat Hiltrud ihre Gäste in ihr Wohnzimmer. Hiltrud wollte gerade Sherry einschenken, als Hugo herausplatzte: „Heute haben wir etwas zum Feiern: Ich hatte Erfolg in Bonn!" Da rief Hiltrud: „Nein, das müssen wir mit Champagner feiern!" und brüllte zur Küche hin, dass die Köchin eine Flasche von dem Dom Pérignon holen sollte. Aber die kam mit einer Flasche Henkell trocken herein, etwas anderes habe sie nicht kalt gestellt. Hugo tröstete: „Ach, das macht nichts, wir können auch mit dem Sekt anstoßen, obwohl der Erfolg eines guten Champagners würdig wäre!"

Dann sprudelte es nur so aus ihm heraus: Es habe eine große Vorführung vor mehreren Militärattachés in Bonn gegeben, wo er seine Panzerketten vorführen konnte. „Du glaubst gar nicht, was für ein Riesengeschäft das wird! Wir rüsten gegen die Sowjets auf, die Bundeswehr muss Tausende von Panzern damit ausrüsten, und dann bestellt auch die britische Armee, und selbst die Italiener waren daran interessiert!"

Rosa beugte sich zu Hiltrud hinüber: „Und Hugo hat dafür geschuftet! Tag und Nacht hat er gearbeitet, ist im Labor gestanden. In der Nacht hat er mich geweckt, wenn ihm wieder etwas Neues eingefallen ist und hat das dann gleich zu Papier gebracht. Stell' dir vor, da waren auch Generäle dabei, und alle haben gesagt ‚Herr Weiß, was Sie da erfunden haben, ist einfach großartig! Und außerdem ist es so billig! Nein, wie sind Sie nur darauf gekommen?'"

Hugo Weiß wurde sachlich: „Ich muss mein Werk vergrößern. Die Baracke in Oos ist viel zu klein, ich muss jetzt einen Platz im Industriegelände von Karlsruhe oder Mannheim suchen."

Dann kam Hugo Weiß mit seinem eigentlichen Anliegen heraus: Bevor er den großen Auftrag bekomme, müsse er erst eine Probemenge liefern, und dazu müsse er noch einige Maschinen anschaffen. Zunächst brauche er nur 100.000 DM, aber die habe er leider nicht. Das Wohnhaus in Geroldsau habe er schon an die Bank verpfändet, die Entwicklung der Gummiplatten habe sein ganzes Geld verschlungen. Ob Hiltrud ihm die 100.000 DM leihen könne? Er würde zwölf Prozent Zinsen bezahlen, und am Gewinn könne sie auch teilhaben, es wäre also ein gutes Geschäft für sie.

Hiltrud hätte Hugo gerne geholfen, aber sie hatte das Geld nicht. Sie fing an zu jammern, dass das Erbe, das sie von ihrer Mutter bekommen hatte, nicht so groß war wie erwartet. Der Testamentsvollstrecker sitze auf dem Geld und gebe das Vermögen nicht frei. Außer der Erbschaft habe sie nur noch die Aktien, das seien zwar etwa 100.000 DM, aber dieses Jahr habe es keine Dividende gegeben, und ob im nächsten Jahr etwas bezahlt werde, das wisse sie nicht, und wenn es etwas gebe, dann brauche sie das dringend zum Leben. „Ich bin so arm wie eine Kirchenmaus, ich kann mir gar nichts leisten, noch nicht einmal Benzin für mein Auto und schon gar nicht einen Urlaub!"

Hugo Weiß war betroffen, er hatte sie viel reicher eingeschätzt. Da kam ihm plötzlich eine Idee: „Hiltrud, du brauchst das Geld nicht bar beschaffen, es ist mir schon sehr geholfen, wenn du für mich bürgst, dann gibt mir die Bank so viel Kredit, wie ich brauche. Für die Bürgschaft könnte ich sechs oder sieben Prozent Zinsen bezahlen, das wäre für dich doch auch ein Geschäft!"

Hiltrud zögerte. Sie wusste, dass eine Bürgschaft leicht eine Quelle ewiger Streitereien werden konnte, Bürgen für Verwandte hatte schon ganze Familien auseinandergebracht. Auf der anderen Seite könnten sechs oder sieben Prozent von 100.000 DM doch auch 6.000 oder 7.000 DM pro Jahr für sie sein. „Ich muss mir das überlegen und mit meiner Verwandtschaft, vielleicht auch mit meiner Bank sprechen. In zwei oder drei Wochen kann ich dir sicher Bescheid geben!"

Aber Weiß entgegnete: „Ich muss mich bis übermorgen entscheiden. Eigentlich hätte ich morgen früh schon zusagen müssen. Das lässt sich vielleicht noch einen Tag hinausschieben, aber länger sicher nicht. Hiltrud, du musst verstehen, ich habe einfach keine Zeit. Die Bundeswehr springt sonst ab. Wenn ich nicht spätestens übermorgen zusage, dann muss ich das schöne Geschäft leider sein lassen."

Als Hugo Weiß am nächsten Morgen, pünktlich fünf Minuten vor 11 Uhr die Räume der Volksbank betrat, wurde er von einem mürrischen Portier empfangen. Nachdem der noch drei Telefongespräche angenommen, umständlich weiter vermittelt und zwischendrin einen kleinen Schwatz mit der Putzfrau gehalten hatte, schickte er sich an, beim Chef anzurufen, und sagte: „Ein Herr Weiß möchte den Chef sprechen!" Was am anderen Apparat gesprochen wurde, konnte Weiß nicht hören, der Portier wandte sich zu ihm um und sagte: „Es dauert noch einen Augenblick, der Chef hat noch einen Kunden abzufertigen. Nehmen Sie einstweilen im Wartezimmer Platz!"

Hugo Weiß setzte sich auf einen der vier Holzstühle, die um einen kleinen quadratischen Tisch standen. An der Wand hingen einige billige Drucke und ein Kalender. Weiß zündete sich eine Zigarette an und suchte, ob er etwas zum

Lesen finden könnte, denn aus Erfahrung wusste er, dass es länger dauern werde, denn anscheinend wollte man den Kreditnehmer erst einmal weich kochen. Er musste mehr als eine Dreiviertelstunde warten, ehe ein junger, etwa 25-jähriger Mann im blauen Anzug erschien und den Herrn Direktor entschuldigte. Er sei der neue Sachbearbeiter, er führe ihn schon mal in den Besprechungsraum, der Herr Direktor komme gleich nach.

Endlich kam Direktor Volz, ein hagerer Mann Mitte vierzig mit einem Aktenbündel, das er auf den Tisch legte. „Entschuldigen Sie, dass ich Sie noch länger habe warten lassen, aber ich hatte einen wichtigen Kunden von der Industrie des Murgtals, den ich nicht wegschicken konnte. Jetzt habe ich etwas Zeit für Sie, allerdings wartet um ein Uhr schon der nächste Besucher. Ich glaube, wie können es kurz machen. Was kann ich für Sie tun?"

Hugo Weiß berichtete wieder von seiner Erfindung, den erfolgreichen Verhandlungen in Bonn mit der Bundeswehr, der gelungenen Vorführung seiner Gummiplatten für die Panzerwagen und welches Interesse die ausländischen Militärattachés daran genommen hatten.

Aber Volz unterbrach ihn: „Herr Weiß, ehe wir weitersprechen, möchte ich Sie zunächst einmal fragen, wie Sie sich die Rückführung ihrer Kredite vorstellen? Wir haben Ihnen einen Kredit von 80.000 DM eingeräumt, und der liegt schon seit einiger Zeit bei 100.000 DM. Wenn die nächste Revision kommt und Sie haben den Kredit nicht zurückgeführt, dann bekommen wir Probleme. Die Meldungen über die Umsatzentwicklung der letzten drei Monate liegt uns nicht vor, obwohl ich Sie mehrfach angemahnt habe, und es fehlt auch noch die Bilanz vom letzten Jahr. Was können Sie uns denn an Sicherheiten bieten?"

Weiß erklärte: „Mein Haus und das Fabrikgrundstück sind doch viel mehr wert, als an Grundschulden eingetragen sind, die könnte man doch noch erhöhen!" „Das glaube ich nicht," sagte Herr Volz, „die sind schon bis zum Äußersten beliehen!"

„Aber die Grundstückspreise sind doch im letzten Jahr so stark gestiegen, und sie werden noch weiter ansteigen."

„Haben Sie denn eine Garantie dafür?", war die Antwort von Volz. „Auch wenn wir die Grundschuld erhöhen, reicht das noch nicht aus."

„Würden Sie eine Bürgschaft von Frau Hiltrud Sutter annehmen?"

Direktor Volz nahm erstaunt die Brille ab und sah Weiß an. „Von der geborenen Weiler? Hm – so viel ich weiß, hat der Testamentsvollstrecker die Hand auf dem Vermögen. Meinen Sie, dass sie wirklich für Sie bürgt? Aber eine Bürgschaft genügt uns nicht, da müssten schon Aktien von Weiler & Busch hinterlegt werden."

„Es wäre geradezu ein Verbrechen für unser Unternehmen, wenn ich die Chance meines Lebens nicht ergreifen würde!", rief Weiß aus. „Aber ich brauche dazu nicht nur die Verlängerung des alten Kredits, sondern ich brauche dazu noch weitere 100.000 DM!"

„Für diese 100.000 DM brauchen wir mindestens Weiler & Busch-Aktien im Nominalwert von 140.000 DM!"

„Aber die Aktien werden doch mit 140 Prozent an der Börse notiert?"

„Ganz recht, Herr Weiß, aber wir beleihen die Aktien nur zu 50 Prozent, sie könnten ja auch wieder fallen. Wir könnten die Grundschulden auf Ihr Haus und das Fabrikgrundstück auf 100.000 DM erhöhen, und wenn Sie uns Aktien im Wert von 100.000 DM bringen, dann kann ich Ihnen 70.000 DM zusätzlichen Kredit geben. Alles andere wäre nicht zu verantworten! Aber entschuldigen Sie mich jetzt, ich muss zu meinem nächsten Termin."

Hugo Weiß verließ die Bank mit einem unguten Gefühl. 70.000 DM waren einfach zu wenig. Wenn er sein Ziel erreichen wollte, müssten schon Aktien im Wert von 200.000 DM hinterlegt werden.

Zu Hause sprach er mit Rosa über die Angelegenheit, und die meinte nur: „Die Hiltrud, die klopfen wir weich! Biete ihr einfach noch mal einen höheren Zinssatz an! Das schaffen wir schon!"

Hugo Weiß rief gleich Hiltrud an. Er müsse mindestens 200.000 DM Aktien hinterlegen, um das nötige Geld zu bekommen.

Hiltrud zögerte. Sie müsse mit Leberecht sprechen, denn der vertrete die Aktien in der Generalversammlung, und sie könne ihrem Bruder nicht zumuten, dass womöglich die Bank die Aktien in der Generalversammlung vertrete.

Hugo beruhigte sie: „Das ist eine bombensichere Sache! Wenn du für mich die Aktien hinterlegst, gebe ich dir zehn Prozent Zinsen im Jahr!" Und als Hiltrud jammerte, davon habe sie doch nicht viel, das reiche ja kaum für das Benzin für ihr Auto, versprach er ihr: „Du kannst jeden Monat 50 Liter Benzin bei meiner Tankstelle tanken, damit kommst du dann sicher aus!"

Hiltrud war damit einverstanden, „Also gut, dann geb' ich dir die Aktien."

Hugo Weiß war erleichtert, obgleich er sich darüber klar war, dass er jetzt Wucherzinsen zu erwirtschaften hatte. Die Bank wollte neun Prozent Zinsen, und wenn er nun einen Kredit von 140.000 DM bekäme, dann müsste er 12.600 DM Zinsen an die Bank und noch mal 20.000 DM an Hiltrud bezahlen. Es durfte nichts schief gehen, sonst würde er Kopf und Kragen verlieren. Jetzt galt also nur noch eins: Augen zu und durch!

Als Hiltrud Leni von ihrem Abkommen mit Hugo Weiß erzählte, schlug diese die Hände über dem Kopf zusammen: „Hiltrud, du bist verrückt geworden!" Sie zählte alle Risiken auf, die passieren konnten. Niemand habe die Bilanz von Weiß gesehen, was würde passieren, wenn Weiß verunglücken würde? Wenn der Offizier bei der Bundeswehr, der unterschreiben müsste, versetzt oder sterben würde? Wenn es Reklamationen gäbe? Hiltrud winkte mit der Hand ab und sagte nur: „Wenn du überall nur mit dem Schlimmsten rechnest, kommt ja überhaupt kein Geschäft zustande! Ich sage dir, das ist die Erfindung des Jahrhunderts! Vielleicht bekommt Hugo sogar noch den Nobelpreis!"

Hiltrud schlug alle Warnungen in den Wind. Ihren Bruder Leberecht rief sie gar nicht an, und zum Schluss gelang es ihr, dass Dr. Mahler die Aktien, die sie von ihrer Mutter geerbt hatte, herausgab. So wurden Weiler & Busch-Aktien für 200.000 DM für Hugo Weiß bei der Bank hinterlegt, und er bekam einen zusätzlichen Kredit von 140.000 DM.

Bernhard Sutter fühlte sich im Werk Kehl auf das Abstellgleis geschoben. Man hatte ihm zwar den Titel Direktor gegeben, aber eigentlich war er nur ein Frühstücksdirektor ohne Funktion. Einkauf und Verkauf des Werkes wurde von Gernsbach aus von der Mastenabteilung gesteuert, die Aufträge wurden ihnen zugewiesen, die zu erledigen waren. Es gab keine eigene Buchhaltung oder Lohnbuchhaltung. Bernhard hatte eigentlich nur die Aufgabe, mit den Abnehmern der Privatbahnen, der Elektrizitätswerke oder der Post zu Mittag zu essen und nach Möglichkeit zu versuchen, den Anschlaghammer, mit dem die abgenommenen Schwellen und Masten den Prüfstempel aufgedrückt bekamen, in die Hand zu bekommen, damit diese Aufgabe durch einen Arbeiter vom Werk verrichtet wurde und es auf diese Weise wenig Reklamationen gab.

Nach Gernsbach kam er nur noch selten, denn dort musste er bei seiner Mutter wohnen. Er hatte den Tag mit ihr zusammen zu verbringen und ihr Gejammere anzuhören. Aber an Pfingsten war seine Mutter von Leberecht nach München eingeladen worden, und er konnte sich seine Zeit so einteilen, wie er wollte. Er hatte einen befreundeten Holzhändler aus Kehl eingeladen, dem er die Stadt zeigen wollte.

Am Abend fand in der Stadthalle in Gernsbach ein Ball statt, den der Freund unbedingt besuchen wollte, denn er war ein flotter Tänzer. Als sie den großen Saal der Stadthalle betraten, spielte die Blasmusik der Stadtkapelle so laut, dass man kaum noch ein Wort miteinander reden konnte. Der Saal war voll besetzt, und auf der Tanzfläche drängten sich 30 oder 40 Paare, meist ältere Leute. An einem Tisch, an dem sie Platz fanden, saß am oberen Ende noch eine Schulklasse, die beide nur flüchtig musterten. Bernhard sagte zu seinem Freund: „Die sind ja viel zu jung für uns, alberne Gänse, Abiturientinnen, 18 bis 19 Jahre alt, dazu noch alle aus Gernsbach – das verspricht ja heiter zu werden!"

Da sah er plötzlich ein ganz junges Mädchen, etwa 18 Jahre alt, mit dunklen Haaren, einem Bubikopf, die aussah wie eine Käthe-Kruse-Puppe und die von ihren Freundinnen Puppa genannt wurde, die mit großen dunklen Augen umherblickte und pausenlos lachte. Bernhard beschloss, sie so bald wie möglich zum Tanz aufzufordern. Das war aber gar nicht so leicht, wie er dachte, denn die jungen Mädchen waren alle mit Kavalieren gekommen. Endlich gelang es ihm, Puppa aufzufordern, und er kam gleich mit ihr in ein lebhaftes Gespräch. Ihr Tanzpartner, mit dem sie verabredet gewesen war, hatte sie sitzen lassen. Am liebsten wäre sie gar nicht zu dem Ball gekommen, aber da alle ihre Klassenkameraden da waren, wollte sie nicht zu Hause bleiben. Jetzt konnte Bernhard die ganze Nacht bis zum frühen Morgen mit ihr tanzen und sich mit ihr unterhalten.

Puppa war geschmeichelt. Eigentlich hieß sie Erika und war die Tochter des Gernsbacher Bauingenieurs Laiber. Für sie waren die Familien Sutter und Weiler etwas ganz Besonderes, sie gehörten zur Hautevolee. Ihre Eltern und Großeltern hatten schon immer versucht, mit diesen Familien in Verbindung zu kommen, was aber trotz vieler Versuche nicht gelungen war. Seine Witzchen und Anekdoten gefielen ihr, dass er Direktor bei Weiler & Busch in Kehl war, imponierte ihr. Sie verabredeten sich gleich für Pfingstsonntagabend.

Erikas Mutter, die auch Erika hieß, war zunächst ziemlich ungehalten, dass ihre Tochter erst um sechs Uhr früh nach Hause kam, das gehörte sich doch nicht für ein junges Mädchen! Als sie aber erfuhr, dass sie den ganzen Abend mit Bernhard Sutter getanzt hatte, änderte sie ihre Meinung.

Bernhard Sutter war verliebt, richtig verliebt. Das geschah ihm eigentlich zum ersten Mal seit seiner Schulzeit. Das Mädchen musste er unbedingt haben! Da kam ihm plötzlich die Idee: „Ich werde sie heiraten!" Bisher hatte er jegliches Ansinnen zu heiraten weit von sich gewiesen. Der Testamentsvollstrecker von Johanna, Dr. Mahler, hatte ihm, als er einmal klagte, dass er nicht so weit nach oben gekommen sei wie Archibald, gesagt: „Lernen Sie etwas Anständiges und heiraten Sie! Ein verheirateter Mann genießt in der Gesellschaft Ansehen und Solidität. Wer in der Wirtschaft Verantwortung übernehmen will, der muss zeigen, dass er auch Verantwortung für eine Familie übernehmen kann. Ihr Vetter Archibald ist zwar jünger als Sie, aber er ist ein verheirateter Mann, und das gilt bei den Aufsichtsräten etwas."

Die schwarzen Haare, die Stupsnase, die gute Figur, das Lächeln und dass sie auf alle seine Sprüche einging, ja von ihnen begeistert war, das faszinierte ihn. Eigentlich war sie naiv, er konnte ihr alles erzählen, und sie glaubte es. Wenn schon geheiratet werden musste, warum dann nicht jetzt?

Hiltrud, das war ihm klar, wäre mit der Heirat eines Mädchens aus dieser Familie bestimmt nicht einverstanden. Für sie waren das kleine Leute, die aus dem Handwerkerstand aufgestiegen waren, eine Familie, in die man nicht einheiratet.

Erikas Vater war als Bauingenieur bei einer Gernsbacher Firma angestellt. Er galt als nicht besonders tüchtig, sondern eher als faul. Mit seinem Vater, der wie er Otto Laiber hieß und dem eine eigene Baufirma, die größte am Ort, gehörte und der eine große Villa im Ort besaß, hatte er sich nicht vertragen. Dem alten Laiber war sein Sohn einfach zu faul und zu unentschlossen. Er sprach über den Sohn recht abfällig, wenn er mit seinen Stammtischbrüdern zusammensaß und erklärte, er müsse sich doch schwer überlegen, ob er jemals seinen Sohn in die Firma aufnehmen werde. Mehr als 20 Semester habe der studiert, und dass der sein Examen als Bauingenieur geschafft habe, wundere ihn heute noch.

Schon eine Woche später kam Bernhard wieder nach Gernsbach. Seine Mutter war immer noch verreist, was ihm sehr zupasskam. Er erschien mit zwei Blumensträußen in der Villa von Laibers, einem Feldblumenstrauß für die Mutter und einem Rosenstrauß für Puppa.

Mutter Laiber war überrascht, jedoch hoch erfreut. So eine Verbindung wie die mit Familie Sutter, das hatte sie sich für ihre Tochter gewünscht. Eigentlich sollte Erika in Freiburg Germanistik studieren, sie war bereits in der Philosophischen Fakultät immatrikuliert und hatte auch schon ein Zimmer gefunden. Sie sollte Lehrerin werden, aber Mutter Erikas Hoffnung war gewesen, dass Puppa möglichst bald einen passenden Ehemann aus gutem Hause mit guten Vermögensverhältnissen unter den Studenten finden würde. Aber jetzt erübrigten sich ja ihre Überlegungen. Dass ihre Tochter so schnell einen Mann finden würde, das hatte sie nicht gedacht. So wurde also Bernhard nach allen Regeln der Kunst hofiert. Mutter Laiber hatte einen Kuchen gebacken, der Kaffeetisch war mit Blumen geschmückt. Der Gast musste ein Stück Kuchen nach dem andern essen, und wenn er versuchte, höflich abzulehnen, kam der Spruch: „Ach, Sie sind ja von zu Hause sicher Besseres gewöhnt!"

Noch bevor Hiltrud nach Hause kam, wollte Bernhard seinen Heiratsantrag hinter sich bringen, sonst würde sie keine Ruhe geben, bis sie die ganze Geschichte wieder auseinandergebracht hatte. Deshalb fragte er am gleichen Abend auf einem Spaziergang Erika, ob sie seine Frau werden wolle, und sie sagte ohne zu zögern Ja. Am nächsten Morgen sprach er bei Otto Laiber vor, der mit den üblichen Einwänden kam, dass die Tochter noch so jung sei. Nach den Vermögensverhältnissen von Bernhard erkundigte er sich überhaupt nicht, es galt für ihn als selbstverständlich, dass ein Sutter nur so in Geld schwimme. Die offizielle Verlobung sollte an einem Wochenende im Juli, die Hochzeit im Oktober stattfinden.

Als Hiltrud am nächsten Sonntag von München zurückkam, war Bernhard wieder in Gernsbach und eröffnete ihr, dass er sich verlobt hatte. Als sie hörte, wen er heiraten wollte, begann sie gleich: „Diese Verbindung ist doch für einen Sutter oder Weiler unmöglich!"

Bernhard entgegnete: „Archibald hat auch keine Fabrikantentochter geheiratet, Leni hat nur einen einfachen Bauingenieur genommen, danach schaut doch heute niemand mehr! Vater war Fabrikant – was hatten wir davon? Er hat Konkurs gemacht! Außerdem bekommt Erika eine ganz schön große Mitgift, die ist viel größer als die von Ursel. Sie hat allein drei Pelzmäntel, Silberbesteck und Porzellan für 24 Personen, Bettwäsche und etliche schöne Möbel und sicher auch noch ein großes Barvermögen. Laibers sind doch ordentliche Leute, also hab' dich nicht so!"

Das beruhigte Hiltrud einigermaßen, und als sie Archibald traf, rieb sie ihm das gleich unter die Nase: „Das eine will ich dir sagen: Die Braut von Bernhard bringt viel mehr mit in die Ehe als deine Frau! Allein drei Pelzmäntel!"

Als sich herumgesprochen hatte, dass Bernhard sich mit Erika Laiber verloben würde, erschien der junge Otto Laiber bei Archibald im Büro und fragte, ob sein Vater sich um den Auftrag zum Bau des Betonschwellenwerkes beworben habe. Als Archibald das bejahte, sagte er: „Geben Sie dem Mann nicht den Auftrag, die Firma Otto Laiber wird in den nächsten Tagen Konkurs anmelden."

Weiler & Busch hatte auch nicht vorgehabt, Otto Laiber den Auftrag zu geben, sein Angebot war zwar günstig, aber man hatte den Eindruck, dass es nicht richtig durchgerechnet und der Auftrag für die Firma Laiber viel zu groß war. Eine Woche später meldete Otto Laiber sen. tatsächlich beim Gernsbacher Amtsgericht Konkurs an.

Als das bekannt wurde, schäumte Hiltrud und rief gleich Bernhard in Kehl an. Sie forderte ihn auf, die Verbindung zu Laibers sofort abzubrechen, zu einer Verlobung dürfe es nicht kommen, in eine solche Familie könnte man doch nicht einheiraten!

Aber Bernhard war stur. Diesmal wollte er seiner Mutter nicht nachgeben. Er teilte ihr mit, dass das allein seine Sache sei. Er stehe zu seiner zukünftigen Frau!

Hiltrud versuchte nun, die Verlobung und die Hochzeit wenigstens hinauszuschieben. Er sollte doch noch etwas warten. „Der Bruder deines Vaters, Onkel Alfred, ist doch erst vor vier Wochen gestorben, wie sieht das aus, wenn du jetzt groß feierst? Da musst du doch das Trauerjahr abwarten!"

Aber Bernhard lachte nur: „Oh nein, ich bleib dabei, am 15. Juli ist Verlobung. Es gibt eine kleine Feier oben im Kurhaus Herrenwies, du bist eingeladen, Archibald und Ursel Weiler, Marianne und Ferdinand von Seydlitz, Tante Else Weiler, die Eltern und ein Onkel und eine Tante von Erika. Mehr als 20 Personen sind es nicht. Zudem hat sich der verstorbene Onkel nie um mich gekümmert, ich hab ihn ja gar nicht gekannt."

Zu der Verlobungsfeier kamen von Seiten der Familie Weiler nur Else, Archibald und Ursel, alle anderen waren von Hiltrud so bearbeitet worden, dass sie nicht wagten, mit Bernhard und Erika zu feiern.

Hiltrud versuchte nun die Familie auf ihre Seite zu ziehen. Leberecht, an den sie sich wandte, hatte überhaupt kein Verständnis für ihre Sorgen. Das Mädchen sei doch sehr nett, Bernhard könne froh sein, ein so unkompliziertes Mädchen gefunden zu haben. Im Übrigen habe ja nicht das Mädchen, noch nicht einmal ihr Vater Konkurs angemeldet, sondern es sei der Großvater! Sie solle sich doch nicht in etwas hineinsteigern, das völlig grundlos sei. Lieber solle sie versuchen, ein gutes Verhältnis zu ihrer Schwiegertochter zu bekommen und nicht im ganzen Ort herumschreien, wie unmöglich die Familie Laiber sei.

Aber Hiltrud gab nicht auf, und drei Tage vor der Hochzeit von Bernhard und Erika begab sie sich ins Krankenhaus, nachdem sie allen Verwandten geschrieben hatte, dass sie ihnen verbiete, zur Hochzeit zu gehen.

Allerdings hatten jetzt Laibers die Familie gar nicht mehr zur Hochzeit eingeladen, nur Archibald und Ursel waren als einzige Gäste anwesend. Es war auch nur eine standesamtliche Trauung. Das Paar wollte später, wenn Hiltrud aus dem Krankenhaus entlassen sei, eine kirchliche Trauung nachholen, aber die fand nie statt.

***

An Weihnachten 1953 und auch an Sylvester wäre Archibald am liebsten mit seiner Frau zu seinen Eltern nach Lübeck gefahren, so wie er es früher jedes Jahr getan hatte. Aber das kam nicht in Frage, denn Ursel war im neunten Monat schwanger. Bei seinen Schwiegereltern wollte er Weihnachten auch nicht verbringen, denn wenn er jetzt zu ihnen ginge, müsste er wahrscheinlich sein ganzes Leben lang dort hingehen, und so feierte das junge Paar diesmal in Gernsbach.

Eine Kinderschwester namens Hanna war schon engagiert, die am 28. Dezember eintraf, denn der Termin der Geburt war auf den 28. oder 29. Dezember errechnet worden. Das Kind sollte im Haus geboren werden. Ursels Mutter meinte zwar, sie solle doch nach Baden-Baden ins Kankenhaus gehen, aber Archibald wollte, dass endlich mal wieder ein Kind im Weilerschen Haus geboren würde, so wie es früher üblich war.

Weilers verließen das Haus nicht mehr, sogar die Einladung zum Schlachtfest bei Thomas Merkel am 10. Januar mussten sie schweren Herzens absagen. Aber Thomas Merkel, der Mitgefühl hatte, brachte ihnen am Tag darauf eine riesige Portion Sauerkraut mit frisch gekochten Würsten und Wellfleisch, und das Sauerkraut tat wohl seine Wirkung, denn in der Nacht gingen die Wehen los. Am 12. Januar, morgens um sechs Uhr, wurde ein gesunder Junge geboren.

Archibald war während der Geburt dabei. Im letzten Moment war der Arzt aus Baden-Baden gekommen, aber die Hebamme verbat sich jeden Eingriff von ihm und sagte, sie hole das Kind schon allein, und so stand der Doktor tatenlos dabei.

Gleich nach der Geburt telefonierte Archibald mit seinen Eltern, mit seiner Schwester Britta, mit seinen Schwiegereltern. Die Gratulanten strömten schon am Vormittag herbei – fast jeder sagte das eine: „Wie sehr hätte sich die Großmutter gefreut!" Britta meinte jedoch, wenn sie noch gelebt hätte, wäre es sicher ein Mädchen geworden.

Um zwölf Uhr gab es in der Firma Böllerschüsse, und in ganz Gernsbach wurde davon gesprochen, dass bei Weilers endlich ein Stammhalter geboren worden war. Archibald war noch tagelang damit beschäftigt, Gratulationen entgegenzunehmen. Der kleine Junge, der natürlich den Namen Archibald und dann den Namen des Gründers der Firma Johann Georg erhielt, wurde in der Firma nur der „Kronprinz" genannt.

Für Archibald war es selbstverständlich, dass er einmal die Leitung dieses Unternehmens übernehmen sollte, aber bis dahin war noch eine ganze Strecke zurückzulegen. Aber weil er an das Unternehmen glaubte, waren zwei der Paten, die er auswählte, Mitglieder der Geschäftsleitung der Firma, so seine Cousine Leni und sein Onkel Johannes Fabricius. Dazu hatte er seine Schwester Britta und seine Cousine Marianne sowie seinen Freund Joseph Haflinger als Paten gewählt, alles Personen, die der Firma nahestanden.

Nur wenn er allein war, kamen ihm leise Bedenken, ob man das Schicksal nicht herausfordere, ob man ihn selber nicht schon überfordert hatte und ob man dieses kleine Kind möglicherweise noch mehr überfordern würde.

Marianne von Seydlitz hatte Ferdinand gebeten, pünktlich nachmittags um vier Uhr zum Tee nach Hause zu kommen, denn sie hätte etwas Ernstes mit ihm zu besprechen, und weil sie ihn eindringlich gebeten hatte, auch ja zu erscheinen, kam Ferdinand erst um fünf Uhr. Marianne war ziemlich sauer. Immer wenn sie ihn bat, mal pünktlich zu kommen, schien er geradezu aus Fleiß sich zu verspäten.

An die Überhäufung mit Arbeit in der Firma glaubte sie nicht. Sie fragte ihn unumwunden, als er endlich Platz genommen hatte und sie den Tee, der jetzt schon viel zu lange auf dem Stövchen gestanden hatte, eingoss:„Wie stellst du dir eigentlich deine Zukunft vor?“

Ferdinand antwortete ihr etwas zögernd: „Neulich ist ein Kriegskamerad an mich herangetreten und hat mich gefragt, ob ich mich nicht wieder aktivieren lassen wollte. Er war in Begleitung eines Herrn von der Dienststelle Blank, dem zukünftigen Verteidigungsministerium, gekommen. Die haben mir den Mund wässrig gemacht. Bei einer Reaktivierung würden die mich gleich als Oberstleutnant einstellen. Nach einem halben Jahr würde ich zum Oberst und vielleicht schon nach einem Jahr zum Brigadegeneral befördert.

Er hatte sich richtig in Begeisterung geredet, aber Marianne antwortete kühl: „Das kommt überhaupt nicht in Frage. Wir haben jetzt das neue schöne Haus oberhalb von Gernsbach, unser Kind braucht einen Vater, und ich muss für meine Mutter da sein, die jetzt doch anfängt zu kränkeln und der Pflege bedarf. Ich will mich nicht irgendwo als Kommandeuse in einem Garnisonsort begraben lassen! Außerdem lehne ich den Krieg und das ganze Militär ab. Ich hab dich doch nicht wegen deiner militärischen Vergangenheit oder wegen deines Namens geheiratet! Mein Vater war auch gerne Soldat, aber da wusste er ja noch nicht, was für eine unmenschliche, ja verbrecherische Sache der Krieg ist!

Ferdinand erwiderte etwas verärgert: „Ich bin auch nicht für den Krieg, auch wenn ich aus der alten Familie von Seydlitz stamme! Ich weiß sehr wohl, welches Unglück der Krieg über Deutschland gebracht hat! Ich kenne die Russen! Ganz ohne Schutz, ohne eigene Armee, wären wir und der ganze Westen dem Bolschewismus hilflos ausgeliefert! Irgendjemand muss doch diese Arbeit übernehmen, und gerade die alten Soldatenfamilien wie die von Seydlitz wissen, welche Verantwortung sie zu übernehmen haben! Wir sind sicher bessere und verantwortungsvollere Offiziere und Befehlshaber als die neureichen bürgerlichen Ehrgeizlinge, die nur auf das schnelle Avancement setzen!

Aber sag mal, wenn du mir schon die militärische Karriere verbieten willst, was kannst du mir dann für einen Vorschlag für meine Zukunft machen? Bei Weiler & Busch sehe ich keine große Chance für mich, es sei denn, ich würde Archibald an die Wand drücken!"

Da fuhr Marianne auf: „Nein, Ferdinand, das kommt überhaupt nicht in Frage! Mein Vater hat bestimmt, dass Archibald sein Nachfolger wird, und dazu stehe ich auch! Archibald ist von Kind an dazu erzogen worden, diese Position einmal einzunehmen. Er ist bestens ausgebildet, und er ist ein kluger Mann. Vielleicht steht er zu stark unter dem Einfluss seiner Frau, aber das würde ich nicht überbewerten, denn seine Frau ist ein bescheidener und ordentlicher Mensch."

Ferdinand zuckte die Achseln: „Das stimmt schon. Aber was soll ich machen? Die Holzhandelsabteilung, die man mir aufs Auge gedrückt hat, macht die meisten Verluste. Vom Schnittholz verstehe ich überhaupt nichts, das können andere besser."

„Ferdinand, ich meine, das Beste ist, du scheidest aus der Firma aus und gründest eine eigene Firma. Ich kenne so viele Leute, die drei oder vier Jahre nach der Währungsreform ohne Geld, praktisch mit Nichts angefangen haben und heute reiche, angesehene Leute sind. Und ich kann dir helfen. Die Aktien von Weiler & Busch können wir verpfänden, und von den Minderheitsbeteiligungen meiner Mutter an dem Textilunternehmen in Südbaden und dem großen Waldbesitz haben wir ja nicht viel, die können wir verkaufen."

Ferdinand war einverstanden, er wollte sich nur erst einmal danach umsehen, was ihm der Markt für Möglichkeiten bot. Zunächst sagten sie der Familie noch nichts, vor allem nicht Mutter Else.

Für Ferdinand von Seydlitz war der Gedanke, sich selbständig zu machen, sein eigener Herr zu sein und über die Zeit frei verfügen zu können, recht verlockend. Seine Vorstellung war, als Chef in einem größeren, edel ausgestatteten Büro zu sitzen, die Angestellten oder Handelsvertreter, die auf Provision liefen, zu beschäftigen und nur ordnend einzugreifen, vielleicht einen Handel mit einem kleinen Lager dabei, um Kundenwünsche schnell erfüllen zu können, und vor allem große Objekte wie Maschinen zu verkaufen. Aber das war leichter gesagt als getan. Er hatte zwar viele Verbindungen, denn überall saßen alte Offiziere, und in einem Gespräch über Kriegserinnerungen oder noch besser die alte Reichswehrzeit ließen sich schnell Verbindungen anknüpfen. Aber für technische Erzeugnisse fehlten ihm doch die Kenntnisse. Er hätte dazu mehrere Ingenieure gebraucht, und gute Vertretungen lagen auch nicht auf der Straße.

Durch Empfehlung von Adolf Festerling bekam er Verbindung zur größten belgischen Elektrofirma, die einen neuen Generalvertreter für Süddeutschland suchte. Das Produktionsprogramm ging von Generatoren und Elektromotoren über Schaltanlagen und Elektrolokomotiven bis hinunter zu Haushalts- und Bürogeräten. Die Verhandlungen zogen sich in die Länge, denn für Großgeräte fehlte es ihm an Kenntnissen. Nach langen Verhandlungen blieb schließlich nur die Vertretung von Diktiergeräten und Geräten für die Luftverbesserung in Toiletten, die Ferdinand schlicht „Entstinker" nannte. Weiler & Busch und viele andere Bekannte waren ihm zunächst behilflich und nahmen ihm Diktiergeräte ab, aber diese waren sehr schwer, sie wogen über zwei Kilo, es waren noch keine Tonbänder, die wenig später aufkommen sollten, Ferdinands Geräte waren schlecht zu handhaben und ließen sich nicht verkaufen. Jedes der Werke von Weiler & Busch kaufte zwar eins, aber in Betrieb wurden sie nicht genommen.

Ferdinand betrieb das Geschäft als Alleinimporteur für Baden-Württemberg, aber trotz hoher Handelsspannen verdiente er an den Produkten der Belgier nicht viel. Die Suche nach Vertretern für ganz Deutschland blieb ohne Erfolg. Es meldeten sich zwar eine ganze Reihe von Interessenten, aber schon bei der Vorstellung der Produkte winkten sie ab. Die einzigen, die bereit waren, es zu versuchen, waren hoffnungslose Fälle, aus der Bahn geworfene Angestellte und Vertreter, zum großen Teil Trinker oder Depressive, auf die kein Verlass war.

Auf eine Anzeige, in der er neue Vertreter suchte, erhielt er aus der Schweiz den Brief eines Herrn Schwindling aus Zürich. Schwindling lud ihn ein, nach Zürich zu kommen. Die Produktion, die von Seydlitz vertreibe, tauge nichts, aber er habe eine neue Erfindung gemacht, eine ganz komfortable Klimaanlage zur Verbesserung der Raumluft, die wirklich gut sei und für die er einen Generalimporteur in Deutschland suche. Wenn Herr von Seydlitz darauf ein gehe, könne er innerhalb kürzester Zeit steinreich werden.

Archibald, mit dem er darüber sprach, warnte ihn: „Pass nur auf, bei Leuten, die so hohe Gewinne versprechen, ist meist etwas faul. Sie vorsichtig und schau dir alles genau an. In Amerika haben sich solche Klimaanlagen zwar schon ausgebreitet, aber in Deutschland sind die Temperaturen ja nicht so extrem. Wenn es im Sommer bei uns nicht so heiß wird, dann dauert es sicher noch eine Weile, bis sich solche Anlagen auch hier in Deutschland durchsetzen. Hoffentlich ist der Name Schwindling kein schlechtes Omen!"

Ferdinand fuhr in die Schweiz und kam begeistert zurück. Herr Schwindling, ein eleganter Mitvierziger mit grauen Schläfen, holte ihn mit einem Rolls-Royce am Bahnhof von Luzern ab. Er war in Begleitung einer schlanken jungen Dame mit platinblond gefärbten langen Haaren, rotlackierten Fingernägeln. Sie war stark geschminkt und trug ein eng anliegendes rotes Kleid, das ihre Figur überdeutlich betonte, eine dreifach geschlungene Perlenkette um den Hals und hatte an jeder Hand mehrere große Ringe mit Brillanten, Rubinen und Saphiren. Die Absätze ihrer Schuhe hatten eine schwindelnde Höhe, so dass Ferdinand darauf wartete, dass sie ihr Gleichgewicht verlieren würde.

Schwindling ließ gleich Champagner auffahren und bestellte dazu erst einmal ein Dutzend Austern für jeden. Ferdinand ließ es sich schmecken, denn er war kein Kostverächter, und ein solches Essen leistete Familie Weiler sich nicht. Er fand das Getue von Schwindling zwar reichlich übertrieben, aber er dachte bei sich nur: „Hör dir mal an, was Schwindling dir zu bieten hat."

Für ihn war ein Zimmer im Hotel Ritz reserviert, und Schwindling gab ihm zu verstehen, dass er selbstverständlich sein Gast sei. Am Abend wollte Ferdinand nun wissen, was Schwindling eigentlich anzubieten hatte, aber der winkte ab und sagte, zum Geschäft kämen sie später, erst sollte Ferdinand einmal das Essen mit Fräulein Hilde und ihm genießen. Wieder gab es ein üppiges Menü mit erlesenen Weinen, und erst nach dem Mokka mit einem alten französischen Cognac kam Schwindling zur Sache.

Schwindling hatte keine Klimaanlagen zu verkaufen, wie Ferdinand sich vorgestellt hatte, sondern der „Aerco" genannte Apparat war ein von einem Designer entworfener großer Ventilator, der ähnlich wie ein kleiner Zeppelin aussah, der Ozon erzeugte und von dem man Wunderdinge erwarten konnte. In einem Wohnraum verbreite er ein angenehmes Klima, man habe immer frische Luft wie im Wald. Außerdem habe der Apparat die Nebenwirkung, dass er Bazillen abtöte. Solch ein Apparat gehöre nicht nur in jedes Wohnzimmer, besonders wenn geraucht werde, sondern er gehöre auch ins Schlafzimmer, man könne dann, wenn es draußen kalt sei, darauf verzichten, das Fenster zu öffnen, und auf die Weise noch Heizkosten sparen. Er gehöre in jede Küche und in jeden Lokus, um auch dort frische Luft zu erzeugen. Er habe schon fantastische Erfolge in der Schweiz damit gehabt.

Nun wurde Schwindling konkreter: „Herr von Seydlitz, ich schlage Ihnen vor, erst einmal eine kleine Menge von 10.000 Apparaten abzunehmen, ich kann Ihnen diese Geräte für 600.000 DM liefern. Ich habe in der Schweiz allein schon 30.000 Stück verkauft, da können Sie in Deutschland sicher eine wesentlich größere Menge verkaufen. Ich nehme an, dass Sie im Jahr leicht eine Menge von 300.000 bis vielleicht auch 400.000 Stück absetzen können. Für die Geräte habe ich in der Schweiz 360 Franken bekommen, wenn Sie in Deutschland etwa 360 DM verlangen, dann können Sie beim Verkauf von 10.000 Geräten 3,6 Millionen DM Umsatz erzielen und einige hunderttausend DM verdienen. Den besten Erfolg habe ich mit großen Anzeigen in den Tageszeitungen gehabt, einer meiner Freunde besitzt eine Werbeagentur, der kann Sie sicher sehr gut beraten."

Erst war Ferdinand noch skeptisch gewesen. Der Empfang mit der jungen Dame, das Essen mit Champagner und Austern war ihm nicht ganz geheuer gewesen. Aber dann überlegte er sich, dass 10.000 Stück doch sicher in

Deutschland zu verkaufen seien. Wenn Herr Schwindling ihm 100.000 Stück als Alleinimporteur angeboten hätte, dann hätte er Nein sagen müssen, aber so eine kleine Menge abzusetzen, das sei sicher kein Risiko.

Als Herr Schwindling einmal kurz den Raum verließ, flüsterte ihm Fräulein Hilde zu, er wäre ja blöd, wenn er nicht gleich zugreife, denn so eine Gelegenheit sei einmalig. Er dürfe sein Glück nicht ungenutzt verstreichen lassen.

Ferdinand erbat sich Bedenkzeit von 14 Tagen, aber Schwindling wollte darauf nicht eingehen: „Sie müssen bedenken, dass Sie nicht der einzige Interessent sind. Ich habe morgen ein Treffen mit einer sehr großen Elektrofirma, die mit Handkuss die fünffache Menge an Geräten abnimmt, wenn ich denen die Vertretung geben würde. Sie müssen sich heute noch entscheiden!"

Ferdinand erklärte, dass er erst mit seiner Frau sprechen und vor allem die Zustimmung seiner Schwiegermutter einholen müsse, die jedoch krank sei. Das ließ Schwindling nicht gelten: „Ihre Frau hat doch sicher die Vollmacht Ihrer Mutter? Dann dürfte das doch kein Problem sein. Gut, ich werde noch drei Tage warten. Aber ich habe so eine große Charge von Geräten in Auftrag gegeben, da muss ich bis Ende des Monats wissen, wohin die Geräte zu liefern sind und von wem ich mein Geld bekomme."

Ferdinand wandte ein, dass sich das Geld nicht so schnell flüssig machen lasse, es sei alter Familienbesitz, der nicht so einfach zu verkaufen sei.

Aber Schwindling erwiderte: „Sie können doch Ihren Aktienbesitz jederzeit verpfänden, Ihnen gibt doch sicher jede Bank Kredit darauf! Ich kann ja noch ein Übriges tun und Ihnen den Kaufpreis für ein halbes Jahr stunden, wenn Sie mir entsprechende Sicherheiten geben. In dieser Zeit haben Sie die Geräte ohne Schwierigkeiten verkauft und können mit Leichtigkeit die gesamte Summe bezahlen."

Ferdinand ließ sich von dem Optimismus anstecken und war zum Schluss überzeugt, die große Chance seines Lebens geboten zu bekommen.

Als Ferdinand frohgelaunt und begierig, Marianne von seinem großen Glück zu erzählen, mit dem Taxi die Straße hinauf zu seinem neuen Haus fuhr, sah er schon von Weitem, dass mehrere Autos vor dem Haus auf der sonst immer leeren Straße parkten. Die Haustür stand offen, und mehrere schwarz gekleidete Leute kamen heraus. Er erschrak. War etwas mit der Schwiegermutter geschehen?

Er hatte zwei Tage lang nicht zu Hause angerufen, obgleich er es versprochen hatte, zudem hatte sich die Rückfahrt um einen Tag verzögert, weil er noch eine Besprechung mit der Werbeagentur hatte. Am gestrigen Abend hatte er dann versucht anzurufen, aber da war das Telefon dauernd besetzt. Er hatte vermutet, dass Marianne vielleicht den Hörer nicht aufgelegt hatte, um nicht gestört zu werden.

Auf den Stufen zum Haus traf er den Hausarzt, der ihm die Hand entgegenstreckte und ihm sein herzliches Beileid aussprach. „Kümmern Sie sich um Ihre Frau, sie braucht Sie jetzt dringend!"

Ferdinand stürmte ins große Wohnzimmer, wo Marianne völlig apathisch in einem der großen Sessel saß und durch das Fenster auf die Berge starrte. Tonlos sagte sie nur: „Du kommst jetzt erst?"

Er wollte sie umarmen, aber sie wandte sich ab und schien für niemand ansprechbar zu sein. Er wusste nicht, was er sagen sollte. Als er ihr die Hand streicheln wollte, zog sie ihre Hand weg.

Karola Fabricius, mit der sich Marianne in den letzten Wochen angefreundet hatte, kam aus der Küche und brachte ihr eine Tasse Tee. Sie hatte Medizin studiert und wie Marianne ihre Mutter bis zum Tod zu Hause gepflegt. Sie schob Ferdinand sanft aus dem Zimmer und sagte: „Lassen Sie sie jetzt am besten allein. Ich kann mir vorstellen, wie ihr zumute ist, ich kümmere mich um sie!"

Draußen erzählte ihm die Köchin, was geschehen war. Vor zwei Tagen, als er noch auf der Fahrt nach Luzern war, hatte Else einen Schlaganfall erlitten. Der Hausarzt war gekommen und hatte anordnen wollen, dass Else ins Krankenhaus nach Baden-Baden gebracht würde, aber Marianne hatte sich mit aller Kraft dagegen gewehrt. Im Krankenhaus war ihr Vater gestorben. Sie wollte die Pflege weiter übernehmen, und alles Zureden, auch von Karola Fabricius, half nichts. Else war halbseitig gelähmt, konnte nicht mehr sprechen und war kaum noch in der Lage, Nahrung aufzunehmen.

Dann am nächsten Morgen geschah das Schreckliche. Marianne versuchte, ihre Mutter zu füttern, Else verschluckte sich und erstickte vor den Augen ihrer Tochter.

Für Marianne war die Welt zusammengebrochen. Nach dem Tod der Großmutter und dem Umzug in das neue Haus hatte sie sich eine schöne Zukunft, zusammen mit ihrer Mutter, mir ihrem Kind und ihrem Mann versprochen, ohne die Einmischung der Großmutter.

Aber kaum zwei Jahre nach dem Tod von Johanna war ihre Mutter erkrankt. Sie haderte mit Gott, der so grausam war und die Mutter in ihren letzten zwei Lebensjahren so fürchterlich gequält hatte. War das ein gerechter Gott? Johanna war umgefallen und gestorben, andere Menschen waren auch sanft verstorben. Aber ihre Mutter, die so gut, so tolerant und hilfsbereit gegen andere war, war elendiglich umgekommen. Sie hatte zwei Jahre lang um ihr Leben ringen müssen, war das gerecht? Die letzten zwei Jahre waren eine große Prüfung für sie gewesen. War das gerecht? Die Pflege war alles andere als einfach gewesen. Drei- oder viermal am Tag musste sie die Bettwäsche wechseln. Die Mutter, die sonst so freundlich gewesen war, stellte in den letzten zwei Jahren ungeheure Forderungen an sie. Jede Fütterung war eine Qual gewesen, und doch hatte sie sich immer gesagt: Deine Mutter hat für dich gesorgt, jetzt musst du es ihr so schön machen wie es nur geht, auch wenn es schwierig ist. Und nun war sie schuld an dem grausamen Tod ihrer Mutter.

Hatte sie sich denn genug um ihr Kind und um ihren Mann gekümmert? Hatte sie nicht die Karriere ihres Mannes beim Militär verdorben? Hatte sie ihn nicht genug gestärkt, dass er in der Firma an die Spitze hätte kommen können? Aber für die Spitze in der Firma kam in ihren Augen nur einer in Frage, und das war Archibald. Das hatte ihr Vater so gewollt, und das hatte sie zu respektieren.

Was sollte das Leben jetzt noch für sie bringen? Die Mutter war tot, und das konnte sie noch nicht fassen. Ferdinand war ihr in gewisser Weise immer noch fremd. Alles was um sie herum geschah, nahm sie nur in Trance wahr. Am Abend, als sie zu Bett ging, versuchte Ferdinand noch einmal, sie zu umarmen, aber sie gab ihm zu verstehen, dass sie in Ruhe gelassen werden wollte.

Ferdinand verstand zwar, dass sie den Tod ihrer Mutter nicht so leicht überwinden konnte. Er verstand auch, dass sie böse war, weil er sie nicht angerufen hatte, aber das Leben ging doch weiter! Sie hatte sich mit Vehemenz dagegen gewehrt, dass er wieder zurück zum Militär ging. Nun musste sie auch dafür Verständnis haben, dass er sich etwas Neues aufbaute.

Die Beerdigung war beinahe so groß wie die von Johanna. Es war eine schlichte Trauerfeier in der Kirche, vor allem mit Texten aus dem Alten Testament, in denen viel von Gerechtigkeit gesprochen wurde, so wie sich Else das gewünscht hatte. Am Sarg wurden keine Reden gehalten, es gab auch keinen großen Leichenschmaus und auch hinterher keinen Empfang bei Marianne und Ferdinand.

Marianne hatte sich alle Beileidsbekundungen verbeten. Sie stand zwar eisern am Grab und nahm den Händedruck von zahlreichen Menschen wie abwesend entgegen, aber sprechen wollte sie über den Tod der Mutter nicht. Auch nach der Beerdigung sprach sie mit Ferdinand kaum ein Wort.

Am Tag nach der Beerdigung kam ein dringender Anruf von Herrn Schwindling, wann denn endlich die Antwort von Herrn von Seydlitz komme. Er habe jetzt zwei weitere interessante Angebote. Herr von Seydlitz sei ihm zwar lieb, er habe ihm zugesichert, ihn zu bevorzugen, aber er könne nicht warten, denn die anderen Interessenten wollten eine Antwort.

Ferdinand erklärte ihm, dass seine Schwiegermutter plötzlich gestorben sei, dass er noch gar keine Gelegenheit gehabt habe, mit seiner Frau darüber zu sprechen.

Das ließ Schwindling nicht gelten und erwiderte sehr kurz: „Schwiegermutter hin, Schwiegermutter her, es geht um Ihr Leben! Vielleicht können Sie jetzt ja leichter disponieren, wenn Sie die alte Dame nicht mehr fragen müssen! Sie müssen innerhalb einer Woche herkommen und unterschreiben, sonst ist die Chance ein für alle Mal vertan!"

Ferdinand versprach, in zwei Tagen wieder nach Luzern zu kommen, um den Vertrag zu unterschreiben.

Bisher hatte er noch nichts zu Marianne gesagt. Als er zu ihr ging, um ihr seine Pläne mitzuteilen, saß sie wieder teilnahmslos auf ihrem Sessel und starrte aus dem Fenster. Sie murmelte nur immer wieder vor sich hin, wie ungerecht Gott doch sei.

Ferdinand fasste sich ein Herz: „Ich möchte gerne mit dir sprechen – kannst du mir zuhören? Wie du gewünscht hast, habe ich eine Möglichkeit gefunden, mich selbständig zu machen, aber das geht nur, wenn ich das Geld, das ich dazu benötige, von dir bekomme."

Marianne nickte nur, sagte dann mit leiser Stimme: „Gut, gut. Wann brauchst du das Geld? Sollen wir gleich zum Notar gehen? Ich möchte das so schnell wie möglich erledigen. Dann lass mich bitte mit dem ganzen geschäftlichen Kram in Ruhe, ich muss an meine Mutter denken!"

Ferdinand machte für den nächsten Tag einen Termin beim Notar aus, und Marianne, die sonst immer großen Wert darauf gelegt hatte, ihr Geld selber zu verwalten, stellte ihm eine Generalvollmacht aus.

Als Ferdinand zum zweiten Mal nach Luzern kam, holte ihn Schwindling nicht mehr mit dem Rolls-Royce vom Bahnhof ab, sondern er musste sich ein Taxi nehmen. Das Büro war im dritten Stock eines älteren Bürgerhauses, sah im Übrigen auch nicht so elegant aus, wie er sich das vorgestellt hatte. Die Treppe war ausgetreten, der Aufzug war ein uraltes Schindler-Modell, in dem mit Ach und Krach drei Personen Platz hatten, und bewegte sich sehr langsam und ruckelnd nach oben. Die Bürotüren waren zerkratzt, und als er in das Büro eintrat, machte das Wartezimmer, in das er geführt wurde, einen recht schäbigen Eindruck. Die Zeitungen, die auf dem Tisch lagen, waren alte Nummern der Neuen Zürcher Zeitung, und der Aschenbecher, der daneben stand, war seit längerer Zeit nicht mehr geleert worden.

Nach kurzer Zeit öffnete sich die Tür mit der Milchglasscheibe und Schwindling, so mondän und elegant gekleidet wie beim letzten Mal, kam heraus, um ihn in sein Zimmer zu führen, das hinter einer dicken Polstertür lag.

Das Büro war wohl die Kanzlei eines Anwalts gewesen, Ferdinand sah nur mehrere leere Schreibtische, und an den Wänden standen ringsum alte, dunkle Regale, die fast alle leer waren. An einem der Tische saß ein junger Mann, wohl ein Lehrling, der auf einer alten Schreibmaschine mühsam mit zwei Fingern irgendetwas tippte. Schwindling führte Ferdinand rasch in das angrenzende Chefzimmer, das etwas besser eingerichtet war, aber auch nicht sehr elegant wirkte. Auf einer Konsole standen mehrere Aerco-Geräte, und an der Wand hingen Urkunden mit Modellen von irgendwelchen Ausstellungen. Eine dicke, ältere Frau von etwa 50 Jahren stellte Schwindling als seine Gattin vor, die Ferdinand überschwänglich begrüßte und ununterbrochen auf ihn einredete und ihn nach tausend Dingen fragte. Aber ehe Ferdinand antworten konnte, kam schon die nächste Frage. Schwindling wurde schon recht unruhig, denn er wollte endlich zur Sache kommen. Ferdinand hatte das Gefühl, dass er ihn schnell wieder loswerden wollte. Er sah auf seine Rolex-Uhr, die er demonstrativ sehen ließ, und meinte, dass er heute am Nachmittag leider keine Zeit mehr habe. Er habe Ferdinand eigentlich um den Vierwaldstätter See herumfahren wollen, um ihm etwas von der wunderschönen Landschaft zu zeigen, aber er habe leider eine dringende Verabredung, von der er gestern noch nichts gewusst habe.

Schwindling legte die Vertragstexte vor. Johannes Fabricius hatte Ferdinand geraten, nicht in allen Punkten gleich nachzugeben, vor allem sollte er das Zahlungsziel hinausschieben, es sei nicht üblich, bei Vertragsabschluss gleich die Gesamtsumme zu bezahlen.

So machte Ferdinand Einwände, dass er nicht gleich die ganze Summe auf den Tisch legen könne, auch werde es eine Zeit dauern, bis er die Bürgschaft beibringen könne. Es ließe sich darüber reden, zehn Prozent der Summe als Anzahlung sofort zu bezahlen, den Rest könne er in Raten im Laufe eines Jahres beibringen.

Aber Schwindling riss die Augen auf, holte tief Luft und fuhr ihn an: „Wollen Sie etwa nicht zu Ihrem Wort stehen? Von einem deutschen Offizier habe ich etwas anderes erwartet!“

Ferdinand versuchte ihm zu erklären, dass er keineswegs sein Wort gegeben hatte. „Na ja, bei meinem letzten Besuch ging alles so schnell. Vielleicht sind Sie mit 30 Prozent Anzahlung zufrieden. Der Rest folgt innerhalb eines halben Jahres?“

Schwindling antwortete: „Nein, das geht absolut nicht! Ich habe auch noch einen anderen Interessenten, der macht kein solches Theater! Aber ich will Ihnen ja entgegenkommen: Sie zahlen 30 Prozent sofort und bringen mir umgehend eine Bürgschaft über die ganze Summe bei.“

Ferdinand war das recht, eine Bürgschaft, die würde er schon von der Bank bekommen, er könnte ja die Aktien, die Marianne gehörten, verpfänden, ohne seine Frau zu beunruhigen. Die Vollmacht hatte er ja.

Also unterschrieb er den Vertrag. Dass Schwindling, der schon ins Schwitzen gekommen war, erleichtert aufatmete, bemerkte er nicht.

Jetzt hatte Ferdinand noch genügend Zeit, um nach Zürich zur Werbeagentur zu fahren. Das Büro lag in einem alten, nach dem Krieg renovierten Haus in der Bahnhofstraße, der Eingang war mit Marmor gefliest. Im Wartezimmer stand auf dem Fenstersims vor einem Spiegel eine moderne Plastik. Er nahm in einem tiefen Ledersessel Platz. Auf dem Tisch lagen die neuesten Ausgaben von mehreren Tageszeitungen. Ferdinand konnte kaum die Überschriften lesen, da kam schon der Chef mit seiner Assistentin und bedauerte sehr, dass er sich nicht angemeldet habe, sie hätten ihm sonst eine Präsentation mit mehreren Entwürfen aufgebaut, dann hätten sie in Ruhe alle Fragen mit ihm durchsprechen können. Jetzt hätten sie leider nicht so viel Zeit, aber bis sechs Uhr könnten sie sicher einiges erledigen.

Ferdinand hatte gar nicht mit so einer langen Zeit gerechnet, er wollte spätestens den Zug um fünf Uhr erreichen, um noch vor 11 Uhr abends zu Hause zu sein. Als erstes kam die Frage, was er sich als Werbeetat denn vorgestellt habe. Ferdinand wollte nicht kleinlich sein und sagte: „Na, fürs erste so etwa 30.000 bis 40.000 DM!"

Die Antwort war: „Aber Herr von Seydlitz, für diese Summe können Sie Ihr Geld gleich aus dem Fenster werfen. Für solch einen Artikel muss man nicht kleckern, sondern klotzen, wie wir vom Fach sagen. Das Produkt ist doch völlig unbekannt, wir müssen das Bedürfnis dafür erst wecken! Da müssen wir trommeln und wieder trommeln – immer eine ganze Seite in den größten Tages- und Wochenzeitungen! Aber wenn Sie klein anfangen wollen, dann eben nur eine Drittelseite, dafür aber häufiger. Zweimal, vielleicht auch dreimal in der Woche, das könnte für den Anfang genügen, das heißt etwa sechs Monate lang. Der Name „Aerco" muss jedem Verbraucher erst einmal eingehämmert werden, so dass ihn auch jedes kleine Kind kennt. Von einer Summe von einer Million Mark müssen Sie schon ausgehen, Herr von Seydlitz! Weniger zu machen ist hinausgeworfenes Geld."

Er denke erst einmal an einen Abschluss für ein Vierteljahr, möglicherweise auch für ein halbes Jahr mit der Frankfurter Allgemeinen Zeitung, der Süddeutschen Zeitung, der Welt, jeweils zweimal wöchentlich, und dann noch in den Illustrierten wie Stern, Quick und Bunte, vielleicht auch im Spiegel. Allerdings gehe da nichts ohne Vorauszahlung, es sei denn, er bringe eine Bankbürgschaft bei. Im ersten Vierteljahr würde noch nicht viel bleiben, aber nachher könne er doch mit einer Erfolgsquote von zwei bis drei, vielleicht sogar mit vier Promille rechnen, und bei einer Gesamtauflage dieser genannten Blätter in Höhe von fünf bis sechs Millionen Exemplaren komme er schon zu einem beachtlichen Erfolg. Für sie brauche er nichts aufzuwenden, sie würden ihr Geld schon aus dem Etat holen.

Ferdinand, dem es ganz anders geworden war, als er diese Summen hörte, wurde klar, dass es hier nicht mehr nur um die Beschaffung von Geld durch die Verpfändung der Aktien ging, sondern dass auch andere Wertpapiere verkauft werden mussten. Bei der Testamentseröffnung von Else Weiler war er erstaunt, was seine Schwiegermutter an Vermögen hinterlassen hatte. Damit hatte er gar nicht gerechnet. Es waren Wälder, Grundstücke und Aktien in Millionenhöhe von den verschiedenen Textilfabriken, die Else im Gegensatz zu ihren Geschwistern durch die Wirtschaftskrise der dreißiger Jahre gerettet hatte. Ihm kam kurz der Gedanke, dass er eigentlich seine Frau hätte fragen müssen, aber die war jetzt ja doch nicht ansprechbar. Ihm wäre peinlich gewesen, jetzt wieder einen Rückzieher zu machen. Also unterschrieb er auch hier den Vertrag, zumal ja niemand eine Anzahlung verlangt hatte.

Im Jahr 1955 und auch in den nächsten beiden Jahren sollte sich Archibald vor allem um das Werk Fürnitz kümmern. Im österreichischen Staatsvertrag zwischen der Sowjetunion, USA, Großbritannien und Frankreich einerseits und Österreich andererseits gab es einen Paragraph, der über das deutsche Eigentum entschied. Ursprünglich hatten die Alliierten auch darüber verfügen wollen, aber jetzt übereignete man es dem österreichischen Staat, und die Gesetze sahen vor, dass das Eigentum von privaten, natürlichen Personen zurückgegeben werden könnte, das Eigentum von juristischen Personen beim österreichischen Staat zu verbleiben habe. Die großen Betriebe der Montanindustrie wurden in Staatsbetriebe, die man schon vorher gegründet hatte, eingebracht. Die kleineren Betriebe wollte der österreichische Staat an Interessenten verkaufen.

Die Anteile von Leberecht und Marianne als Erbin von Else konnten zwar zurückgegeben werden, und sowohl Else als auch Leberecht – letzterer allerdings erst nach einigem Zögern – hatten sich bereit erklärt, ihre Anteile wieder an die AG zurückzuübertragen, wenn das gesetzlich möglich sei, aber den Anteil der Aktiengesellschaft musste man zurückkaufen. Besonders unangenehm war, dass auch Adolf Haber nochmals versuchte, den Betrieb zu erwerben, und seine politischen Freunde einschaltete. Durch seine Intervention wurde das Unternehmen, das nur unter öffentlicher Aufsicht stand, wieder unter öffentliche Verwaltung gestellt.

Leberecht, Archibald und Joseph Haflinger fuhren nach Wien, um die Verhältnisse zu regeln. Aber das ging nicht so einfach. Sie sprachen beim Finanzministerium vor, sie verhandelten mit dem Landeshauptmann in Kärnten, mit den politischen Parteien und vor allem mit dem neuen öffentlichen Verwalter. Sie mussten viel Geld aufwenden, Geschenke machen, dem öffentlichen Verwalter seine Hochzeitsreise bezahlen, und vor allem brauchten sie auch noch die Zustimmung des Betriebsrates, der dazu nur bereit war, wenn der Stand von 300 Beschäftigten gehalten wurde. Fast jeden Monat kam wieder ein neues Angebot von Haber, das das von Weiler & Busch übertraf.

Wenn in Fürnitz 300 Leute beschäftigt werden sollten, musste sich dort aber auch etwas drehen. Das bedeutete nicht nur, dass man den Umsatz in etwa verdreifachen musste, und das war dort – ohne dass neue Produkte gefertigt wurden – nicht möglich. Archibald hatte einige Pläne zur Errichtung eines Spanplattenwerkes und einer Kartonfabrik, die Vergrößerung und Modernisierung des Sägewerks, die Erweiterung des Exports nach dem Nahen Osten. Es wurden viele Verbindungen zur Arabischen Halbinsel und zum Iran aufgenommen, und letztlich auch für neue große Aufträge gesorgt. Aber das alles erforderte zusätzliches Kapital, das nur die Firma Weiler & Busch stellen konnte, und auch die musste sich das Geld bei den Banken pumpen. Der Aufsichtsrat war misstrauisch und verlangte ständig, über die neuen Projekte bis ins Kleinste unterrichtet zu werden.

Plötzlich verstarb Adolf Haber, und Archibald versuchte, sich mit dessen Sohn Thomas zu einigen. Archibald besuchte ihn auf seinem Schloss in Niederösterreich, und sie verbrachten einen Abend an einem Lagerfeuer mit Grill und bengalischer Beleuchtung, aber ein vernünftiges Wort über das Geschäft konnte man nicht sprechen. Archibald schlug vor, die Fehde in Fürnitz zwischen den beiden Familien zu begraben. Thomas könnte in den Aufsichtsrat oder besser noch gleich in den Vorstand eintreten. Wozu so viel Energie verschwenden?

Archibald schlug vor, nicht das ganze Geld dem österreichischen Staat in den Rachen zu werfen, sondern wenn er etwas tun wolle, dann sollte er neues Kapital zuschießen. Aber Thomas war unentschlossen. Wenige Tage nach dem Gespräch teilte er Archibald mit, das Risiko sei ihm einfach zu groß. Wahrscheinlich wäre es besser, wenn er nur sein Gut verwalte, das reiche ihm auch aus.

Als Leberecht und Archibald in München im Hotel Vier Jahreszeiten saßen, um über ein neues Betonschwellenwerk zu verhandeln, platzte plötzlich Gerhard Messner in die Sitzung hinein und sagte nur: „Joseph Haflinger ist pleite!“

Leberecht und Archibald waren wie vom Donner gerührt. Messner förderte zutage, dass Haflinger wohl schon seit längerer Zeit geblufft hatte. Bereits vor zwei Jahren, nach Beendigung der Koreakrise, war vieles schief gelaufen. Es waren große Verluste bei ihm aufgetreten, und jetzt hatten die Kompagnons von Haflinger & Co. ihn fallen lassen, nachdem der österreichische Staatsvertrag abgeschlossen worden war. Bis dahin hatten die überwiegend in Ostösterreich lebenden Metallindustriellen die Salzburger Firma von Haflinger gestützt als eine Ausweichmöglichkeit für den Fall, dass die Sowjets zum Zug gekommen wären. Jetzt aber waren diese Gefahren vorbei, und zudem hatten sie Verdacht geschöpft, dass Haflinger sie betrog. Die Vorwürfe stellten sich zwar später als haltlos heraus, aber zunächst hatten sie den Anschuldigungen geglaubt. Sie störten sich an seinen hohen Spesen, und auch der flotte Lebensstandard, den er sich leistete, gab zu Misstrauen Anlass.

Dann folgte noch die Hiobsbotschaft, dass Messner, ohne Leberecht oder Archibald etwas zu sagen, schon seit drei Jahren Wechsel von Haflinger & Co akzeptiert hatte, die Haflinger jedes Mal vor dem Fälligkeitstermin eingelöst hatte, wie umgekehrt auch Messner von Weiler & Busch in Fürnitz Wechsel akzeptiert hatte, wovon weder die AG noch Leberecht oder Archibald privat unterrichtet worden waren.

Beide Weilers empfanden das als ungeheuren Vertrauensbruch. Sie sahen mit Schrecken, welche Verpflichtungen jetzt auf die AG zukamen. Es waren mehrere Millionen Schilling oder mehrere hunderttausend Mark, und diese Summe ließ sich auch nicht vor dem Aufsichtsrat und den anderen Vorstandsmitgliedern verheimlichen. Wie standen sie nun da, die sich immer für Haflinger eingesetzt hatten, gegen den der Aufsichtsratsvorsitzende Dr. Seidel eine tiefe Abneigung gezeigt hatte, weil er gegen Schrotthändler ein großes Misstrauen hegte.

Weiler & Busch mussten geradestehen und die Verluste zunächst ausgleichen. Haflinger, der in der Zwischenzeit als zweites Bein die lukrative Vertretung eines britischen Maschinenbaukonzerns angenommen hatte, konnte allerdings den Schaden innerhalb von zwei Jahren wieder gutmachen. Er traf sich später auch wieder mit Archibald, aber Archibald hatte einen guten Freund verloren, das gute Verhältnis ließ sich nicht wieder herstellen. Zudem hatten Archibald und Leberecht einen großen Prestigeverlust erlitten gegenüber dem Aufsichtsrat, vor allem gegenüber den Vertretern der Banken, die jetzt fast alles, was vom Vorstand vorgebracht wurde, in Zweifel zogen.

Archibald war klar, dass er mit diesem Aufsichtsrat auf die Dauer nicht arbeiten konnte. Die Mitglieder waren zwar von der Familie gewählt worden, aber früher bestand die Familie eigentlich nur aus Johanna, Else und Leberecht. Die Vertreter der Banken im Aufsichtsrat hatten als Geldgeber eine immer größere Macht, und ohne ihre Zustimmung ging nichts mehr.

Für Archibald war klar, dass er sich nach neuen Bankverbindungen umsehen musste, aber ohne Weiteres war das auch nicht möglich. Die wirtschaftliche Situation der Firma war alles andere als rosig. Es wurde jetzt zwar wieder mit schwarzen Zahlen gearbeitet und auch eine bescheidene Dividende erwirtschaftet, nach Meinung der Aktionäre aber viel zu wenig. Nicht alle Werke trugen zu einem positiven Ergebnis bei.

Das Werk Gernsbach war jetzt durch die Aufnahme der Betonschwellenfabrikation saniert, es war allerdings abhängig von der Deutschen Bundesbahn, und die Bundesbahn hatte Finanzierungsprobleme. Im Jahr 1956 teilte die Bundesbahn kurzfristig mit, dass sie kein Geld habe, um ihre Rechnungen zu bezahlen. Die Lieferanten sollten gefälligst die Zahlung der Rechnungen um ein halbes Jahr stunden, was zwar mit Hilfe von Bankkrediten möglich war, für den Vorstand aber auch mit demütigenden Bittgängen zu den Instituten verbunden war.

Archibald hatte gehofft, dass der nicht vom Betonwerk belegte Teil des Sägewerks Gernsbach noch weiter betrieben werden könnte, um zumindest Holzschwellen für die Bundesbahn oder für Privatbahnen zu sägen. Aber der neue Leiter des Betonwerkes Hans Blummüller wollte auf seinem Werk keine andere Abteilung dulden, und Johannes Fabricius gab ihm dabei Recht. Dicke Gewinne konnte Archibald aus dieser Art Tätigkeit auch nicht versprechen.

Archibald drängte sehr bald darauf, in Gernsbach noch eine zweite Produktion auf dem Betonsektor aufzunehmen. Denn um weniger abhängig von der Bahn zu sein, wollte er andere Produkte fertigen. Er dachte dabei an die Herstellung von Betonmasten, aber hier hatte Blummüller seine Grenzen. Er war ein Bahnmann und kein Tiefbauer oder Betonwerker. Er versuchte zwar, die Fabrikation von Betonfertigteilen wie Brücken, Spannbetonträger oder auch von Rammpfählen aufzunehmen, aber das ging nicht ohne die Hilfe von Ingenieuren, die etwas davon verstanden. Blummüller sah die Risiken, die hier auf ihn zukamen, auch die Risiken für ihn persönlich, weil der tüchtige Diplomingenieur, den die Firma eingestellt hatte, einiges mehr wusste als er und er Gefahr lief, nicht in den Vorstand zu kommen, was ihm Dr. Seidel in Aussicht gestellt hatte.

Die deutsche Bahn setzte auf die Betonschwelle. Ursprünglich war geplant, den Bedarf von vier Millionen Schwellen im Jahr je zur Hälfte in Holz und Beton zu decken, aber die technische Leitung der Bahn war von der Qualität der Betonschwelle überzeugt. Von Jahr zu Jahr stiegen die Bezüge der Bahn an Betonschwellen und gingen die von Holzschwellen zurück. Das Werk Gernsbach von Weiler & Busch, das für eine Kapazität von 100.000 Betonschwellen in einer Schicht geplant war, produzierte nun in drei Schichten mehr als 330.000 bis 380.000 Schwellen im Jahr, und die süddeutschen Werke von Weiler & Busch warfen jetzt hohe Gewinne ab. Dr. Blummüller, der zum technischen Vorstand ernannt wurde, genoss hohes Ansehen beim Aufsichtsrat und bei den Banken, und auch Dembowski stieg in der Achtung, denn er betonte immer wieder, dass Weiler & Busch das Betonschwellenwerk nie hätte errichten können, wenn er nicht so gute Beziehungen zur Bundesbahn und zu seinem guten Freund, dem Präsidenten des Bundesbahn-Zentralamtes in Minden, Wilhelm Freitag, gehabt hätte, mit dem er zusammen in die Schule gegangen sei.

In Lübeck, dem größten Werk von Weiler & Busch, stagnierten zunächst die Umsätze und gingen dann zurück. Das Werk Lübeck war eine sogenannte Lohntränke der Bahn und imprägnierte besonders Kiefernschwellen, die schon vor und während des Krieges zum großen Teil aus Schweden, Finnland und Norwegen kamen. Nachdem aber die Verbindung zu Ostdeutschland abgeschnitten war, kam das Holz nur noch aus Skandinavien. Es waren mehrere hunderttausend Stück Schwellen, die Leberecht in den skandinavischen Ländern einkaufte und die dann an die Bahn verkauft und in der Lohntränke in Lübeck imprägniert wurden.

Nun nahm die Bahn von heute auf morgen keine Kiefernschwellen mehr ab. Außer Beton- wollte die Bahn nur noch Eichen- und Buchenschwellen, und das in verringerter Stückzahl.

Zunächst nahmen Leberecht und Dembowski das noch nicht wahr. Sie hatten noch alte Aufträge, es gab die Privatbahnen, aber als im Jahr 1956 der Umsatz plötzlich um ein Drittel zurückging und im folgenden Jahr auch die Post und die Elektrizitätswerke weniger Masten bestellten – der Nachholbedarf aus der Kriegs- und Nachkriegszeit war hier zurückgegangen –, geriet das Werk Lübeck in die Verlustzone.

Johannes Fabricius kam geradezu triumphierend zu Archibald und verkündete, Schlutup habe im vergangenen Jahr einen Verlust von 300.000 DM gemacht. Archibald fand das zunächst gar nicht so lustig, aber in den sechs Jahren, die Johannes und Archibald das Unternehmen in Süddeutschland leiteten, hatten sie sich schon manches Mal gewaltig darüber geärgert, wenn Dembowski sie immer wieder auf die negativen Ergebnisse in der Gernsbacher Bilanz hinwies und Leberecht ihm – zum Ärger von Archibald – noch recht gab.

Aber jetzt waren Archibald und Johannes auch Vorstände des gesamten Unternehmens. Sie fuhren zunächst einmal nach Lübeck, um die Situation durchzusprechen und zu überlegen, was zu ändern sei. Dass die beiden jungen Leute aus Süddeutschland sozusagen Rechenschaft von ihnen verlangten, das schmeckte den beiden Alten überhaupt nicht.

Leberecht meckerte, dass die Buchhaltung vollkommen falsche Zahlen herausbringe. Dembowski stellte fest, dass Leberecht viel zu viel eingekauft habe.

Leberecht brauste auf: „Meinen Sie, ich fahre nach Schweden und kaufe nur 50.000 oder 100.000 Schwellen ein? Da käme ich mir ja komisch vor! Man muss den Lieferanten entgegenkommen, es hat ja auch schon Zeiten gegeben, in denen ich ums Holz betteln musste! Wenn ich kein Holz einkaufe, können Sie ja auch nichts verkaufen! Man kann den Einkauf doch nicht einfach aufdrehen und abstellen wie einen Wasserhahn! Ich muss mich ja schon im Herbst entscheiden für Ware, die erst im Frühjahr oder Sommer geliefert werden kann. Im Winter kann man ja kein Holz bekommen, da ist die Schifffahrt völlig zu."

Archibald schlug vor, ein neues Sägewerk für Buchen- und Eichenschwellen zu bauen. Aber da widersprachen Leberecht und Dembowski aufs Lebhafteste: „Ja, Mölln, das läuft noch sehr gut", sagte Leberecht, „aber man findet heute überhaupt keine Leute mehr, die noch mit Kreissägen arbeiten können."

Dembowski gab zu bedenken: „Ein Sägewerk kann überhaupt nur dann existieren, wenn man auch das andere Rundholz mit abnimmt, aber das will ja keiner haben!"

Archibald widersprach: „Ich hab mich erkundigt und auch Marktstudien betrieben. Man kann sehr gut Eichen- und Buchenschnittholz nach Schweden, Norwegen, Dänemark und Finnland exportieren! Die Möbelindustrie dort braucht das Holz. Man kann in einem Sägewerk mit einer entsprechend großen Bandsäge auch noch Tropenholz aufsägen, das man über den Hamburger Hafen beziehen kann."

Aber da war Johannes dagegen: „Nein, das erfordert wieder eine große Investition, und am Sägen hat doch keiner Interesse!" Dembowski: „Von dem Geschäft verstehen wir nichts, da lassen wir lieber die Finger davon!"

Aber Archibald wollte das schon hinkriegen. „Über die Investitionssumme müssen wir halt mit den Maschinenfabriken sprechen! Außerdem muss das Werk hier dringend rationalisiert werden. In den Werken von Konkurrenten, die ich besichtigt habe, bestehen die Imprägnierkolonnen aus nur zwei Arbeitern. Die Schwellen werden mit dem Gabelstapler von den Lagerplätzen geholt und später dort wieder aufgesetzt. Wenn die Tränkwagen in den Kessel gefahren werden, dann sind nicht wie hier in Schlutup acht oder zehn Leute damit beschäftigt, sondern eben nur zwei, der Gabelstapler oder ein Traktor schiebt die Wagen, so machen wir es auch in Kehl. Ich war ja entsetzt, als ich die Verladekolonnen für die Masten, bestehend aus sechs Mann, sah. Wozu haben wir denn den teuren Kran angeschafft! Früher wurden die Waggons von Hand mit sechs oder acht Leuten beladen, und das hat nicht länger als eine halbe Stunde gedauert."

Dembowski wurde jetzt wütend: „Sechs Mann brauchen wir!" Er ließ den Werkmeister und den Betriebsratsvorsitzenden kommen. Der Werkmeister erläuterte: „Man braucht einen Mann für die Kranbedienung, einen zum Wahrschauen, dass man mit dem Kran niemand totfährt, zwei Leute, die die Schlingen um die Ware legen, und dann noch mal zwei Leute, die auf dem Waggon stehen und die Schlingen wieder lösen."

Archibald fragte Dembowski: „Sie haben jetzt genauso hohe Arbeitskosten wie früher. Wozu hat man denn den Kran angeschafft? Sie arbeiten überhaupt sehr umständlich. In Kehl, wo jetzt beinahe so viel imprägniert wird wie hier in Schlutup, haben wir nur 30 Leute, im Werk Schlutup dagegen sind es immer noch 150."

Der Betriebsratsvorsitzende entgegnete: „Ja, aber da wir jetzt einen Kran haben, brauchen wir uns nicht mehr so abzuschinden wie früher!"

Ziemlich gereizt gingen der Betriebsrat und der Werkmeister aus dem Raum, und Leberecht war über seinen Sohn verärgert, der alles besser wissen wollte.

Dann meldete sich Johannes zu Wort: „Wir müssen etwas ganz anderes machen. Wir bauen in Lübeck auch ein Betonschwellenwerk. Herr Dembowski, Sie haben doch so gute Beziehungen zur Bahn. Sorgen Sie dafür, dass wir auch für Lübeck so ein Werk bekommen!"

Leberecht und Archibald stimmten ihm zu, denn Dembowski hatte immer wieder davon erzählt, welche hervorragenden Beziehungen er zur Bundesbahn habe, vor allem zum Abteilungspräsidenten Wilhelm Freitag, seinem alten Schulkameraden aus Hindenburg in Oberschlesien.

Als jetzt alle auf Dembowski einstürmten, er sei doch der große Schwellenverkäufer und er habe doch die guten Beziehungen, fühlte er sich geschmeichelt. Ganz einfach sei das aber nicht, meinte er, aber er wolle bei der nächsten Gelegenheit, die sich biete, nach Minden zum Bundesbahnzentralamt fahren. Ihm war plötzlich klar, dass er den Mund etwas zu voll genommen und sich wichtig gemacht hatte.

Karl Dembowski saß im D-Zug zwischen Hamburg und Hannover und lauschte auf die Fahrgeräusche des Zuges. Immer dann, wenn der Zug auf Betonschwellen fuhr, war nur ein gleichmäßiges Summen zu hören, denn die Gleise waren hier durchgeschweißt, im Gegensatz zu den Strecken, auf denen Holzschwellen verlegt waren und das typische Rattern der Züge zu hören war. Die Betonschwellen, so dachte er, waren doch eine gute Erfindung, und ihnen war es zu verdanken, dass die Wende zum Besseren in der Firma eingetreten war. Aber hätte er seine Freundschaft mit Freitag so herauskehren müssen? Seine Frau hatte immer schon gesagt: „Karl, gibt nicht so an, du übertreibst wieder mal!"

Im Grunde genommen war es ja nur Glück oder ein Zufall gewesen, dass Weiler & Busch die Zulassung als Betonschwellenlieferant bekommen hatte. Das hatte nichts mit seiner Freundschaft mit Freitag zu tun, der daran überhaupt keinen Anteil gehabt hatte, sondern es war Freitags Vorgänger, der einfach den Vorsitzenden und den stellvertretenden Vorsitzenden des Verbandes der Holzschwellenindustrie mit dem Auftrag bedacht hatte, um der Kritik dieses Industriezweiges den Wind aus den Segeln zu nehmen.

Dass Freitag ein Klassenkamerad von ihm war, hatte er jahrelang vergessen gehabt. In der Schule in Zabrze, einer oberschlesischen Großstadt, das nach der Niederschlagung des polnischen Aufstandes in Hindenburg umgetauft worden war, hatte er so gut wie keine Verbindung mit seinem Mitschüler Wilhelm Freitag gehabt. Freitag war der Sohn eines preußischen Oberregierungsrates und stammte aus alter preußischer Beamtenfamilie, während er der Sohn eines Volksschullehrers war. Seine Großeltern hatten noch polnisch gesprochen. Das war keine Basis, um sich mit Wilhelm Freitag anzufreunden, der ihn als Polen immer etwas hochnäsig von oben herab betrachtet hatte. In einem Jahr saßen sie zwar nebeneinander auf der Schulbank, aber Karl hatte es überhaupt nicht gefallen, dass Wilhelm bei den Klassenarbeiten immer von ihm abschreiben wollte und hatte die Hand vor das Heft gehalten, was Wilhelm ihm übel genommen hatte.

Bei einem Besuch im Bundesbahnzentralamt in Minden vor einigen Jahren war er mit Wilhelm Freitag zusammengetroffen und hatte ihn vorsichtig gefragt: „Sagen Sie, Herr Bundesbahndirektor, stammen Sie aus Hindenburg?" Als der bejahte, fragte Dembowski weiter: „Bist du nicht Wilhelm, wir waren doch zusammen in der Klasse?" Freitag überlegte etwas und sagte: „Ja, ich war in der Klasse, aber ich kann mich im Augenblick gar nicht an Sie erinnern!"

Als Dembowski das kalte Gebäude des ehemaligen preußischen Regierungspräsidiums mit seinen hohen Räumen betrat, musste er zunächst im Wartezimmer ziemlich lange warten, bis ihn der Portier in Eisenbahneruniform drei Stockwerke nach oben geleitete, ins Vorzimmer von Wilhelm Freitag. Auch hier musste Dembowski eine Viertelstunde warten, bis Freitag erschien und sich damit entschuldigte, dass eine wichtige Sitzung wesentlich länger gedauert habe als geplant.

Karl schüttelte ihm die Hand und fragte: „Na, wie geht es deiner Frau?"

Worauf Wilhelm kühl meinte: „Hier im Amt bleiben wir beim ‚Sie'. Sie haben mir große Unannehmlichkeiten bereitet, indem Sie sich mit der Freundschaft zu mir gebrüstet haben! Ja, Sie sagten sogar, ich fresse Ihnen aus der Hand! Jetzt habe ich deswegen laufend Ärger mit meinen Vorgesetzten! Überall wird behauptet, ich hätte Geld von Weiler & Busch bekommen. Möglicherweise werde ich nicht mehr befördert oder, wenn das Zentralamt aufgelöst wird, in den einstweiligen Ruhestand versetzt oder vorzeitig pensioniert. Merken Sie sich: Wir sind nicht befreundet!"

Karl Dembowski wusste nicht, wie er bei dieser eisigen Stimmung sein Anliegen vorbringen sollte. Er stotterte eine Entschuldigung, dass er das nicht so gemeint habe, brachte dann aber doch direkt sein Anliegen vor: „Herr Präsident, ist es nicht möglich, dass wir auch in Schlutup ein Betonschwellenwerk errichten können? Die Bahn lässt bei uns kaum noch Schwellen imprägnieren. Wir haben jetzt doch Erfahrung gesammelt!"

Darauf meinte Freitag ärgerlich: „Wo denken Sie hin! Sie haben im Werk Gernsbach bereits einen Anteil von 15 Prozent der Betonschwellenlieferungen an die Bahn auf sich vereinigt! Die Baufirma, die die Betonschwelle erfunden hat, musste Ihretwegen ihre Lieferungen einschränken. Aufgrund Ihrer Behauptungen beschuldigen mich Holzschwellenlieferanten, ich würde Sie bevorzugen. Wir haben in Hamburg bereits ein Betonschwellenwerk der Bahn, und das reicht für ganz Schleswig-Holstein und Niedersachsen aus. Seien Sie froh, dass man Ihnen die Aufträge für Gernsbach nicht kürzt! Aber jetzt entschuldigen Sie mich bitte, ich habe noch einen vollen Terminplan, der ist bereits etwas in Verzug geraten."

Karl Dembowski war auch aufgestanden und fragte: „Ich würde mich freuen, wenn ich Sie zum Essen einladen dürfte?"

Aber da wurde Freitag erst recht fuchsteufelswild. „Was denken Sie sich? Ich lasse mich doch von Ihnen nicht bestechen!"

Ehe Karl Dembowski noch etwas sagen konnte, hatte Wilhelm Freitag schon die Türe hinter sich geschlossen.

Wie sollte er diese Abfuhr Leberecht erklären? Wegen des raschen Abbruchs des Gesprächs musste er jetzt noch über eine Stunde auf dem Bahnsteig warten, bis er den nächsten Zug nach Hannover besteigen konnte. Als Dembowski ziemlich kleinlaut nach Lübeck zurückkam, war Leberecht gar nicht überrascht, er hatte eigentlich mit einer Absage gerechnet.

Die Umstellung der Produktion im Werk Schlutup wurde immer dringender. Leberecht und vor allem Dembowski reagierten immer gereizter auf die Forderungen von den Gernsbacher Kollegen, ganz besonders von Archibald, bald eine Entscheidung zu treffen. Auf dem Schwellensektor gab es jetzt große Ausschreibungen aus den Ländern, in denen das Eisenbahnnetz noch nicht so dicht war oder überhaupt neu geschaffen werden sollte. Es gab große Anfragen für Schwellen aus der Türkei und aus Saudi-Arabien und vor allem aus Iran. Aber die Lübecker kamen nie zum Zug, denn bei diesen Ausschreibungen konnte man sich nicht, wie Dembowski wollte, mit wenigen tausend Stück beteiligen, sondern man musste die ganze Menge anbieten, und dazu war das Werk Lübeck nicht eingerichtet. Kiefernschwellen wollte niemand mehr haben, und wenn doch, dann wurden sie schon imprägniert aus Skandinavien geliefert. Aber ein Buchensägewerk wollten Leberecht und Dembowski nicht bauen.

Endlich entschlossen sich Leberecht und Archibald zu einer Reise nach Skandinavien, um Partner zu suchen, die sich an einem größeren industriellen Vorhaben im Werk Schlutup beteiligen könnten. Leberecht glaubte, dass das mit seinen Beziehungen nicht allzu schwer sein werde. Die südschwedischen Waldbesitzer, die in Verbänden organisiert waren, hatten ihr Schwachholz als Grubenholz vor allem nach England exportiert und suchten neue Abnehmer.

In Lübeck hatte ein Unternehmer, hinter dem angeblich Erdölscheichs standen, auf dem früheren Travewerk der Gebrüder van Stolk eine Holzschälerei mit Namen Forindus errichtet, die Hunderttausende von Kubikmetern Papierholz aus Schweden und Finnland bezog. Dadurch wurden die Preise für Rundholz – zum Ärger von Weiler & Busch – vorübergehend ganz schön in die Höhe getrieben. Das eingehende Holz wurde auf dem Werksgelände mit kleinen Schälmaschinen geschält und dann mit Eisenbahnwaggons und Lkw weiter an die Papierfabriken in Kontinentaleuropa geliefert.

Leberecht verstand die Welt nicht mehr. Es gab doch keinerlei Kostenvorteile beim Schälen des Holzes mit kleinen Maschinen! Wenn man Holz in diesen Mengen entrinden wollte, dann nur mit modernen Trommelentrindern, wie sie nicht nur die skandinavischen Werke, sondern auch die meisten großen kontinentalen Papierfabriken eingeführt hatten. Diese Schälerei mit den gewöhnlichen Tellerputzmaschinen war etwas für kleine Papierfabriken mit wenigen tausend Tonnen Produktion.

Wie Leberecht vermutet hatte, musste die Firma Forindus innerhalb von zwei Jahren Konkurs anmelden. Seine Freunde unter den Lieferanten hatten Hunderttausende, wenn nicht Millionen Mark oder Kronen verloren. Die Stadt hatte für viel Geld das Gelände erschlossen. Verluste hatten die Schiffsmakler und Spediteure, die mit Forindus zusammengearbeitet hatten. Nur Leberechts Freund Ulli Brandel hatte als Anwalt alle Hände voll zu tun, denn Leberecht hatte ihn allen seinen schwedischen und finnischen Freunden als Interessenvertreter empfohlen.

Nun, meinte Leberecht, seien die Firmen sicher an einer solideren Absatzmöglichkeit interessiert, und er arbeitete mit Archibald zusammen einen Plan aus, wie man auf dem Gelände in Schlutup ein Spanplattenwerk errichten könnte.

Dembowski, der sich zunächst noch gegen ein Spanplattenwerk gewehrt hatte, erklärte nun, er könne sicher Finanzierungshilfe durch das Land beschaffen. Der Vater seiner Schwiegertochter sei Staatssekretär geworden, und der sei für Wirtschaftsförderung zuständig. Den Mann habe er in der Tasche, da könne man ziemlich sicher sein. Wenn Leberecht und Archibald von Schweden zurückkämen, wollten sie gleich in Kiel vorsprechen, er habe schon einen Termin festgelegt, bei einem Telefongespräch mit seinem Freund, dem Staatssekretär, habe er alle Hilfe zugesichert bekommen. Sie würden beim Land geradezu offene Türen einrennen.

In Schweden angekommen, wurden Leberecht und Archibald von den Geschäftsfreunden zwar bestens empfangen, sie begrüßten die Idee, sich in Lübeck an einem Spanplattenwerk zu beteiligen, aber in der Zwischenzeit hätten sich die Waldbesitzerverbände Südschwedens dazu entschlossen, sich zu einem großen Verband zusammenzuschließen und nicht nur Spanplattenwerke, sondern auch drei große Zellstofffabriken selber zu bauen, die zusammen eine Million Tonnen Zellstoff produzierten. Damit gebe es in Südschweden keinen Rundholzüberschuss mehr, sie würden alles selber verarbeiten. Außerdem hätten sie auch kein Kapital mehr, um sich in Deutschland zu beteiligen. Der Bau der neuen Zellstoffwerke würde Hunderte von Millionen, ja sogar mehr als eine Milliarde Schwedenkronen kosten.

Als Leberecht und Archibald von der Reise zurückkamen, stand eines fest: Die großen Rundholzmengen, mit denen Leberecht gerechnet hatte, waren nicht aus Schweden zu bekommen, genauso wenig wie eine finanzielle Unterstützung. Archibald meinte, das Werk müsse ja nicht so riesig groß sein, für 50.000 bis 60.000 Kubikmeter würde man das Holz sicher aus der Lüneburger Heide bekommen, möglicherweise gebe es auch Rundholz aus Polen. Man sollte doch noch einmal eruieren, welche Hilfe man vom Land bekommen könne. Letztlich lag Lübeck ja im Zonenrandgebiet, und da gab es auch einiges an Zuschüssen vom Bund. Also fuhren Leberecht und Dembowski nach Kiel.

Bei dem Staatssekretär war der Empfang nicht ganz so herzlich, wie Dembowski das vorausgesagt hatte. Sein Schwiegersohn, der Sohn des Staatssekretärs, wollte sich von Dembowskis Tochter Ingeborg scheiden lassen, er hatte sie mit einem Liebhaber erwischt. Aber letztlich meinte der Staatssekretär, er wolle seinen Freund Dembowski nicht spüren lassen, dass seine Tochter fremd gegangen sei, er könne Dienstliches und Privates strikt auseinanderhalten.

Die Stadt Lübeck habe ihn gedrängt, einen neuen Investor für das Gelände der Forindus zu finden, und da habe sich das Land Niedersachsen gemeldet, das auf dem Gelände ein großes Spanplattenwerk bauen wolle. Dieses Triangelwerk würde allein 300.000 Kubikmeter Rundholz verarbeiten. Das Werk habe direkten Hafenanschluss, man könne dann auch Spanplatten nach England exportieren.

Für ein Spanplattenwerk in Schlutup sei die Chance verpasst, denn der Ministerpräsident von Schleswig-Holstein habe sich mit seinem Kollegen aus Niedersachsen bereits geeinigt, da könne er als Staatssekretär auch nichts mehr ändern.

Weiler & Busch solle sich doch irgendein anderes Projekt suchen, es gebe ja immer noch Förderungen für das Zonenrandgebiet. „Bauen Sie irgendeine Weiterverarbeitung! Aber allzu viel Hoffnung kann ich Ihnen nicht machen, letztlich sind die Mittel Schleswig-Holsteins, des Armenhauses der Bundesrepublik, doch beschränkt."

Jeden Tag zwischen Büroschluss und Abendessen traf sich Archibald mit Johannes Fabricius zu einem langen Spaziergang, um in Ruhe, ohne durch Telefongespräche gestört zu werden, über die Geschäftspolitik zu sprechen. Probleme gab es nicht nur in Lübeck, sondern auch bei den süddeutschen Werken. Leni wollte unbedingt die Biertellerfabrikation ausbauen, sie hatte nicht nur den deutschen, sondern auch den französischen Markt erschlossen, und die Märkte wuchsen weiter. Sie fürchtete, dass ihre Konkurrenz in Brand im Fichtelgebirge eine neue Langsiebmaschine kaufen und die Firma Weiler & Busch an die Wand drücken könne. Aber die Aufstellung einer Langsiebmaschine, die Millionen kostete, war ohne neues Kapital nicht möglich, und sie würde das Ende des Weisenbacher Sägewerks, des größten und modernsten von Weiler & Busch, bedeuten. Das Sägewerk arbeitete jetzt unter der Leitung von Thomas Merkel mit Gewinn, weil man große Mengen an Schnittholz nicht nur nach Holland, sondern auch nach England exportierte, wo man das starke und lange Schnittholz schätzte, das man nur aus dem Schwarzwald und nicht aus Skandinavien importieren konnte und das dort wesentlich höhere Preise als auf dem deutschen Markt brachte.

Im Werk Aalen musste anstelle der Imprägniertröge, in denen die Masten mit Quecksilbersublimat getränkt wurden, eine moderne Kesseldruckanlage installiert werden, weil die Post die einfache Tränkung nicht mehr zuließ. Auch im Sägewerk Guldesmühle wollte Archibald eine moderne Anlage aufstellen, wo man mit einem modernen Gatter und Nebenmaschinen 40.000 Festmeter mit nur 20 Arbeitern schneiden konnte, im Gegensatz zu der alten Anlage, auf der mit 40 Arbeitern nur 20.000 Festmeter eingeschnitten wurden. Johannes wurde immer wieder schwindlig, wenn er von diesen Plänen hörte.

Im Werk Kehl gab es auch ein großes Problem. Archibald stöhnte: „Der technische Direktor und Bernhard sind beide ihrer Aufgabe überhaupt nicht gewachsen. Beim letzten Türkenauftrag hätte ich sie am liebsten vom Platz verwiesen. Der Werkmeister König hat alles viel besser allein geschafft, und der eigentliche Manager war Ernst Bessmann, der Leiter der Schwellen- und Mastenabteilung in Gernsbach."

Plötzlich blieb Archibald stehen: „Ich hab's. Der technische Leiter ist sowieso schon über sechzig, wir schicken ihn in Pension, und Bernhard, den versetzen wir nach Aalen!"

Worauf Johannes nur entsetzt erwiderte: „Um Gottes Willen, für die Leitung dieses Betriebes ist Bernhard doch überhaupt nicht geeignet! Da wäre es doch besser, wir würden ihn entlassen!"

Archibald entgegnete: „Weiß du, Neuberger hat schon zwei Herzinfarkte gehabt. Er ist krank und muss sich schonen. Das Werk Aalen ist viel unkomplizierter als das in Kehl. In Kehl muss einer improvisieren können, es lebt nur von großen Schwellen- oder Exportaufträgen für Masten. Es gibt immer wieder Zeiten, in denen mehrschichtig gearbeitet werden muss, und dann muss man flexibel sein und improvisieren. Das kann Meister König ganz hervorragend. Er kann auch mit den Arbeitern umgehen. Gute Ideen, wie die Arbeit geleistet werden kann, das hat nur er. In Aalen geht alles viel ruhiger zu. Da kommt das Rundholz ausschließlich aus einem Umkreis von 50 Kilometern auf das Werk, es sind immer die gleichen Abmessungen, die Elektrizitätswerke und die Post kaufen laufend. Der Leiter des Werkes Aalen hat den Titel Direktor und ist Prokurist. Wenn Neuberger in Pension geht, hat Bernhard die große Wohnung für seine Familie. Kündigen wir ihm, haben wir einen Riesenkrach mit der ganzen Familie.

Wenige Tage nach diesem Gespräch wurde der Entschluss gefasst, für Aalen einen neuen Imprägnierkessel anzuschaffen und einen Imprägniermeister aus Lübeck nach Aalen zu versetzen.

Drei Wochen später erlitt Peter Neuberger seinen dritten Herzinfarkt, der zu seinem Tod führte, und Bernhard war voll zufrieden, dass er ausersehen war, das Werk Aalen zu leiten. Zur Verwunderung von Johannes klappte jetzt plötzlich die Zusammenarbeit mit dem Werk Aalen. Die Reibereien, die es mit Peter Neuberger gegeben hatte, waren vorbei, Bernhard fügte sich den Anweisungen von Gernsbach, er konnte sich nicht mehr mit seinen Kollegen streiten, und nachdem der neue Imprägnierkessel installiert war, kamen auch wieder größere Aufträge von der Post.

Auch das Sägewerk in der Guldesmühle wurde nach den Wünschen von Archibald umgebaut. Eigentlich hätte er gerne das Werk noch wesentlich größer gebaut, aber das war gegen den Widerstand von Johannes, der große Bedenken anmeldete, nicht möglich.

Ende der fünfziger Jahre während der Ära Adenauer war das Leben in Deutschland durch das Wirtschaftswunder gekennzeichnet. Nur die alten großen Unternehmen der Holzimprägnierindustrie hatten keine goldenen Jahre. Neue Eisenbahnlinien wurde in Europa nicht mehr gebaut, und wenn welche gebaut wurden, dann wurden Betonschwellen verlegt, die in den Ländern selber produziert wurden. Es wurde zwar immer mehr Strom verbraucht und die Eisenbahn elektrifiziert, aber dafür setzte man Beton- oder Stahlmasten ein. In den Städten wurden die elektrischen Leitungen in den Straßen verkabelt, und das galt auch für die Telefonleitungen.

Die Kapazitäten der Werke, vor dem Ersten Weltkrieg und in den zwanziger Jahren aufgebaut, waren viel zu groß, und zum Teil waren die Anlagen unmodern und unrentabel geworden. Neue Vermessungstechniken erlaubten den Imprägnierwerken keine Maßgewinne mehr, von denen sie vielfach gelebt hatten. Man musste umstellen und neue Produktionen aufnehmen, und dazu fehlte vielen – nicht nur Weiler & Busch, sondern auch den meisten Konkurrenten – das Kapital. Aus den Gewinnen waren diese Investitionen nicht mehr zu erwirtschaften.

Archibald hatte am Ende der fünfziger Jahre Erfolg gehabt dadurch, dass er den Export in die Mittelmeerländer, nach Nahost, in die Niederlande, nach Frankreich und Großbritannien wieder aufgebaut hatte. Er war in diesen Jahren fast pausenlos unterwegs, um neue Kunden zu gewinnen und Beziehungen in diesen Ländern anzuknüpfen.

Wenn es irgendwie möglich war, nahm er seine Frau auf diese Reisen mit, dehnte die Reisen aus, um auch die Kultur der Länder, in die er fuhr, kennenzulernen, und das machte in der Familie böses Blut. Man warf ihm vor, das Geld der Firma sinnlos zu vergeuden. Vor allem die Tanten, aber auch Johannes, waren der Ansicht, er hätte diese Reisen wesentlich billiger und genau so effektiv bewältigen können.

Insgesamt halfen die Exporte dem Unternehmen, verhältnismäßig unbeschadet die Jahre zu überstehen, obwohl die vielen Pläne zur Umwandlung des Unternehmens nicht zum Zuge kamen – was im Übrigen auch für die Konkurrenzbetriebe zutraf, von denen einer nach dem anderen von der Bildfläche verschwand.

Archibalds Hauptaugenmerk galt dem österreichischen Werk in Fürnitz. Die 300 Leute, die man übernehmen musste, sollten beschäftigt werden, und zwar sinnvoll. So wurde untersucht, ob es möglich sei, hier eine Kartonfabrik oder ein Spanplattenwerk zu bauen. Wasser war genügend vorhanden aus der in der Nähe fließenden Gail, aber es fehlte das Kapital und auch an den notwendigen Kenntnissen. So suchte man einen geeigneten Partner, mit dem man das eine oder andere Vorhaben durchführen könnte.

Im Laufe von zwei Jahren wurde mit rund 30 Interessenten verhandelt, die sich zunächst alle sehr begeistert zeigten, sich dann aber doch nicht in Österreich engagieren wollten. Die Sozialgesetzgebung und die Schwierigkeit, Arbeitskrafte wieder los zu werden, schreckte alle Interessenten ab. Viele hatten auch gar nicht das Kapital, um sich an einem so großen Unternehmen zu beteiligen. Für die Großen aus der Branche war Weiler & Busch zu klein, zum Teil wollten sie einen höheren Anteil als 50 Prozent des Kapitals besitzen. Es gab Schwierigkeiten über Schwierigkeiten, und so wurde von allen Beteiligten viel Zeit vertan.

Die Gewinne der Sägeindustrie waren sehr bescheiden, die Bierglasuntersetzer liefen hingegen gut und Betonschwellen hervorragend, auch mit den Imprägnierwerken Aalen und Kehl war man zufrieden. Die Zusammenarbeit mit Bernhard Sutter und der Zentrale in Gernsbach klappte.

Doch eines Morgens, als Archibald auf einer Geschäftsreise in Österreich war, meldete sich Johannes bei ihm und sagte: „Du, ich muss dir etwas Schlimmes sagen. Man hat Bernhard Sutter heute früh verhaftet und ins Gefängnis in Aalen eingeliefert!"

Archibald fuhr es heraus: „Aber warum denn? Vielleicht wegen der Sittlichkeit?" Und Johannes bejahte das.

Was war geschehen?

Bernhard war in den ersten drei Jahren nach der Hochzeit ein recht braver und treuer Ehemann gewesen. Erika hatte schnell hintereinander zwei Kinder bekommen. Nun, als sie nach Aalen zogen, wurde auch ein Dienstmädchen namens Sophie eingestellt, die in dem Fremdenzimmer wohnen konnte, um auf die Kinder aufzupassen, wenn Bernhard und Erika abends ausgingen. Sie war 15 Jahre alt und die Tochter eines Vorarbeiters, der in der früheren Bürobaracke wohnte. Die junge Sophie bewunderte Bernhard und himmelte ihn geradezu an. Erika störte es nicht weiter, denn sie nahm es nicht ernst.

Am Himmelfahrtstag machte die Belegschaft des Werkes Aalen einen Betriebsausflug. Erika wollte an diesem Ausflug nicht teilnehmen, da auch die Frauen der Arbeiter nicht teilnahmen. Sie wollte den Tag und das darauffolgende Wochenende benutzen, um ihre Mutter in Gernsbach zu besuchen, und nahm ihre beiden Kinder mit.

Der Ausflug ging nach Nördlingen, dann zum Kloster Neresheim und endete in einer Gastwirtschaft in Aalen, wo reichlich Freibier floss. Bernhard machte den großzügigen Gastgeber und trank mit dem Werkmeister um die Wette, wer am meisten Gläser Bier in einem Zug leeren konnte. Reichlich angeheitert verschwand er am Abend mit Sophie in seine leere Wohnung, und da geschah es dann, dass er sie nicht nur in ihr Zimmer, sondern auch in ihr Bett begleitete. Als Erika nach Hause kam, ahnte sie nichts. Sie bemerkte nur zu Bernhard, dass Sophie sie so frech ansehe, so respektlos, ja geradezu triumphierend. Aber einige Wochen später kam Sophie mit hochrotem Kopf zu Erika und gestand ihr, dass sie schwanger war. Als Erika fragte: „Ja, um Himmels Willen, von wem denn?", entgegnete Sophie nur: „Von Ihrem Mann!"

Erika wusste nicht, was sie sagen sollte. Ihr erster Gedanke war: „Dieses freche Weibsstück werfe ich raus und lass' mich von Bernhard scheiden." Dann dachte sie an ihre Kinder und dass das Mädchen ja gerade erst 15 war. Das würde ja einen riesigen Skandal geben! Bernhard würde möglicherweise ins Gefängnis kommen, seine Stellung verlieren und sie mit den Kindern auf der Straße sitzen. Das durfte doch nicht sein! So unterdrückte sie ihre Wut und sagte nur: „Pack bitte deine Sachen und verschwinde aus dem Haus!"

Am Abend verschloss Erika zuerst einmal vor Bernhard die Türe zum Schlafzimmer, dann machte sie ihm eine fürchterliche Szene und tobte, so wie er sie noch nie erlebt hatte. Plötzlich hielt Erika inne und sagte kalt: „Sie muss abtreiben! Ich kenne in Baden-Baden einen Arzt, der wegen Abtreibung schon verurteilt wurde und seine Praxis verloren hat. Bei dem können wir es mal versuchen!"

Die Eltern von Sophie waren in Gewissenskonflikten. Eigentlich wollten sie dem Verführer ihrer Tochter den Staatsanwalt auf den Hals hetzen, auf der anderen Seite war es der Chef, da trauten sie sich nicht, zu hart gegen ihn vorzugehen. Als nun am nächsten Morgen Bernhard und Erika bei ihnen auftauchten, um über eine Abtreibung zu sprechen, waren sie entrüstet. Sie waren gut katholisch, da kam eine Abtreibung überhaupt nicht in Frage. Aber hatten sie denn eine andere Wahl? Die Schande ihrer Tochter auf der einen Seite, das Wohlwollen des Chefs auf der anderen – was wog schwerer? Nach langem Zögern stimmten sie schweren Herzens der Abtreibung zu.

So fuhren sie zu fünft mit dem Auto nach Baden-Baden, Sophie mit ihren Eltern, Bernhard und Erika. Als sie in der Wohnung des Arztes ankamen, lehnte der ganz entschieden ab, überhaupt irgendetwas in der Richtung Abtreibung zu unternehmen. „Ist Ihnen eigentlich klar, was für eine Zumutung das ist? Sie wissen doch wohl, dass dieser Eingriff verboten ist! Sie würden mich damit ja ins Zuchthaus bringen!"

So kehrten die fünf unverrichteter Dinge wieder nach Aalen zurück. Bernhard überlegte sich, ob er nicht selber eine Abtreibung versuchen sollte. Immerhin hatte er ja Medizin studiert, und so schwierig dürfte das doch nicht sein! Er besaß allerdings kein Operationsbesteck, sondern musste es mit Stricknadeln versuchen. Aber er traute sich dann doch nicht recht und war auch zu ungeschickt, so dass er die Operation abbrach.

Erika war empört: „Du Trottel, nicht einmal das bringst du fertig! Ich hasse dich! Dass du ja nicht wagst, noch einmal in mein Schlafzimmer zu kommen! Außerdem habe ich heute mit dem Anwalt über eine Scheidung gesprochen. Die ist in meiner Situation überhaupt kein Problem!"

Als Sophies Eltern von Bernhard hörten, dass sich Erika scheiden lassen wollte, schöpften sie wieder Hoffnung. Dann könnte Bernhard ja Sophie heiraten. Für die Eltern schien das doch ein gewaltiger Aufstieg für ihre Tochter, die dann Frau Direktor würde, der Vater von Sophie werde dann sicher Werkmeister!

Aber als Erika mit ihrer Mutter sprach, redete die ihr zu, sich doch alles noch mal zu überlegen. „Männer sind eben untreu, das musst du hinnehmen. Dein Vater hat mich auch öfter mal betrogen und ich bin nicht davongelaufen. Denk doch an deine Kinder, die dürfen nicht ohne Vater aufwachsen! Versöhn dich wieder mit ihm, denn er ist jetzt sicher ganz klein und du bist oben auf!"

Das leuchtete Erika ein, und es fand tatsächlich eine Versöhnung mit Bernhard statt. Sie kamen überein, jetzt erst einmal auf Urlaub zu fahren, um dann wieder einen neuen Anfang zu machen.

Sophies Vater sah nun seine Felle davonschwimmen und überlegte gar nicht lange, sondern ging zum Staatsanwalt und zeigte Bernhard an. Als das Ehepaar versöhnt von ihrem Urlaub zurückkam, wurde Bernhard verhaftet.

Die Nachricht von der Verhaftung ging wie ein Lauffeuer nicht nur durch Aalen, sondern auch durch Gernsbach. Plötzlich kamen Angestellte und erzählten von Eskapaden von Bernhard, mit denen sie bisher gegenüber dem Vorstand und der Familie Weiler zurückgehalten hatten. Archibald hatte schon einiges geahnt, aber Leni war empört darüber, was jetzt alles zu Tage trat und forderte seine umgehende Entlassung, schon der Kundschaft wegen. „So einen schlechten Ruf kann man doch nicht auf der Firma sitzen lassen!"

Aber Archibald meinte, man solle doch erst einmal abwarten, welches Urteil das Gericht sprechen werde. „Zunächst ist Bernhard ja nur in Untersuchungshaft. Bei solchen Gerüchten wird doch viel erzählt, was gar nicht stimmt."

Zunächst wurde Thomas Merkel kommissarisch mit der Leitung des Werkes Aalen betraut, damit die Arbeit überhaupt weitergehen konnte. Sein Arbeitsfeld war durch die Stilllegung des Sägewerkes in Gernsbach erheblich geschrumpft, so dass er – wenn auch nur vorübergehend – ein neues Arbeitsgebiet übernehmen konnte.

Nach einem Vierteljahr U-Haft wurde Bernhard verurteilt. Das Urteil fiel relativ glimpflich aus, weil Sophie, die Bernhard wohl wirklich liebte, sich bereit gefunden hatte zu erklären, dass sie schon vor Bernhard Umgang mit Männern gehabt habe und kein unbescholtenes Mädchen gewesen sei. Das entsprach zwar nicht den Tatsachen, aber sie war zu einer Falschaussage bereit, damit die Strafe für Bernhard nicht zu hart ausfiel.

Der Richter war trotzdem der Meinung, dass Bernhard ein Denkzettel verpasst werden müsse, und so bekam er ein Jahr Gefängnis ohne Bewährung, von denen er noch ein halbes Jahr absitzen musste.

Bernhard kam über die Haft leichter hinweg, als er gedacht hatte. Er hatte ja schon einiges an negativen Erfahrungen gesammelt aus den Zeiten, als er beim Militär im Bunker saß. Jetzt konnte er lesen und sich unterhalten. Das Schlimmste für ihn war jedoch die Demütigung. Von der Familie bekam er keinen Besuch außer von Archibald, der sich zunächst überwinden musste, denn der Gefängnisbesuch bei seinem Vater war ihm noch in bedrückender Erinnerung. Aber gerade wegen dieser Erfahrung meinte er, er müsse Bernhard aufrichten. Er hatte sich, unmittelbar bevor Bernhard aus der Firma fristlos entlassen wurde, nach einer Arbeitsmöglichkeit für ihn umgesehen und auch eine bei einem Lieferanten, der Weiler & Busch mit Imprägniermitteln belieferte, gefunden.

Für Bernhard war es eine große Erleichterung, als Archibald ihn von dem Angebot unterrichtete, obgleich er lieber bei Weiler & Busch geblieben wäre. Aber Archibald erklärte ihm, dass das einfach nicht möglich sei. Aber er würde die Verbindung mit ihm aufrechterhalten.

Archibald und Ursel hatten auch Erika während der Haft von Bernhard verschiedentlich besucht und versuchten, sie zu trösten. Erika hing immer noch an Bernhard. Ihre Mutter hatte ihr jetzt geraten, sich doch scheiden zu lassen, denn einen untreuen Mann, den könne man ja noch verkraften, aber einen Mann, der im Gefängnis gesessen habe, nie und nimmer. Archibald riet ihr, in eine andere Stadt zu ziehen, dort krähe kein Hahn mehr danach. Bernhard habe eine neue Anstellung, das sei doch schon mal etwas. Sie sollten zusammenbleiben, wenn sie ihn noch lieben würde.

Erika besuchte ihren Mann regelmäßig im Gefängnis, obgleich ihre Mutter darüber entsetzt war. Als er entlassen wurde, holte Erika ihn vom Gefängnis ab, und sie fuhren ins Hotel Erbprinz nach Ettlingen, um zusammen eine zweite Hochzeitsnacht zu feiern. Die Ehe schien gerettet.

***

Seit Archibald und Johannes im Vorstand waren, hatte sich ihr Verhältnis zu Leni Weiler-Schulz, wie sie sich nach ihrer Eheschließung nannte, verkrampft. Äußerlich gegenüber Lieferanten, Kunden oder Kollegen hatte sich nichts verändert. Leni galt bei den meisten Unternehmern im Tal als Mitinhaberin und Leiterin der Firma Weiler & Busch. Der Unterschied zwischen Vorstand und einem zur Familie gehörenden Direktor war den meisten Leuten nicht bewusst, und Leni legte großen Wert darauf, zur Geschäftsführung zu gehören. Aber es wurmte sie weiterhin gewaltig, dass sie das Ziel, als Vorstand zum obersten Führungsgremium des Unternehmens zu gehören, auf das sie schon jahrelang hinarbeitete, immer noch nicht erreicht hatte.

Um ihr Ansehen im Tal noch zu steigern, war Leni darauf aus, möglichst viele Ehrenämter zu ergattern, und Archibald und Johannes ließen ihr auch gerne den Vortritt. Auf der einen Seite hatten beide ein schlechtes Gewissen gegenüber Leni, dass sie sich nicht dafür eingesetzt hatten, Leni in den Vorstand zu bekommen, zum andern hatte Archibald keine große Lust, in öffentliche Gremien gewählt zu werden. Vielleicht wäre es ihm recht gewesen, in das Präsidium der Handelskammer gewählt zu werden, aber bei den vielen Werken, um die er sich kümmern musste, und den vielen privaten Interessen war ihm eine solche Verpflichtung lästig.

Am liebsten wäre Leni ja in das Präsidium der Industrie- und Handelskammer gewählt worden, aber das ging nicht, weil sie kein Vorstandsmitglied war. Aber dafür wurde sie in den erweiterten Vorstand der Papierverbände der Zellstoff- und Papierfabriken gewählt. Zu den zwölf Mitgliedern des engeren Verbandsvorstands gehörten noch 30 Mitglieder der einzelnen Fachsparten, wie die Hersteller von Zeitungsdruckpapier oder Karton, sie war als Vorsitzende des Fachausschusses Bierglasuntersetzer gewählt.

Aber das konnte sie allein natürlich nicht ausfüllen. Sie war im Vorstand des Deutschen Frauenrings, Mitglied von Soroptimist International, des Kirchengemeinderats. Sie sang – wenn auch nicht mehr regelmäßig – im Kirchenchor, sie war Mitglied der FDP und hatte für den Gemeinderat in Baden-Baden kandidiert.

Für den Gemeinderat in Gernsbach hatte sich Johannes aufstellen lassen. Archibald hatte kurz gezögert, ob er sich nicht auch in dieses Gremium wie Onkel, Großvater und Urgroßvater wählen lassen sollte, aber dann scheute er doch die vielen Verpflichtungen und glaubte, dass Johannes als Kommunalpolitiker, der auch bei Weitem nicht so viel verreiste wie er, für dieses Gremium besser geeignet sei.

Als man bei Weiler & Busch morgens bei der Postbesprechung über die Aussichten sprach, die Johannes hatte, gewählt zu werden, meinte Archibald, der Titel Oberbürgermeister a.D. sei für die Wahl doch sehr förderlich, doch Johannes entgegnete: „Das weiß ich gar nicht. Bei uns in der FDP ist Klaus Schultz, der frühere Bürgermeister von Gernsbach und Chef der Papierfabrik Schultz & Co, das Zugpferd. Der hat durch das Kumulieren und Panaschieren bei der letzten Wahl dreimal so viel Stimmen bekommen wie die Nummer eins von der CDU." Darauf meinte Leni: „Ich werde jetzt in der FDP das Zugpferd in Baden-Baden sein!"

Beide wurden dann auch in den Gemeinderat gewählt. Dank Klaus Schultz konnte die FDP in Gernsbach vier Gemeinderatsmitglieder in das Gremium entsenden – Johannes war die Nummer vier, und das war für ihn als Nicht-Gernsbacher schon sehr erfreulich. Auch Leni kam als Nummer vier auf der FDP-Liste in den Baden-Badener Gemeinderat, aber im Vergleich zu der Stimmenzahl, die der Spitzenkandidat der CDU erreichte, war es nur ein Bruchteil. Leni war über dieses Ergebnis doch etwas enttäuscht.

In der Firma war Lenis Interesse ganz darauf ausgerichtet, die Bierglasuntersetzerfabrik zu modernisieren und auszubauen. Vor dem Krieg wurden die meisten Bierdeckel in Ostdeutschland, nämlich in Sachsen produziert. Die Inhaber der großen Fabriken waren jetzt nach dem Westen geflohen, die Unternehmen wurden enteignet, und in der DDR galten Bierglasuntersetzer nicht als ein lebenswichtiges Produkt. In den ersten Jahren nach dem Krieg profitierte Weiler & Busch als einer der größten Bierdeckelhersteller in der Bundesrepublik von dieser Situation. Aber dann stiegen auch viele Druckereien in dieses Geschäft ein, sie bezogen die Pappe aus Skandinavien, und diese Pappe, auf modernen Langsiebmaschinen erzeugt, war billiger als die Pappe, die Weiler & Busch auf den uralten Rundsiebmaschinen, die zum Teil noch aus dem vorigen Jahrhundert stammten, produzierte und die mit der Hand zum Trocknen an der Luft aufgehängt wurde. Man hatte zwar nach dem Krieg einige Millionen Mark investiert, um zu rationalisieren, aber hohe Gewinne, wie es sie noch in den Jahren 1950 bis 1954 gegeben hatte, konnten jetzt nicht mehr erzielt werden.

In Lenis Büro in Gernsbach saßen Leni, Archibald und Johannes zusammen und sprachen darüber, was zu tun sei, um die Ergebnisse zu verbessern. Johannes meinte, dass der Gewinn im letzten Jahr nur wenige tausend Mark ausgemacht habe. Er wolle ja noch nicht davon sprechen, dass man sie schließen müsse, aber es sei an der Zeit, dass irgendetwas geschehe.

Darauf antwortete Leni ziemlich pikiert: „Schon vor zwei oder drei Jahren hätte was passieren müssen! Wie oft habe ich schon gesagt, dass wir eine Langsiebmaschine brauchen. Ich weiß von unserem Vertreter, dass unser großer Konkurent, die Firma Brand im Fichtelgebirge, eine Dampfkraftanlage errichtet und eine Langsiebmaschine aufbaut. Dann sind die uns überlegen. Wir müssen unbedingt auch ausbauen!“

Archibald entgegnete: „Zunächst kann man in der Druckerei rationalisieren. Drei Frauen an jeder Druckmaschine und dazu noch extra Drucker und Schlosser, um die Maschinen zu warten, die Klischees einzustellen, das ist nicht rationell. Mit wenigen Vorrichtungen könnte man die Maschine so einrichten, dass nur eine Frau an der Druckmaschine steht, dann könnte man per Schicht 20 Arbeitskräfte entlassen, das wären bei Zweischichtbetrieb immerhin 40 Leute. Dann könnte das Ergebnis schon viel besser aussehen! Wenn eine Langsiebmaschine aufgestellt wird, sollen wir doch gleich etwas Vernünftiges machen. Vielleicht könnte man Faltschachtelkarton herstellen. Die anderen Unternehmen stellen jetzt auch alle auf Altpapierverarbeitung um. Gruber & Textor zum Beispiel, aber die haben ja auch keinen Aufsichtsrat wegen der Finanzierung fragen müssen. Da kommen dann ganz andere Umsätze heraus.“

Leni war ärgerlich, dass Archibald auf Schwachstellen in ihrem Betrieb aufmerksam machte und sagte: „Die Schleiferei ist noch lange nicht ausgelastet. Wir könnten statt zwei Millionen Bierteller pro Tag leicht auch fünf Millionen herstellen.“

Archibald fragte dagegen: „Und wie willst du die verkaufen?“

Leni wusste gleich die Antwort: „Dann müssen wir die anderen aus dem Markt drängen. Wir können ja noch mehr nach Frankreich und Italien verkaufen.“

Archibald war skeptisch: „Wie sollen wir denn so eine große Fabrik finanzieren? Die kostet doch sicher zwei bis drei Millionen Mark!“

„Das geht sicher auch billiger, wir können ein amerikanisches Beratungsbüro in Frankfurt damit beauftragen, eine Untersuchung zu machen. Ohne eine solche Untersuchung wird der Aufsichtsrat nie eine Investition genehmigen."

Johannes überlegte: „Ich glaube, dass wir auch mit einer solchen Untersuchung, die sehr viel kostet und nicht viel bringt, keine Genehmigung bekommen können."

Da Leni den Tränen nahe war und halb schluchzend sagte: „Nie bekomme ich etwas genehmigt!", gaben Archibald und Johannes ihr Einverständnis, ein Gutachten anzufordern. Es dürfe aber keinesfalls mehr als 20.000 DM kosten.

Nach Beendigung des Gesprächs verließ Archibald das Büro, das früher einmal das Esszimmer seiner Großeltern war, über die Terrasse und ging durch den Garten, der direkt vor seinem Zimmer lag, erst noch einmal durch das Werk und dann in Gedanken versunken über die Insel nach Hause.

Er wollte jetzt allein sein, denn er hatte niemand, mit dem er sich aussprechen konnte. Weder seinem Vater noch seiner Schwester Britta oder einem der leitenden Angestellten konnte er seine Gedanken erzählen, sie würden ihn alle für verrückt erklären. Aber ihm war klar: Das Unternehmen konnte so nicht weiter existieren. Er musste Leni Recht geben, die Biertellerfabrik würde eines Tages ein Verlustbetrieb sein, der anderweitig nicht zu verwenden war. Man hatte schon mehrere Millionen in den letzten Jahren in diesen Unternehmensbereich investiert, aber die Erfolge, die man erzielte, waren immer nur kurzfristiger Natur gewesen. Ohne eine moderne Pappenfabrik wäre das Ende besiegelt, und das bedeutete auch das Ende vom Sägewerk Weisenbach, gegen das er sich vehement sträubte.

Der Umbau der Guldesmühle hatte nicht den Erfolg gebracht, den er sich erhofft hatte. Johannes hielt ihm das mindestens einmal in der Woche vor, und auch sein Vater meinte, dass es ein Blödsinn gewesen sei, das Werk so, wie er es gewünscht hatte, auszubauen. Archibald, der das gegenüber beiden nie zugab, musste ihnen Recht geben. Man hätte ein viel größeres Sägewerk mit sechs oder zwölf Gattern bauen müssen. Wenn man schon investierte, dann doch richtig und nicht schon wieder so einen Kompromiss. In Weisenbach musste etwas geschehen, um das Geld, das man schon in dieses Werk gesteckt hatte, nicht zu verlieren. Es blieb aber trotz allem nur eine Spezialfabrik für Bierglasuntersetzer, es wäre keine große Karton- oder Papierfabrik, wie er sich das erträumt hatte.

Das Sägewerk musste aufgegeben werden. Ob er nicht ein Sägewerk auf einem ganz neuen Werksgelände errichten sollte? Da fiel ihm das große Gelände am Rhein bei Wintersdorf ein, wo schon sein Großvater ein Werk geplant hatte. Man könnte dort sechs oder zwölf Gatter aufstellen, von dort könnte man das Schnittholz nach England und Holland, vielleicht sogar auf dem Rhein über Rotterdam weiß Gott wohin in alle Welt exportieren. Dort hätte man auch genug Platz, um auf dem gleichen Gelände direkt neben den zahlreichen Kiesgruben ein neues größeres Betonwerk zu errichten oder auch eine Papierfabrik in der richtigen Größe, die gleich 100.000 oder 200.000 Tonnen Papier produzieren könnte. Zellstoff könnte man von Skandinavien billig über den Rhein heranbringen, man könnte Kohle mit dem Schiff aus dem Ruhrgebiet beziehen, und das Gelände hätte Eisenbahnanschluss.

Aber damit wären nur die Probleme in Süddeutschland gelöst und noch nicht die von Lübeck und von Fürnitz, die beiden Werke müssten modernisiert und auf neue Produkte umgestellt werden. Das einzige, was fehlte, waren die Millionen, die man dazu brauchte. So etwas ging nicht ohne Partner. Sollte man einfach das Aktienkapital erhöhen? Dann wäre es mit der Herrschaft der Familie vorbei. Aber war die überhaupt so erstrebenswert?

War die Familie das überhaupt wert, dass man sich so für sie einsetzte? Die meisten Familienmitglieder stellten nur hohe Ansprüche, weil sie zur Familie Weiler gehörten. Für sie galt die Devise: Mehr scheinen als sein. Sie wollten groß in Vereinen und Clubs auftreten, langen Urlaub in den schönsten Gegenden in vornehmen Hotels machen, das war das, was sie sich als höchstes Ziel vorstellten. Meckern und kritisieren, das konnten sie. Die ganze Meute ruhig zu halten, das war nervenaufreibend. Sein Vater hatte es gut, er war in Lübeck weit vom Schuss, aber Archibald in Gernsbach hatte die ganze Sippe auf dem Hals.

Wäre es nicht besser, sie suchten sich einen Partner? Das war aber schwierig. Vielleicht in Skandinavien, bei einem großen Konzern? Man hatte doch gute Beziehungen! Aber würde dann nicht der Partner seine Leute in den Vorstand und den Aufsichtsrat hineinsetzen und selber das große Sagen haben wollen? Dann gab es ja auch noch die Beteiligung der Familie Haber.

Hatte er nicht der Großmutter versprochen, die Firma wieder in die Hand der Familie zu bekommen und sie groß zu machen, damit die Familie Weiler wieder die Nummer eins im Tal wäre? War das überhaupt möglich? Vielleicht sollte man doch mit Habers darüber sprechen!

Im Büro in Aalen saß Thomas Merkel und sortierte die zum Teil recht unordentlichen Akten, die Bernhard Sutter hinterlassen hatte, als plötzlich ein älterer Herr, so an die 70, sich als Spießhofer vorstellte und im breitesten Schwäbisch sprach: „Na, Sie wisset wohl, worum ich zu Ihne kumm?"

Aber Thomas Merkel wusste das nicht, er hatte den Namen noch nie gehört.

„Sie han doch gfrogt, ob Sie net das Bauholz für unsre neue Siedlung liefere könnet?"

Als Merkel immer noch mit den Achseln zuckte und dem Herrn einen Platz anbot, meinte der: „I bau doch gegenüber von Eane auf dem Burgstall die neue Siedlung, wisset Se, i bin der, der ‚die Figur der Frauen kront'"!

Endlich ging Merkel ein Licht auf. Denn über die Miederfabrik, die gegenüber dem Werk auf dem Burgstall eine große Siedlung mit Hunderten von Wohnungen baute, wurde in Aalen viel geredet. Dass die Firma überall Arbeitskräfte und Fabrikstätten suchte, war in Aalen Tagesgespräch. Wenn Merkel am Mittagstisch im Restaurant saß, waren ihm die vielen jungen hübschen Mädchen aufgefallen, die beim Essen laut und fröhlich plapperten und von denen der Kellner nur flüstere, dass das die Mannequins für den neuen Katalog der Miederfirma seien, deren Erzeugnisse „die Figur krönen“ würden.

Er hatte daraufhin beschlossen, einmal nachzufragen, ob man für die Siedlung nicht das Bauholz von der Guldesmühle liefern könnte.

„Ja, ja, aber deshalb bin i net do. I kumm wege was ganz anerem. Könne Se mir net en Stückele von Ihrem Grund abgebe, wisset Se, i bau e neue Halle, da könnt ich so'n Eckle gut brauche. I hab scho mit dem Herrn Sutter gsproche, wisset Se denn net Bscheid?“

Thomas Merkel schüttelte den Kopf, er hatte in den Akten von Bernhard, die er übernommen hatte, nichts entdeckt außer mehreren Katalogen seiner Firma. „Von dem Gelände können wir Ihnen leider nichts abgeben, wie Sie sehen, ist der Platz mit Rundholz sowie mit geschälten und imprägnierten Masten bis zum Rand belegt. Eigentlich haben wir selber zu wenig Platz, viel zu wenig für ein Imprägnierwerk.“

Spießhofer grinste: „Ha jo, dafür isch das Gelände ja auch im Wert gschtiege! Wisset Se, ich würd 10 Mark oder sogar noch ebbes mehr bezahle. Die Firma Weiler & Busch könnt sich ja irgendwo annersch auf der grünen Wies Grund kaufe, für ein oder zwei Mark, dann hätt' se noch e guts Gschäft gmacht!“

Aber Merkel meinte: „Das kann ich mir nicht vorstellen, wir haben hier Eisenbahnanschluss, den wir dringend benötigen, während Sie ihn ja nicht brauchen. Kaufen Sie sich doch ein Gelände vor den Toren der Stadt!“

„Noi, i will das hier habe! Könne Se mer was abgebe, wenn i 15 Mark bezahle du?“

Aber Thomas Merkel hatte ja keine Befugnis, darüber musste der Vorstand entscheiden.

„Sage Se ihre Leut, dass i 20 Mark bezahle du, stelle Se sich vor, das sin zwei Millione! Da könne Se doch net Nein sage!“

Als in Gernsbach die Post geöffnet wurde und die Aktennotiz von Merkel vorlag, meinte Johannes zu Archibald, Leni und Blummüller: „Hört mal, da haben wir ja die Finanzierung für die Pappenmaschine in Weisenbach! Wir brauchen das Gelände nur an die Miederfabrik zu verkaufen, dann sind alle unsere Probleme gelöst, dann brauchen wir keinen neuen Kredit, und da wird auch der Aufsichtsrat zustimmen!“

Archibald dagegen war nicht sehr begeistert: „Das Werk Aalen macht immer noch einen guten Gewinn, der ist zwar nicht mehr so hoch wie früher, aber die Entwicklung ist positiv. Wir haben dort doch gerade eine neue Imprägnieranlage errichtet!"

Blummüller gab zu bedenken, dass der zukünftige Gewinn in Weisenbach sicher wesentlich höher sein werde als der in Aalen.

„Die Werke in Aalen und Guldesmühle sind eine wirtschaftliche Einheit, und ohne Aalen wird die Guldesmühle noch ungünstiger arbeiten", überlegte Archibald. „Aber wenn es möglich wäre, die Imprägnieranstalt nach Fürnitz zu verlegen, dann könnte ich mich mit dem Gedanken anfreunden, Aalen zu schließen. Aber das muss ich mir noch überlegen und mit meinem Vater sprechen, der wird sicher nicht so ohne Weiteres damit einverstanden sein."

Letztlich waren sich alle einig, dass man erst einmal mit Spießhofer weiter verhandeln sollte und sehen, ob man nicht noch etwas mehr Geld herausschlagen könnte. Durch die Schließung und Verlegung der Imprägnieranlage nach Fürnitz würde doch noch einiges an Geld gebraucht werden.

Ein paar Wochen nach diesen Gesprächen meldeten sich in Gernsbach Herren der Landeswasserversorgung Baden-Württemberg bei Weiler & Busch mit der Frage, ob sie nicht die Guldesmühle kaufen könnten.

Archibald war verreist, und so verhandelten die Herren nur mit Johannes, der von dem Gedanken, die Guldesmühle los zu werden, Feuer und Flamme war. Die Herren legten dar, sie hätten etwa 300 Meter vom Werk entfernt die Egau-Quelle gefasst, die zur Trinkwasserversorgung von Stuttgart dienen solle. Zwar bekämen sie auch Wasser vom Bodensee, aber das habe nicht die Qualität wie das vom Härtsfeld. Es sei notwendig, dass rund um die Quelle keine Wohnung und erst recht keine Industrieanlage mehr betrieben werde. Sie seien mit Mitteln des Landes ausgestattet, man könne ja das Sägewerk sicher an anderer Stelle wieder aufbauen, und man würde auch einen guten Preis bezahlen.

Als Archibald am nächsten Tag davon erfuhr, war er alles andere als begeistert. Von den süddeutschen Holzbetrieben würden, nachdem er schon auf Gernsbach verzichtet hatte, jetzt auch Weisenbach, Aalen und die Guldesmühle verschwinden und ihm nur noch das Werk Kehl bleiben, und das gefiel ihm gar nicht. Der Verkaufserlös von beiden Werken reichte gerade einmal aus, um die Verlegung der beiden Anlagen nach Fürnitz und die Papiermaschine in Weisenbach zu finanzieren. Aber damit war der Investitionsbedarf von Fürnitz noch nicht voll gedeckt, und Geld für ein größeres Säge- und Imprägnierwerk in Süddeutschland war schon gar nicht vorhanden.

Als Archibald seinen Vater von den Plänen unterrichtete, fing Leberecht am Telefon an zu toben: „Ich gebe kein Grundstück für eine Maschine, ich tausche nicht Gold gegen Schrottwert!"

Als die Pläne zum Bau der Langsiebmaschine dem Aufsichtsrat vorgelegt wurden, stimmten alle Mitglieder des Gremiums zu, auch die sonst immer so skeptischen Banken. Auch Mießmann, der sonst gegen jede neue Investition war, stimmte dem Kauf der neuen Langsiebmaschine unter der Bedingung zu, dass die beiden Werke verkauft würden – man solle froh sein, diese Verlustbringer loszuwerden.

Leberecht prophezeite: „Bei der Entwicklung, die die Bundesrepublik jetzt nimmt, wird das Gelände in zehn Jahren mindestens 50 DM, eines Tages vielleicht sogar 300 DM kosten! Ihr Narren, ihr verkauft Goldwert, um Schrottwert zu erwerben! Wir wissen ja gar nicht, ob die Maschine gut arbeitet und so viel Gewinn herauskommt, wie ihr das jetzt ausgerechnet habt! In zehn Jahren müssen wir dann wieder eine neue Maschine kaufen, weil die jetzt neue Maschine dann schon veraltet ist und wir vielleicht etwas ganz anderes produzieren wollen. Das Ganze ist Wahnsinn!"

Unmittelbar nach der Aufsichtsratssitzung vereinbarte Dr. Fabricius mit Spießhofer einen Notartermin in Aalen und wollte mit Archibald dorthin fahren, aber Archibald wollte den Vertrag nicht unterschreiben. Er hatte zwar dem Verkauf des Werkes zur Finanzierung der neuen Anlage zugestimmt, aber er war nicht davon überzeugt, dass das neue Werk wirklich erfolgreich werden könnte, und er war deprimiert, dass sein unmittelbarer Machtbereich in der Firma schrumpfte. Er war dann höchstens für ein Viertel des Umsatzes zuständig, nachdem noch vor kurzem 60 Prozent des Umsatzes auf seine Aktivitäten fielen.

Archibald zog es vor, nach Amsterdam statt nach Aalen zu reisen, zumal er sowieso nach Holland musste, um die dortige Kundschaft zu besuchen.

Während Archibald unterwegs war, kam es zu heftigen Telefongesprächen zwischen Leberecht und Fabricius. Leberecht brüllte seinen Schwager an, dass er den Verkauf mit allen Mitteln, die es nur gebe, verhindern werde. „Dieser Verkauf ist der größte Blödsinn, der in der Firma geschehen kann. Ihr verkauft das Herzstück des Unternehmens, das im Laufe der Jahre Millionen verdient hat, um eine Maschine zu erwerben, von der man ja noch gar nicht weiß, ob sie überhaupt richtig läuft. Auch Archibald ist gegen den Verkauf!"

Daraufhin versuchte Johannes Fabricius, Archibald in den Niederlanden anzurufen. Erst wenige Stunden vor Vertragsunterzeichnung erreichte Johannes ihn und fragte: „Sag mir jetzt klipp und klar, wie du dich verhältst. Stimmst du dem Verkauf zu oder nicht?"

Archibald versuchte, Johannes seine Lage zu erklären: „Versteh mich doch! Ich sehe ja ein, dass der Verkauf notwendig ist, aber ich kann mich doch nicht gegen meinen Vater stellen! Ich will bei der Unterzeichnung nicht mitmachen. Du, Blummüller und Dembowski, ihr könnt mich ja überstimmen!"

Aber Johannes beharrte auf einer klaren Antwort: „Du hast Ja gesagt, und jetzt bleibe bei deinem Wort! Stimmst du zu?"

Archibalds Anwort war: „Nein!" Er wollte einen Krach mit seinem Vater auf jeden Fall vermeiden. Das Verhältnis zu Johannes erhielt dadurch aber einen tiefen Riss. Sie gingen auch in Zukunft fast jeden Tag miteinander spazieren und tauschten ihre Meinung über Probleme im Geschäft aus. Aber es bestand nicht mehr das alte Vertrauensverhältnis zwischen ihnen, sie zogen nicht mehr am gleichen Strang.

Nach einigen Wochen kam das Gutachten der Frankfurter Beratungsfirma. Nun ging es an die Umsetzung des Vorhabens. Leni hatte an einem Samstagnachmittag zu einer Besprechung im Weisenbacher Betriebsbüro geladen. Lenis Sekretär Gustel Hanning verteilte die Unterlagen an die Beteiligten und begann sie zu erläutern: „Wir werden den Auftrag der Firma Puschke in Darmstadt vergeben, denn nach der Untersuchung des Frankfurter Instituts ist sie am preisgünstigsten."

Archibald schaute kurz auf die Aufstellung, die er bisher noch gar nicht zu sehen bekommen hatte: „Wieso denn? Ich sehe auf den ersten Blick, dass Puschke bei der Nasspartie nur der zweitbilligste und bei der Trockenpartie der drittbilligste der Anbieter ist, wieso kann er im Gesamtangebot der billigste sein?"

Hanning war erstaunt: „Das stimmt, das hatte ich gar nicht gesehen!"

Wieso war das Gesamtangebot von Puschke mit 1,3 Millionen DM das billigste, während die Angebote der Konkurrenzfirmen mit 1,4 und 1,5 Millionen teurer waren? Man rechnete nach und stellte fest, dass dem Unternehmen Puschke beim Addieren ein Fehler unterlaufen war. Nachdem man alle Positionen noch mal addiert hatte, war Puschke nur der drittgünstigste.

Trotzdem meinte Leni: „Das Institut hat ganz klar erklärt, dass die Lösung von Puschke die beste wäre!"

Archibald lachte und sagte: „Ja, wenn er bei der Endsumme, die im Angebot steht, bleibt, ganz egal, wie er die einzelnen Positionen bewertet, kann er den Auftrag erhalten. Aber mehr als 1,326 Millionen DM werden wir nicht ausgeben!"

Und in Anbetracht der Worte seines Vaters vom Schrottwert ergänzte er: „Wir müssen auch verlangen, dass Puschke die 25 Tonnen pro Tag, die er in seinem Angebot stehen hat, garantiert. Wenn die Leistung nicht erreicht wird, muss er nachbessern. Er geht in der Trockenpartie nur von sechs Trockenzylindern aus, die anderen haben acht. Die größte Papiermaschinenfabrik in Heidenheim hat sogar zwölf Zylinder angeboten, um die gleiche Leistung zu erbringen. Ohne diese Garantie kann Puschke den Auftrag nicht bekommen."

Bei genauerem Studium der Angebote stellte Archibald auch fest, dass bei den Baukosten, die in der Anlage aufgeführt wurden, nicht alles enthalten war. „Ich sehe keine Ausgaben für Malerarbeiten, für Fenster, wo ist die Position Elektrobeleuchtung, wo sind die Ausgaben für die Dampfhaube?"

Leni begann, an den Nägeln zu kauen. Sie fühlte sich vor den Mitarbeitern gedemütigt, zumal auch Hanning und Ingenieur Oskar Bollmann noch andere Posten fanden, die in der Aufstellung des Instituts fehlten, die ganz bestimmt bei den Bauarbeiten anfallen würden.

Archibald stöhnte: „So können wir die Angebote dem Aufsichtsrat nicht zur endgültigen Beschlussfassung vorlegen, da muss noch einiges geklärt werden. Spätestens in 14 Tagen müssen wir uns wieder zusammensetzen. Ich hoffe, dass bis dahin alle Unterlagen beschafft sind!

Wir müssen eine genaue Rechnung vorlegen, wie wir die Stillstandszeit überbrücken können. Für die Umbauarbeiten und möglicherweise für die Anlaufzeit müssen wir Pappe zukaufen, damit wir keine Umsatzausfälle haben. Für den Dampfkessel sollte man vorsehen, dass man ihn von Kohle- auf Heizölfeuerung umstellen kann."

Leni, die mit dem Ausgang der Sitzung nicht zufrieden war, fuhr verärgert nach Hause. Sie hatte davon geträumt, wie alle Mitarbeiter sie beglückwünschen und ihr gratulieren würden, dass man jetzt den lang erwarteten Schritt zur modernen Fabrik tue und sie sich als die große Führungspersönlichkeit in der Firma durchgesetzt habe. Das war eine Blamage gewesen! Auf der Fahrt nach Baden-Baden war sie erst stumm und sagte dann zu Gustel Hanning: „Was sagen Sie denn jetzt zu der ganzen Sache?"

„Ich werde mich gleich am Montag daran setzen, mit Bollmann die einzelnen Punkte zu klären, der ist ja ganz patent. Dr. Weiler hat Recht, wir müssen uns absichern. Wir müssen mit Dr. Fabricius sprechen, vielleicht auch mit dem Anwalt, dass wir eine Garantieerklärung erhalten, das wäre schon sehr wichtig für uns!"

Leni brummte nur ärgerlich: „Wenn Sie meinen!"

In Baden-Baden saß Willi Schulz wie auf Kohlen und sagte zu seiner Schwiegermutter: „Siehst du, Leni kommt mal wieder zu spät! Kannst du mir nicht schon mal den Kaffee geben? Länger will ich jetzt nicht warten. Wir müssen doch um sieben Uhr beim Richtfest auf dem neuen Bauhof sein, und jetzt ist es schon fünf nach sechs Uhr! Die ganze Woche über habe ich Leni keine fünf Minuten in Ruhe sprechen können! Montag hat die Stadtratsitzung bis um 11 Uhr gedauert, Dienstag war Fraktionssitzung, Mitwoch tagte der Forstausschuss, Donnerstag ging sie zum Kirchenchor, und gestern traf sie sich mit dem Frauenverein. Nächste Woche geht es dann genauso weiter!"

Aber dann kam Leni doch noch. Willi war schon sehr ungeduldig: „Gut, dass du kommst, wir müssen gleich los, das Richtfest beginnt doch schon um sieben Uhr!"

Leni war verwirrt: „Was, Richtfest? Ich denke, wir gehen heute ins Symphoniekonzert? Da haben wir doch noch Zeit! Ich dusche schnell, und Mutter wird uns sicher ein paar Brote richten!"

Aber da wurde Willi ärgerlich: „Nee, kein Symphoniekonzert! Du weißt doch, heute ist Richtfest vom Bauhof!"

„Oh je, das hab ich ja ganz vergessen! Aber ich möchte doch gerne ins Symphoniekonzert, ich hab mich jetzt schon so darauf gefreut! Dreimal musste ich schon absagen, dabei bin ich doch im Vorstand und in der Programmdirektion! Heute bringen sie gerade die große Schubert-Symphonie. Ich hab durchgesetzt, dass wir Verstärkung aus Karlsruhe und vom Südwestfunk-Orchester bekommen! Kannst du nicht allein zum Richtfest gehen, wenn das für dich wichtig ist?"

Willi knurrte: „Nie können wir zusammen ausgehen! Wenn ich allein zum Richtfest gehe, dann sitze ich mit den Arbeitern an einem Tisch, das ist mir zwar lieber als am Tisch vom OB, aber ich möchte doch den Auftrag zum Bau des Schwimmbads am Hardberg erhalten. Ich kann meine Ideen dem OB nicht so richtig vortragen, aber wenn du dabei bist, sitzen wir am Honoratiorentisch neben dem OB. Dich als Stadträtin muss er schon an seinen Tisch bitten! Und wenn du in den Bundestag willst, ist es auch wichtig, dass du mit Wählern zusammenkommst, das ist doch beim Richtfest viel besser als im Konzert. Da könnt ihr doch nicht miteinander reden, nur in der Pause, und da beschlagnahmen dich die Damen vom Frauenring. Das sind doch sowieso alles Leute, die dich wählen!"

Leni gab wie schon oft mal wieder – wenn auch mit einem Seufzer – nach, denn sie hatte gegenüber Willi doch ein schlechtes Gewissen, weil sie nicht genug Zeit für ihn hatte.

Als Leni und Willi auf dem Bauhof ankamen, hatten die Feierlichkeiten schon begonnen. Sie wurden zum Tisch des Oberbürgermeisters, eines Herrn von 75 Jahren, geführt, der immer wieder auf die Uhr schaute. An ein Gespräch, wie Leni es sich vorgestellt hatte, war aber nicht zu denken, denn die Blechmusik spielte so laut, dass man sein eigenes Wort nicht verstehen, sondern dem andern nur einzelne Worte laut entgegenschreien konnte. Der OB hatte seine Rede schon gehalten, schaute noch einmal auf die Uhr und brüllte: „Es tut mir leid, ich wäre gerne noch etwas geblieben, aber ich habe Karten für das Symphoniekonzert. Es gibt dort die große C-Dur-Symphonie von Schubert, ich muss aufbrechen!" – und verschwand.

Leni hatte den Ehrgeiz, eine politische Karriere zu machen. Ihr hatte die Arbeit auf dem Rathaus in Baden-Baden, die Möglichkeit, zwischen der französischen Besatzungsmacht und den Erfordernissen der Bevölkerung zu vermitteln, sehr gefallen. Als sie bei Weiler & Busch nicht in die Führungsspitze aufsteigen konnte, dachte sie: „Jetzt zeige ich es denen aber einmal!", und hoffte darauf, in den Bundestag gewählt zu werden. Aber eine politische Heimat fand sie bei den beiden großen Parteien nicht. Die SPD war für sie als Unternehmerin indiskutabel, und die CDU war ihr zu nationalistisch angehaucht, eine Partei, die keine Möglichkeit zur Entfaltung bot. Über den Frauenring, bei dem sie sehr bald den Vorsitz in Baden-Baden übernahm, kam sie in Verbindung mit Marie-Elisabeth Lüders, der FDP Abgeordneten und Alterspräsidentin des Deutschen Bundestages. Marie-Elisabeth Lüders bestärkte sie in ihrem Wunsch, für den Bundestag zu kandidieren. Ein Direktmandat über die FDP zu gewinnen, war so gut wie ausgeschlossen. Aber wie würde sie auf der Landesliste abgesichert sein? Denn bei der Aufstellung zur Landesliste musste gekungelt werden, aber Leni, so zielstrebig sie war, fehlten letztlich die Ellenbogen, um sich durchzusetzen. Sie engagierte sich aus diesem Grund einen Wahlkampfleiter, der beim Südwestfunk angestellt war und über viele politische Beziehungen verfügte. Der riet ihr: „Seien Sie aktiv, unternehmen Sie viel, treten Sie überall auf, kommen Sie zu allen Veranstaltungen, ob Sie eingeladen sind oder nicht, besuchen Sie die Dörfer, stellen Sie sich den Diskussionen. Ich werde schon dafür sorgen, dass Presse und Rundfunk überall dabei sind. Sie müssen im ganzen Land noch bekannter werden, als Sie es schon sind!"

Im Sommer 1957 wollte Bundeskanzler Dr. Konrad Adenauer seinen Urlaub auf der Bühlerhöhe verbringen. Der Wahlkampfleiter von Leni suchte sie eines Abends in ihrer Wohnung auf und sagte: „Frau Schulz-Weiler, die Gelegenheit müssen Sie ergreifen! Sie haben doch in der Nähe der Bühlerhöhe am Herrenwieser See ein Häuschen. Adenauer gehört zwar nicht unserer Partei an, aber laden Sie doch den Kanzler einfach ein, oder, noch besser, ich werde es organisieren. Ich habe gehört, dass der Kanzler gerne im Wald spazieren geht, und da wird er einfach bei Ihrer Hütte vorbeikommen. Wir werden dort von ein paar Förstern auf den Waldhörnern Jagdsignale blasen lassen. Ziehen Sie sich ein Dirndl an, nehmen Sie auch ihre kleinen Kinder mit und bieten Sie ihm Kirschwasser und Schwarzwälder Schinken an, das zieht immer! Ich werde dafür sorgen, dass der Rundfunk und die Presse da sind. Sicher nützt Ihnen das, um Sie auf der Landesliste etwas nach vorne zu bringen!"

Lenis ganze Familie war von dieser Idee begeistert. Leni und ihre Familie – fotografiert mit dem Kanzler, das müsste doch Wirkung zeigen!

Der Wahlkampfleiter setzte sich mit dem Forstamtsleiter Kaltenbronn in Verbindung, denn der Oberforstrat war der Ansprechpartner für Jagdfragen bei Besuchen der politischen Prominenz. Konrad Adenauer hatte nichts dagegen einzuwenden, dass ihn der Oberforstrat zu einem besonders malerischen See in der Nähe seines Hotels führen wollte, einer alten Karlandschaft aus der Eiszeit. Er versprach ihm auch, Rotwild zu zeigen.

Als der Kanzler zusammen mit seiner Tochter Lotte durch den Wald fuhr, waren sie zuerst recht angetan von den Geschichten, die der Oberforstrat erzählte. Als dann aber der Kanzler Fragen zum Wald stellte, musste der Oberforstrat passen, denn es war nicht sein Revier, den Leiter des zuständigen schifferschaftlichen Forstamtes hatte man nicht eingeladen. Auch der Verwaltungsrat der Murgschifferschaft als Grundherr wusste von diesem Besuch nichts.

Als man sich dem See näherte und der Kanzler 60 bis 70 Personen dort stehen sah, war er sichtlich verärgert. Er wollte keinen Presserummel, er wollte sich in Ruhe erholen. Die Förster bliesen das Signal „Hirsch tot“ und „Halali“, worauf Adenauer nur trocken bemerkte: „Meint ihr denn, ich kratze so bald ab?“

Da kam Leni mit Kirschwasser und Schinken, und als sie sah, wie ungehalten Adenauer über die von überall herandrängenden Pressefotografen und Journalisten war, hielt sie nur eine kurze Ansprache, dass sie sich freue, als Mitglied der Murgschifferschaft den Kanzler hier im Wald begrüßen zu können. Dann verzogen sich alle in die Hütte. Pflichtschuldigst stellte Adenauer ein paar Fragen über die Murgschifferschaft, und die Antworten, die der Oberforstrat gab, wurden von Leni korrigiert.

Die jüngste, zweijährige Tochter von Leni kletterte Adenauer auf den Schoß, aber sie blieb dort nicht lang, weil sie A-A machen musste, und Adenauer kontrollierte, ob nicht schon auf seinem Schoß etwas geschehen war.

Als am Abend das Bläserkonzert und Lenis Rede im Rundfunk übertragen wurden, war man in der Murgschifferschaft verärgert. Den Empfang des Bundeskanzlers auf eigenem Grund und Boden durch einen fremden Forstmeister fand man ungehörig.

In Gernsbach und auch in Baden-Baden machte man sich jedoch über Leni lustig. Als es dann um die Aufstellung für die Listenplätze ging, da landete sie nur auf Platz sechzehn.

Auch nachdem die Kartonmaschine für Weisenbach bestellt, Aalen und die Guldesmühle verkauft und das Sägewerk in Weisenbach abgewickelt waren, gab es weiterhin Reibereien zwischen Leni und Archibald. Leni hatte zwar das durchgesetzt, was sie wollte, aber Archibald fühlte sich verantwortlich dafür – wenn er schon so viel aus seinem Bereich für die Kartonmaschine geopfert hatte –, dass diese Anlage auch richtig anlief. So war er, wenn es ihm möglich war, jeden Nachmittag in Weisenbach, sprach mit den Bauleuten und kümmerte sich um jedes Detail, was Leni als Einmischung in ihren Bereich empfand.

Die Anlagen aus den Werken Aalen und Guldesmühle, die nun verkauft waren, schickte Archibald nach Fürnitz, um dort das Säge- und Imprägnierwerk zu modernisieren. Aber dort hatte er nicht viel Glück damit. Die Anlagen waren kaum montiert, als ein Feuer sie vernichtete. Das löste zunächst große Unruhe aus, aber die Firma war gut versichert, und nach einem halben Jahr liefen die neuen Maschinen in Fürnitz zur vollen Zufriedenheit.

Der Preis für das Werk war vom österreichischen Staat noch einmal nach oben geschraubt worden, und zudem verlangte die Regierung noch eine Verpflichtung, dass keine Arbeitskräfte entlassen wurden. Aber 300 Arbeiter, die in Fürnitz beschäftigt waren, das waren zu viele. Der Holzhausbau war aufgelöst, und es gab keinen Ersatz dafür. Wenn man die Arbeitskräfte richtig beschäftigen wollte, dann musste eine weitere Fertigung auf dem Werk aufgenommen werden, und das war nur mit neuem Kapital möglich. Zudem musste dann ein weiterer Geschäftsführer bestellt werden, denn Direktor Messner war seit dem Ausscheiden von Joseph Haflinger verunsichert und wagte überhaupt nichts mehr. An jedem Monatsende, wenn der Zahltag fällig wurde, konnte Archibald damit rechnen, von der Bank angerufen zu werden, und jedes Mal musste dann kurzfristig eine Bürgschaft gegeben werden. Dazu musste Archibald aber zumindest die Zustimmung von Johannes haben, der sie sich höchst ungern abringen ließ, manchmal musste sogar der Aufsichtsrat entscheiden.

Für Archibald gab es nur zwei Wege: Entweder das Werk würde sich den Umsatz durch Aufträge in Nahost und Italien holen, um die Kapazität des Werkes voll auslasten zu können, aber für diese Aufgabe war Messner nicht geeignet. Es müsste ein zweiter Geschäftsführer her, der die Aufträge auch hereinholen konnte und der die Organisation des Werkes schaffte. Leberecht hatte versucht, ihm einen Prokuristen zur Seite zu stellen, aber Messner hatte diese Konkurrenz wieder weggebissen.

Die andere Lösung war, auf dem großen Gelände noch eine vollkommen neue Fertigung aufzubauen. Man dachte daran, ein Betonschwellenwerk, ein Spanplattenwerk oder eine Kartonfabrik dort zu bauen, aber dazu brauchte man die Hilfe der österreichischen Bundesregierung.

Nach vielen Bemühungen bekamen Archibald und Messner eine Audienz beim österreichischen Finanzminister Kamitz. Sie wurden pünktlich vorgelassen, aber man sagte ihnen, dass der Herr Minister leider nur eine beschränkte Zeit zur Verfügung habe, die Herren sollten sich bitte kurz fassen.

Archibald erklärte die Schwierigkeiten, in die das Werk gekommen war durch den überhöhten Kaufpreis für ein Werk, das einem eigentlich schon gehörte, und die Auflage, keine Arbeitskräfte zu entlassen, weil das Werk im Gebiet mit slowenischer Bevölkerung lag.

Der Minister zitierte darauf nur: „pacta sunt servanda – Verträge müssen gehalten werden!“, worauf Archibald antwortete: „Wo nichts ist, hat der Kaiser sein Recht verloren!“

Kamitz gab den Rat, sich an den Kärntner Landeshauptmann zu wenden, der gehöre aber einer anderen Partei an, das sei ein Roter! Er könne da nur eine Empfehlung aussprechen, sich der Sache anzunehmen. Und damit war die Audienz zu Ende.

Die nächste folgte dann beim Kärntner Landeshauptmann, der etwas gemütlicher war und eineinhalb Stunden Zeit hatte. Aber auch er konnte keine Unterstützung für neue Pläne geben, denn das ganze Geld war schon für den Ausbau der Kraftwerke an der Drau verplant. Er wolle nur dafür sorgen, dass das Werk auch Aufträge von der örtlichen Elektrizitätsgesellschaft, der Kelag, erhalte, bei der er Aufsichtsratsvorsitzender war. Aber diese Aufträge kamen nie.

Archibald setzte nun durch, dass neben Messner noch ein zweiter Geschäftsführer eingesetzt wurde. Es war der Leiter der Guldesmühle, Graf, von dem Archibald sehr viel hielt.

Nun wurde begonnen, den Export nach Übersee in großem Umfang aufzuziehen. Es musste mehr als dreimal so viel Holz eingekauft werden, und das brachte Finanzierungsprobleme. Die Zusammenarbeit zwischen den beiden Geschäftsführern war zunächst auch nicht einfach, denn Messner setzte sich mit Leberecht in Verbindung, und es kam jetzt auch immer wieder zu Reibereien zwischen Archibald und Leberecht.

Ferdinand von Seydlitz hatte wenige Tage, nachdem er von Luzern zurückgekommen war, 500 Aircos bei sich im Keller eingelagert und kam zu Archibald, um ihn zu fragen, ob er nicht im Gernsbacher Werk einen Schuppen habe, wo er die 6.000 Aircos einlagern könnte, denn jetzt laufe die Anzeigenserie, und er rechne damit, dass jede Woche einige hundert Geräte verkauft würden. Die könne er nicht in seinem Keller lagern, er müsse noch weitere Räume dafür anmieten.

Nachdem die erste Anzeige erschienen war, wartete er mit Spannung jeden Morgen auf die Post, um zu sehen, wieviel Stück bestellt wurden. Aber statt Hunderte waren es nicht viel mehr als zehn oder höchstens 20 Aufträge, die täglich eintrafen. Auch Archibald stellte einen Airco in seinem Arbeitszimmer auf, als er die übliche Herbsterkältung hatte, aber er stellte weder bei sich noch bei seiner Frau eine Besserung fest. Sein Schwiegervater Dr. Ebert meinte nur, eine Erkältung dauere, wenn man sie behandele, eine Woche, und wenn man sie nicht behandele, sieben Tage. Karola Fabricius stellte den Apparat in ihre Rumpelkammer, weil sie das Gefühl hatte, die Kinder würden eher noch kränker als gesünder. Nur wenn Marianne und Ferdinand zu Besuch kamen, wurde er wieder aufgestellt.

Ferdinand beschwerte sich bei Schwindling, dass der Vertrieb des Airco nicht richtig laufe, aber der erklärte ihm, dass das nur an seiner Vertriebsorganisation liege, denn in der Schweiz habe das Gerät einen sagenhaften Absatz. Als Ferdinand nach ein paar Tagen ihn noch mal anrufen wollte, bekam er ihn nicht an den Apparat. Es hieß nur, Herr Schwindling sei auf Geschäftsreisen oder in einer Konferenz oder er würde auf der anderen Leitung telefonieren und gleich zurückrufen, aber dieser Anruf kam nicht.

Kurze Zeit danach kam von Schwindling ein Brief, in dem er mitteilte, dass er leider einen Prozess mit dem Erfinder des Airco verloren habe und dass er den Namen nicht mehr weiter benützen dürfe. Das Gerät werde jetzt unter dem Namen Schwindling verkauft. Ferdinand antwortete ihm, dass dieser Name nun wirklich nicht werbewirksam sei, die Kunden hätten dabei den Eindruck, dass das Gerät ein Schwindel sei.

Schwindling war verschnupft. Was sich der Herr von Seydlitz denn einbilde! Ein blöderes Argument sei ihm noch nie untergekommen. Solche Wortspiele seien vielleicht in den Offizierscasinos üblich, aber unter Kaufleuten nicht. Als Ferdinand die Anzeigen, die er schon bezahlt hatte, wohl oder übel auf den Namen Schwindling umschreiben ließ, gingen die Aufträge noch weiter zurück.

Bisher hatte er Marianne von dem Fiasko nur wenig erzählt, das ganze Geld für die Anzeigen war in den Sand gesetzt. Nun einen Strich darunter ziehen und zugeben, dass er sich getäuscht hatte? Bei Weiler & Busch reumütig um eine Stellung bitten? Oder doch noch versuchen, bei der Bundeswehr unterzukommen? Das war mit zu hohen Gesichtsverlust verbunden. Alle würden über ihn lachen. Aber wie konnte er diese Scharte auswetzen?

Er suchte nach etwas Neuem. Über eine Anzeige in der Frankfurter Allgemeinen Zeitung bot ein Erfinder eine sensationelle Raumheizung an, für die er jemand suche, der die Großfertigung übernehmen könnte. Der Erfinder, Herr Weiß, und dessen Assistent Gerstner kamen nach Baden-Baden, um sich mit Ferdinand zu treffen. Beide machten auf ihn einen wesentlich solideren Eindruck als Herr Schwindling. Sie waren bescheidene, einfache Leute und hatten Geduld mit ihm, als er Verschiedenes nicht gleich verstand.

Die Geräte waren zum Patent angemeldet. Die einzelnen Teile konnte man im Lohn fertigen lassen, man brauchte nur eine Halle, wo man sie montieren konnte. Herr Weiß erklärte ihm, er müsse nur ein gutes Vertreternetz aufbauen. So wie das Herr von Seydlitz bisher gemacht hatte, über Anzeigen zu verkaufen, das sei nicht sehr klug gewesen, es sei nur herausgeworfenes Geld. „Sie müssen für das ganze Gebiet Vertreter einstellen, die die Verbraucher einfach abklappern. Dieses Gerät hier kostet nur 120 DM! Ich möchte mal sehen, welche Hausfrau darauf verzichtet, ein solches Gerät zu kaufen, mit dem sie für 200 bis 300 DM im Jahr Strom sparen kann."

Ferdinand war trotz seiner schlechten Erfahrung mit Schwindling begeistert. Schwindling, das war ihm jetzt klar, das war ein Hochstapler, aber das hier waren jetzt solide Handwerker. Es würde vielleicht nicht ganz so schnell gehen, wie er gedacht hatte, um die Verluste, die er durch das Geschäft mit Schwindling erlitten hatte, auszugleichen, aber in vier bis fünf Jahren wären die Verluste vergessen. Womöglich könnte er dann auch wieder Aktien von Weiler & Busch erwerben und Archibald helfen, die Firma zurückzukaufen.

Voller Tatendrang ging er zunächst zu Weiler & Busch und erzählte sowohl Archibald als auch Johannes von seiner neuen großartigen Idee. Man brauche die Geräte nur in die Steckdose stecken, und sie lieferten mehr Energie als sie verbrauchten. Archibald lachte: „Du, das ist das perfekte Perpetuum mobile, und ich weiß, dass das nie funktioniert!"

Blummüller erklärte, das könnte ja ein Heizgerät mit hohem Wirkungsgrad sein und wollte mehr darüber wissen, wie es funktioniere, aber das wollte Ferdinand nicht preisgeben. Das sei ein Geheimnis, er habe den Erfindern versprochen, das Geheimnis zu wahren. Es sei der Atomreaktor in der Westentasche.

Der Erfinder experimentierte auf einem Gebiet, das man später Brennstoffzelle nannte. Er wollte durch Elektrolyse das Wasser in Wasserstoff und Sauerstoff zerlegen. Aber mit seinen Überlegungen war er 50 Jahre zu früh dran. Erst im 21. Jahrhundert sollte diese Idee von großen Industriefirmen wieder aufgenommen werden.

In seiner Begeisterung ließ Ferdinand sich von niemand bremsen. Es gelang ihm, von der Commerzbank einen Kredit von mehreren hunderttausend Mark zu erhalten, den Weiler & Busch nie erhalten hatte. Das Vermögen seiner Frau stand ja dafür gut.

Ferdinand mietete sofort das ganze untere Stockwerk in der Villa von Archibald in der Bleichstraße, wo die Wohnung frei geworden war, weil die französischen Besatzungstruppen aus Gernsbach abgezogen waren, und er mietete dazu noch eine große alte Villa auf dem Kelterberg, die mehr als zwanzig Räume hatte und gerade leer stand. Innerhalb kurzer Zeit hatte er 20 Angestellte. Es waren vor allem frühere Offizierskameraden.

Als Archibald einmal von seinem Chauffeur abgeholt wurde und gleichzeitig der Erfinder aus dem Haus kam, schaute der Chauffeur den Mann sehr aufmerksam an und erklärte dann: „Den Mann kenne ich doch, der war Fahrer einer Straßenwalze, was will der denn hier?“

Archibald erklärte es ihm und meinte, dass er sich bestimmt geirrt habe. Er habe sich zwar nicht nach dem Werdegang des Mannes erkundigt, aber studiert habe der ganz bestimmt. Der Chauffeur blieb jedoch bei seiner Meinung, er täusche sich da nicht.

Die Commerzbank wollte jetzt Ergebnisse sehen. Als Schwindling die zugesagte Zahlung für seine Geräte einforderte, Ferdinand sie aber nicht bezahlen wollte, wandte sich Schwindling an die Bank und forderte die Bankgarantie, für die die Aktien von Weiler & Busch hinterlegt waren, ein. Die Bank war zwar zunächst damit einverstanden, dass die Garantie in ein Darlehen umgewandelt und die Geräte zusätzlich verpfändet wurden. Aber als die Geräte nicht verkauft werden konnten, wurde die Bank hellhörig und forderte auch Rechenschaft darüber, wie es mit den Heizgeräten aussehe. Sie verlangte ein Sachverständigengutachten, und als dieses nicht beikam, stellte sie die Kredite fällig und drohte damit, die Aktien auf dem freien Markt zu verkaufen. Aber bevor die Bank damit begann, bot sie die Aktien Archibald an.

Archibald befand sich jetzt in einer Notsituation. Thomas Haber hatte möglicherweise 25 Prozent, vielleicht aber auch schon 28 oder 30 Prozent der Weiler & Busch-Aktien. Mariannes Aktien betrugen etwa zehn Prozent des Kapitals, und damit hätte Thomas annähernd 40 Prozent, die Familie hätte ihre Aktienmajorität verloren. Möglicherweise könnte er sich die wenigen Prozent, die ihm noch fehlten, über die Börse zukaufen.

Die Bank bot Archibald an, ihm einen Kredit einzuräumen, den sie von Seydlitz nicht mehr gewähren wollte. Aber Archibald müsse sich innerhalb von zwei Tagen entscheiden.

Er überlegte sich, dass er die Aktien ja vielleicht weiterverkaufen könnte an Interessenten, die er in Ruhe suchen würde. Er bekam ja auch Dividende und vielleicht könnte man auch sein Gehalt erhöhen, wenn er einmal Vorstandsvorsitzender sei, ein Ziel, das er immer noch nicht aufgegeben hatte. Mit dem neuen Aufsichtsrat könnte er das vielleicht in ein oder zwei Jahren durchsetzen. Und so ging er auf den Handel mit der Bank ein.

Ferdinand wollte Vergleich oder Konkurs anmelden, aber Marianne wollte das nicht. Ihr Name sollte nicht mit so etwas befleckt werden. Mit Hilfe eines Anwalts gab es einen außergerichtlichen Vergleich, ein Moratorium, in dem Marianne sich verpflichtete, für sämtliche Schulden ihres Mannes geradezustehen und innerhalb eines Jahres die Gläubiger mit 100 Prozent zu befriedigen.

Die Angestellten wurden entlassen, Ferdinand wurde das, was er eigentlich nicht wollte, Privatmann, der seinen Neigungen lebte, denn er bezog eine Pension als Major, und auch von Mariannes Vermögen war noch einiges übrig geblieben.

Vier Wochen nachdem Archibald die Aktien von der Commerzbank gekauft hatte, rief die Volksbank an und teilte ihm mit, dass sie die Aktien, die Hiltrud Sutter bei ihr hinterlegt hatte – immerhin waren es 200.000 DM nominal –, verkaufen müsse: Der Kaufmann Udo Weiß habe Konkurs angemeldet. Archibald fragte nach dem Grund, und der Bankdirektor sagte ihm: „Ich war ja schon immer skeptisch, dieser Auftrag an die Bundeswehr ist nicht zustande gekommen. Die Rüstungsbetriebe, die den Panzer geliefert hatten, haben die Erzeugnisse von Weiß nicht angenommen. Nun ist die Frage, an wen wir die Aktien verkaufen sollen. Es liegt auch noch ein Angebot von der Handels- und Gewerbebank in Heilbronn vor."

Nachdem Archibald schon beträchtliche Schulden hatte, sagte er: „Ich habe Interesse, aber zu dem Börsenkurs kann ich nicht kaufen. Zu welchem Preis können Sie mir die Aktien überlassen?"

Nach längerem Feilschen konnte er die Aktien um zehn Prozent unter dem Börsenkurs kaufen.

Zu Ursel sagte er: „Jetzt bin ich so hoch verschuldet, dass ich bald einen Partner außerhalb der Familie brauche! Ich musste die Aktien kaufen, wenn wir nicht alles verlieren wollten."

„Hast du auch deinen Vater gefragt?"

„Nein, das hat doch keinen Zweck. Wenn man etwas will, dann muss man selber entscheiden, sonst ist man wieder von so vielen abhängig, und das möchte ich nicht."

Leberecht hatte nach dem Verkauf von Aalen das Interesse am Geschäft verloren. Er war jetzt 68 Jahre alt. Eine große Zukunft sah er für sich und für die Firma nicht mehr. Die ewigen Querelen mit Dembowski gingen ihm auf die Nerven. Er wollte sich zur Ruhe setzen, aber doch nicht ganz. Wenn er aus dem Vorstand zurücktrat, dann wollte er wenigstens in den Aufsichtsrat. Aber Dr. Seidel wollte ihn dort nicht haben, und die meisten anderen Aufsichtsräte auch nicht. Die Banken spielten eine immer größere Rolle, je mehr Geld die Firma brauchte.

Archibald sah, dass es nicht weiterging, solange die Bankenvertreter das Sagen in den Aufsichtsratssitzungen hatten. Die Sitzungen dauerten endlos, vor allem nachdem der alte Direktor Thiedemann von der Dresdner Bank in Pension gegangen war. Thiedemann als Lübecker hatte immer noch ein offenes Ohr für die Wünsche von Leberecht gehabt. Aber sein Nachfolger, Herr Kraftmeier, ein Angestellter der Kreditabteilung in Hamburg, fühlte sich immer als verlängerter Arm der Bank, der darauf achten musste, dass deren Interessen nicht gefährdet waren.

Nach einer Aufsichtsratssitzung, bei der man aufgrund recht ordentlicher Ergebnisse eine Ausschüttung von sechs Prozent Dividende beschlossen hatte, erklärte er am Schluss der Sitzung, nachdem er sowohl für die Dividende als auch für die ganzen Investitionen gestimmt hatte, dass die Bank der Meinung sei, dass die Firma Weiler & Busch ihre Kredite um eine Million DM zurückzuführen habe.

Der Vorstand ging ziemlich gedrückt aus dieser Sitzung heraus. Auch die anderen Aufsichtsratsmitglieder waren empört, aber sie wussten nicht, was sie machen sollten.

Archibald war der Meinung, dass man sich das nicht gefallen lassen sollte. Man müsse die Bank wechseln. Aber Dembowski meinte nur: „Das wird Mießmann nicht mitmachen!"

Archibald blieb nicht tatenlos. Er hatte wenige Tage vorher in der Zeitung gelesen, dass die Getreidehandelsbank in Darmstadt von einem Münchner Financier Münnemann, bekannt durch seine Revolvingkredite, gekauft worden war, der sie zu einer Großbank machen wollte. Zwei Tage später besuchte Archibald die Bank, von der er annahm, dass sie neue Kunden suchte, und die neue Großbank, die in Frankfurt ihr Hauptquartier gebildet hatte, war außerordentlich erfreut, einen neuen Kunden zu bekommen.

Durch die neuen Kredite bei der Handelsbank in Frankfurt war die Firma jetzt zwar die größten Geldsorgen los, und es konnte wenigstens der Holzeinkauf in Schweden finanziert und die Dividende bezahlt werden, zumal Leberecht seine alten Beziehungen zur Stockholmer Privatbank wieder aufgenommen hatte, aber die Dresdner Bank konnte man noch nicht ablösen, was, wie Archibald meinte, dringend notwendig sei, um überhaupt zu wissen, wie man sich in Zukunft verhalten sollte. Kraftmeier führte in der Aufsichtsratsitzung oft das große Wort und hatte letztlich doch nichts zu sagen.

Über die Kredite, die Weiler & Busch brauchte, wurde vom Gesamtvorstand der Bank in Frankfurt entschieden, zum Teil mussten sie noch im Kreditausschuss vom Aufsichtsrat bestätigt werden. So bekam Weiler & Busch nie eine verbindliche Zusage. Aber für die großen internationalen Geschäfte, die Archibald jetzt mit Schwellenaufträgen für die Türkei, für Irak und Iran, eingeleitet hatte, bei denen es um Auftragswerte von Millionen ging, brauchte er Sicherheiten.

Archibald hatte Glück. Als er in Frankfurt vor der Hauptwache stand und auf die Straßenbahn wartete, sah er plötzlich Direktor Marc Eriksson von der Stockholmer Privatbank, den er kennengelernt hatte, als er mit seinem Vater in Schweden war. Archibald hatte wenige Tage zuvor gelesen, dass die schwedische Zündholzgesellschaft eine Tochtergesellschaft in Frankfurt besaß, die Union-Bank, die das Geschäft ausweiten wollte, und fragte seinen Freund auch gleich danach. Marc sagte, dass er im Aufsichtsrat der Bank sitze. Die Bank habe bisher keine bedeutenden Geschäfte gemacht, aber jetzt solle sie mit Hilfe der Stockholmer Privatbank wieder richtig aktiv werden.

„Wenn du Zeit hast, gehen wir zum Rossmarkt, und ich mache dich mit dem Vorstand der Bank, Peter Mannheimer, bekannt."

Zehn Minuten später saßen sie im Direktionszimmer von Peter Mannheimer, der höchst erfreut war, einen großen Kreditkunden zu gewinnen, und meinte, er müsse jetzt mal nach Gernsbach kommen, er brauche den Prüfungsbericht des Wirtschaftsprüfers. Drei Millionen DM würde er gerne geben. Archibald erläuterte seine Pläne über die Umgestaltung der Firma, erzählte von den großen Schwellengeschäften. Mannheimer bot ihm auch an, bei Bedarf mit zeitlich begrenzten Extrakrediten zur Verfügung zu stehen.

Peter Mannheimer kam schon eine Woche später nach Gernsbach. Johannes war von seinem Besuch angenehm überrascht, denn auch er hatte die ständige Bettelei bei der Dresdner Bank satt. Innerhalb einer weiteren Woche war der Wechsel der Bank vollzogen. Aber Kraftmeier gab deswegen noch nicht seinen Aufsichtsratsposten zurück, sondern führte auch in der nächsten Sitzung das große Wort. Dr. Seidel hatte zwar den Wunsch, dass Leberecht bald aus dem Vorstand ausschied, aber im Aufsichtsrat als stellvertretenden Vorsitzenden wollte er ihn auch nicht haben.

Zunächst einmal benutzte er ein Steuerverfahren, das gegen Leberecht lief, um ihn gänzlich aus der Firma herauszudrücken. Eines Morgens, aus heiterem Himmel, war die Steuerfahndung mit 20 Beamten Schlag neun Uhr nicht nur in Gernsbach und Lübeck, sondern auch in den Zweigstellen Aalen, Guldesmühle und Kehl erschienen und machte eine Hausdurchsuchung, die sich auch auf die Wohnung von Leberecht, Archibald, Johannes und Dembowski erstreckte.

Bei Archibald, der überhaupt nicht ahnte, worum es ging, durchsuchte man nicht nur seine umfangreiche Bibliothek, sondern öffnete auch die Kleiderschränke und die Wickelkommode seines kleinen Sohnes. Auf Ursels ironischen Hinweis, ob sie nicht auch im Uhrenkasten nachsehen wollten, dort habe sich im Märchen das jüngste Geißlein versteckt, schauten sie tatsächlich auch dort nach.

Das Ganze endete nach drei Monaten damit, dass das Verfahren mangels Tatverdacht eingestellt wurde. Nur bei Leberecht gab es in seinen persönlichen Papieren einige ungeklärte Vorgänge. Die Untersuchung dauerte hier zwei Jahre. Wie früher erstreckte sie sich auf Geschäfte mit Schweden.

So lange das Verfahren lief, wehrte sich Dr. Seidel gegen die Aufnahme von Leberecht in den Aufsichtsrat. Das Verfahren gegen Leberecht wurde eingestellt, aber Dr. Seidel und Mießmann machten weiterhin Schwierigkeiten. Leberecht fuhr selber nach Frankfurt zur Dresdner Bank und bat um ein Gespräch mit dem Sprecher des Vorstands, einem älteren gemütlichen Herrn, der es bedauerte, dass die Geschäftsbeziehungen abgebrochen seien, aber so ein alter Kunde wie Weiler & Busch, mit dem müsse man doch wieder ins Geschäft kommen. Als Leberecht meinte, dass er gerne aus dem Vorstand ausscheiden und in den Aufsichtsrat gehen wollte, sagte der Sprecher: „Selbstverständlich! Herr Kraftmeier wird heute noch sein Aufsichtsratmandat bei Ihnen niederlegen."

Am nächsten Tag war Aufsichtsratssitzung und am übernächsten Tag Hauptversammlung in Gernsbach. Man saß im Sitzungssaal und wartete. Die Aufsichtsräte hatten sich versammelt, nur Kraftmeier fehlte. Seidel schaute schon unruhig auf die Uhr, als er ein Telegramm erhielt, in dem Kraftmeier sein Mandat im Aufsichtsrat niederlegte.

Die Nachricht schlug wie eine Bombe ein. Nun war der Plan von Dr. Seidel, Leberecht aus dem Aufsichtsrat fernzuhalten, gescheitert.

Die Hauptversammlung dauerte länger als gewöhnlich, weil Thomas Haber auf die Uneinigkeit im Vorstand und im Aufsichtsrat hinwies und zu jedem Punkt der Tagesordnung Widerspruch einlegte. Dr. Seidel, der sonst immer äußerst scharf dem Opponenten entgegentrat, war diesmal fahrig und unkonzentriert. Aber schließlich ging doch alles noch gut über die Bühne. Leberecht wurde in den Aufsichtsrat gewählt und legte seine Stellung als Vorstandsvorsitzender nieder.

Archibald war aber mit der Entwicklung immer noch nicht glücklich. In der Hauptversammlung hatte die Familie zwar noch die Mehrheit hinter sich gebracht, aber auf die Familie war kaum noch Verlass. Ihre Interessen gingen immer weiter auseinander. Im Aufsichtsrat wurde das Klima auch nicht besser, wenn sich dort Leberecht und Dr. Seidel stritten und Seidel gegen jeden Wunsch, den Leberecht vorbrachte, stimmte. Dabei wurde er von Mießmann unterstützt. Also müsste man auch Mießmann und die Schleswig-Holsteinsche Landesbank ablösen.

Im Vorstand war Archibald jetzt mit Dembowski, Blummüller und Fabricius zu viert. Aber Archibald war nicht, wie er gehofft hatte, zum Vorstandsvorsitzenden gewählt worden, sondern nur ein Vorstandsmitglied unter vieren. Johannes hatte ihm auch deutlich zu verstehen gegeben, dass er etwas dagegen hätte, wenn Archibald Vorsitzender würde. Dazu sei er noch viel zu jung. Archibald war zwar innerhalb des Vorstands der einflussreichste, weil er das ganze Geschäft kannte und weil er die Beziehungen zu den Banken hatte, obwohl das eigentlich in den Bereich von Fabricius fiel, und weil er ein Mensch mit neuen Ideen war, was man von den drei anderen nicht behaupten konnte. Aber die Führung im Unternehmen konnte er mit der nur mit Ach und Krach erreichten Mehrheit in der Hauptversammlung nicht erhoffen. Ihm war klar, dass er jetzt erst einmal seinen eigenen Anteil an den Aktien des Unternehmens stärken musste.

Archibald überlegte sich, ob er nicht die Firma zusammen mit Habers führen sollte, aber Thomas war wohl nicht der richtige Geschäftspartner, das war ihm nach den Verhandlungen in Österreich klar geworden. Aber vielleicht wäre das mit seinem Vetter Friedrich anders, und so lud er Friedrich Haber zu einem Gespräch in seine Wohnung nach Gernsbach ein, an dem auch Britta teilnehmen sollte.

Friedrich Haber, ein schlanker Man Mitte 40, der im Krieg einen Arm verloren hatte, war zunächst beeindruckt von Archibalds Haus. Er machte Ursel und Britta Komplimente, aber er ließ Archibald gar nicht zu Wort kommen, sondern sagte ihm, dass Archibald das Vertrauen der Familie Haber habe, im Gegensatz zu den anderen Personen der Familie Weiler, von denen er nicht viel halte. Archibald solle doch endlich die Alten ausbooten, er biete ihm an, seine Familie solle ihm, Haber, die Vertretung der Aktien übergeben und ihm die Führung des Unternehmens überlassen, er garantiere dann dafür, dass die Familie ein ordentliches Auskommen habe. Bei ihm würden klare Verhältnisse herrschen. Sein Vater und sein Onkel hätten alle Töchter ausbezahlt, die Firma gehöre zu 50 Prozent ihm und zu 50 Prozent seinem Vetter. Sein Vater sei nicht mehr in der Geschäftsführung. Nur so könne eine Firma existieren.

„Herr Weiler, ich kann Ihnen nur raten, sorgen Sie dafür, dass Ihr Vater sich aus dem Geschäft heraushält. Als ich aus dem Feld nach Hause kam, ging ich zunächst nicht in das Geschäft meines Vaters. Als er 70 Jahre alt wurde, meinte er, ich solle jetzt in das Unternehmen eintreten. Ich sagte zu, aber ich merkte, dass mein Vater nicht aufhören wollte. Ich sagte ihm, er könne gerne noch mitarbeiten, welches Ressort er denn noch gerne haben wolle, den Einkauf, den Verkauf oder die Finanzen? Aber das wollte er nicht, er wollte weiterhin mitbestimmen. Aber dazu war ich nicht bereit. Wenn er mir das Geschäft übergeben würde, dann wollte ich voll und ganz die Verantwortung haben. Die Führung des Unternehmens teile ich mit niemand! Da hat mein Vater nachgegeben und ist zurück nach Heilbronn gegangen. Es wurde ihm zu langweilig, und er fing ein Textilgeschäft an, mit dem hat er Schiffbruch erlitten. Nach einem Jahr war er froh, dass ich ihm geholfen habe, sein Textilgeschäft abzuwickeln."

Er lachte, während Britta, Archibald und Ursel sprachlos waren.

„Machen Sie das doch mit Ihrem Vater genauso! Die Zeit der Alten ist vorbei, sie haben zu viele alte Freunde, da gibt es zu viele Verpflichtungen.

Wie ich schon sagte: Überlassen Sie mir die Leitung des Unternehmens, ich werde die Firma schon sanieren."

Archibald entgegnete nur: „So ganz aus dem Unternehmen ausscheiden und nur noch Dividende kassieren, dazu bin ich nicht bereit!"

Friedrich Haber dankte Ursel für das vorzügliche Abendessen, küsste Ursel und Britta die Hand und fuhr zurück in sein Hotel nach Baden-Baden.

Archibald, Britta und Ursel saßen noch eine ganze Weile ratlos da. „So nicht!" fuhr es Archibald heraus. Er hätte es zwar gerne allein, ohne die Familie geschafft, aber mit Habers, das kam überhaupt nicht in Frage. Gewiss, sein Vater war nicht ganz einfach, er war sprunghaft, aber die von Haber vorgeschlagene Lösung erschien ihm unmenschlich. Da wäre es besser, einen ganz Fremden als Teilhaber zu suchen.

Er kam zu dem Schluss, dass es am besten sei, wenn er jetzt die Aktien von Thomas Haber kaufen würde, um dann zusammen mit seinem Vater die Mehrheit in der Gesellschaft zu haben. Dann könnte er endlich seine Ideen durchsetzen!

***

Auch nachdem Leberecht pensioniert war, erschien er jeden Morgen früh um acht Uhr im Büro, ordnete die Post, sah darauf, dass er auch bei allen Konferenzen zugezogen wurde, verhandelte – was er früher nie getan hatte – mit dem Betriebsrat über neue Tarifverträge. Wenn eine neue Maschine angeschafft werden sollte, war er derjenige, der die Lieferanten mit Fragen löcherte, und er beriet nicht nur den Einkauf von Holz, sondern er führte ihn auch selber durch. Dass er vor fünf Uhr nach Hause kam, geschah sehr selten.

Archibald und auch Johannes waren der Meinung, dass für die Nachfolge von Leberecht und Dembowski eine Person genüge. Wenn nur einer in Lübeck das Sagen hätte, würden die Streitigkeiten, die es den ganzen Tag zwischen Leberecht und Dembowski gab, wegfallen. Letztlich wollte Archibald ja auch etwas mehr zu tun haben, nachdem Guldesmühle und Aalen geschlossen worden waren.

Hans Stock, den sie sich dafür ausgesucht hatten, war ein Studienfreund von Archibald, ein ehemaliger Generalstäbler, dessen Großvater ein Imprägnierwerk in Berlin gehabt hatte, das enteignet worden war, und der bei einer chemischen Fabrik für den Vertrieb von Imprägniermitteln zuständig war. Er wurde zunächst mit Sonderaufgaben von Archibald beschäftigt, aber nachdem Leberecht in Pension gegangen war, sollte er seinen Sitz in Lübeck einnehmen.

Dort hielten aber Dembowski und Leberecht mit ihrem Wissen zurück. Im Direktionszimmer saß Hans Stock an einem Katzentisch, und bei jedem Telefongespräch, das er führte, gab es Zwischenrufe und Kommentare, wenn nicht von Leberecht, dann von Dembowski, und als Stock nach Schweden fahren wollte, um das dortige Geschäft kennenzulernen, wurde es ihm von Leberecht ganz einfach verboten. Stock beschwerte sich bei Archibald.

Jetzt musste Archibald mindestens einmal im Monat nach Lübeck kommen, um Streit zu schlichten und zu versuchen, Hans Stock das Rückgrat zu stärken.

Überhaupt war Archibald jetzt dauernd unterwegs. Zwar musste er nicht mehr nach der Guldesmühle und nach Aalen schauen, aber er musste mindestens einmal im Monat nach Wien und nach Fürnitz. Kaum eine Bankverhandlung, die bei den großen Geschäften immer wieder notwendig war, ging ohne Archibald. Er war kaum noch zu Hause. Hatte er in den ersten Jahren seine Frau auf die Reisen mitgenommen, so fuhr oder flog er jetzt nur kurz dorthin und kam oft am Abend wieder zurück, denn er hatte sich vorgenommen, sehr zum Ärger von Leni, sich um den Bau der neuen Kartonmaschine zu kümmern. Ihm war klar, dass die Aufstellung einer Papiermaschine mit großen Risiken verbunden war. Wenn eine Maschine, die einige Millionen Mark kostete, nicht richtig lief, dann konnte das den Zusammenbruch einer Firma bewirken.

Wenn hier in Weisenbach etwas nicht klappen und Ausschuss gefahren würde, das war allen klar, dann entstünden nicht nur ungeheure Kosten, bis man die Angelegenheit auf die Reihe gebracht hätte, sondern es könnte sich bei Nichtlieferung der Ware der Markt verlaufen, was noch viel schlimmer wäre. Eine solche Maschine, wie sie jetzt für Weisenbach geplant war, gab es bisher noch nicht. Es wurde bisher auf Langsiebmaschinen nur Papier im Flächengewicht bis 400 g/qm hergestellt. Aber die Biertellerpappe hatte ein Flächengewicht von 1,8 kg/qm, und dabei musste sie noch sehr voluminös sein. Dafür war die Firma Puschke wohl das richtige Unternehmen, wenn man von der Produktion von Dämmstoffplatten ausging, bei der sie einige Erfahrung hatte. Aber diese waren bisher nicht mit Trockenzylindern, sondern auf Bandtrocknern getrocknet worden.

Nun nervte Archibald Leni und die Firma Puschke, er wollte unbedingt eine Garantie für die Leistung. Puschke versuchte sich dagegen zu wehren, aber als Archibald drohte, er werde eine andere Firma mit dem Bau beauftragen, ohne Garantie gehe nichts, unterschrieb Puschke schließlich alles. Er garantierte, dass eine Mindestmenge von 15 Tonnen am Tag produziert würde, garantierte, dass die Maschine 25 Meter in der Minute laufen werde und garantierte, dass die Maschine spätestens in einem Monat anlaufe. Wenn das nicht der Fall sei, werde er nicht nur nachbessern, sondern auch den Verlust, den das Unternehmen dadurch erleiden würde, tragen.

Dann kam der spannende Augenblick: Nach einem Jahr Bauzeit war die Maschine fertig. Abends um acht Uhr sollte die Maschine zum Anlaufen kommen. Leni, Archibald, Blummüller und Johannes waren zu diesem Ereignis gekommen. Aber es funktionierte nicht. Immer wieder war noch ein Ventil verstopft oder klappte eine Pumpe nicht richtig. Nachts um elf Uhr ging Johannes nach Hause, Blummüller folgte um zwölf Uhr und Leni um ein Uhr. Archibald hielt es bis morgens um fünf Uhr aus, aber auch bis dahin kam noch kein Stoff auf die Maschine. Der Oberingenieur von Puschke kam morgens um neun Uhr wieder nach Weisenbach und meinte beruhigend: „Das ist bei Papiermaschinen immer so. Stehen Sie doch bitte nicht so herum und machen meine Leute nervös! Heute am späteren Nachmittag kommen Sie wieder, dann werden Sie sehen, die Maschine läuft!"

Wieder traf man sich vor der Maschine, wieder ging es bis spät in die Nacht hinein. Dieses Geschehen wiederholte sich vierzehn Tage lang, dann kam endlich Stoff auf die Maschine, aber die Pappe war ungleichmäßig stark, und auf der Maschine wurden nur 1,5 Tonnen Pappe gefertigt, also bei Weitem noch nicht die garantierte Menge.

Auch nach vier Wochen war noch keine verkaufsfähige Pappe erzeugt worden. Da die Rundsiebmaschinen abgebaut worden waren, musste man die Pappe für teures Geld aus Finnland zukaufen, und die Firma Puschke musste sie bezahlen. Da die Garantie nicht erbracht werden konnte, wurde alles noch einmal neu berechnet. Nach drei Monaten kamen etwa drei Tonnen, nach vier Monaten waren es sieben Tonnen, aber von den 15 Tonnen war man noch weit entfernt, und es gab immer wieder Stillstände.

Puschke musste nachbessern. Es stellte sich heraus, dass die Berechnungen von Voith richtig gewesen waren, dass man sogar 16 Zylinder brauchte, um die gewünschte Leistung zu erbringen. Die Firma Puschke musste nicht nur die Maschine auf ihre Kosten umbauen, sie musste auch Schadenersatz leisten, und weil sie sich dazu außerstande sah, verlangte Johannes Fabricius, dass sie Sicherheit leisten und eine Bankgarantie erbringen sollte, und als sie die nicht erbringen konnte, ließ er eine Grundschuld auf die Fabrik von Puschke in Darmstadt eintragen, von der allerdings Archibald zunächst nicht viel hielt, denn sie stand an vierter Stelle nach den Banken. Bei einem Konkurs käme Weiler & Busch nur zu seinem Geld, wenn man die ganze Maschinenfabrik ersteigern würde, und was würde man dann mit diesem Unternehmen machen?

Kaum war die Grundschuld eingetragen, meldete Puschke Konkurs an. Zum Glück waren die Zylinder in der Zwischenzeit geliefert worden, und Voith baute die Anlage zu Ende. Die Schuld von Puschke erhöhte sich dadurch noch, aber Bargeld war jetzt so schnell nicht zu bekommen. Die Union-Bank in Frankfurt sprang ein, aber Weiler & Busch hatte gewaltig an Prestige verloren. Leni weinte fast jeden Tag.

Für die Maschinenfabrik gab es zunächst keinen Interessenten, aber Weiler & Busch hatte Glück. Ein Faserplattenfabrikant hatte bei Puschke eine große Anlage bestellt, die noch im Bau war. Er hatte Anzahlungen geleistet, aber nun gab es niemanden, der seine angefangene Maschine fertig bauen konnte. Auf dem Versteigerungstermin wurde die gesamte Fabrik von Puschke von dem Faserplattenfabrikanten ersteigert, der sie auch noch so lange weiter fortführte, bis er selber in Konkurs ging.

Weiler & Busch kamen mit einem blauen Auge davon. Nach und nach konnten mit der Maschine nicht nur 15, sondern 20 Tonnen produziert werden, und nach einigen Umbauten und Verlängerung der Trockenpartie wurden sogar 80 Tonnen am Tag erreicht.

Archibald war mit der Entwicklung der Firma nicht zufrieden. Die Firma umzuschichten, neue Produktionen aufzunehmen und weniger gute Werke stillzulegen, weckte bei Weiler & Busch gleich Emotionen, und jeder Plan, etwas Neues zu schaffen, wurde zerredet und totdiskutiert. Er sah mit einem gewissen Neid, wie die Nachbarfirmen, Familienunternehmen, wo nur wenige zu entscheiden hatten, wuchsen und neue Fabriken errichteten. So hatte die Firma Huber & Textor innerhalb von nur wenigen Jahren seine Schleiferei in eine Kartonfabrik umgewandelt und gleichzeitig ein neues Spanplattenwerk gebaut. Sie hatte eine neue Dampfkraftzentrale und sogar eine Brücke über die Murg gebaut, um Bahnanschluss zu bekommen, und der sonst von der Gesellschaft nicht für voll genommene ehemalige Sägewerker konnte bei seinen Stammtischbrüdern laut über die verschlafene Firma Weiler & Busch reden, denn bevor die nur „Wurst“ sagen konnten, hätte er sie längst gegessen.

Archibald war es klar, dass man die Aktiengesellschaft in eine GmbH oder in eine Kommanditgesellschaft umwandeln musste, so wie es die anderen waren. Nur, wie war das anzustellen?

Von den vielen Familienmitgliedern konnte er nichts erwarten. Und weitere Aktien aufzukaufen in der Hoffnung, dass er später die Schulden samt der Zinsen aus Dividenden und einem hohen Gehalt zurückzahlen könnte, das war schier unmöglich.

Alles, was er von seinem Gehalt ersparte, fraßen die Zinsen auf. Dabei erwartete man auch von ihm, dass er im Lebensstandard mit den anderen Unternehmern Schritt hielt. Von Blummüller und Fabricius wurde das nicht verlangt, aber Archibald musste die anderen Unternehmer zu entsprechenden Festen einladen, und weil er sich damit erst zurückhielt, galt er im Tal als knauserig und geizig. Trotzdem kaufte Archibald weitere Aktien auf von Familienmitgliedern und Lieferanten, die die Papiere als nicht besonders attraktiv loswerden wollten, in der Hoffnung, dass es irgendwie schon gut gehen werde.

Bei der letzten Hauptversammlung hatte er Thomas Haber gefragt, ob er seine Aktien verkaufen wolle, aber der hatte ihn abschlägig beschieden. Mit der Beobachtung, was bei Haber geschah, hatte Archibald Direktor Meier aus Frankfurt, den Verbindungsmann von Weiler & Busch zu den Banken, beauftragt, und Meier kam mit der Nachricht, die er von Konkurrenten von Haber gehört hatte, dass Haber vor einer großen Investition stand, für die die Familie neues Geld einschießen sollte. Friedrich Haber hatte reich geheiratet und keine Probleme, die notwendigen Mittel zu beschaffen. Aber bei Thomas war das nicht der Fall. Als Meier bei der Handels- und Gewerbebank in Heilbronn anfragte, hieß es, man könne ja einmal darüber sprechen.

Archibald war es zwar mulmig, ob er sich nicht übernehmen würde, aber er sprach trotzdem mit der Commerzbank, die ihm ja schon den Aktienkauf von Marianne finanziert hatte, und die Commerzbank machte ihm Hoffnungen, dass sie ihm unter Umständen dabei helfen könnte.

So fuhr Archibald mit dem Direktor der Baden-Badener Commerzbank und Direktor Meier nach Heilbronn. Es gab eine kurze Verhandlung über den Kurs, Haber verlangte einen Paketzuschlag, der aber nicht allzu hoch war, und nach einer Stunde hatte Archibald 28 Prozent der Aktien gekauft. Er hatte nun insgesamt etwa 43 Prozent der Aktien, mit denen seines Vaters und seiner Schwester Britta 55 Prozent, also die Hauptversammlungsmehrheit.

Als er nach Hause kam und Johannes mitteilte, dass er jetzt über 40 Prozent der Aktien halte und mit seinem Vater über 50 Prozent, war Johannes alles andere als erfreut, sondern meinte nur: „Jetzt müssen wir auch noch für dein Gehalt zusätzliche Steuern für verdeckte Gewinnausschüttung bezahlen!“ Er löcherte Archibald mit Fragen, woher er denn das Geld habe und wie er die Schulden zurückzahlen wollte. Er wiederholte auch noch, dass er sich nicht einbilden solle, ohne Weiteres jetzt Vorstandsvorsitzender zu werden!

Auch Leni war nicht erfreut und Blummüller schon gar nicht, zumal ihn Archibald auch spüren ließ, dass er jetzt der Chef sei. Natürlich mussten sie den Tatsachen Rechnung tragen, aber das Verhältnis zu seinen Kollegen war eher schlechter als besser geworden. Und weil er mit ihnen nicht am gleichen Strang ziehen konnte, umgab er sich mit neuen Beratern und teilte seinen Kollegen nur das Notwendigste mit.

Während seines Urlaubs in Frankreich im Juni 1959 erhielt Archibald die Nachricht, dass der Inhaber eines konkurrierenden Holzwerkes, der persönlich haftende Gesellschafter der Firma Joseph Engelberg, plötzlich einem Herzleiden erlegen war. Archibald wunderte sich, denn Engelberg war nur fünf Jahre älter als er und hatte nie einen besonders kranken Eindruck gemacht.

Archibald hatte Hans Engelberg nie gemocht und blieb deswegen auch der Beerdigung fern. Er beauftragte seinen Prokuristen Bessmann, an seiner Stelle teilzunehmen. Sicherlich wäre es interessant gewesen, bei der Beisetzung etwas über die Situation der Firma Engelberg zu hören, denn es waren doch einige Gerüchte über sie im Umlauf, dass sie mit dem neu errichteten Spanplattenwerk und mit dem neuen Sägewerk gewisse Schwierigkeiten hätten. Aber Archibald meinte, dass er darauf verzichten könne, und nur wegen der Beerdigung wollte er seinen Urlaub nicht unterbrechen.

Als Archibald zurückkam, berichtete ihm Bessmann von der Beisetzung. Es waren eigentlich alle Konkurrenten da gewesen, es war eine riesige Beerdigung gewesen, aber es war kein Pfarrer dabei, was allgemein verwundert hatte, denn die Familie Engelberg galt als streng katholisch. Während des Leichenschmauses hatte es Gerüchte gegeben, dass Engelberg freiwillig aus dem Leben geschieden sei, und es gab auch gleich einen Haufen Gründe: Die einen erzählten, dass seine Frau mit dem Pächter der Werkskantine durchgegangen sei. Die anderen behaupteten, es sei der Chauffeur gewesen. Wieder andere meinten, dass in dem Unternehmen wirtschaftlich ein Chaos herrsche. Wie Bessmann erzählte, sprachen die Lieferanten, Kunden und Konkurenten davon, dass es der Firma Engelberg schlecht gehe. Die Investitionen für das neue Spanplattenwerk in Nidda seien dreimal so hoch ausgefallen, als man vorausberechnet hatte, und die Erlöse, die man für die Spanplatten erziele, lägen um 20 Prozent unter der Kalkulation. Die Produktion sei nicht so schnell angelaufen wie gehofft, und das große Sägewerk im Hochschwarzwald sei zwar modern, aber viel zu teuer.

Andere wiederum sprachen davon, die Bank habe das Vertrauen in das Unternehmen verloren. Man habe einen neuen Direktor eingesetzt, der schon bei der Beerdigung dabei gewesen sei. Der Prokurist Franz Dangler, mit dem er sich unterhalten hatte, sagte ihm, dass alles nur Gerüchte seien. Der Tod sei überraschend gekommen, und es gebe jetzt einige Probleme.

Der neue Direktor war zwar da, aber ob er bleibe, das wisse er noch nicht. Er müsse zugeben, dass es gewisse wirtschaftliche Schwierigkeiten gebe, aber er habe die Hoffnung, dass das Unternehmen doch unbehelligt weiterlaufen werde. Bis die Kinder die Firma übernehmen könnten, würden sicher noch zehn bis 15 Jahre vergehen.

Archibald interessierte sich nun für das Unternehmen. Er hatte die anderen Konkurrenten schon seit Jahren beobachtet und überlegte sich, ob das nicht etwas für Weiler & Busch und vor allem auch für ihn selber wäre.

Die Firma war 1875 von Joseph Engelberg gegründet worden. Er war 1850 in der Nähe von Neustadt im Schwarzwald als der dritte Sohn unter 14 Kindern aus einer Ehe eines reichen Bauern geboren worden. Als der Vater früh starb, erbte Josephs ältester Bruder Franz den Hof, der seinen jüngeren Bruder zunächst wie einen fremden Knecht behandelte und ihn nach allen Richtungen schikanierte. Aber mit Hilfe eines Onkels kam Joseph in die Stadt nach Freiburg in eine kaufmännische Lehre bei einem Holzhändler, und als 1875 sein kinderloser Onkel starb und ihm ein kleines Vermögen hinterließ, machte er sich als Holzhändler selbständig und handelte mit Brettern, die er von Schwarzwälder Sägewerken bezog und nach Freiburg und den Kaiserstuhl verkaufte. Wenige Jahre, nachdem er sich selbständig gemacht hatte, kaufte er ein kleines Sägewerk in der Nähe seiner Heimatstadt.

Anfänglich hatte er seine sechs und acht Jahre jüngeren Brüder Wilhelm und Hermann als Angestellte in seine Firma aufgenommen, aber er ließ ihnen keine Freiheit und schikanierte sie genauso, wie er von seinem Bruder Franz schikaniert worden war. Wilhelm und Hermann ließen sich dieses Verhalten nicht länger gefallen und kauften in Bad Krozingen ein billiges großes Gelände und fingen an, Telegrafenmasten und bald auch Lichtleitungsmasten nach dem Verfahren Kyan mit Quecksilbersublimat zu tränken, und entwickelten dieses Verfahren noch weiter. Bei der sogenannten Kyan-Imprägnierung wurden die Stangen und Masten heiß imprägniert.

Joseph Engelberg schäumte vor Wut und begann, in Neustadt ein Kyanisierwerk zu errichten. Mit seinen Brüdern sprach er kein Wort, sie verkehrten nur über den Rechtsanwalt miteinander, und es gab eine ganze Reihe von Patentprozessen, als Joseph mit dem Dia-Kyanisierverfahren begann.

Erst sehr spät, im Alter von 40 Jahren, heiratete Joseph Engelberg 1890 die 38-jährige Bauerntochter Mina Wagner, deren Vater einen Bauernhof von 57 Hektar bei Titisee hatte, in unmittelbarer Nähe des Sägewerks von Joseph Engelberg. Joseph war bisher nicht zum Heiraten gekommen, einmal weil ihm der Beruf keine Zeit dazu ließ, zum andern weil er auch außerordentlich wählerisch war. Auch Mina hatte sich recht spröde gezeigt. Sie war hässlich und stolz. Es gab zwar einige Verehrer, die die reiche Erbin heimführen wollten, aber Mina roch den Braten. Sie wollte nicht um des Geldes willen geheiratet werden. Bei Joseph war das etwas anderes. Er brachte ja selber einen Haufen Geld mit in die Ehe. Zudem war es für sie mit 38 Jahren höchste Zeit, wenn sie nicht als alte Jungfer sterben wollte.

1891 wurde der erste Sohn geboren, den man nach dem Großvater August taufte. Zu weiterem Nachwuchs kam es nicht mehr, Mina hatte nur noch mehrere Fehlgeburten.

Die Eltern konnten sich um den kleinen August nicht viel kümmern oder wollten es auch nicht. Mina kränkelte und musste Badeorte aufsuchen. Joseph war jetzt bemüht, es endlich einmal seinen Brüdern nachzumachen und Filialen zu gründen. Dazu brauchte er auch den Absatz im Ausland. Er war ständig auf Reisen, zumal er das Zusammenleben mit seiner quengeligen hässlichen Frau bald leid hatte und auf Abenteuer ausging.

1904 gründete er seine erste Filiale im Oberschwäbischen, wobei er gleich ein Gelände von 400.000 Quadratmetern kaufte. Das war fünfmal so groß wie das Gelände von Weiler & Busch in Aalen. Aber er wollte es nützen und es seinen Brüdern zeigen. Stolz wies er darauf hin, dass er alles bar bezahlt hatte. Auch in Ummendorf wurde eine Kyanisieranstalt gebaut, und wenig später kaufte er ein weiteres Gelände von 400.000 Quadratmetern in Oberhessen, denn nun wollte er ins Schwellengeschäft einsteigen, das er bis dahin noch nicht betrieben hatte. Er baute ein Sägewerk mit 12 Gattern, auf denen er 200.000 Schwellen im Jahr schneiden konnte. Das Werk lag günstig zu den Buchenvorkommen in Hessen und hatte Bahnanschluss. Dort wurde die bisher größte Teeröl-Imprägnieranlage in Deutschland aufgestellt.

Auch im Schwarzwald erweiterte er das bisher nur mit vier Gattern ausgestattete Sägewerk auf zwölf Gatter. Die Geschäfte liefen gut, aber er traute niemand, auch seinem Sohn August nicht.

August tat sich im Lernen schwer, er war verträumt und wurde von den Klassenkameraden gehänselt. Mit zehn Jahren kam er auf ein katholisches Internat, wo der Junge noch weiter unter den Druck der strengen Patres und der wilden Kameraden geriet. Im Laufe der Jahre passte er sich aber an. Er verstand es, gegenüber den Patres einen frommen, einsichtsvollen, strebsamen Jungen zu heucheln und durch Geld und Geschenke sich die Gunst seiner Mitschüler zu erkaufen. So schaffte er schließlich auch das Abitur.

August hätte gerne studiert, wie seine Vettern Wolfgang und Hermann, die Söhne von Wilhelm und Hermann. Wolfgang hatte Jura studiert und hatte sogar den Doktor gemacht, Hermann jun. hatte die Technische Hochschule in Darmstadt besucht und war Diplom-Ingenieur. Aber Joseph sah das alles als Humbug an. Wozu sollte er Jura studieren? Es gab doch genug Anwälte. Ein guter Schlossermeister sei ihm lieber als ein Diplom-Ingenieur. August bettelte, aber er konnte nur erreichen, dass er in Frankfurt bei einer Privatbank in die Lehre gehen konnte.

Mit 21 Jahren heiratete er die Tochter seines Lehrherren, Luise, ein 19-jähriges Mädchen, die in einem Pensionat in Genf erzogen war, fließend Englisch und Französisch sprach und viel Interesse an Kunst und Malerei hatte.

Joseph konnte mit der vornehmen Schwiegertochter nichts anfangen. Sie stammte aus einer begüterten Familie und erhielt reichlich Mitgift und auch noch Nadelgeld von zu Hause. Das wusste er zwar zu schätzen, aber sie war evangelisch, und das störte ihn maßlos, obgleich er selber alles andere als fromm war und auch kein gottgefälliges Leben geführt hatte. Aber er ging jeden Sonntag zur Messe und auch alle 14 Tage zur Kommunion.

Für Luise war der Schwiegervater ein Gräuel. Wenn sie zu ihm in die große Villa in Freiburg kam, die er sich gebaut hatte und in der es reichlich Personal gab und auch bei Tisch serviert wurde, setzte sich Joseph oft in Hosenträgern und offener Weste zu Tisch. Um seine Schwiegertochter zu schockieren, rülpste er laut und machte sich über Luises Malstunden, die sie genommen hatte, lustig.

Nach Abschluss der Lehre hatte August als kleiner Angestellter bei seinem Schwiegervater gearbeitet. Große Aufstiegschancen hatte er dort nicht, denn Luise würde nach der reichlichen Mitgift keine Teilhaberin an der Bank werden, das war bereits durch einen Erbvertrag geregelt. August wollte aber auf keinen Fall zu Lebzeiten seines Vaters in das Unternehmen eintreten, das würde mit einer Katastrophe enden.

1913 kam die Tochter Hilde zur Welt und im August 1914 der erste Sohn Wilhelm, aber da war August schon zum Militär eingezogen. Vier Jahre stand er als Reserveoffizier an der Front, die meiste Zeit an der Westfront, machte die Schlacht um Verdun mit und wurde mit dem Eisernen Kreuz ausgezeichnet. Als er 1919 entlassen wurde, wusste er nicht recht, was er anfangen sollte. Das Verhältnis zum Vater war nicht besser geworden. Das Verhältnis zu seinem Schwiegervater war korrekt und höflich, aber weiter als kleiner Angestellter am Schalter zu stehen, dazu hatte er auch keine Lust. Schließlich kaufte er sich aus der Mitgift und dem Erbe seiner Frau ein großes Haus in Baden-Baden, wo im Jahr 1920 der jüngste Sohn Hans geboren wurde. Die Geburt dauerte 36 Stunden und dass Luise mit dem Leben davonkam, war eigentlich ein Wunder. Sie hatte das Gefühl, dass man sie im Stich gelassen hatte, dass alles nur darauf aus war, das Kind zu retten, und man notfalls in Kauf genommen hätte, dass sie elendiglich zugrunde gegangen wäre. Während sie ihre Tochter und den ältesten Sohn liebte, mochte sie Hans von Anfang an nicht.

August ging jetzt dem Müßiggang nach. Er fing wieder an zu reiten, das er bei der Feldartillerie gelernt hatte, er machte ausgedehnte Spaziergänge, spielte Golf, wurde Mitglied vom Internationalen Club, wo er sich mit Georg Weiler anfreundete. Das Ehepaar Engelberg besuchte Bälle und Konzerte, Luise hatte bald einen großen Kreis von Bekannten und lud fast jeden Nachmittag ihre neuen Freundinnen zum Tee ein. Jede Woche telefonierte August mit der Firma, um zu fragen, wie es dort ging, ob man ihn nicht bald brauche, aber vom Vater erhielt er immer nur ein schroffes Nein, auch nachdem Joseph Engelberg einen ersten leichten Schlaganfall erlitten hatte.

1926 kam Hans in die Schule. Er war ein Eigenbrötler gewesen. Während die Eltern bei den ersten beiden Kindern streng, aber gerecht gewesen waren und ihren Schwindeleien glaubten, wenn sie etwas angestellt hatten, war das bei Hans nicht der Fall. Er sei ein Lügner und verstockt, wie August feststellte. Luise meinte, er habe den bösen Charakter des Großvaters geerbt, mit dem es niemand aushalten könne. Wenn er zu spät aus dem Garten zum Essen erschien oder wenn er seine Hose zerrissen hatte und irgendeine Ausrede stammelte, glaubten sie ihm nicht. Der Vater antwortete nur: „Jetzt iss erst einmal, nach dem Essen bekommst du deine Strafe!“, um ihn nicht im Zorn, sondern mit Überlegung einige Schläge mit dem Stock auf den Hintern zu versetzen.

Hans lernte schwer und wäre beinahe schon in der Volksschule sitzen geblieben. An die Höhere Schule war nicht zu denken. Er sollte auf ein Internat, aber auf ein katholisches wollte Wilhelm ihn nicht schicken in Erinnerung an seine eigene Internatszeit, und so kam er auf den Birklehof, der in der Nähe des großen Sägewerks von Joseph Engelberg lag. Man beauftragte den

Werksleiter Dangler, sich etwas um den Jungen zu kümmern und ihn für das Unternehmen zu interessieren.

Endlich, 1928, bekam Joseph den schon lange erwarteten zweiten Schlaganfall, er war rechtsseitig gelähmt und konnte nicht mehr sprechen. Kurz vorher hatte er von dem Konkurs seiner Brüder mit der Firma Gebr. Engelberg KG gehört und Champagner auffahren lassen. Endlich waren die lästigen Konkurrenten, die Vaterlandsverräter weg. Er hatte mit großem Interesse die Nachrichten in der Presse verfolgt und sich über die Niederlage seiner Brüder im Verleumdungsprozess mit dem Internationalen Holzmarkt in Berlin gefreut. Das Blatt hatte die Brüder als Landesverräter bezeichnet, weil sie in der Zeit des passiven Widerstands den Franzosen Telegrafenmasten gegen Einschlagsrechte in den pfälzischen und rheinischen Wäldern geliefert hatten. Joseph hatte in den Chor der „guten Deutschen" eingestimmt, die dieses Vorgehen verurteilten.

Nun hoffte Joseph, die Firma kaufen zu können. Am Abend ließ er sich auf das Ereignis hin von seiner Haushälterin eine Flasche Champagner bringen. Die Haushälterin hatte ihn noch ermahnt, die Flasche nicht auszutrinken, er aber fuhr sie nur an, er wisse schon selbst, was er vertrage, und schenkte sich gerade zum Trotz noch mal ein Glas ein. Aber das war zu viel. Das Glas fiel auf den Boden, und er war restlos gelähmt. Die Haushälterin telegrafierte noch in der Nacht an August, und der war am nächsten Morgen da.

Aber August war noch nicht Herr über die Firma, denn der Alte lebte noch. Vollmachten hatten nur seine Prokuristen, die das Unternehmen weiterführten.

An einen Erwerb der Gebr. Engelberg war da nicht zu denken, obgleich das Unternehmen in der einsetzenden Wirtschaftskrise für ein Ei und ein Butterbrot zu kaufen gewesen wäre. Um das Unternehmen erst einmal weiter zu führen, gründete die Dresdner Bank als Hauptgläubiger eine neue Gesellschaft, die Impreva, die alle Aktiva der Gebr. Engelberg übernahm.

1932 starb Joseph Engelberg, und August konnte endlich das Ruder übernehmen. Er brauchte Zeit, um sich einzuarbeiten, zumal die leitenden Angestellten nicht viel von ihm hielten, denn sie hatten nur von ihrem alten Chef gehört, dass sein Sohn nichts tauge. Er hatte es schwer, sich Respekt zu verschaffen. Vom Holzgeschäft verstand er überhaupt nichts, und den Gedanken, die Impreva jetzt zu kaufen, hatte er aufgegeben.

Bei der Dresdner Bank in Freiburg saß aber als Angestellter Wilhelm Rechberg, dessen Vater Prokurist bei einer Holzhandels- und Schwellenfirma in Hessen war und der ihn auf die Möglichkeit, das Unternehmen zu kaufen, aufmerksam machte. Rechberg griff zu, denn die Dresdner Bank machte ihm ein äußerst günstiges Angebot. Sie versprach ihm, wenn er die Firma zu einem Spottpreis übernehmen würde, dem Unternehmen sämtliche bestehenden Kredite zu streichen und ihm auch neue Kredite zu gewähren. Man hätte das Gleiche auch August Engelberg geboten, aber der bemühte sich nicht darum.

Rechberg erzielte hohe Gewinne und konnte den Umsatz kräftig steigern. August dagegen ließ in dem Unternehmen, das jetzt sein eigenes war, alles beim Alten. Weil er nichts vom Geschäft verstand, investierte er auch nicht, sondern überließ den Prokuristen weiter das Feld, das sie ordentlich bestellten, aber mehr auch nicht.

Zudem hatte Joseph zu Augusts großer Enttäuschung ihn auf den Pflichtteil gesetzt und das Vermögen an seine drei Enkel vererbt. Immerhin beinhaltete der Pflichtteil die Hälfte des gesamten Vermögens. Vorab gab es einige Legate, die ausgezahlt werden mussten, Stiftungen an Kirchen und Klöster, an Mitarbeiter und Angestellte und auch an uneheliche Kinder, von deren Existenz man erst jetzt etwas erfuhr.

Die junge Hilde heiratete wie ihre Mutter sehr früh mit 19 Jahren einen Freiburger Rechtsanwalt, der Sohn Wilhelm wurde zur Ausbildung nach Paris geschickt in das dortige Büro von Joseph Engelberg, wo Wilhelm sich mit der Sekretärin des Vertreters, Françoise Michelle, verlobte, einer hübschen, eleganten Französin. August und Luise hatten gegen eine Französin nichts einzuwenden, aber dass sie nur die Tochter eines kleinen Beamten bei der französischen Post war, das störte sie gewaltig. Wenn es schon eine Französin sein musste, dann hätte er doch in eine französische Bankiersfamilie oder in Adelskreise einheiraten können. Wilhelm fing ein Studium der Wirtschaftswissenschaften in Frankfurt an, wurde dann aber zum Militär eingezogen, brachte es dort zum Oberleutnant und fiel während des Russlandfeldzugs 1942.

Hans war von Anfang an ein schwer erziehbares Kind gewesen. Auch im Birklehof wurden seine schulischen Leistungen nicht besser. Meist begannen die Ferien, in denen er nach Hause kam, recht unerfreulich. Er musste seine Zeugnisse vorzeigen, in denen es von Fünfen und Sechsen wimmelte. Bei allen großzügigen Zuwendungen des Vaters an den Birklehof schaffte er es auch im Internat nicht, die Schule erfolgreich abzuschließen. Schließlich ging er 1938 mit 18 Jahren nach der Obertertia von der Schule ab und wurde zum Reichsarbeitsdienst eingezogen. 1939 gelang es den Eltern mit guten Beziehungen zum Wehrbezirkskommando und zu Ärzten, dass er vom Militärdienst erst einmal zurückgestellt wurde.

An ein Studium wie bei seinem Bruder war nicht zu denken. Ihn aber bei einem fremden Unternehmen in die Lehre zu geben, das ließ der Stolz von August Engelberg nicht zu, und so gab man ihn zur Betreuung zu Joseph Müller, den Leiter des Werkes Nidda, formell als Lehrling, aber auch hier berichtete Müller an August, dass der Junge faul sei, dass er morgens oft erst nach neun Uhr im Werk erscheine, dass er im Wirtshaus in Raufereien geraten sei und er, Müller, wisse nicht, was er mit ihm machen solle.

Eines Tages erhielten die Eltern August und Luise von ihrem Sohn in einem kurzen Brief mitgeteilt, er habe sich mit Lore Butscher, der Tochter des Metzgers Willi Butscher, der in Nidda eine Schlachterei und Gastwirtschaft betrieb, verlobt. Er hatte das junge Mädchen als Bedienung in der Gaststätte ihres Vaters kennengelernt, in der er täglich zu Mittag aß, und hatte kräftig mit ihr geflirtet in der Hoffnung, auf diese Weise etwas mehr Wurst zu bekommen, als ihm auf Marken zustand, und er wurde hier nicht enttäuscht.

Als die Eltern von der Verlobung ihres Sohnes erfuhren, waren sie wie vom Donner gerührt. Sie teilten Hans mit, dass sie eine solche Messalliance nicht dulden würden. Er solle nicht unter seinem Stand heiraten und schlugen ihm seinen Wunsch, ihnen das Mädchen vorzustellen, rundweg ab. Der Erfolg war, dass Hans auch an Weihnachten nicht nach Hause kam, sondern das Fest mit seiner Braut verbrachte. Als die Eltern sahen, dass sie sich nicht gegen Hans durchsetzen konnten, sprachen sie mit dem Wehrbezirkskommandanten, und Hans erhielt seinen Gestellungsbefehl. Da er schon 21 Jahre alt war, heiratete er Lore ohne Einwilligung seiner Eltern, und im kommenden Jahr gebar Lore einen Sohn.

Die Nachricht löste bei August eine Gallenkolik aus. Er beschloss, sich der schon lange aufgeschobenen Operation zu unterziehen. Im Krankenhaus erlitt er eine Embolie und starb. Luise machte ihren Sohn auch noch für den Tod des Vaters verantwortlich.

Nach dem Testament von August war vorgesehen, dass die Leitung der Firma auf Wilhelm Engelberg als persönlich haftenden Gesellschafter übergehen sollte. Aber da Wilhelm im Krieg war und nicht zur Verfügung stand, übernahm an dessen Stelle erst einmal der Ehemann von Hilde, Rechtsanwalt Dr. Ball, die Geschäftsführung bei Gebr. Engelberg, unterstützt von den Prokuristen Dangler und Müller. Noch im gleichen Jahr fiel Wilhelm Engelberg an der Ostfront und Hans geriet in russische Gefangenschaft.

Luise Engelberg trauerte um ihren Sohn Wilhelm, aber das Schicksal von Hans ließ sie kalt. Die Familie von Wilhelm, Witwe und die Kinder, wurden von ihr eingeladen und feierten mit ihr das Weihnachtsfest, aber Françoise wurde mit der strengen, vornehmen Schwiegermutter, die immer wieder durchblicken ließ, dass Françoise aus einfachen Verhältnissen stammte, nicht richtig warm. Nach dem Krieg fühlte sie sich als Französin, als Siegerin, und verkehrte vor allem mit französischen Offizieren. Ein junger amerikanischer Hauptmann freundete sich mit der lebhaften hübschen Frau, die fließend Englisch sprach, an. Die Folge war, dass Françoise schwanger wurde. Ihre Schwiegermutter wollte, wie sie jetzt sagte, mit dieser Hure nichts mehr zu tun haben. Es nützte auch nichts, dass sie das Kind nach der Geburt gleich weggab, die Familie wollte von ihr nichts mehr wissen.

Im Gegensatz zur Familie überstand die Firma Joseph Engelberg den Krieg unbeschadet. Keines der Werke war durch Kriegshandlungen beeinträchtigt worden. Aber die Werke waren technisch alle veraltet. Seit 1920 war nicht mehr in die Betriebe investiert worden. Weder im Schwarzwald noch in Oberschwaben hatte man Kesseldruck-Imprägnieranlagen aufgestellt, die Sägewerksmaschinen stammten zum großen Teil noch aus der Zeit vor dem Ersten Weltkrieg. Bei der Währungsreform hatte die Firma ein Millionen-Guthaben auf der Bank, das auf 6 1/2 Prozent abgewertet worden war, und es war niemand da, der die Firma leitete. Seit dem Tod von Joseph hatte man die Zügel schleifen lassen. Rechtsanwalt Dr. Ball, der Schwiegersohn, der kurz vor Kriegsende noch eingezogen worden war, kam jetzt zurück, musste aber zunächst noch entnazifiziert werden, was eineinhalb Jahre dauerte.

Für die Kinder von Wilhelm war ein Vormund, ein Papierfabrikant aus Nidda, eingesetzt, der wegen der Zonengrenze aber nur selten nach Freiburg kam und sich auch nur selten um das Geschäft kümmern konnte. Lores Anspruch, ihren Sohn und Ehemann zu vertreten, sah man in der Familie als eine ungeheure Frechheit an, und es gab auch noch eine ganze Reihe von Prozessen, die sich über Jahre hinzogen.

1952 starb Luise Engelberg elend an Krebs. Auch auf dem Totenbett hatte sie sich nicht mit ihren Schwiegertöchtern versöhnen wollen. In ihrem Testament verfügte sie, dass sowohl Françoise als auch Lore von der Verwaltung und Nutznießung des Vermögens ihrer Kinder ausgeschlossen werden sollten und dass die Verwaltung einem Rechtsanwalt als Testamentsvollstrecker überlassen bleiben sollte. Während Françoise sich in ihr Schicksal ergab, kämpfte Lore weiter erbittert um das Recht ihres Sohnes. An die Rückkehr ihres Mannes hatte sie nicht mehr geglaubt und sich deshalb an ihren Jugendfreund Heinz erinnert und war, nachdem ihre Schwiegermutter gestorben war, zu ihm gezogen, als sie plötzlich die Nachricht erhielt, dass ihr Mann aus sowjetischer Kriegsgefangenschaft zurückkam.

Lore kam mit zwiespältigen Gefühlen in das Entlassungslager Friedland. Sollte sie ihm gestehen, dass sie mit Heinz ein Verhältnis angefangen hatte? Oder sollte sie es verschweigen? Wie würde er das aufnahmen?

In ihrer Erinnerung war er ein junger Mann, beinahe zwei Zentner schwer, mit vollen schwarzen Haaren und dicken roten Backen. Wie würde er jetzt aussehen?

Als sie in das Lager kam, sah sie keinen, der sie an ihren Mann erinnerte. Sollte er erst mit einem späteren Transport eintreffen? Hatte man sie falsch unterrichtet? Es kamen nur alte Männer auf sie zu, die sie nicht kannte. Plötzlich sprach sie einer an: „Erkennst du mich nicht mehr?"

Sie erschrak. Vor ihr stand in gebückter Haltung ein großer hagerer Mann mit Glatze, bleicher Hautfarbe und eingefallenen Wangen, geradezu ein Skelett, das noch keine 50 Kilo wiegen mochte. Es war Hans. Sie war genauso verlegen wie er, so dass sie nicht vermochte, ihn zu umarmen, wie sie es sich vorgenommen hatte.

Zunächst fuhren sie nach Nidda zu ihren Eltern. Auf der Bahnfahrt kam das Gespräch nur stockend in Gang. Der Mann tat ihr einfach leid. Sie hatte zwölf Jahre lang für seine Rechte gekämpft, jetzt wollte sie diese auch durchsetzen. Nachdem sich der Gesundheitszustand von Hans nach mehreren Sanatoriumsaufenthalten und vor allem dank der guten Fleischtöpfe aus der Metzgerei wieder gebessert hatte, zogen sie nach Freiburg, um hier die Herrschaft zu übernehmen.

Die Familie, die Hans zunächst bedauert hatte, war nicht gewillt, ihm das Schicksal der Firma so ohne Weiteres zu überlassen. Der jetzt so schüchterne und wortkarge Mann schien dazu nicht geeignet. Das war vor allem die Meinung seines Schwagers Dr. Ball, der nicht gewillt war, von seiner Machtposition zurückzutreten zu Gunsten eines – wie er meinte – Trottels. Hans verhielt sich passiv, aber Lore sah sich nach Anwälten um und verbündete sich mit Françoise, um den ungeliebten Schwager Ball aus dem Betrieb hinauszudrängen. Auf Anraten eines Anwalts kündigte man dem Schwager. Der Prozess zog sich fünf Jahre lang hin. Lore hatte gemeint, dass man der Abfindung für den Schwager den Buchwert der Firma zugrundelegen könnte, aber die Gerichte entschieden, dass dafür nur der Verkehrswert in Frage komme, und der betrug das Dreifache des Buchwertes. So musste Schwager Ball mit beinahe fünf Millionen Mark abgefertigt werden, die man nur bezahlen konnte, indem die Firma Kredite aufnahm. Dank der hoch bewerteten Grundstücke war das möglich, aber der Firma fehlte es jetzt an liquiden Mitteln.

Seit dem Tod des Gründers war das Unternehmen so gut wie herrenlos gewesen und von den Prokuristen verwaltet worden, vor allem von den Herren Dangler und Müller, die auch schon ihre Söhne in die Firma hineingenommen hatten. Lore war der Meinung, wenn man die Herrschaft wirklich ergreifen wollte – und dazu war sie gewillt –, müssten diese Menschen verschwinden. Die Herren wurden nach 40-jähriger Tätigkeit im Betrieb zwangspensioniert, aber ohne zusätzliche Abfindungen ging das auch nicht, und wie Lore meinte, bestand der ganze Betrieb nur aus Kreaturen, die man ebenfalls zu entlassen hatte. So hagelte es Kündigungen mit einem Rattenschwanz von Arbeitsgerichtsprozessen und einem schlechten Betriebsklima – aber Lore hatte sich durchgesetzt.

Jetzt fand Lore, dass man die Schwägerin Françoise zurückstufen müsse. Dass sie so viel erhielt wie ihr Ehemann, das sei doch nicht rechtens! Lore fand aber auch hier die Lösung: Ihr Mann sollte ein hohes Gehalt von 3.000 Mark im Monat bekommen, für die damalige Zeit eine ungeheuer hohe Summe, die man eigentlich nicht der Firma entnehmen konnte. Ihre Strategie, die sie mit Steuerberatern und Anwälten besprochen hatte, lief darauf hinaus, dass die Firma ja keinen hohen Gewinn, sondern nur ein ausgeglichenes Ergebnis erwirtschaften müsse. Die Gelder, die die Schwägerin entnehme, um zu leben, würden deren Kapitalanteil verringern. Der Anteil von Hans dagegen schmelze nicht weg, weil er ein angemessenes – wie ihre Schwägerin meinte, ein überhöhtes – Gehalt beziehe.

In der nächsten Zeit ließ Hans das Gehalt stehen, denn für den Lebensunterhalt brauchte er so gut wie nichts. Das Essen kam aus der Werkskantine, die vom früheren Jugendfreund Heinz als Pächter betrieben wurde, der nicht nur das Essen für die Familie Engelberg umsonst lieferte, sondern dafür, dass er die Kantine pachten durfte, noch etwas schwarz an Lore bezahlte.

Auch im Büro und in den Werken herrschte kein gutes Betriebsklima. Lore war bemüht, das Prestige ihres Mannes aufzubauen. Er sollte endlich zeigen, wer der Herr war, und ein strenger, aber gerechter Unternehmer sein. Abends musste er erzählen, was geschehen war und erhielt von Lore Anweisungen, wen er zur Rede zu stellen, wen er zu tadeln und wen er zu loben habe. Die Angestellten nahmen Hans nicht für voll. Alle sprachen nur von der hessischen Metzgerstochter, die dahinter stehe. Man traute ihr alles Böse zu. Ihr Mann war in den Gesprächen der einfältige, unfähige Trottel.

Als Lore ein zweites Kind bekam, munkelte man im Büro, dass Hans unmöglich der Vater sein könne, es sei dem Kantinenwirt, den man Onkel Heinz nannte, geradezu aus dem Gesicht geschnitten.

Hans in seine Stellung hineinzuboxen, die Auszahlung seines Schwagers und die Umorganisation hatte die Firma mehr als sechs Millionen Mark gekostet. Die Firma hatte jetzt mehr als fünf Millionen Mark Schulden und hohe Zahlungsverpflichtungen zu leisten, die den mageren Gewinn der Firma fast ganz aufzehrten, und sie war immer noch nicht modernisiert. Weiler & Busch und Haber hatten neue Betonwerke errichtet, Rechberg neue Imprägnieranlagen und Ferdinand Schwank ein neues Spanplattenwerk gebaut, aber bei Joseph Engelberg war nichts geschehen. Jetzt wollte Lore, dass das Unternehmen und ihr Mann auch Flagge zeigten. Sie sprachen mit Maschinenfabriken und entschlossen sich, in dem Sägewerk im Südschwarzwald bei Neustadt die zwölf alten Gatter herauszureißen und vier neue Gatter aufzustellen, die etwa 50.000 bis 60.000 Festmeter im Jahr schneiden würden, während die alten noch nicht einmal 40.000 geschafft hatten. Außerdem wollte man in Nidda ein Spanplattenwerk errichten.

Man sprach mit den Banken und meinte, dass drei Millionen Mark ausreichen würden, um beide Werke zu modernisieren. Die Deutsche Bank war auch bereit, das Vorhaben zu finanzieren. Die Investitionssumme, die benötigt wurde, waren keine drei, sondern zuletzt doch fünf Millionen Mark, und die Anlagen liefen nicht auf Anhieb so, wie man erwartet hatte.

Als die umliegenden Sägewerke Hans Engelberg zu verstehen gaben, dass das Rundholz für das große Werk nicht ausreiche und man auch keinen Absatz für die zusätzlichen Schnittholzmengen habe, erklärte Lore lauthals, dass dann eben andere Sägewerke verschwinden müssten. Die Konkurrenten fingen daraufhin an, überall wo es ging, bei Behörden und bei Banken, Hans Engelberg schlecht zu machen, ihn als Idioten hinzustellen, der unter der Fuchtel seiner größenwahnsinnig gewordenen Frau stehe. Und als die Betriebsergebnisse nicht so ausfielen, wie es die Bank erwartete, begann diese, die Daumenschrauben anzuziehen. Sie verlangte Kreditrückzahlung, und die konnte die Firma Engelberg nicht leisten. Das Werk in Oberschwaben wurde verkauft, die Holzhandlung, der Stammsitz der Firma, wurde aufgelöst, das Freiburger Bürohaus wurde verkauft, aber das alles war nur ein Tropfen auf den heißen Stein. Die monatlichen Ergebnisse brachten Verluste. Die Bank verlangte die Prüfung durch einen Unternehmensberater und den Verkauf eines der Werke. Die Forderungen der Banken wurden von Woche zu Woche dringender, und Hans sah dem Konkurs der Firma entgegen.

Er machte sich nur Sorgen, wie er und seine Frau weiterleben sollten. Wie würden sie nach einem Konkurs dastehen, vor den hämischen Blicken der Belegschaft und der Konkurrenten und gegenüber der Familie, die alles doch schon vorausgesagt hatte.

Hans und Lore wurden zur Bank zitiert. Aus Frankfurt war ein Direktor Nolte gekommen, der die Forderung stellte, Hans und seine Frau hätten die Geschäftsführung niederzulegen und sich nicht mehr in das Geschäft einzumischen. Man werde einen vom Unternehmensberater ausgesuchten Verwalter einsetzen, dann könne alles noch geräuschlos vonstatten gehen. Hans könne für die Firma nichts Besseres tun als spazieren zu gehen. Der neue Direktor werde Anweisung bekommen, ihm das Betreten des Werkes zu verwehren.

Hans fuhr unmittelbar danach zu einem Freund, der in Offenburg ein Krankenhaus leitete. Zwei Tage später erreichte die Firma die Meldung von seinem plötzlichen Tod. Er hatte vor zwei Jahren eine Lebensversicherung für seine Frau in Höhe von 500.000 Mark mit Selbstmordklausel abgeschlossen.

Die Bank suchte nun einen neuen Käufer für das Unternehmen. Sie fand aber zunächst niemand, wobei sie sich wohl nicht allzu weit umgesehen hatte, denn Weiler & Busch wurde nicht gefragt. Den einzigen Interessenten, den man fand und den man der Familie Engelberg präsentierte, war die Firma Haber. Friedrich Haber besichtigte die beiden noch vorhandenen Werke, machte dann den Vorschlag, dass er das Werk Nidda übernehmen würde, mit dem Werk in Neustadt wollte er aber nichts zu tun haben. Die Imprägnieranlage sei unmodern, die kleinen Mengen, die dort imprägniert werden konnten, würde man bequem in Neumarkt mit produzieren. Das Spanplattenwerk in Nidda sei günstig gelegen zum Hauptabsatzgebiet in Nordrhein-Westfalen, zu dem Haber bisher keinen Zugang gehabt hatte, er würde für die Werksanlagen fünf Millionen Mark bezahlen – punktum! Keinen Pfennig mehr.

Lore schmeckte dieses Angebot ganz und gar nicht. Es war mit einem großen Prestigeverlust für die Familie verbunden. Ihr Berater, Rechtsanwalt Dr. Winter, meinte, dass sie bei diesem Angebot Konkurs oder zumindest Vergleich anmelden müsste. Fünf Millionen Mark für das Werk Nidda würden keineswegs ausreichen, um die gesamten Schulden von neun Millionen zu decken. Beide Familien hätten dann nicht einen Pfennig mehr an Barvermögen, außer der Lebensversicherung würde für sie nichts mehr bleiben.

Der Leiter des Spanplattenwerkes, Johannes Wallerstedt, der von den Verhandlungen mit Haber unterrichtet war, rief am Abend gleich Leberecht Weiler an. Er war der Schwager von Leberechts Freund Dr. Hartling und war durch diese Freundschaft als junger Mann in den zwanziger Jahren bei Weiler & Busch in Lübeck eingetreten. Er hatte dank der Freundschaft zwischen Leberecht und Hartling die Verbindung mit der Familie Weiler immer noch gepflegt. Leberecht unterrichtete Archibald, und schon am nächsten Tag rief Archibald bei Rechtsanwalt Dr. Winter an, der ziemlich erstaunt war, dass plötzlich noch ein neuer Interessent erschien. Der Direktor der Deutschen Bank hatte, als er von der Firma Weiler & Busch als möglichem Interessenten sprach, nur abgewinkt und gemeint, das Unternehmen habe sicher genug eigene Probleme, als dass es sich einen solchen Brocken zusätzlich aufladen könne.

Dr. Winter war aber doch bereit, sich mit Archibald zu unterhalten. Sie trafen sich in seiner Kanzlei in Karlsruhe, und er unterbreitete Archibald das Angebot: Die Firma Engelberg werde zunächst einmal das Kapital auf zwei Millionen zusammenstreichen. Das Werk Nidda, für das Haber fünf Millionen Mark bezahlen wollte, werde man in dieser Bilanz nur mit 3,5 Millionen bewerten, das Werk in Neustadt, das ebenfalls in den Büchern mit über fünf Millionen stand, werde man in Anbetracht der hohen Verluste, die dort aufgetreten waren, mit 1,5 Millionen Mark belasten.

Das neue Kapital werde mit fünf Millionen angesetzt, von denen je eine Million bei den Familien Hans und Wilhelm Engelberg bleibe, während Weiler & Busch mit drei Millionen die Mehrheit bekomme und den Geschäftsführer stellen könne. Wenn neues Kapital zugeführt werde, verzichte die Bank auf die Zurückzahlung aller Schulden und man könne weiter produzieren.

Für Archibald taten sich jetzt plötzlich ganze andere Perspektiven auf, die Firma zu entwickeln, wenn dieser Coup gelinge. Leberecht und auch Dembowski fürchteten vor allem, dass Haber, der bisher fast ausschließlich den süddeutschen Markt belieferte, nun auch in das Hauptabsatzgebiet von Weiler & Busch in Nordrhein-Westfalen eindringen würde. Dazu ein komplettes neues Spanplattenwerk mit zu bekommen, das war ja der lang gehegte Wunsch von Leberecht und Archibald, und auch Dembowski hielt das für eine gute Sache.

Aber auch von dem Werk im Schwarzwald war Archibald begeistert, denn das war modern, so wie er die Werke in Schweden kannte. Es brachte zwar noch nicht ganz die Leistung wie die schwedischen Werke, dafür war das Holz auch stärker. Archibald erkannte gleich die Möglichkeit, auf diesem Gelände eventuell auch noch ein Spanplattenwerk zu errichten. Vor allem hatte Engelberg in seinen Augen eine vollkommen falsche Vertriebspolitik gehabt. Das

Sägewerk schnitt weiterhin Listenbauholz, das kleine Sägewerke viel billiger und günstiger einschneiden konnten, aber es schnitt keine Massenware, für die es gebaut war und die in Deutschland kaum abzusetzen war, für die Archibald aber die richtige Kundschaft in den von ihm aufgebauten Markt in den Niederlanden und in Großbritannien hatte.

Nachdem er innerlich entschlossen war, das Angebot anzunehmen, musste er sich überlegen, wie das Ganze zu finanzieren war. Nur mit Fremdkapital ging das nicht, das würde die Firma Weiler & Busch nicht verkraften können. Aber vielleicht ließ sich ja noch ein Partner finden. Eigenkapital aus der Familie zu holen, das war unmöglich. Aber war ein fremder Partner, mit dem er sich verstand, nicht besser als die Familie, die ihre Aktien immer zur Unzeit verkaufen wollte und die immer nur meckerte und ihm Steine in den Weg legte?

Er fuhr nach Frankfurt zur Union-Bank, um sich mit Peter Mannheimer zu beraten. Archibalds Idee faszinierte ihn und er sagte: „Morgen ist Aufsichtsratssitzung der Zündholzgesellschaft, da kann ich gleich wegen einer Teilhaberschaft mit meinen Kollegen sprechen. Das Zündholzmonopol läuft nämlich in absehbarer Zeit aus, da suchen wir neue Beteiligungen."

Das Zündholzmonopol war zustande gekommen durch eine Anleihe von 500 Millionen Mark, die der Zündholzkönig Ivar Kreuger 1932 dem Deutschen Reich gewährt hatte, wofür als Gegenleistung das Zündholzmonopol gegründet wurde. Das Monopol ging aber mit der Rückzahlung der Anleihe, die Anfang der siebziger Jahre erfolgt sein würde, zu Ende. Der Gesellschaft flossen durch die Rückzahlung neue Mittel zu, die man anlegen wollte.

Archibald gab zu bedenken, dass er der Zündholzgesellschaft keinen Anteil von 50 Prozent, sondern nur einen von etwas mehr als 25 Prozent einräumen wollte, so viel, wie er auch selber behalten wollte. Sie kamen überein, dass sie eine Poolgesellschaft gründen wollten, in der beide Teile etwas mehr als 25 Prozent hielten, und die sollte dann das Sagen in dem Unternehmen haben.

Die Zündholzgesellschaft war interessiert, und schon am übernächsten Tag kam Archibald in deren großes neues Büro, das in einer Vorstadt Frankfurts gebaut worden war. Archibald wurde außerordentlich zuvorkommend empfangen, und seine Gedanken über den Erwerb der Firma Engelberg und den Ausbau des ganzen Konzerns schienen die Leute zu faszinieren. Vertreten war der gesamte Vorstand der Zündholzgesellschaft, darunter auch der Generaldirektor Weinberg, der zugleich schwedischer Generalkonsul in Frankfurt war, ein vornehmer älterer Herr, der es begrüßte, dass er mit Archibald schwedisch sprechen konnte. Dann war da der stellvertretende Vorstandsvorsitzende, Wirtschaftsprüfer Altmüller, der besonders ausgeklügelte Fragen stellte und der an diesem Projekt wohl am meisten Interesse zu haben schien, der technische Direktor Dr. Lundberg, der Archibald mit unzähligen technischen Fragen bestürmte, die er ebenfalls befriedigend beantworten konnte, und ein älteres, aus dem Elsass stammendes Vorstandsmitglied, das aber durch Dr. Lundberg ersetzt werden sollte und der eher etwas skeptisch war.

Die Sitzung, die schon am Morgen um zehn Uhr begonnen hatte, ging bis zum Abend gegen acht Uhr und wurde nach einem reichhaltigen Abendessen in Gut Neuhof weiter fortgesetzt. Es wurde beschlossen, das Aktienkapital von Weiler & Busch um 40 Prozent zu erhöhen, wobei die neuen Aktien ausschließlich von der Zündholzgesellschaft gezeichnet werden sollten. Gleichzeitig würde Weiler & Busch ein höherer Kredit eingeräumt, allerdings nur unter der Bedingung, dass das Geschäft Joseph Engelberg zustande kam. Die Union-Bank sollte mit der Deutschen Bank sprechen. Wenn die Unionbank der Firma Engelberg noch einen Kredit von zwei Millionen Mark einräumte, so meinte Mannheimer, wäre die Liquidität der neuen Gesellschaft gewährleistet.

Jetzt musste Archibald dieses ganze Vorhaben erst einmal bei seiner Firma durchsetzen. Das bedingte zunächst einmal die völlige Neubildung des Aufsichtsrats. Dazu hatte er, seit er die Aktien von Haber übernommen hatte, auch die Macht. Direktor Mießmann war vor wenigen Monaten gestorben. Dr. Seidel brauchte man nicht wiederzuwählen, denn er war der Vertreter der Familie und seine Wahlperiode war abgelaufen. Der neue Aufsichtsrat sollte aus zwei Arbeitnehmervertretern und vier Vertretern der Anteilseigner bestehen. Als Vertreter der Anteilseigner sollte Dr. Drischer den Vorsitz übernehmen, sein Stellvertreter sollte Dr. Altmüller von der Zündholzgesellschaft sein, weiterhin sollte Leberecht und als vierter ein Direktor aus dem Ruhrgebiet, der einige hunderttausend Mark zeichnen wollte und sich bereit erklärt hatte, Archibald zu unterstützen, berufen werden.

Die Umsetzung der Pläne musste schon wegen der Situation bei der Firma Joseph Engelberg innerhalb von drei Monaten durchgeführt werden, und dabei waren noch zusätzliche Fristen zu wahren. Mit der Hauptversammlung, die für Anfang Mai nach Lübeck einberufen war, musste alles erledigt sein: Neben der Neuwahl des Aufsichtsrats die Kapitalerhöhung mit ihrem Wust an Formvorschriften und gesetzlichen Vorschriften, der Druck der neuen Aktien, ein Poolvertrag zwischen der Familie Weiler und der Zündholzgesellschaft, ein Gesellschaftsvertrag zwischen Weiler & Busch und der Familie Engelberg, interne Abmachungen über Gewinnverteilung und Entnahmen bei der Familie Engelberg, Einstellungsvertrag für Archibald mit der Firma Joseph Engelberg, alles verbunden mit zusätzlichen Notariatsterminen und Prüfung der Bilanz durch die Wirtschaftsprüfer, neue Inventur der Warenvorräte und Prüfung der Außenstände von Engelberg durch die Prüfer von Weiler & Busch. Und dazu mussten die Mitwirkenden von der Zweckmäßigkeit des ganzen Projekts überzeugt werden.

Am leichtesten war das mit Leberecht, der gleich mit Feuereifer dabei war. Eine Verbindung mit einem großen schwedischen Konzern, das war schon immer sein großer Traum gewesen. Leberecht war durch die Beteiligung der Zündholzgesellschaft an Weiler & Busch noch mal jung geworden. Seine depressiven Stimmungen, unter denen er gelegentlich litt, waren wie verflogen. Er besuchte alle Werke von Weiler & Busch und von Joseph Engelberg, ließ sich den Einkauf im Norden nicht aus der Hand nehmen, verfolgte seine alten Pläne weiter und bombardierte die Zündholzgesellschaft geradezu mit seinen Ideen, ohne sich zuerst an Archibald oder den Vorstand zu wenden.

Karl Dembowski war von der ganzen Angelegenheit überrascht. Das Sägewerk in Neustadt sah er als eine gewisse Belastung an, ihm war auch etwas unheimlich, mit welcher Machtfülle Archibald Weiler ausgestattet war, der ohne die Stellung eines Vorstandsvorsitzenden zu haben, doch praktisch machen konnte, was er wollte, weil er die Unterstützung des Großaktionäre hatte, aber er unterstützte das Projekt, das er als sinnvoll ansah.

Von Johannes Fabricius war die Zustimmung nicht so leicht zu bekommen. Ihm war das Tempo, mit dem Archibald die Sache durchzog, einfach zu schnell. Er fasste dann Zutrauen zu Heinz Altmüller und dieser zu ihm, und so lieferte Johannes bald die benötigten Zahlen. Aber ein klein bisschen neidisch auf Archibald war er doch auch. Vor allem meinte er, dass Archibald als Geschäftsführer von Engelberg den Vorstandsposten bei Weiler & Busch niederlegen sollte, aber dazu machte Archibald trotz mehrerer Andeutungen keine Anstalten. Johannes störte auch das Gehalt, das Archibald erhalten sollte, nämlich 3.000 Mark. Das war mit den Vertretern der Familie Engelberg ausgehandelt, es war das gleiche Gehalt, das Hans Engelberg gehabt hatte. Damit hatte Archibald insgesamt 5.000 Mark, das waren 3.000 Mark mehr als Johannes, und das wurmte ihn. Deswegen verlangte Johannes, dass Archibald von seinem Gehalt bei Weiler & Busch etwas abgeben sollte, wenn er die Geschäftsführung von Engelberg übernehmen würde. Archibald wollte darauf aber nicht eingehen, denn das war ja die einzige Möglichkeit für ihn, von seinen Zinsen und Amortisationen auf die hohen Bankschulden etwas abzahlen zu können.

Hans Blummüller interessierte die ganze Angelegenheit nur wenig, weil das Betonwerk davon nicht berührt war. Überzeugungsarbeit musste Archibald dagegen bei der Familie Engelberg leisten, wobei er von Dr. Winter unterstützt wurde. Vor allem Lore musste überzeugt werden, die zwar eigentlich keine andere Wahl hatte, die aber doch das Ganze als fürchterliche Niederlage für ihre Familie ansah. Bei Françoise Engelberg hatte Archibald einen großen Stein im Brett. Sie hoffte, dass die schlechte Behandlung, die sie durch Lore und Hans erfahren hatte, sich jetzt zum Besseren wenden würde, und nahm Archibald voller Begeisterung auf. Der Vormund ihrer Kinder dagegen, der Papierfabrikant aus Nidda, hätte lieber die Lösung mit der Firma Haber gesehen. Er war zunächst gegenüber Archibald recht reserviert, aber auch das konnte bald behoben werden.

Auch in der Familie Weiler gab es einigen Widerstand. Leni wollte verhindern, dass ihr Vetter Dr. Mahler seinen Posten im Aufsichtsrat verlor, der durch den Hüttendirektor aus dem Ruhrgebiet ersetzt werden sollte. Sie fürchtete um ihren Einfluss im Aufsichtsrat, gegen dessen Wahl sie sich mit einigen sachlichen und unsachlichen Argumenten stemmte. Leni sprach bei der restlichen Familie für ihren Vetter Mahler und Archibald wurde von den wenigen Aktionären, die es in der Familie gab, unter gewaltigen Druck gesetzt. Die Übertragung der Stimmrechte, die er sonst von den Aktionären erhalten hatte, unterblieb zunächst.

Trotz aller Querelen wurden aber alle notwendigen Verträge unterschrieben, und es gingen alle Beschlüsse in der Hauptversammlung mit großer Mehrheit durch.

***

Anfang Mai trat Archibald seine neue Stellung in Neustadt an, wohin der Sitz von Engelberg verlegt worden war. Er begann sofort mit der Neuorganisation des Unternehmens.

Archibald Weiler wurde mit großer Skepsis von der Belegschaft in Neustadt empfangen. Auch wenn die Mitarbeiter in den letzten Jahren von Lore Engelberg oft sehr enttäuscht waren, war man doch alter Engelberger und sah es als persönliche Niederlage an, dass man von der Konkurrenz aufgekauft worden war. In Archibald Weiler sah man zwar das kleinere Übel gegenüber Friedrich Haber, der das Werk gnadenlos schließen wollte, aber man wusste nicht, was jetzt geschehen werde, denn gerüchteweise war durchgedrungen, dass Archibald Weiler vom Aufsichtsrat die Auflage hatte, das Werk früher oder später abzustoßen oder stillzulegen. Die vielen Herren, die aus Gernsbach gekommen waren, hatten dies nicht verhehlen können. So war die Stimmung äußerst schlecht.

In der Betriebsversammlung erklärte Archibald, dass zunächst einmal alles beim Alten bleibe und er auch das Wohl der Arbeitnehmer im Auge behalten werde.

Die Erfolge setzten dann viel schneller ein, als alle gedacht hatten. Der Betriebsleiter, für dessen Verbleiben sich Lore Engelberg vehement eingesetzt hatte, kündigte von sich aus, und Archibald ersetzte ihn durch Thomas Merkel, der bisher noch die Abwicklung des Werkes Aalen geleitet hatte. Aber alle anderen Angestellten behielt er. Vor allem war jetzt wieder Geld da. Außer den drei Millionen, die von Weiler & Busch als Eigenkapital geflossen waren, stellte die Union-Bank einen Kredit von zwei Millionen zur Verfügung, und die Deutsche Bank war plötzlich auch bereit, einen Kredit in gleicher Höhe zu gewähren.

So konnte wieder Holz eingekauft werden. Aber Archibald brachte auch Aufträge mit. Es kam ein dicker Auftrag von der Aramco, der amerikanisch-arabischen Gesellschaft, für Saudi-Arabien, den er schon vorher erhalten hatte, und er setzte jetzt seine ganzen Beziehungen in den Niederlanden und in Großbritannien sowie seine Maklerfirma in Frankfurt ein. Schon nach 14 Tagen war das Sägewerk nicht nur voll beschäftigt, sondern es musste in zwei Schichten gearbeitet werden. Es wurden Dimensionen geschnitten, die für die Anlage passten. Zur Verblüffung aller brachten die Zahlen für Juni und Juli bereits Gewinne – auch für das Sägewerk.

Nach Überprüfung der Situation auf dem Spanplattensektor entschloss sich Archibald, die zweite Stufe des Werkes in Nidda jetzt in Angriff zu nehmen und die Leistung von 20.000 auf 30.000 Kubikmeter im Jahr zu steigern, die kleineren Zerspaner durch Großraumspaner zu ersetzen, in dem Sägewerk nur noch mit einer Gatterlinie zu schneiden und dafür eine Blockbandsäge anzuschaffen. Er konnte jetzt auch die guten Verbindungen, die man von Lübeck aus nach Skandinavien hatte, für die Laubholzproduktion in Nidda nutzen.

Archibald war jetzt jeden Montag und Dienstag in Neustadt, Mittwoch und Donnerstag war er in Nidda, am Freitag, Samstag und Sonntag in Gernsbach. Dazu kamen noch einmal im Monat Besuche in Lübeck und Fürnitz, alle 14 Tage war er in Kehl. Außerdem gab es Verhandlungen mit Banken in Frankfurt und mit der Holzagentur in Frankfurt, die mit der Firma Engelberg auch erheblich an Bedeutung gewonnen hatte. Zudem fanden Besprechungen mit der Zündholzgesellschaft in Frankfurt und in Schweden statt, Besuche in London, Edinburgh, Stockholm und Helsinki, denn das Geschäft mit Skandinavien nahm jetzt wesentlich größeren Umfang an, sowohl im Import als auch im Export.

In den Büros war er jeden Morgen pünktlich um acht Uhr und verließ es meist erst um sieben oder halb acht Uhr, um dann beim Abendessen in den Hotels noch mit neu einzustellendem Personal, mit Lieferanten und Kunden, mit Maschinenfabriken zu verhandeln. Außer dem Gang über die Werke, an dem er festhielt, hatte er keinerlei Bewegung, aber jeden Abend gab es mit den Gästen zusammen große Menüs, mit dem Erfolg, dass er beachtlich an Gewicht zunahm, kurzatmig wurde und schwer einschlief. Dazu kam aber, dass die Zündholzgesellschaft ihn jetzt als Geheimwaffe einsetzte.

Dutzend Male flog er nach Schweden, um an Sitzungen des Verwaltungsrates teilzunehmen oder sich mit Experten zu unterhalten. Vor allem die deutschen Vertreter brauchten ihn als Experten zur Durchsetzung ihrer weiteren Pläne. Da er Schwedisch konnte, die Mentalität der Schweden kannte und sich auch im schwedischen Aktienrecht auskannte, war er für sie eine wichtige Hilfe. Das gefiel ihm, und auch die Arbeit war ihm nicht zu viel.

Dass das Privatleben von Archibald zu kurz kam, war kein Wunder. Am Wochenende war er zwar mit seiner Familie zusammen, ab und zu nahm er seine Frau auch auf Reisen mit, aber sein ältester Sohn sollte jetzt in die Schule kommen, und da konnte ihn Ursel nicht mehr so viel wie früher begleiten.

Das Jahr 1960 schloss mit einem hohen Gewinn nicht nur bei Weiler & Busch, sondern auch bei Joseph Engelberg ab, womit kaum jemand gerechnet hatte, aber großen Dank erntete Archibald nicht. In der Familie wuchs die Eifersucht.

Im Jahr 1961 stellten sich dann aber doch die ersten Schwierigkeiten ein. Zuerst einmal kühlte sich das Konjunkturklima ab. Die Schnittholzpreise gingen zurück, während die Rundholzpreise noch stiegen. Der Absatz des erweiterten Spanplattenwerkes ging nicht so, wie man es erwartet hatte. Die Betriebsunterbrechung durch den Umbau hatte nicht drei Wochen gedauert, wie man vorausberechnet hatte, sondern beinahe zwei Monate, und die zusätzliche Produktion war nicht zum gleichen Preis wie vor dem Umbau abzusetzen, da nicht nur bei Engelberg die Kapazität erhöht worden war, sondern auch bei einer ganzen Reihe anderer Werke. Als neuer Produzent war die Firma Haber auf dem Markt aufgetreten, die im Werk Neumarkt eine Anlage gebaut hatte, die doppelt so groß wie die von Engelberg war, und diese Produktion musste jetzt ebenfalls auf den Markt gebracht werden.

Dazu wurde die Deutsche Mark aufgewertet. Es waren zwar nur fünf Prozent, aber Archibald hatte seine großen Aufträge mit Großbritannien fast alle in britischen Pfund abgeschlossen. Leberecht schalt ihn deswegen, er hätte doch in DM abschließen sollen, aber die DM war damals noch keine Welthandelswährung, in der man verkaufen konnte. Zudem gab es Schwierigkeiten mit der Produktion von Schalungsplatten, die Archibald begonnen hatte, um die viele Seitenware, die in Neustadt anfiel, sinnvoll zu verwerten. Die Schalungsplatten wurden zunächst an einen großen Abnehmer ins Rheinland geliefert, der aber in Konkurs ging, und um möglichst viel zu retten, hatte Archibald deren Maschinen übernommen und sie nach Neustadt gebracht, was dann doch das Stirnrunzeln des Aufsichtsrats zur Folge hatte, denn es war ja der Beschluss gefasst worden, das Werk Neustadt zu verkaufen. Der Ruf, dass er alles besser könne als andere, hatte gelitten, und man glaubte nicht mehr daran, dass Archibald den Verkauf auch wirklich betreibe. Dass es in einem Jahr Gewinne gegeben hatte, war ja ganz schön, aber würde Neustadt im zweiten Jahr auch noch einen Gewinn bringen?

Archibald redete sich zwar heraus, dass bei der augenblicklichen Wirtschaftslage ein Verkauf nicht in Frage komme, wenn man nicht ein neues Konzept biete, wenn man nicht ein saniertes Werk anbieten könne. Auf der anderen Seite wurde er immer wieder von der Familie Engelberg gedrängt, das Werk ja nicht zu verkaufen, und dann wollte er auch Rücksicht auf die Belegschaft nehmen, die er nicht enttäuschen wollte.

Bei Weiler & Busch hatte es keine größeren Entlassungen gegeben, selbst nicht während der Wirtschaftskrise. Von der Großmutter war ihm eingeimpft worden, dass man für seine Arbeiter geradezustehen habe. Wenn irgendetwas nicht ordentlich lief, musste man sich eben umsehen, etwas anderes zu finden. Letztlich hatte er sich in das große Sägewerk, das er ja schon immer geplant hatte, geradezu verliebt. Er sträubte sich innerlich gegen den Verkauf und betrieb die Suche nach einem Käufer nur recht halbherzig. Er wollte jetzt eine neue Lösung für die gesamte Firma vorschlagen, in der das Werk Neustadt eine wichtige Rolle spielte.

Ende der fünfziger Jahre gab es in Deutschland wieder eine Konjunktur für Fertighäuser, und so plante Archibald, auf dem großen Gelände eine Fertighausfabrik zu errichten. Geliefert werden sollte das Schnittholz, das dazu benötigt wurde, vom dortigen Sägewerk, der Abfall des Sägewerks sollte mit von anderen Sägewerken zugekauftem Abfallholz zu Spanplatten verarbeitet werden, aus den Schälspänen der Masten und den Hobelspänen des Hobelwerkes der Fertighausfabrik sollten zementgebundene Platten für die Außenwand gefertigt werden. Die Mastenfabrikation in Kehl sollte auch nach Neustadt verlegt werden. Um die Häuser zu verkaufen, sollte das große Wiesengelände zu Bauland umgewidmet werden. Als Bauträger sollte man darauf etwa 500 Häuser stellen und sie dann verkaufen. Dafür sollte in Kehl eine Anlage mit Bandsägen aufgestellt werden, eine Anlage für die Herstellung von Schwellen, für die das Laubholz aus Frankreich importiert werden könnte, und eine große Blockbandsäge für Tropenholz, das über den Rhein nach Kehl kommen sollte. Dann hätte man sowohl das Kehler als auch das Neustädter Werk saniert.

Aus dem Betonwerk in Gernsbach bekam Archibald Unterstützung durch einen jungen Bauingenieur, der fix und fertige Häuser entwarf und für die Zulassung der Häuser bei den Behörden sorgte. Für Nidda plante er den Bau einer weiteren Bandsäge, desgleichen eine Bandsägenanlage für Lübeck, wo auch noch ein Spanplattenwerk gebaut werden sollte. Für Österreich war der Neubau des Sägewerkes nach dem Muster von Neustadt geplant sowie ebenfalls der Bau eines Spanplattenwerkes und möglicherweise auch der einer Holzhausfabrik.

Diese ganzen Pläne erforderten Investitionen von insgesamt 15 Millionen Mark, und er begann, die Zündholzgesellschaft für diese Pläne zu interessieren. Aber in der Zündholzgesellschaft war in der Zwischenzeit Direktor Weinberg gestorben.

Nach seinem Tod wurde der Posten des Vorsitzenden der Geschäftsführung noch nicht so schnell besetzt, denn der neue Chef, das war die oberste Maxime im Konzern, musste ein Schwede sein. Zudem war die Stelle eines Generalkonsuls neu zu besetzen. Aber dazu brauchte man die Zustimmung des Außenministeriums. Zunächst führte Altmüller kommissarisch das Unternehmen, nicht unbedingt unterstützt von seinem Kollegen Lundberg, der die Meinung vertrat, dass ihm als Schweden diese Stellung zufallen sollte.

Im Übrigen musste Archibald jetzt auch feststellen, dass in der Zündholzgesellschaft Feindschaften und gegenteilige Meinungen aufeinanderprallten. Es gab hier genauso viele Intrigen wie bei Weiler & Busch.

Im Laufe des Jahres 1961 trübte sich sowohl das Verhältnis zwischen Leberecht und Archibald als auch zwischen Johannes Fabricius und Archibald. Johannes war, seit Archibald mehr oder weniger die Herrschaft im Unternehmen angetreten hatte, unzufrieden. Ihm war die ganze Entwicklung viel zu stürmisch vorangegangen und zu unübersichtlich. Sein Verhältnis zu Leberecht war von Anfang an zwiespältig gewesen. Leberechts impulsiver Charakter, seine kurzen Zornesausbrüche empfand er als ungehörig. Der übergroße Optimismus, den Leberecht zur Schau stellte, machte ihm Angst, und seine Darlegungen vor dem Aufsichtsrat, wenn er etwas durchsetzen wollte, fand er geradezu verwerflich. Johannes regte sich über Leberechts großzügige Handhabung der Spesen auf, der erklärte, dass es ihm vollkommen egal sei, was die Steuer dazu sage, er habe das eben verbraucht, und was er verbraucht habe, das wolle er als Spesen ersetzt haben. „Was der Finanzminister und andere sture Leute dazu sagen, ist mir völlig wurscht!"

Vor allem aber nahm Johannes es Leberecht übel, wenn er zu Hause seine Frau Paula oft wegen einer Kleinigkeit beschimpfte. Wegen eines Korkenziehers, den er nicht fand, konnte er ein Donnerwetter veranstalten, und war dann, nachdem er ihn dort fand, wo er ihn selber hingelegt hatte, von einer Minute zur anderen wieder die Freundlichkeit selber. Er entschuldigte sich allerdings nie für seine Ausfälle, und das missfiel Johannes, für den seine Schwester Paula so etwas wie seine zweite Mutter war. Auf der anderen Seite verdankte Familie Fabricius Leberecht sehr viel – und besonders Johannes, der seine Stellung in der Firma nur durch Leberecht erhalten hatte –, aber gerade das war es, was Johannes quälte.

War Archibald nicht doch der Sohn von Leberecht? War er nicht doch zu optimistisch? Musste er nicht auf ihn aufpassen und ihn bremsen? Verbaute Archibald ihm jeden weiteren Aufstieg in der Firma? Johannes hatte das Gefühl, dass Archibald ihn in die Ecke drückte, wo er mehr oder weniger als Buchhalter seine Karriere beenden würde.

Statt Archibald war jetzt Hans Blummüller in der Firma die Vertrauensperson von Johannes geworden, der auch zur Vorsicht neigte und das Holzgeschäft überhaupt nicht überblickte. Nachdem Johannes zuerst sehr reserviert gegen Blummüller gewesen war, freundeten sich die beiden nun richtig an.

Wer sehr unter dem verschlechterten Verhältnis zwischen Leberecht und Johannes und zwischen Archibald und Johannes litt, war Paula. Sie liebte ihren Bruder, und es schmerzte sie, wenn Leberecht sich bei Tisch – auch wenn die jüngeren Kinder dabei saßen – sarkastisch über Johannes äußerte und sich darüber lustig machte, dass Johannes immer mit einem Thermometer reiste, damit er jeden Morgen messen konnte, wie er sich anziehen sollte. Er fand mit diesen Bemerkungen auch noch bei den jüngeren Töchtern Beifall. Paula fing dann an zu weinen.

Auch Leni war mit ihrem Leben unzufrieden. Sie hatte gehofft, dass mit der Bestellung von Archibald zum Geschäftsführer von Joseph Engelberg sie in den Vorstand von Weiler & Busch aufrücken könnte – aber das war nicht geschehen. Ihre Unzufriedenheit war dadurch noch verstärkt, dass sie auch 1961 nicht in den Bundestag gewählt wurde. Die FDP hatte damals auf Bundesebene den größten Wahlerfolg in ihrer Geschichte erzielt, aber sie war auf der Landesliste nicht genügend abgesichert worden. Der Einzug in den Bundestag hätte sie für alles andere, was sie in der Firma nicht erreicht hatte, entschädigt.

Archibald hoffte auf ein gutes Ergebnis für das Jahr 1961, das es seiner Meinung nach geben müsste und das dazu führen werde, dass er seine Pläne verwirklichen könnte.

Im Frühjahr 1962 wartete nicht nur Archibald, sondern auch der Beirat von Engelberg und der Vorstand und Aufsichtsrat von Weiler & Busch auf den Abschluss der Bilanz. Sie wurde nicht wie geplant Ende März fertig. Johannes Wallerstedt meinte schon zu Archibald: „Das ist ein schlechtes Zeichen! Der Buchhalter hatte in der Vergangenheit, immer wenn das Ergebnis schlecht war, die Bekanntgabe der Zahlen über das Quartalsende hinausgeschoben, damit eine Kündigung erst ein Vierteljahr später erfolgen könnte."

Archibald erlebte dann eine unangenehme Überraschung. Die Holzpreise waren gefallen, und damit waren auch die Holzbestände entsprechend abzuwerten. Bei Joseph Engelberg hatte man in solchen Fällen sich nicht ganz ans Niederstwertprinzip gehalten, aber bei Weiler & Busch als Aktiengesellschaft und auch bei dessen Beteiligungen wurde die Bilanz durch Wirtschaftsprüfer geprüft. Bei Joseph Engelberg hatte man auch in der Vergangenheit alle Eigenleistungen aktiviert, wenn größere Investitionen geplant waren, was man bei Weiler & Busch nur dann noch tat, wenn das Finanzamt das verlangte. So wurde statt eines Gewinns, den Archibald trotz allem noch erwartet hatte, ein Verlust ausgewiesen, sowohl in Neustadt als auch im Spanplattenwerk Nidda. Insgesamt betrug der Verlust zwar nur 300.000 DM, in Anbetracht der Vorräte und Außenstände von acht Millionen DM und bei einem Umsatz von über 20 Millionen DM nur eine geringe Summe, aber Archibald war sich klar, dass er unter diesen Umständen die Pläne für das Werk Neustadt aufgeben und dringend nach einem Käufer suchen musste.

Wenn er aber – so überlegte er – das Werk Neustadt stilllegen würde, gäbe es unter den Gläubigern Unruhe, und so wäre es am besten, dass er bei der Bank noch mal um einen Kredit von einer Million DM nachsuche, um die Abwicklung in Ruhe durchführen zu können.

Das sollte sich aber als sein größter Fehler herausstellen. Wäre er nicht zur Bank gegangen, hätte er bilanziert wie das bei Engelberg üblich gewesen war, dann wäre nichts geschehen. Wahrscheinlich hätte sich alles wieder eingerenkt, nachdem auch das Spanplattenwerk wieder voll lief. Die Deutsche Bank war auch bereit, den Kredit zu geben, verlangte aber, dass die Union-Bank mitmache und dass die Firma Weiler & Busch eine Bürgschaft von einer Million gebe. Dazu war aber Johannes Fabricius keineswegs gewillt.

Altmüller war bereit, die Bürgschaft zu geben, wollte sich aber in Schweden rückversichern. Archibald wollte mit nach Schweden fahren, aber Altmüller riet davon ab und wollte dafür den Wirtschaftsprüfer Scheibe mitnehmen. Altmüller und Scheibe, die nach Jönköping zum Sitz des Konzerns reisten, trugen die Angelegenheit dort vor, aber auch dort wollte man keine Entscheidung treffen, weil der neue Vorstandsvorsitzende noch nicht bestellt war. So fuhren sie zum Aufsichtsratsvorsitzenden der Stockholmer Privatbank, mussten dort mehrere Stunden im Vorzimmer warten, um dann zu hören: „Werft doch dem schlechten Geld nicht noch gutes nach!"

Damit war das Schicksal der Firma Joseph Engelberg besiegelt.

Als Altmüller und Scheibe aus Schweden zurückgekehrt waren, wurde Archibald von Johannes, aber auch von Dr. Drescher gedrängt, Vergleich anzumelden, er mache sich sonst strafbar. Der Wirtschaftsprüfer Scheibe war der Meinung, dass ein Vergleich an und für sich nicht nötig sei. Das Unternehmen habe zwar finanzielle Engpässe, aber es sei keineswegs überschuldet. Auch die Stellung von Weiler & Busch als Aktiengesellschaft sei nicht gefährdet. Eine Bürgschaft von einer Million DM müsse Weiler & Busch leicht fallen. Wenn Engelberg Vergleich anmelde, dann werde die Firma zwar ins Gerede kommen, aber passieren werde deswegen nichts.

Johannes war aber anderer Meinung. Weiler & Busch müsse sich jetzt unbedingt von der Firma Joseph Engelberg distanzieren. Die Firma sei nie das gewesen, was Archibald von ihr behauptet habe. Das Ganze sei ein Fass ohne Boden, es solle unbedingt ein Trennungsstrich gezogen werden.

Man verlangte von Archibald die Anmeldung des Vergleichs. Ohne Unterstützung der Zündholzgesellschaft und von Weiler & Busch war ein Vergleich nicht abzuwenden. Das Werk im Hochschwarzwald war ohne das Konzept, das er erarbeitet hatte, nicht zu verkaufen, und ein Käufer war kurzfristig nicht zu bekommen.

Die einzige Möglichkeit war, zuerst das Werk in Nidda zu veräußern. Nun setzte eine fieberhafte Suche nach einem Käufer ein. Das größte Spanplattenunternehmen der Branche in Göttingen zeigte dafür Interesse. Die Geschäftsführung hatte zwar Vorbehalte wegen des Sägewerks, doch man konnte diese Bedenken zerstreuen, denn das war der Betrieb, der noch Gewinn abwarf. An dem Preis von fünf Millionen, der genannt worden war, schien nichts auszusetzen zu sein. Archibald sollte zur endgültigen Verhandlung nach Göttingen fahren. Dr. Drescher und Johannes meinten, dass man noch die drei Tage abwarten könnte, bis Archibald von Göttingen zurück sei, dann brauche man keinen Vergleich anzumelden. So hatte er noch mal eine Galgenfrist erreicht.

Als er am Abend von Neustadt nach Hause kam, fand er die Wohnung leer, nur ein kurzer Zettel von Ursel lag auf dem Tisch, dass sie nach Baden-Baden gefahren sei, weil es ihrem Vater sehr schlecht gehe. Zwei Stunden später kam sie zurück mit der Nachricht, dass ihr Vater plötzlich gestorben sei. Die Beerdigung sollte ausgerechnet an dem Tag stattfinden, an dem er nach Göttingen fahren sollte. Archibald war hin- und hergerissen. Bei der Beerdigung des Schwiegervaters, da musste er doch anwesend sein, aber es galt, den drohenden Vergleich abzuwenden, das Schicksal von ein paar hundert Arbeitskräften, sein eigenes Schicksal hing in der Luft, und so entschloss er sich, nach Göttingen zu fahren. Niemand war bereit, den Termin auf einen Zeitpunkt nach der Trauerfeier zu verschieben.

In Göttingen war man sehr freundlich zu ihm, lobte seine Betriebsführung, sagte, dass das Werk Nidda für die großen Spanplattenhersteller eine interessante Akquisition sei, aber der Erwerb müsse mit dem Inhaber, der Witwe eines Zigarettenfabrikanten, abgesprochen werden, die wiederum ihre Berater fragen müsse. Archibald erklärte, dass er nicht viel Zeit habe, und so wollte Direktor Grabow bis Samstag telefonisch Nachricht geben.

Am Samstag fand das Gespräch statt. Johannes war misstrauisch und glaubte nicht, was Archibald berichtete, und so wurde das Gespräch im Büro von Johannes geführt, wo der Apparat auf Mithören eingestellt war. Hans Blummüller war ebenfalls anwesend. Gleichzeitig wurde ein Tonband angestellt, um das Gespräch aufzuzeichnen, und die Sekretärin von Johannes saß mit ihrem Stenoblock daneben, um das Gespräch mitzuschreiben. Auch Rechtsanwalt Dr. Winter war aus Karlsruhe gekommen.

Archibald war außerordentlich nervös, dass er das Gespräch unter diesen Bedingungen führen sollte. Er hatte die ganze Nacht nicht geschlafen und war wie gerädert. Direktor Grabow meldete sich und teilte mit, dass es ihm furchtbar leid tue, er habe das Projekt befürwortet, er sei sehr traurig, dass es nicht klappen werde, aber die Berater der Inhaberin hätten wegen des Sägewerkes davon abgeraten. Archibald machte noch den Vorschlag, dass man das Sägewerk auch weiter verpachten könne, möglicherweise könne auch Weiler & Busch das Sägewerk und die Imprägnieranlage in Pacht betreiben. Aber während er das sagte, sah er schon das grimmige Gesicht von Johannes und das Abwinken von Blummüller, und so blieb ihm nur übrig, sich von Grabow zu verabschieden. Dr. Winter sagte noch: „Das war's, meine Herren, ich überlasse Ihnen nun den Leichnam!"

Archibald musste am nächsten Montag den Gang zum Amtsgericht in Neustadt antreten. Zuvor beriet er sich mit seinem Prokuristen. Sie kamen überein, als Vergleichsverwalter einen jungen Neustadter Anwalt vorzuschlagen, auf den sie möglicherweise noch Einfluss nehmen könnten. Dieser war bereit, die Aufgabe zu übernehmen und wollte auch als zweiten Vergleichsverwalter mit dem Wirtschaftsprüfer Scheibe zusammenarbeiten, den ihm Archibald empfohlen hatte, weil er meinte, dass er schon darauf sehen werde, dass das Unternehmen zunächst noch weiterlaufen könne. Das Gericht folgte diesem Vorschlag.

Archibald hatte jetzt niemand, mit dem er über seine Probleme sprechen konnte. Die einzige Vertraute in der Familie, auf die er sich noch ganz verlassen konnte, war seine Frau, aber sie hatte keine geschäftliche Erfahrung, sie konnte nur zuhören, und nach dem Tod ihres Vaters musste sie sich auch um ihre Mutter kümmern.

Leberecht war noch optimistisch, dass man anstelle der Zündholzgesellschaft einen anderen Partner finden könne. Für ihn war es das zweite große Fiasko in seinem Leben, aber wenn er sich die Zahlen ansah, war die Situation doch um vieles besser als beim Zusammenbruch von Weiler & Busch im Jahr 1929. Er hatte die Hoffnung, dass man es noch irgendwie schaffen könne. Joseph Engelberg war für ihn eine interessante Chance gewesen, aber sein Herz hing nicht daran, und wenn es in Lübeck-Schlutup weiterging, dann war alles halb so schlimm. Er war bereit zu kämpfen.

Die Angestellten in Gernsbach wollten jetzt mit Archibald möglichst wenig zu tun haben, denn Johannes hatte gesagt, man müsse sich streng von ihm trennen. Die Furcht von Johannes, dass die Banken Weiler & Busch die Kredite kündigten, war unbegründet. Sie hielten still, und auch bei Weiler & Busch bekam man Massekredit.

Die Banken waren eigentlich erstaunt, dass Weiler & Busch Joseph Engelberg nicht unterstützt hatte. Sie hatten die Bilanzen überprüft. Natürlich waren sie misstrauisch geworden, aber sie hatten doch festgestellt, das die Banken so gut abgesichert waren, dass sie auf jeden Fall keine Verluste erleiden mussten. Aber weil man als zusätzliche Sicherheit immer noch auf eine Bürgschaft hoffte, wurde der Massekredit nur in kleinen Tranchen gewährt. Jedes Mal, wenn am Freitag die Löhne ausgezahlt werden sollten, ließ man Archibald noch bis Donnerstag schmoren.

Dabei wurde das Geld nur für die Löhne zur Verfügung gestellt, aber nicht für die Krankenkasse und die Steuern, was Archibald dann auch noch eine Anzeige der Krankenkasse wegen Unterschlagung der der Krankenkasse zustehenden Gelder eintrug. Archibald, der deswegen zu Dr. Drescher ging, wurde von diesem beruhigt, er werde dafür sorgen, dass diese Sache niedergeschlagen werde.

Nachdem Archibald den ersten Schock überwunden hatte, kam er zu dem Entschluss, die Sache keineswegs schleifen zu lassen, sondern aus dem Vergleich zu retten, was zu retten war. Seiner Ansicht nach war die Firma Engel berg gesund, und so machte er auch dem Vergleichsverwalter klar, dass nicht er die Geschäftsführung habe, er sei kein Konkursverwalter, sondern er habe ihn nur zu beaufsichtigen, und appellierte an die Mitarbeiter, nicht wegzulaufen, sondern ihre Arbeit weiter zu machen, denn nur als laufende Firma könnten sie ihren Arbeitsplatz behalten.

Bei der Industrie- und Handelskammer, die die Vergleichswürdigkeit festzustellen hatte, wurde der Vergleich zwar genehmigt, aber mit der Auflage, dass es nur einen Liquidationsvergleich und keinen Fortsetzungsvergleich gebe, das hieß, dass die Firma aufgelöst werden musste. Dahinter standen die Konkurrenten aus der Umgebung, die anderen großen Sägewerke des Hochschwarzwalds, die meinten, dass die Rundholzpreise im Schwarzwald fallen würden, wenn erst einmal Engelberg zumache – die Waldbauern wurden dabei nicht gefragt – und man vielleicht für das Schnittholz ein paar Mark mehr erzielen könnte. Aber das sollte sich als Fehleinschätzung erweisen, denn der Kundenkreis von Engelberg war dank Archibald ein ganz anderer gewesen als der der Nachbarsägewerke.

Der erste Status ergab, dass genügend Werte zur Verfügung standen, um die Gläubiger mit 100 Prozent zu befriedigen, wenn man ruhig Blut behielt und die Werke nicht verschleuderte. Man bot den ungesicherten Gläubigern an, dass 40 Prozent innerhalb eines Jahres bezahlt werden sollten, wobei auch die Pensionsrückstellungen noch bezahlt werden konnten. Die kleinen Gläubiger mit Forderungen unter 2.000 DM wollte man innerhalb von sechs Wochen zu 100 Prozent befriedigen.

Archibald war sich klar, dass der Verkauf der Werke nur getrennt möglich war. Für Nidda kam nur ein großes Unternehmen in Frage, das bereits an der Spanplattenfertigung interessiert war und womöglich auch noch an der Belieferung der Bundesbahn mit Schwellen, und das waren nur wenige. Für Neustadt musste man ein komplettes Konzept zur Fortführung anbieten, denn die umliegenden großen Sägewerke kamen dafür nicht in Frage, sie hatten sich gegenseitig abgesprochen nicht zu kaufen, damit das Sägewerk in seine Einzelteile zerlegt verkauft würde.

Archibald versuchte, alle Fertighausfirmen dafür zu interessieren, mit seinem Konzept, das er auch schon der Zündholzgesellschaft angeboten hatte. Lockvogel für die Konzeption war das Gelände, das bisher noch landwirtschaftlich genutzt wurde, und auf diesem Gelände wollte Archibald Fertighäuser errichten. Die Stadt Neustadt war jetzt, nachdem die Firma in Vergleich war, für diesen Plan zu gewinnen. Aber da taten sich neue Hindernisse auf. Das Landwirtschaftsamt in Freiburg musste sein Zustimmung geben, dass das landwirtschaftlich genutzte Land zu Bauland erklärt wurde. Archibald gelang es auch, das Amt davon zu überzeugen, aber das Gelände lag nicht auf dem Gebiet von Neustadt, sondern auf der Gemarkung Titisee. Das Argument, dass viele Arbeitskräfte aus Titisee bei Engelberg arbeiteten und dass das Unternehmen ein großer Wirtschaftsfaktor in dem arbeitsplatzarmen Hochschwarzwald war, verfing nicht, die Titiseer lehnten den Antrag ab. Damit waren die Chancen für Archibald, seinen Plan durchzusetzen, wesentlich schlechter geworden.

In der Zwischenzeit war es Ende Mai geworden, und die Aufsichtsratssitzung von Weiler & Busch fand statt. In der Aufsichtsratssitzung berichtete Johannes darüber, dass die Firma Weiler & Busch gefährdet sei, in den Strudel des Zusammenbruchs von Joseph Engelberg mit hineingezogen zu werden. Die Banken hätten alle besorgt angerufen, er habe sie nur mit Mühe beruhigen können. Sie würden zusätzliche Sicherheiten verlangen, man müsse sich unbedingt von diesem Engagement loslösen. Weiler & Busch könne keineswegs mit Krediten oder Bürgschaften zur Verfügung stehen, und es hagelte Vorwürfe gegen Archibald, der nur bemerkte, dass er nicht allein für dieses Engagement verantwortlich sei, denn letztlich sei der Vertrag mit der Zündholzgesellschaft über deren Beteiligung unter der Voraussetzung getroffen worden, dass man sich bei Engelberg engagiere.

Schließlich stellte Helmut Fade, der in der Vergangenheit schon immer gegen Leberecht und Archibald gearbeitet hatte und ganz auf Seiten von Johannes Fabricius stand, den Antrag, dass Dr. Archibald Weiler aus dem Vorstand abzuberufen sei, weil er die Arbeitsplätze der Beschäftigten von Weiler & Busch gefährdet habe.

Archibald platzte der Kragen. Für ihn war es selbstverständlich gewesen, wie es bei der Firma Weiler & Busch schon immer Tradition gewesen war, in erster Linie an das Wohl der Belegschaft zu denken, und wenn ein Betriebszweig nicht mehr rentabel war, sich umzusehen, wie man die Arbeitskräfte auch anderweitig beschäftigen konnte. Er hatte sich in Neustadt gegenüber den Arbeitskräften verpflichtet gefühlt und sich gegen eine Massenentlassung und Stilllegung des Werkes gestemmt – und jetzt dieser Vorwurf! Er stand auf, hämmerte mit der Faust auf den Tisch und schrie: „Fade, Sie sind ein Schwein!“, und verließ den Raum.

Jetzt waren die Arbeitnehmervertreter beleidigt und erklärten, sie würden nicht mehr weiterverhandeln, wenn sich Dr. Weiler nicht entschuldige. Altmüller, der mit Stirnrunzeln den Antrag von Fade gehört hatte, sagte, das sei doch nicht nötig gewesen, versuchte nun, Archibald zu beruhigen. Nach einer Viertelstunde kam Archibald wieder herein, entschuldigte sich formlos und nahm an der Sitzung wieder teil, auf der man seine Abberufung beschloss.

Die Zündholzgesellschaft hatte ihr Interesse an Weiler & Busch verloren. Die Union Bank erklärte sich zwar bereit, bei den Krediten stillzuhalten, aber die Zündholzgesellschaft teilte Leberecht mit, er solle sich um einen neuen Käufer für die Aktien bemühen.

Leberecht ließ jetzt seine Beziehungen spielen und suchte in Lübeck nach Interessenten. Er fand auch einen Herrn Lüdemann, Inhaber eines Baugeschäfts und einer Spedition, der sich als Bauträger innerhalb von fünf Jahren ein großes Vermögen erworben hatte. Lüdemann arbeitete sehr stark mit Politikern zusammen, vor allem auch mit den Gewerkschaften und der Neuen Heimat. Er kaufte überall günstig Baugelände auf und ließ durch seine Baufirmen große Siedlungen darauf errichten.

Archibald fuhr sofort nach Kiel, wo Lüdemann wohnte und wurde von ihm auf seiner Segeljacht empfangen. Auch Leberecht und Britta waren dabei, und alle versuchten, ihn zu bearbeiten. Er zeigte großes Interesse und erklärte, er werde sowohl die Firma Engelberg als auch die Mehrheit bei Weiler & Busch erwerben, und dann werde er als Erstes Dr. Drescher, Johannes Fabricius und Hans Blummüller hinauswerfen und Archibald wieder als Vorstand und Geschäftsführer einsetzen. Er besichtigte alle Werke und ließ bei seinem Besuch in Gernsbach gegenüber Johannes Fabricius und Hans Blummüller seine tiefe Verachtung für die Verräter durchblicken und machte auch keinen Hehl daraus, dass er sie hinauswerfen werde, wenn er die ganze Angelegenheit erst einmal übernommen habe.

Wieviel Kapital wirklich hinter Lüdemann stand, das wusste niemand. Für Archibald schien Lüdemann der letzte Rettungsanker zu sein, mit dessen Hilfe er das durchsetzen konnte, was er sich vorgenommen hatte, wenn er ihm auch nicht sympathisch war.

Lüdemann schickte einen Beauftragten nach Neustadt, der vor dem Gemeinderat seine Pläne erörtern wollte. Er benachrichtigte Archibald, dass er nur noch ein paar Angelegenheiten mit seiner Bank besprechen müsse. Sein Beauftragter habe alle Vollmachten, er werde am frühen Nachmittag Bescheid geben. Er werde ihn anrufen, und dann könne man noch am gleichen Tag zum Notar gehen.

Es wurde zwei Uhr, es wurde drei Uhr, es wurde halb vier Uhr, Archibald wurde immer unruhiger und forderte den Bevollmächtigten auf, doch mal in Kiel anzurufen, wozu dieser zunächst nicht bereit war, Lüdemann liebe es nicht, gestört zu werden, Archibald könne aber ganz beruhigt sein. Als es aber halb fünf Uhr war, rief der Bevollmächtigte doch in Kiel an und hörte, dass Lüdemann in einer Sitzung sei. Wenn die zu Ende sei, werde er ganz bestimmt anrufen. Sie warteten weiter, es wurde sechs Uhr, es wurde halb sieben Uhr. Der Beauftragte rief noch mal in Kiel an und erhielt die Antwort, die Sitzung werde in einer halben, längstens in einer Stunde zu Ende sein, Lüdemann habe ihn bestimmt nicht vergessen.

Als er um neun Uhr noch einmal in Kiel anrief, hieß es, dass Lüdemann mit seiner Jacht in Urlaub gefahren sei, er sei etwa 14 Tage weg und nicht mehr zu erreichen. Auch nach 14 Tagen hörte Archibald nichts von Lüdemann. Einige Jahre später ging die Firmengruppe von Lüdemann in Konkurs.

Nachts um zehn Uhr machte sich Archibald zusammen mit seinem Assistenten und seiner Sekretärin auf, nach Gernsbach zurückzufahren. Schon kurz hinter Neustadt schien im Auto, das von dem Assistenten gesteuert wurde, irgendetwas nicht zu stimmen. Aber es war zu spät, um noch eine Werkstatt aufzusuchen, und so fuhren sie hinter Freiburg auf die Autobahn, als die Lichtmaschine ihren Geist aufgab. Nur mit Müh und Not konnten sie einen Parkplatz erreichen. Sie suchten nach einer Notrufsäule, aber diese waren an der neu gebauten Autobahn noch nicht installiert. Sie hofften darauf, dass irgendein anderes Auto den Parkplatz anfahren würde und eine Werkstatt oder einen Abschleppdienst unterrichten könnte. Aber es hielt auf der damals nur wenig befahrenen Autobahn niemand an. Endlich, morgens um sechs Uhr, kam ein Lkw, der auf dem Parkplatz anhielt. Der Fahrer fand sich bereit, das Auto von Archibald bis Baden-Baden ins Schlepptau zu nehmen. Erst gegen halb neun Uhr erreichten sie die Werkstatt, von wo Archibald und seine Mitarbeiter nach Gernsbach gefahren werden konnten. Dort fanden sie Ursel, die die ganze Nacht über kein Auge zugetan hatte, in heller Aufregung vor. Sie hatte mit der Frau des Mitarbeiters und mit Neustadt telefoniert, und als sie von dort gehört hatte, dass Archibald schon abends um zehn Uhr weggefahren war und die Verhandlungen, auf die er so viel gesetzt hatte, geplatzt waren, hatte Ursel Sorge, dass Archibald sich etwas angetan haben könnte, denn sie wusste, dass damit alle seine Hoffnungen zerbrochen waren. Jetzt war sie überglücklich, dass er wenigstens gesund wieder bei ihr war.

In der Zwischenzeit hatten Johannes Fabricius und Hans Blummüller es mit der Angst bekommen, dass Lüdemann die Firma kaufen könnte, und sie suchten verzweifelt nach einem anderen Käufer für die Firma. Blummüller meinte, dafür komme eigentlich nur die Firma Haber in Frage. Johannes hatte zunächst Skrupel, denn das würde seinem Schwager Leberecht überhaupt nicht gefallen, aber es schien für ihn der einzige Ausweg.

Blummüller fuhr nach Neumarkt. Friedrich Haber zögerte zunächst. Natürlich wollte er Blummüller empfangen und erst Einzelheiten hören, wie es bei Weiler & Busch aussehe. Er hatte zunächst gehofft, dass dem Vergleich von Engelberg der Konkurs von Weiler & Busch folgen werde und man einen lästigen Konkurrenten loswerden könnte. Selber die Firma zu übernehmen und zu sanieren, daran hatte er kein Interesse. Kredite aufzunehmen, um dann in ein Fass ohne Boden zu investieren, das war nicht seine Intention. Er gab Blummüller die Antwort, dass er erst einmal Unterlagen brauche und auch das Ganze mit seinem Konkurrenten Rechberg besprechen wolle.

Mit Karl Rechberg war Friedrich Haber schon seit zwei oder drei Jahren befreundet. Sie hatten sich im gemeinsamen Kampf gegen die Konkurrenz von Weiler & Busch gefunden. Sie hatten gemeinsame Interessen in der Jagd und beim Reiten. Auch die Frauen der beiden hatten sich angefreundet. Karl Rechberg war der Meinung, man solle sehen, dass man nicht nur die Anteile der Zündholzgesellschaft, sondern auch der ganzen Familie kaufen könne. Sie könnten den Weilers nur ein Angebot über die Bank machen, dann würden die schon kommen. Wenn sie erst einmal das Unternehmen hätten, müssten sie die Firma zerschlagen. „Die Bierglasuntersetzerproduktion können wir ja zusammen weiter betreiben, das Betonschwellenwerk übernimmt die Firma Haber, aber die Betriebe in Kehl und Lübeck müssen geschlossen werden, dann haben wir die lästige Konkurrenz im Masten- und Schwellengeschäft weg. Das Werk Nidda von Engelberg muss ja sicher auch geschlossen werden. Dann können wir endlich den Markt beherrschen!“

Archibald bekam durch Zufall von der Absprache Wind. Seine Schwester Britta war bereit, Friedrich Haber anzurufen und ihn zu fragen, was eigentlich los sei. Friedrich Haber erklärte ihr, sie brauche sich nicht zu beunruhigen, denn er wolle in den nächsten Tagen Archibald anrufen und mit ihm sprechen, vorher werde nichts geschehen. Aber der Anruf kam nicht. Denn bei dem zweiten Besuch von Blummüller in Neumarkt, den er zusammen mit Johannes machte, berichteten die beiden nur Negatives über Archibald, er sei unberechenbar, ein Phantast und ein Mensch, dem man nicht vertrauen könne. So unterließ Haber den Anruf bei Archibald, was er später noch sehr bedauern sollte.

In der Zwischenzeit waren aber Angestellte von Rechberg und Haber bei Weiler & Busch erschienen, und vor allem die von Haber waren begeistert von dem, was sie über das Unternehmen hörten, und sie machten ein Gutachten, dass das Unternehmen unbedingt weiter betrieben werden solle. Nur setzte Rechberg als Ziel fest, dass das Werk Kehl, das mit seinen Werken in Neuenburg und Speyer am Rhein in Konkurrenz stand, geschlossen werden müsse.

Rechberg und Haber wollten jeder die gleiche Anzahl von Aktien übernehmen, sie wollten aber die Aktien nur dann von der Zündholzgesellschaft kaufen, wenn sie auch von der Familie oder von freien Aktionären mehr als 50 Prozent der Aktien erwerben könnten. Ihre Zielvorstellung lag bei 75 Prozent, wobei jeder der beiden beteiligten Firmen etwa die Hälfte der erworbenen Aktien halten wollte. Das Vorhaben klappte aber nicht. Ein großer Teil der Familienaktionäre und der freien Aktionäre verkaufte zwar, aber der Pool von Haber und Rechberg erhielt insgesamt nur knapp 60 Prozent, denn Archibald und Leberecht verkauften ihre Aktien nicht, obwohl Archibald nicht wusste, wie er ohne Verkauf der Aktien in Zukunft auskommen sollte.

Nun näherte sich der Tag, an dem die Gläubigerversammlung stattfinden sollte, die den Vergleich zu bestätigen hatte. Archibald wusste, dass es darauf ankam, die Gläubigerversammlung günstig zu stimmen, die Gläubiger nicht zu reizen, damit sei dem Vergleich zustimmten, aber er war auch nicht gewillt, sich von den Gläubigern fertigmachen und die ganze Schuld sich zuschieben zu lassen. Er wollte nicht der Sündenbock für die Fehler der Familie Engelberg sein, und er wollte sich auch nicht von Dr. Drescher und dem Vorstand von Weiler & Busch als ehrgeizigen, geltungssüchtigen Abenteurer hinstellen lassen.

Er beschloss, wenige Tage vor der Gläubigerversammlung eine Pressemitteilung herauszugeben, in der er vollkommen ehrlich die Geschichte der Firma Engelberg, die finanziellen Engpässe und auch die Rolle, die er selber und andere dabei gespielt hatten, schilderte. Die Presse ergriff daraufhin Archibalds Partei. Die führende Fachzeitschrift, das Holz-Zentralblatt, brachte einen mehrseitigen Bericht, die Deutsche Zeitung widmete sogar den Leitartikel auf der Wirtschaftsseite dem Ereignis, die Frankfurter Allgemeine berichtete in einem mehrspaltigen Artikel, und die lokale Presse brachte sogar einen ganzseitigen Artikel, und alle waren wohlwollend, zum Ärger von Dr. Drescher, Johannes Fabricius und Hans Blummüller, die mit dieser Taktik nicht gerechnet hatten.

Der Amtsrichter in Neustadt hatte den größten Saal im Ort gemietet, in dem sonst Vereinsfeiern und Bälle abgehalten wurden. Auf der Mitte der Bühne stand der Tisch, an dem der Amtsrichter mit seinen Gehilfen Platz nahm. Daneben befand sich der Tisch des Vergleichsverwalters, der von Wirtschaftsprüfer Scheibe unterstützt wurde, und an einem dritten Tisch an der Seite saß Archibald Weiler mit seinem für die Buchhaltung zuständigen Prokuristen und den Hilfskräften aus der Buchhaltung.

Die Tagung war für drei Tage angesetzt. Der Saal füllte sich rasch, und es mussten noch Stühle hereingebracht werden, damit alle Sitzplätze hatten. Rechtsanwalt Drescher war nicht darunter, auch Weiler & Busch hatte offiziell niemand geschickt, nur einen Prokuristen als Beobachter.

Nach der Rede des Amtsrichters verlas der Vergleichsverwalter ein Statement, in dem er die Situation ähnlich wie Archibald schilderte und schon einige Vorwürfe im Voraus zu entkräften versuchte. Dann gab Archibald sein Statement ab.

Im Saal gab es einzelne Zwischenrufe, dann kamen Gläubigervertreter zu Wort, und einige Anwälte hielten vorher verfasste Reden mit zum Teil recht beleidigenden Vorwürfen, die Archibald zum Kochen brachten, aber er gab, so gut er konnte, ruhig seine Antworten.

Dann wurden die Forderungen verlesen, von denen ein großer Teil bestritten werden musste, weil Gläubiger sie mehrfach angemeldet hatten. Aber schließlich ging die Sitzung nach drei Tagen zu Ende, und der Vergleich wurde angenommen.

In Gernsbach erhielt Archibald einen Brief von Johannes Fabricius, in dem er ihn aufforderte, zum Amtsgericht zu gehen. Er wolle ihm Gelegenheit geben, selber den Antrag zu stellen, dass er als Vorstandsmitglied aus dem Handelsregister gelöscht werde. Das sei doch besser, als wenn er und Hans Blummüller diesen Schritt vornehmen würden. Aber Archibald war dazu nicht bereit. Diese Aufforderung kam ihm so vor, als wenn man einem Offizier eine Pistole auf den Tisch legte, damit er sich erschieße, bevor man ihn vor das Kriegsgericht stelle. Er schrieb zurück, dass das für ihn überhaupt nicht in Frage komme, und klagte beim Landgericht in Baden-Baden gegen die Entlassung, zumal ihm schon seit zwei Monaten kein Gehalt mehr gezahlt worden war. Nur der Vergleichsverwalter hatte ihm noch sein volles Gehalt von Joseph Engelberg ausbezahlt, wie auch sämtlichen Angestellten und Arbeitern.

Das Geld war jetzt bei Archibald recht knapp geworden, denn die Zinszahlungen für die Schulden, die er zum Erwerb der Aktien aufgenommen hatte, liefen ja weiter.

Weiler & Busch wurde im Verfahren vor dem Landgericht von Dr. Drescher vertreten. Da Drescher Archibald nichts vorwerfen konnte, bei dem er noch selber mitgewirkt hatte, wie beim Erwerb von Engelberg, und ihm auch kein direktes Fehlverhalten hinsichtlich der Benachrichtigung des Aufsichtsrates angelastet werden konnte, versuchte man jetzt, die Tätigkeit von Archibald zu kriminalisieren und ihm vorzuwerfen, dass er die Krankenkassengelder der Arbeiter unterschlagen habe, obwohl die Untersuchung von der Staatsanwaltschaft schon längst wieder eingestellt worden war, und von der Dr. Drescher nur etwas wissen konnte, weil Archibald ihn als Anwalt bemüht hatte. Man warf Archibald weiter vor, Warenbestände doppelt an zwei Banken verpfändet zu haben, ein Verdacht, den eine Bank gehabt hatte, der aber auch ausgeräumt worden war.

Archibald war wütend und empört. Seit Tagen musste er seine ganze Kraft auf das Gerichtsverfahren konzentrieren und gleichzeitig jede Woche bei den Banken um die Löhne für Joseph Engelberg betteln, er verkaufte Wald und einzelne Häuser der Firma, um die Summe für die erste Vergleichsrate zusammen zu bekommen. Über seine Zukunft herrschte völlige Ungewissheit, und vor Sorgen konnte er nachts nicht schlafen. Wenige Tage, nachdem ihm der Schriftsatz von Dr. Drescher zugestellt worden war, regte er sich so auf, dass er mehrere Glas Rotwein hintereinander trank, um sich zu beruhigen, und nahm dann noch ein starkes Schlafmittel. Schon im letzten halben Jahr hatte er vor dem Vergleichsantrag damit begonnen, abends einen Teelöffel oder zwei zu nehmen. Aber das Mittel wirkte immer weniger, und jetzt trank er fast eine halbe Flasche aus. Trotzdem kam der Schlaf nicht, und als er mit seinen Sorgen und seiner Wut nachts um drei Uhr am Tisch saß und ihm in den Sinn kam, dass jetzt Johannes Fabricius, Hans Blummüller und Dr. Drescher in ihren Betten lagen und ruhig schliefen, rief er erst Dr. Drescher, dann Johannes Fabricius an. Bei Dr. Drescher meldete sich erst nach zehnmaligem Klingeln die Ehefrau. Er entschuldigte sich für die Störung, aber er müsse unbedingt Dr. Drescher sprechen, und als der nach einiger Zeit ans Telefon kam, sagte Archibald: „So, du altes Arschloch, habe ich dich aus dem Schlaf geholt!" Auch bei Johannes kam erst Karola an den Apparat, dann erst Johannes, der mit den gleichen Worten begrüßt wurde.

Das einmal losgeworden zu sein, brachte eine kolossale Erleichterung. Archibald ging in sein Bett und schlief sofort ein. Seit dieser Nacht nahm er kein Schlafmittel und trank auch keinen Alkohol mehr, aber es dauerte noch einige Wochen, bis er wieder richtig schlafen konnte.

Nachdem Archibald mit etwa 50 Interessenten verhandelt hatte, von denen die meisten nur neugierig waren und einmal einen Blick in die Bücher der Konkurrenz werfen wollten, biss die Firma Ferdinand Schwank AG endlich an. Auch hier wurden die Verhandlungen von Archibald selber geführt. Schwank interessierte sich für das Werk Nidda. Er war ein alter Schwellenlieferant der Bundesbahn, der auch auf dem Spanplattensektor tätig war, und es gelang Archibald, fünf Millionen DM herauszuschlagen. Das waren eineinhalb Millionen mehr, als Weiler & Busch bei der Übernahme für das Werk bezahlt hatte. Vier Wochen später wurde auch der Neustädter Betrieb an eine große norddeutsche Fertighausfabrik verkauft, die den Plan von Archibald, dort ein Fertighauswerk zu errichten und auf dem daneben liegenden Gelände eine Siedlung zu bauen, ausführte.

Zum Schluss wurden 95 Prozent der Schulden von Joseph Engelberg bezahlt, einschließlich der Abgeltung aller Pensionsansprüche der Arbeitnehmer, die damals noch nicht fällig waren. Keiner verlor seinen Arbeitsplatz. Allerdings hatten einige besonders fähige Mitarbeiter schon vorher gekündigt und waren zur Konkurrenz gegangen. Die Firma Engelberg wurde liquidiert und aus dem Handelsregister gestrichen.

Nur Archibald war jetzt arbeitslos, und als Vorstandsmitglied bekam er keine Arbeitslosenunterstützung. Er erhielt noch bis zum 31. Dezember 1962 Gehalt aus der Vergleichsmasse der Firma Engelberg. Die einzige Einnahme, über die er danach noch verfügte, war eine Miete von mehreren hundert Mark im Monat, die er für die Unterbringung des Archivs der Firma Weiler & Busch bekam. Als Karola sich besorgt bei Ursel erkundigt hatte, von was sie denn jetzt leben würden, erzählte Ursel, dass sie zum Glück noch die Miete von Weiler & Busch hätten. Aber postwendend kam am nächsten Tag, kurz vor Weihnachten, ein Brief, unterschrieben von Johannes Fabricius und Hans Blummüller, dass der Mietvertrag zum 31. Dezember 1962 gekündigt werde.

Das Weihnachtsfest fiel für die Familie recht traurig aus. Von den vielen Geschenken, Paketen mit Weinflaschen, Schinken oder Speck, die früher von Fuhrleuten und Lieferanten geschickt worden waren, kam kein einziges mehr. Nur von Familie Schickardt kam noch ein Weihnachtspaket mit Wurstwaren und Schinken, und Archibalds Sekretärin, die man mit der Kündigung von Archibald auch fristlos entlassen hatte, schickte ein dickes Paket mit Kaffee und Nahrungsmitteln. Viele Verwandte rührten sich nicht und sandten auch keine Weihnachtsgrüße, nur von Leberecht kam ein tröstlicher Brief mit einem Scheck über 1.000 Mark.

Bei Weiler & Busch wurde eine außerordentliche Hauptversammlung einberufen, auf der man die alten Aufsichtsratsmitglieder zum Rücktritt aufforderte, einschließlich der Arbeitnehmervertreter. Man hatte Fade für seine Mitarbeit dadurch belohnt, dass man ihn zum Prokuristen und Leiter der Personalabteilung ernannte. Leberecht zögerte zunächst noch, sein Aufsichtsratsmandat niederzulegen, aber es wurde ihm bedeutet, dass ihm möglicherweise die Pension entzogen werde, wenn er nicht zurücktrete. Die Aussichten für die Firma waren in einem Prozess nicht allzu groß, aber Leberecht, von dem Archibald angenommen hatte, dass er sich zur Wehr setzen werde, gab nach.

Der Aufsichtsrat, der nun gebildet wurde, bestand aus vier Vertretern des Kapitals – es waren Friedrich Haber als Vorsitzender; Karl Rechberg als stellvertretender Vorsitzender, dann der Syndikus von Rechberg. Dazu hatte Leni erreicht, dass Dr. Mahler als Vertreter der Familie Weiler als vierter gewählt wurde.

In der Hauptversammlung wurde die Entlastung von Archibald Weiler wegen des Prozesses, der zwischen ihm und der Firma geführt wurde, zurückgestellt. Die Hauptversammlung beschloss auch eine Extratantieme für Johannes Fabricius und Hans Blummüller, weil sie die Firma gerettet hätten.

In der Zentrale in Gernsbach wurde den Angestellten zwar nicht direkt verboten, noch mit Archibald zu verkehren, aber man ließ durchblicken, dass es nicht gerne gesehen würde, wenn man mit ihm sprach. Archibald, der ein recht persönliches Verhältnis zu seinen Mitarbeitern gepflegt hatte, wurde nun geschnitten.

Oberingenieur Wortmann, den Archibald sogar zum Paten seines ältesten Sohnes gemacht hatte, und den Leberecht immer gegen alle Anfeindungen geschützt hatte, war jetzt auch am Telefon nicht mehr für die beiden Weilers zu sprechen. Er hatte Angst, dass man ihm seine frühere Verbindung zur Familie übelnehmen könne. Der Schlüssel zum Garten, der der Firma gehörte und den Archibald mit seiner Familie benutzt hatte, wurde von dem Haken, wo er für jedermann zugänglich hing, abgenommen und der Garten zugeschlossen, so dass Archibald ihn nicht mehr betreten konnte. Nur Angestellte, die in der Hierarchie untergeordnete Posten hatten, Meister und kleine Angestellte, besuchten Archibald noch, kamen aber nicht zum Haupteingang hinein, sondern benutzten den Hintereingang, damit sie niemand sah.

Der Prozess kam jetzt zur Verhandlung. Archibald ging nicht persönlich hin, sondern ließ sich durch seine Anwälte vertreten. Der Richter schlug einen Vergleich vor, dass Archibald die Entlastung erteilt werden sollte, dass man ihm auch noch für die restlichen eineinhalb Jahre seines Vertrages das Gehalt ausbezahlen sollte. Haber war damit einverstanden. Fabricius meinte aber, dass dann Archibald auf seinen Pensionsanspruch verzichten müsse.

Archibald ging darauf ein, denn der Pensionsanspruch eines Unternehmens, von dem er überzeugt war, dass es nicht mehr gut geleitet war, der erst in 30 Jahren fällig würde – was war der schon wert, und wer wusste, ob es die Firma dann noch geben würde.

Was ihm ausbezahlt wurde, war dann aber außerordentlich enttäuschend. Man zog ihm von der Gehaltssumme noch Spesenvorschüsse ab, die noch nicht abgerechnet waren, und dann zogen die Anwälte noch ihre Honorare ab, und Archibald bekam lediglich 7.000 DM ausbezahlt, von denen er etwa drei Monate leben konnte.

Archibalds Situation war verzweifelt, er fiel in tiefe Depression. Wirtschaftlich war er am Ende. Arbeitslosenversicherung bezog er als ehemaliges Vorstandsmitglied nicht, und ein neuer Posten, der ein Gehalt versprach, von dem er seine Familie unterhalten konnte, war so schnell nicht in Aussicht. Dazu kamen die drückenden Schulden von über einer halben Million DM und die monatlich fälligen Zinsen und Amortisationen, von denen er nicht wusste, wie er sie aufbringen sollte. Aber noch viel mehr bedrückte ihn das Scheitern seiner Ziele. Von einem angesehenen tüchtigen Unternehmer war er zu einer Unperson geworden. Wenn jemand wohlwollend ihm gegenüber auftrat, war das Mitleid noch verletzender, so wenn er hören musste: „Ja, dein Vater hat große Schuld an deinem Unglück! Warum hat er dich auch gezwungen, in das Unternehmen zu gehen. Wäre es nicht viel besser gewesen, du wärst an eine Universität gegangen und hättest das gemacht, was dir Spaß macht und wozu du Talent hast?"

Das tat ihm besonders weh, denn er hatte ja Kaufmann und Unternehmer sein wollen und hatte den Beruf seiner Vorfahren mit großem Engagement ergriffen. Von Jugend an hatte er unter dem Einfluss seiner Großmutter gestanden, die ihm immer wieder eingehämmert hatte, er müsse dafür sorgen, dass die Firma wieder in die alleinige Hand der Familie komme und wieder zu Ruhm und Ansehen wie zu Zeiten des Großvaters gelange. Archibald hatte den Wunsch gehabt, darüber noch hinauszuwachsen. Er war stolz auf die Leistung seiner Vorfahren, auf die beinahe 500 Jahre alte Geschichte der Familie, und jetzt, nur zehn Jahre nach dem Tod der Großmutter, war ein Trümmerfeld übrig geblieben. Sicher, es war nicht allein seine Schuld, dass es so gekommen war, vielleicht hatte er sich etwas vorgenommen, was nicht zu erreichen war, ein Ziel, das utopisch war. Aber jetzt war er für die Familie und für viele Außenstehende derjenige, der den Karren an die Wand gefahren hatte. Er war ein unfähiger, größenwahnsinniger Träumer!

An der Universität hatte mancher Professor davon gesprochen, dass die Ära der Familiengesellschaften vorbei sei, dass das Erbrecht und die Steuergesetze es unmöglich machen würden, die Tradition fortzusetzen. Ein Industrieunternehmen sei eben kein Erbhof. Reichtum mache die Menschen untüchtig, sich in dem Kampf auf dem freien Markt zu behaupten. Die Unternehmersöhne seien alle Schmeichlern ausgesetzt, die ihnen nach dem Munde reden würden. Sie hätten sich zu sehr an das bequeme Leben gewöhnt und seien nicht fähig, auch mal härtere Jahre der Entbehrungen durchzuhalten. Bisher schienen die anderen Firmen aus dem Murgtal noch alle gesund zu sein. Sollte alles, was er gemacht hatte, falsch gewesen sein? Aber bisher hatte er ja aus schwierigen Situationen immer einen Ausweg gefunden – müsste es nicht auch dieses Mal möglich sein?

Epilog

Leberecht Weiler hatte resigniert. Das Ausbooten aus der Firma hatte ihn emotional nicht so stark getroffen wie Archibald. Er war innerlich nie so sehr an das Unternehmen gebunden gewesen wie sein Sohn. Jetzt machte ihm nicht in erster Linie der Verlust seiner Stellung zu schaffen, sondern die Angst, im Alter nicht genügend Geld zur Verfügung zu haben. Er brauchte keine Angst zu haben zu verhungern. Aber das, was ihm so Freude gemacht hatte, die Besuche der Festspiele in Salzburg, Bayreuth oder München, vor allem sich als Mäzen zu betätigen, das war vorbei. Er konnte keine jungen Künstler mehr fördern und keine Hauskonzerte mehr geben, und das war doch sein Lebensinhalt gewesen. Viele Musiker, viele Sänger und viele Schauspieler besuchten ihn und Paula auch jetzt noch, und zu seinem Geburtstag gaben sie ihm Konzerte ohne Honorar, aber Leberecht war das peinlich.

Das Zusammenleben mit Paula war immer wieder gestört durch Diskussionen über Johannes. Er war voller Sorge, was aus Archibald werden sollte, der sich nicht anschickte – wie er meinte –, eine neue Stellung anzunehmen. Er selber versuchte noch etwas Geld zu verdienen, indem er eine Vertretung von Räucherlachs aufnahm. Er importierte Lachs aus Norwegen und Dänemark und verkaufte ihn an die Restaurants, wo er früher gern gesehener Gast gewesen war. Das brachte zwar nicht allzu viel, doch befriedigte ihn allein die Tatsache, dass er etwas schaffte, von dem die meisten Menschen sagten: Das bekommst du doch nicht fertig!

An dem Anteil an der Firma Weiler & Busch hielt er fest, ganz ohne Hoffnung war er noch nicht. Er setzte sich in den Kopf, dass sein Enkel Mathias, der Sohn von Britta, der damals zwölf Jahre alt war, eines Tages eine Tochter von Haber heiraten und damit die Firma wieder in die Hand bekommen könnte.

Ein Jahr, nachdem die Firma in die Hand von Haber und Rechberg gefallen war, erlitt er einen Schlaganfall, von dem er sich zunächst wieder erholte, dem aber weitere folgten. Das Leben verrann jetzt tatenlos. Der so lebhafte Mann stand morgens erst um neun Uhr auf, saß eineinhalb Stunden beim Frühstück und versuchte, die Zeitung zu lesen, ohne dass er die Geschehnisse wirklich mitbekam. Gegen elf Uhr ging er in die Stadt, ohne zu wissen, was er dort eigentlich wollte. Um ein Uhr gab es Mittagessen, an dem er jetzt immer etwas auszusetzen hatte, um zwei Uhr legte er sich zum Nachmittagsschlaf hin, um vier Uhr stand er wieder auf und trank Kaffee, um sieben Uhr gab es Abendessen. Ein Hobby hatte er nicht mehr, die Zahl der Besucher wurde immer geringer, dann kamen weitere Schlaganfälle. 1969 starb er friedlich im Schlaf.

Paula überlebte ihn noch 24 Jahre und war bis zu ihrem Tod Mittelpunkt der Familie.

Archibald bewarb sich zunächst um eine Stellung, aber das war weitaus schwerer, als er gedacht hatte. Aufgrund seiner Fähigkeiten bewarb er sich zunächst um Vorstandsposten, aber auf viele Bewerbungen erhielt er keine Antwort oder die von einem Personalberater, mit dem Inhalt, dass man sich für jemand anderes entschieden habe. Für die Unternehmen, die ihn nicht zur Vorstellung baten, war er eine Art Playboy, ein junger Mann, der die väterliche Firma an die Wand gefahren hatte, jemand, der von der Hauptversammlung nicht entlastet worden war. Wo es zu einer Vorstellung kam, waren die Gesprächspartner meist überrascht über Archibalds Wissen und Kenntnisse, sie waren höflich und freundlich zu ihm, aber nach einiger Zeit kamen doch die Absagen.

Ein Unternehmensberater sagte ihm, er müsse kleinere Brötchen backen, und so bewarb er sich als Prokurist oder Abteilungsleiter, auch für den Außendienst, aber da hieß es dann: „Sie sind ja für diesen Posten überqualifiziert, Sie werden doch nicht lange bei uns bleiben." Insgesamt bewarb er sich im nächsten halben Jahr bei annähernd 300 Unternehmen – immer wieder gedrängt von seinem Vater, der ihm vorwarf, dass er zu hochmütig sei. Paula war der gleichen Meinung, und auch seine Schwester wurde unruhig und hielt ihm vor, dass er kein Verantwortungsgefühl für seine Familie habe und keine Position annehme.

Um überhaupt etwas zu verdienen, begann Archibald mit dem Schreiben, erst für Fachzeitschriften, dann für Tageszeitungen. Er hatte unerwartet gute Resonanz, aber das war nicht der Beruf, den er ergreifen wollte.

Er überlegte, ob er es nicht doch als Unternehmensberater versuchen sollte. Unternehmensberatung war Anfang der sechziger Jahre Mode geworden. Viele Unternehmen, vor allem alte Familienunternehmen, bekamen Probleme, vor allem finanzieller Art, und die Banken waren nicht in der Lage, einen Ausweg zu finden. Archibald hatte zum Teil diese Berater belächelt, vor allem wenn ältere Herren, die in Pension gingen oder von ihrem Aufsichtsrat als Vorstand abberufen wurden, plötzlich als Berater auftraten. Normalerweise waren das Herren, die für kleinere und mittelständische Unternehmen viel zu teuer waren, weil sie einen hohen Lebensstandard gewohnt waren und ohne Chauffeur und Sekretärin nicht auskamen.

Archibald war erst Mitte dreißig, er konnte sein Auto selber fahren, und Ursel hatte Stenographie und Schreibmaschine gelernt und stand zur Verfügung, um die schriftlichen Arbeiten zu erledigen. Für seine Arbeit brachte er die Kenntnis mit, wie ein Unternehmen, das wirtschaftliche Schwierigkeiten hatte, auf Schwachstellen analysiert werden musste, denn nach Schwachstellen hatte er bei den zahlreichen Übernahmeverhandlungen, die er in den letzten Jahren geführt hatte und auch im Konzern für die Zündholzgesellschaft genug geforscht. Er wusste, wie man mit Banken verhandelte und wie man es nicht bis zum Äußersten kommen lassen durfte.

Er hatte in den letzten Jahren genug Marktforschungen betrieben, um zu erkennen, ob es sich lohnte, ein neues Produkt ins Programm zu nehmen, und er hatte gelernt, wie man eine Betriebsorganisation aufbaut, wie man Verkaufspersonal und Vertreter schult, und er kannte sich aus mit Geschäftsverträgen und mit Streitigkeiten in den Familien und wie man Gesellschaftsverträge abschließt.

Er meldete sich als Berater beim RKW, dem früheren Reichskuratorium für Wirtschaftlichkeit, das jetzt Rationalisierungs-Kuratorium der Wirtschaft hieß, ein mit staatlicher Unterstützung gegründeter Verein, der mit Unterstützung der öffentlichen Hand einen sogenannten Betriebsbegehungsdienst aufgezogen hatte, bei dem freiberufliche Berater die Firmen gegen ein geringes Entgelt auf Schwachstellen aufmerksam machten und sie bei deren Beseitigung berieten.

Das RWK stellte damals ziemlich wahllos alle möglichen Leute ein, die sich als Unternehmensberater meldeten. Archibald hatte unwahrscheinlich schnell Erfolg, weil er selber Unternehmer gewesen war und sich in die Gedankenwelt der Auftraggeber hineinversetzen konnte. Er verstand es zuzuhören und erst einmal die Probleme zu erfassen. Zunächst wurde er nur bei Sägewerken und Holzhandlungen eingesetzt, dann aber auch bei Textil- und Schmuckwarenfabriken und Brauereien. Im Laufe von drei Jahren hatte er mehr als 70 Betriebe mit Erfolg betreut. Er verhandelte für seine Mandanten mit deren Banken, schlichtete Familienstreitigkeiten, entwarf neue Gesellschafterverträge, baute Vertriebsorganisationen auf, stellte Vertreter ein und machte Vorschläge für neue Ablauforganisationen. Von manchen Firmen wurde er immer wieder geholt und auch weiterempfohlen.

Aber dabei blieb es nicht. Sehr bald meldete sich die Zündholzgesellschaft, denn deren Probleme hinsichtlich der Diversifikation waren noch nicht gelöst. Auf das Abenteuer mit Weiler & Busch hatten sie zwar verzichtet, aber das Zündholzmonopol lief unweigerlich aus, und es sollte etwas Neues geschaffen werden, und plötzlich war Archibald wieder alle paar Wochen in Schweden. Man suchte jetzt Karton- und Papierfabriken in Deutschland aufzukaufen. Archibald untersuchte die Absatzmärkte, er verhandelte mit Familiengesellschaften aus der Papierbranche über deren Verkauf an die Zündholzgesellschaft, musste Unternehmen auf ihre Rentabilität überprüfen, und wenn er nach Schweden fuhr, dann immer mit einem ganzen Bündel von Aufträgen von deutschen Firmen, die auch im skandinavischen Raum neue Vertriebswege suchten.

Es kamen finnische und amerikanische Firmen dazu, aber auch deutsche Firmen, die diversifizieren wollten, suchten seinen Rat. Mit Hilfe eines finnischen Ingenieurbüros, das wie er auch klein angefangen hatte, begann Archibald, Pläne für neue Zellstoff- und Papierfabriken zu erarbeiten, sogenannte Facility Studies, ob ein Projekt sich lohne oder nicht. Er musste Geschäftspartner zusammenbringen, Standorte aussuchen und mit Kreditgebern verhandeln. Jetzt kamen plötzlich die Banken auf ihn zu, die bei gewagten Krediten von ihm eine Prüfung verlangten.

Schon vier Jahre nach dem Debakel bei Weiler & Busch verdiente er viermal so viel wie als Vorstandsmitglied. Er musste Angestellte beschäftigen. Auch die früheren Konkurrenten, ob es die Ferdinand Schwank AG oder Karl Rechberg war, fast alle großen Spanplattenhersteller wurden seine Kunden.

Eines Tages kam ein Anruf, mit dem er überhaupt nicht gerechnet hatte: Friedrich Haber bat um eine vertrauliche Unterredung. Haber war unzufrieden mit der Entwicklung bei Weiler & Busch. Die Firma machte wieder Verluste. Archibald hatte das von Ferne verfolgt und hatte in den Hauptversammlungen auf die Schwachstellen hingewiesen. Allerdings war er nicht selber aufgetreten, sondern hatte sich durch einen Anwalt vertreten lassen.

Johannes Fabricius und Hans Blummüller hatten mit dem Geld, das sie aus dem Verkauf von Liegenschaften erzielt hatten, begonnen, kleine Betonwerke aufzuziehen, verteilt über ganz Süddeutschland, bei denen Pflastersteine, Gehwegplatten, Bordsteine und Treppenstufen produziert wurden, Produkte, die jeder kleine Familienbetrieb günstiger herstellen konnte als eine Aktiengesellschaft mit dem großen Wasserkopf an Verwaltung.

Weiler & Busch suchte sich zu sanieren, indem das Werk Fürnitz an Haber und Rechberg verkauft werden sollte. Zudem sollte eine große Investition in der Biertellerfabrik, nämlich neue Druckanlagen, finanziert werden.

Haber hatte diesem Vorhaben nicht getraut und das Projekt vom RKW überprüfen lassen. Es war von einem Kollegen von Archibald betreut worden, aber Haber war mit dessen Aussage, die, wie er fand, nur das wiedergab, was der Vorstand dem Berater mehr oder weniger diktiert hatte, nicht zufrieden.

Als erstes befragte Haber Archibald nach seiner Meinung über Johannes Fabricius und Hans Blummüller, was für Archibald ein ausgesprochen heikler Moment war. Auf der einen Seite war ihm klar, dass die beiden unfähig waren, das Unternehmen zu leiten, dass beide nicht strategisch planen konnten, dass sie auch zu bequem waren, die Werke zu besuchen. Er sah auch, dass man die Verwaltung nicht dem verminderten Umfang des Geschäfts angepasst hatte.

Er sagte nur: „Ich möchte kein Urteil über die beiden abgeben, mit denen ich ja einige Differenzen hatte. Aber das Unternehmen braucht eine Persönlichkeit, die wirkliche Führungsaufgaben übernehmen kann!“

Haber stimmte ihm zu: „Zu dieser Ansicht bin ich schon seit einiger Zeit gekommen, ich suche schon über eine Zeitungsanzeige einen neuen Vorstand.“

Archibald erhielt den Auftrag, die neuen Investitionsvorhaben in Weisenbach gründlich zu überprüfen.

Fabricius und Blummüller hatten schon einige Wochen vorher die Anzeige in der Zeitung gelesen, bei der ein neuer Alleinvorstand gesucht wurde, der ihre beiden Positionen einnehmen sollte. Die Anzeige war so abgefasst, dass sie gleich erkannt hatten, worum es ging. Ein Unternehmen, das Bierglasuntersetzer und Betonschwellen herstellte, gab es ja in der ganzen Welt nur einmal. Dass dazu Archibald Weiler die Firma überprüfen sollte, das war geradezu eine Ohrfeige. Archibald kam, bezog sein altes Büro und untersuchte die ganzen Investitionspläne.

Fabricius und Blummüller wurden aus dem Vorstand abberufen und erhielten eine gute Pension. Es kam ein neuer Alleinvorstand, und Archibald Weiler wurde anstelle von Dr. Mahler in den Aufsichtsrat gewählt.

Leni, die ihre Stellung gerne weiter behalten hätte, kam mit dem sehr harten neuen Mann nicht zurecht und ließ sich pensionieren. Archibald blieb bis zu seinem 65. Lebensjahr im Aufsichtsrat und spielte dort das Zünglein an der Waage, er musste oft zwischen Rechberg und Haber vermitteln, die im Grunde genommen doch Konkurrenten waren und zwischen denen es immer wieder Differenzen gab.

Karl Rechberg verkaufte ein Werk nach dem andern und schließlich auch seine Anteile an Weiler & Busch an Haber. Die Firma von Haber wuchs und wuchs. Friedrich Haber starb, Karl Rechberg starb, Archibald blieb allein im Aufsichtsrat übrig. Die junge Generation bei Haber nahm die Geschicke in die Hand, aber man expandierte und expandierte, und plötzlich war auch für dieses Unternehmen das Familienkapital nicht mehr ausreichend. Die Firma war gezwungen, an die Börse zu gehen. Dazu benutzte man die alte Aktiengesellschaft von Weiler & Busch und nannte sie nun Haber AG.

Weiler & Busch existierte weiter unter anderem Namen.

Schließlich waren auch Archibalds Anteile durch die verschiedenen Kapitalerhöhungen, bei denen er zunächst nicht mitziehen konnte und dann nicht mitziehen wollte, auf ein Minimum zurückgegangen. Archibald zog sich aus dem Aufsichtsrat zurück. Dieser Entschluss war ihm recht schwer gefallen, aber wenn er rundum blickte – was war von den alten großen Familiengesellschaften noch übrig geblieben?